국어과 선생님이 뽑은

한국 단편 소설

근현대·신소설

국어과 선생님이 뽑은

한국 단편 소설

~~~ 근현대·신소설 ~~~

안국선 | 금수회의록 · 이인직 | 혈의 누 · 이해조 | 자유종 · 최찬식 | 추월색

강경애 | 원고료 이 백원·마약 · 계용묵 | 백치 아다다 · 김동인 | 감자·배따라기·광화사·붉은 산·광염 소나타

김유정 | 봄봄·동백꽃·만무방·노다지·금 따는 콩밭 · 나도향 | 물레방아·벙어리 삼룡이

이상 | 날개·봉별기 · 이태준 | 복덕방·돌다리·달밤 · 이효석 | 메밀꽃 필 무렵·산·돼지

채만식 | 레디메이드 인생·치숙·논 이야기·미스터 방·왕치와 소새와 개미와·이상한 선생님

최서해 | 탈출기·홍염 · 현진건 | 운수 좋은 날·고향·빈처·B사감과 러브레터·술 권하는 사회

채만식 외 지음 | dskimp2000 엮음

서문

　책을 읽는 것은 내 영혼에 양식을 채우는 것과 같고, 세상의 모든 지식이 담겨 있는 책은 인생의 길잡이가 된다. 학창 시절에 읽은 책 한 권이 당신의 고귀한 인생을 바꿔놓듯이 독서는 여러 사람의 생각과 사상을 통해 간접경험을 하고 공감 능력을 키워준다. 책 읽기는 단순히 공부를 잘하고 지식을 쌓기 위해 하는 것이 아니라, 다른 사람의 생각을 읽고 그것을 내 것으로 만들어 성장의 발판을 만들어 가는 것이다. 그리고 책을 읽다 보면 미처 생각하지 못했던 지식과 지혜를 만나게 되고, 그로 인해 사고가 깊어지고 삶을 변화시켜 인생을 풍요롭게 한다.

　오늘날처럼 하루가 다르게 급변하는 세상에서는 그 어느 때보다도 책 읽기가 중요하다. 젊은 시절의 독서는 한 사람의 운명을 바꾸어 놓을 만한 힘을 지니고, 내가 살면서 경험하지 못했던 상황과 그 상황을 헤쳐 나가는데 많은 지혜가 담겨 있어 어려움을 헤쳐 나올 수 있게 도와준다. 그러나 책을 읽지 않는다고 해서 살아가는 데는 큰 지장을 초래하지는 않는다. 하지만 책에는 어떤 문제가 닥쳤을 때 올바른 시각과 풍부한 상상력과 창의성을 배우고 세상을 보는 눈과 문제를 해결하는 능력과 합리적인 사고를 길러준다.

　모든 배움의 시작은 책 읽기로부터 시작되고 지식과 지혜로 가득 찬 책은 교양과 사고를 키워주고 세상을 보는 시야를 넓게 해준다. 책을 읽으면 사고 방식과 행동을 변화시키고 아이디어와 창의성을 길러준다. 책을 읽는 것만큼 근본적인 인성 교육은 없는 것이다. 다른 사람의 생각을 읽고 격조 높은 교양과 균형 잡힌 역사의식을 지니게 해주는 독서야말로 인문 정신과 새로운 세상을 체득하게 된다. 책은 시간과 공간의 한계를 넘어 세상을 넓고 새롭게 보는 통찰력과 수많은 스승을 만나게 해주는 지식의 보고(寶庫)이다.

　'아는 것이 힘이다' 라는 말처럼 세상의 모든 경험은 쓸모없는 것이 아니다. 모든 경험은 다 의미가 있는 것이고 언젠가는 그 경험들이 값진 쓸모가 있기 마련이다. 이처럼 한 편의 책을 읽는 것은 시험이나 출세를 위한 것이 아니라 내가 경험하지 못한 세상을 조우하고, 각 시대의 고민이 무엇인지 파악하고, 일상에서 접하기 힘든 표현과 어휘를 배우고, 작품에 대한 단편적인 지식보다는 인생에 대한 안목과 자신의 삶을 훌륭하게 가꾸어갈 수 있도록 하는 최고의 방법이 될 수 있는 것이다. 그리고 청소년과 중고등학생들이 학교에서 배우는 교과서가 문학을 이해하는 데 중요한 역할을 하고 대학에까지 이어져 문학교육과 문학을 배우게 되는 밑거름이 되는 것이다.

흔히 고전이라고 하면 시대에 뒤떨어진 것이라고 가볍게 생각할 수도 있을 것이다. 그러나 온고지신(溫故知新)처럼 과거는 과거로서 의미가 있고 현재는 과거가 바탕이 되어 만들어진 창조물이므로 오늘날의 고전은 항상 새로움으로 인식되어야 한다. 우리 조상들의 생활과 당시의 시대상을 잘 반영하고 문학성 있는 작품을 배우고 학습하여 문제를 해결하는 힘을 기르고, 작중인물의 사상과 감정을 이해하여 작품에 용해된 인간성 구현과 진솔한 삶의 가치관과 새로운 세상을 만들기 위해 꾸준히 독서를 해야 하겠다. 아침저녁 머리맡에 두고 한줄 한줄 우리의 선학들을 만나고 그것을 내 것으로 키워내는 능력을 기르기 위해 현행 교육과정에서도 중요하게 문학을 배우게 하는 까닭이다.

이에 교육과정 개편과 교과서 개정에 맞춰 청소년과 중고등학생들의 논술시험과 대학 입시에 도움이 되었으면 하는 바람으로 1900년대 조선 개화기부터 일제 강점기의 시대적 배경과 당시의 사회상을 엿볼 수 있는 작품들로 이 책을 꾸며 보았다. 한국 단편 소설(근현대 · 신소설) 40편을 수록하고 작품마다 작가 소개, 작품 정리, 줄거리를 실었으며, 한자나 어려운 단어는 괄호 안에 주석을 달아 원작의 표현과 내용을 쉽게 파악할 수 있도록 꾸미고 텍스트에 정확성을 기하기 위해 여러 판본을 참조하였다.

해설

소설의 갈래와 시점의 이해

소설은 문학의 한 종류이며 민간에 떠돌고 있는 현실 세계에 있음 직한 사람의 생활에서 실제로 있었던 일과 앞으로 일어날 일을 작가의 상상력에 바탕을 두고 허구적 구성으로 꾸며나가는 산문체의 문학 양식을 말한다.

소설의 특성인 허구적이라는 말은 거짓이 아니라 작가의 상상력으로 사실에 없는 일을 사실처럼 꾸며 사건을 재창조하는 것을 말한다.

소설이란 말은 고려 말 이규보의 백운소설에서 처음 발견되고, 분량에 따라 장편, 중편, 단편으로 나뉘고 장르에 따라 다양한 형태의 소설이 존재한다.

그리고 개화기에 창작된 조선 시대 소설과 근대 소설 사이의 과도기적인 서사 양식으로 봉건 질서의 타파와 개화기의 계몽과 자주적 독립사상의 고취를 주제로 다룬 신소설이 있다.

시점(視点)이란 소설을 이야기하는 서술자의 눈을 통해 작품 속의 내용을 바라보는 시선과 사물을 보는 관점을 말하는 것으로, 서술자의 위치를 조정하여 이야기의 전달 방식을 구성하는 것을 말한다.

시점을 분류하는 방식은 1인칭 시점, 1인칭 관찰자 시점, 3인칭 시점, 3인칭 관찰자 시점, 작가 관찰자 시점, 전지적 작가 시점으로 나뉜다. 여기에서 서술되는 '관찰자'와 '화자'는 소설의 서술자를 말하고, 서술자는 시점의 구성에 따라 작가일 수도, 관찰자일 수도 있다.

서술자는 작품 속의 등장인물(1인칭)일 수도 있고, 이야기 밖에서 서술자(3인칭)일 수도 있는 것이다. 이에 간략하게 시점에 대해 적어 보겠다.

· **일인칭 시점**-서술자인 '나' 가 화자가 되어 이야기의 중심인물로 등장하고 서술자가 작품에 '나' 또는 '우리' 로 등장하는 방식을 뜻한다.
· **일인칭 주인공 시점**-서술자인 '나' 가 작품 속 등장인물 중에 주인공인 동시에 서술자이면서 주인공인 '나' 의 입장에서 사건이나 주변 상황을 관찰하고 서술해 나가는 방식을 뜻한다.
· **일인칭 관찰자 시점**-주인공이 아닌 '나' 가 서술자로서 주인공의 생각이나 행동을 관찰자의 시선으로 바라보고 '나' 가 다른 사람의 이야기를 전달하는 방식을 뜻한다.
· **삼인칭 시점**-서술자가 작품 내부에 등장하지 않고 서술자가 등장인물이 아닌 '그' 와 '그녀' 또는 '그들' 로 화자가 누구인지 모르게 서술해 나가는 방식을 뜻한다.
· **삼인칭 관찰자 시점**-서술자가 작품 밖에 존재하며 제삼자의 위치에서 주인공의 내면과 성격을 관찰하고 등장하는 인물들의 과거와 미래에 대해서 자기 주관을 배제하고 단순한 관찰자의 심정으로 눈에 보이는 대로 서술하는 것을 뜻한다.
· **삼인칭 전지적 작가 시점**-서술자가 등장인물이 아니고 작품 밖에서 사건을 전개하고 등장하는 작중 인물의 태도와 인간관계 및 내면세계는 물론 앞으로 일어날 모든 것을 작가의 위치에서 자유롭게 서술하는 것을 뜻한다.

차 례

금수 회의록

- 안국선 -

작가 소개

안국선(安國善 1878~1926)

안국선의 호는 천강이며, 1878년 경기도 안성에서 태어났다.

1895년 관비유학생으로 일본에 건너가 게이오기주쿠대학을 거쳐 도쿄 전문학교(東京專門學校)에서 정치학을 공부하고 1899년에 귀국했다. 귀국 후 역모 사건에 연루되어 진도로 유배되었다. 그는 1907년 3월 유배에서 풀려난 뒤 돈명의숙(敦明義塾) 등에서 학생들을 가르쳤으며, 대한 협회 등 사회단체의 일원으로서 애국 계몽운동에 적극 참여하였다. 그의 문필 활동은 주로 1907년에서 1908년 사이에 이루어진다. 그는 교단에서 정치 · 경제를 가르치면서 교재로 사용하기 위해 〈외교통의〉, 〈정치원론〉, 〈연설방법〉을 썼다. 또 '야뢰', '대한협회보', '기호흥학회원보' 등에 시사적인 논설을 발표하기도 하였다. 이 시기에 발표한 신소설이 바로 〈금수회의록〉이다. 〈금수회의록〉은 동물을 내세워 당시 현실을 비판하고 국권 수호와 자주의식을 고취함으로써 치안이 방해된다는 이유로 우리나라 최초의 판매 금지 소설이 되었다. 안국선은 1911년 경상북도 청도 군수로 임명되어 1913년까지 재직하고, 서울로 올라와 대동전문학교에서 강의했으며, 1915년 단편소설집 〈공진회〉를 펴낸다. 이 소설집에는 〈기생〉, 〈인력거꾼〉, 〈시골 노인 이야기〉와 같은 세 편의 단편 소설이 실려 있다. 안국선은 〈공진회〉를 펴내고 낙향 후에 금광과 미두 사업에 실패하고 1926년 지병으로 죽는다.

작품 정리

〈금수 회의록〉은 1908년 황성서적조합에서 간행한 작품이다. 각종 동물들을 등장시켜 인간 사회의 부조리와 현실을 비판하고 풍자하는 우화 소설이라 할 수 있다. 이 작품이 여느 신소설과 다른 점은 '나' 라는 1인칭 관찰자 시점으로, 관찰자인 '나' 가 꿈속에서 인간의 비리와 인간의 간사한 현실 사회를 성토(聲討)하는 동물들의 회의장에 들어가 동물들의 회의 내용을 기록하고 있는 점이다. 〈금수회의록〉은 당시 유행하던 연설 회의와 우화 형식을 빌려 짐승과 곤충들이 개화기 당시의 타락한 인간을 신랄하게 규탄하고 정치 현실을 비판했다. 주로 불효 · 사대 조성 · 부정부패 · 탐관오리 · 풍속 문란 등 사회나 가정의 풍속적 타락에 대한 비판 외에도, '외국 사람에게 아첨하는 역적 놈'이나 '무기로써 남의 나라를 위협하여 빼앗는 불한당'과 같은 표현으로 당시 일본 침략의 위기에 대한 민족의식을 강하게 표출하고 있다. 진보적인 생각을 나타낸 것은 아니지만 인간이 동물보다 못한 행동을 하면 안 된다고 강조한 데에서 개화기의 계몽주의적 태도가 드러난다. 발표 당시에 판매가 금지되기까지 한 것은 이 작품이 당시 사회에 대해서 얼마나 비판적이었는지를 암시해 준다.

또한 〈금수회의록〉에서 보여 주는 사회 비판 의식은 작가의 기독교적인 세계관에서 비롯되었다는 것을 알 수 있다. 특히 작품의 결말에서 금수만도 못하게 타락한 인간이 인간성을 되찾기 위한 대안으로 기독교 사상을 제시하고 있다. 하지만 내용의 대부분은 효도, 절개, 형제애, 부부간의 화목 등 과거부터 전해 내려온 전통적인 가치관과 윤리 의식의 회복을 강조하고 있다.

작품 줄거리

한 인간이 인간 사회가 금수의 세상보다 못하게 타락한 것을 한탄하다가 잠이 들었는데, 꿈속에서 자기도 모르게 '금수 회의소'에 들어가서 방청석에 앉게 된다.

회장이 인간들의 부패상을 밝히고, 사람 된 자의 책임, 사람 행위의 옳고 그름, 인류로서 자격이 없는 자와 있는 지를 기려내는 일 등의 세 가지 인건에 따라 여덟 종류의 짐승이 언단에 올라 연설을 한다.

이때 제1석에서 까마귀가 자신들의 반포의 효(反哺之孝)를 예로 들면서 땅에 떨어진 인간의 불효와 불충을 비난한다. 제2석의 여우는 자신은 호랑이의 힘을 빌려 자신의 어려움을 벗어나려 한 것뿐인데 정작 인간들은 자신보다 힘센 자에게 빌붙어 사리사욕을 채우면서 호가호위(狐假虎威)라는 말로 자신을 지탄한다고 말한다. 제3석의 개구리는 정와어해(井蛙語海)의 예를 들어 분수를 지킬 줄 모르고 잘난 척하는 인간을 개탄한다. 특히 관권의 발호와 정치의 파쟁, 도당의 피해도 날카롭게 규탄한다. 제4석의 구밀복검(口蜜腹劍)을 예로 든 벌은 표리부동하고 약육강식을 일삼는 인간의 이중성을 규탄한다. 제5석의 게는 인간이 자신을 무장공자(無腸公子), 즉 창자 없는 것들로 부르는 것이 그릇되었음을 말하며, 권력과 금력에 빌붙고 폭력 앞에 무릎 꿇는 인간의 태도를 비난한다. 이어 제6석에 앉아 있던 파리는 영영지극(營營之極)이라는 말로 인간의 신의 없음과 욕심 때문에 형제, 동포끼리 헐뜯는 모습을 규탄한다. 제7석에서는 호랑이가 가정이맹어호(苛政而

猛於虎)를 들어 인간이 자신보다도 험악하고 흉포한 점을 성토한다. 마지막으로 제8석에서는 원
앙이 쌍거쌍래(雙去雙來)라 하며 인간들이 성적으로 문란한 점을 지적하고 부부간의 윤리를 비난
한다.

　토론 끝에 폐회가 되고, 깜빡 잠이 들었던 사람은 여러 짐승의 비판이 다 옳다고 여기며, 인간
이 구원받는 길은 회개하는 길밖에 없음을 깨닫는다.

핵심 정리

갈래 : 신소설, 우화 소설
시점 : 1인칭 관찰자 시점
배경 : 20세기 초의 한국 사회
주제 : 개화기의 혼란한 세태를 비판한 우화, 정치 소설
출전 : 황성서적조합

금수회의록

서언

머리를 들어 하늘을 우러러보니 일월과 성신이 천추의 빛을 잃지 아니하고, 눈을 떠서 땅을 굽어보니 강해와 산악이 만고의 형상을 변치 아니하도다. 어느 봄에 꽃이 피지 아니하며, 어느 가을에 잎이 떨어지지 아니하리오.

우주는 의연히 백대에 한결같거늘, 사람의 일은 어찌하여 고금이 다르뇨? 지금 세상 사람을 살펴보니 애달프고, 불쌍하고, 탄식하고, 통곡할 만하도다.

전인의 말씀을 듣든지 역사를 보든지 옛적 사람은 양심이 있어 천리를 순종하여 하느님께 가까웠거늘, 지금 세상은 인문이 결딴나서 도덕도 없어지고, 염치도 없어지고, 의리도 없어지고, 절개도 없어져서 사람마다 더럽고 흐린 풍랑에 빠지고 헤어 나올 줄 몰라서 온 세상이 다 악한 고로, 그름·옳음을 분별치 못하여 악독하기로 유명한 도척(중국 춘추 시대의 몹시 흉악한 도적)이 같은 도적놈은 청천백일에 사마를 달려 왕궁 극도에 횡행하되 사람이 보고 이상히 여기지 아니하고, 안자(중국 춘추 시대 노나라의 현인. 맹자의 수제자)같이 착한 사람이 누항에 있어서 한 도시락밥을 먹고 한 표주박 물을 마시며 간난을 견디지 못하되 한 사람도 불쌍히 여기지 아니하니, 슬프다! 착한 사람과 악한 사람이 거꾸로 되고 충신과 역적이 바뀌었도다. 이같이 천리가 어기어지고 덕의가 없어서 더럽고, 어둡고, 어리석고, 악독하여 금수만도 못한 이 세상을 장차 어찌하면 좋을꼬? 나도 또한 인간의 한 사람이라, 우리 인류 사회가 이같이 악하게 됨을 근심하여 매양 성현의 글을 읽어 성현의 마음을 본받으려 하더니, 마침 서창에 곤히 든 잠이 춘풍에 이익 한 바 되매 유흥을 금치 못하여 죽장망혜(먼 길을 떠날 때의 아주 간편한 차림새)로 녹수를 따르고 청산을 찾아서 한곳에 다다르니,

사면에 기화요초(옥같이 고운 풀에 핀 구슬같이 아름다운 꽃)는 우거졌고 시냇물 소리는 종종 하며, 인적이 고요한데, 흰 구름 푸른 수풀 사이에 현판 하나가 달렸거늘, 자세히 보니 다섯 글자를 크게 썼으되 '금수회의소'라 하고 그 옆에 문제를 걸었는데, '인류를 논박할 일'이라 하였고, 또 광고를 붙였는데 '하늘과 땅 사이에 무슨 물건이든지 의견이 있거든 의견을 말하고 방청을 하려거든 방청하되 각기 자유로 하라' 하였는데, 그곳에 모인 물건은 길짐승·날짐승·버러지·물고기·풀·나무·돌 등물이 다 모였더라. 혼자 마음으로 가만히 생각하여 보니, 대저 사람은 만물지중에 가장 귀하고 제일 신령하여 천지의 화육을 도우며 하느님을 대신하여 세상 만물의 금수·초목까지라도 다 맡아 다스리는 권능이 있고, 또 사람이 만일 패악한 일이 있으면 천히 여겨 금수 같은 행위라 하며, 사람이 만일 어리석고 하는 일이 없으면 초목같이 아무 생각도 없는 물건이라고 욕하나니, 그러면 금수·초목은 천하고 사람은 귀하며 금수·초목은 아무것도 모르고 사람은 신령하거늘, 지금 세상은 바뀌어서 금수·초목이 도리어 사람의 무도 패덕함을 공격하려 하니, 괴상하고 부끄럽고 절통 분하여 열었던 입을 다물지도 못하고 정신없이 섰더라.

개회 취지

별안간 뒤에서 무엇이 와락 떠다밀며,
"어서 들어갑시다. 시간 되었소."
하고 바삐 들어가는 서슬에 나도 따라 들어가서 방청석에 앉아 보니, 각색 길짐승·날짐승·모든 버러지·물고기 등물이 꾸역꾸역 들어와서 그 안에 빽빽하게 서고 앉았는데 모인 물건은 형형색색이나 좌석은 제제창창한데, 장차 개회하려는지 규칙 방망이 소리가 똑똑 나더니, 회장인 듯한 한 물건이 머리에는 금색이 찬란한 큰 관을 쓰고, 몸에는 오색이 영롱한 의복을 입은 이상한 태도로 회장석에 올라서서 한 번 읍하고, 위의가 엄숙하고 형용이 단정하게 딱 서서 여러 회원을 대하여 하는 말이,
"여러분이여, 내가 지금 여러분을 청하여 마고에 없던 일대 회의를 열 때

에 한마디 말씀으로 개회 취지를 베풀려 하오니 재미있게 들어 주시기를 바라오.

대저 우리들이 거주하여 사는 이 세상은 당초부터 있던 것이 아니라, 지극히 거룩하시고 지극히 전능하신 하느님께서 조화로 만드신 것이라. 세계 만물을 창조하신 조화주를 곧 하느님이라 하나니, 일만 이치의 주인 되시는 하느님께서 세계를 만드시고 또 만물을 만들어 각색 물건이 세상에 생기게 하셨으니, 이같이 만드신 목적은 그 영광을 나타내어 모든 생물로 하여금 인자한 은덕을 베풀어 영원한 행복을 받게 하려 함이라. 그런 고로 세상에 있는 모든 물건은 사람이든지 짐승이든지 초목이든지 무슨 물건이든지 다 귀하고 천한 분별이 없은즉, 어떤 것은 높고 어떤 것은 낮다 할 이치가 있으리오. 다 각각 천지의 기운을 타고 생겨서 이 세상에 사는 것인즉, 다 각기 천지 본래의 이치만 좇아서 하느님의 뜻대로 본분을 지키고, 한편으로는 제 몸의 행복을 누리고, 한편으로는 하느님의 영광을 나타낼지니, 그중에도 사람이라 하는 물건은 당초에 하느님이 만드실 때에 특별히 영혼과 도덕심을 넣어서 다른 물건과 다르게 하셨은즉, 사람들은 더욱 하느님의 뜻을 순종하여 천리 정도를 지키고 착한 행실과 아름다운 일로 하느님의 영광을 나타내어야 할 터인데, 지금 세상 사람의 하는 행위를 보니 그하는 일이 모두 악하고 부정하여 하느님의 영광을 나타내기는 고사하고 도리어 하느님의 영광을 더럽게 하며 은혜를 배반하여 제반악증(여러 가지 악한 증세)이 많도다.

외국 사람에게 아첨하여 벼슬만 하려 하고, 제 나라가 다 망하든지 제 동포가 다 죽든지 불고하는 역적 놈도 있으며, 임금을 속이고 백성을 해롭게 하여 나랏일을 결딴내는 소인 놈도 있으며, 부모는 자식을 사랑치 아니하고 자식은 부모를 효도로 섬기지 아니하며, 형제간에 재물로 인연하여 골육상잔하기를 일삼고, 부부간에 음란한 생각으로 화목지 아니한 사람이 많으니, 이 같은 인류에게 좋은 영혼과 제일 귀하다 하는 특권을 줄 것이 무엇이오. 하느님을 섬기던 천사도 악한 행실을 하다가 떨어져서 마귀가 된 일이 있거늘 하물며 사람이야 더 말할 것 있소.

태곳적 맨 처음에 사람을 내실 적에는 영혼과 덕의심을 주셔서 만물 중에 제일 귀하다 하는 특권을 주셨으되 저희들이 그 권리를 내어 버리고 그 성품을 잃어버리니, 몸은 비록 사람의 형상이 그대로 있을지라도 만물 중에 가장 귀하다 하는 인류의 자격은 있다 할 수가 없소.

여러분은 금수라, 초목이라 하여 사람보다 천하다 하나 하느님이 정하신 법대로 행하여 기는 자는 기고, 나는 자는 날고, 굴에서 사는 자는 깃들임을 침노치 아니하며, 깃들인 자는 굴을 빼앗지 아니하고, 봄에 생겨서 가을에 죽으며, 여름에 나와서 겨울에 들어가니 하느님의 법을 지키고 천지 이치대로 행하여 정도에 어김이 없은즉, 지금 여러분 금수 · 초목과 사람을 비교하여 보면 사람이 도리어 낮고 천하며, 여러분이 도리어 귀하고 높은 지위에 있다 할 수 있소. 사람들이 이같이 제 자격을 잃고도 거만한 마음으로 오히려 만물 중에 제가 가장 귀하다, 높다, 신령하다 하여 우리 족속 여러분을 멸시하니 우리가 어찌 그 횡포를 받으리오.

내가 여러분의 마음을 찬성하여 하느님께 아뢰고 본 회의를 소집하였는데, 이 회의에서 결의할 안건은 세 가지 문제가 있소.

제일, 사람 된 자의 책임을 의논하여 분명히 할 일.

제이, 사람의 행위를 들어서 옳고 그름을 의론할 일.

제삼, 지금 세상 사람 중에 인류 자격이 있는 자와 없는 자를 조사할 일.

이 세 가지 문제를 토론하여 여러분과 사람의 관계를 분명히 하고, 사람들이 여전히 악한 행위를 하여 회개치 아니하면 그 동물의 사람이라 하는 이름을 빼앗고 '이등 마귀'라 하는 이름을 주기로 하느님께 상주할 터이니 여러분은 이 뜻을 본받아 이 회의에서 결의한 일을 진행하시기를 바라옵나이다."

회장이 개회 취지를 연설하고 회장석에 앉으니 한 모퉁이에서 우렁찬 소리로 회장을 부르고 일어서서 연단으로 올라간다.

제1석, 반포의 효(까마귀)

프록코트를 입어서 전신이 새까맣고 똥그란 눈이 말똥말똥한데, 물 한

잔 조금 마시고 연설을 시작한다.

  "나는 까마귀올시다. 지금 인류에 대하여 소회를 진술할 터인데 반포의
효라 하는 문제를 가지고 잠깐 말씀하겠소. 사람들은 만물 중에 제일이라
하지마는, 그 행실을 살펴볼 지경이면 다 천리에 어기어져서 하나도 그 취
할 것이 없소. 사람들의 옳지 못한 일을 모두 다 들어 말씀하려면 너무 지
루하겠기에 다만 사람들의 불효한 것을 가지고 말씀 할 터인데, 옛날 동양
성인들이 말씀하기를 효도는 덕의 근본이라, 효도는 일백 행실의 근원이
라, 효도는 천하를 다스린다 하였고, 예수교 계명에도 부모를 효도로 섬기
라 하였으니, 효도라 하는 것은 자식 된 자가 고연한 직분으로 당연히 행할
일이올시다. 우리 까마귀의 족속은 먹을 것을 물고 돌아와서 어버이를 기
르며 효성을 극진히 하여 망극한 은혜를 갚아서 하느님이 정하신 본분을
지키어 자자손손이 천만 대를 내려가도록 가법을 변치 아니하는 고로, 옛
적에 백낙천(중국 당나라 때의 시인. 대표작 〈장한가〉, 〈비파행〉 등은 문
사, 서민들 간에 널리 애송되었음)이라 하는 분이 우리를 가리켜 새 중의
증자(공자의 제자. 춘추 시대의 노나라 사람. 효행으로 이름이 남)라 하였
고, 〈본초강목〉(명나라의 이시진이 지은 본초학의 연구서. 흙·옥·돌·
초목 등 천구백팔십이 종을 7항목에 걸쳐 해설하였음)에는 자조라 일컬었
으니, 증자라 하는 양반은 부모에게 효도 잘하기로 유명한 사람이요, 자조
라 하는 뜻은 사랑하는 새라 함이니, 부모는 자식을 사랑하고, 자식은 부모
에게 효도함이 하느님의 법이라.
  우리는 그 법을 지키고 어기지 아니하거늘, 지금 세상 사람들은 말하는
것을 보면 낱낱이 효자 같되, 실상 하는 행실을 보면 주색잡기에 침혹하여
부모의 뜻을 어기며, 형제간에 재물로 다투어 부모의 마음을 상케 하며, 제
한 몸만 생각하고 부모가 주리되 돌아보지 아니하고, 여편네는 학식이라고
조금 있으면 주제넘은 마음이 생겨서 온화·유순한 부덕을 잊어버리고 시
집가서는 시부모 보기를 아무것도 모르는 어리석은 물건같이 대접하고, 심
하면 원수같이 미워하기도 하니, 인류 사회에 효도 없어짐이 지금 세상보
다 더 심함이 없도다. 사람들이 일백 행실의 근본 되는 효도를 알지 못하니

다른 것은 더 말할 것 무엇 있소. 우리는 천성이 효도를 주장하는 고로 출천지효성 있는 사람이면 우리가 감동하여 노래자(중국 춘추 시대 초나라의 현인으로 중국 24 효자의 하나. 난을 피해 몽산 남쪽에서 농사를 짓고 살았는데, 70세에 아동복을 입고 어린아이 장난을 하여서 노부모를 위안하였고, 〈노래자〉 15편을 지었음)를 도와서 종일토록 그 부모를 즐겁게 하여 주며, 증자의 갓 위에 모여서 효자의 아름다운 이름을 천추에 전케 하였고, 또 우리가 효도만 극진할 뿐 아니라 자고이래로 〈사기〉(중국 한나라 사마천이 황제부터 무제까지 역대 왕조의 사적을 기전체로 적은 역사책)에 빛난 일이 한두 가지가 아니오니 대강 말씀하오리다.

우리가 떼를 지어 논밭으로 내려갈 때 곡식을 해하는 버러지를 없애려고 가건마는 사람들은 미련한 생각에 그 곡식을 파먹는 줄로 아는도다! 서양 책력 1874년의 미국 조류학자 피이루라 하는 사람이 우리 까마귀 족속 이천이백오십팔 마리를 잡아다가 배를 가르고 오장을 꺼내어 해부하여 보고 말하기를, 까마귀는 곡식을 해하지 아니하고 곡식에 해되는 버러지를 잡아먹는다 하였으니, 우리가 곡식밭에 가는 것은 곡식에 이가 되고 해가 되지 아니하는 것은 분명하고, 또 우리가 밤중에 우는 것은 공연히 우는 것이 아니요, 나라에서 법령이 아름답지 못하여 백성이 도탄에 침윤하여 천하에 큰 병화가 일어날 징조가 있으면 우리가 아니 울 때에 울어서 사람들이 깨닫고 허물을 고쳐서 세상이 태평 무사하기를 희망하고 권고함이요, 강소성 한산사에서 달은 넘어가고 서리 친 밤에 쇠북을 주둥이로 쪼아 소리를 내서 대망에게 죽을 것을 살려 준 은혜를 갚았고, 한나라 효문제가 아홉 살 되었을 때에 그 부모는 왕망(중국 전한 말의 정치가. 자기가 세운 평제를 동살하고 제위를 빼앗아 국호를 신이라 함)의 난리에 죽고 효문제 혼자 달아날새 날이 저물어 길을 잃었거늘 우리들이 가서 인도하였고, 연 태자 단이 진나라에 볼모로 잡혀 있을 때에 우리가 머리를 희게 하여 그 나라로 돌아가게 하였고, 진문공이 개자추(중국 춘추 시대의 은사. 진나라 문공이 공자일 때 19년 동안 함께 망명 생활을 하며 고생하였으나, 문공이 귀국하여 왕이 된 후 자신을 멀리하자 면산에 들어가 숨어 살았다. 문공이 잘못을 뉘우치고 자추가 나오도록 하기 위하여 면산에 불을 질렀으나, 나오지 않고

타 죽었다고 함)를 찾으려고 면산에 불을 놓으매 우리가 연기를 에워싸고 타지 못하게 하였더니, 그 후에 진나라 사람이 그 산에 '은연대'라 하는 집을 짓고 우리의 은덕을 기념하였으며, 당나라 이의부는 글을 짓되 상림에 나무를 심어 우리를 준다 하였었고, 또 물병에 돌을 던지니 이솝이 상을 주고 탁자의 포도주를 다 먹어도 프랭클린이 사랑하도다.

우리 까마귀의 사적이 이러하거늘 사람들은 우리 소리를 듣고 흉한 징조라 길한 징조라 함은 저희들 마음대로 하는 말이요, 우리에게는 상관없는 일이라. 사람의 일이 흉하든지 길하든지 우리가 울 일이 무엇 있소? 그것은 사람들이 무식하고 어리석어서 저희들이 좋지 아니한 때에 흉하게 듣고 하는 말이로다. 사람이 염병이니 괴질이니 앓아서 죽게 된 때에 우리가 어찌하여 그 근처에 가서 울면, 사람들은 못생겨서 저희들이 약도 잘못 쓰고 위생도 잘못하여 죽는 줄은 알지 못하고 우리가 울어서 죽는 줄로만 알고, 저희끼리 욕설하려면 염병에 까마귀 소리라 하니 아, 어리석기는 사람같이 어리석은 것은 세상에 또 없도다.

요순 적에도 봉황이 나왔고, 왕망이 때도 봉황이 나오매 요순 적 봉황은 상서라 하고 왕망 때 봉황은 흉조처럼 알았으니, 물론 무슨 소리든지 사람이 근심 있을 때에 들으면 흉조로 듣고 좋은 일 있을 때에 들으면 상서롭게 듣는 것이라. 무엇을 알고 하는 말은 아니요, 길하다 흉하다 하는 것은 듣는 저희에게 있는 것이요, 하는 우리에게 있는 것이 아니거늘, 사람들은 말하기를, 까마귀는 흉한 일이 생길 때에 와서 우는 것이라 하여 듣기 싫어하니, 사람들은 이렇듯 이치를 알지 못하는 어리석은 동물이라 책망하여 무엇 하겠소. 또 우리는 아침에 일찍 해 뜨기 전에 집을 떠나서 사방으로 날아다니며 먹을 것을 구하여 부모 봉양도 하고, 나뭇가지를 물어다가 집도 짓고, 곡식에 해되는 버러지도 잡아서 하느님 뜻을 받들다가 저녁이 되면 반드시 내 집으로 돌아가되 나가고 돌아올 때에 일정한 시간을 어기지 않건마는, 사람들은 점심때까지 자빠져서 잠을 자고 한번 집을 떠나서 나가면 혹은 협잡질하기, 혹은 술장 보기, 혹은 계집의 집 뒤지기, 혹은 노름하기, 세월이 가는 줄을 모르고 저희 부모가 진지를 잡수었는지, 처자가 기다리는지 모르고 쏘다니는 사람들이 어찌 우리 까마귀의 족속만 하리오.

사람은 일 아니 하고 놀면서 잘 입고 잘 먹기를 좋아하되, 우리는 제가 벌어 제가 먹는 것이 옳은 줄 아는 고로 결단코 우리는 사람들 하는 행위는 아니 하오. 여러분도 다 아시거니와 우리가 사람에게 업수이 여김을 받을 까닭이 없음을 살피시오."

손뼉 소리에 연단에서 내려가니, 또 한편에서 아리땁고도 밉살스러운 소리로 회장을 부르면서 강똥강똥 연설단을 향하여 올라가니, 어여쁜 태도는 남을 가히 호릴 만하고 갸웃거리는 모양은 본색이 드러나더라.

제2석, 호가호위(여우)

여우가 연설단에 올라서서 기생이 시조를 부르려고 목을 가다듬는 것처럼 기침 한 번 캑 하더니 간사한 목소리로 연설을 시작한다.

"나는 여우올시다. 점잖으신 여러분 모이신 데 감히 나와서 연설하옵기는 방자한 듯하오나, 저 인류에게 대하여 소회가 있삽기 호가호위라 하는 문제를 가지고 두어 마디 말씀을 하려 하오니, 비록 학문은 없는 말이나 용서하여 들어 주시기를 바라옵니다.

사람들이 옛적부터 우리 여우를 가리켜 말하기를 요망한 것이라, 간사한 것이라 하여 저희들 중에도 요망하든지 간사한 자를 보면 여우 같은 사람이라 하니, 우리가 그 더럽고 괴악한 이름을 듣고 있으나 우리는 참 요망하고 간사한 것이 아니요, 정말 요망하고 간사한 것은 사람이오. 지금 우리와 사람의 행위를 비교하여 보면 사람과 우리와 명칭을 바꾸었으면 옳겠소.

사람들이 우리를 간교하다 하는 것은 다름 아니라 〈전국책〉(중국 한나라의 유향이, 전국 시대에 종횡가가 제후에게 논한 책략을 나라별로 모아 엮은 책)이라 하는 책에 기록하기를, 호랑이가 일백 짐승을 잡아먹으려고 구할새 먼저 여우를 얻은지라, 여우가 호랑이더러 말하되, 하느님이 나로 하여금 모든 짐승의 어른이 되게 하였으니 지금 자네가 나의 말을 믿지 아니하거든 내 뒤를 따라와 보라. 모든 짐승이 나를 보면 다 두려워하느니라.

호랑이가 여우의 뒤를 따라가니, 과연 모든 짐승이 보고 벌벌 떨며 두려워하거늘 호랑이가 여우의 말을 정말로 알고 잡아먹지 못한지라. 이는 저들이 여우를 보고 두려워한 것이 아니라 여우 뒤의 호랑이를 보고 두려워한 것이니, 여우가 호랑이의 위엄을 빌려서 모든 짐승으로 하여금 두렵게 함인데, 사람들은 이것을 빙자하여 우리 여우더러 간사하니 교활하니 하되, 남이 나를 죽이려 하면 어떻게 하든지 죽지 않도록 주선하는 것은 당연한 일이라. 호랑이가 아무리 산중 영웅이라 하지마는 우리에게 속은 것만 어리석은 일이라. 속인 우리야 무슨 불가한 일이 있으리오.

지금 세상 사람들은 당당한 하느님의 위엄을 빌려야 할 터인데, 외국의 세력을 빌려 의뢰하여 몸을 보전하고 벼슬을 얻으려 하며, 타국 사람을 부동하여 제 나라를 망하고 제 동포를 압박하니 그것이 우리 여우보다 나은 일이오? 결단코 우리 여우만 못한 물건들이라 하옵네다.(손뼉 소리 천지진동)

또 나라로 말할지라도 대포와 총의 힘을 빌려서 남의 나라를 위협하여 속국도 만들고 보호국도 만드니, 불한당이 칼이나 육혈포를 가지고 남의 집에 들어가서 재물을 탈취하고 부녀를 겁탈하는 것이나 다를 것이 무엇 있소? 각국이 평화를 보전한다 하여도 하느님의 위엄을 빌려서 도덕상으로 평화를 유지할 생각은 조금도 없고, 전혀 병장기의 위엄으로 평화를 보전하려 하니 우리 여우가 호랑이의 위엄을 빌려서 제 몸의 죽을 것을 피한 것과 어떤 것이 옳고 어떤 것이 그르오? 또 세상 사람들이 구미호를 요망하다 하나 그것은 대단히 잘못 아는 것이라. 옛적 책을 볼지라도 꼬리 아홉 있는 여우는 상서라 하였으니, 〈잠학거류서〉라 하는 책에는 말하였으되 구미호가 도(道) 있으면 나타나고 나올 적에는 글을 물어 상서를 주문에 지었다 하였고, 왕포 〈사자강덕론〉이라 하는 책에는 주나라 문왕이 구미호를 응하여 동편 오랑캐를 돌아오게 하였다 하였고, 〈산해경〉(중국 고대의 지리책)이라 하는 책에는 청구국에 구미호가 있어서 덕이 있으면 오느니라 하였으니, 이런 책을 볼지라도 우리 여우를 요망한 것이라 할 까닭이 없거늘, 사람들이 무식하여 이런 것은 알지 못하고 여우가 천 년을 묵으면 요사스러운 여편네로 화한다 하고, 혹은 말하기를 옛적에 음란한 계집이 죽어서 여우로 태어났다 하니, 이런 거짓말이 어디 또 있으리오. 사람들은 음란하여 별일이 많되 우리 여우는 그렇지 않소. 우리는 분수를 지켜서 다른 짐승과 교통하는 일이 없고, 우리뿐 아니라 여러분이 다 그러하시되 사람이라 하는 것들은 음란하기가 짝이 없소. 어떤 나라 계집은 개와 통간한 일도 있고, 말과 통간한 일도 있으니, 이런 일은 천하만국에 한두 사람뿐이겠지마는, 한 숟가락 국으로 온 솥의 맛을 알 것이라 근래에 덕의가 끊어지고 인도가 없어져서 세상이 결딴난 일을 이루 다 말할 수 없소. 사람의 행위가 그러하되 오히려 하느님을 두려워하지 아니하며 짐승을 부끄러워하지 아니하고, 대갓집 규중여자가 논다니(웃음과 몸을 파는 여자를 속되게 이르는 말)로 놀아나서 이 사람 저 사람 호리기와 각부 아문 공청에서 기생 불러 노름 놀기, 전정이 만 리 같은 각 학교 학도들이 청루 방에 다니기와 제혈육으로 난 자식을 돈 몇 푼에 욕심나서 논다니로 내어놓기, 이런 행위를 볼작시면 말하는 내 입이 더러워지오. 에, 더러워. 천지간에 더럽고 요망하고 간사한 것은 사람이오. 우리 여우는 그렇지 않소. 저들끼리 간사한 사람을 보면 여우라 하니, 그러한 사람을 여우라 할진대 지금 세상 사람 중에 여우 아닌 사람이 몇몇이나 있겠소?

또 저희들은 서로 여우 같다 하여도 가만히 듣고 있으되 만일 우리더러 사람 같다 하면 우리는 그 이름이 더러워서 아니 받겠소. 내 소견 같으면 이후로는 사람을 사람이라 하지 말고 여우라 하고, 우리 여우를 사람이라 하는 것이 옳은 줄로 아나이다."

제3석, 정와어해(개구리)

여우가 연설을 그치고 할금할금 돌아보며 제자리로 내려가니, 또 한편에서 회장을 부르고 아장아장 걸어와서 연단 위에 깡충 뛰어 올라간다. 눈은 톡 불거지고 배는 똥똥하고 키는 작달막한데 눈을 깜작깜작하며 입을 벌쭉벌쭉 하고 연설한다.

"나는 성명은 말씀 아니 하여도 여러분이 다 아시리라. 나는 출입이라고는 미나리 논밭에 못 가본 고로 세계 형편도 모르고, 또 맹꽁이를 이웃하여 산 고로 구학문의 맹자 왈 공자 왈은 대강 들었으나 신학문은 아는 것이 변변치 아니하나 지금 정와어해라 하는 문제로 대강 인류 사회를 논란코자 하옵네다.

사람들은 거만한 마음이 많아서 저희들이 천하에 제일이라고 만물 중에 저희가 가장 귀하다고 자칭하지마는 제 나랏일도 잘 모르면서 양비대담(소매를 걷어 올리고 큰소리를 침)하고 큰소리 탕탕하고 주제넘은 말을 하는 것이 우습다. 우리 개구리를 가리켜 말하기를, 우물 안 개구리와 바다 이야기 할 수 없다 하니, 항상 우물 안에 있는 개구리는 우물이 좁은 줄만 알고 바다에는 가 보지 못하여 바다가 큰지 작은지, 긴지 짧은지, 깊은지 얕은지, 알지 못하나 못 본 것은 아는 체는 아니 하거늘, 사람들은 좁은 소견을 가지고 외국 형편도 모르고 천하대세도 살피지 못하고 공연히 떠들며, 무엇을 아는 체하고 나라는 다 망하여 가건마는 썩은 생각으로 갑갑한 말만 하는도다. 또 어떤 사람들은 제 나라 안에 있어서 제 나랏일을 다 알지 못하면서 보도 듣도 못한 다른 나랏일을 다 아노라고 추적대니 가증하고 우습도다. 연전에 어느 나라 어떤 대관이 외국 대관을 만나서 수작할새 외국 대관이 묻기를, '대감이 지금 내무 대신으로 있으니 전국의 인구와 호수가 얼마나 되는지 아시오?'

한데 그 대관이 묵묵무언 하는지라 또 묻기를, '대감이 전에 탁지대신(대한제국 때에 둔, 탁지부의 으뜸 벼슬)을 지내었으니 전국의 결총과 국고의 세출·세입이 얼마나 되는지 아시오?'

한데 그 대관이 또 아무 말도 못 하는지라, 그 외국 대관이 말하기를, '대감이 이 나라에 나서 이 정부의 대신으로 이같이 모르니 귀국을 위하여 가석하도다.' 하였고, 작년에 어느 나라 내부에서 각 읍에 훈령하고 부동산을 조사하여 보아라 하였더니 어떤 군수는 고하기를, '이 고을에는 부동산이 없다' 하여 일세의 웃음거리가 되었으니 이같이 제 나랏일도 크나 적으나 도무지 아는 것 없는 것들이 일본이 어떠하니, 아라사(러시아)가 어떠하니, 구라파(유럽)가 어떠하니, 아메리카가 어떠하니, 제가 가장 많이 아는 듯이 지껄이니 기가 막히오. 대저 천지의 이치는 무궁무진하여 만물의 주인 되시는 하느님밖에 아는 이가 없는지라 〈논어〉에 말하기를, 하느님께 죄를 얻으면 빌 곳이 없다 하였는데, 그 주에 말하기를 하느님은 곧 이치라 하였으니 하느님이 곧 이치요, 하느님이 곧 만물 이치의 주인이라, 그런고로 하느님은 곧 조화주요, 천지 만물의 대주재시니 천지 만물의 이치를 다 아시려니와 사람은 다만 천지간의 한 물건인데 어찌 이치를 알 수 있으리오. 여간 좀 연구하여 아는 것이 있거든 그 아는 대로 세상에 유익하고 사회에 효험 있게 아름다운 사업을 영위할 것이거늘, 조그만치 남보다 먼저 알았다고 그 지식을 이용하여 남의 나라 빼앗기와 남의 백성 학대하기와 군함·대포를 만들어서 악한 일에 종사하니, 그런 나라 사람들은 당초에 사람 되는 영혼을 주지 아니하였다면 도리어 좋을 뻔하였소. 또 더욱 도리에 어기어지는 일이 있으니, 나의 지식이 저 사람보다 조금 낫다고 하면 남을 가르쳐 준다 하고 실상은 해롭게 하며, 남을 인도하여 준다 하고 제 욕심 채우는 일만 하며, 어떤 사람은 제 나라 형편도 모르면서 타국 형편을 아노라고 외국 사람을 부동하여 임금을 속이고 나라를 해치며, 백성을 위협하여 재물을 도둑질하고 벼슬을 도둑질하며 개화하였다고 자칭하고 양복 입고, 단장 짚고, 궐련 물고, 시계 차고, 살죽경 쓰고, 인력거나 자행거 타고, 제가 외국 사람인 체하여 제 나라 동포를 압제하며, 혹은 외국 사람 상종함을 영광으로 알고 아첨하며, 제 나랏일을 변변히 알지도 못하는 것을 가르쳐 주며, 여간 월급 냥이나 벼슬 낱이나 얻어 하노라고 남의 나라 정탐꾼이 되어 애매한 사람 모함하기, 어리석은 사람 위협하기로 능사를 삼으니, 이런 사람들은 안다 하는 것이 도리어 큰 병통이 아니오?

우리 개구리의 족속은 우물에 있으면 우물에 있는 분수를 지키고, 미나리 논에 있으면 미나리 논에 있는 분수를 지키고, 바다에 있으면 바다에 있는 분수를 지키나니, 그러면 우리는 사람보다 상등이 아니오니까.(손뼉 소리 짤각짤각)

또 무슨 동물이든지 자식이 아비 닮는 것은 하느님의 정하신 뜻이라. 우리 개구리는 대대로 자식이 아비 닮고 손자가 할아비를 닮되 형용도 똑같고 성품도 똑같아서 추호도 다르지 않거늘, 사람의 자식은 제 아비 닮는 것이 별로 없소. 요임금의 아들이 요임금을 닮지 아니하고, 순임금의 아들이

순임금과 같지 아니하고, 하우씨(중국 하나라의 우임금)와 은왕 성탕은 성인이로되, 그 자손 중에 포악하기로 유명한 걸과 주 같은 이가 났고, 왕건 태조는 영웅이로되 왕우·왕창이가 생겼으니, 일로 보면 개구리 자손은 개구리를 닮되 사람의 새끼는 사람을 닮지 아니하도다. 그러한즉 천지 자연의 이치를 지키는 자는 우리가 사람에게 비교할 것이 아니요, 만일 아비를 닮지 아니한 자식을 마귀의 자식이라 할진대 사람의 자식은 다 마귀의 자식이라 하겠소.

또 우리는 관가 땅에 있으면 관가를 위하여 울고, 사사 땅에 있으면 사사를 위하여 울거늘, 사람은 한 번만 벼슬자리에 오르면 붕당을 세워서 권리 다툼하기와 권문세가에 아첨하러 다니기와 백성을 잡아다가 주리 틀고 돈 빼앗기와 무슨 일을 당하면 청촉 듣고 뇌물 받기와 나랏돈 도적질하기와 인민의 고혈을 빨아먹기로 종사하니 날더러 도적놈 잡으라 하면 벼슬하는 관인들은 거반 다 감옥서감이요, 또 우리들의 우는 것이 울 때에 울고, 길 때에 기고, 잠잘 때에 자는 것이 천지 이치에 합당하거늘 불란서라 하는 나라 양반들이 우리 개구리의 우는 소리를 듣기 싫다고 백성들을 불러 개구리를 다 잡으라 하다가, 마침내 혁명당이 일어나서 난리가 되었으니 사람같이 무도한 것이 세상에 또 있으리오? 당나라 때에 한 사람이 우리를 두고 글을 짓되, 개구리가 도의 맛을 아는 것 같아서 연꽃 깊은 곳에서 운다 하였으니, 우리의 도덕심 있는 것은 사람도 아는 것이라. 우리가 어찌 사람에게 굴복하리오.

동양 성인 공자께서 말씀하시기를, 아는 것은 안다 하고 알지 못하는 것은 알지 못한다 하는 것이 정말 아는 것이라 하였으니, 저희들이 천박한 지식으로 남을 속이기를 능사로 알고 천하만사를 모두 아는 체하니, 우리는 이같이 거짓말은 하지 아니하오. 사람이란 것은 하느님의 이치를 알지 못하고 악한 일만 많이 하니 그대로 둘 수 없으니, 차후는 사람이라 하는 명칭을 주지 않는 것이 대단히 옳을 줄로 생각하오."

넙죽넙죽하는 말이 소진·장의가 오더라도 당치 못할 터라. 말을 그치고 내려오니 또 한편에서 회장을 부르고 나는 듯이 연설단에 올라간다.

제4석, 구밀복검(벌)

허리는 잘록하고 체격은 조그마한데 두 어깨를 떡 벌리고 청랑한 소리로 머리를 까딱까딱하면서 연설한다.

"나는 벌이올시다. 지금 구밀복검이라 하는 문제를 가지고 잠깐 두어 마디 말씀할 터인데, 먼저 서양서 들은 이야기를 잠깐 하오리다. 당초에 천지 개벽할 때에 하느님이 에덴동산을 준비하사 각색 초목과 각색 짐승을 그 안에 두고 사람을 만들어 거기서 살게 하시니 그 사람의 이름은 아담이라 하고 그 아내는 하와라 하였는데, 지금 온 세상 사람들의 조상이라.

사람은 특별히 모양이 하느님과 같고 마음도 하느님과 같게 하였으니 사람은 곧 하느님의 아들이라 하는 뜻을 잊지 말고 하느님의 마음을 본받아 지극히 착하게 되어야 할 터인데, 아담과 하와가 죄를 짓고 에덴동산에서 쫓겨난지라, 우리 벌의 조상은 죄도 아니 짓고 하느님의 뜻대로 순종하여 각색 초목의 꽃으로 우리의 전답을 삼고 꿀을 농사하여 양식을 만들어 복락을 누리니 조상 적부터 우리가 사람보다 나은지라.

세상이 오래되어 갈수록 사람은 하느님과 더욱 멀어지고 오늘날 와서는 거죽은 사람의 형용이 그대로 있으나 실상은 시랑(승냥이와 이리)과 마귀가 되어 서로 싸우고, 서로 죽이고, 서로 잡아먹어서, 약한 자의 고기는 강한 자의 밥이 되고, 큰 것은 작은 것을 압제하여 남의 권리를 늑탈하여 남의 재산을 속여 빼앗으며, 남의 토지를 앗아가며, 남의 나라를 위협하여 망케 하니, 그 흉측하고 악독함을 무엇이라 이르겠소? 사람들이 우리 벌을 독한 사람에게 비유하여 말하기를, 입에 꿀이 있고 배에 칼이 있다 하나 우리 입의 꿀은 남을 꾀려 하는 것이 아니라 우리 양식을 만드는 것이요, 우리 배의 칼은 남을 공연히 쏘거나 찌르는 것이 아니라 남이 나를 해치려 하는 때에 정당방위로 쓰는 칼이요, 사람같이 입으로는 꿀같이 말을 달게 하고 배에는 칼 같은 마음을 품은 우리가 아니오.

또 우리의 입은 항상 꿀만 있으되 사람의 입은 변화가 무쌍하여 꿀같이 달 때도 있고, 고추같이 매울 때도 있고, 칼같이 날카로울 때도 있고, 비상

같이 독할 때도 있어서, 마주 대하였을 때에는 꿀을 들어붓는 것같이 달게 말하다가 돌아서면 흉보고, 욕하고, 노여워하고, 악담하며, 좋아 지낼 때에는 깨소금 항아리같이 고소하고 맛있게 수작하다가, 조금만 미흡한 일이 있으면 죽일 놈 살릴 놈 하며 무성포가 있으면 곧 놓아 죽이려 하니 그런 악독한 것이 어디 또 있으리오. 에, 여러분 여보시오. 그래, 우리 짐승 중에 사람들처럼 그렇게 악독한 것들이 있단 말이오? (손뼉 소리 귀가 막막)

  사람들이 서로 욕설하는 소리를 들으면 참 귀로 들을 수 없소. 별 흉악망측한 말이 많소. '빠가', '갓댐' 같은 욕설은 오히려 관계치 않소. '네밀 붙을 놈', '염병에 땀을 못 낼 놈' 하는 욕설은 제 입을 더럽히고 제 마음 악한 줄을 모르고 얼씬하면 이런 욕설을 함부로 하니 어떻게 흉악한 소리오. 에, 사람의 입에는 도덕상 좋은 말은 별로 없고 못된 소리만 쓸데없이 지저귀니 그것들을 사람이라고? 그것들을 만물 중에 가장 귀한 것이라고? 우리는 천지간의 미물로되 그렇지는 않소. 또 우리는 임금을 섬기되 충성을 다하고, 장수를 뫼시되 군령이 분명하며, 제각각 직업을 지켜 일을 부지런히 하여 주리지 아니하거늘, 어떤 나라 사람들은 제 임금을 죽이고 역적의 일을 하며, 제 장수의 명령을 복종치 아니하고 난병도 되며, 백성들은 게을러서 아무 일도 아니 하고 공연히 쏘다니며 놀고먹고 놀고 입기 좋아하며, 술이나 먹고, 노름이나 하고, 계집의 집이나 찾아다니고, 협잡이나 하고, 그렁저렁 세월을 보내어 집이 구차하고 나라가 간난하니 사람으로 생겨나서 우리 벌들보다 낫다 하는 것이 무엇이오? 서양의 어느 학자가 우리를 두고 노래를 하나 지었으니,

  아침 이슬 저녁 볕에
  이꽃 저꽃 찾아가서
  부지런히 꿀을 물고
  제집으로 돌아와서
  반은 먹고 반은 두어
  겨울 양식 저축하여
  무한 복락 누릴 때에

하느님의 은혜라고
빛난 날개 좋은 소리
아름답게 찬미하네

그래, 사람 중에 사람스러운 것이 몇이나 있소? 우리는 사람들에게 시비 들을 것 조금도 없소. 사람들의 악한 행위를 말하려면 끝이 없겠으나 시간 이 부족하여 그만둡네다."

제5석, 무장공자(게)

벌이 연설을 그치고 미처 연설단을 내려서기 전에 또 한편에서 회장을 부르고 나오니, 모양이 기괴하고 눈에 영채가 있어 힘센 장수같이 두 팔을 쩍 벌리고 어깨를 추썩추썩하며 하는 말이,

"나는 게올시다. 지금 무장공자라 하는 문제로 연설할 터인데, 무장공자 라 하는 말은 창자 없는 물건이라 하는 말이니, 옛적에 포박자(중국 진나라 건무 원년에 갈홍이 지은 도서가)라 하는 사람이 우리 게의 족속을 가리켜 무장공자라 하였으니 대단히 무례한 말이로다. 그래, 우리는 창자가 없고 사람들은 창자가 있소. 시방 세상 사는 사람 중에 옳은 창자 가진 사람이 몇 명이나 되겠소? 사람의 창자는 참 썩고 흐리고 더럽소. 의복은 능라주 의로 지르르 흐르게 잘 입어서 외양은 좋아도 다 가죽만 사람이지 그 속에 는 똥밖에 아무것도 없소.
좋은 칼로 배를 가르고 그 속을 보면 구린내가 물큰물큰 나오. 지금 어떤 나라 정부를 보면 깨끗한 창자라고는 아마 몇 개 없으리다. 신문에 그렇게 나무라고, 사회에서 그렇게 시비하고, 백성이 그렇게 원망하고, 외국 사람 이 그렇게 욕들을 하여도 모르는 체하니 이것이 창자 있는 사람들이오? 그 정부에 옳은 마음 먹고 벼슬하는 사람 누가 있소? 한 사람이라도 있거든 있다고 하시오. 만판 경륜이 임금 속일 생각, 백성 잡아먹을 생각, 나라 팔 아먹을 생각밖에 아무 생각 없소. 이같이 썩고 더럽고 똥만 들어서 구린내

가 물큰물큰 나는 창자보다는 우리의 없는 것이 도리어 낫소. 또 욕을 보아도 성낼 줄도 모르고, 좋은 일을 보아도 기뻐할 줄 알지 못하는 사람이 많이 있소. 남의 압제를 받아 살 수 없는 지경에 이르되 깨닫고 분한 마음 없고, 남에게 그렇게 욕을 보아도 노여워할 줄 모르고 종노릇 하기만 좋게 여기고 달게 여기며, 관리에 무례한 압박을 당하여도 자유를 찾을 생각이 도무지 없으니, 이것이 창자 있는 사람들이라 하겠소? 우리는 창자가 없다 하여도 남이 나를 해치려 하면 죽더라도 가위로 집어 한 놈 물고 죽소. 내가 한 번 어느 나라에 지나다 보니 외국 병정이 지나가는데, 그 나라 부인을 건드려 젖퉁이를 만지려 하매 그 부인이 소리를 지르고 욕을 한즉, 그 병정이 발로 차고 손으로 때려서 행악이 무쌍한지라, 그 나라 사람들이 모여 서서 그것을 구경만 하고 한 사람도 대들어 그 부인을 도와주고 구원하여 주는 사람이 없으니, 그 사람들은 그 부인이 외국 사람에게 당하는 것을 상관없는 줄로 알아서 그러한지 겁이 나서 그러한지 결단코 남의 일이 아니라 저희 동포가 당하는 일이니 저희들이 당함이거늘, 그것을 보고 분낼 줄 모르고 도리어 웃고 구경만 하니, 그 부인의 오늘날 당하는 욕이 내일 제 어미나 제 아내에게 또 돌아올 줄을 알지 못하는가? 이런 것들이 창자 있다고 사람이라 자긍하니 허리가 아파 못 살겠소. 창자 없는 우리 게는 어찌하면 좋겠소? 나라에 경사가 있으되 기뻐할 줄 알지 못하여 국기 하나 내어 꽂을 줄 모르니 그것이 창자 있는 것이오? 그런 창자는 부럽지 않소. 창자 없는 우리 게의 행한 사적을 좀 들어 보시오.

송나라 때 추호라 하는 사람이 채경에서 사로잡혀 소주로 귀양 갈 때 우리가 구원하였으며, 산주 구세라 하는 때에 한 처녀가 죽게 된 것을 살려 내느라고 큰 뱀을 우리 가위로 잘라 죽였으며, 산신과 싸워서 호인의 배를 구원하였고, 객사한 송장을 드러내어 음란한 계집의 죄를 발각하였으니, 우리의 행한 일은 다 옳고 아름다운 일이오. 사람같이 더러운 일은 하지 않소. 또 사람들도 우리의 행위를 자세히 아는 고로 '게도 제 구멍이 아니면 들어가지 아니한다'는 속담이 있소.

참 그러하지요. 우리는 암만 급하더라도 들어갈 구멍이라야 들어가지, 부당한 구멍에는 들어가지 않소. 사람들을 보면 부당한 데로 들어가는 사람이 많소. 부모 처자를 내버리고 중이 되어 산속으로 들어가는 이도 있고, 여염집 부인네들은 음란한 생각으로 불공한다 핑계하고 절간 초막으로 들어가는 이도 있고, 명예 있는 신사라 자칭하고 쓸데없는 돈 내버리러 기생집에 들어가는 이도 있고, 옳은 길 내버리고 그른 길로 들어가는 사람, 옳은 종교 싫다 하고 이단으로 들어가는 사람, 돌을 안고 못으로 들어가는 사람, 섶을 지고 불로 들어가는 사람, 이루 다 말할 수 없소. 당연히 들어갈 데와 못 들어갈 데를 분별치 못하고 못 들어갈 데를 들어가서 화를 당하고 패를 보고 해를 끼치니, 이런 사람들이 무슨 창자 있노라고 우리의 창자 없는 것을 비웃소?

지금 사람들을 보면 그 창자가 다 썩어서 미구에 창자 있는 사람은 한 개도 없이 다 무장공자가 될 것이니, 이다음에는 사람더러 무장공자라고 불러야 옳겠소."

제6석, 영영지극(파리)

게가 입에서 거품이 부걱부걱 나오며 수용산출(생각과 재주가 샘솟듯 풍부하여 시나 글을 즉흥적으로 짓는 것)로 하던 말을 그치고 엉금엉금 기어 내려가니, 파리가 또 회장을 부르고 나는 듯이 연단에 올라가서 두 손을 싹싹 비비면서 말을 한다.

"나는 파리올시다. 사람들이 우리 파리를 가리켜 말하기를, 파리는 간사한 소인이라 하니, 대저 사람이라 하는 것들은 저희 흉은 살피지 못하고 다만 남의 말은 잘하는 것들이오. 간사한 소인의 성품과 태도를 가진 것들은 사람들이오. 우리는 결단코 소인의 성품과 태도는 가진 것이 아니오. 〈시전〉(시경의 내용을 알기 쉽게 풀이한 책)이라 하는 책에 말하기를 '영영한 푸른 파리가 횃대에 앉았다.' 하였으니, 이것은 우리를 가리켜 한 말이 아니라 사람들을 비유한 말이오. 옛글에 '방에 가득한 파리를 쫓아도 없어지지 않는다.' 하는 말도 우리를 두고 한 말이 아니라 사람 중의 간사한 소인을 가리켜 한 말이오. 우리는 결코 간사한 일은 하지 아니하였소마는, 인간에는 참 소인이 많습디다. 사슴을 가리켜 말이라 하여 임금을 속인 것이 비단 조고 한 사람뿐 아니라 지금 망하여 가는 나라 조정을 보면 온 정부가 다 조고(중국 진나라의 내시) 같은 간신이요, 천자를 끼고 제후에게 호령함이 또한 조조(중국 삼국 시대 위나라의 시조. 권모술수에 능하여 흔히 간사한 사람에 비유) 한 사람뿐 아니라 지금은 도덕은 떨어지고 효박한 풍기를 보면 온 세계가 다 조조 같은 소인이라. 웃음 속에 칼이 있고 말속에 총이 있어, 친구라고 사귀다가 저 잘되면 차 버리고, 동지라고 상종타가 남 죽이고 저 잘되기, 누구누구는 빈천지교(가난하고 천할 때 사귄 벗) 저버리고 조강지처 내쫓으니 그것이 사람이며, 아무아무 유지지사 고발하여 감옥서에 몰아넣고 저 잘되기 희망하니, 그것도 사람인가? 쓸개에 가 붙고 간에 가 붙어 요리조리 알씬알씬하는 사람 정말 밉기도 밉습디다. 여러분도 다 아시거니와 그래 공담으로 말하자면 우리가 소인이오? 사람들이 간물이오? 생각들 하여 보시오. 또 우리는 먹을 것을 보면 혼자 먹는 법 없소. 여러 족속을 청하고 여러 친구를 불러서 화락한 마음으로 한 가지로 먹지마는, 사람들은 이 끝만 보면 형제간에도 의가 상하고 일가 간에도 정이 없어지며, 심한 자는 서로 골육상쟁하기를 예사로 아니, 참 기가 막히오. 동포끼리 서로 사랑하고, 서로 구제하는 것은 하느님의 이치거늘 사람들은 과연 저희 동포끼리 서로 사랑하는가? 저희끼리 서로 빼앗고, 서로 싸우고, 서로 시기하고, 서로 흉보고, 서로 총을 쏘아 죽이고, 서로 칼로 찔러 죽이고, 서로 피를 빨아 마시고, 서로 살을 깎아 먹되 우리는 그렇지 않소. 세상에 제일 더러운 것은 똥이라 하지마는, 우리가 똥을 눌 때 남이 다 보고 알도록 흰 데는 검게 누고 검은 데는 희게 누어서 남을 속일 생각은 하지 않소. 사람들은 똥보다 더 더러운 일을 많이 하지마는 혹 남의 눈에 보일까, 남의 입에 오르내릴까 겁을 내어 은밀히 하되 무소부지(모르는 것이 없음)하신 하느님은 먼저 아시고 계시오. 옛적에 유형이라 하는 사람은 부채를 들고 참외에 앉은 우리를 쫓고, 왕사라 하는 사람은 칼을 빼어 먹이를 먹는 우리를 쫓을새, 저 사람들이 그렇게 쫓되 우리가 가지 아니함을 성내어 하는 말이, '파리는 쫓아도 도로 온다.'며 미워하니, 저희들이 쫓을 것은 쫓지 아니하고 아니 쫓을 것은 쫓도다. 사람들은 우리를 쫓으려 할 것이 아니라 불가불 쫓아야 할 것이 있으니, 사람들아, 부채를 놓고 칼을 던지고 잠깐 내 말을 들어라. 너희들이 당연히 쫓을 것은 너희 마음을 수고롭게 하는 마귀니라. 사람들아 사람들아, 너희들은 너희 마음속에 있는 물욕을 쫓아 버려라. 너희 머릿속에 있는 썩은 생각을 내어 쫓으라. 너희 조정에 있는 간신들을 쫓아 버려라. 너희 세상에 있는 소인들을 내어 쫓으라. 참외가 다 무엇이며, 먹이 다 무엇이냐? 사람들아 사람들아, 우리 수십억만 마리가 일제히 손을 비비고 비나니, 우리를 미워하지 말고 하느님이 미워하시는, 너희를 해치는 여러 마귀를 쫓으라. 손으로만 빌어서 아니 들으면 발로라도 빌겠다."

의기가 양양하여 사람을 저희 똥만치도 못하게 나무라고 겸하여 충고의 말로 권고하고 내려간다.

제7석, 가정맹어호(호랑이)

웅장한 소리로 회장을 부르니 산천이 울린다. 연단에 올라서서 머리를 설레설레 흔들고 좌중을 내려다보니 눈알이 등불 같고 위풍이 늠름한데, 주홍 같은 입을 떡 벌리고 어금니를 부지직 갈며 연설하는데, 좌중이 조용하다.

"본원의 이름은 호랑인데 별호는 산군이올시다. 여러분 중에도 혹 아시는 이도 있을 듯하오. 지금 가정이 맹어호라 하는 문제를 가지고 두어 마디할 터인데, 이것은 여러분이 아시는 것과 같이 옛적 유명한 성인 공자님이 하신 말씀이라. 가정이 맹어호라 하는 뜻은 까다로운 정사가 호랑이보다 무섭다 함이니, 양자(중국 전국시대의 학자. 노자 사상의 일단을 이어 자기중심적 쾌락주의를 주장)라 하는 사람도 이와 같은 말을 했는데, 혹독한 관리는 날개 있고 뿔 있는 호랑이와 같다 한지라, 세상에 사람들이 말하기를 제일 포악하고 무서운 것은 호랑이라 하였으니 자고이래로 사람들이 우리에게 해를 받은 자가 몇 명이나 되느뇨? 도리어 사람이 사람에게 해를 당하며 살육을 당한 자가 몇억만 명인지 알 수 없소. 우리는 설사 포악한 일을 할지라도 깊은 산과 깊은 골과 깊은 수풀 속에서만 횡행할 뿐이오.

사람처럼 청천백일 지하에 왕궁 국도에서는 하지 아니하거늘 사람들은 대낮에 사람을 죽이고 재물을 빼앗으며 죄 없는 백성을 감옥서에 몰아넣어서 돈 바치면 내어놓고 세 없으면 죽이는 것과, 임금은 아무리 인자하여 사전을 내리더라도 법관이 용사하여 공평치 못하게 죄인을 조종하고 돈을 받고 벼슬을 내어서 그 벼슬한 사람이 그 밑천을 뽑으려고 음흉한 수단으로 정사를 까다롭게 하여 백성을 못 견디게 하니, 사람들의 악독한 일을 우리 호랑이에 비하여 보면 몇만 배가 더 되는지 알 수 없소. 또 우리는 다른 동물을 잡아먹더라도 하느님이 만들어 주신 발톱과 이빨로 하느님의 뜻을 받아 천성의 행위를 행할 뿐이거늘, 사람들은 학문을 이용하여 화학이니 물리학이니 배워서 사람의 도리에 유익하고 옳은 일에 쓰는 것은 별로 없고, 각색 병기를 발명하여 군함이니 총이니 탄환이니 화약이니 칼이니 활이니 하는 등물을 만들어서 재물을 무한히 내버리고 사람을 무수히 죽여서, 나라를 만들 때의 만반 경륜은 다 남을 해하려는 마음뿐이라. 그런고로 영국 문학 박사 판스라 하는 사람이 말하기를, '사람이 사람에 대하여 잔인한 까닭으로 수천만 명 사람이 참혹한 지경에 들어갔도다' 하였고, 옛날 진 소왕이 초 회왕을 청하매 초 회왕이 진나라에 들어가려 하거늘, 그 신하 국평이 간하여 가로되, '진나라는 호랑이 나라라 가히 믿지 못할지니 가시지 말으소서' 하였으니, 호랑이의 나라가 어찌 진나라 하나뿐이리오. 오늘날 오대주를 둘러보면, 사람 사는 곳곳마다 어느 나라가 욕심 없는 나라가 있으며 어느 나라가 포학하지 아니한 나라가 있으며 어느 인간이 고상한 천리를 말하는 자가 있으며, 어느 세상에 진정한 인도를 의론하는 자가 있느뇨?

나라마다 진나라요, 사람마다 호랑이라. 세상 사람들이 말하기를 호랑이는 포학 무쌍한 것이라 하되, 이것은 알지 못하는 말이로다. 우리는 원래 천품이 은혜를 잘 갚고 의리를 깊이 아나니, 글자 읽는 사람은 짐작할 듯하오. 옛적에 진나라 곽무자라 하는 사람이 호랑이 목구멍에 걸린 뼈를 빼내어 주었더니 사슴을 드려 은혜를 갚았고, 영윤 자문을 나서 몽택에 버렸더니 젖을 먹여 길렀으며, 양위의 효성을 감동하여 몸을 물리쳤으니, 이런 일을 보면 우리가 은혜에 감동하고 의리를 아는 것이라. 사람들로 말하면 은혜를 알고 의리를 지키는 사람이 몇몇이나 되겠소? 옛적 사람이 말하기를 '호랑이를 기르면 후환이 된다.' 하여 지금까지 양호유환이라 하는 문자를 쓰지마는, 되지 못한 사람의 새끼를 기르는 것이 도리어 정말 후환이 되는지라. 호랑이 새끼를 길러서 돈을 모으는 사람은 있으되 사람의 자식을 길러서 덕을 보는 사람은 별로 없소. 또 속담이 이르기를, '호랑이 죽음은 껍질에 있고 사람의 죽음은 이름에 있다.' 하니 지금 세상 사람에 정말 명예 있는 사람이 몇 명이나 있소?

인생 칠십 고래희라, 한세상 살 동안이 얼마 되지 아니한데 옳은 일만 할지라도 다 못하고 죽을 터인데 꿈결 같은 이 세상을 구구히 살려 하여 못된 일 할 생각이 시꺼멓게 있어서, 앞문으로 호랑이를 막고 뒷문으로 승냥이를 불러들이는 자도 있으니 어찌 불쌍치 아니하리오. 옛적 사람은 호랑이의 가죽을 쓰고 도적질하였으나 지금 사람들은 껍질은 사람의 껍질을 쓰고 마음은 호랑이의 마음을 가져서 더욱 험악하고 더욱 흉포한지라. 하느님은 지공무사(지극히 공정하여 사사로움이 없음)하신 하느님이시니, 이같이 험악하고 흉포한 것들에게 제일 귀하고 신령하다는 권리를 줄 까닭이 무엇이오. 사람으로 못된 일 하는 자의 종자를 없애는 것이 좋은 줄로 생각하옵네다."

제8석, 쌍거쌍래(원앙)

호랑이가 연설을 그치고 내려가니 또 한편에서, 형용이 단정하고 태도가 신중한 어여쁜 원앙새가 연단에 올라서서 애연한 목소리로 말을 한다.

"나는 원앙이올시다. 여러분이 인류의 악행을 공격하는 것이 다 절당한 말씀이로되 인류의 제일 괴악한 일은 음란한 것이오. 하느님이 사람을 내실 때에 한 남자에 한 여인을 내셨으니, 한 사나이와 한 여편네가 서로 저버리지 아니함은 천리에 정한 인륜이라. 사나이도 계집을 여럿 두는 것이 옳지 않고 여편네도 서방을 여럿 두는 것이 옳지 않거늘, 세상 사람들은 다 생각하기를, 사나이는 계집을 많이 두고 호강하는 것이 좋은 것인 줄로 알고 처첩을 두셋씩 두는 사람도 있으며, 어떤 사람은 대여섯 명도 두는 자도 있으며, 혹은 장가든 뒤에 그 아내를 돌아다보지 아니하고 두 번 세 번 장가드는 자도 있으며, 혹은 아내를 소박하고 첩을 사랑하다가 패가망신하는 자도 있으니, 사나이가 두 계집 두는 것은 천리에 어기어짐이라. 계집이 두 사나이를 두면 변고로 알고 사나이가 두 계집 두는 것은 예사로 아니, 어찌 그리 편벽되며, 사나이가 남의 계집 도적함은 꾸짖지 아니하고, 계집이 남의 사나이를 상관하면 큰 변인 줄 아니, 어찌 그리 불공평하오? 하느님의 천연한 이치로 말할진대 사나이는 아내 한 사람만 두고 여편네는 남편 한 사람만 좇을지라. 물론, 남녀 물론하고 두 사람을 두든지 섬기는 것은 옳지 아니하거늘, 지금 세상 사람들은 괴악하고 음란하고 박정하여 길가의 한 가지 버들을 꺾기 위하여 백년해로하려던 사람을 잊어버리고, 동산의 한 송이 꽃을 보기 위하여 조강지처를 내쫓으며, 남편이 병이 들어 누웠는데 의원과 간통하는 일도 있고, 복을 빌어 불공한다 가탁하고 중 서방 하는 일도 있고, 남편 죽어 사흘이 못 되어 서방 해갈 주선하는 일도 있으니, 사람들은 계집이나 사나이나 인정도 없고 의리도 없고 다만 음란한 생각뿐이라 할 수밖에 없소. 우리 원앙새는 천지간에 지극히 적은 물건이로되 사람과 같이 그런 더러운 행실은 아니 하오. 남녀의 법이 유별하고 부부의 윤기가 지중한 줄을 아는 고로 음란한 일은 결코 없소. 사람들도 우리 원앙새의 역사를 짐작하기로 이야기하는 말이 있소. 옛날에 한 사냥꾼이 원앙새 한 마리를 잡았더니 암원앙새가 수원앙새를 잃고 수절하여 과부로 있은 지 1년 만에 또 사냥꾼의 화살에 맞아 잡힌 바 된지라, 사냥꾼이 원앙새를 잡아가지고 집으로 돌아와서 털을 뜯을새, 날개 아래 무엇이 있거늘 자세히 보니 거년에 자기가 잡아 온 수 원앙새의 대가리라. 이것은 암 원앙새가 수 원앙새와 같이 있다가 수 원앙새가 사냥꾼의 화살을 맞아서 떨어지니, 그 창황 중에도 수 원앙새의 대가리를 집어 가지고 숨어서 일시의 난을 피하여 짝 잃은 한을 잊지 아니하고 서방의 대가리를 날개 밑에 끼고 슬피 세월을 보내다가 또한 사냥꾼에게 잡힌 바 된지라. 그 사냥꾼이 이것을 보고 정절이 지극한 새라 하여 먹지 아니하고 정결한 땅에 장사를 지낸 후로 그때부터 다시는 원앙새는 잡지 아니하였다 하니, 우리 원앙새는 짐승이로되 절개를 지킴이 이러하오. 사람들의 행위를 보면 추하고 비루하고 음란하여 우리보다 귀하다 할 것이 조금도 없소. 사람들의 행사를 대강 말할 터이니 잠깐 들어보시오. 부인이 죽으면 불쌍히 여기는 남편이 몇이나 되겠소? 상처한 후에 사나이 수절하였다는 말은 들어 보도 못하였소. 낱낱이 재취를 하든지, 첩을 얻든지, 자식에게 못 할 노릇하고 집안에 화근을 일으키어 화기를 손상케 하고, 계집으로 말하면 남편 죽은 후에 수절하는 사람은 많으나 속으로 서방질 다니며 상부한 지 며칠이 못 되어 개가할 길 찾느라고 분주한 계집도 있고, 또 자식을 낳아서 개구멍이나 다리 밑에 내어 버리는 것도 있으며, 심한 계집은 간부에게 혹하여 산 서방을 두고 도망질하기와 약을 먹여 죽이는 일까지 있으니, 저희들의 별별 괴악한 일은 이루 다 말할 수 없소. 세상에 제일 더럽고 괴악한 것은 사람이라, 다 말하려면 내 입이 더러워질 터이니까 그만두겠소."

원앙새가 연설을 그치고 연단에서 내려오니, 회장이 다시 일어나서 말한다.

폐회

"여러분 하시는 말씀을 들으니 다 옳으신 말씀이오. 대저 사람이라 하는 동물은 세상에 제일 귀하다 신령하다 하지마는 나는 말하자면, 제일 어리석고 제일 더럽고 제일 괴악하다 하오. 그 행위를 들어 말하자면 한정이 없고, 또 시간이 진하였으니 그만 폐회하오."
하더니 그 안에 모였던 짐승이 일시에 나는 자는 날고, 기는 자는 기고, 뛰는 자는 뛰고, 우는 자도 있고, 짖는 자도 있고, 춤추는 자도 있어, 다 각각 돌아가더라.
슬프다! 여러 짐승의 연설을 듣고 가만히 생각하여 보니, 세상에 불쌍한 것이 사람이로다. 내가 어찌하여 사람으로 태어나서 이런 욕을 보는고! 사람은 만물 중에 귀하기로 제일이요, 신령하기도 제일이요, 재주도 제일이요, 지혜도 제일이라 하여 동물 중에 제일 좋다 하더니 오늘날로 보면 제일로 악하고, 제일 흉괴하고, 제일 음란하고, 제일 간사하고, 제일 더럽고, 제일 어리석은 것은 사람이로다. 까마귀처럼 효도할 줄도 모르고, 개구리처럼 분수 지킬 줄도 모르고, 여우보다도 간사하고, 호랑이보다도 포악하고, 벌과 같이 정직하지도 못하고, 파리같이 동포 사랑할 줄도 모르고, 창자 없는 일은 게보다 심하고, 부정한 행실은 원앙새가 부끄럽도다. 여러 짐승이 연설할 때 나는 사람을 위하여 변명 연설을 하리라 하고 몇 번 생각하여 본즉, 무슨 말로 변명할 수가 없고, 반대를 하려 하나 현하지변(물이 세차게 흐르듯 거침없이 말을 잘함)을 가지고도 쓸 데가 없도다. 사람이 떨어져서 짐승의 아래가 되고 짐승이 도리어 사람보다 상등이 되었으니 어찌하면 좋을꼬. 예수님의 말씀을 들으니 하느님이 아직도 사람을 사랑하신다 하니, 사람들이 악한 일을 많이 하였을지라도 회개하면 구원 얻는 길이 있다 하였으니, 이 세상에 있는 여러 형제자매는 깊이깊이 생각하시오.

혈의 누

- 이인직 -

이인직(李人稙 1862~1916)

이인직은 1862년에 경기도 이천에서 태어났으며, 그의 호는 국초이다.

그는 한국에서 처음으로 산문성 짙은 언문일치의 문장으로 신소설을 개축한 소설가 겸 언론인이었다. 1900년 대한제국 정부의 관비 유학생으로 선발되어 도쿄 정치 학교 청강생으로 공부하고, 1904년 러일 전쟁이 일어나자 일본 육군성 조선어 통역관으로 임명되었다.

1906년에 만세보 주필이 되면서 신소설 〈혈의 누〉를 '동지'에 연재, 계속 많은 작품을 썼다. 1908년에는 극장 원각사(圓覺社)를 세워 자작 신소설 〈은세계〉를 상연하는 등 신극운동을 벌이기도 하였다. 1910년 이완용의 심복으로서 통감부 외사국장 고마쓰(小松綠)와 비밀리에 만나 한일 합병이 체결되는 매개 역할을 했다. 선릉참봉(宣陵參奉)·중추원부찬의 등을 지내고 이완용의 비서로서 그의 정치 노선에 동조하고 친일 행동을 하였다. 국권 피탈 후에는 경학원사성(經學院司成)을 지냈다. 1916년 신경통으로 조선총독부 의원에서 사망.

친일 행적에도 불구하고 개화기 근대 소설 작가로서 그의 문학사적 공적은 높은 평가를 받고 있다. 구소설과 근대 소설로 이어지는 소설의 전통적 연결을 시도·확립했으며, 문장에서 입말체와 묘사체 시도의 효시를 보였다. 또한 객관 묘사와 심리 묘사에서 뛰어난 기량을 발휘했다. 〈혈의 누〉 외에 그의 대표작으로 알려진 〈귀의 성〉, 그 밖에 〈치악산〉, 〈모란봉〉 등이 있고, 단편으로 〈빈선랑의 일미인〉이 있다.

〈혈의 누〉는 1906년 7월부터 10월까지 만세보에 연재된 이인직의 첫 번째 장편 소설로 우리 문학 사상 최초의 신소설로 평가된다. 〈혈의 누〉 하편은 옥련 어머니의 미국 방문기가 중심 내용으로 1907년 5월부터 6월까지 11회에 걸쳐 제국신문에 연재되었으며, 옥련의 귀국 이야기가 중심을 이루고 있는 〈모란봉〉은 1913년 2월부터 6월까지 매일신보에 연재되었다.

이 작품은 청일 전쟁을 배경으로 10년 동안의 세월 속에서 한국 · 일본 · 미국을 무대로 옥련 일가의 기구한 운명에 얽힌 개화기의 시대상을 그리고 있다. 이 작품이 발표되면서 한국 소설은 형식 및 내용에 있어서 이전의 소설과 구별되며, 근대 소설을 향해 한걸음 앞으로 다가서게 된다. 물론 구소설적 문체를 완전히 탈피하지 못했지만, 신교육 사상, 자유 결혼관, 봉건 관료에 대한 비판, 자주 독립 사상 등의 새로운 주제 의식을 통해 근대 소설로 진입하는 최초의 작품이라는 데 의의가 있다.

작품 줄거리

1894년 청일 전쟁이 막 끝날 때에 일곱 살 난 옥련은 피난길에 부모와 헤어져 부상을 입는다. 옥련은 평양의 모란봉에서 어머니만 부르고 산길을 헤매다가 적십자 간호수의 도움으로 야전 병원으로 옮겨진다. 옥련의 아버지 김관일은 난리 통에 부인과 딸을 잃고 장인의 도움을 받아 미국으로 유학을 간다. 모란봉 산비탈의 즐비한 시체 사이에서 남편과 옥련이를 찾던 옥련의 어머니는 일본군 헌병에게 끌려간다. 김관일의 부인 최씨는 남편이 집을 떠난 다음 집에 돌아온다. 그러고는 남편과 딸을 다시 만날 길이 없음을 알게 되자 대동강에 투신하여 자살을 기도하지만 뱃사공에 의해 구조되고, 딸의 일이 걱정되어 집을 찾아온 친정아버지를 만나서 김관일의 소식을 듣게 된다.

한편 옥련은 야전 병원에서 일본군 정상 소좌(井上 小佐)를 만나고 옥련을 가엾게 여긴 정상은 옥련을 수양딸로 삼아 일본 집으로 보낸다. 옥련은 정상 부인의 애정 속에 일본 대판(大坂, 오사카)에서 행복하게 살아가면서 일본 소학교를 다닌다. 그런데 정상 소좌의 전사 통지를 받은 정상 부인(옥련의 수양모)은 이때부터 태도가 돌변하여 옥련을 구박한다. 소학교를 우등생으로 졸업한 옥련은 자신의 신세를 한탄하며 가출을 결심하고 동경행 열차를 탄다. 옥련은 기차 안에서 우연히 구완서라는 청년을 만나게 되고 그와 함께 미국 유학길을 떠난다.

워싱턴에서 고등 소학교를 우등생으로 졸업한 옥련이 신문에 소개되자, 때마침 미국에서 유학하던 옥련의 부친 김관일이 옥련의 기사를 보고 찾아와 부녀가 극적으로 상봉한다. 이 소식을 들은 옥련의 어머니도 옥련을 만나러 미국으로 온다. 그리고 옥련은 구완서와 약혼을 한다.

핵심 정리

· 갈래 : 신소설
· 배경 : 청일 전쟁 때 평양, 오사카, 워싱턴
· 출전 : 만세보

· 시점 : 전지적 작가 시점
· 주제 : 신교육 사상과 개화 의식의 고취

혈의 누

일청 전쟁(청일 전쟁, 1894. 7~1895. 4에 동학란의 진압 문제를 둘러싸고 일어난 청나라와 일본의 전쟁. 일본이 이겨 이듬해 4월 하관에서 강화조약을 체결. 일본이 우리나라를 침략하는 한 계기가 됨)의 총소리는 평양 일경(한 나라, 또는 어떤 곳을 중심으로 한 일부 지역)이 떠나가는 듯하더니, 그 총소리가 그치매 사람의 자취는 끊어지고 산과 들에 비린 티끌뿐이라.

평양성의 모란봉에 떨어지는 저녁볕은 뉘엿뉘엿 넘어가는데, 저 햇빛을 붙들어 매고 싶은 마음에 붙들어 매지는 못하고 숨이 턱에 닿은 듯이 갈팡질팡하는 한 부인이 나이 서른이 될까 말까 하고, 얼굴은 분을 따고 넣은 듯이 흰 얼굴이나 인정 없이 뜨겁게 내리쬐는 가을볕에 얼굴이 익어서 선앵둣빛이 되고, 걸음걸이는 허둥지둥하는데 옷은 흘러내려서 젖가슴이 다 드러나고 치맛자락은 땅에 질질 끌려서 걸음을 걷는 대로 치마가 밟히니, 그 부인은 아무리 급한 걸음걸이를 하더라도 멀리 가지도 못하고 허둥거리기만 한다.

남이 그 모양을 볼 지경이면 저렇게 어여쁜 젊은 여편네가 술 먹고 한길에 나와서 주정한다 할 터이나, 그 부인은 술 먹었다 하는 말은 고사하고 미쳤다, 지랄한다 하더라도 그따위 소리는 귀에 들리지 아니할 만하더라.

무슨 소회(마음에 품고 있는 생각이나 정)가 그리 대단한지 그 부인더러 물을 지경이면 대답할 여가도 없이 옥련이를 부르면서 돌아다니더라.

"옥련아 옥련아, 옥련아 옥련아, 죽었느냐 살았느냐. 죽었거든 죽은 얼굴이라도 한 번 다시 만나 보자. 옥련아 옥련아, 살았거든 어미 애를 그만 쓰이고 어서 바삐 내 눈에 보이게 하여라. 옥련아, 총에 맞아 죽었느냐, 창에 찔려 죽었느냐, 사람에게 밟혀 죽었느냐. 어리고 고운 살에 가시가 박힌 것을 보아도 어미 된 이내 마음에 내 살이 지겹게 아프던 내 마음이라. 오늘 아침에 집에서 떠나올 때에 옥련이가 내 앞에 서서 아장아장 걸어 다니면서, '어머니, 어서 갑시다.' 하던 옥련이가 어디로 갔느냐."

하면서 옥련이를 찾으려고 골몰한 정신에, 옥련이보다 열 갑절 스무 갑절 더 소중하게 생각하는 사람을 잃고도 모르고 옥련이만 부르며 다니다가 목이 쉬고 기운이 탈진하여 산비탈 잔디 풀 위에 털썩 주저앉았다가 혼잣말로,

'옥련 아버지는 옥련이 찾으려고 저 건너 산 밑으로 가더니 어디까지 갔누.'

하며 옥련이를 찾던 마음이 홀지에(뜻하지 않게 갑작스럽게) 변하여 옥련 아버지를 기다린다.

기다리는 사람은 아니 오고, 인간 사정은 조금도 모르는 석양은 제빛 다 가지고 저 갈 데로 가니 산빛은 점점 먹장을 갈아 붓는 듯이 검어지고 대동강 물소리는 그윽한데, 전쟁에 죽은 더운 송장 새 귀신들이 어두운 빛을 타서 낱낱이 일어나는 듯 내 앞에 모여드는 듯하니, 규중에서 생장한 부인의 마음이라 무서운 마음에 간이 녹는 듯하여 숨도 크게 쉬지 못하고 앉았는데, 홀연히 언덕 밑에서 사람의 소리가 들리거늘, 그 부인이 가만히 들은즉 길 잃고 사람 잃고 애쓰는 소리라.

"에그, 깜깜하여라. 이리 가도 길이 없고 저리 가도 길이 없으니 어디로 가면 길을 찾을까. 나는 사나이라 다리 힘도 좋고 겁도 없는 사람이언마는, 이러한 산비탈에서 이 밤을 새고 사람을 찾아다니려 하면 이 고생이 이렇게 대단하거든, 겁도 많고 다녀 보지 못하던 여편네가 이 밤에 나를 찾아다니느라고 오죽 고생이 될까."

하는 소리를 듣고 부인의 마음에 난리 중에 피난 가다가 부부가 서로 잃고 서로 종적을 모르니 살아 생이별을 한 듯하더니, 하늘이 도와서 다시 만나 본다 하여 반가운 마음에 소리를 질렀더라.

"여보, 나 여기 있소. 날 찾아다니느라고 얼마나 애를 쓰셨소."

하면서 급한 걸음으로 언덕 밑으로 향하여 내려가다가 비탈에서 넘어져 구르니, 언덕 밑에서 올라오던 남자가 달려들어서 그 부인을 붙들어 일으키니, 그 부인이 정신을 차려 본즉 북두갈고리(북두 끝에 달린 갈고리) 같은

농군의 험한 손이 내 손에 닿으니 별안간에 선뜩한 마음에 소름이 끼치면서 가슴이 덜컥 내려앉고 겁결에 목소리가 나오지 못한다.

그 남자도 또한 난리 중에 제 계집 찾아다니는 사람인데, 그 계집인즉 피난 갈 때에 팔 승(八升, 승은 피륙의 날을 세는 단위) 무명을 강풀 한 됫박이나 먹였던지 장작같이 풀 센 치마를 입고 나간 터요, 또 그 계집은 호미자락·절굿공이·다듬잇방망이, 그러한 궂은일로 자라난 농군의 계집이라, 그 남자가 언덕에서 소리하고 내려오는 계집을 제 계집으로 알고 붙들었는데. 그 언덕에서 부르던 부인의 손은 명주같이 부드럽고 옷은 십이 승 아랫길 세모시 치마가 이슬에 눅었는데, 그 농군은 제 평생에 그 옷 입은 그런 손길은 만져 보기는 고사하고 쳐다보지도 못하던 위인이러라.

부인은 자기 남편이 아닌 줄 깨닫고, 사나이도 제 계집이 아닌 줄 알았더라. 부인은 겁이 나서 간이 서늘하고, 남자는 선녀를 만난 듯하여 흥김, 겁김에 가슴이 두근거리면서 숨소리는 크고 목소리는 아니 나온다. 그 부인의 마음에, 아까는 호랑이도 무섭고 귀신도 무섭더니, 지금은 호랑이나 와서 나를 잡아먹든지 귀신이나 와서 저놈을 잡아가든지 그런 뜻밖의 일을 기다리나, 호랑이도 아니 오고 귀신도 아니 오고, 눈에 보이는 것은 말 못하는 하늘의 별뿐이요, 이 산중에는 죄 없고 힘없는 이내 몸과 저 몹쓸 놈과 단 두 사람뿐이라.

사람이 겁이 나다가 오래되면 악이 나는 법이라. 겁이 날 때는 숨도 크게 못 쉬다가 악이 나면 반벙어리 같은 사람도 말이 물 퍼붓듯 나오는 일도 있는지라.

"여보, 웬 사람이오. 여보, 대답 좀 하오. 여보, 남을 붙들고 떨기는 왜 그리 떠오. 여보, 벙어리요 도둑놈이요? 도둑놈이거든 내 몸의 옷이나 벗어 줄 터이니 다 가져가오."

그 남자가 못생긴 마음에 어기뚱한 생각이 나서 말 한마디 엄두가 아니 나던 위인이 불같은 욕심에 말문이 함부로 열렸더라.

"여보, 웬 여편네가 이 밤중에 여기 와서 있소? 아마 시집살이 마다하고 도망하는 여편네지. 도망꾼이라도 붙들어다가 데리고 살면 계집 없느니보다 날 터이니 데리고 갈 일이로구. 데리고 가기는 나중 일이어니와 내가 어젯밤 꿈에 이 산중에서 장가를 들었더니, 꿈도 신통히 맞춘다."

하면서 무지막지한 놈의 행위라 불측한 소리가 점점 심하니, 그 부인이 죽어서 이 욕을 아니 보리라 하는 마음뿐이나, 어느 틈에 죽을 겨를도 없는지라.

사람이 생목숨을 버리는 것은 사람이 제일 설워하는 일인데, 죽으려 하여도 죽지도 못하는 그 부인 생각은 어떻다 형용할 수 없는 터이라.

빌어 보면 좋을까 생각하여 이리 빌고 저리 빌고 각색으로 빌어 보나 그놈의 귀에 비는 소리가 쓸데없고 하릴없을 지경이라. 언덕 위에서 웬 사람이 소리를 지르는데 무슨 소린지는 모르나 부인은 그 소리를 듣고 죽은 부모가 살아온 듯이 기쁜 마음에 마주 소리를 질렀더라.

"사람 좀 살려 주오……."

하는 소리가 아무리 부인의 목소리라도 죽을힘을 다 들여 지르는 밤소리라 산골이 울리니, 언덕 위의 사람이 또 소리를 지른다. 언덕 위와 언덕 밑이 두 간 길이쯤 되나 지척을 불변하는 칠야에 서로 모양도 못 보고 또 서로 말도 못 알아듣는 터이라, 언덕 위의 사람이 총 한 방을 놓으니 밤중의 총소리라 산이 울리면서 사람이 모여드는데 일본 보초병들이러라. 누구는 겁이 많고 누구는 겁이 없다 하는 말도 알 수 없는 말이라.

세상에 죄 있는 사람같이 겁 많은 사람은 없고, 죄 없는 사람같이 다기 있는 것은 없다. 부인은 총소리에도 겁이 없고 도리어 욕을 면한 것만 천행으로 여기는데, 그 남자는 제가 불측한 마음으로 불측한 일을 바라던 차라, 총소리를 듣고 저를 죽이러 온 사람으로 알고 달아난다. 밝은 날 같으면 달아날 생의도 못 하였을 터이나 깜깜한 밤이라 옆으로 비켜서기만 하여도 알 수 없는 고로 종적 없이 달아났더라. 보초병이 부인을 잡아서 앞세우고 가는데 서로 말은 못 하고 벙어리가 소를 몰고 가듯 한다.

계엄 중 총소리라 평양성 근처에 있던 헌병들이 낱낱이 모여들어서 총 놓은 군사와 부인을 데리고 헌병부로 향하여 가니, 그 부인은 어딘지 모르고 가나 성도 보이고 문도 보이는데, 정신을 차려 본즉 평양성 북문이라.

밤은 깊어 사람의 자취도 없고, 사면에서 닭은 홰를 치며 울고, 개는 여염집 평대문 개구멍으로 주둥이만 내어놓고 짖는다. 닭 소리, 개 소리에 부인의 발이 땅에 떨어지지 못하여 걸음을 멈추고 섰는데 오장이 녹는 듯하고 눈물이 앞을 가린다. 개는 명물이라 밤 사람을 알아보고 반가워 뛰어나오다가 헌병이 칼을 빼치려 하니 개가 쫓겨 들어가며 짖으나 사람도 말을 통치 못 하거늘 더구나 짐승이야⋯⋯.

"개야, 너 혼자 집을 지키고 있구나. 우리가 피난 갈 때에 너를 부엌에 가두고 나왔더니 어디로 나왔느냐. 너와 같이 집에 있었더라면 이러한 일이 생기지 아니하였을 것을, 살 곳 찾아가느라고 죽을 길 고생길로 들어갔다. 나는 살아와서 너를 다시 본다마는 서방님도 아니 계시다, 너를 귀애하던 옥련이도 없다, 내가 너와 같이 다리 힘이 좋으면 방방곡곡 찾아다닐 터이나, 다리 힘도 없고 세상에 만만하고 불쌍한 것은 여편네라 겁나는 것 많아서 못 다니겠다. 닭도 주인 없는 집에서 혼자 울고, 개도 주인 없는 집에서 혼자 짖는구나. 개야, 이리 나오거라. 나는 어디로 잡혀가는지 내 발로 걸어가나 내 마음으로 가는 것은 아니다."

헌병이 큰 소리로 가기를 재촉하니 부인이 하릴없이 헌병부로 잡혀가는데 개가 멍멍 짖으며 따라오니 그 개 짖고 나오던 집은 부인의 집이러라.

그날은 평양에서 싸움 결말나던 날이요, 성중의 사람이 진저리 내던 청인이 그림자도 없이 다 쫓겨 나가던 날이요, 철환은 공중에서 우박 쏟아지듯 하고 총소리는 평양성 근처가 다 두려 빠지고 사람 하나도 아니 남을 듯하던 날이요, 평양 사람이 일병 들어온다는 소문을 듣고 일병은 어떠한지, 임진 난리에 평양 싸움 이야기하며 별 공론이 다 나고 별 염려 다 하던 그 일병이 장마 통에 검은 구름 떠들어오듯 성내, 성외에 빈틈없이 들어와 박히던 날이라.

본래 평양성 중 사는 사람들이 청인의 작폐에 견디지 못하여 산골로 피난 간 사람이 많더니, 산중에서는 청인 군사를 만나면 호랑이 본 것 같고 원수 만난 것 같다. 어찌하여 그렇게 감정이 사나우냐 할 지경이면, 청인의 군사가 산에 가서 젊은 부녀를 보면 겁탈하고, 돈이 있으면 빼앗아 가고, 제게 쓸데없는 물건이라도 놀부의 심사같이 장난하니, 산에 피난 간 사람은 난리를 한층 더 겪는다. 그러므로 산에 피난 갔던 사람이 평양성으로 도로 피난 온 사람도 많이 있었더라.

그 부인은 평양성 북문 안에 사는데 며칠 전에 산에 피난 갔다가 산에도 있을 수 없고, 촌에 사는 일갓집으로 피난 갔다가 단칸방에서 주인과 손과 여덟 식구가 이틀 밤을 앉아 새우고 하릴없어 평양성으로 도로 온 지가 불과 수일 전이라. 그때 마음에 다시는 죽어도 피난 가지 아니한다 하였더니, 오늘 새벽부터 총소리는 천지를 뒤집어 놓고 사면 산꼭대기들 가운데에 불비가 쏟아지니 밝기를 기다려서 피난길을 떠났는데, 아무것도 가진 것 없고 젊은 내외와 어린 딸 옥련이와 단 세 식구 피난이라.

성 중에는 울음 천지요, 성 밖에는 송장 천지요, 산에는 피난꾼 천지라. 어미가 자식 부르는 소리, 서방이 계집 부르는 소리, 계집이 서방 부르는 소리, 이렇게 사람 찾는 소리뿐이라. 어린아이를 내버리고 저 혼자 달아나는 사람도 있고, 두 내외 손을 맞붙들고 마주 찾는 사람도 있더니, 석양판에는 그 사람이 다 어디로 가고 없는지 보이지 아니하고, 모란봉 아래서 옥련이 부르고 다니는 부인 하나만 남아 있더라.

그 부인의 남편 되는 사람은 나이 스물아홉 살인데, 평양서 돈 잘 쓰기로 이름난 김관일이라. 피난길 인해 중에 서로 잃고 서로 찾다가 김관일은 저의 집으로 혼자 돌아와서 그날 밤에 빈집에 혼자 있다가 밤중에 개가 하도 몹시 짖거늘, 일어나서 대문을 열고 보려 하다가 겁이 나서 차마 열지는 못하고 문틈으로 내다보았으나 벌써 헌병이 그 부인을 앞세우고 가니, 김관일은 그 부인이 헌병에게 붙들려 가는 줄은 생각 밖이요, 그 부인은 그 남편이 집에 있는 줄은 또한 꿈도 아니 꾸었더라.

김씨는 혼자 빈집에서 밤새도록 잠들지 못하고 별생각을 다 한다. 북문 밖 넓은 들에 철환 맞아 죽은 송장과 죽으려고 숨넘어가는 반송장들은 제 각각 제 나라를 위하여 전장에 나와서 죽은 장수와 군사들이라. 죽어도 제 직분이거니와, 엎드러지고 곱들어져서 봄바람에 떨어진 꽃과 같이 간 곳마다 발에 밟히고 눈에 걸리는 피난꾼들은 나라의 운수런가. 제 팔자 기박하여 평양 백성 되었던가. 땅도 조선 땅이요, 사람도 조선 사람이라. 고래 싸움에 새우 등 터지듯이, 우리나라 사람들이 남의 나라 싸움에 왜 이리 참혹한 일을 당하는가. 우리 마누라는 대문 밖에 한 걸음 나가 보지 못한 사람이요, 내 딸은 일곱 살 된 어린아이라 어디서 밟혀 죽었는가. 슬프다, 저 송장들의 피가 시내 되어 대동강에 흘러들어 여울목 치는 소리 무심히 듣지 말지어다. 평양 백성의 원통하고 설운 소리가 아닌가. 무죄히 죄를 받는 것도 우리나라 사람이요, 무죄히 목숨을 지키지 못하는 것도 우리나라 사람이라. 이것은 하늘이 지으신 일이런가, 사람이 지은 일이런가. 아마도 사람의 일은 사람이 짓는 것이다. 우리나라 사람이 제 몸만 위하고, 제 욕심만 채우려 하고, 남은 죽든지 살든지, 나라가 망하든지 흥하든지, 제 벼슬만 잘하여 제 살만 찌우면 제일로 아는 사람들이라.

평안도 백성은 염라대왕이 둘이라. 하나는 황천에 있고, 하나는 평양 선화당에 앉아 있는 감사라. 황천에 있는 염라대왕은 나이 많고 병들어서 세상이 귀찮게 된 사람을 잡아가거니와, 평양 선화당에 있는 감사는 몸 성하고 재물 있는 사람은 낱낱이 잡아가니, 인간 염라대왕으로 집집에 터주까지 겸한 겸관이 되었는지, 고사를 잘 지내면 탈이 없고 못 지내면 온 집안에 동토(동티, 잘못으로 인해 걱정이 생기거나 해를 입게 되는 것)가 나서 다 죽을 지경이라. 제 손으로 벌어 놓은 제 재물을 마음 놓고 먹지 못하고 천생 타고난 제 목숨을 남에게 매어 놓고 있는 우리나라 백성들을 불쌍하다 하겠거든, 더구나 남의 나라 사람이 와서 싸움을 하느니 지랄을 하느니 그러한 서슬에 우리는 패가하고 죽는 것이 다 우리나라가 강하지 못한 탓이라.

오냐, 죽은 사람은 하릴없다. 살아 있는 사람들이나 이후에 이러한 일을 또 당하지 아니하게 하는 것이 제일이다. 제정신 제가 차려서 우리나라도 남의 나라와 같이 밝은 세상 되고 강한 나라 되어 백성 된 우리들이 목숨도 보전하고 재물도 보전하고, 각 도 선화당과 각 도 동헌 위에 아귀 귀신 같은 산 염라대왕과 산 터주도 못 오게 하고, 범 같고 곰 같은 타국 사람들이 우리나라에 와서 감히 싸움할 생각도 아니 하도록 한 후에라야 사람도 사람인 듯싶고 살아도 산 듯싶고, 재물이 있어도 제 재물인 듯하리로다.

처량하다, 이 밤이여. 평양 백성은 어디 가서 사생 중에 들었으며, 아귀 같은 염라대왕은 어느 구석에 박혔으며, 우리 처자는 어떻게 되었는고. 우리 내외 금실이 유명히 좋던 사람이요, 옥련이를 남다르게 귀애하던 가정이라. 그러하나 세상에 뜻이 있는 남자 되어 처자만 구구히 생각하면 나라의 큰일을 못 하는지라. 나는 이 길로 천하 각국을 다니면서 남의 나라 구경도 하고 내 공부 잘한 후에 내 나라 사업을 하리라, 하고 밝기를 기다려서 평양을 떠나가니, 그 발길 가는 데는 만리타국이라.

그 부인은 일본군 헌병부로 잡혀갔으나 규중에서 생장한 부인이 그러한 난리 중에 그러한 풍파를 겪었다 하는 말을 듣는 자 누가 불쌍타 하지 아니하리오. 통변이 말을 전하는 대로 헌병장이 고개를 기울이고 불쌍하다 가엾다 하더니, 그 밤에는 군중에서 보호하고 그 이튿날 제집으로 돌려보내니, 부인은 하룻밤 동안에 세상 풍파를 다 지내고 본집으로 돌아왔더라.

아침 날 서늘한 기운에 빈집같이 쓸쓸한 것은 없는데 그 부인이 그 집에 들어와 보더니 처창한 마음이 새로이 나서,

'이 집구석에서 나 혼자 살아 무엇 하리.'

하면서 마루 끝에 털썩 걸터앉더니 정신없이 모로 쓰러졌다.

'어제 날 피난 갈 때에 급하고 겁나는 마음에 밥도 먹지 아니하고 나섰다가 하룻날 하룻밤에 고생한 일은 인간에 나 하나뿐인가 싶은 마음에 배가 고픈지 다리가 아픈지 모르고 지냈더니, 내 집으로 돌아오니 남편도 소식 없고 옥련이도 간곳없고, 엉성한 네 기둥과 적적한 마루 위에 덧문 척척 닫힌 방을 보고, 이 몸이 앉은 채로 쓰러져 없었으면 좋으련마는, 그렇지 아니하면 무슨 경황에 내 손으로 저 방문을 열고 내 발로 저 방으로 들어갈까.'

하는 혼잣말을 다 마치지 못하고 정신을 잃었더라.

평시 같으면 이웃 사람도 오락가락하고 방물장수, 떡 장수도 들락날락할 터인데, 그때는 평양성 중에 살던 사람들이 이번 불소리에 다 달아나고 있는 것은 일본 군사뿐이라. 그 군사들이 까마귀 떼 다니듯 하며 이 집 저 집 함부로 들어간다.

본래 전시국제공법(戰時國際公法)에 전장에서 피난 가고 사람 없는 집은 집도 점령하고 물건도 점령하는 법이라. 그런고로 군사들이 빈집을 보면 일삼아 들어간다.

김 씨 집에 들어와서 보는 군사들은 마루 끝에 부인이 누워 있는 것을 보고 도로 나갈 뿐이라. 아마도 부인을 구하여 줄 사람은 없었더라. 만일 엄

동설한에 하루 동안을 마루에 누웠으면 얼어 죽었을 터이나, 다행히 일기가 더운 때라 종일 정신없이 마루에 누웠으나 관계치 아니하였더라.

밤이 되매 비로소 정신이 나기 시작하는데, 꿈 깨고 잠 깨듯 별안간에 정신이 난 것이 아니라 모란봉에 안개 걷히듯 차차 정신이 난다. 처음에 눈을 떠서 보니 하늘에는 별이 총총하고, 다시 눈을 둘러보니 우중충한 집에 나 혼자 누웠으니 이곳은 어디며, 이 집은 뉘 집인지, 나는 어찌하여 여기 와서 누웠는지 곡절을 모른다.

차차 본즉 내 집이요, 차차 생각한즉 여기 와서 걸터앉았던 생각도 나고, 어젯밤에 일본 헌병부로 가던 생각도 나고, 총소리에 사람 모여들던 생각도 나고, 도둑놈에게 욕을 볼 뻔하던 생각이 나면서 새로이 소름이 끼친다.

정신이 번쩍 나고 없던 기운이 번쩍 나서 벌떡 일어나 앉았으니, 남편 생각과 옥련이 생각만 난다.

안방에는 옥련이가 자는 듯하고, 사랑방에는 남편이 있는 듯하다. 옥련이를 부르면 나올 듯하고, 남편을 부르면 대답을 할 것 같다. '어제 지낸 일은 정녕 꿈이라, 내가 악몽을 꾸었지. 지금은 깨었으니 옥련이를 불러 보리라.' 하고 안방으로 고개를 두르고 옥련아, 옥련아, 옥련아, 옥련아, 부르다가 소름이 죽죽 끼치고 소리가 점점 움츠러진다. 일어서서 안방 문 앞으로 가니 다리가 덜덜 떨리고 가슴이 두근두근한다. 방문을 왈칵 잡아당기니 방 속에서 벼락 치는 소리가 나며 부인은 외마디 소리를 지르고 주저앉았더라.

어제 아침에 이 방에서 피난 갈 때에는 방 가운데 아무것도 늘어놓은 것 없었더니, 오늘 아침에 김관일이가 외국에 가려고 결심하고 나갈 때에 무엇을 찾느라고 다락 속 벽장 속에 있는 세간을 낱낱이 내어놓고, 궤 문도 열어 놓고, 농문도 열어 놓고, 궤짝 위에 농짝도 놓고 농짝 위에 궤짝도 얹었는데, 단정히 놓인 것도 있지마는 곧 내려질 듯한 것도 있었더라. 방문은 무슨 정신에 닫고 갔던지, 방 안의 벽장문·다락문은 열린 채로 두었더라.

강아지만 한 큰 쥐가 다락에서 나와서 방 안에서 제 세상같이 있다가, 방문 여는 소리를 듣고 궤 위에서 방바닥으로 내려 뛰는데, 그 궤가 안동(어떤 일로 다른 일이 일어남)하여 떨어지니, 그 궤는 옥련의 궤라 조개껍질도 들고, 서양 철 조각도 들고, 방울도 들고, 유리병도 들었으니, 그 궤가 떨어질 때는 소리가 조용치는 못하겠으나 부인이 겁결에 들은즉 벼락 치는 소리 같더라.

부인이 정신을 차리고 당성냥(성냥)을 찾으려고 방 안으로 들어가니, 발에 걸리고 몸에 부딪히는 것이 무엇인지 무서운 마음에 도로 나와서 마루 끝에 앉았더라. 이 밤이 초저녁인지 밤중인지 샐 녘인지 모르고 날 새기만 기다리는데, 부인의 마음에는 이 밤이 샐 때가 되었거니 하고 동편 하늘만 쳐다보고 있더라.

두 날개 탁탁 치며 꼬끼오 우는 소리는 첫닭이 분명한데 이 밤새우기는 참 어렵도다. 그렇게 적적한 집에 그 부인이 혼자 있어서 하루, 이틀, 열흘, 보름을 지낼수록 경황없고 처량한 마음이 조금도 감하지 아니한다. 감하지 아니할 뿐 아니라 날이 갈수록 심란한 마음이 깊어 가더라. 그러면 무슨 까닭으로 세상에 살아 있는고. 한 가지 일을 기다리고 죽기를 참고 있었더라.

피난 갔던 이튿날 방 안에 세간이 늘어 놓인 것을 보고 남편이 왔던 자취를 알고 부인의 마음에는 남편이 옥련이와 나를 찾아다니다가 찾지 못하고 집에 돌아와서 보고 또 찾으러 간 줄로 알고 그 남편이 방향 없이 나서서 오죽 고생을 할까 싶은 마음에 가없으면서 위로는 되더니, 그날 해가 지고 저무니 남편이 돌아올까 기다리는 마음에 대문을 닫지 아니하고 앉아 밤을 새웠더라. 그 이튿날 또 다음 날올, 날마다 밤마다 때마다 기다리는데, 사람의 소리가 들리면 뛰어나가 보고, 개가 짖으면 쫓아가서 본다.

고대하던 마음은 진하고 단망하는 마음이 생긴다. 어느 곳에서 사람이 죽었다 하는 소문이 있으면 남편이 거기서 죽은 듯하고, 어느 곳에서는 어린아이 죽었다는 말이 들리면 내 딸 옥련이가 거기서 죽은 듯하다.

남편이 살아오거니 하고 고대할 때는 마음을 붙일 곳이 있어서 살아 있었거니와 죽어서 못 오거니 하고 단망하니 잠시도 이 세상에 있기가 싫다.

부인이 죽기로 결심하고 대동강 물에 빠져 죽을 차로 밤 되기를 기다려 강가로 향하여 가니, 그때는 9월 보름이라 하늘은 씻은 듯하고 달은 초롱 같다. 은가루를 뿌린 듯한 백사장에 인적은 끊어지고 백구(갈매기)는 잠들었다. 부인이 탄식하여 가로되,

"달아, 물어보자. 너는 널리 보리로다. 낭군이 소식 없고 옥련은 간곳없다. 이 세상에 있으면 집 찾아왔으련만, 일거무소식하니 북망객(죽은 사람을 뜻함) 됨이로다. 이 몸이 혼자 살면 일평생 근심이요, 이 몸이 죽었으면 이 근심 모르리라. 15년 부부 정과 일곱 해 모녀 정이 어느 때 있었던지 지금은 꿈같도다. 꿈같은 이내 평생 오늘날뿐이로다. 푸르고 깊은 물은 갈 길이 저기로다."

이러한 탄식을 마치매 치마를 걷어잡고 이를 악물고 두 눈을 딱 감으면서 물에 뛰어내리니 그 물은 대동강이요, 그 사람은 김관일의 부인이라. 물 아래 뱃나들이에 한 거룻배가 비꼈는데, 그 배 속에서 사공 하나와 평양성 내에 사는 고장팔이라 하는 사람과 단둘이 달밤에 밤 윷을 노는데, 그 사공과 고가는 각 어미 자식이나 성정은 어찌 그리 똑같던지, 사공이 고가를 닮았는지, 고가가 사공을 닮았는지, 벌어먹는 길만 다르나 일만 없으면 두 놈이 함께 붙어 지낸다.

무엇을 하느라고 같이 붙어 지내는고. 둘 중에 하나만 돈이 있으면 서로 꾸어 주며 투전을 하고, 둘이 다 돈이 없으면 담배 내기 밤 윷이라도 아니 놀고는 못 견딘다. 하루 밥을 굶어라 하면 어렵게 여기지 아니하나 하루 노름을 하지 말라 하면 병이 날 듯한 놈들이라. 그 밤에도 고가가 그 사공을 찾아가서 단둘이 밤 윷을 놀다가 물 위에서 이상한 소리가 들리나 윷에 미쳐서 정신을 모르다가, 물 위에서 웬 사람이 떠내려오다가 배에 걸려서 허덕거리는 것을 보고 급히 뛰어내려서 건진즉 한 부인이라. 본래 부인이 높은 언덕에서 뛰어내렸더라면 물이 깊고 얕고 간에 살기가 어려웠을 터이나, 모래톱에서 물로 뛰어 들어가니 그 물이 한두 자 깊이가 될락 말락 한 물이라. 물이 낮아 죽지 아니하였으나 부인은 죽을 마음으로 빠진 고로 얕은 물이라도 죽을 작정만 하고 드러누우니 얼른 죽지는 아니하고 물에 떠서 내려가다가 배에 있던 사람에게 구원되었더라.

화약 연기는 구름에 비 묻어 다니듯이 평양의 총소리가 의주로 올라가더니 백마산에는 철환 비가 오고, 압록강에는 송장으로 다리를 놓는다. 평양은 난리 평정이 되고 의주는 새로 난리를 만났으니, 가령 화재 만난 집에서 안방에는 불을 잡았으나 건넌방에는 불이 붙는 격이라. 안방이나 건넌방이나 집은 한집이언만 안방 식구는 제 방에만 불 꺼지면 다행으로 안다.

의주서는 피비 오는데 평양성 중에는 차차 웃음소리가 난다. 피난 가서 어느 구석에 숨어 있던 사람들이 차차 모여들어서 성 중에는 옛 모양이 돌아온다.

집집의 걸어 닫혔던 대문도 열리고, 골목골목마다 사람의 자취가 없던 곳도 사람이 오락가락하고, 개 짖고 연기 나는 모양이 세상은 평화 된 듯하나, 북문 안의 김관일의 집에는 대문이 닫힌 채로 있고 그 집 문간에 사람이 와서 찾는 자도 없었더라. 하루는 어떠한 노인이 부담말(부담마, 물건을 담은 농짝 위에 사람이 타도록 만든 말)을 타고 오다가 김 씨 집 앞에서 말에서 내리더니 김 씨 집 대문을 흔들어 본즉 문이 걸리지 아니하였거늘 안으로 들어가더니 나와서 이웃집에 말을 묻는다.

"여보, 말 좀 물어봅시다. 저 집이 김관일 김 초시 집이오?"

"네, 그 집이오. 그 집에 아무도 없나 보오."

"나는 김관일의 장인 되는 사람인데, 내 사위는 만나 보았으나 내 딸과 외손녀는 피난 갔다가 집 찾아왔는지 몰라서 내가 여기까지 온 길이러니, 지금 그 집에 들어가서 본즉 아무도 없기로 궁금하여 묻는 말이오."

"우리도 피난 갔다가 돌아온 지가 며칠 되지 아니하였으니 이웃집 일이라도 자세히 모르겠소."

노인이 하릴없이 다시 김 씨 집에 들어가서 사세히 살펴보니 사람은 난리를 만나 도망하고 세간은 도둑을 맞아서 빈 농짝만 남았는데, 벽에 언문 글씨가 있으니, 그 글씨는 김관일 부인의 필적인데, 대동강 물에 빠져 죽으려고 나가던 날의 세상 영결하는 말이라.

노인이 그 필적을 보고 놀랍고 슬픈 마음을 진정치 못하였더라.

그 노인은 본래 평양성 내에서 살던 최 주사라 하는 사람인데, 이름은 항래라. 10년 전에 부산으로 이사하여 장사를 크게 하는데, 그때 나이 오십이라. 재산은 유여하나 아들이 없어서 양자 하였더니 양자는 합의치 못하고, 소생은 딸 하나 있으나 그 딸은 편애할 뿐 아니라 그 딸을 기를 때에 최 주사는 애쓰고 마음 상하면서 길러낸 딸이요, 눈살 맞고 자라난 딸인데, 그 딸인즉 김관일의 부인이라.

최 씨가 그 딸 기를 때의 일을 말하자 하면, 소진(중국 전국 시대의 세객으로 〈합종책〉을 써서 여섯 나라의 재상이 되고, 뒤에 제나라 객경이 되었음. 317년에 암살됨. 여기서는 그의 능란한 구변을 말함)의 혀를 두셋씩 이어 놓고 3, 4월 긴 해를 몇씩 포개 놓을지라도 다 말할 수 없는 일이러라. 그 부인의 이름은 춘애라. 일곱 살에 그 모친이 돌아가고 계모가 길렀는데, 그 계모는 부인 범절에는 사사이 칭찬 듣는 사람이나 한 가지 결점이 있으니, 그 흠절은 전실 소생 춘애에게 몹시 구는 것이라. 세간 그릇 하나라도 전실이 쓰던 것이면 무당 불러서 불살라 버리든지 깨뜨려 버리든지 하여야 속이 시원하여지는 성정이라. 그러한 계모의 성정에 사르지도 못하고 깨뜨리지도 못할 것은 전실 소생 춘애라. 최 씨가 그 딸을 옥같이 사랑하고 금같이 귀애하나 그 후취 부인 보는 때는 조금도 귀애하는 모양을 보이면 춘애는 그 계모에게 음해를 받을 터이라. 그런고로 최 주사가 그 딸을 칭찬하고 싶은데도 그 계모 보는 데서는 꾸짖고 미워하는 상을 보이는 일도 많다.

그러면 최 주사가 그 후취 부인에게 쥐여 지내느냐 할 지경이면 그렇지도 아니하다.

그 후취 부인은 죽어 백골 된 전실에게 투기하는 마음 한 가지만 아니면 아무 흠절이 없으니, 그러한 부인은 쇠사슬로 신을 삼아 신고 그 신이 날이 나도록 조선 팔도를 다 돌아다니더라도 그만한 아내는 얻기가 어렵다 하는 집안 공론이라. 최 씨가 후취 부인과 금실도 좋고 전취 소생 춘애도 사랑하니, 춘애를 위하여 주려 하면 후실의 뜻을 맞추어 주는 일이 상책이라. 춘애가 어려서부터 총명하고 눈치 빠르기로는 어린아이로 볼 수가 없다. 계모에게 따르기를 생모같이 따르면서 혼자 앉으면 눈물을 씻고 죽은 어머니 생각하더라. 춘애가 그러한 고생을 하고 자라나서 김관일의 부인이 되었는데, 최 씨는 딸을 출가한 딸로 여기지 아니하고 젖 먹이는 딸과 같이 안다.

평양의 난리 소문이 다른 사람 듣기에는 이웃집에 초상났다는 소문과 같이 심상히 들리나, 부산 사는 최항래 최 주사의 귀에는 소름이 끼치도록 놀랍고 심려되더니, 하루는 그 사위 김관일이 부산 최 씨 집에 와서 난리 겪은 말도 하고, 외국으로 공부하러 가고자 하는 목적을 말하니 최 씨가 학비를 주어서 외국에 가게 하고, 최 씨는 그 딸과 외손녀의 생사를 자세히 알고자 하여 평양에 왔더니, 그 딸이 대동강 물에 빠져 죽을 차로 벽상에 그 회포를 쓴 것을 보니 그 딸 기를 때의 불쌍하던 마음이 새로이 나서, 일곱 살에 저의 어머니 죽을 때에 죽은 어미의 뺨을 대고 울던 모습도 눈에 선하고, 계모의 눈살을 맞아서 조잡들던 모양도 눈에 선하고, 내가 부산 갈 때에 부녀가 다시 만나 보지 못하는 듯이 낙루하며 작별하던 모양도 눈에 선한 중에 해는 점점 지고, 빈집에 쓸쓸한 기운은 날이 저물수록 형용하기 어렵더라.

　최 씨가 데리고 온 하인을 부르는데 근력 없는 목소리로,

　"이 애 막동아, 부담 떼서 안마루에 갖다 놓아라."

　"말은 어데 갖다 매오리까?"

　"마방집에 갖다 매어라."

　"소인은 어디서 자오리까?"

　"마방집에 가서 밥이나 사서 먹고 이 집 행랑방에서 자거라."

　"나리께서도 무엇을 좀 사다가 잡숫고 주무시면 좋겠습니다."

　"나는 술이나 먹겠다. 부담에 달았던 술 한 병 떼어 오고 찬합만 끌러 놓아라. 혼자 이 방에 앉아 술이나 먹다가 밤새거든 새벽길 떠나서 도로 부산으로 가자. 난리가 무엇인가 하였더니 당하여 보니 인간에게 지독한 일은 난리로구나. 내 혈육은 딸 하나 외손녀 하나뿐이려니 와서 보니 이 모양이로구나. 막동아, 너같이 무식한 놈더러 쓸데없는 말 같지마는 이후에는 자손 보존하고 싶은 생각 있거든 나라를 위하여라. 우리나라가 강하였더라면 이 난리가 아니 났을 것이다. 세상 고생 다 시키고 길러낸 내 딸자식, 나 젊고 무병하건마는 난리에 죽었구나. 역질 홍역 다 시키고 잔주접 다 떨어 놓은 외손녀도 난리 중에 죽었구나."

　"나라는 양반님네가 다 망하여 놓으셨지요. 상놈들은 양반이 죽이면 죽었고, 때리면 맞았고, 재물이 있으면 양반에게 빼앗겼고, 계집이 어여쁘면 양반에게 빼앗겼으니, 소인 같은 상놈들은 제 재물 제 계집 제 목숨 하나를 위할 수가 없이 양반에게 매였으니, 나라 위할 힘이 있습니까. 입 한번을 잘못 놀려도 죽일 놈이니 살릴 놈이니, 오금을 끊어라 귀양을 보내라 하는

양반님 서슬에 상놈이 무슨 사람값에 갔습니까. 난리가 나도 양반의 탓이 올시다. 일청 전쟁도 민영춘이란 양반이 청인을 불러왔답니다. 나리께서 난리 때문에 따님 아씨도 돌아가시고 손녀 아기도 죽었으니 그 원통한 귀신들이 민영춘이라는 양반을 잡아갈 것이올시다."

하면서 말이 이어 나오니, 본래 그 하인은 주제넘다고 최 씨 마음에 불합하나, 이번 난리 중 험한 길에 사람이 똑똑하다고 데리고 나섰더니 이러한 심란 중에 주제넘고 버릇없는 소리를 함부로 하니 참 난리 난 세상이라. 난리 중에 꾸짖을 수도 없고 근심 중에 무슨 소리든지 듣기도 싫은 고로 돈을 내어 주며 하는 말이, 막둥아 너도 나가서 술이나 싫도록 먹어라. 홧김에 먹고 보자 하니 막둥이는 밖으로 나가고, 최 씨는 혼자 술병을 대하여 팔자 한탄하다가 술 한 잔 먹고, 세상 원망하다가 술 한 잔 먹고, 딸 생각이 나도 술 한 잔 먹고, 외손녀 생각이 나도 술 한 잔 먹고, 술에 얼큰하게 취하더니 이 생각 저 생각 없이 술만 먹다가 갓 쓴 채로 목침 베고 드러눕더니 잠이 들면서 꿈을 꾸었더라. 모란봉 아래서 딸과 외손녀를 데리고 피난을 가다가 노략질 꾼 도둑을 만나서 곤란을 무수히 겪다가 딸이 도둑을 피하여 가느라고 높은 언덕에서 떨어져 죽는 것을 보고 최 씨가 도둑놈을 때려죽이려 지팡이를 들고 때리니, 도둑놈이 달려들어 최 씨를 마구 때리거늘, 최 씨가 넘어져서 일어나려고 애를 쓰는데 도둑놈이 최 씨를 깔고 앉아서 멱살을 쥐고 칼을 빼니, 최 씨가 숨을 쉴 수가 없어 일어나려고 애를 쓰니 최 씨가 분명 가위에 눌린 것이다.

곁에서 사람이 최 씨를 흔들며 '아버지 여기를 어찌 오셨소? 아버지, 아버지!' 하는 소리에 깜짝 놀라 깨치니 남가일몽(꿈과 같이 한때의 부귀영화를 이르는 말)이라. 눈을 떠서 자세히 본즉 대동강 물에 빠져 죽으려고 벽상에 회포를 써서 붙였던 딸이 살아온지라, 기쁜 마음에 정신이 번쩍 나서 생각한즉 이것도 꿈이 아닌가 의심난다.

"이 애, 네가 죽으려고 벽상에 유언을 써서 놓은 것이 있더니 어찌 살아왔느냐? 아까 꿈을 꾸니 네가 언덕에서 떨어져 죽었더니 지금 너를 보니 이것이 꿈이냐, 그것이 꿈이냐? 이것이 꿈이거든 이 꿈을 이대로 깨지 말고 10년 20년이라도 이대로 지냈으면 그 아니 좋겠느냐."

하는 말이 최 씨 생각에는 그 딸 만나 보는 것이 정녕 꿈같고 그 딸이 참 살아온 사기(일이 되어 가는 가장 중요한 기틀)는 자세히 모른다.

원래 최 씨 부인이 물에 빠져 떠내려갈 때에 뱃사공과 고장팔에게 구한 바 되었는데, 장팔의 모와 장팔의 처가 그 부인을 교군에 태워서 저희 집으로 모시고 가서 수일을 극진히 구원하였다가 그 부인이 차차 완인이 되매, 그날 밤 들기를 기다려서 부인이 장팔의 모를 데리고 집에 돌아온 길이라. 장팔의 모는 길가에서 무엇을 사 가지고 들어온다 하고 뒤떨어졌는데, 그 부인은 발씨 익은 내 집이라 앞서서 들어온즉 안마루에 부담상자도 있고 안방에는 불이 켜 있어 밝은지라. 이전 마음 같으면 부인이 그 방문을 감히 열지 못하였을 터이나 별 풍상 다 지내고 지금은 겁나는 것도 없고 무서운 것도 없는지라, 내 집 내 방에 누가 와서 들어앉았는가 하면서 서슴지 아니하고 방문을 열어 보니 웬 사람이 자다가 가위에 눌려서 애를 쓰는 모양인데, 자세히 본즉 자기의 부친이라. 부인이 그때에 부친을 만나니 반가운 마음에 아무 말도 아니하고 나오느니 울음뿐이라.

뒤떨어졌던 고장팔의 모가 들어 달아오면서 덩달아 운다.

"에그, 나리 마님이 이 난리 중 여기 오셨네. 알 수 없는 것은 세상일이올시다. 나리께서 부산으로 이사 가실 때에 할미는 늙은 것이라 살아서 다시 나리께 뵙지 못하겠다 하였더니 늙은 것은 살았다가 또 뵈옵는데, 어린 옥련 애기와 젊으신 시방님은 어디 가서 돌아가셨는지 나리 오신 것을 못 만나 뵈네."

하는 말은 속에서 솟아 나오는 인정이라. 그 노파가 인정이 있을 만도 한 사람이라.

고장팔의 모가 본래 최 씨 집 종인데 서른 전부터 드난(임시로 남의 집 부엌일 따위를 도와주는 사람)은 아니 하나 최 씨의 덕으로 살다가 최 씨가 이사 갈 때에 장팔의 모는 상전을 따라가고자 하나 장팔이가 노름꾼으로 최 씨의 눈 밖에 난 놈이라 최 씨를 따라가지 못하고 끈 떨어진 뒤웅박같이 평양에 있었더니, 이번에는 노름 덕으로 대동강 배 속에서 밤잠 아니 자고 있다가 최 씨 부인을 구하여 살렸으니, 장팔이 지금은 노름하는 칭찬도 들을 만하게 되었더라.

최 씨 부인이 그 부친에게서 남편 김 씨가 외국으로 유학하러 갔다는 말을 듣고 만 리의 이별은 섭섭하나 난리 중에 목숨을 보존한 것만 천행으로 여겨서, 부친의 말하는 입을 쳐다보면서 눈에는 눈물이 가득하나 얼굴에는 기쁜 빛을 띠더라.

"이 애 김집아, 네 집은 외무주장(집안에 살림을 맡아 할 만큼 장성한 남자가 없음)하니 여기서 고단하여 살 수 없을 것이니 나를 따라 부산으로 내려가서 내 집에 같이 있으면 좋지 아니하겠느냐?"

"내가 물에 빠져 죽으려 하기는 가장이 죽은 줄로 생각하고 나 혼자 세상에 살아 있기가 싫은 고로 대동강에 빠졌더니, 사람에게 건진 바 되어 살아 있다가 가장이 살아서 외국에 유학하러 갔다는 소식을 들었으니, 나는 이 집을 지키고 있다가 몇 해 후가 되든지 이 집에서 다시 가장의 얼굴을 만나 보겠으니, 아버지께서는 딸 생각 마시고 딸 대신 사위가 공부나 잘하도록 학비나 잘 대어 주시기를 바라나이다. 나는 이 집에서 장팔의 어미를 데리고 박토 마지기에서 도짓섬(도지 섬) 받는 것 가지고 먹고 있겠소. 그러나 옥련이나 있다면 위로가 될걸, 허구한 세월을 어찌 기다리나."

하는 소리에 최 주사가 흥격이 막히나 다사(多事)한 사람이 오래 있을 수 없는 고로 수일 후에 부산으로 내려가고 김씨 부인은 장팔의 어미를 데리고 있으니, 행랑에는 늙은 과부요, 안방에는 젊은 생과부가 있어서 김씨를 오기만 기다리고 세월 가기만 기다린다. 밤에는 밤이 길고 낮에는 낮이 긴데 그 밤과 그 낮을 모아 달 되고 해 되니, 천하에 어려운 것은 사람 기다리는 것이라. 부인의 생각에는 인간의 고생이 나 하나뿐인 줄로 알고 있건마는, 그보다 더 고생하는 사람이 또 있으니, 그것은 부인의 딸 옥련이라.

당초에 옥련이가 피난 갈 때에 모란봉 아래서 부모의 간 곳 모르고 어머니를 부르면서 발을 동동 구르다가 난데없는 철환 한 개가 넘어오더니 옥련의 왼편 다리에 박혀 넘어져서 그날 밤을 그 산에서 목숨이 붙어 있었더니, 그 이튿날 일본 적십자 간호수가 보고 야전 병원으로 실어 보내니 군의(軍醫)가 본즉 중상은 아니라. 철환이 다리를 뚫고 나갔는데, 군의 말이 '만일 청인의 철환을 맞았으면 철환에 독한 약이 섞인지라 맞은 후에 하룻밤을 지냈으면 독기가 몸에 많이 퍼졌을 터이나, 옥련이가 맞은 철환은 일인의 철환이라 치료하기 대단히 쉽다.' 하더니, 과연 3주일이 못 되어서 완연히 평일과 같은지라. 그러나 옥련이는 갈 곳이 없는 아이라, 병원에서 옥련의 집을 물은즉 평양 북문 안이라 하니 병원에서 옥련이가 나이 어리고 또한 정경을 불쌍케 여겨서 통사(통역)를 안동하여 옥련의 집에 가서 보라 한즉, 그때는 옥련의 모친이 대동강 물에 빠져 죽으려고 벽상에 그 사정 써서 붙이고 간 후라, 통변이 그 글을 보고 옥련을 불쌍히 여겨 도로 데리고 야전 병원으로 가니, 군의 정상(일본어로 '이노우에'라고 함) 소좌(군대의 소령에 해당하는 직위)가 옥련의 정경을 불쌍히 여기고 옥련의 자품(사람이 타고난 바탕과 성품)을 기이하게 여겨 통변을 세우고 옥련의 뜻을 묻는다.

"이 애, 너의 아버지와 어머니가 어디로 간지 모르냐?"

"……"

"그러면 네가 내 집에 가서 있으면 내가 너를 학교에 보내어 공부하도록 하여 줄 것이니, 네가 공부를 잘하고 있으면 내가 아무쪼록 너의 나라에 탐지하여 너의 부모가 살았거든 너의 집으로 곧 보내 주마."

"우리 아버지 어머니가 살아 있는 줄을 알고 나를 도로 우리 집에 보내 줄 것 같으면 아무 데라도 가고, 아무것을 시키더라도 하겠소."

"그러면 오늘이라도 인천으로 보내서 어용선을 타고 일본으로 가게 할 것이니, 내 집은 일본 대판이라(오사카라). 내 집에 가면 우리 마누라가 있는데, 아들도 없고 딸도 없으니 너를 보면 대단히 귀애할 것이니 너의 어머니로 알고 가서 있거라."

하면서 귀국하는 병상병(病傷兵)에게 부탁하여 일본 대판(오사카)으로 보내니, 옥련이가 교군 바탕을 타고 인천까지 가서 인천서 유선을 타니, 등 뒤에는 부모 소식이 묘연하고 눈앞에는 타국 산천이 생소하다. 만일 용렬한 아이가 일곱 살에 난리 피난을 가다가 부모를 잃었으면 어미 아비만 생각하고 낯선 사람이 무슨 말을 물으면 눈물이 비죽비죽하고 주접이 덕지덕지하고 묻는 말에 대답도 시원히 못 할 터이나, 옥련이는 어디 그러한 영리하고 숙성한 아이가 있든지 혼자 있을 때는 부모를 보고 싶은 마음에 죽을 듯하나 사람을 대할 때는 어찌 그리 천연하던지, 부모 생각하는 기색이 조금도 없더라. 옥련의 얼굴은 옥을 깎아서 연지분으로 단장한 것 같다.

옥련의 부모가 옥련 이름 지을 때에 옥련의 모양과 같이 아름다운 이름을 짓고자 하여 내외 공론이 무수하였더라. 옥같이 희다 하여 옥이라고 부르는 사람은 옥련이 모친이요, 연꽃같이 번화하다 하여 연화라고 부르는 사람은 옥련의 부친이라.

그 아이 이름 짓던 날은 의논이 부산하다가 구화 담판(싸우던 나라가 사이좋게 지내게 됨) 되듯 옥 자, 련 자를 합하여 옥련이라 지은 이름이라. 부모 된 사람이 제 자식 귀애하는 마음에 혹 시꺼먼 괴석 같은 것도 옥같이 보는 일도 있고, 누렁퉁이나 호박꽃같이 생긴 것도 연꽃같이 보이는 일도 있기는 있지마는, 옥련이 같은 아이는 옥련의 부모의 눈에만 그렇게 아름다운 것이 아니라 어떠한 사람이든지 칭찬 아니 하는 사람이 없고, 또 자식 없는 사람이 보면 빼앗아 갈 것같이 탐을 내서 하는 말에, 옥련이를 잡아가서 내 딸이 될 것 같으면 벌써 잡아갔겠다 하는 사람이 무수하였더라.

그리하던 옥련이가 부모를 잃고 만리타국으로 혼자 가니, 배 안에 들어 있는 사람들은 소일 조로 옥련의 곁에 모여들어서 말 묻는 사람도 있고, 조선말을 하지 못하는 사람들은 행중에서 과자를 내어 주니, 어린아이가 너무 괴롭고 성가실 만하련마는 옥련이는 천연할 뿐이라.

만 리 창해에 살같이 빠른 배가 인천에서 떠난 지 나흘 만에 대판에 다다르니, 대판에서 내릴 선객들은 각기 제 행장을 수습하여 삼판(항구 안에서 사람, 물건 등을 실어 나르는 중국식의 작은 배)에 내려가느라고 분요하나 옥련이는 행장도 없고 몸 하나뿐이라 혼자 가만히 앉았으니, 어린 소견에도 별생각이 다 난다.

'남은 제집 찾아가건마는 나는 뉘 집으로 가는 길인고. 남들은 일이 있어서 대판에 오는 길이거니와 나 혼자 일없이 타국에 가는 사람이라. 편지 한 장을 품에 끼고 가는 집이 뉘 집인고. 이 편지 볼 사람은 어떠한 사람이며, 이내 몸 위하여 줄 사람은 어떠한 사람인가. 딸을 삼거든 딸 노릇 하고, 종을 삼거든 종노릇하고, 고생을 시키거든 고생도 참을 것이요, 공부를 시키거든 일시라도 놀지 않고 공부만 하여 볼까.'

이런 생각 저런 생각, 생각만 하느라고 시름없이 앉았더니, 평양서부터 동행하던 병정이 옥련이를 부르는데, 말을 서로 알아듣지 못하는 고로 눈

치로 알아듣고 따라 내려가니, 그 병대는 평양 싸움에서 오른편 다리에 총
을 맞고 옥련이와 같이 야전 병원에서 치료하던 사람인데, 철환이 신경맥
을 상한 고로 치료한 후에 그 다리가 불편하여 몽둥이에 의지하여 겨우 걸
어 다니는지라. 그 병대는 앞에 서서 내려가는데, 옥련이가 뒤에 서서 보다
가 하는 말이, 나도 다리에 총 맞았던 사람이라. 내가 만일 저 모양이 되었
더라면 자결하여 죽는 것이 편하지 살아서 쓸 데 있나, 하는 소리를 옥련의
말 알아듣는 사람이 없으니, 그런 말은 못 듣는 것이 좋건마는, 좋은 마디
는 그뿐이라. 옥련이가 제일 답답한 것은 서로 말 모르는 것이라. 벙어리
심부름하듯 옥련이가 병정 손짓하는 대로만 따라간다.

옥련의 눈에는 모두 처음 보는 것이라. 항구에는 배 돛대가 삼대 들어서
듯 하고, 저잣거리에는 2층, 3층 집이 구름 속에 들어간 듯하고, 지네같이
기어가는 기차는 입으로 연기를 확확 뿜으면서 배에는 천동 지동(지구의
공전과 자전을 이름)하듯 구르며 풍우같이 달아난다. 넓고 곧은 길에 갔다
왔다 하는 인력거 바퀴 소리에 정신이 없는데, 병정이 인력거 둘을 불러서
저도 타고 옥련이도 태우니 그 인력거들이 살같이 가는지라. 옥련이가 길
에서 아장아장 걸을 때에는 인해 중에 넘어질까 조심 되어 아무 생각이 없
더니, 인력거 위에 올라앉으매 새로이 생각만 난다.

'인력거야, 천천히 가고지고. 이 길만 다 가면 남의 집에 들어가서 밥도
얻어먹고 옷도 얻어 입고, 마음도 불안하고 몸도 불편할 터이로구나. 인력
거야, 어서 바삐 가고지고. 궁금하고 알고자 하는 일은 어서 바삐 눈으로
보아야 시원하다. 가품 좋고 인정 있는 사람인지, 집 안에서 찬 기운 나고
사람에게서 독기가 뚝뚝 떨어지는 집이나 아닌지. 내 운수가 좋으려면 그
집 인심이 좋으련마는 조실부모하고 만리타국에 유리하는 내 운수에……'

그러한 생각에 눈물이 비 오듯 하며 흑흑 느끼며 우는데 인력거는 벌써
정상(이노우에) 군의 집 앞에 와서 내려놓는데, 옥련이가 인력거 그치는 것
을 보고 이것이 정상 군의 집인가 짐작하고 조심하는 마음에 작은 몸이 더
욱 작아진 듯하다.

슬픈 생각도 한가한 때를 타서 나는 것이다. 눈물이 뚝 그치고 아니 나온
다. 옥련이가 눈을 이리 씻고 저리 씻고 부산히 씻는 중에 앞에 섰던 인력

거 꾼이 무슨 소리를 지르매 계집종이 나와서 문간방에 꿇어앉아서 공손히 말을 물으니 병정이 두어 말 하매 종이 안으로 들어가더니 다시 나와서 병정더러 들어오라 하니, 병정이 옥련이를 데리고 정상 군의 집 안으로 들어갔다.

병정은 정상 부인을 대하여 군의 소식을 전하고, 옥련의 사기를 말하고 전지의 소경력을 이야기하는데, 옥련이는 정상 부인의 눈치만 본다. 부인의 나이가 서른이 될락 말락 하니 옥련의 모친과 정동갑이나 아닌지, 연기는 옥련의 모친과 그렇게 같으나 생긴 모양은 옥련의 모친과 반대만 되었다. 옥련의 모친은 눈에 애교가 있더라. 정상 부인은 눈에 살기만 들었더라. 옥련의 모친은 얼굴이 희고 도화색을 띠었더니 정상 부인의 얼굴이 희기는 하나 청기가 돈다. 얌전도 하고 쌀쌀도 한데, 군의의 편지를 받아 보면서 옥련이를 흘끔흘끔 보다가 병정더러 무슨 말도 하는 것은 옥련의 마음에는 모두 내 말 하거니 하고 단정히 앉았는데, 병정은 할 말 다 하였는지 작별하고 나가고, 옥련이만 정상 군의의 집에 혼자 떨어져 있으니 새로이 생소하고 비편한 마음뿐이라.

"이 애 설자(유키코)야, 나는 딸 하나 낳았다."

"아씨께서 자녀 간에 없이 고적하게 지내시더니 따님이 생겼으니 얼마나 좋으시니까. 그러나 오늘 낳으신 아기가 대단히 숙성하오이다."

"설자야, 네가 옥련이를 말도 가르치고 언문도 잘 가르쳐 주어라. 말을 알아듣거든 하루바삐 학교에 보내겠다."

"내가 작은 아씨를 가르칠 자격이 되면 이 댁에 와서 종노릇하고 있겠습니까."

"너더러 어려운 것을 가르쳐 주라는 것이 아니다. 심상소학교(일제 강점기에 초등 교육을 행하던 학교) 1년급 독본이나 가르쳐 주라는 말이다. 네 동생같이 알고 잘 가르쳐다오. 말을 능통히 알기 전에는 집에서 네가 교사 노릇하여라. 선생 겸 종 겸 어렵겠다. 월급이나 많이 받으려무나."

"월급은 더 바라지 아니하거니와 연회장 구경이나 자주 시켜 주시면 좋겠습니다."

"설자야, 우리 옥련이 데리고 잡점에 가서 옥련에게 맞는 부인 양복이나 사 가지고 집에 가서 목욕이나 시키고, 조선 복색을 벗기고 양복이나 입혀 보자."

정상 부인은 옥련이를 그렇게 귀애하나 말 못 알아듣는 옥련이는 정상 부인의 쓸쓸한 모습에 죽 기가 도야(기가 죽어) 고역 치르듯 따라다닌다.

말 못 하는 개도 사람이 귀애하는 것을 알거든, 하물며 사람이야. 아무리 어린아이기로 저를 사랑하는 눈치를 모를 리가 없는 고로 수일이 못 되어 옥련이가 옹그리고 자던 잠이 다리를 쭉 뻗고 잔다.

정상 부인이 날이 갈수록 옥련이를 귀애하고 옥련이는 날이 갈수록 정상 부인에게 따른다.

옥련의 총명 재질은 조선 역사에는 그러한 여자가 있다고 전한 일은 없으니, 조선 여편네는 안방구석에 가두고 아무것도 가르치지 아니하였은즉, 옥련이 같은 총명이 있더라도 세상에서 몰랐든지, 이렇든지 저렇든지 옥련이는 조선 여편네에게는 비할 곳 없더라.

옥련의 재질은 누가 듣든지 거짓말이라 하고 참말로는 듣지 아니한다. 일본 간 지 반년도 못 되어 일본 말을 어찌 그렇게 잘하던지, 정상 군의 집에 와서 보는 사람들이 옥련이를 일본 아이로 보고 조선 아이로는 보지를 아니한다. 정상 부인이 옥련이를 가리키며 저 아이가 조선 아이인데 조선서 온 지가 반년밖에 아니 된다 하는 말은 옥련이를 자랑코자 하여 하는 말이나, 듣는 사람은 정상 부인의 농담으로 듣다가 설자에 자세한 말을 듣고 혀를 홰홰 내두르면서 칭찬하는 소리에 옥련이도 흥이 날만 하겠더라.

"호외(號外), 호외, 호외……."

라고 소리를 지르며 대판 저자 큰길로 달음박질하여 돌아다니는 사람들이 둘씩 셋씩 지나가니, 옥련이가 학교에 갔다 오는 길에 문을 열고 들어오면서,

"여보, 어머니, 저것이 무슨 소리요?"

"네가 온갖 것을 다 알아듣더니 호외는 모르는구나. 그러나 무슨 큰일이 있는지 한 장 사 보자. 이 애, 설자야, 호외 한 장 사 오너라."

"네, 지금 가서 사 오겠습니다."

하면서 급히 나가니 옥련이가 달음박질하여 따라 나가면서, 이 애 설자야,

그 호외를 내가 사 오겠으니 돈을 이리 달라 하니, 설자가 웃으면서 하는 말이 누구든지 먼저 가는 사람이 호외를 산다 하고 달아나니 설자는 다리가 길고 옥련이는 다리가 짧은지라. 설자가 먼저 가서 호외 한 장을 사 가지고 오는 것을 옥련이가 붙들고 호외를 달라 하여 기어이 빼앗아 가지고 와서 하는 말이,

"어머니, 이 호외를 보고 나 좀 가르쳐 주오."

정상 부인이 웃으며 받아 보니 대판 매일신문 호외라. 한 줄쯤 보고 깜짝 놀라더니 서너 줄쯤 보고 에그 소리를 하면서 호외를 던지고 아무 소리 없이 눈물이 비 오듯 한다.

"어머니, 어찌하여 호외를 보고 울으시오. 어머니, 어머니……."

부인은 대답 없이 눈물만 흘리니, 옥련이가 설자를 부르면서 눈에 눈물이 가랑가랑하니, 설자는 방문 밖에 앉았다가 부인의 낙루하는 것은 못 보고, 옥련의 눈만 보고 하는 말이,

"작은아씨가 울기는 왜 울어, 갓 낳은 어린아이와 같이."

"설자야, 사람 조롱 말고 들어와서 호외 좀 보고 가르쳐다오. 어머니께서 호외를 보고 울으시니 호외에 무슨 말이 있는지 왜 울으시는지 자세히 보아라. 어서어서."

"아씨, 호외에 무슨 일이 있습니까. 아씨께서만 보셨으면 좀 보겠습니다."

설자가 호외를 들고 보다가 쌩긋 웃더니 그 아래는 자세히 보지 아니하고 하는 말이,

"아씨, 이것 좀 보십시오. 요동반도(랴오둥 반도)가 함락이 되었습니다. 아씨, 우리 일본은 싸움할 적마다 이기니 좋지 아니하옵니까? 에그, 우리나라 군사가 이렇게 많이 죽었나? 아씨, 이를 어찌하나. 우리 댁 영감께서 돌아가셨네. 만국 공법(萬國公法)에, 전시에서 적십자기 세운 데는 위태치 아니하다더니 영감께서는 군의시언마는 돌아가셨으니 웬일이오니까."

"무엇, 아버지가 돌아가셨어……."

옥련이는 소리쳐 울고, 부인은 소리 없이 눈물만 떨어지고 설자는 부인을 쳐다보며 비죽비죽 우니 온 집안이 울음 빛이라. 호외 한 장이 온 집안

의 화기를 끊어 버렸더라. 정상 군의는 인간의 다시 오지 못하는 길을 가고, 정상 부인은 찬 베개 빈방에서 적적히 세월을 보내더라.

조선 풍속 같으면 청상과부가 시집가지 아니하는 것을 가장 잘난 일로 알고 일평생을 근심 중으로 지내나, 그러한 도덕상의 죄가 되는 악한 풍속은 문명한 나라에는 없는 고로, 젊어서 과부가 되면 시집가는 것은 천하만국에 부끄러운 일이 아니라. 정상 부인이 어진 남편을 얻어 시집을 간다.

"이 애, 옥련아, 내가 젊은 터에 평생을 혼자 살 수 없고 시집을 가려 하는데 너를 거두어 줄 사람이 없으니 그것이 불쌍한 일이로구나……."

옥련의 마음에는 정상 부인이 시집가는 곳에 부인을 따라가고 싶으나 부인이 데리고 가지 아니할 말을 하니, 옥련이는 새로이 평양성 밑 모란봉 아래서 부모를 잃고 발을 구르며 울던 때 마음이 별안간에 다시 난다. 옥련이가 부인의 무릎 위에 푹 엎디며 목이 메어 하는 말이,

"어머니, 어머니가 가시면 나는 누구를 믿고 사나."

"오냐, 나는 죽은 셈만 치려무나."

"어머니 죽으면 나도 같이 죽지."

그 소리 한마디에 부인 가슴이 답답하여 무슨 생각을 하고 있더라. 그때 부인이 중매인더러 말하기를 내 한 몸뿐이라 하였는데, 남편 될 사람도 그리 알고 있으니 이제 새로이 딸 하나 있다 하기도 어렵고, 옥련이가 따르는 모양을 보니 차마 떼치기도 어려운 마음이 생긴다.

"이 애 옥련아, 울지 마라. 내가 시집가지 아니하면 그만이로구나. 내가 이 집에서 네 공부나 시키고 있다가 10년 후에는 네게 의지하겠으니 공부나 잘하여라."

"어머니가 참 시집 아니 가고 집에 있어서 날 공부시켜 주시겠소?"

"오냐, 염려 마라. 어린아이더러 거짓말하겠느냐."

옥련이가 그 말을 듣고 기쁜 마음을 이기지 못하여 여인의 무릎 위에 앉아서 뺨을 대고 어리광을 하더라.

그 후부터 옥련이가 부인을 따르는 마음이 더욱 간절하여 학교에 가면 집에 돌아오고 싶은 마음만 있다가, 하학 시간이 되면 달음박질하여 집에 와서 부인에게 안겨 어리광을 한다.

그 어리광이 며칠 못 되어 눈치꾸러기가 된다. 부인이 처음에는 옥련의 어리광을 잘 받더니 무슨 까닭인지 옥련이가 어리광을 피우면 핀잔만 주고 찬 기운이 돈다. 날이 갈수록 옥련이가 고생길로 들고 근심 중으로 지낸다.

본래 부인이 시집가려 할 때에 옥련의 사정이 불쌍하여 중지하였으나 젊은 부인이 공방에서 고적한 마음이 있을 때마다 옥련이가 미운 마음이 생긴다. 어디서 얻어 온 자식 말고 제 속으로 나온 자식일지라도 귀치 아니한 생각이 날로 더하는 모양이라.

옥련이가 부인에게 귀염 받을 때에는 문밖에 나가기를 싫어하더니, 부인에게 미움받기 시작하더니 문밖에 나가면 들어오기를 싫어하더라.

부인이 옥련이를 귀애할 때에는 옥련이가 어디 가서 늦게 오면 문에 의지하여 기다리더니, 옥련이를 미워하는 마음이 생기더니 옥련이가 오는 것을 보면,

"에그, 저 원수의 것이 무슨 연분이 있어서 내 집에 왔나!"
하면서 눈살을 아드득 찌푸리더라.

옥련이가 앉아도 그 눈살 밑, 서도 그 눈살 밑, 밥을 먹어도 그 눈살 밑, 잠을 자도 그 눈살 밑, 눈살 밑에서 자라나는 옥련이가 눈치만 늘고 눈물만 흔하더라. 하루가 삼추(三秋, 세 차례의 가을을 뜻하고 긴 세월이라는 뜻으로 쓰임) 같은 그 세월이 3년이 되었는데, 옥련이는 심상소학교 입학한 지 4년이라. 옥련이가 졸업식을 당하여 학교에서 우등생이 된 고로 사람마다 칭찬하는 소리가 옥련의 귀에는 조금도 기뻐 들리지 아니한다. 기뻐 들리지 아니할 뿐 아니라 귀가 아프고 듣기 싫더라.

듣기 싫은 중에 더욱 듣기 싫은 소리가 있으니 무슨 소리런가.

"저 아이는 정상 군의의 양녀지. 군의는 요동반도 함락될 때에 죽었다지. 그 부인은 그 양녀 옥련이를 불쌍히 여겨서 시집도 아니 가고 있다지. 에그, 갸륵한 부인일세. 저 철없는 옥련이가 그 은혜를 다 알는지. 알기는 무엇을 알아. 남의 자식이라는 것이 쓸데없나니 참 갸륵한 일일세. 정상 부인이 남의 자식을 길러 공부를 시키려고 젊은 터에 시집을 아니 가고 있으니 드문 일이지."

졸업식에 모인 사람들이 옥련이 재주 있는 것을 추다가 옥련의 의모(義母) 되는 부인의 칭찬을 시작하더니, 받고 차기로 말이 끊어지지 아니하니, 옥련이는 그 소리를 들을 적마다 남모르는 설움이 생기더라.

옥련이가 집에 돌아와서 문 열고 들어오면서,

"어머니, 나는 졸업장 맡았소."

"이제는 공부 다 하였으니 어미를 먹여 살려라. 공부를 네가 한 듯하냐? 내가 시키지 아니하였으면 공부가 다 무엇이냐. 네가 조선서 자랐으면 곧 공부하는 구경도 못 하였을 것이다. 네 운수 좋으려고 일청 전쟁이 난 것이다. 네 운수는 좋았으나 내 운수만 글렀다. 너 하나 공부시키려고 허구한 세월에 이 고생을 하고 있다."

부인이 덕색(남에게 조금 고마운 일을 하고 그것을 자랑하는 말이나 태도)의 말을 퍼부으니 옥련이가 고개를 숙이고 가만히 생각한즉, 겨우 소학교 졸업한 계집아이가 제힘으로는 정상 부인을 공양할 수도 없고, 정상 부인의 힘을 또 입으면서 공부하기도 싫고, 한 가지 생각만 난다. 이 세상을 얼른 버려 정상 부인의 눈에 보이지 말고 하루바삐 황천에 가서 난리 중에 죽은 부모를 만나리라 결심하고 천연한 모양으로 부인에게 좋은 말로 대답하고, 그날 밤에 물에 빠져 죽을 차로 대판 항구로 나가다가 항구에 사람이 많은 고로 사람 없는 곳을 찾아간다.

어스름 달밤은 가깝게 있는 사람을 알아볼 만한데, 이리 가도 사람이고 저리로 가도 사람이라. 옥련이가 동으로 가다가 돌쳐서서(돌아서서) 서쪽으로 향하다가 도로 돌쳐 서서 머뭇머뭇하는 모양이 대단히 수상한지라.

등 뒤에서 웬 사람이 이 애, 이 애 부르는데, 돌아다본즉 순검이라. 옥련이가 소스라쳐 놀라 얼른 대답을 못 하니 순검이 더욱 의심이 나서 앞에 와서서 말을 묻는다. 옥련이가 대답할 말이 없어서 억지로 꾸며 대답하되, 권공장(간코바, 20세기 초 상인들이 한 건물 안에서 여러 가지 상품을 팔던 판매장)에 무엇을 사러 나왔다가 집을 잃고 찾아다닌다 하니, 순검이 다시 의심 없이 옥련의 집 통수를 묻더니 옥련이를 데리고 옥련의 집에 와서 정상 부인에게 옥련이가 집 잃었던 사기를 말하니, 부인이 순검에게 사례하여 작별하고 옥련이를 방으로 불러 앉히고 말을 묻는다.

"이 애, 네가 무슨 일이 있어서 이 밤중에 항구에 나갔더냐. 미친 사람이 아니어든 동으로 가다 서로 가다 남으로 북으로 온 대판을 헤매더라 하니, 무엇 하러 나갔더냐. 너 같은 딸 두었다가 망신하기 쉽겠다. 신문거리만 되겠다."

그러한 꾸지람을 눈이 빠지도록 듣고 있으나 옥련이는 한 번 정한 마음이 있는 고로 설움이 더할 것도 없고 내일 밤 되기만 기다린다.

그날 밤에 부인은 과부 설움으로 잠이 들지 못하여 누웠다가 일어나서 껐던 불을 다시 켜고 소설 한 권을 보다가 그 책을 놓고 우두커니 앉아서 무슨 생각을 하는 모양이라. 윗목에서 상직(집안에 살면서 시중을 듦) 잠자던 노파가 벌떡 일어나더니 하는 말이,

"아씨, 왜 주무시다가 일어나셨습니까?"

"팔자 사납고 근심 많은 사람이 잠이 잘 오나."

"아씨께서 팔자 한탄하실 것이 무엇 있습니까. 지금도 좋은 도리를 하시면 좋아질 것이올시다. 이때까지 혼자 고생하신 것도 작은아씨 하나를 위하여 그리하신 것이 아니오니까."

"글쎄 말일세. 남의 자식을 위하여 이 고생을 하고 있는 내가 병신이지."

"그러하거든 작은 아씨가 아씨를 고마운 줄이나 알면 좋지마는, 고마워하기는 고사하고 아씨 보면 곁눈질만 살살 하고 아씨를 진저리를 내는 모양이올시다."

"글쎄 말일세. 내가 저 하나를 위하여 가려 하던 시집도 아니 가고 3년, 4년을 이 고생을 하고 있으니 아무리 어린 것일지라도 나를 고마운 줄 알 터인데 고것이 그리 발칙하게 구네그려. 오늘 밤일로 말하더라도 이상한 일이 아닌가. 어린것이 이 밤중에 무엇 하러 항구에를 나갔단 말인가. 물에나 빠져 죽으려고 갔던지 모르겠지마는, 내가 제게 무엇을 그리 몹시 굴어서 제가 설운 마음 있어 죽으려 하였단 말인가. 아무리 생각하여도 모를 일일세. 만일 죽고 보면 세상 사람들이 내가 구박이나 한 줄로 알겠지. 그런 못된 것이 있나."

"죽기는 무엇을 죽어요? 죽을 터이면 남 못 보는 곳에 가서 죽지. 이리 가다가 저리 가다가 대판 바닥을 다 다니다가 순검의 눈에 띄겠습니까. 아

씨의 몹쓸 흠만 드러낼 마음으로 그리한 것이올시다. 아씨께서는 고생만 하시고 댁에 계셔도 쓸데없습니다. 아씨께서 가시려면 진작 가셔야지, 한 나이라도 젊으셨을 때에 가셔야 합니다. 할미는 나이 오십이 되고 머리가 희뜩희뜩하여 생각하면 어느 틈에 나이를 이렇게 먹었던지, 세월같이 무정하고 덧없는 것은 없습니다."

"남도 저렇게 늙었으니 낸들 아니 늙고 평생에 이 모양으로만 있겠나. 어디든지 내 몸 하나 가서 고생 아니 할 곳이 있으면 내일이라도 가고 모레라도 가겠다."

부인과 노파는 옥련이가 잠이 든 줄 알고 하는 말인지, 잠이 들었든지 아니 들었든지 말을 듣든지 말든지 관계없이 하는 말인지, 부인이 옥련이를 버리고 시집가기로 결심하고 하는 말이라.

옥련이는 그날 밤에 물에 빠져 죽으러 나갔다가 죽지도 못하고 순검에게 붙들려 들어와서 정상 부인 앞에서 잠을 자는데, 소리를 삼키고 눈물을 흘리다가 정신이 혼혼하여 잠이 잠깐 들었는데 일몽을 얻었더라. 옥련이가 죽으려고 평양 대동강으로 찾아 나가는데 걸음이 걸리지 아니하여 대동강이 보이면서 갈 수가 없어서 애를 무수히 쓰는데 홀연히 등 뒤에서 옥련아, 옥련아 부르는 소리가 들리거늘 돌아다보니 옥련의 어머니라. 별로 반가운 줄도 모르고 하는 말이, '어머니는 어디로 가시오? 나는 오늘 물에 빠져 죽으러 나왔소.' 하니 옥련의 모친이 하는 말이 '이 애, 죽지 마라. 너의 아버지께서 너 보고 싶다 하는 편지를 하셨더라.'
하는데 말끝을 마치지 못하여, 정상 부인의 앞에서 노파가 자다가 일어나면서,

"아씨, 왜 주무시다가 일어났습니까?"
하는 소리에 옥련이가 잠이 깨었는데, 그 잠이 다시 들어서 그 꿈을 이어 꾸었으면 좋겠다 하는 생각을 하나, 정상 부인과 노파가 받고 치기로 옥련이 말만 하니, 정신이 번쩍 나고 잠이 다 달아나서 그 꿈을 이어 보지 못할지라.

불빛을 등지고 드러누웠는데, 귀에 들리나니 가슴 아픈 소리라. 노파가 부인의 마음 좋도록만 말하니, 부인은 하룻밤 내에 노파와 어찌 그리 정이

들었던지, 노파더러 하는 말이,

"여보게, 내가 어디로 가든지 자네는 데리고 갈 터이니 그리 알고 있으라."

하니 노파의 대답이,

"아씨께서 가실 것은 무에 있습니까. 서방님이 이 댁에로 오시지요. 아씨는 시집간다 하지 말고 서방님이 장가오신다 합시오. 아씨께서 재물도 있고 이러한 좋은 집도 있으니, 서방님 되시는 이가 재물은 있든지 없든지 마음만 착하시면 좋겠습니다. 작은 아씨는 어디로 쫓아 보내시면 그만이지요. 할미는 죽기 전에 아씨만 모시고 있겠으니 구박이나 맙시오."

부인이 할미더러 포도주 한 병을 가져오라 하면서 하는 말이,

"자네 말을 들으니 내 속이 시원하고 내 근심이 다 어디로 가는지 모르겠네. 내가 아무리 무정한들 자네 구박이야 하겠나. 술이나 먹고 잠이나 자세."

하더니 포도주 한 병을 둘이 다 따라 먹고 드러눕더니 부인과 노파가 잠이 깊이 드는 모양이더라. 자명종은 새로 3시를 땅땅 치는데 노파의 코 고는 소리는 반자를 울린다. 옥련이가 일어나서 드러누운 노파를 흘겨보며,

"이 몹쓸 늙은 여우야, 사람을 몇이나 잡아먹고 이때까지 살았느냐. 나는 너 보기 싫어 급히 죽겠다. 너는 저 모양으로 백 년만 더 살아라."

하더니 다시 머리 들어 정상 부인을 보며,

"내 몸을 낳은 사람은 평양 아버지 평양 어머니요, 내 몸을 살려서 기른 사람은 정상 아버지와 대판 어머니라. 내 팔자 기박하여 난리 중에 부모 잃고, 내 운수불길하여 전쟁 중에 정상 아버지가 돌아가니, 어리고 약한 이내 몸이 만리타국에서 대판 어머니만 믿고 살았소. 내 몸이 어머니의 그러한 은혜를 입었는데, 내 몸을 인연하여 어머니 근심되고 어머니 고생되면 그것은 옥련의 죄올시다. 옥련이가 살아서는 어머니 은혜를 갚을 수가 없소. 하루바삐 한시바삐, 바삐 죽었으면 어머니에게 걱정되지 아니하고 내 근심도 잊겠소. 어머니, 나는 가오. 부디 근심 말고 지내시오."

하면서 눈물이 비 오듯 하다가 한참 진정하여 일어나더니 문을 열고 나가니 가려는 길은 황천이라.

항구에 다다르니 넓고 깊은 바닷물은 하늘에 닿은 듯한데, 옥련이 가는 곳은 저 길이라. 옥련이가 그 물을 바라보고 하는 말이,

"오냐, 반갑다. 오던 길로 도로 가는구나. 일청 전쟁이 일어났을 때에 그 전쟁은 우리 집에서 혼자 당한 듯이 내 부모는 죽은 곳도 모르고, 내 몸에는 총을 맞아 죽게 된 것을 정상 군의 손에 목숨이 도로 살아나서 어용선을 타고 저 바다로 건너왔구나. 오기는 물 위의 길로 왔거니와 가기는 물 속 길로 가리로다. 내 몸이 저 물에 빠지거든 이 물에서 썩지 말고 물결, 바람결에 몸이 둥둥 떠서 신호(일본 오사카 부근의 항구 도시 코베), 마관(지금의 시모노세키) 지나가서 대마도 앞으로 조선 해협 바라보며 살같이 빨리 가서 진남포로 들어가서 대동강 하류에서 역류하여 올라가면 평양 북문을 볼 것이니 이 몸이 썩더라도 대동강에서 썩고지고. 물아, 부탁하자, 나는 너를 쫓아간다."

하는 소리에 바닷물은 대답하는 듯이 물소리가 솟아 쳐서 천하가 다 물소리 속에 있는 것 같은지라. 옥련이가 정신이 아뜩하여 푹 고꾸라졌다. 섧고 원통한 맺힌 마음에 기색을 하였다가 그 기운이 조금 돌면서 그대로 잠이 들어 또 꿈을 꾸었더라.

뒤에서 '옥련아, 옥련아.' 부르는 소리만 들리고 사람은 보이지 아니하는데 옥련의 마음에는 옥련의 어머니라. '이 애, 죽지 말고 다시 한번 만나 보자.' 하는 소리에 옥련이가 대답하려고 말을 냅뜨려 한즉, 소리가 나오지 아니하여 애를 쓰다가 소리를 버럭 지르면서 옥련이가 정신이 나서 눈을 떠 보니 하늘의 별은 총총하고 물소리는 그윽한지라. 기색을 하였던지 잠이 들었던지 정신이 황홀하다. 옥련이가 다시 생각하되 내가 오늘 밤에 꿈을 두 번이나 꾸었는데, 우리 어머니가 나더러 죽지 말라 하였으니, 우리 어머니가 살아 있는지 의심이 나서 마음을 진정하여 고쳐 생각한다.

'어머니가 이 세상에 살아 있어서 평생에 내 얼굴 한번 보고자 하는 마음으로 하늘이 감동되고 귀신이 돌아보아 내 꿈에 현몽하니 내가 죽으면 부모에게 불효라. 고생이 되더라도 참는 것이 옳은 일이요, 근심이 있더라도 잊어버리는 것이 옳은 일이라. 오냐, 일곱 살부터 지금까지 고생으로 살았으니 죽지 말고 살았다가 부모의 얼굴이나 한 번 다시 보고 죽으리라.'

하고 돌쳐 서서 대판으로 다시 들어가니, 그때는 날이 새려 하는 때라, 걸음을 바삐 걸어 정상 군의 집 앞에 가서 들어가지 아니하고 가만히 들은즉 노파의 목소리가 들리는지라.

"작은 아씨가 어디 갔습니까?"

"응 무엇이야, 나는 한잠에 내쳐 자고 이제야 깨었네. 옥련이가 어디로 가. 뒷간에 갔는지 불러 보게."

"내가 지금 뒷간에 다녀오는 길이올시다. 안으로 걸었던 대문이 열렸으니 밖으로 나간 것이올시다."

하는 소리에 옥련이가 들어갈 수 없어서 도로 돌쳐 서서 갈 곳이 없는지라. 정한 마음 없이 정거장으로 나가니, 그때 일 번 기차에 떠나려 하는 행인들이 정거장으로 모여드는지라. 옥련의 마음에 동경이나 가고 싶으나 동경까지 갈 기차표 살 돈은 없고 다만 20전이 있는지라. 옥련이가 대판만 떠나서 어디든지 가면 남의 집에 봉공(나라나 사회를 위해 일하는 것을 뜻함이나 여기에서는 하녀 노릇을 뜻함)하고 있을 터이라 결심하고 자목 정거장까지 가는 기차표를 사서 1번 기차를 타니, 3등 차에 사람이 너무 많이 들어서 옥련이가 앉을 곳을 얻지 못하고 섰는데 등 뒤에서 웬 서생이 조선말로 혼자 중얼중얼하는 말이,

"웬 계집아이가 남의 앞에 와 섰다."

하는 소리에 옥련이가 돌아다보다 나이 십칠팔 세 되고 얼굴은 볕에 그을려 익은 복숭아 같고 코는 우뚝 서고 눈은 만판 정신기 있는데, 입기는 양복을 입었으나 양복은 처음 입은 사람같이 서툴러 보이는지라. 옥련이가 돌아다보는 것을 보더니 또 조선말로 혼자 하는 말이,

"그 계집아이 똑똑하다. 재주 있겠다. 우리나라 계집아이 같으면 저러한 것들이 판판히 놀겠지. 여기서는 저런 것들도 모두 공부를 한다 하니 저것은 무엇 하는 계집아이인지."

그러한 소리를 곁의 사람이 아무도 못 알아들으나 옥련의 귀에는 알아들을 뿐이 아니라 대판 온 지 몇 해 만에 고국 말소리를 처음 듣는지라. 반갑기가 측량 없으나 계집아이 마음이라 먼저 말하기도 부끄러운 생각이 있어서 말을 못 하고, 옥련이도 혼잣말로 서생의 귀에 들리도록 하는 말이,

"어디 가 좀 앉을 곳이 있어야지. 서서 갈 수가 있나."

하는 소리에, 뒤에 있던 서생이 이상히 여겨서 하는 말이,

"그 아이가 조선 사람인가, 나는 일본 계집아이로 보았더니 조선말을 하네?"

하더니 서슴지 아니하고 말을 묻는다.

"이 애, 네가 조선 사람이 아니냐."

"네, 조선 사람이오."

"그러면 몇 살에 와서 몇 해가 되었느냐?"

"일곱 살에 와서 지금 열한 살이 되었소."

"와서 무엇 하였느냐?"

"심상소학교에서 공부하고 어제가 졸업식 하던 날이오."

"너는 나보다 낫구나. 나는 이제 공부하러 미국으로 가려 하는데, 말도 다르고 글도 다른 미국을 가면 글자 한 자 모르고 말 한마디 모르는 사람이 어찌 고생을 할는지, 너는 일본에 온 지가 4, 5년이 되었다 하니 이제는 고생을 다 면하였겠구나. 어린아이가 공부하러 여기까지 왔으니 참 갸륵한 노릇이다."

"당초에 공부할 마음으로 왔으면 칭찬을 들어도 부끄럽지 아니하겠으나, 운수불행하여 고생길로 여기까지 왔으니 칭찬을 들어도……."

하면서 목이 메는 소리로 눈에 눈물이 가랑가랑하여 고개를 살짝 수그린다.

서생이 물끄러미 보고 서로 아무 말이 없는데, 정거장 호각 한 소리에 기차 화통에서 흑운 같은 연기를 훅훅 내뿜으면서 기차가 달아난다.

옥련의 마음에 자목 정거장에 가면 내려야 할 터인데, 어떠한 집에 가서 어떠한 고생을 할지 앞의 길이 망연한지라.

옥련이가 가고자 하는 길을 갈 지경이면 자목 가는 동안이 대단히 더딘 듯하련마는, 기차표로 자목 외에는 더 갈 수 없는 고로 싫어도 내릴 곳이라. 형세 좋게 달아나는 기차의 서슬은 오늘 해전에 하늘 밑까지 갈 듯한데, 자목 정거장이 멀지 아니하다.

"이 애, 네가 어디까지 가는지 서서 가면 다리가 아파 가겠느냐?"

"자목까지 가서 내릴 터이오."

"자목에 아는 사람이 있느냐?"

"없어요."

"그러면 자목은 왜 가느냐?"

옥련이가 수건으로 눈을 씻고 대답을 아니 하는데, 서생이 말을 더 묻고 싶으나 곁의 사람들이 옥련이와 서생을 유심히 보는지라. 서생이 시치미를 떼고 창밖으로 고개를 돌려 먼 산을 바라보나 정신은 옥련의 눈물 나는 눈에만 있더라.

빠르던 기차가 천천히 가다가 딱 멈추면서 반동 되어 뒤로 물러나니 섰던 옥련이가 넘어지며 손으로 서생의 다리를 잡으니, 공교히 서생 다리의 신경맥을 짚은지라. 그때 서생은 창밖만 보고 앉았다가 입을 딱 벌리면서 깜짝 놀라 돌아다보니 옥련이가 무심중에 일본 말로 실례라 하나, 그 서생은 일본 말을 모르는 고로 알아듣지 못하나 외양으로 가엾어하는 줄로 알고 그 대답은 없이 좋은 얼굴빛으로 딴 말을 한다.

"네 오는 곳이 이 정거장이냐?"

하던 차에 장거수(예전에, 전차 차장을 이르는 말)가 돌아다니면서 자목 자목, 자목 자목, 자목 자목이라 소리를 지르며 문을 여니 옥련이는 어린 몸에 일본 풍속에 젖은 아이라 서생을 향하여 허리를 굽히며 일본 말로 작별 인사하면서 기차에서 내려가니, 구름같이 내려가는 행인 중에 나막신 소리뿐이라. 서생은 정신이 얼떨한데, 옥련이 가는 모습을 보고자 하여 창밖을 내다보니 사람에 섞이어서 보이지 아니하는지라. 서생이 가방을 들고 옥련이를 쫓아 나가다가 정거장 나가는 어귀에서 만난 지라. 옥련이가 이상히 보면서 말없이 나가니 서생도 또한 아무 말 없이 따라 나가더라.

옥련이가 정거장 밖으로 나가더니 갈 바를 알지 못하여 우두커니 섰거늘, 벌어먹기에 눈에 돈 동록(구리의 표면에 녹이 슬어 생기는 푸른빛의 물질이나 여기에서는 독으로 쓰임)이 앉은 인력거꾼은 옥련의 뒤를 따라가며 인력거를 타라 하니, 돈 없고 갈 곳 모르는 옥련이는 거들떠보지도 아니하고 섰다.

"이 애, 내가 네게 청할 일이 있다. 나는 일본에 처음으로 오는 사람이라

네게 물어볼 일이 있으니, 주막으로 잠깐 들어갔으면 좋겠으니 네 생각에
어떠하냐."

"그러면 저기 여인숙이 있으니 잠깐 들어가서 할 말을 하시오."
하면서 앞서가니, 자목에 처음 오기는 서생이나 옥련이나 일반이건마는,
옥련이는 자목에 몇 번이나 와서 본 사람과 같이 익달한 모양으로 여인숙
으로 들어가더라.

여인숙 하인이 3층 집 제일 높은 방으로 인도하고 내려가니, 서생은 모
두 처음 보는 것이라. 정신이 황홀하여 옥련이 만난 것을 다행히 여긴다.

"이 애, 내가 여기만 와도 이렇듯 답답하니 미국에 가면 오죽하겠느냐.
너는 타국에 와서 오래 있었으니 별 물정 다 알겠구나. 우선 네게 좀 배울
것도 많거니와, 만리타국에서 뜻밖에 만났으니 서로 있는 곳이나 알고 헤
지자. 나는 공부하고자 하는 마음으로 부모도 모르게 미국에 갈 차로 나섰
더니 불과 여기를 와서 이렇듯 답답한 생각만 나니 어찌하면 좋을지 모르
겠다."
하는 소리에 옥련이는 심상한 고국 사람을 만난 것 같지 아니하고 친부모
나 친형제를 만난 것 같다. 모란봉 아래서 발을 구르고 울던 일부터 대판
항구에서 물에 빠져 죽으려던 일까지 낱낱이 말한다.

"그러면 우리 둘이 미국으로 건너가서 공부나 하고 있다가 너의 부모 소
식을 듣거든 네 먼저 고국으로 가게 하여 주마."

"……."

"오냐, 학비는 염려 마라. 우리가 나라의 백성 되었다가 공부도 못하고
야만을 면치 못하면 살아서 쓸 데 있느냐. 너는 일청 전쟁을 너 혼자 당한
듯이 알고 있나 보다마는, 우리나라 사람이 누가 당하지 아니한 일이냐. 제
곳에 아니 나고 제 눈에 못 보았다고 태평성세로 아는 사람들은 밥벌레라.
사람이 밥벌레가 되어 세상을 모르고 지내면 몇 해 후에는 우리나라에서
일청 전쟁 같은 난리를 당할 것이라. 하루바삐 공부하여 우리나라의 부인
교육은 네가 맡아 문명 길을 열어 주어라."
하는 소리에 옥련이 첩첩한 근심이 씻은 듯이 다 없어졌는지라. 그 길로 횡
빈(일본의 요코하마)까지 가서 배를 타니, 태평양 넓은 물에 마름같이 떠서

화살같이 밤낮없이 달아나는 화륜선이 3주일 만에 상항(샌프란시스코의 음역어)에 이르러 닻을 주니 이곳부터 미국이라. 조선서 낮이 되면 미국에는 밤이 되고 미국에서 밤이 되면 조선서는 낮이 되어 주야가 상반되는 별천지라. 산도 설고 물도 설고 사람도 처음 보는 인물이라. 키 크고 코 높고 노랑머리 흰 살빛에, 그 사람들이 도덕심이 배가 툭 처지도록 들었더라도 옥련의 눈에는 무섭게만 보인다.

서생과 옥련이가 육지에 내려서 갈 바를 알지 못하여 공론이 부산하다.

"이 애 옥련아, 네가 영어를 할 줄 아느냐? 조금도 모르느냐? 한마디도……. 그러면 참 딱한 일이로구나. 어디인지 물어볼 수가 없구나."

4, 5층 되는 높은 집은 구름 속 하늘 밑에 닿은 듯한데, 물 끓듯 하는 사람들이 돌아들고 돌아 나는 모양은 주막집 같은 곳도 많이 보이나 언어를 통치 못하는 고로 어린 서생들이 어찌하면 좋을지 알지 못하여, 옥련이가 지향 없이 사람들을 대하여 일어로 무슨 말을 물으니, 서생의 마음에는 옥련이가 영어를 조금 알면서 겸사로 모른다 한 줄로 알고, 알아듣지도 못하는 소리를 바싹 들어서서 듣는다. 옥련의 키로 둘을 포개 세워도 치어다볼 듯한 키 큰 부인이 얼굴에는 새그물 같은 것을 쓰고, 무 밑동같이 깨끗한 어린아이를 앞세우고 지나가다가 옥련의 말하는 소리 듣고 무엇이라 대답하는지, 서생과 옥련의 귀에는 바바…… 하는 소리 같고 말하는 소리 같지는 아니한지라. 그 부인이 뒤에 호로고투 입은 남자를 돌아보면서 또 바바바…… 하니, 그 남자는 청국 말을 하는 양인이라. 청국 말로 무슨 말을 하는데, 서생과 옥련의 귀에는 '또바' 하는 소리 같고 말소리 같지 아니하다.

서생은 옥련이가 그 말을 알아들은 줄로 알고,

"이 애, 그것이 무슨 말이냐."

"……."

"그 남자의 말도 못 알아들었느냐……."

그렇듯 곤란하던 차에 청인 노동자 한패가 지나거늘 서생이 쫓아가서 필담(글로 써서 묻고 대답함)하기를 청하니, 그 노동자 중에는 한 문자 아는 사람이 없는지 손으로 눈을 가리더니 그 손을 다시 들어 홰홰 내젓는 모양이 무식하여 글자를 못 알아본다 하는 눈치다.

그때 마침 어떠한 청인이 햇빛에 윤이 질질 흐르는 비단옷을 입고 마차를 타고 풍우같이 달려가는데, 서생이 그 청인을 가리키며 옥련이더러 하는 말이, 저러한 청인은 무식할 리가 만무하다 하면서 소리를 버럭 지르니, 마차 탄 사람은 그 소리를 들었으나 차 메고 달아나는 말은 그 소리 듣고 아니 듣고 간에 네 굽을 모아 달아나는데 서생의 소리가 다시 마차에 들릴 수 없는지라. 마차 탄 청인이 차부더러 마차를 멈추라 하더니 선뜻 뛰어내려서 서생의 앞으로 향하여 오니, 서생이 연필을 가지고 무엇을 쓰려 하는데, 청인이 옥련이 옷을 본즉 일복이라, 일본 사람으로 알고 옥련에게 향하여 일어로 말을 물으니, 옥련이가 기쁜 마음을 이기지 못하여 청인 앞으로 와서 말 대답을 하는데 서생은 연필을 멈추고 섰더라.

　원래 그 청인은 일본에 잠시 유람한 사람이라, 일본 말을 한두 마디 알아들으나 장황한 수작은 못 하는지라. 옥련이가 첩첩한 말이 나올수록 그 청인의 귀에는 점점 알아들을 수 없고 다만 조선 사람이라 하는 소리만 알아들은지라.

　청인이 다시 서생을 향하여 필담으로 대강 사정을 듣고 명함 한 장을 내더니 어떠한 청인에게 부탁하는 말 몇 마디를 써서 주는데, 그 명함을 본즉 청국개혁당의 유명한 강유위(캉유웨이. 중국의 학자·정치가. 청조 말기 변법 개혁을 꾀하였음)라. 그 명함을 전할 곳은 일어도 잘하는 청인인데, 다년 상항에 있던 사람이라. 그 사람의 주선으로 서생과 옥련이가 미국 화성돈(워싱턴)에 가서 청인 학도들과 같이 학교에 들어가서 공부를 하고 있더라.

　옥련이가 미국 화성돈(워싱턴)에 다섯 해를 있어서 하루도 학교에 아니 가는 날이 없이 다니며 공부를 하는데, 재주 있고 부지런한 사람으로, 그 학교 여학생 중에는 제일 칭찬을 듣는지라.

　그때 옥련이가 고등소학교에서 졸업 우등생으로 옥련의 이름과 옥련의 사적이 화성돈(워싱턴) 신문에 났는데, 그 신문을 보고 이상히 기뻐하는 사람 하나 있는데, 어찌 그렇게 기쁘던지 부지중 눈물이 쏟아진다. 기쁜 마음을 이기지 못하여 도리어 의심을 낸다. 의심 중에 혼잣말로 중얼중얼한다.

　"조선 사람의 일을 영서로 번역한 것이라 혹 번역이 잘못되었나. 내가 미국에 온 지가 10년이나 되었으나 영문에 서툴러서 보기를 잘못 보았나."

그렇게 다심하게 생각하는 사람의 성명은 김관일인데, 그 딸의 이름이 옥련이라. 일청 전쟁 났을 때에 그 딸의 사생을 모르고 미국에 왔는데, 그때 화성돈(워싱턴) 신문에는, 옥련이의 학교 성적과 평양 사람으로 일곱 살에 일본 대판 가서 심상소학교 졸업하고 그 길로 미국 화성돈(워싱턴)에 와서 고등소학교에서 졸업하였다 한 간단한 말이라. 김 씨가 분명히 자기의 딸이라고는 질언(사실을 있는 대로 딱 잘라 말함)할 수 없으나, 옥련이라 하는 이름과 평양 사람이라는 말과 일곱 살에 집 떠났다 하는 말은 김관일의 마음에 정녕 내 딸이라고 생각 아니할 수도 없는지라. 김 씨가 그 학교에 찾아가니, 그때는 그 학교에서 졸업식 후의 서중(여름의 더울 때) 휴학이라, 학교에 아무도 없는 고로 물을 곳이 없는지라, 김 씨가 옥련을 만나지 못하고 돌아왔더라.

옥련이가 졸업하던 날에 학교 졸업장을 가지고 호텔로 돌아가니, 주인은 치하하면서 옥련의 얼굴빛을 이상히 보더라.

옥련이가 수심이 첩첩한 모양으로 저녁 요리도 먹지 아니하고 서산에 떨어지는 해를 치어다보며 탄식하더라. 그때 마침 밖에 손이 와서 찾는다 하는데, 명함을 받아 보더니 옥련이가 얼굴빛을 천연히 고치고 손을 들어오라 하니, 그 손이 보이를 따라 들어오거늘 옥련이가 선뜻 일어나며 그 사람의 손을 잡아 인사하고 테이블 앞에서 마주 향하여 의자에 걸터앉으니, 그 손은 옥련이와 일본 대판에서 동행하던 서생인데 그 이름은 구완서라.

"네 졸업을 감축한다. 허허, 계집의 재주가 사나이보다 나은 것이로구나. 너는 미국 온 지 1년 만에 영어를 대강 알아듣고 학교에까지 들어가서 금년에 졸업을 하였는데, 나는 미국 온 지 두 해 만에 중학교에 들어가서 내년에 졸업이라. 네게는 백기를 들고 항복 아니할 수가 없다."

옥련이가 대답을 하는데, 일본에서 자라난 사람이라 말을 하여도 일본 말투가 많더라.

"내가 그대의 은혜를 받아서 오늘 이렇게 공부를 하였으니 심히 고맙소."
하니 일본 풍속에 젖은 옥련이는 제 습관으로 말하거니와, 구 씨는 조선서 자란 사람이라 조선 풍속으로 옥련이가 아이인 고로 해라를 하다가 생각한즉 저도 또한 아이라.

"허허허, 우리가 조선 사람인즉 조선 풍속대로만 주작하자. 우리 처음 볼 때에 네가 나이 어린 고로 내가 해라를 하였더니 지금은 나이 열여섯 살이 되어 저렇게 체대(體大)하니 해라하기가 서먹서먹하구나."

"조선 풍속대로 말하자 하시면서 아이를 보고 해라하시기가 서먹서먹하셔요?"

"허허허, 요절할 일도 많다. 나도 지금까지 장가를 아니 든 아이라 아이는 일반이니, 너도 나보고 해라하는 것이 좋은 일이니 숫접게 너도 나더러 해라하여라. 그리하면 내가 너더러 해라하더라도 불안한 마음이 없겠다."

"그대는 부인이 계신 줄로 알았더니……. 미국에 오실 때 열일곱 살이라 하셨으니 조선같이 혼인을 일찍 하는 나라에서 어찌하여 그때까지 장가를 아니 들으셨소?"

"너는 나더러 종시 해라 소리를 아니 하니 나도 마주 하오를 할 일이로구, 허허허. 그러나 말대답은 아니 하고 딴소리만 하여서 대단히 실례하였다. 내가 우리나라에 있을 때에 우리 부모가 내 나이 열두서너 살부터 장가를 들이려 하는 것을 내가 마다하였다. 우리나라 사람들이 조혼하는 것이 옳은 일이 아니라. 나는 언제든지 공부하여 학문 지식이 넉넉한 후에 아내도 학문 있는 사람을 구하여 장가들겠나. 학문도 없고 지식도 없고 입에서 젖내가 모랑모랑 나는 것을 장가들이면 짐승의 자웅같이 아무것도 모르고 음양배합의 낙만 알 것이라. 그런고로 우리나라 사람들이 짐승같이 제 몸이나 알고 제 계집, 제 새끼나 알고, 나라를 위하기는 고사하고 나라 재물을 도둑질하여 먹으려고 눈이 벌겋게 뒤집혀서 돌아다니는 것이 다 어려서 학문을 배우지 못한 연고라. 우리가 이 같은 문명한 세상에 나서 나라에 유익하고 사회에 명예 있는 큰 사업을 하자 하는 목적으로 만리타국에 와서 쇠공이를 갈아 바늘 만드는 성력(誠力)을 가지고 공부하여 남과 같은 학문과 남과 같은 지식이 나날이 달라 가는 이때에 장가를 들어서 색계상에 정신을 허비하면 유지한 대장부가 아니라. 이 애 옥련아, 그렇지 아니하냐?"

구 씨의 활발한 말 한마디에 옥련의 근심하던 마음이 풀어져서 웃으며,

"저러한 의논을 들으면 내 속이 시원하오. 혼자 있을 때는 참……."

말을 멈추고 구 씨를 치어다보는데, 구 씨가 옥련의 근심 있는 기색을 언뜻 짐작하였으나 구 씨는 본래 활발한 사람이라. 시계를 내어 보더니 선뜻 일어나며 작별 인사하고 저벅저벅 내려가는데, 옥련이는 의구히 의자에 걸터앉아서 먼 산을 보며 잊었던 근심을 다시 한다. 한숨을 쉬고 혼자 신세타령하며 옛일도 생각하고 앞일도 걱정하는데 뜻을 정치 못한다.

"어 — 세월도 쉽구나. 일본서 미국으로 건너오던 날이 어제 같구나. 내가 일본 대판 있을 때에 심상소학교 졸업하던 날은 하룻밤에 두 번을 죽으려고 하였더니 오늘 또 어떠한 팔자 사나운 일이나 없을는지. 내가 죽기가 싫어서 죽지 아니한 것도 아니요, 공부하고자 하여 이곳에 온 것도 아니라. 대판항에서 죽기로 결심하고 물에 떨어지려 할 때에 한 되는 마음으로 꿈이 되어 그랬던지, 우리 어머니가 나더러 죽지 말라 하시던 소리가 아무리 꿈일지라도 역력하기가 생시 같은 고로 슬픈 마음을 진정하고 이 목숨이 다시 살아나서 넓은 천지에 붙일 곳이 없는지라. 지향 없이 동경 가는 기차를 타고 가다가 천우신조(天佑神助)하여 고국 사람을 만나서 일동일정(一動一靜, 모든 동작)을 남에게 신세를 지고 오늘까지 있었으니, 허구한 세월을 남의 덕만 바랄 수는 없고, 만일 그 신세를 아니 지을 지경이면 하루 한시라도 여비를 어찌 써서 있을 수도 없으니 어찌하여야 좋을는지……. 우리 부모는 세상에 살아 있는지, 부모의 사생도 모르니 헐헐한 이 한 몸이 받아 있은들 무엇 하리오. 차라리 대판서 죽었다면 이 근심을 몰랐을 것인데 어찌하여 살았던가. 사람의 일평생이 이렇듯 근심만 할진대 죽어 모르는 것이 제일이라. 그러나 지금 여기서는 죽으려 해도 죽을 수도 없구나. 내가 죽으면 구 씨는 나를 대단히 그르게 여길 터이라. 구 씨의 태산 같은 은혜를 입고 그 은혜를 갚지 못하고 죽으면 남의 은혜를 저버리는 것이라 어지하면 좋을꼬."

그렇듯 탄식하고 그 밤에 의자에 앉은 채로 새우다가 정신이 혼혼하여 잠이 들며 꿈을 꾸었더라. 꿈에는 8월 추석인데, 평양성 중에서 1년 제일가는 명절이라고 와글와글하는 중이라. 아이들은 추석빔으로 새 옷을 입고

떡 조각실과 개를 배가 툭 터지도록 먹고 어깨로 숨을 쉬는 것들이 가로도 뛰고 세로도 뛴다.

어른들은 이 세상이 웬 세상이냐 하도록 술 먹고 주정을 하면서 한길을 쓸어 지나가고, 거문고 줄 양금채는 꾀꼬리 소리 같은 여청 시조를 어울려서 이 골목 저 골목, 이 사랑 저 사랑에서 어디든지 그 소리 없는 곳이 없다. 성중이 그렇게 흥치로 지내는데 옥련이는 꿈에도 흥치가 없고, 비창한 마음으로 부모 산소에 다니러 간다.

북문 밖에 나가서 모란봉에 올라가니 고려장(고구려 때에 늙고 병든 사람을 산 채로 광중에 두었다가 죽으면 그곳에 매장하였다는 일)같이 큰 쌍분이 있는데, 옥련이가 묘 앞으로 가서 앉으며 허리춤에서 능금 두 개를 집어내며 하는 말이,

"여보 어머니, 이렇게 큰 능금 구경하셨소? 내가 미국서 나올 때에 사 가지고 왔소. 한 개는 아버지 드리고 한 개는 어머니 잡수시오."

하면서 묘 앞에 하나씩 놓으니, 홀연히 쌍분은 간곳없고 송장 둘이 일어앉아서 그 능금을 먹는데, 본래 살은 다 썩고 뼈만 앙상한 송장이라. 능금을 먹다가 위아래 이가 모짝 빠져서 앞에 떨어지는데, 박 씨 말려 늘어놓은 것 같은지라. 옥련이가 무서운 생각이 더럭 나서 소리를 지르다가 가위를 눌렸더라.

그때 날이 새이서 다 밝은 후라. 이웃 방에 있는 여학생이 일어나서 뒷간으로 내려가는 길에 옥련의 방 앞으로 지나다가 옥련의 가위눌리는 소리를 들었으나 남의 방에 함부로 들어갈 수는 없고, 망단한 마음에 급히 전기 초인종을 누르니 보이가 오는지라. 여학생이 보이를 보고 옥련의 방을 가리키며, 이 방문서 괴상한 소리가 난다 하니 보이가 옥련의 방문을 여는데, 문소리에 옥련이가 잠이 깨어 본즉 남가일몽이라.

무서운 꿈을 깰 때는 시원한 생각이 있더니, 다시 생각하니 비창한 마음을 이기지 못하여 탄식하는 소리가 무심중에 나온다.

"꿈이란 것은 무엇인고. 꿈을 믿어야 옳은가. 믿을 지경이면 어젯밤 꿈은 우리 부모가 다 이 세상에는 아니 계신 꿈이로구나. 꿈을 아니 믿어야 옳은가. 아니 믿을진대 대판서 꿈을 꾸고 부모가 생존하신 줄로 알고 있던 일이

허사로구나. 꿈이 맞아도 내게는 불행한 일이요, 꿈이 맞지 아니하여도 내게는 불행한 일이라. 그러나 다시 생각하여 보니 꿈은 정녕 허사라. 우리 아버지는 난리 중에 돌아가셨으니, 가령 친척이 있더라도 송장 찾을 수가 없는 터이라. 더구나 사고무친(의지할 만한 사람이 아무도 없음)한 우리 집에 목숨이 붙어살아있는 것은 그때 일곱 살 먹은 불효의 딸 옥련이뿐이라. 우리 아버지 송장 찾을 사람이 누가 있으리오. 모란봉 저녁 볕에 훌훌 날아드는 까마귀가 긴 창자를 물어다가 고목나무 높은 가지에 척척 걸어 놓은 것은 전쟁에서 죽은 송장의 창자라. 세상에 어떠한 고마운 사람이 있어서 우리 아버지 송장을 찾아다가 고려장같이 기구 있게 장사를 지낼 수가 있으리오. 우리 어머니는 대동강 물에 빠져 죽으려고 벽상에 영결서를 써서 붙인 것을 평양 야전 병원의 통변이 낙루를 하며 그 글을 읽어서 내 귀에 들려주던 일이 어제같이 생각이 나면서, 대판항에서 꿈을 꾸고 우리 어머니가 혹 살아서 이 세상에 있을까 하는 생각이 다 쓸데없는 생각이라. 우리 어머니는 정녕히 물에 빠져 돌아가신 것이라. 대동강 흐르는 물에 고기밥이 되었을 것이니, 어찌 모란봉에 그처럼 기구 있게 장사를 지냈으리오."

옥련이가 부모 생각은 아주 단념하기로 작정하고 제 신세는 운수 되어 가는 대로 두고 보리라 하고 정신을 가다듬어 공부하던 책을 내어놓고 마음을 붙이니, 2, 3일 지낸 후에는 다시 서책에 착미가 되었더라.

하루는 보이가 신문지 한 장을 가지고 옥련의 방으로 오더니, 그 신문을 옥련의 앞에 펼쳐 놓고 보이의 손가락이 신문지 광고를 가리킨다. 옥련이가 그 광고를 보다가 깜짝 놀라서 눈물이 펑펑 쏟아지면서 얼굴은 발개지고 웃음 반 눈물 반이라.

옥련이가 좋은 마음에 띄어서 광고를 끝까지 다 보지 못하고 우두커니 앉았다가 또 광고를 본다. 옥련의 마음에 다시 의심이 난다. 일전 꿈에 모란봉에 가서 우리 부모 산소에 갔던 일이 그것이 꿈인가. 오늘 신문지의 광고를 보는 것이 꿈인가. 한 번은 영어로 보고 한 번은 조선말로 보다가 필경은 한문과 조선 언문을 섞어 번역하여 놓고 보더라.

광 고

　지나간 열사흗날 황색 신문 잡보에 한국 여학생 김옥련이가 아무 학교 졸업 우등생이라는 기사가 있기로 그 유하는 호텔을 알고자 하여 이에 광고하오니, 누구시든지 옥련의 유하는 호텔을 이 고백인에게 알려 주시면 상당한 금으로 10류(미국 돈 10원)를 앙정할 사.

　　　　　　　　　　　　　한국 평안도 평양인 김관일 고백

　　　　　　　　　　　　　　　헌수……

　의심 없는 옥련의 부친이 한 광고라.

　"여보, 보이. 이 신문을 가지고 날 따라가면 우리 부친이 10류의 상금을 줄 것이니 지금으로 갑시다."

　"내가 상금 탈 공은 없으니 상금은 원치 아니하나 귀양을 배행하여 가서 부녀 서로 만나 기뻐하시는 모습 보았으면 나도 이 호텔에서 몇 해간 귀양을 모시고 있는 정분에 귀양을 따라 기뻐하고자 합니다."

　옥련이가 그 말을 듣고 더욱 기뻐하여 보이를 데리고 그 부친 있는 처소를 찾아가니 10년 풍상에 서로 환형이 된 지라, 서로 보고 서로 알아보지 못할 지경이라. 옥련이가 신문 광고와 명함 한 장을 가지고 그 부친 앞으로 가서 남에게 처음 인사하듯 대단히 시어(익숙시 아니하여 서름서름함)한 인사를 하다가 서로 분명한 말을 듣더니, 일곱 살에 응석하던 마음이 새로이 나서 부친의 무릎 위에 얼굴을 푹 숙이고 소리 없이 우는데, 김관일의 눈물은 옥련의 머리 뒤에 떨어지고, 옥련의 눈물은 그 부친의 무릎을 적신다.

　"이 애, 옥련아, 그만 일어나서 너의 어머니 편지나 보아라."

　"응, 어머니 편지라니, 어머니가 살았소?"

　무슨 변이나 난 듯이 깜짝 놀라는 모양으로 고개를 번쩍 드는데, 그 부친은 제 눈물 씻을 생각은 아니 하고 수건을 가지고 옥련의 눈물을 씻으니, 옥련이가 그리 어려졌던지 부친이 눈물 씻어 주는데 고개를 디밀고 있더라. 김관일이가 가방을 열더니 휴지 뭉치를 내어놓고 뒤적뒤적하다가 편지

한 장을 집어 주며 하는 말이,

"이 애, 이 편지를 자세히 보아라. 이 편지가 제일 먼저 온 편지다."

옥련이가 그 편지를 받아 보니, 옥련이가 그 모친의 글씨를 모르는지라. 가령 옥련이가 정신이 좋으면 그 모친의 얼굴은 생각할는지 모르거니와, 옥련이 일곱 살에 언문도 모를 때에 모친을 떠났는지라. 지금 그 편지를 보며 하는 말이,

"나는 우리 어머니 글씨도 모르지. 어머니 글씨가 이렇던가."

하면서 부친의 앞에 펼쳐 놓고 본다.

상장

떠나신 지 3삭이 못 되었으나 평양에 계시던 일은 전생 일 같삽. 만리타국에서 수토불복(물이나 풍토가 맞지 않아 위장이 나빠짐)이나 되시지 아니하고 기운 평안하시온지 궁금하옵기 측량없삽나이다. 이곳의 지낸 풍상은 말씀하기 신신치 아니하오나 대강 소식이나 알으시도록 말씀하옵나이다. 옥련이는 어디 가서 죽었는지 다시 소식이 묘연하고, 이곳은 죽기로 결심하여 대동강 물에 빠졌더니 뱃사공과 고장팔에게 건진 바 되어 살았다가 부산서 이곳 친정아버님이 평양에 오셔서, 사랑께서 미국 가셨다는 말씀을 전하여 주시니, 그 후부터 마음을 붙여 살아 있삽. 세월이 어서 가서 고국에 돌아오시기만 기다리옵나이다.

그러나 사랑께서는 몇십 년을 아니 오시더라도 이 세상에 계신 줄을 알고 있사오니 위로가 되오나, 옥련이는 만나 보려 하면 황천에 가기 전에는 못 볼 터이오니, 그것이 한 되는 일이압. 말씀 무궁하오나 이만 그치옵니다.'

옥련이가 그 편지를 보고 뼈가 녹는 듯하고 몸이 스러지는 듯하여 가만히 앉았다가,

"아버지, 나를 내일이라도 우리 집으로 보내 주시오. 날개가 돋쳤으면 지금이라도 날아가서 우리 어머니 얼굴을 보고, 우리 어머니 한을 풀어 드리고 싶소."

"네가 고국에 가기가 그리 바쁠 것이 아니라 우선 네가 고생하던 이야기나 어서 좀 하여라. 네가 어떻게 살아났으며 어찌 여기를 왔느냐?"

옥련이가 얼굴빛을 천연이 하고 고쳐 앉더니, 모란봉에서 총 맞고 야전 병원으로 가던 일과, 정상 군의의 집에 가던 일과, 대판 학교에서 졸업하던 일과, 불행한 사기로 대판을 떠나던 일과, 동경 가는 기차를 타고 구완서를 만나서 절처봉생(극도로 궁박한 끝에 살길이 생김)하던 일을 낱낱이 말하고 눈물이 도니, 그 눈물은 부모의 정에 관계한 눈물도 아니요, 제 신세 생각하는 눈물도 아니요, 구완서의 은혜를 생각하는 눈물이라.

"아버지, 아버지께서 나 같은 불효의 딸을 만나 보시고 기쁘신 마음이 있거든 구 씨를 찾아보시고 치사의 말씀을 하여 주시면 좋겠습니다."

김관일이가 그 말을 듣더니, 그 길로 옥련이를 데리고 구 씨가 유하는 처소로 찾아가니, 구 씨는 김관일을 만나 보매 옥련의 부친을 본 것 같지 아니하고 제 부친이나 만난 듯이 반가운 마음이 있으니, 그 마음은 옥련의 기뻐하는 마음이 내 마음 기쁜 것이나 다름없는 데서 나오는 마음이요, 김 씨는 구 씨를 보고 내 딸 옥련을 만나 본 것이나 다름없이 반가우니, 그 두 사람의 마음이 그러할 일이라. 김 씨가 구 씨를 대하여 하는 말이 간단한 두 마디뿐이라.

한 마디는 옥련이가 신세 지은 치사요, 한 마디는 구 씨가 고국에 돌아간 뒤에 옥련으로 하여금 구 씨의 기치를 받들고 백년가약 맺기를 원하는지라.

구 씨는 본래 활발하고 거칠 것이 없이 수작하는 사람이라 옥련이를 물끄러미 보더니,

"이 애, 옥련아, 어 ― 실체하였군. 남의 집 처녀더러 또 해라하였구나. 우리가 입으로 조선말은 하더라도 마음에는 서양 문명한 풍속이 젖었으니, 우리는 혼인을 하여도 서양 사람과 같이 부모의 명령을 좇을 것이 아니라, 우리가 서로 부부 될 마음이 있으면 서로 직접 말하는 것이 옳은 일이다. 우선 말부터 영어로 수작하자. 조선말로 하면 입에 익은말로 외짝해라 하기 불안하다."

하면서 구 씨가 영어로 말을 하는데, 구 씨의 학문은 옥련이보다 대단히

높으나 영어는 옥련이가 구 씨의 선생 노릇이라도 할 만한 터이라. 그러나 구 씨는 서투른 영어로 수작을 하는데, 옥련이는 조선말로 단정히 대답하더라.

김관일은 딸의 혼인 언론을 하다가 구 씨가 서양 풍속으로 직접 이야기하자 하는 서슬에 옥련의 혼인 언약에 좌지우지할 권리가 없이 가만히 앉았더라.

옥련이는 조선 계집아이이나 학문도 있고, 개명한 생각도 있고, 동서양으로 다니면서 문견이 높은지라, 서슴지 아니하고 혼인에 대해 대답을 하는데, 구 씨의 소청이 있으니, 소청인즉 옥련이가 구 씨와 같이 몇 해든지 공부를 더 힘써 하여 학문이 유여한 후에 고국에 돌아가서 결혼하고, 옥련이는 조선부인 교육을 맡아 하기를 청하는 유지한 말이라. 옥련이가 구 씨의 권하는 말을 듣고 조선부인 교육할 마음이 간절하여 구 씨와 혼인 언약을 맺으니, 구 씨의 목적은 공부를 힘써 하여 귀국한 뒤에 우리나라를 독일국같이 연방도(연방국)를 삼되, 일본과 만주를 한데 합하여 문명한 강국을 만들고자 하는 비사맥(비스마르크) 같은 마음이요, 옥련이는 공부를 힘써 하여 귀국한 뒤에 우리나라 부인의 지식을 넓혀서 남자에게 압제 받지 말고 남자와 동등 권리를 찾게 하며, 또 부인도 나라에 유익한 백성이 되고 사회상에 명예 있는 사람이 되도록 교육할 마음이라.

세상에 제 목적을 제가 자기 하는 것같이 즐거운 일은 다시 없는지라. 구완서와 옥련이가 나이 어려서 외국에 간 사람들이라. 조선 사람이 이렇게야만 되고 이렇게 용렬한 줄을 모르고, 구 씨든지 옥련이든지 조선에 돌아오는 날은 조선도 유지한 사람이 많이 있어서 학문 있고 지식 있는 사람의 말을 듣고 이를 찬성하여 구 씨도 목적대로 되고 옥련이도 제 목적대로 조선 부인이 일제히 내 교육을 받아서 낱낱이 나와 같은 학문 있는 사람들이 많이 생기려니 생각하고, 일변으로 기쁜 마음을 이기지 못하는 것은 제 나라 형편 모르고 외국에 유학한 소년 학생 의기에서 나오는 마음이라.

구 씨와 옥련이가 그 목적대로 되든지 못 되든지 그것은 후의 일이거니와, 그날은 두 사람의 마음에는 혼인 언약의 좋은 마음은 오히려 둘째가 되니, 옥련 낙지 이후에는 이러한 즐거운 마음이 처음이라.

김관일은 옥련을 만나 보고 구완서를 사윗감으로 정하고, 구 씨와 옥련의 목적이 그렇듯 기이한 말을 들으니, 김 씨의 좋은 마음도 측량할 수 없는지라.

미국 화성돈의 어떠한 호텔에서는 옥련의 부녀와 구 씨가 솥발같이 늘어앉아서 그렇듯 희희낙락한 데, 세상이 고르지 못하여 조선 평양성 북문 안에 게딱지같이 낮은 집에서 서른 전부터 남편 없고 자녀 간에 혈육 없고 재물 없이 지내는 부인이 있으되, 10년 풍상에 남보다 많은 것 한 가지가 있으니, 그 많은 것은 근심이라.

그 부인이 남편이 죽고 없느냐 할 지경이면 죽지도 아니한 터이라. 죽고 없는 터이면 단념하고 생각이나 아니 하련마는, 6만 리를 이별하여 망부석이 될 듯한 정경이요, 자녀 간에 혈육이 없는 것은 생산을 못 하였느냐 물을진대 딸 하나를 두고 아들 겸 딸 겸하여 금옥같이 귀애하다가 일곱 살 되던 해에 잃었더라.

눈앞에 참척을 보았느냐 물을진대 그 부인은 말없이 눈물만 흘리더라. 눈앞에 보이는 데서나 죽었으면 한이나 없으련마는, 어디서 죽었는지 알지도 못하니 그것이 한이더라.

마침 까마귀 한 마리가 지붕 위에 내려앉더니 까막까막 깍깍 짖는 소리가 흉측하게 들리거늘, 부인이 감았던 눈을 떠서 장팔 어미를 보며 하는 말이,

"여보게, 저 까마귀 소리 좀 들어 보게. 또 무슨 흉한 일이 생기려나 베. 까마귀는 영물이라는데 무슨 일이 또 있을는지 모르겠네. 팔자 기박한 여편네가 오래 살았다가 험한 일을 더 보지 말고 오늘이라도 죽었으면 좋겠네. 요사이는 미국서 편지도 아니 오니 웬일인고."

기운 없는 목소리로 설움 없이 탄식하는 모양은 아무가 보든지 좋은 마음은 아니 날 터인데, 늙고 청승스러운 장팔 어미가 부인의 그 모양을 보고 부인이 죽으면 따라 죽을 듯한 마음도 있고, 까마귀를 쳐 죽이고 싶은 마음도 생겨서, 마당으로 펄펄 뛰어 내려가서 지붕 위를 쳐다보면서 까마귀에게 헛팔매질을 하며 욕을 한다.

"수여 — 이 경칠 놈의 까마귀, 포수들은 다 어디로 갔노. 소금 장수 —

네 어미."

조선 풍속에 까마귀 보고 하는 욕은 장팔 어미가 모르는 것 없이 주워섬기며 소리를 버럭버럭 지르니, 그 까마귀가 펄쩍 날아 공중에 높이 뜨더니 깍깍 지르며 모란봉으로 향하거늘, 부인의 눈은 까마귀를 따라서 모란봉으로 가고, 노파의 욕 하는 소리는 까마귀 소리를 따라간다.

'우' 자 쓴 벙거지 쓰고 감장 홀태바지 저고리 입고 가죽 주머니 메고 문 밖에 와서 안중문을 기웃기웃하며 편지 받아 들여가오, 편지 받아 들여가오, 두세 번 소리 하는 것은 우편 군사라. 장팔의 어미가 까마귀에게 열이 잔뜩 났던 차에 어떠한 사람인지 자세히 듣지도 아니하고 질부 등가리(아궁이에서 꺼낸 불을 옮길 때 부삽 대신 쓰는 도구, 흔히 오지그릇이나 질그릇 조각을 이용함) 깨어지는 소리 같은 목소리로 우편 군사에게 까닭 없는 화풀이를 한다.

"웬 사람이 남의 집 안마당을 함부로 들여다보아. 이 댁에는 사랑양반도 아니 계신 댁인데, 웬 젊은 녀석이 양반의 댁 안마당을 들여다보아?"

"여보, 누구더러 이 녀석 저 녀석 하오? 체전부는 그리 만만한 줄로 아오. 어디 말 좀 하여 봅시다. 이리 좀 나오시오. 나는 편지 전하러 온 것 외에는 아무것도 잘못한 것 없소."

"여보게 할멈, 자네가 누구와 그렇게 싸우나. 우체사령이 편지를 가지고 왔다 하니 미국서 서방님이 편지를 부치셨나 베. 어서 받아 들여오게."

"옳지, 우체사령이로구나. 늙은 사람이 눈 어두워서……. 어서 편지나 이리 주오. 아씨께 갖다 드리게."

우체사령이 처음에 노파가 소리를 지를 때에는 늙은 사람 망령으로 알고 말을 예사로 하더니 노파가 잘못한 줄을 깨닫고 말하는 눈치를 보더니 그때는 우체사령이 목을 쓰고 대어 든다.

"이런 제 어미……. 내가 체전부 다니다가 이런 꼴은 처음 보았네. 남더러 무슨 턱으로 욕을 하오. 내가 아무리 바빠도 말 좀 물어보고 갈 터이오."
하면서 소리를 버럭버럭 지르고 대어 들며, 편지 달라 하는 말은 대답도 아니 하니, 평양 사람의 싸움하러 대드는 서슬은 금방 죽어도 몸을 아끼지 아니하는 성정이라.

노파가 까마귀에게 화풀이할 때 같으면 우체사령에게 몸부림을 하고 죽어도 그 화가 풀어지지 아니할 터이나, 미국서 편지 왔다 하는 소리에 그 화가 다 풀어졌더라. 그 화만 풀어질 뿐이 아니라, 우체사령의 떼거리까지 받고 있는데, 부인은 어서 바삐 편지 볼 마음이 있어서 내외하기도 잊었던지 중문간에로 뛰어나가서 노파를 꾸짖고 우체사령을 달래고, 옥련의 묘에 가지고 가려 하던 술과 실과를 내어다 먹인다.

우체사령이 금방 살인할 듯하던 위인이 노파더러 할머니 할머니 하며 풀어지는데, 그 집에서 부리던 하인과 같이 친숙하더라.

노파가 편지를 받아서 부인에게 드리니, 부인이 그 편지를 들고 겉봉 쓴 것을 보더니 깜짝 놀라서 의심을 한다.

"아씨, 무엇을 그리하십니까?"

"응, 가만히 있게."

"서방님께서 부치신 편지 오니까?"

"아닐세."

"그러면 부산서 주사 나리께서 하신 편지 오니까?"

"아니."

"에그, 어서 말씀 좀 시원히 하여 주십시오."

"처음 보는 글씨일세."

본래 옥련이가 일곱 살에 부모를 떠났는데, 그때는 언문 한자 모를 때라. 그 후에 일본 가서 심상소학교 졸업까지 하였으나 조선 언문은 구경도 못하였더니, 그 후에 구완서와 같이 미국 갈 때에 태평양을 건너가는 동안에 구완서가 가르친 언문이라 옥련의 모친이 어찌 옥련의 글씨를 알아 보리오. 부인이 편지를 받아 보니 겉면에는,

'한국 평안남도 평양부 북문 내 김관일 실내 친전.'

한편에는,

'미국 화성돈…… 호텔 옥련 상사리.'

진서 글자는 부인이 한 자도 알아보지 못하고 다만 '옥련 상사리'라 한 글자만 알아보았으나, 글씨도 모르는 글씨요, 옥련이라 한 것은 볼수록 의심만 난다.

"여보게 할멈, 이 편지 가지고 왔던 우체사령이 벌써 갔나. 이 편지가 정녕 우리 집에 오는 것인지 자세히 물어보았더라면 좋을 뻔하였네."

"왜 거기 쓰이지 아니하였습니까?"

"한 편은 진서요, 한 편에는 진서도 있고 언문도 있는데, 진서는 무엇인지 모르겠고, 언문에는 옥련 상사리라 쓰여 있으니, 이상한 일도 있네. 세상에 옥련이라 하는 이름이 또 있는지, 옥련이라 하는 이름이 또 있더라도 내게 편지할 만한 사람도 없는데……."

"그러면 작은 아씨의 편지인가 보이다."

"에그, 꿈같은 소리도 하네. 죽은 옥련이가 내게 편지를 어찌하여……."

하면서 또 한숨을 쉬더니 얼굴에 처량한 빛이 다시 난다.

"아씨 아씨, 두 말씀 말고 그 편지를 뜯어보십시오."

부인이 홧김에 편지를 박박 뜯어보니 옥련의 편지라. 모란봉에서 지낸 일부터 미국 화성돈 호텔에서 옥련의 부녀가 상봉하여 그 모친의 편지 보던 모양까지 그린 듯이 자세히 한 편지라.

그 편지 부쳤던 날은 광무 6년 음력 7월 11일인데, 부인이 그 편지 받아 보던 날은 임인년 음력 8월 15일이러라.

부산 절영도 밖에 하늘 밑까지 툭 터진 듯한 망망대해에 시커먼 연기를 무럭무럭 일으키며 부산항을 향하고 살같이 들어 닫는 것은 화륜선이다.

오륙도, 절영도 두 틈으로 두 좁은 어구로 들어오는데 반속력 배질을 하며 화통에 소리가 하늘 당나귀 내려와 우는지, 웅장한 그 소리 한마디에 부산 초량이 들썩들썩한다. 물건을 들이고 내는 운수 회사도 그 화통 소리에 귀를 기울이고 사람을 보내고 맞아들이는 여인숙에서도 그 화통 소리에 귀를 기울이는데, 화륜선 닻이 뚝 떨어져서 삼판 배가 벌 떼같이 드러난다. 부산 객주에 첫째나 둘째 집에는 최 주사 집 서기 보는 소년이 큰사랑 미닫이를 열며,

"여보시오, 최 사장. 진남포에서 배 들어왔습니다. 우리 짐도 이 배편에 왔을 터이니 사람을 보내 보아야 하겠습니다."

최 주사는 낮잠을 자다가 화륜선 화통 소리에 잠이 깨어 일어나 앉아서

무슨 생각을 하고 있던 터이라. 서기의 말을 들은 체 만 체하고 앉았다가 긴치 않은 말대답 하듯,

"날더러 물을 것 무엇 있나. 자네가 알아서 할 일이지."

소년은 서기 방으로 가고 최 주사는 큰사랑에 혼자 앉았더라.

최 주사는 몇 해 동안에 재물이 불 일어나는 듯 느끼는데 그 재물이 늘수록 최 주사의 심회가 산란하다. 재물을 모을 때는 욕심에 취하여 두 눈이 빨개져서 날뛰더니, 재물을 많이 모아 놓고 보니 재물이 그리 귀할 것이 없는 줄로 생각이라. 빈 담뱃대 딱딱 떨어 물고 물부리를 두어 번 확확 내 불어 보더니 지네발 같은 평양 엽초 한 대를 담아 붙여 물고 담배 연기를 훅훅 내 불면서 무슨 생각을 하다가 혼잣말로 탄식이라.

"재물, 재물, 재물이 좋기는 좋지만 제 생전에 먹고 입고 지낼 만하면 그만이지. 그것은 그리 많아 쓸 데 있나. 몸 괴로운 줄 모르고 마음 괴로운 줄 모르고 재물만 모으려고 기를 버럭 쓰는 것은 어리석은 일이야. 흥, 어리석은 것도 아니야. 환장한 사람이지. 풀 끝에 이슬 같은 이 몸이 죽은 후에 그 재물이 어찌 될지 누가 알 바 있나. 적막한 북망산에 돈이 와서 일곡이나 하고 갈까. 흥, 가소로운 일이로고.

내 나이 육십여 세라. 인생 칠십 고래희라 하였으니 내가 칠십을 살더라도 이 앞에 7, 8년 동안뿐이로구나.

아들은 양자.

딸은 저 모양.

어 ― 내 팔자도 기박하고.

옥련이나 살았더라면 짐짓 이 마음을 붙였을 터인데, 그런 불쌍한 일이 있나. 오냐, 그만두어라. 집안일을 잘되나 못 되나 서기에게 맡겨 두고 평양 가서 딸도 보고 미국 가서 사위나 만나 보고 오겠다."

마침 문간이 들썩들썩하더니 무슨 별일이나 있는 듯이 계집종들이 참새떼 재잘거리듯 지껄이며 사랑 마당으로 올라 들어오는데 최 주사는 혼자 중얼거리고 앉아서 귀에 달은 소리는 아니 들어오던지 내다보지도 아니한다.

마루 위에서 신 벗는 소리가 나더니 사랑 지게문을 펄쩍 열며,

"아버지, 나 왔소."

하며 들어오는데 최 주사가 정신이 번쩍 나서 쳐다보니 딸이라.

"이 애, 이것이 꿈이냐. 네가 어찌 여기를 왔느냐?"

"내가 날개 돋쳐 내려왔소."

하며 어린아이 응석하듯, 웃으며 나오는 모습이 얼굴에 화기가 돈다.

최 주사는 꿈에라도 그 딸을 만나 보면 근심하는 얼굴만 보이더니 상시에 저러한 얼굴빛을 보고 최 주사 얼굴에도 화기가 돈다.

"이 애, 참 별일이다. 네가 오기는 뜻밖이로구나. 여편네가 10리 길이 어려운 처지인데 천오백 리 길에 네가 어찌 혼자 왔단 말이냐?"

"옥련이 같은 어린 계집아이도 6만 리나 되는 미국을 갔는데 내가 이까짓 데를 못 와요. 진남포로 내려와서 화륜선을 타고 왔소. 아버지, 나는 개화하였소. 이 길로 미국에나 들어가서 옥련이나 만나 보고 옥련의 남편 될 사람도 내 눈으로 좀 자세히 보고 오겠소. 아버지, 돈이나 좀 많이 주시오. 옥련이가 좋아하는 것이 있거든 사서 주겠소."

최 주사가 옥련이 살았단 말을 듣더니 딸을 만나 보고 반가운 마음은 잊었던지 몇 해 만에 보는 딸에게 그동안 잘 있었느냐 못 있었느냐 말은 한마디 없고 옥련의 말만 묻고 앉았다가, 그날 저녁에는 흥김에 밥을 아니 먹고 술만 먹으며 횡설수설하다가 주정이 나서, 그 후 최 부인더러 짐짓 자랄 때에 잘 굴었느니 못 굴었느니 하며 30년 전 일을 말하고 앉았다가 내외간 싸움이 일어나서 마누라는 자식도 없는 늙은 년이 서러워 죽고 싶으니 살고 싶으니 하며 울며 청승을 떨고 있고.

딸은 내가 아니 왔다면 이런 일이 없었을 터인데, 하면서 이 밤으로 도로 가느니 마느니 하는 서슬에 온 집안이 붙들고 만류하여 야단났네.

최 주사가 그 딸이 가느니 마느니 하는 것을 보고 취중에 화가 나서 혀 꼬부라진 소리로 마누라에게 화풀이를 한다.

"응, 마누라가 낳은 딸 같으면 저럴 리가 만무하지. 모처럼 온 계집을 들어앉기도 전에 도로 쫓으려 드니."

마누라는 애매한 책망을 듣고 청승을 점점 더 떨고, 딸은 점점 불리한 마음이 나서 친정에 온 것을 후회만 하고, 최 주사의 주정은 점점 더하는데,

온 집안이 잠을 못 자고 안마루 안마당에 그득 모였으나 최 주사의 주정을 감히 말릴 사람은 없는지라.

최 주사는 아들이 섣부른 소리로 최 주사더러 좀 참으시면 좋겠습니다, 하였더니 최 주사가 취중에 진정 말이 나오던지,

"이 애, 주제넘게 네가 내 집에 참견이 무엇이냐."

하며 핀잔을 탁 주더니 최 주사의 아들은 양자 들어온 사람의 마음이라, 야속한 생각이 들어서 캄캄한 바깥마당에 나가서 혼자 우두커니 섰다가 담배 한 대를 붙여 물고 나올 작정으로 서기 방으로 들어간다.

서기 방에서는 문서를 닦느라고 두 사람이 마주 앉아서 부르고 놓고 하다가 최 주사의 아들이 담뱃대 찾는 수선에 주 한 개를 달깍 더 놓았더라. 주 놓던 사람이 아차 하며 치어다보니 젊은 주인이라. 다른 사람이 서기 방에 들어가서 수선을 그렇게 피웠으면 생핀잔을 보았을 터인데 주인의 아들인 고로 핀잔은 고사하고 담배 한 대 더 꺼내 주노라고 쌈지 끈 끄르는 사람이 둘이나 된다.

문서책 한 권이 보기에는 대단치 아니한 백지 몇 장이로되 그 속에 있는 것만 하여도 어디를 가든지 부자 득명할 재물 덩어리라.

최 주사의 아들이 최 주사를 야속하게 여기던 마음이 쑥 들어가고 조심하는 마음이 생겨서 다시 안으로 들어가더니 웃는 낯으로 어머니 그리 마시오, 누님 그리 마시오 하며 애를 쓰고 돌아다니는데 최 주사가 곤드레만드레하며,

"그만 내버려 두어라. 그것들 방정 실컷 떨게……."

하더니 사랑으로 비틀비틀 나가서 쓰러지더니 콧구멍에서 맷돌질하는 소리가 나도록 코를 곤다.

그 이튿날 아침에 최 주사가 일어나 안으로 들어가더니 마누라와 딸과 아들까지 불러 앉히고 재미있는 모양으로 말을 떠드는데 마누라는 어젯밤에 있던 성이 조금도 아니 풀린 모양으로 아무 소리 없이 돌아앉았더라.

"아버지, 어젯밤에 웬 술을 그렇게 많이 잡수셨습니까?

최 주사는 그 전날 밤에 사랑으로 나가던 생각은 일어나나, 처음에 주정하던 일은 멀쩡하게 생각하면서 생시치미를 뗀다.

"응, 과히 취하였더냐. 주정이나 아니하더냐. 오냐, 살아생전에 일배주라니 내가 주정을 하면 몇 해나 하겠느냐, 허허허."

웃음 한마디에 온 집안이 화기가 돈다. 최 주사가 그날은 술 한 잔 아니 먹고 아들과 서기에게 집안일 분별하더니 딸을 데리고 미국 들어갈 치행을 차리더라.

물속에 산이 솟고 산 아래는 물만 있는 해협을 끼고 달아나는 화륜선은 어찌 그리 빠르던지. 눈앞에 산이어늘 하면 뒤에 가 있다. 부산항에서 떠나서 일본 대마도, 마관, 신호 대판을 지내 놓고 횡빈으로 들어가는데 옥련 마음에는 그만하면 미국 산천이 거의 보이거니 생각하고 하루에도 몇 번인지 화륜선 갑판 위에 올라서서 배 가는 곳만 바라보고 섰다.

이 배같이 크고 빠른 것은 다시없으려니 하였더니 그 배는 횡빈에서 닻을 주고 태평양 내왕하는 배를 갈아타니 그 배는 먼저 탔던 배보다 더 크고 빠른 배라. 그러한 배를 타고 더디 간다 한탄하는 사람은 옥련의 부녀를 만나 보러 가는 최 주사의 부녀뿐이더라. 앉았으나 섰으나, 잠이 들었으나 깨었으나, 타고 앉은 배는 밤낮 쉴 새 없이 달아나는데, 지낸 곳에 보이던 일본 산천은 자라목 움츠르드는 듯 점점 작아지더니, 태평양을 들어서면서 산 명색이라고는 오뚝이만 한 것 하나도 보이지 않고, 보이는 것은 물과 하늘뿐이라.

푸르고 푸른 하늘을 턱턱 치는 듯한 바닷물은 하늘을 씻어서 물이 푸르러졌는지, 푸른 물결이 하늘에 들이쳐서 하늘에 물이 들었는지, 물빛이나 하늘빛이나 그 빛이 그 빛이라.

배는 가는지 아니 가는지, 밤낮 가도 그 자리에 그대로 선 것 같은데, 그 크던 배가 만 리 창해에 마름 하나 떠다니는 것 같다.

최 주사 부녀가 갑판 위로 돌아다니며 구경을 하다가 최 주사의 딸이 응석을 한다.

"아버지, 아버지께서 딸의 덕에 이런 좋은 구경을 하시는구려. 내가 없었다면 아버지께서 여기 오실 까닭이 있소?"

"허허허, 효성은 딸이 하나 보다. 나도 딸의 덕에 이 구경을 하고 너도 옥련의 덕에 이 구경을 하는구나. 네가 네 남편이 미국 있다는 말을 들은 지가 8, 9년이 되었으나 미국 간다는 말도 없더니, 옥련이가 미국 있다는 말을 듣고 대문 밖에도 못 나가던 위인이 미국을 가니 자식에게 향하는 마음이 그러한 것이로구나."

하면서 딸을 물끄러미 보는데 최 주사의 딸이 그 부친의 말을 듣다가 무슨 마음인지 눈물이 돌며 눈자위에 붉은빛을 띠었더라.

최 주사가 그 딸의 눈물 나는 모양을 보더니 또한 무슨 마음인지 눈에 눈물이 돈다. 딸의 눈물은 아버지가 양자한 아들을 데리고 뜻에 맞지 못하여 아비는 아들의 눈치를 보고 아들은 아비의 눈치를 보던 그 모양이 생각이 나서 딸자식 된 마음에 그 아버지 신세를 생각하고 나오는 눈물이요, 최 주사의 눈물은 그 딸이 일청 전쟁 난리 겪은 후에 내외간에 이별하고 모녀간에 소식을 모르고 장팔 어미만 데리고 근심하고 고생하던 일이 불쌍한 생각이 나서 나오는 눈물이라. 서로 눈물을 감추고 서로 위로하다가 다시 옥련의 이야기가 시작되며 웃음소리가 난다.

"아버지, 우리 오던 곳이 어디며, 우리가 향하여 가는 곳은 어디요. 해를 치어다보다 동서남북을 모르겠소그려.

이편을 바라보아도 물뿐이요, 저편을 바라보아도 물뿐인데 물 밖에는 하늘 외에 또 무엇이 있소. 아버지, 아버지, 우리가 일본 횡빈에서 떠난 후에 이 물이 넘쳐서 세상 사람 사는 곳은 다 덮어 싸여서 물속으로 들어갔나 보오. 처음부터 아니 보이던 산은 어찌하여 많이 보이는지 모르겠소마는 우리 눈으로 보던 산까지 아니 보이니 그 산이 어디로 갔단 말이오."

"글쎄, 나도 모르겠다. 완고로 자라서 완고로 늙은 사람이 무엇을 알겠느냐. 부산 소학교 아이들이 모여 앉으면 별소리가 다 많더라마는 무심히 들었더니 지금 생각하니 좀 자세히 들었으면 좋을 뻔하였다. 어, 그 무엇이라던가. 수박같이 둥그런 땅덩이에서 사람이 산다 하니, 수박같이 둥글 지경이면 이편에서 저편이 보이겠느냐. 그런 것을 물으려거든 아무것도 모르는 완고의 아비더러 묻지 말고 신학문 배운 네 딸 옥련이더러 물어보아라."

하며 최 주사의 얼굴에 즐거운 빛을 띠었는데 옥련이 같은 딸 둔 최 주사의 딸도 얼굴에 웃음 빛을 띠고 그 부친을 쳐다본다.

최 주사의 부녀가 구경을 하다가도 옥련의 이야기요, 음식을 먹다가도 옥련의 이야기가 시작되는데, 천지간에 자식 사랑하는 정은 옥련의 모친 같은 사람은 다시없을 것 같다.

태평양에서 미국 화성돈이 멀기는 한량없이 멀건마는 지구상 공기는 한 공기라. 태평양에서 불던 바람이 북아메리카로 들이치면서 화성돈 어느 공원에서 단풍 구경을 하던 한국 여학생 옥련이가 재채기를 한다.

"누가 내 말을 하나 보다. 웬 재채기가 이렇게 나누. 에그, 내 말 할 사람이야 우리 어머니밖에 누가 있나."

하면서 호텔로 들어가다 만리타국에서 부녀가 각각 헤어져 있기는 서로 섭섭한 일이나, 김관일이 다니는 학교와 옥련이가 다니는 학교가 다른 고로 학교 가까운 곳을 취하여 옥련이가 있는 호텔과 김관일이 있는 호텔이 각각이라.

옥련이가 저 있는 호텔로 가다가 돌쳐서서 그 부친 김관일의 호텔로 가더라. 호텔 문안으로 들어서는데 우체 군사가 김관일에게 오는 전보를 들이더니 보이가 손에는 전보를 받아 들고 한편으로 옥련이를 인도하여 김관일의 방으로 들어간다.

옥련이가 그 부친에게 인사하기를 잊었던지 들어서며 하는 말이,

"아버지, 전보가 어디서 왔습니까?"

김관일도 옥련이더러 말할 새도 없던지,

"글쎄, 보아야 알겠다."

하면서 전보를 뚝 떼어 보더니 발신소는 미국 상항 우편국이요, 발신인은 최항래라. 전문에 하였으되,

'딸을 데리고 간다. 상항에서 배 내렸다. 내일 오전 첫차를 타고 가겠다.'

기쁜 마음에 뜨이면 분명한 사람도 병신 같은 일이 혹 있는지, 김관일이가 전보를 들고,

"응, 무엇이냐? 최항래, 최항래. 최항래가 네 외조부의 이름인데. 이 애, 옥련아, 이 전보 좀 보아라."

옥련이가 선뜻 받아 들고 자세히 보니 그 어머니가 온다는 전보라. 부녀가 돌려 가며 전보를 보는데 옥련의 기뻐하는 모습은 죽었던 어머니가 살

아와도 그 외에 더 기뻐할 수는 없겠더라.

　그날 그때부터 옥련이는 그 어머니가 타고 오는 기차를 기다리는데 일각이 여삼추라. 생각으로 해를 보내고 생각으로 밤을 보내다가 잠이 들어 꿈을 꾸었더라. 옥련이가 혼자 기차를 타고 그 어머니 마중을 나간다. 상항에서 화성돈으로 오는 기차는 옥련의 모친이 타고 오는 기차요, 화성돈에서 상항으로 가는 기차는 옥련이가 타고 가는 기차이라.

　원래 그 기차가 쌍선이 아니던지, 단선의 철도에서 오고 가는 기차가 시간을 어기었던지, 두 기차가 서로 충돌이 되었더라. 기차가 상하고 사람이 무수히 상하였는데 그중에 조선 복색 한 여편네 송장이 있는 것을 보고 옥련이가 그 어머니 죽은 송장이라고 붙들고 운다. 흑흑 느껴 울다가 제풀에 잠을 깨니 남가일몽이라.

　전기등은 눈이 부시도록 밝고, 자명종은 12시를 땅땅 친다. 옥련이가 그 어머니를 과히 생각하는 중에서 그런 꿈이 된 줄 알고 마음을 진정하였더라.

　옥련이의 모친이 옥련이를 생각하는 마음과 옥련이가 그 어머니를 생각하는 마음을 비교할 지경이면 누가 우등생이 되는지. 인간에 그런 사정은 하느님이나 자세히 알으실까.

　그렇게 서로 간절하던 옥련의 모녀가 화성돈에서 만나 보는데 그 모녀가 좋아하는 모양을 볼진대 옥련이가 미칠시 옥련의 어머니가 미칠지, 둘이 다 미칠지 염려할 만도 하더라.

　최 주사의 부녀가 화성돈에서 3주일을 묵고 고국으로 돌아온다. 떠나던 전날은 일요일이라. 최 주사와 김관일과 구완서와 옥련의 모녀까지 다섯 사람이 모여 앉았는데 그날은 다른 말은 별로 없고 옥련의 혼인 공론이 부산하다.

　최 주사 부녀는 조선 풍속이 골수에 꼭 박힌 사람이라. 내 사정만 주장하고 옥련이와 구완서를 데리고 조선으로 가서 혼인을 지낸 후에 즉시 미국으로 돌려보내겠다 하고, 김관일이는 싱긋싱긋 웃으면서 구완서만 힐끔힐끔 보고 앉았고, 옥련이는 아무 말 없이 술병을 들고 외조부 앞에 술을 따르며 앉았고, 구완서는 최 주사 부녀의 말 끝나기를 기다리고 앉았는데, 최 주사의 부녀는 말대답하는 사람이 다 될 것같이 옥련이와 구완서를 데리고 갈 생각으로 말한다.

구완서가 옥련의 얼굴을 물끄러미 보다가 다시 옥련의 모친을 보며 자기의 질정하였던 마음을 설명한다.

"옥련같이 학문 자질이 있는 따님을 두시고 날같이 용렬한 사람으로 사위를 삼으려 하시는 것은 감사하기 측량없습니다. 그렇게 감사한 일을 생각하면 오늘이라도 말씀하시는 대로 좇을 일이오나 아직 어린 서생들이 혼인이 무엇이오니까."

하면서 다시 옥련이를 돌아다보며 허허 웃더니,

"여보게 옥련, 지금은 우리가 동무이지, 귀국하면 내외가 될 터이지, 우리가 자유로 결혼하자 언약을 맺은 사람이라. 언약을 맺어도 자유, 언약을 파하여도 자유, 어느 때로 행례할 기약을 정하는 것도 자유로 할 일이라. 나도 부모 구존한 사람이요, 그대도 부모 구존한 터이라. 부모가 미성년한 자식에게 명령할 일은 공부 잘하여라, 나라를 위하여라 하는 것이 부모 된 이들의 도리요 직분이라.

지금 우리가 고국에 돌아가면 공부에 방해도 적지 아니할 터이오. 혈기 미성한 사람들이 일찍 시집가고 장가드는 것은 제 신상에 그렇게 해로운 것은 없는지라. 그러나 우리가 제 일신의 이해를 교계하는 것은 오히려 둘째로다.

여보게 옥련, 우리가 공부를 하여도 나라를 위하여 하고 살아도 나라를 위하여 살고 죽어도 나라를 위하여 죽는 것이 옳은 일이라. 여보게 옥련, 자네 마음 어떠한가? 어서 시집이나 가서 세간살이나 재미있게 하면 그것이 소원인가? 자네 소원이 만일 그러할진대 우리 기왕 언약이 아무리 중하더라도 나는 그 언약보다도 더 중요한 국가를 위한다는 생각이 있으니 자네는 바삐 귀국하여 어진 남편을 구하여 하루바삐 시집가서 자네 부모의 소원대로 하게."

그 말 한마디에 옥련의 모친은 눈이 휘둥그레졌다.

"에그, 천만의 말도 하네. 내 말끝에 옥련이더러 그렇게 말할 것 무엇 있

나. 말은 내가 하였지, 옥련이가 무슨 입이나 떼었나. 나는 지금부터 구완서를 내 사위로 알고 있어. 에그, 사위라 하면서 이름을 불렀네. 아무러면 허물 있나. 여보게 이 사람, 자네 옥련이더러 너의 부모 소원대로 하라 하니 우리 소원이야 하루바삐 구완서를 내 사위 삼고픈 소원 외에 또 무슨 소원이 있나. 지금 혼인을 하면 공부에 해로울 터이면 두었다가 아무 때나 하지."

하며 횡설수설하는 것은 옥련의 모친이 구완서가 혼인 언약을 깨뜨릴까 염려하는 말이더라.

최 주사는 완고의 늙은이라. 구완서의 하는 말을 들은즉 버릇없는 후레자식도 같고, 너무 주제넘은 것도 같은지라. 최 주사의 마음에는 옥련이 같은 외손녀를 두고 어디를 가기로 구완서만 한 외손섯감을 못 고르랴 싶은 생각뿐이라. 또 최 주사가 일평생에 돈 많고 기 펴고 지내던 사람이라. 자기 마음대로 하면 옥련이를 곧 데리고 나가서 극진한 신랑감을 골라서 기구 있게 혼인을 잘 지내고 싶으나 한 치 건너 두 치라, 외손의 혼인부터는 내 마음대로 하기가 어려운 생각이 있어서 딸의 눈치도 보다가 사위의 눈치도 보며 헛기침만 하고 앉았다.

김관일은 본디 구완서의 기개를 아는 사람이라. 말없이 앉았다가 그 부인더러 간단한 말로 옥련의 혼인은 아는 체 말자 하면서 옥련의 얼굴을 거들떠보니 옥련이는 머리 위에 꽃을 꽂고, 눈썹은 나비를 그린 듯한데 눈은 내리깔고 앉았으니 무슨 생각이 있는지 없는지, 옥련이를 낳은 옥련의 부모라도 뜻은 알 수 없겠더라.

옥련이와 구완서는 몇 해 동안이든지 공부 성취하도록 고국에 돌아가지 않기로 작정하였고, 혼인은 본래 작정대로 귀국한 이후에 성례하기로 옥련의 모친까지 그 작정을 좇아 허락하고 그 이튿날 부산으로 떠나간다.

사람이 구름같이 모여드는 정거장에서 오후 기차 시간을 기다려서 상항 가는 기차표 사는 사람은 최 주사 부녀요, 입장권 사서 들고 최 주사의 부녀더러 이리 가오, 저리 가오, 시간이 되었소, 기차가 떠나겠소, 하며 가르치는 사람은 최 주사의 부녀를 석별하러 온 김관일의 부녀요, 정거장에 잠깐 나왔다가 학교에 동창회가 있다 하면서 기차 떠나는 것을 못 보고 먼저 들어가는 사람은 구완서요, 철도 회사 복색을 입고 이리저리 다니면서 기차를 살펴보는 사람은 장거수라. 시계를 내어 보더니 손을 번쩍 들며 호각을 부는데 호로로 소리에 기차가 꿈쩍거린다.

기차 속에서 눈물을 머금고,

"옥련아, 아버지 모시고 잘 있거라."

하는 사람은 옥련의 모친. 기차 밖에서 목멘 소리로,

"어머니, 할아버지 모시고 안녕히 가시오."

하며 눈물을 씻는 사람은 옥련. 삿보를 벗어들고 손을 높다랗게 쳐들고 기차 속에 있는 최 주사를 바라보며,

"만 리 고국에 태평히 가시오. 대한민국 만세."

소리를 지르는 사람은 김관일. 싱긋 웃으며 턱만 끄덕하고 김관일의 부녀 선 것을 바라보는 사람은 최 주사이라.

기차의 연기 뿜는 고동 소리가 점점 잦으며 기차는 구루마같이 달아난다. 기차는 점점 멀어지고 연기만이 남아서 공중에 서렸는데 눈물이 가득한 옥련의 눈이 기차 연기만 바라보고 섰다.

"이 애 옥련아, 울지 말고 들어가자. 오래 섰으면 철도 회사 사람에게 핀잔 듣고 쫓겨난다. 몇 해만 지내면 나도 귀국하고 너도 귀국할 터인데 그렇게 섭섭하게 여길 게 무엇이냐. 네가 일본과 미국으로 유리표박(流離標泊, 일정한 집과 직업 없이 이곳저곳 떠돌아다님)하여 부모의 사생을 모르고 있을 때를 생각하여 보아라. 지금은 부모를 만나 보았으니 좀 좋은 일이냐. 이 애 옥련아, 우리 이 길로 공원에 나가서 바람이나 쏘이고 구경이나 하자."

하면서 옥련이를 데리고 공원으로 들어가니 석양은 만 리요, 상항은 보이지 아니하더라.

옥련이가 어머니를 이별하고 섭섭하여 하는 모양이 실성을 할 것 같은지라, 그 부친이 중언부언하여 옥련이를 위로하고 각기 호텔에 돌아가더라.

옥련이가 난리 중에 그 부모를 잃고 타국으로 유리할 때에 그 부모가 다 죽은 줄로 알고 있던 터이라. 일본 대판 정상 군의 집에 있을 때 지내던 일을 말할지라도 학교에 가면 공부에만 정신이 쓰이고 집에 돌아오면 정상

부인에게 정도 들었고 조심도 극진히 하였고 동무를 대하면 재미있게 놀아도 보았는데 그럭저럭 부모 생각도 다 잊었으니, 미국에 온 지 4, 5년 만에 천만의외에 그 부친을 만나 보고 그 어머니 생존한 줄을 알았는데, 하루바삐 그 어머니 얼굴을 보고 싶으나 일변으로 생각하면 그 어머니가 살아 있는 것만 기뻐하여 얼굴에 희색이 만면하던 옥련이가 그 어머니를 만나 보고 작별하더니 얼굴에 근심 빛뿐이라.

귀에는 어머니 소리가 들리는 듯하고 눈에는 어머니 모습이 보이는 듯하다. 평양성 난리 후에 그 어머니가 고생한 이야기하던 것과 화성돈 정거장에서 그 어머니 떠나던 일은 옥련의 마음속에 사진같이 다 박혀 있다. 옥련이가 지향 없이 혼잣말로,

"우리 어머니는 어디쯤이나 가셨누. 아버지도 여기에 계시고 나도 여기에 있는데 어머니 혼자 우리나라로 가시는구나. 내 몸 둘이 되었으면 하나는 아버지 뫼시고 있고 하나는 어머니 뫼시고 있고지고. 우리 어머니가 평양성 중에서 10년 동안을 근심 중으로 지내시고 또 혼자 평양으로 가시는구나. 나를 생각하시느라고 병환이나 아니 날까."

옥련이가 그렇게 어머니를 생각하고 있는데 그 어머니 마음은 어떠할꼬. 옥련의 어머니는 남편도 이별하고 그 딸 옥련이도 이별하였으니 그 이별은 겹이별이라. 그 근심이 오직 대단할 것 아니언마는 옥련의 모친 마음이 그렇지 아니하고 도리어 기쁜 마음뿐이라.

자유종

- 이해조 -

작가 소개

이해조(李海朝 1869~1927)

본관은 전주. 호는 열재(悅齋), 동농(東濃). 필명으로는 선음자(善飮子), 우산거사(牛山居士).

1869년 2월 27일 경기도 포천시 신북면 신평리 121번지에서 아버지 이철용(李哲鎔)과 어머니 청풍 김씨의 장남으로 출생. 서울 익선동, 와룡동, 도렴동 등지에서 살았다. 어릴 적부터 한학을 수학하여 19세 때 초시에 합격했으며, 25, 6세 무렵에는 대동사문회를 주관했다.

일본어를 독학하고 1908년 대한 교육부 사무장, 실업부 평의원, 기호흥학회 평의원, '기호흥학회월보' 편집인으로 활약. 양기탁, 주시경 등과 함께 광무사를 조직하여 국채보상운동을 전개하기도 했다.

활쏘기와 거문고타기가 취미였으며, 특히 국악에 조예가 깊었다. 1906년 11월부터 잡지 '소년한반도(少年韓半島)'에 소설 〈잠상태(岑上苔)〉(1906)를 연재하면서 본격적인 문학 활동을 시작한 그는 주로 양반가정 여인들의 구속적인 생활을 해방시키려는 의도로 실화(實話)에 근거하여 소설을 썼다. 1907년 대한협회(大韓協會)와 1908년 기호흥학회(畿湖興學會) 등의 사회단체에 가담하여 신학문의 소개와 민중 계몽운동에 나서기도 하였고, 한때 '제국신문', '황성신문', '매일신보' 언론기관에 관계하면서 40여편 이상의 작품을 발표하고 59세가 되던 1927년 5월 11일 포천에서 병사했다. 그의 문학적 업적은 크게 작품을 통하여 이룩한 소설적 성과와 번안·번역을 통한 외국작품의 소개, 그리고 단편적으로 드러난 근대적인 문학관의 측면으로 나누어 살펴볼 수 있다.

작품으로는, 〈자유종〉, 〈빈상설〉, 〈구마검(驅魔劍)〉, 〈화(花)의 혈(血)〉, 〈춘외춘(春外春)〉, 〈월하가인(月下佳人)〉, 〈고목화(枯木花)〉, 〈봉선화〉 등의 창작 신소설과 〈옥중화(獄中花)〉, 〈연(燕)의 각(脚)〉, 〈강상련(江上蓮)〉, 〈토의 간(肝)〉 등의 개작 신소설이 있고 〈철세계〉, 〈화성돈전〉, 〈앵속화 제조법〉 등을 번역했다.

이 작품은 1910년 7월 광학서포(廣學書鋪)에서 '토론 소설'로 표제가 붙은 이해조의 정치소설이다. 개화기 지식인의 비판의식을 드러내며, 양반 여성들의 관념적인 토론과 대화로 구시대의 유습인 여성의 인종(忍從)과 예속이 타파되어야 하며 여성의 권리신장, 자녀교육과 자주독립, 적서(嫡庶) 차별과 지방색 타파, 미신타파, 한문폐지 등 국권회복과 근대화의 국가발전을 위한 신교육의 필요성과 여성이 새 시대의 국가와 민족의 앞날에 대해 생각하고 이야기할 필요가 있음을 주장한다.

작품 줄거리

1908년 음력 1월 16일 밤 이매경 여사의 생일잔치에 모인 신설헌 · 홍국란 · 강금운 · 이매경 등 4명의 부인이 초저녁부터 새벽까지 토론을 벌인다.

여권(女權) 문제와 교육을 통한 개화와 계몽, 국가의 부강, 미신 및 계급 사회 타파 등과 남자가 절대 지배권을 행사하는 사회의 폐습이 시정되어야 하고 자녀 공물론과 적서(嫡庶)의 차별을 폐지하고 인재 등용은 국익에 따라야 하고 계몽과 교육만이 부국강병의 필수 요건이라고 주장한다. 또 조상 숭배나 윤리와 도덕을 앙양하는 제사나 관혼의 길사가 오로지 형식에 치우쳐 있는 폐단도 시정되어야 한다고 주장한다.

핵심 정리

· 갈래 : 신소설, 토론 소설
· 시점 : 전지적 작가 시점
· 배경 : 일제 강점기 때 서울 이매경 여사의 집
· 주제 : 계몽기의 현실 직시와 국권 회복의 방향 제시
· 출전 : 광학서포

자유종

  천지간 만물 중에 동물 되기 희한(稀罕)하고, 천만 가지 동물 중에 사람 되기 극난(極難, 지극히 어렵다)하다. 그같이 희한하고 그같이 극난한 동물 중 사람이 되어 압제(壓制)를 받아 자유를 잃게 되면 하늘이 주신 사람의 직분(職分)을 지키지 못함이거늘, 하물며 사람 사이에 여자 되어 남자의 압제를 받아 자유를 빼앗기면 어찌 희한코 극난한 동물 중 사람의 권리를 스스로 버림이 아니라 하리오.

  여보, 여러분, 나는 옛날 태평 시대에 숙부인(淑夫人, 정3품 당상관 아내에게 주는 봉작)까지 바쳤더니 지금은 가련한 민족 중의 한 몸이 된 신설헌이올시다.

  오늘 이매경 씨 생신(生辰)에 청첩을 인하여 왔더니 마침 홍국란 씨와 강금운 씨와 그 외 여러 귀중하신 부인들이 만좌(滿座)하셨으니 두어 말씀 하오리다.

  이전 같으면 오늘 이러한 잔치에 취하고 배부르면 무슨 걱정 있으리까마는, 지금 시대가 어떠한 시대며, 우리 민족은 어떠한 민족이오? 내 말이 연설 체격과 흡사하나 우리 규중(閨中, 부녀자가 거처하는 안방) 여자도 결코 모를 일이 아니올시다.

  일본도 삼십 년 전 형편이 우리나라보다 우심(尤甚, 더욱 심함)하여 혹 천하대세(天下大勢, 세상 돌아가는 추세)라, 혹 자국전도(自國前導, 나라의 앞날을 전하여 인도)라 말하는 자는 미친 자라, 괴악한 사람이라 지목하고 인류로 치지 않더니, 점점 연설이 크게 열리매 전도하는 교인같이 거리거리 떠드나니 국가 형편이요, 부르나니 민족 사세라, 2, 3인 모꼬지(놀이나 잔치로 여러 사람이 모이는 일)라도 술잔을 대하기 전에 소회(所懷, 마음에 품은 회포)를 말하고 마시니, 전국 남녀들이 십여 년을 한담도 끊고 잡담도 끊고 언필칭 국가라 민족이라 하더니, 지금 동양에 제일 제이 되는 일대 강국이 되었습니다.

오늘 우리나라는 어떠한 비참지경(悲慘之境, 나라가 슬프고 끔찍함)이오? 세월은 물같이 흘러가고 풍조는 날로 닥치는데, 우리 비록 아홉 폭 치마는 둘렀으나 오늘만도 더 못한 지경을 또 당하면 상전벽해(桑田碧海, 세상이 변화무쌍하게 빠름)가 눈결에 될지라. 하늘을 부르면 대답이 있나, 부모를 부르면 능력이 있나, 가장을 부르면 무슨 방책이 있나, 고대광실(高臺廣室, 크고 좋은 집) 뉘가 들며 금의옥식(錦衣玉食, 좋은 옷을 입고 좋은 밥을 먹는 호화로운 생활)은 내 것인가? 이 지경이 이마에 당도했소. 우리 3, 4인이 모였든지 5, 6인이 모였든지 어찌 심상한 말로 좋은 음식을 먹으리까? 승평무사(昇平無事, 나라가 태평하여 아무 일이 없음)할 때에도 유의유식(遊衣遊食, 하는 일 없이 입고 먹음)은 금법(禁法)이거든 이 시대에 두 눈과 두 귀가 남과 같이 총명한 사람이 어찌 국가 의식만 축내리까? 우리 재미있게 학리상(學理上)으로 토론하여 이날을 보냅시다.

(매경) "절당(切當, 사리에 맞음) 절당하오이다. 오늘이 참 어떠한 시대요? 이 같은 수참(愁慘, 몹시 비참)하고 통곡(痛哭)할 시대에 나 같은 요망한 여자의 생일잔치가 왜 있겠소마는 변변치 못한 술잔으로 여러분을 청하기는 심히 부끄럽고 죄송하나 본의인즉 첫째는 여러분 만나 뵈옵기를 위하고, 둘째는 좋은 말씀을 듣고자 함이올시다. 남자들은 자주 상종(相從)하여 지식을 교환하지마는 우리 여자는 한번 만나기 졸연(猝然, 갑작스럽게)하오니까? 〈예기(禮記)〉에 가로되, '여자는 안에 있어 밖의 일을 말하지 말라.' 하였고, 〈시전(詩傳)〉에 가로되 '오직 술과 밥을 마땅히 할 뿐이라.' 하였기로 층애절벽(層崖絶壁, 바위가 층층이 쌓인 언덕) 같은 네 기둥 안에서 나고 자라고 늙었으니, 비록 사마자장(〈사기(史記)〉를 지은 한나라 학자 사마천)의 재주가 있을지라도 보고 듣는 것이 있어야 아는 것이 있지요.

이러므로 신체 연약하고 지각이 몽매하여 쌀이 무슨 나무에 열리는지, 도미를 어느 산에서 잡는지 모르고, 다만 가장(家長)의 비위만 맞춰, 앉으라면 앉고 서라면 서니, 진소위(眞所謂, 그야말로) 밥 먹는 안석(案席, 방석)이요, 옷 입은 퇴침(退枕, 목침)이라, 어찌 인류라 칭하리까?

그러나 그는 오히려 현철(賢哲, 어질고 사리에 밝음)한 부인이라, 행검

(行檢, 품행이 바름)있는 부인이라 하겠지마는, 성품이 괴악하고 행실이 불미하여 시앗〔첩(妾)〕에 투기하기, 친척에 이간(離間)하기, 무당 불러 굿하기, 절에 가서 불공하기, 제반악징(諸般惡徵, 여러 가지 악한 징조)은 소위 대갓집 부인이 더합니다. 가도(家道)가 무너지고 수욕(羞辱, 부끄러운 일)이 자심(滋甚)하니 이것이 제 한집안 일인 듯하나 그 영향이 실로 전국에 미치니 어찌 한심치 않으리까?

그런 부인이 생산(生産)도 잘 못하고 혹 생산하더라도 어찌 쓸 자식을 낳으리오. 태내(胎內) 교육부터 가정교육까지 없으니 제가 생지(生知, 탁월한 사람으로 태어나면서 도를 안다는 뜻)의 바탕이 아닌 바에 맹모(孟母)의 삼천(三遷, 세 번 이사함)하시던 교육이 없이 무슨 사람이 되리오. 그러나 재상도 그 자제이요, 관찰·군수도 그 자제니 국가의 정치가 무엇인지, 법률이 무엇인지 어찌 알겠소? 우리 비록 여자이나 무식(無識)을 면치 못함을 항상 한탄하더니, 다행히 오늘 여러분 고명하신 부인께서 왕림하여 좋은 말씀을 들려주시니 대단히 기꺼운 일이올시다."

(설헌) "변변치 못한 구변이나 내 먼저 말씀하오리다. 우리 대한의 정계가 부패함도 학문 없는 연고요, 민족의 부패함도 학문 없는 연고요, 우리 여자도 학문 없는 연고로 기천 년(幾千年) 금수 대우를 받았으니 우리나라에도 제일 급한 것이 학문이요, 우리 여자 사회도 제일 급한 것이 학문인즉 학문 말씀을 먼저 하겠소.

우리 이천만 민족 중에 일천만 남자들은 응당 고명한 학교를 졸업하여 정치·법률·군제·농·상·공 등 만 가지 사업이 족하겠지마는, 우리 일천만 여자들은 학문이 무엇인지 도무지 모르고 유의유식으로 남자만 의뢰하여 먹고 입으려 하니 국세가 어찌 빈약하지 아니하겠소? 옛말에 '백지장도 맞들어야 가볍다' 하였으니, 우리 일천만 여자도 일천만 남자의 사업을 백지장과 같이 거들었으면 백 년에 할 일을 오십 년에 할 것이요, 십 년에 할 일을 다섯 해면 할 것이니 그 이익이 어떠하오? 나라의 독립도 거기 있고 인민의 자유도 거기 있소.

세계 문명국 사람들은 남녀의 학문과 기예가 차등이 없고, 여자가 남자보다 해산(解産)하는 재주 한 가지가 더하다 하며, 혹 전쟁이 있어 남자가 다 죽어도 겨우 반구비(半具備, 반은 갖추어져 있다는 뜻)라 하니, 그 여자의 창법 검술까지 통투(通透, 사리를 꿰뚫어서 앎)함을 가히 알겠도다.

사람마다 대성인(大聖人) 공부자(孔夫子, 공자) 아닐진대 어찌 생이지지(生而之知, 배우지 않아도 도(道)를 스스로 깨우침)하리오. 법국(法國, 프랑스) 파리 대학교에서 토론회를 열매 가(可)편은 사람을 가르치지 못하면 금수와 같다 하고, 부(否)편은 사람이 천생 한 성질이니 비록 가르치지 아니할지라도 어찌 금수와 같으리오 하여 경쟁이 대단하되 귀결치 못하더라. 학도들이 실지를 시험코자 하여 무부모(無父母)한 아해(아이)들을 사다가 심산궁곡(深山窮谷, 깊은 산골)에 집 둘을 짓되 네 벽을 다 막고 문 하나만 뚫어 음식과 대소변을 통하게 하고, 그 아이를 각각 그 속에서 기를 새, 7, 8년이 된 후 그 아이를 학교로 데려오니 제가 평생에 사람 많은 것을 보지 못하다가 6, 7층 양옥에 인산인해(人山人海) 됨을 보고 크게 놀라 서로 돌아보며, 하나는 '꼭고댁꼭고댁' 하고 하나는 '끼익끼익' 하니, 이는 다름 아니라 제집에 아무것도 없고 다만 닭과 돼지만 있는데, 닭이 놀라면 '꼭고댁' 하고 돼지가 놀라면 '끼익끼익' 하는 고로 그 아이가 지금 놀라운 일을 보고, 그 소리는 각각 본 대로 낸 것이니 그것도 닭과 돼지의 교육을 받음이라.

학생들이 이것을 본 후에 사람을 가르치지 아니하면 금수와 다름없음을 깨달아 가(可)편이 득승(得勝, 싸움에서 이김)하였다 하니, 이로 보건대 우리 여자가 그와 다름이 무엇이오? 일용범절(날품팔이 예의)에 여간 안다는 것이 저 아이의 '꼭고댁', '끼익' 보다 얼마나 낫소이까? 우리 여자가 기천 년을 암매(暗昧, 어리석은 생각)하고 비참한 경우에 빠져 있었으니, 이렇고야 자유권(自由權)이니 자강력(自强力)이니 세상에 있는 줄이나 알겠소.

일생에 생사고락(生死苦樂)이 다 남자 압제 아래 있어, 말하는 제웅(액을 막는 짚으로 만든 인형)과 숨 쉬는 송장을 면치 못하니 옛 성인의 법제가 어찌 이러하겠소. 〈예기〉에도 여인 스승이 있고 유모를 택한다 하였고, 〈소학(小學)〉에도 여자 교육이 첫 편이니 어찌 우리나라 여자 같은 자고송(自枯松, 저절로 말라 죽은 소나무)이 있단 말이오.

우리나라 남자들이 아무리 정치에 밝다 하나 여자에게는 대단히 적악(積

惡)하였고, 법률이 밝다 하나 여자에게는 대단히 득죄(得罪)하였습니다. 우리는 기왕(既往)이라, 말할 것 없거니와 후생(後生)이나 불가불 교육을 잘하여야 할 터인데 권리 있는 남자들은 꿈도 깨지 못하니 답답하오. 남자들 마음에는 아들만 귀하고 딸은 귀치 아니한지라. 일분지라도 귀한 생각이 있으면 사지오관(四肢五官, 다섯 가지 감각 기관과 팔과 다리)을 구비한 자식을 어찌 차마 금수와 같이 길러 이 같은 고해(苦海)에 빠지게 하는고? 그 아들 가르치는 법도 별수는 없습니다. 〈사략(史略)〉〈통감(通鑑)〉으로 제 일등 교과서를 삼으니 자국 정신은 간데없고 중국혼(中國魂)만 길러서 언필칭(반드시) 〈좌전, 左傳(춘추좌씨전)〉이라, 〈강목, 綱目(자치통감)〉이라 하여 남의 나라 기천 년 흥망성쇠만 의논하고 내 나라 빈부 강약은 꿈도 아니 꾸다가 오늘 이 지경을 당하였소.

이태리국 역비다 산에 올차학이라는 구멍이 있어 해수로 통하였더니, 홀연 산이 무너져 구멍 어귀가 막힌지라. 그 속이 칠야(漆夜, 캄캄한 밤)같이 캄캄한 데 본래 있던 고기들이 나오지 못하고 수백 년을 성장하여 눈이 있으나 쓸 곳이 없더니, 어귀의 막혔던 흙이 해마다 바닷물에 패어가며 일조에 구멍이 도로 열리매, 밖의 고기가 들어와 수없이 잡아먹되, 그 안에 있던 고기는 눈을 멀뚱멀뚱 뜨고도 저해(沮害, 방해)하려는 것을 전연히 모르더라. 절로 밀려 어귀 밖으로 혹 나왔으나 못 보던 눈이 졸지에 태양을 당하매, 현기증(眩氣症)이 나며 정신이 없어 어릿어릿하더라. 그러하니 그와 같이 대문·중문을 꼭꼭 닫고 밖에 눈이 오는지 비가 오는지 도무지 알지 못하고 살던 우리나라 이왕 교육은 올차학 교육이라 할 만하니 그 교육받은 남자들이 무슨 정신으로 우리 정치를 생각하겠소? 우리 여자의 말이 쓸데없는 듯하나 자국(自國)의 정신으로 하는 말이니, 오히려 만국공사(萬國公使)의 헛담판보다 낫습니다. 여러분 부인들은 대한 여자 교육계의 별방침을 연구하시오."

(금운) "여보, 설헌 씨는 학문 설명을 자세히 하셨으나 그 성질과 형편이 그래도 미진한 곳이 있습니다. 우리나라 지식을 보통케 하려면 그 소위 무슨 변에 무슨 자, 무슨 아래 무슨 자라는, 옛날 상전(上典)으로 알던 중국 글을 폐지함이 필요하겠소. 대저 글이라 하는 것은 말과 소와 같아서 그 나

라의 범백정신(凡百精神, 온갖 정신)을 실어 두나니, 우리나라 소위 한문은 곧 지나(支那, 중국)의 말과 소리라. 다만 지나의 정신만 실었으니 우리나라 사람이야 평생을 끌고 당긴들 무슨 이익이 있겠소? 그런 중에 그 말과 소가 대단히 사나워 좀체 사람이 끌지 못하오.

그 글은 졸업 기한이 없고 일평생을 읽을지라도 이태백(李太白, 중국 당나라 시인 이백), 한퇴지(韓退之, 중국 당나라 사상가 한유)는 못 되며, 혹 상등으로 총명한 자가 물 쥐어 먹고 십 년 이십 년을 읽어서 실재(實才)라, 거벽(巨擘, 학식이 높은 사람)이라 하여 눈앞에 영웅이 없고, 세상이 돈짝만 하여 내가 내노라하고 도리질 치더라도 그 사람더러 정치를 물으면 모른다, 법률을 물으면 모른다, 철학·화학·이학을 물으면 모르노라, 농학·상학·공학을 물으면 모르노라 하더라. 그러면 우리 대종교(大倧敎, 우리나라의 고유 종교)와 공부자(孔夫子) 도학의 성질은 어떠하냐 묻게 되면, 그 신성하신 진리는 모르고 다만 아노라 하는 것은 '공자님은 꿇어앉으셨지', '공자님은 광수의(廣袖衣, 소매가 넓은 옷)를 입으셨지' 하면서 가장 도통을 이은 듯이 여기니, 다만 광수의만 입고 꿇어만 앉았으면 사람마다 천만년 종교 부자가 되오리까?

공자님은 춤도 추시고 노래도 하시고 풍류도 하시고 선비도 되시고 문장도 되시고, 장수가 되셔도 가하고 정승이 되셔도 가하고 천자도 가히 되실 신성하신 우리 공부자님을, 어찌하여 속은 컴컴하고 외양만 번지르르한 위인들이 광수의만 입고 꿇어만 앉아 공자님 도학이 이뿐이라고 고담준론(高談峻論, 뜻이 높고 바른말)을 합니까? 이렇게 하여야 집을 보존하고 인군을 섬긴다 하여 자기 자손뿐 아니라 남의 자제까지 연골(軟骨, 연약 체질)에 버려 골생원님이 되게 하니, 그런 자들은 종교에 난적(亂賊)이요, 교육에 공적(公敵)이라. 공자님께서 대단히 욕보셨소. 설사 공자님이 생존하셨을지라도 오히려 북을 울려 그자들을 벌하셨으리라.

그만도 못한, 승부꾼이라 일차꾼이라 하는 자는 천시도 모르고 지리도 모르고, 다만 의취(意趣, 의지와 취향) 없는 강남풍월(江南風月)한 것이 여러 해라. 뜻도 모르는 것은 '원(元)코 형(亨)코(〈주역(周易)의 첫대목인 원형이정(元亨利貞)을 가리킴)' 라 하여 국가가 수용하는 인재 노릇을 하였으니 그렇고야 어찌 나라가 이 지경이 아니 되겠소? 대체 글을 무엇에 쓰자고 읽소? 사리를 통하려고 읽는 것인데 내 나라 지지(地誌)와 역사(歷史)를 모르고서 〈제갈량전〉과 〈비사맥(비스마르크)전〉을 천만번이나 읽은들 현금(現今) 비참한 지경을 면하겠소? 일본 학교 교과서를 보시오. 소학교 교과 하는 것은 당초에 대한이라, 청국이라 하는 말도 없이 다만 자국 인물이 어떠하고 자국 지리가 어떠하다 하여 자국 정신이 굳은 후에 비로소 만국 역사와 만국 지지를 가르침이라. 그런 고로 남녀 물론 하고 자국에는 보통 지식 없는 자가 없어 오늘날 저러한 큰 세력을 얻어 나라의 영광을 내었소.

우리나라 남자들은 거룩하고 고명한 학문이 있는 듯하나 우리 여자 사회에야 그 썩고 냄새나는 천지현황(天地玄黃, 천자문(千字文)의 첫머리) 글자라도 아는 사람이 몇이나 되오? 남자들도 응당 귀도 있고 눈도 있으리니, 타국 남자와 같이 학문을 힘쓰려니와 우리 여자도 타국 여자와 같이 지식이 있어야 우리 대한 삼천리 강토도 보전하고, 우리 여자 누 백 년 금수도 면하리라. 지식을 넓히려면 하필 어렵고 어려운, 십 년 이십 년 배워도 천치를 면치 못할 학문이 쓸 데 있소? 불가불 자국 교과를 힘써야 되겠다 합니다."

(국란) "아니오, 우리나라가 가뜩 무식한데 그나마 한문도 없어지면 수모(水母, 해파리) 세계를 만들려오? 수모란 것은 눈이 없이 새우를 따라다니면서 새우 눈을 제 눈같이 아니 수모 세계가 되면 새우는 어디 있나, 아니 될 말이오. 졸지에 한문을 없애고 국문에만 힘쓰면 무슨 별 지식이 나리까? 나도 한문을 좋다 하는 것은 아니나 형편으로 말하면 요순(堯舜) 이래 치국평천하(治國平天下, 나라를 잘 다스리고 세상을 평안하게 함)하는 법과 수신제가(修身齊家, 몸과 마음을 수양하고 집안을 다스림)하는 천사만사가 모두 한문에 있으니 졸지에 한문을 없애고 국문만 쓰면, 비유컨대 유리창을 떼어버리고 흙벽 치는 셈이오. 국문은 우리나라 세종대왕께서 만드실 때 적공(積功, 공을 들임)이 대단하셨소. 사신을 여러 번 중국(中國)에 보내어 그 성음 이치를 알아다가 자모음(字母音)을 만드시니, 반절(反切, 두 자의 한문 음을 한 소리로 만드는 법)이 그것이오.

우리 세종대왕 근로하신 성덕은 다 말씀할 수 없거니와 반절 몇 줄에 나랏돈도 많이 들었소. 그렇건마는 백성들은 죽도록 한문자만 숭상하고 국문은 버려두어서 암글(여자의 글을 낮추는 말)이라 지목하여 부인이나 천인이 배우되 반절만 깨우치면 다시 읽을 것이 없으니 보는 것은 다만 〈춘향전〉·〈심청전〉·〈홍길동전〉 등뿐이라. 〈춘향전〉을 보면 정치를 알겠고, 〈심청전〉을 보고 법률을 알겠고, 〈홍길동전〉을 보아 도덕(道德)을 알겠소. 말할진대 〈춘향전〉은 음탕 교과서요, 〈심청전〉은 처량 교과서요, 〈홍길동전〉은 허황 교과서라 할 것이니, 국민을 음탕 교과로 가르치면 어찌 풍속이 아름다우며, 처량 교과로 가르치면 장진지망(長進之望, 큰 희망)이 있으며, 허황 교과서로 가르치면 어찌 정대(正大)한 기상이 있으리까?

　우리나라 난봉 남자와 음탕한 여자의 제반악징(惡徵)이 다 이에서 나오니 그 영향이 어떠하오? 혹 변명하려면 '〈춘향전〉을 누가 가르쳤나, 〈심청전〉을 누가 배우나, 〈홍길동전〉을 누가 읽으라나.' 할 것이라. 비록 읽으라 할지라도 다 제게 달렸지 할 터이나, 이것이 가르친 것보다 더하지, 휘문의숙 같은 수층 양옥과 보성학교 같은 넓은 교정에 칠판, 괘종, 책상, 걸상을 벌여놓고 고명한 교사를 월급 주어 가르치는 것보다 더 심하오. 그것은 구역과 시간이나 있거니와 이것은 구역도 없고 시간도 없이 전국 남녀들이 자유권으로 틈틈이 보고 곳곳이 읽으니 그 좋은 몇백만 청년을 음탕하고 처량하고 허황한 구멍에 쓸어 묻는단 말이오? 그러나 그뿐이오? 혹 기도하면 아이를 낳는다, 혹 산신이 강림하여 복을 준다, 혹 면례(무덤을 옮김)를 잘하여 부귀를 얻는다, 혹 불공하여 재액을 막는다, 혹 돌구멍에서 용마가 났다, 혹 신선이 학을 타고 논다, 혹 최판관이 붓을 들고 앉았다 하는 제반악징의 괴괴망측한 말을 다 국문으로 기록하여 출판한 판책도 많고 등출(騰出, 책을 베낌)한 세책(貰冊, 책을 빌림)도 많아 경향 각처에 불똥 튀어 박히듯 없는 집이 없으니 그것도 오거서(五車書, 다섯 수레에 실을 만한 책)라 평생을 보아도 못다 보오.

　그 책을 나도 여간 보았거니와 좋은 종이에 주옥같은 글씨로 세세성문하여 혹 2, 3권 혹 수십여 권 되는 것이 많고 백 권 내외 되는 것도 있으니, 그 자본은 얼마나 적겠으며 그 세월은 얼마나 허비하였겠소? 백해무리(百

害無理, 도리나 이치에 해로운 일)한 그 책을 값을 주고 사며 세를 주고 얻어 보니 그 돈은 헛돈이 아니오?

국문 폐단은 그러하지마는 지금 금운씨의 말과 같이 한문을 전폐하고 국문만 쓸진대 〈춘향전〉·〈심청전〉·〈홍길동전〉이 되겠소. 괴악망측한 소설이 제자백가(諸子百家, 춘추 전국시대 여러 학파)가 되겠소. 그는 다 나의 분격한 말이라. 나도 항상 말하기를, 자국 정신을 보존하려면 국문을 써야 되겠다 하지마는 그 방법은 졸지에 계획할 수 없습니다. 가령 남의 큰 집에 들었다가 그 집이 본래 남의 집이라 믿음성이 없다 하고 떠나려면, 한편으로 차차 재목을 준비하고 목수·석수를 불러 시역(始役)할새, 먼저 배산임수(背山臨水, 산을 등지고 물을 바라봄) 좋은 곳에 터를 닦아 모월 모일 모시에 입주하더라. 일대 문장가에게 상량문(上樑文, 기둥을 세울 때 쓰는 축원문)을 받아 아랑위 아랑위 하는 소리에 수십 척 들보를 높이 얹고 정당(正堂) 몇 칸, 침실 몇 칸, 행랑 몇 칸을 예산대로 세워놓으니, 차방·다락 조밀(稠密)하고 도배장판 정쇄(精灑)한데, 우리나라 효자 열녀의 좋은 말씀을 문장 명필의 고명한 솜씨로 기록하여 부벽(付壁, 벽에 붙이는 글씨나 그림), 주련(柱聯, 벽에 붙이는 장식)으로 여기저기 붙이고 나도 내 집 사랑한다는 대자 현판을 정당에 높이 달았소. 그제야 세간 집물(什物, 살림 기구)을 옮겨다가 쌓을 데 쌓고 놓을 데 놓아 질자배기 부지깽이 한 개라도 서실(물건을 잃어버림)이 없어야 이사하는 해가 없나니, 만일 옛집을 남의 집이라 하여 졸지에 몸만 나오든지 세간 집물을 한데 내어놓든지 하고 그 집을 비워 주인에게 맡기면 어디로 가자는 말이오?

우리나라 국문은 미상불(未嘗不, 그렇지 않은) 좋은 글이나 닦달 아니 한 재목과 같으니 만일 한문을 버리고 국문만 쓰려면 한문에 있는 천만 사와 천만 법을 국문으로 번역하여 유루(遺漏, 새어 나감)한 것이 없는 연후에 서서히 한문을 폐하여 지나 사람을 되주든지 우리가 휴지로 쓰든지 하오. 그제야 국문을 가위(可謂) 글이라 할 것이니, 이 일을 예산한즉 오십 년 가량이라야 성공하겠소. 만일 졸지에 한문을 없이 하려면 남의 집이라고 몸만 나오는 것과 무엇이 다르오? 남의 집은 주인이 있어 혹 내어놓으라고 독촉도 하려니와 한문이야 누가 내어놓으라 하는 말이 있소? 서서히 형편을 보아 폐지함이 가할 것이오. 국문만 쓸지라도 옛날 보던 〈춘향전〉이니 〈홍길동전〉이니 〈심청전〉이니 그 외에 여러 가지 음담패설(淫談悖說)을 다 엄금하여야 국문에 영향이 정대하고 광명한지라. 그렇지 못하면 수천 년 숭상하던 한문만 잃어버리리니, 정대한 국문만 쓸진대 누가 편리치 않다 하오리까?

가령 한문의 부자군신이 국문의 부자군신과 경중이 있소? 국문의 백 냥 천 냥이 한문의 백 냥 천 냥과 다소가 있소? 국문으로 패독산(敗毒散, 감기 몸살 약) 방문(方文)을 내어도 발산되기는 일반이요, 국문으로 삼해주(三亥酒, 술의 종류) 방법을 빙거(憑據, 사실을 증명할 근거)하여도 취하기는 한 모양이오. 국문으로 욕설하면 꺼리지 않겠소? 한문으로 칭찬하면 더 좋아하겠소? 국문의 호랑이도 무섭고, 국문의 원앙새도 어여쁘리라.

국문과 한문이 다름없으나 어찌 우리 여자 권리로 연혁(沿革, 내력)을 확정하리오? 문부(文部) 관리들 참 딱한 것이 국문은 쓰든지 아니 쓰든지, 그 잡담 소설이나 금하였으면 좋겠소. 그것 발매(發賣)하는 자들이 투전 장사나 다름없나니 투전은 재물이나 상하려니와 음담 소설은 정신조차 버리오. 문부 관리들 그 아니 답답하오? 청년 남녀의 정신 잃는 것을 어찌 차마 앉아 보기만 하오. 학무국은 무슨 일들 하며, 편집국은 무슨 일들 하는지 저런 관리를 믿다가는 배꼽에 노송나무가 나겠소. 우리 여자 사회가 단체하여 문부 관리에게 질문 한번 하여 봅시다."

(매경) "여보, 사회단체가 그리 용이하오? 우리나라 백 년 이하 각항 단체를 내 대강 말하오리다. 관인 사회는 말할 것이 없거니와 종교 사회로 말할지라도 물론 어느 나라하고 종교 없이 어찌 사오? 야만 부락의 코끼리에게 절하는 것과, 태양에게 비는 것과, 불과 물을 위하는 것을 웃기는 웃거니와 그 진리를 연구하면 용혹무괴(容或無怪, 괴이할 것이 없음)이오. 만일 다수의 국민이 겁내는 것도 없고, 귀의할 곳도 없고, 존칭할 것도 없으면, 어찌 국민의 질서가 있겠소? 약육강식하는 금수 세계만도 못하리다.

그런고로 태서(泰西, 서양) 정치가(政治家)에서 남의 나라의 강약 허실을 살피려면 먼저 그 나라 종교 성질을 본다 하니, 그 말이 유리하오. 만일 종교에 귀의할 바가 없으면 비록 인물이 번성하고 토지가 광대한 나라로 군부에 대포가 가득하고, 탁지(度支)에 금전이 가득하고, 공부(工部)에 기계가 가득할지라도 수백 년 전 남미 인종과 다름없으리라.

동서양 종교 수효와 범위를 말씀하건대 회회교·희랍교·토숙탄교·천주교·기독교·불교와 그 외의 여러 교가 각각 범위를 넓혀 세계에 세력을 확장하오. 저 교는 그르다, 이 교는 옳다 하여 경쟁하는 세력이 대포 장창보다 맹렬하니, 그중에 망하는 나라도 많고 흥하는 사람도 많소.

우리 동양 제일 종교는 세계의 독일무이(獨一無二, 오직 하나둘도 없는)하시고, 대성 지성(大聖至聖)하신 공부자 아니시오? 그 말씀에 정대한 부자·군신·부부·형제·붕우 따위의 일용상행(日用常行, 일상적인 행동)하는 일을 의논하여 사람으로 하여금 사람 되는 도리를 가르치시었소. 그 성덕이 거룩하시고 융성하시며 향념(向念)하시는 마음이 일광과 같아 남녀귀천 없이 다 비추이건마는 우리나라는 범위를 좁혀서 '남자만 종교를 알지 여자는 모를 게라, 귀인만 종교를 알지 천인은 모를 게라' 하여 대성전(大成殿, 공자를 모신 사당)에 제관 싸움이나 하고 시골 향교에 재임(齋任)이나 팔아먹고 소민(小民)들은 향교 추렴이나 물리니, 공자님의 도를 행하는 것이 무엇이오?

도포나 입고 쌍상투나 틀고, 혁대와 중영이나 달고 꿇어앉아서 마음이 어떠한 것이라, 성품이 어떠한 것이라 하더라. 진리는 모르고 주워들은 것을 풍월같이 지껄이면서 이만하면 수신제가도 자족하지, 치국평천하도 자족하지, 세상도 한심하지, 나 같은 도학군자를 아니 쓴다네. 이렇다 하여 백 가지로 개탄하다가 혹 세도 재상에게 소개하여 제주(祭酒, 고려시대 관직), 찬선(贊善, 조선시대 관직)으로 초선(抄選, 임명이나 뽑힘)이나 되면 공자님이 당시의 자기로만 알고 도태(淘汰, 불필요한 것을 가려서 버림)를 뽑아내더라. 그리고 괴팍한 위인에 야매한 언론으로 천하대세도 모르고 척양(斥洋, 서양을 배척)합시다, 척왜(斥倭, 왜국을 배척)합시다, 하고 요명(要名)차로 눈치 보아가며 상소나 한두 번 하여 시골 선배의 칭찬이나 듣는 것이 대욕소관(大慾所關, 큰 욕망)이지.

옛적 정자산의 외교 수단을 공자님도 칭찬하셨으니, 공자님은 척화(斥和, 화친을 배척함)를 모르시오. 척화도 형편대로 하는 것이지 붓끝으로만 척화, 척화하면 척화가 되오? 또 고상하다 자칭하는 자는 당초 사직(辭職)으로 장기(長技)를 삼아 나라가 내게 무슨 상관있나, 백성이 내게 무슨 이해가 있나, 독선기신(獨善其身, 자기 한 몸의 처신을 온전하게 함)이 제일이지, 자질(子姪, 아들과 조카)도 이렇게 가르치고 문인도 이렇게 어거(거느려서 바른길로 나아가게 함)하니라. 혹 총명 재자(聰明才子, 영리한 사람)가 있어 각국 문명을 흠선(欽羨, 공경하고 부러워함)하여 정치가 어떠하다, 법률이 어떠하다, 교육이 어떠하다, 언론을 하더라. 그러면 자세히 듣지는 아니하고 돌려세우고 고담준론(高談峻論, 고상하고 준엄한 이야기)으로 아무 집 자식도 버렸다, 그 조상도 불쌍하다 하여 문인자제를 엄하게 신칙(타일러서 경계함)하되 아무개와 상종을 말라, 그 말을 들으려면 너희도 내 눈앞에 보이지 말라 하니, 우리 이천만 인이 다 그 사람의 제자 되면 나라꼴은 잘될 것이오.

그만도 못한 시골 고라리(어리석고 고집이 센 사람) 사회는 더구나 장관이지. 공자님 성씨가 누구신지요, 휘(諱, 작고한 어른을 지칭)자가 무엇인지 알지도 못하는 인류들이 향교와 서원은 자기들의 밥자리로 알고 '사돈 여보게, 출표하러 가세. 생질 너도 술 먹으러 오너라. 돼지나 잡았는지. 개장국도 꽤 먹겠네. 수복아, 추렴(出斂, 각각 돈을 나누어 냄) 통문 놓아라. 고직아, 특별히 닦아라. 아무개 문필은 똑똑하지마는 지체가 나빠 봉향 감 못 되어, 아무는 무식하지마는 세력을 생각하면 대축(大祝, 축문을 읽는 사람)이야 갈 데 있나? 명륜당(明倫堂)이 견고하여 술주정 좀 하여도 무너질 바 없지. 교궁(校宮, 향교의 별칭)은 이렇게 위하여야 종교를 밝히지. 아무 골 향교(鄕校)에는 학교를 설시하였다 하고, 아무 골 향교 전답을 학교에 붙였다 하니, 그 골에는 사람의 새끼 같은 것이 하나도 없으니 그러한 변이 어디 또 있나? 아무 골 향족이 명륜당에 앉았다니 그 마룻장은 대패질을 하여라, 아무 집 일명(逸名, 서얼)이 색장(色掌, 성균관의 간부)을 붙었다니 그 재판(두꺼운 종이)을 수세미질이나 하여라.' 하여, 종교라는 종자는 무슨 종자며, 교자는 무슨 교자인지 착착 접어 먼지 속에 파묻고 싸우느니 양반이요, 다투느니 재물이라. 이것이 우리 신성하신 대종교라 하오. 한심하고 통곡할 만도 하오. 종교가 이렇듯 부패하니 국세가 어찌 강성하겠소?

학교와 서원 성질을 말하리다. 서원은 소학교 자격이요, 향교는 중학교 자격이요, 태학은 대학교 자격이라. 서원은 선현의 화상(先賢畵像, 조상의 초상화)을 봉안하여 소학 동자로 하여금 자국 인물을 기념케 함이요, 향교에는 대성인 위패를 봉안하여 중학 학생으로 하여금 종교를 경앙케 함이요, 태학에는 예악 문물을 더 융성(크게 번창)히 하여 태학 학생으로 하여금 종교 사상을 더욱 견고케 함이니, 어찌 다만 제사만 소중하다 하여 사당집과 일반으로 돌려보내리오? 교육을 주장하는 고로 향교와 서원을 당초에 설시하였고, 종교를 귀중히 하는 고로 대성인과 명현을 뫼셨고, 성현을 뫼신 고로 제례를 행하나니 교육과 종교는 주체가 되고 제사는 객체가 되거늘, 근래에는 주체는 없어지고 객체만 숭상하니 어찌 열성조(列聖朝, 선대(代) 임금의 시대)의 설시하신 본의라 하리오?

제사만 위한다 할진대 태묘도 한 곳뿐이거늘 아무리 성인을 존봉(尊奉)할지라도 어찌 삼백육십여 군의 골골마다 향화(香火, 제사 때 향을 피움)를 받드리까? 저 무식한 자들이 교육과 종교는 버리고 제사만 위중하다 한들 성현의 마음이 어찌 편안하시리까? 종교에야 어찌 귀천과 남녀가 다르겠소? 지금이라도 종교를 위하려면 성현경전(聖賢經典, 성현의 말이나 행실을 적은 책)을 알아보기 쉽도록 국문으로 번역하여 거리거리 연설하고, 성묘와 서원에 무애(無碍, 막힘이나 거침이 없음)히 농용(弄用)하며, 가령 제사로 말할지라도 귀인은 귀인 예복으로 참사(參祀, 제사 참여)하고, 천인은 천인 의관으로 참사하고, 여자는 여자 의복으로 참사하여 '너도 공자님 제자, 나도 공자님 제자 되기 일반이라.' 하면 종교 범위도 넓고, 사회단체도 굳으리다.

또 사회의 폐습을 말할진대 확실한 단체는 못 보겠습디다. 상업 사회는 에누리 사회요, 공장 사회는 날림 사회요, 농업 사회는 야매(뒷거래) 사회라, 진실하고 기묘하여 외국 문명을 당할 것은 하나도 없으니 무슨 단체가 되겠소. 근래 신교육 사회는 구 교육 사회보다는 낫다 하나 불심상원(不甚相遠, 틀리지 않음)이오.

관·공립은 화욕 학교라 실상은 없고 문구뿐이요, 각처 사립은 단명 학교라 기본이 없어 번차례로 폐지할 뿐이라. 더욱이 물론 아무 학교든지 그

중에 열심히 한다는 교장이니 찬성장이니 하는 임원더러 묻되, '이 학교에 제갈량과 이순신과 비사맥과 격란사돈(난리 중 혼인으로 맺어진 관계) 같은 인재를 교육하여 일후의 국가 대사를 경륜하려오?' 하면 답하는 이는 열에 한둘도 없소. 또 묻되 '이 학교에 인재 성취는 이다음 일이요, 교육 사회에 명예나 취하려오?' 하면 열에 칠팔이 더 되니 그 성의가 그러하고야 어찌 장구히 유지하겠소? 교원·강사도 한만(閑漫, 한가하고 느긋함)한 출입을 아니 하고 시간을 지키어 왕래한다하니 그 열심은 거룩하오. 공익을 위함인지, 명예를 위함인지, 월급을 위함인지, 명예도 아니요, 월급도 아니요, 실로 공익만 위한다 하는 자 몇이나 되겠소?

공·사·관립을 물론하고 여러 학생들에게 묻되, '학문을 힘써 일후에 사환(仕宦, 벼슬)을 하든지, 일신 쾌락을 희망하든지, 국가에 몸을 바치는 정신 얻기를 주의하든지 하겠느냐?' 하게 되면, 대·중·소학교 몇만 명 학도 중에 국가 정신이라고 대답하는 자 몇몇이나 되겠소?

또 여자교육회니 여학교니 하는 것도 권리 없고 자본 없는 부인에게만 맡겨두니 어찌 흥왕하리오? 물론 어느 사회라고 이익만 위하고 좀 낫다는 자는 명예만 위하지, 진실한 성심으로 나라를 위하여 이것을 한다든지, 백성을 위하여 이것을 한다는 자 역시 몇이나 되겠소? 이렇게 교육, 교육할지라도 십 년 이십 년에 영향이 드러나니 그중에도 몇 사람이야 열심 있고 성의 있어 시사(時事)를 통곡할 자가 있겠지오마는 난제 효력을 오히려 못 보거든 하물며 우리 여자에 무슨 단체가 조직되겠소. 아직 가정의 여러 자녀를 잘 가르치고 정분 있는 여자들에게 서로 권고하여 십 인이 모이고 이십 인이 모여 차차 단정히 설립하여야 사회든지 교육이든지 하여보지, 졸지에 몇백 명 몇천 명을 모아도 실효가 없어 일상 남자 사회만 못하리다."

(설헌) "그러하오마는 세상일이 어찌 아무것도 아니 하고 앉아서 기다리기만 하리까? 여보, 우리 여자 몇몇이 지껄이는 것이 풀벌레 같을지라도 몇 사람이 주창하고 몇 사람이 권고하면 아니 될 일이 어디 있소. 석 달 장마에 한 점 볕은 개일 장본(張本, 일의 발단이 되는 근본)이요, 몇 달 가물에 한 조각 구름은 비 올 장본이니, 우리 몇 사람의 말로 천만인 사회가 되지 아니할지 뉘 알겠소?

청국 명사 양계초(梁啓超, 중국 사상가)씨 말씀에 하였으되, '대저 사람이 일을 하려면 이기려다가 패함도 있거니와 패할까 염려하여 당초에 하지 아니하면 이는 당초에 패한 사람이라.' 하니, 오늘 시작하여 내일 성공할 일이 우리 팔자에 어디 있겠소. 그러나 우리가 우쭐거려야 우리 자식 손자들이나 행복을 누리지, 일향 우리나라 사람을 부패하다, 무식하다 조롱만 하면 똑똑하고 요요(了了, 눈치가 빠르고 영리함)한 남의 나라 사람이 우리에게 무슨 소용 있소? 우리나라 삼백 년 이전이야 어떠한 정치며 어떠한 문물이었소? 일본이 지금 아무리 문명하다 하여도 범백(여러 사물) 제도를 우리나라에서 많이 배워 갔소. 그 나라 국문도 우리나라 왕인(王仁) 씨가 지은 것이니, 근일 우리나라가 부패치 아니한 것은 아니나 단군(壇君)·기자(箕子, 조선의 시조) 이후 수천 년 이래로 어떠한 민족이오?

　철학가 말에, 편안한 것이 위태한 근본이라 하니, 우리나라 사람이 기백 년 평안하였은즉 한번 위태한 일이 어찌 없겠소? 또 말하였으되, 무식은 유식의 근원이라 하였으니, 우리나라 사람이 오래 무식하였으니 한번 유식하지 아니할 이유가 있겠소? 가령 남의 집에 가서 보고, '그 집 사람들은 음식도 잘하더라, 의복도 잘하더라, 내 집에서는 의복·음식 솜씨가 저러하지 못하니 무엇에 쓸고?' 하고 가속을 박대하더라도 남의 좋은 의복·음식이 내게 무슨 상관있소? 차라리 저 음식은 어떠하니 좋지 아니하다, 이 의복은 어떠하니 좋지 아니하다 하여 제도를 자세히 가르쳐서 남의 것과 같이 하는 것만 못하니, 부질없이 내 집안사람만 불만히 여기면 가도(家道, 집안의 도덕이나 규율)가 바로잡힐 리가 있으리까?

　〈소학〉에 가로되, '좋은 사람이 없다 함은 덕 있는 말이 아니라.' 하였으니, 내 나라 사람을 무식하다고 능멸(凌蔑, 업신여겨 깔봄)하여 권고 한마디 없으면 유식하신 매경 씨만 홀로 살으시려오? 여보 여보, 열심을 잃지 말고 어서어서 잡지도 발간, 교과서도 지어서 우리 일천만 여자 동포에게 돌립시다.

　우리 여자의 마음이 이러하면 남자도 응당 귀가 있겠지. 십 년 이십 년을 멀다 마오. 살림 어른이 연설꾼 아니 될지 뉘 알며, 향교 재임이 체조 교사 아니 될지 뉘 알겠소? 속담에 이른 말에 '뜬 쇠(불에 잘 달지 않는 쇠)가 달면 더 뜨겁다.' 하였소. 지금은 범백 권리가 다 남자에게 있다 하나 영원한 권리는 우리 여자가 차지합시다.

매경씨 말씀에, 자녀를 교육하자 함이 진리를 알으시려는 일이오. 우리 여자만 합심하고 자녀를 잘 교육하면 제이 세의 문명은 우리 사업이라 할 수 있소. 자식 기르는 방법을 대강 말하오리다.

자식을 낳은 후에 가르칠 뿐 아니라 태 속에서부터 가르친다 하였으니, 그런고로 〈예기〉에 태육법을 자세히 말하였으되, '부인이 잉태하매 돗자리가 바르지 아니하거든 앉지 아니하며, 벤 것이 바르지 아니하거든 먹지 말라.' 하였으니, 그 앉는 돗자리, 먹는 음식이 뱃덩이에 무슨 상관이 있겠소마는 바른 도리로만 행하여 마음에 잊지 말라 함이오. 의원의 말에도 자식 밴 부인은 잡것을 먹지 말라 하고, 음식에서 차고 더운 것을 평균케 하고 배를 항상 덥게 하고, 당삭(當朔, 애를 낳을 달이 됨)하거든 약간 노동하여야 순산한다 하였소.

뱃속에서도 이렇게 조심하거든 나온 후에 어찌 범연히 양육하오리까?

제가 비록 지각이 없을 때라도 어찌 그 앞에서 터럭만치 그른 일을 행하겠소? 밥 먹는 법, 잠자는 법, 말하는 법, 걸음 걷는 법 등, 일동일정(一動一靜)을 가르치되, 속이지 아니함을 주장하여 정대한 성품을 양육한즉 대인군자(大人君子)가 어찌하여 되지 못하리까?

맹자님 모친께서 맹자님 기르실 때에 마침 동편 이웃집에서 돼지를 잡거늘 맹사께서 물으시되, '저 돝(돼지)은 어찌하여 잡나이까?' 맹모 희롱으로 '너를 먹이려고 잡는다.' 하셨는데 즉시 후회하시되 '어린아이를 속이는 법을 가르쳤다.' 하고 그 고기를 사다가 먹이신 일이 있고, 맹자 점점 자라실 때 장난이 심하여 산 밑에서 살 때에 상두꾼(상여꾼) 흉내를 내시거늘, 맹모 가라사대 '이곳이 아이 기를 곳이 못 된다.' 하시고, 저자(시장) 근처로 이사하였더니, 맹자께서 또 물건 매매(賣買)하는 형용을 지으시니, 맹모 또 집을 떠나 학궁(學宮, 학교. 서당) 곁에 거하시매 그제서야 맹자 예절 있는 희롱을 하시는지라 맹모 말씀이, '이는 참 자식 기를 곳이라.' 하시고 가르쳐 만세 아성(亞聖, 공자 다음의 큰 성인이라는 뜻. 맹자를 지칭)이 되셨소. 한 아들을 가르쳐 억조창생(億兆蒼生, 수많은 백성)에게 무궁한 도학이 미치게 하시니 교육이란 것이 어떠하오? 만일 맹자께서 상두나 메시고 물건이나 팔러 다니셨다면 오늘날 맹자님을 누가 알겠소?

〈비유요지〉라 하는 책에 말하였으되, 서양에 한 부인이 그 아들을 잘 교육하여 그 아들이 장성하여 장사치로 나가거늘 그 부인이 부탁하되, '너는 어디 가든지 남 속이지 아니하는 것으로 공부하라.' 하더라. 그 아들이 대답하고 지화 몇백 원을 옷깃 속에 넣고 행하다가 중로에서 도적을 만나니 그 도적이 묻되 '너는 무슨 업을 하며 무슨 물건을 몸에 지녔느냐?' 하되, 그 아이 대답하되 '나는 장사하는 사람이니 지화 몇백 원이 옷깃 속에 있노라.' 하니, 도적이 그 정직함을 괴이히 여겨 뒤져본즉 과연 있는지라, 당초에 깊이 감추고 당장에 은휘(隱諱, 숨고 피함)치 아니하는 이유를 물은즉 그 사람이 대답하되 '내 모친이 남을 속이지 말라 경계하셨으니 어찌 재물을 위하여 친교(親敎, 부모님의 가르침)를 어기리오?' 도적이 각각 탄복하여 말하되 '너는 효성 있는 사람이라. 우리 같은 자는 어찌 인류라 하리오?' 그 지화를 다시 옷깃에 넣어주고 그 후로는 다시 도적질도 아니 하였다 하였소.

그 부인이 자기 아들을 잘 교육하여 남의 자식까지 도적의 행위를 끊게 하니 교육이라는 것이 어떠하오? 송나라 구양수(歐陽修, 중국 당나라 때 시인)도 과부의 아들로 자라매, 집이 심히 간난(艱難, 가난)하여 서책과 필묵이 없거늘, 그 모친이 갈대로 땅을 그어 글을 가르쳐 만고문장이 되었고, 우리나라 퇴계 이 선생도 어릴 때 그 모친이 말씀하되 '내 일찍 과부 되어 너희 형제만 있으니 공부를 잘하라, 세상 사람이 과부의 자식은 사귀지 아니한다 하니 너희는 그 근심을 면하게 하라.' 하고, 평상시에 무슨 물건을 보면 이치를 가르치며 아무 일이고 당하면 사리를 분석하여 순순히 교훈하시어 동방공자(東邦孔子, 우리나라 높은 사람의 아들)가 되셨으니 교육이라는 것이 어떠하오?

예로부터 교육은 어머니께 받는 일이 많으니 우리도 자식을 그런 성력(誠力)과 그런 방법으로 교육하게 되면 그 영향이 어떠하겠소? 우리 여자 사회에 큰 사업이 이에서 더한 일이 있겠소? 여러분 여자들, 지금 남자와 지금 여자를 조롱 말고 이다음 남자와 이다음 여자나 교육 좀 잘하여 봅시다."

(국란) "그 말씀 대단히 좋소. 자식 기르는 법과 가르치는 공효(功效, 보람이나 효과)를 많이 말씀하셨으나 자식 사랑하는 이유가 미진한 고로 여러분 들으시기 위하여 그 진리를 말씀하오리다. 세상 사람들이 자식을 사랑한다 하나 실상은 자기 일신을 사랑함이니, 자식이 나매 좋아하고 기뻐하는 마음을 궁구(깊이 연구)하면, 필경(반드시)은 '저 자식이 있으니 내 몸이 의탁할 곳이 있으며, 내 자식이 자라니 내 몸 봉양할 자가 있도다.' 하고, 혹 자식이 병이 들면 근심하고, 혹 자식이 불행하면 설워하니, 근심하고 설워하는 마음을 궁구하면 필경은 '내 자식이 병들었으니 누가 나를 봉양하며, 내 자식이 없었으니 내가 누구를 의탁하리요?' 하나, 그 마음이 하나도 자식을 위한다는 자도 없고 국가를 위한다는 자도 없으니 사람마다 자식 자식 하여도 진리는 실상 모릅디다. 자식의 효도를 받는 것이 어찌 내 몸만 잘 봉양하면 효도라 하리오? 증자(曾子, 노나라 사상가) 말씀에 인군을 잘못 섬겨도 효가 아니요, 전장에서 용맹이 없어도 효가 아니라 하셨으니, 이 말씀을 생각하면 자식이라는 것이 내 몸만 위하여 난 것이 아니오, 실로 나라를 위하여 생긴 것이니 자식을 공물(公物)이라 하여도 합당하오.

혹 모르는 사람은 이 말을 들으면 필경 대경소괴(大驚小怪, 몹시 놀람)하여 말하되, '실로 그러할진대 누가 자식 있다고 좋아하며 자식 없다고 설워하리오?' 하더라. 청국 강남해 말에, '대동 세계에는 자식 못 낳은 여자는 벌이 있다.' 하더니, 과연 벌하기 전에야 생산하려는 자가 있겠소? 혹 생산하더라도 내 몸은 봉양하여주지 아니하고 국가만 위하여 교육을 받으라 하겠소? 이러한 말이 널리 들리면 윤리상에 대단히 불행하겠다 하여 중언부언(重言復言, 이미 한 말을 자꾸 되풀이함)할 터이지마는, 지금 내 말이 윤리상의 불행함이 아니라 매우 다행하오리다.

자식을 공물로 인정하더라도 그렇지 아니한 소이연(所以然, 그런 까닭)이 있으니, 가령 우마를 공물이라 하면 농업가와 상업가에서 우마를 부리지 아니하리까? 저 집에 우마가 있으면 내 집에 없어도 관계가 없다 하여 사람마다 마음이 그러하면 우마가 이미 절종되었을 터이나, 비록 공물이라도 우마가 있어야 농업과 상업에 낭패가 없은즉 자식은 공물이라고, 있는 것을 귀히 여기지 아니하리오? 기왕 자식이 있는 이상에는 공물이라고 교육 아니 하다가는 참말 윤리에 불행한 일이오. 가령 어부가 동무를 연합하여 고기를 잡되 남의 그물에 걸린 것이 내 그물에 걸린 것만 못하다 하니, 국가 대사업을 바라는 마음은 같으나 어찌 남의 자식 성취한 것이 내 자식 성취한 것만 하오리까? 그러한즉 불가불 자식을 교육할 것이요, 자식이 나서 나라의 사업을 성취하고 국민에 이익을 끼치면 그 부모는 어찌 영광이 없으리까?

옛날 사파달(斯巴達)이라 하는 땅에 한 노파가 여덟 아들을 낳아서 교육을 잘하여 여덟이 다 전쟁에 갔다가 죽은지라, 그 살아 돌아오는 사람더러 묻되 '이번 전쟁에 승부가 어떠한고?' 그 사람이 대답하되 '전쟁은 이기었으나, 노인의 여러 아들은 다 불행하였나이다.' 하거늘, 노구(老嫗) 즉시 일어나 춤을 추며 노래를 불러 가로되 '사파달아, 사파달아, 내 너를 위하여 아들 여덟을 낳도다.' 하고 슬퍼하는 빛이 없으니, 그 노구가 참 자식을 공물로 인정하는 사람이니, 그는 생산도 잘하고 교육도 잘하고 영광도 대단하오이다.

우리나라 사람들이 자식의 진리를 몇이나 알겠소? 제일 가관인 일이, 정처(正妻)에 자식이 없어도 첩의 소생은 비록 여룡여호(如龍如虎)하여 문장은 이태백(당나라 시인 이백)이요, 풍채는 두목지(杜牧之, 당나라 시인)요, 사업은 비사맥이라도 서자(庶子)라, 얼자(孼子)라 하여 버려두고 정도 없고 눈에도 서투른 남의 자식을 솔양(率養, 양자)하여 아들이라 하는 것이 무슨 일이오?

성인의 법제가 어찌 그같이 효박(淆薄, 야박함)할 이유가 있으리까? 적서(嫡庶, 적자와 서자)라는 말씀은 있으나 근래 적서와는 대단히 다르오. 정처의 소생이라도 장자 다음에는 다 서자라 하거늘, 우리나라는 남의 정처 소생을 서자라 하면 대단히 날뛰겠소. 양자법(친자법)으로 말할지라도 적서에 자녀가 하나도 없어야 양자를 하거늘 서자라 버리고 남의 자식을 솔양하니 하나도 성인의 법제는 아니오. 자식을 부모가 이같이 대우하니 어찌 세상에서 대우를 받겠소?

그 서자이니 얼자이니 하는 총중(叢中, 무리들) 가운데 영웅이 몇몇이며, 문장이 몇몇이며, 도덕군자(道德君子)가 몇몇인지 누가 알겠소. 그 사람도 원통하거니와 나랏일이야 더구나 말할 것이 있소. 남의 나라 사람도 고문(顧問, 의견을 물음)이니, 보좌(補佐)니 쓰는 법도 있거든, 우리나라 사람에 무엇을 그리 많이 고르는지, 이성호(李星湖, 이조 영조 때 학자. 이익)는 적서등분을 혁파(革罷, 묵은 제도를 없앰)하자, 서북 사람을 통용하자 하여 열심으로 의론하였고, 조은당의 부인 김 씨는 자제를 경계하되, 너희가 서모를 경대(敬待, 공경하여 대접함)하지 아니하니 어찌 인사(人士)라 하리오? 아비의 계집은 다 어미라 하셨나니 이 두 말씀이 몇백 년 전에 주창(主唱)하였으니 그 아니 고명하오?

또 남의 후취로 들어가서 전처소생에게 험히 구는 자 있으니 그것은 무슨 지각이오? 아무리 나의 소생은 아니나 남편의 자식은 분명하니 양자보다는 매우 긴절(緊切, 매우 절실하다)하오. 사람에 전조모(돌아가신 할머니)와 후조모(할아버지의 후처)라 하여 자손의 마음에 후박(厚薄, 땅의 비옥함과 척박함)이 있으리까. 그렇건마는 몰지각한 후취 부인들은 내 속으로 낳지 아니하였으니 내 자식이 아니라 하여 동네 아이만도 못하고 종의 자식만도 못하게 대우하니 어찌 그리 박정하고 무식하오? 아무리 원수 같은 자식이라도 내 몸이 늙어지면 소생 자식 열보다 나으며, 그 손자로 말할지라도 큰 자식의 손자가 소생 손자 열보다 낫지 아니하오?

원수같이 알고 도척(중국의 큰 도적)같이 알던 그 자식, 그 손자가 일후에 만반진수(滿盤珍羞, 소빈에 가득 찬 맛있는 음식)를 차려놓고, '유세차(維歲次, 축문 서두에 쓰는 말) 효자 모 효손 모는 감소고우(敢昭告于, 축문에 쓰는 말) 현비 현조비 모봉 모 씨'라 하면 아마 혼령이라도 무안하겠지. 또 자식을 기왕 공물로 인정할진대 내 소생만 공물이요, 전처소생은 공물이 아니겠소? 아무리 전처 자식이라도 잘 교육하여 국가의 대사업을 성취하면 그 영광이 아마 못생긴 소생 자식보다 얼마쯤 유조(有助, 도움)하리니, 이 말씀을 우리 여자 사회에 공포하여 그 소위 서자이니, 전처 자식이니 하는 악습을 다 개량하여 윤리상 영원한 행복을 누리게 합시다."

(매경) "자식의 진리를 자세히 말씀하셨으나 그 범위는 대단히 넓다고는 못 하겠소. 기왕 자식을 공물이라 말씀하셨으면 공물이 많아야 좋겠소, 공물이 적어야 좋겠소? 공물이 많아야 좋다 할진대 어찌 서자이니 전처소생

이니 그것만 공물이라 하여도 역시 사정(私情)이올시다. 비록 종의 자식이나 거지의 자식이라도 우리나라 공물은 일반이거늘, 소위 양반이니 중인이니 상한(常漢, 상인)이니 서울이니 시골이니 하여 서로 보기를 타국 사람같이 하니 단체가 성립할 날이 어찌 있겠소? 또 서북으로 말할지라도 몇백 년을 나라 땅에 생장하기는 일반이거늘, 그 사람 중에 재상이 있겠소, 도학군자가 있겠소? 천향(賤鄕, 풍속이 지저분한 시골)이라 하여도 가하니, 그 사람 중에 진개(眞個, 과연 참으로) 재상 재목과 도학군자 자격이 없는 것이 아니라 재상의 교육과 군자의 학문이 없음인지라, 몇백 년 좋은 공물을 다 버리고 쓰지 아니하였으니 어찌 나라가 왕성하오리까?

이성호 말씀에 '반상(班常)을 타파하자, 서북을 통용하자.' 하여 수천 마디 말을 반복 의론하였으나, 무효가 되었으니 어찌 한심치 아니하겠소? 평안도의 심의 도사 오세양씨는 그 학문이 우리 동방에 드문 군자라. 그 학설과 이설을 대단히 발표하였건마는 서원도 없고 문집도 없이 초목과 같이 썩어진 일이 그 아니 원통한가?

그 정책은 다름 아니라 서북은 인재가 속출하니 기호(畿湖, 우리나라의 서쪽 중앙부)와 같이 교육하면 사환(仕宦, 벼슬) 권리를 다 빼앗긴다 하니 그러한 좁은 말이 어디 있겠소? 사환이라는 것은 백성을 대표한 자인즉 백성보다 지식이 고등한 자이라야 참여하나니 아무쪼록 내 지식을 넓혀서 할 것이지, 남의 지식을 막고 나만 못하도록 하면 어찌 천도(天道)가 무심하오리까? 철학 박사의 말에, '차라리 제 나라 민족에 노예가 대대로 될지언정 타국 정부의 보호는 아니 받는다' 하였으니, 그 말을 생각하면 이러한 일과는 대단히 잘못되었소.

또 반상으로 말할지라도 그렇게 심한 일이 어디 있겠소? 어찌하다가 한 번 상놈이라 패호(敗戶, 집안이 망함)하면 비록 영웅·열사가 있을지라도 자자손손이 상놈이라 하대당하니 그 같은 악한 풍속이 어디 있으리까? 그러나 한번 상사람 된 족속은 도저히 인재 나기가 어려우니, 가령 서울 사람이라 해도 그 실상은 태반이나 시골 생장(출신)인즉 시골 풍속으로 잠깐 말하리다. 그 부모 된 자들이 자식의 나이 칠팔 세만 되면 나무를 하여라, 꼴을 베어라 하여, 초등 교과가 꼬부랑 호미와 낫이요, 중등 교과가 가래와 쇠스랑이요, 대학 교과가 밭갈이와 논갈이요, 외교 수단이 소 장사와 등짐꾼이니, 그 총중(무리)중에 비록 금옥 같은 바탕이 있을지라도 어찌 저절로 영웅이 되겠소? 결단코 그중에 주정꾼과 노름꾼 같은 무수한 협잡배(挾雜輩, 옳지 않은 일을 하는 무리)들이 당초에 교육을 받았으면 영웅도 되고 호걸도 되었으리라 하오.

혹 그 부모가 소견이 바늘구멍만치 뚫려 자식을 동네 생원님 학구(學究) 방에 보내면 그 선생이 처지를 따라 가르치되 '너는 큰 글 하여 무엇 하느냐, 계통문(系統文)이나 보고 취대(取貸, 돈을 빌림) 하기나 하면 족하지. 너는 시(詩)·부(賦)·표(表)·책(策)을 하여 무엇 하느냐, 〈전등신화〉나 읽어서 아전(衙前, 지방 관아)질이나 하여라' 하니, 그런 참혹한 일이 어디 있겠소? 입학하던 날부터 장래 목적이 이뿐이요, 선생의 가르침이 이러하니 제갈량, 비사맥 같은 바탕이 있는 몇백만 명이라도 속절없이 전진할 가망이 없겠으니, 이는 소위 양반의 죄뿐 아니라 자기가 공부를 우습게 보아서 그 지경에 빠진 것이오. 옛날 유명한 송귀봉(조선 선조 때 학자)과 서고청은 남의 집 종의 아들로 일대 도학가가 되었고, 정금남(조선 선조 때 충신)은 광주 관비의 아들로 크게 사업을 이루었은즉, 남의 집 종과 외읍 관비보다 더 천한 상놈이 어디 있겠소마는 이 어른들을 누가 감히 존중치 아니하겠소?

그러나 무식한 자들이야 어찌 그러한 사적을 알겠소. 도무지 선지(先知)라 선각(先覺)이라 하는 양반이 교육 아니 한 죄가 대단하오. 물론 아무 나라 하고 상·중·하등 사회가 없는 것은 아니라. 그러나 국가 질서를 유지하려면 불가불 등급(等級)이 있어야 문란한 일이 없거늘, 우리나라 경장대신(更張大臣, 부패한 양반)들이 양반의 폐(幣)만 생각하고 양반의 공효는 생각지 못하여 졸지에 반상 등급을 벽파(壁破, 깨트림)하라 하니 누가 상쾌치 아니하겠소마는, 국가 질서의 문란은 양반보다 더 심한 것이 많으니 어찌 정치가(政治家)가 수단 있다고 인정하겠소?

지금 형편으로 보면 양반들은 명분 없는 세상에 무슨 일을 조심하리오? 그 행세가 전일 양반만도 못하고 상인들은 '요사이 양반이 어디 있으며, 비록 문장이 된들 무엇 하며 도학이 있은들 무엇 하나?' 하여, 혹 목불식정

(目不識丁, 글자를 모름)하고 준준무식(蠢蠢無識, 아는 것이 없음)한 금수 같은 무리들이 제집에서 제 형을 욕하며, 제 부모에게 불효한다 해도 동네 양반들이 말하면 팔뚝을 뽐내며 하는 말이 '시방 무슨 양반이 따로 있나, 내 자유권을 왜 간섭하는가, 내 자유권을 무슨 걱정이야, 그러다가는 뺨을 칠라, 복장을 지를라.' 하면서 무수(無數, 헤아릴 수 없음)히 질욕(叱辱, 꾸 짖으며 욕함)하나 누가 감히 옳다 그르다 말하겠소? 속담에 상두꾼에도 수 번이 있고, 초라니(여자 형상의 탈)탈에도 차례가 있다 하는데, 하물며 전 국 사회가 이렇게 문란하여 무슨 질서가 있겠소? 갑오년 경장대신의 정책 이 웬 까닭이오? 양반은 양반대로 두고, 학교를 운영하는 임원도 양반이 며, 학도의 부형도 양반이며, 학도도 양반이라 하니, 울긋불긋한 고추장 빛 으로 학부인이라, 내부인이라 반포하면 전국이 다 양반이 될 일을 어찌하 여 양반을 없애야 한다하니, 사천 년 전래하던 습관이 졸지에 잘도 변하겠 소. 지금 형편은 어떠하냐 하면 '어기어차 슬슬 당기어라, 네가 못 당기면 내가 당기겠다, 어기어차 슬슬 당기어라?' 하는 이 지경에 한 번 큰 승부가 달렸은즉, 노인도 당기고, 소년도 당기고, 새아기씨가 당기어도 이길지 말 지 할 일이오.

나도 양반으로 말하면 친정이나 시집이나 삼한갑족(三韓甲族, 대대로 문 벌이 높은 집안)이로되, 그것이 다 무슨 쓸 데 있소? 우리도 자식을 공물이 라 하면 그 소위 서북이니 반상이니 썩고 썩은 말을 다 그만두고 내 나라 청년이면 아무쪼록 교육하여 우리 어렵고 설운 일을 그 어깨에 맡깁시다."

(금운) "작일(昨日, 어제)은 융희(隆熙, 조선 마지막 임금 순종 때 연호) 2 년 제일상원(上元, 정월 보름)이니, 달도 예전과 같이 밝고 오곡밥도 예전 과 같이 달고, 각색 채소도 예전과 같이 맛나건마는 우리 심사는 왜 이리 불평하오? 어젯밤이 참 유명한 밤이오. 우리나라 풍속에 상원일 밤에 꿈을 잘 꾸면 그해 일 년에 벼슬하는 이는 벼슬을 잘하고, 농사하는 이는 농사를 잘 짓고, 장사하는 이는 장사를 잘한다 하니, 꿈이라는 것은 제 욕심대로 꾸어서 혹 일 년, 혹 십 년, 혹 수십 년이라도 필경은 아니 맞는 이유가 없 소. 우리 한 노래로 긴 밤새우지 말고, 대한 융희 2년 상원일에 크나 작으 나 꿈꾼 것을 하나 유루(빠짐)없이 이야기합시다."

(설헌) "그 말씀이 매우 좋소. 나는 어젯밤에 대한제국이 자주독립할 꿈을 꾸었소. '활멸사' 라 하는 사회가 있는데 그 사회 중에 두 당파가 있으니, 하나는 '자활당(自活黨)' 이라 하여 그 주의인즉, 교육을 확장하고 상공(商工)을 연구하여 신 공기를 흡수하며 부패(腐敗) 사상을 타파함에 대포도 무섭지 아니하고 장창도 두렵지 아니하여 국가에 몸을 바치는 사업을 이루고자 하였소. 그 말에 외국 의뢰(依賴, 원조)도 쓸데없고, 한두 명의 영웅이 혹 국권을 만회(挽回)하여도 쓸데없고, 오직 전국 남녀 청년에게 보통 지식이 있어서 자주권을 회복하여야 확실히 완전하다 하였고, '학교도 설시하며 신서적도 발간하여 남이 미쳤다 하든지 못생겼다 하든지 자주권 회복하기에 골몰무가(汨沒舞暇, 다른 일을 생각할 틈이 없음)하나, 그 당파의 수효는 전 사회의 십 분지 삼이오. 다른 하나는 '자멸당(自滅黨)' 이라 하니 그 주의인즉, 우리나라가 이왕 이 지경에 빠졌으니 제갈공명이 있으면 어찌하며, 격란사돈이가 있으면 무엇 하나. 십승지지(十勝之地, 열 군데 명승지) 어디 있나, 피난이나 갈까 보다.' 필경 세상이 바로잡히면 그때에야 '한림 직각(翰林職閣, 벼슬 이름)을 나 말고 누가 하나? 학교는 무엇이야, 우리 마음에는 십 대 생원님으로 죽는다 해도 자식을 학교에야 보내고 싶지 않다. 소위 신학문이라는 것은 모두 천주학(天主學)인데 우리네 자식이야 설마 그것이야 배우겠나?'

또 '물리학이니 화하이니 정치학이니 법률학이니, 다 무엇에 쓰는 것인가? 그것을 모를 때에는 세상이 태평하였네. 요사이 같은 세상일수록 어디 좋은 명당자리나 얻어서 부모의 백골을 잘 면례(緬禮, 산소를 이장하는 일)하였으면 자손에 발음(發蔭, 묏자리를 잘 써서 복을 받다)이나 내릴지, 우선 기도나 잘하여야 망하기 전에 집안이나 평안하지, 전곡(錢穀, 돈과 곡식)이 썩어지더라도 학교에 보조는 아니 할 터이야. 바로 도적놈을 주면 매나 아니 맞지, 아무개는 제집이 어렵다 하면서 학교에 명예 교사를 다닌다지. 남의 자식 가르치기에 어찌 그리 미쳤을까. 글을 읽어라, 수를 놓아라 하는 소리 참 가소롭데. 유식하면 검정콩알(총알)이 아니 들어가나, 운수를 어찌하겠어, 아무것도 할 일 없지. 요대로 앉았다가 죽으면 죽고 살면 사는 것이 제일이라.' 하니, 그 당파의 수효는 십 분지 칠이요, 그 회장은 국참

정이라는 사람이니, 아무 학회 회장과 흡사하여 얼굴이 풍후(豊厚)하고 수염이 많고, 성품이 순실하여 '이 당파도 좋아, 저 당파도 좋아' 하여 반박(反駁, 반대)이 없어 가부취결(可否取決, 가부를 결정함)만 물었소. 그래서 흥하자 하면 흥하고, 망하자 하면 망하여 회원의 다수만 점검하는데, 그 소수한 자활당이 자멸당을 이기지 못하여 혹 권고도 하며, 혹 질욕도 하며 혹 통곡도 하면서 분주히 왕래하되, 몇 번 통상 회의니 특별 회의니 번번이 동의하다가 부결을 당한지라, 또 국회장에게 무수히 애걸하여 마지막 가부회를 독립관에 개설하고 수만 명이 몰려가더니 소위 자멸당도 목석(木石)과 금수(禽獸)는 아니라, 자활당의 정대한 언론과 비창한 형용을 보고 서로 기뻐하며 자활주의로 전수가결되매, 그 여러 회원들이 독립가를 부르고 춤을 추며 돌아오는 거동을 보았소."

매경 깔깔 웃으며,

(매경) "나는 어젯밤에 대한제국의 개명할 꿈을 꾸었소. 전국 사람들이 모두 병이 들었다는데, 혹 반신불수(半身不遂, 몸 한쪽을 잘 쓰지 못함)도 있고 혹 수증(水症, 다리가 붓는 병)다리도 있고 혹 내종(內腫, 종양)병도 들고 혹 정충증(불안 증세)도 있고 혹 체증 횟배와 귀먹고 눈멀고 벙어리까지 되어 여러 가지 병으로 집집마다 앓는 소리요, 곳곳이 넘어지는 빛이라, 남녀노소를 물론 하고 성한 사람은 하나도 없더라.

마침 한 명의가 하는 말이, '이 병들을 급히 고치지 아니하면 우리 삼천리 강산이 빈터만 남으리니 그 아니 통곡할 일이오? 내가 화제(和劑, 한약 처방) 한 장을 낼 것이니 제발 믿으시오.' 하더니 방문을 써서 돌리니, 그 방문 이름은 청심환 골산이니 성경(誠敬)으로 위군(爲君)하고, 정치·법률·경제·산술·물리·화학·농학·공학·상학·지지·역사를 각 등분하여 극히 정묘(精妙)하게 국문으로 법제하여 병세 쾌차하도록 무시복(無時服, 수시로 먹음)하되, 병자의 증세를 보아 임시 가감도 하며 대기(大忌, 몹시 싫어함)하기는 주색잡기(酒色雜技)·경박(輕薄)·퇴보(退步)·태타(怠惰, 몹시 게으름) 등이라.

이 방문을 사람마다 베껴다가 시험할새 그 약을 방문대로 잘 먹고 나면 병 낫기는 더할 말이 없고, 또 마음이 청상(淸爽, 맑고 시원하다)해지며 환

골탈태(換骨奪胎, 다른 사람이 됨)가 되는데, 매미와 뱀과 같이 묵은 허물을 일제히 벗어 버립니다.

오륙 세 전 아이들은 당초에 벗을 것이 없으나, 팔 세 이상 아이들은 가뭇가뭇한 종잇장 두께만 하고, 십오 세 이상 사람들은 검고 푸르러서 장판 두께만 하고, 삼사십씩 된 사람들은 각색 빛이 얼룩얼룩하여 멍석 두께만 하고, 오륙십 된 사람들은 어룩어룩 두틀두틀하며 또 각색 악취가 촉비(觸鼻, 냄새가 심함)하여 보료 두께만 하여, 남녀노소가 각각 벗을 때 참 대단히 장관입니다. 아이들과 젊은이와, 당초에 무식한 사람들은 벗기가 오히려 쉽고, 조금 유식하다는 사람들과 늙은이들은 벗기가 극히 어려워서, 혹남이 붙잡아도 주고 혹 가르쳐도 주되, 반쯤 벗다가 기진한 사람도 있고, 따라서 아니 벗으려고 앙탈하다가 그대로 죽는 사람도 왕왕 있습니다.

필경은 그 허물을 다 벗어 옥골선풍(玉骨仙風, 신선 같은 풍채)이 된 후에 그 허물을 주체할 데가 없어서 공론이 불일(不一)한데, 혹은 이것을 집에 두면 그 냄새에 병이 복발(復發, 재발)하기 쉽다 하고, 혹은 그 냄새는 고사하고 그것을 집에 두면 철모르는 아이들이 장난으로 다시 입어보면 그것이 큰 탈이라 하기도 하며, 혹은 이것을 모두 한곳에 모아 쌓고 그 근처에 사람 다니는 것을 금하면 다시 물들 염려도 없을 터이라.

그러나 그것을 한곳에 모아 쌓은즉 백두산보다도 클 것이니 이러한 조그마한 나라에 백두산이 둘이면 집은 어디 짓고 농사는 어디서 하나. 그것도 못될 말이지 하며 혹은 매미 허물은 선퇴(蟬退)라는 것이니, 혹 간기증(肝氣症)에도 쓰고, 뱀의 허물은 사퇴(蛇退)라는 것이니, 혹 인후증(咽喉症, 목이 붓는 병)에도 쓰거니와, 이 허물은 말하려면 인퇴(人退)라 하겠으나 백가지에 한 군데 쓸데가 없더라. 그 성질이 육기(肉氣)가 많고 와사(瓦斯, 가스) 냄새가 많아서 동해 바다의 멸치 썩은 것과 방불한즉, 우리나라 같은 척박(瘠薄)한 천지에 거름으로 썼으면 각각 주체하기도 경편하고 또 농사에도 심히 유익하겠다 하니, 그제야 여러 사람들이 그 말을 시행하여, 혹지게에도 져내고 혹 구루마에 실어내기를 낙역부절(絡繹不絶, 왕래가 잦아 소식이 끊지지 않음)하는 것을 보았소."

(금운) "나는 어젯밤에 대한제국이 독립할 꿈을 꾸었소. 오뚝이라는 것은

조그맣게 아이를 만들어 집어 던지면 드러눕지 아니하고 오뚝오뚝 일어서는 고로 이름을 오뚝이라 지었으니, 한문으로 쓰려면 나 오 자, 홀로 독 자, 설 립 자 세 글자를 모아 부르면 오독립(五獨立)이니, 내가 독립하겠다는 의미가 있더라. 또 오뚝이의 사적(事蹟)을 들으니, 옛날 조그마한 동자로 정신이 돌올(突兀, 높이 솟아 우뚝함)하여 일찍 일어선 아이라. 그런고로 후세 사람들이 아이를 낳아서 혹 더디 일어설까 염려하여 오뚝이 모양을 만들어 희롱(장난) 감으로 아이들을 주니 그 정신이 오뚝이와 같이 오뚝오뚝 일어서라는 뜻이라. 우리나라 사람들 가운데 오뚝이 정신이 있는 이는 하나도 없은즉, 아이들뿐 아니라 장정 어른들도 오뚝이 정신을 길러서 오뚝이와 같이 오뚝오뚝 일어서기를 배워야 하겠다 하여, 우리 영감 평양 서윤(平壤庶尹, 조선시대 종4품 벼슬)으로 있을 때에 장만한 수백 석지기 좋은 땅을 방매(放賣, 물건을 팖)하여 오뚝이 상점을 설시하고 각 신문에 영업 광고를 발표하였더니, 과연 오뚝이를 몇 달이 못 되어 다 팔고 큰 이익을 얻어 보았소.”

(국란) “나는 어젯밤에 대한제국이 천만년 영구히 안녕할 꿈을 꾸었소. 석가여래(釋迦如來, 석가모니)라 하는 양반이 전신이 황금과 같이 윤택하고 양미간에 큰 점이 박혔고 한 손은 감중련(坎中蓮)하고 한 손에는 석장(錫杖, 지팡이)을 들고 높고 빛나는 옥 탁자 위에 앉았거늘, 내가 합장배례하고 황공복지(惶恐伏地, 땅에 엎드림)하여 내두의 발원(發願)을 묻는데, 어떠한 신수 좋은 부인 한 분이 곁에 섰다가 책망하기를, ‘적선한 집에는 경사가 있고, 불선(不善)한 집에는 앙화(殃禍, 재앙)가 있음은 소소(昭昭, 사리가 밝음)한 이치거늘, 어찌 구구이 부처에게 비나뇨? 그대는 적악(積惡, 악한 짓)한 일 없고, 이생에도 부모에게 효도하며, 형제와 우애하며, 투기를 아니 하며, 무당과 소경을 멀리하여 음사 기도(淫祠祈禱, 귀신에게 지내는 제사)를 아니 하고, 전곡(田穀, 밭작물)을 인색히 아니 하여 어려운 사람을 잘 구제하고 학교에나 사회에나 공익상으로 보조를 많이 하였으니, 너는 가위 선녀라 할지라. 그 행복을 누리려면 네 일생뿐 아니라 천만년이라도 자손을 끊이지 아니하고 부귀공명과 충신 효자를 많이 점지하리라’ 하시니, 이 말씀을 미루어 본즉 내 자손이 천만년 부귀를 누릴 지경이면 대

한제국도 천만년 안녕하심을 짐작할 일이 아니겠소?"

여러 부인 중에 한 부인이 일어나서 말하되,

"나는 지식이 없어 연(然)하여 담화는 잘 못하거니와 사상이야 어찌 다르
며 꿈이야 못 꾸었겠소? 나도 어젯밤에 좋은 몽사(夢事, 꿈에 나타난 일)가
있으나 벌써 닭이 울어 밤이 들었으니 이다음에 이야기하오리다."

추월색

- 최찬식 -

작가 소개

최찬식(崔瓚植 1881~1951)

경기도 광주 출신. 본관은 경주(慶州). 자는 찬옥(贊玉), 호는 동초(東樵) · 해동초인(海東樵人). 아버지는 언론인인 영년(永年)이며, 어머니는 청송 심씨(靑松沈氏)이다. 어릴 때 한학을 공부하여 사서삼경을 배우고, 1897년 아버지가 광주에 설립한 시흥학교(時興學校)에 입학하여 신학문을 공부한 뒤 서울로 올라와 한성 중학교(漢城中學校)에서 수학하였다. 1907년에 중국 상해에서 발행한 소설전집 〈설부총서(說部叢書)〉를 번역한 뒤 현대소설의 토대가 된 신소설 창작에 몰두하여 '자선부인회잡지' 편집인과 '신문계(新文界)', '반도시론(半島時論)' 등의 기자를 역임하고, 1912년 〈추월색〉, 1914년 〈안(雁)의 성(聲)〉, 〈금강문(金剛門)〉, 1916년 〈도화원(桃花園)〉, 1919년 〈능라도(綾羅島)〉, 1924년 〈춘몽(春夢)〉 등 많은 작품을 발표하고 말년에 최익현의 실기를 집필하다가 1951년 병으로 사망하였다.

발표한 작품들은 주로 민족의식이나 자주독립 등의 정치적인 면보다 기구한 남녀의 사랑을 바탕으로 새로운 애정 문제, 신교육사상, 민중의 반항, 도덕관념 등을 내세워 시대 의식을 반영하여 당대 신문학 개척에 공헌한 이인직, 이해조 등과 함께 선구자적인 인물로 평가된다.

작품 정리

1912년에 회동서관(滙東書館)에서 나온 최찬식의 첫 작품인 〈추월색〉은 오랫동안 많은 독자에 의하여 애독되었으며, 신소설 작품 중에서도 가장 많이 판을 거듭한 개화기 애정소설의 하나라고 할 수 있다.

1900년대 초기 개화된 젊은이들의 애정과 부패한 관료 정치에 대한 민중의 반항을 나타내어 시대 의식을 반영한 생생한 묘사와 그리고 기구한 애정 이야기 등은 당시 독자에게 환영받는 요소가 되었다.

　남녀 간의 삼각관계를 그리면서 식민지 사회 현실과 부패한 관료에 대한 민중의 봉기가 사건 전개과정에 삽입되어 그 시대 한국, 일본, 영국, 중국 등 여러 지역의 현실의 단면을 보여주기도 한다. 영창과 정임의 기구한 사랑 이야기와 함께 구시대에서 벗어나서 새 시대를 인도하는 지도적 인물로 설정하여 선진국에 유학하여 새 지식을 얻고, 특히 신교육을 받은 여성을 주인공으로 내세우는 신교육관이 드러난다.

작품 줄거리

　이 시종(李侍從)의 외딸 정임(貞妊)과 옆집 김 승지(金承旨)의 외아들 영창(永昌)은 동갑으로 장차 결혼할 것을 약속한 사이였다. 영창이 열 살 되던 해 김 승지가 초산(楚山) 군수로 갔을 때 민란(民亂)이 일어나 김승지 내외를 뒤주 속에 가두어 압록강에 버린다. 영창은 부모를 찾아 헤매다 쓰러졌는데 마침 그곳을 지나던 스미드 박사가 영창을 구해서 본국인 영국에 데리고 가서 공부시킨다.

　이 시종은 민란이 일어난 후 김승지 일가의 행방이 묘연해지자 정임을 다른 사람에게 결혼시키려 한다. 그러나 정임은 영창과 결혼하기로 약속한 이상 다른 남자와 결혼 할 수 없다고 버티지만 계속되는 부모의 강요에 정임은 집을 떠나 일본으로 건너가 여자 대학에 입학 후 우수한 성적으로 수석으로 졸업한다. 평소 정임을 짝사랑한 유학생을 가장한 건달 강한영은 우에노공원에 달 구경 나온 그녀를 추행하지만 매몰차게 걷어차는 정임을 홧김에 칼로 찌르고 도주한다. 그때 공원을 지나던 영창이 그녀를 구하고 오히려 범인으로 오인되어 살인 미수범으로 재판을 받는다. 그러나 영창은 정임의 진술로 무죄가 입증되어 석방되고 두 사람은 극적으로 재회하게 된다.

　두 사람은 곧 귀국하여 결혼하고 만주로 신혼여행을 떠났는데 그 곳에서 청국인에게 끌려갔는데 거기서 죽은 줄만 알았던 영창의 부모 김 승지 부부를 만나게 되어 고국으로 돌아와 행복하게 산다.

핵심 정리

· 갈래 : 신소설, 애정 소설
· 시점 : 1인칭 관찰자 시점
· 배경 : 20세기 초의 한국 사회
· 주제 : 봉건적 인습을 타파하고 비합리적인 사회에 대해 계몽을 고취
· 출전 : 회동서관

🧑 추월색

　시름없이 오던 가을비가 그치고 슬슬 부는 서풍이 쌓인 구름을 쓸어 보내더니, 오리알 빛 같은 하늘에 티끌 한 점 없어지고 교교(皎皎, 달이 맑고 밝음)한 추월색(秋月色)이 천지에 가득하니, 이때는 사람 사람마다 공기 신선한 곳에 한 번 산보할 생각이 간절히 나겠더라.

　밝고 밝은 그 달빛에 동경 상야공원(上野公園, 우에노 공원)이 한 폭 월세계(月世界)를 이루었으니, 높고 낮은 누대는 금벽(金碧)이 찬란하며, 꽃 그림자 대 그늘은 서로 얽혀 바다 같고, 풀 끝에 찬 이슬은 낱낱이 반짝거려 아름다운 야경이 그림같이 영롱한데, 유쾌하게 노래 부르고 오락가락하는 사람들은 모두 달구경 하는 사람이더니, 밤은 어느 때나 되었는지 그 많던 사람들이 하나씩 둘씩 다 헤어져 가고 적적한 공원에 월색만 교결(皎潔, 밝고 맑음)한데, 그 월색 안고 불인지(不忍池, 연못 이름) 관월교(觀月橋) 돌난간에 의지하여 오뚝 섰는 사람은 일개 청년 여학생이더라.

　그 여학생은 나이 십팔구 세쯤 된 듯하며, 신선한 조화로 머리를 장식하고, 자줏빛 하카마(일본 겉옷의 주름치마)를 단정하게 입었는데, 그 온아한 태도가 어느 모로 뜯어보든지 천생 귀인의 집 규중(부녀자가 거처하는 곳)에서 고이 기른 작은 아씨더라.

　그 여학생의 심중에는 무슨 생각이 그리 첩첩한지 힘없이 서서 달빛만 바라보는데, 그달 정신을 뽑아다가 그 여학생의 자색을 자랑시키려고 한 듯이 희고 흰 얼굴에 밝고 맑은 광선이 비취어 그 어여쁜 용모를 이루 형용해 말하기 어려우니 누구든지 한 번 보고 또 한 번 다시 보지 아니치 못하겠더라.

　그 공원 속에 남아 있는 사람은 이 여학생 한 사람뿐인 듯하더니, 어떤 하이칼라(서양 유행을 따르른 멋쟁이) 적 소년이 술이 반쯤 취하여 노래를 부르며 불인지 옆으로 내려오는데, 파나마모자(풀로 만든 여름 모자)를 푹 숙여 쓰고, 금테 안경은 코허리에 걸고, 양복 앞섶 떡 갈라 붙인 속으로 축 늘어진 시곗줄은 월광에 태워 반짝반짝하며, 바른손에는 반쯤 탄 여송연(담배)을 손가락에 감아쥐고, 왼손으로 단장(지팡이)을 들어 향하는 길을 지점하고 회똑회똑 내려오는 모양이, 애먼(일의 결과가 다른 데로 돌아감) 부형의 재산도 꽤 없애보고, 남의 집 새악시도 무던히 버려주었겠더라.

그 소년이 이 모양으로 내려오다가 관월교 가에 홀로 섰는 여학생을 보더니 모자를 벗어들고 반갑게 인사한다.

(소년) "아, 오래간만에 뵙습니다. 그사이 귀체 건강하시오니까?"

(여학생) "예, 기운 어떱시오?"

(소년) "요사이는 어찌 그리 한 번도 만나 뵈올 수 없습니까?"

(여학생) "근일에 몸이 좀 불편해서 아무 데도 못 갔습니다."

(소년) "…… 아, 어쩐지 일요 강습회에도 한 번 아니 오시기에 무슨 사고가 계신가 하고 매우 궁금히 여기던 차이올시다. 그래, 지금은 쾌차하시오니까?"

(여학생) "조금 낫습니다."

(소년) "나도 근일에 몸이 대단히 곤하여 오늘도 종일 누웠다가 하도 울적하기에 신선한 공기나 좀 쐬어볼까 하고 나왔더니, 비 끝에 달빛이라 참 좋습니다. 그러나 추월색은 영인초창(令人悄愴, 사람을 슬프게 함)이라더니, 그야말로 사람의 마음을 정히 상합니다 그려, ……허 ……허 ……허."

(여학생) "……"

(소년) "그런데 산본(山本) 노파 언제 만나 보셨습니까?"

(여학생) "산본 노파가 누구오니까?"

(소년) "아따, 우리 주인 노파 말씀이오."

(여학생) "글쎄요, 언제 만나 보았던지요?"

여학생의 대답이 그치자, 소년이 무슨 말을 할 듯, 할 듯하다가 아니 하고, 또 무슨 말을 하려고 입을 벙긋벙긋하다가 못 하더니 여학생의 얼굴을 다시 한번 건너다보면서,

(소년) "그 노파에게 무슨 말씀 들어 계시지요?"

여학생은 그 말을 들었는지 못 들었는지 아무 말 없이 비슥(맞은편) 돌아서며 이슬에 젖은 국화 가지를 잡고 맑은 향기를 두어 번 맡을 뿐인데, 구름 같은 살쩍과 옥 같은 반 뺨이 모두 소년의 눈동자 속으로 들어간다. 그 소년은 그렇게 하기 어려운 말을 한마디 간신히 하였건마는 여학생의 대답은 없으매 물끄러미 한참 보다가 말 한마디를 또 꺼내더라.

(소년) "그 노파에게도 응당 자세히 들어 계시겠지마는, 한번 조용히 만나면 할 말씀이 무한히 많던 차올시다."

그 소년은 여학생을 만나 인사하고 수작 붙이는 모양이 매우 숙친(熟親, 가까운 사이)도 한 듯이 무슨 긴절한 의논도 있는 듯이 노파를 얹어가며 말하는데, 그 말속에 무슨 은근한 말이 또 들었는지 여학생은 그 말대답 또 아니 하고 먼 산을 한 번 바라보더니,

"아마 야심한 듯하니 집으로 돌아가겠습니다. 용서하십시오."
하고 천천히 걸어 내려간다.

그 소년의 마음에는 어떠한 욕망이 있는지 여학생의 대답하는 양을 들어보려고 그 말끝을 꺼낸 듯한데, 여학생은 냉연히 사절하는 모양이니, 소년도 그 눈치를 알았을 듯하건마는 무슨 생각으로 내려가는 여학생을 굳이 따라가며 이 말 저 말 또다시 한다.

(소년) "괴로운 비가 개더니 달빛이야 참 좋습니다. 공원이란 곳은 원래 풍경이 좋은 곳이지마는, 저 달빛이 몇 배나 공원의 생색을 더 냅니다그려. 인간의 이별하고 만나는 인연은 실로 부평(浮萍, 떠돌아다니는 신세) 같은 일이지마는, 지금 우리가 이렇게 좋은 때와 이렇게 좋은 곳에서 기약 없이 만나기는 참, 뜻밖에 기회이구려…… 여보시오, 조금도 부끄러우실 것 없소. 서양 사람들은 신랑 신부가 직접으로 결혼한답디다. 우리도 소개니 중매니 할 것 없이 직접으로 의논함이 좋지 않겠습니까?"

(여학생) "다 듣다가 그게 무슨 말씀이오?"

(소년) "이렇게 생 시치미 뗄 것 있소. 아까도 말씀하였거니와 왜, 노파를 소개하여 의논하던 터가 아니오니까?"

(여학생) "기다랗게 말씀하실 것 없습니다. 노파든지 누구든지 나는 이왕 결심한 바 있다고 말한 이상에 당신은 번거롭게 다시 말씀하실 필요가 없

습니다. 다른 일로나 교제하실 것이오, 그 말씀은 영구히 단념하시오."

그 여학생과 소년의 수작이 이왕도 많이 언론 되던 일인 듯한데, 여학생이 이처럼 거절하니 소년이 사람스러운 터 같으면 이렇게 거절당할 듯한 말을 당초에 내지 아니하였을 터이오, 또 거절을 당하였으면 무안하여도 저는 저대로 가서 달리나 운동하여 볼 것이건마는, 또 무슨 생각이 그렇게 민첩하게 새로 생겼던지, 가장 정다운 체하고 여학생의 옆으로 바싹바싹 다가서더니 말했다.

(소년) "당신의 결심한 바는 내가 알려고 할 것 없거니와 저기 저것 좀 보시오. 어제같이 작작(灼灼, 활짝 핀)하던 도화(桃花)가 어느 겨를에 다 날아가고, 벌써 가을바람에 단풍이 들었소그려. 여보, 우리 인생도 저와 같이 오늘 청춘이 내일 백발을 정한 일이 아니오? 이처럼 무정한 세월이 살같이 빠른 가운데 손〔客〕같이 잠깐 다녀가는 우리는 이 한세상을 이렇게도 지내고 저렇게도 지내봅시다그려, 허…… 허…… 허…… 허……."

소년이 그렇게 공경하던 예모는 다 어디로 가고 말 그치자 선웃음 치며 여학생의 옥 같은 손목을 턱 잡으니, 여학생은 기가 막혀서,

(여학생) "이것이 무슨 무례한 짓이오! 점잖은 이가 남녀의 예우를 생각지 아니하고 이런 야만의 행위를 누구에게 하시오?"
하고 손목을 뿌리치는데,

(소년) "이렇게 큰 변 될 것이 무엇 있소? 야만에서 커진 문명국 사람은 악수례(握手禮)만 잘들 하대……. 이렇게 접문례(接吻禮, 입을 맞춤)도 잘들 하고……. 하…… 하……."
하면서 한층 더해서 접문례를 하려고 달려드니, 여학생은 호젓한 곳에서 불의의 변괴를 당하매 분한 마음이 탱중(撐中, 가슴 속에 가득)하나 소년의 패행(悖行, 도리에 어긋남)이 이 지경에 이르렀으니, 아무리 생각하여도 방비할 계책과 능력은 하나도 없고 다만 준절(峻節, 정중)한 말로 달랜다.

(여학생) "여보시오, 해외에 유학도 하고 신사상(新思想)도 있다는 이가, 이런 금수의 행실을 행코자 하면 어찌하자는 말씀이오? 당신은 섬부(贍富, 넉넉함)한 학문과 우월한 재화(財貨)가 국가도 빛내고 천하도 경영하실 터이거늘, 지금 일개 여자에게 악행위를 더하고자 하심은 실로 비소망어평일

(非所望於平日, 평소에 바라지 못하던 바임)이로그려. 어서 빨리 돌아가 회개하시고, 다시 법률에 저촉되지 않기를 부디 주의하시오."

(소년) "법률이니 도덕이니 그까짓 말은 다 해 쓸 데 있나? 꽃 같은 남녀가 이런 좋은 곳에서 만났다가 어찌 무료히 그저 헤어져 갈 수 있나…… 하…… 하…… 하…… 하……."

소년은 삼천 장 무명업화(三千丈無名業火, 깨우치지 못한 나쁜 마음)가 남아미리가(남아메리카)주(州) 딘보라소 활화산(活火山) 화염 치밀듯 하여, 예절(禮節)이니 염치니 다 불고하고 음흉 난잡한 말을 함부로 내던지며 여학생의 가늘고 약한 허리를 덥석 안고 나무 수풀 깊고 깊은 곳, 육모정 속 어두컴컴한 구석으로 들어가니, 이때 형세(形勢)가 솔개가 병아리를 찬 모양이라. 여학생은 호소할 곳도 없이 기가 막히는 경우를 만나매 악이 바짝 나서 모만사(冒萬死, 죽음을 각오함)하고 젖 먹던 힘을 다 써서 항거하노라니, 두 몸이 한데 뒤틀어져서 이리로 몰리고 저리로 몰리며 죽을 둥 살 둥 모르고 서로 상지(相持, 서로 양보하지 않음)한다. 어떤 사람이든지 제 욕망을 채우지 못하면 화증(火症, 화병)이 나는 법이라 소년은 불같은 욕심을 이기지 못하는 중, 여학생이 죽기를 한하고 방색(防塞, 들어오지 못하게 막음)하는 양에 화증이 왈칵 나며 화증 끝에 악심이 생겨서 왼손으로는 여학생의 젖가슴을 잔뜩 움켜잡고, 오른손으로는 양복 허리에서 단도를 빼어 들더니,

(소년) "요년아, 너 요렇게 악지(고집) 부리는 이유가 무엇이냐? 소위 너의 결심하였다는 것이 무슨 그리 장한 결심이냐? 너 이년, 너의 꽃다운 혼이 당장 이 칼끝에 날아갈지라도 너는 네 고집대로 부리고 장부의 가슴에 무한한 한을 맺을 터이냐?"

(여학생) "오냐, 죽고 죽고 또 죽고 만 번 죽을지라도 너같이 개 같은 놈에게 실절(失節, 절개를 지키지 못함)은 아니 하겠다!"

그 말에 소년의 악심이 더욱 심하여 말이 막 그치자 번쩍 들었던 칼을 그대로 푹 찌르는데, 별안간 한 모퉁이에서 어떤 사람이,

"이놈아, 이놈아!"

소리를 지르며 급히 쫓아오는 바람에 소년은 깜짝 놀라 여학생 찌르던

칼도 미처 뽑을 새 없이 삼십육계(三十六計)의 줄행랑을 하고 여학생은,
"에그머니!"

한 마디 소리에 기절하고 땅에 넘어지니 소슬한 한풍은 나무 사이에 움직이고 참담한 월색은 서천에 기울어졌더라.

소리를 지르고 오던 사람은 중산모자(中山帽子, 둥근 서양 모자) 쓰고 후록코우투(프록코트) 입은 청년 신사인데, 마침 예비해두었던 것같이 달려들며 여학생의 몸에 박힌 칼을 빼어 들더니, 가만히 무슨 생각을 한참 하는 판에 행순(行巡, 순찰) 하던 순사가 두어 마디 이상한 소리를 듣고 차츰차츰 오다가 이곳에 다다르매 꽃봉오리 같은 여학생은 몸에 피를 흘리고 땅에 누웠고, 그 옆에는 어떤 청년이 손에 단도를 들고 섰으니 그 청년은 갈데 없는 살인범이라. 순사가 그 청년을 잡고 박승(죄인을 묶는 포승)을 꺼내더니 다짜고짜로 청년의 손목을 척척 얽어놓고 호각을 '호루룩 호루룩' 부니, 군도(허리에 차는 긴 칼) 소리가 여기서도 제걱제걱 하고 저기서도 제걱제걱 하며 경관이 네다섯이 모여들어 여학생은 급히 병원으로 호송하고 그 청년은 즉시 경찰서로 압거하니, 이때 적요한 빈 공원에 달 흔적만 남았더라.

그 여학생은 조선 사람이요, 이름은 이정임(李貞姙)인데, 이 시종(조선 말기 벼슬) ○○의 딸이라. 자식 사랑하는 마음이야 누가 없으리오마는, 이 정임의 부모 이 시종 내외는 늦게 정임을 낳으매 슬하 혈육이 다만 일개 여자뿐인 고로 그 애지중지함이 남보다 특별히 귀하게 여기는 터인데, 그 이 시종의 옆집에 사는 김 승지(승정원 벼슬) ○○는 이 시종의 죽마고우(竹馬故友, 어릴 때부터 친한 벗))일 뿐 아니라 서로 지기(마음을 알아주는 친구)하는 친구인데, 그 김 승지도 역시 늙도록 아들이 없어 슬퍼하다가 정임이 낳던 해에 관옥(冠玉) 같은 남자를 낳으니, 가없이 기뻐하여 이름을 영창(永昌)이라 하고, 더할 것 없이 귀하게 기르는 터이라. 이 시종은 김 승지를 만나면,
"자네는 저러한 아들을 두었으니 마음에 오죽 좋겠나. 나는 일개 여아나마 남달리 사랑하네."

하며 이야기하고 서로 친자식같이 귀해하니, 그 두 집 가정에 살지라도 서로 사랑하기를 남의 자손같이 여기지 아니하더라.

그 두 아해가 두 살 되고 세 살 되어 걸음도 배우고 말도 옮기매, 놀기도 함께 놀고 장난도 서로 하여 친형제와 같이 정다우며 쌍둥이와 같이 자라는데, 자라갈수록 더욱 심지(心地, 마음의 본바탕)가 상합(相合, 서로 잘 맞음)하여 글도 같이 읽고, 좋은 음식을 보아도 나누어 먹으며, 영창이가 아니 가면 정임이가 가고, 정임이가 아니 가면 영창이가 와서 잠시도 서로 떠나지 아니하여 그 정분이 점점 깊어가더라.

그 두 아해(아이)가 나이도 동갑이요, 얼굴도 비슷하고 정의도 한뜻 같으나, 다만 같지 아니한 것은 계집아이와 사내아이인 고로 정임의 부모는 영창이를 보면 대단히 부러워하고, 영창의 부모는 정임이를 보면 매우 탐을 내는 터인데, 정임이 일곱 살 먹던 해 정월 대보름날 저녁에 이 시종이 술이 얼근히 취하여 마누라를 부르고 좋은 낯으로 들어오는지라, 부인은 마루로 마주 나가며,

(부인) "어디서 저렇게 약주가 취하셨소?"

(이 시종) "오늘이 명일(명절)이 아니오? 김 승지하고 술을 잔뜩 먹었소. 노래(老來, 늘그막)에 정붙일 것은 술밖에 없소그려…… 허…… 허……."
하면서 앞서거니 뒤서거니 방으로 들어오더니,

(이 시종) "마누라, 오늘 정임이 혼사를 확정하였소……. 저희끼리 정답게 노는 영창이 하고……."

(부인) "그까짓 바지 안에 똥 묻은 것들을 정혼이 다 무엇이오니까, 하…… 하……."

(이 시종) "누가 오늘 신방을 차려주나……. 그래 두었다가 아무 때나 저희들 나이 차거든 초례시키지……. 마누라는 일상(늘) 영창이 같은 아들 하나 두었으면 좋겠다고 한탄하지 아니했소? 사위는 왜 아들만 못한가?……. 이애 정임아, 오늘은 영창이가 어째 아니 왔느냐?"
하는 말끝이 떨어지기 전에 영창이가 문을 열고 들어오며,

(영창) "정임아 정임아, 우리 아버지는 부름(정월 대보름날 먹는 부럼) 많이 사 오셨단다. 부름 깨 먹으러 우리 집으로 가자…… 어서…… 어

서······."

　(이 시종) "허······ 허······ 허, 우리 사위 오시나, 어서 들어오게, 자네 집만 부름 사 왔다던가? 우리 집에도 이렇게 많이 사 왔다네."
하고 벽장문을 열고 호두, 잣을 내어주며 귀애하는 마음을 이기지 못하여 농지거리를 붙이며 이런 말 저런 말 하다가 사랑으로 나가고, 정임이와 영창이는 부름을 까먹으며 속살거리고 이야기하는데,

　(영창) "이애 정임아, 나는 너한테로 장가가고, 너는 나한테로 시집온다더라."

　(정임) "장가는 무엇 하는 것이고, 시집은 무엇 하는 것이냐?"

　(영창) "장가는 내가 너하고 절하는 것이고, 시집은 네가 우리 집에 와서 사는 것이라더라."

　(정임) "이애, 누가 그러더냐?"

　(영창) "우리 어머니가 말씀하시는데 너의 아버지하고 우리 아버지하고 그렇게 이야기하셨다더라."

　(정임) "이애, 나는 너의 집에 가서 살기 싫다. 네가 우리 집으로 시집오너라."

　두 아이는 밤이 깊도록 이렇게 놀다가 헤어져 갔는데, 그 후부터는 정임의 집에서도 영창이를 자기 사위로 알고 영창의 집에서도 정임이를 자기 며느리로 인정하여 두 집 관계가 더욱 친밀해지고, 그 두 아이들도 혼인이 무엇인지 부부가 무엇인지 의미는 알지 못하나 영창은 정임에게로 장가갈 줄로 생각하고, 정임은 영창에게로 시집갈 줄로 알더라.

　정임과 영창이가 이처럼 정답게 지내더니, 영창이 열 살 되던 해 삼월에 김 승지가 초산(楚山) 군수로 서임(敍任, 벼슬을 받음)되니 가족을 데리고 즉시 군아(郡衙, 수령이 정무를 보는 건물)에 부임할 터인데, 정임과 영창이가 서로 떠나기를 애석히 여기는 고로 이 시종 집에서는 가권(家眷, 집안 식구)을 솔거(率去, 거느림) 하는 것이 불가하다고 권고하나, 김 승지는 가계가 원래 유족치 못한 터이라, 군수의 박봉을 가지고 식비와 교제비를 제하면 본가(本家)에 보낼 것이 남지 아니하겠으니 가족을 데리고 가는 것이 필요가 될 뿐 아니라, 설령 가사는 이 시종에게 전혀 부탁하여도 무방하겠

지마는, 김 승지는 자기 아들 영창을 잠시라도 보지 못하면 애정을 이기지 못하여 침식(寢食, 잠자는 일과 먹는 일)이 달지 아니한 터인 고로, 부득이 하여 부인과 영창을 데리고 초산으로 떠나가는데, 가는 노정은 인천으로 가서 기선을 타고 수로로 갈 작정으로 상오 아홉 시 남대문 발 인천행 열차로 발정(發程, 길을 떠남)할새 정임이는 남문 역(남대문 역)에 나아가서 방금 떠나는 영창의 손을 잡고 서로 친절히 전별(餞別, 작별)한다.

(정임) "영창아, 너하고 나하고 잠시도 떠나지 못하다가 네가 저렇게 멀리 가면 나는 놀기는 누구하고 같이 놀고, 글은 누구하고 같이 읽으며, 너를 보고 싶은 생각을 어떻게 참는단 말이냐?"

(영창) "나도 너를 두고 멀리 가기는 대단히 섭섭하다마는, 우리 아버지 어머니가 나를 보고 싶어 하실 생각을 하면 떨어져 있을 수 없구나. 오냐, 잘 있거라. 내 쉽사리 올라오마."

정임은 품에서 사진 한 장을 꺼내더니 그 뒷등에 '경성 중부 교동 339'라고 써서 영창이를 주며,

(정임) "이것 보아라. 이것은 내 사진이요, 이 뒷등에 쓴 것은 우리 집 통호수다. 만일 이 사진을 잃든지 통호수를 잊어버리거든 삼삼구만 생각하여라."

영창이는 사진을 받아 들고 그 말대답도 미처 못 해서 기적소리가 '뿡뿡' 나며 차가 떠나고자 하니, 정임은 급히 차에서 내려서 스르르 나가는 유리창을 향하여,

"부디…… 잘 가거라."

하며 옷깃에 방울방울 떨어지는 눈물을 씻는데, 기관차 연통에서 검은 연기가 물큰물큰 올라가며 차는 살 닫듯 하여 어느 겨를에 간 곳도 없고, 다만 용산강 언덕 위에 멀리 의의(依依, 풀이 싱싱하게 푸르다)한 버들 빛만 머물렀더라.

정임이는 영창이를 전송하고 초창(悄愴, 근심스럽고 슬픔)한 마음을 이기지 못하여 집까지 울고 들어오니 이 시종의 부인도 섭섭한 마음을 이기지 못하던 차에 자기의 귀한 딸이 울고 들어오는 것을 보고 눈물을 흘리다가, 좋은 말로 영창이는 속히 다녀온다고 그 딸을 위로하고 달래었는데, 정

임이는 어린아이라 어찌 부처(夫妻, 부부)될 사람의 인정을 알아 그러하리오마는, 같이 자라던 정리(情理, 인정)로 영창의 생각을 한시도 잊지 못하여 제 눈에 좋은 것만 보면 영창이에게 보내준다고 꼭꼭 싸두었다가 인편 있을 적마다 보내기도 하고, 영창의 편지를 어제 보았어도 오늘 또 오기를 기다리며, 꽃 피고 새 울 때와 달 밝고 눈 흴 적마다 시름없이 서천을 바라고 눈썹을 찡그리더라.

정임이가 영창이 생각하기를 이렇듯 괴롭게 그해 일 년을 십 년같이 다 지내고, 그 이듬해 봄이 차차 되어오매 영창이 오기를 기다리는 마음이 자연 생겨서,

'떠날 때에 쉽사리 온다더니 일 년이 지나도록 어찌 아니 오노?'
하고 문밖에서 자취소리만 나도 아마 영창이가 오나 보다, 아침에 까치만 짖어도 아마 영창이가 오나 보다 하며 하루에도 몇 번씩 문밖을 내다보더니, 하루는 안마당에서 '바삭바삭' 하는 소리에 창문을 열어 보니, 사람은 아무도 없고 회오리바람이 뺑뺑 돌다가 그치는데 일기가 어찌 화창한지 희고 흰 면회(面灰, 회를 바름) 담에 아지랑이가 아물아물하며 멀리 들리는 버들피리 소리가 사람의 회포를 은근히 돋우는지라, 어린 마음에도 별안간 울적한 생각이 나서 후정(後庭, 뒤뜰)을 돌아가 거닐다가 보니 도화가 웃는 듯이 피었거늘, 가늘고 가는 손으로 한 가지를 똑 꺾어 가지고 들어오며,

(정임) "어머니 어머니, 도하가 이렇게 피었으니 작년에 영창이 떠나던 때가 벌써 되었습니다그려."

(부인) "참 세월이 쉽기도 하다. 어제 같던 일이 벌써 돌이로구나."

(정임) "영창이는 올 때가 되었는데 왜 아니 옵니까? 요사이는 편지도 보름이 지내도록 아니 오니 웬일인지 궁금합니다."

(부인) "아마 쉬 올 때가 되니까 편지도 아니 오나 보다."

(정임) "아니, 그러면 올라올 때에 입고 오게 겹옷이나 보내줍시다. 아버지가 들어오시거든 소포 부칠 돈을 달래야지요."
하며 장문을 열고 새로 지어 차곡차곡 넣어두었던 명주 겹바지저고리(겹으로 지은 바지와 저고리)와 분홍 삼 팔 두루마기(명주 두루마기)를 내어 백지로 두어 번 싸고, 그 거죽에 유지로 또 한 번 싸서 노끈으로 열 십(十) 자

우물 정(井)자로 이리저리 얽을 즈음에, 이 시종이 이마에 내 천(川) 자를 쓰고 얼굴에 외(오이)꽃이 피어서 들어오더니,

(이 시종) "원……, 이런 변괴가 있나……. 응…… 응……."

(부인) "변괴가 무슨 변괴오니까?"

(이 시종) "응응……, 응응……."

(부인) "갑갑하니 어서 말씀 좀 하시오."

(이 시종) "초산서 민요(民擾, 민란)가 났대야."

(부인) "민요가 났으면 어떻게 되었단 말씀이오?"

(이 시종) "어떻게 되고 말고 기가 막혀 말할 수 없어. 이 내부에 온 보고 좀 보아."

하고 평북 관찰사의 보고를 베낀 초(抄, 중요 부분만 뽑음)를 내어 부인의 앞으로 던지는데, 그 집은 원래 문한가(文翰歌, 문필가 집안)인 고로 그 부인의 학문도 신문 한 장은 무난히 보는 터이라 부인이 그 보고 초를 집어 들고 보니,

(보고서) '관하 초산군에서 거(지난) 이월 이십팔일 하오 삼 시경에 난민 천여 명이 불의에 취집(聚集, 모집)하여 관아에 충화(衝火, 불을 지름)하고 작석(作石, 곡식 한 섬)을 난투(亂鬪, 치고받으며 싸움)하여 관사와 민가 수백 호가 연소(燃燒)하옵고, 이민 간(吏民間, 관리와 백성 사이에) 사상(死傷, 죽거나 다침) 이십여 인에 달하여 야료(惹鬧, 생트집) 난폭하므로 강계 진위대(강계게 있는 군대 이름)에서 병졸 일 소대를 급파하여 익일(翌日, 다음 날) 상오 십 시 초기에 진압되었사온데, 당해 군수와 그 가족은 행방이 불명하옵기 방금 조사 중이오나 종내 종적을 부지(不知, 알지 못함)하겠사오며, 민요 주창자(주동자)는 엄밀히 수색한 결과로 장두(狀頭, 우두머리) 오(五) 인을 포박하여 본부에 엄수하옵고 자에 보고함.'

부인이 보고 초를 보다가 깜짝 놀라며,

(부인) "이게 웬일이오! 세 식구가 다 죽었나 보구려."

하는 말에 정임이는 정신이 아득하여 얼굴빛이 하얘지며 아무 말 못 하고

그 모친을 한참 보다가, 싸던 옷보를 스르르 놓더니 눈에서 구슬 같은 눈물이 쑥쑥 쏟아지며 목을 놓고 우니 부인도 여린 마음에 정임이 우는 것을 보고 따라 우는데, 이 시종은 영창이 생각도 둘째가 되고, 평생에 지기하던 친구 김 승지를 생각하고 비참한 마음을 억제치 못하여 정신없이 앉았다가, 다시 마음을 정돈하고 우는 정임이를 위로한다.

(이 시종) "어찌 된 사기(事記, 사건 기록)를 자세히 알지도 못하고 울기는 왜들 울어? 정임아, 어서 그쳐라. 내일은 내가 초산으로 내려가서 자세히 알아보겠다. 설마 죽기야 하였겠느냐. 참 이상도 하다. 김 승지는 민요 만날 사람이 아닌데 그게 웬일이란 말이냐? 그러나 인자(仁者)는 무적(無敵)이라 하니, 김 승지같이 어진 사람이 죽을 리는 없으리라……. 김 승지가 마음은 군자(君子)요 글은 문장이로되, 일에 당하여서는 짝 없이 흐리것다……."

이런 말로 정임의 울음을 만류하고 가방과 양탄자를 내어 내일 초산 떠날 행장을 차려놓고 세 사람이 수색(愁色, 근심)이 만면하여 묵묵히 앉았더니, 하인이 저녁상을 들여다 놓고 부인을 대하여 위로하는 말이,

"놀라운 말씀이야 어찌 다 하오리까마는 설마 어떠하오리까? 너무 걱정 마시고 진지 어서 잡수십시오."

하고 나가는데, 정임이는 밥 먹을 생각도 아니 하고 치마끈만 비비 틀며 쪼그리고 있고, 이 시종과 부인은 상을 다가놓고 막 두어 술쯤 뜨는 때에 어디서,

"불이야! 불이야!"

하는 소리가 들리며 안방 서창에 연기 그림자가 뭉글뭉글 비치고, 마루 뒷문 밖에는 화광(火光, 불빛)이 충천하니, 밥 먹던 이 시종은 수저를 손에 든 채로 급히 나가 보니, 자기 집 굴뚝에서 불이 일어나서 한끝은 서로 돌아 부엌 뒤까지 돌고, 한끝은 동으로 뻗쳐 건넌방 머리까지 나갔는데, 솔솔 부는 서북풍에 비비 틀려 돌아가는 불길이 눈 깜짝할 사이에 온 집안에 핑 도니 이 시종 집사람들은 발을 동동 구르나 어찌할 수 없으며, 여간 순검 헌병깨나 와서 우뚝우뚝 섰으나 다 쓸데없고, 변변치 못하나마 소방대도 미처 오기 전에 봄볕에 바싹 마른 집이 전체가 다 타버리고, 그뿐 아니라 화

불단행(禍不單行, 재앙은 겹쳐 오게 됨)이라고 그 옆으로 한데 붙은 김 승지 집까지 일시에 소존성(燒存性, 물건이 탄 후에도 형태가 남아 있음)이 되었더라.

행장을 싸놓고 내일 아침 일찍 초산 떠나려고 하던 이 시종은 뜻밖에 낙미지액(落眉之厄, 눈앞에 닥친 재앙)을 당하여 가족이 모두 노숙(露宿)하게 된 경위에 있으니 어찌 먼 길을 떠날 수 있으리오. 민망한 마음을 억지로 참고 급히 빈집을 구하여 북부 자하동 일백팔 통 십 호 삼십 구간 와가(瓦家, 기와 집)를 사서 겨우 안돈(安頓, 잘 정돈됨)하고 나매 벌써 일주일이 지났으나, 초산 소식은 종시 묘묘(杳杳, 알 길이 없음)하니 자기와 김 승지의 관계가 정리로 하든지 의리로 하든지 생사(生死) 간에 한번 아니 가보지 못할 터이라, 삼 주일 수유(受由, 말미)를 얻어가지고 즉시 떠나 초산을 내려가 보니 읍내는 자기 집 모양으로 빈터에 탄 재뿐이요, 촌가는 강계대 병정이 와서 폭민 수색하는 통에 다 달아나고 개미 새끼 하나 볼 수 없으니 군수의 거취를 물어볼 곳도 없는지라, 그 인근 읍으로 다니며 아무리 탐지하여도 종내 김 승지의 소식은 알 수 없고, 단지 들리는 말은 초산 군수가 글만 좋아하고 술만 먹는 고로 정사(政事)는 모두 간활(奸猾, 교활함)한 아전의 소매 속에서 놀다가 마침내 민요를 만났다는 말뿐이라. 하릴없이 근 이십 일 만에 집으로 돌아오니, 그 부친이 다녀오면 영창의 소식을 알까 하고 눈이 빠지도록 기다리던 정임이는 낙심천만하여 한없이 비창(悲愴, 마음이 상하고 슬픔)히 여기는 모양은 눈으로 차마 볼 수 없더라.

이 시종이 초산에서 집에 돌아온 지 제삼 일 되던 날 관보에 '시종원(侍從院) 시종 이○○ 의원 면 본관(依願免本官, 본인 뜻으로 현직에서 물러남)'이라 게재되었으니, 이때는 갑오개혁 정책(甲午改革政策)이 실패된 이후로 점점 간영(奸佞, 간사하고 아첨을 잘하는 사람)이 금달(禁闥, 궁궐 문)에 출입하여 뜻있는 사람은 일병 배척하는 시대인 고로, 어떤 혐의자가 이 시종 초산 간 새(사이)를 엿보고 성총(聖聰, 임금의 총명함)에 모함한바이라. 이 시종은 체임(遞任, 벼슬이 갈림)된 후로 다시 세상에 나번득일 생각이 없어 손〔客〕을 사절하고 문을 닫으니 꽃다운 풀은 뜰에 가득하고, 문전에 거마(車馬)가 드물어 동네 사람이라도 그 집이 누구의 집인지 알지 못할 만치 되었더라.

이 시종은 이로부터 티끌 인연을 끊어 버리고 꽃과 새로 벗을 삼아 만년을 한가히 보내고, 정임이는 그 부친에게 소학(小學)을 배워 공부하며 깊고 깊은 규중(閨中)에서 적적히 지내는데, 영창이 생각은 때때로 암암하여(기억이 눈앞에 아른거림) 영창이와 같이 가지고 놀던 유희 제구(遊戲諸具, 놀이 기구)만 눈에 띄어도 초창(悄愴, 근심스런)한 빛이 눈썹 사이에 가득하며, 혹 꿈에 영창이를 만나 재미있게 놀다가 섭섭히 깨어 볼 때도 있을 뿐 아니라, 한 해 두 해 지나 철이 차차 나갈수록 비감(悲感, 슬픈 마음)한 마음이 더욱 결연(缺然, 서운함)하여, '여편'을 읽을 적마다 소리 없는 눈물도 많이 흘리는 터이건마는, 이 시종 내외는 정임의 나이 먹는 것을 민망히 여겨 마주 앉기만 하면 항상 아름다운 새 사위 구하기를 근심하고 김 승지 집 이야기는 입 밖에 내지도 아니하더라.

임염(荏苒, 세월이 지나감)한 세월이 흐르는 듯하여 정임의 나이 어언간 십오 세가 되니, 그해 칠월 열이렛날은 이 시종의 회갑이라. 그날 수연(壽宴) 잔치 끝에 손(客)은 다 헤어져 가고 넘어가는 해가 서산에 걸렸는데, 이 시종 내외는 저녁 하늘 저문 노을빛과 푸른 나무 늦은 매미 소리 손 마루 북창 앞에 느런히(나란히) 앉아서 늙은 회포를 서로 이야기한다.

(이 시종) "포말풍등(泡沫風燈, 바람 앞의 등불. 없어지기 쉽다는 뜻)이 감가련(感可憐, 가련한 느낌)이라더니 사람의 일생이야 참 가련한 것이야. 어제 같던 우리 장춘(長春, 청춘)이 어느 겨를에 벌써 회갑일세. 지나간 날이 이렇듯 쉬 갔으니 죽을 날도 이렇게 쉬 오겠지. 평생에 사업 하나 못 하고 죽을 날이 가까우니 한심한 일 이오그려."

(부인) "그렇기에 말씀이오. 죽을 날은 가까우나 쓸 만한 자식도 하나 못 두었으니 우리는 세상에 난 본의가 없소그려. 정임이 하나 시집가고 보면 이 만년 신세를 누구에게 의탁한단 말씀이오?"

(이 시종) "그렇지마는 나는 양자 할 마음은 조금도 없어. 얌전한 사위나 얻어서 아들같이 데리고 있지."

(부인) "그러한들 사위가 자식만 하겠습니까마는, 하기는 우리 죽기 전에

사위나마 얻어야 하겠습니다……. 사위 고르기는 며느리 얻기보다 어렵다는데 요새 세상 청년들 눈여겨보면 그 경박한 모양이 모두 제집 결판 내고 나라 망할 자식들 같습디다. 사위 재목(材木)도 조심해 구할 것이어요."

(이 시종) "그야 무슨, 다 그럴라구. 그런 집 자식이 그렇지."

이렇게 수작하는 때에 어떤 사람이 사랑 중문간에서,

"정임아, 정임아."

부르며,

"안손님 아니 계시냐?"

하고 묻더니 큰기침 두어 번 하고 들어오면서,

(어떤 사람) "누님, 저는 가겠습니다."

(부인) "그렇게 속히 가면 무엇 하나? 저녁이나 먹고 이야기나 하다가 달 뜨거든 천천히 가게그려. 어서 올라와……."

부인은 그 사람을 이처럼 만류하며 하인을 불러서,

"술상을 차려오너라, 진지를 지어서 가져오너라."

하는데 그 사람은 정임의 외삼촌이라. 수연 치하하고 집으로 돌아갈 터인데, 그 누님의 만류하는 정의를 떼치지 못하여 마루로 올라와 앉더니, 건넌방 문 앞에 섰는 정임이를 한참 보다가,

(외삼촌) "정임이는 금년으로 몰라보게 자랐습니다그려. 오래지 아니하여 서랑(壻郞, 사위를 높여 부르는 말) 보시게 되었는데요. 어찌하려오."

(이 시종) "그까짓 년 키만 엄부렁(실속 없이 크다)하면 무엇하나? 배운 것이 있어야 시집을 가지."

(부인) "그러지 아니하여도 우리가 지금 그 걱정일세. 혼처나 좋은 데 한곳 중매하게그려……."

(외삼촌) "중매 잘못하면 뺨이 세 번이라는데 잘못하다가 뺨이나 얻어맞게요……. 하…… 하……."

(부인) "생질 사위(조카딸의 남편) 잘못 얻는 것은 걱정 없고 뺨 맞는 것만 염려되나? 하…… 하……."

(이 시종) "허…… 허…… 허…… 허……."

(외삼촌) "혼처는 저기 좋은 곳 있습니다. 옥동 박 과장의 셋째 아들인데,

나이는 열일곱 살이오, 공부는 재작년에 사범 속 소학교에서 졸업하고 즉시 관립중학교에 입학하여 올해 삼 학년이 되었답니다. 그 아이는 저의 팔촌 처남의 아들인데 그 집 문벌도 훌륭하고 가세도 불빈(不貧, 가난하지 않음)할 뿐 아니라 제일 남자의 얼굴도 결곡(깨끗하고 야무져서 빈틈이 없다)하고 재주도 초월(超越)하여 내 마음에는 매우 합당합디다마는 매부 의향에 어떠하신지요?"

이시종의 귀에 그 말이 번쩍 띄어,

"응, 그리해? 합당하면 하다마다. 자네 마음에 합당하면 내 의향에도 좋지 별수 있나? 나는 양반도 취치 않고, 부자도 취치 않고, 다만 당자(當者, 본인) 하나만 고르네."

하면서 매우 기뻐하고, 정임이 외삼촌은 이런 이야기를 밤이 되도록 하다가 갔는데, 그 후로는 신랑의 선을 본다는 등 사주(四柱)를 받는다는 등 하더니, 하루는 이 시종이 붉은 간지(簡紙, 두꺼운 종이)를 내어 '팔월 십사일 전안(奠雁, 신랑이 신붓집에 기러기를 가지고 가서 상 위에 놓고 절하는 예) 납채(納采, 신붓집에 혼인을 청하는 예) 동일 선행'이라 써서 다홍실로 허리를 매어놓고 부인과 의논해가며 신랑의 의양단자(衣樣單子, 옷의 치수를 적은 단자)를 적는다. 정임이는 영창이 생각을 잊을 만하다가도 시집이니 장가니 혼인이니 사위니 하는 말을 들으면 새로이 생각이 문득문득 나는 터이라. 외삼촌이 혼처 의논힐 때에도 영창이 생각이 뼈에 사무쳐서 건넌방으로 들어가 눈물을 몰래 씻으며 속마음으로,

'부모가 나를 이왕 영창에게 허락하셨으니, 나는 죽어서 백골이 되어도 영창의 아내이라. 비록 영창이는 불행하였을지라도 나는 결코 두 사람의 처는 되지 아니할 터이요, 저 아저씨는 아무리 중매한다 하여도 입에선 바람만 들일걸.'

하는 생각이 뇌수에 맺혔으니 여자의 부끄러운 마음으로 그 부모에게는 아무 말도 못 하고 지내던 터이더니, 택일단자(擇日單子, 혼례 날) 보내는 것을 보매 가슴이 섬뜩하고 심기가 좋지 못하여 몸을 비비 틀며 참다가 못하여 그 모친의 귀에 대고 응석처럼 가만히 하는 말이라.

(정임) "나는 시집가기 싫어."

(부인) "이년, 계집 아이년이 시집가기 싫은 것은 무엇이고, 좋은 것은 무엇이냐."

　(이 시종) "그년이 무엇이래, 나중에는 별 망측한 말을 다 듣겠네."

　(정임) "아버지 어머니 보고 싶어서 시집가기 싫어요."

　(부인) "아비 어미 보고 싶다고 평생 시집 아니 갈까, 이 못생긴 년아."

　부인의 말은 철모르는 말로 들리는 말이라. 정임이는 정색하고 꿇어앉으며,

　(정임) "그런 것이 아니올시다. 아버지께서 열녀(烈女)는 불경이부(不更二夫, 두 남편을 섬기지 않음)라는 글 가르쳐 주셨지요. 나를 이왕 영창이와 결혼하라 하시고, 지금 또 시집보낸다 하시니, 부모가 한 자식을 두 사람에게 허락하시는 법이 있습니까? 아무리 영창이 종적을 알지 못하나 다른 곳으로 시집가기는 죽어도 아니 하겠습니다."

　이시종이 그 말을 듣더니 벌떡 일어서며 정임의 머리채를 휘어잡고 평생에 손찌검 한번 아니 하던 그 딸을 여기저기 함부로 쥐어박으며,

　(이 시종) "요년, 요 못된 년, 그게 무슨 방정맞은 말이냐! 요년, 혓줄기를 끊어놓을라. 네가 영창이 예단(禮單, 예물 목록을 적은 종이)을 받았단 말이냐, 네가 영창이와 초례(醮禮, 혼례)를 지냈단 말이냐? 네가 간데없는 영창이 생각하고 시집 못 갈 의리가 무엇이란 말이냐, 아무리 어린년인들."

　하며 죽일 년 잡쥐(엄하게 다그침)듯 하니, 부인은 겁이 나서,

　(부인) "그만두시오. 그년이 어린 마음에 부모와 떨어지기 싫어서 철모르고 하는 말이지요. 어서 그만 참으시오."

　(이 시종) "요년이 어디 철몰라서 하는 말이오. 제 일생을 큰일 내고 부모의 가슴에 못 박을 년이지……. 우리가 저 하나를 길러서 죽기 전에 서방이나 얻어 맡겨 근심을 잊을까 하는 터에……, 요년이."

　하며 또 한참 때려 주니, 부인은 놀랍고 가엾은 마음에 살이 떨리고 가슴이 저려서 달려들며 이 시종의 손목을 잡고 정임이 머리를 뜯어놓아 간신히 말렸더라.

　이 시종은 원래 구습을 개혁할 사상이 있는 터인 고로, 설령 그 딸이 과부가 되었을지라도 개가라도 시킬 것이요, 정혼하였던 것을 거리껴서 딸의

일평생을 그르치지 아니할 사람이라. 정임의 가슴 속에 철석같이 굳은 마음은 알지 못하고 다만 자기 속마음으로

'정임이 말도 옳지 아니한 바는 아니로되, 내 생각을 하든지 정임이 생각을 하든지 소소한 일로 전정(前程, 앞날)에 대불행을 취함이 불가하다.'

생각하여 정임이를 압제 수단으로 그런 말은 다시 못 하게 하여놓고, 그날부터 침모(바느질을 맡아 하는 여자)를 부른다, 숙수(熟手, 음식을 만드는 사람)를 앉힌다 하여 바삐 바삐 혼례를 준비하는데, 받아놓은 날이라 눈깜짝할 사이에 벌써 열사흘 날 저녁이 되었으니, 그 이튿날은 백마 탄 새신랑이 올 날이라. 정절(貞節, 여자의 곧은 절개)이 옥 같은 정임의 마음이야 과연 어떠하다 하리오. 건넌방에 혼자 누웠으니, 이 생각 저 생각 별 생각이 다 난다. 부모의 뜻을 순종하자 하니 인륜(人倫)의 죄인이 되어 지하에 가서 영창을 볼 낯이 없을 뿐 아니라 이는 부모의 뜻을 순종함이 아니오, 곧 부모를 옳지 못한 사람을 만드는 것이오, 부모의 뜻을 좇지 아니하자 하니 그 계책은 죽는 수밖에 없는데, 늙은 부모를 두고 참혹히 죽으면 그 죄는 차라리 시집가는 것이 오히려 경(輕)할지라. 아무리 생각하여도 어찌할 줄 모르다가 또 한 생각이 문득 나며 혼잣말로,

'시집이란 것이 다 무엇 말라죽은 것이야! 서양 사람은 시악시 부인도 많다더라.'

하고 벌떡 일어서서 안방으로 들어가 보니, 그 부모는 산지 분별하기에 종일 곤뇌(困惱, 고민)하다가 막 첫잠이 곤히 든 모양이라. 문갑 서랍에 열쇠 패를 꺼내 가지고 골방으로 들어가 금고를 열고 십 원권, 오 원권을 있는 대로 집어내어 손가방에 넣어서 들고나오니 시계는 아홉 점을 땡땡 치는데, 안팎으로 들락날락하며 와글와글하던 사람들은 하나도 없이 괴괴하고, 오동나무 그림자는 뜰에 가득 차며 벽 틈에 여치 소리가 짤깍짤깍할 뿐이라. 다시 건넌방으로 들어가 종이를 내어 편지 써서 자리 위에 펴놓고 나와서, 그길로 대문을 나서며 한 번 돌아보니, 부모의 생각이 마음을 찌르나, 억지로 참고 두어 걸음에 한 번씩 돌아보며 효자문 네거리에 와서 인력거를 불러 타고 남대문 밖을 나서니, 이때 가을 하늘에 얇은 구름은 고기비늘같이 조각조각 연하고, 그 사이로 한 바퀴 둥근 달이 밝은 광채를 잠깐 자

랑하고 잠깐 숨는데, 연약한 마음이 자연 상하여 흐르는 눈물을 씻고 또 씻는 사이에 벌써 인력거 채를 덜컥 놓는데 남대문 정거장에서 요령 소리가 덜렁덜렁 나며 붉은 모자 쓴 사람이,

"후상, 후상, 후상 오이데마셍까(부산, 부산, 부산 안 가시렵니까)?"

하고 외치는 소리가 장마 속 논 꼬(논의 물꼬)에 맹꽁이 끓듯 하니, 이때는 하오 십 시 십오 분 부산 급행 차 떠나는 때라. 인력거에서 급히 내려 동경(東京)까지 가는 연락 차표를 사 가지고 이등 열차에 오르니, 호각 소리가 '호르륵' 나며 기관차에서 '파 푸 파 푸' 하고 남대문이 점점 멀어지니, 앞길의 운산(雲山)은 창창하고 차 뒤의 연하(煙霞, 안개와 노을)는 막막하더라.

그 빠른 차가 밤새도록 가다가 그 이튿날 아침에 부산에 도착하니, 안방에서 대문 밖도 자세히 모르고 지내던 정임이는 처음 이렇게 멀리 온 터이라. 집에 있을 때에 동경(東京)을 가자면 남문 역에서 연락 차표를 사 가지고 부산 가서 연락선 타고 하관(下關, 시모노세키)까지 가고, 하관서 동경 가는 차를 다시 타고 신교(新橋) 역에서 내린다는 말을 듣기는 들었지마는, 남문 역에서 부산까지는 왔으나 연락선 정박한 부두 가는 길을 알지 못하여 정거장 머리에서 주저주저하다가,

"화륜선(火輪船, 증기 기관 배) 타는 선창을 어디로 가오?"

하고 물으매 이 사람도 물끄러미 보고 저 사람도 물끄러미 보니 정임이가 집 떠날 때에 머리는 전반같이 땋은 채로 옷은 분홍 춘사 적삼, 옥색 모시 다린 치마 입었던 채로 그대로 쑥 나온 그 모양이라. 누가 이상히 보지 아니하리오? 그 많은 내외국 사람이 모두 여겨보더니, 그중에 어떤 사람이 아래위를 한참 훑어보다가,

"여보 작은 아씨, 이리 와. 내가 부두까지 가는 길을 가르쳐 줄 터이니."

하고 앞서서 가는데, 말쑥이 비취는 통량갓(통영에서 만든 갓) 속으로 반드르르한 상투는 외로 똑 떨어지고 후줄근한 왜사 두루마기(비단 두루마기)는 기름때가 조르르 흘렀더라.

정임이가 약기는 참새 굴레 쌀만 하지마는 세상 구경은 처음 같은 터이

라. 다른 염려 없이 그 사람을 따라 부두로 나가는데, 부두로 갈 것 같으면 사람 많이 다니는 탄탄대로로 갈 것이건마는 이 사람은 정임이를 끌고 꼬불꼬불하고 좁디좁은 골목으로 이리 삥삥 돌고 저리 삥삥 돌아가다가, 어떤 오막살이 높은 등 달린 집으로 들어가며,

(그 사람) "나는 이 집에서 볼일 좀 보고 곧 가르쳐줄 것이니 이리 잠깐 들어와."

정임이는 배 탈 시간이 늦어가는가 하고 근심될 뿐 아니라 여자의 몸이 낯선 곳에 혼자 와서 사나이 놈 따라 남의 집에 들어갈 까닭이 없는 터이라.

(정임) "길 모르는 사람을 이처럼 가르쳐주고자 하시니 대단히 고맙습니다. 나는 여기서 잠깐 기다릴 터이니 어서 볼일 보십시오."

하고 섰더니, 그 사람이 그 집으로 들어간 지 한참 만에 어떤 계집 두 년이 머리에는 왜밀(기름) 뒤범벅을 해 붙이고 중문간에서 기웃기웃 내다보며,

"아이그, 그 처녀 얌전도 하다. 아마 서울 사람이지."

하고 나오더니,

"여보, 잠깐 들어오구려. 같이 오신 손님은 지금 담배 한 대 잡숫는데요. 우리 집에는 아무도 없소. 여편네가 여편네들만 있는 집에 들어오는 것이 무슨 관계가 있소? 어서 잠깐 들어왔다 가시오."

하며 한 년은 손목을 집아당기고 한 년은 등을 미는데, 어찌할 수 없이 안마당으로 들어섰다. 길 가르쳐주마던 사람은 마루 끝에 걸터앉아 담배를 먹다가 정임이를 보더니,

(그 사람) "선창을 물으면 배 타고 어디를 가는 길이야?"

(정임) "동경까지 갑니다."

(그 사람) "집은 어데인고?"

(정임) "서울이야요."

(그 사람) "동경은 무엇 하러 가?"

(정임) "유학하려요."

(그 사람) "유학이고 무엇이고 저렇게 큰 처녀가 길도 모르고 어찌 혼자 나섰어?"

(정임) "지금 같이 밝은 세상에 처녀 말고 아무라도 혼자 나온들 무슨 관계있습니까."

(그 사람) "이름은 무엇이고 나이는 몇 살이냐?"

이렇게 자세히 묻는 바람에 정임이는 의심이 나며, 서울 뉘 집 아들도 일본으로 도망해 가다가 그 집에서 부산 경찰서로 전보하여 붙잡아 갔다더니, 아마 우리 아버지께서 전보한 까닭으로 경찰서에서 별순검(別巡檢, 비밀 순사)을 보내 조사(調査)하나보다 하는 생각이 나서,

(정임) "배 탈 시간이 늦어가는데 길도 아니 가르쳐주고 남의 이름과 나이는 알아 무엇 하려오?"

하고 돌아서서 나오는데 그 사람이 달려들며 잡담(雜談) 제하고 끌어다가 뒷방에 넣고 방문을 밖으로 걸더라.

그 사람은 색주가(色酒家, 접대부가 있는 술집) 서방인데, 서울 사람과 상약(相約, 약속)하고 어떤 집 계집아이를 색주가 감으로 꾀어내는 판이라. 서울 사람은 그 계집아이를 유인하여 어느 날 몇 시 차로 보낼 것이니 아무쪼록 놓치지 말고 잘 단속하라는 약조가 있는 터에, 그 계집아이는 아니 오고 애매한 정임이가 걸렸으니 아무리 소리를 지른들 무엇 하며, 야단을 친들 무슨 수가 있으리오마는, 하도 무리한 경우를 당하여 기가 막히는 중에,

'이렇게 법률을 무시하는 놈을 여러 사람에게 알리면 도리가 있으리라.' 생각하고 한번 악을 쓰고 소리를 질렀더니, 그놈이 감언이설(甘言利說, 좋은 말로 남을 유혹함)로 달래다 못하여 회초리 찜질을 대는 판에 전신이 피뭉치가 되고 과연 견딜 수 없을 뿐 아니라, 죽고자 하여도 죽을 수도 없으니 이런 일은 평생에 듣지도 보지도 못하다가 꿈결같이 이 지경에 당하매 분한 마음이 이를 것 없으나 어찌할 수 없이 갇혀 있더니, 사흘 되던 날 밤에 문틈으로 풍뎅이 한 마리가 들어와서 쇠잔한 등불을 쳐서 끄는데 갑갑하고 무서운 생각이 나서 불이나 켜놓고 밤을 새우리라 하고, 들창 문지방을 더듬더듬하며 성냥을 찾으니, 성냥은 없고 다 부러진 대까칼(죽도)이 틈에 끼어 있는지라, 그 칼을 집어 들고 이리할까 저리할까 한참 생각하다가 마침내 문창살을 오린다. 칼도 어찌 안 들고 힘이 어찌 들던지 밤새도록 겨우 창살 한 개를 오리고 나니, 닭은 새벽 홰(새벽에 닭이 올라앉은 나무 막

대를 치면서 우는 차례를 세는 단위)를 울고 먼촌의 개 짖는 소리가 나는데 그 창살 오려낸 틈으로 밖에 걸린 고리를 벗기고 가만히 나오니 죽었다가 살아난 듯이 상쾌한지라, 차차 큰길을 찾아가며 생각하니,

'이번에 이 고생한 것도 도시 의복을 잘못 차린 까닭이오, 또 동경을 가더라도 조선 의복 입은 사람은 하등 대우를 한다는데, 이 모양으로 아무 데도 가지 못하겠다.'

하고 어느 모퉁이에 서서 날 밝기를 기다려 가지고 곧 오복점(五服店, 일본 의복을 파는 가게)을 찾아가서 일본 옷 한 벌 사서 입고, 그 오복점 주인 여편네에게 간청하여 머리를 끌어올려 일본 쪽을 찌고, 또 그 여편네에게 선창 가는 길을 물어서 찾아가니, 이때 마침 연락선 일기환(부산과 일본을 왕래하는 배 이름)이 떠나는지라, 즉시 그 배를 타고 망망한 바다 빛이 하늘에 닿은 곳으로 가더라.

이 같은 곤란을 지내고 동경을 향하여 가는 정임이가 삼 일 만에 목적지 신교 역에 내리니 그 시가의 화려하고 번창함이 참 처음 보는 구경이나, 여관을 어디로 가는지 모르고 한참 방황하다가 덮어놓고 인력거에 올라앉으니, 별안간 말하는 벙어리, 소리 듣는 귀머거리가 되어 인력거꾼의 묻는 말을 대답하지 못하고, 다만 손을 들어 되는대로 가리키니 인력거는 가리키는 대로 가고, 정임이는 묻는 대로 가리켜서 이리저리 한없이 가다가 어느 곳에 다다르니, '상야관'이린 현판 붙인 집 앞에서 오고 가는 사람에게 광고를 돌리는데, 그 광고 한 장을 받아 보니 무슨 말인지 의미는 알 수 없으나, 숙박료 일등에 얼마, 이등에 얼마라고 늘어 쓴 것을 보매 그 집이 여관인 줄 알고 인력거를 내려 들어가니, 벌써 여종(여자 종업원)과 반또(지배인) 들이 나와 맞으며 들어가는 길을 인도하는지라, 인하여 그 집에 여관을 정하고 우선 여관 주인에게 일본말을 배우니, 원래 총명이 과인(過人, 보통 사람보다 뛰어난 사람)하고 학문도 중학교 졸업은 되는 터이라, 일곱 달 만에 못 할 말 없이 능통할 뿐 아니오, 문법도 막힐 곳 없이 무슨 서적이든지 능히 보게 되매 그해 봄에 '소석천구 일본 여자대학'에 입학하였는데, 그 심중에는 항상 부모의 생각, 영창이 생각, 자기 신세 생각이 한 데 뒤 뭉쳐져서 주야로 간절한 터이라. 그러한 뇌심(惱心) 중에 공부도 잘되지 아니하

런마는 시험 볼 적마다 그 성적이 평균점 일공공(100)에 떨어지지 아니하여 해마다 최우등으로 진급되니, 동경 여학생계에 이정임의 이름을 모를 사람이 없이 명예가 굉장하더라.

하루는 학교에서 하학하고 여관으로 돌아오니, 어떤 여학도가 무슨 청첩을 가지고 와서 아무쪼록 오시기를 바란다고 간곡히 말하고 가는데, 그 청첩은 '여학생 일요강습회 창립총회' 청첩이오, 그 취지는 여학생이 일요일마다 모여서 학문을 강습하자는 뜻이라. 정임이는 근심이 첩첩하여 만사가 무심한 터이지마는, 그 취지서를 본즉 매우 아름다운 일인 고로 그날 모인다는 곳으로 갔더니, 여학생 수십 명이 와서 개회하고 임원을 선정하는데 회장은 이정임이요, 서기는 산본영자라. 정임이는 억지로 사양치 못하고 회장석에 출석하여 문제를 내어 걸고 차례로 강연한 후에 장차 폐회할 터인데, 이때에 어떤 소년이 서기 산본영자의 소개를 얻어 회석에 들어오더니, 자기는 조선 유학생 강한영이라 하며, 강습회 조직하는 것을 무한히 칭찬하고, 이 회에 쓰는 재정은 자기가 찬성적으로 어디까지든지 전담하겠노라 하고 설명하며, 우선 금화 백 원을 기부하는 서슬에 서기의 특청으로 강소년이 그 회의 재무 촉탁이 되었는데, 이때부터 강소년은 일요일마다 정임을 만나면 지극히 반가워하고 대단히 정답게 굴어서 아무쪼록 친근히 사귀려고 하며, 혹 어떤 때는 공원으로 놀러 가자기도 하고, 야시(夜市, 야시장) 구경도 같이 가자기도 하나, 정임의 정중한 태도는 비록 여자끼리라도 특별히 친압(親狎, 버릇없이 지나치게 친하다)하지 아니하거늘, 하물며 남자와 함께 구경 다닐 리가 있으리요. 그런 말 들을 적마다 정숙한 말로 대답하매 다시는 그런 말을 못 하는 터이오, 산본영자도 종종 여관으로 찾아오는데, 하루는 어떤 노파가 와서 자기는 산본영자의 모친이라 하며 자기 딸과 친절히 지내니 감사하다고 치하하고 가더니, 그 후로는 자주자주 다니며 혹 과자도 갖다주며, 혹 화장품도 사다 주어 없던 정분을 갑자기 사고자 하며, 가끔가다가 던지는 말로 여자의 평생 신세는 남편을 잘 만나고 못 만나기에 있다고 이야기하더라.

정임이는 동경 온 지가 어언간 다섯 해가 되어 그 해 하기 시험으로 졸업하고, 증서 수여식 날 졸업장과 다수한 상품을 타매, 그 마당에 모인 고등 관인과 내외국 신사들의 칭송이 빗발치듯 하니 그런 영광을 비할 곳이 없을 뿐 아니오, 그 졸업장 한 장이 금 주고 바꾸지 아니할 만큼 귀한 것이라 그 마음에 오죽 기쁘리오마는, 정임이는 찬양도 귀에 심상히 들리고 좋은 마음도 별로 없어 즉시 여관으로 돌아와 삼 층 장자(障子, 방과 방 사이에 칸을 막아 끼우는 문)를 열고 난간에 의지하여 먼 하늘에 기이한 구름 피어 오르는 것을 바라보며, 내두(來頭, 미래)의 거취를 어떻게 할까 생각하고 앉았는데 산본 노파가 오더니 졸업한 것을 치하한다.

(노파) "이번에 우등으로 졸업하였다니 대단히 감축한 일이오그려. 듣기에 어찌 반가운지 내가 치하하러 왔지요."

(정임) "감축이랄 것 무엇 있습니까?"

(노파) "저렇게 연소한 터에 벌써 대학교 졸업을 하였으니 참 고마운 일이야. 내 마음에 이처럼 반가울 적에 당신이야 오죽 기쁘며, 부모가 들으시면 얼마나 좋아하시겠소."

(정임) "나는 좋을 것도 없습니다. 학교 교사 여러분의 덕택으로 졸업은 하였으나 아무것도 아는 것은 없으니 무엇이 좋습니까?"

(노파) "그런 겸사(謙辭, 겸손한 말)는 다 고만두시오. 내가 모른다구요?…… 그러나 우리 딸 영자야말로 인제 겨우 고등과 이년 급이니 언제나 대학교 졸업을 할런지요? 당신을 쳐다보자면 고소대(高所臺, 높은 곳) 꼭대기 같지."

(정임) "별말씀을 다 하십니다. 영자의 재주로 잠깐이지요. 근심하실 것 무엇 있습니까."

(노파) "당신은 얼굴도 어여쁘고 마음도 얌전하거니와 재주는 어찌 저렇게 비상하며, 학문은 어찌 저렇게 좋소? 나는 볼 적마다 부러워."

(정임) "천만의 말씀이오."

(노파) "당신은 시집을 가더라도 얼굴이 저와 같이 곱고 학문도 대학교 졸업한 신랑을 얻어야 하겠소."

(정임) "……."

(노파) "이 세상에는 저와 같은 짝이 없을걸."

(정임) "……."

(노파) "남녀 물론 하고 혼인은 부모가 정하는 것이지마는, 이 이십 세기 시대에야 부모가 혼인 정해주기를 기다리는 사람이 누가 있나? 혼인이란 것은 제 눈에 들고 제 마음에 맞는 사람과 할 터인데……."

(정임) "……."

(노파) "왜 아무 이야기도 아니 하고 얼굴에 근심하는 빛이 있으니 웬일 이오? 내가 혼인 이야기를 하니까 아마 시집갈 일이 근심되나 보구려. 혼 인은 일평생에 큰 관계가 달린 일인데, 어찌 근심이 되지 아니하리까? 그 렇지마는 근심할 것 없소. 내가 좋은 혼처 천거하리다. 이 말이 실없는 말 아니오. 자세히 들어보시오. 내가 남의 중대한 일에 잘못 소개할 리도 없 고, 또 서양 사람이나 아미리가(아메리카) 사람에게 천거하는 것이 아니라, 같은 나라 사람이자 또 자격이 당신과 똑같은 터이니, 두고두고 평생을 구 한들 어찌 그런 합당한 곳을 고를 수 있으리까? 다른 사람이 아니라 일요 강습회에 다니는 강한영씨 말씀이오. 당신도 많이 만나 보셨겠지마는 얼굴 인들 좀 얌전하며, 재조인들 여간 좋습더니까. 그 양반이 내 집에 주인을 정하고 삼 년을 나와 같이 지내는데, 그 옥 같은 마음은 오던 날이나 오늘 이나 마찬가지요, 학문으로 말하더라도 이번에 대학교 법률과 졸업을 하였 으니 당신만 못하지 아니하고, 재산으로 말하더라도 조선의 몇째 아니 가 는 부자랍디다. 내가 조선 사람의 부자이고 아닌 것을 어찌 알겠소마는, 이 곳에 와서 돈 쓰는 것만 보면 알겠습디다. 그 양반이 돈을 써도 공익적으로 나 쓰지, 외입 한 번 하는 것도 못 보았어요. 만일 내 말이 못 믿거든 본가 로 편지라도 해서 알아보고, 망설이지 말고 혼인 정하시오. 그 집은 대구 (大邱)인데 이번에 나가면 서울로 이사한답디다. 암만 골라도 이러한 곳은 다시 구경도 못 할 터이니 놓쳐버리고 후회할 것 없이 두말 말고 정하시오. 당신도 그 양반을 모르는 터이 아니거니와 이 늙은 사람이 설마 남 못 할 노릇 시키려고 거짓말할 리 있소? 다시 생각할 것 없이 내 말대로 하시오."

그 노파는 졸업 치하가 변하여 혼인 소개가 되더니 잔말을 기다랗게 늘 어놓는데 정임이는 조금 듣기가 귀찮은 터이라.

(정임) "그러하겠습니다. 여자가 되어 시집가는 것도 변 될 일이 아니오,

당신이 혼인 중매하시는 것도 괴이치 아니한 터이나, 그러나 나는 집 떠날 때로부터 마음에 정한 바 있어 다시는 변통 못 할 사정이올시다. 그 사정은 말할 필요가 없거니와 만일 내가 시집을 갈 것 같으면 그런 좋은 곳을 버리고 어떤 곳을 다시 구하리까마는, 내가 시집 아니 가기로 결심한 이상에야 다시 할 말 있습니까? 혼인 두 자[二字]에 대하여서는 두 말씀 마시기를 바랍니다."

이처럼 싹도 없이 끊어 말하매 노파는 다시 말 못하고, 무연히(낙담하여) 돌아갔는지라. 그 후로부터 일요강습회에도 다시 가지 아니하고 있더니, 집 생각이 간절하여 집에 돌아가 늙은 부모나 봉양하고 여학교나 설립하여 청년 여자들이나 가르치며 오는 세월을 보내리라 하고 귀국할 행장을 차리는 중인데, 하루는 궂은비가 종일 와서 심기가 대단히 울적하던 차에, 비 개이고 달 돋아오는 경이 하도 좋기에 옷을 갈아입고 상야공원에 가서 달 구경하고 오다가 불인지(不忍池) 가를 지나며 보니, 패(敗)한 연엽(蓮葉, 연잎)에는 비 흔적이 머무르고, 맑고 맑은 물결에는 위에도 관월교(觀月橋)요, 밑에도 관월교라. 그 운치를 사랑하여 돌아갈 줄을 잊어버리고 섰더니, 그 악소년을 만나 칼침을 맞고 병원으로 갔는데, 병원에서 의사가 상처를 진찰하니 창흔(創痕, 칼에 다친 흉터)은 후문(喉門, 목구멍)을 비끼고 빗나갔고, 창구(創口, 칼에 베인 상처)는 이분(分)이며 심(深, 깊이)은 일 촌(寸)에 지나지 못하여, 생명은 아무 관계 없고 놀라서 잠시 기색(氣塞, 정신을 잃어 기절함)한 모양이라. 의사는 응급 수술로 민속(敏速, 빠르게)히 치료하였으나 정임이는 그러한 광경을 생후에 처음 당하여 어찌 혹독히 놀랐던지 종시(終始, 끝내) 혼도(昏倒, 졸도)하였다가 간신히 정신을 차려 눈을 떠 보니, 동편 유리창에 볕이 쨍쨍히 비치고, 자기는 높은 와상(臥床, 침대)에 흰 홑이불을 덮고 누웠는지라, 어찌 된 곡절을 몰라 속생각으로,

'여기가 어디인가? 우리 여관에는 저렇게 볕 들어본 적도 없고 이러한 와상도 없는데, 내가 뉘 집에 와서 이렇게 누웠나? 애고, 이상도 하다. 내가 아마 꿈을 이렇게 꾸나 보다'
하고 정신을 수습하는 때에, 의사가 간호부를 데리고 들어오는 뒤에 순사가 따라오는 것을 보고 그제야 전신구에 소름이 쪽 끼치며, 어젯밤 공원 생

각이 나는데 의사가 창구를 씻고 약을 갈아붙이더니, 순사가 앞으로 다가
서며 자세자세하게 묻는다.

(순사) "당신의 성명은 누구라 하오?"

(정임) "이정임이올시다."

(순사) "연령은 얼마요?"

(정임) "십구 세올시다."

(순사) "당신의 집은 어데요?"

(정임) "조선 경성 북부 자하동 일백팔 통 십 호올시다."

(순사) "당신의 부친은 누구요?"

(정임) "이○○올시다."

(순사) "부친의 직업은 무엇이오?"

(정임) "우리 부친은 관인이더니 지금은 벼슬 없고, 전직은 시종원 시종
이올시다."

(순사) "형제는 몇 분이오?"

(정임) "이 사람 하나뿐이올시다."

(순사) "당신이 무슨 일로 동경에 왔소?"

(정임) "유학하기 위하여 왔습니다."

(순사) "그러시오. 그러면 여관은 어디이며, 어느 학교 몇 년급에 다니
오?"

(정임) "여관은 하곡구 거판정 십일 번지 상야관이오, 학교는 일본 여자
대학에 다니다가 거(去) 칠 월 십 일에 졸업하였습니다."

(순사) "매우 고마운 일이오마는……. 어젯밤에 행흉(行凶, 사람을 죽임)
하던 놈은 아는 놈이오, 모르는 놈이오?"

(정임) "안면은 두어 번 있었지요."

(순사) "안면이 있으면 그놈의 성명을 알며, 어디서 보았소?"

(정임) "성명은 강한영이요, 만나 보기는 여학생 일요강습회에서 만나 보
았습니다."

(순사) "성명을 들으니 그놈도 조선 사람이오그려……. 그놈의 원적지와
유숙하는 여관은 어디인지 아시오?"

(정임) "본국 사람이로되 거주도 모르고, 여관도 어디인지 알 수 없으나 그 주인은 산본이랍디다."

(순사) "그러면 무슨 이유로 저 일을 당하였소?"

(정임) "이유는 아무 이유도 없습니다……. 여자가 되어 세상에 난 것이 죄악이지요."

정임이는 그 말 그치며 두 눈에 눈물이 핑 도는데, 순사가 낱낱이 조사하여 수첩에 기록해 가지고 매우 가엾다고 위로하며 의사를 향하여 아무쪼록 잘 보호하고 속히 치료해주라고 부탁하고 나가더라.

정임이가 이러한 죽을 욕을 보고 병원에 누웠으매 처량하기도 이를 것이 없고 별생각이 다 나는데,

'내가 집을 버리고 멀리 떠나서 늙은 부모의 걱정을 시키니, 이런 죄악을 왜 아니 당할 리 있나. 그렇지마는 내가 부모를 저버린 것이 아니오, 중대한 의리를 지킨 일이니, 아무리 어떠한 죄를 당할지라도 신명에 부끄러울 것은 없어. 내가 어려서 부모에게 귀함 받고 영창이와 같이 자랄 때에 신세가 이 지경 될 줄 누가 알았던가. 그러나 나는 무슨 고생을 하든지 이 세상에 살아 있거니와, 백골이 어느 곳에 헤어진지 알지 못하는 영창의 외로운 혼이 불쌍치 아니한가! 내가 바삐 지하에 돌아가 영창이를 만나서 어서 이런 말을 좀 하였으면 좋겠구면. 부모 생각에 할 수 없지……, 허……. 나의 한 몸이 천지의 이기(理氣, 별자리를 보고 점치는 일)를 타고 부모의 혈육을 받아 이 세상에 한 번 나온 것이 전만고후만고(前萬古後萬古, 먼 옛날부터 먼 훗날까지)에 다시 얻기 어려운 일인데, 이렇게 아까운 일생을 낙을 모르고 지내다가 죽는단 말인가. 참 팔자도 기박도 하다. 생각을 하면 간이 녹아 신문이나 보고 잊어버리겠다.'

하고 간호부를 불러 신문 한 장을 가져오래서 잠심(潛心, 마음을 가라앉힘)하여 보는데 제삼 면 잡보(雜報)란에,

'김영창(연 십구)이라 하는 사람이 어떤 여학생과 무슨 감정이 있던지 재작일(再昨日, 그저께) 하오 십일 시경에 상야공원 불인지 가에서 칼로 찌르다가 하곡구 경찰서로 잡혀갔는데, 그 사람은 본디 조선 사람으로 영국 문과대학에서 졸업한 자이라더라'

게재하였는지라. 이 잡보를 보다가 하도 이상하여 한 번 다시 보고 또 한 번 더 훑어보아도 갈데없이 자기의 사실인데, 행패하던 놈의 성명이 다르매 더욱 이상하여 혼잣말로,

'아이고, 이상도 하다. 이 말이 정녕 내 말인데 그놈이 강가 아니오. 김영창이란 말은 웬 말이며, 영국 문과대학 졸업이란 말은 웬 말인고? 아마 신문에 잘못 게재하였나 보다. 내가 영창이 생각을 잊어버리자고 신문을 보더니……'

하고 신문을 땅에 던지다가 다시 집어 들고,

"김영창……, 김영창……, 문과대학 졸업?"

하며 무슨 생각을 새로 하는 때에 누가 어떤 엽서 한 장을 주고 나가는데 그 엽서는 재판소 호출장이라. 그 엽서를 받아두고 병 낫기를 기다리더니, 병원에 온 지 일주일이 되매 상처도 완전히 치료되고 재판소에서 부르는 일자가 되었는지라, 병원에서 퇴원하여 여관으로 돌아가는 길에 곧 재판소로 가더라.

정임의 마음에 이렇듯이 새기고 새겨둔 영창이는 정임이를 이별하고 부모를 따라 초산으로 온 후에 날이 가고 해가 갈수록 역시 정임이가 영창이 생각함이나 진배없이 정임을 생각하며 가고 또 오는 날을 괴로이 지내더니, 하루는 정임에게서 편지가 와서 반갑게 떼어 본다.

(편지) '이별할 때에 푸르던 버들이 다시 푸르르니 하늘가를 바라보매 눈이 뚫어지고자 하나 바다는 막막하고 소식은 없으니, 난간에 의지하여 공연히 창자가 끊어질 뿐이오, 해는 가까우나 초산은 멀며, 바람은 가벼우나 이 몸은 무거워서 날아다니는 술업(마술)은 얻지 못하고 다만 봄 꿈으로 하여금 괴롭게 하니, 생각을 하면 마음이 상하고 말을 하자니 이가 시구나.'

이러한 만지장서(滿紙長書, 사연이 긴 편지)를 채 다 보지 못하고 막 시작하여 여기까지 보는데 삼문 밖에서 별안간 '우지끈 뚝딱' 하며,

"아 — 우!"

하는 소리가 나더니 봉두난발(蓬頭亂髮, 헝클어진 머리)도 한 놈, 수건도 쓴 놈들이 혹 몽둥이도 들고, 혹 돌도 들고 우 몰려 들어오면서 우선 이방, 형방, 순로, 사령을 미친개 때리듯 하며, 한 떼는 대청으로 올라와서 군수를 잡아 내리고, 한 떼는 내아(內衙, 관아의 안채)에 들어가서 부인을 끌어내어 한 끈에다가 비웃 두름(생선을 새끼로 엮은 것) 엮듯이 동여 앉히고 여러 놈이 둘러서서 한 놈은,

"물을 끓여라!"

한 놈은,

"장작더미에 올려 앉혀라!"

한 놈은,

"석유를 끼얹어라!"

한 놈은,

"구덩이를 파라."

또 한 놈은,

"이 애들, 아서라. 학정(虐政, 포악한 정치)은 모다 아전 놈의 짓이지 그 못생긴 원 놈이야 술이나 좋아하고 글이나 잘 짓지 무엇을 안다더냐. 그럴 것 없이 집 둥우리나 태워서 지경이나 넘겨라."

하는데, 그중 한 놈이 쓱 나서며,

"그럴 것 없이 좋은 수가 있다. 두 연놈을 큰 뒤주 속에 한데 넣어서 강물에 띄워버리자."

하더니 그 여러 놈들이,

"이애, 그 말 좋다……, 자……."

하며 뒤주를 갖다가 군수 내외를 집어넣고 자물쇠를 채우고 진상(進上, 임금이나 고관 따위에게 바침)가는 꿀 병 동이듯 이리 층층 얽고 저리 층층 얽어서 여러 놈들이 떠메고 압록강으로 나가는데, 정임이 편지 보던 영창이는 창졸(倉卒, 매우 급작스런)간에 하늘이 무너지고 땅이 꺼지는 듯한 난리를 만나매 어찌할 줄 모르고 몸부림을 하며 아버지 어머니를 부르고 울다가, 메고 나가는 뒤주를 쫓아가니 어떤 놈은 귀퉁이도 쥐어박고, 어떤 놈은 발길로 차기도 하며, 어떤 놈은,

"이애, 요놈은 작은 도적놈이다. 요런 놈 씨 받아서는 못 쓰겠다. 요놈도 마저 뒤주 속에 넣어라."

하더니, 어떤 놈이 와서,

"아서라, 그까짓 어린 자식 놈이야 무슨 죄가 있느냐. 그렇지마는 요놈이 이렇게 잘 입은 비단옷도 모두 초산 백성의 피 긁은 것이니 이것이나마 입혀 보낼 것 없다."

하고 달려들며 입은 옷을 다 벗기고, 지나가는 거지 아이의 옷 해진 틈틈이 서캐(이의 알) 이가 터진 방앗공이(방아를 찧는 길쭉한 몽둥이)에 보리알 끼듯 한 옷을 바꾸어 입혀서 땅에 발이 붙지 않도록 들어 내쫓는다. 그 지경 당하는 영창의 마음에는, 자기는 죽인다 해도 겁날 것 없으되, 무죄한 부모가 참혹히 죽는 것이 비할 데 없이 애통한 생각에,

'나도 압록강에나 가서 기어코 우리 부모 들어앉아 계신 뒤주라도 붙들고 죽으리라'

하고 굴청·언덕을 헤아리지 아니하고 엎드러지며 자빠지며 압록강을 향하여 가는데, 읍내서 압록강이 몇 리나 되던지 밤새도록 가다가 어느 곳에 다다르니 위도 하늘 같고 아래도 하늘 같은 물빛이 보이는데, 사면은 적적하고 넓고 넓은 만경창파(萬頃蒼波, 한없이 넓고 푸른 바다)에 총총한 별빛만 반짝반짝하며 오열하는 여울(물살이 세게 흐르는 곳) 소리가 슬피 조상(弔喪, 죽은 사람에게 조의를 표함)하는 듯할 뿐이오, 자기 부모는 어디로 떠나갔는지 알 수 없는지라, 하릴없이 언덕 위에 서서 창자가 끊어지는 듯이 울며 몇 번이나 강물로 떨어지려고 하다가 다시 생각하고,

'죽더라도 떠나가는 뒤주라도 보고 죽으리라.'

하여 물결을 따라 한없이 내려간다. 며칠이나 가고 어디까지나 왔던지 한 곳에 이르러서는 발도 부르트고 다리도 아플 뿐 아니라, 여러 날 굶어서 기운이 시진(澌盡, 기운이 빠져 바닥이 남)하여 정신 잃고 사장(沙場)에 넘어졌으니 그 동탕(動蕩, 얼굴이 잘생김)한 얼굴이야 어디 갈 것 아니지마는, 그 넘어진 모양이 하릴없는 쭉정이 송장이라. 강변 까마귀는 이리로 날며 '깍깍', 저리로 날며 '깍깍' 하고, 개떼는 와서 여기도 '끗끗' 맡아보고 저기도 '끗끗' 맡아보나 이것저것 다 모르고 누웠더니, 누가 허리를 꾹꾹 찌

르고 또 꾹꾹 찌르는 섬에 간신히 눈을 들어 보니 어리어리하게 보이는 중에 키는 장승같고 옷은 시커멓고 코는 주먹 덩이만 하고 눈은 여산(廬山) 칠십 리나 들어간 듯하여 도깨비 중에도 상도깨비 같은 사람이 옆에 서서 무슨 말을 하는데, 귀도 먹먹하지마는 무슨 말인지 어훈(말하는 소리)도 알 수 없고 말할 기운도 없거니와 대답할 줄도 모르고 눈만 멀거니 쳐다볼 뿐이라. 그 사람이 달려들어 일으켜 앉혀놓고 빨 병을 내어 물을 먹이더니, 손목을 끌고 인가를 찾아가니 그곳은 신의주 나루터이오, 그 사람은 영국 문학박사 스미트라 하는 사람인데, 자선가로 영국에서 유명한 사람이라. 그 사람이 동양을 유람코자 하여 일본 다녀 조선으로 와서 부산, 대구, 경성, 개성, 평양, 의주를 다 구경하고 장차 청국 북경(北京)으로 가는 길에 이곳에서 영창이 넘어진 것을 보고, 얼굴이 비범한 아이가 그 모양으로 누웠는 것을 매우 측은히 여겨 즉시 끌고 신의주 개 시장 일본 사람의 여관으로 들어가서 급히 약을 먹인다, 우유를 먹인다 하여 정신을 차린 후에 목욕을 시키고 새 옷을 사서 입히니, 그 준수(俊秀, 빼어난)한 용모가 관옥(冠玉) 같은 호남자이라. 곧 데리고 압록강을 건너가니 다 죽었던 영창이는 은인을 만나 목숨이 살아나매 그때는 아무 생각 없고 다만,

'아무쪼록 생명을 보존하여 기회를 얻어 원수를 갚고 우리 부모의 사속(嗣續, 대(代)를 이음)을 전하리라.'

하는 마음뿐이라. 그 사람과 말이나 통할 것 같으면 사실 이야기나 자세히 하고 서울 이 시종 집으로나 보내달라고 간청해볼 터이건마는, 말은 서로 알아듣지 못하고, 하릴없이 그 사람 끌고 가는 대로 따라가는데, 서로 소 닭 보듯 하며 먹을 때 되면 먹고, 잘 때 되면 자고, 마차를 타고 막막한 광야도 가고, 기차를 타고 화려 장대한 시가도 지나가고, 화륜선을 타고 망망한 바다로도 가서 어디로 가는지도 모르고 가다가, 어느 곳에서 기차를 내리매 땅에는 철로가 빈틈없이 놓이고, 하늘에는 전선이 거미줄같이 얽혔으며, 넓고 넓은 길에 마차, 자동차, 자전거는 여기서도 쓰르르 저기서도 뜰뜰하고, 십여 층 벽돌집은 좌우에 쟁영(정연)하며 각색 공장의 연기 굴뚝은 밀짚 들어서듯 총총하여 그 굉장한 풍물이 영창의 눈을 놀래니 그곳은 영국 서울 '론돈(런던)'이오, 스미트의 집이 곧 그곳이라. 스미트는 영창을

데리고 집으로 들어가서 세계에 없는 보화를 얻어 온 듯이 귀히 여기니, 그 부인도 역시 자기 자식같이 사랑하며 날마다 말 가르치기로 일삼는데, 영창의 재조(재주)에 한 번 들은 말과 한 번 본 글자를 다시 잊지 아니하고 몇 날 못 되어 가정에서 날마다 쓰는 말은 능히 옮기매, 부인의 마음에 신통히 여기고 차차 지지(地誌), 산술, 이과(理科) 등의 소학교 과정을 가르치기에 재미를 붙이고, 영창이도 스미트 내외에게 친부모같이 정답게 굴며 근심 빛을 외면에 드러내지 아니하더라.

정임이는 영창이 소식을 모르고 근심이 가슴에 맺혀서 옷끈이 자연 늘어지는 터이건마는, 영창이는 부모가 그 지경 된 것이 지극히 불쌍하여 백해(百骸, 온몸을 이루고 있는 뼈)가 녹는 듯이 슬픈 마음에 정임이 생각은 도시 잊었더니, 하루는 산술을 공부하는데 삼삼을 자승(33×33)하는 문제를 놓으며,

'삼삼구…… 삼삼구……, 또 삼삼구…… 삼삼구.'

하다가 문득 한 생각이 나며,

'옳지! 정임이가 남문(남대문)역에서 작별할 때에 편지나 자주 하라고 부탁하며 통호수를 잊거든 삼삼구를 생각하라더라. 편지나 부쳐서 소식이나 서로 알고 있으리라'

하고 초산서 봉변하던 말과 스미트를 따라 론돈 와서 공부하고 있는 말로 즉시 편지를 써서 우편으로 보내고, 다시 생각하고 편지 또 한 장을 써서 시종원으로 부쳤더니, 사오 개월이 지난 후에 그 편지 두 장이 한꺼번에 돌아왔는데, 쪽지가 너덧 장 붙고 '영수인이 무하여 반환함'이라 썼으니 우편이 발달된 지금 같으면 성안에 있는 이 시종 집을 어떻게 못 찾아 전하리오마는, 그때는 우체 배달이 유치(幼稚, 수준이 낮음)한 전 한국통신원(우편 업무를 담당한 기관) 시대라, 체전부(遞傳夫, 집배원)가 그 편지를 가지고 교동 삼십삼 통 구 호를 찾아가매 불이 타서 빈터뿐이오, 시종원으로 찾아가매 이 시종이 갈려버린 고로 전하지 못하고 도로 보낸 것이라. 편지를 두 곳으로 부치고 답장 오기를 고대하던 영창이는 어찌 된 사실을 몰라 마음에 더욱 불평히 지내는데, 차차 지각이 날수록 남의 나라의 문명 부강한 경황을 보고 내 나라의 야매(野昧, 촌스럽고 어리석음) 조잔(凋殘, 망하여

쇠퇴함)한 이유를 생각하매 다른 근심은 다 어디로 가고 다만 학업에 힘쓸 생각뿐이라. 즉시 학교에 입학하여 열심으로 공부하니 그 과공이 일취월장하여 열여섯 살에 중학교 졸업하고, 열아홉 살에 문과대학 졸업하니 그 학문이 훌륭한 청년 문학가가 되었는지라. 스미트 내외도 지극히 기뻐할 뿐 아니라 영국 문부성 관리들이 극구 찬송(칭송) 아니 하는 자가 없더니, 문부성 학무국장이 스미트를 방문하고 자기 딸을 영창에게 통혼하는지라. 영창이 생각에

'아무리 정임이와 서로 생사를 알지 못하나 내가 정임이 거취를 자세히 알기 전에는 다른 배필을 구하지 않으리라.'

하고 그제야 자기 사실과 정임의 관계를 낱낱이 스미트에게 이야기하고 학무국장의 의혼을 거절하였는데, 그해 유월에 스미트가 대일본 횡빈(橫濱, 요코하마) 주차 영사(領事)가 되어 일본으로 나오매 영창이도 스미트를 따라 횡빈 와서 있더니, 어느 때는 동경으로 구경 갔다가 지루한 가을장마에 구경도 못 하고 적적한 여관에서 파초 잎에 떨어지는 빗소리를 들으며 소설을 저술하는데, 고국 생각이 새로 간절한 중 정임이 소식을 하루바삐 알고자 하는 회포가 마음을 흔들어서,

'아마 정임이는 그사이 시집을 갔을걸.'

하고 생각하며 하늘가에 돌아가는 구름을 유연히 바라보더니, 헤어져 가는 구름 너머로 쑥 솟아오르는 한 조각 달이 수정 같은 광휘를 두루 날리는지라, 곧 상야공원에 가서 산보하다가, 불인지 연못가에서 마침 어떤 사람이 칼로 여학생 찌르는 것을 보고 자닝(잔인)한 생각이 왈칵 나서 소리를 지르고 급히 쫓아가니 여학생의 목에 칼이 박혔는지라. 그 칼을 얼른 빼어 들고 생각하매.

'그놈은 벌써 달아났으니 경찰서에 고발하기도 혐의쩍고, 그대로 가자 하니 이것이 사나이 일이 아니라.'

사기가 대단히 망단(望斷, 이러지도 저러지도 못 함)하여 어찌할 줄 모르고 한창 생각할 때에 행순하던 순사에게 잡혀가니, 신문하는 마당에 무어라고 발명할 증거는 없으나 사실대로 말하니, 그 말은 아무 효력 없고 애매한 살인 미수범이 되어 즉시 재판소로 넘어가서 감옥소에 갇혀 있더라.

이때 정임이가 호출장을 가지고 재판소로 들어가니, 검사가 그날 저녁에 당했던 사실을 자세히 조사하더니 어떤 죄인을 대면시키고,

(검사) "저 사람이 공원에서 칼로 찌르던 사람 아니냐?"

하고 묻는데 정임이는 그 사람의 얼굴을 자세히 보고 병원에서 신문 보던 일을 생각하니 얼굴 전형도 흡사한 영창이 어렸을 때 모습이오, 눈, 귀, 콧부리도 모두 영창이라, 은근히 반가운 마음이 염통 밑을 쑤시나, 한편으로 그 사람이 정녕 영창인지 아닌지 의심도 없지 아니할 뿐 아니라 경솔히 반색할 일도 못 되고 또 관청에서 사삿말(개인의 사사로운 말)도 할 수 없는 터이라, 검사의 말대답할 겨를도 없이 그 죄인을 물끄러미 보다가 한참 만에 대답을 한다.

(정임) "저이는 그 사람이 아니올시다. 그러나 저 사람에게 한 마디 물어볼 말씀이 있사오니 잠깐 허가하심을 바랍니다."

(검사) "무슨 말을?"

(정임) "이 사건에 대한 일은 아니오나 사사로이 물어볼 만한 일이 있습니다."

(검사) "무슨 말인지 잠깐 물어보아."

정임이는 검사의 허락을 얻어 가지고 그 죄인을 대하여 조선말로 묻는다.

(정임) "당신은 어찌 된 사유로 이곳에 오셨소?"

(죄인) "다른 까닭이 아니라 공원 구경 갔다가 어떤 놈이 젊은 부인을 모해코자 함을 보고 마음에 대단히 송연(悚然, 오싹 소름이 끼치다)하여 급히 쫓아갔더니 그놈은 달아나고 내가 발명할 수 없이 잡혀 왔습니다. 그 부인이 아마 당신이신게요그려. 그때는 매우 위험하더니 천만에 저만하신 것이 대단히 감축합니다."

(정임) "그러하시오니까. 나는 그때 정신 잃고 아무것도 몰랐습니다그려. 위태함을 무릅쓰고 이만 사람을 구하여주시니 대단히 고맙습니다마는, 애매히 여러 날 고생을 하여 계시니 가엾은 말씀을 어찌 다 하오리까. 그러나 존함은 누구신지요?"

(죄인) "이 사람은 김영창이올시다."

(정임) "여러 번 묻기는 너무 불안합니다마는, 내게 은인이 되시는 터에 자세히 알아야 하겠습니다. 황송한 말씀으로 춘부장(남의 아버지를 이르는 말)은 누구시오니까?"

(죄인) "은인이라 하심은 천만에 말씀이올시다. 우리 선친(돌아가신 자기 아버지를 이르는 말)은 ○○올시다."

(정임) "그러면 관직은 무슨 벼슬을 지내셨습니까?"

(죄인) "비서승(秘書丞) 지내시고 초산 군수로 돌아가셨습니다."
하면서 눈살을 찡그리는데 정임이는 그 말을 들으매 다시 물을 것 없이 뇌수에 맺혀 있는 그 영창이라. 죽은 줄 알던 영창이를 뜻밖에 만나니 정신이 아득아득하며 기쁜 마음이 진하여 슬픈 생각이 생겨서 아무 말 못 하고 눈물이 비 오듯 하는데, 영창이는 감옥서에 갇혀서 발명하기를 근심하다가 여학생 대면시키는 것이 대단히 상쾌하여 이제는 발명되겠다고 생각하더니, 그 여학생은 일본 말로 검사와 수작하매 무슨 말인지 몰라 궁금하던 차에, 여학생이 조선말로 자세히 묻는 것이 하도 이상하여 그 얼굴을 살펴보니, 남문역에서 한 번 이별한 후로 십 년을 못 보던 정임의 용모가 여전하나 역시 의아하여 다른 말은 할 수 없고 다만 묻는 말만 대답하니, 마침내 낙루(落淚, 눈물을 흘림)하는 것을 보매 의심이 더욱 나서 한 번 물어본다.

(영창) "여보시오, 자세히 물으시기는 웬일이며, 또 낙루하시기는 어찌한 곡절이오니까?"

(정임) "나를 생각지 못하시오? 나는 이 시종의 딸 정임이오."
하며 흑흑 느끼니 철석(鐵石)같은 장부의 창자도 이 경우를 당하여서는 어찌할 수 없이 눈물을 보내 수건을 적시더라. 신문하던 검사는 어찌 된 까닭을 모르고 정임을 불러 묻는지라. 정임이가 영창이와 같이 자라던 일로부터 부모가 혼인 정하던 말과, 초산 민요 후에 서로 생사를 모르던 말과, 동경 와서 유학하는 원인과, 오늘 의외로 만난 말을 낱낱이 이야기하니 검사가 그 말을 들으매, 김영창은 백백 애매할 뿐 아니라 그 사실이 매우 신기한지라, 검사도 정임의 절개를 무한히 칭찬하며 한가지 내어보내고, 강소년을 잡으려고 각 경찰소로 전화도 하고 조선 유학생도 일변 조사하니 각

신문에 '불행위행'이라 제목하고 정임의 사실의 수미(首尾, 처음과 끝)를 게재하여 극히 찬양하였으매 동경 있는 조선 유학생이 그 사실을 모를 사람이 없더라.

정임이와 영창이가 재판소에서 나와서 같이 여관으로 돌아와 마주 앉으니 몽몽한 꿈속에 보는 것도 같고, 죽어 혼백이 만난 듯도 하여 그 마음을 이루 측량할 수 없는지라, 서로 울기도 하고 웃기도 하며 그사이 풍파 겪고 고생하던 이야기를 작약(雀躍, 뛰며 기뻐함)히 하다가, 횡빈 영국 영사관으로 내려가서 정임이는 스미트를 보고 영창이 구제함을 감사히 치하하고, 영창이는 공교히 정임이 만난 말을 하며 본국으로 나가서 혼례 지낼 이야기를 하니, 스미트도 대단히 신기히 여기고 혼례 준비금 삼천 원을 주는지라, 정임이는 곧 장문전보(長文電報)를 본가로 보내고 영창이와 한가지 발정(發程, 출발)하여 서울 남문 정거장에 가까이 오니, 한강은 용용(溶溶)하고 남산은 의의(依依)하여 의구한 고국산천이 환영하는 뜻을 머금었더라.

정임이 동경으로 가던 그 이튿날 아침에 이 시종 집에서는 혼인 잔치 차리느라고 온 집안이 물 끓듯 하며 봉채(혼인 전에 신랑 집에서 신붓집으로 채단(采緞)과 예장(禮狀)을 보내는 일) 시루를 찐다, 신랑 마중을 보낸다 법석을 하는데, 신부는 방문을 척척 닫고 일고삼장(日高三丈, 날이 밝아 해가 높이 뜨다) 하도록 일어나지 아니하매 이 시종 부인이 심히 이상히 여기고,

"이애 정임아, 오늘 같은 날 무슨 잠을 이리 늦게 자느냐? 어서 일어나서 머리도 빗고 세수도 하여라. 벌써 수모(手母, 혼례에서 신부의 단장을 도와주는 여자)가 왔다."
하며 방문을 열어 보니, 정임이는 간곳없고 웬 편지(便紙) 한 장이 자리 위에 펴 있는데,

(편지) '불효의 딸 정임은 부모를 떠나 멀리 가는 길을 임하여 죽기를 무릅쓰고 두어 마디 황송한 말씀을 아버님께 어머님께 올리나이다. 대저 사람이 세상에 처하여 윤강(倫綱, 오륜과 삼강을 이르는 말)을 지키지 못하면 가히 사람이랄 것 없이 금수와 다르지 아니함은 정한 일이 아니오니까? 그

러하온데 부모께옵서 기왕 이 몸을 영창이에게 허혼(許婚)하였사오니 비록 성례(成禮)는 아니 하였을지라도 영창의 집사람이 아니라고 할 수 없는 터이라 어찌 영창이 있고 없는 것을 헤아리오리까. 지금 사세(事勢, 형세)로 말씀하오면 위에 늙은 부모가 계시고 아래에 사내아이 동생이 없으매 그 정형(情形)이 대단히 절박(切迫)하오나 그 사정을 알지 못하는 바는 아니오나, 지금 만일 부모의 두 번 명령하심을 복종하와 다른 곳으로 또 시집가오면 이는 부모로 하여금 그른 곳에 빠지게 하여 오륜(五倫)의 첫째를 위반함이오, 이 몸으로서 절개를 잃어 삼강(三綱)의 으뜸을 문란(紊亂)케 함이오니, 정임이가 비록 같지 못한 계집아이오나 어찌 조그마한 사정을 의지하여 윤강을 어기고 금수에 가까운 일을 차마 행하오리까. 그러하므로 죽사와도 내일 일은 감히 이행치 못하옵고 곧 만리붕정(萬里鵬程, 가야 할 머나먼 길)의 먼 길을 향하오니, 부모의 슬하를 떠나 걱정을 시키는 일은 실로 불효막심(不孝莫甚)하오나 백번 생각하고 마지못하여 행하옵나이다. 그러하오나 멸학매식(滅學昧識, 배움이 없어 식견이 좁다)한 천질(賤質)로 해외에 놀아 문명 공기를 마시고 좋은 학문을 배워 돌아오면 이 어찌 영화(榮華)가 되지 아니하오리까. 머지 아니하여 돌아오겠사오니 과도히 근심 마옵시기를 천만 바라오며, 급히 두어 자로 갖추지 못하오니 아버님 어머님은 만수무강(萬壽無疆, 탈 없이 오래 삶)하옵소서.'

　부인이 이 편지를 집어 들고 깜짝 놀라며 자세히 보지도 않고 사랑에 있는 이 시종을 청하여 그 편지를 주며 덜덜 떠는 말로,
　(부인) "이거 변괴요그려. 요런 방정맞은 년 보아."
　(이 시종) "왜 그리야, 이게 무엇이야……, 응?"
하고 그 편지를 받아보는 데 부인의 마음에는 그 딸이 죽어서 나간 듯이 서운 섭섭하여 비죽비죽 울며 목멘 소리로,
　(부인) "고년이 평일에 동경 유학을 원하더니 아마 일본을 갔나 보오. 고년이 자식이 아니라 애물(애를 태우거나 성가시게 구는 물건이나 사람)이야. 고 어린년 어디 가서 고생인들 오죽할라구. 고년이 요런 생각을 둔 줄 알았다면 아이년으로 늙어 죽더라도 고만두었지. 그러나저러나 아무 데를

가더라도 죽지나 말았으면."

하며 무당 넋두리하듯 하는데 이 시종이 그 편지를 다 보더니,

(이 시종) "여보, 요란스럽소. 떠들지나 마오."

하고 전보지를 내어 정임을 압류(押留)하여달라고 부산 경찰서로 보내는 전보를 써 가지고 전보 부칠 돈을 꺼내려고 철궤를 열어보니, 귀 떨어진 엽전 한 푼 아니 남기고 죄다 닥닥 긁어내었는지라, 하릴없어 제 은행 소절수(小切手, 수표)에 도장을 찍어 지갑에 넣더니.

(이 시종) "여보 마누라, 나는 전보 부치고 바로 부산까지 다녀올 터이니 집안일은 마누라가 휘갑(뒤섞여 어지러운 일을 마무름)을 잘하오."

하고 나갔는데, 부인은 정신없이 허둥지둥할 사이에 잔치 손님이 꾸역꾸역 모여들고, 마침 중매 아비 정임의 외삼촌이 오는지라, 부인이 그 동생을 붙들고 정임이 이야기를 한창 하는 판에 새신랑이 사모관대(紗帽冠帶, 결혼식 때 신랑이 쓰는 모자와 띠) 하고 안부(雁夫, 혼례 때 신랑 앞에 기러기를 들고 가는 사람)를 말머리에 앞세우고 우적우적 달려드니, 부인 남매는 신부가 밤사이에 도망하였다는 말을 어찌하며, 또 갑자기 죽었다고 핑계도 할 수 없는 터이라 어찌할 줄 모르고 창황망조(蒼黃罔措, 너무 급하고 놀라서 어쩔 줄 모름)하다가 동에 닿지도 않는 말로 신부가 지나간 밤에 급히 병이 나서 병원에 가 있다고 우선 말하니 그 눈치야 누가 모르리오. 안손, 바깥 손, 내 하인, 남의 하인 할 것 없이 모두 이 구석에도 몰려서 수군수군, 저 구석에도 몰려서 수군수군하는데, 신부 없는 혼인을 어찌 지낼 수 있으리오. 닭 쫓던 개는 지붕이나 쳐다보지마는 장가들러 왔던 신랑은 신부를 잃고 뒤통수치고 돌아서고, 정임의 외삼촌은 즉시 신랑의 부친 박과장을 가서 보고 정임의 써놓고 간 편지를 내어 보이며, 사실의 수미를 자세히 이야기하고 무수히 사과하였으나, 그 창피한 모양은 이루 말할 수 없으며, 이 시종은 그길로 즉시 부산을 내려가서 연락선 타는 선창 목을 지키나, 그때 색주가 서방에게 잡혀가 갇혀 있는 정임이를 어찌 그림자나 구경할 수 있으리오. 하릴없이 그 이튿날 도로 올라오는 길에 경찰서에 가서 간권(懇勸, 간절히 권함)히 다시 부탁하고 왔으나 정임이는 일본 옷 입고 일본 사람 틈에 끼어 갔으매 경찰서에서도 알지 못하고 놓쳐 보낸 것이더라.

이 시종 내외는 생세지락(生世之樂, 세상을 사는 재미)을 그 외딸 정임에게만 붙이고 늙어 가는 터이라 응석도 재미로 받고, 독살도 귀엽게 보며, 근심이 있다가도 정임이 얼굴만 보면 없어지고, 화증이 나다가도 정임이 말만 들으면 풀어지며, 어디를 갔다 오다가도 대문간에서 정임이부터 찾으며 들어오는 터이더니, 정임이가 흔적 없이 한번 간 후로 정임의 거동은 눈에 암암하고, 정임이 목소리는 귀에 쟁쟁하여 정임이 생각에 곤한 잠이 번쩍번쩍 깨어 미칠 것같이 지내는데, 어느 날 아침에는 하인이 어떤 편지 한 장을 가지고 들어오며,

"이 편지가 댁에 오는 편지오니까? 우체사령이 두고 갔습니다."

하는데 피봉 전면에는 '경성 북부 자하동 108, 10 이 시종 ○○ 각하'라 쓰고, 후면에는 '동경시 하곡구 거판정 십일 번지 상야관 이정임'이라 하였는지라, 이 시종이 받아 보매 눈이 번쩍 띄어,

(이 시종) "마누라, 마누라! 정임이 편지가 왔소그려."

(부인) "아에그! 고년이 어디 가서 있단 말씀이오?"

하며 반가운 마음을 이기지 못하여 비죽비죽 우는데 이 시종이 그 편지를 떼어보니,

(편지) '미거(未擧, 철이 없고 사리에 어둡다)한 여식이 오괴(迂怪, 물정에 어둡고 괴상하다)한 마음으로 불효 됨을 생각지 못하옵고, 홀연히 한번 집 떠난 후에 성사(盛事, 성대한 일)를 오래 궐(闕)하오니 지극히 황송하옵고 또한 문후(問候, 안부)할 길이 없사와 민울(悶鬱, 안타깝고 답답하다)한 마음이 측량할 길 없사오며 그사이 추풍은 불어 다하고 쌓인 눈이 심히 춥사온데 기체후(氣體候, 기력과 체력을 높이는 말) 일향 만안(一向萬安, 내내 평안하다) 하옵시고, 어머님께옵서도 안녕하시오니까. 복모구구(伏慕區區, 사모하는 마음 그지없다는 뜻) 불리옵지 못하오며, 여식은 그때 곧 동경으로 와서 공부하고 잘 있사오나, 아버님 어머님 뵈옵고 싶은 마음과, 부모님께옵서 이 불효의 자식을 과히 근심하실 생각에 잠이 달지 아니하며 먹어도 맛을 알지 못하고 항상 민망히 지내옵나이다. 그러하오나 집에 있을 때에 지어주는 옷이나 입고 다 해놓은 밥이나 먹으며 사나이가 눈에 띄

면 큰 변으로 알아 대문 밖을 구경치 못하옵다가, 이곳에 와서 처음으로 문명국의 성황을 관찰하오매 시가의 화려함은 좁은 안목에 모두 장관이옵고, 풍속의 우미(優美, 뛰어나게 아름다움)함은 어둔 지식에 배울 것이 많사와 날마다 풍속 시찰하기에 착심(着心, 어떤 일에 마음을 붙임)하고 있사오니, 본국 여자는 모두 집안에 칩복(蟄伏, 자기 처소에 들어박혀 몸을 숨김)하여 능히 사람 된 직책을 이행치 못하고 그 영향이 국가에까지 미치게 함이 마음에 극히 한심하옵기, 속히 학교에 입학하여 신학문을 많이 공부하여가지고 귀국하와 일반 여자계를 개량코자 하옵나이다. 이 자식은 자식으로 생각지 마옵시고 너무 걱정 마시기를 천만 바라오며, 내내 기운 안녕하옵시기 엎디어 비옵고 더할 말씀 없사와 이만 아뢰옵나이다.'

년 월 일

여식 정임 상서

그 편지를 내외분이 돌려가며 보다가,

(부인) "아이그 고년이야, 어린년이 동경을 어찌 갔나! 고년, 조꼬만 년이 맹랑도 하지. 영감은 그때 부산서 무엇을 보고 오셨소? 경관도 변변치 못하지⋯⋯. 그러고 저러고 아무 데 든지 잘 가 있다는 소식을 알았으니 시원하오마는, 우리가 늙어 오늘 죽을지 내일 죽을지 모르는 처지에 그 딸자식 하나를 오래 그리고는 못 살겠소. 기다랗게 할 것 없이 영감이 가서 데리고 오시오. 시집만 보내지 아니하면 고만이지요. 제가 마다하고 아니 가는 시집을 부모인들 어찌하겠소."

(이 시종) "그렇지마는 사기가 이렇게 된 이상에 그것을 데려오면 어떻게 한단 말이오? 점점 모양만 더 창피하니 나중에 어찌하던지 저하는 대로 내버려 두고 왁자히 소문내지 마시오."

부인은 단지 그 딸을 간 곳도 모르고 그리던 끝에 보고 싶은 생각이 더욱 바빠서 한 말인데, 그 남편의 대답이 이렇게 나가매 조조(躁躁, 매우 조급함)한 마음을 참고 있으나, 원래 부인의 성정이라 딸 보고 싶은 생각만 나면 그만 데려오라고 은근히 그 남편을 조르는 터이지마는 이 시종은 그렇지 아니 한 이유를 그 부인에게 간곡히 설명하고 다달이 학자금 오십 원씩 보내주며, 언제든지 제 마음 내키는 대로 돌아오기만 기다리고 두 내외가 비둘기같이 의지하여 한 해 두 해 지내는데, 늙어갈수록 정임의 생각이 간절하여 몸이 좀 아프기만 하면 마음이 더욱 처연한 터이라. 하루는 부인이 몸이 곤하여 안석에 의지하였는데 홀연히 마음이 좋지 못하여,

'몸이 이렇게 은근히 아프니 아마 정임이를 다시 못 보고 황천(黃泉, 저승)에 가려나 보다.'

하며 생각하고 누웠더니 서창으로 솔솔 불어오는 맑은 바람에 낮잠이 혼곤히 오는데, 전에 살던 교동 집에서 옥동 박 신랑과 정임이 혼인을 지낸다고 수선하는 중에 난데없는 영창이가 칼을 들고 별안간 달려들며 내 계집을 또 시집보내는 놈이 누구냐고 소리를 벽력같이 지르고 이 시종을 칼로 찍으니 이 시종이 마루에 넘어져서 발을 버둥버둥하며,

"어…… 어……!"

하는 소리에 잠을 번쩍 깨니 대문간에서 어떤 사람이 문을 두드리며

"전보 들여가오, 전보 들여가오."

하는 소리가 귀에 그렇게 들리는지라, 그때 하인은 다 어디로 갔던지 부인이 급히 나가 전보를 받아 보니 정임에게서 온 전보이라. 꿈 생각하고 정임이 전보를 받으매 가슴이 선뜩하여 급히 떼어 보니 전보지는 대여섯 장 겹치고 전문은 모두 꾸불꾸불한 일본 국문이라, 볼 줄은 알지 못하고 갑갑하고 궁금하여,

"이게 무슨 말인고? 요사이 꿈자리가 어지럽더니 근심스러운 일이 또 생겼나 보다. 제가 나올 때도 되었지마는 나온다는 말 같으면 이렇게 길지 아니할 터인데, 아마 병이 들어 죽게 되었다는 말이겠지."

하며 중얼중얼하는 때에 이 시종이 들어오는지라. 부인이 전보를 내어놓으며 꿈 이야기를 하는데 이 시종도 역시 소경 단청(사물을 보아도 알지 못하는 것)이라, 서로 답답한 말만 하다가 일본어학 하는 사람에게 번역해다가 보니 다른 말 아니오, 상야공원에서 봉변하던 말과 의외에 영창이 만난 말과 영창이와 방금 발정(發程)하여 어느 날 몇 시에 서울 도착한다는 말이라. 일변 놀랍기도 하고 일변 반갑기도 하여, 이 시종은 감투를 둘러쓰고 돌아다니며 작은사랑을 수리해라, 건넌방에 도배를 해라 분주히 날치고,

부인은 안방으로 들어갔다 마루로 나섰다 정신없이 수선하며 내외가 밥 먹을 줄도 모르고 잠잘 줄도 모르고 칙사(勅使, 임금의 명령을 전달하는 사신)나 오는 듯이 야단을 치더니, 정임이 입성한다는 날이 되매 남대문역으로 정임이 마중을 나가는데 정임이 타고 오는 기차가 도착하니, 그때 정거장 한 모퉁이에는 서로 붙들고 눈물 흘리는 빛이더라.

정임이는 좋은 학문도 많이 배우고 가슴에 못이 되던 영창이를 만나서 다섯 해 만에 집에 돌아와 그 부모를 뵈니 이같이 기쁜 일은 다시 없이 여기고 왕사(往事, 지난 일)는 다 잊어버린 터이지마는 이 시종이 좋은 마음이야 오죽 할 것이나, 정임이를 박 과장 집으로 시집보내려고 하던 생각을 하매 정임이 볼 낯도 없을뿐더러, 더구나 영창이 보기가 면난(面赧, 부끄러워 낯이 붉어짐)하여 좋은 마음은 속에 품어두고 정임이나 영창이를 대할 적마다 부끄러운 기색이 표면에 나타나더니, 그 일은 이왕 지나간 일이라 그런 생각은 다 접어놓고, 일변 택일을 하고 일변 잔치를 차리며 일변은 친척, 고우(故友)에게 청첩을 보내서 신혼 예식을 거행하였는데, 예식을 습관으로 할 것 같으면 전안(奠雁, 금실 좋은 부부로 살겠다고 하는 맹세)도 하고 초례(醮禮, 혼인하는 의식)도 하겠지마는 이 시종도 신식을 좋아하거니와 신랑 신부가 모두 신 공기 쏘인 사람이라, 구습은 일변 폐지하고 신식을 모방하여 신혼식을 거행한다. 신랑은 문관 대례복(文官大禮服, 혼인할 때 입는 관복)에 신부는 부인 예복을 입고 청결한 예식장에 단정히 마주 선 후에 신부의 부친 이 시종 매개로 악수례를 행하니, 그 많이 모인 잔치 손님들은 그런 혼인을 처음 보는 터이라, 혹 입을 막고 웃는 사람도 있고, 혹 돌아서서 흥보는 사람도 있으며, 그중에서도 습관을 개혁코자 하는 사람은 무수히 찬성하는데, 한편 부인석에서 나이 한 사십 된 부인이 나서더니,

"이 사람이 아무 지식은 없사오나 오늘 혼례에 대하여 할 줄 모르는 말 서너 마디 할 터이오니 여러분은 용서하십시오."

하고 연설을 시작한다.

(연설) "대저 신혼 예식이라 하는 것은 한 남자와 한 여자가 비로소 부부가 된다고 처음으로 맹약하는 예식이 아니오니까? 그런 고로 그 예식이 대단히 소중한 예식이올시다. 어째 소중하냐 하면 한번 이 예식을 지낸 후에

는 백 년의 고락을 같이하며 만대의 혈속을 전할 뿐 아니오, 남편 되는 사람은 또 장가들지 못하고 더군다나 아내 되는 사람은 다른 남자를 공경하는 일이 절대적 없는 법이니, 이렇게 소중한 혼례식이 어디 또 있겠습니까? 그러하나 그 내용상으로 말하면 이같이 중대하지마는 그 표면적으로 말하면 한 형식에 지나지 못하는 일이라고 하겠습니다. 왜 그러하냐 하면, 이 예식을 지내고라도 남편이 아내를 버린다든지, 아내가 행실이 부정할 것 같으면 소위 예식이라 하는 것은 한 희롱이 되고 말 것이오, 만일 예식은 아니 지내고라도 부부가 되어 혼례식 지낸 사람보다 의리를 잘 지키면 오히려 예식 지내고 시종이 여일치 못하니보다 낫지 아니하겠습니까. 그러하니 그 의리라 하는 것은 이왕 말씀한 바와 같이 남편은 또 장가들지 못하고, 아내는 다른 남자를 공경치 못하는 것이올시다. 그러나 그중에 아내 되는 사람의 책임이 더욱 중하니 서양 풍속 같으면 남녀가 동등 권리를 보유하여 남편이나 아내나 일반이지마는, 원래 동양 습관에는 남편은 어떠한 외입을 하든지 유처취처(有妻聚妻, 아내가 있는데도 또 아내를 얻음)하여 몇 번 장가를 들든지 아무 관계 없으나 여자가 만일 한번 실절(失節) 하면 세상에 다시 용납치 못할 사람이 되니, 남녀가 동등 되지 못하고 남편의 자유를 묵허(默許, 묵인)함은 실로 불미(不美)한 풍속이지마는, 그는 여자가 권리를 스스로 잃는 것이라 말할 필요가 없거니와, 아내가 절개를 지키는 것은 원리석으로 여자의 직분이 아니오니까? 그러하지마는 음분난행(淫奔亂行, 음란한 행동)은 여자에게서 먼저 생기는 고로 옛적 성인도 '열녀는 불경이부(不敬二夫, 두 남편을 섬기지 아니함)' 라 하여 여자를 더욱 경계하셨으니, 남의 아내 된 사람의 책임이 얼마나 더 중합니까? 그러하나 그 의리와 직책을 잘 지키기 장히 어려운 고로 열녀가 나면 그 영명(榮名)을 천고에 칭송하는 바가 아니오니까? 그러한데 오늘 신혼식 지낸 신부 이정임이는 가히 열녀의 반열(班列)에 참례하겠다 합니다. 그 이유를 말하고자 하면, 정임이 강보(襁褓, 포대기)에 있을 때에 그 부모가 김영창 씨와 혼인을 정하여 서로 내외 될 사람으로 인정하고 같이 자라났으니, 그 관계로 말하든지 그 정리로 말하든지 그 형식에 지나가지 못하는 혼례식 아니 지냈다고 어찌 부부의 의리가 없다 하리까. 그러나 중도에 영창 씨의 종적을 알지 못하니 만일 열녀가 아니면 다른 곳으로 시집갔으련마는 그 의리를 지키고 결코 김영창 씨를 저버리지 아니하여 천곤백난(千困百難, 온갖 고난)을 지내고 기어코 김영창 씨를 다시 만나 오늘 예식을 거행하니 그 숙덕(淑德, 정숙하고 단아한 덕행)이 가히 열녀 되겠습니까? 못되겠습니까? 여러분, 생각하여보시오. (내빈이 모두 박수한다.) 또, 신혼 예식 절차로 말씀하면 상고 시대에 나무 열매 먹고 풀로 옷 지어 입을 때에야 어찌 혼인이니 예식이니 하는 여부가 어디 있으리까. 생생지리(生生之理, 만물이 소생하는 이치)는 자연한 이치인 고로 금수와 같이 남녀가 난잡히 상교(相交)하매 저간에 무한한 경쟁이 있더니, 사람의 지혜가 조금 발달되어 비로소 검은 말가죽으로 폐백(幣帛)하고 일부일부(一夫一婦, 남편과 아내)가 작배(作配, 남녀가 서로 짝을 지음)함으로부터 차차 혼례라 하는 것이 발명되었는데, 그 예식은 고금이 다르고 나라마다 다를 뿐 아니라, 아까 말씀한 것과 같이 한 형식에 지나가지 못하는 것이올시다. 그러하니 그 형식에 지나지 못하는 예식의 절차는 아무쪼록 간단하고 편리한 것을 취하는 것이 좋지 아니하겠습니까. 그러한데 조선 풍속에는 혼인을 지내려면 그날 신랑은 호강하지마는 신부는 큰 고생 하는 날이올시다. 얼굴에는 회박을 씌어서 연지(臙脂, 전통 혼례에서 신부가 입술과 볼에 바르는 붉은색 화장품) 곤지(신부가 이마 가운데 찍는 붉은 점)를 찍고, 눈은 왜밀로 철꺽 붙여 소경을 만들어 앉히고, 엉덩이가 저려도 종일 꼼짝 못 하게 하니 혼인하는 날같이 좋은 날 그게 무슨 못 할 일이오니까. 여기 계신 여러 부인도 아마 그런 경우 한 번씩은 다 당해보셨겠습니다마는 그렇게 괴악한 습관이 어디 있습니까? 저 신부 좀 보시오. 좀 화려하며 좀 간편합니까? 이 중에 혹 '저것도 예식이라고 하나?' 하는 분도 계실 듯하지마는 그렇지 않습니다. 좋지 못한 구습을 먼저 개혁하는 사람이 없으면 어떠한 일이든지 도저히 개량하여볼 날이 없습니다. 오늘 지낸 예식이 가히 조선에 모범이 될 만하오니 여러분도 자녀 간 혼인을 지내시려거든 오늘 예식을 모방하십시오. 나는 정임의 외삼촌 숙모가 되는 사람이나 조금도 사정(私情) 둔 말씀이 아니오니 여러분은 깊이 헤아리시기를 바라오며, 변변치 못한 말씀을 오래 하오면 들으시기에 너무 지리하고 괴로우실 듯 하와 고만두겠습니다."

연설을 마치매 남녀 간 손님이 모두 박수갈채하고 헤어져 가는데, 그날 밤 동방화촉(洞房華燭, 첫날밤에 신랑이 신부 방에서 자는 의식)에 원앙금침(鴛鴦衾枕, 부부가 덮는 이불과 베개)을 정답게 펴놓으니 만실 춘풍(滿室春風)에 화기가 융융(融融, 화평하다)하고 이 시종은 희색이 만면하여 사랑에서 친구와 술 먹으며 그 딸의 사실 일장을 이야기하더라.

　상야공원에서 정임을 칼로 찌르던 강 소년은 대구 부자의 아들인데, 열네 살에 그 부친이 죽으매 열다섯 살부터 외입에 반하여 경향(京鄉, 도시와 시골)으로 다니며 양첩도 장가들고 기생도 떼어 팔선녀(八仙女)를 꾸며서 여기저기 큰 집을 다 각각 배치하고 화려한 문방구나 잡화상을 벌이며, 각종의 음악기와 연극장을 설립하여놓고, 이 집 저 집 돌아다니며 무궁한 행락을 하다가 못하여 그것도 오히려 부족히 여기고, 주사청루(酒肆靑樓, 기생집)는 거르는 날이 없으며, 산사 강정(山寺江亭)에 아니 노는 곳이 없이 그 방탕함에 끝이 없으매, 저에 남은 십여만 원 재산이 몇 해 아니 가서 다 없어지고 종조리(맨 나중) 판에는 토지 가옥까지 몰수되는 강제 집행을 당하니, 그 많던 계집들도 물 흐르고 구름 가듯 하나둘씩 뿔뿔이 다 달아나고 제 몸 하나만 올연히 남았다. 대저 음탕 무도(淫蕩無道, 음란하여 도리에 벗어남)하던 놈이 이 지경이 되면 개과천선(改過遷善, 지난날의 잘못을 고쳐 착하게 됨)할 줄은 모르고 도적질할 생각이 생기는 것은 하등 인류의 자연한 이치라. 그 소년도 제 신세 결딴나고 제집 망한 것은 조금도 후회 없고, 단지 흔히 쓰던 돈 못 쓰고 잘하던 외입 못 하는 것이 지극히 민망하여 곧 육촌의 전답 문권(田畓文券)을 위조하여 만 원에 팔아 가지고 또 한참 흥청거리다가, 그 일이 발각되어 육촌이 정장(呈狀, 소장을 관청에 냄)하였으므로 관가에서 잡으려고 하매 즉시 동경으로 달아나, 산본이라 하는 노파의 집에 주인을 잡고 있는데, 아무 소관사(所關事, 관계되는 일) 없이 오래 두류하는 것을 모두 이상히 여길 뿐 아니오, 경찰서 조사에 대답하기가 곤란하여 유학생인 체하고 어느 학교에 입학하였다. 조금만 생각 있는 놈 같으면 별 풍상(風霜, 세상 어려움과 고생) 다 겪고 내 재물 남의 재물 그만치 없앴으니 동경같이 좋은 곳에 와서 남의 경황을 구경하였으면 제 마음도 좀 회개할 듯하건마는, 개 꼬리를 땅에 삼 년 묻어 두어도 황모(黃毛, 족

제비 꼬리털)가 되지 아니한다고, 학교에 입학은 하였으나 공부에는 정신 없고 길원 같은 화류장(花柳場, 화류계)에나 종사하며 얼굴 반반한 여학생 이나 쫓아다니는 터인데, 정임이 학교에 가는 길이 강 소년 학교에 오는 길 이라. 정임이는 몰랐으나 강 소년은 정임이를 다니는 학교에 갈 적 만나고 올 적에 만나매 음흉한 욕심이 가슴에 탱중하여, 정임이 다니는 학교에까 지 따라가 보기도 하고 정임이 있는 여관 앞까지 쫓아와 보기도 하였으나, 정임이가 대문 안으로 쑥 들어가기만 하면 한 겹 대문 안이 태평양을 격한 것같이 적막하고 다시 소식 없어 마음에 점점 감질(疳疾)만 나게 되매 항 상,

'그 여학생을 어찌하면 한번 만나 볼꼬?'

하고 생각하더니 어떻게 알아보았던지 그 여학생이 조선 사람인 줄도 알고 이름이 이정임인 줄도 알았으나, 어떻게 놀려낼 수단이 없어 주인의 딸 산 본영자를 시켜 여학생 일요강습회를 조직하고, 이정임을 유인하여 회장을 만들어놓고, 자기는 재무 촉탁이 되어 정임이와 관계나 가까이 되고 면분 이나 두터워지거든 어떻게 꾀어볼까 한 일인데, 사맥(事脈, 일의 내력)은 여의히 되었으나 정임의 정숙한 태도에 압기(壓氣, 기세에 눌림)가 되어 말 도 못 붙여보고 또 산본 노파를 소개하여 정당히 통혼도 하여보다가 그 역 시 실패하매 이를 것 없이 분히 여기던 차에, 공교히 호젓한 불인지(不忍 池) 가에서 만나 달빛에 비치는 자색을 다시 보매 불같은 욕심이 바짝 나서 어찌 되었던지 한번 쏘아보리라 하다가 종내 그렇게 행패하고 그길로 도망 하여 조선으로 나왔으나 죄진 일이 한두 가지 아니매 집으로는 가지 못하 고 바로 서울 와서 변성명(變姓名, 성과 이름을 바꿈)하고 돌아다니더니, 하루는 북창동 네거리에서 동경 있을 때에 짝패가 되어 계집의 집에 같이 다니던 유학생 친구를 만나니, 그야말로 유유상종(類類相從, 같은 무리끼 리 모임)이라고 그 친구도 역시 강 소년과 한 바리(말과 소의 등에 실은 짐) 에 실을 사람이라. 장비(張飛)는 만나면 싸움이라더니 이 두 사람이 서로 만나면 아무것도 할 일 없고, 요리가 아니면 계집의 집으로 가는 일밖에 없 는 터이라. 이때에 또 만나서,

"이애, 오래간만에 만났으니 술이나 한잔씩 먹자."

"무슨 맛에 술만 먹는단 말이냐. 술을 먹으려거든 은군자(隱君子, 몰래 몸 파는 여자) 집으로 가자."

하며 두서너 마디 수작이 되더니 으늑하고 조용한 곳으로 찾아가노라 가는 것이 잣골 이 시종 집 옆에 있는 '진주집'이라 하는 밀매음녀 집에 가서 술을 먹는데, 그 친구는 동경서 '불행위행'이란 신문 잡보도 보고 경찰서에서 유학생 조사하는 통에 강 소년이 그런 짓 하고 도망한 줄 알고 조선을 나왔으나, 강 소년을 만나매 남의 단처(短處, 부족하거나 모자람)를 아는 체할 필요가 없어 그 일 아는 사색(기색)도 아니 하고 계집을 데리고 술 먹으며 정답고 재미있게 밤이 깊도록 노는 터이더니, 원래 탕자 잡류의 경박한 행동은 정다운 친구 술 먹으러 가재 놓고도 수틀리면 때리고 욕하기는 항용 하는 일이라. 두 사람이 술에 잔뜩 취하여 횡설수설 주정을 하던 끝에 주인 계집 까닭으로 시비가 되어 옥신각신 다투다가, 술상도 치고 세간도 부수더니, 점점 쇠어 큰 싸움이 되며 뺨도 때리고 옷도 찢으며 일장풍파(一場風波)가 일어나서 내가 옳으니 네가 옳으니, 재판을 가자 호소(呼訴, 억울한 사정을 하소연함)를 가자 하며 멱살을 서로 잡고 이 시종 집 대문 앞에서 싸우는 소리가,

(친구) "이놈, 네가 명색이 무엇이냐? 네까짓 놈이 뉘 앞에서 요따위 버르장이를 하여! 네가 요놈, 동경서 여학생 이정임이를 죽이고 도망해 나온 강가 놈이지. 너 같은 놈은 내가 경무청에 고발만 하면 네 죄는 경하여야 종신 징역이다. 요놈, 죽일 놈 같으니!"

하며 닭 싸우듯 하는 소리가 벽력같이 이 시종 집 사랑에까지 들리더라. 이 때는 곧 정임이 신혼식 지내던 날 저녁이라. 이 시종이 사랑에서 친구와 술 먹으며 정임이 이야기를 하는데, 상야공원에서 강 소년이 행패하던 말을 막 하는 판에 모든 사람이 매우 통분히 여기는 때에 별안간 문밖에서 와자 하는 소리가 나는지라. 여러 사람이 모두 귀를 기울이고 듣더니, 그 좌석에 북부 경찰서 총순(總巡, 경무청 판임관) 다니는 사람이 앉았다가 그 싸움 소리를 듣고 즉시 쫓아 나가 그 소년을 잡으니 갈데없는 강 소년이라. 온 집안이 들썩들썩하며,

"아이그, 고놈 용하게도 잡혔다."

"고놈 상판대기가 어떻게 생겼나 좀 구경하자."

"요놈이 살인 미수범이니까 몇 해 징역이나 될꼬?"

하며 어른 아이가 모두 재미있어하다가 그 소년은 곧 북부 경찰서로 잡아가니 온 집 안이 고요하고 종려나무 그림자 밑에 학의 잠이 깊었는데, 정임이 신방에서 낭랑옥어(朗朗玉語, 소리가 맑고 또랑또랑하다)가 재미있게 나더라.

조선 습관으로 말하면 혼인 갓 한 신랑 신부는 서로 말도 잘 아니 하고 마주 앉지도 못하여 가장 스스러운 체하는 법이오, 더구나 신부는 혼인한 지 삼 일만 되면 부엌에 내려가 밥이나 짓고 반찬이나 만들기를 시작하여 바깥은 구경도 못 하는 터이라 내외가 한가지 출입하는 일이 어디 있으리오마는, 영창이 내외는 혼인 지내던 제삼 일에 만주 봉천(奉天, 지금의 중국 선양)으로 신혼여행(新婚旅行)을 떠난다. 내외가 나란히 서서 정답게 이야기하며 정거장으로 나가는 모양이, 영창이는 후록코우트에 고모(高帽, 예복을 입을 때 쓰는 높은 모자)를 쓰고, 한 손으로 정임이 분홍 양복 땅에 끌리는 치맛자락을 치켜들었으며, 정임이는 옥색 우산을 어깨 위에 높이 들어 영창이와 반씩 얼러 받았는데, 그 요조(窈窕, 얌전하고 정숙함)한 태도는 가을 물결 맑은 호수에 원앙이 쌍으로 나는 것도 같으며, 아침볕 성긴 울에 조안화(朝顔花, 나팔꽃)가 일시에 웃는 듯도 하더라.

신혼여행은 서양 풍속에 새로 혼인한 신랑 신부가 서로 심지(心志)도 훑어보고 학식도 시험하며 처음으로 정분도 들이고자 하여 외국이나 혹 명승지로 여행하는 것인데, 만일 서로 지기(志氣)가 상합치 못 하면 그 길에 이혼도 하는 일이 있지마는, 영창이 내외야 무슨 심지를 더 훑어보고 어떤 정분을 또 들이며 어찌 이혼 여부가 있으리오마는, 유람도 할 겸 운동도 할 겸 서양 풍속을 모방하여 떠나는 여행이라 남대문 정거장에서 의주 북행차 타고 가며 곳곳을 구경하는데, 개성에 내려 황량한 만월대(滿月臺)와 처창한 선죽교(善竹橋, 개성에 있는 다리))의 고려 고적을 구경하고, 평양 가서 연광정(練光亭, 평양에 있는 정자)에 오르니, 그 한유(閑裕)한 안계(眼界)는 대동강 비단 같은 물결에 백구(白鷗, 갈매기)는 쌍으로 날고 한가한 돛대는 멀리 돌아가는 경개(景槪)가 가히 시인소객(詩人騷客)이 술 한잔 먹을 만한 곳이라. 행장에 포도주를 내어 서로 권하며 전일 평양감사 시대에 백성의 피 빨아가지고 이곳에서 기생 데리고 풍류 하며 극 호강들 하던 것을 탄식하다가, 곧 부벽루, 모란봉, 영명사(금수산에 있는 절), 기린굴 등을 낱낱이 구경하고, 그길로 안주 백상루, 용천 청유당 다 지나서 의주(義州) 통군정(統軍亭, 압록강 변에 있는 정자)에 올라 난간에 의지하여 압록강상의 풍범사도(風帆沙島, 돛단배와 모래섬)와 연운죽주(煙雲竹柱, 구름과 대나무 기둥)를 바라보더니 영창이 얼굴에 초창한 빛을 띠고 손을 들어 사장(沙場)을 가리키며,

(영창) "저곳이 내가 스미트 박사 만났던 곳이오. 저곳을 다시 보니 감구지회(感舊之懷, 지난 일을 떠올리며 느끼는 회포)를 이기지 못하겠소. 이완악(頑惡, 고집스럽고 사나움)한 목숨은 살아 이곳에 다시 왔으나, 우리 부모는 저 강물에 장사 지내고 다시 뵈옵지 못하겠으니 천추(千秋)에 잊지 못할 한을 향하여 호소할 데가 없소그려."
하고 바람을 임하여 한숨을 길게 쉬며 흐르는 눈물을 금치 못하니, 정임이도 그 말을 듣고 그 모양 보매 자연 비감한 생각이 나서 역시 눈물을 씻으며,

(정임) "그 감창(感愴)한 말씀이야 어찌 다 하오리까! 오늘날 부모가 살아계시면 우리를 오죽 귀애하시겠소. 그 부모가 우리를 그렇게 귀히 길러 재미를 못 보시고 중도에 불행히 돌아가셨으니, 지하에 가서 차마 눈을 감지 못하실 터이오. 우리도 그 부모를 봉양코자 하나 어찌할 수가 없으니 그야말로 자욕효이친부재(子欲孝而親不在, 자식이 효도를 하려 해도 부모가 안 계신다)요그려. 그러나 과도히 슬퍼 마시고 아무쪼록 귀중한 몸을 보전하시오."

이렇게 서로 탄식도 하며 위로도 하다가, 즉시 압록강을 건너 구련성(九連城, 만주 압록강 가에 있는 성)을 구경하고 계관 역에 내려 멀리 계관산과 송수산을 지점하며,

(영창) "이곳은 일로 전역(日露戰役, 러·일 전쟁) 당시에 일본군이 대승리하던 곳이오그려. 내가 이곳을 지나가 본 지 몇 해가 못 되는데 벌써 황량한 고(古)전장(戰場)이 되었네."

(정임) "아……, 가련도 하지. 저 청산에 헤어진 용맹한 장사와 충성된 병사의 백골은 모두 도장 속 젊은 부녀의 꿈속 사람들이겠소그려."

(영창) "응, 그렇지마는 동양 행복의 기초는 이곳 승첩(勝捷, 승전)에 완전히 굳고 저렇게 철도를 부설하며 시가를 개척하여 점점 번화지가 되어가니 이는 우리 황색 인종도 차차 진흥되는 조짐이지요."

이렇게 수작하며 가을빛을 따라 늦은 경을 사랑하며 천천히 행보하여 언덕도 넘고 다리도 건너며 단풍 가지를 꺾어 모자에 꽂기도 하고, 잔잔한 청계수를 움켜 손도 씻더니 어언 간에 저문 해는 서산을 넘고 저녁연기는 먼 수풀에 얽혔는지라,

(영창) "해가 저물었으니 고만 정거장 근처로 돌아갑시다. 오늘 밤은 이곳에서 자고 내일 일찍이 떠나가며 구경하지."

(정임) "내일은 어디 어디 구경할까요? 요양 백탑(僚陽白塔, 요동에 있는 불탑)과 화표주(華表柱, 무덤 양쪽에 세우는 한 쌍의 돌기둥)는 어디쯤 있으며, 여기서 심양(瀋陽) 봉천부(奉天府)는 몇 리나 남았소? 아마 봉황성(鳳凰城, 만주의 지명)은 가깝지? 그러나 계문연수가 구경할 만하다는데 그 구경도 할 겸 이 길에 북경까지 갈까?"

하며 막 돌아서서 정거장을 향하고 오는데, 한편 산모퉁이에서 난데없는 청인(淸人) 한 떼가 혹 말도 타고, 혹 노새도 타고 우 달려들며 두말없이 영창이를 잔뜩 결박하여 나무 수풀에 제쳐 매어놓고 일변 수대(手帒, 전대)도 빼앗고, 시계도 떼고, 안경도 벗겨 모두 주섬주섬하여 가지고, 정임이를 번쩍 들어 말께 치켜 앉혀놓고 꼼짝도 못 하게 층층 동여매더니 채찍을 쳐서 급히 몰아가는지라. 정임이는 여러 번 놀라본 터에 또 꿈결같이 이 변을 당하매 가슴이 덜컥 내려앉고 간이 콩잎만 해지며 자기 잡혀가는 것은 고사하고 그 남편이 어찌 된지 몰라 눈이 캄캄하고 정신이 아득아득하여 그 마음을 지향할 수 없으나 그 형세가 불가항적(不可抗敵)이라 속절없이 잡혀가는데, 어디로 가는지 한없이 가다가 한 곳에 다다라 궁궐같이 큰 집 속으로 들어가더니, 정임이를 대청에 올려 앉히고 그 여러 놈이 좌우로 늘어서서 똥 본 오리처럼 무엇이라고 지껄이매 그 상좌에 기골이 장대하고 용모가 준수한 청인이 흰 수염을 쓰다듬고 앉아서 기쁜 빛이 얼굴에 가득하

여 빙글빙글 웃으며 정임을 향하고 무슨 말을 묻는 것 같으나, 정임이는 말도 알아듣지 못할뿐더러, 그때는 놀란 마음 무서운 생각 다 없어지고 단지 악만 바짝 나는 판이라.

(정임) "나 도무지 개 같은 오랑캐 소리 몰라."

하고 쇠 끊는 소리를 지르니, 그 청인의 옆에 앉았던 한 노인이 반가운 안색으로,

(노인) "여보, 그대가 조선 사람이오그려. 조선말 소리를 들으니 반갑기는 하구먼……, 응……. 집이 어디인데 어찌 되어 저 지경을 당하였단 말이오?"

하는 말이 조선말을 듣고 대단히 반갑게 여기는 모양이니, 정임이도 역시 위험한 경우를 당한 중에 본국 사람을 만나니 마음에 적이 위로되어,

(정임) "집은 서울인데 만주로 구경 왔다가 불의에 이 변을 만났습니다."

하고 대답하며 그 노인을 자세히 보니, 의복은 청인의 복색을 입었으되 그 얼굴이든지 목소리가 일호도 틀리지 않고 흡사한 자기 시아버지 김 승지 같으나 김 승지는 태평양으로 떠나갔는지 인도양으로 떠나갔는지 모르는 터에 이곳에 있을 리는 만무한데, 암만 다시 보아도 정녕한 김 승지요, 어려서 볼 때와 조금 다른 것은 살쩍이 허옇게 세었을 뿐이라. 심히 의아한 중에 약은 생각이 나서 내가 저 노인의 거동을 좀 보고 만일 우리 시아버니는 아닐지라도 보기에 그 노인이 아마 주인과 성다운 듯하니 이 곤란한 중에 언턱꺼리(억지로 떼를 쓸 만한 근거나 핑계)나 좀 하여 보리라 하고 혼잣말로,

(정임) "아이그, 세상에 같은 얼굴도 있지! 그 노인이 영락없이 우리 시아버님 같애."

하며 별안간 좍좍 우니, 그 노인이 정임이 우는 것을 한참 바라보고 무슨 생각을 하다가,

(노인) "여보, 그게 웬 말이오? 내가 누구와 같단 말이오? 그대는 누구의 따님이 되며, 그대의 시아버님은 누구신지요?"

(정임) "나는 이 시종 ○○의 딸이오, 우리 시아버님은 김 승지 ○○신데, 시아버님께서 십여 년 전에 초산 군수로 참혹히 돌아가신 후에 다시 뵙지

못하더니, 지금 노인의 용모를 뵈오니 이렇게 죽을 경우를 당한 중에도 감창한 생각이 나서 그리합니다."

그 노인이 그 말 듣더니 깜짝 놀라며,

(노인) "응, 그리야. 그러면 네가 정임이지?"

하고 묻는데 정임이가 그 말 들으니 죽은 줄 알던 시아버지를 의외에 찾았는지라. 반가운 마음에 정신이 번쩍 나서,

(정임) "이게 웬일이오니까! 신명(神明)이 도와 아버님을 뜻밖에 만나 뵈오니 이제는 죽어도 한이 없겠습니다."

하고 일어나 절하며 생각하니, 그제야 정작 설움이 나서 느껴가며 우는데 김 승지는 눈물을 흘리며,

(김 승지) "네가 이게 웬일이냐! 이게 웬일이냐! 네가 이곳을 오다니? 그러나 영창이 소식을 너는 알겠구나. 대관절 영창이가 초산 봉변할 때에 죽지나 아니하였더냐?"

(정임) "장황한 말씀은 미처 할 수 없삽고 영창이도 이 길에 같이 오다가 이 변을 당하여 그곳에 결박하여놓은 것을 보고 잡혀 왔는데, 그간 어찌 되었는지 궁금하기 이를 길 없습니다."

김 승지가 그 말 듣더니 벌떡 일어나서 안을 향하고,

(김 승지) "마누라, 마누라! 정임이가 왔소그려. 영창이도 같이 오다가 중로에서 봉변을 했다는걸."

하는 말에 김 승지 부인이 신을 거꾸로 끌고 허둥지둥 나오며,

(부인) "그게 웬 말이오? 그게 웬 말이오, 정임이가 오다니! 영창이는 어떻게 되었어?"

하고 달려들어 정임이 손목을 잡고 뼈가 녹는 듯이 울며 목멘 소리가 잘 알아들을 수도 없는 말로,

(부인) "너는 어찌 된 일로 이곳에 왔으며, 영창이는 어디쯤서 욕을 본단 말이냐?"

하고 느끼며 묻는 모양은 누가 보든지 눈물 아니 날 사람 없겠더라.

그 상좌에 앉았던 청인은 정임의 화용월태(花容月態, 아름다운 여인의 얼굴과 맵시)를 보고 기쁜 마음을 이기지 못하는 모양이더니, 김 승지 내외

가 서로 붙들고 울매 그 거동이 보기에 이상하고 궁금하던지 김 승지를 청하여 무슨 말을 묻는데, 김 승지는 그 말대답은 아니 하고 정임이를 불러하는 말이,

　(김 승지) "저 주공(主公, 주인을 높여 부르는 말)에게 인사하여라. 내가 저 주공의 구원으로 살아서 저간에 은혜를 많이 받은 터이다."
하며 인사를 시키는지라, 정임이는 일어나서 머리를 굽혀 인사하고, 김 승지는 그제야 말대답을 하더니 그 대답이 그치매 청인은 무릎을 치며 정임을 향하여 무슨 말을 하는데 그 통변(通辯)은 김 승지가 한다.

　(청인) "당신이 저 김 공의 며느님이 되신다지요? 나는 왕자인(王自仁)이라 하는 사람인데, 당신의 시아버님과는 형제같이 지내는 터이오. 그러나 아마 대단히 놀랐지요? 아무 염려 말고 부디 안심하시오. 잠시 놀란 것이야 어떠하리까? 오래 그리던 부모를 만나 뵈니 좀 다행한 일이 되었소?"

　(정임) "각하께오서 돌아가실 부모를 구호하시와 그처럼 친절히 지내신다 하오니 각하의 은혜는 실로 백골난망(白骨難忘, 죽어서 백골이 되어도 잊을 수 없다는 뜻)이오며 이 사람은 부모를 오래 그릴 뿐 아니라 부모가 각하의 덕택으로 생존해 계신 줄은 모르고 망극한 마음을 죽어 잊지 못하겠삽더니, 오늘 의외에 만나 뵈오매 이제는 아무 한이 없사오니 어찌 잠깐 놀란 것을 교계(較計, 서로 견주어 살펴봄)하오리까?"

　정임이는 그 왕 씨를 대하여 백배사례(百拜謝禮)하는데 왕 씨는 일변 정임이 잡아 오던 도당을 불러 그때 정형을 자세히 조사하더니 곧 영창이를 급히 데려오라 하는지라. 그때 정임이 마음에는,

　'우리 내외가 두수 없이 죽는 판에 천우신조(天佑神助, 하늘과 신의 도움)하여 부모를 만나고 화색(禍色, 재앙의 징조)을 모면하니 이같이 신기할 데는 없으나 영창이는 그간 오죽 애를 쓰리!'
하는 생각이 나서,

　'잠시라도 마음을 놓게 하리라.'
하고 명함 한 장을 내어 김 승지를 주며,

　(정임) "아버님, 영창이를 데리러 여러 사람이 몰려가면 필경 또 놀랄 듯 하오니 이 명함을 보내는 것이 어떠합니까?"

김 승지가 그 말 들으매 그럴듯하여 왕 씨와 의논하고 곧 그 명함을 주어 보내고, 정임이는 자기 내외의 소경사를 대강 이야기하니, 김 승지 내외는 눈물 씻기를 마지아니하고, 왕 씨도 역시 무한히 칭탄하더라.

영창이는 삽시간에 혹화(酷禍, 매우 심한 재화)를 당하여 정임이를 잃고 나무에 동여맨 채로 꼼짝 못 하고 앉았으매 이 산에서는 여우도 울고 저 산에서는 올빼미도 울며 번쩍번쩍하는 인광(燐光, 도깨비불)은 여기서도 일어나고 저기서도 일어나서, 남한산성 줄불 놓듯 발뿌리로 식식 지나가니 평시 같으면 무서운 생각도 있으련마는 그것 저것 조금도 두렵지 않고, 단지 바작바작 타는 속이 차라리 죽느니만 같지 못하게 그 밤을 지내더니, 하룻밤이 삼추(三秋, 긴 세월)같이 지나가고 동방에 새벽빛이 나며 먼 수풀에 새소리가 지껄이는데, 언덕 밑으로 어떤 청인 농부 한 사람이 지나가다가 그 광경을 보고 웅얼웅얼 탄식하며 동여맨 것을 끌러주고 가는지라, 그 농부를 향하여 무수히 사례하고 다시 앉아 생각하니, 정임이는 결코 욕보고 살지 아니할 터이오, 두말없이 죽을 사람이라. 그 연유를 관원에게 호소하자 하니, 그 호소가 대단히 묽은 호소가 될 터이오, 그대로 돌아가자 하니 정임이는 죽었는데 나는 살아가는 것이 사람의 의리가 아닐 뿐 아니오, 설령 혼자 돌아간다 한들 정임이 부모 볼 낯도 없고 장래 신세도 다시 희망할 바가 없는지라 혼잣말로,

"허……, 저간에 우리 두 사람이 그러한 천신만고를 지내고 간신히 다시 만난 것이 모두 허사가 되었구나!"

하고 목을 매어 죽으려고 양복 질빵을 끌러 막 나뭇가지 가에 치켜 거는 판에 별안간 어떤 청인 십여 명이 어젯밤 모양으로 또 달려들어 죽 둘러서는지라. 속마음으로,

'저놈들이 또 왔구나. 오냐, 암만 또 와도 이제는 기탄(忌憚, 어렵게 여겨 꺼림)없다. 어젯밤에 재물 빼앗기고 계집까지 잃었으니, 지금에는 죽이기밖에 더하겠느냐. 이왕 죽을 사람이니 죽인대도 두려울 것은 없다마는 너의 손에 우리 내외가 죽는 것이 지극히 통한하다.'

하고 생각할 즈음에, 그중 한 사람이 고두(叩頭, 머리를 땅에 조아림) 경례하고 명함 한 장을 내어주며 금안준마(金鞍駿馬, 금장식의 좋은 말)를 앞에

세우고 말에 오르기를 재촉하는데, 그 명함은 정임이 명함이요, 명함 뒤에 연필로 두어 자 기록한 말은

"천만의외(千萬意外, 뜻밖에)에 부모가 이곳에 계시니 기쁜 마음은 꿈인지 생시인지 깨닫지 못하겠사오며, 나도 역시 무사하오니 아무 염려 말고 급히 오시오."

하였는지라. 그 명함을 받아 보매 반가운 마음에 기가 막혀서,

"응……. 부모가 계셔?"

하는 소리가 하는 줄 모르게 절로 나가나 마음을 진정하여 그 사리를 다시 생각하니 한편으로 의심이 나서,

'그러할 이치가 만무한 일인데 이게 웬 말인고? 만일 이 말이 사실 같으면 희한한 별일이다'

하고 이리저리 연구하여보니 다른 염려는 별로 없고, 그 글씨가 정임이 필적이라. 반가운 마음이 다시 나서 곧 그 말 타고 귀에 바람이 나도록 달려가더라.

김 승지 내외와 정임이는 영창이를 데리러 보내고 오기를 고대하더니 문밖에서 말굽 소리가 나고 영창이가 지도자를 따라 들어오는지라. 김 승지 내외는 정신없이 내려가서 영창이 목을 안고 얼굴을 한데 대며,

"네가 영창이로구나!"

하고 대성통곡(大聲痛哭)하는데, 영창이는 명함을 보고 오면서도 반신반의(半信半疑, 얼마쯤 믿으면서도 한편으로는 의심함)하다가 참 부모가 그곳에 있는지라, 평생에 철천지원(徹天之冤, 하늘에 사무치는 원한)이 되던 부모를 만나니 비감한 마음이 자연 나서 역시 부모를 붙들고 우니, 정임이도 따라 울어 울음 한판이 또 벌어졌더라.

이때 주인 왕 씨는 즉시 크게 연회를 배설하고 김 승지의 가족 일동을 위로하는데, 왕 씨가 영창이 손을 잡고 술을 들어 김 승지에게 권하며,

(왕자인) "김 공은 이러한 아들과 저러한 며느리를 두었으니 장래에 무궁한 청복(淸福)을 받으시겠소."

하는지라 김 승지는 그 말 교대에 대답하는 말이,

(김 승지) "여년(餘年, 여생)이 몇 해 아니 남은 터에 복을 받으면 얼마나

받겠습니까마는, 내가 주공의 덕택으로 살아나서 천행(天幸)으로 저것들을 다시 보니 그것이 신기한 일이지요. 그러나 주공께 잠깐 여쭐 말씀은 내가 주공을 모시고 있은 지 십 년에 이 은혜는 태산이 오히려 가벼우니 능히 갚을 길이 없사오며, 그간 깊이 든 정분(精分)은 차마 주공을 이별할 수 없습니다마는, 서로 죽은 줄 알았던 저것들을 만나니 다시 헤어질 마음이 없을 뿐 아니라, 내가 늙어 죽을 날을 알지 못하는 터이오니 이번에 저것들과 한가지로 돌아가서 몇 날이 되든지 부자가 서로 의지하고 살다가 백골을 고국 청산에 묻히고자 하오니, 존의(尊意)에 어떠하시오니까?"

하며 눈물을 흘리매 왕 씨가 그 말을 듣고 한참 침음(沈吟, 속으로 깊이 생각함)하더니,

(왕자인) "사정이 그러하시겠소."

하고 곧 행장을 차려 김 승지와 그 가족을 전송하는데, 친히 십 리 장정(十里長程)에 나와 김 승지 손을 잡고,

(왕자인) "김 공은 다행히 자제를 만나서 오래간만에 고국을 돌아가시니 실로 감축할 일이올시다마는, 나는 십 년 친구를 일조(一朝)에 이별하니 이같이 감창한 일은 다시 없소그려."

하며 수대를 열고 금화 일만 원을 내어주며,

(왕자인) "이것이 비록 약소하나 내가 정의를 표하고자 하여 드리는 것이올시다. '행자는 필유신(行者必有贐, 길 떠나는 사람에게 반드시 노자를 보태 줌)'이라하니 가지고 가다가 노자나 하시오."

(김 승지) "공은 정의로 주신다니 나도 정의로 받아 가지고 가서 노래(老來, 늘그막)에 쇠한 몸을 잘 자양(滋養)하겠습니다마는, 우리가 모두 늙은 터에 한 번 이별하면 다시 만나기를 기약할 수 없으니 그것이 지극히 비창한 일이올시다그려."

하며 서로 붙들고 울어 차마 놓지 못하다가 김 승지 가족 일동은 모두 왕 씨를 향하여 백배사례하고 떠나니, 왕 씨는 섭섭한 마음을 이기지 못하며 보호자를 보내 정거장까지 호송하더라.

영창이 내외는 천만의외에 그 부모를 찾으매 구경도 더 할 생각 없고 여행도 다시 할 필요가 없어, 즉시 부모 모시고 만주 남행차 타고 서울로 돌

아오며, 차 속에서 영창이는 영창이 소경력을 이야기하고, 정임이는 정임이 지내던 일을 자세히 말하니 김 승지는 자기 역사를 이야기한다.

(김 승지) "내가 초산서 그 봉변을 당하고 뒤주 속에 들어앉았으니, 늙은 이들이 그 지경을 당하여 무슨 정신이 있었겠느냐? 그놈들이 떼메고 나가는지 강물로 떠내려가는지 누가 건져 가는지 도무지 몰랐더니, 아마 그 뒤주가 강물로 떠내려가는데, 그때 마침 상 마적이 물 건너와서 노략질해 가지고 가다가 그 뒤주를 만나매 그 사람들 눈에는 무엇이든지 모두 재물로 보이는 터이라 뒤주 속에 무슨 큰 재물이 있는 줄 알았던지 죽을힘을 써서 건져 메고 갔나 보더라. 어느 때나 되었는지 간신히 정신을 차려 보니 평생에 보지 못하던 큰 집 대청에 우리 내외가 같이 누웠고 낯모르는 청인들이 쫙 둘러섰는데 어리어리하는 생각에 '우리가 죽어서 벌써 염라부(閻羅府, 염라대왕이 지배하는 세상)에 들어왔나 보다.' 하였더니, 그중 어떤 사람이 지필(紙筆)을 가지고 와서 필담을 하자고 하니, 눈은 침침하여 잘 보이지는 아니하고 손은 떨려 글씨도 쓸 수 없으나, 간신히 정신을 수습(收拾)하여 통정을 하는데, 그 사람이 주인 왕 씨더라. 그 왕 씨는 상 마적 괴수(魁首, 우두머리)인데 도적질은 하나 사람인즉 글이 문장이요, 뜻이 호화하여 훌륭한 풍류남자요, 또 천성이 지극히 인자한 사람이더라. 그런데 그 사람이 나를 어떻게 보았던지 그때로부터 극진히 보호하여 의복 음식과 거처 범백(凡百, 여러 사물)을 모두 자기와 호리(毫釐, 적은 분량)가 틀리지 아니하게 대접하며 글도 같이 짓고 술도 같이 먹고 바둑도 같이 두고 어디를 가도 같이 가니, 자연 지기가 상합하여 하루 이틀 지내는데, 너희들이 어찌 되었는지 몰라 애가 타서 한시를 견딜 수 없으나 통신은 자유로 못 하게 하는 고로 이 시종에게 편지도 한번 못 하고 있다가 어느 때인지 기회를 얻어 우체로 편지를 한번 부쳤더니, 다시는 소식이 없기에 너희들이 모두 죽은 줄 알고 그 후로는 주인도 놓지 않지마는, 나도 돌아갈 생각이 적어 그럭저럭 지내니 그 상하는 마음이야 어떠하겠느냐! 그러나 모진 목숨이 억지로 죽지 못하고 두 늙은이가 항상 울고 오늘날까지 부지(扶支, 어렵게 버팀)하더니, 천만 몽매(夢寐, 꿈에도) 밖에 정임이가 그곳을 왔더구나. 정임이 그곳에 온 것이 실로 다행하게 된 일이나 정임이가 그곳에 잡혀 오다니 말이 되는

말이냐!"

이렇게 이야기할 사이에 탄환같이 빠른 차가 어느 겨를에 벌써 압록강을 건너니 총울(蔥鬱, 우거지다)한 강산이 모두 보이는 대로 새롭더라.

이 시종 내외는 정임이 부부 신혼여행을 보내매 그 길이 아무 염려는 없는 길이지마는 두 사람은 천연적 풍파를 많이 만나는 사람들이라. 하도 여러 번 위험한 경우를 지내본 터인 고로 어린아이를 물가에 보낸 것같이 근심하다가 회정(回程)해 온다는 날이 되어 잠시가 궁금하여 평양까지 내려가서 기다리더니, 그때 정임이 내외가 화기가 만면하여 오다가 이 시종 내외를 보고 차에 내려 인사하는지라. 이 시종은 그 두 사람이 잘 다녀오는 것을 기뻐할 때에 옆에 서 있던 사람이 별안간 손목을 잡으며,

"허……, 자네 오래간만에 만나겠네그려."

하는데 돌아다보니 생각도 아니 하였던 김 승지가 왔는지라. 마음에 깜짝 놀라서,

(이 시종) "아! 자네, 이게 웬일인가. 응……? 대관절 어찌 된 일인가!"

(김 승지) "우리가 다시 못 만날 줄 알았더니 서로 죽지 않고 오늘 만난 것이 다행한 일이오. 이 못생긴 목숨이 살아 돌아오는 것이 이게 내 복이 아니라 우리 며느리 덕일세."

하며 반가운 이야기를 하고, 한편에는 이 시종 부인과 김 승지 부인이 서로 붙들고 울더니, 이 시종과 김 승지는 가족들 데리고 그길로 곧 부벽루(扶壁樓)에 올라가서 그사이 지내던 역사와 서로 생각하던 정회를 말하며 술잔을 들고 토진간담(吐盡肝膽, 숨김없이 다 털어놓고 말함)하는데, 이때에 아아(峨峨, 우뚝 솟아 있는 모양)한 청산과 양양(洋洋, 장래가 희망차다)한 유수가 모두 그 술잔 가운데 비치었더라.

원고료 이백 원

- 강경애 -

작가 소개

강경애(姜敬愛 1906~1943)

　　황해도 송화 출신. 어릴 때 아버지가 돌아가신 후 어머니의 재혼으로 일곱 살에 장연(長淵)으로 이주하였다. 1925년 형부의 도움으로 평양 숭의여학교에 입학하여 공부했으나 중퇴하고, 서울 동덕여학교에 편입하여 약 1년간 수학하였다. 이 무렵 그녀의 문학적인 재질을 높이 평가한 양주동(梁柱東)과 사귀었으나 곧 헤어졌다.

　　1931년 장하일(張河一)과 결혼하여 간도(間島)에 살면서 작품 활동을 계속했다. 한때 조선일보 간도지국장을 역임하기도 했다. 1942년 건강 악화로 간도에서 귀국하여 요양하던 중 이듬해 1943년 생을 마감하였다

　　1931년 '조선일보'에 단편 소설 〈파금(破琴)〉을, 그리고 같은 해 장편소설 〈어머니와 딸〉을 발표하면서 문단에 데뷔하였다. 단편 소설 〈부자〉〈채전(菜田)〉〈지하촌〉 등과 장편소설 〈소금〉〈인간문제〉 등으로 1930년대 문단에서 독보적인 위치를 확보하였다.

작품 정리

　　〈원고료 이백 원〉은 1935년 2월 '신가정'에 발표된 작품이다. 졸업을 앞둔 여동생 K가 '나'의 연애관과 결혼관을 질문한 것에 대하여 자신의 어린 시절과 원고료로 받은 이백 원을 사용하는 문제로 남편과 싸운 이야기를 하고, 식민지 현실에서 젊은이가 가져야 할 사명감 등을 충고해 주는 편지 형식의 단편이다.

　　이 작품은 원고료 이백 원을 어떻게 쓸 것인가를 놓고 남편과 벌이는 부부싸움을 통해 허영에서 벗어나고 삼남 이재민의 이주 상황, 간도에서의 토벌단으로 인한 피해 상황과 입으로만 민중

을 위하면서도 실제의 삶에서는 허영심을 버리지 못하고 있는 당대의 여류 문사들을 비판하는 작품이다.

작품 줄거리

가난하게 살아온 주인공이 신문에 장편소설을 연재하여 원고료 이백 원을 받는다. 가난하게 살았던 아쉬움 때문에 원고료 이백 원을 어떻게 쓸 것인가 생각하며 갈등한다.

털외투, 목도리, 구두, 금반지, 시계 등을 사고 싶은 주인공, 그러나 남편은 그 돈으로 감옥에 갇힌 동지 가족의 생활비와 감옥에서 병을 얻어 어려움에 처한 동지들의 치료비에 쓰자고 하는 남편과 싸우다가 뺨을 맞고 집을 나온다. 결국 자신의 생각이 허영이라는 것을 깨닫고 집으로 돌아와 남편에게 값싼 옷 한 벌, 쌀 한 말, 나무 한 바리를 사고 나머지는 그들에게 나눠주자고 한다.

핵심 정리

갈래 : 단편 소설
시점 : 1인칭 전지적 작가 시점
배경 : 원고료 이백 원을 두고 남편과의 싸움
주제 : 식민지 현실에 젊은이가 지녀야 할 사명감
출전 : 신가정

원고료 이백 원

친애하는 동생 K야.

간번 너의 편지는 반갑게 받아 읽었다. 그리고 약해졌던 너의 몸도 다소 튼튼해짐을 알았다. 기쁘다. 무어니 무어니 해야 건강밖에 더 있느냐.

K야, 졸업기를 앞둔 너는 기쁨보다도 괴롬이 앞서고, 희망보다도 낙망을 하게 된다고? 오냐, 네 환경이 그러하니만큼 응당 그러하리라. 그러나 너는 그 괴롭고 낙망 가운데서 단연히 깨달음이 있어야 한다. 그래서 기쁘고 희망에 불타는 새로운 길을 발견해야 한다.

K야, 네가 물은바 이 언니의 연애관과 내지 결혼관은 간단하게 문장으로 표현할 만한 지식이 아직도 나는 부족하구나. 그러니 나는 요새 내가 지내는 생활 전부와 그 생활로부터 일어나는 나의 감정 전부를 아무 꾸밀 줄 모르는 서투른 문장으로 적어놓을 터이니 현명한 너는 거기서 버릴 것은 버리고 취하여다오.

K야, 내가 요새 D 신문에 장편소설을 연재하여 원고료로 이백여 원을 받은 것은 너도 잘 알지. 그것이 내 일생을 통하여 처음으로 많이 가져보는 돈이구나. 그러니 내 머리는 갑자기 활기를 얻어 온갖 공상을 다하게 되두구나.

K야, 너도 짐작하는지 모르겠다마는! 나는 어려서부터 순조롭지 못한 가정에서 자랐고 또 커서까지라도 순경에 처하지 못한 나는 그나마 쥐꼬리만큼 배운 이 지식까지라도 우리 형부의 덕이었니라. 그러니 어려서부터 명일 빔 한번 색 들여 못 입어봤으며 먹는 것이란 언제나 조밥이었구나. 그리고 학교에 다니면서도 맘대로 학용품을 어디 써보았겠니. 학기 초마다 책을 못 사서 울고 울다가는 겨우 남의 낡은 책을 얻어 가졌으며 종이와 붓이 없어 나의 조그만 가슴을 그 몇 번이나 달막거리었는지 모른다.

K야, 나는 아직도 잘 기억한다. 내가 학교 일 년급 때 일이다. 내일처럼

학기 시험을 치겠는데 종이 붓이 없구나. 그래서 생각다 못해서 나는 옆의 동무의 것을 훔치었다가 선생님한테 얼마나 꾸지람을 받았겠니. 그러구 애들한테서는 '애! 도적년 도적년' 하는 놀림을 얼마나 받았겠니. 더구나 선생님은 그 큰 눈을 부라리면서 놀 시간에도 나가 놀지 못하게 하고 벌을 세우지 않겠니. 나는 두 손을 벌리고 유리창 곁에 우두커니 서 있었구나. 동무들은 운동장에서 눈사람을 만들어놓고 손뼉을 치며 좋아하지 않겠니. 나는 벌을 서면서도 눈사람의 그 입과 그 눈이 우스워서 킥하고 웃다가 또 울다가 하였다.

K야, 어려서는 천진하니까 남의 것을 훔칠 생각을 했지만 소위 중학교까지 오게 된 나는 아무리 바쁘더라도 그러한 맘은 먹지 못하였다. 형부한테서 학비로 오는 돈은 겨우 식비와 월사금밖에는 못 물겠더구나. 어떤 때는 월사금도 못 물어서 머리를 들고 선생님을 바로 보지 못한 적이 많았으며 모르는 학과가 있어도 맘 놓고 물어보지를 못했구나. 그러니 나는 자연히 기운이 죽고 바보같이 되더라. 따라서 친한 동무 한 사람 가져보지 못하였다. 이렇게 외로운 까닭에 하느님을 더 의지하게 되었으니, 나는 밤마다 기숙사 강당에 들어가서 목을 놓고 울면서 기도하였다 그러나 그 괴롬은 없어지지 않고 날마다 달마다 자라만 가더구나. 동무들은 양산을 가진다, 세루 치마저고리를 입는다, 털목도리, 재킷을 짠다, 시계를 가진다, 지금 생각하면 그 모든 것이 우습게 생각되지마는 그때는 왜 그리도 부러운지 눈물이 날 만큼 부럽더구나. 그 폭신폭신한 털실로 목도리를 짜는 동무를 보면 나도 모르게 그 실을 만져보다가는 앞서는 것이 눈물이더구나. 여학교 시대가 아니고서는 맛보지 못하는 것이 이 털실의 맛! 어떤 때 남편은 당신은 왜 재킷 하나 짤 줄 모르우? 하고 쳐다볼 때마다 나는 문득 여학교 시절을 회상하며 동무가 가진 털실을 만지며 가히 짜르르하게 느끼던 그 감정을 다시 한번 느끼곤 하였다.

K야, 어느 여름인데 내일같이 방학을 하고 고향으로 떠날 터인데 동무들은 떠날 준비에 바쁘더구나. 그때는 인조견이 나지 않았을 때이다. 모두가 쟁친 모시 치마 적삼을 잠자리 날개처럼 가볍게 해 입고 흰 양산 검은 양산을 제각기 사두구나. 그때에 나는 어쩌야 좋을지 모르겠더라. 무엇보다도

양산이 가지고 싶어 영 죽겠더구나. 지금은 여염집 부인들도 양산을 가지지만 그때야말로 여학생이 아니고서는 양산을 못 가지는 줄로 알았다. 그러니 양산이야말로 무언중에 여학생을 말해주는 무슨 표인 것같이 생각되었니라. 철없는 내 맘에 양산을 못 가지면 고향에도 가고 싶지를 않더구나. 그래서 자꾸 울지만 않았겠니. 한 방에 있는 동무 하나가 이 눈치를 채었음인지 혹은 나를 놀리느라고 그랬는지는 모르나 대 부러진 낡은 양산 하나를 어디서 갖다주더구나. 그래서 그만 기뻤다. 그러나 어쩐지 화끈 달며 냉큼 그 양산을 가질 수가 없더구나. 그래서 새침하고 앉았노라니 동무는 킥 웃으며 나가더구나. 그 동무가 나가자마자 나는 얼른 양산을 쥐고 벌리어 보니 하나도 성한 곳이 없더라. 그때 나는 무어라 말할 수 없는 울분과 슬픔이 목이 막히도록 치받치더구나. 그러나 나는 그 양산을 버리지는 못하였다. K야, 나는 너무나 딴 길로 달아나는 듯싶다. 이만하면 나의 과거생활을 너는 짐작할 터이지…… 나의 현재를 말하려니 말하기 싫은 과거까지 들추어놓았다. 그런데 K야, 아까 말한 그 원고료가 오기 전에 나는 밤 오래도록 잠을 못 이루고 그 돈으로 무엇을 할까 하고 생각하였다. 지금 생각하면 부끄러운 말이지만 우선 겨울이니 털외투나 하고 목도리, 구두, 내 앞니가 너무 새가 넓으니 가늘게 금니나 하고 가늘게 금반지나 하고 시계나…… 아니 남편이 뭐랄지 모르지. 그래도 뭘 내 벌어서 내 해가지는 데야 제가 입이 열이니 무슨 말을 한담. 이번 기회에 못 하면 나는 금시계 하나도 못 가지게…… 눈 딱 감고 한다. 그리고 남편의 양복이나 한 벌 해줘야지, 양복이 그 꼴이니. 나는 이렇게 깡그리 생각해두었구나. 그런데 어느 날 원고료가 내 손에 쥐어졌구나. K야, 남편과 나와는 어쩔 줄을 모르게 기뻐했다.

그날 밤 나는 유난히 빛나는 등불을 바라보면서

"이 돈으로 뭘 하는 것이 좋우?"

남편의 말을 들어보기 위하여 나는 이렇게 물었구나. 남편은 묵묵히 앉았다가 하는 말처럼

"거참, 우리 같은 형편에는 돈이 없는 것이 오히려 맘 편하거든…… 글쎄 이왕 생긴 것이니 써야지. 우선 제일 급한 것이 웅호 동무를 입원시키는 게

지……."

나는 이같이 뜻밖의 말에 앞이 아뜩해지며 아무 말도 할 수가 없더구나. 그러고 나를 처다보는 남편의 그 얼굴이 금시로 개 모양 같고 또 그 눈이 예전 소 눈깔 같더구나.

"그리고 다음으로는 홍식의 부인이지. 이 겨울 동안은 우리가 돌봐야지 어쩌겠수?

나는 이 이상 남편의 말을 듣고 싶지 않더라. 그래서 머리를 돌려 저편 벽을 물끄러미 바라보았구나. 물론 남편의 동지인 웅호라든지 혹은 같은 친구인 홍식의 부인이라든지 나 역시 불쌍하게 생각하지 않는 바는 아니요, 그래서 이 돈이 오기 전까지는 우리의 힘 미치는 데까지는 도와주고 싶은 맘까지 가졌지만 그러나 막상 내 손에 이백여 원이라는 돈을 쥐고 나니 그때의 그 생각은 흔적도 없이 사라지더구나. 어쩔 수 없는 나의 감정이더라. 남편은 대답이 없는 나를 한참이나 바라보다가 약간 거센 음성으로

"그래, 당신은 그 돈을 어떻게 썼으면 좋을 듯싶소?"

그 물음에 나는 혀를 깨물고 참았던 눈물이 샘솟듯 쏟아지더구나. 그 순간에 남편이야말로 돌이나 깎아논 듯 그렇게도 답답하고 안타깝게 내 눈에 비치어지더구나. 무엇보다도 제가 결혼 당시에 있어서도 남들이 다 하는 결혼반지 하나 못 해주었고 구두 한 켤레 못 사주지 않았겠니. 물론 그것이야 제가 돈이 없어서 그러한 것이니 내가 그만한 것은 이해 못 하는 것은 아니다. 그러나 돈이 생긴 오늘에 그것도 남편이 번 것도 아니요 내 손으로 번 돈을 가지고 평생의 원이던 반지나 혹은 구두를 선선히 해 신으라는 것이 떳떳한 일이 아니겠니. 그런데 이 등신 같은 사내는 그런 것은 염두에도 먹지 않는 모양이더라. 나는 이것이 무엇보다도 원망스러웠다. 그러고 지금 신는 구두도 몇 해 전에 내가 중이염으로 서울 갔을 때 남편의 친구인 김경호가 그의 아내가 신다가 벗어논 구두를 자꾸만 신으라고 하더구나. 내 신발이 오죽잖아야 그리했겠니. 그때 나의 불쾌함이란 말할 수 없었다. 사람의 맘은 일반이지 낸들 왜 남이 신다 벗어놓은 것을 신고 싶겠니. 그러나 내 신발을 굽어볼 때는 차마 딱 잘라 거절할 수는 없더구나. 그래서 그 구두를 둘러보니 구멍 난 곳은 없더라. 그래서 약간 신고 싶은 맘이 있지만

남편이 알면 뭐라고 할지 몰라 그다음으로 남편에게 편지를 했구나. 며칠 후에 남편에게서는 승낙의 편지가 왔겠지. 그래서 나는 그 구두를 신게 되지 않았겠니. 그러나 항상 그 구두를 볼 때마다 나는 불쾌한 맘이 사라지지 않더구나. 그런데 오늘 밤 새삼스러이 그 구두를 빌어 신던 그때의 감정이 목구멍까지 치받치며 참을 수 없이 울음이 터지는구나. 나는 마침내 어린 애같이 입을 벌리고 울지 않았겠니. 남편은 벌떡 일어나며 윙 소리가 나도록 나의 뺨을 후려치누나. 가뜩이나 울분에 못 이겨 울던 나는 악이 있는 대로 쓸어나더구나.

"왜 때려, 날 왜 때려!"

나는 달려들지 않았겠니. 남편은 호랑이 눈 같은 눈을 번쩍이며 재차 달려들더니 나의 머리끄덩이를 치는 바람에 등불까지 왱그렁 젱 하고 깨지두구나. 따라서 온 방 안에 석유 내가 확 뿜기누나.

"죽여라. 죽여라."

나는 목이 메어 소리쳤다. 이제야말로 이 사나이와는 마지막이다 싶더라. 남편은 씨근벌떡이며,

"응, 너 따위는 백번 죽여 싸다. 내 네 맘을 모르는 줄 아니. 흥 돈푼이나 생기니까 남편을 남편같이 안 알고. 에이 치사한 년 가라! 그 돈 다 가지고 내일 네 집으로 가. 너 같은 치사한 년과는 내 못 살아. 온 여우 같은 년…… 너도 요새 소위 모던걸이라는 두리해눙년이 되고 싶은 게구나. 아 일류 문인으로서 그리해야 하는 게지. 허허, 난 그런 일류 문인의 사내 될 자격은 못 가졌다. 머리를 지지고 볶고, 상판에 밀가루 칠을 하구, 금시계에 금강석 반지에 털외투를 입고 입으로만 아! 무산자여 하고 부르짖는 그런 문인이 되고 싶단 말이지. 당장 나가라!"

내 손을 잡아 끌어내누나. 나는 문밖으로 쫓기어났구나.

K야, 북국의 바람이 얼마나 찬 것은 말할 수 없다. 내가 여기 온 지 4개 성상을 맞이했건만 그날 밤 같은 그러한 매서운 바람은 맛보지 못하였다. 온 세상이 얼음덩이로 된 듯하더구나. 처다보기만 해도 눈 등이 차오는 달은 중천에 뚜렷한데 매서운 바람결에 가루눈이 씽씽 날리누나. 마치 예리한 칼끝으로 내 피부를 찌르는 듯 내 몸에 부딪히는 눈발이 그렇게 따갑구

나. 나는 팔짱을 찌르고 우두커니 눈 위에서 있었다. 그때에 나의 머리란 너무나 많은 생각으로 터질 듯하더구나. 어떻게 하나? 나는 이 여러 가지 생각 중에서 어떤 결정적 태도를 취하려고 이렇게 중얼거리며 머릿속에 돌아가는 생각을 한 가지씩 붙잡아내었다. 제일 먼저 내달아오는 것이 저 사나이와는 이젠 못 사는 게다. 금을 줘도 못 사는 게다. 그러면 나는 어떡하나. 고향으로 가나? 고향…… 저년 또 다 살았나, 글쎄 그렇지. 며칠 살겠지, 저런 화냥년 하고 비웃는 고향 사람들의 얼굴과 어머니의 안타까워하는 모양! 나는 흠칫하였다. 그러면 서울로 가서 어느 신문사나 잡지사에 취직을 해? 종래의 여기자들의 염문만 퍼친 것을 보아 나 역시 별다른 인간이 못 된다는 것을 깨닫자 그 말로는 타락할 것밖에 없는 듯…… 그러면 어디로. 어떻거나 동경으로 가서 공부나 좀 해봐. 학비는 무엇이 대고. 내 처지로서는 공부가 아니라 타락 공부가 될 것 같다. 나는 이러한 결론을 얻을 때 어쩐지 이 세상에서 버림을 받은 듯 나는 여기를 가나 저기를 가나 누가 반가이 맞받아줄 사람이라고는 없는 듯하구나. 그나마 호랑이같이 씨근거리며 저 방 안에 앉아 있을 저 사나이가 아니면 이 손을 잡아줄 사람이 없는 듯하구나.

K야, 이것이 애정일까? 무엇일까. 나는 그때 또다시 더운 눈물을 푹푹 쏟았다. 동시에 그 호랑이 같은 사나이가 넙적넙적 지껄이던 말을 문득 생각하였다. 그리고 홍식의 부인이며 그 어린 것이 헐벗은 모양, 또는 뼈만 남은 웅호의 얼굴이 무시무시하리만큼 떠오르누나. 남편을 감옥에 보내고 떠는 그들 모자! 감옥에서 심장병을 얻어 가지고 나와서 신음하는 웅호! 내 손에 쥐어진 이백여 원…… 이것이면 그들을 구할 수가 있는 것이다. 나는 아직까지 몸이 성하다. 그리고 헐벗지는 않았다. 이 위에 무엇을 더 바라는 것이 허영 그것이 아니냐! 나는 갑자기 이때까지 어떤 위태한 꿈을 꾸고 있었다는 것을 확실히 알았다.

K야, 나와 같은 처지에서 금시계, 금반지, 털외투가 무슨 소용이 있는 게냐. 그것을 사는 돈으로 동지의 한 생명을 구원할 수 있다면 구원하는 것이 얼마나 떳떳한 일이냐. 더구나 남편의 동지임에랴. 아니 내 동지가 아니야. 나는 단박에 문 앞으로 뛰어갔다.

"여보, 나 잘못했소."

뒤미처 문이 홱 열리더구나. 그래서 나는 뛰어 들어가 남편을 붙들었다.

"여보, 나 잘못했소. 다시는 응."

목이 메어 울음이 쓸어 나왔다. 이 울음은 아까 그 울음과는 아주 차이가 있는 울음이었던 것만은 알아다고. K야, 남편은 한숨을 푹 쉬면서 내 머리를 매만진다.

"당신의 맘을 내 전연히 모르는 배는 아니오. 단벌 치마에 단벌 저고리를 입고 있으니…… 그러나 벗지는 않았지. 입었지. 무슨 걱정이 있소. 그러나 웅호 동무라든가 홍식의 부인을 보구려. 그래 우리 손에 돈이 있으면서 동지는 않아 죽거나 굶어 죽거나 내버려 둬야 옳단 말이오…… 그러기에 환경이 같아야 하는 게야, 환경이. 나부터라도 그 돈이 생기기 전과는 확실히 다르니까."

남편은 입맛을 다시며 잠잠하다. 그도 나 없는 동안에 이리저리 생각해 본 후의 말이며 그가 그렇게 분풀이를 한 것도 내게 함보다도 자기 자신에게 일어나는 모든 불쾌한 생각을 제어하고자 함이었던 것을 나는 알 수가 있었다. 나는 도리어 대담해지며 가슴에서 뜨거운 불길이 확 일어나두구나.

"여보, 값 헐한 것으로 우리 옷이나 한 벌씩하고 쌀이나 한 말, 나무나 한 바리 사구는 그들에게 노나줍시다! 우리는 앞으로 또 벌시 않겠소."

남편은 나를 와락 쓸어안으며

"잘 생각했소!"

K야, 네가 지루할 줄도 모르고 내 말만 길게 늘어놓았구나. 너는 지금 졸업기를 앞두고 별의별 공상을 다 할 줄 안다. 물론 그 공상도 한때는 없지 못할 것이니 나는 결코 너의 그 공상을 나무라려고 드는 것은 아니다. 그러나 그 공상에서 한 보 뛰어나와서 현실에 착안하여라.

지금 삼남의 이재민은 어떠하냐? 그리운 고향을 등지고 쓸쓸한 이 만주를 향하여 몇만의 군중이 달려오고 있지 않느냐. 만주에 와야 누가 그들에게 옷을 주고 밥을 주더냐. 그러나 행여 고향보다는 날까 하고 와서는 처자는 요리관에 혹은 부호의 첩으로 빼앗기고 울고불고하며 이 넓은 벌을 헤매지 않으냐. 하필 삼남의 이재민뿐이냐. 요전에 울릉도에서도 수많은 군중이 남부여대(남자는 등에, 여자는 머리에 짐을 인다는 뜻으로, 가난한 사람과 재난을 당한 사람들이 살 곳을 찾아 떠돌아다닌다는 뜻)하여 원산에 상륙하지 않았더냐. 하여간 전 조선의 빈한한 군중은, 아니 전 세계의 무산대중은 방금 기아선상에서 헤매고 있는 것을 너는 아느냐 모르느냐.

K야, 이 간도는 토벌단이 들이밀리어서 지금 한창 총소리와 칼 소리에 전 대중이 공포에 떨고 있는 중이다. 그러니 농민들은 들에서 농사를 짓지 못하였으며 또 산에서 나무를 베지 못하고 혹시 목숨이나 구해볼까 하여 비교적 안전지대인 용정시와 국자가 같은 도시로 몰려드나 장차 그들은 무엇을 먹고 살겠느냐. 이곳에서는 개 목숨보다도 사람의 목숨이 헐하구나.

K야, 너는 지금 상급학교에 가게 되지 못한다고 혹은 스위트홈을 이루게 되지 못한다고 비관하느냐? 너의 그러한 비관이야말로 얼마나 값없는 비관인가를 눈감고 가만히 생각해보아라. 네가 만일 어떠한 기회로 잠시 동안 너의 이상 하는 바가 실현될지 모르나 그러나 그것은 잠깐 동안이고 너는 또다시 대중과 같은 그러한 처지에 서게 될 터이니 너는 그때에는 그만 자살하려느냐.

K야, 너는 책상 위에서 배운 그 지식은 그것만으로도 훌륭하다. 이제야말로 실천으로 말미암아 참된 지식을 얻어야 할 때이다. 그리하여 너는 오직 너의 사회적 가치(社會的價値)를 향상시킴에 힘써야 한다. 이 사회적 가치를 떠난 그야말로 교환가치(交換價値)를 향상시킴에만 몰두한다면 너는 낙오자요 퇴패자이다. 이것은 결코 너를 상품시 혹은 물건시 하는 데서 하는 말이 아니요, 사람이란 인격상 취하는 방면도 이러한 두 방면이 있다는 것을 네게 알려주고자 함이다.

마약

- 강경애 -

작품 정리

　일제강점기 아편쟁이 남편이 젖먹이를 둔 아내를 파는 이야기로, 변 서방은 아편 값을 마련하기 위해 아내를 중국 상인 진 서방에게 팔아넘긴다. 진 서방에게 치명상을 입고 겁탈을 당한 아내가 탈출하다가 산에서 죽는다는 내용이다.

　경제적으로 어려웠던 시기에 간도에서 겪어야 했던 비참한 조선인 민초의 삶에 관한 이야기다. 자신을 팔아넘긴 아편쟁이 남편과, 홀로 남겨진 젖먹이 아이를 걱정하는 여성의 강인한 모정을 그린 매우 사실적이고 비극적인 작품이다.

작품 줄거리

　아내는 젖먹이 아들을 집에 재워두고 밤은 어두운데 남편의 호통이 무서워 잠깐 그를 따라 다녀올 양으로 집을 나선다. 어디를 가는지도 모르고 남편이 어둠 속으로 자꾸 등을 미는 통에 가고 있지만, 집에서 멀어질수록 아들 보득이가 잠에서 깨어 울까 걱정이 된다.

　얼마 전 남편은 실직하고 목을 매 자살하려고 했기에 함께 죽으려고 하는 것은 아닌지 소름이 오싹 끼친다. 누구를 찾아가 쌀말이나 얻어 오려고 날 데리고 오는 게지 하고 마음을 잡는다.

　시가(市街)에 온 그들은 포목 상점 안으로 들어가 아내를 진 서방에게 팔아넘긴다. 아내는 저항하다가 진 서방에게 겁탈을 당하고 탈출하면서, 아편쟁이 남편과 홀로 남겨진 젖먹이 아이를 걱정하다가 산에서 숨이 끊어진다.

핵심 정리

· 갈래 : 단편 소설
· 배경 : 일제강점기 간도 지방
· 출전 : 여성

· 시점 : 1인칭 전지적 작가 시점
· 주제 : 가정과 아이를 지키려는 강인한 여성의 모정

마약

"나는 등록하였수!"

보득 아버지는 벌떡 일어나며 외쳤다.

"무슨 딴 수작이야 계집을 죽인 놈이. 가자 너 같은 놈은 법이 용서를 못해."

순사는 달려들어 보득 아버지의 멱살을 쥐어 내몰았다.

"네? 계집을 계집을……"

보득 아버지는 정신이 번쩍 들어 순사를 쳐다보았으나 나는 듯이 달려드는 맷손에 머리를 푹 숙여 버렸다. 불을 움켜쥔 그는 기막히게 순사의 입술을 바라볼 때, 불이 붙는 듯 우는 보득이가 눈에 콱 부딪힌다.

"엄마, 엄마."

어디선가 아내가 꼭 뛰어들 듯한 저 음성, 널찍한 미간 좌우에 근심에 젖은 꺼무스름한 아내의 눈이 툭 튀어 오른다. 여보, 보득일 울지 않게 허우. 가슴에서 울컥 내달리는 말, 돌아보니 아내는 없고 풀어진 고름 끈을 밟고 쓰러질 듯이 서서 우는 저 어린것뿐이다. 발딱거리는 저 가슴, 아내의 손때에 까맣게 누웠던 저 머리털, 밤새에 포르르 일어섰다.

"이놈아, 가."

구둣발에 채여 보득 아버지는 뜰 아래로 굴러떨어졌다.

어둠이 호수 속처럼 풍그릉 차 있는 여기, 촉촉이 부딪치는 풀잎, 이슬. 쳐다보니 수림이 꽉 엉키었고, 소복이 드리우는 별빛, 갑자기 뒤따르는 남편의 신발 소리가 이상해 돌아보는 찰나, 무서워 어쓸해진다(움츠러든다). '대체 이 산골로 뭐 하러 들어올까, 왜 그리 보득일 재워 눕히라 성화였나, 이리 멀리 올 줄을 짐작했다면 꼭 업고 올 것을. 또 한 번 물어봐.' 목이 화끈 달아오른다. 급한 때면 언제나처럼 열리지 않는 입술, 두 번 묻기가 어럽게 성내는 남편의 성질, 오물거리는 혀끝을 지그시 눌렀다. 발끝이 거칫하고 잠깐 다녀올 데가 있다던 남편의 말이 거짓말인 양 눈물이 핑 돈다.

조르르 소르르 어깨 위를 스쳐 가는 것이 솔잎인 듯, 송진내 솔그러미(슬며시) 피어 흐르고 깜박깜박 나타나는 별빛이 보득의 그 눈 같아 문득 서게 된다. 남편의 호통에 안 일어나고는 못 배길 것이니 이렇게 따라나섰고 또한 멀리 올 것을 모르고 보득일 재워 눕히고 온 것을 생각하니 남편의 말이라면 너무나 믿고 어려워하는 자신이 새삼스럽게 미워진다. 꼭 보득의 숨소리 같은 벌레 소리가 치맛길에 가득히 스친다.

'날 죽이고 그가 죽으려고 이리 오나.' 거미줄 같은 별빛에서 뛰어오는 생각, 이 년 전 뒤뜰 살구나무에 목매어 늘어졌던 남편의 꼴이 검실검실(어렴풋이) 나타난다. 소름이 오싹 끼쳐진다. '그래도 죽으려는 것을 못 죽게 하니까 이번엔 나부터 죽이고 죽으렴인가, 보득일 어쩔꼬.' 팔싹 주저앉고 싶은 것을 간신히 걷는다. 허리를 도는 바람결에 놓지 않으려던 보득의 혀끝이 젖꼭지에 오물오물 기어간다. 그는 돌아섰다. 솔잎이 뺨을 찰싹 후려친다.

"보, 보득이가 깨었겠는데 이젠 돌아가요."

아무 말 없이 그의 등을 미는 남편, 한층 더 무섭고 고함을 쳐 누구를 부르고 싶은 맘, 타박타박 비탈길을 올라간다. 이 고개를 넘으면, 무릎이 툭 꺾이려 하고 남편이 그를 끌고 저 신속으로 들어갈 듯, 부들부들 떨면서 산마루에 올라서니 확 울고 싶게 마을의 등불이 날아온다.

"여긴 험하네. 내 앞서리."

돌연히 남편은 이런 말을 하고 그의 앞을 서서 걸었다. 악하고 소리치고 싶은 무서움이 머리끝을 스치고 지난 뒤 오히려 저 등불에서 무서움이 달리기 시작한다. '저기 누구를 찾아가는 게지, 그래서 쌀 말이나 얻어 오려고 날 데리고 오는 게지.' 하자, 아편을 하기 시작하면서부터 공연히 남편을 의심하고 무서워하는 버릇이 생겼음을 새삼스럽게 느끼면서, 실직 후에 고민을 이기다 못해 자살하려던 남편, 재일이와 밀려다니다가 아편을 입에 대고 고함쳐 울던 그 모양, 엊그제 동네 여편네들이 비웃던 말이 격지격지(여러 겹) 일어나는 것이다. 어떤 상점에서 무엇인가 도적질하다가 들키어 몹시 매를 맞더라는 남편, '미친년들 아무려면 그가 그런 짓을 했을까.' 그러나 남편의 얼굴에 퍼렇게 멍이 진 자국을 생각하니 목이 콱 멘다.

비탈길을 내리니 보득일 업고 뛰고 싶게 길이 평탄하다. 수수하는 바람 소리에 머리를 돌리니 앵하는 내 애기의 울음소리가 밀려 나가는 저 바람에 따르는 듯, '보득이가 울 텐데 어쩔까.' 그는 이렇게 중얼거리지 않고는 견디지 못하였다.

시가(市街)에 온 그들은 어떤 포목 상점 앞에 섰다. 간혹 지나가고 오는 사람은 있으나마, 거리는 조용하였다.

남편이 상점 안으로 들어가니 주인인 듯한 중국인이 반색을 하여 맞아 준다.

"이제 왔어, 우리 기다렸어."

이렇게 말하고 웃으면서 밖을 살피는 툭 불거진 눈, 얼른 발발이 눈을 연상시키고 이마에 흉터가 별나게 번질거린다. 빛 잃은 맥고모를 푹 눌러쓴 채 금방 쓰러질 듯이 서 있는 남편, 혈색이 좋은 중국인보다 너무나 창백한지, 어느 때는 되놈 같은 것은 사람으로 인정치 않았건만…… 푸르고 붉은 주단 빛이 안개가 되어 상점 방을 폭 덮어주는 것이다. 남편이 머리를 돌려 끄덕끄덕할 제, 그는 아편 인(금단 증상)이 몰려와 저러는가 하여 화닥닥 놀라는 순간, 다음에 어서 들어오라는 뜻임을 어렴풋이 깨달았지만 허둥지둥 들어가면서 얼굴이 와짝 달아오른다. 뚫어져라 하고 그를 살핀 중국인은 앞을 서서 비죽비죽 걸었다. 그도 남편의 뒤를 따라 섰다. 사뿐히 스치는 주단 냄새에 보득의 저고릿감이라도 얻으면 싶고 문득 남편의 후줄근한 아랫도리를 살피면서 타분한(고리타분한) 냄새를 피우는 뜰로 내려섰다. 먼 길을 걸었음일까 아편 인이 몰려옴일까 남편은 비칠비칠하였다. 불행히 이 거동을 중국인이 눈치챌까 그의 가슴은 달막거리고 몇 번이나 손을 내밀어 붙들까 하였다. 빨간 문 앞에서 남편과 중국인은 무어라고 수근거리더니,

"이 방에 들어가 있소. 나 잠깐 볼일 보고 올 테니."

문을 열고 그의 등을 밀어 넣다시피 한다. '필경 아편 인이 몰려온 것이다.' 직각한 그는 암말도 못 하고 방으로 들어왔으나 어둠 속에서 사라지는

남편의 신발 소리를 놓치지 않으려 문을 홱 열어 잡았다. 상점 문이 드르륵 닫겨 버린다. '곧 오라고 할걸.' 하며 문에 몸을 기대섰으려니 홀연 그의 집 방문턱에 기어오르는 보득의 얼굴이 불쑥 나타나고 어느 날 보득이가 문턱을 넘어 굴러떨어지던 것이 가슴에 철썩 부딪힌다. '어쩔까, 어쩔까.' 그는 빙빙 돌았다.

한참 후에 이리 오는 신발 소리가 있으므로 달려 나왔다.

"보득이가 깨었어요"

목이 메어 중얼거리고 보니 뜻밖에 중국인만이 아니냐. 겁결(갑자기 겁이 나)에 발을 세우고,

"여보!"

진 서방 뒤를 살피니 있으려니 한 남편은 없고 어둠이 충충할 뿐이다. 머리끝이 쭈뼛해진다. 단박에 진 서방은 그의 손을 덥석 쥐고,

"변 서방 말야, 그 사람 집에 갔어."

날쌔게 손을 뿌리치고 난 그는 이 말에 확 울음이 솟구치려는 것을 겨우 참으면서 나는 듯이 몸을 빼치려(빠져나오려) 하였다. 치마폭이 후둑 따진다.

"보득 아버지!"

막아서는 진 서방의 가슴을 냅다 받았다. 진 서방은 씨근거리면서 달려들어 그를 안아 가지고 방으로 들어와서 이어 문을 절거덕 걸어버린다.

"여보, 이놈 봐요. 여보!"

마치 단 가마 속에 든 것 같고 어쩐 일인가 아뜩 생각되지 않는다. 그저 이 방을 뛰쳐나가려는 것으로 미칠 것 같았다. 몇 번 소리는 치지 않았건만 목이 탁 갈라지고 목에서 겻불내(겨가 타는 냄새)가 훅훅 뿜긴다. 진 서방은 차차 그 눈에 독을 피우고 함부로 그를 쥐어박아 쓸어안고 넘어지려고 한다.

"사람 살려요, 살려요."

그는 벽을 쿵쿵 받으며 고함쳤으나 음성은 찢기어 잘 나가지 않는다. 이 방안은 도무지 울리지 않고 입술에까지 화기만 번쩍 올라타고 있다. 진 서방은 그의 입술을 막아 소리를 치지 못하게 한다. 땀이 쪼르르 흐르는 손에

서 누린내가 숨을 통하지 못하게 쓸어 오므로 꽉 물어 흔들었다. 벼락같이 쥐어박는 주먹이 우지끈 소리를 내고 피가 쭈르르 흘러 목을 적신다. 진 서방은 눈이 등잔 통 같아져서 무어라고 중국말로 투덜거리더니 시커먼 걸레로 입을 꽉 막아 버린다. 온 입 안은 가시를 문 듯, 그 끝이 코에까지 꿰어 올라온 듯, 흑! 흑! 턱을 채었다. 진 서방은 허리띠를 끌러 미친 듯이 돌아가는 손과 발을 동인 뒤 이마 땀을 씻으며 빙그레 웃었다. 핏줄이 섞인 저 개눈깔 같은 눈엔 야수성이 득실거리고 씩씩거리는 숨결에 개 비린내가 훅훅 뿜긴다. 퍼런 바지는 미끄러져 뱃살이 징글스레 드러났고 누런 침을 똑똑 흘리고 있다. 그는 이 꼴을 보지 않으려 눈을 감으니 들썩 높은 남편의 콧등이 까프름 지나가고 비칠거리는 그 걸음발이 방금 보이면서 이제야 어디서 아편을 하고 이리로 달려오는 모양이 가물가물하였다.

"여보! 여보!"

문을 바라보고 힘껏 소리쳤으나 그 음성은 신음 소리로 변하여질 뿐이었다.

이튿날도 진 서방은 깜짝 아니하고 그의 곁에 앉아 활활 다는 그의 머리에 수건을 대어 주었다. 이미 몸을 더럽힌지라 진정하고자 하나 그만큼 열이 오르고 부러진 이가 쑤시는 것이다. 곁에 보득이만 있다면 되는대로 지내리라는 생각도 때로는 든다. 새벽부터 남편이 자기를 이 되놈에게 팔았는가 하고 의문이 들었던 것이다. 하나 그것은 잠깐이고 어젯밤에 남편이 정녕 집에 갔는지, 여기 어디서 죽지나 않았는지, 만일 갔더라도 보득일 데리고 얼마나 애를 태울까 하는 걱정이 다투어 일어난다. 주르르 수건 짜는 소리에 놀라 그는 머리를 들었다. 진 서방이 누런 이를 내놓고 웃는다. '보득의 오줌 소리 같았건만!' 흑, 하고 뱃속에서 치달아 오는 울음 때문에 눈을 꼭 감아 버렸다.

"생각이 잘이 해. 우리 금가락지, 비단옷 해줬어, 히."

진 서방이 웃는다. 그는 수건을 제치고 돌아누우니 성났던 젖에서 대살과 같이 뻗치는 젖, 젖을 꼭 쥐는 손가락은 바르르 떨리었다. 이어 보득의 촐촐 마른 젖내 몰큰 나는 입김이 볼에 후끈 타오르고, 엄마를 부르고 온 방 안 헤매다가 갈자리(돗자리) 가시에 그 조그만 발과 무릎이 상하여 피가 뚝뚝 흐르는 것이 눈에 또렷하였다.

"보득 아버지 어제 집에 갔어?"

그는 불쑥 물었다. 진 서방은 반가워서,

"갔어. 돈을 가지고 갔어."

돈이란 말에 그는 울음이 왕 터져 나왔다.

이렇듯 하루해를 넘기고 밤을 맞는 보득 어머니는 이 밤에 모든 희망을 붙이고 축 늘어져 있었다. 될 수 있으면 진 서방으로 하여 안심하게 하도록 눈치를 돌리곤 하였다. 여간 좋은 기색을 그 눈에 지질히 띄운 진 서방은 엉덩이를 들썩들썩 추키면서 상점방에도 나갔다 오고, 먹을 것을 사들이고, 약을 사다 이에 바르라는 둥 부산하였다. 그러나 밖에 나가서 단 십 분을 있지 않고 들어와서는 힐끗힐끗 그의 눈치를 보았다. 그 눈에 흰자위가 몸서리나도록 싫었다. 왜 이리 불은 때었을까, 방안은 절절 끓었다. 누런 손으로 과일을 벗기는 저 진 서방, 이마에 콩기름 같은 땀이 흘러 양 볼에 번지르르하다. 제 딴은 온갖 성의를 다 보이느라고 한다. 하도 여러 번째에 못 이기는 체 그 속을 눙쳐주려는 꾀에서 한쪽 받아 입에 무니 이가 딱 맞질리고, '내 애기는 지금 뭘 먹노!' 잇새에 남은 과일 쪽은 보득의 살인 듯 그는 투 뱉어버렸다. 피가 쭈르르 흘러내린다.

자정이 훨씬 지나 그는 머리를 넘석(넘겨다보다)하렸다. 다행히 진 서방이 잠이 든 까닭이다. 그는 숨을 죽이고 몸을 조금씩 일으키면서 연방 진 서방을 주의한다. 혹 잠이 안 들고서 저러나 하는 불안이 방안을 가득 싸고 돌고, 시계 소리, 어디서 우는 벌레 소리, 희끄무레하게 보이는 문, 뭉클 스치는 과일내까지도 사람의 숨결일까 놀라게 된다. 바스스 이불에서 몸을 빼칠 제 후끈 일어나는 땀내에 보득의 기저귀 한끝이 너풀 코끝에 스치는 듯. 이제 가서 보득일 꼭 껴안을 것이 가슴에 번듯거린다. 그는 용기를 얻어 곁의 옷을 집어 들고 사뿐사뿐 뒷문으로 왔다. 가만히 문을 열고 나오니 다리, 팔이 소리를 낼 듯이 떨리고 가슴이 씽씽 뛰어 어쩔 수가 없다. "이년 어디 가니?" 소리치는 듯 귀는 헛소리로 가득 차버린다. 허둥허둥 변소로 와서 우선 동정을 살핀다. 앞으로 나가려니 상점방이 있고 부득이 울타리를 넘어 나가는 수밖에. 울타리 위에는 쇠줄이 엉켜 있는 것을 낮에부터 유심히 바라본 것이다. 더구나 이 변소에서 넘는 것이 가장 헐하리라 한 것이다. 귀를 세워 안방을 주의하고 상점방을 조심한다. '이렇게 망설이다가 진 서방이 깨게 되면 어쩔까.' 발딱 일어나 옷을 울 밖으로 던진 후에 껑충, 울 타리에 매달렸다. 무엇이 발을 꽉 붙잡는 듯 몸은 푸들푸들 떨리고 마음은 어서 나가려는 조바심으로 미칠 것 같다. 쭈르르 미끄러지고 얼굴이 쇠줄에 선뜻 찔린다. 그러나 이를 악물고 철사를 힘껏 붙든 채 바둥거린다. 이 줄을 놓으면, 내 애기, 내 남편은 못 만나볼 듯, 어쩐지 그렇게 생각되었기 때문이다. 쇠줄 소리가 요란스레 난다. 이번에야말로 진 서방이 내달아 오는 듯 발광을 하여 몸을 솟구친다. 아뜩하여 가만히 살피니 그의 몸이 거꾸로 울 밖에 달려 매인 것을 직각한 그는 쇠줄에 속옷 갈래와 발이 끼어서 있음을 알았다. 그는 마구 속옷 갈래를 쥐어 당기고 발을 뽑을 때 철썩하고 땅에 떨어졌다. 이어 딱 하고 무엇이 후려치므로 진 서방이구나 하고 힘껏 저항하려다 만지니 돌에 머리가 마주친 것을 알았다. 단숨에 뛰어 일어난 그는 미친 듯이 뛰었다. 으드드 떨리게스리 터져 나오려는 이 환희! 어둠 속을 뚫고 폭풍우같이 몰아치는 듯, 나는 듯이 시가를 벗어난 그는 산비탈을 끼고 올라간다. 주르르 흘러오는 산바람이 그의 몸에 휘어 감기자 내 애기의 음성이 가까이 들리는 듯, 까뭇 그의 집이 나타나고, 우는 보득이 눈에 고드름같이 매달린 눈물, 귀엽고도 불쌍한 눈물…… 그의 눈에 함빡 스며 옮아오는 듯 거칫(살갗에 닿다) 쓰러진다. 발끝에서 확 일어나는 불길은 쓰러지려는 그의 몸을 바로 잡아준다. 그는 뛴다. 보득의 옆에 쓰러진 남편, 아편에 취하여 있을 그, 이제 가면 붙들고 실컷 울고 싶다. 원망도 아무 것도 사라지고 오직 반갑고 슬픔만이 이락이락 일어나는 것이다. 응당 남편도 그를 붙들고 사죄할 것 같다. 꼭 아편도 뗄 것 같다. 조수같이 밀려 나오는 감격에 아뜩 쓰러진다. '여보' 소리를 지르고 일어나 달린다. 흑흑 차오는 숨 좀 돌리려고 하면 맥없이 쓰러지게 되고 다시 뛰면 숨이 꼴깍 넘어가는 듯 기절할 지경이다. 이마에선 땀인가 무엇인가 쉴 새 없이 흘러 눈을 괴롭히고 목덜미로 새어 흐른다. 비가 오는가 했으나 그것을 살필 여유가 없고 진 서방이 따르는가 돌아보게 된다. 씽씽! 철삿줄 소리가 머리 위를 달리는 것이다. 그는 후닥닥 몸을 솟구치다가 맹하고 쓰러진다. 아직도 그가 철삿줄을 붙들고 섰는가 싶었던 것이다. 다시 정신을 돌리고 나면 '이번에야 떼지, 그래. 우리 보득일 잘 키워야 하지.' 울면서 일어나 닫는다. 마지막 사라지려는 마을의 등불은 불에 단 철사인가 싶게 길게 비친다. 뒤따르는 놈이 있다면 어렵지 않게 죽일 맘이 저 불에서 번쩍한다.

별빛만이 실실이 드리운 수림 속을 걷는 보득 어머니, 남편과 보득일 만날 희망으로 미칠 것 같다. 거칫하면 쓰러지고 쓰러지면 일어나 뛴다. 입에 먼지가 쓸어 들고 불을 붙인 것처럼 얼굴은 따갑다. 몸에서 피비린내가 진동하고 또 젖비린내가 뜨끈뜨끈히 떨어쳐 머리털 끝에까지 넘쳐흐른다. 쏴르르 수림을 흔드는 바람, 그 바람이 머리끝에 춤출 때,

"이번엔 떼야 해요, 떼야 해요."

부지중 그는 이리 중얼거리고 픽 쓰러진다. 발광을 하며 일어나려고 하나 깜짝할 수가 없다. 문득 이마를 만지니 상처가 깊이고 그리로 피가 흐르는 것을 직각한 그는 속옷 갈래를 찢으려다 기진하여 머리를 땅에 박고 만다. 이번엔 적삼을 어루만지려니 발가벗은 몸이고 아까 울 밖으로 옷을 던진 채 깜박 잊고 온 것을 짐작한다. 다시 속옷 갈래를 찢으며 애를 쓴다. 헛기운만 헙헙 나올 뿐 손은 맥을 잃고 만다. 떼야! 떼야! 정신이 까무루루해서 이렇게 부르짖다가 펄쩍 정신이 들 때 일어나려 했으나, 몸이 천근인 듯 무겁다. 팔을 세우면 다리가 말을 안 듣고, 머리를 들면 헛구역질만 나온다. '내가 죽어가는 셈일까, 우리 보득일 어쩌고.' 벌떡 일어났으나 그만 쓰러지고 만다.

"아가 아가!"

먼지를 한입 문 입을 벌려 이렇게 부른다. 응 하는 대답이 있을 듯하건만 그는 땅에 귀를 부비치고 내 애기의 음성을 들으려 숨을 죽인다. 이번엔 목을 비끄러매는 듯이 혀를 힘껏 빼물고 "아가." 불렀으나 아무 소리도 들리지 않는다. 머리를 번쩍 든다. 보득일 업은 남편이 저기 어디 비칠거리고 그를 찾아올 것만 같다. 깜짝 일어났으나 그만 쓰러지게 된다. 대체 왜 이리 쓰러지는지, 그는 아뜩하였다. 손가락을 아작 씹는다. 불이 눈에 불끈 일어 감기려던 눈이 환해진다.

"아가, 여기 젖 있다, 머……."

그는 허공을 향하여 부르짖었다. 숲속에 드리운 저 허공, 남편의 초라한 옷자락인가 봐 펄쩍 정신이 든다. 허나 아니었다. 그는 응 하고 울었다. 그리고 기어라도 볼까, 다리, 팔을 움직이다 그만 쓰러진다.

　아가 아가…… 어쭉 일어나 봐…… 흥 제, 남편은 어찌 될 줄 알고. 이제 등록한 아편쟁이가 될지 어떨지…… 고요히 숨이 끊어지고 만다.

백치 아다다

- 계용묵 -

작가 소개

계용묵(桂鎔默 1904~1961)

본관은 수안(遂安). 본명은 하태용(河泰鏞). 평북 선천(宣川) 출생. 아버지는 항교(恒敎), 어머니는 죽산 박씨(竹山朴氏)이며, 1남 3녀 중 장남으로 1904년 9월 8일 태어난다. 할아버지 창전(昌瑱)에게 '천자문' '동몽선습' 등을 배웠다.

삼봉공립보통학교 재학 중에 순흥 안씨(順興安氏) 정옥과 혼인 후 졸업한다. 1921년 중동학교를 거쳐 1922년 휘문고등보통학교를 다녔으나 할아버지의 반대로 낙향했다. 고향에서 4년간 지내면서 외국문학 작품을 즐겨 읽는다. 1928년 일본 토요대(東洋大學) 동양학과에서 공부하던 중 집안이 파산하여 1931년 귀국한다. 귀국 후 '조선일보' 출판부에 근무한다. 1943년 일본 천황 불경죄로 2개월 동안 수감생활을 하고, 광복 직후 문단의 정치적 대립에도 중립적인 입장을 취하며 작품 활동에 진념한다. 1945년 정비석(鄭飛石)과 잡지 '대조'를 발행하고 1948년 시인 김억(金億)과 출판사 수선사(首善社)를 창립한다. 1 · 4 후퇴 때 제주도로 피난 가 1952년 그곳에서 '신문화'를 펴낸 뒤, 1953년 문인환도 기념문집인 '흑산호'를 발간했다. 1955년 서울로 돌아와 1961년 '현대문학'에 〈설수집〉을 연재하던 중 58세의 나이로 생을 마친다.

작품으로 〈최 서방〉〈인두지주〉〈백치 아다다〉〈장벽〉〈병풍에 그린 닭이〉〈청춘도〉〈신기루〉〈별을 헨다〉〈바람은 그냥 불고〉〈상아탑〉 등 60여 편의 작품을 발표했다.

작품 정리

이 작품은 1935년 '조선 문단(朝鮮文壇)'에 발표하고 1945년 조선출판사에서 출간된 〈백치 아다다〉에 수록된 계용묵의 대표작인 단편 소설이다.

백치인 아다다는 말을 할 때마다 아다다 소리만 연거푸 하고 힘든 일도 몸 아끼지 않고 집안의 모든 고된 일을 도맡아 혼자 한다. 가난한 집 총각에게 논 한 섬과 함께 시집 보내진다. 시집갈 때 가지고 간 논이 시집의 생계를 유지시켜준 덕에 신랑의 사랑을 받는다. 그러나 남편이 살림에 여유가 생겨 첩을 들이고 구박을 해 친정으로 온다. 그녀는 친정에서도 연거푸 실수를 해 시집으로 돌아가라고 친정엄마가 내쫓는다. 집을 나온 그녀는 수롱이를 찾아간다. 수롱은 그녀를 반갑게 맞으면서 두 사람의 행복을 위해 신미도로 가서 모은 돈으로 밭을 마련하여 농사를 짓고 싶어 밭을 사자고 하나 아다다는 반대하고 행복이 돈 때문에 깨질까 염려해 새벽에 수롱이 몰래 지전을 바다에 뿌린다.

이 작품은 스스로 책임질 수 없는 선천적인 불구로 태어나 육체적 고통과 돈의 횡포로 인한 물질사회의 불합리를 지적한다. 비극적 생을 마쳐야 했던 수난의 여성 백치 아다다의 삶이 얼마나 비참하고 가여운지 잘 보여준다.

작품 줄거리

아다다는 말을 할 때마다 아다다 소리만 연거푸 하는 벙어리며 백치다. 확실이란 이름이 있지만 부모도 아다다라 부르고 그녀도 자기 이름으로 안다. 그녀는 힘든 일도 몸 아끼지 않고 집안의 모든 고된 일을 도맡아 혼자 해낸다. 부모는 벙어리며 백치인 그녀를 열아홉을 넘기도록 시집을 못 보내 속을 태우다 논 한 섬과 함께 멀리 사는 가난한 집에 스물여덟 살의 총각에게 시집보낸다. 시집갈 때 가지고 간 논이 가난한 시집 사람들의 생계를 유지시켜준 덕에 신랑의 귀여움을 받는다. 남편이 투기에 손을 대 살림에 여유가 생기자 첩을 들이고 시부모의 학대와 구박을 견디다 친정으로 돌아온다. 친정집에 쫓겨 온 그녀는 집에서도 연거푸 실수를 하자 시집으로 돌아가라고 친정엄마가 머리채를 잡아 휘두르며 내쫓는다. 집을 나온 그녀는 궁리 끝에 수롱이의 오막살이로 간다. 수롱이는 초시의 딸인 그녀를 반갑게 맞으면서 두 사람의 행복을 위해 신미도로 가서 땅을 사기로 하고 그 계획을 아다다에게 알린다.

돈 때문에 겪어야 했던 시집에서의 불행을 생각한 아다다는 아침 일찍 지전 뭉치를 들고 바닷가로 가서 물 위에 뿌린다. 뒤쫓아 온 수롱은 격분해서 그녀를 발길로 거세게 바다에 차 넣는다.

핵심 정리

· 갈래 : 순수 소설　　　　· 시점 : 전지적 작가 시점
· 배경 : 일제 강점기 평안도 어느 마을과 신미도
· 주제 : 물질 중심주의적 삶에 의해 파멸되는 여인의 비극적 삶
· 출전 : 조선 문단

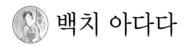 # 백치 아다다

질그릇이 땅에 부딪히는 소리가 났다고 들렸는데, 마당에는 아무도 없다.

부엌에 쥐가 들었나? 샛문을 열어 보려니까,

"아, 아, 아이 아아 아야!"

하는 소리가 뒤란 곁으로 들려온다. 샛문을 열려던 박 씨는 뒷문을 밀었다.

장독대 밑, 비스듬한 켠 아래 아다다가 입을 헤 벌리고 넙적 엎더져 두 다리만을 힘없이 버지럭거리고 있다. 그리고 머리편으로 한 발쯤 나가선 깨어진 동이(배가 부르고 아가리가 넓은 질그릇) 조각이 질서 없이 너저분하게 된장 속에 묻혀 있다.

"아이구메나! 무슨 소린가 했더니 이년이 동애를 또 잡았구나! 이년아! 너 더러 된장 푸래든, 푸래?"

어머니는 딸이 어딘가 다쳤는지 일어나지도 못하고 아파하는 데 가는 동정심보다 깨어진 동이만이 아깝게 눈에 보였던 것이다.

"어, 어마! 아다, 아다, 아다 이다다······."

모닥불을 뒤집어쓰는 듯한 끔찍한 어머니의 음성을 또다시 듣게 되는 아다다는 겁에 질려 얼굴에 시퍼런 물이 들며 넘어진 연유를 말하여 용서를 빌려는 기색이나, 말이 되지를 않아 안타까워한다.

아다다는 벙어리였던 것이다. 말을 하려 할 때에는 한다는 것이 아다다 소리만이 연거푸 나왔다. 어찌어찌 가다가 말이 한마디씩 제법 되어 나오는 적도 있었으나 그것은 쉬운 말에 그치고 만다.

그래서 이것을 조롱 삼아 '확실'이라는 뚜렷한 이름이 있었지만 누구나 그를 부르는 이름은 아다다였다. 그리하여 이것이 자연히 이름으로 굳어져 그 부모네까지도 그렇게 부르게 되었거니와, 그 자신조차도 "아다다!" 하고 부르면 마땅히 들을 이름인 듯이 대답을 했다.

"이년까타나 끌(머리)이 세누나! 시집엘 못 가갔음은 오늘은 어드메든가 나가서 뒈디고 말아라, 이년아! 이년아! 아, 이년아!"

어머니는 눈알을 가로 세워 날카롭게도 흰자위만으로 흘기며 성큼 문턱을 넘어선다.

아다다는 어머니의 손길이 또 자기의 끌채(머리채)를 감아쥘 것을 연상하고 몸을 겨우 뒤채어 비꼬아 일어서서 절룩절룩 굴뚝 모퉁이로 피해 가며 어쩔 줄을 모르고 일변 고개를 좌우로 둘러 살피며 아연하게도,

"아다, 어, 어마! 아다 어마, 아다다다다."

하고 부르짖는다. 다시는 일을 아니 저지르겠다는 듯이, 그리고 한 번만 용서를 하여 달라는 듯싶게. 그러나 사정 모르는 체 기어이 쫓아간 어머니는,

"이년! 어서 뒈데라. 뒈디기 싫건 시집으로 당장 가거라. 못 가간?"

그리고 주먹을 귀 뒤에 넌지시 얼 메고(위협하고) 마주 선다. 순간, 주먹이 떨어지면? 하는 두려운 생각에 오싹하고 끼치는 소름이 튀해(가축이나 짐승의 털을 뽑기 위해 끓는 물에 넣었다 꺼내는) 놓은 닭같이 전신에 돋아나는 두드러기를 느끼는 찰나, '턱' 하고 마침내 떨어지는 주먹이 어느새 끌채를 감아쥐고 갈 지(之) 자로 흔들어 댄다.

"아다, 어어 어마! 아, 아고, 어, 어마!"

아다다는 떨며 빌며 손을 모은다.

그러나 소용이 없다. 한번 손을 댄 어머니는 그저 죽어 싸다는 듯이 자꾸만 흔들어 댄다. 하니, 그렇지 않아도 가꾸지 못한 텁수룩한 머리는 물결처럼 흔들리며 구름같이 피어나선 얼크러진다.

그래도 아다다는 그저 빌 뿐이요, 조금도 반항하려고도 않는다. 이런 일은 거의 날마다 지나 보는 것이기 때문에 한대야, 그것은 도리어 매까지 사는 것이 됨을 아는 것이다. 집에 일이 아무리 밀려 돌아가더라도 나 모르는 체 손 싸매고 들어앉았으면 오히려 이런 봉변은 아니 당할 것이, 가만히 앉아 있지는 못했다.

선천적으로 타고난 천치에 가까운 그의 성격은 무엇엔지 힘에 맞히는 노력이 있어야 만족을 얻는 듯했다. 시키건, 안 시키건, 헐하나(수월하나), 힘차나(힘드나), 가리는 법이 없이 하여야 될 일로, 눈에 띄기만 하면 몸을 아

끼는 일이 없이 하는 것이 그였다. 그래서 집안의 모든 고된 일은 실로 아다다가 혼자서 치워 놓게 된다.

그러나 어머니는 그것이 반갑지 않았다. 둔한 지혜로 마련(계획) 없이 뼈가 부러지도록 몸을 돌보지 않고 일종 모험에 가까운 짓을 하게 되므로, 그 반면에 따르는 실수가 되레 일을 저질러 놓게 되어 그릇 같은 것을 깨쳐 먹는 일은 거의 날마다 있다 하여도 옳을 정도로 있었다.

그래도 아다다의 힘을 빌리지 않고는 집안일을 못 치겠다면 모르지만, 그는 참례를 하지 않아도 행랑에서 차근차근히 다 해 줄 일을 쓸데없이 가로 맡아선 일을 저질러 놓고 마는 데에 그 어머니는 속이 상했다.

본시 시집을 보내기 전에도 그 버릇은 지금이나 다름이 없어 벙어리인 데다 행동까지 그러하였으므로 내용 아는 인근에서는 그를 얻어 가려는 사람이 없었다. 그리하여 열아홉 고개를 넘기도록 처묻어 두고 속을 태우다 못해 깃부(지참금)로 논 한 섬지기를 처넣어 똥 치듯 치워 버렸던 것이, 그만 오 년이 멀다 다시 쫓겨 와 시집에는 아예 갈 생각도 아니 하고 하루 같은 심화(마음의 화)를 올렸다.

그래서 어머니는 역겨운 마음에 아다다가 실수를 할 때마다 주릿대(주리를 트는 막대기)를 내리고 참례를 말라건만 그는 참는다는 것이 그 당시뿐이요, 남이 일을 하는 것을 보면 속이 쏘는 듯이 슬그미 나와서 곁을 슬슬 돌다가는 손을 대고 만다.

바로 사흘 전인가도 무명 뉨(옷감을 잿물에 담갔다가 솥에 삶는 일)을 낼(할) 때 활짝 달은 솥뚜껑을 마련 없이 맨손으로 열다가 뜨거움을 참지 못해 되는 대로 집어 엎는 바람에 그만 자배기(둥글고 넓적한 질그릇)를 깨치고 욕과 매를 한바탕 겪고 났었건만, 어제저녁 행랑 색시더러 오늘은 묵은 된장을 옮겨 담아야 되겠다고 이르는 말을 어느 겨를에 들었던지 아다다는 아침밥이 끝나자 어느새 나가서 혼자 된장을 퍼 나르다가 그만 또 실수를 한 것이었다.

"못 가간? 시집이! 못 가간? 이년! 못 가갔음 죽어라!"

움켜쥐었던 머리를 힘차게 획 두르며 밀치는 바람에 손에 감겼던 머리카락이 끊어지는지 빠지는지 무뚝 묻어나며 아다다는 비칠비칠 서너 걸음 물러난다.

　순간 정신이 어찔해진 아다다는 넘어지지 않으려고 애써 버지럭거리며 삐치는 다리에 겨우 진정을 얻어 세우자,

　"아다, 어마! 아다, 어마! 아다, 아다!"

하고 다시 달려들 듯이 눈을 흘기고 서 있는 어머니를 향하여 눈물 글썽한 눈을 끔벅 한 번 감아 보이고, 그리고 북쪽을 손가락질하여 어머니의 말대로 시집으로 가든지 그렇지 않으면 죽어라도 버리겠다는 뜻으로 고개를 주억이며 겁에 질려 어쩔 줄을 모르고 허청허청 대문 밖으로 몸을 이끌어 냈다.

　나오기는 나왔으나 갈 곳이 없는 아다다는 마당귀를 돌아서선 발길을 더 내놓지 못하고 우뚝 섰다.

　시집으로 간다고 하였으나 아무리 생각해도 남편의 매는 어머니의 그것보다 무섭다. 그러면 다시 집으로 들어가나? 이번에는 외상없는 매가 떨어질 것 같다. 어디로 가야 하나? 갈 곳 없는 갈 곳을 뒤 짜보자니, 눈물이 주는 위로밖에 쓸데없는 오 년 전 그 시집이 참을 수 없이 그립다.

　치울세라, 더울세라, 힘이 들까, 고단할까, 알뜰살뜰히 어루만져 주던 시부모, 밤이면 품속에 꼭 껴안아 피로를 풀어 주던 남편, 아! 얼마나 시집에서는 자기를 위하여 정성을 다하던 것인가?

　참으로 아다다가 처음 시집을 가서의 오 년 동안은 온 집안의 사랑을 한 몸에 받아 왔던 것이 사실이다.

　벙어리라는 조건이 귀에 들어맞는 것은 아니었으나 돈으로 아내를 사지 아니하고는 얻어 볼 수 없는 처지에서 스물여덟 살에 아직 장가를 못 들고 있는 신세로 목구멍조차 치기 어려운 형세이었으므로, 아내를 얻게 되기의 여유를 기다리기까지에는 너무도 막연한 앞날이었다.

　벙어리나마 일생을 먹여 줄 것까지 가지고 온다는 데 귀가 번쩍 띄어 그 자리를 앗기울까(빼앗길까) 두렵게 혼사를 지었던 것이니, 그로 인해서 먹고 살게 되는 시집에서는 아다다를 아니 위할 수가 없었던 것이다. 그러한 가운데 또한 아다다는 못 하는 일이 없이 일 잘하고, 고분고분 말 잘 듣고,

조금도 말썽을 부리는 일이 없었다.

그래서 생활고가 주는 역겨움이 쓸데없이 서로 눈독을 짓게 하여 불쾌한 말만으로 큰소리가 끊일 새 없이 오고 가던 가족은 일시에 봄비를 맞는 동산같이 화락한 웃음의 꽃이 피었다.

원래 바른 사람이 못 되는 아다다에게는 실수가 없는 것이 아니었으나 그로 인해서 밥을 먹게 되는 시집에서는 조금도 역겹게 안 여겼고, 되레 위로를 하고 허물을 감추기에 서로 힘을 썼다.

여기에 아다다가 비로소 인생의 행복을 느끼며, 시집가기 전 지난날 어머니 아버지가 쓸데없는 자식이라는 구실 밑에 아니, 되레 가문을 더럽히는 앙화(殃禍, 재앙) 자식이라고 사람으로서의 푼수에도 넣어 주지 않고 박대하던 일을 생각하고는, 어머니 아버지를 원망하는 나머지 명절 목시(대목 때)나 제향(제사) 때이면 시집에서는 그렇게도 가보라는 친정이었건만 이를 악물고 가지 않고 행복 속에 묻혀 살던 지나간 그날이 아니 그리울 수가 없었다.

그러나 그날은 안타깝게도 다시 못 올 영원한 꿈속에 흘러가고 말았다.

해를 거듭하며 생활의 밑바닥에 깔아 놓았던 한 섬지기라는 거름이 차츰 그들을 여유한 생활로 이끌어 몇백 원이란 돈이 눈앞에 굴게 되니, 까닭 없이 남편 되는 사람은 벙어리로서의 아내가 미워졌다.

조그만 실수기 있이도 눈을 흘겼나. 그리고 매를 내렸다. 이 사실을 아는 아버지는 그것은 들어오는 복을 차 버리는 짓이라고 타이르나 듣지 않았다. 그리하여 부자간에 충돌이 때때로 일어났다. 이럴 때마다 아버지에게는 감히 하고 싶은 행동을 못 하는 아들은 그분을 아내에게로 돌려 풀기가 일쑤였다.

"이년 보기 싫다! 네 집으로 가거라."

그리고 다음에 따르는 것은 매였다. 그러나 아다다는 참아 가며 아내로서의, 그리고 며느리로서의 임무를 다했다.

이것이 시부모로 하여금 더욱 아다다를 귀엽게 만드는 것이어서, 아버지에게서는 움직일 수 없는 며느리인 것을 깨닫게 된 아들은 가정적으로 불만을 느끼게 되어 한 해의 농사를 지은 추수를 온통 팔아 가지고 집을 떠나서 마음의 위안을 찾아 돌다가 주색에 돈을 다 탕진하고 동무들과 물거품 같이 밀리어 안동현(安東縣)으로 건너갔다.

그리하여 이 투기적(投機的)인 도시에서 뒹굴며 노동의 힘으로 밑천을 얻어선 '양화(서양 물건)'와 '은떼루'에 투기하여 황금을 꿈꾸어 오던 것이 기적적으로 맞아나기 시작하여 이태 만에는 이만 원에 가까운 돈을 손에 쥐게 되었다. 그리하여 언제나 불만이던 완전한 아내로서의 알뜰한 사랑에 주렸던 그는 돈에 따르는 무수한 여자 가운데서 마음대로 흡족히 골라 가지고 집으로 돌아왔다.

그리고는 새로운 살림을 꿈꾸는 일변, 새로이 가옥을 건축함과 동시에 아다다를 학대함이 전에 비할 정도가 아니었다. 이에는 그 아버지도 명민하고 인자한 남부끄럽지 않은 뻐젓한 새 며느리에게 마음이 쏠리는 나머지, 이미 생활은 걱정이 없이 되었으니 아다다의 깃부로서가 아니라도 유족할 앞날을 돌아볼 때 아들로서의 아다다에게 대하는 태도는 소모(조금)도 마음에 거슬리는 것이 없었다.

그리하여 시부모의 눈에서까지 벗어나게 된 아다다는 호소할 곳조차 없는 사정에 눈감은 남편의 매를 견디다 못해 집으로 쫓겨 오게 되었던 것이니, 생각만 하여도 옛 매 자리가 아픈 그 시집은 죽으면 죽었지 다시는 찾아갈 생각이 없었던 것이다.

그래서 집에 있게 되니 그것보다는 좀 헐할망정 어머니의 매도 결코 견디기에 족한 것이 아니다. 그리고 그것은 날마다 더 심해만 왔다. 오늘도 조금만 반항이 있었던들 어김없이 매는 떨어지고 말았을 것이다.

그러니 어디로 가나? 아무리 생각을 해 보아야 그저 이 세상에서는 수롱이네 집밖에 또 찾아갈 곳은 없었다.

수롱은 부모 동생조차 없는 삼십이 넘은 총각으로, 누구보다도 자기를 사랑하여 준다고 믿는 단 한 사람이었다. 그리하여 쫓기어 날 때마다 그를 찾아가선 마음의 위안을 얻어 오던 것이다.

아다다는 문득 발걸음을 떼어 아지랑이 얼른거리는 마을 끝 산턱 아래 떨어져 박힌 한 채의 오막살이를 향하여 마당귀를 꺾어 돌았다.

수롱은 벌써 일 년 전부터 아다다를 꾀어 왔다. 시집에서까지 쫓겨난 벙어리였으나 김 초시의 딸이라 스스로도 낮추 보이는 자신으로서는 거연히염(생각)을 내지 못하고 뜻있는 마음을 건너볼 길이 없어 속을 태워 가며눈치만 보아 오던 것이, 눈치에서보다는 베풀어진 동정이 마침내 아다다의마음을 사게 된 것이었다.

아이들은 아다다를 보기만 하면 따라다니며 놀렸다. 아니, 어른들까지도 '아다다, 아다다.' 하고 골을 올려서 분하나 말을 못 하고 이상한 시늉을하며 투덜거리는 것을 보므로 좋아라고 손뼉을 치며 웃었다.

그래서 아다다는 사람을 싫어하였다. 집에 있으면 어머니의 욕과 매, 밖에 나오면 뭇사람들의 놀림, 그러나 수롱이만은 자기를 사랑하는 것이었다. 아이들이 따라다닐 때에도 남 아니 말려 주는 것을 그는 말려 주고, 그리고 매에 터질 듯한 심정을 풀어 주는 것이었다.

그리하여 아다다는 마음이 불편할 때마다 수롱을 생각해 오던 것이, 얼마 전부터는 찾아다니게까지 되어 동네의 눈치에도 이미 오른 지 오래였다.

그러나 아다다의 집에서도 그 아버지만이 지처(地處, 대대로 내려오는신분)를 가지기 위하여 깔맵게 아다다의 행동을 경계하는 듯하고, 그 어머니는 도리어 수롱이와 배가 맞아서 자기 눈앞에 보이지 아니하고 어디로든지 달아났으면 하는 눈치를 알게 된 수롱이는 지금에 와서는 어느 정도까지 내어놓다시피 그를 사귀어 온다.

아다다는 제 집이나처럼 서슴지도 않고 달리어 오자마자 수롱이네 집 문을 벌컥 열었다.

"아, 아다다!"

수롱은 의외에 벌떡 일어섰다.

"너 또 울었구나!"

울었다는 것이 창피하긴 하였으나 숨길 차비가 아니다. 호소할 길 없는가슴속에 꽉 찬 설움은 수롱이의 따뜻한 위무가 그렇게도 그리웠는지 모른다.

방 안에 들어서기가 바쁘게 쫓기어 난 이유를 언제나 같이 낱낱이 말했다.

"그러기 이젠 아야, 다시는 집으로 가지 말구 나하구 둘이서 살아, 응?"

그리고 수롱은 의미 있는 웃음을 벙긋벙긋 웃어 가며 아다다의 등을 척척 두드려 달랬다. 오늘은 어떻게 해서든지 자기의 것을 영원히 만들어 보고 싶은 욕망에 불탔던 것이다. 그러나 아다다는,

"아다 무, 무서! 아바, 무, 무서! 아다아다다다!"

하고, 그렇게 한다면 큰일 난다는 듯이 눈을 둥그렇게 뜬다. 집에서 학대를 받고 있느니보다는 수롱의 사랑 밑에서 살았으면 오죽이나 행복되랴! 다시 집으로는 아니 들어가리라는 생각이 없었던 바도 아니었으나, 정작 이런 말을 듣고 보니 무엇엔지 차마 허하지 못할 것이 있는 것 같고, 그렇지 않은지라 눈을 부릅뜨고 수롱이한테 다니지 말라는 아버지의 이르던 말이 연상될 때 어떻게도 그 말은 엄한 것이었다.

"우리 둘이 달아났음 그만이디, 무섭긴 뭐이 무서워?"

"……"

아다다는 대답이 없다.

딴은 그렇기도 한 것이다. 당장 쫓기어 난 몸이 갈 곳이 어딘고? 다시 생각을 더듬어 볼 때 어머니의 매는 아버지의 그 눈총보다 몇 배나 더한 두려움으로 견딜 수 없이 아픈 것이다. 그러마고 대답을 못 하고 거역한 것이 금시 후회스러웠다.

"안 그래? 무서울 게 뭐야. 이젠 아야 집으루 가지 말구 나하구 있어, 응?"

"응, 아다 이, 있어, 아다, 아다."

하고 아다다는 다시 있자는 수롱이의 말이 나오기를 기다렸던 듯이, 그리고 살길은 이제 찾았다는 듯이, 한숨과 같이 빙긋 웃으며 있겠다는 뜻을 명백히 보이기 위하여 고개를 주억이며 샀(갈대로 만든 돗자리) 바닥을 손으로 툭툭 두드려 보인다.

"그렇지, 그래, 정 있어야 돼. 응?"

"응, 이서, 이서. 아다, 아다."

"정말이야?"

"으, 응, 저 정, 아다, 아다."

단단히 강문(다짐)을 받고 난 수롱이는 은근히 솟아나는 미소를 금할 길이 없었다.

벙어리인 아다다가 흡족할 이치는 없었지만 돈으로 사지 아니하고는 아내라는 것을 얻어 볼 수 없는 처지였다. 그저 생기는 아내는 벙어리였어도 족했다. 그저 자기의 하는 일이나 도와주고, 아들딸이나 낳아 주었으면 자기는 게서 더 바랄 것이 없었다. 아내를 얻으려고 십여 년 동안을 불피풍우(不避風雨, 비바람을 무릅쓰고) 품을 팔아 궤 속에 꽁꽁 묶어 둔 일백오십 원이란 돈이 지금에 와서는 아내 하나를 얻기에 그리 부족할 것이 아니나, 장가를 들지 아니하고 아다다를 꼬여 온 이유도, 아다다를 꼬이므로 돈을 남겨서 그 돈으로는 살림의 밑천을 만들어 가정의 마루를 얹자는 데서였던 것이다. 이제 그 계획이 은근히 성공에 가까워 옴에 자기도 남과 같이 가정을 이루어 보게 되누나 하니 바라지도 못하였던 인생의 행복이 자기에게도 이제 찾아오는 것 같았다.

"우리 아다다."

수롱이는 아다다의 등에 손을 얹으며 빙그레 웃었다.

"아다, 아다."

아다다도 만족한 듯이 히쭉 입이 벌어졌다.

그날 밤을 수롱의 품 안에서 자고 난 아다다는 이미 수롱의 아내 되기에 수줍음조차도 잊었다. 아니, 집에서 자기를 받들어 들인다 하더라도 수롱을 떨어져서는 살 수 없을 만큼 마음은 굳어졌다. 수롱이가 주는 사랑은 이 세상에서는 더 찾을 수 없는 행복이리라 느껴졌던 것이다.

그러나 영원한 행복을 위하여는 이 자리에 그대로 박혀서는 누릴 수 없을 것이 다음에 남은 근심이었다. 수롱이와 같이 살자면 첫째 아버지가 허하지 않을 것이요, 동네 사람도 부끄럽지 않은 노릇이 아니다. 이것은 수롱이도 짐짓 근심이었다. 밤이 깊도록 의논을 하여 보았으나 동네를 피하여 낯모르는 곳으로 감쪽같이 달아나는 수밖에는 다른 묘책이 없었다.

예식 없는 가약을 그들은 서로 맹세하고, 그날 새벽으로 그 마을을 떠나

'신미도'라는 섬으로 흘러가서 그곳에 안주를 정하였다. 그러나 생소한 곳이므로 직업을 찾을 길이 없었다. 고기를 잡아먹고 사는 섬이라 뱃놀음을 하는 것이 제 길이었으나, 이것은 아다다가 한사코 말렸다. 몇 해 전에 자기네 동네에서도 농토를 잃은 몇몇 사람이 이 섬으로 들어와 첫 배를 타다가 그만 풍랑에 몰살을 당하고 만 일이 있던 것을 잊지 못하는 때문이었다.

그렇지 않은지라 수롱이조차도 배에는 마음이 없었다. 섬으로 왔다고는 하지만 땅을 파서 먹는 것이 조마구(주먹) 빨 때부터 길러 온 습관이요, 손익은 일이었기 때문에 그저 그 노릇만이 그리웠다.

그리하여 있던 돈으로 어떻게 밭날갈이(며칠 동안 갈 만큼 넓은 밭)나 사서 조 같은 것이나 심어 가지고 겨울의 시탄(땔나무나 숯)과 양식을 대도록 하고 짬짬이 조개나 굴, 낙지, 이런 것들을 캐어서 그날그날을 살아갔으면 그것이 더할 수 없는 행복일 것만 같았다.

그렇지 않아도 삼십 반생에 자기의 소유라고는 손바닥만 한 것조차 없어, 어떻게도 몽매에 그리던 땅이었는지 모른다. 완전한 아내를 사지 아니하고 아다다를 꾀여 온 것도 이 소유욕에서였다. 아내가 얻어진 이제 비록 많지는 않은 땅이나마 가져 보고 싶은 마음도 간절하였거니와, 또는 그만한 소유를 가지는 것이 자기에게 향한 아다다의 마음을 더욱 굳게 하는데도 보다 더한 수단일 것 같았기 때문이다.

그런 데다 본시 뱃놀음판인 섬인데 작년에 놀구지(병충해)가 잘되었다 하여 금년에 와서 더욱 시세를 잃은 땅은 비록 때가 기경시(起耕時, 논밭을 가는 시기)라 하더라도 용이히 살 수까지 있는 형편이었으므로, 그렇게 하리라 일단 마음을 정하니 자기도 땅을 마침내 가져 보나 하는 생각에 더할 수 없는 행복을 느끼며 아다다에게도 이 계획을 말하였다.

"우리 밭을 한 떼기 사자. 그래두 농살 허야 사람 사는 것 같디. 내가 던답(전답)을 살라구 묶어 둔 돈이 있거든."

하고 수롱이는 봐라는 듯이 시렁 위에 얹힌 석유통 궤 속에서 지전 뭉치를 뒤져내더니 손끝에다 침을 발라 가며 펄딱펄딱 뒤어 보인다.

그러나 그 돈을 본 아다다는 어쩐지 갑자기 화기(생기)가 줄어든다. 수롱이는 그것이 이상했다. 돈을 보면 기꺼워할 줄 알았던 아다다가 도리어 화기를 잃은 것이다. 돈이 있다니 많은 줄 알았다가 기대에 틀림으로써인가?

"이거 봐! 그래는 봐두 이게 일천오백 냥이야. 지금 시세에 밭 이천 평은 한참 놀다가두 떡 먹두룩 살 건데."

그래도 아다다는 아무 대답이 없다. 무엇 때문엔지 수심의 빛까지 역연히 얼굴에 떠오른다.

"아니, 밭이 이천 평이문 조를 심는다 하구 잘만 가꿔 봐, 조가 열 섬에 조짚이 백여 목 날 터이야. 그래, 이걸 개지구 겨울 한동안이야 못 살아? 그럭허구 둘이 맞붙어 몇 해만 벌어 봐! 그 적엔 논이 또 나오는 거야. 이건 괜히 생······."

아다다는 말없이 머리를 흔든다.

"아니, 내레 이게, 거즈뿌레기(거짓말)야? 아, 열 섬이 못 나?"

아다다는 그래도 머리를 흔든다.

"아니, 고롬 밭은 싫단 말인가?"

"아다, 시, 싫어."

그리고 힘없이 눈을 내리깐다. 아다다는 수롱이에게 돈이 있다 해도 실로 그렇게 많은 돈이 있는 줄은 몰랐다. 그래서 그 많은 돈으로 밭을 산다는 소리에 지금까지 꿈꾸어 오던 모든 행복이 여지없이도 일시에 깨어지는 것만 같았던 것이다.

돈으로 인해서 그렇게 행복할 수 있던 사기의 신세는 전남편의 마음을 악하게 만듦으로, 그리고 시부모의 눈까지 가리는 것이 되어 필야엔 쫓겨 나지 아니치 못하게 되던 일을 생각하면 돈소리만 들어도 마음은 좋지 않던 것인데, 이제 한 푼 없는 알몸인 줄 알았던 수롱이에게도 그렇게 많은 돈이 있어 그것으로 밭을 산다고 기꺼워하는 것을 볼 때, 그 돈의 밑천은 장래 자기에게 행복을 가져다주기보다는 몽둥이를 가져다주는 데 지나지 못하는 것 같았고, 밭에다 조를 심는다는 것은 불행의 씨를 심는다는 것만 같았기 때문이다.

아다다는 그저 섬으로 왔거니 조개나 굴 같은 것을 캐어서 그날그날을 살아가야 할 것만이 수롱의 사랑을 받는 데 더할 수 없는 살림인 줄만 안다. 그래서 이러한 살림이 얼마나 즐거우랴, 혼자 속으로 축복을 하며 수롱을 위하여 일층 벌기에 힘을 써야 할 것을 생각해 오던 것이다.

"고롬 논을 사재나? 밭이 싫으문?"

수롱은 아다다의 의견이 알고 싶어 이렇게 또 물었다. 그러나 아다다는 그냥 힘없는 고개만 주억일 뿐이었다. 논을 산대도 그것은 꼭 같은 불행을 사는 데 있을 것이다. 돈이 있는 이상 어느 것이든지 간에 사기는 반드시 사고야 말 남편의 심사이었음을 머리를 흔들어 댔자 소용이 없을 것이었다. 그리하여 그 근본 불행인 돈을 어찌할 수 없는 이상엔 잠시라도 남편의 마음을 거슬리므로 불쾌하게 할 필요는 없다고 아는 때문이었다.

"흥! 논이 도흔(좋은) 줄은 너두 아누나! 그러나 가난한 놈에겐 밭이 논보다 나앗디, 나아."

하고 수롱이는 기어이 밭을 사기로, 그 달음에 거간을 내세웠다.

그날 밤.

아다다는 자리에 누웠으나 잠이 오지 않았다.

남편은 아무런 근심도 없는 듯이 세상모르고 씩씩 초저녁부터 자내건만, 아다다는 그저 돈 생각을 하면 장차 닥쳐올 불길한 예감에 잠을 이룰 수가 없었다. 이불을 붙안고 밤새도록 쥐어틀며 아무리 생각을 해야 그 돈을 그대로 두고는 수롱의 사랑 밑에서 영원한 행복을 누릴 수 있으리라고는 믿기지 않았다.

짧은 봄밤은 어느덧 새어, 새벽을 알리는 닭의 울음소리가 사방에서 처량히 들려온다.

밤이 벌써 새누나 하니, 아다다의 마음은 더욱 조급하게 탔다. 이 밤으로 그 돈에 대한 처리를 하지 못하는 한, 내일은 기어이 거간이 밭을 흥정하여 가지고 올 것이다. 그러면 그 밭에서 나는 곡식은 해마다 돈을 불켜 줄 것이다. 그때면 남편은 늘어 가는 돈에 따라 차차 눈은 어둡게 되어 점점 정은 멀어만 가게 될 것이다. 그다음에는? 그다음에는 더 생각하기조차 무서웠다.

닭의 울음소리에 따라 날은 자꾸만 밝아 온다. 바라보니 어느덧 창은 희끄스럼하게 비친다. 아다다는 더 누워 있을 수가 없었다. 옆에 누운 남편을 지긋이 팔로 밀어 보았다. 그러나 움쩍하지도 않는다. 그래도 못 믿기는 무엇이 있는 듯이 남편의 코에다 가까이 귀를 가져다 대고 숨소리를 엿들었다. 씨근씨근 아직도 잠은 분명히 깨지 않고 있다.

아다다는 슬그머니 이불 속을 새어 나왔다. 그리고 시렁 위에 석유통을 훕쓸어 그 속에다 손을 넣었다. 그리하여 마침내 지전 뭉치를 더듬어서 손에 쥐고는 조심조심 발자국 소리를 죽여 가며 살그머니 문을 열고 부엌으로 내려갔다. 그리고는 일찍이 아침을 지어 먹고 나무새기(푸성귀)를 뽑으러 간다고 바구니를 끼고 바닷가로 나섰다. 아무도 보지 못하게 깊은 물 속에다 그 돈을 던져 버리자는 것이다.

솟아오르는 아침 햇발을 받아 붉게 물들며 잔뜩 밀린 조수는 거품을 부걱부걱 토하며 바람결조차 철썩철썩 해안에 부딪친다.

아다다는 그 바구니를 내려놓고 허리춤 속에서 지전 뭉치를 쥐어 들었다. 그리고는 몇 겹이나 쌌는지 알 수 없는 헝겊 조각을 둘둘 풀었다. 헤집으니 일 원짜리, 오 원짜리, 십 원짜리 무수한 관 쓴 영감들이 나를 박대해서는 아니 된다는 듯이, 모두를 마주 바라본다. 그러나 아다다는 너 같은 것을 버리는 데는 아무런 미련도 없다는 듯이 넘노는 물결 위에다 획 내어 뿌렸다. 세찬 바닷바람에 채인 지전은 바람결 좇아 공중으로 올라가 팔랑팔랑 허공에서 재주를 넘어가며 산산이 헤어져 멀리, 그리고 가깝게 하나씩 하나씩 물 위에 떨어져서는 넘노는 물결조차 잠겼다 떴다 솟구막질을 한다.

어서 물속으로 가라앉든지 그렇지 않으면 흘러 내려가든지 했으면 하고 아다다는 멀거니 서서 기다리나 너저분하게 물 위를 덮은 지전 조각들은 차마 주인의 품을 떠나기가 싫은 듯이 잠겨 버렸는가 하면 다시 기웃거리며 솟아올라서는 물 위를 빙글빙글 돈다.

하더니, 썰물이 잡히자부터야 할 수 없는 듯이 슬금슬금 밑이 떨어져 흐르기 시작한다.

아다다는 상쾌하기 그지없었다. 밀려 내려가는 무수한 그 지전 조각들은 자기의 온갖 불행을 모두 거두어 가지고 다시 돌아올 길이 없는 끝없는 한 바다로 내려갈 것을 생각할 때 아다다는 춤이라도 출 듯이 기꺼웠다.

그러나 그 돈이 완전히 눈앞에 보이지 않게 흘러내려 가기까지에는 아직도 몇 분 동안을 요하여야 할 것인데, 뒤에서 허덕거리는 발자국 소리가 들리기에 돌아다보니 뜻밖에도 수롱이가 헐떡이며 달려오는 것이 아닌가.

"야! 야! 아다다야! 너 돈, 돈 안 건새핸(건사했냐)? 돈, 돈 말이야, 돈……?"

청천의 벽력같은 소리였다.

아다다는 어쩔 줄을 모르고 남편이 이까지 이르기 전에 어서어서 물결은 휩쓸려 돈을 모두 거둬 가지고 흘러 버렸으면 하나 물결은 안타깝게도 그닐그닐 한가히 돈을 이끌고 흐를 뿐, 아다다는 그 돈이 어서 자기의 눈앞에서 자취를 감추어 버리는 것을 보기 위하여 그닐거리고 있는 돈 위에 쏘아 박은 눈을 떼지 못하고 쩔쩔매는 사이, 마침내 달려오게 된 수롱이 눈에도 필경 그 돈은 띄고야 말았다.

뜻밖에도 바다 가운데 무수하게 지전 조각이 널려서 앞서거니 뒤서거니 둥둥 떠내려가는 것을 본 수롱이는 아다다에게 그 연유를 물을 필요도 없이 미친 듯이 옷을 훨훨 벗고 첨버덩 물속으로 뛰어들었다.

그러나 헤엄을 칠 줄 모르는 수롱이는 돈이 엉키어 도는 한복판으로 들어갈 수가 없었다. 겨우 가슴패기까지 잠기는 깊이에서 더 들어가지 못하고 흘러 내려가는 돈더미를 안타깝게도 바라보며 허우적허우적 달려갔다. 차츰 물결은 휩쓸려 떠내려가는 속력이 빨라진다. 돈들은 수롱이더러 어디 달려와 보라는 듯이 휙휙 솟구막질을 하며 흐른다. 그러나 물결이 세어질수록 더욱 걸음발은 자유로 놀릴 수가 없게 된다. 더퍽더퍽 물과 싸움이나 하듯 엎어졌다가는 일어서고 일어섰다가는 다시 엎어지며 달려가나 따를 길이 없다. 그대로 덤비다가는 몸조차 물속으로 휩쓸려 들어갈 것 같아 멀거니 서서 바라보니, 벌써 지전 조각들은 가물가물하고 물거품인지 지전인지도 분간할 수 없을 만큼 먼 거리에서 흐르고 있다. 그러나 그것도 한 순간이었다. 눈앞에는 아무것도 보이는 것이 없다. 휙 휙 하고 밀려 내려가는 거품진 물결뿐이다.

수롱이는 마지막으로 돈을 잃고 말았다고 아는 정도의 물결 위에 쏘아진 눈을 돌릴 길이 없이 정신 빠진 사람처럼 그냥그냥 바라보고 섰더니, 쏜살같이 언덕컨으로 달려오자 아무런 말도 없이 벌벌 떨고 서 있는 아다다의 중동을 사정없이 발길로 제겼다.

"흥앗!"

소리가 났다고 아는 순간, 철썩하고 감탕(진흙)이 사방으로 튀자 보니 벌써 아다다는 해안의 감탕판에 등을 지고 쓰러져 있다.

"이 — 이 — 이……."

수롱이는 무슨 말인지를 하려고는 하나 너무도 기에 차서 말이 되지를 않는 듯 입만 너불거리다가 아다다가 움쩍하는 것을 보더니 아직도 살았느냐는 듯이 번개같이 쫓아 내려가 다시 한번 발길로 제겼다.

"폭!"

하는 소리와 같이 아다다는 가꿉선(가파른) 언덕을 떨어져 덜덜덜 굴러서 물속에 잠긴다. 한참 만에 보니 아다다는 복판도 한복판으로 밀려가서 솟구어 오르며 두 팔을 물 밖으로 허우적거린다. 그러나 그 깊은 파도 속을 어떻게 헤어나랴! 아다다는 그저 물 위를 둘레둘레 굴며 요동을 칠 뿐, 그러나 그것도 한순간이었다. 어느덧 그 자체는 물속에 사라지고 만다.

주먹을 부르쥔 채 우상같이 서서 굽실거리는 물결만 그저 뚫어져라 쏘아보고 서 있는 수롱이는 그 물속에 영원히 잠들려는 아다다를 못 잊어함인가? 그렇지 않으면 흘러 버린 그 돈이 차마 아까워서인가?

짝을 찾아 도는 갈매기 떼들은 눈물겨운 처참한 인생 비극이 여기에 일어난 줄도 모르고 '끼약끼약' 하며 흥겨운 춤에 훨훨 날아다닌 깃 치는 소리와 같이 해안의 풍경만 돕고 있다.

감자

- 김동인 -

작가 소개

김동인(金東仁 1900~1951)

1900년 평양에서 태어났다. 1912년 평양 숭덕 보통학교를 졸업하고, 1914년 일본으로 건너가 도쿄 아오야마 중학부에 유학하였다. 1917년 아오야마 학교를 졸업하고 그림에 뜻을 두어 가와바타 미술학교에 입학한다. 1919년 김동인은 동경에서 우리나라 최초의 문예 동인지인 '창조'를 출판하여, 창간호에 처녀작 〈약한 자의 슬픔〉을 발표하고, 1920년에는 〈피아노의 울림〉과 〈마음이 옅은 자여〉를 발표하였다. 1921년 〈배따라기〉와 단편 〈유성기〉를 발표했지만 경영난 때문에 '창조'를 폐간했다.

그러다가 1922년에 창작집 〈목숨〉, 〈딸의 업을 이으려고〉, 〈전제자〉를 발표했다. 1924년에는 동인지 '영대'를 간행하였으나, 다음 해 제5호를 끝으로 폐간했다. 1929년 〈젊은 그들〉을 동아일보에 연재하였고 1930년에는 단편 〈죄와 벌〉, 〈포플러〉, 탐미주의적인 작품인 〈광염소나타〉를 발표했다. 1933년 조선일보에 〈운현궁의 봄〉을 연재했고, 1935년 '야담' 지에 〈광화사〉를 발표했다. 1938년 일본 천황에 대한 불경죄로 옥고를 치르기도 하였고 광복 직후에는 우익 단체인 전조선 문필가협회 결성을 주선하는 등 좌익과의 싸움에 앞장섰다. 1951년 1·4 후퇴 때 가족이 피난 간 사이에 홀로 서울 성동구 자택에서 죽었다.

첫 단편 소설 〈약한 자의 슬픔〉은 한국 최초의 리얼리즘 또는 자연주의 작품으로 알려져 있다. 단편 〈마음이 옅은 자여〉, 〈목숨〉, 〈발가락이 닮았다〉 등을 썼고, 자연주의 경향의 작품 〈배따라기〉, 〈태형〉, 〈감자〉, 〈김연실전〉 등을 발표했다. 한편 대조적인 작품인 〈광화사〉, 〈광염소나타〉 등은 낭만주의 경향을 보이는 작품이다.

대표작품으로는 〈여인〉, 〈붉은산〉, 〈젊은 그들〉, 〈대수양〉, 〈왕부의 낙조〉등이 있다. 그를 기념하기 위해 사상계 및 동서문화, 1979년부터는 조선일보사에서 동인문학상을 제정·수여하고 있다.

〈감자〉는 복녀라는 가난하지만 정직한 농가에서 자란 여인이 환경의 영향을 받아 타락해 가는 과정을 그린 작품으로 1925년 '조선문단'에 발표되었다. 자연주의 경향의 소설로 김동인의 위치를 확고히 해 준 작품이다. 〈감자〉에 나타난 빈궁한 삶의 체험은 당시 식민지 현실을 반영하는 보편성까지 확보하게 된다. 작품 서두에 제시된 칠성문 밖 빈민굴은 도덕성과 윤리 의식이 부재(不在)하는, 정상적인 세계로부터 격리된 생활공간으로서 이후의 사건에 대한 어떤 예감을 제공한다. 이러한 공간에서 일어날 수 있는 일이란 파렴치하고 부도덕한 '싸움, 간통, 살인, 도둑, 구걸, 징역, 이 세상의 모든 비극과 활극의 근원지'일 수밖에 없다. 복녀 내외가 여기까지 흘러오게 된 것은 가난과 남편의 게으름 때문이다. 원래는 선비의 가통(家統)을 이은 집안의 딸이라 염치도 알고 경우도 아는 복녀였지만, 가난 때문에 밥을 얻으러 다니기도 하고 송충이 잡는 일에서부터 몸을 팔기 시작했다. 복녀의 죽음도 따지고 보면 이러한 불우한 환경이 빚어낸 일종의 숙명으로, 그 운명은 환경에 의해 이미 결정된 것이다. 그녀의 최초 부정은 타율적인 것이었지만 나중에는 자율적인 것으로 변화된다.

'복녀'라는 한 여인의 삶이 농축되어 있는 이 작품의 특징은 우선 그 간결한 문장과 압축적인 대화가 눈에 띈다. 그리고 작가의 주관적인 설명이나 해석이 없이 객관적인 거리를 유지하는 냉철한 문체도 두드러진 특징이다. 내용 면에서는 환경결정론에 입각한 김동인 특유의 자연주의적인 시각이 잘 드러나고 있다.

복녀는 15세 나이에 20년 연상의 동네 홀아비에게 80원에 팔려 시집을 가게 된다. 그러나 남편이 무능하고 게을렀다. 가난하지만 정직한 농가에서 자라 막연하나마 도덕심을 가지고 있던 복녀(福女)는 사느라고 노력했지만 이농민 신세가 되어 평양에서 행랑살이를 전전하다가 결국 칠성문 밖 빈민굴로 들어가게 된다.

당국에서 빈민 구제를 겸하여 시행한 기자묘 솔밭의 송충이잡이를 하게 된 복녀는 열심히 송충이를 잡는다. 그런데 복녀가 며칠 일을 하다 보니 젊은 여인 몇몇은 일하지 않고 나무 밑에서 노닥거려도 복녀보다 하루 품삯을 8전이나 더 받는다는 사실을 안다.

어느 날 감독관은 복녀를 부르고, 복녀는 감독관에게 몸을 허락한다. 그날부터 그녀의 도덕관은 변하였다. 가을이 되자 복녀는 빈민굴 아낙네들을 따라 중국인 감자밭에 감자를 도둑질하기 위해 드나든다. 그러던 어느 날 밤, 복녀가 감자 한 광주리를 훔쳐서 막 일어나려는 찰나 중국인 왕 서방에게 붙잡힌다. 이번에도 복녀는 왕 서방을 따라가서 몸을 허락하고 얼마간의 돈을 얻어 집으로 돌아온다. 왕 서방은 그녀의 집에까지 드나들고 그 후 복녀 부부의 생활에는 약간의 윤기가 흐르기 시작한다. 왕 서방이 복녀의 집에 오면 복녀의 남편은 복녀가 마음 놓고 몸을 팔 수 있도록 자리를 피해 주곤 한다.

다음 해 봄이 되자 복녀는 왕 서방이 젊은 색시를 얻는다는 소식을 듣고 분노한다. 마침내 색시가 오자 복녀는 새벽에 왕 서방 집을 덮쳐 낫으로 왕 서방을 위협하다가 되레 왕 서방에 의해 살해된다. 복녀의 송장은 사흘이 지나도록 묻히지 못하다가 사흘째 되던 날 밤 왕 서방과 복녀 남편, 한방 의사가 모인다. 그날 밤 왕 서방은 복녀 남편에게 30원을 주고 한방 의사에게는 20원을 준다. 그리고 복녀는 이튿날 뇌일혈로 죽었다는 한방 의사의 진단으로 공동묘지에 묻힌다.

핵심 정리

· 갈래 : 순수 소설
· 시점 : 3인칭 관찰자 시점
· 배경 : 1920년대 일제 식민지 평양 칠성문 밖 빈민굴
· 주제 : 가난이 빚은 한 여인의 비극적인 삶
· 출전 : 조선 문단

감자

　싸움, 간통, 살인, 도둑, 구걸, 징역, 이 세상의 모든 비극과 활극의 근원지인 칠성문 밖 빈민굴로 오기 전까지는, 복녀의 부처는(사농공상의 제2위에 드는) 농민이었다.

　복녀는 원래 가난은 하나마 정직한 농가에서 규칙 있게 자라난 처녀였었다. 이전 선비의 엄한 규율은 농민으로 떨어지자부터 없어졌다 하나, 그러나 어딘지는 모르지만 딴 농민보다는 좀 똑똑하고 엄한 가율이 그의 집에 그냥 남아 있었다. 그 가운데서 자라난 복녀는 물론 다른 집 처녀들같이 여름에는 벌거벗고 개울에서 멱 감고, 바짓바람으로 동네를 돌아다니는 것을 예사로 알기는 알았지만, 그러나 그의 마음속에는 막연하나마 도덕이라는 것에 대한 기품을 가지고 있었다.

　그는 열다섯 살 나던 해에 동네 홀아비에게 80원에 팔려서 시집이라는 것을 갔다. 그의 새서방(영감이라는 편이 적당할까)이라는 사람은 그보다 20년이나 위로서, 원래 아버지의 시대에는 상당한 농민으로 밭도 몇 마지기가 있었으나, 그의 대로 내려오면서는 하나둘 줄기 시작하여, 마지막에 복녀를 산 80원이 그의 마지막 재산이었다. 그는 극도로 게으른 사람이었다. 동네 노인의 주선으로 소작 밭깨나 얻어 주면, 종자만 뿌려 둔 뒤에는 훑치질도 안 하고 김도 안 매고 그냥 버려두었다가는 가을에 가서는 되는 대로 거두어서 '금년은 흉년이네' 하고 전주 집에는 가져도 안 가고 자기 혼자 먹어 버리고 하였다. 그러니까 그는 한 밭을 이태를 연하여 부쳐 본 일이 없었다. 이리하여 몇 해를 지내는 동안 그는 그 동네에서는 밭을 못 얻을 만큼 인심과 신용을 잃고 말았다.

　복녀가 시집을 온 뒤, 한 3, 4년은 장인의 덕으로 이렁저렁 지냈으나, 이전 선비의 꼬리인 장인도 차차 사위를 밉게 보기 시작하였다. 그들은 처가에까지 신용을 잃게 되었다.

그들 부처는 여러 가지로 의논하다가 하릴없이 평양 성안으로 막벌이로 들어왔다. 그러나 게으른 그에게는 막벌이나마 역시 되지 않았다. 하루 종일 지게를 지고 연광정에 가서 대동강만 내려다보고 있으니, 어찌 막벌이인들 될까. 한 서너 달 막벌이를 하다가, 그들은 요행 어떤 집 막간(행랑)살이로 들어가게 되었다.

그러나 그 집에서도 얼마 안 되어 쫓겨 나왔다. 복녀는 부지런히 주인집 일을 보았지만, 남편의 게으름은 어찌할 수가 없었다. 매일 복녀는 눈에 칼을 세워 가지고 남편을 채근하였지만, 그의 게으른 버릇은 개를 줄 수는 없었다.

"볏섬 좀 치워 달라우요."

"남 졸음 오는데, 님자 치우시관."

"내가 치우나요?"

"20년이나 밥 처먹구 그걸 못 치워?"

"에이구, 칵 죽구나 말디."

"이 년, 뭘!"

이러한 싸움이 그치지 않다가 마침내 그 집에서도 쫓겨 나왔다.

이젠 어디로 가나? 그들은 하릴없이 칠성문 밖 빈민굴로 밀리어 오게 되었다.

칠성문 밖을 한 부락으로 삼고 그곳에 모여 있는 모든 사람들의 정업은 거지요, 부업으로는 도둑질과(자기네끼리의) 매음, 그 밖에 이 세상의 모든 무섭고 더러운 죄악이었다. 복녀도 그 정업으로 나섰다.

그러나 열아홉 살의 한창 좋은 나이의 여편네에게 누가 밥인들 잘 줄까.

"젊은 거이 거랑질은 왜?"

그런 소리를 들을 때마다 그는 여러 가지 말로 남편이 병으로 죽어 가거니 어쩌거니 핑계는 대었지만, 그런 핑계에서는 단련된 평양 시민의 동정은 역시 살 수가 없었다. 그들은 이 칠성문 밖에서도 가장 가난한 사람 가운데 드는 편이었다. 그 가운데서 잘 수입되는 사람은 하루에 5리짜리 돈푼으로 1원 7, 80전의 현금을 쥐고 돌아오는 사람까지 있었다. 극단으로 나가서는 밤에 돈벌이 나갔던 사람은 그날 밤 40여 원을 벌어 가지고 와서 그 근처에서 담배 장사를 시작한 사람까지 있었다.

복녀는 열아홉 살이었다. 얼굴도 그만하면 빤빤하였다. 그 동네 여인들의 보통 하는 일을 본받아서, 그도 돈벌이 좀 잘하는 사람의 집에라도 간간이 찾아가면, 매일 5, 60전은 벌 수가 있었지만, 선비의 집안에서 자라난 그는 그런 일은 할 수가 없었다.

그들 부처는 역시 가난하게 지냈다. 굶는 일도 흔히 있었다.

기자묘 솔밭에 송충이가 끓었다. 그때 평양부에서는 그 송충이를 잡는데(은혜를 베푸는 뜻으로) 칠성문 밖 빈민굴의 여인들을 인부로 쓰게 되었다.

빈민굴 여인들은 모두 다 지원을 하였다. 그러나 뽑힌 것은 겨우 50명쯤이었다. 복녀도 그 뽑힌 사람 가운데 한 사람이었다.

복녀는 열심히 송충이를 잡았다. 소나무에 사다리를 놓고 올라가서는, 송충이를 집게로 집어서 약물에 잡아넣고, 또 그렇게 하고, 그의 통은 잠깐 사이에 차고 하였다. 하루에 32전씩의 품삯이 그의 손에 들어왔다.

그러나 대엿새 하는 동안에 그는 이상한 현상을 하나 발견하였다. 그것은 다른 것이 아니라, 젊은 여인부 여남은 사람은 언제나 송충이는 안 잡고, 아래서 지절거리며 웃고 날뛰기만 하고 있는 것이었다. 뿐만 아니라 그 놀고 있는 인부의 품삯은, 일하는 사람의 삯전보다 8전이나 더 많이 내어 주는 것이다.

감독은 한 사람뿐이었는데, 감독도 그들이 놀고 있는 것을 묵인할 뿐 아니라, 때때로는 자기까지 섞여서 놀고 있었다.

어떤 날 송충이를 잡다가 점심때가 되어서, 나무에서 내려와 점심을 먹고 다시 올라가려 할 때에 감독이 그를 찾았다.

"복네! 애, 복네!"

"왜 그릅네까?"

그는 약통과 집게를 놓고 뒤로 돌아섰다.

"좀 오나라."

그는 말없이 감독 앞에 갔다.

"애, 너, 음…… 데 뒤 좀 가 보자."

"뭘 하레요?"

"글쎄, 가야……."

"가디요 — 형님."

그는 돌아서면서 인부들 모여 있는 데로 고함쳤다.

"형님두 갑세다 가레."

"싫다 애. 둘이서 재미나게 가는데, 내가 무슨 맛에 가갔니?"

복녀는 얼굴이 새빨갛게 되면서 감독에게로 돌아섰다.

"가 보자."

감독은 저편으로 갔다. 복녀는 머리를 수그리고 따라갔다.

"복네 좋갔구나."

뒤에서 이러한 조롱 소리가 들렸다. 복녀의 숙인 얼굴은 더욱 발갛게 되었다.

그날부터 복녀도 '일 안 하고 품삯 많이 받는 인부'의 한 사람이 되었다.

복녀의 도덕관 내지 인생관은 그때부터 변하였다.

그는 아직껏 딴 사내와 관계를 한다는 것을 생각하여 본 일도 없었다. 그것은 사람의 일이 아니요, 짐승의 하는 짓쯤으로만 알고 있었다. 혹은 그런 일을 하면 탁 죽어지는지도 모를 일로 알았다.

그러나 이런 이상한 일이 어디 다시 있을까. 사람인 자기도 그런 일을 한 것을 보면, 그것은 결코 사람으로 못 할 일이 아니었었다. 게다가 일 안 하고도 돈 더 받고, 긴장된 유쾌가 있고, 빌어먹는 것보다 점잖고…… 일본말로 하자면, '삼박자(三拍子)' 갖춘 좋은 일은 이것뿐이었다. 이것이야말로 삶의 비결이 아닐까. 뿐만 아니라 이 일이 있은 뒤부터 처음으로 한 개 사람이 된 것 같은 자신까지 얻었다.

그 뒤부터는, 그의 얼굴에 조금씩 분도 발리게 되었다.

1년이 지났다.

그의 처세의 비결은 더욱더 순탄히 진척되었다. 그의 부처는 이제는 그리 궁하게 지내지는 않게 되었다.

그의 남편은, 이것이 결국은 좋은 일이라는 듯이 아랫목에 누워서 벌씬벌씬 웃고 있었다.

복녀의 얼굴은 더욱 예뻐졌다.

"여보, 아즈바니, 오늘은 얼마나 벌었소?"

복녀는 돈 좀 많이 번 듯한 거지를 보면 이렇게 찾는다.

"오늘은 많이 못 벌었쉐다."

"얼마?"

"도무지 열서너 냥."

"많이 벌었쉐다. 한 댓 냥 꿰주소고래."

"오늘은 내가……."

어쩌고저쩌고하면, 복녀는 곧 뛰어가서 그의 팔에 늘어진다.

"나한테 들킨 댐에는 꿰구야 말아요."

"나 원, 이 아즈마니 만나믄 야단이더라. 자 꿰주디, 그 대신 응? 알아있디?"

"난 몰라요. 해해해해."

"모르믄 안 줄 테야."

"글쎄, 알았대두 그런다."

— 그의 성격은 이만큼까지 진보되었다.

가을이 되었다.

칠성문 밖 빈민굴의 여인들은 가을이 되면 칠성문 밖에 있는 중국인의 채마밭에 감자(고구마)며 배추를 도둑질하러, 밤에 바구니를 가지고 간다. 복녀도 감자깨나 잘 도둑질하여 왔다.

어떤 날 밤, 그는 고구마를 한 바구니 잘 도둑질하여 가지고, 이젠 돌아오려고 일어설 때에 그의 뒤에 시꺼먼 그림자가 서서 그를 꽉 붙들었다. 보니, 그것은 그 밭의 주인인 중국인 왕 서방이었다. 복녀는 말도 못 하고 멀찐멀찐 발아래만 내려다보고 있었다.

"우리 집에 가!"

왕 서방은 이렇게 말하였다.

"가재믄 가디. 원, 것두 못 갈까."

복녀는 엉덩이를 한 번 홱 두른 뒤에, 머리를 젖히고 바구니를 저으면서 왕 서방을 따라갔다.

1시간쯤 뒤에 그는 왕 서방의 집에서 나왔다. 그가 밭고랑에서 길로 들어서려 할 때에, 문득 뒤에서 누가 그를 찾았다.

"복네 아니야?"

복녀는 홱 돌아서 보았다. 거기는 자기 곁집 여편네가 바구니를 끼고, 어두운 밭고랑을 더듬더듬 나오고 있었다.

"형님이댔쉐까? 형님두 들어갔댔쉐까?"

"님자두 들어갔댔나?"

"형님은 뉘 집에?"

"나? 눅(陸) 서방네 집에. 님자는?"

"난 왕 서방네…… 형님 얼마 받았소?"

"눅 서방네 그 깍쟁이 놈, 배추 세 폐기……."

"난 3원 받았다."

복녀는 자랑스러운 듯이 대답하였다.

10분쯤 뒤에 그는 자기 남편과 그 앞에 돈 3원을 내어놓은 뒤에, 아까 그 왕 서방의 이야기를 하면서 웃고 있었다.

그 뒤부터 왕 서방은 무시로 복녀를 찾아왔다.

한참 왕 서방이 눈만 멀찐멀찐 앉아 있으면, 복녀의 남편은 눈치를 채고 밖으로 나간다. 왕 서방이 돌아간 뒤에 그들 부처는 1원 혹은 2원을 가운데 놓고 기뻐하고는 하였다.

복녀는 차차 동네 거지들한테 애교를 파는 것을 중지하였다. 왕 서방이 분주하여 못 올 때가 있으면 복녀는 스스로 왕 서방의 집까지 찾아갈 때도 있었다.

복녀의 부처는 이제 이 빈민굴의 한 부자였다.

그 겨울도 가고 봄이 이르렀다.

그때 왕 서방은 돈 백 원으로 어떤 처녀를 하나 마누라로 사 오게 되었다.

"흥!"

복녀는 다만 코웃음만 쳤다.

"복녀, 강짜하갔구만."

동네 여편네들이 이런 말을 하면, 복녀는 '흥' 하고 코웃음을 웃고 하였다.

내가 강짜를 해? 그는 늘 힘 있게 부인하곤 하였다. 그러나 그의 마음에 생기는 검은 그림자는 어찌할 수가 없었다.

"이놈 왕 서방, 네 두고 보자."

왕 서방이 색시를 데려오는 날이 가까워졌다. 왕 서방은 아직껏 자랑하던 길다란 머리를 깎았다. 동시에 그것은 새색시의 의견이라는 소문이 퍼졌다.

"흥!"

복녀는 역시 코웃음만 쳤다.

마침내 색시가 오는 날이 이르렀다. 칠보단장에 사인교를 탄 색시가 칠성문 밖 채마밭 가운데 있는 왕 서방의 집에 이르렀다.

밤이 깊도록 왕 서방의 집에는 중국인들이 모여서 별난 악기를 뜯으며 별난 곡조로 노래하며 야단하였다. 복녀는 집 모퉁이에 숨어 서서 눈에 살기를 띠고 방 안의 동정을 듣고 있었다.

다른 중국인들이 새벽 2시쯤 하여 돌아가는 것을 보면서, 복녀는 왕 서방의 집 안에 들어갔다. 복녀의 얼굴에는 분이 하얗게 발리어 있었다.

신랑, 신부는 놀라서 그를 쳐다보았다. 그것을 무서운 눈으로 흘겨보면서, 그는 왕서방에게 가서 팔을 잡고 늘어졌다. 그의 입에서는 이상한 웃음이 흘렀다.

"자, 우리 집으로 가요."

왕 서방은 아무 말도 못 하였다. 눈만 정처 없이 두룩두룩하였다. 복녀는 다시 한번 왕 서방을 흔들었다.

"자, 어서."

"우리, 오늘 밤 일이 있어 못 가."

"일은 밤중에 무슨 일."

"그래두, 우리 일이······."

복녀의 입에 아직껏 떠돌던 이상한 웃음은 문득 없어졌다.

"이까짓 것."

그는 발을 들어서 치장한 신부의 머리를 찼다.

"자, 가자우, 가자우."

왕 서방은 와들와들 떨었다. 왕 서방은 복녀의 손을 뿌리쳤다.

복녀는 쓰러졌다. 그러나 곧 다시 일어섰다. 그가 다시 일어설 때는, 그의 손에는 얼른얼른하는 낫이 한 자루 들리어 있었다.

"이 되놈, 죽어라. 이놈, 나 때렸디! 이놈아, 아이구 사람 죽이누나."

그는 목을 놓고 처울면서 낫을 휘둘렀다. 칠성문 밖 외딴 밭 가운데 홀로 서 있는 왕 서방의 집에서는 일장의 활극이 일어났다. 그러나 그 활극도 곧 잠잠하게 되었다. 복녀의 손에 들리어 있던 낫은 어느덧 왕 서방의 손으로 넘어가고, 복녀는 목으로 피를 쏟으면서 그 자리에 고꾸라져 있었다.

복녀의 송장은 사흘이 지나도록 무덤으로 못 갔다. 왕 서방은 몇 번을 복녀의 남편을 찾아갔다. 복녀의 남편도 때때로 왕 서방을 찾아갔다. 둘의 사이에는 무슨 교섭하는 일이 있었다. 사흘이 지났다.

밤중 복녀의 시체는 왕 서방의 집에서 남편의 집으로 옮겨졌다. 그리고 시체에는 세 사람이 둘러앉았다. 한 사람은 복녀의 남편, 또 한 사람은 어떤 한방 의사 — 왕 서방은 말없이 돈주머니를 꺼내어, 10원짜리 지폐 석 장을 복녀의 남편에게 주었다. 한방 의사의 손에도 10원짜리 두 장이 갔다.

이튿날, 복녀는 뇌출혈로 죽었다는 한방의의 진단으로 공동묘지로 가져갔다.

배따라기

- 김동인 -

작품 정리

〈배따라기〉는 1921년 '창조' 에 발표된 작품으로 헤어짐과 만남이라는 인생의 역정을 펼쳐 보이면서 현실적인 삶이 예술에 의해 아름답게 묘사된 작품이다. '배따라기' 는 평안도 민요의 하나이며 '배따라기' 라는 이름은 '배떠나기' 의 방언인 것으로 알려져 있다.

이 작품은 낭만적이며 탐미주의적인 경향이 드러나 있다. 운명 앞에선 인간의 무력함과 끝없는 회한, 바다를 배경으로 한 서정적 비애감이 소설의 주조를 이루고 있다.

외부 이야기의 화자인 나와 내부 이야기의 주인공인 그가 느끼는 삶의 비극과 허무함이 동일한 지평 위에 놓여 있다는 점이 주목되는 작품으로 우리나라의 단편 소설사에서 액자 소설의 구조를 취하고 있다. '배따라기' 라는 노래로 표상되는 예술의 아름다움이 현실적인 삶의 희생 위에서 얻어진다는 김동인 특유의 예술 지상주의적인 시각도 잘 드러나 있다.

의처증과 오해가 증오로 표출되면서, 평범하게 살아가던 사람들의 관계를 와해시키고 운명 앞에 선 인간의 무력한 모습, 그리고 끝없는 자책과 회한(悔恨)의 정서는 특히 바다의 이미지와 어울려 서정적인 심미감을 더해 준다.

배따라기의 애절한 노래와 어울려 있는 형제의 방랑은 비극적인 운명이면서도 아름다움을 느끼게 한다. 삶의 비극이 예술적인 아름다움으로 승화되고 있는 것이다.

이 작품의 주인공인 '그' 는 도덕이나 윤리, 혹은 이성의 규제를 의식하기보다는 충동적인 감정과 본능에 의해 행동하는 인물이다. 그의 감정적인 분노는 아내의 죽음이라는 파괴적인 결과를 불러온다.

작품 줄거리

나는 대동강에 첫 뱃놀이하는 날인 삼월삼짇날 대동강에서 영유 배따라기를 구슬프게 부르는 어떤 사내를 만난다. 그의 고향은 영유이며 20년간 고향에 가지 않았다고 한다. '나'는 궁금증이 생겨 그 이유를 묻고, '영유 배따라기'를 부르는 '그'의 사연을 듣는다.

그의 형제는 영유에서 조금 떨어진 조그만 어촌에 사는 부자로 배따라기 노래를 잘 부른다. 형제는 모두 장가를 들었고 부부 사이 못지않게 의가 좋았다. 형인 '그'는, 아름다운 아내와 늠름하고 잘생긴 동생을 두었다. 그는 성품이 쾌활하고 친절한 젊은 아내가 미남인 동생에게 친절한 것을 못마땅해하며 아내를 자주 괴롭힌다. 그 후 아내와 아우 사이의 관계가 유난히 좋자 형은 둘 사이를 의심하고 기회만 있으면 꼬투리를 잡아 혼내 주려고 벼른다. 그런 참에 아우가 영유에 자주 출입하면서 첩을 얻었다는 소문을 들은 아내가 형에게 동생을 단속하라고 보채자 의심은 더욱 깊어진다.

그는 명절에 쓸 장도 보고 아내가 갖고 싶어 하던 거울도 하나 살 겸해서 장으로 간다. 기쁜 마음에 집에 당도해 보니, 아내와 동생이 옷매무새가 흐트러진 채 씩씩거리며 한방에 있었다. 그전부터 아내가 동생에게 살갑게 구는 것이 눈엣가시였던 그는 아내와 아우의 변명도 듣지 않고 아내를 두들겨 패고 그들을 쫓아낸다. 집을 나간 아내는 밤이 깊어도 돌아오지 않았다.

저녁때 방에 들어와 성냥을 찾던 형은 낡은 옷 뭉치에서 쥐가 나오는 것을 보고 자신의 경솔한 행동을 후회했으나 기다리던 아내는 다음 날 시체가 되어 바다 위에 떠오르고, 이 때문에 아우는 집을 나가 행방이 묘연하게 된다. 결국 형은 20년 동안 배따라기 노래를 부르며 뱃사람이 되어 떠돌아다닌다는 동생을 찾아 방랑 생활을 계속한다.

그가 영유를 떠난 지 10년이 지난 어느 날, 그는 어느 바닷가에서 동생을 만난다. 그러나 "형님, 그저 다 운명이외다!"라고 하는 이 한마디와 함께 동생은 환상처럼 떠나 버린다. 그리고 다시 10년 세월을 유랑하지만 동생을 다시 만나지는 못한다.

그날 밤 '나'는 '그'의 숙명적 경험담에 잠을 못 이룬다. 다음 날 아침 대동강에 나갔지만 '그'의 모습은 보이지 않았다.

핵심 정리

· 갈래 : 액자 소설
· 시점 : 1인칭 관찰자 시점
· 배경 : 1920년대 일제 강점기 평양과 영유
· 주제 : 오해가 빚은 형제간의 비극적인 인간의 비애
· 출전 : 창조

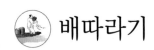 배따라기

좋은 일기이다.

좋은 일기라도 하늘에 구름 한 점 없는 — 우리 '사람'으로서는 감히 접근도 못 할 위엄을 가지고, 높이서 우리 조그만 사람을 비웃는 듯이 내려다보는 그런 교만한 하늘이 아니고, 가장 우리 '사람'의 이해자인 듯이 낮게 뭉글뭉글 엉기는 분홍빛 구름으로서 우리와 서로 손목을 잡자는 그런 하늘이다. 사랑의 하늘이다. 나는 잠시도 멎지 않고 푸른 물을 황해로 부어 내리는 대동강을 향한 모란봉 기슭 새파랗게 돋아나는 풀 위에 뒹굴고 있었다.

이날은 3월 삼질, 대동강에 첫 뱃놀이를 하는 날이다. 까맣게 내려다보이는 물 위에는, 결결이 반짝이는 물결을 푸른 놀잇배들을 타고 넘으며 거기서는 봄 향기에 취한 형형색색의 선율이 우단보다도 부드러운 봄 공기를 흔들면서 날아온다. 그리고 거기서 기생들의 노래와 함께 날아오는 조선 아악(雅樂)은 느리게, 길게, 유창하게, 부드럽게, 그리고 또 애처롭게 — 모든 봄의 정다움과 끝까지 조화하지 않고는 안 두겠다는 듯이 대동강에 흐르는 시꺼먼 봄물, 청류벽에 돋아나는 푸르른 풀어음, 심지어 사람의 가슴속에 봄에 뛰노는 불붙는 핏줄기까지라도, 습기 많은 봄 공기를 다리 놓고 떨리지 않고는 두지 않는다.

봄이다. 봄이 왔다.

부드럽게 부는 조그만 바람이 시꺼먼 조선 솔을 꿰며, 또는 돋아나는 풀을 스치고 지나갈 때의 그 음악은 다른 데서는 듣지 못할 아름다운 음악이다.

아아, 사람을 취케 하는 푸르른 봄의 아름다움이여! 열다섯 살부터의 동경(東京) 생활에 마음껏 이런 봄을 보지 못하였던 나는, 늘 이것을 보는 사람보다 곱 이상의 감명을 여기서 받지 않을 수 없다.

평양성 내에는 겨우 툭툭 터진 땅을 헤치며 파릇파릇 돋아나려는 버들의 어음으로 봄이 온 줄 알 뿐, 아직 완전히 봄이 안 이르렀지만, 이 모란봉 일대와 대동강을 넘어 보이는 가나안 옥토를 연상시키는 장림(長林)에는 마음껏 봄의 정다움이 이르렀다.

그리고 또 꽤 자란 밀보리들로 새파랗게 장식한 장림의 그 푸른빛, 만족한 웃음을 띠고, 그 벌에 서서 내려다보는 농부의 모양은 보지 않아도 생각할 수가 있다.

구름은 자꾸 하늘을 날아다니는 모양이다. 그 밀 위에서 비치었던 구름의 그림자는 그 구름과 함께 저편으로 물러가며 거기는 세계를 아까 만들어 놓은 것 같은 새로운 녹빛이 퍼져 나간다.

바람이나 조금 부는 때는 그 잘 자란 밀들은 물결같이 누웠다 일어났다, 일록 일청으로 춤을 춘다. 그리고 봄의 한가함을 찬송하는 솔개들은 높은 하늘에서 동그라미를 그리며 더욱더 아름다운 봄의 향기로운 정취를 더한다.

"다스한 봄 정에 솟아나리라. 다스한 봄 정에 솟아나리라."

나는 두어 번 소리 나게 읊은 뒤에 담배를 붙여 물었다. 담뱃내는 무럭무럭 하늘로 올라간다.

하늘에도 봄이 왔다.

하늘은 낮았다. 모란봉 꼭대기에 올라가면 넉넉히 만질 수가 있으리만큼 하늘은 낮다. 그리고 그 낮은 하늘보다는 오히려 더 높이 있는 듯한 분홍빛 구름은 몽글몽글 엉기면서 이리저리 날아다닌다.

나는 이러한 아름다운 봄 경치에 이렇게 마음껏 봄의 속삭임을 들을 때는 언제든 유토피아를 아니 생각할 수 없다. 우리가 시시각각으로 애를 쓰며 수고하는 것은 — 그 목적은 무엇인가? 역시 유토피아 건설에 있지 않을까? 유토피아를 생각할 때는 언제든 그 '위대한 인격의 소유자'며 '사람의 위대함을 끝까지 즐긴' 진시황(秦始皇)을 생각지 않을 수 없다.

우리가 어찌하면 죽지를 아니할까 하여, 소년 삼백을 배를 태워 불사약을 구하러 떠나보내며, 예술의 사치를 다 하여 아방궁을 지으며, 매일 신하 몇천 명과 잔치로써 즐기며, 이리하여 여기 한 유토피아를 세우려던 시황은, 몇만의 역사가가 어떻다고 욕을 하든 그는 정말로 인생의 향락자며 역사 이후의 제일 큰 위인이라고 할 수가 있다. 그만한 순전한 용기 있는 사람이 있고야 우리 인류의 역사는 끝이 날지라도 한 사람을 가졌었다고 할 수 있다.

"큰사람이었었다."

하면서 나는 머리를 들었다.

이때 기자묘 근처에서 무슨 슬픈 소리가 들리면서 봄 공기를 진동시켜 날아오는 것이 들렸다.

나는 무심코 귀를 기울였다.

'영유 배따라기' 다. 그것도 웬만한 광대나 기생은 발꿈치에도 미치지 못하리만큼 — 그만큼 그 배따라기의 주인은 잘 부르는 사람이었다.

비나이다, 비나이다.
산천후토 일월성신 하나님 전 비나이다.
실날 같은 우리 목숨 살려 달라 비나이다.
에 — 야, 어그여지야.

여기까지 이르렀을 때에 저편 아래 물에서 장구 소리와 함께 기생의 노래가 울리어 오며 배따라기는 그만 안 들리게 되었다. 나는 2년 전 한여름을 영유서 지내본 일이 있다. 배따라기의 본고장인 영유를 몇 달 있어 본 사람은 그 배따라기에 대하여 언제든 한 속절없는 애처로움을 깨달을 것이다.

영유, 이름은 모르지만 ×산에 올라가서 내려다보면 앞은 망망한 황해이니, 그곳 저녁때의 경치는 한 번 본 사람은 영구히 잊을 수가 없으리라. 불덩이 같은 커다란 시뻘건 해가 남실남실 넘치는 바다에 도로 빠질 듯, 도로 솟아오를 듯 춤을 추며, 때때로 보이지 않는 배에서 배따라기만 슬프게 날아오는 것을 들을 때엔 눈물 많은 나는 때때로 눈물을 흘렸다. 이로 보아서 어떤 원의 아내가 자기의 모든 영화를 낡은 신같이 내어 던지고 뱃사람과 정처 없는 물길을 떠났다 함도 믿지 못할 말이랄 수가 없다.

영유서 돌아온 뒤에도 그 '배따라기'는 내 마음에 깊이 새겨져 잊으려야 잊을 수가 없었고, 언제 한 번 영유를 가서 그 노래를 한 번 들어 보고 그 경치를 다시 한번 보고 싶은 생각이 늘 떠나지를 않았다.

장구 소리와 기생의 노래는 멎고 배따라기만 구슬프게 날아온다.

결결이 부는 바람으로 말미암아 때때로는 들을 수가 없으되, 나의 기억과 곡조를 종합하여 들은 배따라기는 이 대목이다 —

강변에 나왔다가
나를 보더니만
혼비백산하여
꿈인지 생시인지, 생시인지 꿈인지,
와르륵 달려들어
섬섬옥수로 부처 잡고
호천망극하는 말이
"하늘로서 떨어지며
땅으로서 솟아났다
바람결에 묻어오고
구름길에 싸여 왔다."
이리 서로 붙들고 울음 울 제
인리 제인이며
일가친척이 모두 모여

여기까지 들은 나는 마침내 참지 못하고 벌떡 일어서서 소나무 가지에 걸렸던 모자를 내려쓰고 그곳을 찾으러 모란봉 꼭대기에 올라섰다. 꼭대기는 좀 더 노랫소리가 잘 들린다. 그는 배따라기의 맨 마지막, 여기를 부른다.

밥을 빌려서
죽을 쑬지라도
제발 덕분에
뱃놈 노릇은 하지 마라
에 — 야 어그여지야 —.

그의 소리로써 방향을 찾으려던 나는 그만 그 자리에 섰다.

"어딘가? 기자묘? 혹은 을밀대?"

그러나 나는 오래 서 있을 수가 없었다. 어떻든 찾아보자 하고 현무문으로 가서 문밖에 썩 나섰다. 기자묘의 깊은 솔밭은 눈앞에 쫙 퍼진다.

"어딘가?"

나는 또 물어보았다.

이때에 그는 또다시 배따라기를 시초부터 부른다. 그 소리는 왼편에서 온다.

왼편이구나 하면서, 소리 나는 곳을 더듬어서 소나무 틈으로 한참 돌다가 겨우 기자묘 치고는 그중 하늘이 넓고 밝은 곳에 혼자서 뒹굴고 있는 그를 찾아내었다. 내가 생각한 바와 같은 얼굴이다. 얼굴, 코, 입, 눈, 몸집이 모두 네모나고 그의 이마의 굵은 주름살과 시꺼먼 눈썹은 고생 많이 함과 순진한 성격을 나타낸다.

그는 어떤 신사가 자기를 들여다보는 것을 보고 노래를 그치고 일어나 앉는다.

"왜 그냥 하지요."

하면서 나는 그의 곁에 가 앉았다.

"뭐……."

할 뿐 그는 눈을 들어서 터진 하늘을 쳐다본다.

좋은 눈이었다. 바다의 넓고 큼이 유감없이 그의 눈에 나타나 있다. 그는 뱃사람이라 나는 짐작하였다.

"고향이 영유요?"

"예, 뭐, 영유서 나기는 했디만, 한 20년 영윤 가 보디두 않았어요."

"왜 집에, 20년씩 고향엘 안 가요?"

"사람의 일이라니 마음대로 됩대까?"

그는 왜 그러는지 한숨을 짓는다.

"거저, 운명이 제일 힘셉디다."

운명의 힘이 제일 세다는 그의 소리는 삭이지 못할 원한과 뉘우침이 섞여 있다.

"그래요?"

나는 다만 그를 건너다볼 뿐이다.

한참 잠잠하니 있다가 나는 다시 말하였다.

"자, 노 형의 경험담이나 한번 들어 봅시다. 감출 일이 아니면 한번 이야기해 보소."

"뭐, 감출 일은……."

"그럼 어디 한번 들어 봅시다그려."

그는 다시 하늘을 쳐다보았다. 그러나 좀 있다가,

"하디요."

하면서 내가 담배를 붙이는 것을 보고 자기도 담배를 붙여 물고 이야기를 꺼낸다.

"잊히디두 않는 19년 전 8월 열하룻날 일인데요."

하면서 그가 이야기한 바는 대략 이와 같은 것이다.

그의 살던 마을은 영유 고을서 한 20리 떠나 있는 바다를 향한 조그만 어촌이다. 그의 살던 조그만 마을(서른 집쯤 되는)에서는 꽤 유명한 사람이었다.

그의 부모는 모두 열댓에 났을 때 돌아갔고, 남은 사람이라고는 곁집에 딴살림하는 그의 아우 부처와 자기 부처뿐이었다. 그들 형제가 그 마을에서 제일 부자고 또 제일 고기잡이를 잘하였고 그중 글이 있었고, 배따라기도 그 마을에서 빼나게 그 형제가 잘 불렀다. 말하자면 그 형제가 그 동네의 대표적 사람이었다.

8월 보름은 추석 명절이다. 8월 열하룻날 그는 명절에 쓸 장도 볼 겸, 그의 아내가 늘 부러워하는 거울도 하나 사 올 겸 장으로 향하였다.

"당손네 집에 있는 것보다 큰 거이요. 잊디 말구요."

그의 아내는 길까지 따라오면서 잊지 않도록 부탁하였다.

"안 잊어."

하면서 그는 떠오르는 새빨간 햇빛을 앞으로 받으면서 자기 마을을 나섰다.

그는 아내를(이렇게 말하기는 우습지만) 고와했다. 그의 아내는 촌에서는 드물게 연연하고도 예쁘게 생겼다(그는 나에게 이렇게 말하였다).

"성내(평양) 덴줏골(갈보촌)을 가두 그만한 거 쉽디 않갔이요."

그러니까 촌에서는, 그리고 그 당시에는 남에게 우습게 보이도록 그 내외의 사이는 좋았다. 늙은이들은 계집에게 혹하지 말라고 흔히 그에게 권고하였다.

부처의 사이는 좋았지만 — 아니, 오히려 좋으므로 그는 아내에게 샘을 많이 하였다. 그리고 그의 아내는 시기를 받을 일을 많이 하였다.

품행이 나쁘다는 것이 아니라, 그의 아내는 대단히 천진스럽고 쾌활한 성질로서 아무에게나 말 잘하고 애교를 잘 부렸다.

그 동리에서는 무슨 명절이나 되면, 집이 그중 정결함을 핑계 삼아 젊은이들은 모두 그의 집에 모이고 하였다. 그 젊은이들은 모두 그의 아내에게 '아즈마니'라 부르고, 그의 아내는 '아즈바니, 아즈바니' 하며 그들과 지껄이고 즐기며, ㄱ 웃기 잘하는 입에는 늘 웃음을 흘리고 있었다. 그럴 때마다 그는 한편 구석에서 눈만 흘근거리며 있다가 젊은이들이 돌아간 뒤에는 불문곡직하고 아내에게 덤벼들어 발길로 차고 때리며 이전에 사다 주었던 것을 모두 거둬 올린다. 싸움을 할 때에는 언제든 곁집에 있는 아우 부처가 말리러 오며, 그렇게 되면 언제든 그는 아우의 부처까지 때려 주었다.

그가 아우에게 그렇게 구는 데는 이유가 있었다. 그의 아우는 시골 사람에게는 다시 없도록 늠름한 위엄이 있었고, 매일 바닷바람을 쐬었지만 얼굴이 희었다. 이것 뿐으로도 시기가 된다 하면 되지만, 특별히 아내가 그의 아우에게 친절히 하는 데는 속이 끓어 못 견디었다.

그가 영유를 떠나기 반년 전쯤 — 다시 말하자면 그가 거울을 사러 장에 갈 때부터 반년 전쯤 그의 생일날이었다. 그의 집에서는 음식을 차려서 잘 먹었는데 그에게는 괴상한 버릇이 있었으니, 맛있는 음식은 남겨 두었다 좀 있다 먹고 하는 것이 습관이었다. 그의 아내도 이 버릇은 잘 알 터인데 그의 아우가 점심때쯤 오니까 아까 그가 아껴서 남겨 두었던 그 음식을 아우에게 주려 하였다. 그는 눈을 부릅뜨고 '못 주리라'고 암호를 하였지만 아내는 그것을 보았는지 못 보았는지 그의 아우에게 주어 버렸다. 그는 마음속이 자못 편치 못하였다. 트집만 있으면 이년을…… 그는 마음먹었다.

그의 아내는 시 아우에게 상을 준 뒤에 물러 오다가 그만 그의 발을 조금 밟았다.

"이년!"

그는 힘껏 발을 들어서 아내를 냅다 찼다. 그의 아내는 상 위에 거꾸러졌다가 일어난다.

"이년, 사나이 발을 짓밟는 년이 어디 있어!"

"거 좀 밟아서 발이 부러뎃쉐까?"

아내는 낯이 새빨개져서 울음 섞인 어조로 고함친다.

"이년! 말대답이……."

그는 일어서서 아내의 머리채를 휘어잡았다.

"형님! 왜 이러십니까?"

아우가 일어서면서 그를 붙잡았다.

"가만있거라, 이놈의 자식."

하며 그는 아우를 밀친 뒤에 아내를 되는대로 내리찧었다.

"죽일 년, 이년! 나가거라!"

"죽여라, 죽여라! 난 죽어도 이 집에선 못 나가!"

"못 나가?"

"못 나가디 않구. 뉘 집이게……."

이때다. 그의 마음에는 그 못 나가겠다는 아내의 마음이 푹 들이박혔다. 그 이상 때리기가 싫었다. 우두커니 눈만 흘기고 있다가 그는,

"망할 년, 그럼 내가 나갈라."

하고 그만 문밖으로 뛰어나가서,

"형님, 어디 갑니까?"

하는 아우의 말에는 대답도 안 하고, 곁 동네 탁주 집으로 뒤도 안 돌아보고 가서, 거기 있는 술 파는 계집과 술상 앞에 마주 앉았다.

그날 저녁 얼근히 취한 그는 아내를 위하여 떡 한 돈어치 사 가지고 집으로 돌아왔다. 이리하여 또 서너 달은 평화가 이르렀다. 그러나 이 평화가 언제까지든 계속될 수가 없었다. 그의 아우로 말미암아 또 평화는 쪼개져 나갔다.

5월 초승부터 영유 고을 출입이 잦던 그의 아우는 5월 그믐께부터는 고을서 며칠씩 묵어 오는 일이 많았다. 함께 고을에 첩을 얻어 두었다는 소문이 퍼졌다. 이 소문이 있은 뒤로 아내는 그의 아우가 고을 들어가는 것을 벌레보다도 더 싫어하고, 며칠 묵어서 오는 때면 곧 아우의 집으로 가서 그와 담판을 하며, 심지어 동서 되는 아우의 처에게까지 못 가게 하지 않는다고 싸우는 일이 있었다. 7월 초승께 그의 아우는 고을에 들어가서 열흘쯤 묵어 오는 일이 있었다. 이때도 전과 같이 그의 아내는 그의 아우며 제수와 싸우다 못하여 마침내 그에게까지 와서 아우가 그런 못된 데를 다니는 것을 그냥 둔다고 해 보자 한다. 그 꼴을 곱게 보지 않았던 그는 첫마디로 고함을 쳤다.

"네가 상관이 무에가? 듣기 싫다."

"못난둥이. 아우가 그런 델 댕기는 걸 말리디두 못하고!"

분김에 이렇게 그의 아내는 고힘 쳤다.

"이년, 무얼?"

그는 벌떡 일어섰다.

"못난둥이!"

그 말이 채 끝나기도 전에 그의 아내는 악 소리와 함께 그 자리에 거꾸러졌다.

"이년! 사나이에게 그따우 말버릇 어디서 배완!"

"에미네 때리는 건 어디서 배웠노? 못난둥이!"

그의 아내는 울음소리로 부르짖었다.

"상년 그냥? 나갈! 우리 집에 있디 말구 나갈!"

그는 내리찧으면서 부르짖었다. 그리고 아내를 문을 열고 밀쳤다.

"나가디 않으리!"

하고 그의 아내는 울면서 뛰어나갔다.

"망할 년!"

토하는 듯이 중얼거리고 그는 그 자리에 주저앉았다.

그의 아내는 해가 져서 어두워져도 돌아오지 않았다. 일단 내쫓기는 하였지만 그는 아내의 돌아옴을 기다리고 있었다. 어두워져도 그는 불도 안 켜고 성이 나서 우들우들 떨면서 아내가 돌아오기를 기다렸다. 그러나 그의 아내의 참 기쁜 듯이 웃는 소리가 그의 아우의 집에서 밤새도록 울리었다. 그는 움쩍도 안 하고 그 자리에 앉아서 밤을 새운 뒤에 새벽 동터 올 때 아내와 아우를 죽이려고 부엌에 가서 식칼을 가지고 들어와서 문을 벌컥 열었다.

그의 아내로서 만약 근심스러운 얼굴을 하고 그 문밖에 우두커니 서서 문을 들여다보고 있지 않았다면, 그는 아내와 아우를 죽이고야 말았으리라.

그는 아내를 보는 순간 마음에 가득 차는 사랑을 깨달으면서 칼을 내던지고 뛰어나가서 아내의 머리채를 휘어잡고, 이년! 하면서 들어오더니 뺨을 물어뜯으면서 함께 이리저리 자빠져서 뒹굴었다.

그런 이야기를 다 하려면 끝이 없으되 그만 '그', '그의 아내', '그의 아우' 세 사람의 삼각관계는 대략 이와 같다.

각설 ―

거울은 마침 장에 마음에 맞는 것이 있었다. 지금 것과 대보면 어떤 때는 코도 크게 보이고 입이 작게도 보이는 것이지만, 그 당시에는 그리고 그런 촌에서는 둘도 없는 귀물이었다. 거울을 사 가지고 장을 본 뒤에 그는 이 거울을 아내에게 주면 그 기뻐할 모양을 생각하며 새빨간 저녁 햇빛을 받은 넘치는 듯한 바다를 안고 자기 집으로 늘 들르던 탁주 집에도 안 들르고 돌아왔다.

그러나 그가 그의 집 방 안에 들어설 때에는 뜻도 안 하였던 광경이 그의 눈앞에 벌어져 있었다.

방 한가운데는 떡상이 있고, 그의 아우는 수건이 벗어져서 목뒤로 늘어지고, 저고리 고름이 모두 풀어져 가지고 한편 모퉁이에 서 있고, 아내도 머리채가 모두 뒤로 늘어지고, 치마가 배꼽 아래 늘어지도록 되어 있으며, 그의 아내와 아우는 그를 보고 어찌할 줄을 모르는 듯이 움쩍도 안 하고 서 있었다.

세 사람은 한참 동안 어이가 없어서 서 있었다. 그러나 좀 있다가 마침내 그의 아우가 겨우 말했다.

"그놈의 쥐 어디 갔나?"

"흥! 쥐? 훌륭한 쥐 잡댔구나!"

그는 말을 끝내지도 않고 짐을 벗어 버리고 뛰어가서 아우의 멱살을 그러쥐었다.

"형님! 정말 쥐가!"

"쥐? 이놈, 형수하고 그런 쥐 잡는 놈이 어디 있니?"

그는 아우의 따귀를 몇 대 때린 뒤에 등을 밀어서 문밖에 내어 던졌다.

그런 뒤에 이제 자기에게 이를 매를 생각하고 우들우들 떨면서 아랫목에 서 있는 아내에게 달려들었다.

"이년! 시 아우와 그런 쥐 잡는 년이 어디 있어!"

그는 아내를 거꾸러뜨리고 함부로 내리찧었다.

"정말 쥐가…… 아이 죽갔다."

"이년! 너두 쥐? 죽어라!"

그의 팔다리는 함부로 아내의 몸에 오르내렸다.

"아이 죽갔다. 정말 아까 적은이(시 아우) 왔기에 떡 자시라고 내놓았더니……."

"듣기 싫다! 시 아우 붙은 년이, 무슨 잔소릴……."

"아이, 아이 정말이야요. 쥐가 한 마리 나……."

"그냥 쥐?"

"쥐 잡을래다가……."

"상년! 죽어라! 물에라두 빠데 죽어!"

그는 실컷 때린 뒤에, 아내도 아우처럼 등을 밀어 쫓았다. 그 뒤에 그의 등으로,

"고기 배때기에 장사해라!"

하고 토하였다.

　분풀이는 실컷 하였지만, 그래도 마음속이 자못 편치 못하였다. 그는 아랫목으로 가서 바람벽을 의지하고 실신한 사람같이 우두커니 서서 떡상만 들여다보고 있었다.

　1시간…… 2시간…….

　서편으로 바다를 향한 마을이라 다른 곳보다는 늦게 어둡지만, 그래도 술시(戌時)쯤 되어서는 깜깜하니 어두웠다. 그는 불을 켜려고 바람벽에서 떠나 성냥을 찾으러 돌아갔다.

　성냥은 늘 있던 자리에 있지 않았다. 그래서 여기저기 뒤적이노라니까 어떤 낡은 옷 뭉치를 들칠 때에 문득 쥐 소리가 나면서 후덕덕 뛰어나온다.

　그리하여 저편으로 기어 도망한다.

　"역시 쥐댔구나!"

　그는 조그만 소리로 부르짖었다. 그리고 그만 맥없이 털썩 주저앉았다.

　아까 그가 보지 못한 때의 광경이 활동사진과 같이 그의 머리에 지나갔다.

　아우가 집에를 온다. 아우에게 친절한 아내는 떡을 먹으라고 아우에게 떡상을 내놓는다. 그때에 어디선가 쥐가 한 마리 뛰어나온다. 둘이서는 쥐를 잡노라고 돌아간다. 한참 성화시키던 쥐는 어느 구석에 숨어 버린다. 그들은 쥐를 찾느라고 두룩거린다. 그럴 때에 그가 집에 들어선 것이다.

　"상년, 좀 있으믄 안 들어오리……."

　그는 억지로 마음먹고 그 자리에 드러누웠다. 그러나 그의 아내는 밤이 가고 날이 밝기는커녕 해가 중천에 올라도 돌아오지를 않았다. 그는 차차 걱정이 나서 찾아보러 나섰다.

　아우의 집에도 없었다. 동리를 모두 찾아보아도 본 사람도 없다 한다.

　그리하여 낮쯤 한 30리 내려간 바닷가에서 겨우 아내를 찾기는 찾았지만, 그 아내는 이전 같은 생기로 찬 산 아내가 아니요, 몸은 물에 불어서 곱이나 크게 되고, 이전에 늘 웃음을 흘리던 예쁜 입에는 거품을 잔뜩 문 죽은 아내였다.

그는 아내를 업고 집으로 돌아오기까지 정신이 없었다.

이튿날 간단하게 장사를 하였다. 뒤에 따라오는 아우의 얼굴에는,

'형님, 이게 웬일이오니까.'

하는 듯한 원망이 있었다.

장사를 지낸 이튿날부터 아우는 그 조그만 마을에서 없어졌다. 하루 이틀은 심상히 지냈지만, 닷새가 지나도 아우는 돌아오지 않았다. 그래서 알아보니까, 꼭 그의 아우같이 생긴 사람이 5, 6일 전에 멧산자 보따리를 하여 진 뒤에 시뻘건 저녁 해를 등으로 받고 더벅더벅 동쪽으로 가더라 한다. 그리하여 열흘이 지나고, 스무날이 지났지만, 한 번 떠난 그의 아우는 돌아올 길이 없고, 혼자 남은 아우의 아내는 매일 한숨으로 세월을 보내게 되었다.

그도 이것을 잠자코 보고 있을 수가 없었다. 그 불행의 모든 죄는 그에게 있었다.

그도 마침내 뱃사람이 되어, 적으나마 아내를 삼킨 바다와 늘 접근하여 가는 곳마다 아우의 소식을 알아보려고 어떤 배를 얻어 타고 물길을 나섰다.

그는 가는 곳마다 아우의 이름과 모습을 물었으나 아우의 소식은 알 수가 없었다.

이리하여 꿈결같이 10년을 지니시 9년 진 가을, 탁탁히 낀 안개를 깨며 연안(延安) 바다를 지나가던 그의 배는 몹시 부는 바람으로 말미암아 파선을 하여 벗 몇 사람은 죽고 그는 정신을 잃고 물 위에 떠돌고 있었다.

그가 겨우 정신을 차린 때는 밤이었다. 그리고 어느덧 그는 뭍 위에 올라와 있었고, 그를 말리느라고 새빨갛게 피워 놓은 불빛으로 자기를 간호하는 아우를 보았다.

그는 이상히도 놀라지도 않고, 천연하게 물었다.

"너, 어딯게(어떻게) 여기 완?"

아우는 잠자코 한참 있다가 겨우 대답하였다.

"형님, 거저 다 운명이외다."

따뜻한 불기운에 깜박 잠이 들려다가 그는 화다닥 깨면서 또 말했다.

“10년 동안에 되게 파리했구나.”

“형님, 나두 변했거니와 형님도 몹시 늙으셨쉐다.”

이 말을 꿈결같이 들으면서 그는 또 혼혼히 잠이 들었다. 그리하여 두어 시간, 꿀보다도 단잠을 잔 뒤에 깨어 보니 아까 빨간 불은 피어 있지만 아우는 형의 얼굴을 물끄러미 들여다보고 있다가 새빨간 불빛을 등으로 받으면서, 더벅더벅 아무 말 없이 어두운 가운데로 사라졌다 한다.

이튿날 아무리 알아보아야 그의 아우는 종적이 없어지고 알 수 없으므로, 그는 하릴없이 다른 배를 얻어 타고 또 물길을 떠났다. 그리하여 그의 배가 해주에 이르렀을 때 그는 해수욕장에 들어가서 무엇을 사려다 저편 맞은편 가게에 얼핏 그의 아우 같은 사람이 있으므로 뛰어가서 보니 그는 벌써 없어졌다. 배가 해주에는 오래 머물지 않으므로 그는 마음은 해주에 남겨 두고, 또다시 바닷길을 떠났다.

그 뒤에 3년을 이리저리 돌아다녔어도 아우는 다시 볼 수가 없었다.

그리하여 3년을 지나서 지금부터 6년 전에, 그의 탄 배가 강화도를 지날 때에, 바다를 향한 가파로운 뫼켠에서 바다를 향하여 날아오는 ‘배따라기’를 들었다. 그것은 어떤 구절과 곡조는 그의 아우 특색으로 변경된 그의 아우가 아니면 부를 사람이 없는 ‘배따라기’이다.

배가 강화도에 머무르지 않아서 그저 지나갔으나 인천서 열흘쯤 머무르게 되었으므로, 그는 곧 내려서 강화도로 건너가 보았다. 거기서 이리저리 찾아다니다가, 어떤 조그만 객줏집에서 물어보니, 이름도 그의 아우요, 생긴 모습도 그의 아우인 사람이 묵어 있기는 하였으나, 사나흘 전에 도로 인천으로 갔다 한다. 그는 돌아서서 인천으로 건너서 찾아보았지만 그 조그만 인천에서도 그의 아우를 찾을 바가 없었다.

그 뒤에 눈 오고 비 오며 6년이 지났지만, 그는 다시 아우를 만나 보지 못하고 아우의 생사까지도 알 수 없었다.

말을 끝낸 그의 눈에는 저녁 해에 반사하여 몇 방울의 눈물이 반짝인다. 나는 한참 있다가 겨우 물었다.

“노형 계수는?”

"모르디오. 20년을 영유는 안 가 봤으니까요."

"노형은 이제 어디루 갈 테요?"

"것두 모르디요. 정처가 있나요? 바람 부는 대로 몰려댕기디요."

그는 다시 한번 나를 위하여 배따라기를 불렀다. 아아, 그 속에 잠겨 있는 삭이지 못할 뉘우침, 바다에 대한 애처로운 그리움.

노래를 끝낸 다음에 그는 일어서서 시뻘건 저녁 해를 잔뜩 등으로 받고, 을밀대를 향하여 더벅더벅 걸어갔다. 나는 그를 말릴 힘이 없어서 멀거니 그의 등만 바라보고 앉아 있었다.

그날 밤, 집에 돌아와서도 그 배따라기와 그의 숙명적 경험담이 귀에 쟁쟁히 울리어서 잠을 못 이루고 이튿날 아침 깨어서 조반도 안 먹고 기자묘로 뛰어가서 또다시 그를 찾아보았다. 그가 어제 깔고 앉았던 풀은 모두 한편으로 누워서 그가 다녀감을 기념하되 그는 그 근처에 보이지 않았다. 그러나 — 그러나 배따라기는 어디선가 쟁쟁히 울리어서 모든 소나무들을 떨리지 않고는 안 두겠다는 듯이 날아온다.

"모란봉(牡丹峰)이다. 모란봉에 있다."

하고 나는 한숨에 모란봉으로 뛰어갔다. 모란봉에는 사람이 하나도 없다.

부벽루(浮碧樓)에도 없다.

"을밀대(乙密臺)다."

하고 나는 다시 을밀대로 갔다. 을밀내에서 부벽부를 연한, 지옥까지 연한 듯한 골짜기에 물 한 방울도 안 새리라, 빽빽이 난 소나무의 그 모든 잎잎은 떨리는 배따라기를 부르고 있지만 그는 여기도 있지 않다. 기자묘의 하늘을 향하여 퍼져 나간 그 모든 소나무의 천만의 잎잎도, 그 아래쪽 퍼진 천만의 풀들도 모두 그 배따라기를 슬프게 부르고 있지만, 그는 이 조그만 모란봉 일대에서 찾을 수가 없었다.

강가에 나가서 알아보니 그의 배는 오늘 새벽에 떠났다 한다.

그 뒤에 여름과 가을이 가고 1년이 지나서 다시 봄이 이르렀으되, 잠깐 평양을 다녀간 그는 숙명적 경험담과 슬픈 배따라기를 남겨 두었을 뿐, 다시 조그만 모란봉에 나타나지 않았다.

모란봉과 기자묘에 다시 봄이 이르러서, 작년에 그가 깔고 앉았던 부러졌던 풀들도 다 곧게 대가 나서 자줏빛 꽃이 피려 하지만, 끝없는 뉘우침을 다만 한낱 '배따라기'로 하소연하는 그는 이 조그만 모란봉과 기자묘에서 다시 볼 수가 없었다. 다만 그가 남기고 간 '배따라기'만 추억하는 듯이 모든 잎잎이 속삭이고 있을 따름이다.

광화사

- 김동인 -

작품 정리

이 작품은 1935년 '야담'에 발표된 유미주의·탐미주의·예술지상주의 경향의 소설이다. 이 소설은 비현실적인 소재를 전달하기 위하여 두 가지의 소설 기법을 구사한다. 하나는 액자 소설의 기법이고, 하나는 역사에서 배워 친숙한 인물의 허구적 상상력을 가미하여 미인도를 완성해 가는 화공의 작업 과정이 짙게 나타난 작품이다. 소경 처녀가 죽으면서 엎은 먹물이 튀어 그림의 눈동자를 이루고, 그 눈동자가 죽은 처녀의 원망의 눈으로 나타나며, 결국 화공이 미치게 되는 마지막 부분은 거의 악마적인 분위기를 느끼게 한다. 예술가로 세속을 떠나 아름다움을 그리려 했던 화공은, 그것이 깨지자 파괴적인 분노에 사로잡혀 살인과 광기라는 비극적인 결과를 불러온다. 이런 낭만주의적 예술가의 일대기로 소설의 뼈대를 삼는 〈광화사〉는 작가의 유미주의 경향을 대표하는 작품이며, 낭만주의적 예술을 솔거라는 화공을 통해서 보여주는 작가 특유의 극단적 예술주의를 보여 준다.

작품 줄거리

조선 세종 때 두 번이나 결혼에 실패한 화공 '솔거'는 천재 화가이지만 얼굴이 매우 추악했다. 그래서 산속에 들어와 은둔하며 그림에 정진한다. '솔거'는 자신의 화폭에 담을 어머니를 닮은 미인을 찾아 10년 동안 방황하다 우연히 산 속에서 소경 처녀를 만나게 된다. 소경 처녀의 동경에 찬 신비로운 눈빛에서 자기가 찾던 어머니의 모습을 보게 된 '솔거'는 처녀를 집으로 데려와 눈동자를 제외한 그림을 그리고, 둘은 부부의 연을 맺고 하룻밤을 보낸다. 이튿날 눈동자를 마저 그리기 위해 소경의 아름다운 표정을 떠올리지만, 어젯밤 정을 통한 처녀의 눈은 전날의 황홀한 아름다움이 드러나지 않는다. 이에 격분한 '솔거'는 소경 처녀의 멱을 잡고 흔들다 그녀를 죽이게 된다.

그녀가 죽으면서 넘어지는 바람에 먹물이 튀어 미인도의 눈동자가 완성된다. 그러나 그 눈은 마지막 죽어 가던 그녀의 원망스런 눈빛이었다. 그 후 '솔거'는 미쳐 돌아다니다 소경을 그린 미인도를 가슴에 품고 쓸쓸히 죽는다.

핵심 정리

· 갈래 : 단편 소설, 액자 소설
· 시점 : 전지적 작가 시점
· 배경 : 조선 세종 때 한양의 백악(인왕산)
· 주제 : 현실과 예술 세계의 괴리(乖離)에서 오는 비극
· 출전 : 조광

광화사

인왕(仁王)

바위 위에 잔솔이 서고 잔솔 아래는 이끼가 빛을 자랑한다.

굽어보니 바위 아래는 몇 포기 난초가 노란 꽃을 벌리고 있다. 바위에 부딪치는 잔바람에 너울거리는 난초잎.

여(余)는 허리를 굽히고 스틱으로 아래를 휘저어보았다. 그러나 아직 난초에는 4, 5척의 거리가 있다. 눈을 옮기면 계곡.

전면이 소나무의 잎으로 덮인 계곡이다. 틈틈이는 철색(鐵色)의 바위로 보이기는 하나, 나무 밑의 땅은 볼 길이 없다. 만약 여로서 그 자리에 한 번 넘어지면 소나무의 잎 위로 굴러서 저편 어디인지 모를 골짜기까지 떨어질 듯하다.

여의 등 뒤에도 2, 3장(丈)이 넘는 바위다. 그 바위에 올라서면 무학(舞鶴)재로 통한 커다란 골짜기가 나타날 것이다. 여의 발아래도 장여(丈餘)의 바위다. 아래는 몇 포기 난초, 또 그 아래는 두어 그루의 잔솔, 바위 아래로부터는 가파른 계곡이다.

그 계곡이 끝나는 곳에는 소나무 위로 비로소 경성시가의 한편 모퉁이가 보인다. 길에는 자동차의 왕래도 가맣게 보이기는 한다. 여전한 분요(紛擾)와 소란의 세계는 그곳에 역시 전개되어 있기는 할 것이다.

그러나 여기 지금 서 있는 곳은 심산이다. 심산이 가져야 할 온갖 조건을 구비하였다.

바람이 있고, 암굴이 있고, 산초 산화가 있고, 계곡이 있고, 샘물이 있고, 절벽이 있고, 난송(亂松)이 있고 — 말하자면 심산이 가져야 할 유수미(幽邃味)를 다 구비하였다.

본시 이 도회는 심산 중의 한 계곡이었다. 그것을 오백 년간을 닦고, 갈고, 지어서 오늘날의 경성부를 이룬 것이다.

이러한 협곡에 국도(國都)를 창건한 이태조의 본의가 어디에 있었는지를 알 길이 없다. 그러나 오늘날의 한 산보객의 자리에서 보자면 서울은 세계에 유례가 없는 미도(美都)일 것이다.

도회에 거주하며 식후의 산보로서 푸대님 채로 이러한 유수(幽邃)한 심산에 들어갈 수 있다 하는 점으로 보아서 서울에 비길 도회가 세계에 어디 다시 있으랴.

회흑색(灰黑色)의 지붕 아래 고요히 누워 있는 오백 년의 도시를 눈 아래 굽어보는 여의 사위에는 온갖 고산식물이 난성(亂盛)하고 계곡에 흐르는 물소리와 눈 아래 날아드는 기조(奇鳥)들은 완전히 여로 하여금 등산객의 정취를 느끼게 한다.

여는 스틱을 바위틈에 꽂아 놓았다. 그리고 굴러떨어지기를 면키 위하여 잔솔의 새에 자리 잡고 비스듬히 앉았다. 담배를 피우고 싶었으나 잠시의 산보로 여기고 담배도 안 가지고 나온 발이 더듬더듬 여기까지 미쳤으므로 담배도 없다.

시야의 한편에는 2, 3장의 바위, 다른 한편에는 푸르른 하늘, 그 끝으로는 솔잎이 서너 개 어렴풋이 보인다. 그윽이 코로 몰려들어오는 송진 냄새. 소나무에 불리는 바람 소리 유수키 짝이 없다. 여가 지금 앉아 있는 자리는 개벽 이래로 과연 몇 사람이나 밟아 보았을까.

이 바위 생긴 이래로 혹은 여가 맨 처음 발 대어본 것이 아닐까. 아까 바위를 기어서 이곳까지 올라오느라고 애쓰던 그런 맹랑한 노력을 하여 본 바보가 여 이외에 몇 사람이나 있었을까. 그런 모험을 맛보기 위하여 심산을 찾아온 용사는 많을 것이로되 결사적으로 인왕 등산을 한 사람은 그리 많으리라고 생각되지 않는다.

등 뒤 바위에는 암굴이 있다. 뱀이라도 있을까 무서워서 들어가 보지는 않았지만 스틱으로 휘저어 본 결과로도, 세 사람은 넉넉히 들어가 앉아 있음직하다.

이 암굴을 무엇에 이용할 수가 없을까.

음모의 도시. 한양은 그새 오백 년간 별별 음흉한 사건이 연출되었다. 시가 끝에서 반 시간 미만에 넉넉히 올 수 있는 이런 가까운 거리에 뚫린 암굴은, 있는 줄 알기만 하였으면 혹은 음모에 이용되지 않았을까.

공상!

유수한 맛에 젖어 있던 여는 이 암굴 때문에 차차 불쾌한 공상에 빠지기 시작하려 한다. 온갖 음모, 그 뒤를 잇는 살육·모함·방축, 이조 오백 년간의 추악한 모양이 여로 하여금 불쾌한 공상에 빠지게 하려 한다. 여는 황망히 이런 불쾌한 공상에서 벗어나려고 주머니에 담배를 뒤적이었다. 그러나 담배는 여전히 있을 까닭이 없었다.

다시 눈을 들어서 안하를 굽어보면 일면에 깔린 송초(松梢)! 반짝!

보매 한줄기의 샘이다. 소나무 틈으로 보이는 그 샘은 아마 바위틈을 흐르는 샘물인 듯. 똘똘 똘똘 들리는 것은 아마 바람 소리겠지. 저렇듯 멀리 아래 있는 샘의 소리가 이곳까지 들릴 리가 없다.

샘물!

저 샘물을 두고 한 개 이야기를 꾸며볼 수가 없을까. 흐르는 모양도 아름답거니와 흐르는 소리도 아름답고, 그 맛도 아름다운 샘물을 두고 한 개 재미있는 이야기가 여의 머리에 생겨나지 않을까. 암굴을 두고 생겨나려던 음모·살육의 분쾌한 공상보다 좀 더 아름다운 다른 이야기가 꾸며나지 않을까.

여는 바위틈에 꽂았던 스틱을 도로 뽑았다. 그 스틱으로써 여의 발아래 바위를 가볍게 두드리면서 한 개 이야기를 꾸며보았다.

한 화공이 있다.

화공의 이름은? 지어내기가 귀찮으니 신라 때의 화성(畫聖)의 이름을 차용하여 솔거(率居)라 하여 두자.

시대는?

시대는 이 안하에 보이는 도시가 가장 활기 있고 아름답던 시절인 세종 성주의 때쯤으로 하여 둘까.

백악이 흘러내리다가 맺힌 곳. 거기는 한양의 정기를 한 몸에 지닌 경복궁 대궐이 있다. 이 대궐의 북문인 신무문(神武門) 밖 우거진 뽕밭 새에 중로(中老)의 사나이가 오뇌(懊惱)스러운 얼굴을 하고 있다.

화공 솔거였다.

무르익은 여름, 뜨거운 볕은 뽕잎이 가리워 준다. 하나, 훈훈한 기운은 머리 위 뽕잎과 땅에서 우러나서 꽤 무더운 이 뽕밭 속에 숨어 있는 화공, 자그마한 보따리에는 점심까지 싸가지고 온 것으로 보아 저녁까지 이곳에 있을 셈인 모양이다.

그러나 무얼 하는지, 단지 땀을 펑펑 흘리며 오뇌스러운 얼굴로 앉아 있을 뿐이다.

왕후 친잠(王后親蠶, 왕비가 직접 누에를 치던 일)에 쓰이는 이 뽕밭은 잡인들이 다니지 못할 곳이다. 하루 종일을 사람의 그림자 하나 얼씬하지 않는다.

때때로 바람이 우수수하니 뽕나무 위로 불기는 하나 솔거가 숨어 있는 곳에는 한 점의 바람도 들어오지 않는다. 이 무더운 속에 솔거는 바람이 불 적마다 몸을 흠칫흠칫 놀라며, 그러면서도 무엇을 기다리듯이 뽕나무 그루 아래로 저편 앞을 주시하고 있다.

이윽고 석양이 무악을 넘고 이 도시에도 황혼이 들었다.

날이 어둡기를 기다려서 이 화공은 몸을 숨겨가지고 거기서 나왔다.

"오늘은 헛길, 내일이나 다시 볼까."

한숨 쉬면서 제 오막살이를 찾아 돌아가는 화공. 날이 벌써 꽤 어두웠지만 그래도 아직 저녁 빛이 약간 남은 곳에 내어놓은 이 화공은 세상에 보기 드문 추악한 얼굴의 주인이었다. 코가 질병자루 같다, 눈이 통방울 같다, 귀가 박죽 같다, 입이 나발통 같다, 얼굴이 두꺼비 같다 — 소위 추한 얼굴을 형용하는 온갖 형용사를 한 얼굴에 지닌 흉한 얼굴의 주인으로서 그 얼굴이 또한 굉장히도 커서 멀리서 볼지라도 그 존재가 완연할 만하다.

이 얼굴을 가지고는 백주에는 나다니기가 스스로 부끄러울 것이다.

아닌 게 아니라 솔거는 철이 들은 이래 여태껏 백주에 사람 틈에 나다닌

일이 없었다.

일찍이 열여섯 살에 스승의 중매로 어떤 양가 처녀와 결혼을 하였지만 그 처녀는 솔거의 얼굴을 보고 기절을 하고, 기절에서 깨어나서는 그냥 집으로 도망쳐버리고 — 그 다음 또 한 번 장가를 들어보았지만 그 색시 역시 첫날밤만 정신 모르고 치른 뒤에는 이튿날은 무서워서 죽어도 같이 못 살겠노라고 부모에게 떼를 써서 두 번째의 비극을 겪고 — 이러한 두 가지의 사변을 겪고 난 뒤에 솔거는 차차 여인이라는 것을 보기를 피하여 오다가 그 괴벽이 점점 자라서 나중에는 일체로 사람이란 것의 얼굴을 대하기가 싫어졌다.

사람을 피하기 위하여 — 그리고 또한 일방으로는 화도(畫道)에 정진하기 위하여, 인가를 떠나서 백악의 숲속에 조그마한 오막살이를 하나 틀고 거기 숨은 지 근 삼십 년. 생활에 필요한 물건 혹은 그림에 필요한 물건을 구하기 위하여 부득이 거리에 나가야 할 필요가 있을 때는 반드시 밤을 택하였다. 피할 수 없어 낮에 나갈 때는 방립을 쓰고 그 위에 얼굴을 베로 가리었다.

화도에 발을 들여놓은 지 근 사십 년, 부득이한 은둔생활을 경영한지 삼십 년, 여인에게로 소모되지 못한 정력은 머리로 모이고, 머리로 모인 정력은 손끝으로 뻗어서 종이에, 비단에 갈겨 던진 그림이 벌써 수천 점. 처음에는 그 그림에 대하여 아무 불만도 느껴보지 않았다.

하늘에서 타고난 천분과 스승에게서 얻은 훈련과 저축된 정력의 소산인 한 장의 그림이 생겨날 때마다 그것을 보면서 스스로 만족히 여기고 스스로 자랑스러이 여기던 그였다.

그러나 그런 과정을 밟기 이십 년에 차차 그의 마음에 움돋은 불만, 그것은 어떻게 보자면 화도에는 이단적인 생각일는지도 모를 것이다.

좀 다른 것은 그릴 수가 없는가.

산이다, 바다다, 나무다, 시내다, 지팡이 짚은 노인이다, 다리다, 혹은 돛단배다, 꽃이다, 과즉 달이다, 소다, 목동이다.

이 밖에 그가 아직 못 그려본 것이 무엇이었던가.

유원(幽遠)한 맛, 단 한 가지밖에 없는 전통적 그림보다 좀 더 다른 것을 그려보고 싶다.

여태껏 스승에게 배운 바의 백발백염(白髮白髥)의 노옹이나 피리 부는 목동 이외에 좀 더 얼굴에 움직임이 있는 사람을 그려보고 싶다. 표정이 있는 얼굴을 그려보고 싶다.

이리하여 재래의 수법을 아낌없이 내어던진 솔거는 그로부터 십 년간을 사람의 표정을 그리느라고 세월을 보냈다.

그러나 사람의 세상을 멀리 떠나서 따로이 사는 이 화공에게는 사람의 표정이 기억에 가맣다.

상인들의 간특한 얼굴, 행인들의 덜 난 무표정한 얼굴, 나무꾼들의 싱거운 얼굴, 그새 보고 지금도 대할 수 있는 얼굴은 이런 따위뿐이다. 좀 더 색채 다른 표정은 없느냐.

색채 다른 표정!
색채 다른 표정!
이 욕망이 화공의 마음에 익고 커가는 동안 화공의 머리에 솟아오르는 몽롱한 기억이 있다.

지금은 거의 기억에서 사라졌지만 어린 시절에 자기를 품에 안고 눈물 글썽글썽한 눈으로 굽어보던 어머니의 표정이 가끔 한순간씩 그의 기억의 표면까지 뛰쳐올랐다.

그의 어머니는 희세의 미녀였다. 대대로, 이후의 자손의 미(美)까지 모두 미리 빼앗았던지 세상에 드문 미인이었다.

화공은 이 미녀의 유복자였다.

아비 없는 자식을 가슴에 붙안고 눈물 머금은 눈으로 굽어보던 표정.

철이 들은 이래로 자기를 보는 얼굴에서는 모두 경악과 공포밖에는 발견하지 못한 화공에게는 사십여 년 전 어머니의 사랑의 아름다운 얼굴이 때때로 몸서리치도록 그리웠다.

그것을 그려보고 싶었다.

커다란 눈에 그득히 담긴 눈물, 그러면서도 동경과 애무로서 빛나던 눈, 입가에 떠오르던 미소, 번개와 같이 순간적으로 심안(心眼)에 나타났다가는 사라지는 이 환영을 화공은 그려보고 싶었다.

세상을 피하고 숨어 살기 때문에 차차 삐뚤어진 이 화공의 괴벽한 마음에는 세상을 그리는 정열이 또한 그만치 컸다. 그리고 그것이 크면 큰 만치 마음속에는 늘 울분과 불만이 차 있었다.

지금도 세상에서는 한창 계집 사내들이 서로 부둥켜안고 좋다고 야단할 것을 생각하고는 음울한 얼굴로 화필을 뿌리는 화공.

이러한 가운데서 나날이 괴벽하여가는 이 화공은 한 개 미녀상(美女像)을 그려보고자 노심 하였다.

처음에는 단지 아름다운 표정을 가진 미녀를 그려보고자 하였다.

그러나 미녀를 가까이 본 일이 없는 이 화공이 마음대로 되지 않는 붓끝에 역정을 내고 있는 동안 차차 어느덧 미녀상에 대한 관념이 달라졌다.

자기의 아내로서의 미녀상을 그려보고 싶어졌다.

세상은 자기에게 아내를 주지 않는다.

보면 한 마리의 곤충, 한 마리의 날짐승도 각기 짝을 찾아 즐기고, 짝을 찾아 좋아하거늘 만물의 영장인 사람이 짝 없이 오십 년을 보냈다 하는 데 대한 불만이 일어났다.

세상 놈들은 자기에게 한 짝을 주지 않고 세상 계집들은 자기에게 오려는 자가 없이 홀몸으로 일생을 보내다가 언제 죽는지도 모르게 이 산골에서 죽어버릴 생각을 하면 한심하기보다는 도리어 이렇듯 박정한 사람의 세상이 미웠다.

세상이 주지 않는 아내를 자기는 자기의 붓끝으로 만들어서 세상을 비웃어 주리라.

이 세상에 존재한 가장 아름다운 계집보다 더 아름다운 계집을 자기의 붓끝으로 그려서 못나고도 아름다운 체하는 세상 계집들을 웃어 주리라.

덜 난 계집을 아내로 맞아가지고 천하의 절색이라 믿고 있는 사내놈들도 깔보아 주리라.

너덧 명의 처첩을 거느리고 좋다꾸나고 춤추는 헌놈들도 굽어보아 주리라.

미녀! 미녀!

눈을 감고 생각하고 눈을 뜨고 생각하고 머리를 움켜쥐고 생각해보나 미녀의 얼굴이 어떤 것인지 알 수가 없었다.

물론 얼굴에 철요(凸凹)가 없고 이목구비가 제대로 놓였으면 세상 보통의 미인이라 한다. 그런 얼굴에 연지나 그리고 눈에 미소나 그려 넣으면 더 아름다워지기는 할 것이다. 이만 것은 상상의 눈으로도 볼 수가 있는 자며 붓끝으로 그릴 수도 없는 바가 아니다.

그러나 가아만 어린 시절의 어머니의 얼굴을 순영적(瞬影的)으로나마 기억하는 이 화공으로서는 그런 미녀로는 만족할 수가 없었다.

오뇌의 불만 중에서 흐르는 세월은 1년 또 1년, 무위히 흘러간다.

미녀의 아랫동이는 그려진 지 벌써 수년. 그 아랫동이 위에 올려 놓일 얼굴을 어떻게 하여야 할지 짐작도 가지 않았다.

화공의 오막살이 방안에 들어서면 맞은편에 걸려 있는 한 폭 그림은 언제든 어서 목과 얼굴을 그려주기를 기다리듯이 화공을 힐책한다.

화공은 이것을 보기가 거북하였다.

특별한 일이라도 있기 전에는 낮에 거리에 다니지를 않던 이 화공이 흔히 얼굴을 싸매고 장안을 돌아다녔다.

행여나 길에서라도 미녀를 만날까 하는 요행심으로였다. 길에서 순간적으로 마음에 드는 미녀를 볼 수만 있으면 머리에 똑똑히 캐치하여 그 기억으로써 화상을 그릴까 하는 요행심으로…….

그러나 내외법이 심한 이 도회에서 대낮에 양가의 부녀가 얼굴을 내놓고 길을 다니지는 않았다. 계집이라는 것은 하인배나 하류배뿐이었다.

하인배·하류배에도 때때로 미녀라 일컬을 자가 있기는 있었다. 그러나 아무리 산뜻한 미를 갖기는 했다 하나 얼굴에 흐르는 표정이 더럽고 비열하여 캐치할 만한 자가 없었다.

얼굴을 싸매고 거리로 방황하며 혹은 계집들이 많이 모이는 우물가며 저자를 비슬비슬 방황하며 어찌어찌하여 약간 예쁜 듯한 계집이라도 보이면 따라가면서 얼굴을 연구해 보곤 했으나 마음에 드는 미녀를 지금껏 얻어내지를 못하였다.

혹은 심규(深閨)에는 마음에 드는 계집이라도 있을까. 심규! 심규! 한 번 심규의 계집들을 모조리 눈앞에 벌여 세우고 얼굴 검사를 하여 보았으면······.

초조하고 성가신 가운데서 날을 보내고 날을 맞으면서 미녀를 구하던 화공은 마지막 수단으로 친잠상원(親蠶桑園)에 들어가서 채상(採桑)하는 궁녀의 얼굴을 얻어 보려 하였다. 그러나 불행히도 화공의 모험도 헛길로 돌아가고, 그날은 채상을 하러 오지도 않았다.

그러나 때 바야흐로 누에 시절이라 견딜성 있게 기다리노라면 궁녀가 오는 날도 있을 것이다. 미녀 — 아내의 얼굴을 그리려는 욕망에 열이 오르고 독이 난 이 화공은 그 이튿날 또 뽕밭에 들어가 숨었다. 숨어 기다리지 않을 수 없었다.

그로부터 한 달, 화공은 나날이 점심을 싸가지고 상원(桑園)으로 갔다. 그러나 저녁때 제 오막살이로 돌아올 때는 언제든지 그의 입에서는 기다란 탄식성이 나왔다.

궁녀를 못 본 바가 아니었다.

마치 여기 숨어 있는 화공에게 선보이려는 듯이 나날이 궁녀들은 번갈아 왔다. 한 떼씩 밀려와서는 옷소매 치맛자락을 펄럭이며 뽕을 따갔다. 한 달 동안에 합계 사오십 명의 궁녀를 보았다. 모두 일률로 미녀들이었다. 그리고 길가 우물가에서 허투루 볼 수 있는 미녀들보다 고아한 얼굴임에는 틀림이 없었다.

그러나 그 눈 — 화공이 보는 바는 그 눈이었다.

그 눈에 나타난 애무와 동경이었다. 철철 넘어 흐르는 사랑이었다. 그것이 궁녀에게는 없었다.

말하자면 세상 보통의 미녀였다.

자기에게 계집을 주지 않는 고약한 세상에게 보복하는 의미로 절세의 미녀를 차지하고자 하는 이 화공의 커다란 야심으로서는 그만 따위의 미녀로 만족할 수가 없었다.

오막살이로 돌아올 때마다 그의 입에서 나오는 기다란 한숨, 이런 한숨
을 쉬기 한 달 — 그는 다시 상원에 가지 않았다.

가을 하늘 맑고 푸르른 어떤 날이었다.
마음속에 불만과 동경을 가득히 담은 이 화공은 저녁쌀을 씻으러 소쿠리
를 옆에 끼고 시내로 더듬어갔다.
가다가 문득 발을 멈추었다.
우거진 소나무 틈으로 보이는 시냇가 바위 위에 웬 처녀가 앉아 있다. 솔
가지 틈으로 내리비치는 얼룩지는 석양을 받고 망연히 앉아서 흐르는 시냇
물을 내려다보았다.
웬 처녀일까?
인가에서 꽤 떨어진 이곳, 사람의 동리보다 꽤 높은 이곳, 길도 없는 이
곳 — 아직껏 삼십 년간을 때때로 초부나 목동의 방문은 받아본 일이 있지
만 다른 사람의 자취를 받아보지 못한 이곳에 웬 처녀일까?
화공도 망연히 서서 바라보았다. 바라볼 동안 가슴에 차차 무거운 긴장
을 느꼈다.
한 걸음 두 걸음 화공은 발소리를 감추고 나아갔다. 차차 그 상거가 가까
워 감을 따라서 분명하여 가는 처녀의 얼굴.
화공의 얼굴에는 핏기가 떠올랐다.
세상에 드문 미녀였다. 나이는 열일여덟, 그 얼굴 생김이 아름답다기보
다 얼굴 전면에 나타난 표정이 놀랄 만큼 아름다웠다.
흐르는 시내에 눈을 부었는지, 귀를 기울였는지, 하여간 처녀의 온 주의
력은 시내에 모여 있다.
커다랗게 뜨인 눈은 깜박일 줄도 잊은 듯한 황홀한 눈으로 시내를 굽어
보고 있다.
남벽(藍碧)의 시냇물에는 용궁이 보이는가? 소나무 그루에 부딪쳐서 튀
어나는 바람에 앞머리를 약간 날리면서 처녀가 굽어보고 있는 것은 무엇인
가?
처녀의 온 공상과 정열과 환희가 한꺼번에 모인 절묘한 미소를 눈과 입

에 띠고 일심불란(一心不亂)히 처녀가 굽어보는 것은 무엇인가.

아아.

화공은 드디어 발견하였다. 그새 십 년간을 여항(閭巷)의 길거리에서 혹은 우물가에서 내지는 친잠 상원에서 발견하여 보려고 애쓰다가 종내 달하지 못한 놀랄 만한 아름다운 표정을 화공은 뜻하지 않게 여기서 발견하였다.

화공은 걸음을 빨리하였다. 자기의 얼굴이 얼마나 더럽게 생겼는지, 이 처녀가 자기를 쳐다보면 얼마나 놀랄지, 이 점을 온전히 잊고 걸음을 빨리하여 처녀의 쪽으로 갔다.

처녀는 화공의 발소리에 머리를 번쩍 들었다. 화공을 바라보았다. 그 무한히 먼 곳을 바라보는 듯한 기묘한 눈을 들어서 ―

"아아……."

가슴이 무둑하여 무슨 말을 하여야 할지 망설이며 화공이 반벙어리 같은 소리를 할 때에 처녀가 먼저 입을 열었다.

"여기가 어디오니까?"

여기가 어디?

"여기가 인왕산록 이름도 없는 산이지만 너는 웬 색시냐?"

"네……."

문득 떠오르는 적적한 표정.

"더듬더듬 시내를 따라왔습니다."

화공은 머리를 기울였다. 몸을 움직여보았다. 무한히 먼 곳을 바라보는 듯한 처녀의 눈은 그냥 움직임 없이 커다랗게 뜨여 있기는 하지만 어디를 보는지 무엇을 보는지 알 수가 없다.

드디어 화공은 부르짖었다!

"너 앞이 보이느냐?"

"소경이올시다."

소경이었다. 눈물 머금은 소리로 하는 대답을 듣고 화공은 좀 더 가까이 갔다.

"앞도 못 보면서 어떻게 무엇 하러 예까지 왔느냐?"

처녀는 머리를 푹 수그렸다. 무슨 대답을 하는 듯하였으나 화공은 알아듣지 못하였다. 그러나 화공으로 하여금 저으기 호기심을 잃게 한 것은 처녀의 얼굴이 아까와 같은 놀라운 매력 있는 표정이 없어진 것이었다.

그만하면 보기 드문 미인임에는 틀림이 없다. 그러나 아까 화공이 그렇듯 놀란 것은 단지 미인인 탓이 아니었다. 그 얼굴에 나타난 놀라운 매력에 끌린 것이었다.

"불쌍도 하지. 저녁도 가까워오는데 어둡기 전에 집으로 내려가거라."

이만큼 하여 화공은 처녀를 포기하려 하였다. 이 말에 처녀가 응하였다.

"어두운 것은 탓하지 않습니다마는 황혼은 매우 아름답지요?"

"그럼 아름답구말구."

"어떻게 아름답습니까?"

"황금빛이 서산에서 줄기줄기 비치는구나. 거기 새빨갛게 물들은 천하— 푸르른 소나무도, 남빛 바위도, 검붉은 나무그루도, 모두 황금빛에 잠겨서……."

"황금빛은 어떤 것이고 새빨간 빛과 붉은빛은 모두 어떤 빛이오니까? 밝은 세상이라지만 밝은 빛과 붉은빛이 어떻게 다릅니까? 이 산 경치가 아름답다는 소문을 듣고 더듬어 왔습니다마는 바람 소리, 돌물 소리, 귀로 들리는 소리밖에는 어디가 아름다운지 알 수가 없습니다."

차차 다시 나타나는 미묘한 표정, 커다랗게 뜨인 눈에 비치는 동경의 물결, 일단 사라졌던 아름다운 표정은 다시 생기가 비롯하였다.

화공은 드디어 처녀의 맞은편에 가 앉았다.

"이 샘 줄기를 따라 내려가면 바다가 있구, 바닷속에는 용궁이 있구나. 칠색 비단을 감은 기둥과 비취를 아로새긴 댓돌이며 황금으로 만든 풍경(風磬), 진주로 꾸민 문설주……."

마주 앉아서 엮어 내리는 이 화공의 이야기에 각일각 더욱 황홀하여 가는 처녀의 눈이었다. 화공은 드디어 이 처녀를 자기의 오막살이로 데리고 돌아갈 궁리를 하였다.

"내 용궁의 이야기를 들려주마. 너의 집에서 걱정만 안 하실 것 같으면……."

화공이 이렇게 꾈 때에 처녀는 그의 커다란 눈을 들어서 유원(幽園)히 하늘을 우러러보면서 자기네 부모는 병신 딸 따위는 없어져도 근심을 안 한다고 쾌히 화공의 뒤를 따랐다.

일사천리로 여기까지 밀려오던 여(余)의 공상은 문득 중단되었다.

이야기를 어떻게 진전시키나?

잡념이 일어난다. 동시에 여의 귀에 들리어 오는 한 절의 유행가.

여는 머리를 들었다. 저편 뒤 어디 잡인들이 온 모양이다. 그 분요(紛擾)가 무의식중에 귀로 들어와서 여의 집중되었던 머리를 헤쳐 놓는다.

귀찮은 가사(歌詞)들이여, 저주받을 가사들이여.

이 저주받을 가사들 때문에 중단된 이야기는 좀처럼 다시 모이지 않았다.

그러나 결말 없는 이야기가 어디 있으랴. 어찌 되었든 결말은 지어야 할 것이 아닌가. 그러면 그 화공은 처녀를 데리고 제 오막살이로 돌아와서 용궁 이야기를 들려주면서 그동안에 처녀의 얼굴을 그대로 그려서 십 년 내의 숙망을 성취하였다는 결말로 맺어버릴까?

그러나 이런 싱거운 결발이 어디 있으랴. 결말이 되기는 되었지만 이따위 결말을 짓기 위하여 그런 서두(序頭)는 무의미하다.

그러면?

그럼 다르게 결말을 맺어볼까?

화공은 처녀를 제 오막살이로 데리고 돌아왔다. 그리고 처녀에게 용궁 이야기를 들려주었다.

그러나 아까 용궁 이야기를 초벌 들은 처녀는 이번은 그렇듯 큰 감흥도 느끼지 않는 모양으로 그다지 신통한 표정도 보이지 않았다. 화공의 계획은 수포로 돌아갔다. 화공은 그 그림을 영 미완품인 채로 남기지 않을 수 없었다.

역시 마음에 들지 않는 결말이었다.

그럼 또다시 —

화공은 처녀를 데리고 돌아왔다. 돌아와서 처녀를 보면 볼수록 탐스러워서 그림은 집어치우고 처녀를 아내로 삼아버렸다. 앞을 못 보는 처녀는 추하게 생긴 화공에게도 아무 불만이 없이 일생을 즐겁게 보냈다. 그림으로나 아내를 얻으려던 화공은 절세의 미녀를 아내로 얻게 되었다 …….

역시 불만이다.

귀찮고 성가시다. 저주받을 유행가사(流行歌詞)여!

여는 일어났다. 감흥을 잃은 이 자리에 그냥 앉아 있기는 싫었다. 그냥 들리는 유행가……, 그것이 안 들리는 곳으로 자리를 옮기자.

굽어보매 저 멀리 소나무 틈으로 한줄기 번득이는 것은 아까의 샘물이다.

그 샘물로, 가장 이 이야기의 원천이 된 그 샘으로 내려가자.

벼랑을 내려가기는 올라가기보다 더 힘들었다. 올라가는 것은 올라가다가 실수하여 떨어지면 과즉 제자리에 내린다. 그러나 내려가다가 발을 실수하면 어디까지 굴러갈지 예측할 길이 없다.

잘못하다가는 청운동 어귀까지 굴러갈는지도 모를 일이다. 게다가 올라갈 때에는 도움이 되던 스틱조차 내려갈 때에는 귀찮기 짝이 없다.

반각이나 걸려서 여는 드디어 그 샘가에 도달하였다.

샘가에는 과연 한 개의 바위가, 사람 하나 앉기 좋을 만한 자리가 있다. 이 바위가 화공이 쌀 씻던 바위일까. 처녀가 앉아서 공상하던 바위일까? 그 아래를 깊은 남벽(藍碧)으로 알았더니 겨우 한 뼘 미만의 얕은 물로서 바위를 기운 없이 똘똘 흐르고 있다.

그러나 이 골짜기는 고요하기 짝이 없었다. 바람 소리도 멀리 위에서만 들린다. 그리고 소나무와 바위에 둘러싸여서 꽤 음침한 이 골짜기는 옛날 세상을 피한 화공이 즐겨 하였음직하다.

자, 그러면 이 골짜기에서 아까 그 이야기의 꼬리를 마저 지을까 —

화공은 처녀를 데리고 오막살이로 돌아왔다.

그의 마음은 너무도 긴장되고 또한 기뻐서 저녁도 짓기 싫었다. 들어와 보매 벌써 여러 해를 머리 달리기를 기다리는 족자(簇子)의 여인이 몸집조차 흔연히 화공을 맞는 듯하였다.

"자, 거기 앉아라."

수년간 화공을 힐책하던 머리 없는 그림이 화공의 앞에 퍼졌다. 단청도 준비되었다.

터질 듯 울렁거리는 마음으로 폭 앞에 자리를 잡은 화공은 빛이 비치도록 남향하여 처녀를 낮추고 손으로 붓을 적시며 이야기를 꺼냈다.

벌써 황혼, 인제 얼마 남지 않은 오늘 해로써 숙망을 달하려 하는 것이었다. 십 년간을 벼르기만 하면서 착수를 못 했기 때문에 저축되었던 화공의 힘은 손으로 모였다.

"그러구…… 알겠지?"

눈으로는 처녀의 얼굴을 보며, 입으로는 용궁 이야기를 하며 손은 번개같이 붓을 들었다.

"용궁에는 여의주라는 구슬이 있구나. 이 여의주라는 구슬은 마음에 있는 바에 도달할 수 있는 보물로서 구슬을 네 눈 위에 한 번 굴리면 너도 광명한 일월을 보게 된다."

"네? 구슬이 있습니까?"

"있구말구, 네가 내 말을 잘 듣고 있기만 하면 수일 내로 너를 데리고 용궁에 가서 여의주를 빌어 네 눈도 고쳐주마."

"그러면 저도 광명한 일월을 볼 수가 있겠습니까?"

"그럼, 광명한 일월, 무지개라는 칠색이 영롱한 기묘한 것, 아름다운 수풀, 유수한 골짜기, 무엇인들 못 보랴."

"아이구, 어서 그 여의주를 구해서……"

아아, 놀라운 아름다운 표정이었다. 화공은 처녀의 얼굴에 나타나 넘치는 이 놀라운 표정을 하나도 잃지 않고 화폭 위에 옮겼다.

황혼은 어느덧 밤으로 변하였다. 이때는 여인에게는 단지 눈동자가 그려지지 않았을 뿐 그 밖의 것은 죄 완성이 되었다.

동자까지 그리고 싶었다. 그러나 이 그림의 생명을 좌우할 눈동자를 그리기에는 날은 너무도 어두웠다.

눈동자 하나쯤이야 밝은 날로 남겨둔들 어떠랴. 하여간 십 년 숙망을 겨우 달한 화공의 심사는 무엇에 비기지 못하도록 기뻤다.

"아 — 아!"

이 탄성은 오래 벼르던 일이 끝난 때에 나는 기쁨의 소리였다.

이 일단의 안심과 함께 화공의 마음에는 또 다른 긴장과 정열이 솟아올랐다.

꽤 어두운 가운데서 처녀의 얼굴을 유심히 보기 위하여 화공이 잡은 자리는 처녀의 무릎과 서로 닿을 만큼 가까웠다. 그림에 대한 일단의 안심과 함께 화공의 코로 몰려 들어오는 강렬한 처녀의 체취와 전신으로 느끼는 처녀의 접근 때문에 화공의 신경은 거의 마비될 듯싶었다. 차차 각일각 몸까지 떨리기 시작하였다. 어두움 가운데서 황홀스러이 빛나는 커다란 눈과 정열로 들먹거리는 입술은 화공의 정신까지 혼미하게 하였다.

밝은 날 화공과 소경 처녀의 두 사람은 벌써 남이 아니었다.

'오늘은 동자를 완성시키리라.'

삼십 년의 독신생활을 벗어버린 화공은 삼십 년간을 혼자 먹던 조반을 소경 처녀와 같이 먹고 다시 그림 폭 앞에 앉았다.

"용궁은?"

기쁨으로 빛나는 처녀의 눈!

그러나 화공의 심미안에 비친 그 눈은 어제의 눈이 아니었다.

아름답기는 다시없는 아름다운 눈이었다. 그러나 그 눈은 사내의 사랑을 구하는 '여인의 눈'이었다. 병신이라 수모받던 전생을 벗어버리고 어젯밤 처음으로 인생의 봄을 맛본 처녀는 인제는 한 개의 지어미의 눈이요, 한 개의 애욕의 눈이었다.

"용궁은?"

"용궁에 어서 가서 여의주를 얻어서 제 눈을 띄어주세요. 밝은 천지도 천지려니와 당신을 어서 눈 뜨고 보고 싶어!"

어젯밤 잠자리에서 자기는 스물네 살 난 풍신 좋은 사내라고 자랑한 화공의 말을 그대로 믿는 소경이었다.

"응, 얻어 주지. 그 칠색이 영롱한!"

"그 칠색도 보고 싶어요."

"그래, 그래. 좌우간 지금 머리로 생각해 보란 말이야."

"네, 참 어서 보고 싶어서."

굽어보면 무릎 앞의 그림은 어서 한 점 동자를 찍어주기를 기다리고 있다.

그러나 소경의 눈에 나타난 것은 아름답기는 아름다우나 그것은 애욕의 표정에 지나지 못하였다. 그런 눈을 그리려고 십 년을 고심한 것이 아니었다.

"자, 용궁을 생각해 봐!"

"생각이나 하면 뭘 합니까? 어서 이 눈으로 보아야지."

"생각이라도 해 보란 말이야."

"짐작이 가야 생각도 하지요."

"어제 생각하던 대로 생각을 해 봐!"

"네……."

화공은 드디어 역정을 내었다.

"자, 용궁! 용궁!"

"네……."

"용궁을 생각해 봐! 그래 용궁이 어때?"

"칠색이 영롱하구요……."

"그래, 또……."

"또, 황금 기둥, 아니 비단으로 싼 기둥이 있구요, 또 푸른 진주가……."

"푸른 진주가 아냐! 푸른 비취지."

"비취 추녀던가, 문이던가 — ?"

"에익! 바보!"

화공은 커다란 양손으로 칵 소경의 어깨를 잡았다. 잡고 흔들었다.

"자, 다시 곰곰이, 용궁은."

"용궁은 바닷속에……"

겁에 질려서 어릿거리는 소경의 양에 화공은 소경의 따귀를 갈기지 않을 수 없었다.

"바보!"

이런 바보가 어디 있으랴. 보매 그 병신 눈은 깜박일 줄도 모르고 허공을 바라보고 있다. 그 천치 같은 눈을 보매 화공의 노여움은 더욱 커졌다. 화공은 양손으로 소경의 멱을 잡았다.

"에이 바보야, 천치야, 병신아!"

생각나는 저주의 말을 연하여 퍼부으면서 소경의 멱을 잡고 흔들었다. 그리고 병신답게 멀겋게 뜨인 눈자위에 원망의 빛이 나타나는 것을 보고 더욱 힘있게 흔들었다.

흔들다가 화공은 탁 그 손을 놓았다. 소경의 몸이 너무도 무거워졌으므로, 화공의 손에서 놓인 소경의 몸은 눈을 뒤 솟은 채 번뜻 나가넘어졌다. 넘어지는 서슬에 벼루가 전복되었다. 뒤집혀진 벼루에서 튀어난 먹물방울이 소경 얼굴에 덮였다.

깜짝 놀라서 흔들어 보매 소경은 벌써 이 세상의 사람이 아니었다.

소경은 어찌할 줄을 몰랐다. 망지소조(芒知所措, 당황해 어찌할 줄 모름) 하여 허둥거리던 화공은 눈을 뜻 없이 자기의 그림 위에 던지다가 악 소리를 내며 자빠졌다.

그 그림의 얼굴에는 어느덧 동자가 찍히었다. 자빠졌던 화공이 좀 정신을 가다듬어가지고 몸을 일으켜서 다시 그림을 보매 두 눈에는 완연히 동자가 그려진 것이다.

그 동자의 모양이 또한 화공으로 하여금 다시 털썩 엉덩이를 붙이게 하였다. 아까 소경 처녀가 화공에게 멱을 잡혔을 때에 그의 얼굴에 나타났던 원망의 눈 — 그림의 동자는 완연히 그것이었다.

소경이 넘어지는 서슬에 벼루를 엎는다는 것은 기이할 것도 없고 벼루가 엎어질 때에 먹방울이 튄다는 것도 기이하달 수 없지만 그 먹방울이 어떻게 홍채에 이르기까지 어찌도 그렇듯 기묘하게 되었을까?

한편에는 송장, 한편에는 송장의 화상을 놓고 망연히 앉아 있는 화공의 몸은 스스로 멈출 수 없이 와들와들 떨렸다.

수일 후부터 한양 성내에는 괴상한 화상을 들고 음울한 얼굴로 돌아다니는 늙은 광인(狂人) 하나가 생겼다.

그의 내력을 아는 사람이 없었고 그의 근본을 아는 사람이 없었다. 그 괴상한 화상을 너무도 소중히 여기므로 사람들이 보고자 하면 그는 기를 써서 보이지 않고 도망하여 버리곤 한다.

이렇게 수년간을 방황하다가 어떤 눈보라 치는 날 돌베개를 베고 그의 일생을 마감하였다. 죽을 때도 그는 족자를 깊이 품에 품고 죽었다.

늙은 화공이여! 그대의 쓸쓸한 일생을 여는 조상하노라.

여(余)는 지팡이로 물을 두어 번 저어보고 고즈넉이 몸을 일으켰다.

우러러보매 여름의 석양은 벌써 백악 위에서 춤추고 이 천고의 계곡을 산새가 남북으로 건넌다.

붉은 산

- 김동인 -

작품 정리

1932년 '삼천리'에 '어떤 의사(醫師)의 수기(手記)'라는 부제로 발표된 〈붉은 산〉은 1931년 중국 지린성(吉林省)에서 한중 양국 농민 사이에 일어난 '만보산 사건'을 주제로 삼고 있다.

만주를 순회하던 '여'가 가난한 한국 소작인들이 모여 사는 마을에서 '삵'이라는 별명을 가진 정익호를 만나면서 이야기가 시작된다.

일인칭 관찰자인 '여'의 눈을 통해 주인공 '삵'을 묘사함으로써 소설로서의 사실성을 강조하는 사실주의적 기법으로 창작되었다고 할 수 있다.

'삵'은 고국을 떠나 유랑하는 우리 민족을 상징하며, 송 첨지의 죽음은 만주에 사는 우리 동포의 비극을 상징한다. '삵'이 죽으면서 '붉은 산'과 '흰옷'이 보고 싶다는 표현은 일제 강점기에 나라를 빼앗긴 조선인으로 뼈저린 비애와 분노를 느끼는 것이며, 애국가를 불러달라는 것은 조국에 대한 그리움을 대변하는 것이다.

작품 줄거리

의사인 '여'가 의학 연구를 위해 만주로 들어가 이십여 호 조선 소작인들이 생계를 이어가는 한 마을에 이른다. 그 마을에는 어디에서 흘러 들어왔는지 출신도 고향도 알 수 없는 '삵'이 살고 있다. '삵'은 투전과 싸움으로 이름난 마을의 골칫거리며 망나니였다. 그래서 마을 사람들이 '삵'을 쫓아내기로 하지만, 누구도 선뜻 나서지 못하고 그저 미워할 뿐이다.

'여'가 마을을 떠나기 전날 마을 노인인 송 첨지가 그 해의 소작료를 나귀에 싣고 만주인 지주에게 갔다가, 소작료가 적다는 이유로 얻어맞고 죽는 일이 발생한다. 마을 사람들은 분개할 뿐 누구 하나 앞장서 송 첨지의 복수를 하고자 나서는 사람은 없었다.

'여'는 송 첨지의 시체를 부검하고 돌아오는 길에 '삵'을 만나서 송 첨지의 죽음을 알린다. 그러던 다음 날 '삵'이 피투성이인 채 죽어 가고 있는 동구 밖으로 사람들과 함께 달려간다. 송 첨지를 죽인 지주의 집에 가 분풀이를 하다 죽어가던 '삵'은, 붉은 산과 흰옷과 애국가를 불러 달라 하고 숨을 거둔다.

핵심 정리

· 갈래 : 단편 소설
· 시점 : 1인칭 관찰자 시점
· 배경 : 일제 강점기 만주의 어느 마을
· 주제 : 식민지 시대 타국에서 고통 받는 떠돌이 인간의 민족애
· 출전 : 삼천리

# 붉은 산

그것은 여(余)가 만주를 여행할 때의 일이었다. 만주의 풍속도 좀 살필 겸 아직껏 문명의 세례를 받지 못한 그들의 사이에 퍼져 있는 병(病)을 좀 조사할 겸 해서 일 년의 기한을 예산하여 가지고 만주를 시시콜콜히 다 돌아본 적이 있었다. 그때에 ××촌이라 하는 조그만 촌에서 본 일을 여기에 적고자 한다.

××촌은 조선 사람 소작인만 사는 한 이십여 호 되는 작은 촌이었다. 사면을 둘러보아도 한 개의 산도 볼 수가 없는 광막한 만주의 벌판 가운데 놓여 있는 이름도 없는 작은 촌이었다.

몽고사람 종자(從者)를 하나 데리고 노새를 타고 만주의 촌촌을 돌아다니던 여가 그 ××촌에 이른 때는 가을도 다 가고 어느덧 광포한 북극의 겨울이 만주를 찾아온 때였다.

만주의 어느 곳이라도 조선 사람이 없는 곳은 없지만 이러한 오지(奧地)에서 한 동리가 죄 조선 사람뿐으로 되어 있는 곳을 만나니 반가웠다. 더구나 그 동리는 비록 모두가 중국인의 소작인이라 하나 사람들이 비교적 온량하고 정직하며 장성한 이들은 그래도 모두 천자문 한 권쯤은 읽은 사람들이었다. 살풍경(殺風景)한 만주 — 그 가운데서 살풍경한 살림을 하는 중국인이며 조선 사람의 동리를 근 1년이나 돌아다니다가 비교적 평화스런 이런 동리를 만나면 그것이 비록 외국인의 동리라 하여도 반갑겠거든 하물며 우리 같은 동족의 동리임에랴. 여는 그 동리에서 한 십여 일 이상을 일없이 매일 호별(戶別) 방문을 하며 그들과 이야기로 날을 보내며 오래간만에 맛보는 평화적 기분을 향락하고 있었다.

'삵'이라는 별명을 가지고 있는 정익호라는 인물을 본 곳이 여기서이다.

익호라는 인물의 고향이 어디인지는 ××촌의 아무도 아는 사람이 없었

다. 사투리로 보아서 경기 사투리인 듯하지만 빠른 말로 죄죄거리는 때에
는 영남 사투리가 보일 때도 있고 싸움이라도 할 때에는 서북 사투리가 보
일 때도 있었다. 그런지라 사투리로써 그의 고향을 짐작할 수가 없었다. 쉬
운 일본말도 알고 한문 글자도 좀 알고 중국말은 물론 꽤 하고 쉬운 러시아
말도 할 줄 아는 점 등등 이곳저곳 숱하게 주워 먹은 것은 짐작이 가지만
그의 경력을 똑똑히 아는 사람은 없었다.

그는 여가 ××촌에 오기 1년 전쯤 빈손으로 이웃이라도 오듯 후더덕 ×
×촌에 나타났다 한다. 생김생김으로 보아서 얼굴이 쥐와 같고 날카로운
이빨이 있으며 눈에는 교활함과 독한 기운이 늘 나타나 있으며 바룩한 코
에는 코털이 밖으로까지 보이도록 길게 났고 몸집은 작으나 민첩하게 되었
고 나이는 스물다섯에서 사십까지 임의로 볼 수가 있으며 그 몸이나 얼굴
생김이 어디로 보든 남에게 미움을 사고 근접지 못할 놈이라는 느낌을 갖
게 한다.

그의 장기는 투전이 일쑤며 싸움 잘하고 트집 잘잡고 칼부림 잘하고 색
시들에게 덤비어들기 잘하는 것이라 한다.

생김생김이 벌써 남에게 미움을 사게 되었고 게다가 하는 행동조차 변변
치 못한 일만이라, ××촌에서도 아무도 그를 대척하는 사람이 없었다. 사
람들은 모두 그를 피하였다. 집이 없는 그였으나 뉘 집에 잠이라도 자러 가
면 그 집 주인은 두말없이 다른 방으로 피하고 이부자리를 준비하여 주고
하였다. 그러면 그는 이튿날 해가 낮이 되도록 실컷 잔 뒤에 마치 제집에서
일어나듯 느지막이 일어나서 조반을 청하여 먹고는 한마디의 사례도 없이
나가 버린다.

그리고 만약 누구든 그의 이 청구에 응하지 않으면 그는 그것을 트집으
로 싸움을 시작하고 싸움을 하면 반드시 칼부림을 하였다.

동리의 처녀들이며 젊은 색시들은 익호가 이 동리에 들어온 뒤로부터는
마음 놓고 나다니지를 못하였다. 철없이 나갔다가 봉변을 당한 사람도 몇
이 있었다.

'삵.'

이 별명은 누가 지었는지 모르지만 어느덧 ××촌에서는 익호를 익호라 부르지 않고 삵이라고 부르게 되었다.

　"삵이 뉘 집에서 묵었나?"

　"김 서방네 집에서."

　"다른 봉변은 없었다나?"

　"요행히 없었다데."

　그들은 아침에 깨면 서로 인사 대신으로 삵의 거취를 알아보고 하였다.

　'삵' 은 이 동리에는 커다란 암종이었다. 삵 때문에 아무리 농사에 사람이 부족한 때라도 젊고 든든한 몇 사람은 동리의 젊은 부녀를 지키기 위하여 동리 안에 머물러 있지 않을 수가 없었다. '삵' 때문에 부녀와 아이들은 아무리 더운 여름 저녁이라도 길에 나서서 마음 놓고 바람을 쏘여 보지를 못하였다. '삵' 때문에 동리에서는 닭의 가리며 도야지 우리를 지키기 위하여 밤을 새우지 않을 수가 없었다.

　동리의 노인이며 젊은이들은 몇 번을 모여서 삵을 이 동리에서 내어 쫓기를 의논하였다. 물론 합의는 되었다. 그러나 내어 쫓는 데 선착수할 사람이 없었다.

　"첨지가 선착수하면 뒤는 내 담당하마."

　"뒤는 걱정 말고 형님 먼저 말해 보시오."

　제각기 삵에게 먼저 달려들기를 피하였다.

　이리하여 동리에서 합의는 되었으나 삵은 그냥 태연히 이 동리에 묵어 있게 되었다.

　"며늘 년들이 조반이나 지었나?"

　"손주 놈들이 잠자리나 준비했나?"

　마치 그 동리의 모두가 자기의 집인 것같이 삵은 마음대로 이집 저집을 드나들었다.

　××촌에서는 사람이라도 죽으면 반드시 조상 대신으로,

　"삵이나 죽지 않고."

　하는 한마디의 말을 잊지 않고 하였다.

　누가 병이라도 나면,

"에익, 이놈의 병, 삵한테로 가거라."고 하였다.

암종 — 누구든 삵을 동정하거나 사랑하는 사람이 없었다.

삵도 남의 동정이나 사랑은 벌써 단념한 사람이었다. 누가 자기에게 아무런 대접을 하든 탓하지 않았다. 보이는 데서 보이는 푸대접을 하면 그 트집으로 반드시 칼부림까지 하는 그였었지만 뒤에서 아무런 말을 할지라도, 그리고 그것이 삵의 귀에까지 갈지라도 탓하지 않았다.

"흥……."

이 한마디는 그의 가장 커다란 처세 철학이었다.

흔히 곁 동리 중국인들의 투전판에 가서 투전을 하였다. 때때로 두들겨 맞고 피투성이가 되어 돌아오는 일도 있었다. 그러나 그 하소연을 하는 일이 없었다. 한다 할지라도 들을 사람도 없거니와, 아무리 무섭게 두들겨 맞은 뒤라도 하루만 샘물에 상처를 씻고 절룩절룩한 뒤에는 또 그 이튿날은 천연히 나다녔다.

여가 ××촌을 떠나기 전날이었다.

송 첨지라는 노인이 그 해 소출(所出)을 나귀에 실어 가지고 중국인 지주가 있는 촌으로 갔다. 그러나 돌아올 때 그는 송장이 되었다. 소출이 좋지 못하다고 두들겨 맞아서 부러져 꺾어진 송 첨지는 나귀 등에 몸이 결박되어서 겨우 ××촌으로 돌아왔다. 그리고 놀란 친척들이 나귀에서 몸을 내릴 때에 절명되었다.

××촌에서는 왁작하였다.

"원수를 갚자!"

명 아닌 목숨을 끊은 송 첨지를 위하여 동리의 젊은이며 늙은이는 모두 흥분되었다. 제각기 이제라도 들고 일어설 듯하였다.

그러나 그뿐이었다. 누구든 앞장을 서려는 사람이 없었다. 만약 이때에 누구든 앞장을 서는 사람만 있었다면 그들은 곧 그 지주에게로 달려갔을지 모른다. 그러나 제가 앞장을 서겠노라고 나서는 사람은 없었다. 제각기 곁 사람을 돌아보았다.

발을 굴렀다. 부르짖었다. 학대받는 인종의 고통을 호소하며 울었다. 그러나 — 그뿐이었다. 남의 일로 지주에게 반항하여 제 밥자리까지 떼이기를 꺼림인지 어쩐지는 여로는 모를 배로되 용감히 앞서서 나가는 사람은 없었다.

의사라는 여의 직업상 송 첨지의 시체를 검분(檢分)을 한 뒤에 돌아오는 길에 여는 삵을 만났다.

키가 작은 삵을 여는 내려다보았다. 삵은 여를 쳐다보았다.

"가련한 인생아. 인종의 거머리야. 가치 없는 생명아. 밥버러지야. 기생충아."

여는 삵에게 말하였다.

"송 첨지가 죽은 줄 아우?"

여의 말에 아직껏 여를 쳐다보고 있던 삵의 눈이 아래로 떨어졌다. 그리고 여가 발을 떼려는 순간 얼핏 삵의 얼굴에 나타난 비창(悲愴)한 표정을 여는 넘길 수가 없었다.

고향을 떠난 만 리 밖에서 학대받는 인종의 가엾음을 생각하고 그 밤은 여도 잠을 못 이루었다. 그 억분함을 호소할 곳도 못 가진 우리의 처지를 생각하고 여도 눈물을 금치를 못하였다.

이튿날 아침이었다. 여를 깨우러 달려오는 사람의 소리에 여는 반사적으로 일어났다.

삵이 동구 밖에서 피투성이가 되어 죽어 있다는 것이었다.

여는 삵이라는 말에 눈살을 찌푸렸다. 그러나 의사라는 직업상 곧 가방을 수습하여 가지고 삵이 넘어진 데까지 달려갔다. 송 첨지의 장례 때문에 모였던 사람 몇은 여의 뒤로 따라왔다.

여는 보았다. 삵이 허리가 기역자로 뒤로 부러져서 밭고랑 위에 넘어져 있는 것을. 여는 달려가 보았다. 아직 약간의 온기는 있었다.

"익호! 익호!"

그러나 그는 정신을 못 차렸다. 여는 응급수단을 하였다. 그의 사지는 무섭게 경련 되었다.

이윽고 그가 눈을 번쩍 떴다.

"익호! 정신 드나?"

그는 여의 얼굴을 보았다. 끝이 없이 한참을 쳐다보았다.

그의 동자가 움직였다. 겨우 의의(意義)를 깨달은 모양이었다.

"선생님, 저는 갔었습니다."

"어디를?"

"그놈 — 지주 놈의 집에."

무얼? 여는 눈물 나오려는 눈을 힘있게 닫았다. 그리고 덥석 그의 벌써 식어 가는 손을 잡았다. 잠시의 침묵이 계속되었다. 그의 사지에서는 무서운 경련이 끊임없이 일었다. 그것은 죽음의 경련이었다.

듣기 힘든 작은 소리가 또 그의 입에서 나왔다.

"선생님."

"왜?"

"보구 싶어요. 전 보구 시……."

"뭐이?"

그는 입을 움직이었다. 그러나 말이 안 나왔다. 기운이 부족한 모양이었다. 잠시 뒤 그는 또다시 입을 움직이었다. 무슨 소리가 그의 입에서 나왔다.

"무얼?"

"보구 싶어요. 붉은 산이 — 그리구 흰옷이!"

아아, 죽음에 임하여 그는 고국과 동포가 생각난 것이었다. 여는 힘있게 감았던 눈을 고즈넉이 떴다. 그때에 삵의 눈도 번쩍 띄었다. 그는 손을 들려 하였다. 그러나 이미 부러진 그의 손은 들리지 않았다. 그는 머리를 돌이키려 하였다. 그러나 그 힘이 없었다.

그의 마지막 힘을 혀끝에 모아 가지고 그는 다시 입을 열었다.

"선생님!"

"왜?"

"저것 — 저것 —"

"무얼?"

"저기 붉은 산이 — 그리고 흰옷이 — 선생님 저게 뭐예요?"

여는 돌아보았다. 그러나 거기는 황막한 만주의 벌판이 전개되어 있을 뿐이다.

"선생님, 창가 불러 주세요. 마지막 소원 — 창가를 해주세요. 동해 물과 백두산이 마르고 닳도록 —"

여는 머리를 끄덕이고 눈을 감았다. 그리고 입을 열었다. 여의 입에서는 창가가 흘러나왔다.

여는 고즈넉이 불렀다.

"동해 물과 ××××."

고즈넉이 부르는 여의 창가 소리에 뒤에 둘러섰던 다른 사람의 입에서도 숭엄한 코러스는 울려 나왔다.

"무궁화 삼천리 화려 강산 —"

광막한 겨울의 만주벌 한편 구석에서는 밥버러지 익호의 죽음을 조상하는 숭엄한 노래가 차차 크게 엄숙하게 울렸다. 그 가운데서 익호의 몸은 점점 식어갔다.

광염 소나타

- 김동인 -

〈광염 소나타〉는 1930년 중외일보에 발표된 김동인의 단편 소설이다.

예능인에 대한 어느 정도의 광기는 인정하나 너무 극단적인 것까지 인정하는 것은 지나치다는 것을 역설한다. 예술도 인간을 위해 탄생하는 것이니만큼 개인의 예술성을 위해 다른 인간에게 지나친 피해를 입혀도 된다는 논리는 설득력이 없다. 백성수는 광폭성을 보이는 위험한 성격의 소유자다. 광염이란 미친 듯이 타오르는 불꽃이란 뜻인데, 광폭성이라는 이중성격을 가진 백성수와 그의 음악 '광염 소나타'는 그런 면에서 백성수와 같은 성격을 지니고 있다. 제목인 '광염 소나타' 역시 백성수의 모습을 상징적으로 보여주는 듯하다. 그리고 어떤 강한 자극을 받아야 작곡이 되는 백성수와 백성수의 아버지 역시 마찬가지라는 점에서 탐미주의 문학 세계를 짐작하게 하고 예술 창조가 무엇인가를 느끼게 한다.

또한 백성수는 자신의 친성과 후천적인 환경, 도덕 속에서 갈등하는 인물이다. 예술을 만들어 내는 백성수이지만 자기가 지은 죄에 대해서 양심의 가책을 느끼는 인물이기도 하다. '천재성'과 '범죄 본능'을 동시에 가진 백성수는 그의 천재성을 발휘하기 위해 그의 범죄 본능을 끌어낸다.

음악 평론가 K씨가 백성수라는 작곡가를 아느냐고 묻자, '광염 소나타'의 작곡가 백성수야 다 아는 게 아니냐고 사회 교화자 모 씨가 반문한다.

나는 사회 교화자에게 정신병원에 있는 백성수의 이야기를 하며 예술에 대한 의견을 묻는다. 광기 어린 음악가였던 백성수의 아버지 친구인 나는 어느 날 교회에서 멀지 않은 곳에서 불나는 것을 목격하고 방화범으로 보이는 한 젊은이가 교회 피아노에 앉아 곡을 치는 것을 듣고 그의 천재적인 음악성에 놀란다.

그가 광기 어렸던 음악가 친구의 아들임을 알게 되자 집으로 데려와 광염 소나타의 악보를 만들고 백성수의 과거 이야기를 듣는다. 백성수의 아버지는 천부적인 재질을 가진 사람으로, K씨의 동창생이었으며 작곡을 전공했다. 야성적인 그의 곡은 새로운 충격을 주었으나 술을 너무 좋아해서 술에 취해 지내다가 어떤 양가의 처녀와 가까워져 유복자를 남겨 두고 세상을 떠났다. 그 유복자가 바로 백성수이다.

그는 어머니의 정성스런 보살핌으로 광기를 감추고 정상적으로 지내다가 어머니가 아프자 가세가 기울게 된다. 어머니가 중태에 빠진 어느 날 의사를 부를 돈이 없어 가겟방의 돈을 훔치다 주인에게 걸려 사정을 했지만 감옥에 가게 되고 어머니는 감옥에 있는 동안 돌아가시어 묻힌 곳도 모른다. 그는 묘를 찾다가 교회로 뛰어든 것이다.

백성수는 K씨 집에 머물면서 음악에 심취했으나, 그의 안에 내재된 비상한 열정이 그대로 표현되지 않자 뛰어나가 타지 않는 열정을 위해 불을 지르고 그 광경에 흥분하여 '성난 파도'를 작곡한다. 또 좀 더 자극을 받으려고 우연히 발견한 노인의 시체를 이리저리 집어던져 시체가 피투성이가 되자 흥분하여 '피의 선율'을 작곡하고, 달밤에 처녀의 무덤을 파 보고는 스스로 흥분하여 '사령(死靈)'을 작곡한다. 그리고 한 사람씩 죽을 때마다 새로운 음악이 탄생되는 것이다. 결국 백성수는 정신병원에 감금된다. 이런 얘기를 나누면서 두 노인은 힘 있는 예술, 선이 굵은 예술, 야성으로 충일된 예술에 관해 역설한다.

핵심 정리

· 갈래 : 단편 소설
· 시점 : 1인칭 관찰자 시점
· 배경 : 시간적, 공간적으로 제한 받지 않는 곳
· 주제 : 예술 창조에 대한 욕구와 인간성의 희생
· 출전 : 중외일보

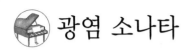# 광염 소나타

　독자는 이제 내가 쓰려는 이야기를, 유럽의 어떤 곳에서 생긴 일이라고 생각하여도 좋다. 혹은 사오십 년 뒤에 조선을 무대로 생겨날 이야기라고 생각하여도 좋다. 다만 이 지구상의 어떠한 곳에 이러한 일이 있었는지도 모르겠다, 있는지도 모르겠다, 혹은 있을지도 모르겠다, 가능성뿐은 있다 ― 이만치 알아 두면 그만이다.

　그런지라 내가 여기 쓰려는 이야기의 주인공 되는 백성수를, 혹은 알 벨트라 생각하여도 좋을 것이요, 짐이라 생각하여도 좋을 것이요, 또는 호 모 나 기무라 모로 생각하여도 괜찮다. 다만 사람이라 하는 동물을 주인공 삼아 가지고, 사람의 세상에서 생겨난 일인 줄만 알면…….

　이러한 전제로써, 자 그러면 내 이야기를 시작하자.

　"기회라 하는 것이 사람을 망하게도 하고 흥하게도 하는 것을 아시오?"

　"네, 새삼스러이 연구할 문제도 아닐걸요."

　"자, 여기 어떤 상점이 있다 합시다. 그런데 마침 수인도 없고 사환도 없고 온통 비었을 적에 우연히 그 앞을 지나가던 신사가 ― 그 신사는 재산도 있고 명망도 있는 점잖은 사람인데 ― 그 신사가 빈 상점을 들여다보고 혹은 이렇게 생각할 수도 있지 않아요? 통 비었으니깐 도적놈이라도 넉넉히 들어갈 게다, 들어가서 훔치면 아무도 모를 테다, 집을 왜 이렇게 비워 둔담…… 이런 생각 끝에 혹은 그 ― 그 뭐랄까 그 돌발적 변태 심리로서 조그만 물건 하나(변변치도 않고 욕심도 안 나는)를 집어서 주머니에 넣는 경우가 있을지도 모르지 않겠습니까?"

　"글쎄요."

　"있습니다, 있어요."

　어떤 여름날 저녁이었다. 도회를 떠난 교외 어떤 강변에 두 노인이 앉아서 이런 이야기를 하고 있었다. 그 기회론을 주장하는 사람은 유명한 음악 비평가 K씨였다. 듣는 사람은 사회 교화자 모 씨였다.

"글쎄, 있을까요?"

"있어요. 좌우간 있다 가정하고, 그러한 경우에는 그 책임은 어디 있습니까?"

"동양 속담 말에 외밭서는 신발 끈도 다시 매지 말랬으니, 그 신사가 책임을 질까요?"

"그래 버리면 그뿐이지만, 그 신사는 점잖은 사람으로서 그런 절대적 기묘한 찬스만 아니었더라면 그런 마음은커녕 염도 내지도 않을 사람이라 생각하면 어찌 됩니까?"

"⋯⋯."

"말하자면 죄는 '기회'에 있는데 '기회'라는 무형물은 벌을 할 수가 없으니깐, 그 신사를 가해자로 인정할 수밖에는 지금은 없지요."

"그렇습니다."

"또 한 가지 — 사람의 천재라 하는 것도, 경우에 따라서는 어떤 '기회'가 없으면 영구히 안 나타나고 마는 일이 있는데, 그 '기회'란 것이 어떤 사람에게서, 그 사람의 '천재'와 '범죄 본능'을 한꺼번에 끌어내었다면 우리는 그 '기회'를 저주하여야겠습니까? 축복하여야겠습니까?"

"글쎄요."

"선생은 백성수라는 사람을 아시오?"

"백성수? — 자 — 기억이 없는데요."

"작곡가로서 그⋯⋯."

"네, 생각납니다. 유명한 — '광염 소나타'의 작가 말씀이지요?"

"네, 그 사람이 지금 어디 있는지 아십니까?"

"모릅니다. 뭐 발광했단 말이 있었는데⋯⋯."

"네, 지금 X X 정신병원에 감금돼 있는데, 그 사람의 일대기를 이야기할 게 들으시고 사회 교화자로서의 의견을 말씀해 주십쇼."

— 내가 이제 이야기하려는 백성수의 아버지도 또한 천분 많은 음악가였

습니다. 나와는 동창생이었는데 학생 시대부터 벌써 그의 천분은 넉넉히 볼 수가 있었습니다. 그는 작곡을 전공하였는데 때때로 스스로 작곡을 하여서는 밤중에 혼자서 피아노를 두드리고 하여서, 우리들로 하여금 뜻하지 않고 일어나게 하고 하였습니다. 그리고 우리는 그 밤중에 울려오는 야성적 선율에 몸을 소스라치고 하였습니다.

그는 야인이었습니다. 광포스런 야성은 때때로 비위에 틀리면 선생을 두들기기가 예사이며, 우리 학교 근처의 술집이며 모든 상점 주인들은 그에게 매깨나 안 얻어맞은 사람이 없었습니다. 그러한 야성은 그의 음악 속에 풍부히 잠겨 있어서, 오히려 그 야성적 힘이 그의 예술을 더 빛나게 하는 것이었습니다.

그러나 그가 학교를 졸업하고 난 뒤에는 그 야성은 다른 곳으로 발전되고 말았습니다. 술 — 술 — 무서운 술이었습니다. 아침부터 저녁까지, 저녁부터 아침까지 술잔이 그의 입에서 떠나지를 않았습니다. 그리고 술을 먹고는 여편네들에게 행패를 하고, 경찰서에 구류를 당하고, 나와서는 또 같은 일을 하고……

작품? 작품이 다 무엇이외까. 술을 먹은 뒤에 취흥에 겨워 때때로 피아노에 앉아서 즉흥으로 탄주를 하고 하였는데, 지금 생각하면 그 귀기가 사람을 엄습하는 힘과 야성(베토벤 이래로 근대 음악가에게서 발견할 수 없던), 그런 보물이라 하여도 좋을 것이 많았지만, 우리늘은 각각 제 길 닦기에 바쁜 사람이라 주정꾼의 즉흥 악을 일일이 베껴 둔다든가 그런 일은 꿈에도 생각하지 않았습니다.

우리는 그의 장래를 생각하여 때때로 술을 삼가기를 권고하였지만, 그런 야인에게 친구의 권고가 무슨 소용이 있겠습니까.

"술? 술은 음악이다!"

하고는 하하하하 웃어 버리고 다시 술집으로 달아나고 합니다.

그러한 지 7, 8년이 지난 뒤에 그는 아주 폐인이 되고 말았습니다. 술이 안 들어가면 그의 손은 떨렸습니다. 눈에는 눈곱이 끼었습니다. 그리고 술이 들어가면, 술만 들어가면 그는 그 광포성을 발휘하였습니다. 누구를 막론하고 붙잡고는 입에 술을 부어 넣어 주었습니다. 그러다가는 장소를 불문하고 아무 데나 누워서 잡니다.

사실 아까운 천재였습니다. 우리들 사이에는 때때로 그의 천분을 생각하고 아깝게 여기는 한숨이 있었지만, 세상에서는 그 '장래가 무서운 한 천재'가 있었다는 것은 몰랐었습니다.

그러는 동안에 그는 어떤 양가의 처녀와 어떻게 관계를 맺어서 애까지 뱄습니다. 그러나 그 애의 출생을 보지 못하고 아깝게도 심장마비로 죽어 버리고 말았습니다.

그 유복자로 세상에 나온 것이 백성수였습니다.

그러나 우리는 백성수가 세상에 출생되었다는 풍문만 들었지, 그 애 아버지가 죽은 뒤부터는 그 애의 소식이며, 그 애 어머니의 소식은 일절 몰랐습니다. 아니, 몰랐다는 것보다 그 집안의 일은 우리의 머리에서 온전히 잊어버리고 말았습니다.

30년이라는 세월이 흘렀습니다.

10년이면 산천도 변한다 하는데 30년 사이의 변천을 어찌 이루 다 말하겠습니까. 좌우간 그동안에 나는 내 이름을 닦아 놓았습니다. 아시다시피 지금 K라 하면, 이 나라의 음악계의 권위이며, 나의 한마디는 음악가의 가치를 결정하는 판결문이라 하여도 옳을 만치 되었습니다. 많은 음악가가 내 손 아래서 자랐으며 많은 음악가가 내 지도로써 이름을 날렸습니다.

재작년 이른 봄 어떤 날이었습니다.

그때 나는 조용한 밤중의 몇 시간씩을 ○○예배당에 가서 명상으로 시간을 보내는 것이 습관이 되어 있었습니다. 언덕 위에 홀로 서 있는 집으로서 조용한 밤중에 혼자 앉아 있노라면 때때로 들보에서 놀라 깬 비둘기의 날개 소리와 간간이 기둥에서 뚝뚝하는 소리밖에는 아무 소리도 들리지 않는, 말하자면 나 같은 괴상한 성미를 가진 사람이 아니면 돈을 주면서 들어가래도 들어가지 않을 음침한 집이었습니다. 그러나 나같이 명상을 즐기는 사람에게는 다른 데서 구하기 힘들도록 온갖 것을 가진 집이었습니다. 외딸고 조용하고 음침하며 간간이 알지 못할 신비한 소리까지 들리며 멀리서는 때때로 놀란 듯한 기적 소리도 들리는…… 이것 뿐으로도 상당한데, 게다가 이 예배당에는 피아노도 한 대 있었습니다. 예배당에는 오르간은 있을지나 피아노가 있는 곳은 쉽지 않은 것으로서, 무슨 흥이나 날 때는 피아노에 가서 한 곡조 두드리는 재미도 또한 괜찮았습니다.

그날 밤도(아마 2시는 지났을걸요) 그 예배당에서 혼자서 눈을 감고 조용한 맛을 즐기고 있노라는데, 갑자기 저편 아래에서 재재하는 소리가 납디다. 그래서 눈을 번쩍 뜨니까 화광이 충천하였는데, 내다보니까 언덕 아래 어떤 집이 불이 붙으며 사람들이 왔다 갔다 야단이었습니다.

이렇게 말하면 어떨지 모르지만, 그다지 멀지 않은 곳에서 불붙는 것을 바라보는 맛도 괜찮은 것이었습니다. 일어서는 불길이며 퍼져 나가는 연기, 불씨의 날아나는 양, 그 가운데 거뭇거뭇 보이는 기둥, 집의 송장, 재재거리는 사람의 무리, 이런 것은 어떻게 생각하면 과연 시도 될지며 음악도 될 것이었습니다. 옛날에 네로가 로마의 불붙는 것을 바라보면서, 자기는 비파를 들고 노래를 하였다는 것도 음악가의 견지로 보면 그다지 나무랄 것이 아니었습니다.

나도 그때에 그 불을 보고 차차 흥이 났습니다.

…… 네로를 본받아서 나도 즉흥으로 한 곡조 두드려 볼까, 어렴풋이 이런 생각을 하며 나는 그 불을 정신없이 바라보고 있었습니다.

그때였습니다. 갑자기 덜커덕덜컥하는 소리기 들리더니 예배당 문이 열리며, 웬 젊은 사람이 하나 낭패한 듯이 뛰어 들어왔습니다. 그리고 무엇에 놀란 사람같이 두리번두리번 사면을 살피더니 그래도 내가 있는 것은 못 보았는지 저편에 있는 창 안에 가서 숨어 서서 아래서 붙는 불을 내다봅니다.

나도 꼼짝을 못 하였습니다. 좌우간 심상스런 사람은 아니요, 방화범이나 도적으로밖에는 인정할 수 없지 않겠습니까? 그래서 꼼짝을 못 하고 서 있노라니까 그 사람은 한숨을 쉽니다. 그리고 맥없이 두 팔을 늘이고 도로 나가려고 발을 떼려다가 자기 곁에 피아노가 놓인 것을 보더니, 교의를 끌어다 놓고 피아노 앞에 주저앉고 말겠지요. 나도 거기는 그만 직업적 흥미에 끌렸습니다. 그래서 무엇을 하나 보자 하고 있노라니까, 뚜껑을 열더니

한 번 뚱하고 시험을 해 보아요. 그리고 조금 있더니 다시 뚱뚱하고 시험을 해 보겠지요.

이때부터 그의 숨소리가 차차 높아 가기 시작했습니다. 씩씩거리며 몹시 흥분된 사람같이 몸을 떨다가 벼락같이 양손을 키 위에 갖다가 덮었습니다. 그다음 순간으로 C 샤프 단음계의 알레그로가 시작되었습니다.

처음에는 다만 흥미로써 그의 모양을 엿보고 있던 나는, 그 알레그로가 울려 나오는 순간 마음은 끝까지 긴장되고 흥분되었습니다.

그것은 순전한 야성적 음향이었습니다. 음악이라 하기에는 너무 힘 있고 무기교이었습니다. 그러나 음악이 아니라기에는 거기는 너무 괴롭고도 무겁고 힘 있는 '감정'이 들어 있었습니다. 그것은 마치 야반의 종소리와도 같이 사람의 마음을 무겁고 음침하게 하는 음향인 동시에 맹수의 부르짖음과 같이 사람으로 하여금 소름 돋치게 하는 무서운 감정의 발현이었습니다. 아아, 그 야성적 힘과 남성적 부르짖음, 그 아래 감추어 있는 침통한 주림과 아픔, 순박하고도 아무 기교가 없는 그 표현!

나는 털썩 그 자리에 주저앉고 말았습니다. 그리고 음악가의 본능으로써 뜻하지 않고 주머니에서 오선지와 연필을 꺼내었습니다. 피아노의 울려 나아가는 소리에 따라서 나의 연필은 오선지 위에서 뛰놀았습니다. 등불도 없는지라, 손짐작으로.

……좀 급속도로 시작된 빈곤, 거기 연하여 주림, 꺼져 가는 불꽃과 같은 목숨, 그러한 것을 지나서 한참 연속되는 완서조(緩徐調)의 압축된 감정, 갑자기 뛰어져 나오는 광포, 거기 연한 쾌미, 홍소…… 이리하여 주화조로써 탄주는 끝이 났습니다. 더구나 그 속에 나타나 있는 압축된 감정이며 주림, 또는 맹렬한 불길 등이 사람의 마음에 주는 그 처참함이며 광포성은, 나로 하여금 아직 '문명'이라 하는 것의 은택에 목욕하여 보지 못한 야인을 연상케 하였습니다.

탄주가 다 끝이 난 뒤에도 나는 정신을 못 차리고 망연히 앉아 있었습니다. 물론 조금이라도 음악의 소양이 있는 사람일 것 같으면, 이제 그 소나타를 음악에 대하여 정통으로 아무러한 수양도 받지 못한 사람이 다만 자기의 천재적 즉흥뿐으로 탄주한 것임을 알 것입니다. 해결이 없이 감칠도

화현이며 증육도 화현을 범벅으로 섞어 놓았으며 금칙인 병행 오팔도까지 집어넣은 것으로서, 더구나 스케르초(경쾌하고 해학적인 느낌의 빠른 3박자의 곡. 해학곡)는 온전히 뽑아 먹은, 대담하다면 대담하고 무식하다면 무식하달 수도 있는 방분 자유한 소나타였습니다.

이때 문득 내 머리에 떠오른 것은 30년 전에 심장마비로 죽은 백○○였습니다. 그의 음악으로써 만약 정통적 훈련만 뽑고 거기다가 야성을 더 집어넣으면 지금 내 눈앞에 있는 그 음악가의 것과 같은 것이 될 것이었습니다. 귀기가 사람을 엄습하는 듯한 그 힘과 방분스런 표현과 야성 — 이것은 근대 음악가에게 구하기 힘든 보물이었습니다.

그 소나타에 취하여 한참 정신이 어리둥절히 앉았던 나는 고즈넉이 일어서서, 그 피아노 앞에 가서 그의 어깨에 가만히 손을 얹었습니다. 한 곡조를 타고 나서 아주 곤한 듯이 정신이 없이 앉아 있던 그는 펄떡 놀라며 일어서서 내 얼굴을 보았습니다.

"자네 몇 살 났나?"

나는 그에게 이렇게 첫말을 물었습니다. 가슴이 답답한 나로서는 이런 말밖에는 갑자기 다른 말이 생각 안 났습니다. 그는 높은 창에서 들어오는 달빛을 받고 있는 내 얼굴을 한순간 쳐다보고 머리를 돌이키고 말았습니다.

"배고프나?"

나는 두 번째 그에게 물었습니다.

그는 시끄러운 듯이 벌떡 일어섰습니다. 그리고 달빛이 비친 내 얼굴을 정면으로 바라보다가,

"아, K 선생님 아니세요?"

하면서 나를 붙들었습니다. 그래서 그렇노라고 하니깐,

"사진으로는 늘 뵈었습니다마는 ……."

하면서 다시 맥없이 나를 놓으며 머리를 돌렸습니다.

그 순간 — 그가 머리를 돌이키는 순간 달빛에 얼핏, 나는 그의 얼굴을 처음으로 보았습니다. 그리고 나는 거기서 뜻밖에 30년 전에 죽은 벗 백○○의 모습을 발견하였습니다.

"자, 자네 이름이 뭐인가?"

"백성수……."

"백성수? 그 백○○의 아들이 아닌가. 30년 전에, 자네가 나오기 전에 세상 떠난……."

그는 머리를 번쩍 들었습니다.

"네? 선생님 어떻게 아세요?"

"백○○의 아들인가? 같이두 생겼다. 내가 자네의 아버지와 동창이네. 아아, 역시 그 애비의 아들이다."

그는 한숨을 길게 쉬며 머리를 수그려 버렸습니다.

나는 그날 밤 그 백성수를 데리고 집으로 돌아왔습니다. 그리고 비록 작곡상 온갖 법칙에는 어그러진다 하나, 그만치 힘과 정열과 야성으로 찬 소나타를 그저 버리기가 아까워서 다시 한번 피아노에 올라앉기를 명하였습니다. 아까 예배당에서 내가 베낀 것은 알레그로가 거의 끝난 곳부터였으므로 그 전 것을 베끼기 위해서였습니다.

그는 피아노를 향하여 앉아서 머리를 기울였습니다. 몇 번 손으로 키를 두드려 보다가는 다시 머리를 기울이고 생각하고 하였습니다. 그러나 다섯 번, 여섯 번을 다시 하여 보았으나 아무 효과도 없었습니다. 피아노에서 울려 나오는 음향은 규칙 없고 되지 않은 한낱 소음에 지나지 못하였습니다. 야성, 힘, 귀기, 그런 것은 없었습니다. 감정의 재뿐이었습니다.

"선생님 잘 안 됩니다."

그는 부끄러운 듯이 연하여 고개를 기울이며 이렇게 말하였습니다.

"2시간도 못 되어서 벌써 잊어버린담?"

나는 그를 밀어 놓고 내가 대신하여 피아노 앞에 앉아서 아까 베낀 그 음보를 펴 놓았습니다. 그리고 내가 베낀 곳부터 타기 시작하였습니다.

화염! 화염! 빈곤, 주림, 야성적 힘, 기괴한 감금당한 감정! 음보를 보면서 타던 나는 스스로 흥분이 되었습니다. 미상불 그때 내 눈은 미친 사람같이 번득였으며 얼굴은 흥분으로 새빨갛게 되었을 것입니다.

즉, 그때 그가 갑자기 달려들더니 나를 떠밀쳐 버렸습니다. 그리고 자기가 대신하여 앉았습니다.

의자에서 떨어진 나는 너무 흥분되어 다시 일어날 힘도 없이 그 자리에 앉은 대로 그의 양을 쳐다보았습니다. 그는 나를 밀쳐 버린 다음에 그 음보를 들고서 읽기 시작하였습니다. 아아, 그의 얼굴! 그의 숨소리가 차차 높아지면서 눈은 미친 사람과 같이 빛을 내기 시작하였습니다. 그러더니 그 음보를 홱 내던지며 문득 벼락같이 그의 두 손을 피아노 위에 덧업혔습니다.

'C 샤프 단음계'의 광포스러운 '소나타'는 다시 시작되었습니다. 폭풍우같이, 또는 무서운 물결같이 사람으로 하여금 숨 막히게 하는 그 힘, 그것은 베토벤 이래로 근대 음악가에게서 보지 못하던 광포스러운 야성이었습니다. 무섭고도 참담스러운 주림, 빈곤, 압축된 감정, 거기서 튀어져 나온 맹염, 공포, 홍소…… 아아, 나는 너무 숨이 답답하여 뜻하지 않고 두 손을 홰홰 내저었습니다.

그날 밤이 새도록, 그는 흥분이 되어서 자기의 과거를 일일이 다 이야기하였습니다. 그 이야기에 의지하면 대략 그의 경력이 이러하였습니다.

— 그의 어머니는 그를 밴 뒤에 곧 자기의 친정에서 쫓겨 나왔습니다.

그때부터 그의 가난함은 시작되었습니다.

그러나 교양이 있고 어진 그의 어머니는 품팔이를 할지언정 성수는 곱게 길렀습니다. 변변치는 않으나마 오르간 하나를 준비하여 두고, 그가 잠자려 할 때는 슈베르트의 '자장가'로써 그의 잠을 도왔으며, 아침에 깰 때는 하루 종일 유쾌히 지내게 하기 위하여 도 랜드의 '세컨드 왈츠'로써 그의 원기를 돋우었습니다.

그는 세 살 났을 적에 어머니의 품에 안겨서 오르간을 장난하여 보았습니다. 오르간을 장난하는 것을 본 어머니는, 근근이 돈을 모아서 그가 여섯 살 나는 해에 피아노를 하나 샀습니다.

아침에는 새소리, 바람에 버석거리는 포플러 잎, 어머니의 사랑, 부엌에서 국 끓는 소리, 이러한 모든 것이 이 소년에게는 신비스럽고도 다정스러워, 그는 피아노에 향하여 앉아서 생각나는 대로 키를 두드리고 하였습니다.

이러한 가운데 고이 소학과 중학도 마치었습니다. 그러는 동안에 음악에 대한 동경은 그의 가슴에 터질 듯이 쌓였습니다.

중학을 졸업한 뒤에는 인젠 어머니를 위하여 그는 학업을 중지하지 않을 수가 없었습니다. 그는 어떤 공장의 직공이 되었습니다. 그러나 어진 어머니의 교육 아래서 길러진 그는, 비록 직공은 되었다 하나 아주 온량한 사람이었습니다.

그리고 음악에 대한 집착은 조금도 줄지 않았습니다. 비록 돈이 없어서 정식으로 음악 교육은 못 받을망정 거리에서 손님을 끄느라고 틀어 놓은 유성기 앞이며, 또는 일요일 날 예배당 찬양대의 노래에 젊은 가슴을 뛰놀리던 그이었습니다. 집에서는 피아노 앞을 떠나 본 일이 없었습니다.

때때로 비상한 감흥으로 오선지를 내놓고 음보를 그려 본 적도 한두 번이 아니었습니다. 그러나 이상한 것은 그만치 뛰놀던 열정과 터질 듯한 감격도 음보로 그려 놓으면 아무 긴장도 없는 싱거운 음계가 되어 버리고 하였습니다. 왜? 그만치 천분이 있고 그만치 열정이 있던 그에게서, 왜 그런 재와 같은 음악만 나왔느냐고 물으실 테지요. 거기 대하여서는 이따가 설명하리다.

감격과 불만 열정과 재…… 비상한 흥분과 그 흥분에 대한 반비례되는 시원치 않은 결과, 이러한 불만의 10년이 지났습니다.

그의 어머니는 문득 몹쓸 병에 걸렸습니다.

자양과 약값, 그의 몇 해를 근근이 모았던 돈은 차차 줄기 시작하였습니다. 조금이라도 안락한 생활이 되기만 하면 정식으로 음악에 대한 교육을 받으려고 모아 두었던 저금은, 그의 어머니의 병에 다 들어갔습니다. 그러나 그의 어머니의 병은 차도가 보이지 않았습니다.

그리하여 그와 내가 그 예배당에서 만나기 전해 여름 어떤 날, 그의 어머니는 도저히 회복할 가망이 없는 중태에까지 빠지게 되었습니다.

그러나 그때는 벌써 그에게는 돈이라고는 다 떨어진 때였습니다.

그날 아침, 그는 위독한 어머니를 버려두고 역시 공장에를 갔습니다.

그러나 아무리 하여도 마음이 놓이지 않아서 일을 중도에 그만두고 집으로 돌아왔습니다. 그때는 어머니는 벌써 혼수상태에 빠져 있었습니다. 가슴이 덜컥 내려앉은 그는 황급히 다시 뛰어나갔습니다. 그러나 어디로? 무얼 하러? 뜻 없이 뛰어나와서 한참 달음박질하다가, 그는 문득 정신을 차리고 의사라도 청할 양으로 히끈(얼른) 돌아섰습니다.

그때였습니다. 아까 내가 말한바 '기회'라는 것이 그때 그의 앞에 나타났습니다.

그것은 조그만 담뱃가게 앞이었는데, 가게와 안방과의 새의 문은 닫혀 있고 안에는 미상불 사람이 있을지나 가게를 보는 사람은 눈에 안 띄었습니다. 그리고 그 담배 상자 위에는 50전짜리 은전 한 닢과 동전 몇 닢이 놓여 있었습니다.

그는 자기로서도 무엇을 하는지 몰랐습니다. 의사를 청하여 오려면 다만 몇십 전이라도 돈이 있어야겠단 어렴풋한 생각만 가지고 있던 그는, 한 번 사면을 살핀 뒤에 벼락같이 그 돈을 쥐고 달아났습니다. 그러나 그는 20간도 뛰지 못하여 따라오는 그 집 사람에게 붙들렸습니다.

그는 몇 번을 사정하였습니다. 마지막에는 자기의 어머니가 명재경각이니, 1시간만 놓아주면 의사를 어머니에게 보내고 다시 오마고까지 하여 보았습니다. 그러나 그런 말은 모두 헛소리로 돌아가고, 그는 마침내 경찰서로 가게 되었습니다.

경찰서에서 재판소로, 재판소에서 감옥으로,…… 이러한 여섯 달 동안에 그는 이를 갈면서 분해하였습니다. 자기 어머니의 운명이 어찌 되었나. 그는 손과 발을 동동 구르면서 안타까워했습니다. 만약 세상을 떠났다 하면 떠나는 순간에 얼마나 자기를 찾았겠습니까. 임종에도 물 한 잔 떠 넣어 줄 사람이 없는 어머니였습니다. 애타 하는 그 모양, 목말라 하는 그 모양을 생각하고는, 그 어머니에게 지지 않게 자기도 애타 하고 목말라했습니다.

반년 뒤에 겨우 광명한 세상에 나와서 자기의 오막살이를 찾아가매, 거기는 벌써 다른 사람이 들어 있었으며, 그의 어머니는 반년 전에 아들을 찾으며 길에까지 기어 나와서 죽었다 합니다.

공동묘지를 가 보았으나 분묘조차 발견할 수가 없었습니다.

이리하여 갈 곳이 없이 헤매던 그는, 그날도 역시 잘 곳을 찾으러 헤매다가 그 예배당(나하고 만난)까지 뛰어 들어온 것이었습니다.

...... 여기까지 이야기해 오던 K씨는 문득 말을 끊었다. 그리고 마도로스 파이프를 꺼내어 담배를 피워 가지고 빨면서 모 씨에게 향하였다.

"선생은 이제 내가 이야기한 가운데 모순된 점을 발견 못 하셨습니까?"

"글쎄요."

"그럼 내가 대신 물으리다. 백성수는 그만치 천분이 많은 음악가였었는데 왜 그 광염 소나타(그날 밤의 소나타를 '광염 소나타'라고 그랬습니다)를 짓기 전에는 그만치 흥분되고 긴장되었다가도 일단 음보로 만들어 놓으면 아주 힘없는 것이 되어 버리고 했겠습니까?"

"그거야 미상불 그때의 흥분이 '광염 소나타'를 지을 때의 흥분만 못 한 연고겠지요."

"그렇게 해석하세요? 듣고 보니 그것은 한 해석이 되기는 합니다. 그러나 나는 그렇게 해석 안 하는데요."

"그럼 K씨는 어떻게 해석하십니까?"

"나는 — 아니, 내 해석을 말하는 것보다 그 백성수한테서 내게로 온 편지가 한 장 있는데, 그것을 보여 드리리다. 선생은 오늘 바쁘시지 않으세요?"

"일은 없습니다."

"그러면 우리 집까지 잠깐 같이 가 보실까요?"

"가지요."

두 노인은 일어섰다.

도회와 교외의 경계에 달린 K씨의 집까지 두 노인이 이른 때는 오후 너덧 시가 된 때였었다.

두 노인은 K씨의 서재에 마주 앉았다.

"이것은 2, 3일 전에 백성수한테서 내게로 온 편지인데 읽어 보세요."

K씨는 서랍에서 기다란 편지 뭉치를 꺼내어 모 씨에게 주었다. 모씨는 받아서 폈다.

"가만, 여기서부터 보세요. 그전에는 쓸데없는 인사이니까."

……(전략) 그리하여 그날도 또한 이제 밤을 지낼 집을 구하느라고 돌아다니던 저는 우연히 그 집, 제가 전에 돈 50여 전을 훔친 집 앞에까지 이르렀습니다. 깊은 밤 사면은 고요한데 그 집 앞에서 잘 곳을 구하느라고 헤매던 저는 문득 마음속에 무서운 복수의 생각이 일어났습니다. 이 집만 아니었더라면, 이 집 주인이 조금만 인정이라는 것을 알았더라면, 저는 그 불쌍한 제 어머니가 길에까지 기어 나와서 세상을 떠나게 하지는 않았겠습니다. 분묘가 어디인지조차 알지 못하여 꽃 한 번 갖다가 꽂아 보지 못한 이러한 불효도 이 집 때문이외다. 이러한 생각에 참지를 못하여, 그 집 앞에 가려 있는 볏짚에다가 불을 놓았습니다. 그리고 거기 서서 불이 집으로 옮아가는 것을 다 본 뒤에 갑자기 무서운 생각이 나서 달아났습니다.

좀 달아나다 보매 아래서는 벌써 사람이 꾀어들기 시작한 모양인데, 이때 저의 머리에 타오르는 생각은 통쾌하다는 생각과 달아나려는 생각뿐이었습니다. 그리하여 저는 몸을 숨기기 위하여 앞에 보이는 예배당 안으로 뛰어 들어갔습니다.

거기서 불이 다 꺼지도록 구경을 한 뒤에 나오려다가 피아노를 보고…….

"이보세요."

K씨는 편지를 보는 모 씨를 찾았다.

"비상한 열정과 감격은 있어두 그것이 그대로 표현 안 된 것이 그것 때문이었습니다. 즉 성수의 어머니는 몹시 어진 사람으로서 어렸을 때부터 성수의 교육을 몹시 힘을 들여서 착한 사람이 되도록, 이렇게 길렀습니다그려. 그 어진 교육 때문에 그가 하늘에서 타고난 광포성과 야성이 음보로 그려 놓으면 아주 힘없는, 말하자면 김빠진 술과 같이 되고 하는 것이 모두 그 때문이었습니다그려. 점잖고 어진 교훈이 그의 천분을 못 발휘하게 한 셈이지요."

"흠."

"그것이, 그 사람 — 성수가, 감옥 생활을 할 동안에 한 번 씻기기는 하였으나, 그러나 사람의 교양이라 하는 것은 온전히 씻지는 못하는 것이다.

그러다가 그 '원수'의 집 앞에서 갑자기, 말하자면 돌발적으로 야성과 광포성이 나타나서 불을 놓고 예배당 안에 숨어 서서 그 야성적 광포적 쾌미를 한껏 즐긴 다음에, 그에게서 폭발하여 나온 것이 그 '광염 소나타' 였구려. 일어서는 불길, 사람의 비명, 온갖 것을 무시하고 퍼져 나가는 불의 세력…… 이런 것은 사실 야성적 쾌미 가운데 으뜸이 되는 것이니깐요."

"……."

"아셨습니까. 그러면 그다음에 그 편지의 여기부터 또 보세요."

……(중략) 저는, 그날의 일이 아직 눈앞에 어리는 듯하외다. 선생님이 저를 세상에 소개하시기 위하여 늙으신 몸이 몸소 피아노에 앉으셔서, 초대한 여러 음악가들 앞에서 제 '광염 소나타'를 탄주하시던 그 광경은, 지금 생각하여도 제 눈에서 눈물이 나오려 합니다. 그때 그 손님 가운데 부인 손님 두 분이 기절을 한 것은 결코 '광염 소나타'의 힘뿐이 아니고, 선생님의 그 탄주의 힘이 많이 섞인 것을 뉘라서 부인하겠습니까. 그 뒤에 여러 사람 앞에 저를 내세우고,

"이 사람이 '광염 소나타'의 작자이며, 30년 전에 우리를 버려두고 혼자 간 일대의 귀재 백○○의 아들이외다."

라고 소개를 하여 주신 그때의 그 감격은 제 일생에 어찌 잊사오리까.

그 뒤에 선생님께서 저를 위하여 꾸며 주신 방도, 또한 제 마음에 가장 맞는 방이었습니다. 널따란 북향 방에 동남쪽 귀에 든든한 참나무 침대가 하나, 서북쪽 귀에 아무 장식 없는 참나무 책상과 의자, 피아노가 하나씩, 그 밖에는 방 안에 장식이라고는 서남쪽 벽에 커다란 거울이 하나 있을 뿐, 덩그렇게 넓은 방은 사실 밤에 전등 아래 앉아 있노라면 저절로 소름이 끼치도록 무시무시한 방이었습니다. 게다가 방 안은 모두 꺼먼 칠을 하고, 창밖에는 늙은 홰나무의 고목이 한 그루 서 있는 것도 과연 귀기가 돌았습니다. 이러한 가운데서 선생님은 저로 하여금 방분스러운 음악을 낳도록 애써 주셨습니다.

저도 그런 환경 아래서 좋은 음악을 낳아 보려고 얼마나 애를 썼겠습니까. 어떤 날 선생님께 작곡에 대한 계통적 훈련을 원할 때에 선생님은 이렇

게 대답하셨습니다.

"자네에게는 그러한 교육이 필요가 없어. 마음대로 나오는 대로 하게. 자네 같은 사람에게 계통적 훈련이 들어가면 자네의 음악은 기계화해 버리고 말아. 마음대로 온갖 규칙과 규범을 무시하고 가슴에서 터져 나오는 대로……."

저는 이 말씀의 뜻을 똑똑히는 몰랐습니다. 그러나 대략 한 의미뿐은 통하였습니다. 그리하여 저는 마음대로 한껏 자유스러운 음악의 경지를 개척하려 하였습니다.

그러나 그동안에 제가 산출한 음악은 모두 이상히도 저의 이전(제 어머니가 아직 살아 계실 때)의 것과 마찬가지로 아무러한 힘도 없는 음향의 유희에 지나지 못하였습니다.

저는 얼마나 초조하였겠습니까. 때때로 선생님께서 채근 비슷이 하시는 말씀은 저로 하여금 더욱 초조하게 하였습니다. 그리고 마음이 초조하면 초조할수록 제게서 생겨나는 음악은 더욱 나약한 것이 되었습니다.

저는 때때로 그 불붙던 광경을 생각하여 보았습니다. 그리고 그때에 통쾌하던 감정을 되풀이하여 보려 하였습니다. 그러나 그것 역시 실패로 돌아갔습니다.

때때로 비상한 열정으로 음보를 그려 놓은 뒤에 몇 시간이 지나서 다시 한번 읽어 보면, 거기는 아무 힘이 없는 개념만 있고 하였습니다.

저의 마음은 차차 무거워지기 시작하였습니다. 그리고 큰 기대를 가지고 계신 선생님께도 미안하기가 짝이 없었습니다.

"음악은 공예품과 달라서 마음대로 만들고 싶은 때에 되는 것이 아니니 마음 놓고 천천히 감흥이 생긴 때에……."

이러한 선생님의 위로의 말씀이 듣기가 제 살을 깎아 먹는 듯하였습니다. 그러나 제 마음상은, 인제는 제게서 다시 힘 있는 음악이 나올 기회가 없는 것같이만 생각되었습니다.

이러는 동안에 무위의 몇 달이 지났습니다.

어떤 날 밤중, 가슴이 너무 무겁고 가슴속에 무엇이 가득 찬 것같이 거북하여서, 저는 산보를 나섰습니다. 무거운 머리와 무거운 가슴과 무거운 다리를 지향 없이 옮기면서 돌아다니다가, 저는 어떤 곳에서 커다란 볏짚 낟가리를 발견하였습니다.

이때의 저의 심리를 어떻게 형용하였으면 좋을지 저는 모르겠습니다. 저는 무슨 무서운 적을 만난 것같이 긴장되고 흥분되었습니다. 저는 사면을 한 번 살펴보고, 그 낟가리에 달려가서 불을 그어서 놓았습니다. 그리고 갑자기 무서움증이 생겨서 돌아서서 달아나다가, 멀찌가니까지 달아나서 돌아보니까, 불길은 벌써 하늘을 찌를 듯이 일어났습니다. 왁, 왁, 꺄, 꺄, 사람들이 부르짖는 소리도 들렸습니다.

저는 다시 그곳까지 가서, 그 무서운 불길에 날아 올라가는 볏짚이며, 그 낟가리에 연달아 있는 집을 헐어 내는 광경을 구경하다가, 문득 흥분되어서 집으로 돌아왔습니다.

그날 밤에 된 것이 '성난 파도'이었습니다.

그 뒤에 이 도회에서 일어난 알지 못할 몇 가지의 불은, 모두 제가 질러 놓은 것이었습니다. 그리고 불이 있던 날 밤마다 저는 한 가지의 음악을 얻었습니다. 며칠을 연하여 가슴이 몹시 무겁다가 그것이 마침내 식체(먹은 음식물이 잘 소화되지 않은 증상을 이르는 말)와 같이 거북하고 답답하게 되는 때는, 저는 뜻 없이 거리를 나갑니다. 그리고 그러한 날은 한 가지의 방화 사건이 생겨나며, 그날 밤에는 한 곡의 음악이 생겨났습니다.

그러나 그것도 번수가 차차 많아 갈 동안, 저의 그 불에 대한 흥분은 반비례로 줄어졌습니다. 온갖 것을 용서하지 않는 불꽃의 잔혹함도 그다지 제 마음을 긴장시키지 못하였습니다.

"차차, 힘이 적어져 가네."

선생님께서 제 음악을 보시고 이렇게 말씀하신 것이 그러한 때였습니다.

그러나 저는 게서 더할 도리가 없었습니다. 하는 수 없이 저는 한동안 음악을 온전히 잊어버린 듯이 내버려 두었습니다.

모 씨가 성수의 마지막 편지를 여기까지 읽었을 때, K씨가 찾았다.

"재작년 봄에서 가을에 걸쳐 원인 모를 불이 많지 않았습니까. 그것이 죄

성수의 장난이었습니다그려."

"K씨는 그것을 온전히 모르셨습니까?"

"나요? 몰랐지요. 그런데…… 그 어떤 날 밤이구려. 성수는 기대에 반해서 우리 집으로 온 지 여러 달이 됐지만, 한 번도 힘 있는 것을 지어 본 일이 없겠지요. 그래서 저 사람에게 무슨 흥분될 재료를 줄 수가 없나 하고 혼자 생각하며 있더랬는데, 그때에 저 ― 편 ―."

K씨는 손을 들어 남편 쪽 창을 가리켰다.

"저 ― 편 꽤 멀리서 불붙는 것이 눈에 뜨입디다그려. 그래서 저것을 성수에게 보이면, 혹 그때의 감정(그때, 나는 그 담배 장수네 집에 불이 일어난 것도 성수의 장난인 줄은 꿈에도 생각 안 했구려)을 부활시킬지도 모르겠다, 이렇게 생각하구 성수의 방으로 올라가려는데, 문득 성수의 방에서 피아노 소리가 울려 나옵디다그려. 나는 올라가려던 발을 부지중 멈추고 말았지요. 역시 C 샤프 단음계로서, 제일 곡은 뽑아 먹고 아다지오에서 시작되는데, 고요하고 잔잔한 바다, 수평선 위로 넘어가려는 저녁 해, 이러한 온화한 것이 차차 스케르초로 들어가서는 소낙비, 풍랑, 번개, 무서운 바람 소리, 우레질, 전복되는 배, 곤해서 물에 떨어지는 갈매기, 한 번 뒤집어지면서 해일에 쓸려 나가는 동네 사람의 부르짖음 ― 흥분에서 흥분, 광포에서 광포, 야성에서 야성, 온갖 공포와 포악한 광경이 눈앞에 어릿거리는데, 이 늙은 내가 그만 흥분에 못 견디어 뜻하지 않고 '그만두어 달라'고 고함친 것만으로도 짐작하시겠지요. 그리고 올라가서 보니깐, 그는 탄주를 끝내고 피곤한 듯이 피아노에 기대고 앉아 있고, 이제 탄주한 것은 벌써 '성난 파도'라는 제목 아래 음보로 되어 있습디다."

"그러면 성수는 불을 두 번 놓고, 두 음악을 얻었다는 말씀이지요?"

"그렇지요. 그리고 그 뒤부터는 한 10여 일 건너서는 하나씩 지었는데, 그것이 지금 보면, 한 가지의 방화 사건이 생길 때마다 생겨난 것이었습니다. 그러나 그의 편지마따나 얼마 지나서부터는 차차 그 힘과 야성이 적어지기 시작했지요. 그래서……."

"가만 계십쇼. 그 사람이 그다음에도 '피의 선율'이나 그 밖에 유명한 곡조를 여러 개 만들지 않았습니까?"

"글쎄 말이외다. 거기 대한 설명은 그 편지를 또 보십쇼. 여기서부터 또 보시면 알리다."

……(중략) XX다리 아래로 나오려는데, 무엇이 발길에 채는 것이 있었습니다. 성냥을 그어 가지고 보니깐, 그것은 웬 늙은이의 송장이었습니다. 저는 그것이 무서워서 달아나려다가, 돌아서려던 발을 다시 돌이켰습니다. 그리고 — 선생님은 이제 제가 쓰는 일을 이해하여 주실는지요. 그것은 너무도 기괴한 일이라 저로서도 믿어지지 않는 일이었습니다. 그 송장을 타고 앉았습니다. 그리고 그 송장의 옷을 모두 찢어서 사면으로 내던진 뒤에, 그 벌거벗은 송장을(제힘이라 생각되지 않는) 무서운 힘으로써 높이 쳐들어서 저편으로 내던졌습니다. 그런 뒤에는 마치 고양이가 알을 가지고 놀듯, 다시 뛰어가서 그 송장을 들어서 도로 이편으로 던졌습니다. 이렇게 몇 번을 하여 머리가 깨지고, 배가 터지고 — 그 송장은 보기에도 참혹스러이 되었습니다. 그리하여 그 송장을 다시 만질 곳이 없이 된 뒤에 저는 그만 곤하여 그 자리에 앉아서 쉬려다가 갑자기 마음이 긴장되고 흥분되어서 집으로 달려왔습니다.

그날 밤에 된 것이 '피의 선율'이었습니다.

"선생은 이러한 심리를 아시겠습니까?"
"글쎄요."
"아마, 모르실걸요. 그러나 예술가로서는 능히 머리를 끄덕일 수 있는 심리외다. 그리고 또 여기를 읽어 보십시오."

……(중략) 그 여자가 죽었다는 것은 제게는 사실 뜻밖이었습니다.
저는 그날 밤 혼자 몰래 그 여자의 무덤을 찾아갔습니다. 그리고 7, 8시간 전에 묻어 놓은 그의 무덤의 흙을 다시 파서 그의 시체를 꺼내어 놓았습니다.
푸르른 달빛 아래 누워 있는 아름다운 그의 모양은 과연 선녀와 같았습니다. 가볍게 눈을 닫고 있는 창백한 얼굴, 곧은 콧날, 풀어헤친 검은 머리

— 아무 표정도 없는 고요한 얼굴은 더욱 처염함을 도왔습니다. 이것을 정신없이 들여다보고 있던 저는 갑자기 흥분이 되어 — 아아, 선생님 저는 이 아래를 쓸 용기가 없습니다. 재판소의 조서를 보시면 저절로 아실 것이올시다.

그날 밤에 된 것이 '사령(죽은 사람의 영혼)'이었습니다.

"어떻습니까?"

"……."

"네?"

"……."

"언어도단이에요? 선생의 눈으로는 그렇게 뵈시리다. 또 여기를 읽어 보십쇼."

……(중략) 이리하여 저는 마침내 사람을 죽인다 하는 경우에까지 이르렀습니다. 그리고 한 사람이 죽을 때마다 한 개의 음악이 생겨났습니다. 그 뒤부터 제가 지은 그 모든 것은 다 한 사람씩의 생명을 대표하는 것이었습니다. (하략)

"인제 더 보실 것이 없습니다. 그런데 그만큼 보셨으면 성수에 대한 대략한 일은 아셨을 터인데, 거기 대한 의견이 어떻습니까?"

"……."

"네?"

"어떤 의견 말씀이오니까?"

"어떤 '기회'라는 것이 어떤 사람에게서, 그 사람의 가지고 있는 천재와 함께 '범죄 본능'까지 끌어내었다 하면, 우리는 그 '기회'를 저주하여야겠습니까, 혹은 축복하여야겠습니까? 이 성수의 일로 말하자면 방화, 사체 모욕, 시간, 살인, 온갖 죄를 다 범했어요. 우리 예술가협회에서 별별 수단을 다 써서 정부에 탄원하고 재판소에 탄원하고 해서 겨우 성수를 정신병자라 하는 명목 아래 정신병원에 감금했지, 그렇지 않으면 당장에 사형이 아닙니까. 그런데 이제 그 편지를 보셔도 짐작하시겠지만 통상시에는 그 사람은 아주 명민하고 점잖고 온화한 청년입니다. 그러나 때때로 그 뭐랄까, 그 흥분 때문에 눈이 아득하여져서 무서운 죄를 범하고, 그 죄를 범한 다음에는 훌륭한 예술을 하나씩 산출합니다. 이런 경우에 우리는 그 죄를 밉게 보아야 합니까, 혹은 범죄 때문에 생겨난 예술을 보아서 죄를 용서하여야 합니까?"

"그거야 죄를 범치 않고 예술을 만들어 냈으면 더 좋지 않습니까?"

"물론이지요. 그러나 이 성수 같은 사람도 있는 것이니깐 이런 경우엔 어떻게 해결하렵니까?"

"죄를 벌해야지요. 죄악이 성하는 것을 그냥 볼 수는 없습니다."

K씨는 머리를 끄덕였다.

"그렇겠습니다. 그러나 우리 예술가의 견지로는 또 이렇게 볼 수도 있습니다. 베토벤 이후로는 음악이라 하는 것이 차차 힘이 빠져 가서, 꽃이나 계집이나 찬미할 줄 알고 연애나 칭송할 줄 알아서, 선이 굵은 것은 볼 수가 없이 되었습니다. 게다가 엄정한 작곡법이 있어서, 그것은 마치 수학의 방정식과 같이 작곡에 대한 온갖 자유스러운 경지를 제한해 놓았으니깐, 이후에 생겨나는 음악은 새로운 길을 개척하기 전에는 한 기술이 될 것이지 예술이 될 수는 없습니다. 예술가에게는 이것이 쓸쓸해요. 힘 있는 예술, 선이 굵은 예술, 야성으로 충일된 예술…… 우리는 이것을 기다린 지 오래였습니다. 그럴 때에 백성수가 나타났습니다. 사실 말이지, 백성수 그의 예술은 그 하나하나가 모두 우리의 문화를 영구히 빛낼 보물입니다. 우리의 문화의 기념탑입니다. 방화? 살인? 변변치 않은 집개, 변변치 않은 사람 개는, 그의 예술의 하나가 산출되는 데 희생하라면 결코 아깝지 않습니다. 천 년에 한 번, 만 년에 한 번 날지 못 날지 모르는 큰 천재를, 몇 개의 변변치 않은 범죄를 구실로 이 세상에서 없이하여 버린다 하는 것은 더 큰 죄악이 아닐까요. 적어도 우리 예술가에게는 그렇게 생각됩니다."

K씨는 마주 앉은 노인에게서 편지를 받아서 서랍에 집어넣었다. 새빨간 저녁 해에 비치어서 그의 늙은 눈에는 눈물이 반득였다.

봄봄

- 김유정 -

김유정(金裕貞 1908~1937)

김유정은 1908년 1월 11일 강원도 춘천(春川)에서 태어났다. 1929년 휘문고등보통학교를 졸업한 그는 연희전문학교 문과에 입학하지만 학업에 대한 회의를 이유로 중퇴했다. 1931년 그는 고향에 내려가 금병의숙(錦屛義塾)을 세워 문맹퇴치운동을 벌이기도 하고, 금광에도 손을 대었다.

1935년 조선일보, 중앙일보 신춘문예에 〈소낙비〉, 〈노다지〉가 당선되면서 문단의 주목을 받기 시작한다. 이어 단편 소설 〈금 따는 콩밭〉, 〈떡〉, 〈만무방〉, 〈산골〉, 〈봄봄〉 등을 잇달아 발표한다. 이들은 농촌에서 우직하고 순진하게 살아가는 인물들을 특유의 해학적 수법으로 표현한 작품이다. 김유정은 1936년 〈산골 나그네〉, 〈옥토끼〉, 〈동백꽃〉, 〈정조〉, 〈슬픈이야기〉 등의 단편을, 1937년에는 〈따라지〉, 〈땡볕〉, 〈정분〉 등의 단편과 〈생의 반려〉 등의 장편 소설을 발표한다. 하지만 지병이 악화되어 1937년 3월 29일 29세의 나이로 생을 마감한다.

그의 문학 세계는 강원도 지방의 토속어를 바탕으로 뛰어난 해학과 풍자를 통해서 일제강점기에 우리 농촌의 참담한 현실을 정확하게 묘사했다. 그의 소설에 보이는 질펀한 웃음 속에는 땅에 붙박여 처절하게 살아가는 농민들의 애끓는 울음이 짙게 깔려 있다.

〈봄봄〉은 1935년 '조광'에 발표한 단편 소설로 김유정의 다른 소설과 마찬가지로 희극적 인물상과 과장되고 우스꽝스러운 갈등 양상이 돋보이는 작품이다. 앞으로 장인이 될 마름과 데릴사위 머슴이 혼인 문제로 갈등을 빚고 있는 모습을 해학적으로 그린다.

이 작품은 위선적 성격의 장인과 그의 속임에 맞서는 나와의 갈등이 뛰어난 해학적 기교로 그려져 있다. 더욱이 이 작품에 나타난 구두어(口頭語), 방언, 비어(卑語), 속담, 속어 등의 자유로운 구사와 더불어 그 해학적 표현 속에 깔려 있는 낙천성은 한국 서민이 지닌 일종의 전통적인 감수

성, 이를테면 판소리 사설에 나타나는, 슬픔 속에서도 웃음을 머금게 하는 그런 성격을 느끼게 한다. 주인공 '나'는 점순이와 혼인을 시켜 준다는 말만 믿고 3년 7개월을 무일푼으로 머슴살이를 하는 인물이다. 장인은 딸을 미끼로 일만 실컷 부려 먹다가 지쳐서 가 버리면 그만이고, 끝까지 버티면 사위로 삼으려는 속셈을 가지고 있다. 점순이는 은근히 '나'에게 적극적인 행동을 종용하는 인물이다. 그러나 이 소설의 주인공은 혼인을 시켜 주지 않는 장인을 원망하면서도 장인이 하자는 대로 따라간다. 그의 행동에는 안타까운 소망이 담겨 있다. 서로 상충되는 소망을 지닌 인물들의 대립을 웃음 속에서 화해시키고 있다. '나'의 어리숙함은 작품 전체의 해학적 분위기를 이끌어 가고, 이것은 독자로 하여금 엉뚱하고 과장된 희극적 갈등 양상을 자연스러운 일로 받아들이게 한다.

작품 줄거리

내 아내가 될 점순이는 열여섯 살인데도 불구하고 키가 너무 작다. '나'는 점순이보다 나이가 열 살이 더 위다. 점순네 데릴사위로 3년 7개월이나 일을 해 주었건만 심술 사납고 의뭉한 장인은 점순이의 키가 작다는 이유를 들어 성례시켜 줄 생각은 하지도 않는다. '나'는 돼지는 잘 크는데 점순이는 왜 크지 않는지 고민을 하기도 한다. 서낭당에 치성도 드려 보고 꾀병도 부려 보지만 도통 반응이 없고 장인은 몽둥이질만 한다. 나는 장인을 구장 댁으로 끌고 갔다. 구장님은 당사자가 혼인하고 싶다는데 빨리 성례를 시켜 주라고 한다. 점순의 아버지는 점순이의 키가 크지 않는다는 핑계로 계속 혼례를 미루기만 한다. 그래서 '나'는 점순의 아버지와 다투게 된다.

점순이가 자신을 병신이라고 나무라자 어떻게든지 결판을 내야겠다고 생각하고 일터로 나가려다 말고 바깥마당 멍석 위에 드러눕는다. 화가 '나'를 후려갈긴다. 내가 장인을 발 아래로 굴러뜨려 올라오지 못하게 하자 장인은 내 바짓가랑이를 움켜잡고 늘어진다. 할아버지까지 부르며 땅바닥에 쓰러져 까무러치자 장인은 손을 놓았다. 이번엔 '나'가 엉금엉금 기어가서 장인의 바짓가랑이를 움켜잡고 늘어진다. 장인 역시 할아버지를 부르며 구르다가 급기야 점순이를 부른다. 점순이는 내게 달려들어 귀를 잡아당기며 악을 쓰며 운다. 자기편을 들어줄 줄 알았던 점순이가 장인 편을 들자 '나'는 망연자실한다.

핵심 정리

· 갈래 : 단편 소설
· 배경 : 시간적, 공간적으로 제한 받지 않는 곳
· 출전 : 중외일보
· 시점 : 1인칭 관찰자 시점
· 주제 : 예술 창조에 대한 욕구와 인간성의 희생

봄봄

"장인님! 이젠 저……."

내가 이렇게 뒤통수를 긁고, 나이가 찼으니 성례를 시켜 줘야 않겠느냐고 하면 대답이 늘,

"이 자식아! 성례구 뭐구 미처 자라야지!"

하고 만다.

이 자라야 한다는 것은 내가 아니라 장차 내 아내가 될 점순이의 키 말이다.

내가 여기에 와서 돈 한 푼 안 받고 일하기를 3년 하고 꼬박 일곱 달 동안을 했다. 그런데도 미처 못 자랐다니까 이 키는 언제야 자라는 겐지 짜장 영문 모른다. 일을 좀 더 잘해야 한다든지 혹은 밥을(많이 먹는다고 노상 걱정이니까) 좀 덜 먹어야 한다든지 하면 나도 얼마든지 할 말이 많다. 하지만 점순이가 아직 어리니까 더 자라야 한다는 여기에는 어째 볼 수 없이 그만 벙벙하고 만다.

이래서 나는 애초 계약이 잘못된 걸 알았다. 이태면 이태, 3년이면 3년, 기한을 딱 작정하고 일을 했어야 할 것이다. 덮어놓고 딸이 자라는 대로 성례를 시켜 주마 했으니 누가 늘 지키고 섰는 것도 아니고 그 키가 언제 자라는지 알 수 있는가. 그리고 난 사람의 키가 무럭무럭 자라는 줄만 알았지 붙박이 키에 모로만 벌어지는 몸도 있을 것을 누가 알았으랴. 때가 되면 장인님이 어련하랴 싶어서 군소리 없이 꾸벅꾸벅 일만 해 왔다. 그럼 말이다, 장인님이 제가 다 알아차려서,

'어 참, 너 일 많이 했다. 고만 장가들어라.'

하고 살림도 내주고 해야 나도 좋을 것이 아니냐. 시치미를 딱 떼고 도리어 그런 소리가 나올까 봐서 지레 펄펄 뛰고 이 야단이다. 명색이 좋아 데릴사위지 일하기에 싱겁기도 할뿐더러 이건 참 아무것도 아니다.

숙맥이 그걸 모르고 점순이의 키 자라기만 까맣게 기다리지 않았나.

언젠가는 하도 갑갑해서 자를 가지고 덤벼들어서 그 키를 한번 재 볼까 했다마는 우리의 장인님이 내외를 해야 한다고 해서 마주 서 이야기도 한마디 하는 법 없다. 우물길에서 어쩌다 마주칠 적이면 겨우 눈어림으로 재 보고 하는 것인데 그럴 적마다 나는 저만큼 가서,

"제 — 미, 키두!"

하고 논둑에다 침을 퉤 뱉는다. 아무리 잘 봐야 내 겨드랑(다른 사람보다 좀 크긴 하지만) 밑에서 넘을락 말락 밤낮 요 모양이다. 개돼지는 푹푹 크는데 왜 이리도 사람은 안 크는지, 한동안 머리가 아프도록 궁리도 해 보았다. 아하, 물동이를 자꾸 이니까 뼈다귀가 움츠러드나 보다 하고 내가 넌지시 그 물을 대신 길어도 주었다. 뿐만 아니라 나무를 하러 가면 서낭당에 돌을 올려놓고,

"점순이의 키 좀 크게 해 줍소사. 그러면 담엔 떡 갖다 놓고 고사드립죠니까."

하고 치성도 한두 번 드린 것이 아니다. 어떻게 돼먹은 킨지 이래도 막무가내니…… 그래 내 어저께 싸운 것이 결코 장인님이 밉다든가 해서가 아니다.

모를 붓다가 가만히 생각을 해 보니까 또 싱겁다. 이 벼가 자라서 점순이가 먹고 좀 큰다면 모르지만 그렇지도 못한 걸 내 심어서 뭘 하는 거냐. 해마다 앞으로 축 불거지는 장인님의 아랫배(너무 먹은 걸 모르고 냉병이라니, 그 배)를 불리기 위하여 심곤 조금도 싶지 않다.

"아이구 배야!"

난 모를 붓다 말고 배를 쓰다듬으면서 그대로 논둑으로 기어올랐다. 그리고 겨드랑에 꼈던 벼 담긴 키를 그냥 땅바닥에 털썩 떨어치며 나도 털썩 주저앉았다. 일이 암만 바빠도 나 배 아프면 고만이니까. 아픈 사람이 누가 일을 하느냐. 파릇파릇 돋아 오른 풀 한 줌을 뜯어 들고 다리의 거머리를 쓱쓱 문대며 장인님의 얼굴을 쳐다보았다.

논 가운데서 장인님이 이상한 눈을 해 가지고 한참을 날 노려보더니,

"너 이 자식, 왜 또 이래 응?"

"배가 좀 아파서유!"

하고 풀 위에 슬며시 쓰러지니까 장인님은 약이 올랐다. 저도 논에서 철벙철벙 둑으로 올라오더니 잡은 참 내 멱살을 움켜잡고 뺨을 치는 것이 아닌가.

"이 자식아, 일허다 말면 누굴 망해 놀 속셈이냐, 이 대가릴 까놀 자식!"

우리 장인님은 약이 오르면 이렇게 손버릇이 아주 못됐다. 또 사위에게 이 자식 저 자식 하는 이놈의 장인님은 어디 있느냐. 오죽해야 우리 동리에서 누굴 막론하고 그에게 욕을 안 먹는 사람은 명이 짧다 한다. 조그만 아이들까지도 그를 돌려세워 놓고 욕필이(본이름이 봉필이니까), 욕필이 하고 손가락질을 할 만큼 두루 인심을 잃었다. 하나 인심을 정말 잃었다면 욕보다 읍의 배 참봉 댁 마름으로 더 잃었다. 본디 마름이란 욕 잘하고 사람 잘 치고, 그리고 생김 생기길 호박개 같아서 쓰는 거지만 장인님은 외양이 똑 됐다. 장인께 닭 마리나 좀 보내지 않는다든가 애벌논 때 품을 좀 안 준다든가 하면 그해 가을에는 영락없이 땅이 뚝뚝 떨어진다. 그러면 미리부터 돈도 먹이고 술도 먹이고 안달재신으로 돌아치던 놈이 그 땅을 슬쩍 돌려 안는다. 이 바람에 장인님 집 외양간에는 눈깔 커다란 황소 한 놈이 절로 엉금엉금 기어들고 동리 사람들은 그 욕을 다 먹어 가면서 그래도 굽신굽신하는 게 아닌가. 그러나 내겐 장인님이 감히 큰소리할 계제가 못 된다. 뒷생각은 못 하고 뺨 한 대를 딱 때려 놓고는 장인님은 무색해서 덤덤히 쓴 침만 삼킨다. 난 그 속을 퍽 잘 안다. 조금 있으면 갈도 꺾어야 하고 모도 내야 하고, 한참 바쁜 때인데 나 일 안 하고 우리 집으로 그냥 가면 고만이니까. 작년 이맘때도 트집을 좀 하니까 늦잠 잔다고 돌멩이를 집어 던져서 자는 놈의 발목을 삐게 해 놨다. 사날씩이나 건성 끙끙 앓았더니 종당에는 거반 울상이 되지 않았는가.

"애 그만 일어나 일 좀 해라. 그래야 올갈에 벼 잘 되면 너 장가 들지 않니."

그래 귀가 번쩍 뜨여서 그날로 일어나서 남이 이틀 품 들일 논을 혼자 삶아 놓으니까 장인님도 눈깔이 커다랗게 놀랐다. 그럼 정말로 가을에 와서 혼인을 시켜 줘야 원 경우가 옳지 않겠나. 볏섬을 척척 들어 쌓아도 다른 소

리는 없고 물동이를 이고 들어오는 점순이를 담배통으로 가리키며,

"이 자식아, 미처 커야지. 조걸 무슨 혼인을 한다고 그러니 원!"

하고 남 낯짝만 붉게 해 주고 고만이다. 골김에 그저 이놈의 장인님 하고 댓돌에다 메 꽂고 우리 고향으로 내뺄까 하다가 꾹꾹 참고 말았다. 참말이지 난 이 꼴 하고는 집으로 차마 못 간다. 장가를 들러 갔다가 오죽 못났어야 그대로 쫓겨 왔느냐고 손가락질을 받을 테니까⋯⋯.

논둑에서 벌떡 일어나 한풀 죽은 장인님 앞으로 다가서며,

"난 갈 테야유, 그동안 사경 쳐 내슈."

"너 사위로 왔지 어디 머슴 살러 왔니?"

"그러면 얼찐 성례를 해 줘야 안 하지유, 밤낮 부려만 먹구 해 준다 해 준다⋯⋯."

"글쎄 내가 안 하는 거냐? 그년이 안 크니까⋯⋯."

하고 어름어름 담배만 담으면서 늘 하는 소리를 또 늘어놓는다.

이렇게 따져 나가면 언제든지 늘 나만 밑지고 만다. 이번엔 안 된다 하고 대뜸 구장님한테로 판단 가자고 소맷자락을 내 끌었다.

"아 이 자식아, 왜 이래 어른을."

안 간다고 뻗디디고 이렇게 호령을 제 맘대로 하지만 장인님 제가 내 기운은 못 당한다. 막 부려 먹고 딸은 안 주고 게다 땅땅 치는 건 다 뭐야⋯⋯.

그러나 내 사실 참 장인님이 미워서 그런 것은 아니다.

그 전날 왜 내가 새고개 맞은 봉우리 화전 밭을 혼자 갈고 있지 않았느냐. 밭 가생이로 돌 적마다 야릇한 꽃 내가 물컥물컥 코를 찌르고 머리 위에서 벌들은 가끔 붕, 붕 소리를 친다. 바위틈에서 샘물 소리밖에 안 들리는 산골짜기니까 맑은 하늘의 봄볕은 이불 속같이 따스하고 꼭 꿈꾸는 것 같다. 나는 몸이 나른하고(몸살을 아직 모르지만) 병이 나려고 그러는지 울렁울렁하고 이랬다.

"이러이! 말이! 맘 마 마⋯⋯."

이렇게 노래를 하며 소를 부리면 여느 때 같으면 어깨가 으쓱으쓱한다.

웬일인지 밭 반도 갈지 않아서 온몸의 맥이 풀리고 대고 짜증만 난다. 공연히 소만 들입다 두들기며,

"아냐! 아냐! 이 망할 자식의 소(장인님의 소니까) 대가리를 꺾어 줄라."

그러나 내 속은 정말 아냐 때문이 아니라 점심을 이고 온 점순이의 키를 보고 울화가 났던 것이다.

점순이는 뭐 그리 썩 예쁜 계집애는 못 된다. 그렇다고 또 개떡이냐 하면 그런 것도 아니고 꼭 내 아내가 돼야 할 만큼 그저 툽툽하게 생긴 얼굴이다.

나보다 10년이 아래이니까 올해 열여섯인데 몸은 남보다 두 살이나 덜 자랐다. 남은 잘도 훤칠히들 크건만 이건 위아래가 몽톡한 것이 내 눈에는 하릴없이 감참외 같다. 참외 중에는 감참외가 제일 맛 좋고 예쁘니까 말이다.

둥글고 커단 눈은 서글서글하니 좋고 좀 지쳐 찢어졌지만 입은 밥술이나 톡톡히 먹음직하니 좋다. 아따, 밥만 많이 먹게 되면 팔자는 고만 아냐. 한데 한 가지 파가 있다면 가끔가다 몸이(장인님은 이걸 채신이 없이 들까 분다고 하지만) 너무 빨리빨리 논다. 그래서 밥을 나르다가 때 없이 풀밭에 다 깻빡을 쳐서 흙투성이 밥을 곧잘 먹인다. 안 먹으면 무안해할까 봐서 이걸 씹고 앉았노라면 으적으적 소리만 나고, 돌을 먹는 겐지 밥을 먹는 겐지……

그러나 이날은 웬일인지 성한 밥째로 밭머리에 곱게 내려놓았다. 그리고 또 내외를 해야 하니까 저만큼 떨어져 이쪽으로 등을 향하고 웅크리고 앉아서 그릇 나기를 기다린다. 내가 다 먹고 물러섰을 때 그릇을 와서 챙기는데, 그런데 난 깜짝 놀라지 않았느냐. 고개를 푹 숙이고 밥 함지에 그릇 포개면서 날더러 들으라는지 혹은 제소린지,

"밤낮 일만 하다 말 텐가!"

하고 혼자 좋알거린다. 고대 잘 내외하다가 이게 무슨 소린가 하고 난 정신이 얼떨떨했다. 그러면서도 한편 무슨 좋은 수나 있는가 싶어서 나도 공중을 대고 혼잣말로,

"그럼 어떡해?"

하니까

"성례시켜 달라지 뭘 어떡해."

하고 되알지게 쏘아붙이고 얼굴이 빨개져서 산으로 그저 도망질을 친다.

나는 잠시 동안 어떻게 되는 셈판인지 맥을 몰라서 그 뒷모양만 덤덤히 바라보았다.

봄이 되면 온갖 초목이 물이 오르고 싹이 트곤 한다. 사람도 아마 그런가 보다 하고 며칠 내에 부쩍(속으로) 자란 듯싶은 점순이가 여간 반가운 것이 아니다.

이런 걸 멀쩡하게 아직 어리다구 하니까…….

우리가 구장님을 찾아갔을 때 그는 싸리문 밖에 있는 돼지우리에서 죽을 퍼주고 있었다. 서울엘 좀 갔다 오더니 사람은 점잖아야 한다고 윗수염(얼른 보면 지붕 위에 앉은 제비 꼬랑지 같다)이 양쪽으로 뾰족이 뻗치고 그걸 에헴 하고 늘 쓰담는 손버릇이 있다. 우리를 멀뚱히 쳐다보고 미리 알아챘는지,

"왜 일들 허다 말구 그래?"

하더니 손을 올려서 그 에헴을 한 번 후딱 했다.

"구장님! 우리 장인님과 첨에 계약하기를……."

먼저 덤비는 장인님을 뒤로 떠다밀고 내가 허둥지둥 달려들다가 가만히 생각하고,

"아니, 우리 빙장님과 첨에."

하고 첫 번부터 다시 말을 고쳤다. 장인님은 빙장님 해야 좋아하고 밖에 나와서 장인님 하면 괜스레 골을 내려 든다. 뱀두 뱀이라야 좋냐구 창피스러우니 남 듣는 데는 제발 빙장님, 빙모님 하라고 일상 당조짐을 받아 오면서 난 그것도 자꾸 잊는다. 당장도 장인님 하다 옆에서 내 발등을 꾹 밟고 곁눈질을 흘기는 바람에야 겨우 알았지만.

구장님도 내 이야기를 자세히 듣더니 퍽 딱한 모양이었다. 하기야 구장님뿐만 아니라 누구든지 다 그럴 게다. 길게 길러 둔 새끼손톱으로 코를 후벼서 저리 탁 튀기며,

"그럼 봉필 씨! 얼른 성례를 시켜 주구려, 그렇게까지 제가 하구 싶다는

걸!"

하고 내 짐작대로 말했다. 그러나 이 말에 장인님은 삿대질로 눈을 부라리고,

"아, 성례구 뭐구 계집애 년이 미처 자라야 할 게 아닌가?"

하니까 고만 멀쑥해서 입맛만 쩍쩍 다실 뿐이 아닌가.

"그것두 그래!"

"그래 거진 4년 동안에도 안 자랐으니 그 킨 언제 자라지유? 다 그만두구 사경 내슈."

"글쎄, 이 자식아! 내가 크질 말라구 그랬니, 왜 날보구 떼냐?"

"빙모님은 참새만 한 것이 그럼 어떻게 앨 낳지유?"

사실 장모님은 점순이보다도 귀때기 하나가 작다.

장인님은 이 말을 듣고 껄걸 웃더니(그러나 암만 해두 돌 씹은 상이다) 코를 푸는 척하고 날 은근히 꿇리려고 팔꿈치로 옆 갈비께를 퍽 치는 것이다.

더럽다, 나도 종아리의 파리를 쫓는 척하고 허리를 구부리며 그 궁둥이를 콱 떼밀었다. 장인님은 앞으로 우찔근하고 싸리문께로 쓰러질 듯하다 몸을 바로 고치더니 눈총을 몹시 쏘았다. 이런 상년의 자식 하곤 싶으나 남의 앞이라서 차마 못 하고 섰는 그 꼴이 보기에 퍽 쟁그러웠다.

그러나 이 밖에는 별반 신통한 귀정을 얻지 못하고 도로 논으로 돌아와서 모를 부었다. 왜냐하면 장인님이 뭐라고 귓속말로 수군수군하고 간 뒤다.

구장님이 날 위해서 조용히 데리고 아래와 같이 일러 주었기 때문이다(뭉태의 말은 구장님이 장인님에게 땅 두 마지기 얻어 부치니까 그래 꾀었다고 하지만 난 그렇게 생각 않는다).

"자네 말두 하기야 옳지, 암 나이 찼으니까 아들이 급하다는 게 잘못된 말은 아니야. 허지만 농사가 한창 바쁜데 일을 안 한다든가 집으로 달아난다든가 하면 손해죄루 그것두 징역을 가거든(여기에 그만 정신이 번쩍 났다)! 왜 요전에 삼포말서 산에 불 좀 놓았다구 징역 간 거 못 봤나? 제 산에 불을 놓아두 징역을 가는 이땐데 남의 농사를 버려 주니 죄가 얼마나 중한

가. 그리고 자넨 정장을(사경 받으러 정장 가겠다 했다) 간대지만 그러면 괜스레 죄를 들쓰고 들어가는 걸세. 또 결혼두 그렇지, 법률에 성년이란 게 있는데 스물하나가 돼야지 비로소 결혼을 할 수가 있는 걸세. 자넨 물론 아들이 늦을 걸 염려하지만 점순이루 말하면 인제 겨우 열여섯이 아닌가. 그렇지만 아까 빙장님의 말씀이 올갈에는 열 일을 제치고라두 성례를 시켜 주겠다 하시니 좀 고마울 겐가. 빨리 가서 모 붓던 거나 마저 붓게. 군소리 말구 어서 가."

그래서 오늘 아침까지 끽소리 없이 왔다.

장인님과 내가 싸운 것은 지금 생각하면 전혀 뜻밖의 일이라 안 할 수 없다. 장인님으로 말하면 요즈막 작인들에게 행세를 좀 하고 싶다고 해서 '돈 있으면 양반이지 별게 있느냐!' 하고 일부러 아랫배를 툭 내밀고 걸음도 뒤틀리게 걷고 하는 이 판이다. 이까짓 나쯤 두들기다 남의 땅을 가지고 모처럼 닦아 놓았던 가문을 망친다든지 할 어른이 아니다. 또 나로 논지면 아무쪼록 잘 뵈서 점순이에게 얼른 장가를 들어야 하지 않느냐.

이렇게 말하자면 결국 어젯밤 뭉태네 집에 마을 간 것이 썩 나빴다. 낮에 구장님 앞에서 장인님과 싸운 것을 어떻게 알았는지 대고 빈정거리는 것이 아닌가.

"그래, 맞구두 그걸 가만둬?"

"그럼 어떡하니?"

"임마, 봉필일 모판에다 거꾸루 박아 놓지 뭘 어떡해?"

하고 괜히 내 대신 화를 내 가지고 주먹질을 하다 등잔까지 쳤다. 놈이 본시 괄괄은 하지만 그래 놓고 날더러 석웃값을 물라고 막 지다위를 붓는다. 난 어안이 벙벙해서 잠자코 앉았으니까 저만 연방 지껄이는 소리가,

"밤낮 일만 해 주구 있을 테냐?"

"영득이는 1년을 살구두 장갈 들었는데 넌 4년이나 살구두 더 살아야 해."

"네가 세 번째 사원 줄이나 아니, 세 번째 사위."

"남의 일이라두 분하다. 이 자식아, 우물에 가 빠져 죽어."

나중에는 겨우 손톱으로 목을 따라고까지 하고 제 아들같이 함부로 혹닥

이었다. 별의별 소리를 다 해서 그대로 옮길 수는 없으나 그 줄거리는 이렇다.

우리 장인님이 딸이 셋이 있는데 맏딸은 재작년 가을에 시집을 갔다. 정말은 시집을 간 것이 아니라 그 딸도 데릴사위를 해 가지고 있다가 내보냈다. 그런데 딸이 열 살 때부터 열아홉, 즉 10년 동안에 데릴사위를 갈아들이기를, 동리에선 사위 부자라고 이름이 났지마는 열 놈이란 참 너무 많다. 장인님이 아들은 없고 딸만 있는 고로 그 담 딸을 데릴사위를 해 올 때까지는 부려 먹지 않으면 안 된다. 물론 머슴을 두면 좋지만 그건 돈이 드니까, 일 잘하는 놈을 고르느라고 연방 바꿔 들였다. 또 한편 놈들이 욕만 줄창 퍼붓고 심히도 부려 먹으니까 밸이 상해서 달아나기도 했겠지. 점순이는 둘째 딸인데 내가 이를테면 그 세 번째 데릴사위로 들어온 셈이다. 내 담으로 네 번째 놈이 들어올 것을, 내가 일도 참 잘하고, 그리고 사람이 좀 어수룩하니까 장인님이 잔뜩 놓질 않는다. 셋째 딸이 인제 여섯 살, 적어도 열 살은 돼야 데릴사위를 할 테므로 그동안은 죽도록 부려 먹어야 된다. 그러니 인제는 속 좀 차리고 장가를 들여 달라구 떼를 쓰고 나자빠져라, 이것이다.

나는 건성으로 엉하며 귓등으로 들었다. 뭉태는 땅을 얻어 부치다가 떨어진 뒤로는 장인님만 보면 공연히 못 먹어서 으르렁거린다. 그것도 장인님이 저 달라고 할 적에 제집에서 위한다는 그 감투(예전에 원님이 쓰던 것이라나, 옆구리에 뽕뽕 좀먹은 걸레)를 선뜻 주었더라면 그럴 리도 없었던걸.

그러나 나는 뭉태란 놈의 말을 전수이 곧이듣지 않았다. 꼭 곧이들었다면 간밤에 와서 장인님과 싸웠지 무사히 있었을 리가 없지 않은가. 그러면 딸에게까지 인심을 잃은 장인님이 혼자 나빴다.

실토이지 나는 점순이가 아침상을 가지고 나올 때까지는 오늘은 또 얼마나 밥을 담았나 하고 이것만 생각했다. 상에는 된장찌개하고 간장 한 종지, 조밥 한 그릇, 그리고 밥보다 더 수북하게 담은 산나물이 한 대접, 이렇다. 나물은 점순이가 틈틈이 해 오니까 두 대접이고 네 대접이고 멋대로 먹어도 좋으나 밥은 장인님이 한 사발 외엔 더 주지 말라고 해서 안 된다. 그

런데 점순이가 그 상을 내 앞에 내려놓으며 제 말로 지껄이는 소리가,

"구장님한테 갔다 그냥 온담 그래!"

하고 엊그제 산에서와 같이 되우 종알거린다. 딴은 내가 더 단단히 덤비지 않고 만 것이 좀 어리석었다. 속으로 그랬다. 나도 저쪽 벽을 향하여 외면하면서 내 말로,

"안 된다는 걸 그럼 어떡헌담!"

하니까,

"쉼을 잡아치지 그냥 둬, 이 바보야!"

하고 또 얼굴이 발개지면서 성을 내며 안으로 샐쭉하니 뛰어 들어가지 않느냐. 이때 아무도 본 사람이 없었게 망정이지 보았다면 내 얼굴이 어미 잃은 황새 새끼처럼 가엽다 했을 것이다.

사실 이때만큼 슬펐던 일이 또 있었는지 모른다. 다른 사람은 암만 못생겼다 해도 괜찮지만 내 아내 될 점순이가 병신으로 본다면 참 신세는 따분하다. 밥을 먹은 뒤 지게를 지고 일터로 가려 하다 도로 벗어 던지고 바깥마당 공석 위에 누워서 나는 차라리 죽느니만 같지 못하다 생각했다.

내가 일 안 하면 장인님 저는 나이가 먹어 못 하고 결국 농사 못 짓고 만다. 뒷짐으로 트림을 꿀꺽하고 대문 밖으로 나오다 날 보고서,

"이 자식아! 너 왜 또 이러니?"

"관격이 났어유. 아이구, 배야!"

"기껏 밥 처먹구 나서 무슨 관격이야. 남의 농사 버려 주면 이 자식아 징역 간다 봐라!"

"가두 좋아유. 아이구, 배야!"

참말 난 일 안 해서 징역 가도 좋다 생각했다. 일후 아들을 낳아도 그 앞에서 바보 바보 이렇게 별명을 들을 테니까, 오늘은 열 쪽이 난대도 결정을 내고 싶었다.

장인님이 일어나라고 해도 내가 안 일어나니까 눈에 독이 올라서 저편으로 횡허케 가더니 지게막대기를 들고 왔다. 그리고 그걸로 내 허리를 마치 들떠 넘기듯이 쿡 찍어서 넘기고 넘기고 했다. 밥을 잔뜩 먹고 딱딱한 배가 그럴 적마다 퉁겨지면서 밸창이 꼿꼿한 것이 여간 켱기지 않았다. 그래도

안 일어나니까 이번에는 배를 지게막대기로 위에서 쿡쿡 찌르고 발길로 옆구리를 차고 했다. 장인님은 원체 심술이 궂어서 그렇지만 나도 저만 못하지 않게 배를 채었다. 아픈 것을 눈을 꽉 감고 넌 해라 난 재미난 듯이 있었으나 볼기짝을 후려갈길 적에는 나도 모르는 결에 벌떡 일어나서 그 수염을 잡아챘다마는 내 골이 난 것이 아니라 정말은 아까부터 부엌 뒤 울타리 구멍으로 점순이가 우리들의 꼴을 몰래 엿보고 있었기 때문이다.

가뜩이나 말 한마디 똑똑히 못 한다고 바보라는데 매까지 잠자코 맞는 걸 보면 짜장 바보로 알 게 아닌가. 또 점순이도 미워하는 이까짓 놈의 장인님하고 나하곤 아무것도 안 되니까 막 때려도 좋지만 사정 보아서 수염만 채고(제 원대로 했으니까 이때 점순이는 퍽 기뻤겠지) 저기까지 잘 들리도록,

"이걸 까셀라 부다!"

하고 소리를 쳤다.

장인님은 더 약이 바짝 올라서 잡은 참 지게막대기로 내 어깨를 그냥 내리 갈겼다. 정신이 다 아찔하다. 다시 고개를 들었을 때 그때엔 나도 온몸에 약이 올랐다. 이 녀석의 장인님을 하고 눈에서 불이 퍽 나서 그 아래 밭 있는 넝 아래로 그대로 떠밀어 굴려 버렸다. 조금 있다가 장인님이 씩, 씩 하고 한번 해 보려고 기어오르는 걸 얼른 또 떠밀어 굴려 버렸다.

기어오르면 굴리고 굴리면 기어오르고, 이러길 한 네댓 번을 하며 그럴 적마다,

"부려만 먹구 왜 성례 안 하지유!"

나는 이렇게 호령했다. 하지만 장인님이 선뜻, 오냐 낼이라두 성례시켜 주마 했으면 나도 성가신 걸 그만두었을지 모른다. 나야 이러면 때린 건 아니니까 나중에 장인 쳤다는 누명도 안 들을 터이고 얼마든지 해도 좋다.

한번은 장인님이 헐떡헐떡 기어서 올라오더니 내 바짓가랑이를 요렇게 노리고서 단박 움켜잡고 매달렸다. 악 소리를 치고 나는 그만 세상이 다 핑그르 도는 것이,

"빙장님! 빙장님! 빙장님!"

"이 자식! 잡아먹어라, 잡아먹어!"

"아! 아! 할아버지! 살려 줍쇼, 할아버지!"

하고 두 팔을 허둥지둥 내절 적에는 이마에 진땀이 쭉 내솟고 인젠 참으로 죽나 보다 했다. 그래도 장인님은 놓칠 않더니 내가 기어이 땅바닥에 쓰러져서 거진 까무러치게 되니까 놓는다. 더럽다, 더럽다. 이게 장인님인가. 나는 한참을 못 일어나고 쩔쩔맸다. 그러다 얼굴을 드니(눈에 참 아무것도 보이지 않았다) 사지가 부르르 떨리면서 나도 엉금엉금 기어가 장인님의 바짓가랑이를 꽉 움키고 잡아 낚았다.

내가 머리가 터지도록 매를 얻어맞은 것도 이 때문이다. 그러나 여기가 또한 우리 장인님이 유달리 착한 곳이다. 여느 사람이면 사경을 주어서라도 당장 내쫓았지 터진 머리를 불솜으로 손수 지져 주고, 호주머니에 희연 한 봉을 넣어 주고, 그리고

"올갈엔 꼭 성례를 시켜 주마. 암말 말구 가서 뒷골의 콩밭이나 얼른 갈아라."

하고 등 뚜덕여 줄 사람이 누구냐.

나는 장인님이 너무나 고마워서 어느덧 눈물까지 났다. 점순이를 남기고 인젠 내쫓기려니 하다 뜻밖의 말을 듣고,

"빙장님! 인제 다시는 안 그러겠어유."

이렇게 맹세를 하며 부랴부랴 지게 가지고 일터로 갔다.

그러나 이때는 그걸 모르고 장인님을 원수로만 여겨서 잔뜩 잡아당겼다.

"아! 아! 이 놈아! 놔라, 놔."

장인님은 헛손질을 하며 솔개미에 챈 닭의 소리를 연해 질렀다. 놓긴 왜, 이왕이면 호되게 혼을 내 주리라 생각하고 짓궂게 더 당겼다마는 장인님이 땅에 쓰러져서 눈에 눈물이 피잉 도는 것을 알고 좀 겁도 났다.

"할아버지! 놔라, 놔, 놔, 놔, 놔."

그래도 안 되니까,

"애, 점순아! 점순아!"

이 악장에 안에 있던 장모님과 점순이가 헐레벌떡하고 단숨에 뛰어나왔다. 나의 생각에 장모님은 제 남편이니까 역성을 할는지도 모른다. 그러나 점순이는 내 편을 들어서 속으로 고소해하겠지 — 대체 이게 웬 속인지(지

금까지도 난 영문을 모른다) 아버질 혼내 주기는 제가 내래 놓고 이제 와서
는 달려들며,

"에구머니! 이 망할 게 아버지 죽이네!"

하고 내 귀를 뒤로 잡아당기며 마냥 우는 것이 아니냐. 그만 여기에 기운이
탁 꺾이어 나는 얼빠진 등신이 되고 말았다. 장모님도 덤벼들어 한쪽 귀마
저 뒤로 잡아채면서 또 우는 것이다.

이렇게 꼼짝도 못 하게 해 놓고 장인님은 지게막대기를 들어서 사뭇 내
리 조겼다. 그러나 나는 구태여 피하지도 않고, 암만해도 그 속 알 수 없는
점순이의 얼굴만 멀거니 들여다보았다.

"이 자식! 장인 입에서 할아버지 소리가 나오도록 해?"

동백꽃

- 김유정 -

작품 정리

〈동백꽃〉은 1936년 '조광'에 발표된 작품으로 농촌 소설이다. 인생의 봄을 맞아 신분이나 계층(마름, 소작인)을 넘어서서 이성에 눈떠 가는 사춘기 남녀의 사랑을 작가 특유의 서정성과 해학성으로 묘사해 냈다. 그러나 작품 전체의 줄거리로 볼 때, 계층 문제보다는 순박한 시골 청소년의 사랑이 주제로 다루어졌다.

이 작품의 문체적 특징은 해학적 어조로 고전 소설들에서 흔히 볼 수 있는 유머이다. 전통에 결부된 김유정의 이런 특징은 웃음 이전의 슬픔 또는 연민의 숱한 사연들을 통해서만 드러나는 비애의 웃음으로, 1930년대 일제 강점기의 시대 상황으로 볼 때 소극적 비판의 풍자성도 아울러 지니고 있다.

이 작품의 사건 발단은 과거의 사건 속에서 시작된다. 절정을 향해 가는 사건의 진행 과정에서 가장 핵심을 이루고 있는 것은 닭싸움인데, 닭싸움은 '나'와 '점순이'의 갈등의 표면화이면서 애증의 교차이기도 하다. 따라서 순행적 구성으로 보면 닭싸움은 전개 부분에 와야 할 사건이지만, 이것이 첫머리에 오고 그다음에 닭싸움이 생기게 된 원인을 보여 주고 있다. 며칠 전 감자 사건으로 점순이의 비위를 건드린 것이 발단이 되어 오늘의 닭싸움이 생기게 되었다는 것이다.

이 작품은 이런 구성 방법으로 과거와 현재를 교묘하게 얽어 가면서 사건을 진행해 나가고 있다. 과거와 현재가 인과 관계를 따라 자연스럽게 어울림으로써 인물의 성격과 행위의 동기가 밝혀지고, 사건은 필연성을 획득하게 된다.

마름의 딸인 점순이의 역설적 애정 표현과 그것을 전혀 깨닫지 못하는 소작인의 아들인 나의 비성숙성은 작품의 흥미와 긴장을 제공한다. 이들의 갈등은 닭싸움을 매개로 하여 점진적으로 고조되어 가다가 점순이의 닭이 죽음으로써 절정을 맞게 되고, 이 사건을 계기로 대립적 관계에 있던 두 사람은 화해하게 된다.

　　내가 점심을 먹고 나무하러 가려고 집을 나설 때 우리 수탉이 점순네 수탉한테 또 쫓기고 있다. 얼마 전에 마름 집 딸 점순이가 준 감자를 받아먹지 않은 뒤부터는 더욱 나를 못 잡아먹어 안달이다. 힘센 자기네 수탉과 우리 닭을 싸우게 해서 조그마한 우리 수탉을 괴롭히는가 하면, 우리 씨암탉을 잡아 마구 두들겨 주기도 했다. 화가 난 나는 우리 집 수탉에게 고추장을 먹이고 용을 쓸 때까지 기다려서 점순네 닭과 싸움을 붙여 보았지만 매일 점순네 수탉에게 당하고 만다. 점순네 수탉이 아직 상처가 아물지도 않은 우리 닭을 다시 쪼아서 선혈이 낭자했다. 나는 작대기를 들고 헛매질을 하여 떼어 놓았다.

　　그 보람으로 우리 닭은 발톱으로 점순네 닭의 눈을 후볐다. 그러나 그것도 소용이 없었다. 점순네 닭이 한 번 쪼인 앙갚음으로 우리 닭을 쪼아 댔다.

　　오늘도 산에서 나무를 지고 내려오다가 보니, 산기슭에서 점순이가 또 닭싸움을 시키고 있다. 우리 닭은 거의 죽을 지경인데 점순이는 노란 동백꽃이 소보록하게 깔린 바윗돌 틈에 앉아서 닭싸움을 보며 청승맞게 호드기를 불고 있다. 약이 오른 나는 지게막대기로 점순네 큰 수탉을 때려 죽였다. 그러자 점순이가 눈을 홉뜨고 내게 달려든다. 홧김에 점순네 닭을 때려 죽인 나는 겁이 나서 울음을 터뜨렸다. 그러고 나서 두려움에 떨고 있는 나를 점순은 '다음부터는 그러지 마라. 내 안 이를 테니' 라고 말하고는 한창 피어 퍼드러진 노란 동백꽃 속으로 밀어뜨린다. 알싸한 동백꽃 냄새에 나는 정신이 아찔해진다. 점순이를 찾는 점순 엄마의 소리에 점순은 잔뜩 겁을 집어먹고 꽃 밑을 살금살금 기어가고 나는 바위를 끼고 엉금엉금 산 위로 도망친다.

· 갈래 : 농민 소설
· 시점 : 1인칭 주인공 시점
· 배경 : 1930년대 봄 강원도 농촌마을
· 주제 : 산골 사춘기 남녀의 사랑
· 출전 : 조광

# 동백꽃

　오늘도 우리 수탉이 막 쫓기었다. 내가 점심을 먹고 나무를 하러 갈 양으로 나올 때이었다.

　산으로 올라서려니까 등 뒤에서 푸드덕푸드덕하고 닭의 횃소리가 야단이다. 깜짝 놀라서 고개를 돌려 보니 아니나 다르랴 두 놈이 또 얼리었다.

　점순네 수탉(대강이가 크고 똑 오소리같이 실팍하게 생긴 놈)이 덩저리 작은 우리 수탉을 함부로 해내는 것이다. 그것도 그냥 해내는 것이 아니라 푸드덕하고 면두를 쪼고 물러섰다가 좀 사이를 두고 또 푸드덕하고 모가지를 쪼았다. 이렇게 멋을 부려 가며 여지없이 닦아 놓는다. 그러면 이 못생긴 것은 쪼일 적마다 주둥이로 땅을 받으며 그 비명이 킥, 킥할 뿐이다.

　물론 미처, 아물지도 않은 면두를 또 쪼이어 붉은 선혈은 뚝뚝 떨어진다.

　이걸 가만히 내려다보자니 내 대강이가 터져서 피가 흐르는 것같이 두 눈에서 불이 번쩍 난다. 대뜸 지게막대기를 메고 달려들어 점순네 닭을 후려칠까 하다가 생각을 고쳐먹고 헛매질로 떼어만 놓았다.

　이번에도 점순이가 쌈을 붙여 놨을 것이다. 바짝바짝 내 기를 올리느라고 그랬음에 틀림없을 것이다.

　고놈의 계집애가 요새로 들어서 왜 나를 못 먹겠다고 그렇게 아르렁거리는지 모른다.

　나흘 전 감자 건만 하더라도 나는 저에게 조금도 잘못한 것이 없다. 계집애가 나물을 캐러 가면 갔지 남 울타리 엮는데 쌩이질을 하는 것은 다 뭐냐. 그것도 발소리를 죽여 가지고 등 뒤로 살며시 와서,

　"애! 너 혼자만 일하니?"

하고 긴치 않은 수작을 하는 것이었다.

　어제까지도 저와 나는 이야기도 잘 않고 서로 만나도 본척만척하고 이렇게 점잖게 지내던 터이련만 오늘로 갑작스레 대견해졌음은 웬일인가. 황차

망아지만 한 계집애가 남 일하는 놈 보고.

"그럼 혼자 하지 떼루 하디?"

내가 이렇게 내배앝는 소리를 하니까,

"너, 일하기 좋니?"

또는,

"한여름이나 되거든 하지 벌써 울타리를 하니?"

잔소리를 두루 늘어놓다가 남이 들을까 봐 손으로 입을 틀어막고는 그 속에서 깔깔댄다. 별로 우스울 것도 없는데 날씨가 풀리더니 이놈의 계집 애가 미쳤나 하고 의심하였다. 게다가 조금 뒤에는 제 집께를 할금할금 돌 아다보더니 행주치마의 속으로 꼈던 바른손을 뽑아서 나의 턱 밑으로 불쑥 내미는 것이다. 언제 구웠는지 아직도 더운 김이 홱 끼치는 굵은 감자 세 개가 손에 뿌듯이 쥐였다.

"느 집엔 이거 없지?"

하고 생색 있는 큰소리를 하고는 제가 준 것을 남이 알면 큰일 날 테니 여 기서 얼른 먹어 버리란다. 그리고 또 하는 소리가,

"너, 봄 감자가 맛있단다."

"난 감자 안 먹는다. 니나 먹어라."

나는 고개도 돌리려고 않고 일하던 손으로 그 감자를 도로 어깨 너머로 쑥 밀어 버렸다.

그랬더니 그래도 가는 기색이 없고, 뿐만 아니라 쌔근쌔근하고 심상치 않게 숨소리가 점점 거칠어진다. 이건 또 뭐야 싶어서 그때에야 비로소 돌 아다보니 나는 참으로 놀랐다. 우리가 이 동네에 들어온 것은 근 3년째 되 어 오지만 여태까지 가무잡잡한 점순이의 얼굴이 이렇게까지 홍당무처럼 새빨개진 법이 없었다. 게다 눈에 독을 올리고 한참 나를 요렇게 쏘아보더 니 나중에는 눈물까지 어리는 것이 아니냐. 그리고 바구니를 다시 집어 들 더니 이를 꼭 악물고는 엎어질 듯 자빠질 듯 논둑으로 횡하게 달아나는 것 이다.

어쩌다 동리 어른이,

"너 얼른 시집을 가야지?"

하고 웃으면,

"염려 마셔유. 갈 때 되면 어련히 갈라구!"

이렇게 천연덕스럽게 받는 점순이었다. 본시 부끄럼을 타는 계집애도 아니거니와 또한 분하다고 눈에 눈물을 보일 얼병이도 아니다. 분하면 차라리 나의 등어리를 바구니로 한번 모지게 후려 때리고 달아날지언정.

그런데 고약한 그 꼴을 하고 가더니 그 뒤로는 나를 보면 잡아먹으려고 기를 복복 쓰는 것이다.

설혹 주는 감자를 안 받아먹은 것이 실례라 하면, 주면 그냥 주었지 '너 집엔 이거 없지'는 다 뭐냐. 그렇잖아도 저희는 마름이고 우리는 그 손에서 배재를 얻어 땅을 부치므로 일상 굽실거린다. 우리가 이 마을에 처음 들어와 집이 없어서 곤란으로 지낼 제 집터를 빌리고 그 위에 집을 또 짓도록 마련해 준 것도 점순네의 호의였다. 그리고 우리 어머니, 아버지도 농사 때 양식이 달리면 점순네한테 가서 부지런히 꾸어다 먹으면서, 인품 그런 집은 다시없으리라고 침이 마르도록 칭찬하곤 하는 것이다. 그러면서도 열일곱씩이나 된 것들이 수군수군하고 붙어 다니면 동리의 소문이 사납다고 주의를 시켜 준 것도 또 어머니였다. 왜냐하면 내가 점순이하고 일을 저질렀다가는 점순네가 노할 것이고, 그러면 우리는 땅도 떨어지고 집도 내쫓기고 하지 않으면 안 되는 까닭이었다.

그런데 이놈의 계집애가 까닭 없이 기를 복복 쓰며 나를 말려 죽이려고 드는 것이다.

눈물을 흘리고 간 다음 날 저녁나절이었다. 나무를 한 짐 잔뜩 지고 산을 내려오려니까 어디서 닭이 죽는소리를 친다. 이거 뉘 집에서 닭을 잡나 하고 점순네 울 뒤로 돌아오다가 나는 고만 두 눈이 뚱그레졌다. 점순이가 제 집 봉당에 홀로 걸터앉았는데, 아 이게 치마 앞에다 우리 씨암탉을 꼭 붙들어 놓고는,

"이놈의 닭! 죽어라, 죽어라."

요렇게 암팡스레 패 주는 것이 아닌가. 그것도 대가리나 치면 모른다마는 아주 알도 못 낳으라고 볼기짝께를 주먹으로 콕콕 쥐어박는 것이다.

나는 눈에 쌍심지가 오르고 사지가 부르르 떨렸으나 사방을 한번 휘둘러

보고 그제야 점순이 집에 아무도 없음을 알았다. 잡은 참 지게막대기를 들어 울타리의 중턱을 후려치며,

"이놈의 계집애! 남의 닭 알 못 낳으라구 그러니?"

하고 소리를 빽 질렀다.

그러나 점순이는 조금도 놀라는 기색이 없고 그대로 의젓이 앉아서 제 닭 가지고 하듯이 또 죽어라, 죽어라 하고 패는 것이다. 이걸 보면 내가 산에서 내려올 때를 겨냥해 가지고 미리부터 닭을 잡아 가지고 있다가 너 보란 듯이 내 앞에서 줴지르고 있음이 확실하다.

그러나 나는 그렇다고 남의 집에 뛰어 들어가 계집애하고 싸울 수도 없는 노릇이고 형편이 썩 불리함을 알았다. 그래 닭이 맞을 적마다 지게막대기로 울타리를 후려칠 수밖에 별도리가 없다. 왜냐하면 울타리를 치면 칠수록 울 섶이 물러앉으며 뼈대만 남기 때문이다. 하나 아무리 생각하여도 나만 밑지는 노릇이다.

"아, 이 년아! 남의 닭 아주 죽일 터이냐?"

내가 도끼눈을 뜨고 다시 꽥 호령을 하니까 그제야 울타리께로 쪼르르 오더니 울 밖에 섰는 나의 머리를 겨누고 닭을 내팽개친다.

"예이 더럽다! 더럽다."

"더러운 걸 널더러 입때 끼고 있으랬니? 망할 계집애 년 같으니!"

하고 나도 더럽단 듯이 울타리께로 휑하게 돌아내리며 약이 오를 대로 다 올랐다라고 하는 것은, 암탉이 풍기는 서슬에 나의 이마빼기에다 물찌똥을 찍 깔겼는데 그걸 본다면 알집만 터졌을 뿐 아니라 골병이 단단히 든 듯싶다. 그리고 나의 등 뒤를 향하여 들릴 듯 말 듯한 음성으로,

"이 바보 녀석아!"

"얘! 너 배냇병신이지?"

그만도 좋으련만,

"얘! 너 느 아버지가 고자라지?"

"뭐? 울 아버지가 그래 고자야?"

할 양으로 열벙거지가 나서 고개를 홱 돌리어 바라봤더니 그때까지 울타리 위로 나와 있어야 할 점순이의 대가리가 어디 갔는지 보이지를 않는다.

그러다 돌아서서 오자면 아까에 한 욕을 울 밖으로 또 퍼붓는 것이다. 욕을 이토록 먹어 가면서도 대거리 한마디 못 하는 걸 생각하니 돌부리에 채어 발톱 밑이 터지는 것도 모를 만큼 분하고, 급기야는 두 눈에 눈물까지 불끈 내솟는다.

그러나 점순이의 침해는 이것뿐이 아니다.

사람들이 없으면 틈틈이 제집 수탉을 몰고 와서 우리 수탉과 쌈을 붙여 놓는다. 제집 수탉은 썩 험상궂게 생기고 쌈이라면 화를 치는 고로 으레 이길 것을 알기 때문이다. 그래서 툭하면 우리 수탉이 면두며 눈깔이 피로 흐드르하게 되도록 해 놓는다. 어떤 때에는 우리 수탉이 나오지를 않으니까 요놈의 계집애가 모이를 쥐고 와서 꾀어내다가 쌈을 붙인다.

이렇게 되면 나도 다른 배차를 차리지 않을 수 없다. 하루는 우리 수탉을 붙들어 가지고 넌지시 장독께로 갔다. 쌈닭에게 고추장을 먹이면 병든 황소가 살모사를 먹고 용을 쓰는 것처럼 기운이 뻗친다 한다. 장독에서 고추장 한 접시를 떠서 닭 주둥아리께로 들이밀고 먹여 보았다. 닭도 고추장에 맛을 들였는지 거스르지 않고 거지 반 접시 턱이나 곧잘 먹는다.

그리고 먹고 금세는 용을 못 쓸 터이므로 얼마쯤 기운이 들도록 홰 속에다 가두어 두었다.

밭에 두엄을 두어 짐 져 내고 나서 쉴 참에 그 닭을 안고 밖으로 나왔다. 마침 밖에는 아무도 없고 점순이만 제 울 안에서 헌 옷을 뜯는지 혹은 솜을 터는지 웅크리고 앉아서 일을 할 뿐이다.

나는 점순네 수탉이 노는 밭으로 가서 닭을 내려놓고 가만히 맥을 보았다. 두 닭은 여전히 얼리어 쌈을 하는데 처음에는 아무 보람이 없다. 멋지게 쪼는 바람에 우리 닭은 또 피를 흘리고 그러면서도 날갯죽지만 푸드덕 푸드덕하고 올라 뛰고 할 뿐으로 제법 한 번 쪼아 보지도 못한다.

그러나 한번엔 어쩐 일인지 용을 쓰고 펄쩍 뛰더니 발톱으로 눈을 하비고 내려오며 면두를 쪼았다. 큰 닭도 여기에는 놀랐는지 뒤로 멈씰하며 물러난다. 이 기회를 타서 작은 우리 수탉이 또 날쌔게 덤벼들어 다시 면두를 쪼니 그제서는 감때사나운 그 대강이에서도 피가 흐르지 않을 수 없다.

옳다, 알았다. 고추장만 먹이면 되는구나 하고 나는 속으로 아주 쟁그라

위 죽겠다. 그때에는 뜻밖에 내가 닭쌈을 붙여 놓은 데 놀라서 울 밖으로 내다보고 섰던 점순이도 입맛이 쓴지 눈살을 찌푸렸다.

나는 손으로 볼기짝을 두드리며 연방,

"잘한다! 잘한다!"

하고 신이 머리끝까지 뻗치었다.

그러나 얼마 되지 않아서 나는 넋이 풀리어 기둥같이 묵묵히 서 있게 되었다. 왜냐하면 큰 닭이 한 번 쪼인 앙갚음으로 호들갑스레 연거푸 쪼는 서슬에 우리 수탉은 찔끔 못하고 막 긇는다. 이걸 보고서 이번에는 점순이가 깔깔거리고, 되도록 이쪽에서 많이 들으라고 웃는 것이다.

나는 보다 못하여 덤벼들어서 우리 수탉을 붙들어 가지고 도로 집으로 들어왔다. 고추장을 좀 더 먹였더라면 좋았을 걸 너무 급하게 쌈을 붙인 것이 퍽 후회가 난다. 장독께로 돌아와서 다시 턱 밑에 고추장을 들이댔다. 흥분으로 말미암아 그런지 당최 먹질 않는다.

나는 하릴없이 닭을 반듯이 뉘고 그 입에다 궐련 물부리를 물리었다. 그리고 고추장을 타서 그 구멍으로 조금씩 들이부었다. 닭은 좀 괴로운지 킥킥하고 재채기를 하는 모양이나, 그러나 당장의 괴로움은 매일같이 피를 흘리는 데 댈 게 아니라 생각하였다.

그러나 한 두어 종지 가량 고추장 물을 먹이고 나서는 나는 고만 풀이 죽었다. 싱싱한 닭이 왜 그런지 고개를 살며시 뒤틀고는 손아귀에서 뻐드러지는 것이 아닌가. 아버지가 볼까 봐서 얼른 홰에다 감추어 두었더니 오늘 아침에서야 겨우 정신이 든 모양 같다.

그랬던 걸 이렇게 오다 보니까 또 쌈을 붙여 놓으니 이 망할 계집애가 필연 우리 집에 아무도 없는 틈을 타서 제가 들어와 홰에서 꺼내 가지고 나간 것이 분명하다. 나는 다시 닭을 잡아다 가두고 염려는 스러우나 그렇다고 산으로 나무를 하러 가지 않을 수도 없는 형편이었다. 소나무 삭정이를 따며 가만히 생각해 보니 암만해도 고년의 목쟁이를 돌려놓고 싶다. 이번에 내려가면 망할 년 등줄기를 한 번 되게 후려치겠다 하고 싱둥겅둥 나무를 지고는 부리나케 내려왔다.

거지반 집에 다 내려와서 나는 호드기 소리를 듣고 발이 딱 멈추었다. 산기슭에 널려 있는 굵은 바윗돌 틈에 노란 동백꽃이 소보록하니 깔리었다. 그 틈에 끼여 앉아서 점순이가 청승맞게스레 호드기를 불고 있는 것이다. 그보다도 더 놀란 것은 고 앞에서 또 푸드덕푸드덕하고 들리는 닭의 횃소리다. 필연코 요년이 나의 약을 올리느라고 닭을 집어내다가 내가 내려올 길목에다 쌈을 시켜 놓고 저는 그 앞에 앉아서 천연스레 호드기를 불고 있음에 틀림없으리라. 나는 약이 오를 대로 다 올라서 두 눈에서 불과 함께 눈물이 푹 쏟아졌다. 나무 지게도 벗어 놀 새 없이 그대로 내동댕이치고는 지게막대기를 뻗치고 허둥허둥 달려들었다.

가까이 와 보니 과연 나의 짐작대로 우리 수탉이 피를 흘리고 거의 빈사지경에 이르렀다. 닭도 닭이려니와 그러함에도 불구하고 눈 하나 깜짝 없이 고대로 앉아서 호드기만 부는 그 꼴에 더욱 치가 떨린다. 동리에서도 소문이 났거니와 나도 한때는 걱실걱실히 일 잘하고 얼굴 예쁜 계집인 줄 알았더니 시방 보니까 그 눈깔이 꼭 여우 새끼 같다.

나는 대뜸 달려들어서 나도 모르는 사이에 큰 수탉을 단매로 때려 엎었다. 닭은 푹 엎어진 채 다리 하나 꼼짝 못 하고 그대로 죽어 버렸다. 그리고 나는 멍하니 섰다가 점순이가 매섭게 눈을 흡뜨고 닥치는 바람에 뒤로 벌렁 나자빠졌다.

"이놈아! 너 왜 남의 닭을 때려죽이니?"

"그럼 어때?"

하고 일어나다가,

"뭐 이 자식아! 누 집 닭인데?"

하고 복장을 떠미는 바람에 다시 벌렁 자빠졌다. 그러고 나서 가만히 생각을 하니 분하기도 하고 무안도 스럽고 또 한편 일을 저질렀으니 인젠 땅이 떨어지고 집도 내쫓기고 해야 될는지 모른다.

나는 비슬비슬 일어나며 소맷자락으로 눈을 가리고는 얼김에 엉하고 울음을 놓았다. 그러나 점순이가 앞으로 다가와서,

"그럼 너 이담부터 안 그럴 테냐?"

하고 물을 때에야 비로소 살길을 찾은 듯싶었다. 나는 눈물을 우선 씻고, 뭘 안 그러는지 명색도 모르건만,

"그래!"

하고 무턱대고 대답하였다.

"요담부터 또 그래 봐라, 내 자꾸 못살게 굴 테니."

"그래, 인젠 안 그럴 테야!"

"닭 죽은 건 염려 마라, 내 안 이를 테니."

그리고 뭣에 떠다밀렸는지 나의 어깨를 짚은 채 그대로 퍽 쓰러진다. 그 바람에 나의 몸뚱이도 겹쳐서 쓰러지며 한창 피어 퍼드러진 노란 동백꽃 속으로 푹 파묻혀 버렸다.

알싸한, 그리고 향긋한 그 냄새에 나는 땅이 꺼지는 듯이 온 정신이 고만 아찔하였다.

"너 말 마라."

"그래!"

조금 있더니 요 아래서,

"점순아! 점순아! 이년이 바느질을 하다 말구 어딜 갔어!"

하고 어딜 갔다 온 듯싶은 그 어머니가 역정이 대단히 났다.

점순이가 겁을 잔뜩 집어먹고 꽃 밑을 살금살금 기어서 산 아래로 내려간 다음, 나는 바위를 끼고 엉금엉금 기어서 산 위로 치빼지 않을 수 없었다.

만무방

- 김유정 -

〈만무방〉은 1935년 조선일보에 발표되었다. 이 작품은 응칠과 응오 형제가 궁핍한 삶 가운데 상반된 길을 걸어온 이야기이다. 전과 4범의 건달인 형 응칠은 절도에도 능한 노름꾼이며 사회적 윤리의 기준에 위배되는 만무방이다. 이와는 달리, 동생 응오는 모범적인 농군임에도 벼를 수확해 봤자 남는 것은 빚뿐이라는 절망감으로 벼 수확을 포기한다. 응오네 논의 벼가 도둑맞는데 범인을 잡고 보니 의외로 동생인 응오였다는 아이러니, 1년 농사를 짓고 남는 것은 등줄기를 흐르는 식은땀뿐이라는 인식은 당시의 소작농들의 상황을 잘 파악하고 있다.

응오가 자신이 가꾼 벼를 자기가 도적질해야 하는 눈물겨운 상황에 놓이는 데 반하여 형 응칠은 반사회적인 인물이며 적극적 행동형이다. 모범적인 농군을 반사회적인 인물로 몰고 간 것은 그들이 살고 있는 시대적 상황 때문이었음을 드러낸다. 그러나 이런 응칠의 행위가 오히려 농민들로부터 선망의 대상이 되고 있음은 왜곡된 사회에 대한 냉소주의의 표현이라 할 수 있다.

농민 응칠이 혹독한 가난을 더 이상 견디지 못해 야반도주(夜半逃走)하고, 걸인으로 나서게 되고, 빚을 갚기 위한 일환으로 재산을 정리할 때 짚단 석 단까지 헤아릴 정도의 지극한 가난, 그리고 걸인 생활을 하는 것, 어린아이를 굶겨 죽일 지경에 처해 부부가 생이별을 심각하게 고려하게 되었음에도 슬퍼한다든가 신세 한탄을 하는 것이 아니라, 어쩔 수 없는 것으로 수용하는 응칠 부부의 체념적 태도에는 짙은 비애가 깃들어 있다. 이를 통해 일제 강점기의 농촌의 궁핍한 현실의 일면을 바라볼 수 있다.

작가는 1930년대 소작인들의 궁핍한 현실 상황을 반어적으로 제시해 주인공의 대범하고 적극적인 행동이 반사회적인 것일수록, 이 같은 모순된 사회에서 반사회적인 행동 양식이야말로 당대의 비참한 상황을 벗어날 수 있는 방법이었음을 전하고 있다.

〈만무방〉처럼 김유정의 문학 세계는 어둡고 삭막한 농촌 현실과 그 속에서 살아갈 수밖에 없는 농민들의 생활양식을 연민의 아픔을 수반한 웃음을 통해 희화적, 해학적으로 드러내고 있다.

깊은 산골 어느 가을날, 응칠은 한가롭게 송이 파적을 나왔다. 전과자며 만무방인 그는 송이 파적이나 할 수밖에 없는 유랑인의 신세다. 응칠은 시장기를 느끼며 송이를 캐어 맘껏 먹어 본다. 고기 생각이 나서 남의 닭도 잡아먹는다. 응칠도 5년 전에는 처자식이 있었던 성실한 농군이었으나 빚을 갚을 능력이 없자 파산을 선언하고 야반도주(夜半逃走)를 한다. 그 후 걸식을 하던 응칠 부부는 살길을 찾아 각자 헤어지고, 응칠은 도박과 절도로 전전하다 동기간이 그리워 아우인 응오의 동네로 와서 무위도식하며 사는 인물이다. 숲 속을 빠져 나온 응칠은 성팔이를 만나 응오네 논의 벼가 도둑맞았다는 이야기를 듣고 성팔이를 의심한다. 진실한 청년인 응오는 가혹한 지주의 착취에 맞서 추수를 거부해, 벼를 베지 않고 있었다. 그런데 베지도 않은 논의 벼를 도둑맞은 것이다.

동생 응오는 병을 앓아 반송장이 된 아내에게 먹일 약을 달이고 있다. 아내의 병을 낫게 하기 위해 산 치성을 올리려 하자 극구 말렸으나 그는 대꾸도 않고 반발한다. 응칠은 전과자인 자신이 도둑으로 지목될 것 같아 오늘 밤에는 도둑을 잡은 후 이곳을 뜨기로 결심한다. 도둑을 잡으러 산고랑 길을 오르는데, 바위 굴속에서 노름판이 벌어졌다. 응칠은 노름판에 낀 사람들을 도둑으로 의심하며 노름판에 끼었다가 판이 엎어지자 그 자리를 빠져나온다. 서낭당 앞 돌에 앉아 덜덜 떨며 도둑을 잡기 위해 잠복한다. 닭이 세 홰를 울 때, 흰 그림자가 눈 속에 다가온다. 복면을 한 도적이 나타나자 응칠은 몽둥이로 허리께를 내리쳐서 격투 끝에 도둑을 잡고 복면을 벗겼다. 범인은 다름 아니라 이 논의 농사를 지은 동생 응오였다. 응칠은 망연자실한다. 응칠은 황소를 훔치자고 동생을 달랬지만, 부질없다는 듯 형의 손을 뿌리치고 달아나는 동생에게 대뜸 몽둥이질을 한다. 그는 땅에 쓰러진 아우를 등에 업고 고개를 내려온다.

· 갈래 : 단편 소설, 농촌 소설

· 시점 : 전지적 작가 시점

· 배경 : 일제 강점기 강원도 산골 마을

· 주제 : 식민지 시대 농촌의 가혹한 현실

· 출전 : 조선일보

# 만무방

산골에, 가을은 무르녹았다.

아름드리 노송은 빽빽이 늘어 박혔다. 무거운 송낙을 머리에 쓰고 건들건들.

새새이 끼인 도토리, 벚, 돌배, 갈잎들은 울긋불긋. 잔디를 적시며 맑은 샘이 쫄쫄거린다. 산토끼 두 놈은 한가로이 마주 앉아 그 물을 할짝거리고. 이따금 정신이 나는 듯 가랑잎은 부스스하고 떨린다. 산산한 산들바람. 귀여운 들국화는 그 품에 새뜩새뜩 넘논다. 흙내와 함께 향긋한 땅김이 코를 찌른다. 요놈은 싸리버섯, 요놈은 입 썩은 내, 또 요놈은 송이 — 아니, 아니 가시넝쿨 속에 숨은 박하풀 냄새로군.

응칠이는 뒷짐을 딱 지고 어정어정 노닌다. 유유히 다리를 옮겨 놓으며 이 나무 저 나무 사이로 홀라들인다. 코는 공중에서 벌렸다 오므렸다, 연신 이러며 훅, 훅 구붓한 한 송목 밑에 이르자 그는 발을 멈춘다. 이번에는 지면에 코를 얕이 갖다 대고 한 바퀴 비잉, 나물 끼고 돌았다.

'아하, 요놈이로군!'

썩은 솔잎에 덮이어 흙이 봉곳이 돋아 올랐다.

그는 손가락을 꾸짖으며 정성스레 살살 헤쳐 본다. 과연 귀여운 송이. 망할 녀석, 조금만 더 나오지. 그걸 뚝 따 들곤 뒷짐을 지고 다시 어실렁어실렁. 가끔 선하품은 터진다. 그럴 적마다 두 팔을 떡 벌리곤 먼 하늘을 바라보고 늘어지게도 기지개를 늘인다.

때는 한창 바쁠 추수 때이다. 농군치고 송이 파적 나올 놈은 생겨나도 않았으리라. 허나 그는 꼭 해야만 할 일이 없었다. 싫으면 하고 말면 말고 그저 그뿐. 그러함에는 먹을 것이 더럭 있느냐면 있기커녕 부쳐 먹을 농토조차 없는, 계집도 없고 집도 없고 자식 없고. 방은 있대야 남의 곁방이요 잠은 새우잠이요. 하지만 오늘 아침만 해도 한 친구가 찾아와서 벼를 털 텐데 일 좀 와 해 달라는 걸 마다하였다. 몇 푼 바람에 그까짓 걸 누가 하느냐. 보다는 송이가 좋았다. 왜냐면 이 땅 삼천리강산에 늘여 놓인 곡식이 말짱 누 거람. 먼저 먹는 놈이 임자 아니야. 먹다 걸릴 만치 그토록 양식을 쌓아 두고 일이 다 무슨 난장맞을 일이람. 걸리지 않도록 먹을 궁리나 할 게지. 하기는 그도 한 세 번이나 걸려서 구메밥으로 사관을 텄다. 마는 결국 제 밥상 위에 올라앉은 제 몫도 자칫하면 먹다 걸리긴 매일반……

올라갈수록 덤불은 욱었다. 머루며 다래, 칡, 게다 이름 모를 잡초. 이것들이 위아래로 이리저리 서리어 좀체 길을 내지 않는다. 그는 잔딧길로만 돌았다. 넓적다리가 벌쭉이는 찢어진 고의 자락을 아끼며 조심조심 사려 딛는다. 손에는 칡으로 엮어 든 일곱 개 송이. 늙은 소나무마다 가선 두리번거린다. 사냥개 모양으로 코로 쿡, 쿡, 내를 한다. 이것도 송이 같고 저것도 송이. 어떤 게 알짜 송인지 분간을 모른다. 토끼 똥이 소보록한데 갈잎이 한 잎 똑 떨어졌다. 그 잎을 살며시 들어 보니 송이 대구리가 불쑥 올라왔다. 매우 큰 송인 듯. 그는 반색하여 그 앞에 무릎을 털썩 꿇었다. 그리고 그 위에 두 손을 내들며 열 손가락을 다 펴들었다. 가만가만히 살살 흙을 헤쳐 본다. 주먹만 한 송이가 나타난다. 얘 이놈 크구나. 손바닥 위에 따 올려놓고는 한참 들여다보며 싱글벙글한다. 우중충한 구석으로 바위는 벽같이 깎아 질렸다. 그 중턱을 얽어 나간 칡잎에서는 물이 쪼록쪼록 흘러내린다. 인산이 썩어 내리는 악수라 한다. 그는 돌 위에 걸터앉으며 또 한 번 하품을 하였다. 간밤 쓸데없는 노름에 밤을 팬 것이 몹시 나른하였다. 다사로운 햇발이 숲을 새어든다. 다람쥐가 솔방울을 떨어치며, 어여쁜 할미새는 앞에서 알씬거리고. 동리에서는 타작을 하느라고 와글거린다. 흥겨워 외치는 목성, 그걸 엎누르고 공중에 응, 응 진동하는 벼 터는 기계 소리. 맞은쪽 산속에서 어린 목동들의 노래가 처량히 울려온다. 산속에 묻힌 마을의 전경을 멀리 바라보다가 그는 눈을 찌긋하며 다시 한번 하품을 뽑는다. 이 웬놈의 하품일까. 생각해 보니 어제저녁부터 여태껏 창자가 곯림 든 것이다. 불현듯 송이 꾸러미에서 그중 크고 먹음직한 놈을 하나 뽑아 들었다.

응칠이는 그 송이를 물에 써억써억 비벼서는 떡 벌어진 대구리부터 걸쌍스레 덥석 물어 떼었다. 그리고 넓죽한 입이 움질움질 씹는다. 혀가 녹을 듯이 만질만질하고 향기로운 그 맛. 이렇게 훌륭한 놈을 입맛만 다시고 못 먹다니. 문득 옛 추억이 혀끝에 뱅뱅 돈다. 이놈을 맛보는 것도 참 근자의 일이다. 감불생심이지 어디 냄새나 똑똑히 맡아 보리. 산속으로 쏘다니다 백판 못 따기도 하려니와 더러 딴다는 놈은 행여 상할까 봐 손도 못 대게 하고 집에 내려다 모고 모고 하는 것이다. 그러나 요행히 한 꾸러미 차면 금시로 장에 가져다 판다. 이틀 사흘씩 공 때린 거로되 잘하면 40전, 못 받으면 25전. 저녁거리를 기다리는 아내를 생각하며 좁쌀 서너 되를 손에 사 들고 어두운 고개티를 터덜터덜 올라오는 건 좋으나 이 신세를 뭣에 쓰나 하고 보면 을프냥궂기(을씨년스럽기)가 짝이 없겠고 — 이까짓 걸 못 먹어, 그래 홧김에 또 한 놈을 뽑아 들고 이번엔 물에 흙도 씻을 새 없이 그대로 텁석거린다. 그러나 다른 놈들도 별수 없으렷다. 이 산골이 송이의 본고향이로되 아마 1년에 한 개조차 먹는 놈이 드물리라.

'흠, 썩어진 두상들!'

그는 폭넓은 얼굴을 일그리며 남이나 들으란 듯이 이렇게 비웃는다. 썩었다 함은 데생겼다 모멸하는 그의 언투이었다. 먹다 나머지 송이 꽁다리를 바로 자랑스레 입에다 치뜨리곤 트림을 섞어 가며 우물거린다.

송이 두 개가 들어가니 인제는 더 먹을 재미가 없다. 뭔가 좀 든든한 걸 먹었으면 좋겠는데. 떡, 국수, 말고기, 개고기, 돼지고기, 그렇지 않으면 쇠고기냐. 아따 궁한 판이니 아무거나 있으면 속종으로 여러 가질 먹으며 시름없이 앉았다. 그는 눈꼴이 슬그머니 돌아간다. 웬 놈의 닭인지 암탉 한 마리가 조 아래 무덤 앞에서 뺑뺑 맨다. 골골거리며 감도는 걸 보매 아마 알자리를 보는 맥이라. 그는 돌에서 궁둥이를 들었다. 낮은 하늘로 외면하여 못 본 척하고 닭을 향하여 저편으로 널찍이 돌아내린다. 그러나 무덤까지 왔을 때 몸을 돌리며,

"후, 후, 후, 이 자식이 어딜 가, 후!"

두 팔을 벌리고 쫓아간다. 산꼭대기로 치모니 닭은 하동지동 갈 길을 모른다. 요리 매낀 조리 매낀, 꼬꼬댁거리며 속만 태울 뿐. 그러나 바위틈에 끼여 왁살스러운 그 주먹에 모가지가 둘로 나기에는 불과 몇 분 못 걸렸다.

그는 으슥한 숲속으로 찾아들었다. 닭의 껍질을 홀랑 까고서 두 다리를 들고 찢으니 배창이 옆구리로 꿰진다. 그놈을 긁어 뽑아서 껍질과 한데 뭉치어 흙에 묻어 버린다.

고기가 생기고 보니 연하여 나느니 막걸리 생각. 이걸 부글부글 끓여 놓고 한 사발 떡 켰으면 똑 좋을 텐데 제 — 기. 응칠이의 고기는 어디 떨어졌는지 술집까지 못 가는 고기였다. 아무려나 고기 먹구 술 먹구 거꾸론 못 먹느냐. 그는 닭의 가슴패기를 입에 들이대고 쭉쭉 찢어 가며 먹기 시작한다. 쫄깃쫄깃한 놈이 제법 맛이 들었다. 가슴을 먹고 넓적다리, 볼기짝을 먹고 거반 반쪽을 다 해내고 나니 어쩐지 맛이 좀 적었다. 결국 음식이란 양념을 해야 하는군.

수풀 속으로 그냥 내던지고 그는 설렁설렁 내려온다. 솔숲을 빠져 화전께로 내리려 할 제 별안간 등 뒤에서,

"여보게, 거 응칠이 아닌가!"

고개를 돌려 보니 대장간 하는 성팔이가 작달막한 체수에 들갑작거리며 고개를 넘어온다. 그런데 무슨 긴한 일이나 있는지 부리나케 달려들더니

"자네 응고개 논의 벼 없어진 거 아나?"

응칠이는 고만 가슴이 덜컥 내려앉았다. 이 바쁜 때 농군의 몸으로 응고개까지 앨 써 갈 놈도 없으려니와 또한 하필 절 보고 벼의 없어짐을 말하는 것이 여간 심상치 않은 일이었다.

잡담 제하고 응칠이는

"자넨 어째서 응고개까지 갔던가?"

하고 대담스레도 그 눈을 쏘아보았다. 그러나 성팔이는 조금도 겁먹는 기색 없이

"아 어쩌다 지냈지 뭘 그래. "

하며 도리어 얼레발을 치고 덤비는 수작이다. 고얀 놈, 응칠이는 입때 다녀야 동무를 팔아 배를 채우는 그런 비열한 짓은 안 한다. 낯을 붉히자 눈에 불이 보이며

"어쩌다 지냈다?"

응칠이가 이 동리에 들어온 것은 어느덧 달이 넘었다. 인제는 물릴 때도

되었고, 좀 떠 보고자 생각은 간절하나 아우의 일로 말미암아 망설거리는 중이었다.

그는 오라는 데는 없어도 갈 데는 많았다. 산으로 들로 해변으로 발부리 놓이는 곳이 즉 가는 곳이었다.

그러나 저물면은 그대로 쓰러진다. 남의 방앗간이고 헛간이고 혹은 강가, 시새장(모래더미), 물론 수가 좋으면 괴때기(괴꼴) 위에서 밤을 편히 잘 적도 있었다. 이렇게 하여 강원도 어수룩한 산골로 이리 넘고 저리 넘고 못 간 데 별로 없이 유람 겸 편답하였다.

그는 한구석에 머물러 있음은 가슴이 답답할 만치 되우 괴로웠다. 그렇다고 응칠이가 본시 역마직성이냐 하면 그런 것도 아니다. 그도 5년 전에는 사랑하는 아내가 있었고 아들이 있었고 집도 있었고, 그때야 어딜 하루라고 집을 떨어져 보았으랴. 밤마다 아내와 마주 앉으면 어찌하면 이 살림이 좀 늘어 볼까 불어 볼까, 애간장을 태우며 같은 궁리를 되하고 되하였다. 마는 별 뾰족한 수는 없었다. 농사는 열심으로 하는 것 같은데 알고 보면 남는 건 겨우 남의 빚뿐. 이러다가는 결말엔 봉변을 면치 못할 것이다. 하루는 밤이 깊어서 코를 골며 자는 아내를 깨웠다. 밖에 나가 우리의 세간이 몇 개나 되는지 세어 보라 하였다. 그리고 저는 벼루에 먹을 갈아 붓에 찍어 들었다. 벽을 바른 신문지는 누렇게 그을었다. 그 위에다 아내가 불러 주는 물목대로 일일이 내려 적었다. 독이 세 개, 호미가 둘, 낫이 하나로부터 밥사발, 젓가락, 짚이 석 단까지 그담에는 제가 빚을 얻어 온 데, 그 사람들의 이름을 쭉 적어 놓았다. 금액은 제각기 그 아래다 달아 놓고, 그 옆으론 조금 사이를 떼어 역시 조선 문으로 나의 소유는 이것밖에 없노라, 나는 54원을 갚을 길이 없으매 죄진 몸이라 도망하니 그대들은 아예 싸울 게 아니겠고 서로 의논하여 억울치 않도록 분배하여 가기 바라노라 하는 의미의 성명서를 벽에 남기자 안으로 문들을 걸어 닫고 울타리 밑구멍으로 세 식구 빠져나왔다.

이것이 응칠이가 팔자를 고치던 첫날이었다.

그들 부부는 돌아다니며 밥을 빌었다. 아내가 빌어다 남편에게, 남편이 빌어다 아내에게. 그러자 어느 날 밤 아내의 얼굴이 썩 슬픈 빛이었다. 눈보라는 살을 엔다. 다 쓰러져 가는 물방앗간 한구석에서 섬을 두르고 언내에게 젖을 먹이며 떨고 있더니 여보게유 하고 고개를 돌린다. 왜, 하니까 그 말이, 이러다간 우리도 고생일뿐더러 첫째 언내를 잡겠수, 그러니 서로 갈립시다 하는 것이다. 하긴 그럴 법한 말이다. 쥐뿔도 없는 것들이 붙어 다닌댔자 별수는 없다. 그보다는 서로 갈리어 제 맘대로 빌어먹는 것이 오히려 가뜬하리라. 그는 선뜻 응낙하였다. 아내의 말대로 개가를 해 가서 젖먹이나 잘 키우고 몸 성히 있으면 혹 연분이 닿아 다시 만날지도 모르니까 마지막으로 아내와 같이 땅바닥에 나란히 누워 하룻밤을 떨고 나서 날이 훤해지자 그는 툭툭 털고 일어섰다.

매팔자란 응칠이의 팔자이겠다.

그는 버젓이 게트림으로 길을 걸어야 걸릴 것은 하나도 없다. 논 맬 걱정도, 호포 바칠 걱정도, 빚 갚을 걱정, 아내 걱정, 또는 굶을 걱정도. 회동그라니 털고 나서니 팔자 중에는 아주 상팔자다. 먹고만 싶으면 도야지구, 닭이구, 개구, 언제나 옆을 떠날 새 없겠지. 그리고 돈, 돈도…….

그러나 주재소는 그를 노려보았다. 툭하면 오라, 가라 하는데 학질이었다. 어느 동리고 가 있다가 불행히 일만 나면 누구보다도 그부터 붙들려 간다. 왜냐면 그는 전과 사범이었다. 처음에는 도박으로, 다음엔 절도로, 또 고담에도 절도로, 절도로…….

그러나 이번 멀리 아우를 방문함은 생활이 궁하여 근대러 왔다거나 혹은 일을 해 보러 온 것은 결코 아니었다. 혈족이라곤 단 하나의 동생이요, 또한 오래 못 본지라 때 없이 그리웠다. 그래 모처럼 찾아온 것이 뜻밖에 덜컥 일을 만났다.

지금까지 논의 벼가 서 있다면 그것은 성한 사람의 짓이라 안 할 것이다.

응오는 응고개 논의 벼를 여태 베지 않았다. 물론 응오가 베어야 할 것이나 누가 듣던지 그 형 응칠이를 먼저 의심하리라. 그럼 여기에 따르는 모든 책임을 응칠이가 혼자 지지 않으면 안 될 것이다.

응오는 진실한 농군이었다. 나이 서른하나로 무던히 철났다 하고 동리에서 쳐 주는 모범 청년이었다. 그런데 벼를 베지 않는다. 남은 다들 거둬들였고 털기까지 하련만 그는 벨 생각조차 않는 것이다.

지주라든 혹은 그에게 장리를 놓은 김 참판이든 뻔질 찾아와 벼를 베라 독촉하였다.

"얼른 털어서 낼 건 내야지."

하면 그 대답은

"계집이 죽게 됐는데 벼는 다 뭐지유."

하고 한결같이 내뱉는 소리뿐이었다.

하기는 응오의 아내가 지금 기지사경이매 틈은 없었다 하더라도 돈이 놀아서 약을 못 쓰는 이 판이니 진시 벼라도 털어야 할 것이다.

그러면 왜 안 털었던가……

그것은 작년 응오와 같이 지주 문전에서 타작을 하던 친구라면 묻지는 않으리라. 한 해 동안 애를 졸이며 홑 자식 모양으로 알뜰히 가꾸던 그 벼를 거둬들임은 기쁨에 틀림없었다. 꼭두새벽부터 엣, 엣 하며 괴로움을 모른다. 그러나 캄캄하도록 털고 나서 지주에게 도지를 제하고, 장리쌀을 제하고 색조를 제하고 보니 남는 것은 등줄기를 흐르는 식은땀이 있을 따름. 그것은 슬프다 하니보다 끝없이 부끄러웠다. 같이 털어 주던 동무들이 뻔히 보고 섰는데 빈 지게로 덜렁거리며 집으로 돌아오는 건 진정 열없기 짝이 없는 노릇이었다. 참다 참다 응오는 눈에 눈물이 흘렀던 것이다.

가뜩한데 엎치고 덮치더라고 올해는 고나마 흉작이었다. 샛바람과 비에 벼는 깨깨 배틀렸다. 이놈을 가을하다간 먹을 게 남지 않음은 물론이요, 빚도 다 못 가릴 모양. 에라, 빌어먹을 거. 너들끼리 캐다 먹든 말든 멋대로 하여라 하고 내던져 두지 않을 수 없다. 벼를 거뒀다고 말만 나면 빚쟁이들은 우 — 몰려들 거니깐.

응칠이의 죄목은 여기에서도 또렷이 드러난다. 국으로 가만만 있으면 좋은 걸, 이 사품에 뛰어들어 지주의 뺨을 제법 갈긴 것이 응칠이었다.

처음에야 그럴 작정이 아니었다. 그는 여러 곳 물을 마신 이만치 어지간히 속이 튄 건달이었다. 지주를 만나 까놓고 썩 좋은 소리로 의논하였다. 올 농사는 반실이니 도지도 좀 감해 주는 게 어떠냐고. 그러나 지주는 암말 없이 고개를 모로 흔들었다. 정 이러면 하여튼 1년 품은 빼야 할 테니 나는 그 논에다 불을 지르겠수 하여도 잠자코 응치 않는다. 지주로 보면 자기로도 그 벼는 넉넉히 거둬들일 수는 있다. 마는 한번 버릇을 잘못해 놓으면 여느 작인까지 행실을 버릴까 염려하여 겉으로 독촉만 하고 있는 터이었다. 실상이야 고까짓 벼쯤 있어도 고만 없어도 고만. 그 심보를 눈치채고 응칠이는 화를 벌컥 낸 것만은 좋으나 저도 모르게 대뜸 주먹뺨이 들어갔던 것이다.

이렇게 문제 중에 있는 벼인데 귀신의 놀음 같은 변괴가 생겼다. 다시 말하면 벼가 없어졌다. 그것도 병들어 쓰러진 쭉정이는 제쳐 놓고 무얼로 그랬는지 알짬 이삭만 따 갔다. 그 면적으로 어림하면 아마 못 돼도 한 댓 말 가량은 되는지.

응칠이가 아침 일찍이 그 논께로 노닐자 이걸 발견하고 기가 막혔다. 누굴 성가시게 굴려고 그러는지. 산속에 파묻힌 논이라 아직은 본 사람이 없는 모양 같다. 허나 동리에 이 소문이 퍼지기만 하면 저는 어느 모로던 혐의를 받아 폐는 좋이 입어야 될 것이다.

응칠이는 송이도 송이려니와 실상은 궁리에 바빴다. 속종으로 지목 갈 만한 놈을 여럿 들어 보았으나 이렇다 짚을 만한 증거가 없다. 어쩌면 재성이나 성팔이 이 둘 중의 짓이리라 하고 결국 이렇게 생각던 것도 응칠이가 아니면 안 될 것이다.

원수는 외나무다리에서 만났다.

응칠이는 저의 짐작이 들어맞음을 알고 당장에 일을 낼 듯이 성팔이의 눈을 들이 노렸다.

성팔이는 신이 나서 떠들다가 그 눈총에 어이가 질리어 고만 벙벙하였다. 그리고 얼굴이 해쓱하여 마주 대고 쳐다보더니

"그래 자네 왜 그케 노하나. 지내다 보니깐 그렇길래 일테면 자네 보구 얘기지 뭐?……."

하고 뒷갈망을 못 하여 우물쭈물한다.

"노하긴 누가 노해……."

응칠이는 뻐팅켰던 몸에 좀 더 힘을 올리며

"응고개를 어째 갔드냐 말이지?"

"놀러 갔다 오는 길인데 우연히……."

"놀러 갔다, 거기가 노는 덴가?"

"글쎄, 그렇게까지 물을 게 뭔가, 난 응고개 아니라 서울은 못 갈 사람인가."

하다가 성팔이는 속이 타는지 코로 흐응, 하고 날숨을 길게 뽑는다.

이렇게 나오는 데는 더 물을 필요가 없었다. 성팔이란 놈도 여간내기가 아니요, 구장네 솥인가 뭔가 떼다 먹고 한 번 다녀온 놈이었다. 많이 사귀지는 못했으나 동리 평판이 그놈과 같이 다니다는 엉뚱한 일 만난다 한다. 이번에 응칠이 저 역시 그 수단에 걸렸음을 알고

"그야 응고개라구 못 갈 리 없을 테……."

하고 한번 엇먹다, 그러나 자네두 알다시피 거 어디야, 거기 바로 길이 있다든지 사람 사는 동리라면 혹 모른다 하지마는 성한 사람이야 응고개엘 뭘 먹으러 가나, 그렇지 자네야 심심하니까 하고 앞을 꽉 눌러 등을 떠본다.

여기에는 대답 없고 성팔이는 덤덤히 쳐다만 본다. 무엇을 생각했는가 한참 있더니 호주머니에서 단풍 갑을 꺼낸다. 우선 제가 한 개를 물고 또 하나를 뽑아내 대며

"권연 하나 피게."

매우 든직한 낯을 해 보인다.

이놈이 이에 밝기가 몹시 밝은 성팔이다. 턱없이 궐련 하나라도 선심을 쓸 궐자가 아니리라 생각은 하였으나 그렇다고 예까지 부르대는 건 도리어 저의 처지가 불리하다. 그것은 짜장 그 손에 넘는 짓이니

"아, 웬 권연은 이래……."

하고 슬쩍 눙치며

"성냥 있겠나?"

일부러 불까지 그어 대게 하였다.

응칠이에게 액을 떠넘기어 이용하려는 고 야심을 생각하면 곧 달려들어 다리를 꺾어 놔야 옳을 것이다. 그러나 이 마당에 떠들어 대고 보면 저는 드러누워 침 뱉기. 결국 도적은 뒤로 잡지 앞에서 어르는 법이 아니다. 동

리에 소문이 퍼질 것만 두려워하며,

"여보게 — 자네가 했건 내가 했건 간."

하고 과연 정다이 그 등을 툭 치고 나서

"우리 둘만 알고 동리에 말은 내지 말게."

하다가 성팔이가 이 말에 되우 놀라며 눈을 말똥말똥 뜨니

"그까짓 벼쯤 먹으면 어떤가!"

하고 껄껄 웃어 버린다.

성팔이는 한 굽 접히어 말문이 메었는지 얼떨하여 입맛만 다신다.

"아예 말은 내지 말게, 응 알지?"

하고 다시 다질 때에야 겨우 주저주저 입을 열어

"내야 무슨 말을 내겠나."

하고 조금 사이를 떼어 또

"내야 무슨 말을……. 그건 염려 말게."

하더니 비실비실 몸을 돌리어 저 갈 길을 내걷는다. 그러나 저 앞 고개까지 가는 동안에 두 번이나 돌아다보며 이쪽을 살피고 살피고 한 것만은 사실이었다.

응칠이는 그 꼴을 이윽히 바라보고 입 안으로 "죽일 놈" 하였다. 아무리 도적이라도 같은 동료에게 제 죄를 넘겨씌우려 함은 도저히 의리가 아니다.

그건 그렇다 치고 응오가 더 딱하지 않은가. 기껏 힘들여 지어 놓았다 남 좋은 일한 것을 안다면 눈이 뒤집힐 일이겠다.

이래서야 어디 이웃을 믿어 보겠는가.

확적히 증거만 있어 이놈을 잡으면 대번에 요절을 내리라 결심하고 응칠이는 침을 탁 뱉어 던지고 산을 내려온다.

그런데 그놈의 행티로 가늠 보면 응칠이 저만치는 때가 못 벗은 도적이다. 어느 미친놈이 논두렁에까지 가새를 들고 오는가. 격식도 모르는 풋뚱이(풋내기)가. 그러려면 바로 조 낟가리나 수수 낟가리 말이지. 그 속에 들어앉아 가새로 속닥거려야 들킬 리도 없고 일도 편하고. 두 포대고 세 포대고 마음껏 딸 수도 있다. 그러다 틈 보고 집으로 나르면 고만이지만 누가

논의 벼를 다. 그렇게도 벼에 걸신이 들렸다면 바로 남의 집 머슴으로 들어가 한 달포 동안 주인 앞에 얼렁거리는 것이거니와 신용을 얻어 놨다가 주는 옷이나 얻어 입고 다들 잠들거든 볏섬이나 두둑이 짊어 메고 덜렁거리면 그뿐이다. 이건 맥도 모르는 게 남도 못살게 굴려고. 에 — 이 망할 자식두. 그는 분노에 살이 다 부들부들 떨리는 듯싶었다. 그러나 이런 좀도적이란 뽕이 나기 전에는 바짝 물고 덤비는 법이었다. 오늘 밤에는 요놈을 지켰다 꼭 붙들어 가지고 정강이를 분질러 놓으리라. 밥을 먹고는 태연히 막걸리 한 사발을 껄떡껄떡 들이켜자

"커, 가을이 되니깐 맛이 한결 낫군!"

그는 주먹으로 입가를 쓱쓱 훔친 다음 송이 꾸러미에서 세 개를 뽑는다. 그리고 그걸 갈퀴같이 마른 주막 할머니 손에 내어 주며

"옛수, 송이나 잡숫게유!"

하고 술값을 치렀으나

"아이 송이두 고놈 참."

간사를 피우는 것이 겉으로는 반기는 척하면서도 좀 시쁜 모양이다. 제딴은 한 개에 3전씩 치더라도 9전밖에 안 되니깐.

응칠이는 슬며시 화가 나서 그 얼굴을 유심히 들여다보았다. 옴폭 들어간 볼때기에 저건 또 왜 저리 멋없이 불거졌는지 툭 나온 광대뼈 하구 치마 아래로 남실거리는 발가락은 자칫 잘못 보면 황새 발목이니 이건 언제 잡아가려고 남겨 두는 거야. 보면 볼수록 하나 이쁜 데가 없다. 한두 번 먹은 것두 아니요 언젠간 울타리께 풀을 베어 주고 술 사발이나 얻어먹은 적도 있었다. 그렇게 야멸치게 따질 건 뭔가. 그는 눈살을 흘깃 맞추고는 하나를 더 꺼내어

"옛수, 또 하나 잡숫게유."

내던져 주곤 댓돌에 가래침을 탁 뱉었다.

그제야 직성이 좀 풀리는지 그 가축으로 웃으며

"아이구, 이거 자꾸 줌 어떡해."

"어떡허긴, 자꾸 살찌게유."

하고 한마디 툭 쏘고 일어서다가 무엇을 생각함인지 다시 툇마루에 주저앉

았다.

"그런데 참 요즘 성팔이 보셨수?"

"아 — 니, 당최 볼 수가 없더구먼."

"술두 안 먹으러 와유?"

"안 와."

하고는 입속으로 뭐라고 종잘거리며 의아한 낯을 들더니

"왜, 또 뭐 일이……."

"아니유, 본 지가 하 오래니깐."

응칠이는 말끝을 얼버무리고 고개를 돌려 한데를 바라본다. 벌써 점심때가 되었는지 닭들이 요란히 울어 댄다. 논둑의 미루나무는 부하고 또 부하고 잎이 날리며 팔랑팔랑 하늘로 올라간다.

"성팔이가 이 말에서 얼마나 살았지유?"

"글쎄, 재작년 가을이지 아마."

하고 장죽을 빡빡 빨더니,

"근데 또 떠난대든걸, 홍천인가 어디 즈 성님한테로 간대."

하고 그게 옳지 여기서 뭘 하느냐. 대장간이라고 일이나 많으면 모르거니와 밤낮 파리만 날리는걸. 그보다는 즈 형이 크게 농사를 짓는대니 그 뒤나 거들어 주고 국으로 얻어먹는 게 신상에 편하겠지. 그래 불일간 처자식을 데리고 아마 떠나리라고 하고

"농군은 그저 농사를 지야 돼."

"낼 술 먹으러 또 오지유……."

간단히 인사만 하고 응칠이는 다시 일어났다.

주막을 나서니 옷깃을 스치는 개운한 바람이다. 밭 둔덕의 대추는 척척 늘어진다. 머지않아 겨울은 또 오렸다. 그는 응오의 집을 바라보며 그간 죽었는지 궁금하였다.

응오는 봉당에 걸터앉았다. 그 앞 화로에는 약이 바글바글 끓는다. 그는 정신없이 들여다보고 앉았다.

우중중한 방에서는 아내의 가쁜 숨소리가 들린다. 색, 색 하다가 아이구 하고는 까부라지게 콜록거린다. 가래가 치밀어 몹시 괴로운 모양 — 뽑아

줄 사이가 없이 풀들은 뜰에 엉겼다. 흙이 드러난 지붕에서 망초가 휘어청 휘어청. 바람은 가끔 찾아와 싸리문을 흔든다. 그럴 적마다 문은 을씨년스럽게 삐 — 꺽 삐 — 꺽. 이웃의 발발이는 부엌에서 한창 바쁘게 달그락거린다. 마는 아침에 아내에게 먹이고 남은 조죽밖에야. 아니 그것도 참 남편마저 긁었으니 사발에 붙은 찌꺼기뿐이리라.

"거, 다 졸았나 부다."

응칠이는 약이란 너무 졸면 못쓰니 고만 짜 먹이라 하였다. 약이라야 어젯저녁 울 뒤에서 옭아 들인 구렁이지만.

그러나 응오는 듣고도 흘렸는지 혹은 못 들었는지 잠자코 고개도 안 든다.

"엣다. 송이 맛이나 봐라."

하고 형이 손을 내밀 제야 겨우 시선을 들었으나 술이 거나한 그 얼굴을 거북살스레 훑어본다. 그리고 송이를 고맙지 않게 받아 방으로 치뜨리고는

"이거나 먹어."

하다가

"뭐?"

소리를 크게 질렀다. 그래도 잘 들리지 않으므로

"뭐야 뭐야, 좀 똑똑히 하라니깐?"

하고 골피(눈살)를 찌푸린다.

그러나 아내는 손짓만으로 무슨 소린지 알 수가 없다. 음성으로 치느니보다 종이 비비는 소리랄지, 그걸 듣기에는 지척도 멀었다.

가만히 보다 응칠이는 제가 다 불안하여

"뒤보겠다는 게 아니냐."

"그럼 그렇다 말이 있어야지."

남편은 이내 짜증을 내며 몸을 일으킨다. 병약한 아내의 음성이 날로 변하여 감을 시방 안 것도 아니련만…….

그는 방바닥에 늘어져 꼬치꼬치 마른 반송장을 조심히 일으키어 등에 업었다.

울 밖 밭머리에 잿간은 놓였다. 머리가 눌릴 만치 납작한 갑갑한 굴속이

다. 게다 거미줄은 예제 없이 엉키었다. 부춧돌 위에 내려놓으니 아내는 벽을 의지하여 옹크리고 앉는다. 그리고 남편은 눈을 멀뚱멀뚱 뜨고 지키고 섰는 것이다.

이 꼴들을 멀거니 바라보다 응칠이는 마뜩잖게 코를 횡 풀며 입맛을 다시었다. 응오의 짓이 어리석고 울화가 터져서이다. 요즘 응오가 형에게 잘 말도 않고 왜 어뜩비뚝하는지 그 속은 응칠이도 모르는 바 아닐 것이다.

응오가 이 아내를 찾아올 때 꼭 3년간을 머슴을 살았다. 그처럼 먹고 싶던 술 한잔 못 먹었고, 그처럼 침을 삼키던 그 개고기 한 매 물론 못 샀다. 그리고 사경을 받는 대로 꼭꼭 장리를 놓았으니 후일 선채로 썼던 것이다. 이렇게까지 근사를 모아 얻은 계집이련만 단 두 해가 못 가서 이 꼴이 되고 말았다.

그러나 이 병이 무슨 병인지 도시 모른다. 의원에게 한 번이라도 변변히 봬 본 적이 없다. 혹 안다는 사람의 말인즉 노점(폐결핵)이니 어렵다 하였다. 돈만 있다면야 노점이고 염병이고 알 바가 못 될 거로되 사날 전 거리로 쫓아 나오며

"성님."

하고 팔을 챌 적에는 응오도 어지간히 급한 모양이었다.

"왜?"

응칠이가 몸을 돌리니 허둥지둥 그 밑이 인세는 별도리가 없다. 있다면 꼭 한 가지가 남았으니 그것은 엊그저께 산신을 부리는 노인이 이 마을에 오지 않았는가. 그 도인이 응오를 특히 동정하여 15원만 들여 산치성을 올리면 씻은 듯이 낫게 해 주리라는데

"성님은 언제나 돈 만들 수 있지유?"

"거, 안 된다. 치성드려 날 병이 그냥 안 낫겠니."

하여 여전히 딱 떼고 그러게 내 뭐래던, 대견에(서로 대면할 때) 계집 다 내버리고 날 따라나서랬지, 하고

"그래 농군의 살림이란 제 목매기라지!"

그러나 아우가 암 말 없이 몸을 확 돌려 집으로 들어갈 제 응칠이는 속으로 또 괜한 소리를 했구나, 하였다.

응오는 도로 아내를 업어다 방에 뉘었다. 약은 다 졸았다. 물이 식기 전 짜야 할 것이다. 식기를 기다려 약사발을 입에 대어 주니 아내는 군말 없이 그 구렁이 물을 껄떡껄떡 들이마신다.

응칠이는 마당에 우두커니 앉았다. 사람의 목숨이란 과연 중하군, 하였다. 그러나 계집이라는 저 물건이 그렇게 떼기 어렵도록 중할까, 하니 암만해도 알 수 없고

"너 참 요 건너 성팔이 알지?"

"……."

"너허구 친하냐?"

"……."

"성이 뭐래는데 거 대답 좀 하렴."

하고 소리를 빽 질러도 아우는 대답은 말고 고개도 안 든다.

그러나 응칠이는 하늘을 쳐다보고 트림만 끄윽, 하고 말았다. 술기가 코를 콱콱 찔러야 할 터인데 이건 풋김치 냄새만 코 밑에서 뱅뱅 돈다. 공짜 김치만 퍼먹을 게 아니라 한 잔 더 했다면 좋았을걸. 그는 일어서서 대를 허리에 꽂고 궁둥이의 흙을 털었다. 벼 도적맞은 이야기를 할까, 하다가 아서라 가뜩이나 울상이 속이 쓰릴 것이다. 그보다는 이놈을 잡아 놓고 나중 희짜(짐짓 거들먹거리며 얄밉게 구는)를 뽑는 것이 점잖겠지.

그는 문밖으로 나와 버렸다.

답답한 아우의 살림을 보니 역시 답답하던 제 살림이 연상되고 가슴이 두 못 답답하였다.

이런 때에는 무가 십상이다. 사실 하느님이 무를 마련해 낸 것은 참으로 은혜로운 일이다. 맥맥할 때 한 개를 씹고 보면 꿀꺽하고 쿡 치는 그 맛이 좋고. 남의 무밭에 들어가 하나를 쑥 뽑으니 가랑무, 이 — 키, 이거 오늘 운수 대통이로군. 내던지고 그담 놈을 뽑아 들고 개울로 내려온다. 물에 쓱쓰윽 닦아서는 꽁지는 이로 베어 던지고 어썩 깨물어 붙인다.

개울 둔덕에 포플러는 호젓하게도 묘출(싹이 나옴)이 컸다. 자갈돌은 고 밑에 옹기종기 모였다. 가생이로 잔디가 소보록하다. 응칠이는 나가자빠져 마을을 건너다보며 눈을 멀뚱멀뚱 굴리고 누웠다. 산에 뺑뺑 둘리어 숨이

콕 막힐 듯한 그 마음…….

아리랑 아리랑 아라리요
아리랑 띄어라 노다 가세
증기차는 가자고 왼 고동 트는데
정든 님 품 안고 낙루낙루
아리랑 아리랑 아라리요
아리랑 띄어라 노다 가세
낼 갈지 모레 갈지 내 모르는데
옥씨기 강낭이는 심어 뭐 하리
아리랑 아리랑 아라리요
아리랑 띄어라…….

그는 콧노래를 이렇게 흥얼거리다 갑작스레 강릉이 그리웠다. 펄펄 뛰는 생선이 좋고 아침 햇발에 비끼어 힘차게 출렁거리는 그 물결이 좋고. 이까짓 둠(두메) 구석에서 쪼들리는 데 대다니. 그래도 저의 딴은 무어 농사 좀 지었답시고 악을 복복 쓰며 잘도 떠들어 댄다. 하지만 그런 중에도 어디인가 형언치 못할 쓸쓸함이 떠돌지 않는 것도 아니다. 30여 년 전 술을 빚어 놓고 쇠를 울리고 흥에 질리어 어깨춤을 덩실거리고 이러던 가을과는 저 딴 쪽이다. 가을이 오면 기쁨에 넘쳐야 될 시골이 점점 살기만 띠어 옴은 웬일일꼬. 이렇게 보면 재작년 가을 어느 밤 산중에서 낫으로 사람을 찍어 죽인 강도가 문득 머리에 떠오른다. 장을 보고 오는 농군을 농군이 죽였다. 그것도 많으나 되었으면 모르되 빼앗은 것이 한갓 동전 네 닢에 수수 일곱 되. 게다 흔적이 탄로 날까 하여 낫으로 그 얼굴의 껍질을 벗기고 조깃대강이 이기듯 끔찍하게 남기고 조긴 망나니다. 흉악한 자식. 그 알량한 돈 4전에 나 같으면 가여워 덧돈을 주고라도 왔으리라. 이번 놈은 그따위 각다귀(남의 것을 뜯어먹고 사는 사람을 비유)나 아닐는지 할 때 찬 김과 아울러 치미는 소름에 머리끝이 다 쭈뼛하였다. 그간 아우의 농사를 대신 돌봐 주기에 이럭저럭 날이 늦었다. 오늘 밤에는 이놈을 다리를 꺾어 놓고 내일쯤은 봐서 설렁설렁 뜨는 것이 옳은 일이겠다. 이 산을 넘을까 저 산을 넘을까 주저 거리며 속으로 점을 치다가 슬그머니 코를 골아 올린다.

밤이 내리니 만물은 고요히 잠이 든다. 검푸른 하늘에 산봉우리는 울퉁불퉁 물결을 치고 흐릿한 눈으로 별은 떴다. 그러다 구름 떼가 몰려 닥치면 캄캄한 절벽이 된다. 또한 마을 한복판에는 거친 바람이 오락가락 쓸쓸히 궁굴고(뒹굴고) 이따금 코를 찌름은 후련한 산사 내음, 북쪽 산 밑 미루나무에 싸여 주막이 있는데 유달리 불이 반짝인다. 노세, 노세, 젊어서 놀아. 노랫소리는 나직나직 한산히 흘러온다. 아마 벼를 뒷심 대고 외상이리라.

응칠이는 잠자코 벌떡 일어나 바깥으로 나섰다. 그리고 다 나와서야 그 집 친구에게 눈치를 안 채이도록

"내 잠깐 다녀옴세!"

"어딜 가나?"

친구는 웬 영문을 몰라서 뻔히 치어다보다 밤이 이렇게 늦었으니 나갈 생각 말고 어여 이리 들어와 자라 하였다. 기껏 둘이 앉아서 개코쥐코(쓸데없는 이야기로 이러쿵저러쿵하는 모양) 떠들다가 갑자기 일어서니깐 꽤 이상한 모양이었다.

"건넛말 가 담배 한 봉 사 올라구. "

"담배 여기 있는데 사 뭘 하나?"

친구는 호주머니에서 굳이 희연봉(희연이라는 상표의 담배 봉투)을 꺼내어 손에 들어 보이더니

"이리 들어와 섬이나 좀 쳐 주게."

"아참 깜빡……."

하고 응칠이는 미안스러운 낯으로 뒤통수를 긁죽긁죽한다. 하기는 섬을 좀 쳐 달라고 며칠째 당부하는 걸 노름에 몸이 팔리어 고만 잊고 잊고 했던 것이다. 먹고 자고 이렇게 신세를 지면서 이건 썩 안됐다, 생각은 했지마는

"내 곧 다녀올 걸 뭐……."

어정쩡하게 한마디 남기곤 그 집을 뒤에 남긴다.

그러나 이 친구는

"그럼 곧 다녀오게."

하고 때를 재치는 법은 없었다. 언제나 여일같이

"그럼 잘 다녀오게."

이렇게 그 신상만 편하기를 비는 것이다.

응칠이는 모든 사람이 저에게 그 어떤 경의를 갖고 대하는 것을 가끔 느끼고 어깨가 으쓱거린다. 백판 모르는 사람도 데리고 앉아서 몇 번 말만 좀 하면 대번 구부러진다. 그렇게 장한 것인지 그 일을 하다가, 그 일이라야 도적질이지만, 들어가 욕보던 이야기를 하면 그들은 눈을 커다랗게 뜨고

"아이구, 그걸 어떻게 당하셨수!"

하고 적이 놀라면서도

"그래 그 돈은 어떻게 했수?"

"또 그럴 생각이 납디까유?"

"참 우리 같은 농군에 대면 호강살이유!"

하고들 한편 썩 부러운 모양이었다. 저들도 그와 같이 진탕 먹고살고는 싶으나 주변 없어 못 하는 그 울분에서 그런 이야기만 들어도 다소 위안이 되는 것이다. 응칠이는 이걸 잘 알고 그 누구를 논에다 거꾸로 박아 놓고 달아나다가 붙들리어 경치던 이야기를 부지런히 하며

"자네들은 안적 멀었네, 멀었어."

하고 흰소리를 치면, 그들은 옳다는 뜻이겠지, 묵묵히 고개만 꺼떡꺼떡하며 속없이 술을 사 주고 담배를 사 주고 하는 것이다.

그런데 이번 벼를 훔쳐 간 놈은 응칠이를 마구 넘보는 모양 같다. 이렇게 생각하면 응칠이는 더욱 괘씸하였다. 그는 물푸레 몽둥이를 벗 삼아 논둑 길을 질러서 산으로 올라간다.

이슥한 그믐은 칠야.

길은 어둡고 흐릿한 언저리만 눈앞에 아물거린다.

그 논까지 칠 마장은 느긋하리라. 이 마을을 벗어나는 어귀에 고개 하나를 넘는다. 또 하나를 넘는다. 그러면 그담 고개와 고개 사이에 수목이 울창한 산 중턱을 비켜 대고 몇 마지기의 논이 놓였다. 응오의 논은 그중의 하나이었다. 길에서 썩 들어앉은 곳이라 잘 뵈도 않는다. 동리에 그런 소문이 안 났을 때에는 천행으로 본 놈이 없을 것이나 반드시 성팔이의 성행임

에는…….

응칠이는 공동묘지의 첫 고개를 넘었다. 그리고 다음 고개의 마루턱을 올라섰을 때 다리가 주춤하였다. 저 왼편 높은 산 고랑에서 불이 반짝하다 꺼진다. 짐승 불로는 너무 흐리고…… 아 — 하, 이놈들이 또 왔군. 그는 가던 길을 옆으로 새었다. 더듬더듬 나뭇가지를 짚으며 큰 산으로 올라탄다. 바위는 미끄러져 내리며 발등을 찧는다. 딸기 가시에 종아리는 따갑고 엉금엉금 기어서 바위를 끼고 감돈다.

산, 거반 꼭대기에 바위와 바위가 어깨를 겯고 움쑥 들어간 굴이 있다. 풀들은 뻗치어 굴 문을 막는다.

그 속에 돌라앉아서 다섯 놈이 머리들을 맞대고 수군거린다. 불빛이 샐까 염려. 남폿불을 얕이 달아 놓고 몸들을 바싹바싹 여미어 가린다.

"어서 후딱후딱 쳐, 갑갑해서 온…….

"이번엔 누가 빠지나?"

"이 사람이지 멀 그래. "

"다시 섞어, 어서 이따위 수작이야. "

하고 한 놈이 골을 내고 화투를 빼앗아 제 손으로 섞다가 깜짝 놀란다. 그리고 버썩 대드는 응칠이를 벙벙히 치어다보며 얼떨한다.

그들은 응칠이가 오는 것을 완고 적이 싫어하는 눈치였다. 이런 애송이 노름판인데 응칠이를 들였다가는 맥을 못 쓸 것이다. 속으로는 되우 꺼렸다. 마는 그렇다고 응칠이의 비위를 건드림은 더욱 좋지 못하므로

"아, 응칠인가, 어서 들어오게."

하고 선웃음을 치는 놈에

"난 올 듯하게, 자넬 기다렸지."

하며 어수 대는 놈.

"하여튼 한 케 떠 보세."

이놈들은 손을 잡아들이며 썩들 환영이었다.

응칠이는 그 속으로 들어서며 무서운 눈으로 좌중을 한번 훑어보았다.

그런데 재성이도 그 틈에 끼어 있는 것이 아닌가. 사날 전만 해도 응칠이더러 먹을 양식이 없으니 돈 좀 취하라던 놈이. 의심이 부쩍 일었다. 도적

이란 흔히 이런 노름판에서 씨가 퍼진다. 고 옆으로 기호도 앉았다. 이놈은 며칠 전 제 계집을 팔았다. 그 돈으로 영동 가서 장사를 하겠다던 놈이 노름을 왔다. 제 깐 주제에 딸 듯싶은가. 하나는 용구. 농사엔 힘 안 쓰고 노름에 몸이 달았다. 시키는 부역도 안 나온다고 동리에서 손도(도덕적으로 잘못하여 지역에서 내쫓김)를 맞은 놈이다. 그리고 남의 집 머슴 녀석. 뽐을 내고 멋없이 점잔을 피우는 중늙은이 상투쟁이. 이 물건은 어서 날아왔는지 보도 못하던 놈이다. 체 이것들이 뭘 한다고.

응칠이는 기호의 등을 꾹 찍어 가지고 밖으로 나왔다.

외딴곳으로 데리고 와서

"자네 돈 좀 없겠나?"

하고 돌아서다가

"웬걸 돈이 어디……."

눈치만 남고 어름어름하니

"아내와 갈렸다지, 그 돈 다 뭣 했나?"

"아 이 사람아, 빚 갚았지."

기호는 눈을 내리깔며 매우 거북한 모양이다.

오른편 엄지로 한 코를 막고 흥, 하고 내뿜더니

"이번 빚에 졸리어 죽을 뻔했네."

하고 묻지 않은 발뺌까지 얹어서 설대로 등허리를 긁죽긁죽한다.

그러나 응칠이는 속으로 이놈 하였다.

응칠이는 실눈을 뜨고 기호를 유심히 쏘아 주었더니,

"꼭 4원 남았네. "

하고 선뜻 알리고

"빚 갚고 뭣 하고 흐지부지 녹았어."

어색하게도 혼잣말로 우물쭈물 웃어 버린다.

응칠이는 퉁명스레

"나 2원만 최게. "

하고 손을 내대다 그래도 잘 듣지 않으매

"따서 둘이 노늘 테야, 누가 떼먹나."

하고 소리가 한번 빽 안 나올 수 없다.

이 말에야 기호도 비로소 안심한 듯, 저고리 섶을 쳐들고 훔척거리다 주뼛주뼛 꺼내 놓는다. 딴은 응칠이의 솜씨이면 낙자는 없을 것이다. 설혹 재간이 모자라 잃는다면 우격이라도 도로 몰아갈 게니깐……

"나두 한 케 떠 보세. "

응칠이는 우자스레(보기에 어리석게) 굴로 기어든다. 그 콧등에는 자신 있는 그리고 흡족한 미소가 떠오른다. 사실이지 노름만치 그를 행복하게 하는 건 다시없었다. 슬프다가도 화투나 투전장을 손에 들면 공연스레 어깨가 으쓱거리고 아무리 일이 바빠도 노름판은 옆에 못 두고 지난다. 그는 이놈 저놈의 눈치를 스을쩍 한번 훑고

"두 패루 너느지?"

응칠이는 재성이와 용구를 데리고 한옆으로 비켜 앉았다. 그리고 신바람이 나서 화투를 섞다가 손을 따악 짚으며

"튀전이래지 이깐 화투는 하튼 뭘 할 텐가. 녹빼낀가, 켤 텐가?"

"약단이나 그저 보지."

사방은 매섭게 조용하였다. 바위 위에서 혹 바람에 모래 구르는 소리뿐이다. 어쩌다

"엣다 봐라."

하고 화투짝이 쩔꺽한다. 그러곤 다시 쥐 죽은 듯 잠잠하다.

그들은 이욕에 몸이 달아서 이야기고 뭐고 할 여지가 없다. 행여 속지나 않는가, 하여 눈들이 빨개서 서로 독을 올린다. 어떤 놈이 뜯는 놈이고 어떤 놈이 뜯기는 놈인지 영문 모른다.

응칠이가 한 장을 내던지고 명월 공산을 보기 좋게 떡 젖혀 놓으니

"이거 왜 수짜질이야."

용구가 골을 벌컥 내며 치어다본다.

"뭐가?"

"뭐라니, 아 이 공산 자네 밑에서 빼내지 않았나?"

"봤으면 고만이지 그렇게 노할 건 또 뭔가!"

응칠이는 어설피 입맛을 쩍쩍 다시다

"그럼 이번엔 파토지?"

하고 손의 화투를 땅에 내던지며 껄걸 웃어 버린다.

이때 한옆에서 별안간

"이 자식 죽인다!"

악을 쓰는 것이니 모두들 놀라며 시선을 몬다. 머슴이 마주 앉은 상투의 뺨을 갈겼다. 말인즉 매조 다섯 끗을 업어 쳤다고…… 허나 정말은 돈을 잃은 것이 분한 것이다. 이 돈이 무슨 돈이냐 하면 1년 품을 판 피 묻은 사경이다. 이런 돈을 송두리째 먹다니……

"이 자식, 너는 야마시꾼이지. 돈 내라."

멱살을 훔켜잡고 다시 두 번을 때린다.

"허, 이눔이 왜 이래누, 어른을 몰라보구."

상투는 책상다리를 잡숫고 허리를 쓰윽 펴더니 점잖이 호령한다. 자식뻘 되는 놈에게 뺨을 맞는 건 말이 좀 덜 된다. 약이 올라서 곧 일을 칠 듯이 엉덩이를 번쩍 들었으나 그러나 그대로 주저앉고 말았다. 악에 바짝 받친 놈을 건드렸다가는 결국 이쪽이 손해다. 더럽단 듯이 허허, 웃고

"버릇없는 놈 다 봤고!"

하고 꾸짖은 것은 잘됐으나 기어이 어이쿠, 하고 그 자리에 푹 엎드러진다. 이마가 터져서 피는 흘렀다. 어느 틈엔가 돌멩이가 날아와 이마의 가죽을 터친 것이다.

응칠이는 싱글거리며 굴을 나섰다. 공연스레 쑥스럽게 일이나 벌어지면 성가신 노릇이다. 그리고 돈 백이나 될 줄 알았더니 다 봐야 한 40원 될까 말까. 그걸 바라고 어느 놈이 앉았는가……

그가 딴 것은 본 밑을 알라(아울러) 9원하고 80전이다. 기호에게 5원을 내주고

"자, 반이 넘네, 자네 계집 잃고 돈 잃고 호강이겠네."

농담으로 비웃어 던지고는 숲으로 설렁설렁 내려온다.

"여보게, 자네에게 청이 있네."

재성이 목이 말라서 바득바득 따라온다. 그 청이란 묻지 않아도 알 수 있었다. 저에게 돈을 다 빼앗기곤 구문이겠지. 시치미를 딱 떼고 나갈 길만

걷는다.

"여보게 응칠이, 아 내 말 좀 들어……."

그제서는 팔을 잡아낚으며 살려 달라 한다. 돈을 좀 늘일까, 하고 벼 열 말을 팔아 해 보았더니 다 잃었다고. 당장 먹을 게 없어 죽을 지경이니 노름 밑천이나 하게 몇 푼 달라는 것이다. 그러나 벼를 털었으면 거저먹을 게지 어쭙잖게 노름은……

"그런 걸 왜 너보고 하랬어?"

하고 돌아서며 소리를 빽 지르다가 가만히 보니 눈에 눈물이 글썽하다. 잠자코 돈 2원을 꺼내 주었다.

응칠이는 돌에 앉아서 팔짱을 끼고 덜덜 떨고 있다.

사방은 뺑 돌리어 나무에 둘러싸였다. 거무투툭한 그 형상이 헐없이(참말로) 무슨 도깨비 같다. 바람이 불 적마다 쏴 하고 쏴 하고 음충맞게 건들거린다. 어느 때에는 쩩, 쩩하고 목을 따는지 비명도 울린다.

그는 가끔 뒤를 돌아보았다. 별일은 없을 줄 아나 혹 뭐가 덤벼들지도 모른다. 서낭당은 바로 등 뒤다. 족제빈지 뭔지, 요동 통에 돌이 무너지며 바시락바시락한다. 그 소리가 묘하게도 등줄기를 쪼옥 긋는다. 어두운 꿈속이다. 하늘에서 이슬은 내리어 옷깃을 축인다. 공포도 공포려니와 냉기로 하여 좀체 견딜 수가 없었다.

산골은 산신까지도 주렸으렸다. 아들 낳아 달라고 떡 갖다 바칠 이 없을 테니까. 이놈의 영감님 홧김에 덥석 달려들면 앞뒤를 다시 한번 휘돌아본 다음 설대를 뽑는다. 그리고 오금팽이로 불을 가리고는 한 대 뻑뻑 피워 물었다. 논은 여남은 칸 떨어져 고 아래 누웠다. 일심정기를 다하여 나무 틈으로 뚫어 보고 앉았다. 그러나 땅에 대를 털려니깐 풀숲이 이상스레 흔들린다. 뱀, 뱀이 아닌가. 구시월 뱀이라니 물리면 고만이다. 자리를 옮겨 앉으며 손으로 입을 막고 하품을 터친다.

아마 두어 시간은 더 넘었으리라. 이놈이 필연코 올 텐데 안 오니 이 또 무슨 조활까. 이 짓이란 소문이 나기 전에 한 번 더 와 보는 것이 원칙이다. 잠을 못 자서 눈이 뻑뻑한 것이 제물에 슬금슬금 감긴다. 이를 악물고 눈을 뒵쓰면 이번에는 허리가 노글거린다. 속은 쓰리고 골치는 때리고. 불꽃 같은 노기가 불끈 일어서 몸을 옥죄인다. 이놈의 다리를 못 꺾어 놔도 애비 없는 호래자식이겠다.

닭들이 세 홰를 운다. 멀리 산을 넘어오는 그 음향이 퍽은 서글프다. 큰 비를 몰아드는지 검은 구름이 잔뜩 낀다. 하긴 지금도 빗방울이 뚝 뚝 떨어 진다.

그때 논둑에서 희끄무레한 헤까비(허깨비) 같은 것이 얼씬거린다. 정신을 반짝 차렸다. 영락없이 성팔이, 재성이, 그 둘 중의 한 놈이리라. 이 고생을 시키는 그놈! 이가 북북 갈리고 어깨가 다 식식거린다. 몽둥이를 잔뜩 후려쥐었다. 그리고 벌떡 일어나서 나무줄기를 끼고 조심조심 돌아내린다. 허나 도랑쯤 내려오다가 그는 멈씰하여 몸을 뒤로 물렸다. 늑대 두 놈이 짝을 짓고 이편 산에서 저편 산으로 설렁설렁 건너가는 길이었다. 빌어먹을 늑대, 이것까지 말썽이람. 이마의 식은땀을 씻으며 도로 제자리로 돌아온다. 어쩌면 이번 이놈도 재작년 강도 짝이나 안 될는지. 급시로 불길한 예감이 뒤통수를 탁 치고 지나간다.

그는 옷깃을 여미며 한 대를 더 붙였다. 돌연히 풍세는 심하여진다. 산골짜기로 몰아드는 억센 놈이 가끔 발광이다. 다시금 더르르 몸을 떨었다. 가을은 왜 이 지경인지. 여기에서 밤새울 생각을 하니 기가 찼다.

얼마나 되었는지 몸을 좀 녹이고자 일어나 서성서성할 때이었다. 논으로 다가오는 희미한 그림자를 분명히 두 눈으로 보았다. 그러고 보니 피로고, 한고이고 다 딴소리다. 고개를 내대고 딱 버티고 서서 눈에 쌍심지를 올린다.

흰 그림자는 어느 틈엔가 어둠 속에 사라져 보이지 않는다. 그리고 다시 나올 줄을 모른다. 바람 소리만 왱왱 칠 뿐이다. 다시 암흑 속이 된다. 확실히 벼를 훔치러 논 속으로 들어갔을 것이다. 여깽이(여우) 같은 놈이 궂은 날씨를 기화(뜻밖의 물건을 얻을 수 있는 물건이나 기회) 삼아 맘껏 하겠지. 의리 없는 썩은 자식, 격장에서 같이 굶는 터에…… 오냐 대거리만 있어라. 이를 한 번 부욱 갈아붙이고 차츰차츰 논께로 내려온다.

응칠이는 논께로 바특이 내려서서 소나무에 몸을 착 붙였다. 섣불리 서둘다간 낮의 횡액을 입을지도 모른다. 다 훔쳐 가지고 나올 때만 기다린다.

몽둥이는 잔뜩 힘을 올린다.

한 식경쯤 지났을까, 도적은 다시 나타난다. 논둑에 머리만 내놓고 사면을 두리번거리더니 그제야 기어 나온다. 얼굴에는 눈만 내놓고 수건인지 뭔지 형겊이 가리었다. 봇짐을 등에 짊어 메고는 허리를 구붓이 뺑손(뺑소니)을 놓는다. 그러나 응칠이가 날쌔게 달려들며

"이 자식, 남의 벼를 훔쳐 가니!"

하고 대포처럼 고함을 지르니 논둑으로 고대로 데굴데굴 굴러서 떨어진다. 얼결에 호되게 놀란 모양이었다.

응칠이는 덤벼들어 우선 허리께를 내려조졌다. 어이쿠쿠, 쿠 하고 처참한 비명이다. 이 소리에 귀가 뻔쩍 뜨여 그 고개를 들고 팔부터 벗겨 보았다. 그러나 너무나 어이가 없었음인지 시선을 치걷으며 그 자리에 우두망찰한다(정신이 얼떨떨하여 어찌할 바를 모르다).

그것은 무서운 침묵이었다. 살똥맞은(말이나 하는 짓이 독살스럽고 당돌하다) 바람만 공중에서 북새를 논다.

한참을 신음하다 도적은 일어나더니

"성님까지 이렇게 못 살게 굴기유?"

제법 눈을 부라리며 몸을 홱 돌린다. 그리고 느끼며 울음이 복받친다. 봇짐도 내버린 채

"내 것 내가 먹는데 누가 뭐래?"

하고 데퉁스레 내뱉고는 비틀비틀 논 저쪽으로 없어진다.

형은 너무 꿈속 같아서 멍하니 섰을 뿐이다.

그러나 얼마 지나서 한 손으로 그 봇짐을 들어 본다. 가뿐하니 끽 말가웃(한 말 반 정도)이나 될는지. 이까짓 걸 요렇게까지 해 가려는 그 심정은 실로 알 수 없다. 벼를 논에다 도로 털어 버렸다. 그리고 아내의 치마이겠지, 검은 보자기를 척척 개서 들었다. 내 걸 내가 먹는다……. 그야 이를 말이랴. 허나 내 걸 내가 훔쳐야 할 그 운명도 얄궂거니와 형을 배반하고 이 짓을 벌인 아우도 아우이렷다. 에 — 이 고현 놈, 할 제 볼을 적시는 것은 눈물이다. 그는 주먹으로 눈을 쓱 비비고 머리에 번쩍 떠오르는 것이 있으니 두레두레한 황소의 눈깔. 시오 리를 남쪽 산속으로 들어가면 어느 집 바깥

뜰에 밤마다 늘 매여 있는 투실투실한 그 황소. 아무렇게 따지던 70원은 갈 데 없으리라. 그는 부리나케 아우의 뒤를 밟았다.

공동묘지까지 거반 왔을 때에야 가까스로 만났다. 아우의 등을 탁 치며
"얘, 좋은 수 있다. 네 원대로 돈을 해 줄게 나구 잠깐 다녀오자."

씩씩한 어조로 기쁘도록 달랬다. 그러나 아우는 입 하나 열려 하지 않고 그대로 실쭉하였다. 뿐만 아니라 어깨 위에 올려놓은 형의 손을 부질없단 듯이 몸으로 털어 버린다. 그리고 삐익 달아난다. 이걸 보니 하 엄청이 나고 기가 콱 막히었다.

"이눔아!"
하고 악에 받치어
"명색이 성이라며?"

대뜸 몽둥이는 들어가 그 볼기짝을 후려갈겼다. 아우는 모로 몸을 꺾더니

시나브로 찌그러진다. 뒤미처 앞정강이를 때렸다. 등을 팼다. 일어나지 못할 만치 매는 내리었다. 체면을 불구하고 땅에 엎드리어 엉엉 울도록 매는 내리었다.

홧김에 하긴 했으되 그 꼴을 보니 또한 마음이 편할 수 없다. 침을 퉤 뱉어 던지곤 팔자 드센 놈이 그저 그렇지 별수 있냐. 쓰러진 아우를 일으키어 등에 업고 일어섰다. 언제나 철이 날는지 딱한 일이있다. 속 썩는 한숨을 후 — 하고 내뿜는다. 그리고 어청어청 고개를 묵묵히 내려온다.

노다지

- 김유정 -

작품 정리

이 작품은 〈노다지〉, 〈금〉, 〈금 따는 콩밭〉 등 금을 소재로 한 김유정 소설 세 편 중 제일 먼저 발표된 작품으로, 1935년 '조선중앙일보'에 연재되었던 금을 소재로 한 신춘문에 가작 입선 작품이다. 허약하고 소심하지만 금전에 밝은 꽁보와, 건강한 체격이지만 금전에는 밝지 못한 더펄이라는 두 사람이 벌이는 궁핍한 현실로부터 물질적 풍요를 획득할 수 있는 유일한 탈출구인 금광과 농촌 현실을 그려낸다. 노다지를 앞에 두고 목숨이 사라질 위기에 직면하여 인간이 어떻게 행동하나 하는 문제와, 인간 욕망의 최대치인 황금에 대해 잠재해 있는 욕심과 자연에서 물질적 욕망을 얻으려는 금광이라는 인위적 배경이 대비되는 작품이다.

작품 줄거리

꽁보와 더펄이는 남의 금점에 몰래 들어가 금을 캔다. 1년 전 친구들과 금을 캐다 큰 싸움이 나서 꽁보가 맞아 죽을 뻔 했을 때 더펄이가 구해준다. 그래서 꽁보는 자신의 목숨을 구해준 더펄이가 고마워서 자신의 누이를 소개시켜 주겠다고 한다. 그 후 꽁보와 더펄이는 서로 형제처럼 어울려 지내게 된다. 어느 날 주막에서 둘은 금이 많이 나오는 금점이 있다는 말을 듣고 칠흑 같은 밤에 숨어 들어가 금맥을 찾는다. 꽁보가 운 좋게 금맥을 발견하고 곡괭이로 금을 캐자 곁에서 지켜보던 힘이 좋은 더펄이가 꽁보를 제치고 자신이 금을 캐겠다고 한다. 곡괭이로 마구 캐던 중에 금정의 기둥이 무너지고 무거운 돌들이 더펄이를 덮친다. 자기를 제치고 금을 캐던 더펄이가 미웠던 꽁보는 돌무더기에 깔린 더펄이를 두고 캐낸 금덩이를 가지고 굴 문을 나와 혼자 도망친다.

핵심 정리

· 갈래 : 단편 소설   · 시점 : 작가 관찰자 시점   · 배경 : 1930년대 어느 금광
· 주제 : 황금에 대해 잠재해 있는 인간의 본성   · 출전 : 조선중앙일보

노다지

　그믐 칠야 캄캄한 밤이었다. 하늘의 별은 깨알같이 총총 박혔다. 그 덕으로 솔숲 속은 간신히 희미하였다. 험한 산중에도 우중충하고 구석배기 외딴곳이다. 버석만 하여도 가슴이 덜렁한다. 호랑이, 산골 호생원!

　만귀(깊은 밤)는 잠잠하다. 가을은 이미 늦었다고 냉기는 모질다. 이슬을 품은 가랑잎은 바시락바시락 날아들며 얼굴을 축인다.

　꽁보는 바랑을 모로 베고 풀 위에 꼬부리고 누웠다가 잠깐 깜박하였다. 다시 눈이 떠졌을 적에는 몸서리가 몹시 나온다. 형은 맞은편에 그저 웅크리고 앉아 있는 모양이다.

　"성님, 인제 시작해 볼라우!"

　"아직 멀었네. 좀 춥더라도 참참이 해야지……."

　어둠 속에서 그 음성만 우렁차게, 그러나 가만히 들릴 뿐이다. 연모를 고치는지 마치 쇠 부딪는 소리와 아울러 부스럭거린다. 꽁보는 다시 옹송그리고 새우잠으로 눈을 감았다. 야기(밤공기)에 옷은 젖어 후줄근하다. 아랫도리가 척 나간 듯이 감촉을 잃고, 대고(자꾸) 쑤실 따름이다. 그대로 버뜩 일어나 하품을 하고는 으드들 떨었다.

　어디서인지 자박자박 사라지는 발자국 소리가 들린다. 꽁보는 정신이 번쩍 나서 눈을 둥굴린다.

　"누가 오는 게 아뉴?"

　"바람이겠지, 즈들이 설마 알라구!"

　신청부같은 그 대답에 적이 맘이 놓인다. 곁에 형만 있으면야 몇 놈쯤 오기로서니 그리 쪼일 게 없다. 적삼의 깃을 여미며 휘돌아보았다.

　감때사나운 큰 바위가 반득이는 하늘을 찌를 듯이, 삐쭉 솟았다. 그 양 어깨로 자지레한 바위는 뭉글뭉글한 놈이 검은 구름 같다. 그러면 이번에는 꿈인지 호랑인지 영문 모를 그런 험상궂은 대가리가 공중에 불끈 나타나 두리번거린다. 사방은 모두 이따위 산에 둘렸다. 바람은 뻔질나게 구르며 습기와 함께 낙엽을 풍긴다. 을씨년스레 샘물은 노냥 쫄랑쫄랑 금시라도 시커먼 산 중턱에서 호랑이 불이 보일 듯싶다. 꼼짝 못 할 함정에 든 듯이 소름이 쭉 돋는다.

꽁보는 너무 서먹서먹하고 허전하여 어깨를 으쓱 올린다. 몹쓸 놈의 산골도 다 많으이. 산골마다 모조리 요지경이람. 이러고 보니 몹시 무서운 기억이 눈앞으로 번쩍 지난다.

바로 작년 이맘때이다. 그날도 오늘과 같이 밤을 도와 잠채(광물을 몰래 채굴)를 하러 갔던 것이다. 회양 근방에도 가장 험하다는, 마치 이렇게 휘하고 낯선 산골을 기어올랐다. 꽁보에 더펄이, 그리고 또 다른 동무 셋과. 초저녁부터 내리는 보슬비가 웬일인지 그칠 줄을 모른다. 붕, 하고 난데없이 이는 바람에 안기어 비는 낙엽과 함께 몸에 부딪고 또 부딪고 하였다. 모두들 입 벌릴 기력조차 잃고, 대고 부들부들 떨었다. 방금 넘어올 듯이 덩치 커다란 바위는 머리를 불쑥 내어 대고 길을 막고 막고 한다. 그놈을 끼고 캄캄한 절벽을 돌고 나니 땀이 등줄기로 쭉 내려 흘렀다. 게다가 언제 호랑이가 내닫는지 알 수 없으매 가슴은 펄쩍 두근거린다.

그러나 하기는, 이제 말이지 용케도 해먹긴 하였다. 아무렇든지 다섯 놈이 서른 길이나 넘는 암굴에 들어가서 한 시간도 채 못 되어 감(광석)을 두 포대나 실히 따올렸지마는, 문제는 노느매기에 있었다. 어떻게 이놈을 나누면 서로 억울치 않을까, 꽁보는 금점에 남다른 이력이 있느니만치 제가 선뜻 맡았다. 부피를 대중하여 다섯 목에다 차례대로 메지메지 골고루 노났던 것이다. 한데 이런 우스꽝스러운 놈이 또 있을까.

"이게 일테면 노눈 건가!"

어두운 구석에서 어떤 놈이 이렇게 쥐어박는 소리를 하는 것이다. 제 딴은 욱기(불끈하는 기운)를 보이느라고 가래침을 배앝는다.

"그럼."

꽁보는 하 어이없어서 그쪽을 뻔히 바라보았다. 이건 우리가 늘 하는 격식인데 이제 와서 새삼스럽게 계정(불평)을 부릴 것이 아니다.

"아니, 요게 내 거야?"

"그럼 누군 감벼락을 맞았단 말인가?"

"아니, 이 구덩이를 먼저 낸 것이 누군데 그래?"

"누구고 새고 알 게 뭐 있나. 금 있으니 땄고, 땄으니 노났지!"

"알 게 없다? 내가 없어도 느가 왔니? 이 새끼야?"

"이런 숭맥 보래. 꿀돼지 제 욕심 채우기로 너만 먹자는 거야?"

바로 이 말에 자식이 욱하고 들이덤볐다. 무지한 두 손으로 꽁보의 멱살을 잔뜩 움켜쥐고, 흔들고 지랄을 한다. 꽁보가 체수가 작고 좀팽이라 쳐들고 한창 얕본 모양이다.

비를 맞아 가며 숨이 콕 막히도록 시달리니 꽁보도 화가 안 날 수 없다. 저도 모르게 어느덧 감석(감돌)을 손에 잡아 놈의 골통을 패뜨렸다. 하니까, 이놈이 꼭 황소같이 식, 하더니 꽁보를 피언한 돌 위에다 집어 때렸다. 그리고 깔고 앉더니 대뜸 벽채(광석을 긁어모으는 호미)를 들어 곁 갈빗대를 힉, 하도록 아주 몹시 조겄다. 죽지 않기만 해도 다행이지만 지금도 이게 가끔 도지어 몸을 못 쓰는 것이다. 다음에는 왼편 어깨를 된통 맞았다. 정신이 다 아찔하였다. 험하고 깊은 산속이라 그대로 죽여 버릴 작정이 분명하다. 세 번째에는 또다시 가슴을 겨누고 내려올 제, 인제는 꼬박 죽었구나 하였다. 참으로 지긋지긋하고 아슬아슬한 순간이었다. 그때 천행이랄까 대문짝처럼 크고 억센 더펄이가 비호같이 날아들었다. 자분참(지체없이) 그놈의 허리를 뒤로 두 손에 쥐어 들더니 산비탈로 내던져 버렸다. ᄀ놈은 그때 살았는지 죽었는지 이내 모른다. 꽁보는 곧바로 감석과 한꺼번에 더펄이 등에 업히어 마을로 내려왔던 것이다.

현재 꽁보가 갖고 다니는 그 목숨은 더펄이 손에서 명줄을 받은 그때의 끄트머리. 더펄이를 형이라 불렀고 형우제공을 깍듯이 하는 것도 까닭 없는 일은 아니었다.

이 산골도 그 녀석의 산골과 똑 헐없는(영락없는) 흉측스러운 낯짝을 가졌다. 한번 휘돌아 보니 몸서리치던 그 경상(경치)이 다시 생각나지 않을 수 없다. 꽁보는 담배를 빡빡 피우며 시름없이 앉았다.

"몸 좀 녹여서 인제 시적시적 해볼까?"

더펄이도 추운지 떨리는 몸을 툭툭 털며 일어선다. 시작하도록 연모는 차비가 다 된 모양. 저편으로 가서 훔척훔척하더니 바랑에서 막걸릿병과 돼지 다리를 꺼내 들고 이리로 온다.

"그래도 좀 거냉은 해야 할 걸!"

하고 그는 병마개를 이로 뽑더니,

"에이, 그냥 먹세. 언제 데워 먹겠나?"

"데웁시다."

"글쎄, 그것두 좋구. 근데 불을 났다가 들키면 어쩌나?"

"저 바위틈에다 가리고 핍시다."

아우는 일어서서 가랑잎을 긁어모았다.

형은 더듬어 가며 소나무 삭정이를 뚝뚝 꺾어서 한 아름 안았다. 병풍과 같이 바위와 바위 사이에 틈이 있었다. 그 속으로 들어가 그들은 불을 놓았다.

"커 — 그어 맛좋다이."

형은 한잔을 쭉 켜고 거나하였다. 칼로 돼지고기를 저며 들고 쩍쩍 씹는다.

"아까 술집 계집 봤나?"

"왜 그류?"

"어떻든가?"

"……."

"아주 똑 땄데, 고거 참!"

하고 그는 눈을 불빛에 끔벅거리며 싱글싱글 웃는다. 일 년이면 열두 달 줄창 돌아만 다니는 신세였다. 오늘은 서로, 내일은 동으로, 조선 천지의 금점판치고 아니 집적거린 데가 없었다. 언제나 나도 그런 계집 하나 만나 살림을 좀 해보누 하면 무거운 한숨이 절로 안 날 수 없다.

"거, 계집 있는 게 한결 낫겠더군!"

하고 저도 열적을만큼 시풍(시속, 속된)스러운 소리를 하니까,

"글쎄요……."

하고 꽁보는 그 얼굴을 빤히 쳐다보았다. 이날까지 같이 다녀야 그런 법 없더니만 왜 별안간 계집 생각이 날까, 별일이로군! 하긴, 저도 요즘으로 부

쩍 그런 생각이 무럭무럭 안 나는 것도 아니지만, 가을이 늦어서 그런지 홀아비 마주 앉기만 하면 나는 건 그 생각뿐.

"성님. 장가들라우?"

"어디 웬 계집이 있나?"

"글쎄?"

하고 꽁보는 그 말을 재치다가 언뜻 이런 생각을 하였다. 제 누이를 주면 어떨까. 지금 그 누이가 충주 근방 어느 농군에게 출가하여 자식을 둘씩이나 낳았지마는 매우 반반한 얼굴을 가졌다. 이걸 준다면 형은 무척 반기겠고, 또한 목숨을 구해 준 그 은혜에 대하여 손씻이도 되리라.

"성님. 내 누이를 주라우?"

"누이?"

"썩 이쁘우. 성님이 보면 아마 담박 반하리다."

더펄이는 다음 말을 기다리며 다만 벙벙하였다. 불빛에 이글이글하고 검붉은 그 얼굴에는 만족한 미소가 떠올랐다. 그 누이에 대하여 칭찬은 전일부터 많이 들었다. 그럴 적마다 속중으로는 슬며시 생각이 달랐으나 차마 이렇다 토설치는 못했던 터이었다.

"어떻수?"

"글쎄, 그런데 살림하는 사람을 그리 되겠나?"

하며, 뒷심은 두면서도 어정쩡하게 물어보았다. 그러고들 껍석하고 술을 따라서 아우에게 권하다가 반이나 엎질렀다.

"그야, 돌려 빼면 그만이지 누가 뭐랠 터유."

꽁보는 자신이 있는 듯이 이렇게 선언하였다.

더펄이는 아주 좋았다. 팔짱을 딱 지르고 눈을 감았다. 나도 인젠 계집 하나 안아 보는구나! 아마 그 누이란 썩 이쁠 것이다. 오동통하고, 아양스럽고, 이런 계집이 틀림없으리라. 그럴 필요도 없건마는 그는 벌떡 일어서서 주춤주춤하다가 다시 펄썩 앉는다.

"은제 갈려나?"

"가만있수. 이거 해 가지구 내일 갑시다."

오늘 일만 잘되면 내일로 곧 떠나도 좋다. 충청도라야 원도 역경을 지나

칠팔십 리 걸으면 그만이다. 내일 해껏 걸으면 모레 아침에는 누이 집을 들러서 다른 금점으로 가리라 예정하였다. 그런데 이놈의 금을 언제나 좀 잡아 볼는지 아득한 일이었다.

"빌어먹을 거, 은제쯤 재수가 좀 티보나!"

꽁보는 뜯고 있던 돼지 뼉다구를 내던지며 이렇게 한탄하였다.

"염려 말게. 어떻게 되겠지! 오늘은 꼭 노다지가 터질 테니 두고 보려나?"

"작히 좋겠수. 그렇거든 고만 들어앉읍시다."

"이를 말인가. 이게 참할 노릇을 하나, 이제 말이지."

그들은 몇 번이나 이렇게 자위했는지 그 수를 모른다. 네가 노다지를 만나든, 내가 만나든 둘이 똑같이 나눠 가지고 집을 사고 계집을 얻고, 술도 먹고, 편히 살자고. 그러나 여태껏 한 번이라도 그렇게 해본 적이 없으니 매양 헛소리가 되고 말았다.

"닭 울 때도 되었네. 인제 슬슬 가보려나?"

더펄이는 선뜻 일어서서 바랑을 짊어지다가 꽁보를 바라보았다. 몸이 또 도지는지 불 앞에서 오르르 떨고 있는 것이 퍽으나 측은하였다.

"여보게. 내 혼자 해가지고 올게, 불이나 쬐고 거기 있을려나?"

"뭘, 갑시다."

꽁보는 꼬물꼬물 일어서며 바랑을 메었다. 그들은 발로다 불을 비벼 끄고는 거기를 떠났다. 산에, 골을 엇비슷이 돌아 오르는 샛길이 놓였다. 좌우로는, 잣, 밤, 단풍, 이런 나무들이 울창하게 꽉 들어박혔다. 그 밑으로는 자갈 아니면 불통 바위는 예제 없이 마냥 뒹굴었다. 한갓 시커먼 그 암흑 속을 그들은 더듬고 기어오른다. 풀숲의 이슬로 말미암아 고의는 축축이 젖었다. 다리를 옮겨 놓을 적마다 철썩철썩 살에 붙으며 찬 기운이 쭉 끼친다. 그리고 모진 바람은 뻔질 불어 내린다. 붕 하고 능글차게 낙엽이 불어 내리다가는 뺑 하고 되알지게 기를 복 쓴다.

꽁보는 더펄이 뒤를 따라 오르며 달달 떨었다. 이게 지랄인지 난장인지, 세상에 짜장 못 해 먹을 건 금점 빼고 다시없으리라. 금이 다 무엇인지, 요 짓을 꼭 해야 한담. 게다가 걸핏하면 서로 두들겨 죽이는 것이 일. 참말이지 금쟁이치고 순한 놈 하나 못 봤다. 몸이 결릴 적마다 지겹던 과거를 또 연상하며 그는 다시금 몸에 소름이 돋았다. 그러자 맞은편 산 수풀에서 큰 불이 어른하였다. '호랑이!' 이렇게 놀라고 더펄이 허리에 가 덥석 달리며,

"저게 뭐유?"

하고 다르르 떨었다.

"뭐?"

"저거, 아니 지금은 없어졌네."

"그게 눈이 어려서 헷거지 뭐야."

더펄이는 씸씸이(힘힘이, 모르는 체) 대답하고 천연스레 올라간다. 다구진(다부진) 그 태도에 좀 안심이 되는 듯싶으나 그래도 썩 펀치는 못하였다. 왜 이리 오늘은 대고 겁만 드는지 까닭을 모르겠다. 몸은 매시근하고 열로 인하여 입이 바짝바짝 탄다. 이것이 웬만하면 그럴 리 없으련마는,

"자네 안 되겠네. 내 등에 업히게!"

하고 더펄이가 등을 내대일 제, 그는 잠자코 바랑 위로 넙죽 업혔다. 그래도 끽소리 없이 덜렁덜렁 올라가는 더펄이를 굽어보며 실팍한 그 몸이 여간 부러운 것이 아니었다.

불볕 내리는 복중처럼 씨근거리며 이마에 땀이 쫙 흘렀을 그때에야 비로소 더펄이는 산마루턱까지 이르렀다. 꽁보를 내려놓고 땀을 씻으며 후, 하고 숨을 돌린다. 인제 얼마 안 남았겠지. 조금 내려가면 요 아래 있을 것이다.

그들이 이 마을에 들른 것은 바로 오늘 점심때이다. 지나서 그냥 가려 하다가 뜻하지 않은 주막 주인 말에 귀가 번쩍 띄었던 것이다. 저 산 너머 금점이 있는데 금이 푹푹 쏟아지는 화수분이라고. 요즘에는 화약 허가를 내 갖고 완전히 일을 하고자 하여 부득이 잠시 휴광 중이고, 머지않아 다시 시작할 게다. 그리고 금 도둑을 맞을까 하여 밤낮 구별 없이 감시하는 중이라 하는 것이다.

그러나 이 밤중에 누가 자지 않고 설마, 하고 더펄이는 덜렁덜렁 내려간다. 꽁보는 그 꽁무니를 쿡쿡 찔렀다. 그래도 사람의 일이니 물은 모른다. 좌우 곁으로 살펴보며 살금살금 사리어 내려온다.

그들은 오 분쯤 내리었다. 딴은 커다란 구덩이 하나가 딱 내달았다. 산중
턱에 짚 더미 같은 바위가 놓였고 그 옆으로 또 하나가 놓여 가달(가닥)이
졌다. 그 가운데다 삐듬(비스듬)한 돌 장벽을 끼고 구멍을 뚫은 것이다. 가
로는 한 발 좀 못 되고 길이는 약 서 발 가량. 성냥을 그어 대보니 깊이는
네 길이 넘겠다. 함부로 쪼아 먹은 구덩이라 꺼칠한 놈이 군버력(광물이 없
는 돌)도 똑똑히 못 치웠다. 잠채를 염려하여 그랬으리라. 사다리는 모조리
떼어가고 민숭민숭한 돌벽이 있을 뿐이다.

그들은 다시 한번 사방을 둘레둘레 돌아보았다. 지척을 분간키 어려우나
필경 사람은 없을 것이다. 마음을 놓고 바랑에서 관솔을 꺼내어 불을 대었
다. 더펄이가 먼저 장벽에 엎디어 뒤로 기어 내린다. 꽁보는 불을 들고 조
심성 있게 참참이 내려온다. 한 길쯤 남았을 때 그만 발이 찍 하고 더펄이
는 떨어졌다. 쿵 하고 무던히 골탕은 먹었으나 그대로 쓱싹 일어섰다. 동이
트기 전에 얼른 금을 따야 될 것이다.

"여보게, 아우. 나는 어딜 따랴나?"

"글쎄유⋯⋯. 가만히 기슈."

아우는 불을 들이대고 줄맥을 한번 쭉 훑었다.

금점 일에는 난다 긴다 하는 아달맹이 금쟁이였다. 썩 보더니 복판에는
동이 먹어 들어가고 양편 가생이로 차차 줄이 생하는 것을 알았다.

"성님은 저편 구석을 따우."

아우는 이렇게 지시하고 저는 이쪽 구석으로 왔다. 그러나 차마 그 틈바
귀로 들어갈 생각이 안 난다. 한 길이나 실히 되도록 쌓아 올린 동발이 금
방 넘어올 듯이 위험했다. 밑에는 좀 잔돌로 쌓으나 그 위에는 제법 굵직굵
직한 놈들이 얹혔다. 이것이 무너지면 깩소리도 못 하고 치여 죽는다.

꽁보는 한참 생각했으되 별수 없다. 낯을 찌푸려 가며 바랑에서 망치와
타래징을 꺼내 들었다. 그런데 어떻게 파먹은 놈이게 움푹 들어간 것이 일
은커녕 몸 하나 놓을 데가 없다. 마지못해 두 다리를 동발께로 쭉 뻗고 몸
을 그 홈패기에 착 엎디어 망치질을 하기 시작하였다. 돌에 뚫린 석혈 구덩
이라 공기는 더욱 퀭하였다. 징 때리는 소리만 양쪽 벽에 무겁게 부딪친다.

'팡! 팡!'

이렇게 몹시 귀를 울린다.

거반 한 시간이 넘었다. 그들은 버력 같은 만감 이외에 아무것도 얻지 못했다. 다시 오 분이 지난다. 십 분이 지난다. 딱 그때다.

꽁보는 땀을 철철 흘리며 좁다란 그 틈에서 감 하나를 손에 따 들었다. 헐없이 작은 목침 같은 그런 돌팍을. 엎드린 그대로 불빛에 비치어 가만히 뒤져 보았다. 번들번들한 놈이 그 광채가 되우 혼란스럽다. 혹시 연철이나 아닐까. 그는 돌 위에 눕혀 놓고 망치로 두드리며 깨 보았다. 좀체 하여서는 쪽이 잘 안 나갈 만치 쭌둑쭌둑한 금돌! 그는 다시 집어 들고 눈앞으로 바싹 가져오며 실눈을 떴다. 얼마를 뚫어지게 노려보았다. 무작정으로 가슴은 뚝딱거리고 마냥 들렌다. 이 돌에 박힌 금만으로도, 모름 몰라도 하치 열 냥쭝은 넘겠지.

천 원! 천 원!

"그 뭔가, 뭐야?"

더펄이는 이렇게 허둥지둥 달려들었다.

"노다지!"

하고 풀 죽은 대답.

"으으응, 노다지?"

하기 무섭게 더펄이는 우뻑지뻑 그 돌을 받아 들고 눈에 들이댄다. 척척 휠 만치 들어박히 금, 우리두 이젠 팔자를 고치누나! 그는 껍직껍직 엉덩춤이 절로 난다.

"이리 나오게, 내 땀세."

그는 아우의 몸을 번쩍 들어 내놓고 제가 대신 들어간다. 역시 동발께로 다리를 쭉 뻗고는 그 틈바귀에 덥석 엎디었다. 몸이 워낙 커서 좀 둥개이나 아무렇게도 아우보다 힘이 낫겠지. 그 좁은 틈에 타래징을 꽂아 박고, 식식하고 망치로 때린다.

꽁보는 그 앞에 서서 시무룩허니 흥이 지었다. 금점 일로 할지면 제가 선생님이요, 형은 제 지휘를 받아 왔던 것이다. 뭘 안다고 풋둥이가 어줍대는가, 돌 쪽 하나 변변히 못 떼어낼 것이……. 그는 형의 태도가 심상치 않음을 얼핏 알았다. 금을 보더니 완연히 변한다.

"저 곡괭이 좀 집어 주게."

형은 고개도 아니 들고 소리를 뻑 지른다. 아우는 잠자코 대꾸도 아니 한다. 사람을 너무 얕보는 그 꼴이 썩 아니꼬웠다.

"아, 이 사람아. 곡괭이 좀 얼른 집어 줘. 왜 저리 정신없이 섰나."

그리고 눈을 딱 부릅뜨고 쳐다본다. 아우는 암말 않고 저편 구석에 놓인 곡괭이를 집어다 주었다. 그리고 우두커니 다시 섰다. 형이 무람없이 굴면 굴수록 그것은 반드시 시위에 가까웠다. 힘이 좀 있다고 주제넘게 꺼떡이는 그 화상이야 눈허리가 시면 시었지 그냥은 못 볼 것이다.

"또 땄네. 내 기운이 어떤가?"

형은 이렇게 주적거리며 곡괭이를 연상 내려찍는다. 마치 죽통에 덤벼드는 돼지 모양이다. 억척스럽게도 손뼘만 한 감을 두 쪽이나 따냈다. 인제는 악이 아니면 세상없어도 더는 못 딸 것이다.

엑! 엑! 엑!

그래도 억센 주먹에 굳은 동이 다 벌컥벌컥 나간다.

제힘을 되우 자랑하는 형을 이윽히 바라보니 또한 그 속이 보인다. 필연코 이 노다지를 혼자 먹으려고 하는 것이다. 하면 내가 있는 것을 몹시 꺼리겠지 하고 속을 태운다.

"이것 봐. 자네 같은 건 골백 와야 소용없네."

하고 또 뽐낼 제 가슴이 선뜩하였다. 앞서는 형의 손에 목숨을 구해 받았으나 이번에는 같은 산골에서 그 주먹에 명을 도로 끊을지도 모른다. 그는 형의 주먹을 가만히 내려 보다가 가엾이도 앙상한 제 주먹에 대조하여 보지 않을 수 없다. 그러나 다만 속이 바르르 떨릴 뿐이다.

그러나 꽁보는 기겁을 하여 놀라며 뒤로 물러섰다. 어이쿠 하고 불시의 비명과 아울러 와르르하였다. 쌓아 올린 동발이 어찌하다 중턱이 헐리었다. 모진 돌들은 더펄이의 장딴지며, 넓적다리, 엉덩이까지 그대로 엎눌렀다. 살은 물론 으스러졌으리라. 그는 엎으러진 채 꼼짝 못 하고 아픔에 못 이기어 끙끙거린다. 하나 죽질 않기만 요행이다. 바로 그 위의 공중에는 징그럽게 커다란 돌들이 내려 구르자 그 밑을 받친 불과 조그만 조각돌에 걸리어 미처 못 굴러 내리고 간댕거리는 것이었다. 이 돌만 내려치면 그 밑의 그는 목숨은 고사하고 윽살이 될 것이다.

"여보게. 내 몸 좀 빼주게."

형은 몸은 못 쓰고 죽어 가는 목소리로 애원한다. 그리고 또,

"아우. 나 죽네. 응?"

하고 더욱 애를 끊으며 빌붙는다. 고개만 겨우 들었을 따름 그 외에는 손조차 자유를 잃은 모양 같다.

아우는 무너지려는 동발을 쳐다보며 얼른 그 머리맡으로 다가선다. 발앞에 놓인 노다지 세 쪽을 날쌔게 손에 잡자 도로 얼른 물러섰다. 그리고 눈물이 흐르는 형의 얼굴은 돌아도 안보고 그 발로 허둥지둥 장벽을 기어오른다.

"이놈아!"

너머 기어올라 벼락같이 악을 쓰는 호통이 들리었다. 또 연하여 우지끈뚝딱, 하는 무서운 폭성이 들리었다. 그것은 거의 동시의 일이었다. 그리고는 좀 와스스 하다가 잠잠하였다.

그때는 벌써 두 길이나 너머 아우는 기어올랐다. 굿(구덩이) 문까지 다나왔을 제 그는 머리만 내밀어 사방을 두릿거리다 그림자까지 사라진다.

더펄이의 형체는 보이지 않는다. 침침한 어둠 속에 단지 굵은 돌멩이만이 짝 흩어졌다. 이쪽 마구리의 타다 남은 화롯불은 바야흐로 질듯질듯 껌빅거린다. 그리고 된 바람이 애, 하고는 굿(구덩이) 눈께서 모래를 좌륵좌륵 들이 뿜는다.

금 따는 콩밭

- 김유정 -

작품 정리

〈금 따는 콩밭〉은 '개벽'에 발표된 단편 소설로 금광이라는 허황된 욕망에 대한 인간의 탐욕을 해학적 요소와 간결한 문체로 표현하고 있다.

제목에서 알 수 있듯이 콩밭에서 금을 따겠다는 생각 자체가 희화적인 것으로 어수룩한 농군이 탐욕과 허망한 망상을 깨우치는 과정을 그리고 있다.

이 작품에는 1930년대의 농촌 현실이 반영되어 있다. 농촌 생활의 궁핍함과 일확천금을 얻어 가난을 벗어나려는 삶의 양식이 보편화되어 나타나고 있다.

이 작품에서 '콩밭'은 금을 캐기 위한 영식의 무익한 노력이 소모되는 곳이며, 금을 따기 위해 콩밭에 뚫은 구덩이 속은 황토 장벽으로 좌우가 꽉 막혀 무덤 속 같은 절망과 분노와 죽음으로 채워진 장소이다. 이것은 당시 우리 농민들이 처한 현실이다. 1930년대, 인간 생활의 기본 조건이 갖춰져 있지 않은 생활 이전의 절망 상태인 것이다. 주인공이 금줄을 찾기 위해 발버둥 치는 것은 가난의 수렁에서 빠져나오고자 하는 욕구이다. 가난에서 벗어나기 위해 그들이 할 수 있는 최선의 방법은 일확천금의 꿈 이외에 다른 선택이 없다. 삶의 마지막 수단으로써 생존을 위한 눈물겨운 선택인 것이다.

자신의 권유로 시작한 콩밭에서 금을 캐려는 일이 허사로 돌아가려 하자 수재는 흙에서 금이 나온다고 거짓말을 한다. 금광을 안다는 수재의 허풍과 마을 촌로와 마름의 수구적인 자세, 그리고 영식과 그 처의 금에 대한 현혹됨이 삼각관계를 이루며, 황금에 어두워지는 인간의 욕망이 강원도 산골을 배경으로 해학적으로 그려지고 있다.

작품 줄거리

가난한 소작인인 영식은 금을 찾아다니는 수재의 말을 믿고 그와 함께 콩이 한창 자라는 콩밭을 파헤치기 시작한다. 금을 캐기 위해 영식은 그렇게 콩밭 하나를 결딴냈다. 약이 올라 죽을 둥 살 둥 눈이 뒤집혀 곡괭이질만 하는 영식에게 동네 어른들은 미친 짓은 그만두고 순리대로 콩이나 가꾸어 먹으라고 하지만 영식은 눈앞에 나타날 금줄을 생각하며 깊은 구덩이 속에서 암팡스레 곡괭이질을 한다. 마름도 화가 나 날마다 찾아와 다 된 콩밭을 뒤엎는 그를 추궁하지만 그런 말이 영식의 귀에 들어올 리가 없다. 영식은 처음 '이 밭에 금이 묻혔으니 파 보자'는 수재의 말에 반대하며 몇 차례 거절을 한다. 하지만 술을 사 가지고 와서 거듭 설득하고, 아내까지 옆구리를 찌르며 부추기는 바람에 승낙을 했던 것이다. 수재를 철썩 같이 믿고, 산 너머에 있는 금맥이 이 콩밭 밑으로 흐르고 있다고 기대하며 영식 부부는 집도 새로 짓고, 옷도 사고, 코다리도 먹으며 살아갈 꿈에 부푼다.

그러나 아무리 땅을 파헤쳐도 금이 나올 기미가 없자 영식은 수재를 노려보며 점점 초조해한다. 쌀을 빌려다가 산제를 지내지만 여전히 금은 나오지 않고, 영식은 자신을 탓하는 아내에게 공연히 화풀이를 한다. 한편 수재는 금이 나올 가망이 없다는 것을 알고는, 구덩이 속에서 불그죽죽한 황토 한 줌을 움켜 내어 영식 부부에게 한 포대에 50원씩 하는 금이라고 거짓말을 하고 그날 밤으로 줄행랑을 치려고 마음먹는다.

핵심 정리

· 갈래 : 단편 소설
· 시점 : 3인칭 관찰자 시점
· 배경 : 1930년대 강원도 어느 산골
· 주제 : 절망적 현실에서 허황된 꿈과 욕망을 추구하는 인간의 어리석음
· 출전 : 개벽

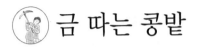 금 따는 콩밭

　땅속 저 밑은 늘 음침하다.

　고달픈 간드렛불(광산의 구덩이 안에서 불을 켜 들고 다니는 등) 맥없이 푸르끼하다. 밤과 달라서 낮엔 매우 흐릿하였다.

　거치른 황토 장벽으로 앞뒤 좌우가 콕 막힌 좁직한 구덩이. 흡사히 무덤 속같이 귀중중하다. 싸늘한 침묵, 쿠더부레한 흙내와 징그러운 냉기만이 그 속에 자욱하다.

　곡괭이는 뻗질 흙을 이르집는다(여러 겹으로 된 것을 켜켜이 뜯어낸다). 암팡스러이 내려 쪼며, "퍽퍽퍽 —."

　이렇게 메떨어진 소리뿐. 그러나 간간 우수수하고 벽이 헐린다.

　영식이는 일손을 놓고 소맷자락을 끌어당기어 얼굴의 땀을 훑는다. 이놈의 줄이 언제나 잡힐는지 기가 찼다. 흙 한 줌을 집어 코 밑에 바싹 들이대고 손가락으로 샅샅이 뒤져 본다. 완연히 버력(광석이나 석탄을 캘 때 광물 성분이 섞이지 않은 잡돌)은 좀 변한 듯싶다. 그러나 불통버력이 아주 다 풀린 것도 아니었다. 말똥버력이라야 금이 온다는데 왜 이리 안 나오는지.

　곡괭이를 다시 집어 든다. 땅에 무릎을 꿇고 궁둥이를 번쩍 든 채 식식거린다. 곡괭이를 무작정 내려찍는다.

　바닥에서 물이 스미어 무르팍이 흥건히 젖었다. 굿(구덩이) 옆은 천판(천반, 광 구덩이의 천장)에서 흙 방울은 내리며 목덜미로 굴러든다. 어떤 때에는 윗벽의 한쪽이 떨어지며 등을 탕 때리고 부서진다. 그러나 그는 눈도 하나 깜짝하지 않는다. 금을 캔다고 콩밭 하나를 다 잡쳤다. 약이 올라서 죽을 둥 살 둥 눈이 뒤집힌 이 판이다. 손바닥에 침을 탁 뱉고 곡괭이 자루를 한번 꼬나 잡더니 쉴 줄 모른다.

　등 뒤에서는 흙 긁는 소리가 드윽드윽 난다. 아직도 버력을 다 못 친 모양. 이 자식이 일을 하나, 시조를 하나. 남은 속이 바직바직 타는데 웬 뱃심이 이리도 좋아.

영식이는 살기 띤 시선으로 고개를 돌렸다. 암 말없이 수재를 노려본다. 그제야 꾸물꾸물 바지게(발채를 얹은 지게)에 흙을 담고 등에 메고 사다리를 올라간다.

굿이 풀리는지 벽이 움찔하였다. 흙이 부서져 내린다. 전날이라면 이곳에서 아내 한 번 못 보고 생죽음이나 안 할까 털끝까지 쭈뼛할 게다. 그러나 인젠 그렇게 되고도 싶다. 수재란 놈하고 흙더미에 묻히어 한껍에 죽는다면 그게 오히려 나을 게다. 이렇게까지 몹시 몹시 미웠다.

이놈 풍치는 바람에 애꿎은 콩밭 하나만 결단을 냈다. 그뿐만 아니라 모두가 낭패다. 세 벌 논도 못 맸다. 논둑의 풀은 성큼 자란 채 어지러이 널려 있다. 이 기미를 알고 지주는 대로하였다. 내년부터는 농사지을 생각도 말라고 발을 굴렀다. 땅은 암만을 파도 지수가 없다. 이만해도 다섯 길은 훨씬 넘었으리라. 좀 더 지펴야 옳을지 혹은 북으로 밀어야 옳을지, 우두커니 망설거린다. 금점(금광)에는 풋둥이다. 입때껏 수재의 지휘를 받아 일을 하여 왔고, 앞으로도 역시 그래야 금을 딸 것이다. 그러나 그런 칙칙한 짓은 안 한다.

"이리 와 이것 좀 파게."

그는 으슥 위풍을 보이며 이렇게 분부하였다. 그리고 저는 일어나 손을 털며 뒤로 물러선다.

수재는 군말 없이 고분하였다. 시키는 대로 땅에 무릎을 꿇고 벽채(광산에서 사용하는 연장의 하나)로 군버력을 긁어낸 다음 다시 파기 시작한다.

영식이는 치다 나머지 버력을 짊어진다. 커다란 걸대를 뒤룩거리며 사다리로 기어오른다. 굿 문을 나와 버력더미에 흙을 마악 내치려 할 제,

"왜 또 파. 이것들이 미쳤나 그래!"

산에서 내려오는 마름과 맞닥뜨렸다. 정신이 떠름하여 그대로 벙벙히 섰다. 오늘은 또 무슨 포악을 들으려는가.

"말라니까 왜 또 파는 게야!"

하고 영식이의 바지게 뒤를 지팡이로 꽉 찌르더니,

"갈아먹으라는 밭이지, 흙 쓰고 들어가라는 거야, 이 미친 것들아. 콩밭에서 웬 금이 나온다구 이 지랄들이야, 그래."

하고 목에 핏대를 올린다. 밭을 버리면 간수 잘못한 자기 탓이다. 날마다 와서 그 북새를 피우고 금하여도 다음 날 보면 또 여전히 파는 것이다.

"오늘로 이 구덩이를 도로 묻어 놔야지, 낼로 당장 징역 갈 줄 알게."

너무 감정에 격하여 말도 잘 안 나오고 떠듬떠듬거린다. 주먹은 곧 날아들듯이 허구리께서 불불 떤다.

"오늘만 좀 해 보고 그만두겠어유."

영식이는 낯이 붉어지며 가까스로 한마디 하였다. 그리고 무턱대고 빌었다.

마름은 들은 척도 안 하고 가 버린다.

그 뒷모양을 영식이는 멀거니 배웅하였다. 그러나 콩밭 낯짝을 들여다보니 무던히 애통 터진다. 멀쩡한 밭에 구멍이 사면 풍풍 뚫렸다.

예제 없이 버력은 무더기무더기 쌓였다. 마치 사태 만난 공동묘지와도 같이 귀살쩍고 되우 을씨년스럽다. 그다지 잘되었던 콩 포기는 거반 버력더미에 다아 깔려 버리고 군데군데 어쩌다 남은 놈들만이 고개를 나풀거린다. 그 꼴을 보는 것은 자식 죽는 걸 보는 게 낫지 차마 못 할 경상이었다.

농토는 모조리 떨어질 것이다. 그러나 대관절 올 밭도지(밭의 소작료로 받는 현물) 벼 두 섬 반은 뭐로 해내야 좋을지. 게다 밭을 망쳤으니 자칫하면 징역을 갈는지도 모른다.

영식이가 구뎅이 안으로 들어왔을 때 동무는 땅에 주저앉아 쉬고 있었다. 태연 무심히 담배만 뻑뻑 피우는 것이다.

"언제나 줄을 잡는 거야."

"인제 차차 나오겠지."

"인제 나온다?"

하고 코웃음을 치고 엇먹더니(사리에 맞지 않는 언행으로 비꼬더니) 조금 지나매,

"이 새끼."

흙덩이를 집어 들고 골통을 내려친다.

수재는 어쿠 하고 그대로 폭 엎드린다. 그러다 벌떡 일어선다. 눈에 띄는 대로 곡괭이를 잡자 대뜸 달려들었다. 그러나 강약이 부동, 와살스러운 팔뚝에 퉁겨져 벽에 가서 쿵 하고 떨어졌다. 그 순간에 제가 빼앗긴 곡괭이가 정바기(정수리)를 겨누고 날아드는 걸 보았다. 고개를 홱 돌린다. 곡괭이는 흙벽을 퍽 찍고 다시 나간다.

수재 이름만 들어도 영식이는 이가 갈렸다. 분명히 홀딱 속은 것이다.

영식이는 본디 금점에 이력이 없었다. 그리고 흥미도 없었다. 다만 밭고랑에 웅크리고 앉아서 땀을 흘려 가며 꾸벅꾸벅 일만 하였다. 올엔 콩도 뜻밖에 잘 열리고 맘이 좀 놓였다.

하루는 홀로 김을 매고 있노라니까,

"여보게 덥지 않은가? 좀 쉬었다 하게."

고개를 들어 보니 수재. 농사는 안 짓고 금점으로만 돌아다니더니 무슨 바람에 또 왔는지 싱글벙글한다. 좋은 수나 걸렸나 하고,

"돈 좀 많이 벌었나? 나 좀 꿔 주게."

"벌구말구. 맘껏 먹고 맘껏 쓰고 했네."

술에 거나한 얼굴로 신껏 주적거린다. 그리고 밭머리에 쭈그리고 앉아 한참 객설을 부리더니,

"자네, 돈벌이 좀 안 하려나? 이 밭에 금이 묻혔네, 금이."

"뭐?"

하니까, 바로 이 산 너머 큰골에 광산이 있다, 광부를 삼백여 명이나 부리는 노다지판인데 매일 소출되는 금이 70냥을 넘는다, 돈으로 치면 칠천 원, 그 줄맥이 큰 산허리를 뚫고 이 콩밭으로 뻗어 나왔다는 것이다. 둘이서 파면 불과 열흘 안에 줄을 잡을 게고, 적어도 하루 서 돈씩은 따리라. 우선 30원만 해도 얼마냐. 소를 산대도 반 필이 아니냐고.

그러나 영식이는 귀담아듣지 않았다. 금점이란 칼 물고 뜀뛰기다. 잘되면이거니와 못 되면 신세만 조진다. 이렇게 전일부터 들은 소리가 있어서였다.

그담 날도 와서 꾀송거리다(그럴듯한 말로 설득하다) 갔다. 셋째 번에는 집으로 찾아왔는데 막걸리 한 병을 손에 들고 영을 피운다. 몸이 달아서 또 온 것이었다. 봉당에 걸터앉아서 저녁상을 물끄러미 바라보더니 조당수(좁쌀로 묽게 쑨 미음 같은 음식)는 몸을 훑는다는 둥 일꾼은 든든히 먹어야 한다는 둥 남들은 논을 사느니 밭을 사느니 떠드는데 요렇게 지내다 그만 둘 테냐는 둥 일쩝게(거추장스럽거나 일거리가 되어 귀찮고 불편하다) 지절거린다.

"아주머니, 이것 좀 먹게 해 주시게유."

그리고 비로소 영식이 아내에게 술병을 내놓는다. 그들은 밥상을 끼고 앉아서 즐겁게 술을 마셨다. 몇 잔이 들어가고 보니 영식이의 생각도 적이 돌아섰다. 딴은 1년 고생하고 끽 콩 몇 섬 얻어먹느니보다는 금을 캐는 것이 슬기로운 짓이다. 하루에 잘만 캔다면 한 해 줄곧 공들인 그 수확보다 훨씬 이익이다. 올봄 보낼 제 비룻값, 품삯, 빚에 빚진 7월 까닭에 나날이 졸리는 이 판이다. 이렇게 지지하게 살고 말 바에는 차라리 가로지나 세로지나 사내자식이 한번 해 볼 것이다.

"낼부터 우리 파 보세. 돈만 있으면이야, 그까짓 콩은……."

수재가 안달스레 재우쳐 보채일 제 선뜻 응낙하였다.

"그래 보세, 빌어먹을 거 안 됨 고만이지."

그러나 꽁무니에서 죽을 마시고 있던 아내가 허구리를 쿡쿡 찔렀게 망정이지 그렇지 않았더면 좀 주저할 뻔도 하였다.

아내는 아내대로의 셈이 빨랐다.

시체(그 시대의 풍습이나 유행)는 금점이 판을 잡았다. 섣부르게 농사만 짓고 있다간 결국 비렁뱅이밖에는 더 못 된다. 얼마 안 있으면 산이고 논이고 밭이고 할 것 없이 다 금쟁이 손에 구멍이 뚫리고 뒤집히고 뒤죽박죽이 될 것이다. 그때는 뭘 파먹고 사나. 자, 보아라. 머슴들은 짜기나 한 듯이 일하다 말고 후딱 하면 금점으로들 내빼지 않는가. 일꾼이 없어서 올엔 농사를 지을 수 없으니 마느니 하고 동리에서는 떠들썩하다. 그리고 번동 포농이조차 호미를 내던지고 강변으로, 개울로 사금을 캐러 달아난다. 그러다 며칠 뒤엔 다비신('양말'의 사투리)에다 옥당목(옥양목보다 품질이 낮은 무명의 피륙)을 떨치고 희짜를 뽑는 것이 아닌가.

아내는 콩밭에서 금이 날 줄은 아주 꿈 밖이었다. 놀라고도 또 기뻤다. 올해는 노상 침만 삼키던 그놈 코다리(명태)를 짜장(과연, 정말로) 먹어 보겠구나만 하여도 속이 미어질 듯이 짜릿하였다. 뒷집 양근댁은 금점 덕택에 남편이 사다 준 고무신을 신고 나릿나릿 걷는 것이 무척 부러웠다. 저도 얼른 금이나 펑펑 쏟아지면 흰 고무신도 신고 얼굴에 분도 바르고 하리라.

"그렇게 해보지 뭐. 저 양반 하잔 대로만 하면 어련히 잘될라구."

얼떨하여 앉았는 남편을 이렇게 추겼던 것이다.

동이 트기 무섭게 콩밭으로 모였다.

수재는 진언(주문)이나 하는 듯이 이리 대고 중얼거리고 저리 대고 중얼거리고 하였다. 그리고 덤벙거리며 이리 왔다가 저리 왔다가 하였다. 제 딴은 땅속에 누운 줄맥을 어림하여 보는 맥이었다.

한참을 밭을 헤매다가 산 쪽으로 붙은 한구석에 딱 서며 손가락을 펴들고 설명한다. 큰 줄이란 본시 산운, 산을 끼고 도는 법이다. 이 줄이 노다지임에는 필시 이켠으로 버듬히 누웠으리라. 그러니 여기서부터 파 들어가자는 것이다.

영식이는 그 말이 무슨 소린지 새기지는 못했다마는, 금점에는 난다는 수재이니 그 말대로 하기만 하면 영락없이 금퇴야 나겠지 하고 그것만 꼭 믿었다. 군말 없이 지시해 받은 곳에다 삽을 푹 꽂고 파헤치기 시작하였다.

금도 금이면 애써 키운 콩도 콩이었다. 거진 다자란 허울 멀쑥한 놈들이 삽 끝에 으스러지고 흙에 묻히고 하는 것이다. 그걸 보는 것은 썩 속이 아팠다. 애틋한 생각이 물밀 때 가끔 삽을 놓고 허리를 구부려서 콩잎의 흙을 털어 주기도 하였다.

"아, 이 사람아, 맥쩍게 그건 봐 뭘 해. 금을 캐자니깐."

"아니야, 허리가 좀 아파서."

핀잔을 얻어먹고는 좀 열적었다(약간 부끄럽고 계면쩍다). 하기는 금만 잘 터져 나오면 이까짓 콩밭쯤이야. 이 밭을 풀어 논도 만들 수 있을 것이다. 눈을 감아 버리고 삽의 흙을 아무렇게나 콩잎 위로 홱홱 내어 던진다.

"국으로(제 주제에 맞게) 땅이나 파먹지 이게 무슨 지랄들이야!"

동리 노인은 뻔찔 찾아와서 귀 거친 소리를 하고 하였다.

밭에 구멍을 셋이나 뚫었다. 그리고 대고 뚫는 길이었다. 금인가 난장을 맞을 건가 그것 때문에 농군은 버렸다.

이게 필연코 세상이 망하려는 징조이리라. 그 소중한 밭에다 구멍을 뚫고 이 지랄이니 그놈이 온전할 겐가.

노인은 제 물화에 지팡이를 들어 삿대질을 아니 할 수 없었다.

"벼락 맞느니, 벼락 맞어!"

"염려 말아유. 누가 알래지유."

영식이는 그럴 적마다 데퉁스레 쏘았다. 골김에 흙을 되는대로 내꽂지고는 침을 탁 뱉고 구덩이로 들어간다. 그러나 마음 한구석에는 언제나 끈 ― 하였다. 줄을 찾는다고 콩밭을 통히 뒤집어 놓았다. 그리고 줄이 언제나 나올지 아직 까맣다. 논도 못 매고 물도 못 보고 벼가 어이 되었는지 그것조차 모른다. 밤에는 잠이 안 와 멀뚱하니 애를 태웠다.

수재는 낙담하는 기색도 없이 늘 하냥이었다. 땅에 웅숭그리고 시적시적 노량으로 땅만 판다.

"줄이 꼭 나오겠나?"

하고 목이 말라서 물으면,

"이번에 안 나오거든 내 목을 비게."

서슴지 않고 장담을 하고는 꿋꿋하였다.

이걸 보면 영식이도 마음이 좀 뇌는 듯싶었다. 전들 금이 없다면 무슨 멋으로 이 고생을 하랴. 반드시 금은 나올 것이다. 그제는 이왕 손해는 하릴 없거니와 그만두리라는 절망이 스스로 사라지고 다시금 주먹이 쥐어지는 것이었다.

캄캄하게 밤은 어두웠다. 어디선가 뭇 개가 요란히 짖어 댄다.

남편은 진흙투성이를 하고 내려왔다. 풀이 죽어서 몸을 잘 가누지도 못하고 아랫목에 축 늘어진다.

이 꼴을 보니 아내는 맥이 다시 풀린다. 오늘도 또 글렀구나. 금이 터지면 집을 한 채 사 간다고 자랑을 하고 왔더니 이내 헛일이었다. 인제 좌기가 나서 낮을 들고 나갈 염의(염치와 의리)조차 없어졌다.

남편에게 저녁을 갖다주고 딱하게 바라본다.

"인제 꿔 온 양식도 다 먹었는데……."

"새벽에 산제를 좀 지낼 텐데 한 번만 더 꿔 와."

남의 말에는 대답 없고 유하게 흘게 늦은(쥔 정도가 느슨한) 소리뿐. 그리고 드러누운 채 눈을 지그시 감아 버린다.

"죽거리두 없는데 산제는 무슨……."

"듣기 싫어, 요망 맞은 년 같으니."

이 호통에 아내는 그만 멈칫하였다. 요즘 와서는 무턱대고 공연스레 골만 내는 남편이 영 딱하였다. 환장을 하는지 밤잠도 아니 자고 소리만 빽빽 지르며 덤벼들려고 든다. 심지어 어린 것이 좀 울어도 이 자식 갖다 내꼰지라고 북새를 피우는 것이다.

저녁을 아니 먹으므로 그냥 치워 버렸다. 남편의 영을 거역키 어려워 양근댁한테로 또다시 안 갈 수 없다. 그간 양식은 줄곧 꾸어다 먹고 갚지도 못하였는데 또 무슨 면목으로 입을 벌릴지 난처한 노릇이었다.

그는 생각다 끝에 있는 염치를 보째 쏟아 던지고 다시 한번 찾아가는 것이다마는, 딱 맞닥뜨리어 입을 열고,

"낼 산제를 지낸다는 데 쌀이 있어야지우."

하자니 영 낮이 화끈하고 모닥불이 날아든다.

그러나 그들은 어지간히 착한 사람이었다.

"암, 그렇지요. 산신이 벗나면 죽도 그릅니다."

하고 말을 받으며 그 남편은 빙그레 웃는다. 워낙이 금점에 장구(오랫동안) 닳아 난 몸인 만치 이런 일에는 적잖이 속이 틔었다. 손수 쌀 닷 되를 떠다 주며,

"산제란 안 지냄 몰라두 이왕 지내려면 아주 정성껏 해야 됩니다. 산신이란 노하길 잘하니까유."

하고 그 비방까지 깨쳐 보낸다.

쌀을 받아 들고 나오며 영식이 처는 고마움보다 먼저 미안에 질리어 얼굴이 다시 빨갰다, 그리고 그들 부부 살아가는 살림이 참으로 몹시 부러웠

다. 양근댁 남편은 날마다 금점으로 감돌며 버력더미를 뒤지고 토록을 주워 온다. 그걸 온종일 장판돌에다 갈면 수가 좋으면 2, 3원, 옥아도(밑져도) 7, 80전꼴은 매일 셈이 되는 것이었다. 그러면 쌀을 산다, 피륙을 끊는다, 떡을 한다, 장리를 놓는다……. 그런데 우리는 왜 늘 요 꼴인지 생각만 하여도 가슴이 메는 듯 맥맥한 한숨이 연발을 하는 것이었다.

아내는 집에 돌아와 떡쌀을 담갔다. 낼은 뭘로 죽을 쑤어 먹는지. 윗목에 웅크리고 앉아서 맞은쪽에 자빠져 있는 남편을 곁눈으로 살짝 할퀴어 본다. 남들은 돌아다니며 잘도 금을 주워 오련만 저 망나니 제 밭 하나를 다 버려도 금 한 톨 못 주워 오나. 에, 에, 변변치도 못한 사나이. 저도 모르게 얕은 한숨이 거푸 두 번을 터진다.

밤이 이슥하여 그들 양주는 떡을 하러 나왔다. 남편은 절구에 쿵쿵 빻았다. 그러나 체가 없다. 동네로 돌아다니며 빌려 오느라고 아내는 다리에 불풍이 났다.

"왜 이리 앉았수? 불 좀 지피지."

떡을 찧다가 얼이 빠져서 멍하니 앉았는 남편이 밉살스럽다. 남은 이래저래 애를 죄는데 저건 무슨 생각을 하고 저리 있는 건지. 낫으로 삭정이(산 나무에 붙은 채로 말라 죽은 가지)를 탁탁 조겨서 던져 주며 아내는 은근히 훅닥이었다.

닭이 두 홰를 치고 나서야 떡은 되었다.

아내는 시루를 이고 남편은 겨드랑에 자리 때기를 꼈다. 그리고 캄캄한 산길을 올라간다.

비탈길을 얼마 올라가서야 콩밭은 놓였다. 전면이 우뚝한 검은 산에 둘리어 막힌 곳이었다. 가생이로 느티, 대추나무들은 머리를 풀었다.

밭머리 조금 못미처 남편은 걸음을 멈추자 뒤의 아내를 돌아본다.

"인 내, 그리고 여기 가만히 섰어."

시루를 받아 한 팔로 껴안고 그는 혼자서 콩밭으로 올라섰다. 앞에 쌓인 것이 모두가 흙더미, 그 흙더미를 마악 돌아서려 할 제 아마 돌을 찼나 보다. 몸이 쓰러지려고 우지끈하니 아내가 기겁을 하여 뛰어오르며 그를 부축하였다.

"부정 타라구 왜 올라와, 요망 맞은 년."

남편은 몸을 고르잡자 소리를 뺙 지르며 아내 얼뺨을 붙인다. 가뜩이나 죽으라 죽으라 하는데 불길하게도 계집년이. 그는 마뜩지 않게 두덜거리며 밭으로 들어간다.

밭 한가운데다 자리를 펴고 그 위에 시루를 놓았다. 그리고 시루 앞에다 공손하고 정성스레 재배를 커다랗게 한다.

"우리를 살려 주십사. 산신께서 거들어 주지 않으면 저희는 죽을 수밖에 꼼작없습니다유."

그는 손을 모으고 이렇게 축원하였다.

아내는 이골을 바라보며 독이 뽀록같이 올랐다. 금점을 합네 하고 금 한 톨 못 캐는 것이 버릇만 점점 글러 간다. 그전에는 없더니 요새로 건듯하면 탕탕 때리는 못된 버릇이 생긴 것이다. 금을 캐랬지 뺨을 치랬나. 제발 덕분에 그놈의 금 좀 나오지 말았으면. 그는 뺨 맞은 앙심으로 맘껏 방자(남에게 재앙이 내리도록 비는 짓)하였다.

하긴 아내의 말 그대로 되었다. 열흘이 썩 넘어도 산신은 깜깜무소식이었다. 남편은 밤낮으로 눈을 까뒤집고 구덩이에 묻혀 있었다. 어쩌다 집엘 내려오는 때이면 얼굴이 헐떡하고 어깨가 축 늘어지고 거반 병객이었다. 그러고서 잠자코 커다란 몸집을 방고래에다 쿵하고 내던지고 하는 것이다.

"제미 붙을, 죽어나 버렸으면."

혹은 이렇게 탄식하기도 하였다.

아내는 바가지에 점심을 이고서 집을 나섰다. 젖먹이는 등을 두드리며 좋다고 끽끽거린다.

이젠 흰 고무신이고 코다리고 생각조차 물렸다. 그리고 금하는 소리만 들어도 입에 신물이 날 만큼 되었다. 그건 고사하고 꿰다 먹은 양식에 졸리지나 말았으면 그만도 좋으리 마는.

가을은 논으로 밭으로 누렇게 내리었다. 농군들은 기꺼이 낯을 하고 서로 만나면 흥겨운 농담. 그러나 남편은 애먼 밭만 망치고 논조차 건살 못하였으니 이 가을에는 뭘 거둬들이고, 뭘 즐겨 할는지. 그는 동리 사람의 이

목이 부끄러워 산길로 돌았다.

솔숲을 나서서 멀리 밭에를 바라보니 둘이 다 나와 있다. 오늘도 또 싸운 모양. 하나는 이쪽 흙더미에 앉았고 하나는 저쪽에 앉았고 서로들 외면하여 담배만 뻑뻑 피운다.

"점심들 잡숫게유."

남편 앞에 바가지를 내려놓으며 가만히 맥을 보았다.

남편은 적삼이 찢어지고 얼굴에 생채기를 내었다. 그리고 두 팔을 걷고 먼 산을 향하여 묵묵히 앉았다.

수재는 흙에 박혔다 나왔는지 얼굴은커녕 귓속들이 흙투성이다. 코 밑에는 피딱지가 말라붙었고 아직도 조금씩 피가 흘러내린다. 영식이 처를 보더니 열적은 모양. 고개를 돌리어 모로 떨어치며 입맛만 쩍쩍 다신다. 금을 캐라니까 밤낮 피만 내다 말라는가. 빚에 졸리어 남은 속을 볶는데 무슨 호강에 이 지랄들인구. 아내는 못마땅하여 눈가에 살을 모았다.

"산제 지낸다구 뭐 온 것은 언제나 갚는다지유?"

뚱하고 있는 남편을 향하여 말끝을 꼬부린다. 그러나 남편은 눈썹 하나 까딱하지 않는다. 이번에는 어조를 좀 돋우며,

"갚지도 못할 걸 왜 뭐 오라 했지유!"

하고 얼추 호령이었다.

이 말은 남편의 채 가라앉지도 못한 분통을 다시 건드린다. 그는 벌떡 일어서며 황밤주먹을 쥐어 낭창할 만치 아내의 골통을 후렸다.

"계집년이 방정맞게."

다른 것은 모르나 주먹에는 아찔이었다. 멋없이 덤비다간 골통이 부서진다. 암상을 참고 바르르하다가 이윽고 아내는 등에 업은 어린애를 끌러 들었다. 남편에게로 그대로 밀어 던지니 아이는 까르륵하고 숨 모는 소리를 친다. 그리고 아내는 돌아서서 혼잣말로,

"콩밭에서 금을 딴다는 숙맥도 있담."

하고 빗대 놓고 비아냥거린다.

"이년아, 뭐!"

남편은 대뜸 달려들며 그 볼치에다 다시 올찬 황밤을 주었다. 적이나 하

면 계집이니 위로도 하여 주련만 요건 분만 폭폭 질러 노려나. 예이, 빌어먹을 거, 이판사판이다.

"너하구 안 산다. 오늘루 가거라."

아내를 와락 떠다밀어 밭둑에 젖혀 놓고 그 허구리를 퍽 질렀다. 아내는 입을 헉 하고 벌린다.

"네가 허라구 옆구리를 쿡쿡 찌를 제는 언제냐, 요 집안 망할 년."

그리고 다시 퍽 질렀다. 연하여 또 퍽.

이 꼴들을 보니 수재는 조바심이 일었다. 저러다가 그 분풀이가 다시 제게로 슬그머니 옮아올 것을 지레 채었다. 인제 걸리면 죽는다. 그는 비슬비슬하다 어느 틈엔가 구덩이 속으로 시나브로 없어져 버린다.

볕은 다사로운 가을 향취를 풍긴다. 주인을 잃고 콩은 무거운 열매를 둥글둥글 흙에 굴린다. 맞은쪽 산 밑에서 벼들을 베며 기뻐하는 농군의 노래.

"터졌네, 터져."

수재는 눈이 휘둥그렇게 굿 문을 뛰어나오며 소리를 친다. 손에는 흙 한 줌이 잔뜩 쥐었다.

"뭐?"

하다가,

"금줄 잡았어, 금줄."

"응 ─"

하고 외마디를 뒤남기자 영식이는 수재 앞으로 살같이 달려들었다. 허겁지겁 그 흙을 받아 들고 샅샅이 헤쳐 보니 딴은 재래에 보지 못하던 불그죽죽한 황토이었다. 그는 눈에 눈물이 핑 돌며,

"이게 원줄인가?"

"그럼 이것이 곱색줄이라네. 한 포에 댓 돈씩은 넉넉잡히대."

영식이는 기쁨보다 먼저 기가 탁 막혔다. 웃어야 옳을지 울어야 옳을지. 다만 입을 반쯤 벌린 채 수재의 얼굴만 멍하니 바라본다.

"이리 와 봐. 이게 금이래."

이윽고 남편은 아내를 부른다. 그리고 내 뭐랬어. 그러게 해 보라고 그랬지 하고 설면설면 덤벼 오는 아내가 한결 어여뻤다. 그는 엄지가락으로 아

내의 눈물을 지워 주고 그러고 나서 껑충거리며 구덩이로 들어간다.

"그 흙 속에 금이 있지요."

영식이 처가 너무 기뻐서 코다리에 고래등 같은 집까지 연상할 제, 수재는 시원스러이,

"네, 한 포대에 50원씩 나와유."

하고 대답하고 오늘 밤에는 꼭, 정녕코 꼭 달아나리라 생각하였다.

거짓말이란 오래 못 간다. 뽕이 나서 뼈다귀도 못 추리기 전에 훨훨 벗어나는 게 상책이겠다.

물레방아

- 나도향 -

작가 소개

나도향(羅稻香 1902~1926)

나도향의 본명은 경손(慶孫)이고, 도향(稻香)은 호이다.

그는 1902년 3월 30일 서울에서 의사인 아버지 나성연과 어머니 김성녀 사이의 7남매의 장남으로 태어났다. 한의사였던 할아버지 병규가 늦게 얻은 아들 성연이 자신의 회갑 때 손자를 얻게 되자 '경사로운 날에 태어난 손자'라는 뜻으로 경손이라고 이름을 지었다. 후에 이름이 맘에 들지 않아 '도향(稻香)'으로 바꾼다. '벼꽃 향기'라는 뜻인 도향은 친구인 소설가 박종화가 지어준 아호이다.

1914년 기독교청년회관 안에 있던 공옥보통학교를 다니고, 1918년 배재고등보통학교를 졸업했다. 후에 할아버지의 권유로 경성의학전문학교에 입학한다. 그는 의전에 들어간 후에도 습작 및 신문 투고 등 의학보다는 문학에 뜻을 두었다. 1919년 가족의 만류에도 의전을 중되하고 할아버지의 돈을 훔쳐 와세다대학 영문학부에 입학하려고 일본으로 건너간다. 그러나 학비와 생활비를 마련하지 못해 다시 서울로 돌아온다. 1920년 경북 안동에서 보통학교 교사로 재직했다.

1921년 잡지사 '계명'에서 편집일을 하고, 1922년 '백조' 창간호에 〈젊은이의 시절〉을 발표한다. 그 후 홍사용·현진건·이상화·박영희 등과 '백조' 동인으로 문단에 참여한다. 1924년 시대일보 기자로 일할 때 할아버지가 독립운동에 연루돼 수감 된 후 풀려나지만 그 여파로 숨을 거둔다.

1925년 '여명' 창간호에 〈벙어리 삼룡이〉를 발표하자 한국 근대문학사상 가장 우수한 단편 중의 하나로 인정받는다. 그해 다시 공부하려고 일본으로 떠나지만, 뜻대로 되지 않자 1926년 서울 집으로 돌아온다. 그리고 얼마 후 갑작스레 급성 폐렴으로 24세의 나이로 세상을 떠났다.

대표작품으로는 〈환희〉〈춘성〉〈여이발사〉〈뽕〉〈물레방아〉〈지형근〉〈벙어리 삼룡이〉〈청춘〉〈어머니〉〈전차 차장의 일기〉 등 그 외 다수의 작품을 남겼다.

〈물레방아〉는 1925년 '조선문단'에 소개된 작품으로 아내를 주인에게 빼앗긴 종의 비애를 그린 단편 소설이다. 애정과 죽음, 지배자와 피지배자 간의 갈등을 내용으로 하여 농촌에서 떠도는 머슴의 삶을 사실적으로 묘사하였고, 동시에 그의 애정과 꿈을 낭만적으로 표현하였다. 이 작품은 신분 문제, 성적 문제, 가난 문제 등이 상승적으로 작용하는 나도향 후기 작품의 특징을 보여주고 있다. 특히 성 충동을 삶의 중요한 국면으로 이해한 것은 나도향 문학이 성숙하였음을 입증한다. 이 작품이 계급의식과 본능 문제를 다루면서도 추악하게 느껴지지 않는 것은 물레방아가 인생의 덧없음을 표상하는 동시에 성 충동을 암시하는 문학적 상징을 활용했기 때문이다.

이방원은 지주인 신치규의 막실살이를 하며 그날그날 살아가는 처지이지만 스물두 살의 예쁜 아내를 사랑한다. 그러나 방원의 처는 '이기적인 동시에 창부형'으로, 전 남편을 두고 방원과 눈이 맞아 도망쳐 나올 만큼 윤리 의식과는 거리가 멀다. 그녀는 신치규와 눈이 맞아 다시 방원을 버리려 하다가 결국 방원의 손에 의해 죽는다.

이 작품은 가난보다 성적 본능과 탐욕스런 욕망이 뒤얽힌 치정 문제에 더 큰 비중을 두었다고 할 수 있다. 방원의 분노가 개인적인 원한에서 비롯된다는 점, 방원의 처가 전혀 도덕적으로 갈등하는 모습을 보이지 않는다는 점, 결말에서 보는 것처럼 감옥에서 나온 방원이 계집을 찾아 결국 죽이고 만다는 점 등이 그런 모습을 단적으로 보여 준다.

결국 이 소설은 경제적인 빈궁의 문제에 따르는 계급적인 갈등과 함께 인간의 본능에 관한 사실적 묘사가 두드러지게 표현되었다.

이방원은 마을에서 가장 세력 있고 부자인 신치규의 집에서 아내와 함께 막실살이를 하며 연명한다. 아내는 스물두 살로 본디 행실이 좋지 못한 여자다.

달이 유난히 밝은 가을밤, 물레방앗간 옆에 어떤 남녀가 서서 수작을 한다. 늙은 남자(신치규)는 달래는 듯한 말로 젊은 여자(방원의 아내)를 꾀고 있다.

둘은 방원을 쫓아낼 약속을 하고 물레방앗간에서 부정을 저지른다. 사흘이 지난 뒤 방원은 신치규로부터 돌연 자기 집에서 나가 달란 말을 듣는다. 애걸해 봐도 소용이 없자 방원은 아내에게 안주인마님께 사정 얘기를 해 보라고 하지만, 아내는 오히려 앞으로 자기를 어떻게 먹여 살릴 것이냐며 앙탈이다. 그날 밤, 방원은 술이 얼큰하여 돌아왔으나 아내는 없고, 옆집 아주머니로부터 아내가 단장을 하고 물레방아께로 가더라는 소리를 듣는다. 그가 방앗간으로 돌아들자 신치규와 아내가 나오는 것이 보인다. 한동안 주저하던 방원은 끝내 신치규의 멱살을 잡고 넘어뜨린 후, 목을 누른다. 방원은 순경의 구두 소리를 듣자 비로소 자기가 무슨 짓을 저질렀는지 깨닫고는 미친 듯이 일어나 옆에 있는 계집에게 도망치자고 끈다. 그러나 방원은 순경의 포승에 묶인 채 끌려가고 만다. 상해죄로 석 달 동안 감옥에서 복역한 방원은 출옥했으나, 신치규는 아무 일 없이 방원의 계집을 데리고 살고 있다.

　그는 신치규와 아내를 죽이려고 신치규의 집에 몰래 들어가지만 정든 아내의 목소리를 듣자 마음이 흔들려 아내를 물레방앗간으로 데리고 가서 함께 도망치자고 위협한다. 하지만 그녀에게 거절당하자 결국 계집을 찌르고 자신도 자결한다.

핵심 정리

· 갈래 : 순수 소설
· 시점 : 전지적 작가 시점
· 배경 : 1920년대 일제 강점기 농촌 물레방앗간
· 주제 : 물질적 탐욕과 도덕적 인간성의 타락
· 출전 : 조선문단

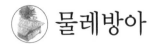

물레방아

1

덜컹덜컹 홈통에 들었다가 다시 쏟아져 흐르는 물이 육중한 물레방아를 번쩍 쳐들었다가 쿵 하고 확 속으로 내던질 제, 머슴들의 콧소리는 허연 겻가루가 켜켜이 앉은 방앗간 속에서 청승스럽게 들려 나온다.

쏼쏼쏼, 구슬이 되었다가 은가루가 되고 댓줄기같이 뻗치었다가 다시 쾅쾅 쏟아져 청룡이 되고 백룡이 되어 용솟음쳐 흐르는 물이 저쪽 산모퉁이를 십 리나 두고 돌아, 다시 이쪽 들 복판을 5리쯤 꿰뚫은 뒤에, 이방원(李芳源)이가 사는 동네 앞 기슭을 스쳐 지나가는데 그 위에 물레방아 하나가 놓여 있다.

물레방아에서 들여다보면 동북간으로 큼직한 마을이 있으니, 이 마을에서 가장 부자요, 가장 세력이 있는 사람은 그 이름을 신치규(申治圭)라고 부른다. 이방원이라는 사람은 그 집의 막실(幕室)살이를 하여 가며 그의 땅을 경작하여 자기 아내와 두 사람이 그날그날을 지내 간다.

어떤 가을밤 유난히 밝은 달이 고요한 이 촌을 한적하게 비칠 때, 그 물레방앗간 옆에 어떤 여자 하나와 어떤 남자 하나가 서서 이야기를 하는 소리가 들리었다.

그 여자는 방원의 아내로 지금 나이가 스물두 살, 한창 정열에 타는 가슴으로 가장 행복스러울 나이의 젊은 여자요, 그 남자는 오십이 반이 넘어 인생으로 살아올 길을 다 살고서 거의거의 쇠멸의 구렁텅이를 향해 가는 늙은이다.

그의 말소리는 마치 그 여자를 달래는 것같이,

"애, 내 말이 조금도 그를 것이 없지? 쇤네 할멈에게서도 자세한 말을 들었을 테지만 너 생각해 보아라. 네가 허락만 하면 무엇이든지 네가 하고 싶다는 것을 내가 전부 해 줄 테란 말이야. 그까짓 방원이 녀석하고 네가 몇 백 년 살아야, 언제든지 막실 구석을 면하지 못할 테니……. 허허, 사람이 란 젊어서 호강해 보지 못하면 평생 한 번 해 보지 못하고 죽을 것이 아니 냐. 내가 말하는 것이 조금도 잘못한 것이 없느니라! 대강 네 말을 쇤네 할 멈에게서 듣기는 들었으나 그래도 네게 한 번 바로 대고 듣는 것만 못해서 이리로 만나자고 한 것이다. 네 마음은 어떠냐? 어디, 허허, 내 앞이라고 조금도 어떻게 알지 말고 이야기해 봐, 응?”

이 늙은이는 두말할 것 없이 신치규다. 그는 탐욕스러운 눈으로 방원의 계집을 들여다보며 한 손으로 등을 두드린다.

새침한 얼굴이 파르족족하고 길다란 눈썹과 검푸른 두 눈 가장자리에 예 쁜 입, 뾰로통한 뺨이며 콧날이 오똑한 데다가 후리후리한 키에 떡 벌어진 엉덩이가 아무리 보더라도 무섭게 이지적(理智的)인 동시에 또는 창부형 (娼婦型)으로 생긴 것이다.

계집은 아무 말이 없이 서서 짐짓 부끄러운 태를 지으며 매혹적인 웃음 을 생긋 웃고는 고개를 돌렸다. 그 웃음이 얼마나 짐승 같은 신치규의 만족 을 사게 되었으며, 또는 마음을 충동시켰는지 희끗희끗한 수염이 거의 계 집의 뺨에 닿도록 더 가까이 와서,

“응? 왜 대답이 없니? 부끄러워서 그러니? 그렇게 부끄러워할 일은 아닌 데.”
하고 계집의 손을 잡으며,

“손도 이렇게 예쁜 줄은 이제까지 몰랐구나. 참 분결 같다. 이렇게 얌전 히 생긴 애가 방원 같은 천한 놈의 계집이 되어 일평생을 그대로 썩는다는 것은 너무 가엾고 아깝지 않느냐? 얘.”

계집은 몸을 돌리려고 하지도 않고 영감이 하는 대로 내버려 두며 눈으 로 땅만 내려다보고 섰다가 가까스로 입을 떼는 듯하더니,

“제 말이야 모두 쇤네 할멈이 여쭈었지요. 저에게는 너무 분수에 과한 말 씀이니까요.”

“온, 천만에 소리를 다 하는구나. 그게 무슨 소리냐? 너도 아다시피 내가 너를 장난삼아 그러는 것도 아니겠고, 후사(後嗣)가 없어 그러는 것이니까

네가 내 아들이나 하나 낳아 주렴. 그러면 내 것이 모두 네 것이 되지 않겠니? 자아, 그러지 말고 오늘 허락을 하렴. 그러면 내일이라도 방원이란 놈을 내쫓고 너를 불러들일 테니."

"어떻게 내쫓을 수가 있에요?"

"허어, 그게 그리 어려울 게 뭐 있니. 내가 나가라는데 제가 안 나가고 배길 줄 아니?"

"그렇지만 너무 과하지 않을까요?"

"무엇? 그런 생각을 하니까 네가 이 모양으로 이때까지 있었지. 어떻단 말이냐? 그런 것은 조금도 염려하지 말구. 자아, 또 네 서방에게 들킬라, 어서 들어가자."

"먼저 들어가세요."

"왜?"

"남이 보면 수상히 알게요."

"뭘, 나하고 가는데 수상히 알 게 뭐야…… 어서 가자."

계집은 천천히 두어 걸음 따라가다가,

"영감!"

하고 머츰하고 서 있다.

"왜 그러니?"

계집은 다시 말없이 서 있다가,

"아니에요."

하고,

"먼저 들어가세요."

하며 돌아선다. 영감이 간이 달아서 계집의 손을 잡으며,

"가자, 집으로 들어가자."

그의 가슴은 두근거리는지 숨소리가 잦아진다. 계집은 손을 빼려고 하며,

"점잖으신 어른이 이게 무슨 짓이에요."

하면서도 그 몸짓에는 모든 것을 허락한다는 뜻이 보였다. 영감은 계집의 몸을 끌어안더니 방앗간 뒤로 돌아 들어섰다. 계집은 영감 가슴에 안겨 정

욕이 가득 찬 눈으로 그를 보면서,

"영감."

말 한마디 하고 침 한 번 삼키었다.

"영감이 거짓말은 안 하시지요?"

"아니."

그의 말은 떨리었다. 계집은 영감의 팔을 한 손으로 잡고 또 한 손으로는 방앗간 속을 가리켰다.

"저리로 들어가세요."

영감과 계집은 방앗간에서 2, 30분 후에 다시 나왔다.

2

사흘이 지난 뒤에 신치규는 방원이를 자기 집 사랑 마당 앞으로 불렀다.

"얘."

방원은 상전이라 고개를 숙이고,

"예."

공손하게 대답을 하였다.

"네가 그간 내 집에서 정성스럽게 일을 한 것은 고마운 일이지마는……."

점잔과 주짜를 빼면서 신치규는 말을 꺼내었다. 방원의 가슴은 이 '마는' 이라는 말 뒤에 이어질 말을 미리 깨달은 듯이 온몸의 피가 가슴으로 모여드는 듯하더니 다시 터럭이라는 터럭은 전부 거꾸로 일어서는 듯하였다.

"오늘부터는 우리 집에 사정이 있어 그러니, 내 집에 있지 말고 다른 곳에 좋은 곳을 찾아가 보아라."

아무 조건이 없다. 또한 이곳에서도 할 말이 없다. 죽으라고 하면 죽는 시늉이라도 해야 하는 것이다. 주인은 돈 가지고 사람을 사고팔 수도 있는 것이다.

방원은 가슴이 답답하였다. 자기 혼자 몸 같으면 어디 가서 어떻게 빌어 먹더라도 살 수가 있지마는 사랑하는 아내를 구해 갈 길이 막연하다. 그는 고개를 굽히고 허리를 굽히고 나중에는 마음을 굽히어 사정도 하여 보고 애걸도 하여 보았다. 그러나 그것은 헛된 일이다. 주인의 마음은 쇠나 돌보다도 더 굳었다.

그는 하는 수 없이 자기 아내에게 그 이야기를 하였다. 그리고 아내더러 안주인 마님께 사정을 좀 하여 얼마간이라도 더 있게 해 달라고 하여 보라고 하였다. 그러나 아내는 방원의 말을 들을 리가 없었다. 도리어,

"그러면 어떻게 한단 말이오. 이제부터 나를 어떻게 먹여 살릴 테요?"

"너는 그렇게 먹고살 수가 없을까 봐 겁이 나니?"

"겁이 나지 않고. 생각을 해 보구려. 인제는 꼼짝할 수 없이 죽지 않았소?"

"죽어?"

"그럼 임자가 나를 데리고 이곳까지 올 때에 무엇이라고 하였소. 어떻게 해서든지 너 하나야 먹여 살리지 못하겠느냐고 하셨지요?"

"그래."

"그래 얼마나 나를 잘 먹여 살리고 나를 호강시켰소? 이때까지 이태나 되도록 끌구 돌아다닌다는 것이 남의 집 행랑이었지요."

"애, 그것을 네가 모르고 하는 말이냐? 내가 하려고 하지 않아서 그렇게 된 것이냐? 차차 살아가는 동안에 무슨 일이든지 생기겠지. 설마 요대로 늙어 죽기야 하겠니?"

"듣기 싫소! 뿔 떨어지면 구워 먹지, 어느 천년에."

방원이는 가뜩이나 내쫓기고 화가 나는데 계집까지 그리하니까 속에서 열화가 치밀어 올라왔다.

"이 육시를 하고도 남을 년! 남의 마음을 글컹거리니?"

"왜 사람에게 욕을 해!"

"이년아, 욕 좀 하면 어떠냐?"

"왜 욕을 해!"

계집이 얼굴이 노래지며 대든다.

"이년이 발악인가?"

"누가 발악이야. 계집년 하나 건사 못하는 위인이 계집보고 욕만 하고,

한 게 뭐야? 그래 은가락지 은비녀나 한 벌 사 주어 보았어? 내가 임자 하자고 하는 대로 하지 않은 것은 없지!"

"이 년아, 은가락지 은비녀가 그렇게 갖고 싶으냐? 더러운 년아."

"무엇이 더러워? 너는 얼마나 정한 놈이냐!"

계집의 입 속에서는 '놈' 소리가 나오기 시작한다.

"이년 보게! 누구더러 놈이래."

하고 손길이 계집의 낭자를 후려잡더니 그대로 집어 들고 주먹으로 등줄기를 후렸다.

"이 주릿대를 안길 년!"

발길이 엉덩이를 두어 번 지르니까 계집은 그대로 거꾸러졌다가 다시 일어났다. 풀어헤뜨린 머리가 치렁치렁 끌리고 씰룩한 눈에는 독기가 섞이었다.

"왜 사람을 치니? 이놈! 죽여라, 죽여. 어디 죽여 보아라. 이놈, 나 죽고 너 죽자!"

하고 달려드는 계집을 후려쳐서 거꾸러뜨리고서,

"이년아, 죽으려고 기를 쓰나!"

방원이가 계집을 치는 것은 그것이 주먹을 가지고 하는 일종의 농담이다. 그는 주먹이나 발길이 계집의 몸에 닿을 때 거기에 얻어맞는 계집의 살이 아픈 것보다 더 찌르르하게 가슴 복판을 찌르는 이픔을 방원은 깨닫는 것이다. 홧김에 계집을 치는 것이 실상은 자기의 마음을 자기의 이빨로 물어뜯는 것이나 다름이 없는 것이다. 때리는 그에게는 몹시 애처로움이 있고 불쌍함이 있는 것이다. 그러나 자기의 화풀이를 받아 주는 사람은 아직까지도 계집밖에는 없었다. 제일 만만하다는 것보다도 가장 마음 놓고 화풀이할 수 있음이다. 싸움한 뒤, 하루가 못 되어 두 사람이 베개를 나란히 하고 서로 꼭 끼고 잘 때에는 그렇게 고맙고 그렇게 감격이 일어나는 위안이 또다시 없음이다. 계집을 치고 화풀이를 하고 난 뒤에 다시 가슴을 에는 듯한 후회와 더 뜨거운 포옹으로 위로를 받을 그때에는 두 사람 아니라 방원에게는 그만큼 힘 있고 뜨거운 믿음이 또다시 없는 까닭이다.

계집은 일부러 소리를 높여서 꺼이꺼이 운다.

온 마을 사람들이 거의 귀를 기울였으나,

"응, 또 사랑싸움을 하는군!"

하고 도리어 그 싸움을 부러워하였다. 옆집 젊은 것이 와서 싱글싱글 웃으며 들여다보며,

"인제 고만두라구."

하며 말리는 시늉을 한다. 동네 아이들만 마당 앞에 죽 늘어서서 눈들이 뚱그래서 구경을 한다.

3

그날 저녁에 방원이는 술이 얼근하여 들어왔다. 아까 계집을 차던 마음은 어느덧 풀어지고 술로 흥분된 마음에 그는 계집의 품이 몹시 그리워져서 자기 아내에게 사과를 할 마음까지 생기었다. 본시 사람이 좋고 마음이 약하고 다정한 그는 무식하게 자라난 까닭에 무지한 짓을 하기는 하나, 그것은 결코 그의 성격을 말하는 무지함이 아니다.

그는 비척거리면서 집으로 향하는 길에 거슴츠레하게 풀린 눈을 스르르 내리감고 혼잣소리로,

"빌어먹을 놈! 나가라면 나가지 무서운가? 제집 아니면 살 곳이 없는 줄 아는 게로군! 흥, 되지 않게 다 무엇이냐? 돈만 있으면 제일이냐? 이놈, 네가 그러다가는 이 주먹맛을 언제든지 볼라. 그대로 곱게 돼질 줄 아니?"

하고 개천 하나를 건너뛴 후에,

"돈! 돈이 무엇이냐?"

한참 생각하다가,

"에후."

한숨을 쉬고 나서,

"돈이 사람을 죽이는구나! 돈! 돈! 흥, 사람 나고 돈 났지 돈 나고 사람 났니?"

또 징검다리를 비척비척하고 건넌 뒤에,

"고 배라먹을 년이 왜 고렇게 포달을 부려서 장부의 마음을 긁어 놓아!"

그의 목소리에는 말할 수 없이 다정한 맛이 있었다. 그는 자기 계집을 생각하면 모든 불편이 스러지는 듯이, 숙였던 고개를 쳐들어 하늘을 보면서,

"허어, 저도 고생은 고생이지."

하고 다시 고개를 숙인 후,

"내가 너무해, 너무 그럴 게 아닌데."

그는 자기 집에 와서 문고리를 붙잡고 흔들면서,

"애! 자니! 자?"

그러나 대답이 없고 캄캄하다.

"이년이 어디를 갔어!"

그는 문짝을 깨어져라 하고 닫은 후에 다시 길거리로 나와 그 옆집으로 가서,

"여보, 아주머니! 우리 집 색시 어디 갔는지 보았소?"

밥을 먹던 옆엣집 내외는,

"어디서 또 취했소그려! 애 어머니가 아까 머리단장을 하더니 저 방아께로 갑디다."

"방아께로?"

"네."

"빌어먹을 년! 방아께로는 뭘 먹으러 갔누!"

다시 혼사 방아를 향하여 가면서 혼사 중얼거린다.

그는 방앗간을 막 뒤로 돌아서자 신치규와 자기 아내가 방앗간에서 나오는 것을 보았다.

"아!"

그는 너무 뜻밖의 일이므로 아무 말도 하지 못하고 그대로 한참이나 멀거니 서서 보기만 하였다.

그의 눈에서는 쌍심지가 거꾸로 섰다. 열이 올라와서 마치 주홍을 칠한 듯이 그의 눈은 붉어지고 번개 같은 광채가 번뜩거리었다.

그는 한참이나 사지를 떨었다. 두 이가 서로 마주쳐서 달그락달그락하여졌다. 그의 주먹은 부서질 것같이 단단히 쥐어졌다.

계집과 신치규는 방원이 와 선 것을 보고서 처음에는 조금 간담이 서늘

하여졌으나 다시 태연하게 내려앉았다. 일이 이렇게 되었으매 할 대로 하라는 뜻이다.

방원은 달려들어서 계집의 팔목을 잡았다. 그리고 이를 악물고 부르르 떨었다.

"나는 네가 이럴 줄은 몰랐다."

계집은,

"뭘 이럴 줄을 몰라?"

하며 파란 눈을 흘겨보더니,

"나중에는 별꼴을 다 보겠네. 으레 그럴 줄을 인제 알았나? 놔요! 왜 남의 팔을 잡고 요 모양이야. 오늘부터는 나를 당신이 그리 함부로 하지는 못해요! 더러운 녀석 같으니! 계집이 싫다고 그러면 국으로 물러갈 일이지, 이게 무슨 사내답지 못한 일이야! 놔요!"

팔을 뿌리쳤으나 분노가 전신에 가득 찬 그는 그렇게 쉽게 손을 놓지 않았다.

"얘! 네가 이것이 정말이냐?"

"정말이 아니구, 비싼 밥 먹고 거짓말할까."

"네가 참으로 환장을 했구나!"

"아니, 누구더러 환장을 했대? 온, 기가 막혀 죽겠지! 놔요! 놔! 왜 추근추근하게 이 모양이야? 놔."

하고서 힘껏 뿌리치는 바람에 계집의 손이 쑥 빠지었다. 계집은 손목을 주무르면서 암상맞게 돌아섰다.

이때까지 이 꼴을 멀찍이 서서 보고 있던 신치규는 두어 발자국 나서더니 기침 한 번을 서투르게 하고서,

"얘! 네가 술이 취했으면 일찍 들어가 자든지 할 것이지 웬 짓이냐? 네 눈깔에는 아무것도 보이는 것이 없단 말이냐? 너희 연놈이 싸우는 것은 너희 연놈이 어디든지 가서 할 일이지 여기 누가 있는지 없는지 눈깔에 보이는 것이 없어?"

"엣, 괘씸한 놈!"

눈깔을 부라리었다. 방원은 한참이나 쳐다볼 뿐 말이 없었다. 생각대로

하면 한주먹에 때려눕힐 것이지마는, 그러나 그의 머릿속에는 아까까지의 상전이라는 관념이 남아 있었다.

번갯불같이 그 관념이 그의 입과 팔을 얽어 놓았다. 어려서부터 오늘날까지 남을 섬겨 보기만 한 그의 마음은 상전이라면 모두 두려워하는 성질이 깊이깊이 뿌리를 박아 놓았다. 그러나 오늘부터는 신치규가 자기의 상전이 아니요, 자기가 신치규의 종도 아니다. 다만 똑같은 사람으로 서로 마주섰을 뿐이다. 아니다, 지금부터는 신치규도 방원의 원수였다. 그의 간을 씹어 먹어도 오히려 나머지 한이 있는 원수다.

신치규는 똑바로 쳐다보는 방원을 마주 쳐다보며,

"똑바로 쳐다보면 어쩔 테냐? 온, 세상이 망하려니까 별 해괴한 일이 다 많거든. 어째 이놈아!"

"이놈아?"

방원은 한 걸음 들어섰다. 나무같이 힘센 다리가 성큼하고 나설 때 신치규는 머리끝이 으쓱하였다. 쇠몽둥이 같은 두 주먹이 쑥 앞으로 닥칠 때 그의 가슴은 덜컥 내려앉았다.

"네 입에서 이놈이라는 소리가 나오니? 이 사지를 찢어발겨도 오히려 시원치 못할 놈아! 네가 내 계집을 빼앗으려고 오늘 날더러 나가라고 그랬지?"

"어허, 이거 그놈이 눈깔이 삐었군. 애, 나는 먼지 들이가겠다. 니는 네 서방하구 나중 들어오너라."

신치규는 형세가 위험하니까 슬금슬금 꽁무니를 빼려고 돌아서서 들어가려 했다. 방원은 돌아서는 신치규의 멱살을 잔뜩 쥐어 한 팔로 바싹 쳐켜들고,

"이놈 어디를 가? 네가 이때까지 맛을 몰랐구나!"

하며 한 번 집어쳐 땅바닥에다가 태질을 한 뒤에 그대로 타고 앉아서 목줄띠를 누르니까, 마치 뱀이 개구리 잡아먹을 적 모양으로 깩깩 소리가 나며 말 한마디 못 한다.

"이놈, 너 죽고 나 죽으면 고만 아니냐."

하고 방원은 주먹으로 사정없이 닥치는 대로 들이팬다. 나중에는 주먹이

부족하여 옆에 있는 모루 돌멩이를 집어서 죽어라 하고 내리친다. 그의 팔, 그의 몸에 끓어오르는 분노가 극도에 달하자 사람의 가슴속에 본능적으로 숨어 있는 잔인성이 조금도 남지 않고 그대로 나타났다. 그의 눈은 마치 펄떡펄떡 뛰는 미끼를 가로채고 앉은 승냥이나 이리와 같이, 뜨거운 피를 보고야 만족한다는 듯이 무섭게 번쩍거렸다. 그에게는 초자연의 무서운 힘이 그의 팔과 다리에 올라왔다.

이 꼴을 보는 계집은 무서웠다. 끔찍끔찍한 일이 목전에 생길 것이다. 그의 맥이 풀린 다리는 마음대로 놓여지지 않았다.

"야! 사람 살류! 사람 살류!"

적적한 밤중 쓸쓸한 마을에는 처참한 여자 목소리가 으스스하게 울리었다. 이 소리를 들은 방원은 더욱 힘을 주어서 눈을 딱 감고 죽어라 내리 짓찧었다. 뼈가 돌에 맞은 소리가 살이 얼크러지는 소리와 함께 퍽퍽 하였다. 피 묻은 돌이 여기저기 흩어지고 갈가리 찢긴 옷에는 살점이 묻었다.

동네 쪽에서는 수군수군하더니 구두 소리가 나며 칼 소리가 덜거덕거리었다. 방원의 머리에는 번갯불같이 무엇이 보이었다. 그는 손에 주먹을 쥔 채 잠깐 정신을 차려 그쪽으로 귀를 기울였다.

"순검……."

그는 신치규의 배를 타고 앉아서 순검의 구두 소리를 들자 비로소 자기가 무슨 짓을 하였는지 깨달았다.

그는 미친 사람처럼 일어났다. 그러고는 옆에 서서 벌벌 떠는 계집에게로 갔다.

"얘! 가자! 도망가자! 너하고 나하고 같이 가자! 자, 어서어서!"

계집은 자기에게 또 무슨 일이 있을까 해 겁내어 도망하려 한다. 방원은 계집을 따라가며,

"얘! 얘! 네가 이렇게도 나를 몰라주니? 내가 너를 어떻게 생각하는지 알지를 못하니? 자! 어서 도망가자. 어서어서, 뒤에서 순검이 쫓아온다."

계집은 그대로 서서 종종걸음을 치며,

"싫소! 임자나 가구려! 나는 싫어요, 싫어."

"가자! 응! 가!"

그는 미친 사람처럼 계집의 팔을 붙잡고 끌었다. 그때 누구인지 그의 팔을 마치 형틀에 매다는 것같이 꽉 뒤로 끼어안는 사람이 있었다.

"이놈아! 어디를 가?"

그는 뒤를 돌아보지 않고도 그가 누구인지 알았다. 그는 온몸에 맥이 풀리어 그대로 뒤로 자빠지려 할 때, 어느덧 널빤지 같은 주먹이 그의 뺨을 사정없이 갈겼다.

"정신 차려!"

"네."

그는 무의식적으로 고개가 숙여지고 말소리가 공손하여졌다.

땅바닥에는 신치규가 꿈지럭거리며 이리저리 뒹군다. 청승스러운 비명이 들린다. 방원은 포승 지인 채, 계집은 그대로 주재소로 끌려가고, 신치규는 머슴들이 업어 들였다.

4

석 달이 지났다. 상해죄(傷害罪)로 감옥에서 복역을 하던 방원은 만기가 되어 출옥을 하였다. 그러나 신치규는 아무 일 없이 자기 집에서 치료하고 방원의 계집을 데려다 산다. 신치규는 온몸이 나은 뒤에 홀로 생각하였다.

'죽은 줄만 알았더니 그래도 이렇게 살아 있으니!'

하고 얼굴에 흠이 진 것을 만져 보며,

'오히려 그놈이 그렇게 한 짓이 나에게는 다행이지, 얼굴이 아프기는 좀 하였으나! 허어.'

'어떻게 그놈을 떼어 버릴까 하고 그렇지 않아도 걱정을 하던 차에 잘되었지. 그놈 한 십 년 감옥에서 콩밥을 먹었으면 좋겠다.'

방원은 감옥에서 생각하기를 나가기만 하면 연놈을 죽여 버리고 제가 죽든지 요정을 내리라 하였다.

집에서 내쫓기고 계집까지 빼앗기고, 그것을 생각하면 이가 갈리고 치가 떨리었다. 그것이 모두 자기의 돈 없는 탓인 것을 생각하며 더욱 분한 생각이 났다.

"에, 더러운 년!"

그는 홍바지에 쇠사슬을 차고서 일을 할 때에도 가끔 침을 땅에다 뱉으면서 혼자 중얼거리었다.

"사람이 이러고서야 살아서 무엇 하나. 멀쩡한 놈이 계집 빼앗기고 생으로 콩밥까지 먹으니……"

그가 감옥에서 나올 때에는 감옥소를 다시 한번 돌아보고, 내가 여기서 마지막으로 목숨을 잃어버리든지, 그렇지 않으면 내가 내 손으로 내 목을 찔러 죽든지, 무슨 요정이 날 것을 생각하고 다시 온몸에 힘을 주고 쓸쓸한 웃음을 웃었다.

그는 이백 리나 되는 길을 걸어서 계집이 사는 촌에를 왔다.

그러나 아무도 그를 아는 체하는 사람이 없었다. 전에 친하게 지내던 사람들도 그를 보고 피해 갔다.

마치 문둥병자나 마찬가지 대우를 하였다. 감옥에서 나온 뒤로부터는 더욱 세상이 차디차졌다. 자기가 상상하던 것보다도 더 무정하여졌다. 그는 하는 수 없이 밤이 될 때까지 그 근처 산속으로 돌아다녔다. 그러다가 깊은 밤에 촌으로 내려왔다. 그는 그 방앗간을 다시 지나갔다. 석 달 전 생각이 났다. 자기가 여기서 잡혀갔다는 것을 생각할 때 더욱 억울하고 분한 생각이 치밀어 올라왔다. 그는 한참이나 거기 서서 그때 일을 생각하고 몸서리를 친 후에 다시 그전 집을 찾아갔다.

날이 몹시 추워지고 눈이 쌓였다. 입은 옷은 가을에 입고 감옥에 들어갔던 그것이므로 살을 에는 듯하였으나, 그는 분한 생각과 흥분된 마음에 그것도 몰랐다.

'연놈을 모두 처치를 해 버려?'

혼자 속으로 궁리를 하다가,

'그렇지, 그까짓 것들은 살려 두어야 쓸데없는 인생들야.'

하면서 옆구리에 지른 기름한 단도를 다시 만져 보았다. 그는 감격스런 마음으로 그것을 쓰다듬었다. 그는 신치규의 집 울을 넘어 들어갔다. 그의 발은 전에 다닐 적같이 익숙하였다. 그는 사랑을 엿보고 다시 뒤로 돌아서 건넌방 창 밑에 와 섰다. 귀를 기울였으나 아무 말도 들리지 않았다. 그는 손에 칼을 빼 들었다. 그러고는 일부러 뒤 창문을 달각달각 흔들었다.

"그 뉘?"

하고 계집의 머리가 쑥 나오며 문이 열리었다. 그는 얼른 비켜섰다. 문은 다시 닫혀지고 계집은 들어갔다.

방원의 마음은 이상하게 동요가 되었다. 예쁜 계집의 목소리가 오래간만에 귀에 들릴 때 마치 자기가 감옥에서 꿈을 꿀 적 모양으로 요염하고도 황홀하게 그의 마음을 꾀는 것 같았다. 그는 꿈속에서 다시 만난 것 같고 오래간만에 그를 만나 보매 모든 결심은 얼음같이 녹는 듯하였다. 그래도 계집이 설마 나를 영영 잊어버리랴 하고 옛날의 정리를 생각할 때 그것이 거짓말이 아니고 무엇이냐는 생각이 났다.

아무리 자기를 감옥에까지 가게 하였다 하더라도 그는 감히 칼을 들어 죽이려는 용기가 단번에 나지 않아서 주저하기 시작하였다.

'아니다, 다시 한번만 물어보자!'

그는 들었던 칼을 다시 집고 생각하였다.

'거짓말이다, 거짓말이다! 그럴 리가 없다.'

그는 반신반의하였다.

'그렇다, 한 번만 다시 물어보고 죽이든 살리든 하자!'

그는 다시 문을 달각달각하였다. 계집은 이번에도 다시 문을 열고 사면을 둘러보더니 헌 짚신짝을 신고 나왔다.

"뉘요?"

그가 방원이 서 있는 집 모퉁이를 돌아서려 할 제,

"내다!"

하고 입을 틀어막고 칼을 가슴에 대었다.

"떠들면 죽어!"

방원은 계집의 입을 수건으로 틀어막고 결박한 후 들쳐 업고서 번개같이 달음질쳤다.

그는 어느결에 계집을 업어다가 물레방아 앞에 내려놓은 후 결박을 풀었다. 그리고 한숨을 쉬었다.

"나를 모르겠니?"

캄캄한 그믐밤에 얼굴을 바짝 계집의 코 앞에 들이댔다. 계집은 얼굴을 자세히 보더니,

"아!"

소리를 지르더니 뒤로 물러섰다.

"조금도 놀랄 것이 없다. 오늘 네가 내 말을 들으면 살려 줄 것이요, 그렇지 않으면 이거야."

하고 시퍼런 칼을 들이대었다. 계집은 다시 태연하게,

"말이요? 임자의 말을 들으렬 것 같으면 벌써 들었지요, 이때까지 있겠소? 임자도 나의 마음을 알지요? 임자와 나와 2년 전에 이곳으로 도망해 올 적에도 전남편이 나를 죽이겠다고 허리를 찔러 그 흠이 있는 것을 날마다 밤에 당신이 어루만졌지요? 내가 그까짓 칼쯤을 무서워서 나 하고 싶은 것을 못 한단 말이오? 힝, 이게 무슨 비겁한 짓이오, 사내자식이. 자! 찌르려거든 찔러 봐아, 자, 자."

계집은 두 가슴을 벌리고 대들었다. 방원은 계집의 태도가 너무 대담하므로 들었던 칼이 도리어 뒤로 움찔할 만큼 기가 막혔다. 그는 무의식중에,

"정말이냐?"

하고 한 걸음 더 가까이 나섰다.

"정말이 아니고? 내가 비록 여자이지마는 당신같이 겁쟁이는 아니라오! 이것이 도무지 무엇이오?"

계집은 그래도 두려웠던지 방원의 손에 든 칼을 뿌리쳐 땅에 떨어뜨리었다.

이 칼이 땅에 떨어지자 방원은 이때까지 용사와 같이 보이던 계집이 몹시 비겁스럽고 더러워 보이어 다시 칼을 집어 들고 덤비었다.

"에잇! 간사한 년! 어쩔 테냐? 나하고 당장에 멀리 가지 않을 테냐? 자아, 가자!"

그는 눈물 어린 눈으로 타일러 보기도 하고 간청도 하여 보았다.

"자아, 어서 옛날과 같이 나하고 멀리멀리 도망을 가자! 나는 참으로 내 칼로 너를 죽일 수는 없다!"

계집의 눈에는 독이 올라왔다. 광채가 어두운 밤에 번개같이 번쩍거리

며,

"싫어요. 나는 죽으면 죽었지 가기는 싫어요. 이제 나는 고만 그렇게 구차하고 천한 생활을 다시 하기는 싫어요. 고만 물렸어요."

"너의 입으로 정말 그런 말이 나오느냐? 너는 나를 우리 고향에 다시 돌아가지 못하게 만들어 놓고, 나의 모든 것을 다 잃어버리게 한 후에, 또 나중에는 세상에서 지옥이라고 하는 감옥소까지 가게 했지! 그리고도 나의 맨 마지막 원을 들어주지 않을 테냐?"

"나는 언제든지 당신 손에 죽을 것까지도 알고 있소! 자! 오늘 죽으나 내일 죽으나 언제든지 죽기는 일반, 이렇게 된 이상 어서 죽이시오."

"정말이냐? 정말이야?"

"정말이오!"

계집은 결심한 뜻을 나타내었다. 방원의 손은 떨리었다. 그리고 그는 눈을 감고,

"에, 여우 같은 년!"

하고 칼끝을 계집의 옆구리를 향하여 힘껏 밀었다. 계집은 이를 악물고,

"사람 죽인다!"

소리 한 번에 그 자리에 거꾸러졌다. 칼자루를 든 손이 피가 몰리는 바람에 우루루 떨리더니 피가 새어 나왔다. 방원은 그 칼을 빼어 들더니 계집 위에 거꾸러져서 가슴을 찌르고 절명하여 버렸다.

벙어리 삼룡이

- 나도향 -

〈벙어리 삼룡이〉는 1925년 '여명' 지에 발표된 작품이다. 나도향의 대표작으로 이 작품과 쌍벽을 이루는 〈물레방아〉는 이보다 한 달 늦게 발표되었다.

이 작품의 주인공인 삼룡이는 벙어리라는 신체적 결함 외에 옴두꺼비 같은 모습의 소유자이며, 사람으로서가 아니라 물건으로 존재하는 하인의 신분이다. 이런 삼룡이가 새색시를 연모하는 것은 일견 낭만적 행위일지 모른다. 그러나 새색시에 대한 삼룡이의 사랑은 오히려 자연스럽다. 오 생원 아들의 새색시에 대한 억압과 학대는 삼룡이에게 동정을 넘어서 연모의 정을 품게 한다. 그러나 하인과 주인이라는 관계 때문에 삼룡이의 순결한 사랑은 결국 허물어진다.

이 작품은 흔히 낭만주의적 경향이라는 평가를 받는다. 이 작품이 낭만주의적 경향이 강한 것은 사실이지만, 신분을 초월한 사랑의 불가능성, 인간 감정의 근원에 대한 사실적 해부, 주어진 현실에 정확하게 대응하는 현실성 등 리얼리즘의 요소와 순수 낭만주의에서 벗어난 감상성 등 복합적 요소가 혼합되어 있다.

예전에 연화봉이라 불리던 곳에 인심이 후해서 사람들의 존경을 받고 세력도 있는 오 생원이라는 사람이 살고 있었다. 오 생원의 집에는 삼룡이라는 벙어리 하인이 있었는데, 볼품없는 외모에 흉한 걸음을 걷는 그는 마음이 진실하고 충성스러우며 부지런해서 주인에게 사랑을 받고 있었다. 한편, 버릇이 없고 성격이 고약한 주인 아들은 삼룡이를 괴롭히나 삼룡이는 어린것이 귀엽다고 봐주고 자신의 주인 아들이라 언제나 참는다.

그러던 어느 날 주인 아들은 현숙한 처녀를 아내로 맞는다. 삼룡이가 보기에 새 서방님의 아내는 달보다도 곱고 별보다도 아름답다고 생각하였다. 그러나 매사에 훌륭한 신부와 비교되자 열등

감에 사로잡힌 주인 아들은 자기 아내를 미워한다. 삼룡이는 천사 같은 새색시가 맞을 때마다 안타까워한다.

하루는 주인 아들이 술에 잔뜩 취하여 쓰러져 있는 것을 업어서 방에 눕힌다. 새색시는 고마운 마음에 삼룡이에게 부시쌈지를 하나 만들어 주는데 이것이 주인 아들에게 발각되어 삼룡이는 흠씬 두들겨 맞는다. 어느 날, 삼룡이는 새색시가 중병이 들었다는 말을 듣고 걱정 끝에 그 방에 들어갔다가 목을 매 죽으려는 새색시를 구한다. 그러나 주인아씨를 범하려 했다는 오해를 받아 모진 매를 맞고 쫓겨난다.

그날 밤, 쫓겨난 삼룡이는 절망감에 주인집에 불을 지른다. 삼룡이는 불이 타오르는 동안 집으로 뛰어 들어가 새색시를 안은 삼룡이는 지붕 위에서 행복을 느끼면서 새색시와 죽음을 맞이한다.

핵심 정리

· 갈래 : 단편 소설
· 시점 : 전지적 작가 시점
· 배경 : 일제 강점기 남대문 밖 연화봉
· 주제 : 천한 신분의 불구자인 벙어리의 사랑과 분노
· 출전 : 여명

🧑 벙어리 삼룡이

1

내가 열 살이 될락 말락한 때이니까 지금으로부터 십사오 년 전 일이다.

지금은 그곳을 청엽정(青葉町)이라 부르지마는 그때는 연화봉(蓮花峰)이라고 이름하였다. 즉, 남대문에서 바로 내다보면 오정포(午正砲)가 놓여 있는 산등성이가 있으니, 그 산등성이 이쪽이 연화봉이요, 그 새에 있는 동네가 역시 연화봉이다.

지금은 그곳에 빈민굴이라고 할 수밖에 없이 지저분한 촌락이 생기고 노동자들밖에 살지 않는 곳이 되어 버렸으나 그때에는 자기네 딴은 행세한다는 사람들이 있었다.

집이라고는 십여 호밖에 있지 않았고, 그곳에 사는 사람들은 대개 과목밭을 하고 또는 채소를 심거나, 그렇지 아니하면 콩나물을 길러서 생활을 하여 갔다.

여기에 그중 큰 과목밭을 갖고 그중 여유 있는 생활을 하여 가는 사람이 하나 있었는데, 그의 이름은 잊어버렸으나 동네 사람들이 부르기를 오 생원(吳生員)이라고 불렀다.

얼굴이 동탕하고 목소리가 마치 여름에 버드나무에 앉아서 길게 목 늘여 우는 매미 소리같이 저르렁저르렁하였다.

그는 몹시 부지런한 중년 늙은이로, 아침이면 새벽 일찍이 일어나서 앞뒤로 뒷짐을 지고 돌아다니며 집안일을 보살피는데, 그 동네에는 그가 마치 시계와 같아서 그가 일어나는 때가 동네 사람이 일어나는 때였다. 만일 그가 아침에 돌아다니며 잔소리를 하지 않으면 동네 사람들은 이상히 여겨 그의 집으로 가 보면 그는 반드시 몸이 불편하여 누워 있었다. 그러나 그와 같은 때는 1년 365일에 한 번 있기가 어려운 일이오, 이태나 3년에 한 번 있거나 말거나 하였다.

그가 이곳으로 이사를 온 지는 얼마 되지 아니하나 언제든지 감투를 쓰고 다니므로 동네 사람들은 양반이라고 불렀고, 또 그 사람도 동네 사람에게 그리 인심을 잃지 않으려고 섣달이면 북어쾌·김 톳을 동네 사람에게 나눠 주며, 농사 때에 쓰는 연장도 넉넉히 장만한 후 아무 때나 동네 사람들이 쓰게 하므로, 그 동네에서는 가장 인심 후하고 존경받는 집인 동시에 세력 있는 집이다.

그 집에는 삼룡(三龍)이라는 벙어리 하인 하나가 있으니, 키가 본시 크지 못하여 땅딸보이고, 고개가 달라붙어 몸뚱이에 대강이를 갖다가 붙인 것 같다. 거기다가 얼굴이 몹시 얽고 입이 크다. 머리는 전에 새 꼬랑지 같은 것을 주인의 명령으로 깎기는 깎았으나 불밤송이 모양으로 언제든지 푸 하고 일어섰다. 그래 걸어 다니는 것을 보면, 마치 옴두꺼비가 서서 다니는 것같이 숨차 보이고 더디어 보인다. 동네 사람들이 부르기를 삼룡이라 부르는 법이 없고 언제든지 '벙어리', '벙어리'라고 하든지 그렇지 않으면 '앵모', '앵모' 한다. 그렇지만 삼룡이는 그 소리를 알지 못한다.

그도 이 집주인이 이리로 이사 올 때에 데리고 왔으니, 진실하고 충성스러우며 부지런하고 세차다. 눈치로만 지내가는 벙어리지마는 말하고 듣는 사람보다 슬기로울 적이 있고, 평생 조심성이 있어서 결코 실수한 적이 없다.

아침에 일어나면 마당을 쓸고, 소와 돼지의 여물을 먹이며, 여름이면 밭에 풀을 뽑고 나무를 실어 들이고 장작을 패며, 겨울이면 눈을 쓸며, 잔심부름과 마른일할 것 없이 못 하는 일이 없다.

그럴수록 이 집주인은 벙어리를 위해 주며 사랑한다. 혹시 몸이 불편한 기색이 있으면 쉬게 하고, 먹고 싶어 하는 듯한 것은 먹이고, 입을 때 입히고 잘 때 재운다.

그런데 이 집에는 삼대독자로 내려오는 아들이 있다. 나이는 열일곱 살이나 아직 열네 살도 되어 보이지 않고, 너무 귀엽게 기르기 때문에 누구에게든지 버릇이 없고 어리광을 부리며, 사람에게나 짐승에게 잔인 포악한 짓을 많이 한다.

동네 사람들은,

"후레자식! 아비 속상하게 할 자식! 저런 자식은 없는 것만 못해."
하고 욕들을 한다. 그래서 그의 어머니는 아들이 잘못할 때마다 그의 영감을 보고,

"그 자식을 좀 때려 주구려. 왜 그런 것을 보고 가만 두?"
하고 자기가 대신 때려 주려고 나서면,

"아뇨, 아직 철이 없어 그렇지. 저도 지각이 나면 그렇지 않을 것이 아뇨."
하고 너그럽게 타이른다. 그러면 마누라는 왜가리처럼 소리를 지르며,

"철이 없긴 지금 나이가 몇이오. 낼모레면 스무 살이 되는데, 또 며칠 아니면 장가를 들어서 자식까지 날 것이 그래 가지고 무엇을 한단 말이오."
하고 들이대며,

"자식은 꼭 아버지가 버려 놓았습니다. 자식 귀여운 것만 알았지 버릇 가르칠 줄은 모르니까……."

이렇게 싸움만 시작하려 하면 영감은 아무 말도 하지 않고 바깥으로 나가 버린다.

그 아들은 더구나 벙어리를 사람으로 알지도 않는다. 말 못 하는 벙어리라고 오고 가며 주먹으로 허구리를 지르기도 하고 발길로 엉덩이를 찬다.

그러면 그 벙어리는, 어린 것이 철없이 그러는 것이 도리어 귀엽기도 하고, 또 그 힘없는 팔과 힘없는 다리로 자기의 무쇠 같은 몸을 건드리는 것이 우습기도 하고 앙증하기도 하여 돌아서서 빙그레 웃으면서 툭툭 털고 다른 곳으로 몸을 피해 버린다.

어떤 때는 낮잠 자는 벙어리 입에다가 똥을 먹인 일도 있었다. 또 어떤 때는 자는 벙어리 두 팔 두 다리를 살며시 동여매고 손가락과 발가락 사이에 화승불을 붙여 놓아 질겁을 하고 일어나다가 발버둥질을 하고 죽으려는 사람처럼 괴로워하는 것을 보고 기뻐하였다.

이러할 때마다 벙어리의 가슴에는 비분한 마음이 꼭 들어찼다. 그러나 그는 주인의 아들을 원망하는 것보다도 자기가 병신인 것을 원망하였으며, 주인의 아들을 저주한다는 것보다 이 세상을 저주하였다.

그러나 그는 결코 눈물을 흘리지 않았다. 그의 눈물은 나오려 할 때 아주 말라붙어 버린 샘물과 같이 나오려 하나 나오지를 아니하였다. 그는 주인

의 집을 버릴 줄 모르는 개 모양으로, 자기가 있어야 할 곳은 여기밖에 없고 자기가 믿을 곳도 여기 있는 사람들밖에 없는 줄 알았다. 여기서 살다가 여기서 죽는 것이 자기의 운명인 줄밖에 알지 못하였다. 자기의 주인 아들이 때리고 지르고 꼬집어 뜯고 모든 방법으로 학대할지라도 그것이 자기에게 으레 있을 줄밖에 알지 못하였다. 아픈 것도, 그 아픈 것이 으레 자기에게 돌아올 것이요, 쓰린 것도 자기가 받지 않아서는 안 될 것으로 알았다. 그는 이 마땅히 자기가 받아야 할 것을 어떻게 해야 면할까 하는 생각을 한 번도 하여 본 일이 없었다.

그가 이 집에서 떠나가려거나 또는 그의 생활환경에서 벗어나려는 생각은 한 번도 해 보지 않았다 할지라도, 그는 언제든지 그 주인 아들이 자기를 학대하고 또는 자기를 못살게 굴 때 그는 자기의 주먹과 또는 자기의 힘을 생각하여 보았다.

주인 아들이 자기를 때릴 때, 그는 주인 아들 하나쯤은 넉넉히 제지할 힘이 있는 것을 알았다.

어떠한 때는 아픔과 쓰림이 자기의 몸으로 스미어들 때면 그의 주먹은 떨리면서 어린 주인의 몸을 치려 하다가는 그것을 무서운 고통과 함께 꾹 참았다. 그는 속으로

'아니다. 그는 나의 주인의 아들이다. 그는 나의 어린 주인이다.'
하고 참았다.

그리고는 그것을 얼른 잊어버리었다. 그러다가도 동넷집 아이들과 혹시 장난을 하다가 주인 아들이 울고 들어올 때에는 그는 황소같이 날뛰면서 주인을 위하여 싸웠다. 그래서 동네에서도 어린애들이나 장난꾼들이 벙어리를 무서워하며 감히 덤비지를 못하였다. 그리고 주인 아들도 위급한 경우에는 언제든지 벙어리를 찾았다. 벙어리는 얻어맞으면서도 기어드는 충견 모양으로 아들을 위하여 싫어하지 않고 힘을 다하였다.

2

벙어리가 스물세 살이 될 때까지 그는 물론 이성과 접촉할 기회가 없었

다. 동네의 처녀들이 저를 '벙어리', '벙어리' 하며 괴상한 손짓과 몸짓으로 놀려 먹음을 받을 적에 분하고 골나는 중에도 느긋한 즐거움을 느끼어 본 일은 있었으나, 그가 결코 사랑으로써 어떠한 여자를 대해 본 일은 없었다.

그러나 정욕을 가진 사람인 벙어리도 그의 피가 차디찰 리는 없었다. 혹 그의 피는 더욱 뜨거웠을지도 알 수 없었다. 뜨겁다 뜨겁다 못하여 엉기어 버린 엿과 같을지도 알 수 없었다. 만일 그에게 볕을 주거나 다시 뜨거운 열을 준다면 그의 피는 다시 녹을는지도 알 수 없었다.

그가 깜박깜박하는 기름등잔 아래에서 밤이 깊도록 짚신을 삼을 때면 남모르는 한숨을 아니 쉬는 것도 아니지마는, 그는 그것을 곧 억제할 수 있을 만큼 정욕에 대하여 벌써부터 단념을 하고 있었다.

마치 언제 폭발이 될는지 알지 못하는 휴화산(休火山) 모양으로 그의 가슴속에는 충분한 정열을 깊이 감추어 놓았으나 그것이 아직 폭발될 시기가 이르지 못한 것이었다. 비록 폭발이 되려고 무섭게 격동함을 벙어리 자신도 느끼지 않는 바는 아니지마는 그는 그것을 폭발시킬 조건을 얻기 어려웠으며, 또는 자기가 이때까지 능동적으로 그것을 나타낼 수가 없을 만큼 외계의 압축을 받았으며, 그것으로 인한 이지(理智)가 너무 그에게 자제력(自制力)을 강대하게 하여 주는 동시에, 또한 너무 그것을 단념만 하게 하여 주었다.

속으로 '나는 벙어리다' 자기가 생각할 때 그는 몹시 원통함을 느끼는 동시에 말하는 사람들과 똑같은 자유와 똑같은 권리가 없는 줄 알았다. 그는 이와 같은 생각에서 언제든지 단념 않으려야 단념하지 않을 수 없는 그 단념이 쌓이고 쌓이어 지금에는 다만 한 개의 기계와 같이 이 집에 노예가 되어 있으면서도 그것을 자기의 천직으로 알고 있을 뿐이요, 다시는 자기가 살아갈 세상이 없는 것같이 밖에 알지 못하게 된 것이다.

3

그해 가을이다. 주인의 아들이 장가를 들었다. 색시는 신랑보다 두 살 위인 열아홉 살이다. 주인이 본시 자기가 언제든지 문벌이 얕은 것을 한탄하여 신부를 구할 때에 첫째 조건이 문벌이 높아야 할 것이었다. 그러나 문벌이 있는 집에서는 그리 쉽게 색시를 내놓을 리가 없었다. 그러므로 하는 수없이 그 어떠한 영락한 양반의 딸을 돈을 주고 사 오시다시피 하였으니, 무남독녀의 딸을 둔 남촌 어떤 과부를 꿀을 발라서 약혼을 하고 혹시나 무슨 딴소리가 있을까 하여 부랴부랴 혼례식을 올려 버렸다.

혼인할 때의 비용도 그때 돈으로 3만 냥을 썼다. 그리고 아들의 처갓집에 며느리 뒤보아주는 바느질삯·빨래 삯이라는 명목으로 한 달에 이천오백 냥씩을 대어 주었다.

신부는 자기 아버지가 돌아가기 전까지만 해도 금지옥엽같이 기른 터이라, 구식 가정에서 배울 것 배우고 읽힐 것 읽혀 못 하는 것이 없고, 게다가 본래 인물이라든지 행동거지에 조금도 구김이 있지 아니하다.

신부가 오자 신랑의 흠절이 생기기 시작하였다.

"신부에게 대면 두루미와 까마귀지."

"아직도 철딱서니가 없어."

"색시에게 쥐여 지내겠지."

"신랑에겐 과하지."

동넷집 말 좋아하는 여편네들이 모여 있으면 이렇게 비평들을 한다. 어떠한 남의 걱정 잘하는 마누라님은 간혹 신랑을 보고는 그대로 세워 놓고,

"글쎄, 이제는 어른이 되었으니 셈이 좀 나요. 저러구 어떻게 색시를 거느려 가누. 색시 방에 들어가기가 부끄럽지 않남."

하고 들이대다시피 하는 일이 있다.

이럴 적마다 신랑의 마음은 그 말하는 이들이 미웠다. 일부러 자기를 부끄럽게 하려고 하는 것 같아서 그 후에 그를 만나면 말도 안 하고 인사도 하지 아니한다.

또 그의 고모 되는 이가 와서 자기 조카를 보고,

"인제는 어른이야. 너도 그만하면 지각이 날 때가 되지 않았니. 네 처가 부끄럽지 아니하냐."

하고 타이를 적마다 그의 마음은 말하는 사람이 부끄럽다는 것보다도 자기

를 이렇게 하게 한 자기 아내가 더욱 밉살머리스러웠다.

"여편네가 다 무엇이냐? 빌어먹을 년이 들어오더니 나를 이렇게 못 살게 들 굴지."

혼인한 지 며칠이 못 되어 그는 색시 방에 들어가지를 않았다. 집안에서는 야단이 났다.

마치 돼지나 말 새끼를 혼례 시키려는 것같이 신랑을 색시 방으로 집어 넣으려 하나 막무가내였다.

그럴 때마다 신랑은 손에 닥치는 대로 집어 때려서 자기의 외사촌 누이의 이마를 뚫어서 피까지 나게 한 일이 있었다.

집안 식구들은 하는 수가 없어 맨 나중으로 아버지에게 밀었다. 그러나 그것도 소용이 없을뿐더러 풍파를 더 일으키게 하였다. 아버지께 꾸중을 듣고 들어와서는 다짜고짜로 신부의 머리채를 쥐어 마루 한복판에 태질을 쳤다.

그리고는,

"이년, 네 집으로 가거라. 보기 싫다. 눈앞에는 보이지도 마라."

하였다. 밥상을 가져오면 그 밥상이 마당 한복판에서 재주를 넘고, 옷을 가져오면 그 옷이 쓰레기통으로 나간다.

이리하여 색시는 시집오던 날부터 팔자 한탄을 하며 날마다 밤마다 우는 사람이 되었다.

울면 요사스럽다고 때린다. 또 말이 없으면 빙충맞다고 친다. 이리하여 그 집에는 평화스러운 날이 하루도 없었다.

이것을 날마다 보는 사람 가운데 알 수 없는 의혹을 품게 된 사람이 하나 있으니 그는 곧 벙어리 삼룡이였다.

그렇게 예쁘고 유순하고 그렇게 얌전한, 벙어리의 눈으로 보아서는 감히 손도 대지 못할 만큼 선녀 같은 색시를 때리는 것은 자기의 생각으로는 도저히 풀 수 없는 의심이다.

보기에도 황홀하고 건드리기도 황송할 만큼 숭고한 여자를 그렇게 학대한다는 것은 너무나 세상에 있지 못할 일이다. 자기는 주인 새서방에게 개나 돼지같이 얻어맞는 것이 마땅한 이상으로 마땅하지마는, 선녀와 짐승의 차가 있는 색시와 자기가 똑같이 얻어맞는 것은 너무 무서운 일이다. 어린 주인이 천벌이나 받지 않을까 두렵기까지 하였다.

어떠한 달밤, 사면은 고요 적막하고 별들은 드문드문 눈들만 깜박이며 반달이 공중에 뚜렷이 달려 있어 수은으로 세상을 깨끗하게 닦아 낸 듯이 청명한데, 삼룡이는 검둥개 등을 쓰다듬으며 바깥마당 멍석 위에 비슷이 드러누워 하늘을 쳐다보며 생각하여 보았다.

주인 색시를 생각하면 공중에 있는 달보다도 더 곱고 별들보다도 더 깨끗하였다. 주인 색시를 생각하면 달이 보이고 별이 보이었다. 삼라만상을 씻어 내는 은빛보다도 더 흰 달이나 별의 광채보다도 그의 마음이 아름답고 부드러운 듯하였다. 마치 달이나 별이 땅에 떨어져 주인 새아씨가 된 것도 같고, 주인 새아씨가 하늘에 올라가면 달이 되고 별이 될 것 같았다.

더구나 자기를 어린 주인이 때리고 꼬집을 때 감히 입 벌려 말은 하지 못하나 측은하고 불쌍히 여기는 정이 그의 두 눈에 나타나는 것을 다시 생각할 때 그는 부들부들한 개 등을 어루만지면서 감격을 느끼었다. 개는 꼬리를 치며 자기를 귀여워하는 줄 알고 벙어리의 손을 핥았다.

삼룡이의 마음은 주인아씨를 동정하는 마음으로 가득 찼다. 또는 그를 위하여서는 자기의 목숨이라도 아끼지 않겠다는 의분에 넘치었다. 그것은 마치 살구를 보면 입 속에 침이 도는 것같이 본능적으로 느껴지는 감정이었다.

4

새댁이 온 뒤에 다른 사람들은 자유로운 안 출입을 금하였으나, 벙어리는 마치 개가 맘대로 안에 출입할 수 있는 것같이 아무 의심 없이 출입할 수가 있었다.

하루는 어린 주인이 먹지 않던 술이 잔뜩 취하여 무지한 놈에게 맞아서 길에 자빠진 것을 업어다가 안으로 들여다 눕힌 일이 있었다. 그때에 아무도 안에 있지 않고 다만 새색시 혼자 방에서 바느질을 하고 있다가 이 꼴을 보고 벙어리의 충성된 마음이 고마워서, 그 후에 쓰던 비단 헝겊 조각으로 부시쌈지 하나를 만들어 준 일이 있었다.

이것이 새서방님의 눈에 띄었다. 그래서 색시는 어떤 날 밤 자던 몸으로 마당 복판에 머리를 푼 채 내동댕이가 쳐졌다. 그리고 온몸에 피가 맺히도록 얻어맞았다.

이것을 본 벙어리는 또다시 의분의 마음이 뻗쳐 올라왔다. 그래서 미친 사자와 같이 뛰어 들어가 새서방님을 내어 던지고 새색시를 둘러메었다. 그러고는 나는 수리와 같이 바깥사랑 주인 영감 있는 곳으로 뛰어가 그 앞에 내려놓고 손짓과 몸짓을 열 번 스무 번 거푸 하며 하소연하였다.

그 이튿날 아침에 그는 주인 새서방에게 물푸레로 얼굴을 몹시 얻어맞아서 한쪽 뺨이 눈을 얼러서 피가 나고 주먹같이 부었다. 그 때릴 적에 새서방의 입에서 나오는 말은,

"이 흉측한 벙어리 같으니, 내 여편네를 건드려!"

하고 부시쌈지를 빼앗아 갈가리 찢어 뒷간에 던졌다.

"그러고 이놈아! 인제는 주인도 몰라보고 막 친다. 이런 것은 죽여야 해!"

하고 채찍으로 그의 뒷덜미를 갈겨서 그 자리에 쓰러지게 하였다.

벙어리는 다만 두 손으로 빌 뿐이었다. 말도 못 하고 고개를 몇백 번 코가 땅에 닿도록 그저 용서해 달라고 빌기만 하였다. 그러나 그의 가슴에는 비로소 숨겨 있던 정의감(正義感)이 머리를 들기 시작하였다. 그는 그 아픈 것을 참아 가면서도 북받치는 분노를 억제하였다.

그때부터 벙어리는 안방에 들어가지 못하였다. 이 들어가지 못하는 것이 더욱 벙어리로 하여금 궁금증이 나게 하였다. 그 궁금증이라는 것이 묘하게 빛이 변하여 주인아씨를 뵈옵고 싶은 감정으로 변하였다. 뵈옵지 못하므로 가슴이 타올랐다. 몹시 애상(哀傷)의 정서가 그의 가슴을 저리게 하였다. 한 번이라도 아씨를 뵈올 수가 있으면 하는 마음이 나더니 그의 마음의 넋을 느끼기를 시작하였다. 센티멘틀한 가운데에서 느끼는 그 무슨 정서는 그에게 생명 같은 희열을 주었다. 그것과 자기의 목숨이라도 바꿀 수 있을 것 같았다. 어떤 때는 그대로 대강이로 담을 뚫고 들어가고 싶도록 주인 아씨를 뵈옵고 싶은 것을 꾹 참을 때도 있었다.

그 후부터는 밥을 잘 먹을 수가 없었다. 일도 손에 잡히지 않았다. 틈만 있으면 안으로 들어가고 싶었다.

주인이 전보다 많이 밥과 음식을 주고 더 편하게 하여 주었으나 그것이 싫었다. 그는 밤에 잠을 자지 않고 집 가장자리로 돌아다녔다.

5

하루는 주인 새서방님이 술이 취하여 들어오더니 집안이 수선수선하여 지며 계집 하인이 약을 사러 갔다 들어오는 것을 보고 그 계집 하인을 붙잡 았다. 그리고 무엇이냐고 물었다.

계집 하인은 한주먹을 뒤통수에다 대고 얼굴에 쓰다듬으며 둘째 손가락 을 내밀었다. 그것은 그 집 주인은 엄지손가락이요, 둘째 손가락은 새서방 님이라는 뜻이요, 주먹을 뒤통수에 대는 것은 여편네라는 뜻이요, 얼굴을 문지르는 것은 예쁘다는 뜻으로 벙어리에게 쓰는 암호다.

그런 뒤에 다시 혀를 내밀고 눈을 뒤집어쓰는 형상을 하고 두 팔을 착 벌 리고 뒤로 자빠지는 꼴을 보이니, 그것은 사람이 죽게 되었거나 앓을 적에 하는 말 대신의 손짓이다.

벙어리는 눈을 크게 뜨고 계집 하인에게 한 발짝 가까이 들어서며 놀라 는 듯이 한참이나 있었다.

그의 가슴은 무섭게 격동하였다. 자기의 그리운 주인아씨가 죽었다는 말 이나 아닌가, 그는 두 주먹을 마주치며 한숨을 쉬었다. 그러고는 자기 방에 무엇을 생각하는 것처럼 두어 시간이나 두 눈만 껌벅껌벅하고 앉았었다.

그는 밤이 깊어 갈수록 궁금증 나는 사람처럼 일어섰다 앉았다 하더니 두 시나 되어서 바깥으로 나가서 뒤로 돌아갔다.

그는 도둑놈처럼 조심스럽게 바로 건넌방 뒤 미닫이 앞 담에 서서 주저 주저하더니 담을 넘었다. 가까이 창 앞에 서서 문틈으로 안을 살피다가 그 는 진저리를 치며 물러섰다.

어두운 밤에 그의 손과 발이 마치 그 뒤에 서 있는 감나무 잎같이 떨리더 니 그대로 문을 박차고 뛰어 들어갔을 때, 그의 팔에는 주인아씨가 한 손에 길다란 명주 수건을 들고서 한 팔로 벙어리의 가슴을 밀치며 뻗디디었다. 벙어리는 다만 눈이 뚱그레서 '에헤' 소리만 지르고 그 수건을 뺏으려 애쓸 뿐이다.

집안이 야단났다.

"집안이 망했군!"

"어디 사내가 없어서 벙어리를 !"

"어떻든 알 수 없는 일이야!"

하는 소리가 이 구석 저 구석에서 수군댄다.

6

그 이튿날 아침에 벙어리는 온몸이 짓이긴 것이 되어 마당에 거꾸러져 입에서 피를 토하며 신음하고 있었다. 그 곁에서는 새서방이 쇠줄 몽둥이를 들고서 문초를 한다.

"이놈!"

하고는 음란한 흉내는 모조리 하여 가며 건넌방을 가리킨다. 그러나 벙어리는 손을 내저을 뿐이다. 또 몽둥이에는 살점이 묻어 나왔다. 그리고 피가 흘렀다.

벙어리는 타들어 가는 목으로 소리도 못 내며 고개만 내젓는다. 그는 피를 토하며 거꾸러지며 이마를 땅에 비비며 고개를 내흔든다. 땅에는 피가 스며든다. 새서방은 채찍 끝에 납 뭉치를 달아서 가슴을 훔쳐 갈겼다가 힘껏 잡아 뽑았다. 벙어리는 그대로 거꾸러지며 말이 없었다.

새서방은 그래도 시원치 못하였다. 그는 벙어리가 새로 갈아 놓은 낫을 들고 달려왔다. 그는 그 시퍼렇게 날 선 낫을 번쩍 들었다. 그래서 벙어리를 찌르려 할 제 벙어리는 한 팔로 그것을 받았고, 집안사람들은 달려들었다. 벙어리는 낫을 뿌리쳐 저리로 내던졌다.

주인은 집안이 망하였다고 사랑에 누워서 모든 일을 들은 체 만 체 문을 닫고 나오지를 아니하며, 집안에서는 색시를 쫓는다고 야단이다. 그날 저녁에 벙어리는 다시 끌려 나왔다. 그때에는 주인 새서방이 그의 입던 옷과

신을 주며 눈을 부릅뜨고 손을 멀리 가리키며,

"가! 인제는 우리 집에 있지 못한다."

하였다. 이 소리를 들은 벙어리는 기가 막혔다. 그에게는 이 집 외에 다른 집이 없다. 살 곳이 없었다. 자기는 언제든지 이 집에서 살고 이 집에서 죽을 줄밖에 몰랐다. 그는 새서방님의 다리를 껴안고 애걸하였다. 말도 못하는 것을 몸짓과 표정으로 간곡한 뜻을 표하였다. 그러나 새서방님은 발길로 지르고 사람을 불렀다.

"이놈을 좀 내쫓아라."

벙어리는 죽은 개 모양으로 끌려 나갔다. 그리고 대갈빼기를 개천 구석에 들이박히면서 나가 곤드라졌다가 일어서서 다시 들어오려 할 때에는 벌써 문이 닫혀 있었다. 그는 문을 두드렸다. 그의 마음으로는 주인 영감을 찾았으나 부를 수가 없었다. 그가 날마다 열고 날마다 닫던 문이 자기가 지금은 열려고 하나 자기를 내어 쫓고 열리지를 않는다. 자기가 건사하고 자기가 거두던 모든 것이 오늘에는 자기의 말을 듣지 않는다. 어려서부터 지금까지 모든 정성과 힘과 뜻을 다하여 충성스럽게 일한 값이 오늘에는 이것이다.

그는 비로소 믿고 바라던 모든 것이 자기의 원수란 것을 알았다. 그는 모든 것을 없애 버리고 자기도 또한 없어지는 것이 나은 것을 알았다.

그날 저녁 밤은 깊었는데 멀리서 닭이 우리 소리와 힘께 개 짖는 소리만이 들린다. 난데없는 화염이 벙어리 있던 오 생원 집을 에워쌌다. 그 불을 미리 놓으려고 준비하여 놓았는지 집 가장자리로 쭉 돌아가며 흩어 놓은 풀에 모조리 달라붙어 공중에서 내려다보면 집의 윤곽이 선명하게 보일 듯이 타오른다.

불은 마치 피 묻은 살을 맛있게 잘라 먹는 요마(妖魔)의 혓바닥처럼 날름날름 집 한 채를 삽시간에 먹어 버렸다. 이와 같은 화염 속으로 뛰어들어가는 사람이 하나 있으니 그는 다른 사람이 아니라 낮에 이 집을 쫓겨난 삼룡이다. 그는 먼저 사랑에 가서 문을 깨뜨리고 주인을 업어다가 밭 가운데 놓고 다시 들어가려 할 제 그의 얼굴과 등과 다리가 불에 데어 쭈그러져 드는 것을 알지 못하였다.

그는 건넌방으로 뛰어들었다. 그러나 색시는 없었다. 다시 안방으로 뛰어들었다. 그러나 또 없고 새서방이 그의 팔에 매달리어 구원하기를 애원하였다. 그러나 그는 그것을 뿌리쳤다. 다시 서까래에 불이 붙어 시뻘겋게 타면서 그의 머리에 떨어졌다. 그러나 그는 그것을 몰랐다. 부엌으로 가 보았다. 거기서 나오다가 문설주가 떨어지며 왼팔이 부러졌다. 그러나 그것도 몰랐다. 그는 다시 광으로 가 보았다. 거기도 없었다. 그는 다시 건넌방으로 들어갔다. 그때야 그는 색시가 타 죽으려고 이불을 쓰고 누워 있는 것을 보았다. 그는 색시를 안았다. 그러고는 길을 찾았다. 그러나 나갈 곳이 없었다. 그는 하는 수 없이 지붕으로 올라갔다. 그는 비로소 자기의 몸이 자유롭지 못한 것을 알았다. 그러나 그는 자기가 여태까지 맛보지 못한 즐거운 쾌감을 자기의 마음에 느끼는 것을 알았다. 색시를 자기 가슴에 안았을 때 그는 이제 처음으로 살아난 듯하였다. 그가 자기의 목숨이 다한 줄 알았을 때, 그 색시를 내려놓을 때에는 그는 벌써 목숨이 끊어진 뒤였다. 집은 모조리 타고 벙어리는 색시를 무릎에 뉘고 있었다.

그의 울분은 그 불과 함께 사라졌을는지! 평화롭고 행복스러운 웃음이 그의 입 가장자리에 엷게 나타났을 뿐이다.

날개

- 이 상 -

작가 소개

이상(李箱 1910~1937)

이상의 본명은 김해경이며, 1910년 서울에서 태어났다.

1917년 신명보통학교에 입학하여 1921년 졸업했었고, 이후 동광학교에 입학했다가 1924년 보성고교에 편입했다. 1927년 보성고등보통학교를 거쳐 1929년 경성고등공업학교 건축과를 졸업했다. 그해 조선총독부 내무국 건축과 기수(技手)가 되었으며, 1930년 잡지 '조선' 에 중편 소설〈십이월 십이일〉을 발표하고, 1931년〈이상한 가역반응〉, 〈파편의 경치〉등 일본어로 된 시를 발표하면서 문학 활동을 시작했다. 1933년 각혈로 기원직을 그만두고 요양을 하면서 황해도 백천온천에서 요양하다 그의 소설에 자주 등장하는 금홍을 만났다.

요양을 하면서 이태준 · 박태원 · 김기림 · 정지용 등과 사귀었고, 1934년 구인회(九人會) 활동을 하면서 당시 조선중앙일보 학예부장이던 정지용의 추천을 받아 '오감도' 를 연작하지만 독자의 거센 항의로 중단되었다. 1936년 이상은〈날개〉, 〈봉별기〉, 〈종생기〉, 수필〈서망율도〉, 〈약수〉등을 발표했다. 그해 9월 도쿄에 건너갔다가 1937년 2월 불령선인(不逞鮮人)으로 일본 경찰에 체포 · 감금되었다. 병보석으로 풀려난 뒤 김소운 등 몇 사람의 도움으로 입원하지만 1937년 4월 17일 "레몬 향기를 맡고 싶소" 라는 유언을 남기고 동경대학 부속 병원에서 죽었다.

작품 정리

〈날개〉는 1936년 '조광' 에 발표된 이상의 대표적인 단편 소설로 그의 첫사랑인 금홍(錦紅)과의 2년여에 걸친 동거 생활 속에서 얻어진 결과물로 여겨지고 있다.

이 작품은 내용의 난해함과 형식의 파격성으로 1930년대 모더니즘 소설의 으뜸으로 꼽히는 작품이며, 자아 분열을 그린 한국 최초의 심리주의 소설이다. 주인공이며 화자인 '나' 는 매춘부인 아내에게 붙어사는 무기력한 사람으로 현실 적응이나 개조의 행동력을 상실하고 자의식의 세계에 갇혀 무의미한 지적 유희나 감각적 자극만을 일삼는 정신 병리적 인물이다.

'나'의 유일한 삶의 지반이었던 아내로부터의 배반감이 그를 막다른 골목으로 몰아넣고, 박제(剝製)로 상징되던 무기력한 천재는 "날자, 날자, 날자. 한 번만 더 날아 보자꾸나."란 외침으로 '탈출 의지'를 표현한다. 그러나 탈출 의지로 실패감을 맛본다.

이 소설에 나오는 부부는 기형적인 삶을 살아가는 인물들이다. '나'는 아내에게 예속적이고 기생적인 존재이고 아내는 내 삶의 가장 기본적인 의식주를 해결해 주지만, 동시에 '나'에게 압박을 주면서 '나'를 지배하고 사육하는 존재이다. 이런 종속 관계는 시간과 공간의 소유관계에서도 마찬가지다. '나'에게 아내가 몸을 파는 현장은 들여다봐서는 안 되는 공간이며 그 시간은 잠드는 시간이다. 외출할 때도 자정 전에는 절대로 집에 들어갈 수가 없다. 이런 자정의 시간과 반대쪽인 정오의 사이렌은 폐쇄성과 도착(倒錯)된 아내와의 관계를 역전시키는 공간이다.

이러한 작품 성격은 그의 자아와 현실과의 관계, 현실에 대한 태도를 보여 주는 것으로써 1930년대 일제 강점기에 강력한 탄압 속에서 무기력할 수밖에 없었던 식민지 지식인의 무능함이 반영되고, 속악하고 부정한 현실 속에서 불가피하게 관계를 맺으며 살아가야 하는 곤혹스러움이 표현되어 있다. 이 작품에서 시대 현실을 반영하는 속악하고 부정한 현실은 아내의 행위로 상징되고 있으며 이는 도덕성을 상실한 현실이다.

작품 줄거리

'나'는 아내와 함께 유곽과 같은 33번지 어떤 방에 세를 들어 살면서, 늘 어두컴컴한 방에서 하루하루 뒹굴며 시간을 보낸다. 나에게는 현실 감각이 없다. 삶의 어떤 목적도 없다. 무기력한 나날들이 계속될 뿐이다.

나에게 외부 세계와 통하는 유일한 통로는 아내뿐이다. 그런데 아내의 방과 내 방은 나뉘어 있다. 아내가 사는 아랫방은 해가 들지만 내가 사는 윗방은 볕이 들지 않는다. 아내가 외출을 하면 '나'는 얼른 아랫방으로 간다. '나'는 아내의 화장품 냄새를 맡거나 돋보기로 화장지를 태우거나 아내가 입던 옷을 입고 놀지만 아내에게 내객이 생길 때는 어쩔 수 없이 윗방에 갇혀 지내야 한다. 아내는 내객이 가고 나면 내가 잠을 자고 있는 동안 은화 한 푼을 머리맡에 놓고 가곤 한다. 어느 날 '나'는 아내가 사다 준 저금통에 모아 둔 은화를 몽땅 변소에 던져 버렸다. 저금통에 돈을 넣는 것이 성가셨다.

그리고 어느 날 아내가 외출한 사이에 '나'도 밖으로 나갔다 비를 맞고 돌아온다. 궂은 날이기에 내객이 없을 거라 여겼지만 아내에겐 내객이 있었다. 아내는 자신의 일에 거추장스러운 '나'

를 볕이 안 드는 방에서 나오지 못하도록 최면제를 먹인다. '나'는 그 약이 아스피린인 줄 알았으나 아내의 방에서 최면약 아달린 갑을 발견하고 괴로워한다. '나'는 산에서 아달린 여섯 알을 먹은 뒤 꼬박 하루 동안이나 잠을 잔다. 깨어나서 집으로 돌아온 '나'는 아내의 매음 행위를 보게 되고 아내에게 폭행까지 당한다. '나'는 그 자리를 뛰쳐나와 자신을 재우고 아내가 무슨 짓을 했는지를 고민하며 미츠코시 백화점(和信百貨店) 옥상으로 올라가 자신의 스물여섯 해를 회고한다. 그때 정오의 사이렌이 울리고 '나'는 현란한 거리 풍경을 내려다보며 "날개야 다시 돋아라. 날자, 날자, 날자. 한 번만 더 날자꾸나. 한 번만 날아 보자꾸나." 하고 외친다.

핵심 정리

· 갈래 : 심리주의 소설
· 시점 : 1인칭 주인공 시점
· 배경 : 일제 강점기 서울 33번지 구석방
· 주제 : 식민치하의 지식인의 분열의식 극복
· 출전 : 조광

# 날개

'박제가 되어 버린 천재'를 아시오? 나는 유쾌하오. 이런 때 연애까지가 유쾌하오.

육신이 흐느적흐느적하도록 피로했을 때만 정신이 은화처럼 맑소. 니코틴이 내 횟배(회충으로 인한 배앓이) 앓는 뱃속으로 스미면 머릿속에 으레 백지가 준비되는 법이오. 그 위에다 나는 위트와 패러독스를 바둑 포석처럼 늘어놓소. 가증할 상식의 병이오.

나는 또 여인과 생활을 설계하오. 연애 기법에마저 서먹서먹해진 지성의 극치를 흘깃 좀 들여다본 일이 있는, 말하자면 일종의 정신 분일자 말이오. 이런 여인의 반 — 그것은 온갖 것의 반이오 — 만을 영수하는 생활을 설계한다는 말이오. 그런 생활 속에 한 발만 들여놓고 흡사 두 개의 태양처럼 마주 쳐다보면서 낄낄거리는 것이오. 나는 아마 어지간히 인생의 제행이 싱거워서 견딜 수가 없게끔 되고 그만둔 모양이오. 굿바이.

굿바이, 그대는 이따금 그대가 제일 싫어하는 음식을 탐식하는 아이러니를 실천해 보는 것도 좋을 것 같소. 위트와 패러독스와…….

그대 자신을 위조하는 것도 할 만한 일이오. 그대의 작품은 한 번도 본 일이 없는 기성품에 의하여 차라리 경편하고 고매하리라.

19세기는 될 수 있거든 봉쇄하여 버리오. 도스토옙스키 정신이란 자칫하면 낭비인 것 같소. 위고를 불란서의 빵 한 조각이라고는 누가 그랬는지 지언인 듯싶소. 그러나 인생 혹은 그 모형에서 디테일 때문에 속는다거나 해서야 되겠소? 화를 보지 마오. 부디 그대께 고하는 것이니…….

(테이프가 끊어지면 피가 나오. 생채기도 머지않아 완치될 줄 믿소. 굿바이.)

감정은 어떤 포즈(그 포즈의 소만을 지적하는 것이 아닌지나 모르겠소). 그 포즈가 부동자세에까지 고도화할 때 감정은 딱 공급을 정지합네다.

나는 내 비범한 발육을 회고하여 세상을 보는 안목을 규정하였소.

여왕봉(여왕벌과 교미한 수벌은 반드시 죽는다는 사실에서 남편이 죽고 없는 미망인과 같은 의미를 지님)과 미망인 — 세상의 하고많은 여인이 본질적으로 이미 미망인 아닌 이가 있으리까? 아니! 여인의 전부가 그 일상에서 개개 '미망인'이라는 내 논리가 뜻밖에도 여성에 대한 모독이 되오? 굿바이.

그 33(성교 자세를 의미하는 것으로 볼 수 있음)번지라는 것이 구조가 흡사 유곽이라는 느낌이 없지 않다. 한 번지에 18(십팔. 성적인 의도가 숨겨져 있음)가구가 죽 — 어깨를 맞대고 늘어서서 창호가 똑같고 아궁이 모양이 똑같다. 게다가 각 가구에 사는 사람들이 송이송이 꽃과 같이 젊다. 해가 들지 않는다. 해가 드는 것을 그들이 모른 체하는 까닭이다. 턱살 밑에다 철줄을 매고 얼룩진 이부자리를 널어 말린다는 핑계로 미닫이에 해가 드는 것을 막아 버린다. 침침한 방 안에서 낮잠들을 잔다. 그들은 밤에는 잠을 자지 않나? 알 수 없다. 나는 밤이나 낮이나 잠만 자느라고 그런 것은 알 길이 없다. 33번지 18가구의 낮은 참 조용하다.

조용한 것은 낮뿐이다. 어둑어둑하면 그들은 이부자리를 걷어 들인다. 전등불이 켜진 뒤의 18가구는 낮보다 훨씬 화려하다. 저물도록 미닫이 여닫는 소리가 잦다. 바빠진다. 여러 가지 내음새(냄새)가 나기 시작한다. 비웃(청어) 굽는 내, 탕고도란(식민지 시대에 많이 쓰던 화장품의 이름) 내, 뜨물 내, 비누 내……

그러나 이런 것들보다도 그들의 문패가 제일로 고개를 끄덕이게 하는 것이다. 이 18가구를 대표하는 대문이라는 것이 일각이 져서 외따로 떨어지기는 했으나 있다. 그러나 그것은 한 번도 닫힌 일이 없는 한길이나 마찬가지 대문인 것이다. 온갖 장사치들은 하루 가운데 어느 시간에라도 이 대문을 통하여 드나들 수 있는 것이다. 이네들은 문간에서 두부를 사는 것이 아니라 미닫이만 열고 방에서 두부를 사는 것이다. 이렇게 생긴 33번지 대문에 그들 18가구의 문패를 몰아다 붙이는 것은 의미가 없다. 그들은 어느 사이엔가 각 미닫이 위 백인당이니 길상당이니 써 붙인 한 곁에다 문패를 붙이는 풍속을 가져 버렸다.

내 방 미닫이 위 한 곁에 칼표 딱지(뜯어서 쓰는 딱지)를 넷에다 낸 것만한 내, 아니! 내 아내의 명함이 붙어 있는 것도 이 풍속을 좇은 것이 아닐 수 없다.

나는 그러나 그들의 아무와도 놀지 않는다. 놀지 않을 뿐만 아니라 인사도 않는다. 나는 내 아내와 인사하는 외에 누구와도 인사하고 싶지 않았다.

내 아내 외에 다른 사람과 인사를 하거나 놀거나 하는 것은 내 아내 낯을 보아 좋지 않은 일인 것만 같이 생각이 들었기 때문이다. 나는 이만큼까지 내 아내를 소중히 생각한 것이다.

내가 이렇게까지 내 아내를 소중히 생각한 까닭은 이 33번지 18가구 가운데서 내 아내가 내 아내의 명함처럼 제일 작고 제일 아름다운 것을 안 까닭이다. 18가구에 각기 별러든 송이송이 꽃들 가운데서도 내 아내가 특히 아름다운 한 떨기의 꽃으로, 이 함석지붕 밑 볕 안 드는 지역에서 어디까지든지 찬란하였다. 따라서 그런 한 떨기 꽃을 지키고, 아니 그 꽃에 매달려 사는 나라는 존재가 도무지 형언할 수 없는 거북살스러운 존재가 아닐 수 없었던 것은 물론이다.

나는 어디까지든지 내 방이 — 집이 아니다. 집은 없다 — 마음에 들었다. 방 안의 기온은 내 체온을 위하여 쾌적하였고, 방 안의 침침한 정도가 또한 내 안력을 위하여 쾌적하였다. 나는 내 방 이상의 서늘한 방도, 또 따뜻한 방도 희망하지 않았다. 이 이상으로 밝거나 이 이상으로 아늑한 방을 원하지 않았다. 내 방은 나 하나를 위하여 요만한 정도를 꾸준히 지키는 것 같아 늘 내 방에 감사하였고, 나는 또 이런 방을 위하여 이 세상에 태어난 것만 같아서 즐거웠다.

그러나 이것은 행복이라든가 불행이라든가 하는 것을 계산하는 것은 아니었다. 말하자면 나는 내가 행복하다고도 생각할 필요가 없었고, 그렇다고 불행하다고도 생각할 필요가 없었다. 그냥 그날그날을 그저 까닭 없이 펀둥펀둥 게으르게만 있으면 만사는 그만이었던 것이다.

내 몸과 마음에 옷처럼 잘 맞는 방 속에서 뒹굴면서, 축 처져 있는 것은 행복이니 불행이니 하는 그런 세속적인 계산을 떠난 가장 편리하고 안일한, 말하자면 절대적인 상태인 것이다. 나는 이런 상태가 좋았다.

이 절대적인 내 방은 대문간에서 세어서 똑 일곱째 칸이다. 러키세븐의 뜻이 없지 않다. 나는 이 일곱이라는 숫자를 훈장처럼 사랑하였다. 이런 이 방이 가운데 장지로 말미암아 두 칸으로 나뉘어 있었다는 그것이 내 운명의 상징이었던 것을 누가 알랴?

아랫방은 그래도 해가 든다. 아침결에 책보만 한 해가 들었다가 오후에 손수건만 해지면서 나가 버린다. 해가 영영 들지 않는 윗방이 즉 내 방인 것은 말할 것도 없다. 이렇게 볕 드는 방이 아내 방이요, 볕 안 드는 방이 내 방이요 하고 아내와 나 둘 중에 누가 정했는지 나는 기억하지 못한다. 그러나 나에게는 불평이 없다.

아내가 외출만 하면 나는 얼른 아랫방으로 와서 그 동쪽으로 난 들창을 열어 놓고, 열어 놓으면 들이비치는 볕살이 아내의 화장대를 비쳐 가지각색 병들이 아롱이 지면서 찬란하게 빛나고, 이렇게 빛나는 것을 보는 것은 다시없는 내 오락이다. 나는 조그만 '돋보기'를 꺼내 가지고 아내만이 사용하는 지리가미(휴지)를 그슬려 가면서 불장난을 하고 논다. 평행 광선을 굴절시켜서 한 초점에 모아 가지고 그 초점이 따끈따끈해지다가, 마지막에는 종이를 그슬리기 시작하고 가느다란 연기를 내면서 드디어 구멍을 뚫어 놓는 데까지에 이르는 고 얼마 안 되는 동안의 초조한 맛이 죽고 싶을 만치 내게는 재미있었다.

이 장난이 싫증이 나면 나는 또 아내의 손잡이 거울을 가지고 여러 가지로 논다. 거울이란 제 얼굴을 비출 때만 실용품이다. 그 외의 경우에는 도

무지 장난감인 것이다.

이 장난도 곧 싫증이 난다. 나의 유희심은 육체적인 데서 정신적인 데로 비약한다. 나는 거울을 내던지고 아내의 화장대 앞으로 가까이 가서 나란히 늘어 놓은 고 가지각색의 화장품 병들을 들여다본다. 고것들은 세상의 무엇보다도 매력적이다. 나는 그중의 하나만을 골라서 가만히 마개를 빼고 병 구멍을 내 코에 가져다 대고 숨죽이듯이 가벼운 호흡을 하여 본다. 이국적인 센슈얼한 향기가 폐로 스며들면 나는 저절로 스르르 감기는 내 눈을 느낀다. 확실히 아내의 체취의 파편이다. 나는 도로 병마개를 막고 생각해 본다. 아내의 어느 부분에서 요 내음새가 났던가를……. 그러나 그것은 분명치 않다. 왜? 아내의 체취는 여기 늘어선 가지각색 향기의 합계일 것이니까.

아내의 방은 늘 화려하였다. 내 방이 벽에 못 한 개 꽂히지 않은 소박한 것인 반대로, 아내 방에는 천장 밑으로 쫙 돌려 못이 박히고, 못마다 화려한 아내의 치마와 저고리가 걸렸다. 여러 가지 무늬가 보기 좋다. 나는 그 여러 조각의 치마에서 늘 아내의 동체와 그 동체가 될 수 있는 여러 가지 포즈를 연상하고 연상하면서 내 마음은 늘 점잖지 못하다.

그렇건만 나에게는 옷이 없었다. 아내는 내게는 옷을 주지 않았다. 입고 있는 코르덴 양복 한 벌이 내 자리옷이었고 통상복과 나들이옷을 겸한 것이었다. 그리고 하이넥의 스웨터가 한 조각 사철을 통한 내 내의다. 그것들은 하나같이 다 빛이 검다. 그것은 내 짐작 같아서는, 즉 빨래를 될 수 있는 데까지 하지 않아도 보기 싫지 않도록 하기 위한 것이 아닌가 한다. 나는 허리와 두 가랑이 세 군데 다 고무 밴드가 끼어 있는 부드러운 사루마다(속옷)를 입고 그리고 아무 소리 없이 잘 놀았다.

어느덧 손수건만 해졌던 볕이 나갔는데 아내는 외출에서 돌아오지 않는다. 나는 요만 일에도 좀 피곤하였고, 또 아내가 돌아오기 전에 내 방으로 가 있어야 될 것을 생각하고 그만 내 방으로 건너간다. 내 방은 침침하다. 나는 이불을 뒤집어쓰고 낮잠을 잔다.

한 번도 걷은 일이 없는 내 이부자리는 내 몸뚱이의 일부분처럼 내게는 참 반갑다. 잠은 잘 오는 적도 있다. 그러나 또 전신이 까칫까칫하면서 영 잠이 오지 않는 적도 있다. 그런 때는 아무 제목으로나 제목을 하나 골라서 연구하였다. 나는 내 좀 축축한 이불 속에서 참 여러 가지 발명도 하였고 논문도 많이 썼다. 시도 많이 지었다. 그러나 그것들은 내가 잠이 드는 것과 동시에 내 방에 담겨서 철철 넘치는 그 흐늑흐늑한 공기에 다 — 비누처럼 풀어져서 온데간데가 없고, 한참 자고 깬 나는 속이 무명 헝겊이나 메밀 껍질로 띵띵 찬 한 덩어리 베개와도 같은 한 벌 신경이었을 뿐이고 뿐이고 하였다.

그러기에 나는 빈대가 무엇보다도 싫었다. 그러나 내 방에서는 겨울에도 몇 마리의 빈대가 끊이지 않고 나왔다. 내게 근심이 있었다면 오직 이 빈대를 미워하는 근심일 것이다. 나는 빈대에게 물려서 가려운 자리를 피가 나도록 긁었다. 쓰라리다. 그것은 그윽한 쾌감임에 틀림없었다. 나는 혼곤히 잠이 든다.

나는 그러나 그런 이불 속의 사색 생활에서도 적극적인 것을 궁리하는 법이 없다. 내게는 그럴 필요가 대체 없었다. 만일 내가 그런 좀 적극적인 것을 궁리해 내었을 경우에 나는 반드시 내 아내와 의논하여야 할 것이고, 그러면 반드시 나는 아내에게 꾸지람을 들을 것이고 — 나는 꾸지람이 무서웠다느니보다도 성가셨다. 내가 제법 한 사람의 사회인의 자격으로 일을 해 보는 것도, 아내에게 사설 듣는 것도 나는 가장 게으른 동물처럼 게으른 것이 좋았다. 될 수만 있으면 이 무의미한 인간의 탈을 벗어 버리고도 싶었다.

나에게는 인간 사회가 스스러웠다. 생활이 스스러웠다. 모두가 서먹서먹할 뿐이었다.

아내는 하루에 두 번 세수를 한다. 나는 하루 한 번도 세수를 하지 않는다. 나는 밤중 3시나 4시쯤 해서 변소에 갔다. 달이 밝은 밤에는 한참씩 마당에 우두커니 섰다가 들어오곤 한다. 그러니까 나는 이 18가구의 아무와도 얼굴이 마주치는 일이 거의 없다. 그러면서도 나는 이 18가구의 젊은 여인네 얼굴들을 거반 다 기억하고 있었다. 그들은 하나같이 내 아내만 못하였다.

11시쯤 해서 하는 아내의 첫 번 세수는 좀 간단하다. 그러나 저녁 7시쯤 해서 하는 두 번째 세수는 손이 많이 간다. 아내는 낮에 보다도 밤에 더 좋고 깨끗한 옷을 입는다. 그리고 낮에도 외출하고 밤에도 외출하였다.

아내에게 직업이 있었던가? 나는 아내의 직업이 무엇인지 알 수 없다. 만일 아내에게 직업이 없었다면, 같이 직업이 없는 나처럼 외출할 필요가 생기지 않을 것인데 — 아내는 외출한다. 외출할 뿐만 아니라 내객이 많다. 아내에게 내객이 많은 날은 나는 온종일 내 방에서 이불을 쓰고 누워 있어야만 된다. 불장난도 못 한다. 화장품 내음새도 못 맡는다. 그런 날은 나는 의식적으로 우울해하였다. 그러면 아내는 나에게 돈을 준다. 50전짜리 은화다. 나는 그것이 좋았다. 그러나 그것을 무엇에 써야 옳을지 몰라서 늘 머리맡에 던져 두고두고 한 것이 어느결에 모여서 꽤 많아졌다. 어느 날 이것을 본 아내는 금고처럼 생긴 벙어리(저금통)를 사다 준다. 나는 한 푼씩 한 푼씩 고 속에 넣고 열쇠는 아내가 가져갔다. 그 후에도 나는 더러 은화를 그 벙어리에 넣은 것을 기억한다. 그리고 나는 게을렀다. 얼마 후 아내의 머리 쪽에 보지 못하던 누깔 잠(비녀의 일종)이 하나 여드름처럼 돋았던 것은 바로 그 금고형 벙어리의 무게가 가벼워졌다는 증거일까. 그러나 나는 드디어 머리맡에 놓였던 그 벙어리에 손을 대지 않고 말았다. 내 게으름은 그런 것에 내 주의를 환기시키기도 싫었다.

아내에게 내객이 있는 날은 이불 속으로 암만 깊이 들어가도 비 오는 날만큼 잠이 잘 오지 않았다. 나는 그런 때 아내에게 왜 늘 돈이 있나, 왜 돈이 많은가를 연구했다.

내객들은 장지 저쪽에 내가 있는 것을 모르나 보다. 내 아내와 나도 좀 하기 어려운 농을 아주 서슴지 않고 쉽게 해 내던지는 것이다. 그러나 아내의 내객 가운데 서너 사람의 내객들은 늘 비교적 점잖았다고 볼 수 있는 것이 자정이 좀 지나면 으레 돌아들 갔다. 그들 가운데는 퍽 교양이 옅은 자도 있는 듯싶었는데, 그런 자는 보통 음식을 사다 먹고 논다. 그래서 보충을 하고 대체로 무사하였다.

나는 우선 내 아내의 직업이 무엇인가를 연구하기에 착수하였으나 좁은 시야와 부족한 지식으로는 이것을 알아내기 힘이 든다. 나는 끝끝내 내 아내의 직업이 무엇인가를 모르고 말려나 보다.

아내는 늘 진솔 버선(한 번도 신지 않은 새 버선)만 신었다. 아내는 밥도 지었다. 아내가 밥 짓는 것을 나는 한 번도 구경한 일은 없으나 언제든지 끼니때면 내 방으로 내 조석밥을 날라다 주는 것이다. 우리 집에는 나와 내 아내 외에 다른 사람은 아무도 없다. 이 밥은 분명 아내가 손수 지었음에 틀림없다.

그러나 아내는 한 번도 나를 자기 방으로 부른 일이 없다. 나는 늘 윗방에서 혼자서 밥을 먹고 잠을 잤다. 밥은 너무 맛이 없었다. 반찬이 너무 엉성하였다. 나는 닭이나 강아지처럼 말없이 주는 모이를 넙죽넙죽 받아먹기는 했으나 내심 야속하게 생각한 적도 더러 없지 않다. 나는 안색이 여지없이 창백해 가면서 말라 들어갔다. 나날이 눈에 보이듯이 기운이 줄어들었다. 영양 부족으로 하여 몸뚱이 곳곳의 뼈가 불쑥불쑥 내밀었다. 하룻밤 사이에도 수십 차를 돌아눕지 않고는 여기저기가 배겨서 나는 배겨 낼 수가 없었다.

그렇기 때문에 나는 내 이불 속에서 아내가 늘 흔히 쓸 수 있는 저 돈의 출처를 탐색해 보는 일변, 장지 틈으로 새어 나오는 아랫방의 음식은 무엇일까를 간단히 연구하였다. 나는 잠이 잘 안 왔다.

깨달았다. 아내가 쓰는 돈은 그, 내게는 다만 실없는 사람들로밖에 보이지 않는 까닭 모를 내객들이 놓고 가는 것임에 틀림없으리라는 것을 나는 깨달았다. 그러나 왜 그들 내객은 돈을 놓고 가나, 왜 내 아내는 그 돈을 받아야 되나 하는 예의 관념이 내게는 도무지 알 수 없는 것이었다.

그것은 그저 예의에 지나지 않는 것일까. 그렇지 않으면 혹 무슨 대가일까 보수일까. 내 아내가 그들의 눈에는 동정을 받아야만 할 가엾은 인물로 보였던가.

이런 것들을 생각하노라면 으레 내 머리는 그냥 혼란하여 버리곤 하였다. 잠들기 전에 획득했다는 결론이 오직 불쾌하다는 것뿐이었으면서도 나는 그런 것을 아내에게 물어보거나 한 일이 참 한 번도 없다. 그것은 대체 귀찮기도 하려니와 한잠 자고 일어나면 나는 사뭇 딴사람처럼 이것도 저것도 다 깨끗이 잊어버리고 그만두는 까닭이다.

내객들이 돌아가고, 혹 밤 외출에서 돌아오고 하면 아내는 경편한 것으로 옷을 바꾸어 입고 내 방으로 나를 찾아온다. 그리고 이불을 들치고 내 귀에는 영 생동생동한 몇 마디 말로 나를 위로하려 든다. 나는 조소도 고소도 홍소도 아닌 웃음을 얼굴에 띄우고 아내의 아름다운 얼굴을 쳐다본다. 아내는 방그레 웃는다. 그러나 그 얼굴에 떠도는 일말의 애수를 나는 놓치지 않는다.

아내는 능히 내가 배고파하는 것을 눈치챌 것이다. 그러나 아랫방에서 먹고 남은 음식을 나에게 주려 들지는 않는다. 그것은 어디까지든지 나를 존경하는 마음일 것임에 틀림없다. 나는 배가 고프면서도 적이 마음이 든든한 것을 좋아한다. 아내가 무엇이라고 지껄이고 갔는지 귀에 남아 있을 리가 없다. 다만 내 머리맡에 아내가 놓고 간 은화가 전등불에 흐릿하게 빛나고 있을 뿐이다.

고 금고형 벙어리 속에 고 은화가 얼마만큼이나 모였을까. 나는 그러나 그것을 쳐들어 보지 않았다. 그저 아무런 의욕도 기원도 없이 그 단춧구멍처럼 생긴 틈사구니로 은화를 떨어뜨려 둘 뿐이었다.

왜 아내의 내객들이 아내에게 돈을 놓고 가나 하는 것이 풀 수 없는 의문인 것같이, 왜 아내는 나에게 돈을 놓고 가나 하는 것도 역시 나에게는 똑같이 풀 수 없는 의문이었다. 내 비록 아내가 내게 돈을 놓고 가는 것이 싫지 않았다 하더라도 그것은 다만 고것이 내 손가락에 닿는 순간에서부터 고 벙어리 주둥이에서 자취를 감추기까지의 하잘것없는 짧은 촉각이 좋았달 뿐이지 그 이상 아무 기쁨도 없다.

어느 날 나는 고 벙어리를 변소에 갖다 넣어 버렸다. 그때 벙어리 속에는 몇 푼이나 되는지는 모르겠으나 고 은화들이 꽤 들어 있었다.

나는 내가 지구 위에 살며 내가 이렇게 살고 있는 지구가 질풍신뢰의 속력으로 광대무변의 공간을 달리고 있다는 것을 생각했을 때 참 허망하였다. 나는 이렇게 부지런한 지구 위에서는 현기증도 날 것 같고 해서 한시바삐 내려 버리고 싶었다.

이불 속에서 이런 생각을 하고 난 뒤에는 나는 고 은화를 고 벙어리에 넣고 넣고 하는 것조차도 귀찮아졌다. 나는 아내가 손수 벙어리를 사용하였으면 하고 희망하였다. 벙어리도 돈도 사실에는 아내에게만 필요한 것이지 내게는 애초부터 의미가 전연 없는 것이었으니까 될 수만 있으면 그 벙어리를 아내가 아내 방으로 가져갔으면 하고 기다렸다. 그러나 아내는 가져가지 않는다. 나는 내가 아내 방으로 가져다 둘까 하고 생각하여 보았으나 그즈음에는 아내의 내객이 원체 많아서 내가 아내 방에 가 볼 기회가 도무지 없었다. 그래서 나는 하는 수 없이 변소에 갖다 집어넣어 버리고 만 것이다.

나는 서글픈 마음으로 아내의 꾸지람을 기다렸다. 그러나 아내는 끝내 아무 말도 나에게 묻지도 하지도 않았다. 않았을 뿐 아니라 여전히 돈은 돈대로 내 머리맡에 놓고 가지 않나? 내 머리맡에는 어느덧 은화가 꽤 많이 모였다.

내객이 아내에게 돈을 놓고 가는 것이나 아내가 내게 돈을 놓고 가는 것이나 일종의 쾌감 — 그 외의 다른 아무런 이유도 없는 것이 아닐까 하는 것을 나는 또 이불 속에서 연구하기 시작하였다. 쾌감이라면 어떤 종류의 쾌감일까를 계속하여 연구하였다. 그러나 그것은 이불 속의 연구로는 알 길이 없었다. 쾌감, 쾌감, 하고 나는 뜻밖에도 이 문제에 대해서만 흥미를 느꼈다.

아내는 물론 나를 늘 감금하여 두다시피 하여 왔다. 내게 불평이 있을 리 없다. 그런 중에도 나는 그 쾌감이라는 것의 유무를 체험하고 싶었다.

나는 아내의 밤 외출 틈을 타서 밖으로 나왔다. 나는 거리에서 잊어버리지 않고 가지고 나온 은화를 지폐로 바꾼다. 5원이나 된다. 그것을 주머니에 넣고 나는 목적을 잃어버리기 위하여 얼마든지 거리를 쏘다녔다. 오래간만에 보는 거리는 거의 경이에 가까울 만치 내 신경을 흥분시키지 않고는 마지않았다. 나는 금시에 피곤하여 버렸다. 그러나 나는 참았다. 그리고 밤이 이슥하도록 까닭을 잊어버린 채 이 거리 저 거리로 지향 없이 헤매었다. 돈은 물론 한 푼도 쓰지 않았다. 돈을 쓸 아무 엄두도 나서지 않았다. 나는 벌써 돈을 쓰는 기능을 완전히 상실한 것 같았다.

나는 과연 피로를 이 이상 견디기가 어려웠다. 나는 가까스로 내 집을 찾았다. 나는 내 방으로 가려면 아내 방을 통과하지 않으면 안 될 것을 알고 아내에게 내객이 있나 없나를 걱정하면서 미닫이 앞에서 좀 거북살스럽게 기침을 한 번 했더니, 이것은 참 또 너무도 암상스럽게(매섭게) 미닫이가 열리면서 아내의 얼굴과 그 등 뒤에 낯선 남자의 얼굴이 이쪽을 내다보는 것이다. 나는 별안간 내어 쏟아지는 불빛에 눈이 부셔서 좀 머뭇머뭇했다.

나는 아내의 눈초리를 못 본 것은 아니다. 그러나 나는 모르는 체하는 수밖에 없었다. 왜? 나는 어쨌든 아내의 방을 통과하지 아니하면 안 되니까…….

나는 이불을 뒤집어썼다. 무엇보다도 다리가 아파서 견딜 수가 없었다. 이불 속에서는 가슴이 울렁거리면서 암만해도 까무러칠 것만 같았다. 걸을 때는 몰랐더니 숨이 차다. 등에 식은땀이 쭉 내밴다. 나는 외출한 것을 후회하였다. 이런 피로를 잊고 어서 잠이 들었으면 좋겠다. 한잠 잘 자고 싶었다.

얼마 동안이나 비스듬히 엎드려 있었더니 차츰차츰 뚝딱거리는 가슴 동기가 가라앉는다. 그만해도 우선 살 것 같았다. 나는 몸을 되돌려 반듯이 천장을 향하여 눕고 쭈욱 다리를 뻗었다.

그러나 나는 또다시 가슴의 동기를 피할 수 없게 되었다. 아랫방에서 아내와 그 남자의 내 귀에도 들리지 않을 만치 옅은 목소리로 소곤거리는 기척이 장지 틈으로 전하여 왔던 것이다. 청각을 더 예민하게 하기 위하여 나는 눈을 떴다. 그리고 숨을 죽였다. 그러나 그때는 벌써 아내와 남자는 앉았던 자리를 툭툭 털며 일어섰고, 일어서면서 옷과 모자 쓰는 기척이 나는 듯하더니 이어 미닫이가 열리고 구두 뒤축 소리가 나고, 그리고 뜰에 내려서는 소리가 쿵 하고 나면서 뒤를 따르는 아내의 고무신 소리가 두어 발자국 찍찍 나고 사뿐사뿐 나나 하는 사이에 두 사람의 발소리가 대문간 쪽으로 사라졌다.

나는 아내의 이런 태도를 본 일이 없다. 아내는 어떤 사람과도 결코 소곤거리는 법이 없다. 나는 윗방에서 이불을 쓰고 누웠는 동안에도 혹 술에 취해서 혀가 잘 돌아가지 않는 내객들의 담화는 더러 놓치는 수가 있어도 아내의 높지도 얕지도 않은 말소리는 일찍이 한 마디도 놓쳐 본 일이 없다. 더러 내 귀에 거슬리는 소리가 있어도 나는 그것이 태연한 목소리로 내 귀에 들렸다는 이유로 충분히 안심이 되었다.

그렇던 아내의 이런 태도는 필시 그 속에 여간하지 않은 사정이 있는 듯싶이 생각이 되고 내 마음은 좀 서운했으나 그러나 그보다도 나는 좀 너무 피곤해서 오늘만은 이불 속에서 아무것도 연구치 않기로 굳게 결심하고 잠을 기다렸다. 잠은 좀처럼 오지 않았다. 대문간에 나간 아내도 좀처럼 들어오지 않았다. 그러는 동안에 흐지부지 나는 잠이 들어 버렸다. 꿈이 얼쑹덜쑹 종을 잡을 수 없는 거리의 풍경을 여전히 헤맸다.

나는 몹시 흔들렸다. 내객을 보내고 들어온 아내가 잠든 나를 잡아 흔드는 것이다. 나는 눈을 번쩍 뜨고 아내의 얼굴을 쳐다보았다. 아내의 얼굴에는 웃음이 없다. 나는 좀 눈을 비비고 아내의 얼굴을 자세히 보았다. 노기가 눈초리에 떠시 얇은 입술이 바르르 떨린다. 좀처럼 이 노기가 풀리기는 어려울 것 같았다. 나는 그대로 눈을 감아 버렸다. 벼락이 내리기를 기다린 것이다. 그러나 쌔근하는 숨소리가 나면서 푸시시 아내의 치맛자락 소리가 나고 장지가 여닫히며 아내는 아내 방으로 돌아갔다. 나는 다시 몸을 되돌려 이불을 뒤집어쓰고는 개구리처럼 엎드리고, 엎드려서 배가 고픈 가운데서도 오늘 밤의 외출을 또 한 번 후회하였다.

나는 이불 속에서 아내에게 사죄하였다. 그것은 네 오해라고…….

나는 사실 밤이 퍽 이슥한 줄만 알았던 것이다. 그것이 네 말마따나 자정 전인 줄은 나는 정말이지 꿈에도 몰랐다. 나는 너무 피곤하였었다. 오래간만에 나는 너무 많이 걸은 것이 잘못이다. 내 잘못이라면, 잘못은 그것밖에는 없다. 외출은 왜 하였느냐고?

나는 그 머리맡에 저절로 모인 5원 돈을 아무에게라도 좋으니 주어 보고 싶었던 것이다. 그뿐이다. 그러나 그것도 내 잘못이라면 나는 그렇게 알겠다. 나는 후회하고 있지 않나?

내가 그 5원 돈을 써 버릴 수가 있었던들 나는 자정 안에 집에 돌아올 수 없었을 것이다. 그러나 거리는 너무 복잡하였고 사람은 너무도 들끓었다. 나는 어느 사람을 붙들고 그 5원 돈을 내어 주어야 할지 갈피를 잡을 수가 없었다. 그러는 동안에 나는 여지없이 피곤해 버리고 말았던 것이다.

나는 무엇보다도 좀 쉬고 싶었다. 눕고 싶었다. 그래서 나는 하는 수 없이 집으로 돌아온 것이다. 내 짐작 같아서는 밤이 어지간히 늦은 줄만 알았는데 그것이 불행히도 자정 전이었다는 것은 참 안 된 일이다. 미안한 일이다. 나는 얼마든지 사죄하여도 좋다. 그러나 종시 아내의 오해를 풀지 못하였다 하면 내가 이렇게까지 사죄하는 보람은 그럼 어디 있나? 한심하였다.

1시간 동안을 나는 이렇게 초조하게 굴지 않으면 안 되었다. 나는 이불을 홱 젖혀 버리고 일어나서 장지를 열고 아내 방으로 비칠비칠 달려갔던 것이다. 내게는 거의 의식이라는 것이 없었다. 나는 아내 이불 위에 엎드러지면서 바지 포켓 속에서 그 돈 5원을 꺼내 아내 손에 쥐어 준 것을 간신히 기억할 뿐이다.

이튿날 잠이 깨었을 때, 나는 내 아내 방 아내 이불 속에 있었다. 이것이 이 33번지에서 살기 시작한 이래 내가 아내 방에서 잔 맨 처음이었다.

해가 들창에 훨씬 높았는데 아내는 이미 외출하고 벌써 내 곁에 있지 않다. 아니! 아내는 엊저녁 내가 의식을 잃은 동안에 외출한 것인지도 모른다. 그러나 나는 그런 것을 조사하고 싶지 않았다. 다만 전신이 찌뿌드드한 것이 손가락 하나 꼼짝할 힘조차 없었다. 책보보다 좀 작은 면적의 볕이 눈이 부시다. 그 속에서 수없는 먼지가 흡사 미생물처럼 난무한다. 코가 칵 막히는 것 같다. 나는 다시 눈을 감고 이불을 푹 뒤집어쓰고 낮잠을 자기에 착수하였다. 그러나 코를 스치는 아내의 체취는 꽤 도발적이었다. 나는 몸을 여러 번 여러 번 비비 꼬면서 아내의 화장대에 늘어선 고 가지각색 화장품 병들과 고 병들의 마개를 뽑았을 때 풍기는 내음새를 더듬느라고 좀처럼 잠은 들지 않는 것을 나는 어찌하는 수도 없었다.

견디다 못하여 나는 그만 이불을 걷어차고 벌떡 일어나서 내 방으로 갔다. 내 방에는 다 식어 빠진 내 끼니가 가지런히 놓여 있는 것이다. 아내는 내 모이를 여기다 주고 나간 것이다. 나는 우선 배가 고팠다. 한 숟갈을 입에 떠 넣었을 때 그 촉감은 참 너무도 냉회와 같이 써늘하였다. 나는 숟갈을 놓고 내 이불 속으로 들어갔다. 하룻밤을 비워 버린 내 이부자리는 여전히 반갑게 나를 맞아 준다. 나는 내 이불을 뒤집어쓰고 이번에는 참 늘어지게 한잠 잤다. 잘 —.

내가 잠을 깬 것은 전등이 켜진 뒤다. 그러나 아내는 아직도 돌아오지 않았나 보다. 아니! 들어왔다 또 나갔는지도 알 수 없다. 그러나 그런 것을 삼고하여 무엇 하나?

정신이 한결 난다. 나는 지난밤 일을 생각해 보았다. 그 돈 5원을 아내 손에 쥐어 주고 넘어졌을 때에 느낄 수 있었던 쾌감을 나는 무엇이라고 설명할 수가 없었다. 그러니 내객들이 내 아내에게 돈 놓고 가는 심리며, 내 아내가 내게 돈 놓고 가는 심리의 비밀을 나는 알아낸 것 같아서 여간 즐거운 것이 아니다. 나는 속으로 빙그레 웃어 보았다. 이런 것을 모르고 오늘까지 지내 온 나 자신이 어떻게 우스꽝스러워 보이는지 몰랐다. 나는 어깨춤이 났다.

따라서 나는 또 오늘 밤에도 외출하고 싶었다. 그러나 돈이 없다. 나는 또 엊저녁에 그 돈 5원을 한꺼번에 아내에게 주어 버린 것을 후회하였다. 또 고 벙어리를 변소에 갖다 처넣어 버린 것도 후회하였다. 나는 실없이 실망하면서 습관처럼 그 돈이 들어 있던 내 바지 포켓에 손을 넣어 한번 휘둘러보았다. 뜻밖에도 내 손에 쥐어지는 것이 있었다. 2원밖에 없다. 그러나 많아야 맛은 아니다. 얼마간이고 있으면 된다. 나는 그만한 것이 여간 고마운 것이 아니었다.

나는 기운을 얻었다. 나는 그 단벌 다 떨어진 코르덴 양복을 걸치고 배고픈 것도 주제 사나운 것도 다 잊어버리고 활갯짓을 하면서 또 거리로 나섰다. 나서면서 나는 제발 시간이 화살 닫듯 해서 자정이 어서 획 지나 버렸으면 하고 조바심을 태웠다. 아내에게 돈을 주고 아내 방에서 자 보는 것은 어디까지든지 좋았지만, 만일 잘못해서 자정 전에 집에 들어갔다가 아내의 눈총을 맞는 것은 그것은 여간 무서운 일이 아니었다. 나는 저물도록 길가 시계를 들여다보고 들여다보고 하면서 또 지향 없이 거리를 방황하였다. 그러나 이날은 좀처럼 피곤하지는 않았다. 다만 시간이 좀 너무 더디게 가는 것만 같아서 안타까웠다.

경성역 시계가 확실히 자정을 지난 것을 본 뒤에 나는 집을 향하였다. 그날은 그 일각 대문에서 아내와 아내의 남자가 이야기하고 섰는 것을 만났다. 나는 모르는 체하고 두 사람 곁을 지나서 내 방으로 들어갔다. 뒤이어 아내도 들어왔다. 와서는 이 밤중에 평생 안 하던 쓰레질(비로 쓸어 집 안을 청소하는 일)을 하는 것이다. 조금 있다가 아내가 눕는 기척을 엿듣자마자 나는 또 장지를 열고 아내 방으로 가서 그 돈 2원을 아내 손에 덥석 쥐어 주고, 그리고 — 하여간 그 2원을 오늘 밤에도 쓰지 않고 도로 가져온 것이 참 이상하다는 듯이 아내는 내 얼굴을 몇 번이고 엿보고 — 아내는 드디어 아무 말도 없이 나를 자기 방에 재워 주었다. 나는 이 기쁨을 세상의 무엇과도 바꾸고 싶지는 않았다. 나는 편히 잘 잤다.

이튿날도 내가 잠이 깨었을 때는 아내는 보이지 않았다. 나는 또 내 방으로 가서 피곤한 몸이 낮잠을 잤다.

내가 아내에게 흔들려 깨었을 때는 역시 불이 들어온 뒤였다. 아내는 자기 방으로 나를 오라는 것이다. 이런 일은 또 처음이다. 아내는 끊임없이 얼굴에 미소를 띠고 내 팔을 이끄는 것이다. 나는 이런 아내의 태도 이면에 엔간치 않은 음모가 숨어 있지나 않은가 하고 적이 불안을 느끼지 않을 수 없었다.

나는 아내가 하자는 대로 아내 방으로 끌려갔다. 아내 방에는 저녁 밥상이 조촐하게 차려져 있는 것이다. 생각하여 보면 나는 이틀을 굶었다. 나는 지금 배고픈 것까지도 긴가민가 잊어버리고 어릿어릿하던 차다.

나는 생각하였다. 이 최후의 만찬을 먹고 나자마자 벼락이 내려도 나는 차라리 후회하지 않을 것을. 사실 나는 인간 세상이 너무나 심심해서 못 견디겠던 차다. 모든 일이 성가시고 귀찮았으나 그러나 불의의 재난이라는 것은 즐거웁다.

나는 마음을 턱 놓고 조용히 아내와 마주 이 해괴한 저녁밥을 먹었다. 우리 부부는 이야기하는 법이 없었다. 밥을 먹은 뒤에도 나는 말이 없이 그냥 부스스 일어나서 내 방으로 건너가 버렸다. 아내는 나를 붙잡지 않았다. 나는 벽에 기대어 앉아서 담배를 한 대 피워 물고, 그리고 벼락이 떨어질 테거든 어서 떨어져라 하고 기다렸다.

5분! 10분!

그러나 벼락은 내리지 않았다. 긴장이 차츰 늘어지기 시작한다. 나는 어느덧 오늘 밤에도 외출할 것을 생각하고 있었다. 돈이 있었으면 하고 생각하고 있었다.

그러나 돈은 확실히 없다. 오늘은 외출하여도 나중에 올 무슨 기쁨이 있나. 나는 앞이 그냥 아뜩하였다. 나는 화가 나서 이불을 뒤집어쓰고 이리 뒹굴 저리 뒹굴 굴렀다. 금시 먹은 밥이 목으로 자꾸 치밀어 올라온다. 메스꺼웠다.

하늘에서 얼마라도 좋으니 왜 지폐가 소낙비처럼 퍼붓지 않나, 그것이 그저 한없이 야속하고 슬펐다. 나는 이렇게밖에 돈을 구하는 아무런 방법도 알지는 못했다. 나는 이불 속에서 좀 울었나 보다. 돈이 왜 없냐면서……

그랬더니 아내가 또 내 방에 왔다. 나는 깜짝 놀라 아마 인제서야 벼락이 내리려나 보다 하고 숨을 죽이고 두꺼비 모양으로 엎디어 있었다. 그러나 떨어진 입을 새어 나오는 아내의 말소리는 참 부드러웠다. 정다웠다. 아내는 내가 왜 우는지를 안다는 것이다. 돈이 없어서 그러는 게 아니냐. 나는 실없이 깜짝 놀랐다. 어떻게 사람의 속을 환 — 하게 들여다보는고 해서 나는 한편으로 슬그머니 겁도 안 나는 것은 아니었으나 저렇게 말하는 것을 보면 아마 내게 돈을 줄 생각이 있나 보다, 만일 그렇다면 오죽이나 좋은 일일까. 나는 이불 속에 똘똘 말린 채 고개도 들지 않고 아내의 다음 거동을 기다리고 있으니까, 옜소 — 하고 내 머리맡에 내려뜨리는 것은 그 가뿐한 음향으로 보아 지폐임에 틀림없었다. 그리고 내 귀에다 대고 오늘일랑 어제보다도 좀 더 늦게 들어와도 좋다고 속삭이는 것이다. 그것은 어렵지 않다. 우선 그 돈이 무엇보다도 고맙고 반가웠다.

어쨌든 나섰다. 나는 좀 야맹증이다. 그래서 될 수 있는 대로 밝은 거리로 골라서 돌아다니기로 했다. 그러고는 경성역 1, 2등 대합실 한 곁 티 룸에 들렀다. 그것은 내게는 큰 발견이었다. 거기는 우선 아무도 아는 사람이 안 온다. 설사 왔다가도 곧 가니까 좋다. 나는 날마다 여기 와서 시간을 보내리라 속으로 생각하여 두었다.

제일 여기 시계가 어느 시계보다도 정확하리라는 것이 좋았다. 섣불리 서투른 시계를 보고 그것을 믿고 시간 전에 집에 돌아갔다가 큰코를 다쳐서는 안 된다.

나는 한 부스에 아무것도 없는 것과 마주 앉아서 잘 끓은 커피를 마셨다. 총총한 가운데 여객들은 그래도 한 잔 커피가 즐거운가 보다. 얼른얼른 마시고 무얼 좀 생각하는 것같이 담벼락도 좀 쳐다보고 하다가 곧 나가 버린다. 서글프다. 그러나 내게는 이 서글픈 분위기가 거리의 티 룸들의 그 거추장스러운 분위기보다는 절실하고 마음에 들었다. 이따금 들리는 날카로운 혹은 우렁찬 기적 소리가 모차르트보다도 더 가깝다. 나는 메뉴에 적힌 몇 가지 안 되는 음식 이름을 치읽고 내리읽고 여러 번 읽었다. 그것들은 아물아물한 것이 어딘가 내 어렸을 때 동무들 이름과 비슷한 데가 있었다.

거기서 얼마나 내가 오래 앉았는지 정신이 오락가락하는 중에, 객이 슬며시 뜸해지면서 이 구석 저 구석 걷어치우기 시작하는 것을 보면 아마 닫을 시간이 된 모양이다. 11시가 좀 지났구나, 여기도 결코 내 안주의 곳은 아니구나, 어디 가서 자정을 넘길까, 두루 걱정을 하면서 나는 밖으로 나섰다. 비가 온다. 빗발이 제법 굵은 것이 우비도 우산도 없는 나를 고생을 시킬 작정이다. 그렇다고 이런 괴이한 풍모를 차리고 이 홀에서 어물어물하는 수는 없고, 에이 비를 맞으면 맞았지 하고 나는 그냥 나서 버렸다.

대단히 선선해서 견딜 수가 없다. 코르덴 옷이 젖기 시작하더니 나중에는 속속들이 스며들면서 처근거린다. 비를 맞아 가면서라도 견딜 수 있는 데까지 거리를 돌아다녀서 시간을 보내려 하였으나, 인제는 선선해서 이 이상은 더 견딜 수가 없다. 오한이 자꾸 일어나면서 이가 딱딱 맞부딪는다.

나는 걸음을 재우치면서 생각하였다. 오늘 같은 궂은날도 아내에게 내객이 있으려고, 없겠지, 하는 생각이 드는 것이다. 집으로 가야겠다. 아내에게 불행히 내객이 있거든 내 사정을 하리라. 사정을 하면 이렇게 비가 오는 것을 눈으로 보고 알아주겠지.

부리나케 와 보니까 그러나 아내에게는 내객이 있었다. 나는 그만 너무 춥고 척척해서 얼떨결에 노크하는 것을 잊었다. 그래서 나는 보면 아내가 좀 덜 좋아할 것을 그만 보았다. 나는 감발(버선 대신 발에 감는 좁고 긴 무명) 자국 같은 발자국을 내면서 덤벙덤벙 아내 방을 디디고 그리고 내 방으로 가서 쭉 빠진 옷을 활활 벗어 버리고 이불을 뒤썼다. 덜덜 덜덜 떨린다. 오한이 점점 더 심해 들어온다. 여전 땅이 꺼져 들어가는 것만 같았다. 나는 그만 의식을 잃어버리고 말았다.

이튿날 내가 눈을 떴을 때 아내는 내 머리맡에 앉아서 제법 근심스러운 얼굴이다. 나는 감기가 들었다. 여전히 으스스 춥고 또 골치가 아프고 입에 군침이 도는 것이 씁쓸하면서 다리팔이 척 늘어져서 노곤하다.

아내는 내 머리를 쓱 짚어 보더니 약을 먹어야지 한다. 아내 손이 이마에 선뜩한 것을 보면 신열이 어지간한 모양인데 약을 먹는다면 해열제를 먹어야지 하고 속생각을 하자니까, 아내는 따뜻한 물에 하얀 정제약 네 개를 준다. 이것을 먹고 한잠 푹 — 자고 나면 괜찮다는 것이다. 나는 널름 받아먹었다. 쌉싸름한 것이 짐작 같아서는 아마 아스피린인가 싶다. 나는 다시 이불을 쓰고 단번에 그냥 죽은 것처럼 잠이 들어 버렸다.

나는 콧물을 훌쩍훌쩍하면서 여러 날을 앓았다. 앓는 동안에 끊이지 않고 그 정제약을 먹었다. 그러는 동안에 감기도 나았다. 그러나 입맛은 여전히 소태처럼 썼다.

나는 차츰 또 외출하고 싶은 생각이 났다. 그러나 아내는 나더러 외출하지 말라고 이르는 것이다. 이 약을 날마다 먹고 그리고 가만히 누워 있으라는 것이다. 공연히 외출을 하다가 이렇게 감기가 들어서 저를 고생을 시키는 게 아니냐다. 그도 그렇다. 그럼 외출을 하지 않겠다고 맹세하고 그 약을 연복하여 몸을 좀 보해 보리라고 나는 생각하였다.

나는 날마다 이불을 뒤집어쓰고 밤이나 낮이나 잤다. 유난스럽게 밤이나 낮이나 졸려서 견딜 수가 없는 것이다. 나는 이렇게 잠이 자꾸만 오는 것은 내가 몸이 훨씬 튼튼해진 증거라고 굳게 믿었다.

나는 아마 한 달이나 이렇게 지냈나 보다. 내 머리와 수염이 좀 너무 자라서 훗훗해서 견딜 수가 없어서 내 거울을 좀 보리라고 아내가 외출한 틈을 타서 나는 아내 방으로 가서 아내의 화장대 앞에 앉아 보았다. 상당하다. 수염과 머리가 참 산란하였다. 오늘은 이발을 좀 하리라 생각하고 겸사겸사 고 화장품 병들 마개를 뽑고 이것저것 맡아 보았다. 한동안 잊어버렸던 향기 가운데서는 몸이 배배 꼬일 것 같은 체취가 전해 나왔다. 나는 아내의 이름을 속으로만 한 번 불러 보았다. '연심이!' 하고…….

오래간만에 돋보기 장난도 하였다. 거울 장난도 하였다. 창에 든 볕이 여간 따뜻한 것이 아니었다. 생각하면 5월이 아니냐.

나는 커다랗게 기지개를 한번 켜 보고 아내 베개를 내려 베고 벌떡 자빠져서는 이렇게도 편안하고 즐거운 세월을 하느님께 흠씬 자랑하여 주고 싶었다. 나는 참 세상의 아무것과도 교섭을 가지지 않는다. 하느님도 아마 나를 칭찬할 수도 처벌할 수도 없는 것 같다.

그러나 다음 순간, 실로 세상에도 이상스러운 것이 눈에 띄었다. 그것은 최면약 아달린 갑이었다. 나는 그것을 아내의 화장대 밑에서 발견하고 그것이 흡사 아스피린처럼 생겼다고 느꼈다. 나는 그것을 열어 보았다. 똑 네 개가 비었다.

나는 오늘 아침에 네 개의 아스피린을 먹은 것을 기억하고 있었다. 나는 잤다. 어제도 그제도 그끄제도 — 나는 졸려서 견딜 수가 없었다. 나는 감기가 다 나았는데도 아내는 내게 아스피린을 주었다. 내가 잠이 든 동안에 이웃에 불이 난 일이 있다. 그때에도 나는 자느라고 몰랐다. 이렇게 나는 잤다. 나는 아스피린으로 알고 그럼 한 달 동안을 두고 아달린을 먹어 온 것이다. 이것은 좀 너무 심하다.

별안간 아뜩하더니 하마터면 나는 까무러칠 뻔하였다. 나는 그 아달린을 주머니에 넣고 집을 나섰다. 그리고 산을 찾아 올라갔다. 인간 세상의 아무것도 보기가 싫었던 것이다. 걸으면서 나는 아무쪼록 아내에 관계되는 일은 일절 생각하지 않도록 노력하였다. 길에서 까무러치기 쉬우니까. 나는 어디라도 양지가 바른 자리를 하나 골라서 자리를 잡아 가지고 서서히 아내에 관하여 연구할 작정이었다. 나는 길가의 돌창, 핀 구경도 못 한 진개나리꽃, 종달새, 돌맹이도 새끼를 까는 이야기, 이런 것만 생각하였다. 다행히 길가에서 나는 졸도하지 않았다.

거기는 벤치가 있었다. 나는 거기 정좌하고 그리고 그 아스피린과 아달린에 관하여 연구하였다. 그러나 머리가 도무지 혼란하여 생각이 체계를 이루지 않는다. 단 5분도 못 가서 나는 그만 귀찮은 생각이 번쩍 들면서 심술이 났다. 나는 주머니에서 가지고 온 아달린을 꺼내 남은 여섯 개를 한꺼번에 질정질정 씹어 먹어 버렸다. 맛이 익살맞다. 그러고 나서 나는 그 벤치 위에 가로 기다랗게 누웠다. 무슨 생각으로 내가 그따위 짓을 했나? 알 수가 없다. 그저 그러고 싶었다. 나는 게서 그냥 깊이 잠이 들었다. 잠결에도 바위틈으로 흐르는 물소리가 졸졸 하고 귀에 언제까지나 어렴풋이 들려왔다.

내가 잠을 깨었을 때는 날이 환 — 히 밝은 뒤다. 나는 거기서 일주야를 잔 것이다. 풍경이 그냥 노오랗게 보인다. 그 속에서도 나는 번개처럼 아스피린과 아달린이 생각났다.

아스피린, 아달린, 아스피린, 아달린, 맑스, 말사스, 마도로스, 아스피린, 아달린.

이내는 한 달 동안 아달린을 아스피린이라고 속이고 내게 먹었다. 그것은 아내 방에서 이 아달린 갑이 발견된 것으로 미루어 증거가 너무나 확실하다.

무슨 목적으로 아내는 나를 밤이나 낮이나 재웠어야 됐나?

나를 밤이나 낮이나 재워 놓고, 그리고 아내는 내가 자는 동안에 무슨 짓을 했나?

나를 조금씩 조금씩 죽이려던 것일까?

그러나 또 생각하여 보면 내가 한 달을 두고 먹어 온 것이 아스피린이었는지도 모른다. 아내는 무슨 근심되는 일이 있어서 밤이면 잠이 잘 오지 않아서 정작 아내가 아달린을 사용한 것이나 아닌지, 그렇다면 나는 참 미안하다. 나는 아내에게 이렇게 큰 의혹을 가졌다는 것이 참 안됐다.

나는 그래서 부리나케 거기서 내려왔다. 아랫도리가 홰홰 내어 저으면서 어찔어찔한 것을 나는 겨우 집을 향하여 걸었다. 8시 가까이였다.

나는 내 잘못된 생각을 죄다 일러바치고 아내에게 사죄하려는 것이다. 나는 너무 급해서 그만 또 말을 잊어버렸다.

그랬더니 이건 참 너무 큰일 났다. 나는 내 눈으로 절대로 보아서 안 될 것을 그만 딱 보아 버리고 만 것이다. 나는 얼떨결에 그만 냉큼 미닫이를 닫고 그리고 현기증이 나는 것을 진정시키느라고 잠깐 고개를 숙이고 눈을 감고 기둥을 짚고 섰자니까, 1초 여유도 없이 홱 미닫이가 다시 열리더니 매무새를 풀어헤친 아내가 불쑥 내밀면서 내 멱살을 잡는 것이다. 나는 그만 어지러워서 게서 그냥 나동그라졌다. 그랬더니 아내는 넘어진 내 위에 덮치면서 내 살을 함부로 물어뜯는 것이다. 아파 죽겠다. 나는 사실 반항할 의사도 힘도 없어서 그냥 넙죽 엎디어 있으면서 어떻게 되나 보고 있자니까, 뒤이어 남자가 나오는 것 같더니 아내를 한 아름에 덥석 안아 가지고 방으로 들어가는 것이다. 아내는 아무 말 없이 다소곳이 그렇게 안겨들어 가는 것이 내 눈에 여간 미운 것이 아니다. 밉다.

아내는 너 밤새워 가면서 도둑질하러 다니느냐, 계집질하러 다니느냐고 발악이다. 이것은 참 너무 억울하다. 나는 어안이 벙벙하여 도무지 입이 떨어지지를 않았다.

너는 그야말로 나를 살해하려던 것이 아니냐고 소리를 한번 꽥 질러 보고도 싶었으나, 그런 긴가민가한 소리를 섣불리 입 밖에 내었다가는 무슨 화를 볼는지 알 수 있나. 차라리 억울하지만 잠자코 있는 것이 우선 상책인 듯싶은 생각이 들기에 나는 이것은 또 무슨 생각으로 그랬는지 모르지만 툭툭 털고 일어나서 내 바지 포켓 속에 남은 돈 몇 원 몇십 전을 가만히 꺼내서는 몰래 미닫이를 열고 살며시 문지방 밑에다 놓고 나서는 그냥 줄달음박질을 쳐서 나와 버렸다.

여러 번 자동차에 치일 뻔하면서 나는 그래도 경성역을 찾아갔다. 빈자리와 마주 앉아서 이 쓰디쓴 입맛을 거두기 위하여 무엇으로나 입가심을 하고 싶었다.

커피. 좋다. 그러나 경성역 홀에 한 걸음을 들여놓았을 때 나는 내 주머니에는 돈이 한 푼도 없는 것을, 그것을 깜빡 잊었던 것을 깨달았다. 또 아뜩하였다. 나는 어디선가 그저 맥없이 머뭇머뭇하면서 어쩔 줄을 모를 뿐이었다. 얼빠진 사람처럼 그저 이리 갔다 저리 갔다 하면서…….

나는 어디로 어디로 들입다 쏘다녔는지 하나도 모른다. 다만 몇 시간 후에 내가 미츠코시 옥상에 있는 것을 깨달았을 때는 거의 대낮이었다.

나는 거기 아무 데나 주저앉아서 내 자라 온 스물여섯 해를 회고하여 보았다. 몽롱한 기억 속에서는 이렇다는 아무 제목도 불거져 나오지 않았다.

나는 또 나 자신에게 물어보았다. 너는 인생에 무슨 욕심이 있느냐고. 그러나 있다고도 없다고도, 그런 대답은 하기가 싫었다. 나는 거의 나 자신의 존재를 인식하기조차도 어려웠다.

허리를 굽혀서 나는 그저 금붕어나 들여다보고 있었다. 금붕어는 참 잘들도 생겼다. 작은놈은 작은놈대로 큰놈은 큰놈대로 다 싱싱하니 보기 좋았다. 내리비치는 5월 햇살에 금붕어들은 그릇 바탕에 그림자를 내려뜨렸다. 지느러미는 하늘하늘 손수건을 흔드는 흉내를 낸다. 나는 이 지느러미 수효를 헤어 보기도 하면서 굽힌 허리를 좀처럼 펴지 않았다. 등허리가 따뜻하다.

나는 또 회탁의 거리를 내려다보았다. 거기서는 피곤한 생활이 꼭 금붕어 지느러미처럼 흐늑흐늑 허비적거렸다. 눈에 보이지 않는 끈적끈적한 줄에 엉겨서 헤어나지들을 못 한다. 나는 피로와 공복 때문에 무너져 들어가는 몸뚱이를 끌고 그 회탁의 거리 속으로 섞여 들어가지 않는 수도 없다 생각하였다.

나서서 나는 또 문득 생각하여 보았다. 이 발길이 지금 어디로 향하여 가는 것인가를…….

그때 내 눈앞에는 아내의 모가지가 벼락처럼 내려 떨어졌다. 아스피린과 아달린.

우리들은 서로 오해하고 있느니라. 설마 아내가 아스피린 대신에 아달린 정량을 나에게 먹여 왔을까? 나는 그것을 믿을 수가 없다. 아내가 대체 그럴 까닭이 없을 것이니, 그러면 나는 날밤을 새면서 도적질을, 계집질을 하였나? 정말이지 아니다.

우리 부부는 숙명적으로 발이 맞지 않는 절름발이인 것이다. 내가 아내나 제 거동에 로직(논리)을 붙일 필요는 없다. 변해야 할 필요도 없다. 사실은 사실대로 오해는 오해대로 그저 끝없이 발을 절뚝거리면서 세상을 걸어가면 되는 것이다. 그렇지 않을까?

그러나 나는 이 발길이 아내에게로 돌아가야 옳은가 이것만은 분간하기가 좀 어려웠다. 가야 하나? 그럼 어디로 가나?

이때 뚜우 하고 정오 사이렌이 울렸다. 사람들은 모두 네 활개를 펴고 닭처럼 푸드덕거리는 것 같고, 온갖 유리와 강철과 대리석과 지폐와 잉크가 부글부글 끓고 수선을 떨고 하는 것 같은 찰나, 그야말로 현란을 극한 정오다.

나는 불현듯이 겨드랑이가 가렵다. 아하, 그것은 내 인공의 날개가 돋았던 자국이다. 오늘은 없는 이 날개, 머릿속에서는 희망과 야심이 말소된 페이지가 딕셔너리 넘어가듯 번뜩였다.

나는 걷던 걸음을 멈추고 그리고 어디 한번 이렇게 외쳐 보고 싶었다.

날개야, 다시 돋아라.

날자, 날자, 날자. 한 번만 더 날자꾸나.

한 번만 더 날아 보자꾸나.

봉별기

- 이 상 -

작품 정리

이 작품은 1936년 '여성'에 발표되었던 첫 여인인 금홍이와의 만남에서 헤어지기까지의 기록이란 뜻을 지닌 이상(李箱)의 자전적인 소설이다.

폐병에 걸려 매우 무기력하고 비도덕적인 행태를 보이는 '나'와 그와 결혼한 기생인 금홍을 주요 인물로 하는 이상이 실제로 사랑했던 기생 연심이를 모델로 쓴 단편 소설이다. 이상은 실제 폐병을 앓고 있었고, 이를 치료하기 위해 백천 온천에 내려간 적이 있었다. 그리고 거기서 기생 연심이를 알게 되고 애정을 갖는다. 그녀는 그 뒤 이상이 경영하는 다방 '제비'의 마담이 된다. 〈봉별기〉는 이상의 소설 가운데 가장 쉽게 읽히는 작품으로 평이한 문장과 지문과 대화도 아주 명쾌한 이상의 현실적 측면을 대변하는 대표적인 작품이라고 할 수 있다.

작품 줄거리

스물세 살인 '나'는 폐병을 요양하기 위해 약을 지어 신개지 한적한 온천으로 간다. 거기서 기생 금홍이를 만난다. 이튿날 화우(畵友) K와 함께 금홍이에게 갔다 온 뒤, 서로 사랑하게 되고 동거를 시작한다. '나'는 금홍이가 아기를 낳은 경험이 있지만 개의치 않고 결혼을 한다. 금홍이는 결혼 생활이 무료해서 외출을 하고 집을 나가 종적을 감춘다.

2개월 후 금홍이가 집으로 와 이별 선물로 2인용 베개를 주고 또 나간다. 그 후 '나'는 절제를 잃은 문란한 생활에 병이 더욱 심해져 금홍에게 와달라는 엽서를 보내자 그녀가 와 병구완을 해준다. 금홍은 5개월 만에 다시 집을 나간다. 그 후 금홍을 잊고 지내다 우연히 긴상에게 금홍의 소식을 듣게 되고 금홍이가 있는 곳으로 찾아간다. 거기서 다시 만난 금홍이와 술상을 앞에 두고 '나'는 영변가를 부르고 금홍은 육자배기 노래를 하고 다시 헤어진다.

핵심 정리

· 갈래 : 단편 소설

· 시점 : 1인칭 주인공 시점

· 배경 : 새로 개발한 한적한 온천 도시

· 주제 : 무기력하고 연약한 지식인의 자학적 삶

· 출전 : 여성

봉별기

1

　스물세 살이요 — 3월이요 — 각혈이다. 여섯 달 잘 기른 수염을 하루는 면도칼로 다듬어 코밑에 다만 나비만큼 남기고, 약 한 제 지어 들고 B라는 신개지(新開地, 신개간지) 한적한 온천으로 갔다. 그곳에서 나는 죽어도 좋았다.

　그러나 이내, 아직 기를 펴지도 못한 청춘이 약탕관을 붙들고 늘어져서는 날 살리라고 보채는 것은 어찌할 수가 없다. 여관 한등(寒燈) 아래 밤이면 나는 늘 억울해했다.

　사흘을 못 참고 기어이 나는 여관 주인 영감을 앞장세워 밤에 장구 소리 나는 집으로 찾아갔다. 그곳에서 만난 것이 금홍(錦紅)이다.

　"몇 살인구?"

　체대(體大)가 비록 풋고추만 하나 깡그라진 계집이 제법 맛이 맵다. 열여섯 살? 많아야 열아홉 살이지 하고 있자니까,

　"스물한 살이에요."

　"그럼 내 나인 몇 살이나 되어 뵈지?"

　"글쎄 마흔? 서른아홉?"

　나는 그저 흥! 그래 버렸다. 그리고 팔짱을 떡 끼고 앉아서는 더욱더욱 점잖은 체했다. 그날은 그냥 무사히 헤어졌건만.

　이튿날은 화우(畫友) K군이 왔다. 이 사람인즉 나와 농하는 친구다. 나는 어쩔 수 없이 나비 같다면서 달고 다니던 코밑수염을 아주 밀어 버렸다. 그리고 날이 저물기가 급하게 또 금홍이를 만나러 갔다.

　"어디서 뵌 어른 같은데."

　"엊저녁에 왔던 수염 난 양반, 내가 바루 아들이지. 목소리꺼지 닮었지?"

하고 익살을 부렸다. 주석이 어느덧 파하고 마당에 내려서다가 K군의 귀에 대고 나는 이렇게 속삭였다.

"어때? 괜찮지? 자네 한번 얼러 보게."

"관두게, 자네나 얼러 보게."

"어쨌든 여관으로 끌고 가서 짱껭뽕을 해서 정허기루 허세나."

"거 좋지."

그랬는데 K군은 측간에 가는 체하고 피해 버렸기 때문에 나는 부전승으로 금홍이를 이겼다. 그날 밤에 금홍이는 자신이 경산부(출산 경험이 있는 부인)라는 것을 감추지 않았다.

"언제?"

"열여섯 살에 머리 얹어서 열일곱 살에 낳았지."

"아들?"

"딸."

"어디 있나?"

"돌 무렵에 죽었어."

지어 가지고 온 약은 집어치우고 나는 오로지 금홍이를 사랑하는 데만 골몰했다. 못난 소린 듯하나 사랑의 힘으로 각혈이 다 멈췄으니까.

나는 금홍이에게 놀음차(화대)를 주지 않았다. 왜? 날마다 밤마다 금홍이가 내 방에 있거나, 내가 금홍이 방에 있거나 했기 때문에 —

그 대신 —

우(禹)라는 불란서 유학생의 유야랑(遊冶郎, 주색잡기에 빠진 사람)을 나는 금홍이에게 권하였다. 금홍이는 내 말대로 우 씨와 더불어 '독탕'에 들어갔다. 이 '독탕'이라는 것이 좀 음란한 설비였다. 나는 이 음란한 설비 문간에 나란히 벗어 놓은 우 씨와 금홍이 신발을 보고 언짢아하지 않았다.

나는 또 내 곁방에 와 묵고 있는 C라는 변호사에게도 금홍이를 권하였다. C는 내 열성에 감동되어 하는 수 없이 금홍이 방을 범했다.

그러나 사랑하는 금홍이는 늘 내 곁에 있었다. 그리고 우, C 등등에게서 받은 십 원 지폐를 여러 장 꺼내 놓고 어리광 섞어 내게 자랑도 하는 것이었다.

그러다 나는 백부님 소상(1년 되는 제사) 때문에 귀경하지 않으면 안 되게 되었다. 복숭아꽃이 만발하고 정자 곁으로 석간수가 졸졸 흐르는 좋은 터전을 한군데 찾아가 우리는 석별의 하루를 즐겼다. 정거장에서 나는 금홍이에게 십 원 지폐 한 장을 쥐여 주었다. 금홍이는 이것으로 전당 잡힌 시계를 찾겠다고 그러면서 울었다.

2

금홍이는 내 아내가 되었으므로 우리 내외는 참 사랑했다. 서로 지나간 일은 묻지 않기로 하였다. 과거래야 내 과거에 뭐가 있을 까닭이 없고 말하자면 내가 금홍이 과거를 묻지 않기로 한 약속이나 다름없다.

금홍이는 겨우 스물한 살인데 서른한 살 먹은 사람보다도 나았다. 서른한 살 먹은 사람보다도 나은 금홍이가 내 눈에는 열일곱 살 먹은 소녀로만 보이고, 금홍이 눈에 마흔 살 먹은 사람으로 보이는 나는 기실 스물세 살이요, 게다가 주책이 좀 없어서 똑 여남은 살 먹은 아이 같다. 우리 내외는 이렇게 세상에도 없이 현란(絢爛, 눈이 부시도록 찬란함)하고 아기자기하였다.

부질없는 세월이 — 1년이 지나고 8월, 여름으로는 늦고 가을로는 이른 그 북새통에 — 금홍이에게 예전 생활에 대한 향수가 왔다.

내가 밤이나 낮이나 누워서 잠만 자니까 금홍이에 대하여 심심하다. 그래서 금홍이는 밖에 나가 심심치 않은 사람들을 만나 심심치 않게 놀고 돌아오는 — 즉, 금홍이의 협착(狹窄)한 생활이 금홍이의 향수를 향하여 발전하고 비약하기 시작하였다는 데 지나지 않는 이야기다.

그런데 이번에는 내게 자랑을 하지 않는다. 않을 뿐만 아니라 숨기는 것이다.

이것은 금홍이로서 금홍이답지 않은 일일밖에 없다. 숨길 것이 있나? 숨기지 않아도 좋지. 자랑을 해도 좋지.

나는 아무 말도 하지 않는다. 나는 금홍의 오락의 편의를 돕기 위하여 가끔 P군 집에 가서 잤다. P군은 나를 불쌍하게 여겼던가 싶게 지금 기억된다.

나는 또 이런 것을 생각하지 않았던 것도 아니다. 즉, 남의 아내라는 것은 정조를 지켜야 하느니라고!

금홍이는 나를 나태한 생활에서 깨우치게 하기 위하여 우정(일부러) 간음하였다고 나는 호의로 해석하고 싶다. 그러나 세상에 흔히 있는 아내다운 예의를 지키는 체해 본 것은 금홍이로 말하자면 천려(千慮, 천 번 생각)의 일실(一失, 한 번의 실수)이 아닐 수 없다.

이런 실없는 정조를 간판 삼자니 자연 나는 외출이 잦았고, 금홍의 사업에 편의를 돕기 위하여 내 방까지도 개방하여 주었다. 그러는 중에도 세월은 흐르는 법이다.

하루는 아무 제목(題目) 없이 금홍이에게 몹시 얻어맞았다. 나는 아파서 울고 나가 사흘을 들어오지 못했다. 너무나 금홍이가 무서웠다.

나흘 만에 와 보니까 금홍이는 때 묻은 버선을 윗목에다 벗어 놓고 나가 버린 뒤였다.

이렇게 못나게 홀아비가 된 내게 몇 사람의 친구가 금홍이에 관한 불미스런 가십을 가지고 와서 나를 위로하는 것이었으나 종시 나는 그런 취미를 이해할 도리가 없었다.

버스를 타고 금홍이와 남자는 멀리 과천 관악산으로 가는 것을 보았다는데 정말 그렇다면 그 사람은 내가 쫓아가서 야단이나 칠까 봐 무서워서 그런 모양이니 퍽 겁쟁이다.

3

인간이라는 것은 임시 거부하기로 한 내 생활이 기억력이라는 민첩한 작용을 하지 않았기 때문에, 두 달 후에 나는 금홍이라는 성명 삼 자까지도 말쑥하게 잊어버리고 말았다. 그런 두절된 세월 가운데 하루는 길일을 복(卜)하여 금홍이가 왕복엽서처럼 돌아왔다. 나는 그만 깜짝 놀랐다.

금홍이의 모양은 뜻밖에도 초췌하여 보이는 것이 참 슬펐다. 나는 꾸짖지 않고 맥주와 붕어과자와 장국밥을 사 먹여 가면서 금홍이를 위로해 주었다. 그러나 금홍이는 좀처럼 화를 풀지 않고 울면서 나를 원망하는 것이었다. 할 수 없이 나도 그만 울어 버렸다.

"그렇지만 너무 늦었다. 그만해도 두 달간이나 되지 않니? 헤어지자, 응?"

"그럼 난 어떻게 되우, 응?"

"마땅한 데 있거든 가거라, 응."

"당신도 그럼 장가가나? 응?"

헤어지는 한에도 위로하여 보낼지어다, 나는 이런 양식 아래 금홍이와 이별했더니라. 갈 때 금홍이는 선물로 내게 베개를 주고 갔다.

그런데 이 베개 말이다.

이 베개는 2인용이다. 싫대도 자꾸 떠맡기고 간 이 베개를 나는 두 주일 동안 혼자 베어 보았다. 너무 길어서 안 됐다. 안됐을 뿐 아니라 내 머리에서는 나지 않는 묘한 머릿기름 땟내 때문에 안면(安眠)이 적이 방해된다.

나는 어느 날 금홍이에게 엽서를 띄웠다.

'중병에 걸려 누웠으니 얼른 오라'고.

금홍이가 와서 보니까 참 딱했다. 이대로 두었다가는 역시 며칠이 못 가서 굶어 죽을 것같이 보였던가 보다. 두 팔을 부르걷고(걷어붙이고) 그날부터 나가서 벌어다 나를 먹여 살린다는 것이다.

"오케이."

인간 천국이다. — 날이 좀 추웠으나 나는 대단히 편안하였기 때문에 재채기도 하지 않았다.

이러기를 두 달? 아니 다섯 달이나 되나 보다. 금홍이는 홀연히 외출했다.

달포를 넘게 금홍의 홈식(향수)을 기대하다가 진력이 나서 나는 기명집물(器皿什物, 살림살이, 집기)을 두들겨 팔아 버리고 이십일 년 만에 '집'으로 돌아갔다.

와 보니 우리 집은 노쇠했다. 이어서 불초 이상(李箱)은 이 노쇠한 가정을 아주 쑥밭으로 만들어 버렸다. 그동안 이태(두 해) 가량 —

어언간 나도 노쇠해 버렸다. 나는 스물일곱 살이나 먹어 버렸다.

천하의 여성은 다소간 매춘부의 요소를 품었느니라고 나 혼자 굳이 신념한다. 그 대신 내가 매춘부에게 은화를 지불하면서 한 번도 그네들을 매춘부라고 생각한 일이 없다. 이것은 내 금홍이와의 생활에서 얻은 체험만으로는 성립되지 않는 이론같이 생각되나 기실 내 진담이다.

4

나는 몇 편의 소설과 몇 줄의 시를 써서 내 쇠망해 가는 심신 위에 치욕을 배가하였다. 더 이상 내가 이 땅에서의 생존을 계속하기가 자못 어려울 지경에까지 이르렀다. 나는 하여간 허울 좋게 말하자면 망명 해야겠다.

어디로 갈까. 나는 만나는 사람마다 동경으로 가겠다고 호언했다. 그뿐 아니라 어느 친구에게는 전기 기술에 관한 전문 공부를 하러 간다는 둥, 학교 선생님을 만나서는 고급 단식 인쇄술을 연구하겠다는 둥, 친한 친구에게는 내 5개 국어에 능통할 작정일세 어쩌구, 심하면 법률을 배우겠소 까지 허담을 탕탕하는 것이다. 웬만한 친구는 보통들 속나 보다. 그러나 이 헛선전을 안 믿는 사람도 더러는 있다. 하여간 이것은 영영 빈털터리가 되어 버린 이상(李箱)의 마지막 공포(空砲)에 지나지 않는 것만은 사실이겠다.

어느 날 내가 이렇게 여전히 공포(空砲)를 놓으면서 친구들과 술을 먹고 있자니까 내 어깨를 툭 치는 사람이 있다. '긴상' 이라는 이다.

"긴상(이상도 사실은 긴상이다), 참 오래간만이슈. 그런데 긴상, 꼭 긴상 한번 만나 뵙자는 사람이 하나 있는데 긴상, 어떡허시려우."

"거 누군가. 남자야? 여자야?"

"여자니까 일이 재미있지 않느냐 그런 말이야."

"여자라?"

"긴상 옛날 오쿠상(아내)."

금홍이가 서울에 나타났다는 이야기다. 나타났으면 나타났지 나를 왜 찾누?

나는 긴상에게서 금홍이의 숙소를 알아 가지고 어쩔 것인가 망설였다.

숙소는 동생 일심(一心)의 집이다.

드디어 나는 만나 보기로 결심하고 일심의 집을 찾아가서,

"언니가 왔다지?"

"어유 — 아제도, 돌아가신 줄 알았구려! 그래 자그마치 인제 온단 말씀이요, 어서 들어오슈."

금홍이는 역시 초췌하다. 생활전선에서의 피로의 빛이 그 얼굴에 여실하였다.

"네놈 하나 보려고 서울 왔지 내 서울을 뭘 하러 왔다디?"

"그러게 또 난 이렇게 널 찾아오지 않았니?"

"너 장가갔다더구나."

"애, 듣기 싫다. 그 육모초 같은 소리."

"안 갔단 말이냐, 그럼?"

"그럼."

당장에 목침이 내 면상을 향하여 날아 들어왔다. 나는 예나 다름없이 못나게 웃어 주었다.

술상을 보아 왔다. 나도 한 잔 먹고 금홍이도 한 잔 먹었다. 나는 영변가를 한마디 하고, 금홍이는 육자배기를 한마디 했다.

밤은 이미 깊었고 우리 이야기는 이게 이 생(生)에서의 영이별이라는 결론으로 밀려갔다. 금홍이는 은수저로 소반전(상 가장자리)을 딱딱 치면서 내가 한 번도 들은 일이 없는 구슬픈 창가를 한다.

"속아도 꿈결 속여도 꿈결 굽이굽이 뜨내기 세상 그늘진 심정에 불 질러 버려라 운운."

복덕방

- 이태준 -

이태준(李泰俊 1904~?)

이태준의 호는 상허(尚虛)이며, 1904년 11월 4일 강원도 철원에서 태어났다.

함경북도 이진에서 한학 공부를 하다 철원 사립 봉명학교를 1918년 수석으로 졸업하고, 상급 학교에 진학할 형편이 되지 않아 1920년 초까지 객줏집 사환으로 일하는 등 고초를 겪으며 자랐다. 1921년 휘문고등보통학교에 입학했으나 1923년 동맹 휴학 주도로 중퇴하고 1926년 동경 상지대학 문과에 입학, 1927년에 중퇴하고 귀국한 뒤에 이화여자전문학교 강사, 중외일보 · 조선중앙일보 기자로도 활동했다. 이태준은 시대일보에 〈오몽녀〉를 발표하면서 문단에 등단했다. 1933년 구인회에 가입했고, 1930년대부터 본격적인 작품 활동을 시작하여 많은 작품을 발표하였다. 그의 주요 단편으로는 〈까마귀〉, 〈달밤〉, 〈복덕방〉 등이 있으며, 장편으로는 〈제2의 운명〉, 〈회관〉, 〈불멸의 함성〉, 〈황진이〉, 수필집으로 〈무서록〉 등이 있다. 그 밖에 한 시대의 뛰어난 저서로 평가받은 〈문장론〉, 〈문장강화〉가 있다.

〈복덕방〉은 1937년 '조광'에 발표된 단편 소설이다. 1930년대 최고의 문장미를 이룬 이태준은 이 소설을 통해 구한말과 일제 강점기를 배경으로 능력 없고 소외된 세 노인의 각기 다른 삶의 적응 방식을 섬세하게 묘사하고 있다. 시간적 순서를 따라가는 순차적 진행 방식이며, 단일한 사건 전개의 단순 구성으로 주요 인물인 안 초시의 욕망과 좌절, 자살이 기둥을 이루고 있다.

이 작품은 조선의 전통적인 가치와 질서에 매달려 있다가 근대화의 물결에 밀려나 복덕방 구석을 지키고 있는 노인들의 안타까운 모습과 거기에 깃든 인생의 슬픔을 보여 주고 있다. 새로운 세상에서 행복하고 안락하게 살기를 갈망하던 안 초시는 세속적인 영화와 유혹에 빠져 부동산 투기를 했다가 실패하여 자살하는 인물로 그려진다. 그의 딸은 무용가로 출세하여 화려한 모습을 뽐

내지만, 도덕적 타락과 물질적 탐욕으로 가득 찬 인물이다. 결국 안 초시가 그리던 새로운 세상은 인간의 윤리를 무너뜨리고 가치를 타락시키는 무자비한 횡포에 지나지 않는다. 즉 조선의 근대화는 인간 타락의 과정인 것이다.

안 초시가 자살하자 두 노인은 눈물을 삼킨다. 결국 작자는 세 노인을 통해서 현실적인 성공에의 꿈은 아직 남아 있지만, 이들은 이미 변화하는 시대에 뒤처진 사람들의 이야기를 하고 있다. 사회의 그늘에서 소외당한 이들이 무능하거나 게을러서 초라해진 것이 아니라 사회의 여건 때문에 그늘로 내몰린 사람으로 보고 있는 것이다. 수동적이고 왜소한 그들의 존재는 비극적이다. 그래서 안 초시의 자살이라는 비극적인 결말은 당시 역사적 흐름과 맞물리는 것이기도 하다.

작품 줄거리

복덕방 주인인 서 참의, 유명한 무용가 딸을 둔 안 초시, 대서업을 개업하려는 박희완 영감은 날마다 복덕방에 모여 무료하게 소일을 한다.

안 초시는 수차에 걸친 사업 실패로 몰락하여 지금은 서 참의의 복덕방에서 신세를 지고 있다. 유명한 무용가인 딸 안경화가 있으나, 그는 그녀의 짐일 뿐이다. 안 초시는 복덕방에서 화투 패를 보며, 사업에 대한 야심이 커서 언제든 한 번쯤은 무슨 수가 생겨 다시 일어서리라 생각한다. 재기를 꿈꾸던 안 초시에게 박 영감이 부동산 투자에 관한 정보를 일러 준다. 이에 안 초시는 딸과 상의하여 투자를 결심한다. 안 초시는 딸이 마련해 준 돈을 몽땅 부동산에 투자한다. 그러나 사기 당했음을 알고 충격을 받은 안 초시는 음독자살한다. 안경화는 아버지의 죽음을 슬퍼하기보다 자신의 명성에 손상을 입을까 두려워한다.

자살한 안 초시의 영결식이 안경화의 연구소 마당에서 열렸다. 안경화는 서 참의의 권유를 받아들여 장례식을 성대하게 치른다. 많은 조문객들이 모였지만 모두들 고인과는 무관하고 무용가인 안경화를 보고 온 사람들이었다. 서 참의와 박희완 영감은 가슴이 답답했다. 분향을 하고 무슨 말인가 한마디 했으면 속이 후련할 것 같았으나, 울음이 먼저 터져 나오고 만다. 그들은 묘지까지 따라갈 작정이었으나, 모인 사람들이 하나같이 마음에 들지 않아서 도로 술집으로 내려온다.

핵심 정리

· 갈래 : 단편 소설
· 시점 : 3인칭 전지적 작가 시점
· 배경 : 일제 강점기 서울의 어느 복덕방
· 주제 : 쇠락한 노인들의 삶과 죽음
· 출전 : 조광

🕶 복덕방

  철썩, 앞집 판장 밑에서 물 내버리는 소리가 났다. 주먹구구에 골독했던 안 초시에게는 놀랄 만한 폭음이었던지, 다리 부러진 돋보기 너머로 똑 모이를 쪼으려는 닭의 눈을 해 가지고 수챗구멍을 내다본다. 뿌연 뜨물에 흽 쓸려 나오는 것이 여러 가지다. 호박 꼭지, 계란 껍질, 거피해 버린 녹두 껍질.

  "녹두 빈자떡을 부치는 게로군, 흥 ……."

  한 5, 6년째 안 초시는 말끝마다 '젠 ― 장……' 이 아니면 '흥!' 하는 코웃음을 잘 붙이었다.

  "추석이 벌써 낼모레지! 젠 ― 장……."

  안 초시는 저도 모르게 입맛을 다시었다. 기름내가 코에 풍기는 듯 대뜸 입 안에 침이 흥건해지고 전에 괜찮게 지낼 때, 충치니 풍치니 하던 것은 거짓말이었던 것처럼 아래윗니가 송곳 끝같이 날카로워짐을 느끼었다.

  안 초시는 그 날카로워진 이를 빈 입인 채 빠드득 소리가 나게 한번 물어 보고 고개를 들었다.

  하늘은 천 리같이 트였는데 조각구름들이 여기저기 널리었다. 어떤 구름은 깨끗이 바래 말린 옥양목처럼 흰빛이 눈이 부시다. 안 초시는 이내 자기의 때 묻은 적삼 생각이 났다. 소매를 내려다보는 그의 얼굴은 날래 들리지 않는다. 거기는 한 조박(조각)의 녹두 빈자떡이나 한잔의 약주로써 어찌지 못할, 더 슬픔과 더 고적함이 품겨 있는 것 같았다.

  혹혹 소매 끝을 불어 보고 손끝으로 튀겨 보기도 하다가 목침을 세우고 눕고 말았다.

  "이사는 팔하고 사오는 이십이라 천이 되지…… 가만…… 천이라? 사로 했으니 사천이라 사천 평…… 매 평에 아주 줄여 잡아 5환씩만 하게 돼두 4환 75전씩이 남으니, 그럼…… 사사는 십육 일만 육천 환하고……."

안 초시가 다시 주먹구구를 거듭해서 얻어 낸 총액이 1만 구천 원, 단 천 원만 들여도 1만 구천 원이 되리라는 셈속이니, 1만 원만 들이면 그게 얼만가? 그는 벌떡 일어났다. 이마가 화끈했다. 도사렸던 무릎을 얼른 곧추세우고 뒤나 보려는 사람처럼 쪼그렸다. 마꼬 갑이 번연히 빈 것인 줄 알면서도 다시 집어다 눌러 보았다. 주머니에는 단돈 10전, 그도 안경다리를 고친다고 벌써 세 번짼가 네 번째 딸에게서 4, 50전씩 얻어 가지고는 번번이 담뱃값으로 다 내보내고 말던 최후의 10전, 안 초시는 주머니에 손을 넣어 그것을 집어 내었다. 백통화 한 푼을 얹은 야윈 손바닥, 가만히 떨리었다. 서 참의의 투박한 손을 생각하면 너무나 얇고 잔망스러운 손이거니 하였다. 그러나 이따금 술잔은 얻어먹고, 이렇게 내 방처럼 그의 복덕방에서 잠까지 빌려 자건만 한 번도, 집 거간이나 해 먹는 서 참의의 생활이 부럽지는 않았다. 그래도 언제든지 한 번쯤은 무슨 수가 생기어 다시 한번 내 집을 쓰게 되고, 내 밥을 먹게 되고, 내 힘과 내 낯으로 다시 한번 세상에 부딪혀 보려니 믿어졌다.

　초시는 전에 어떤 관상쟁이의 '엄지손가락을 안으로 넣고 주먹을 쥐어야 재물이 나가지 않는다.' 는 말이 생각났다. 늘 그렇게 쥐노라고는 했지만 문득 생각이 나 내려다볼 때는, 으레 엄지손가락이 얄밉도록 밖으로만 쥐어져 있었다. 그래 드팀전을 하다가도 실패를 하였고, 그래 집까지 잡혀서 장전을 내었다가도 그만 화재를 보았거니 히는 것이다.

　"이놈의 엄지손가락아, 안으로 좀 들어가아, 젠 ─ 장."
하고 연습 삼아 엄지손가락을 먼저 안으로 넣고 아프도록 두 주먹을 꽉 쥐어 보았다. 그리고 당장 내보낼 돈이면서도 그 10전짜리를 그렇게 쥔 주먹에 단단히 넣고 담배 가게로 나갔다.

　이 복덕방에는 흔히 세 늙은이가 모이었다.

　언제, 누가 와, 집 보러 가잘지 몰라, 늘 갓을 쓰고 앉아서 행길을 잘 내다보는, 얼굴 붉고 눈방울 큰 노인은 주인 서 참의다. 참의로 다니다가 합병 후에는 다섯 해를 놀면서 시기를 엿보았으나 별수가 없을 것 같아서 이럭저럭 심심파적으로 갖게 된 것이 이 가옥 중개업이었다. 처음에는 겨우 굶지 않을 만한 수입이었으나 대정 8, 9년 이후로는 시골 부자들이 세금에 몰려, 혹은 자녀들의 교육을 위해 서울로만 몰려들고, 그런 데다 돈은 흔해져서 관철동, 다옥정 같은 중앙 지대에는 그리 고옥만 아니면 1만 원대를 예사로 훌훌 넘었다. 그 판에 봄가을로 어떤 달에는 3, 4백 원 수입이 있어, 그러기를 몇 해를 지나 가회동에 수십 칸 집을 세웠고, 또 몇 해 지나지 않아서는 창동 근처에 땅을 장만하기 시작하였다. 지금은 중개업자도 많이 늘었고 건양사 같은 큰 건축 회사가 생기어서 당자끼리 직접 팔고 사는 것이 원칙처럼 되어 가기 때문에 중개료의 수입은 전보다 훨씬 준 셈이다. 그러나 20여 칸 집에 학생을 치고 싶은 대로 치기 때문에 서 참의의 수입이 없는 달이라고 쌀값이 밀리거나 나무 값에 졸릴 형편은 아니다.

"세상은 먹구살게는 마련이야……."

서 참의가 흔히 하는 말이다. 칼을 차고 훈련원에 나서 병법을 익힐 제는, 한번 호령만 하고 보면 산천이라도 물러설 것 같던, 그 기개와 오늘의 자기, 한낱 가쾌(집 흥정을 붙이는 일을 직업으로 하는 사람)로 복덕방 영감으로 기생, 갈보 따위가 사글셋방 한 칸을 얻어 달래도 네, 네 하고 따라나서야 하는, 만인의 심부름꾼인 것을 생각하면 서글픈 눈물이 아니 날 수도 없는 것이다. 워낙 술을 즐기기도 하지만 어떤 때는 남몰래 이런 감회를 이기지 못해서 술집에 들어선 적도 여러 번이다.

그러나 호반들의 기개란 흔히 혈기에서 나오는 것이기 때문인지 몸에서 혈기가 줄어듦에 따라 그런 감회를 일으킴조차 요즘은 적어지고 말았다. 하루는 집에서 점심을 먹다 듣노라니 무슨 장사치의 외는 소리인데 아무래도 귀에 익은 목청이다. 자세히 귀를 기울이니 점점 가까이 오는 소리인데 제법 무엇을 사라는 소리가 아니라 '유리병이나 간장통 팔거 — 쏘 —.' 하는 소리이다. 그런데 그 목청이 보면 꼭 알 사람 같아 일어서서 마루 들창으로 내다보니, 이번에는 '가마니나 신문, 잡지나 팔거 — 쏘 —.' 하면서 가마니 두어 개를 지고 한 손에는 저울을 들고 중노인이나 된 사나이가 지나가는데 아는 사람은 확실히 아는 사람이다. 그러나 그를 어디서 알았으며 성명이 무엇이며 애초에는 무엇을 하던 사람인지가 감감해지고 말았다.

"오 — 라! 그렇군…… 분명…… 저런!"

하고 그는 한참 만에 고개를 끄덕이었다. 그 유리병과 간장통을 외는 소리
가 골목 안으로 사라져 갈 즈음에야 서 참의는 그가 누구인 것을 깨달아 낸
것이다.

"동관 김 참의…… 허!"

나이는 자기보다 훨씬 연소하였으나 학식과 재기가 있는 데다 호령 소리
가 좋아 상관에게 늘 칭찬을 받던 청년 무관이었다. 20여 년 뒤에 들어도
갈 데 없이 그 목청이요, 그 모습이었다. 전날의 그를 생각하고 오늘의 그
를 보니 적이 감개에 사무치어 밥숟가락을 멈추고 냉수만 거듭 마시었다.

그러나 전에 혈기 있을 때와 달라 그런 기분이 오래가지는 않았다.

중학교 졸업반인 둘째 아들이 학교에 갔다 들어서는 것을 보고, 또 싸전
에서 쌀값 받으러 와 마누라가 선선히 시퍼런 지전을 내어 헤는 것을 볼
때 서 참의는 이내 속으로,

'거저 살아야지 별수 있나. 저렇게 개가죽을 쓰고 돌아다니는 친구도 있
는데…… 에헴.'

하였을 뿐 아니라 그런 절박한 친구에다 대면 자기는 얼마나 훌륭한 지체
냐 하는 자존심도 없지 않았다.

'지난 일 그까짓 생각할 건 뭐 있나. 사는 날까지…… 허허.'

여생을 웃으며 살 작정이었다. 그래 그런지 워낙 좀 실없는 티가 있는 데
다 요즘 와서는 누구에게나 농지거리가 늘어 갔다. 그래 늘 눈이 달리고 뾰
로통한 입으로는 말끝마다 젠 — 장 소리만 나오는 안 초시와는 성미가 맞
지 않았다.

"쫌보야, 술 한잔 사 주랴?"

쫌보라는 말이 자기를 업신여기는 것 같아서 안 초시는 이내 발끈해 가
지고,

"네깟 놈 술 더러워 안 먹는다."

한다.

"화투패나 밤낮 떼면 너희 어멈이 살아온다던?"

하고 서 참의가 발끝으로 화투장들을 밀어 던지면 그만 얼굴이 새빨개져서
쌔근쌔근하다가 부채면 부채, 담뱃갑이면 담뱃갑, 자기의 것을 냉큼 집어

들고 다시 안 올 듯이 새침해 나가 버리는 것이다.

"조게 계집이문 천생 남의 첩감이야."

하고 서 참의는 껄껄 웃어 버리나 안 초시는 이렇게 돼서 올라가면 한 이틀씩 보이지 않았다.

한번은 안 초시의 딸의 무용회 날 밤이었다. 안경화라고, 한동안 토월회에도 다니다가 대판(大阪, 오사카)에 가 있느니 동경에 가 있느니 하더니, 5, 6년 뒤에 무용가로 이름을 날리며 서울에 나타났다. 바로 제1회 공연 날 밤이었다. 서 참의가 조르기도 했지만, 안 초시도 딸의 사진과 이야기가 신문마다 나는 바람에 어깨가 으쓱해서 공표를 얻을 수 있는 대로 얻어 가지고 서 참의뿐 아니라 여러 친구를 돌려 줬던 것이다.

"허! 저기 한가운데서 지금 한창 다릿짓하는 게 자네 딸인가?"

남은 다 멍멍히 앉았는데 서 참의가 해괴한 것을 보는 듯 마땅치 않은 어조로 물었다.

"무용이란 건 문명국일수록 벗구 한다네그려."

약기는 한 안 초시는 미리 이런 대답으로 막았다.

"모르겠네 원……. 지금 총각 놈들은 모두 등신인가 바……."

"왜?"

하고 이번에는 다른 친구가 탄하였다.

"우린 총각 시절에 저런 걸 보문 그냥 못 배기네."

"빌어먹을 녀석……. 나잇값을 못 하구. 개야, 저건 개……."

벌써 안 초시는 분통이 발끈거려서 나오는 소리였다.

한 가지가 끝나고 불이 환하게 켜졌을 때다.

"도루, 차라리 여배우 노릇을 댕기라구 그래라. 여배운 그래두 저렇게 넓적다린 내놓구 덤비지 않더라."

"그 자식 오지랖 경치게 넓네. 네가 안방 건넌방이 몇 칸이요나 알았지 뭘 쥐뿔이나 안다구 그래? 보기 싫건 나가렴."

하고 안 초시는 화를 발끈 내었다. 그러니까 서 참의도 안방 건넌방 말에 화가 나서 꽤 높은 소리로,

"넌 또 뭘 아니? 요 쫌보야."

하고 일어서 버리었다.

이 일이 있은 후 안 초시는 거의 달포나 서 참의의 복덕방에 나오지 않았었다. 그런 걸 박희완 영감이 가서 데리고 왔었다.

박희완 영감이란 세 영감 중의 하나로 안 초시처럼 이 복덕방에 와 자기까지는 안 하나 꽤 쏠쏠히 놀러 오는 늙은이다. 아니 놀러 오기만 하는 것이 아니라 와서는 공부도 한다. 재판소에 다니는 조카가 있어 대서업 운동을 한다고 〈속수 국어독본〉을 노상 끼고 와 그 〈삼국지〉 읽던 투로,

"긴 ― 상 도코 ― 에 유키이마스카."

어쩌고를 외고 있는 것이다.

그러나 〈속수 국어독본〉 뚜껑이 손때에 절고, 또 어떤 때는 목침 위에 받쳐 베고 낮잠도 자서 머리때까지 새까맣게 절어 '조선총독부편찬'이란 잔 글자들은 보이지 않게 되도록, 대서업 허가는 의연히 나오지 않는 모양이었다.

"너나 내나 다 산 것들이 업은 가져 뭘 허니. 무슨 세월에…… 흥!"

하고 어떤 때, 안 초시는 한나절이나 화투패를 떼다 안 떨어지면 그 화풀이로 박희완 영감이 들고 중얼거리는 〈속수 국어독본〉을 툭 채어 행길로 팽개치며 그랬다.

"넌 또 무슨 재술 바라구 밤낮 화투패나 떨어지길 비리니?"

"난 심심풀이지."

그러나 속으로는 박희완 영감보다 더 세상에 대한 야심이 끓었다. 딸이 평양으로 대구로 다니며 지방 순회까지 하여서 제법 돈냥이나 걷힌 것 같으나 연구소를 내느라고 집을 뜯어고친다, 유성기를 사들인다, 교제를 하러 돌아다닌다 하느라고, 더구나 귀찮게만 아는 이 아비를 위해 쓸 돈은 예산에부터 들지 못하는 모양이었다.

"얘? 낡은 솜이 돼 그런지, 삯바느질이 돼 그런지 바지 솜이 모두 치어서 어떤 덴 홑옷이야. 암만해두 샤쓸 한 벌 사 입어야겠다."

하고 딸의 눈치만 보아 오다 한번은 입을 열었더니,

"어련히 인제 사드릴라구요."

하고 딸은 대답은 선선하였으나 샤쓰는 그해 겨울이 다 지나도록 구경도 못하였다. 샤쓰는커녕 안경다리를 고치겠다고 돈 1만 원만 달래도 1원짜리를 굳이 바꿔다가 50전 한 닢만 주었다. 안경은 돈을 좀 주무르던 시절에 장만한 것이라 테만 5, 6원 먹은 것이어서 50전만으로 그런 다리는 어림도 없었다. 50전짜리 다리도 있지만 살 바에는 조촐한 것을 택하던 초시의 성미라 더구나 면상에서 짝짝이로 드러나는 것을 사기가 싫었다. 차라리 종이 노끈인 채 쓰기로 하고 50전은 담뱃값으로 나가고 말았다.

"왜 안경다린 안 고치셨어요?"

딸이 그날 저녁으로 물었다.

"흥……."

초시는 말은 하지 않았다. 딸은 며칠 뒤에 또 50전을 주었다. 그러면서 어떻게 들으라고 하는 소리인지,

"아버지 보험료만 해두 한 달에 3원 80전씩 나가요."

하였다. 보험료나 타 먹게 어서 죽어 달라는 소리로도 들리었다.

"그게 내게 상관있니?"

"아버지 위해 들었지 누구 위해 들었게요, 그럼?"

초시는 '정말 날 위해 하는 거문 살아서 한 푼이라두 다우. 죽은 뒤에 내가 알 게 뭐냐.' 소리가 나오는 것을 억지로 참았다.

"50전이문 왜 안경다릴 못 고치세요?"

초시는 설명하지 않았다.

"지금 아버지가 좋고 낮은 걸 가리실 처지야요?"

그러나 50전은 또 마꼬 값으로 다 나갔다. 이러기를 아마 서너 번째다.

"자식도 소용없어. 더구나 딸자식…… 그저 내 수중에 돈이 있어야……."

초시는 돈의 긴요성을 날로 날로 더욱 심각하게 느끼었다.

"돈만 가지면야 좀 좋은 세상인가!"

심심해서 운동 삼아 좀 나다녀 보면 거리마다 짓느니 고층 건축들이요, 동네마다 느느니 그림 같은 문화 주택들이다. 조금만 정신을 놓아도 물에서 갓 튀어나온 메기처럼 미끈미끈한 자동차가 등덜미에서 소리를 꽥 지른다. 돌아다보면 운전수는 눈을 부릅떴고 그 뒤에는 금 시곗줄이 번쩍거리

는, 살진 중년 신사가 빙그레 웃고 앉았는 것이었다.

"예순이 낼모레…… 젠 — 장할 것."

초시는 늙어 가는 것이 원통하였다. 어떻게 해서나 더 늙기 전에 적게 돈 1만 원이라도 붙들어 가지고 내 손으로 다시 한번 이 세상과 교섭해 보고 싶었다. 지금 이 꼴로서야 문화 주택이 암만 서기로 내게 무슨 상관이며 자동차, 비행기가 개미 떼나 파리떼처럼 퍼지기로 나와 무슨 인연이 있는 것이냐, 세상과 자기와는 자기 손에서 돈이 떨어진, 그 즉시로 인연이 끊어진 것이라 생각되었다.

"그러면 송장이나 다름없지, 뭔가?"

초시는 이런 질문을 자신에게 던지는 지가 이미 오래였다.

"무슨 수가 없을까?"

또,

"무슨 그루테기(그루터기)가 있어야 비비지!"

그러다가도,

"그래도 돈냥이나 엎질러 본 녀석이 벌기도 하는 게지."

하고 그야말로 무슨 그루터기만 만나면 꼭 벌기는 할 자신이었다.

그러다가 박희완 영감에게서 들은 말이었다. 관변에 있는 모 유력자를 통해 비밀리에 나온 말인데 황해 연안에 제2의 나진이 생긴다는 말이었다. 지금은 관청에서만 알 뿐이나 축항 용지(항구를 구축하기 위한 용지)는 비밀리에 매수되었으므로 불원하여 당국자로부터 공표가 있으리라는 것이다.

"그럼, 거기가 황무진가? 전답들인가?"

초시는 눈이 뻘게 물었다.

"밭이라데."

"밭? 그럼 매평 얼마나 간다나?"

"좀 올랐대. 관청에서 사는 바람에 아무리 시골 사람들이기루 그만 눈치 없겠나. 그래도 무슨 일루 관청서 사는진 모르거든……."

"그래?"

"그래, 그리 오르진 않았대……. 아마 평당 25, 6전씩이면 살 수 있다나 보데. 그러니 화중지병이지 뭘 허나, 우리가……."

"음……."

초시는 관자놀이가 욱신거리었다. 정말이기만 하면 한 시각이라도 먼저 덤비는 놈이 더 먹는 판이다. 나진도 5, 6전 하던 땅이 한번 개항된다는 소문이 나자 당년으로 5, 6전의 백 배 이상이 올랐고 3, 4년 뒤에는, 땅 나름이지만 어떤 요지는 천 배 이상이 오른 데가 많다.

'다 산 나이에 오래 끌 건 뭐 있나. 당년으로 넘겨두 최소한도 5환씩이야 무려할 테지…….'

혼자 생각한 초시는,

"대관절 어디란 말이야, 거기가?"

하고 나앉으며 물었다.

"그걸 낸들 아나?"

"그럼?"

"그 모 씨라는 이만 알지. 그러게 날더러 단 1만 원이라도 자본을 운동하면 자기는 거기서도 어디 어디가 요지라는 걸 설계도를 복사해 낸 사람이니까 그 요지만 산단 말이지. 그리구 많이두 바라지 않어. 비용 죄다 제치구 순이익의 2할만 달라는 거야."

"그럴 테지…… 누가 그런 자국을 일러 주구 구경만 하자겠나……. 2할이라…… 2할……."

초시는 생각할수록 이것이 훌륭한, 그 무슨 그루터기가 될 것 같았다. 나진의 선례도 있거니와 박희완 영감 말이 만주국이 되는 바람에 중국과의 관계가 미묘해지므로 황해 연안에도 으레 나진과 같은 사명을 갖는 큰 항구가 필요할 것은 우리 상식으로도 추측할 바라 하였다. 초시의 상식에도 그것을 믿을 수 있었다.

오늘은 오래간만에 피죤을 사서, 거기서 아주 한 대를 피워 물고 왔다. 어째 박희완 영감이 종일 보이지 않는다. 다른 데로 자금 운동을 다니나 보다 하였다. 서 참의는 점심 전에 나간 사람이 어디서 흥정이 한 자리 떨어지느라고 인지 아직 돌아오지 않는다. 안 초시는 미닫이 틀 위에서 낡은 화투를 꺼내었다.

"허, 이거 봐라!"

여간해선 잘 떨어지지 않던 거북패가 단번에 뚝 떨어진다. 누가 옆에 있어 좀 보아줬으면 싶었다.

"아무래두 이게 심상치 않어……. 이제 재수가 티나 부다!"

초시는 반도 타지 않은 담배를 행길로 내던졌다. 출출하던 판에 담배만 몇 대를 피우고 나니 목이 컬컬해진다. 앞집 수채에는 뜨물에 떠내려가다 막힌 녹두 껍질이 그저 누렇게 보인다.

"오냐, 내년 추석엔……."

초시는 이날 저녁에 박희완 영감에게서 들은 이야기를 딸에게 하였다. 실패는 했을지라도 그래도 십수 년을 상업계에서 논 안 초시라 출자를 권유하는 수작만은 딸이 듣기에도 딴사람인 듯 놀라웠다. 딸은 즉석에서는 가부를 말하지 않았으나 그의 머릿속에서도 이내 잊혀지지는 않았던지 다음 날 아침에는, 딸 편이 먼저 이 이야기를 다시 꺼내었고, 초시가 박희완 영감에게 묻던 이상으로 시시콜콜히 캐물었다. 그러면 초시는 또 박희완 영감 이상으로 손가락으로 가리키듯 소상히 설명하였고, 1년 안에 청장(조세나 빚 등을 깨끗이 갚는 일)을 하더라도 최소한도로 50배 이상의 순이익이 날 것이라 장담 장담하였다.

딸은 솔깃했다. 사흘 안에 연구소 집을 어느 신탁회사에 넣고 삼천 원을 돌리기로 하였다. 초시는 금시발복(운이 틔어 복이 닥침)이나 된 듯 뛰고 싶게 기뻤다.

"서 참의 이놈, 날 은근히 멸시했것다. 내 굳이 널 시켜 네 집보다 난 집을 살 테다. 네깟 놈이 천생 가쾌지 별거냐……."

그러나 신탁 회사에서 돈이 되는 날은 웬 처음 보는 청년 하나가 초시의 앞을 가리며 나타났다. 그는 딸의 청년이었다. 딸은 아버지의 손에 단 1전도 넣지 않았고, 꼭 그 청년이 나서 돈을 쓰며 처리하게 하였다.

처음에는 팩 나오는 노염을 참을 수가 없었으나 며칠 밤을 지내고 나니, 적어도 삼천 원의 순이익이 5, 6만 원은 될 것이라, 1만 원 하나야 어디로 가랴 하는 타협이 생기어서 안 초시는 으슬으슬 그, 이를테면 사위 녀석 격인 청년의 뒤를 따라나섰다.

　1년이 지났다.
　모두 꿈이었다. 꿈이라도 너무 악한 꿈이었다. 삼천 원어치 땅을 사 놓고 날마다 신문을 훑어보며 수소문을 하여도 거기는 축항이 된단 말이 신문에도, 소문에도 나지 않았다. 용당포와 다사도에는 땅값이 30배가 올랐느니 50배가 올랐느니 하고 졸부들이 생겼다는 소문이 있어도 여기는 감감소식일 뿐 아니라 나중에, 역시 이것도 박희완 영감을 통해 알고 보니 그 관변모 씨에게 박희완 영감부터 속아 떨어진 것이었다. 축항 후보지로 측량까지 하기는 하였으나 무슨 결점으로인지 중지되고 마는 바람에 너무 기민하게 거기다 땅을 샀던, 그 모 씨가 그 땅 처치에 곤란하여 꾸민 연극이었다.
　돈을 쓸 때는 1원짜리 한 장 만져도 못 봤지만 벼락은 초시에게 떨어졌다. 서너 끼씩 굶어도 밥 먹을 정신이 나지도 않았거니와 밥을 먹으러 들어갈 수도 없었다.
　"재물이란 친자 간의 의리도 배추 밑 도리듯 하는 건가?"
　탄식할 뿐이었다. 밥보다는 술과 담배가 그리웠다. 물론 안경다리는 그저 못 고치었다. 그러나 이제는 50전짜리는커녕 단 10전짜리도 얻어 볼 길이 없다.
　추석 가까운 날씨는 해마다의 그때와 같이 맑았다. 하늘은 천 리같이 트였는데 조각구름들이 여기저기 널리었다. 어떤 구름은 깨끗이 바래 말린 옥양목처럼 흰빛이 눈이 부시다. 안 초시는 이번에도 자기의 때 묻은 적삼 생각이 났다. 그러나 이번에는 소매 끝을 불거나 떨지는 않았다. 고요히 흘러내리는 눈물을 그 더러운 소매로 닦았을 뿐이다.

　여름이 극성스럽게 덥더니, 추위도 그럴 징조인지 예년보다 무서리가 일찍 내리었다. 서 참의가 늘 지나다니는 식은 관사에는 울타리가 넘게 피었던 코스모스들이 끓는 물에 데쳐 낸 것처럼 시커멓게 무르녹고 말았다.
　참의는 머리가 띵 — 하였다. 요즘 와서 울기 잘하는 안 초시를 한번 위로해 주려, 엊저녁에는 데리고 나와 청요릿집으로, 추어탕 집으로 새로 두 점을 치도록 돌아다닌 때문 같았다. 조반이라고 몇 술 뜨기는 했으나 혀도 그냥 뻑뻑하다. 안 초시도 그럴 것이니까 해는 벌써 오정 때지만 끌고 나와 해장술이나 먹으리라 하고 부지런히 내려와 보니, 웬일인지 복덕방이라고 쓴 베 발이 아직 내걸리지 않았다.

"이 사람 봐……. 어느 땐 줄 알구 코만 고누……."

그러나 코 고는 소리는 들리지 않았다. 미닫이를 밀어젖힌 서 참의는 정신이 번쩍 났다. 안 초시의 입에는 피, 얼굴은 잿빛이다. 방 안은 움 속처럼 음습한 바람이 휭— 끼친다.

"아니?"

참의는 우선 미닫이를 닫고 눈을 비비고 초시를 들여다보았다. 안 초시는 벌써 아니요, 안 초시의 시체일 뿐, 둘러보니 무슨 약병인 듯한 것 하나가 굴러져 있다.

참의는 한참 만에야 이 일이 슬픈 일인 것을 깨달았다.

"허!"

파출소로 갈까 하다 그래도 자식한테 먼저 알려야겠다 하고 말만 듣던 그 안경화 무용 연구소를 찾아가서 안경화를 데리고 왔다. 딸이 한참 울고 난 뒤다.

"관청에 어서 알려야지?"

"아니야요, 앗으세요."

딸은 펄쩍 뛰었다.

"앗으라니?"

"저……."

"저라니?"

"제 명예도 좀……."

하고 그는 애원하였다.

"명예? 안 될 말이지, 명열 생각하는 사람이 애빌 저 모양으로 세상 떠나게 해?"

"……."

안경화는 엎드려 다시 울었다. 그러다가 나가려는 서 참의의 다리를 끌어안고 놓지 않았다. 그리고,

"절 살려 주세요."

소리를 몇 번이나 거듭하였다.

"그럼, 비밀은 내가 지킬 테니 나 하자는 대루 할까?"

"네."

서 참의는 다시 앉았다.

"부친 위해 보험 든 거 있지?"

"네 간이 보험이야요."

"무슨 보험이든……. 얼마나 타게 되누?"

"사백팔십 원요."

"부친 위해 들었으니 부친 위해 다 써야지?"

"그럼요."

"에헴 그럼…… 돌아간 이가 늘 속샤쓸 입구퍼 했어. 상등 털 샤쓰를 사다 입히구, 그 우에 진견으로 수의 일습 구색 맞춰 짓게 허구……. 선산이 있나, 묻힐 데가?"

"웬걸요, 없어요."

"그럼 공동묘지라도 특등지루 널찍하게 사구……. 장례식을 장 — 하게 해야 말이지 초라하게 해 버리면 내가 그저 안 있을 게야. 알아들어?"

"네에."

하고 안경화는 그제야 핸드백을 열고 눈물 젖은 얼굴을 닦았다.

안 초시의 소위 영결식이 그 딸의 연구소 마당에서 열리었다.

서 참의와 박희완 영감은 술이 거나하게 취해 갔다. 박희완 영감이 무얼 잡혀서 가져왔다는 부의 2원을 서 참의가,

"장례비가 넉넉하니 자네 돈 그 계집애 줄 거 없네."

하고 우선 술집에 들러 거나하게 곱빼기들을 한 것이다.

영결식장에는 제법 반반한 조객들이 모여들었다. 예복을 차리고 온 사람도 두엇 있었다. 모두 고인을 알아 온 것이 아니요, 무용가 안경화를 보아

온 사람들 같았다. 그중에는 고인의 슬픔을 알아 우는 사람인지, 덩달아 기분으로 우는 사람인지 울음을 삼키느라고 끽끽하는 사람도 있었다. 안경화도 제법 눈이 젖어 가지고 신식 상복이라나 공단 같은 새까만 양복으로 관 앞에 나와 향불을 놓고 절하였다. 그 뒤를 따라 한 20명이 관 앞에 나와 꾸벅거리었다. 그리고 무어라고 지껄이고 나가는 사람도 있었다.

그들의 분향이 거의 끝난 듯하였을 때,

"에헴!"

하고 얼굴이 시뻘건 서 참의도 한마디 없을 수 없다는 듯이 나섰다. 향을 한 움큼이나 집어 놓아 연기가 시커멓게 올려 솟더니 불이 일어났다. 후 ― 후 ― 불어 불을 끄고, 수염을 한번 쓰다듬고 절을 했다. 그리고 다시,

"헴……."

하더니 조사를 하였다.

"나 서 참일세, 알겠나? 흥…… 자네 참 호살세, 호사야…… 잘 죽었느니. 자네 살았으문 이만 호살 해 보겠나? 인전 안경다리 고칠 걱정두 없구…… 아무튼지……."

하는데 박희완 영감이 들어서더니,

"이 사람 취했네 그려."

하며 서 참의를 밀어냈다.

박희완 영감도 가슴이 답답히였다. 분향을 하고 무슨 소리를 한마디 했으면 속이 후련히 트일 것 같아서 잠깐 멈칫하고 서 있어 보았으나,

"으흐윽……."

하고 울음이 먼저 터져 그만 나오고 말았다.

서 참의와 박희완 영감도 묘지까지 나갈 작정이었으나 거기 모인 사람들이 하나도 마음에 들지 않아 도로 술집으로 내려오고 말았다.

돌다리

- 이태준 -

작품 정리

이 작품은 1930년대 시골 농촌 마을을 배경으로 1943년 '국민문학'에 발표된 소설이다.

의사인 아들이 병원 확장을 위해 땅을 팔자고 하자, 아버지는 땅이 천지 만물의 근본이라는 논리를 내세워 반대한다. 작가는 농토를 파는 문제를 둘러싼 아버지와 아들 사이의 갈등을 통해 토지의 본래적인 가치보다 금전적인 가치를 중요시하는 근대 사회의 가치관을 비판한다.

땅을 팔지 않겠다는 아버지의 주장은 변화를 거부하는 고집으로 보이지만, 땅을 돈으로만 여기는 세태를 질타하는 내용이다. 그리고 아버지에게 돌다리란 단순한 다리가 아니라 글을 배우러 다니던 다리이자, 어머니가 시집올 때 가마를 타고 온 다리이며, 또 아버지 자신이 죽어서 건널 다리이기 때문이다.

돌다리를 보수하는 행위는 과거부터 전해오던 정신적인 문화가 후대 까지 이어지기 바라며, 일제 강점하의 어려운 현실에서 꿈을 잃지 않고 민족성을 지키려는 작가의 표현이다.

작품 줄거리

서울에 사는 창섭은 오랜만에 고향 집에 내려왔다. 고향 집은 버스에서 내려 십 리나 되는 길을 걸어와야 하는 곳이다. 집으로 가는 길 건너편 산기슭에 있는 공동표지에는 창섭의 누이동생 창옥이 묻혀있었다.

어린 시절, 저녁을 먹던 창옥이 복통으로 뒹굴자 읍내 병원에서 의사를 데려온다. 의사는 주사를 놓아주고 가고, 다음날 복통이 더 심해져 누이동생이 죽게 된다.

누이가 의사의 오진으로 허무하게 죽자 창섭은 아버지의 뜻을 어기고 서울의 의학 전문학교에 들어가 의사가 된다. 의사가 된 창섭은 서울에 있는 병원을 키우기 위해 부모님을 설득하여 농토를 팔려는 생각으로 고향에 온다.

땅을 정성스레 가꾸는 아버지의 모습을 떠올리며 마을로 가다 장마 때 무너진 돌다리를 고치고 있는 아버지를 보고 집으로 온 아버지에게 병원 확장에 자금이 필요하니 땅을 팔고 서울로 함께 올라갈 것을 청한다. 그러나 아버지는 죽기 전에 땅을 농민에게 넘기겠다는 유언을 하고, 고쳐 놓은 돌다리에 나가 세수를 하고 땅을 지키고 사는 삶이 천리(天理)임을 되새긴다. 이에 창섭은 아버지가 동네 사람들과 함께 세운 돌다리를 건너 서울로 간다.

핵심 정리

· 갈래 : 단편 소설
· 시점 : 전지적 작가 시점
· 배경 : 일제강점기 농촌 마을
· 주제 : 땅의 가치에 대한 인식과 물질 만능주의 사회에 대한 비판
· 출전 : 국민문학

# 돌다리

정거장에서 샘말 십 리 길을 내려오노라면 반이 될락말락한 데서부터 샘말 동네보다는 그 건너편 산기슭에 놓인 공동묘지가 먼저 눈에 뜨인다.

창섭은 잠깐 걸음을 멈추고까지 바라보았다.

봄에 올 때 보면 진달래가 불붙듯 피어올라가는 야산이다. 지금은 단풍철도 지나고 누르테테한 가닥나무들만 묘지를 둘러, 듣지 않아도 적막한 버스럭 소리만 울릴 것 같았다. 어느 것이라고 집어낼 수는 없어도 창옥의 무덤이 어디쯤이라고는 짐작이 된다. 창섭은 마음으로 '창옥아.' 불러 보며 묵례를 보냈다.

다만 오뉘뿐으로 나이가 훨씬 떨어진 누이였었다. 지금도 눈에 선 — 하다. 자기가 마침 방학으로 와 있던 여름이었다. 창옥은 저녁 먹다 말고 갑자기 복통으로 뒹굴었다. 읍으로 뛰어 들어가 의사를 청해 왔다. 의사는 주사를 놓고 들어갔다. 그러나 밤새도록 열은 내리지 않았고 새벽녘엔 아파하는 것도 더해 갔다. 다시 의사를 데리러 갔으나 의사는 바쁘다고 환자를 데려오라 하였다. 하라는 대로 환자를 데리고 들어갔으나 역시 오진(誤診)을 했었다. 다시 하루를 지나 고름이 터지고 복막(腹膜)이 절망적으로 상해 버린 뒤에야 겨우 맹장염(盲腸炎)인 것을 알아낸 눈치였다.

그때 창섭은 자기도 어른이기만 했으면 필시 의사의 멱살을 들었을 것이었다. 이런 누이의 허무한 주검에서 창섭은 뜻을 세워 아버지가 권하는 고농(高農)을 마다하고 의전(醫專)으로 들어갔고, 오늘에 이르러는 맹장 수술로는 서울서도 정평이 있는 한 권위가 된 것이다.

'창옥아, 기뻐해 다구. 이번에 내 병원이 좋은 건물을 만나 커지는 거다. 개인 병원으론 제일 완비한 수술실이 실현될 거다! 입원실 부족도 해결될 거다. 네 사진을 크게 확대해 내 새 진찰실에 걸어 놓으마……'

창섭은 바람도 쌀쌀할 뿐 아니라 오후 차로 돌아가야 할 길이라 걸음을 재우쳤다.

　길은 그전보다 넓어도 졌고 바닥도 평탄하였다. 비나 오면 진흙에 헤어날 수 없었는데 복판으로는 자갈이 깔리고, 어떤 목은 좁아서 소바리가 논으로 미끄러져 들어가기 십상이었는데 바위를 갈라내어서까지 일매지게 넓은 길로 닦아졌다. 창섭은, '이럴 줄 알았더면 정거장에서 자전거라도 빌려 타고 올 걸' 하였다.

　눈에 익은 정자나무 선 논이며 돌각담을 두른 밭들도 나타났다. 자기 집 논과 밭들이었다. 논둑에 선 정자나무는 그전부터 있던 것이나 밭에 돌각담들은 아버지께서 손수 쌓으신 것이다.

　창섭의 아버지는 근검(勤儉)으로 근방에 소문난 영감이다. 그러나 자기 대에 와서는 밭 하루갈이도 늘쿠지는 못한 것으로도 소문난 영감이다. 곡식 값보다는 다른 물가들이 높아졌을 뿐 아니라 전대(前代)에는 모르던 아들의 유학이란 것이 큰 부담인 데다가,

　"할아버니와 아버니께서 나를 부자 소린 못 들어도 굶는단 소린 안 듣고 살도록 물려주시구 가셨다. 드럭드럭 탐내 모아선 뭘 허니, 할아버니께서 쇠똥을 맨손으로 움켜다 넣으시던 논, 아버지께서 멍덜을 손수 이룩허신 밭을, 더 건 논으로 더 기름진 밭이 되도록 닦달만 해 가기에도 내겐 벅찬 일일 게다."

하고 절용해 쓰고 남는 돈이 있으면 그 돈으로는 품을 몇씩 들어서까지 비뚠 논배미를 바로잡기, 밭에 돌을 추려 바람맞이로 담을 두르기, 개울엔 둑막이하기, 그러다가 아들이 의사가 된 후로는 아들 학비로 쓰던 몫까지 들여서 동네 길들은 물론, 읍 길과 정거장 길까지 닦아 놓았다.

　남을 주면 땅을 버린다고 여간 근실한 자국이 아니면 소작을 주지 않았고, 소를 두 필이나 매고 일꾼을 세 명씩이나 두고 적지 않은 전답을 전부 자농(自農)으로 버티어 왔다. 실속이 타작(打作)만 못하다는 둥, 일꾼 셋이 저의 농사 해 가지고 나간다는 둥 이해만을 따져 비평하는 소리가 많았으나 창섭의 아버지는 땅을 위해서는 자기의 이해만으로 타산하려 하지 않았다.

　이와 같은 임자를 가진 땅들이라 곡식은 거둔 뒤 그루만 남은 논과 밭이

되 그 바닥들의 고름, 그 언저리들의 바름, 흙의 부드러움이 마치 시루떡 모판이나 대하는 것처럼 누구의 눈에나 탐스럽게 흐뭇해 보였다.

이런 땅을 팔기에는 아무리 수입은 몇 배 더 나은 병원을 늘구기 위해서나 아버지께 미안하지 않을 수 없었다. 그러나 잡히기나 해 가지고는 삼만 원 돈을 만들 수가 없었고 서울서 큰 양관(洋館)을 손에 넣기란 돈만 있다고도 아무 때나 될 일이 아니었다.

'아버지께선 내년이 환갑이시다! 어머니께선 겨울이면 해마다 기침이 도지신다. 진작부터 내가 모셔야 했을 거다. 그런데 내가 시굴로 올 순 없고 천생 부모님이 서울로 가셔야 한다. 한동네서도 땅을 당신만치 못 거둘 사람에겐 소작을 주지 않으셨다. 땅 전부를 소작을 내맡기고는 서울 가 편안히 계실 날이 하루도 없으실 게다. 아버님의 말년을 편안히 해 드리기 위해서도 땅은 전부 없애 버릴 필요가 있는 거다!'

창섭은 샘말에 들어서자 동구에서 이내 아버지를 뵐 수가 있었다. 아버지는 가에는 살얼음이 잡힌 찬물에 무릎까지 걷고 들어서서 동네 사람들을 축추겨 돌다리를 고치고 계셨다.

"어떻게 갑재기 오느냐?"

"네, 좀 급히 여쭤봐야 할 일이 생겼습니다."

"그래? 먼저 들어가 있거라."

동네 사람 수십 명이 쇠고삐 두 기장은 흘러 내려간 다릿돌을 동아줄에 얽어 끌어올리고 있었다. 개울은 동네 복판을 흐르고 있어 아래위로 징검다리는 서너 군데나 놓였으나 하룻밤 비에도 일쑤 넘치어 모두 이 큰 돌다리로 통행하던 것이었다. 창섭은 어려서 아버지께 이 큰 돌다리의 내력을 들은 것이 아직도 기억에 남아 있다.

"너이 증조부님 돌아가시어서다. 산소에 상돌을 해 오시는데 징검다리로야 건네올 수가 있니? 그래 너이 조부님께서 다리부터 이렇게 넓구 튼튼한 돌루 놓으신 거란다."

그 후 오륙십 년 동안 한 번도 무너진 적이 없었는데 몇 해 전 어느 장마엔 어찌 된 셈인지 가운데 제일 큰 장이 내려앉아 떠내려갔던 것이다. 두께가 한 자는 실하고 폭이 여섯 자, 길이는 열 자가 넘는 자연석 그대로라 여간 몇 사람의 힘으로는 손을 댈 엄두부터 나지 못하였다. 더구나 불과 수십 보 이내에 면(面)의 보조를 얻어 난간까지 달린 한다 한 나무다리가 놓인 뒤에 일이라 이 돌다리는 동네 사람들에게 완전히 잊혀진 채 던져져 있던 것이었다.

집에 들어가니 어머니는 다리 고치는 사람들 점심을 짓느라고 역시 여러 명의 동네 여편네들과 허둥거리고 계시었다.

"웬일인데 어째 혼자만 오느냐?"

어머니는 손자 아이들부터 보이지 않음을 물으신다.

"오늘루 가야겠어서 아무두 안 데리구 왔습니다."

"오늘루 갈 걸 뭘 허 오누?"

"인전 어머니서껀 서울로 모셔 갈 채빌 허러 왔다우."

"서울루? 제발 아이들허구 한데서 살아 봤음 원이 없겠다."

하고 어머니는 땅보다 조상님들 산소나 사당보다 손자 아이들에게 더 마음이 끌리시는 눈치였다. 그러나 아버지만은 그처럼 단순히 들떠질 마음이 아니었다.

아버지는 아들의 뒤를 쫓아 이내 개울에서 들어왔다. 아들은, 의사인 아들은, 마치 환자에게 치료 방법을 이르듯이 냉정히 차근차근히 이야기를 시작하였다. 외아들인 자기가 부모님을 진작 모시지 못한 것이 잘못인 것, 한집에 모이려면 자기가 병원을 비리기보다는 부모님이 농도를 버리시고 서울로 오시는 것이 순리인 것, 병원은 나날이 환자가 늘어 가나 입원실이 부족하여 오는 환자의 3분지 1밖에 수용 못 하는 것, 지금 시국에 큰 건물을 새로 짓기란 거의 불가능의 일인 것, 마침 교통 편한 자리에 3층 양옥이 하나 난 것, 인쇄소였던 집인데 전체가 콘크리트여서 방화 방공으로 가치가 충분한 것, 3층은 살림집과 직공들의 합숙실로 꾸미었던 것이라 입원실로 변장하기에 용이한 것, 각층에 수도·가스가 다 들어온 것, 그러면서도 가격은 염한 것, 염하기는 하나 삼만 이천 원이라 지금의 병원을 팔면 일만 오천 원쯤은 받겠지만 그것은 새집을 고치는 데와 수술실의 기계를 완비하는 데 다 들어갈 것이니 집값 삼만 이천 원은 따로 있어야 할 것, 시골에 땅을 둔대야 1년에 고작 삼천 원의 실리가 떨어질지 말지 하지만 땅을 팔아다

병원만 확장해 놓으면 적어도 1년에 만 원 하나씩은 이익을 뽑을 자신이 있는 것, 돈만 있으면 땅은 이담에라도 서울 가까이라도 얼마든지 좋은 것으로 살 수 있는 것……. 아버지는 아들의 의견을 끝까지 잠잠히 들었다. 그리고,

"점심이나 먹어라. 나두 좀 생각해 봐야 대답허겠다."

하고는 다시 개울로 나갔고, 떨어졌던 다릿돌을 올려놓고야 들어와 그도 점심상을 받았다.

점심을 자시면서였다.

"원, 요즘 사람들은 힘두 줄었나 봐! 그 다리 첨 놀 제 내가 어려서 봤는데 불과 여남은 이서 거들던 돌인데 장정 수십 명이 한나잘을 씨름을 허다니!"

"나무다리가 있는데 건 왜 고치시나요?"

"너두 그런 소릴 허는구나. 나무가 돌만허다든? 넌 그 다리서 고기 잡던 생각두 안 나니? 서울루 공부 갈 때 그 다리 건너서 떠나던 생각 안 나니? 시체 사람들은 모두 인정이란 게 사람헌테만 쓰는 건 줄 알드라! 내 할아버니 산소에 상돌을 그 다리로 건네다 모셨구, 내가 천잘 끼구 그 다리루 글 읽으러 댕겼다. 네 에미두 그 다리루 가말 타구 내 집에 왔어. 나 죽건 그 다리루 건네다 묻어라……. 난 서울 갈 생각 없다."

"네?"

"천금이 쏟아진대두 난 땅은 못 팔겠다. 내 아버님께서 손수 이룩허시는 걸 내 눈으루 본 밭이구, 내 할아버님께서 손수 피땀을 흘려 모으신 돈으루 장만허신 논들이야. 돈 있다고 어디가 느르지 논 같은 게 있구, 독시장 밭 같은 걸 사? 느르지 논둑에 선 느티나문 할아버님께서 심으신 거구 저 사랑마당에 은행나무는 아버님께서 심으신 거다. 그 나무 밑에를 설 때마다 난 그 어른들 동상(銅像)이나 다름없이 경건한 마음이 솟아 우러러보군 헌다. 땅이란 걸 어떻게 일시 이해를 따져 사구 팔구 허느냐? 땅 없어 봐라, 집이 어딨으며 나라가 어딨는 줄 아니? 땅이란 천지 만물의 근거야. 돈 있다구 땅이 뭔지두 모르구 욕심만 내 문서 쪽으로 사 모으기만 하는 사람들, 돈놀이처럼 변리만 생각허구 제 조상들과 그 땅과 어떤 인연이란 건 도시

생각지 않구 헌신짝 버리듯 하는 사람들, 다 내 눈엔 괴이한 사람들루밖엔 뵈지 않드라."

"……."

"네가 뉘 덕으루 오늘 의사가 됐니? 내 덕인 줄만 아느냐? 내가 땅 없이 뭘루? 밭에 가 절하구 논에 가 절해야 쓴다. 자고로 하눌, 하눌, 허나 하눌의 덕이 땅을 통허지 않군 사람헌테 미치는 줄 아니? 땅을 파는 건 그게 하눌을 파나 다름없는 거다."

"……."

"땅을 밟구 다니니까 땅을 우섭게들 여기지? 땅처럼 응과(應果)가 분명헌 게 무어냐? 하눌은 차라리 못 믿을 때두 많다. 그러나 힘들이는 사람에겐 힘들이는 만큼 땅은 반드시 후헌 보답을 주시는 거다. 세상에 흔해 빠진 지주들, 땅은 작인들헌테나 맡겨 버리구, 떡 도회지에 가 앉어 소출은 팔어다 모다 도회지에 낭비해 버리구, 땅 가꾸는 덴 단돈 1원을 벌벌 떨구, 땅으루 살며 땅에 야박한 놈은 자식으로 치면 후레자식 셈이야. 땅이 말을 할 줄 알어봐라? 배가 고프단 땅이 얼마나 많을 테냐? 해마다 걷어만 가구, 땅은 자갈밭이 되니 아나? 둑이 떠나가니 아나? 거름 한 번을 제대로 넣나? 정 급허게 돼 작인이 우는소리나 해야 요즘 너이 신의들 주사침 놓듯 애꿎인 금비(화학비료)만 갖다 털어 넣지. 그렇게 땅을 홀대를 허군 인제 죽어서 땅이 무서서 어디루들 갈 텐구!"

창섭은 입이 얼어 버리었다. 손만 부비었다. 자기의 생각은 너무나 자기 본위였던 것을 대뜸 깨달았다. 땅에는 이해를 초월한 일종 종교적 신념을 가진 아버지에게 아들의 이단적(異端的)인 계획이 용납될 리 만무였다. 아버지는 상을 물리고도 말을 계속하였다.

"너루선 어떤 수단을 쓰든지 병원부터 확장허려는 게 과히 엉뚱헌 욕심은 아닐 줄두 안다. 그러나 욕심을 부련 못 쓰는 거다. 의술은 예로부터 인술(仁術)이라지 않니? 매사를 순탄허게 진실허게 해라."

"……."

"네가 가업을 이어 나가지 않는다군 탄허지 않겠다. 넌 너루서 발전헐 길을 열었구, 그게 또 모리지배(謀利之輩)의 악업이 아니라 활인(活人)허는 인술이구나! 내가 어떻게 불평을 말허니? 다만 3, 4대 집안에서 공들여 이룩해 놓은 전장을 남의 손에 내맡기게 되는 게 저윽 애석헌 심사가 없달 순 없구……."

"팔지 않으면 그만 아닙니까?"

"나 죽은 뒤에 누가 거두니? 이제두 말했지만 너두 문서 쪽만 쥐구 서울 앉어 지주 노릇만 허게? 그따위 지주허구 작인 틈에서 땅들만 얼마를 곯는지 아니? 안 된다. 팔 테다. 나 죽을 임시엔 다 팔 테다. 돈에 팔 줄 아니? 사람헌테 팔 테다. 건너 용문이는 우리 느르지 논 같은 건 한 해만 부쳐 보구 죽어두 농군으로 태났던 걸 한허지 않겠다구 했다. 독시장 밭을 내논다구 해 봐라, 문보나 덕길이 같은 사람은 길바닥에 나앉드라두 집을 팔아 살려구 덤빌 게다. 그런 사람들이 땅임자 안 되구 누가 돼야 옳으냐? 그러니 아주 말이 난 김에 내 유언(遺言)이다. 그런 사람들 무슨 돈으로 땅값을 한 몫 내겠니? 몇몇 해구 그 땅 소출을 팔아 연년이 갚어 나가게 헐 테니 너두 땅값을랑 그렇게 받어 갈 줄 미리 알구 있거라. 그리구 네 모가 먼저 가면 내가 묻을 거구 내가 먼저 가게 되면 네 모만은 네가 서울루 그때 데려가렴. 난 샘말서 이렇게 야인(野人)으로나 죄 없는 밥을 먹다 야인인 채 묻힐 걸 흡족히 여긴다."

"……."

"자식의 젊은 욕망을 못 들어 주는 게 애비 된 맘으루두 섭섭허다. 그러나 이 늙은이헌테두 그만 신념쯤 지켜 오는 게 있다는 걸 무시하지 말어 다구."

아버지는 다시 일어나 담배를 피우며 다리 고치는 데로 나갔다. 옆에 앉았던 어머니는 두 눈에 눈물을 쭈루루 흘리었다.

"너이 아버지가 여간 고집이시냐?"

"아뇨, 아버지가 어떤 어른이신 건 오늘 제가 더 잘 알었습니다. 우리 아버진 훌륭헌 인물이십니다."

그러나 창섭도 코허리가 찌르르하였다. 자기가 계획하고 온 일이 실패한 것쯤은 차라리 당연하게 생각되었고, 아버지와 자기와의 세계가 격리되는 일종의 결별의 심사를 체험하는 때문이었다.

아들은 아버지가 고쳐 놓은 돌다리를 건너 저녁차를 타러 가버렸다. 동구 밖으로 사라지는 아들의 뒷모양을 지키고 섰을 때, 아버지의 마음도 정말 임종에서 유언이나 하고 난 것처럼 외롭고 한편 불안스러운 심사조차 설레었다.

　아버지는 종일 개울에서 허덕였으나 저녁에 잠도 달게 오지 않았다. 젊어서 서당에서 읽던 백낙천(白樂天)의 시가 다 생각이 났다. 늙은 제비 한 쌍을 두고 지은 노래였다. 제 뱃속이 고픈 것은 참아 가며 입에 얻어 문 것은 새끼들부터 먹여 길렀으나, 새끼들은 자라서 나래에 힘을 얻자 어디로인지 저의 좋을 대로 다 날아가 버리어, 야위고 늙은 어버이 제비 한 쌍만 가을바람 소슬한 추녀 끝에 쭈그리고 앉았는 광경을 묘사하였고, 나중에는 그 늙은 어버이 제비들을 가리켜 새끼들만 원망하지 말고 너희들이 새끼 적에 역시 그러했음도 깨달으라는 풍자(諷刺)의 시였다.

　'흥!'

　노인은 어두운 천장을 향해 쓴웃음을 짓고 날이 밝기를 기다려 누구보다도 먼저 어제 고쳐 놓은 돌다리를 보러 나왔다.

　흙탕이라고는 어느 돌 틈에도 남아 있지 않았다. 첫 곬으로도 가운 댓 곬으로도 끝에 곬으로도 맑기만 한 소담한 물살이 우쭐우쭐 춤추며 빠져 내려갔다. 가운 댓 장으로 가 쾅 굴러 보았다. 발바닥만 아플 뿐 끄떡이 있을 리 없다. 노인은 쭈루루 집으로 들어와 소금 접시와 낯수건을 가지고 나왔다. 제일 낮은 받침돌에 내려앉아 양치를 하고 세수를 하였다. 나중에는 다시 이가 저린 물을 한입 물어 마시며 일어섰다. 속에 모든 게 씻기는 듯 시원하였다. 그리고 수염에 물을 닦으며 이렇게 생각하였다.

　'비가 아무리 쏟아져도 어떤 한정을 넘는 법은 없다. 물이 분수 없이 늘어 떠내려갔던 게 아니라 자갈이 밀려 내려와 물 구멍이 좁아졌든지, 그렇지 않으면 어느 받침돌의 밑이 물살에 궁굴러 쓰러졌던 그런 까닭일 게다. 미리 바닥을 치고 미리 받침돌만 제대로 보살펴 준다면 만년을 간들 무너질 리 없을 게다. 그저 늘 보살펴야 허는 거다. 사람이란 하눌 밑에 사는 날까진 하루라도 천리(天理)에 방심을 해선 안 되는 거다……'

달밤

- 이태준 -

이 작품은 1933년 '중앙'에 발표된 이태준의 첫 단편 소설이다. 성북동으로 이사 온 후 처음 만난 황수건이라는 못난이의 아둔한 세상살이를 곁에서 지켜보는 내용이다.

사람들과 이야기하기를 좋아하는 황수건이 삼산학교 급사로 있을 때 잡담을 하다 쫓겨나고, 성북동 신문 원 배달원이 되어 집집이 신문을 배달하는 것이 소망이라는 그는 보조 배달원 자리마저 잃게 된다. 학교 앞에서 과일 장사를 시작하지만 장마로 문을 닫고 그의 아내마저 형수의 등쌀에 못 이겨 달아난다. 우둔하지만 순박한 성품을 지닌 황수건이 세상에 제대로 적응하지 못하고 실패를 거듭하는 냉혹한 현실의 어려움을 통해 당대 사회의 부조리한 모습을 그려낸다.

이 작품은 인간적인 정이 사라져가는 각박한 세태를 꼬집고, 시간이 흐르고 시대가 바뀌어도 여전히 중요한 것은 인간 본연의 따뜻한 정이라는 이태준의 서정성과 인정미를 잘 드러내는 작품이다.

사대문 밖 한적한 성북동으로 이사 온 '나'는 우둔하고 천진스런 황수건을 만났다. 그는 비록 못났지만 천진하고 순박한 사람이다.

그는 아내와 함께 형님 집에 얹혀살고 있다. 이사 온 지 대엿새쯤 되던 날 밤에 그가 신문을 들고 나를 찾아온다. 자신은 마을 아래에 있는 삼산학교에서 급사로 일하다가 일 처리를 잘못해 쫓겨났고, 지금은 월 삼원 정도의 보수를 받는 신문 보조 배달원으로 일하고 있으며, 원 배달원이 되는 것이 앞으로의 꿈이라고 말한다. 그러나 똑똑치 못하다는 이유로 보조 배달원 자리마저 잃는다. 나는 그가 안쓰러워 전에 다니던 삼산학교 앞에서 참외 장사라도 해보라고 돈 3원을 준다. 그러나 참외 장사마저 실패하고 아내마저 달아난다.

　달포 만에 찾아온 그는 포도 대여섯 송이를 사왔다. 그러나 곧 쫓아온 사람 때문에 포도원에서 훔쳐 온 것이었다. 나는 포도 값을 물어주고, 그의 마음을 알기에 아무 말도 하지 않았다.

핵심 정리

· 갈래 : 단편 소설

· 배경 : 일제 강점기 서울 성북동

· 시점 : 1인칭 관찰자 시점

· 주제 : 세상에 적응하지 못하는 못난이 황수건의 삶에 대한 연민

· 출전 : 중앙

 달밤

성북동으로 이사 나와서 한 대엿새 되었을까, 그날 밤 나는 보던 신문을 머리맡에 밀어 던지고 누워 새삼스럽게,

"여기도 정말 시골이로군!"

하였다.

무어 바깥이 컴컴한 걸 처음 보고 시냇물 소리와 쏴 — 하는 솔바람 소리를 처음 들어서가 아니라 황수건이라는 사람을 이날 저녁에 처음 보았기 때문이다.

그는 말 몇 마디 시키지 않아서 곧 못난이란 것이 드러났다. 이 못난이는 성북동의 산들보다, 물들보다, 조그만 지름길들보다, 더 나에게 성북동이 시골이란 느낌을 풍겨 주었다.

서울이라고 못난이가 없을 리야 없겠지만 대처에서는 못난이들이 거리에 나와 행세를 하지 못하고 시골에선 아무리 못난이라도 마음 놓고 나와 다니는 때문인지, 못난이는 시골에만 있는 것처럼 흔히 시골에서 눈에 잘 뜨인다. 그리고 또 흔히 그는 태고 때 사람처럼 그 우둔하면서도 천진스런 눈을 가지고, 자기 동리에 처음 들어서는 손에게 가장 순박한 시골의 정취를 돋워 주는 것이다.

그런데 그날 밤 황수건이는 열 시나 되어서 우리 집을 찾아왔다.

그는 어두운 마당에서 꽥 지르는 소리로,

"아, 이 댁이 문안서……."

하면서 들어섰다. 잡담 제하고 큰일이나 난 사람처럼 건넌방 문 앞으로 달려들더니,

"저, 저 문안 서대문 거리라나요. 어디선가 나오신 댁입쇼?"

한다. 보니 '합비'는 안 입었으되 신문을 들고 온 것이 신문 배달부다.

"그렇소, 신문이오?"

"아, 그런 걸 사흘이나 저, 저 건너 쪽에만 가 찾었습죠. 제기……."

하더니 신문을 방에 들이뜨리며,

"그런뎁쇼, 왜 이렇게 죄꼬만 집을 사구 와 곕쇼. 아, 내가 알었더면 이 아래 큰 개와집도 많은 걸입쇼……."

한다. 하 말이 황당스러워 유심히 그의 생김을 내다보니 눈에 얼른 두드러지는 것이 빡빡 깎은 머리로되 보통 크다는 정도 이상으로 골이 크다. 그런데다 옆으로 보니 장구 대가리다.

"그렇소? 아무튼 집 찾노라고 수고했소."

하니 그는 큰 눈과 큰 입이 일시에 히죽거리며,

"뭘입쇼, 이게 제 업인뎁쇼."

하고 날래 물러서지 않고 목을 길게 빼어 방 안을 살핀다. 그러더니 묻지도 않는데,

"저는입쇼, 이 동네 사는 황수건이라 합니다……."

하고 인사를 붙인다. 나도 깍듯이 내 성명을 대었다. 그는 또 싱글벙글하면서,

"댁엔 개가 없구먼입쇼."

한다.

"아직 없소."

하니,

"개 그까짓 거 두지 마십쇼."

한다.

"왜 그렇소?"

물으니 그는 얼른 대답하는 말이,

"신문 보는 집엔입쇼, 개를 두지 말아야 합니다."

한다. 이것 재미있는 말이다 하고 나는,

"왜 그렇소?"

하고 또 물었다.

"아, 이 뒷동네 은행소에 댕기는 집엔입쇼, 망아지만한 개가 있는뎁쇼. 아, 신문을 배달할 수가 있어얍죠."

"왜?"

"막 깨물랴고 덤비는 걸입쇼."

한다. 말 같지 않아서 나는 웃기만 하니 그는 더욱 신을 낸다.

"그눔의 개, 그저 한 번, 양턱을 멕여 대야 할 턴데……."

하면서 주먹을 부르대는데 보니 손과 팔목은 머리에 비기어 반비례로 작고 가느다랗다.

"어서 곤할 텐데 가 자시오."

하니 그는 마지못해 물러서며,

"선생님, 참 이 선생님 편안히 주뭅쇼. 저의 집은 여기서 얼마 안 되는 걸입쇼."

하더니 돌아갔다.

그는 이튿날 저녁, 집을 알고 오는 데도 아홉 시가 지나서야,

"신문 배달해 왔습니다."

하고 소리를 치며 들어섰다.

"오늘은 왜 늦었소?"

물으니

"자연 그럽죠."

하고 다른 이야기를 꺼냈다.

자기는 워낙 이 아래 있는 삼산 학교에서 일을 보다 어떤 선생하고 뜻이 덜 맞아 나왔다는 것, 지금은 신문 배달을 하나 원 배달이 아니라 보조 배달이라는 것, 저의 집엔 양친과 형님 내외와 조카 하나와 저의 내외까지 식구가 일곱이란 것, 저의 아버지와 저의 형님의 이름은 무엇무엇이며, 자기 이름은 황가인데다가 목숨 수자하고 세울 건자로 황수건이기 때문에 아이들이 노랑 수건이라고 놀리어서 성북동에서는 가가호호에서 노랑 수건 하면 다 자긴 줄 알리라고 자랑스럽게 이야기하다가 이날도,

"어서 그만 다른 집에도 신문을 갖다줘야 하지 않소?"

하니까 그때서야 마지못해 나갔다.

우리 집에서는 그까짓 반편과 무얼 대꾸를 해 가지고 그러느냐 하되, 나는 그와 지껄이기가 좋았다.

그는 아무것도 아닌 것을 가지고 열심스럽게 이야기하는 것이 좋았고, 그와는 아무리 오래 지껄이고 나도 웃음밖에는 남는 것이 없어 기분이 거뜬해지는 것도 좋았다. 그래서 나는 무슨 일을 하는 중만 아니면 한참씩 그의 말을 받아 주었다.

어떤 날은 서로 말이 막히기도 했다. 대답이 막히는 것이 아니라 무슨 말을 해야 할까 막히었다. 그러나 그는 늘 나보다 빠르게 이야깃거리를 잘 찾아냈다. 오뉴월인데도 "꿩고기를 잘 먹느냐?"고도 묻고 "소와 말과 싸움을 붙이면 어느 것이 이기겠느냐?"는 등, 아무튼 그가 얘깃거리를 취재하는 방면은 기상천외로 여간 범위가 넓지 않은 데는 도저히 당할 수가 없었다.

하루는 나는 "평생소원이 무엇이냐?"고 그에게 물어보았다. 그는 "그까짓 것쯤 얼른 대답하기는 누워서 떡 먹기."라고 하면서 평생소원은 자기도 원 배달이 한 번 되었으면 좋겠다는 것이었다.

남이 혼자 배달하기 힘들어서 한 이십 부 떼어 주는 것을 배달하고 월급이라고 원 배달에게서 한 3원 받는 터이라, 월급을 이십여 원을 받고 신문사 옷을 입고 방울을 차고 다니는 원 배달이 제일 부럽노라 하였다. 그리고 방울만 차면 자기도 뛰어다니며 빨리 돌 뿐 아니라 그 은행소에 다니는 집 개도 조금도 무서울 것이 없겠노라 하였다.

그래서 나는 "그럴 것 없이 아주 신문사 사장쯤 되었으면 원 배달도 바랄 것 없고 그 은행소에 다니는 집 개도 상관할 배 없지 않겠느냐?" 한즉 그는 뚱그레지는 눈알을 한참 굴리며 생각하더니 "딴은 그렇겠다."고 하면서 자기는 경난이 없어 거기까지는 바랄 생각도 못 하였다고 무릎을 치듯 가슴을 쳤다.

그러나 신문사 사장은 이내 잊어버리고 원 배달만 마음에 박혔던 듯, 하루는 바깥마당에서부터 무어라고 떠들어대며 들어왔다.

"이 선생님? 이 선생님 곕쇼? 아, 저도 내일부턴 원 배달이올시다. 오늘 밤만 자면 입쇼……."

한다. 자세히 물어보니 성북동이 따로 한 구역이 되었는데 자기가 맡게 되었으니까 내일은 배달복을 입고 방울을 막 떨렁거리면서 올 테니 보라고 한다. 그리고 "사람이란 게 그리게 무어든지 끝을 바라고 붙들어야 한다."

고 나에게 일러 주면서 신이 나서 돌아갔다.

우리도 그가 원 배달이 된 것이 좋은 친구가 큰 출세나 하는 것처럼 마음속으로 진실로 즐거웠다. 어서 내일 저녁에 그가 배달복을 입고 방울을 차고 와서 쭐럭거리는 것을 보리라 하였다.

그러나 이튿날 그는 오지 않았다. 밤이 늦도록 신문도 그도 오지 않았다. 그다음 날도 신문도 그도 오지 않다가 사흘째 되는 날에야, 이날은 해도 지기 전인데 방울 소리가 요란스럽게 우리 집으로 뛰어들었다.

'어디 보자!'

하고 나는 방에서 뛰어나갔다.

그러나 웬일일까, 정말 배달복에 방울을 차고 신문을 들고 들어서는 사람은 황수건이가 아니라 처음 보는 사람이다.

"왜 전에 사람은 어디 가고 당신이오?"

물으니 그는,

"제가 성북동을 맡았습니다."

한다.

"그럼, 전에 사람은 어디를 맡았소?"

하니 그는 픽 웃으며,

"그까짓 반편을 어딜 맡깁니까? 배달부로 쓸랴다가 똑똑치가 못하니까 안 쓰고 말았나 봅니다."

한다.

"그럼 보조 배달도 떨어졌소?"

하니,

"그럼요, 여기가 따루 한 구역이 된 걸이오."

하면서 방울을 울리며 나갔다.

이렇게 되었으니 황수건이가 우리 집에 올 길은 없어지고 말았다. 나도 가끔 문안엔 다니지만 그의 집은 내가 다니는 길옆은 아닌 듯 길가에서도 잘 보이지 않았다.

나는 가까운 친구를 먼 곳에 보낸 것처럼, 아니 친구가 큰 사업에나 실패하는 것을 보는 것처럼, 못 만나는 섭섭뿐이 아니라 마음이 아프기도 하였다. 그 당자와 함께 세상의 야박함이 원망스럽기도 하였다.

한데 황수건은 그의 말대로 노랑 수건이라면 온 동네에서 유명은 하였다. 노랑 수건 하면 누구나 성북동에서 오래 산 사람이면 먼저 웃고 대답하는 것을 나는 차츰 알았다.

내가 잠깐씩 며칠 보기에도 그랬거니와 그에겐 우스운 일화도 한두 가지가 아니었다.

삼산 학교에 급사로 있을 시대에 삼산 학교에다 남겨 놓고 나온 일화도 여러 가지라는데 그중에 두어 가지를 동네 사람들의 말대로 옮겨 보면, 역시 그때부터도 이야기하기를 대단 즐기어 선생들이 교실에 들어간 새 손님이 오면 으레 손님을 앉히고는 자기도 걸상을 갖다 떡 마주 놓고 앉는 것은 무론, 마주 앉아서는 곧 자기류의 만담 삼매로 빠지는 것인데, 한 번은 도학무국에서 시학관이 나온 것을 이따위로 대접하였다. 일본말은 못 하니까 만담은 할 수 없고 마주 앉아서 자꾸 일본말을 연습하였다.

"센세이 히, 오하요 고자이마쓰까……. 히히 아메가 후리마쓰. 유끼가 후리마쓰까 히히……."

시학관도 인정이라 처음엔 웃었다. 그러나 열 번 스무 번을 되풀이하는 데는 성이 나고 말았다. 선생들은 아무리 기다려도 종소리가 나지 않으니까 한 선생이 나와 보니 종 칠 것도 잊어버리고 손님과 마주 앉아서 "오하요 유끼가 후리마쓰까……." 하는 판이다.

그날 수건이는 선생들에게 단단히 몰리고 다시는 안 그러겠노라고 했으나 그 버릇을 고치지 못해서 그예 쫓겨나오고 만 것이다.

그는 "너의 색시 달아난다." 하는 말을 제일 무서워했다 한다. 한 번은 어느 선생이 장난엣말로,

"요즘 같은 따뜻한 봄날엔 옛날부터 색시들이 달아나기를 좋아하는데 어제도 저 아랫말에서 둘이나 달아났다니까 오늘은 이 동네에서 꼭 달아나는 색시가 있을걸……."

했더니 수건이는 점심을 먹다 말고 눈이 휘둥그레졌다 한다. 그리고 그날 오후에는 어서 바삐 하학을 시키고 집으로 갈 양으로 오십 분 만에 치는 종을 이십 분 만에, 삼십 분 만에 함부로 다가서 쳤다는 이야기도 있다.

하루는 거의 그를 잊어버리고 있을 때,

"이 선생님 곕쇼?"

하고 수건이가 찾아왔다. 반가웠다.

"선생님, 요즘 신문이 거르지 않고 잘 옵쇼?"

하고 그는 배달 감독이나 되어 온 듯이 묻는다.

"잘 오, 왜 그루?"

한즉 또,

"늦지도 않굽쇼, 일찍이 제때마다 꼭꼭 옵쇼?"

한다.

"당신이 돌릴 때보다 세 시간은 일찍이 오고 날마다 꼭꼭 잘 오."

하니 그는 머리를 벅적벅적 긁으면서,

"하루라도 거르기만 해라, 신문사에 가서 대뜸 일러바치지……."

하고 그 빈약한 주먹을 부르댄다.

"그런뎁쇼, 선생님?"

"왜 그루?"

"삼산 학교에 말씀예요. 그 제 대신 들어온 급사가 저보다 근력이 세게 생겼습죠?"

"나는 그 사람을 보지 못해서 모르겠소."

하니 그는 은근한 말소리로 히죽거리며,

"제가 거길 또 들어가 볼랴굽쇼, 운동을 합죠."

한다.

"어떻게 운동을 하오?"

"그까짓 거 날마당 사무실로 갑죠. 다시 써 달라고 졸라댑죠. 아, 그랬더니 새 급사란 녀석이 저보다 크기도 무척 큰뎁쇼, 이 녀석이 막 불근댑니다 그려. 그래, 한 번 쌈을 해야 할 턴뎁쇼, 그 녀석이 근력이 얼마나 센지 알아야 뎀벼들 턴뎁쇼……. 허."

"그렇지, 멋모르고 대들었다 매만 맞지."

하니 그는 한 걸음 다가서며 또 은근한 말을 한다.

"그래섭쇼, 엊저녁엔 큰 돌멩이 하나를 굴려다 삼산 학교 대문에다 났습죠. 그리구 오늘 아침에 가 보니깐 없어졌는뎁쇼. 이 녀석이 나처럼 억지루 굴려다 버렸는지, 뻔쩍 들어다 버렸는지 그만 못 봤거든입쇼, 제 — 길……."

하고 머리를 긁는다. 그러더니 갑자기 무얼 생각한 듯 손뼉을 탁 치더니,

"그런뎁쇼. 제가 온 건입쇼. 댁에선 우두를 넣지 마시라구 왔습죠."

한다.

"우두를 왜 넣지 말란 말이오?"

한즉,

"요즘 마마가 다닌다구 모두 우두들을 넣는뎁쇼. 우두를 넣으면 사람이 근력이 없어지는 법인뎁쇼."

하고 자기 팔을 걷어 올려 우두 자리를 보이면서,

"이걸 봅쇼. 저두 우두를 이렇게 넣었기 때문에 근력이 줄었습죠."

한다.

"우두를 넣으면 근력이 준다고 누가 그럽디까?"

물으니 그는 싱글거리며,

"아, 내가 생각해 냈습죠."

한다.

"왜 그렇소?"

하고 캐니,

"뭘……, 저 아래 윤금보라고 있는데 기운이 장산뎁쇼. 아, 삼산 학교 그 녀석두 우두만 넣었다면 그까짓 것 무서울 것 없는뎁쇼, 그걸 모르겠거든입쇼……."

한다. 나는,

"그렇게 용한 생각을 하고 일러 주러 왔으니 아주 고맙소."

하였다. 그는 좋아서 벙긋거리며 머리를 긁었다.

"그래 삼산 학교에 다시 들기만 기다리고 있소?"

물으니 그는,

"돈만 있으면 그까짓 거 누가 '고쓰까이' 노릇을 합쇼. 밑천만 있으면 삼산 학교 앞에 가서 뻐젓이 장사를 할 턴뎁쇼."

한다.

"무슨 장사?"

"아, 방학 될 때까지 참외 장사도 하굽쇼. 가을부턴 군밤 장사, 왜떡 장사, 습자지, 도화지 장사 막 합죠. 삼산 학교 학생들이 저를 어떻게 좋아하겝쇼. 저를 선생들보다 낫게 치는뎁쇼."

한다.

나는 그날 그에게 돈 3원을 주었다. 그의 말대로 삼산 학교 앞에 가서 뻐젓이 참외 장사라도 해 보라고, 그리고 돈은 남지 못하면 돌려오지 않아도 좋다 하였다.

그는 3원 돈에 덩실덩실 춤을 추다시피 뛰어나갔다. 그리고 그 이튿날,

"선생님 잡수시라굽쇼."

하고 나 없는 때 참외 세 개를 갖다 두고 갔다. 그러고는 온 여름 동안 그는 우리 집에 얼른하지 않았다.

들으니 참외 장사를 해 보긴 했는데 이내 장마가 들어 밑천만 까먹었고, 또 그까짓 것보다 한 가지 놀라운 소식은 그의 아내가 달아났단 것이다. 저희끼리 금슬은 괜찮았건만 동세가 못 견디게 굴어 달아난 것이라 한다. 남편만 남 같으면 따로 살림나는 날이나 기다리고 살 것이나 평생 동세 밑에 살아야 할 신세를 생각하고 달아난 것이라 한다.

그런데 요 며칠 전이었다. 밤인데 달포 만에 수건이가 윗집을 찾아왔다. 웬 포도를 큰 것으로 대여섯 송이를 종이에 싸지도 않고 맨손에 들고 들어왔다. 그는 벙긋거리며,

"선생님 잡수라고 사 왔습죠."

하는 때였다. 웬 사람 하나가 날쌔게 그의 뒤를 따라 들어오더니 다짜고짜로 수건이의 멱살을 움켜쥐고 끌고 나갔다. 수건이는 그 우둔한 얼굴이 새하얗게 질리며 꼼짝 못 하고 끌려 나갔다.

나는 수건이가 포도원에서 포도를 훔쳐 온 것을 직각 하였다. 쫓아 나가 매를 말리고 포도 값을 물어 주었다. 포도 값을 물어 주고 보니 수건이는 어느 틈에 사라지고 보이지 않았다.

나는 그 다섯 송이의 포도를 탁자 위에 얹어 놓고 오래 바라보며 아껴 먹

었다. 그의 은근한 순정의 열매를 먹듯 한 알을 가지고도 오래 입 안에 굴려 보며 먹었다.

어제다. 문안에 들어갔다 늦어서 나오는데 불빛 없는 성북동 길 위에는 밝은 달빛이 깁을 깐 듯하였다.

그런데 포도원께를 올라오노라니까 누가 맑지도 못한 목청으로,

"사……계……와 나……미다까 다메이……끼……까……."

를 부르며 큰길이 좁다는 듯이 휘적거리며 내려왔다. 보니까 수건이 같았다. 나는,

"수건인가?"

하고 아는 체하려다 그가 나를 보면 무안해할 일이 있는 것을 생각하고, 휙 길 아래로 내려서 나무 그늘에 몸을 감추었다.

그는 길은 보지도 않고 달만 쳐다보며, 노래는 이 이상은 외우지도 못하는 듯 첫 줄 한 줄만 되풀이하면서 전에는 본 적이 없었는데 담대를 다 퍽퍽 빨면서 지나갔다.

달밤은 그에게도 유감한 듯하였다.

메밀꽃 필 무렵

- 이효석 -

작가 소개

이효석(李孝石 1907~1942)

이효석의 호는 가산이며, 1907년 2월 23일 강원도 평창(平昌)에서 태어났다. 1925년 경성제일 고등보통학교를 졸업한 뒤 경성제국대학 법문학부 영문학과에 입학했다.

1925년 매일신보 신춘문예에 시 '봄'이 선외가작(選外佳作)으로 뽑혔으며, 1927년 경향문학 (傾向文學)이 활발하던 당시 유진오와 함께 동반 작가로 활동했다. 또한 1928년 단편 소설 〈도시 와 유령〉을 발표하면서 문단에 등단했다.

계속해서 〈행진곡〉, 〈기우〉 등을 발표하면서 동반 작가를 청산하고 구인회(九人會)에 참여하 여, 〈돈〉, 〈수탉〉 등 향토색이 짙은 작품을 발표하였다.

1934년 평양 숭실전문(崇實專門) 교수가 된 후 〈산〉, 〈들〉 등 자연과의 교감을 수필적인 필체 로 유려하게 묘사한 작품들을 발표했고, 1936년에는 한국 단편 문학의 전형적인 수작(秀作)이라 고 할 수 있는 〈메밀꽃 필 무렵〉을 발표하였다.

그 후 서구적인 분위기를 풍기는 〈장미 병들다〉와 장편 〈화분〉 등을 발표하여 성(性) 본능과 개 방을 추구한 새로운 작품 경향으로 주목을 끌기도 하였다. 〈화분〉 외에도 〈벽공무한〉 등의 장편 이 있으나 그의 재질은 단편에서 특히 두드러져 당시 이태준, 박태원 등과 더불어 대표적인 단편 작가로 평가되었다. 1940년 아내를 잃은 시름을 잊고자 중국 등지를 여행하고 이듬해 귀국했다. 1942년 뇌막염으로 서른여섯의 나이로 요절하였다.

작품 정리

〈메밀꽃 필 무렵〉은 1936년 '조광'에 발표된 작품이다. 이효석이 이데올로기의 대안으로 추구 했던 인간 심리의 순수한 자연성, 그리고 작품에서 메밀꽃과 달밤으로 묘사되는 분위기 등을 빼어나게 그려 낸 것으로 이효석의 대표적인 낭만 소설로 손꼽히고 있다.

이 작품은 남녀 간의 만남과 헤어짐, 그리고 친자 확인(親子確認)이라는 두 가지 이야기가 기본 줄기를 이룬다. 이 작품의 두드러진 묘미는 인간과 동물의 본능적 애욕을 교묘하게 병치(竝置)시킨 구성 방식에 있다. 허 생원이 술집에 들어가 충주집을 탐내고 있을 때, 그의 당나귀는 암놈을 보고 발정(發情)을 한다. 또한 메밀꽃이 하얗게 핀 달밤에 허 생원은 성 서방네 처녀와 꼭 한 번 정을 통한다. 허 생원이 처녀에게 잉태시킨 것처럼 당나귀는 읍내 강릉집 피마에게 새끼를 얻었다. 그뿐만 아니라 당나귀의 까스러진 갈기, 개진개진한 눈은 허 생원의 외양(外樣)과 흡사하다. 즉 인간이 가지고 있는 성적인 본능과 나귀와 같은 동물이 가지고 있는 성적인 본능을 같은 차원에 놓고 생각하는 것, 그것이 바로 〈메밀꽃 필 무렵〉에서 그려 내고 있는 세계이다. 이효석의 방법론은 인간에 내재해 있는 원시적인 건강함과 자연스러움을 회복해 보려는 시도로 파악할 수 있을 것이다. 이 소설은 세련된 언어와 시적 분위기 속에서 낭만적 정서의 세계로 독자를 이끈다.

서정주의적 경향이 많으며 암시와 추리를 통해 주제를 간접적으로 부각시키고 있다. 대화 형식으로 플롯이 진행되며 반복되는 지명(地名)으로 의식과 감정을 고조시킨다. 파장 무렵의 시골 장터의 모습이나, 주인 허 생원을 닮은 나귀의 모습이나, 메밀꽃이 하얗게 핀 산길의 묘사 등은 뚜렷한 사실성을 가지고 서술되었다.

작품 줄거리

얼금뱅이(곰보)며, 왼손잡이인 드팀전의 허 생원은 젊은 시절부터 이곳저곳 장터를 떠돌아다니는 장돌뱅이다. 봉평장의 파장 무렵 허 생원은 장사가 시원치 않아 속상해하며 조 선달과 충주집을 찾는다. 거기에서 나이가 어린 장돌뱅이 '동이'가 대낮부터 충줏집과 농탕질을 하는 것을 보자 따귀를 올린다.

조 선달과 술잔을 주고받고 있는데 '동이'가 황급히 달려와 나귀가 밧줄을 끊고 야단이라고 알려 준다. 허 생원은 그런 '동이'가 여간 기특하지 않았다. 그날 밤 허 생원, 조 선달, 동이는 나귀에 짐을 싣고 다음 장터로 떠나는데, 마침 그들이 가는 길가에 메밀꽃이 흐드러지게 피어 있다. 허 생원은 달빛 아래 펼쳐지는 메밀꽃의 정경에 이끌려 조 선달에게 몇 번이나 들려준 이야기를 다시 꺼낸다. 메밀꽃 핀 여름밤, 목욕을 하러 개울가로 갔는데 달이 너무 밝아 옷을 벗으러 물방앗간으로 갔다가 한 처녀를 만나 정분을 맺고, 그다음 날 처녀는 가족과 함께 떠났다는 내용의 이야기다. 허 생원의 이야기를 다 들은 동이도 자신의 출생에 대해 이야기한다. 그런 이야기 끝에 허 생원은 '동이'가 편모(偏母)만 모시고 살고 있음을 알게 된다. 허 생원은 생각에 잠기다가 발을 헛디며 나귀 등에서 떨어져 물에 빠진다. 동이가 허 생원을 부축하여 업어 준다. 허 생원은 마음에 짐작되는 데가 있어 '동이'에게 물어보니 그 어머니의 고향 역시 봉평이라고 한다. 그리고 어둠 속에서도 '동이'가 자기처럼 '왼손잡이'임을 눈여겨본다. 개천을 건너자 돌연 허 생원은 동이 어머니가 살고 있다는 제천 쪽으로 발길을 돌린다.

핵심 정리

· 갈래 : 순수 소설
· 시점 : 전지적 작가 시점
· 배경 : 강원도 봉평에서 대화 장터로 가는 밤중의 산길
· 주제 : 장돌뱅이 삶의 애환과 혈육의 정
· 출전 : 조광

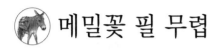# 메밀꽃 필 무렵

여름 장이란 애당초에 글러서 해는 아직 중천에 있건만, 장판은 벌써 쓸쓸하고 더운 햇발이 벌여 놓은 전 휘장 밑으로 등줄기를 훅훅 볶는다. 마을 사람들은 거의 돌아간 뒤요, 팔리지 못한 나무꾼 패가 길거리에 궁싯거리고들 있으나 석유병이나 받고 고깃마리나 사면 족할 이 축들을 바라고 언제까지든지 버티고 있을 법은 없다. 칩칩스럽게 날아드는 파리떼도, 장난꾼 각다귀들도 귀찮다. 얼금뱅이요 왼손잡이인 드팀전의 허 생원은 기어이 동업의 조 선달을 낚아 보았다.

"그만 거둘까?"

"잘 생각했네. 봉평 장에서 한 번이나 흐뭇하게 사 본 일 있었을까. 내일 대화 장에서나 한몫 벌어야겠네."

"오늘 밤은 밤을 새서 걸어야 될걸."

"달이 뜨렷다."

절렁절렁 소리를 내며 조 선달이 그날 번 돈을 따지는 것을 보고, 허 생원은 말뚝에서 넓은 휘장을 걷고 벌여 놓았던 물건을 거두기 시작하였다. 무명필과 주단 바리가 두 고리짝에 꼭 찼다. 멍석 위에는 천 조각이 어수선하게 남았다.

다른 축들도 벌써 거의 전들을 걷고 있었다. 약빠르게 떠나는 패도 있었다. 어물 장수도 땜장이도 엿장수도 생강 장수도 꼴들이 보이지 않았다. 내일은 진부와 대화에 장이 선다. 축들은 그 어느 쪽으로든지 밤을 새며 6, 70리 밤길을 타박거리지 않으면 안 된다. 장판은 잔치 뒷마당같이 어수선하게 벌어지고 술집에서는 싸움이 터져 있었다. 주정꾼 욕지거리에 섞여 계집의 앙칼진 목소리가 찢어졌다. 장날 저녁은 정해 놓고 계집의 고함 소리로 시작되는 것이다.

"생원, 시침을 떼두 다 아네. 충주집 말이야."

계집 목소리로 문득 생각난 듯이 조 선달은 비죽이 웃는다.

"화중지병이지. 면소 패들을 적수로 하구야 대거리가 돼야 말이지."

"그렇지두 않을걸. 축들이 사족을 못 쓰는 것두 사실은 사실이나, 아무리 그렇다고 해두 왜 그 동이 말일세. 감쪽같이 충주집을 후린 눈치거든."

"무어, 그 애송이가? 물건 가지구 낚았나 부지. 착실한 녀석인 줄 알았더니."

"그 길만은 알 수 있나……. 궁리 말구 가 보세나그려. 내 한턱 씀세."

그다지 마음이 당기지 않는 것을 쫓아갔다. 허 생원은 계집과는 연분이 멀었다. 얼금뱅이 상판을 쳐들고 대어 설 숫기도 없었으나, 계집 편에서 정을 보낸 적도 없었고, 쓸쓸하고 뒤틀린 반생이었다. 충주집을 생각만 하여도 철없이 얼굴이 붉어지고 발밑이 떨리고 그 자리에 소스라쳐 버린다. 충주집 문을 들어서 술좌석에서 짜장 동이를 만났을 때에는 어찌 된 서슬엔지 발끈 화가 나 버렸다. 상 위에 붉은 얼굴을 쳐들고 제법 계집과 농탕치는 것을 보고서야 견딜 수 없었던 것이다. 녀석이 제법 난질꾼인데 꼴사납다. 머리에 피도 안 마른 녀석이 낮부터 술 처먹고 계집과 농탕이야. 장돌뱅이 망신만 시키고 돌아다니누나. 그 꼴이 우리들과 한몫 보자는 셈이지. 동이 앞에 막아서면서부터 책망이었다. 걱정두 팔자요 하는 듯이 빤히 쳐다보는 상기된 눈망울에 부딪칠 때 결김에 따귀를 하나 갈겨 주지 않고는 배길 수 없었다. 동이도 화를 쓰고 팩하고 일어서기는 하였으나, 허 생원은 조금도 동색 하는 법 없이 마음먹은 대로는 다 지껄였다. ― 어디서 주워먹은 선머슴인지는 모르겠으나, 네게도 아비 어미 있겠지. 그 사나운 꼴 보면 맘 좋겠다. 장사란 탐탁하게 해야 되지, 계집이 다 무어야. 나가거라, 냉큼 꼴 치워.

그러나 한마디도 대거리하지 않고 하염없이 나가는 꼴을 보려니 도리어 측은히 여겨졌다. 아직도 서름서름한 사인데 너무 과하지 않았을까 하고 마음이 섬뜩해졌다. 주제도 넘지, 같은 술손님이면서도 아무리 젊다고 자식 낳게 된 것을 붙들고 치고 닦아세울 것은 무어야 원. 충주집은 입술을 쭝긋하고 술 붓는 솜씨도 거칠었으나, 젊은 애들한테는 그것이 약이 된다고 하고 그 자리는 조 선달이 얼버무려 넘겼다. 너 녀석한테 반했지? 애송이를 빨면 죄 된다. 한참 법석을 친 후이다. 담도 생긴 데다가 웬일인지 흠뻑 취해 보고 싶은 생각도 있어서 허 생원은 주는 술잔이면 거의 다 들이켰다. 거나해짐을 따라 계집의 생각보다도 동이의 뒷일이 한결같이 궁금해졌다. 내 꼴에 계집을 가로채서는 어떡할 작정이었누 하고 어리석은 꼬락서니를 모질게 책망하는 마음도 한편에 있었다. 그렇기 때문에 얼마나 지난 뒤인지 동이가 헐레벌떡거리며 황급히 부르러 왔을 때에는, 마시던 잔을 그 자리에 던지고 정신없이 허덕이며 충주집을 뛰어나간 것이었다.

"생원 당나귀가 바를 끊구 야단이에요."

"각다귀들 장난이지, 필연코."

짐승도 짐승이려니와 동이의 마음씨가 가슴을 울렸다. 뒤를 따라 장판을 달음질하려니 거슴츠레한 눈이 뜨거워질 것 같다.

"부락스런 녀석들이라 어쩌는 수 있어야죠."

"나귀를 몹시 구는 녀석들은 그냥 두지 않을걸."

반평생을 같이 지내온 짐승이었다. 같은 주막에서 잠자고 달빛에 젖으면서 장에서 장으로 걸어 다니는 동안에 20년의 세월이 사람과 짐승을 함께 늙게 하였다. 가스러진 목 뒤 털은 주인의 머리털과도 같이 바스러지고, 개진개진 젖은 눈은 주인의 눈과 같이 눈곱을 흘렸다. 몽당비처럼 짧게 슬리운 꼬리는 파리를 쫓으려고 기껏 휘저어 보아야 벌써 다리까지는 닿지 않았다. 닳아 없어진 굽을 몇 번이나 도려내고 새 철을 신겼는지 모른다. 굽은 벌써 더 자라나기는 틀렸고 닳아 버린 철 사이로는 피가 빼짓이 흘렀다. 냄새만 맡고도 주인을 분간하였다. 호소하는 목소리로 야단스럽게 울며 반겨 한다.

어린아이를 달래듯이 목덜미를 어루만져 주니 나귀는 코를 벌름거리고 입을 투르르거렸다. 콧물이 튀었다. 허 생원은 짐승 때문에 속도 무던히 썩었다. 아이들의 장난이 심한 눈치여서, 땀 밴 몸뚱어리가 부들부들 떨리고 좀체 흥분이 식지 않는 모양이었다. 굴레가 벗어지고 안장도 떨어졌다. 요 몹쓸 자식들 하고 허 생원은 호령을 하였으나 패들은 벌써 줄행랑을 놓은 뒤요, 몇 남지 않은 아이들이 호령에 놀라 비슬비슬 멀어졌다.

"우리들 장난이 아니우. 암놈을 보고 저 혼자 발광이지."

코흘리개 한 녀석이 멀리서 소리를 쳤다.

"고 녀석 말투가."

"김 첨지 당나귀가 가 버리니까 온통 흙을 차고 거품을 흘리면서 미친 소 같이 날뛰는걸. 꼴이 우스워 우리는 보고만 있었다우. 배를 좀 보지."

아이는 앵돌아진 투로 소리를 치며 깔깔 웃었다. 허 생원은 모르는 결에 낯이 뜨거워졌다. 뭇 시선을 막으려고 그는 짐승의 배 앞을 가려 서지 않으면 안 되었다.

"늙은 주제에 암샘을 내는 셈이야, 저놈의 짐승이."

아이들의 웃음소리에 허 생원은 주춤하면서 기어이 견딜 수 없어 채찍을 들더니 아이들을 쫓았다.

"쫓으려거든 쫓아 보지. 왼손잡이가 사람을 때려."

줄달음에 달아나는 각다귀에는 당하는 재주가 없었다. 왼손잡이는 아이 하나도 후릴 수 없다. 그만 채찍을 던졌다. 술기도 돌아 몸이 유난스럽게 화끈거렸다.

"그만 떠나세. 녀석들과 어울리다가는 한이 없어. 장판의 각다귀들이란 어른들보다도 더 무서운 것들인걸."

조 선달과 동이는 각각 제 나귀에 안장을 얹고 짐을 싣기 시작하였다. 해가 꽤 많이 기울어진 모양이었다.

드팀전 장돌림을 시작한 지 20년이나 되어도 허 생원은 봉평 장을 빼놓은 적은 드물었다. 충주, 제천 등의 이웃 군에도 가고, 멀리 영남 지방도 헤매기는 하였으나, 강릉쯤에 물건 하러 가는 외에는 처음부터 끝까지 군내를 돌아다녔다. 닷새 만큼씩의 장날에는 달보다도 확실하게 면에서 면으로 건너간다. 고향이 청주라고 자랑삼아 말하였으나 고향에 돌보러 간 일도 있는 것 같지는 않았다. 장에서 장으로 가는 길의 아름다운 강산이 그대로 그에게는 그리운 고향이었다. 반날 동안이나 뚜벅뚜벅 걷고 장터 있는 마을에 거의 가까웠을 때, 지친 나귀가 한바탕 우렁차게 울면 — 더구나 그것이 저녁녘이어서 등불들이 어둠 속에 깜박거릴 무렵이면, 늘 당하는 것이건만 허 생원은 변치 않고 언제든지 가슴이 뛰었다.

젊은 시절에는 알뜰하게 벌어 돈푼이나 모아 본 적도 있기는 있었으나, 읍내에 백중이 열린 해 호탕스럽게 놀고 투전을 하고 하여 사흘 동안에 다 털어 버렸다. 나귀까지 팔게 된 판이었으나, 애끓는 정분에 그것만은 이를 물고 단념하였다. 결국 도로 아미타불로 장돌림을 다시 시작할 수밖에 없었다. 짐승을 데리고 읍내를 도망해 나왔을 때에는 너를 팔지 않기를 다행이었다고 길가에서 울면서 짐승의 등을 어루만졌던 것이다.

빚을 지기 시작하니 재산을 모을 염은 당초에 틀리고 간신히 입에 풀칠을 하러 장에서 장으로 돌아다니게 되었다.

호탕스럽게 놀았다고는 하여도 계집 하나 후려 보지는 못하였다. 계집이란 쌀쌀하고 매정한 것이었다. 평생 인연이 없는 것이라고 신세가 서글퍼졌다. 일신에 가까운 것이라고는 언제나 변함없는 한 필의 당나귀였다.

그렇다고는 하여도 꼭 한 번의 첫 일을 잊을 수는 없었다. 뒤에도 처음에도 없는 단 한 번의 괴이한 인연! 봉평에 다니기 시작한 젊은 시절의 일이었으나, 그것을 생각할 적만은 그도 산 보람을 느꼈다.

"달밤이었으나 어떻게 해서 그렇게 됐는지 지금 생각해도 도무지 알 수 없어."

허 생원은 오늘 밤도 또 그 이야기를 끄집어내려는 것이다. 조 선달은 친구가 된 이래 귀에 못이 박히도록 들어 왔다. 그렇다고 싫증을 낼 수도 없었으니, 허 생원은 시치미를 떼고 되풀이할 내로 되풀이하고야 말았다.

"달밤에는 그런 이야기가 격에 맞거든."

조 선달 편을 바라는 보았으나 물론 미안해서가 아니라 달빛에 감동하여서였다. 이지러는 졌으나 보름을 갓 지난 달은 부드러운 빛을 흐뭇이 흘리고 있었다.

대화까지는 80리의 밤길, 고개를 둘이나 넘고 개울을 하나 건너고 벌판과 산길을 걸어야 된다. 달은 지금 긴 산허리에 걸려 있다. 밤중을 지난 무렵인지 죽은 듯이 고요한 속에서 짐승 같은 달의 숨소리가 손에 잡힐 듯이 들리며, 콩 포기와 옥수수 잎새가 한층 달에 푸르게 젖었다.

산허리는 온통 메밀밭이어서 피기 시작한 꽃이 소금을 뿌린 듯이 흐뭇한 달빛에 숨이 막힐 지경이다. 붉은 대궁이 향기같이 애잔하고, 나귀들의 걸음도 시원하다.

길이 좁은 까닭에 세 사람은 나귀를 타고 외줄로 늘어섰다. 방울 소리가 시원스럽게 딸랑딸랑 메밀밭께로 흘러간다.

앞장선 허 생원의 이야기 소리는 꽁무니에 선 동이에게는 확실히는 안 들렸으나, 그는 그대로 개운한 제멋에 적적하지는 않았다.

"장 선 꼭 이런 날 밤이었네. 객줏집 토방이란 무더워서 잠이 들어야지. 밤중은 돼서 혼자 일어나 개울가에 목욕하러 나갔지. 봉평은 지금이나 그제나 마찬가지나, 보이는 곳마다 메밀밭이어서 개울가가 어디 없이 하얀 꽃이야. 돌밭에 벗어도 좋을 것을 달이 너무도 밝은 까닭에 옷을 벗으려 물방앗간으로 들어가지 않았나. 이상한 일도 많지. 거기서 난데없이 성 서방네 처녀와 마주쳤단 말이야. 봉평서야 제일가는 일색이었지 — 팔자에 있었나 부지."

아무렴 하고 응답하면서 말머리는 아끼는 듯이 한참이나 담배를 빨 뿐이었다. 구수한 자줏빛 연기가 밤기운 속에 흘러서는 녹았다.

"날 기다린 것은 아니었으나, 그렇다고 달리 기다리는 놈팽이가 있는 것두 아니었네. 처녀는 울고 있단 말이야. 짐작은 되었으나, 성 서방네는 한창 어려워서 들고날 판인 때였지. 한집안 일이니 딸에겐들 걱정이 없을 리 있겠나? 좋은 데만 있으면 시집도 보내련만 시집은 죽어도 싫다지……. 그러나 처녀란 울 때같이 정을 끄는 때가 있을까. 처음에는 놀라기도 한 눈치였으나, 걱정이 있을 때는 누그러지기도 쉬운 듯해서 이럭저럭 이야기가 되었는데…… 생각하면 무섭고도 기막힌 밤이었어."

"제천인지로 줄행랑을 놓은 건 그다음 날이렷다."

"다음 장도막에는 벌써 온 집안이 사라진 뒤였네. 장판은 소문에 발끈 뒤집혀, 고작해야 술집에 팔려 가기가 상수라고 처녀의 뒷공론이 자자들 하단 말이야. 제천 장판을 몇 번이나 뒤졌겠나. 허나 처녀의 꼴은 꿩 궈 먹은 자리야. 첫날밤이 마지막 밤이었지. 그때부터 봉평이 마음에 든 것이 반평생을 두고 다니게 되었네. 평생인들 잊을 수 있겠나."

"수 좋았지. 그렇게 신통한 일이란 쉽지 않아. 항용 못난 것 얻어 새끼 낳고 걱정 늘고 생각만 해두 진저리나지.…… 그러나 늘그막바지까지 장돌뱅이로 지내기도 힘든 노릇 아닌가. 난 가을까지만 하구 이 생계와두 하직하려네. 대화쯤에 조그만 전방이나 하나 벌이구 식구들을 부르겠어. 사시장천 뚜벅뚜벅 걷기란 여간이래야지."

"옛 처녀나 만나면 같이 나 살까.…… 난 거꾸러질 때까지 이 길 걷고 저 달 볼 테야."

산길을 벗어나니 큰길로 틔어졌다. 꽁무니의 동이도 앞으로 나서 나귀들은 가로 늘어섰다.

"총각두 젊것다 지금이 한창 시절이렷다. 충주집에서는 그만 실수를 해서 그 꼴이 되었으나 섧게 생각 말게."

"처, 천만에요. 되레 부끄러워요. 계집이란 지금 웬 제격인가요. 자나 깨나 어머니 생각뿐인데요."

허 생원의 이야기로 실심해한 끝이라 동이의 어조는 한풀 수그러진 것이었다.

"아비, 어미란 말에 가슴이 터지는 것도 같았으나 제겐 아버지가 없어요. 피붙이라고는 어머니 하나뿐인걸요."

"돌아가셨나?"

"당초부터 없어요."

"그런 법이 세상에……."

생원과 신딜이 아단스럽게 껄껄들 웃으니, 동이는 정색하고 우길 수밖에는 없었다.

"부끄러워서 말하지 않으려 했으나 정말이에요. 제천 촌에서 달도 차지 않은 아이를 낳고 어머니는 집을 쫓겨났죠. 우스운 이야기나, 그렇기 때문에 지금까지 아버지 얼굴도 본 적 없고, 있는 고장도 모르고 지내 와요."

고개가 앞에 놓인 까닭에 세 사람은 나귀에서 내렸다. 둔덕은 험하고 입을 벌리기도 대견하여 이야기는 한동안 끊겼다. 나귀는 건듯하면 미끄러졌다. 허 생원은 숨이 차 몇 번이고 다리를 쉬지 않으면 안 되었다. 고개를 넘을 때마다 나이가 알렸다. 동이 같은 젊은 축이 그지없이 부러웠다. 땀이 등을 한바탕 쪽 씻어 내렸다.

고개 너머는 바로 개울이었다. 장마에 흘러 버린 널다리가 아직도 걸리지 않은 채로 있는 까닭에 벗고 건너야 되었다. 고의를 벗어 따로 등에 얽어매고 반벌거숭이의 우스꽝스러운 꼴로 물속에 뛰어들었다. 금방 땀을 흘린 뒤였으나 밤의 물은 뼈를 찔렀다.

"그래 대체 기르긴 누가 기르구?"

"어머니는 하는 수 없이 의부를 얻어 가서 술장사를 시작했죠. 술이 고주래서 의부라고 전망나니예요. 철들어서부터 맞기 시작한 것이 하룬들 편한 날 있었을까. 어머니는 말리다가 차이고 맞고 칼부림을 당하고 하니 집 꼴이 무어겠소. 열여덟 살 때 집을 뛰쳐나와서부터 이 짓이죠."

"총각 낫세론 동이 무던하다고 생각했더니 듣고 보니 딱한 신세로군."

물은 깊어 허리까지 찼다. 속 물살도 어지간히 센 데다가 발에 채는 돌멩이도 미끄러워 금시에 훌칠 듯하였다. 나귀와 조 선달은 재빨리 거의 건넜으나 동이는 허 생원을 붙드느라고 두 사람은 훨씬 떨어졌다.

"모친의 친정은 원래부터 제천이었던가?"

"웬걸요. 시원스레 말은 안 해 주나 봉평이라는 것만은 들었죠."

"봉평? 그래 그 아비 성은 무엇이구?"

"알 수 있나요, 도무지 듣지를 못했으니까."

"그 그렇겠지."

하고 중얼거리며 흐려지는 눈을 까물까물하다가, 허 생원은 경망하게도 발을 빗디뎠다. 앞으로 고꾸라지기가 바쁘게 몸째 풍덩 빠져 버렸다. 허비적거릴수록 몸을 걷잡을 수 없어 동이가 소리를 치며 가까이 왔을 때에는 벌써 퍽이나 흘렀었다. 옷째 쫄딱 젖으니 물에 젖은 개보다도 참혹한 꼴이었다.

동이는 물속에서 어른을 해깝게 업을 수 있었다. 젖었다고는 하여도 여윈 몸이라 장정 등에는 오히려 가벼웠다.

"이렇게까지 해서 안 됐네. 내 오늘은 정신이 빠진 모양이야."

"염려하실 것 없어요."

"그래 모친은 아비를 찾지는 않는 눈치지?"

"늘 한번 만나고 싶다고는 하는데요."

"지금 어디 계신가?"

"의부와도 갈라져서 제천에 있죠. 가을에는 봉평에 모셔 오려고 생각 중인데요. 이를 물고 벌면 이럭저럭 살아갈 수 있겠죠."

"아무렴, 기특한 생각이야. 가을이랬다?"

동이의 탐탁한 등어리가 뼈에 사무쳐 따뜻하다. 물을 다 건넜을 때에는 도리어 서글픈 생각에 좀 더 업혔으면도 하였다.

"진종일 실수만 하니 웬일이오, 생원?"

조 선달은 바라보며 기어이 웃음이 터졌다.

"나귀야, 나귀 생각하다 실족을 했어. 말 안 했던가. 저 꼴에 제법 새끼를 얻었단 말이지, 읍내 강릉집 피마에게 말일세. 귀를 쫑긋 세우고 달랑달랑 뛰는 것이 나귀 새끼같이 귀여운 것이 있을까. 그것 보러 나는 일부러 읍내를 도는 때가 있다네."

"사람을 물에 빠뜨릴 젠 딴은 대단한 나귀 새끼군."

허 생원은 젖은 옷을 웬만큼 짜서 입었다. 이가 덜덜 갈리고 가슴이 떨리며 몹시 추웠으나, 마음은 알 수 없이 둥실둥실 가벼웠다.

"주막까지 부지런히들 가세나. 뜰에 불을 피우고 훗훗이 쉬어. 나귀에겐 더운물을 끓여 주고. 내일 대화 장 보고는 제천이다."

"생원도 제천으로……."

"오래간만에 가 보고 싶어. 동행하려나, 동이?"

나귀가 걷기 시삭하였을 때, 동이의 재찍은 왼손에 있었다. 오랫동안 아둑신이같이 눈이 어둡던 허 생원도 요번만은 동이의 왼손잡이가 눈에 띄지 않을 수 없었다.

걸음도 해깝고 방울 소리가 밤 벌판에 한층 청청하게 울렸다.

달이 어지간히 기울어졌다.

산

- 이효석 -

작품 정리

이 작품은 1930년대 '삼천리'에 발표된 단편 소설이다. 작가가 초기에 보여 준 도시를 공간적 배경으로 음울하고 우울한 부정적 모습의 제시를 통한 계급투쟁의 이념을 문제 삼는 동반자 작가의 경향에서 벗어나, '자연에의 동화'라는 이효석 소설의 특징을 잘 보여 주고 있다. 〈산〉은 자연과 교감하고 이에 만족하며 생활하는 인물을 서정적인 문체로 묘사하고 있다. 등장인물은 중실 한 사람뿐으로 작품 전체가 중실의 시점에서, 그의 눈에 보이는 것과 그의 마음속에 떠오르는 생각들로 채워져, 인간이 느끼는 삶의 보람을 감칠맛 나는 언어로 정밀하게 표현하고 있다.

어떤 면에서 이 소설의 진정한 등장인물은 '나무'인지도 모른다. 산오리나무, 물오리나무, 가락나무, 참나무, 줄참나무, 박달나무, 사수레나무, 떡갈나무 등 많은 나무가 등장한다. 주인공 '중실'은 산속의 모든 나무들을 한 가족처럼 인식하고 있다. 현재 속에서 과거를 회상하는 것을 적절히 삽입하여 단순한 시간의 흐름을 농촌 총각의 순박한 인물 유형으로 바꾸어 자연과의 친밀함과 원시적 건강성을 드러내고 있다.

이 작품에서 작가는 '중실'이라는 등장인물을 빌려 서정성을 객관화하였다. 이 작품을 통해 이효석은 단편 소설을 서정시의 수준으로 승화시켰으며, 그의 감칠맛 나는 문체와 풍부한 묘사력만으로 독자를 매료시키고 있다.

작품 줄거리

김 영감네 집에서 머슴을 살던 중실은 머슴살이를 한 지 7년 만에 맨손으로 쫓겨 나온다. 김 영감의 등글개첩을 건드렸다는 오해 때문이었다. 갈 곳이 없는 그는 빈 지게를 걸머지고 산으로 들어간다. 넓은 산은 자신을 배반하지 않고 보듬어 주리라고 생각했기 때문이다. 그는 산에서 나무 열매를 따 먹고 꿀과 노루를 얻어먹고 살며 나뭇잎 더미 속에서 잔다. 어느 날 나무를 해서 시장에 내다 팔러 마을로 내려와 산 생활에 필요한 물건들을 사고, 김 영감의 첩이 최 서기와 도망갔다는 소식도 듣는다. 중실은 김 영감이 안됐다는 생각도 하지만, 그냥 지게를 지고 다시 산으로 들어간다. 중실은 문득 이웃에 살던 용녀를 생각하고, 통나무집을 지어 놓고 용녀를 데려다가 밭 매고 나무하고, 아이를 낳아서 키우며 사는 모습을 상상한다. 나뭇잎 더미에 누운 중실은 하늘에서 쏟아지는 별을 바라보면서 제 몸이 별이 되는 것을 느낀다.

핵심 정리

· 갈래 : 단편 소설
· 배경 : 1930년대 가을 어느 산골
· 시점 : 전지적 작가 시점
· 주제 : 자연과 동화된 인간의 삶
· 출전 : 삼천리

산

　나무하던 손을 쉬고 중실은 발밑의 깨금나무 포기를 들췄다. 지천으로 떨어지는 깨금 알이 손안에 오르르 들었다. 익을 대로 익은 제철의 열매가 어금니 사이에서 오도독 두 쪽으로 갈라졌다.

　돌을 집어 던지면 깨금 알같이 오도독 깨어질 듯한 맑은 하늘, 물고기 등같이 푸르다. 높게 뜬 조각구름 떼가 해변에 뿌려진 조개껍질같이 유난스럽게도 한편에 올망졸망 몰려들 있다. 높은 산 등이라 하늘이 가까우련만 마을에서 볼 때와 일반으로 멀다. 9만 리일까 10만 리일까. 골짜기에서의 생각으로는 산기슭에만 오르면 만져질 듯하던 것이 산허리에 나서면 단번에 9만 리를 내빼는 가을 하늘.

　산속의 아침나절은 졸고 있는 짐승같이 막막은 하나 숨결이 은근하다. 휘엿한 산 등은 누워 있는 황소의 등어리요, 바람결도 없는데, 쉴 새 없이 파르르 나부끼는 사시나무 잎새는 산의 숨소리다. 첫눈에 띄는 하얗게 분장한 자작나무는 산속의 일색. 아무리 단장한대야 사람의 살결이 그렇게 힐 수 있을까. 수북이 들어선 나무는 마을의 인총보다도 많고 사람의 성보다도 종자가 흔하다. 고요하게 무럭무럭 걱정 없이 잘들 자란다.

　산오리나무, 물오리나무, 가락나무(떡갈나무), 참나무, 졸참나무, 박달나무, 사스레나무(사스레피나무), 떡갈나무, 무피나무, 물가리나무, 싸리나무, 고로쇠나무. 골짜기에는 신나무, 아그배나무, 갈매나무, 개옻나무, 엄나무. 산 등에 간간이 섞여 어느 때나 푸르고 향기로운 소나무, 잣나무, 전나무, 노간주나무 — 걱정 없이 무럭무럭 잘들 자라는 — 산속은 고요하나 웅성한 아름다운 세상이다. 과실같이 싱싱한 기운과 향기. 나무 향기, 흙냄새, 하늘 향기, 마을에서는 찾아볼 수 없는 향기다.

　낙엽 속에 파묻혀 앉아 깨금을 알뜰히 바수는 중실은, 이제 새삼스럽게 그 향기를 생각하고 나무를 살피고 하늘을 바라보는 것이 아니었다. 그런 것은 한데 합쳐 몸에 함빡 젖어 들어 전신을 가지고 모르는 결에 그것을 느낄 뿐이다. 산과 몸이 빈틈없이 한데 얼린 것이다. 눈에는 어느 결엔지 푸른 하늘이 물들었고 피부에는 산 냄새가 배었다. 바심(타작)할 때의 짚북데기보다도 부드러운 나뭇잎 — 여러 자 깊이로 쌓이고 쌓인 깨금 잎, 가락 잎, 떡갈잎의 부드러운 보료 — 속에 몸을 파묻고 있으면 몸뚱어리가 마치 땅에서 솟아난 한 포기의 나무와도 같은 느낌이다. 소나무, 참나무, 총중(떨기 가운데. 많은 사람 가운데)의 한 대의 나무다. 두 발은 뿌리요, 두 팔은 가지다. 살을 베면 피 대신에 나무진이 흐를 듯하다. 잠자코 섰는 나무들의 주고받은 은근한 말을, 나뭇가지의 고갯짓하는 뜻을, 나뭇잎의 소곤거리는 속심을 총중의 한 포기로서 넉넉히 짐작할 수 있다. 해가 쬘 때에 즐거워하고, 바람 불 때 농탕치고(남녀가 음탕한 소리와 난잡한 행동으로 마구 놀아 대고), 날 흐릴 때 얼굴을 찡그리는 나무들의 풍속과 비밀을 역력히 번역해 낼 수 있다. 몸은 한 포기의 나무다.

별안간 부드득 솟아오르는 힘을 느끼고 중실은 벌떡 뛰어 일어났다. 쭉 펴는 네 활개에 힘이 뻗쳐 금시에 그대로 하늘에라도 오를 듯싶다. 넘치는 힘을 보낼 곳 없어 할 수 없이 입을 크게 벌리고 하늘이 울려라 고함을 쳤다. 땅에서 솟는 산정기의 힘차고 단순한 목소리다. 산이 대답하고 나뭇가지가 고갯짓한다. 또 하나 그 소리에 대답한 것은 맞은편 산허리에서 불시에 푸드덕 날아 뜨는 한 자웅의 꿩이었다. 살찐 끼투리의 꽁지를 물고 나는 장끼의 오색 날개가 맑은 하늘에 찬란하게 빛났다.

살찐 꿩을 보고 중실은 문득 배가 허출함을 깨달았다. 아래편 골짜기 개울 옆에 간직하여 둔 노루 고기와 가랑잎 새에 싸 둔 개꿀이 있음을 생각하고 다시 낫을 집어 들었다. 첫 참 때까지는 한 점은 채워 놓아야 파장되기 전에 읍내에 다다르겠고, 팔아 가지고는 어둡기 전에 다시 산으로 돌아와야 할 것이다. 한참 쉰 뒤라 팔에는 기운이 남았다. 버스럭거리는 나뭇잎 소리가 품 안에 요란하고 맑은 기운이 몸을 한바탕 멱 감긴 것 같다. 산은 마을보다 몇 곱절 살기가 좋은가. 산에 들어오기를 잘했다고 중실은 생각하였다.

세상에 머슴살이같이 잇속 적은 생업은 없다.

싸우려고 싸운 것이 아니라 김 영감 편에서 투정을 건 셈이다. 지금 와 보면 처음부터 쫓아낼 의사였던 것이 확실하다. 중실은 머슴 산 지 7년에 아무것도 쥔 것 없이 맨주먹으로 살던 집을 쫓겨났다. 원통은 하였으나 애통하지는 않았다.

해마다 사경을 또박또박 받아 본 일 없다. 옷 한 벌 버젓하게 얻어 입은 적 없다. 명절에는 놀이할 돈도 푼푼이 없이 늘 개 보름 쇠듯 하였다. 장가들이고 집 사고 살림을 내 준다는 것도 헛소리였다. 첩을 건드렸다는 생뚱맞은 다짐이었으나, 그것은 처음부터 계책 한 억지요, 졸색의 둥글개(둥글개 첩) 따위에는 손댈 염도 없었던 것이다. 빨래하러 갔던 첩과 동구 밖에서 마주쳐 나뭇짐을 지고 앞서고 뒤서서 돌아왔다고 의심받을 법은 없다. 첩과 수상한 놈팡이는 도리어 다른 곳에 있는 것을 애매한 중실에게 엉뚱한 분풀이가 돌아온 셈이었다. 가살스런 첩의 행실을 휘어잡지 못하고 늘 그막 판에 속 태우는 영감의 신세가 하기는 가엾기는 하다. 더욱 엉클어질 앞일을 생각하고 중실은 차라리 하직하고 나온 것이었다. 넓은 하늘 밑에서도 갈 곳이 없다. 제일 친한 곳이 늘 나무하러 가던 산이었다. 짚북데기보다도 부드러운 두툼한 나뭇잎의 맛이 생각났다. 그 넓은 세상은 사람을 배반할 것 같지는 않았다. 빈 지게만을 걸머지고 산으로 들어갔다. 그 속에서 얼마 동안이나 견딜 수 있을까가 한 시험도 되었다.

박중골에서도 5리나 들어간, 마을과 사람과는 인연이 먼 산협이다. 산등이 펑퍼짐하고 양지쪽에 해가 잘 쬐고, 골짜기에 개울이 흐르고, 개울가에 나무 열매가 지천으로 열려 있는 곳이다. 양지쪽에서는 나무하러 왔다 낮잠을 잔 적도 여러 번이었다. 개울가에 불을 피우고 밭에서 뜯어 온 옥수수 이삭을 구웠다. 수풀 속에서 찾은 으름과 나뭇가지에 익어 시든 아그배와 산사로 배가 불렀다. 나뭇잎을 모아 그 속에 푹 파고든 잠자리도 그다지 춥지는 않았다.

이튿날 산을 헤매다가 공교롭게도 주염나무(쥐엄나무) 가지에 야트막하게 달린 벌집을 찾아냈다. 담배 연기를 피워 벌 떼를 이지러뜨리고 감쪽같이 집을 들어냈다. 속에는 맑은 꿀이 차 있었다. 사람은 살게 마련인 듯싶다. 꿀은 조금으로도 요기가 되었다. 개와 함께 여러 날 양식이 되었다.

꿀이 다 떨어지지도 않은 그저께 밤에는 맞은편 심산에 산불이 보였다. 백일홍같이 새빨간 불꽃이 어둠 속에 가깝게 솟아올랐다. 낮부터 타기 시작한 것이 밤에 들어가서 겨우 알려진 것이다. 누에게 먹히는 뽕잎같이 아물아물 헤어지는 것 같으나 기실은 한자리에서 아롱아롱 타는 것이었다. 아귀의 혀끝같이 널름거리는 불꽃이 세상에도 아름다웠다. 울 밑의 꽃보다도 비단결보다도 무지개보다도 맨드라미보다도 곱고 장하다. 중실은 알 수 없이 신이 나서 몽둥이를 들고 산 등을 따라 오르고 골짜기를 건너 불붙는 곳으로 끌려 들어갔다. 가깝게 보이던 것과는 딴판으로 꽤 멀었다. 불은 산 등에서 산 등으로 둘러붙어 골짜기로 타 내려갔다. 화기가 확확 튀어 가까이 갈 수 없었다. 후끈후끈 무더웠다. 나무뿌리가 탁탁 튀며 땅이 쩽쩽 울렸다. 민출한(미끈하고 밋밋한) 자작나무는 가지가지에 불이 피어올라 한 포기의 산호수 같은 불나무로 변하였다. 헛되이 타는 모두가 아까웠다. 중실은 어쩔 수 없이 몸뚱이를 쓸데없이 휘두르며 불 테두리를 빙빙 돌 뿐이었다. 불은 힘에 부치는 것이었다. 확실히 간 보람은 있었다. 그을린 노루 한 마리를 얻은 것이다. 불 테두리를 뚫고 나오지 못한 노루는 산골짜기에서 뱅뱅 돌다 결국 불벼락을 맞은 것이다. 물론 그것을 얻을 때는 불도 거의 다 탄 새벽녘이었으나 외로운 짐승이 몹시 가엾었다. 그러나 이미 죽은 후의 고기라 중실은 그것을 짊어지고 산으로 돌아갔다. 사람을 살리사는 신의 뜻이라고 비위 좋게 생각하면 그만이었다. 여러 날 동안의 흐뭇한 양식이 되었다. 다만 한 가지 그리운 것이 있었다. 짠맛 ― 소금이었다. 사람은 그립지 않으나 소금이 그리웠다. 그것을 얻자는 생각으로만 마을이 그리웠다.

힘자라는 데까지 지었다.

20리 길을 부지런히 걸으려니 잔등에 땀이 내배었다. 걸음을 따라 나뭇짐이 휘청휘청 앞으로 휘었다.

간신히 파장 전에 대었다.

나무를 판 때의 마음이 이날같이 즐거운 적은 없었다.

물건을 산 때의 마음도 이날같이 즐거운 적은 없었다.

그것은 짜장 필요한 물건이기 때문이다.

나무 판 돈으로 중실은 감자 말과 좁쌀 되와 소금과 냄비를 샀다.

산속의 호젓한 살림에는 이것으로 족하리라고 생각되었다.

목숨을 이어 가는 데 해어(海魚)쯤이 없으면 어떨까도 생각되었다.

올 때보다 짐이 단출하여 지게가 가벼웠다. 거리의 살림은 전과 다름없이 어수선하고 지지부레하였다. 더 나아진 것도 없으려니와 못해진 것도 없다.

술집 골방에서 왁자지껄하고 싸우는 것도 전과 다름없다.

이상스러운 것은 그런 거리의 살림살이가 도무지 마음을 당기지 않는 것이다. 앙상한 사람들의 얼굴이 그다지 그리운 것이 아니었다.

무슨 까닭으로 산이 이렇게도 그리울까. 편벽(한쪽으로 치우쳐 공평하지 못함)된 마음을 의심도 하여 보았다. 그러나 별로 이치도 없었다. 덮어놓고 양지쪽이 좋고, 자작나무가 눈에 들고, 떡갈잎이 마음을 끄는 것이다. 평생 산에서 살도록 태어났는지도 모른다.

김 영감의 그 후의 소식은 물어낼 필요도 없었으나, 거리에서 만난 박 서방 입에서 우연히 한 구절 얻어듣게 되었다.

병든 등글개 첩은 기어코 김 영감의 눈을 감춰 최 서기와 줄행랑을 놓았다. 종적을 수색 중이나 아직도 오리무중이라 한다.

사랑방에서 고시랑고시랑(못마땅하여 잔소리를 자꾸 되씹어 하는 모양) 잠을 못 이룰 육십 노인의 꼴이 측은하게 눈에 떠올랐다. 애매한 머슴을 내쫓았음을 뉘우치리라고 생각되었다. 그러나 중실에게는 물론 다시 살러 들어갈 뜻도, 노인을 위로하고 싶은 친절도 가지기 싫었다.

다만 거리의 살림이라는 것이 더 한층 어수선하게 여겨질 뿐이었다.

산으로 향하는 저녁 길이 한결 개운하다.

개울가에 냄비를 걸고 서투른 솜씨로 지은 저녁을 마쳤을 때에는 밤이 적이 어두웠다.

깊은 하늘에 별이 총총 돋고 초승달이 나뭇가지를 올가미 지웠다.

새들도 깃들이고 바람도 자고 개울물만이 쫄쫄쫄 숨 쉰다.

검은 산 등은 잠든 황소다.

등걸불(타다가 남은 불)이 탁탁 튄다. 나뭇잎 타는 냄새가 몸을 휩싸며 구수하다. 불을 쬐며 담배를 피우니 몸이 훈훈하다. 더 바랄 것 없이 마음이 만족스럽다.

한 가지 욕심이 솟아올랐다.

밥 짓는 일이란 머스마 할 일이 못 된다. 사내자식은 역시 밭 갈고 나무하는 것이 옳은 것이다. 장가를 들려면 이웃집 용녀만 한 색시는 없다. 용녀를 데려다 밥 일을 맡길 수밖에는 없다고 생각하였다.

용녀를 생각만 하여도 즐겁다. 궁리가 차례차례로 솔솔 풀렸다.

굵은 나무를 베어다 껍질째 토막을 내 양지쪽에 쌓아 올려 단칸의 조촐한 오두막을 짓겠다. 펑퍼짐한 산허리를 일궈 밭을 만들고 봄부터 감자와 귀리를 갈 작정이다. 오랍 뜰에 우리를 세우고 염소와 돼지와 닭을 칠 터. 산에서 노루를 산 채로 붙들면 우리 속에 같이 기르고, 용녀가 집일을 하는 동안에 밭을 가꾸고 나무를 할 것이며, 아이를 낳으면 소같이, 산같이 튼튼하게 자라렷다. 용녀가 만일 말을 안 들으면 밤중에 내려가 가만히 업어 올걸.

한번 산에만 들어오면 별수 없지.

불이 거의거의 아스러지고, 물소리가 더한층 맑다.

별들이 어지럽게 깜박거린다.

달이 다른 나뭇가지에 걸렸다.

나머지 등걸불을 발로 비벼 끄니 골짜기는 더한층 막막하다.

어느 맘 때인지 산속에서는 때도 분별할 수 없다.

자기가 이른지 늦은지도 모르면서 나무 밑 잠자리로 향하였다.

낟가리같이 두두룩하게 쌓인 낙엽 속에 몸을 송두리째 파묻고 얼굴만을 빠끔히 내놓았다.

몸이 차차 푸근하여 온다.

하늘의 별이 와르르 얼굴 위에 쏟아질 듯싶게 가까웠다 멀어졌다 한다.

별 하나 나 하나, 별 둘 나 둘, 별 셋 나 셋······.

어느 결엔지 별을 세고 있었다. 눈이 아물아물하고 입이 뒤바뀌어 수효가 틀려지면 다시 목소리를 높여 처음부터 고쳐 세곤 하였다.

별 하나 나 하나, 별 둘 나 둘, 별 셋 나 셋······.

세는 동안에 중실은 제 몸이 스스로 별이 됨을 느꼈다.

돼지

- 이효석 -

〈돼지〉는 1933년 '조선문학'에 한자 표제 돈(豚)으로 발표되어 독자들로부터 좋은 반응을 얻은 작품이다. 〈메밀꽃 필 무렵〉, 〈들〉, 〈분녀〉 등과 같이 인간의 본능적인 성애(性愛)를 다룬 경향 문학을 탈피하여 순수문학으로 전향한 뒤에 발표한 첫 소설이다.

주인공 '식'이는 괴로운 현실을 벗어나 분이와 함께 행복한 삶을 살고 싶어 한다. '식'이는 푼푼이 모은 돈으로 돼지 한 쌍을 키우지만 수놈은 죽고 암놈만 살아남았다. 남은 암놈을 여섯 달 동안 키워서 십 리가 넘는 종묘장에 끌고 가 씨돼지에게 접을 붙이려 하나 돈만 쓰고 실패한다.

이효석 작품에 등장하는 동물은 등장인물의 성욕을 환기시키는 소재로 이용된다. '식'이에게 암돼지는 성욕의 대상이며, 달아난 분이를 찾아 나설 밑천이다. 지나가는 기차에 돼지가 사라지는 것은 분이를 잃는 것과 같다.

이 작품은 큰 욕심을 부리지 않고 살아가는 '식'이가 돼지를 키우는 꿈이 허망하게 무너지는 과정을 간결하고 속도감 있게 그린다.

고지식한 농촌 청년 '식'이는 돼지새끼를 받아 세금을 내고 분이와 결혼해 행복하게 살겠다는 꿈을 가지고 살아간다.

푼푼이 모은 돈으로 돼지 한 쌍을 길렀다. 얼마 뒤 수놈은 죽고 암놈만 살아남았다. 남은 암놈을 여섯 달 키워 십 리가 넘는 종묘장에 끌고 가서 씨돼지에게 접을 붙였으나 돈 오십 전만 허비하고 실패한다. 달포가 지나 다시 끌고 가서 육중한 수놈에게 가까스로 접붙이기에 성공한다.

'식'이는 암놈이 수놈의 공격을 받는 동안 구경꾼들이 음담을 할 때 며칠 전에 가출해 버린 분이를 생각한다. 버스 차장이 되었을지도 모를 분이를 찾아서 기차를 타고 어디로든 가고 싶다는 생각에 빠진다. 그런 생각이 들자 아까운 돼지라도 팔아 버리고 싶었다. 돼지와 분이를 놓고 여러 생각에 빠진 '식'이는 다른데 정신이 팔려 있는 사이 철로를 건너다가 앞에 끌고 가던 돼지는 기차에 치어 흔적도 없이 사라지고 만다.

· 갈래 : 단편 소설
· 배경 : 종묘장에서 건널목에 이르는 길
· 시점 : 3인칭 전지적 시점
· 주제 : 인간의 의식 속에 잠재한 성적(性的) 본능
· 출전 : 조선문학

돼지

옛 성 모퉁이 버드나무 까치 둥우리 위에 푸르둥한 하늘이 얕게 드리웠다. 토끼 우리에서 하이얀 양 토끼가 고슴도치 모양으로 까칠하게 웅크리고 있다. 능금나무 가지를 간들간들 흔들면서 벌판을 불어오는 바닷바람이, 채 녹지 않은 눈 속에 덮인 종묘장(種苗場) 보리밭에 휩쓸려 돼지우리에 모질게 부딪친다.

우리 밖 네 귀의 말뚝 안에 얽어매인 암퇘지는 바람을 맞으면서 유난히 소리를 친다. 말뚝을 싸고도는 종묘장(種苗場) 씨돝(씨돼지)은 시뻘건 입에 거품을 뿜으면서 말뚝의 뒤를 돌아 그 위에 덥석 앞다리를 걸었다. 시꺼먼 바위 밑에 눌린 자라 모양인 암퇘지는 날카로운 비명을 울리며 전신을 요동한다. 미끄러진 씨돝은 게걸덕거리며 다시 말뚝을 싸고돈다. 앞뒤 우리에서 응하는 돼지들의 고함에 오후의 종묘장 안은 떠들썩했다.

반 시간이 넘어도 여의치 않았다. 둘러싸고 보던 사람들도 흥이 식어서 주춤주춤 움직인다. 여러 번째 말뚝 위에 덮쳤을 때에 육중한 힘에 말뚝이 와싹 무지러지면서 그 바람에 밑에 깔렸던 돼지는 말뚝의 테두리를 벗어나 뛰어나갔다.

"어려서 안 되겠군."

종묘장 기수가 껄껄 웃는다.

"황소 앞에 암탉 같으니 쟁그러워서(흉해서) 볼 수 있나."

"겁을 먹고 달아나는데."

농부는 날쌔게 우리 옆을 돌아 뛰어가는 돼지의 앞을 막았다.

"달포 전에 한 번 왔다 갔으나 씨가 붙지 않아서 또 끌고 왔는데요."

식이는 겸연쩍어서 얼굴을 붉혔다.

"아무리 짐승이기로 저렇게 어리구야 씨가 붙을 수 있나."

농부의 말에 식이는 다시 얼굴을 붉혔다.

"빌어먹을 놈의 짐승."

무안도 무안이려니와 귀찮게 구는 짐승에 식이는 화를 버럭 내면서 농부의 부축을 하여 달아나는 돼지의 뒤를 쫓는다. 고무신이 진창에 빠지고 바지춤이 흘러내린다.

돼지의 허리를 맨 바(줄)를 붙잡았을 때에 그는 홧김에 바를 뒤로 잡아낚아채며 기운껏 매질한다. 어린 짐승은 바들바들 뛰면서 비명을 울린다. 농가 1년의 생명선……. 좀 있으면 나올 제1기 세금과 첫여름 감자가 나올 때까지 가족 양식의 예산의 부담을 맡은 이 어린 짐승에 대한 측은한 뉘우침이 나중에는 필연코 나련만은, 종묘장 사람들 숲에서의 무안을 못 이겨 식이의 흔드는 매는 자연히 가련한 짐승 위에 잦게 내렸다.

"그만 갖다 매시오."

말뚝을 고쳐 든든히 박고 난 농부는 식이에게 손짓한다. 겁과 불안에 떨며 허둥거리는 짐승을 이번에는 이걸 더 든든히 말뚝 안에 우겨 넣고 나무 막대를 가로질러 배까지 떠받쳐 올려 꼼짝, 요동하지 못하게 탐탁하게 얽어매었다.

털 몸을 근실근실 부딪히며 그의 곁을 궁싯궁싯 맴도는 씨돝은 미처 식이의 손이 떨어지기도 전에 '화차'와도 같이 말뚝 위를 엄습한다. 시뻘건 입이 욕심에 목메어서 풀무같이 요란히 울린다. 깔린 암   은 목이 찢어져라 날카롭게 고함친다.

둘러선 좌중은 일제히 웃음소리를 멈추고 일시에 농담조차 잊은 듯하였다.

문득 분이의 자태가 눈앞에 떠오른다. 식이는 말뚝에서 시선을 돌려 딴전을 보았다.

"분이 고것, 지금은 어디 가 있는구."

제2기분은 고사하고 1기분 세금조차 밀리는 농가의 형편에 돼지보다 나은 부업이 없었다. 한 마리를 1년 동안 충실히 기르면 세금도 세금이려니와 잔돈푼의 가용 돈은 훌륭히 우러나왔다. 이 돼지의 공용을 잘 아는 식이다. 푼푼이 모은 돈으로 마을 사람들의 본을 받아 종묘장에서 가주 난 양돼지 한 자웅을 사 놓은 것이 지난여름이었다. 기름이 자르르 흐르는 새까만 자웅을 식이는 사람보다도 더 귀히 여겨 가주 사 왔던 무렵에는 우리에 넣기가 아까워 그의 방 한구석에 짚을 펴고 그 위에 재우기까지 하던 것이, 젖이 그리워서인지 한 달도 못 되어 수놈이 죽었다. 나머지의 암놈을 식이는 애지중지하여 단 한 벌의 그의 밥그릇에 물을 받아 먹이기까지 하였다. 물도 먹지 않고 꿀꿀 앓을 때에는, 그는 나무하러 가는 것도 그만두고 종일 짐승의 시중을 들었다. 여섯 달을 키우니 겨우 암퇘지 티가 났다. 달포 전에 식이는 첫 시험으로 십 리가 넘는 종묘장으로 끌고 왔었다. 피돈 오십 전이나 내서 씨를 받은 것이 종시 붙지 않았다. 식이는 화가 났다. 때마침 정을 두고 지내던 이웃집 분이가 어디론지 도망을 갔다. 식이는 속이 상해서 며칠 동안 일이 손에 잡히지 않았다. 늘 뽀로통해서 쌀쌀하게 대꾸하더니 그 고운 살을 한 번도 허락하지 않고 늙은 아비를 혼자 둔 채 기어이 도망을 가버렸구나 생각하니 분이가 괘씸하였다. 그러나 속 깊은 박 초시의 일이니 자기 딸 조처에 무슨 꿍꿍이수작을 대었는지 도무지 모를 노릇이었다. 청진으로 갔느니, 서울로 갔느니, 며칠 전에 박 초시에게 돈 십 원이 왔느니 소문은 갈피갈피였으나 하나도 종잡을 수 없었다. 이래저래 상할 대로 속이 상했다. 능금 꽃 같은 두 볼을 잘강잘강 씹어 먹고 싶던 분이인 만큼 식이는 오늘까지 솟아오르는 심화를 억제할 수 없었다.

"다 됐군."

딴전만 보고 섰던 식이는 농부의 목소리에 그쪽을 보았다. 씨돝은 만족한 듯이 여전히 꿀꿀 짖으면서 그곳을 떠나지 않고 빙빙 돈다.

파장 후의 광경이건만 분이의 그림자가 눈앞에 어른거리는 식이는 몹시도 겸연쩍었다. 잠자코 서 있는 까칠한 암퇘지와 분이의 자태가 서로 얽혀서 그의 머릿속에 추근하게 떠올랐다. 음란한 잡담과 허리 꺾는 웃음소리에 얼굴이 더한층 붉어졌다. 환영을 떨쳐버리려고 애쓰면서 식이는 얽어매었던 돼지를 풀기 시작하였다. 농부는 여전히 게걸덕거리며 어른어른 싸도는 욕심 많은 씨돝을 몰아 우리 속에 가두었다.

"이번에는 틀림없겠지."

장부에 이름을 올리고 오십 전을 치러 주고 종묘장을 나오니 오후의 해가 느지막하였다. 능금 밭 건너편 양옥 관사의 지붕이 흐린 석양에 푸르뎅

뎅하게 빛난다. 옛 성 어귀에는 드나드는 장꾼의 그림자가 어른어른한다. 성 안에서 한 대의 버스가 나오더니 폭넓은 이등도로를 요란히 달려온다. 돼지를 몰고 길 왼편 가로 피한 식이는 퍼뜩 지나가는 버스 안을 흘끗 살펴본다. 분이를 잃은 후로부터 그는 달아나는 버스 안까지 조심스럽게 살피게 되었다. 일전에 나남에서 버스 차장 시험이 있었다더니 그런 데로나 뽑혀 들어가지 않았을까, 분이의 간 길을 이렇게도 상상하여 보았기 때문이다.

"장이나 한 바퀴 돌아올까."

북문 어귀 성 밑돌 틈에 돼지를 매놓고 식이는 성을 들어가 남문 거리로 향하였다.

분이가 없는 이제, 장꾼의 눈을 피하여 으슥한 가게 앞에 가서 겸연쩍은 태도로 매화분(분첩)을 살 필요도 없어진 식이는, 석유 한 병과 마른명태 몇 마리를 사 들고 장판을 오르락내리락하였다. 한동네 사람의 그림자도 눈에 뜨이지 않기에 그는 곧장 성 밖을 나와 마을로 향하였다.

어기죽거리며 돼지의 걸음이 올 때만큼 재지 못하였다. 그러나 매질할 용기는 없었다.

철로를 끼고 올라가 정거장 앞을 지나 오촌포 한길에 나서니 장 보고 돌아가는 사람의 그림자가 드문드문 보인다. 산모퉁이가 바닷바람을 막아 아늑한 저녁 빛이 한길 위를 덮었다. 먼 산 위에는 전기의 고가선이 솟고 산 밑을 물줄기가 돌아내렸다. 온천 가는 넓은 도로가 철로와 나란히 누워서 남쪽으로 줄기차게 뻗쳤다. 저물어 가는 강산 속에 아득하게 뻗친 이 두 줄의 길이 새삼스럽게 식이의 마음을 끌었다. 걸어가는 그의 등 뒤에서는 산모퉁이를 돌아오는 기차 소리가 아련히 들린다. 별안간 식이에게는 이상한 생각이 들었다.

"이 길로 아무 데로나 달아날까."

장에 가서 돼지를 팔면 노자가 되겠지. 차 타고 노자가 되는 곳까지 달아나면 그곳에 분이가 있지 않을까. 어디서 들었는지 공장에 들어가기가 분이의 소원이더니, 그곳에서 여직공 노릇하는 분이와 만나 나도 '노동자'가 되어 같이 살면 오죽 재미있을까. 공장에서 버는 돈을 달마다 고향에 부치면 아버지도 더 고생하실 것 없겠지. 돼지를 방에서 기르지 않아도 좋고 세금 못 냈다고 면소 서기들한테 밥솥을 빼앗길 염려도 없을 터이지. 농사같이 초라한 업이 세상에 또 있을지. 아무리 부지런히 일해도 못살기는 일반이니……. 분이 있는 곳이 어디인가……. 돼지를 팔면 얼마를 받을까. 암돼지, 양돼지…….

"앗!"

날카로운 소리에 번쩍 정신이 깨었다.

찬바람이 휙, 앞을 스치고 불시에 일신이 딴 세상에 뜬 것 같았다. 눈 보이지 않고, 귀 들리지 않고, 잠시간 전신이 죽고, 감각이 없어졌다. 캄캄하던 눈앞이 차차 밝아지며 거물거물 움직이는 것이 보이고, 귀가 뚫리며, 요란한 음향이 전신을 쓸어 없앨 듯이 우렁차게 들렸다. 우렛소리가……, 바다 소리가……, 바퀴 소리가……. 별안간 눈앞이 환해지더니 열차의 마지막 바퀴가 쏜살같이 눈앞을 달아났다.

"앗, 기차!"

다 지나간 이제야 식이는 정신이 아찔하며 몸이 부르르 떨린다.

진땀이 나는 대신 소름이 쪽 돋는다. 전신이 불시에 비운 듯이 거뿐하다. 글자대로 전신이 비었다. 한쪽 팔에 들었던 석유병도 명태 마리도 간 곳이 없고, 바른손으로 이끌던 돼지도 종적이 없다.

"아, 돼지!"

"돼지구 무어구 미친놈이지. 어디라고 건널목을 막 건너."

따귀를 철썩 맞고 바라보니 철로 망보는 사람이 성난 얼굴로 그를 노려보고 서 있다.

"돼지는 어찌 됐단 말이오."

"어젯밤 꿈 잘 꾸었지. 네 몸 안 친 것이 다행이다."

"아니, 그럼 돼지가 치었단 말이요."

"다음부터 차에 주의해!"

독하게 쏘아붙이면서 철로 망군은 식이의 팔을 잡아 낚아채 건널목 밖으로 끌어냈다.

"아, 돼지가 치었다니. 두 번 종묘장에 가서 씨를 받은 내 돼지, 암돼지,

양돼지……."

엉겁결에 외치면서 훑어보았으나 피 한 방울 찾아볼 수 없다. 흔적조차 없다니……. 기차가 달랑 들고 간 것 같아서 아득한 철로 위를 바라보았으나 기차는 벌써 그림자조차 없다.

"한방에서 잠재우고, 한 그릇에 물 먹여서 기른 돼지, 불쌍한 돼지……."

정신이 아찔하고 일신이 허전하여서 식이는 급시에 그 자리에 푹 쓰러질 것도 같았다.

레디메이드 인생

- 채만식 -

작가 소개

채만식(蔡萬植 1902~1950)

채만식의 호는 백릉이며, 1902년 전라북도 옥구에서 태어났다.

어릴 때 서당에서 한문을 익혔으며 1914년 임피보통학교(臨陂普通學校)를 졸업하고, 1918년 경성에 있는 중앙고등보통학교에 입학한다. 재학 중에 집안 어른들의 권고로 결혼했으나 행복하지 못했다. 1922년 중앙고등보통학교를 마치고 일본 와세다 대학(早稻田大學) 부속 제1고등학원 문과에 입학하지만 이듬해 공부를 중단하고 동아일보 기자로 입사했다가 1년여 만에 그만둔다.

1924년 단편 〈세 길로〉가 '조선문단'에 추천되면서 문단에 등단한다. 그 뒤 〈산적〉을 비롯해 다수의 소설과 희곡 작품을 발표하지만 별반 주목을 끌지 못했다. 1932년 〈부촌〉, 〈농민의 회계〉, 〈화물자동차〉 등 동반자적인 경향의 작품을, 1933년 〈인형의 집을 나와서〉, 1934년 〈레디메이드 인생〉 등 풍자적인 작품을 발표하여 작가로서의 기반을 굳힌다. 1936년에는 〈명일〉과 〈쑥국새〉, 〈순공 있는 일요일〉, 〈사호 일단〉 등을, 1938년에는 〈탁류〉와 〈금의 열정〉 등의 일제 강점기 세태를 풍자한 작품을 발표한다. 특히 장편 소설 〈태평천하〉와 〈탁류〉는 사회의식과 세태 풍자를 포괄적으로 보여 주고 있는 작품이다. 또한 1940년에 〈치안 속의 풍속〉, 〈냉동어〉 등의 단편 소설을 발표한 그는 1945년 고향으로 내려가 광복 후에 〈민족의 죄인〉 등을 발표하지만 1950년에 생을 마감한다.

작품 정리

이 작품은 1934년 '신동아'에 발표한 소설로 풍자법을 이용했다. 이야기는 주인공 P가 K 사장에게 취직을 부탁하는 장면으로부터 시작되는데, 일자리를 구걸하는 P의 처지와 K 사장의 무관심, 취직에 실패한 P의 절박함과 K 사장의 무반응이 대조를 이루면서 사회 현실이 서서히 드러난다. 이들 사이의 대화나 P의 심중을 통해 나타난 당대의 사회 현실은 1929년의 세계 공황을 만나 실업자가 증가해서 사람들이 생계를 유지하기 어려운 상황이다. 경제적 궁핍이 이 작품의 시대적 배경을 이루고 있는 셈이다. 주인공 P는 그 원인을 역사적 조건에서 찾으려고 한다. 개화의 적당한 시기를 놓쳐 버린 대원군의 정책이나 교육만이 개인과 국가가 살 수 있는 유일한 길이라고 외치던 개화기 이후의 자유주의 물결 같은 것이 결국은 경제적 현실을 망각하게 만든 원인이라고 진단하고 있는 것이다. 수요(需要)는 일정한데 무작정 공급되는 물량과 같은 것이다.

이 작품은 이러한 사회 상황에서 양산된 지식층들의 소외되고 궁핍한 경제상을 풍자와 냉소적인 어조로 제시하고 있다. 궁핍한 생활상을 자초한 P의 허위의식은 무직의 지식층 유형으로 제시되는 H와 M의 모습들과 어우러져 식민지 탄압 정책 속에서 희생된 무기력한 지식층들의 관념적 가치 의식을 보여 주고 있다. 사회주의의 실천적인 지식인이 되고자 했던 P는 찌부러진 신세가 되어 '취직'의 길로 나서지만 실패하고 만다. 이러한 P가 20전으로 정조를 흥정하는 어린 술집 작부를 통해 구체적 현실에 대면하게 되고, 관념의 허울을 벗어던지고 어린 아들을 취직시키는 반어적 태도로 인텔리 계층의 한계를 극복하려 한다. 찾는 사람이 없는 물건, 이것이 P라는 인텔리가 처해 있는 현실이며, 바로 이런 사람들이 레디메이드 인생인 것이다.

작품 줄거리

주인공 P는 농촌의 가난한 집안 출신으로 한때 향학열에 들뜬 사람들의 열기에 힘입어 어렵사리 신식 공부를 했다. 동경 유학을 떠났다가 돌아온 P는 아내와 이혼하고 아홉 살짜리 아들은 형님에게 맡긴다. 여러 방면으로 취직을 하려던 그는 어느 날 모 신문사 K 사장에게 취직을 부탁했다가 농촌으로 가 보라는 핀잔을 듣자 부당한 말이라며 대들고는 뛰쳐나온다. 사글셋방으로 돌아온 P에게 두 가지 현실이 기다리고 있다. 하나는 주인의 집세 독촉이다. 그리고 다른 하나는 시골 형이 부친 편지다. 편지에는 아들 창선이가 학교에 다니지 못할 뿐 아니라 끼니도 이을 길이 없어 그 애처로움을 견디지 못하겠다고 적혀 있다. 그러고는 차비가 마련되면 아비인 P에게 올려 보내겠다고 쓰여 있었다. 착잡해하고 있는 P의 거처로 M과 H가 찾아온다. M은 법률을 전공해서 육법전서를 줄줄 외우고, H는 경제학을 전공한 지식 청년이다. 그러나 이들은 똑같이 무일푼인 식민지의 지식 청년들이다. 셋은 M의 법률 서적을 잡혀서 돈 6원을 손에 쥔다. 그 돈으로 셋은 술을 마시고, 그곳에서 술 취한 계집이 화대(花貸)로 20전이라도 좋다고 조르는 데서 P는 또 한 번 분노를 느낀다. 밖으로 나온 P는 정조를 빼앗기고 자살하는 여자의 모습과 20전에 정조를 팔려는 무산 계급 여인의 모습을 비교하면서, K 사장의 화려한 생활과 위선적인 행동에 분개한다. 이튿날 정오에 아들이 온다는 전보를 받고 P는 부랴부랴 돈을 변통하여 살림살이를 장만하고 인쇄소에 찾아가 아들 창선의 취직을 부탁한다. 아들에게만은 자신과 같은 인텔리 실직자를 만들지 않겠다고 다짐한 것이다. 다음 날 창선을 인쇄소에 맡기고 나오면서 P는 '레디메이드 인생이 비로소 겨우 임자를 만나 팔리었구나.' 하며 자조한다.

핵심 정리

· 갈래 : 풍자 소설
· 시점 : 전지적 작가 시점
· 배경 : 일제 강점기 무기력한 지식인들의 암울한 경성
· 주제 : 지식인의 무능함과 물질주의 체제에 대한 비판
· 출전 : 신동아

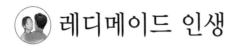
레디메이드 인생

1

"뭐, 어디 빈자리가 있어야지."

K 사장은 안락의자에 폭신 파묻힌 몸을 뒤로 벌떡 젖히며 하품을 하듯이 시원찮게 대답을 한다. 두 팔을 쭉 내뻗고 기지개라도 한번 쓰고 싶은 것을 겨우 참는 눈치다.

이 K 사장과 둥근 탁자를 사이에 두고 공손히 마주 앉아 얼굴에는 '나는 선배인 선생님을 극히 존경하고 앙모합니다.' 하는 비굴한 미소를 띠고 있는 구변 없는 구변을 다하여 직업 동냥의 구걸 문구를 기다랗게 늘어놓던 P……. P는 그러나 취직 운동에 백전백패(百戰百敗)의 노졸(老卒)인지라 K 씨의 힘 아니 드는 한마디의 거절에도 새삼스럽게 실망도 아니 한다. 대답이 그렇게 나왔으니 인제 더 졸라도 별수가 없는 것이지만 헛일 삼아 한마디 더 해 보는 것이다.

"글쎄올시다. 그러시다면 지금 당장 어떻게 해 주십사고 무리하게 조를 수야 있겠습니까마는……. 그러면 이담에 결원이 있다든지 하면 그때는 꼭……."

이렇게 말하고 P는 지금까지 외면하였던 얼굴을 돌리어 K 사장을 조심성 있게 바라보았다. 그러나 K 사장은 우선 고개를 좌우로 두어 번 흔들고서는 여전히 하품 섞인 대답을 한다.

"결원이 그렇게 나나 어디……. 그리고 간혹가다가 결원이 난다더라도 유력한 후보자가 몇십 명씩 밀려 있어서……."

P는 아무 말도 아니 하고 고개를 숙였다. 인제는 영영 틀어진 것이다. '안녕히 계십시오.' 하고 일어서는 것밖에는 별수가 없다.

별수가 없게 되었으니 '네 그렇습니까.' 하고 선선히 일어서야 할 것이지만, 지금까지의 은근히 모시고 있던 태도에 비하여 그것이 너무 낯간지러운 표현임을 알기 때문에 실망이나 하는 체하고 잠시 더 앉아 있는 것이다.

"거 참 큰일 났어."

K 사장은 P가 낙심해하는 것을 보고 밑천이 들지 아니하는 일이라서 알뜰히 걱정을 나누어 준다.

"저렇게 좋은 청년들이 일거리가 없어서 저렇게들 애를 쓰니."

P는 속으로 코방귀를 '흥' 하고 뀌었으나 아무 대답도 아니 하였다.

K 사장은 P가 이미 더 조르지 아니하리라고 안심한지라 먼저 하품 섞어 '빈자리가 있어야지.' 하던 시원찮은 태도는 버리고 그가 늘 흉중에 묻어 두었다가 청년들에게 한바탕씩 해 들려주는 훈화를 꺼낸다.

"그렇지만 내가 늘 말하는 것인데 저렇게 취직만 하려고 애를 쓸 게 아니야, 도회지에서 월급 생활을 하려고 할 것만이 아니라 농촌으로 돌아가서……"

"농촌으로 돌아가서 무얼 합니까?"

P는 말 중동을 잘라 불쑥 반문하였다. 그는 기왕 취직 운동은 글러진 것이니 속 시원하게 시비라도 해 보고 싶은 것이다.

"허, 저게 다 모르는 소리야……. 조선은 농업국이요, 농민이 전 인구의 8할이나 되니까 조선 문제는 즉 농촌 문제라고 볼 수 있는데, 이 지금 농촌에서 할 일이 오죽이나 많다구."

"저는 그 말씀 잘 못 알아듣겠는데요. 저희 같은 사람이 농촌에 가서 할 일이 있을 것 같잖습니다."

"그럴 리가 있나! 가령 응…… 저……."

K 사장은 끝내 대답을 하지 못한다. 그것은 무리가 아니다.

그가 구직하러 오는 지식 청년들에게 농촌으로 돌아가 농촌 사업을 하라는 것과 다음에 또 꺼내는 일거리를 만들라는 것은 결코 현실에서 출발한 이론적 근거가 있는 것이 아니었다. 그저 지식 계급의 구직 꾼이 넘치는 것을 보고 막연히 '농촌으로 돌아가라.' '일을 만들어라.' 라고 해 왔을 따름이다. 따라서 거기에 대한 구체적 플랜이 있는 것도 아니었던 것이다. 한편으로는 한 행셋거리로 또 한편으로는 구직 꾼 격퇴의 수단으로 자룡이 헌 창 쓰듯 썼을 뿐이지.

그리하여 그동안까지는 대개는 그 막연한 설교를 들은 성 만 성 물러가 는 것이 그들의 행투였었는데, 오늘 이 P에게만은 그렇지가 아니하여 불가 불 구체적 설명을 해 주어야 하게 말머리가 돌아선 것이다. 그래서 그는 떠 듬떠듬 생각해 가면서 생각나는 대로 주워섬기는 것이다.

"가령 응…… 저…… 문맹 퇴치 운동도 있지. 농민의 9할은 언문도 모른 단 말이야! 그리고 생활 개선 운동도 좋고…… 헌신적으로."

"헌신적으로요?"

"그렇지……. 할 테면 헌신적으로 해야지."

"무얼 먹고 헌신적으로 그런 사업을 합니까? 먹을 것이 있어서 그런 농 촌 사업이라도 할 신세라면 이렇게 취직을 못 해서 애를 쓰겠습니까?"

"허! 그게 안 된 생각이야. 자기가 먹고살 재산이 있으면서 사회를 위해 서 일도 아니 하고 번들번들 논다는 것은, 그것은 타락된 생각이야."

P는 K 사장이 억단을 내세우는 것을 보고 속으로 싱그레 웃었다.

"그렇지만 지금 조선 농촌에서는 문맹 퇴치니 생활 개선이니 합네 하고 손끝이 하얀 대학이나 전문학교 졸업생들이 모여 오는 것을 그다지 반겨하 기는커녕 머릿살을 앓을 것입니다……. 농민이 우매하다든지 문화가 뒤떨 어졌다든지 또 생활이 비참한 것의 근본 원인이, 기역니은을 모른다든가 생활 개선을 할 줄 몰라서 그런 것이 아니니까요. 그리고 조선의 지식 청년 들이 모두 인도주의자가 되어집니까?"

"되면 되지 안 될 건 무어야?"

"그건 인도주의란 그것이 한 개 공상이니까 그렇겠지요."

"허허…… 그러면 P군은 ××주의잔가?"

"되다가 찌부러진 지스러깁니다. 철저한 ××주의자라면 이렇게 선생님 한테 와서 취직 운동도 아니 합니다."

"못써. 그렇게 과격한 사상으로 기울어서야 쓰나……. 정 농촌으로 돌아 가기가 싫거든 서울서라도 몇 사람 마음 맞는 사람이 모여서 무슨 일을 — 조국에 신문이 모자라니 신문을 하나 경영하든지 또 조그맣게 하자면 잡지 같은 것도 좋고 또 영리사업도 좋고……. 그러면 취직 운동하는 것보담 훨씬 낫잖은가?"

"좋은 줄이야 압니다만 누가 돈을 내 놉니까?"

"그거야 성의 있게 하면 자연 돈도 생기는 거지."

P는 엉터리없는 수작을 더 하기가 싫어 웬만큼 말을 끊고 일어섰다.

속에 있는 말을 어느 정도까지 활활 해 준 것이 시원은 하나 또 취직이 글렀구나 생각하니 입 안에서 쓴 침이 괴어 나온다.

복도에서 편집국장 C를 만났다. P는 C와 자별히 사이가 가까운 터이었다.

"사장 만나러 왔소?"

C는 묻는 것이다.

"아아니."

P는 거짓말을 하였다. 그는 지금 K 사장을 만나 거절당한 이야기를 하기가 어쩐지 창피하기도 할 뿐 아니라, 또 전부터 C더러 K 사장에게 자기의 취직 운동을 부탁해 왔던 터인데 직접 이렇게 찾아와서 만났다고 하기가 혐의쩍기도 하여 시치미를 뚝 뗀 것이다.

"아주 단념하오."

C는 자기에게 부탁한 취직 운동을 단념하란 말이다. 그러면 벌써 C가 K 사장에게 이야기를 하였고 그 결과 일이 틀어진 것을 P는 모르고 와서 헛노릇을 한바탕 한 것이다. P는 먼저 C를 만나 보지 아니하고 K 사장을 만난 것을 후회하였다. C는 잠깐 멈췄던 말을 계속한다.

"어제 아침에 사장더러 P군의 사정이 퍽 난처하니 어떻게 생각해 봐 주면 좋겠다고 여러 말을 했다가 코 뗐소. 신문사가 구제 기관이 아닌데 남의 사정이 난처한 것을 어떻게 하라느냐고 그럽디다……. 하기야 그게 옳은 말이지만……."

신문사가 구제 기관이 아니라고 한다는 그 말이 P의 머리에는 침 끝으로 찌르는 것같이 정신이 들게 울리었다.

"흥! 망할 자식들!"

P는 혼잣말로 이렇게 투덜거리며 C와 작별도 아니 하고 밖으로 나와 버

렸다.

2

P는 광화문 네거리의 기념 비각(紀念碑閣) 옆에서 발길을 멈추고 망설였다. 어디로 갈까 하는 것이다.

봄 하늘이 맑게 개었다. 햇볕이 살아올라 포근히 온몸을 싸고돈다. 덕석 같은 겨울 외투를 벗어 버리고 말쑥말쑥하게 새로 지은 경쾌한 춘추복의 젊은이들이 봄볕처럼 명랑하게 오고 가고 한다.

멋쟁이로 차린 여자들의 목도리가 나비같이 보드랍게 나부낀다. 그 오동보동한 비단 다리를 바라다보니 P는 전에 먹던 치킨커틀릿이 생각났다.

창을 활활 열어젖힌 전차 속의 봄 사람들을 보니 P도 전차를 잡아타고 교외나 나가고 싶었다. 그러나 크림 맛을 못 본 지 몇 달이 된 낡은 구두, 구기적거린 양복바지, 양편 포켓이 오뉴월 쇠불알같이 축 처진 양복저고리, 땟국 묻은 와이셔츠와 배배 꼬인 넥타이, 엿장수가 2전어치 주마던 낡은 모자, 이렇게 아래로부터 훑어 올려보며 생각하니 교외의 산보는커녕 얼핏 돌아가서 차라리 이불을 뒤쓰고 드러눕고만 싶었다.

마침 기념 비각 앞에 자동차 하나가 머물더니 서양 사람 내외가 내린다. 그들은 사내가 설명하고 여자가 듣고 하면서 기념 비각을 앞뒤로 구경한다. 여자는 사진까지 찍는다.

대원군이 만일 이 꼴을 본다면…… 이렇게 생각하매 P는 저절로 미소가 입가에 떠올랐다.

3

대원군은 한말(韓末)의 돈키호테였다. 그는 바가지를 쓰고 벼락을 막으려 하였다. 바가지는 여지없이 부스러졌다. 역사는 조선이라는 조그마한 땅덩어리나마 너무 오래 뒤떨어뜨려 놓지 아니하였다.

갑신정변(甲申政變)에 싹이 트기 시작하여 가지고 한일 합방의 급격한 역사적 변천을 거치어 자유주의의 사조는 기미년에 비로소 확실한 걸음을 내어 디디었다.

자유주의의 새로운 깃발을 내어 건 시민의 기세는 등등하였다.

"양반? 흥! 누구는 발이 하나기에 너희만 양반이라느냐?"

"법률의 앞에서는 만인이 평등이다."

"돈…… 돈이 있으면 무어든지 할 수 있다."

신흥 부르주아지는 민주주의의 간판을 이용하여 노동자, 농민의 등을 어루만지고 경제적으로 유력한 봉건 귀족과 악수를 하는 동시에 지식 계급을 대량으로 주문하였다.

유자천금이 불여교자일권서(遺子千金不如敎子一卷書)라는 봉건 시대의 진리가 자유주의의 세례를 받아 일단의 더 발전된 얼굴로 민중을 열광시켰다.

"배워라, 글을 배워라……. 지식만 있으면 누구나 양반이 되고 잘살 수가 있다."

이러한 정열의 외침이 방방곡곡에서 소스라쳐 일어났다.

신문과 잡지가 붓이 닳도록 향학열을 고취하고 피가 끓는 지사(志士)들이 향촌으로 돌아다니며 3촌의 혀를 놀리어 권학(勸學)을 부르짖었다.

"배워라! 배워야 한다. 상놈도 배우면 양반이 된다."

"가르쳐라! 논밭을 팔고 집을 팔아서라도 가르쳐라. 그나마도 못하면 고학이라도 해야 한다."

"공자 왈 맹자 왈은 이미 시대가 늦었다. 상투를 깎고 신학문을 배워라."

"야학을 설치하여라."

재등(齋藤) 총독이 문화 정치의 간판을 내걸고 골고루 학교를 증설하였다. 보통학교의 교장이 감발을 하고 촌으로 돌아다니며 입학을 권유하였다. 생도에게는 월사금을 받기는커녕 교과서와 학용품을 대 주었다.

민간의 유지는 돈을 거둬 학교를 세웠다. 민립 대학도 생기려다가 말았다. 청년회에서 야학을 실시하였다. '갈돕회'가 생겨 갈돕만주 외우는 소리가 서울의 신풍경을 이루었고 일반은 고학생을 존경하였다.

여학생이라는 새 숙어가 생기고 신여성이라는 새 여인이 생겨났다.

이와 같이 조선의 관민이 일치되어 민중의 지식 정도를 높이는 데 진력을 하였다. 즉 그들 관민이 일치하여 계획한 조선의 문화 정도는 급속도로 높아 갔다. 그리하여 민중의 지식 보급에 애쓴 보람은 나타났다.

면 서기를 공급하고 순사를 공급하고, 군청 고원을 간이 농업 학교 출신의 농사 개량 기수(技手)를 공급하였다.

은행원이 생기고 회사원이 생겼다. 학교 교원이 생기고 교회의 목사가 생겼다. 신문 기자가 생기고 잡지 기자가 생겼다. 민중의 지식 정도가 높았으니 신문, 잡지 독자가 부쩍 늘고 의사와 변호사의 벌이가 윤택하여졌다.

소설가가 원고료를 얻어먹고, 미술가가 그림을 팔아먹고, 음악가가 광대의 천호(賤號)에서 벗어났다.

인쇄소와 책 장사가 세월을 만나고 양복점, 구둣방이 늘비하여졌다. 연애결혼에 목사님의 부수입이 생기고 문화 주택을 짓느라고 청부업자가 부자가 되었다. 그리하여 부르주아지는 '가보'를 잡고 공부한 일부의 지식꾼은 진주(다섯 끗)를 잡았다.

그러나 노동자와 농민은 무대를 잡았다. 그들에게는 조선 문화의 향상이나 민족적 발전이나가 도리어 무거운 짐을 지워 주었을지언정 덜어 주지는 아니하였다. 그들은 배(梨) 주고 속 얻어먹은 셈이다.

인텔리…… 인텔리 중에도 아무런 손끝의 기술이 없이 대학이나 전문학교의 졸업 증서 한 장을, 또는 조그만 보통 상식을 가진 직업 없는 인텔리…… 해마다 천여 명씩 늘어가는 인텔리…… 뱀을 본 것은 이들 인텔리다.

부르주아지의 모든 기관이 포화 상태가 되어 더 수효가 아니 느니 그들은 결국 꾐을 받아 나무에 올라갔다가 흔들리는 셈이다. 개밥의 도토리다.

인텔리가 아니었으면 차라리…… 일제시구자삭제일편자(日帝時九字削除一編者) 노동자가 되었을 것인데 인텔리인지라 그 속에는 들어갔다가도 도로 달아나오는 것이 99퍼센트다. 그 나머지는 모두 어깨가 축 처진 무직 인텔리요 무력한 문화 예비군 속에서 푸른 한숨만 쉬는 초상집의 주인 없는 개들이다. 레디메이드 인생이다.

4

"제길!"

P는 혼자 두덜거리며 지금까지 섰던 기념 비각 옆을 떠났다.

P는 자기 자신이고 세상의 모든 일이고 모두 짜증이 나고 원수스러웠다.

광화문 큰 거리를 총독부 쪽으로 어실어실 걸어가노라니 그의 그림자가 짤막하게 앞에 누워 간다. P는 그 자기의 그림자를 콱 밟고 싶었다. 그러나 발을 내어 디디면 그림자도 그만큼 앞으로 더 나가곤 한다. 이 그림자와 자기 자신에게, 그리고 그림자를 밟으려는 자기 자신과 앞으로 달아나는 그림자에게 P는 자기의 이중인격의 모순 상(相)을 발견하였다.

동십자각 옆에까지 온 P는 그 건너편 담배 가게 앞으로 갔다.

"담배 한 갑 주시오."

하고 돈을 꺼내려니까 담배 가게 주인이,

"네, '마꼬' 입니까?"

묻는다.

P는 담배 가게 주인을 한 번 거들떠보고 다시 자기의 행색을 내려 훑어 보다가 심술이 번쩍 났다. 그래서 잔돈으로 꺼내려던 것을 일부러 1원짜리로 꺼내 드는데 담배 가게 주인은 벌써 '마꼬' 한 갑 위에다 성냥을 받쳐 내어민다.

"해태 주어요."

P는 돈을 들이밀면서 볼멘소리를 질렀다. 그러나 담배 가게 주인은 그저 무신경하게,

"네!"

하고는 '마꼬'를 '해태'로 바꾸어 주고 85전을 거슬러 준다.

P는 저편이 무렴해하지 아니하는 것이 더욱 얄미웠다.

그는 '해태' 한 개를 꺼내어 붙여 물고 다시 전찻길을 건너 개천가로 해서 올라갔다. 인제는 포켓 속에 남은 것이 꼭 3원하고 동전 몇 푼이다. 엊그제 겨울 외투를 4원에 잡혀서 생긴 것이다.

방세와 전깃불 값이 두 달 치나 밀렸다. 3원은 방세 한 달 치를 주고 1원

에서 전등 샀 한 달 치를 주고도 싶었으나, 그러고 나면 그 나머지로 설렁탕이나 호떡을 사 먹어도 하루밖에는 못 지낸다. 그래, 그대로 넣어 두고 한 이틀 지내는 동안에 1원이 거진 달아났던 판인데, 공연한 객기를 부리느라고 당치도 아니한 '해태'를 샀기 때문에 인제는 1원 돈은 완전히 달아나고 3원만 남은 것이다.

P는 포켓 속에 손을 넣고 잔돈과 지폐를 섞어 3원 남은 돈을 만지작거렸다. 그러면서 왼편 손으로는 손가락을 꼽아 가며 3원을 곱쟁이 쳐 보았다.

6원, 12원, 24원, 48원, 96원, 백구십이 원, 8원 모자라는 이백 원……사백 원, 팔백 원, 천육백 원, 삼천이백 원, 육천사백 원, 일만 이천팔백 원, 팔백 원은 떼어 버리고 이만 사천 원, 사만 팔천 원, 구만 육천 원, 십구만 이천 원, 삼십팔만 사천 원, 칠십육만 팔천 원, 백오십삼만 육천 원…….

3원을 열여덟 번만 곱집으면 백오십삼만 원, 그놈이 있으면…… 이렇게 생각하매 어깨가 으쓱해졌다. 3원의 열여덟 곱쟁이가 백오십만 원이니 퍽 쉬운 일이다.

그놈만 있으면 백만 원을 들여서 50전짜리 16페이지 신문을 하나 했으면 우선 K 사장의 엉엉 우는 꼴을 볼 수가 있을 것이다.

그러나 아쉬운 대로 15만 원만 있어도, 일만 오천 원, 아니 천오백 원만 있어도, 아니 백오십 원만 있어도, 15원만 있어도 우선 방세와 전등 샀을 주고 한 달은 살아가겠다.

P는 한숨을 내쉬었다. 한 달? 한 달만 살고 나면 그담은 어떻게 하나? 그래도 몇백 원은 있어야지, 아니 몇천 원은, 아니 몇만 원은…….

P는 늘 하는 버릇으로 이런 터무니없는 공상을 되풀이하였다. 그는 최근 이러한 공상을 하면서부터 취직을 시들하게 여겼다. 취직이 된댔자, 4, 50원이나 5, 60원의 월급이다. 그것을 가지고 빠듯빠듯 살아간들 무슨 아기자기한 재미가 있을 턱도 없는 것이다.

가령 근실히 해서 월괘 저금(月掛貯金) 같은 것도 하고 집도 장만하고 여편네도 생기고 사장이나 중역들의 눈에 들어 지위도 부장쯤으로는 올라가고 그리하여 생활의 근거도 안정이 되고 하면 지금 같은 곤란을 당하지 아니하겠지만, 그러나 P에게는 아직도 젊은 때의 야심이 있어 그러한 고식된

안정이나 명색 없는 생활은 도리어 피하고 싶었던 것이다. 좀 더 남의 눈에 띄며 좀 더 재미있고, 그리고 자유로운 생활……

물론 그는 지금이라도 누가 한 달에 30원만 줄 테니 와서 일을 해 달라면 마치 주린 개가 고기를 보고 덤비듯이 덮어놓고 덤벼들 것이다. 그러나 속으로는 그와는 딴판으로 배포를 부리고 있는 것이다.

P가 삼청동으로 올라가느라고 건춘문 앞까지 이르렀을 때에 저편에서 말쑥하게 봄 치장을 한 여자 하나가 마주 내려왔다.

역시 삼청동 근처에 사는 여자인지 P와는 가끔 마주치는 여자다.

P는 그 여자와 만날 때마다 일부러 눈여겨보지 아니하는 체는 하면서도 실상은 고비샅샅 관찰을 하였고, 그리고 속으로는 연애라도 좀 했으면 하던 터였다. 무엇보다도 동그스름한 얼굴에 이목구비가 모두 모지지 아니하고 얼굴의 윤곽이 둥글듯이 모가 나지 아니한 것, 그래서 맘자리도 그렇게 둥글려니 하는 것이 P의 마음을 끈 것이다.

그 여자는 자주 만나는 이 협수룩한 양복쟁이 — P를 먼빛으로도 알아보았는지 처녀다운 조심스런 몸매로 길을 가로 비켜 가까이 왔다.

P는 고개를 꼿꼿이 쳐들고 앞만 쳐다보면서도 속으로는,

'저 여자가 지금 내 옆으로 다가와서 조그만 소리로 정답게 구애(求愛)를 한다면? 사뭇 들이 안긴다면…… 어쩔꼬?'

이런 생각을 하면서 히죽이 웃는데 어지는 벌써 지나쳐 버렸다.

'흥! 어쩌긴 뭘 어째? 이년아, 일없다는데 왜 이래! 하고 발길로 칵 차 내던지지.'

하고 P는 어깨를 으쓱하였다.

삼청동 꼭대기에 있는 집 — 집이 아니라 사글세로 든 행랑방에 돌아왔다. 객지에 혼자 있으니 웬만하면 하숙에 있을 것이로되 밥값에 밀리고 그것에 졸릴 것이 무서워 P는 방을 얻어 가지고 있었던 것이다.

먹는 것이야 수중에 돈이 있을 때에 따라 호떡도 설렁탕도 백화점의 런치도, 그렇잖고 몇 끼씩 굶기도 하여 대중이 없었다.

볕 구경을 잘 못해서 겨울에도 곰팡이가 슬고 이불을 며칠씩 그대로 펴두는 방바닥에서는 먼지가 풀신풀신 올랐다.

하도 어설퍼 앉으려고도 아니 하고 방 가운데 우두커니 서서 있노라니까 안방 문 여닫는 소리가 들리며 주인 노파가 나와서 캑 하고 기침을 한다. P는 또 방세 졸릴 일이 아득하였다.

그러나 노파는 방세보다도 우선 편지 한 장을 들이밀어 준다. 고향의 형에게서 온 것이다. 편지를 뜯어 읽고 난 P는 말가웃(一斗半)이나 되게 한숨을 푸 내쉬었다. 그러고는 편지를 박박 찢어 버렸다.

5

편지의 요건은 P의 아들에 관한 것이다.

P에게는 연전에 갈린 아내와의 사이에 생긴 창선이라는 아들이 있다. 금년에 아홉 살이다.

아내와 갈릴 때에 저편에서 다만 어린애만이라도 주었으면 그것을 데리고 길러 가는 재미로 혼자 사는 세상에 낙을 붙이겠다고 사정하였다. 그리고 적어도 중학까지는 마치게 하겠다는 것이었다. 그렇게 했으면 P도 한 짐을 덜었을 것이다. 그러나 그는 듣지 아니하였다.

어릴 적부터 소박데기 어미의 손에서 아비의 원망과 푸념을 들어 가면서 자란 자식은 자란 뒤에 그 아비에게 호감을 가지지 못한다. P는 자식을 꼭 찾고 싶은 것은 아니나 아무튼 장성하면 아비라고 찾아올 터인데 그때에 P는 이미 늙고 자식은 팔팔하게 젊은 놈이 제 어미를 소박한 아비라서 아니꼽게 군다면 그것은 차마 못 당할 노릇이다.

이러한 생각으로 P는 창선이를 내주지 아니한 것이다. 그러나 빼앗아 놓고 보니 인제 겨우 네댓 살밖에 아니 먹은 것을 자기 손으로 어찌할 수가 없다. 그리하여 할 수 없이 어렵사리 지내는 그 형에게 맡기어 놓고 다시 서울로 올라온 것이다. 보통학교에 다닐 나이가 되면 서울로 데려오겠다고 해두고.

P의 형은 작년에 조카를 보통학교에 입학시켰다. 그러나 극빈 축에 드는 집안인지라 몇 푼 아니 되는 월사금과 학비를 대지 못하여 중도에 퇴학시켰다. 애초에 입학시킬 상의로 P에게 편지를 했을 때에 P는 공부 같은 것

은 시켰자 소용이 없으니 차라리 뼈가 보드라운 때부터 생일(노동)을 시키라고 하였다. P의 형은 그러나 백부(伯父)의 도리로나 집안의 체면으로나 창선이를 생일을 시킬 수가 없었다. 차라리 손에 두어 헐벗기고 헐입히면서 공부도 시키지 못하니 제 아비인 P더러 데려가라고 작년부터 편지를 하던 터이다.

금년도 입학 시기가 당함에 P의 형은 P에게 수차 편지를 하였다. 금년에 입학을 시키지 못하면 명년에는 학령이 초과되어 들어 주지 아니할 것이니어서 데려다가 공부를 시키라는 것이다.

'그 어린 것이 굶기를 먹듯 하고 재주는 있으면서 남의 집 아이들이 학교에 다니는 것을 부러워하는 꼴은 차마 애처로워 볼 수가 없다. 차라리 이 꼴 저 꼴 보지 아니하는 것이 속이나 편하겠다.'

이번 편지에는 이러한 구절이 있고 끝에 가서,

'여비가 몇 원 변통되면 차를 태우고 전보를 칠 테니 정거장에 나와 데려가거라. 나도 웬만하면 객지에 혼자 있는 너에게 어린 자식을 떠맡기듯이 보내겠느냐마는 잘못하다가 그것을 굶겨 죽이겠기에 생각다 못하여 단행하는 것이다.'

이러한 말이 씌어 있었다.

P는 박박 찢은 편지를 돌돌 뭉쳐 방구석에 내던지고 한숨을 푸 내쉬었다.

인제는 자식을 데리고 있기가 피할 수 없이 되었는데 어떻게 했으면 좋을까 하는 것이다. 그는 형이 원망스럽고 아니꼬웠다. 굳이 제 아비를 따라 보낸다는 것이 아니라 부둥부둥 공부를 시키라는 것 때문이다. 기왕 서울로 보내나 시골서 데리고 있으나 고생시키기는 일반이니 차라리 시골서 일찍부터 생일이나 시켰으면 P에게는 여러 가지로 좋을 것이었다.

"흥! 체면! 공부! 죽어도 인텔리는 만들잖는다."

P는 혼자 이렇게 두덜거렸다.

"집에서 온 편지유? 무슨 걱정이 생겼수?"

말거리를 찾지 못하여 머뭇거리고 섰던 안방 노인이 동정이나 하는 듯이 이렇게 묻는다.

"아아니오."

P는 마지못해 코대답을 하였다.

"필경 무슨 걱정이 생긴 게구려!"

노인은 자기의 말거리를 만들려고 아니라는 데도 이렇게 걱정을 내어 놓는다.

"그게 모두 가난한 탓이지…… 저렇게 젊고 똑똑한 이가, 저게 모두 가난한 탓이야! 어디 구실(職業) 자리 말한다더니 아직 아니 됐수?"

"네, 아직……."

"거 큰일 났구려! 어서 돼야 할 텐데…… 나두 꼭 죽겠수…… 이 늙은 것이…… 돈 좀 마련되잖았수?……."

"네, 아직 좀……."

"저걸 어쩌나! 오늘은 물값이야 전깃불 값이야 사뭇 받으러 달려들 텐데!"

"며칠만 더 미루십시오. 설마하니 마나님이야 아니 드리겠습니까……."

"아무렴! 실수야 없을 줄 알지만 내가 하도 옹색하니깐 그러는 거지……."

P는 노인이 지껄이게 두어 두고 혼자 생각하였다. 전에 아는 집에서 셋방을 얻어 들었을 때에는 두 달이고 석 달이고 세가 밀려야 조르는 법이 없었다. 밀려도 조르지 아니하는 아는 집…… 이것이 P는 도리어 미안해서 이곳으로 옮겨온 것이다. 옮겨와 가지고 막상 졸림질을 당하니 미안해도 졸림질을 아니 하던 옛집이 그리워지는 것이다.

노인이 문을 가로막고 서서 수다스런 소리를 더 지껄이려고 하는데 마침 P의 동무 M과 H가 찾아왔다.

"어디 나가나?"

M이 그러잖아도 벌씸한 코를 한 번 더 벌씸하고 사이 벌어진 앞니를 내어 보이며 싱긋 웃는다.

몸집은 M과 같이 뚱뚱하지만 키가 작아 M의 뒤에 가려 섰던 H가 옆으로 나서며,

"안녕하시오."

하고 인사를 한다.

P는 싱긋이 웃었다. 이 M과 H는 같은 하숙에 있는데 두 사람은 곧잘 같이 돌아다닌다. 같이 가는 것을 나란히 세워 놓고 보면 하나는 키가 커서 우뚝하고, 하나는 키가 작아서 납작 붙어 가는 것 같다.

얼굴도 M은 우들부들한 게 정객 타입으로 생기었고 — 잘못하면 복싱 링에 내세워도 좋겠고 — H는 안존한 게 사무원 타입이다.

일상의 언행을 보아도 H는 무슨 이야기가 자기 전문인 법률에 관한 것에 다다르면 육법전서의 조목을 따르고 외우면서 이렇고 저렇고 하다고 설명을 하고, M은 동경서 학생××에 제휴를 했던 만큼, 그리고 전문이 정경과인 만큼 좌익 진영에서 쓰는 어투가 그대로 나온다.

"여전히 모두 동색(冬色)이 창연하군!"

P는 두 사람의 특특한 겨울 양복을 보고, 그리고 자기의 행색을 내려보며 웃었다.

M이 신을 벗고 들어와 먼지 앉은 책상 위에 걸터앉으며,

"춘래불사춘일세."

하고 한마디 왼다. H도 따라 들어와 한편에 앉으며 한마디 한다.

"아직 괜찮아……. 거리에서 보니까 동복 입은 사람이 많데……."

"괜찮기는 뭐 괜찮아……. 우리가 길로 돌아다니니까 사방에서 아이구야 소리가 들리데."

"왜?"

"봄이 발밑에서 짓밟히느라고."

"하하하하."

세 사람은 소리를 내어 웃었다.

"참, 시험 본 것 어떻게 되었소?"

P는 H가 일전에 총독부서 본 교원 채용 시험을 생각하고 물어보았다.

"말두 마시우……. 인제는 꼭 들어앉아 공부나 해 가지고 변호사 시험이나 치겠소."

사람이 별로 신통성도 없고, 그렇다고 여기저기 발련도 없어 취직이 여의하게 되지 못하는 것을 볼 때에 P는 가엾은 생각이 늘 들곤 하였다.

"가만있게⋯⋯. 어서 변호사 시험만 패스하게. 그러면 인제 내가 백만 원 짜리 주식회사를 조직해 가지고 자네를 법률 고문으로 모셔 옴세."

이것은 M이 늘 농삼아 하는 농담이다. M도 1년이나 취직 운동을 하면서 지냈건만 그는 되레 배포가 유하다. 좀 더 재빠르게 했으면 M은 벌써 취직 이 되었을지도 모르나 그는 타고난 배포와 그리고 남에게 아유구용을 하기 싫어하는 성질로 말하자면 취직 전선의 낙오자다.

별로 만나야 할 일도 없다. 그러나 제가끔 혼자 있으면 우울해지니까 이 렇게 서로 찾으며 자주 만나게 된다. 만나 앉아서 이야기라도 지껄이면 그 동안만은 명랑하여진다. 지금 서울 안에 P니 M이니 H와 같이 매일 만나 하는 일 없이 돌아다니고 주머니 구석에 돈푼 있으면 서로 털어 선술잔이 나 먹고 하는 룸펜의 패가 수없이 많다.

무어나 일을 맡기었으면 불이 번쩍 일게 해낼 팔팔할 젊은 사람들이다. 그렇건만 그들은 몸을 비비 꼬고 있다.

아무 데도 용납지 못하는 사람들이다. ××적 ××에서 그들을 불러들이 기에는 ××적 ××의 주관적 정세가 너무도 미약하다. 그것은 그들의 몇 부분이 동경서 학생으로 있을 시절에는 그 속에서 활발하게 ××를 계속하 던 것이 조선에 나오면서 탈리되는 것으로 보아 그러한 해석을 내리지 아 니할 수가 없다.

그렇다고 부르주아지의 기성 문화 기관에 들어가자니 그곳에서는 수요 를 찾지 아니한다. 레디메이드로 된 존재들이니 아무 때라도 저편에서 필 요해야만 몇씩 사들여 간다.

M이 '마꼬'를 꺼내 놓고 붙여 문다. P는 포켓 속에 들어 있는 '해태'를 차마 내놓기가 낯이 따가워 M의 '마꼬'를 집어 당겼다.

P는 설명을 시작한다. P는 자신 그러한 장난 비슷한 공상은 하면서 일단 해 보라고 하면 주저할 것이지만, 어쨌거나 그랬으면 통쾌하리라는 것이 다.

"먼첨 경무국에 들어가서 아주 까놓고 이야기를 한단 말이야. 우리가 지 금 대상으로 하고 있는 것은 총독부가 아니라 조선의 소위 민간 측 유지들 이니까 간섭을 말아 달라고."

"그러면 관허(官許) 메이데이로구만."

"그래, 관허도 좋아……. 그래 가지고는 거기에다가는 뭐라고 쓰느냐 하면 '우리에게 향학열을 고취한 놈이 누구냐?' 어때?"

"좋 — 지."

"인텔리에게 직업을 내라……. 이렇게 노래를 지어 부르거든."

"응, 유지와 명사의 가면을 박탈시키라고 — 한 몇십 명이 그렇게 데모를 한단 말이야."

"하하하하."

M은 이렇게 웃고, H는 시원찮은 핀잔을 준다.

"듣그럽소 여보……. 아, 벌써 멀끔멀끔한 양복쟁이들이 종로 네거리로 기를 받고 그렇게 다녀 봐! 애들이 와서 나 광고지 한 장 주! 하잖나."

"하하하하."

"허허허허."

창밖에서 냉이 장수가 싸구려 소리를 외치고 지나간다. M이 그에 응하여,

"이크, 봄을 덤핑하는구나."

"흥, 경제학자라 다르군……. 참, 우리 하숙에서는 채소를 좀 먹여 주어야지!"

"밥값을 잘 내 보지."

"그도 그렇지만."

"나는 석 달 치 밀렸네."

"나도 그렇게 될걸."

"그러니까 나처럼 이렇게 아파트 생활을 해요."

이것은 P의 말이다. 아파트라고 말해 놓고 서글퍼서 허허 웃었다.

"조선식 아파트! 그렇지만 우리가 아파트 생활을 했다면 아마 두어 달 전에 굶어 죽었을걸."

"나는 돈을 보면 초면 인사를 해야 되겠네……. 본 지가 하도 오래라서 낯을 잊었어."

"여보게."

하고 M이 의젓하게 H를 달군다.

"돈 구경한 지 오래 됐다지?"

"응."

"존 수가 있네."

"자네 책 좀 삼사(三四) 구락부에 보내세."

"싫으이."

"자네 돈 구경하고……. 구경하고 나서 그놈으로 한잔 먹고……."

"한잔 말이 났으니 말이지 요즘 같으면 술이나 실컷 먹고 주정이라도 했으면 속이 시원하겠네."

"그러니까 말이야……. 가세. 가서 다섯 권 잽혀."

"일없다."

"내가 찾아 주지."

"흥."

"정말이야."

"싫어."

6

그날 밤.

P와 M은 H를 졸라 그의 법률책을 잡혀 돈 6원을 만들어 가지고 나섰다.

선술집에 가서 엔간히 취하도록 먹은 뒤에 C라는 카페에 가서 술 두 병을 놓고 자정이 되도록 노닥거렸다. 그곳에서 나올 때는 6원 돈이 2원 남았다. 2원의 처지를 생각하다 세 사람은 일제히 동관으로 가기로 하였다.

세 사람이 모두 다리가 비틀거렸다. 다 쓰러져 가는 초가집을 세 사람이 아는 집 들어서듯 쑥쑥 들어서니,

"들어오십시오."

"어서 오십시오."

하고 머리 딴 계집애와 배가 북통 같은 애 밴 계집이 마루로 나선다.

P가 무심결에 '해태' 갑을 꺼내어 무니까 머리 딴 계집애가 P의 목을 얼

싸안고 불에다 입을 쪽 맞추더니,

"나도 하나."

하고 손을 벌린다. P는 기가 막혀 담뱃갑을 내미는데 H와 M은 박수를 하며,

"브라보……."

하고 굉장하게 큰 소리로 외친다.

건넌방에 들어가 앉으니 마루에서 따그락따그락 소리가 난다. 배부른 계집은 푸대접을 받고 머리 딴 계집애가 H와 M의 손으로 옮아 다니면서 주물린다. 깩깩 소리를 지르며 엄살을 한다. 말을 붙이고 대답을 주고받고 하는 것이 H와 M은 전에 한 번 와 본 집인 듯하다.

잔은 사발만 한데 술 주전자는 눈알만 하다. 술을 부어 놓으니 M이 척 받아 놓고는 노래를 투정한다. 계집애는 그보다 더 약아서 제가 그 술을 쭉 들이마시고는 빈 잔만 M의 입에 대어 준다.

P는 개숫물같이 밍밍한 술을 두어 잔 받아먹는 동안에 비위가 콱 거슬려서 진정하느라고 드러누웠다.

H가 계집애를 무릎에 올려놓고 신이 나게 노래를 부른다. 물론 고저도 장단도 맞지 아니하는 노래다.

M이 애 밴 계집을 실컷 시달려 주다가 머리 딴 계집애를 빼앗아 가더니 귀에 대고 무어라고 속삭인다. 그러면서 둘이서 언해 P를 선너다보며 싱긋벙긋 웃는다.

조금 있다가 계집애가 P에게로 오더니 귀에다 입을 대고 속삭인다.

"저이가 나더러 당신하고 오늘 저녁…… 응, 어때?"

"그래라."

P는 불쑥 성난 것처럼 대답했다.

"아이! 싱거워!"

계집애는 P를 한 번 꼬집어 주고 다시 M에게로 달아났다. M에게로 가서 또 무어라고 속삭거리더니 재차 와 가지고는 귓속말을 한다.

"자고 가, 응."

"그래, 글쎄."

“꼭.”

“응.”

“정말.”

“응.”

술은 네 주전자가 들어왔는데 세 사람 손님은 두서너 잔씩밖에 아니 먹었다. 그 나머지는 다 저희가 먹었다. 계집애가 술이 곤주가 되게 취해 가지고 해롱해롱 까분다.

술값을 치르는 것을 보고 P도 따라 일어섰다. M이 몸뚱이로 슬쩍 밀어서 방 안으로 들여보내고 뒤에서 계집애가 양복 뒷깃을 잡아당긴다.

“그래라, 자고 간다.”

P는 방 가운데 벌떡 드러누웠다.

“너희 집이 어디냐?”

계집애가 옆에 와서 앉는 것을 보고 P가 물었다.

“××도 ××.”

“언제 왔니?”

“작년에.”

P는 몸을 일으켰다. 또 속이 왈칵 뒤집혀 좀 더 진정하려고 하는 생각인데 계집애가 콱 밀어뜨린다.

“나이 몇 살이냐?”

“열여덟.”

“부모는?”

“부모가 있으면 여기서 이 짓을 해?”

“왜, 이 짓이 나쁘냐?”

“흥…… 나도 사람이야.”

“에꾸! 나는 제가 신선일 줄 알았더니 인제 보니까 사람이로구나!”

“듣그러!”

계집에는 눈을 쪽 흘기고는 갑자기 웃으면서 P의 목을 끌어안는다.

“자고 가, 응.”

“우리 마누라한테 자볼기 맞고 쫓겨난다.”

"그러면 나한테 와서 나하고 살지……. 여기 내 빚 80원만 물어 주면……."

"80원이냐?"

"응."

"가겠다."

P는 또 일어나려는 것을 계집이 껴안고 놓지 아니한다.

"자고 가……. 내가 반했어."

"아서라."

"정말!"

"놓아."

"아니야, 안 놓아. 자고 가요, 응……. 자고…… 나 돈 좀 주어."

"돈? 내가 돈이 있어 보이니?"

"돈소리가 절렁절렁 나는데."

미상불 P의 포켓 속에는 아까부터 잔돈 소리가 잘랑거렸다.

"자고 나 돈 조…… 금 주고 가, 응."

"얼마나?"

"암만도 좋아…… 50전도, 아니 20전도."

계집애의 말이 떨어지기도 전에 P는 불에 덴 것같이 벌떡 일어섰다. 일어서면서 그는 포켓 속에 손을 넣어 있는 대로 돈을 움켜쥐고 방바닥에 홱 내던졌다. 1원짜리 지전 두 장과 백동전이 방바닥에 요란스럽게 흐트러진다.

"앗다, 돈!"

내던지고는 P는 뛰어나왔다. 그의 눈에는 눈물이 괴었다.

7

P는 정조적(貞操的)으로 순진한 사나이가 아니다.

열네 살 때 소꿉질 같은 장가를 갔고 그 뒤 동경 가서 있을 동안에 거기 여자와 살림도 하였다. 조선에 돌아와 직업을 가지고 있는 사이에 기생과 사귀어 한동안 죽을 둥 살 둥 모르게 지내기도 하였다.

그 밖에도 정 두어 지낸 여자가 두엇 더 있다. 그러나 삼십이 되도록 지금까지 유곽을 가거나, 은근짜 집을 가거나, 동관의 색주가 집에 가서 잠자리를 한 일은 없다.

그것은 P의 괴벽이다. 어떠한 여자를 물론 하고 그가 정이 들지 아니한 여자이면 절대로 관계를 아니 한다는 것이다.

그 대신 한번 P의 눈에 들고, 따라서 정이 들면 아무것도 돌아보지 아니하고 심각한 열정에 맡기어 완전히 그 여자를 움켜쥐어 버리며 또한 그 여자에게 전부를 내주어 버린다. 그리하여 그는 늘 all or nothing을 말한다.

이것이 처세상 퍽 이롭지 못한 것을 P도 잘 안다. 또 공연한 승벽이요 고집인 줄 알건만 그는 그것을 고치지 못한다.

이날 밤에도 그는 그 계집애를 조금도 어떻게 하겠다는 생각은 나지 아니하였다.

술 취한 끝에 속이 괴로우니까 진정을 하자는 판인데 '50전, 아니 20전도 좋아' 하는 소리에 버쩍 흥분이 된 것이다.

너무도 인간이 단작스럽고 악착스러운 것 같았다. P가 노상 보고 듣는 세상이 돈을 중간에 놓고 악착스럽게 으르릉으르릉하는 것임을 모르는 바는 아니나 정조 대가로 일금 20전을 요구하는 것은 처음 보았다.

P는 그러한 여자가 정조를 파는 데 무신경한 것도 잘 알고 있으며, 따라서 그것이 비도덕이니 어쩌니 하는 것도 아니다. 그의 관점과 해석은 그런 것보다 더 나아간 입장에 있었다.

그러나 '20전만 주어도……' 소리에는 이것저것 생각하고 헤아릴 나위도 없었다. 더럽고 얄미우면서도 눈물이 괴었다. 3원쯤 되는 전 재산을 털어 내던지고 정신없이 뛰어나온 것이었다.

술 취한 P를 혼자 남겨 둔 H와 M은 골목에서 기다리고 서 있었다. P가 뛰어나온 것을 보고 그들은 우선 농을 건넨다.

"한턱하오."

"장가간 턱하게."

P는 고개를 흔들었다. 그리고 멍하니 서서 생각을 하였다.

다분의 가면 밑에서 꿈틀거리는 인도주의에 몹시 증오를 느끼는 P는 이 날 밤 자기의 행동을 어떻게 해석할지 몰라 괴로워하였다.

내일을 굶어야 할 돈이지만 돈이 아까운 것이 아니다. 정조 값으로 20전을 주어도 좋다는데, 왜 정조는 퇴하고 돈만 있는 대로 털어 주었는가? 왜 눈에 눈물이 괴는가?

8

P는 머리가 띵하고 속이 뉘엿거리어 정신을 차릴 수가 없었다. 그는 두 친구에게 인사도 변변히 하지 아니하고 코를 베인 듯이 삼청동으로 올라왔다. 어서 바삐 좀 드러눕고만 싶었던 것이다.

아무리 방구들은 차고 지저분하게 늘어놓았어도 제 처소는 반가운 것이다. 더구나 몸이 괴로울 때는!

P는 누더기 양복이나마 벗으려고도 아니 하고 그대로 펴 두었던 이부자리 속에 몸을 파묻었다. 드러누우니 취기가 새삼스레 더하여 영영 옷 벗을 생각도 잊어버리고 그대로 잠이 들었다.

얼마를 자고 났는지 괴로워 부대끼다 못하여 잠이 깨었을 때는 목이 타는 듯이 말랐다. 물은 없다. 물이 없어 못 먹느니라 생각하니 목은 더 말랐다.

밤은 어느 때나 되었는지 짐작할 수가 없다. 전등은 그대로 켜져 있다. 밖에서는 사람 지나다니는 발자국 소리도 들리지 아니한다. 전차 달리는 소리도 들리지 아니하고, 가끔가다가 자동차의 경적이 딴 세상의 소리같이 감감하게 들리어 온다.

밤이 깊지 아니했으면 잠긴 안대문을 두드려 주인 노인에게라도 물을 청하겠지만 깊은 밤에 그리하기도 미안하다. 그것도 방세나 여일하게 내었을 제 말이지 얼굴 대하기를 이편에서 피하는 판에 차마 못 할 일이다. 물지게 장수의 삐득거리는 소리가 들리나 하고 귀를 기울였으나 감감히 소리가 없다.

몸은 더욱더욱 말라 들어온다. 입술이 바싹 마르고 입 안에 침기가 없고 목구멍이 바삭바삭 소리가 날 듯이 마르고, 그러고는 창자 속까지 말라 내려가는 듯하다.

금방 미칠 듯하다. 눈앞에 용용하게 흘러가는 푸른 한강이 어릿어릿하고 쏴 쏟아지는 수통 꼭지가 보이는 듯하다.

P는 배고픈 고비는 많이 겪어 보았으나 이대도록 목마른 참은 당하기 처음이다.

배는 고프면 기운이 없어 착 가라앉을 뿐이었지만 목이 극도로 마름에는 금세 미치고 후덕후덕 날뛸 것 같다.

일어나서 삼청동 꼭대기로 올라가면 산골짜기의 물도 있고 또 우물도 있기는 하다. 그러나 이 어두운 밤에 어디가 어디인지 보이지 아니할 테고, 또 우물에는 두레박도 없을 것이다.

겨우겨우 참아 가며 몇 시간을 삐대었다. 실상 1시간도 못 되는 동안이지만 P에게는 여러 시간인 듯만 싶었다.

그런 뒤에 겨우 물지게 소리를 듣고 그는 수통이 있는 곳을 찾아 뛰어나갔다.

사정 이야기도 변변히 하지 아니하고 쏟아지는 수통 꼭지에 매어 달리어 한 동이는 되리만큼 냉수를 들이켰다. 물장수가 어이가 없어 물끄러미 치어다보고만 있다가 P의 꾸벅하고 돌아서는 등 뒤에다 혀를 끌끌 찬다.

밤보다도 더 다급하게 그립던 물을 실컷 들이켜고 나니 찌뿌드드하게 엉킨 듯 불쾌하던 취기(醉氣)도 적이 걷히고 정신이 말쑥하여졌다.

P는 새삼스레 양복을 벗어 던지고 다시 자리에 파묻혔다. 인제는 잠이 10리나 달아나고 눈이 초랑초랑하여진다. 그러면서 어젯밤 일이 머리에 떠오른다.

그것은 마치 못 먹을 것을 먹은 것처럼 꺼림칙한 기억이다. 아무렇게나 씻어 넘겨 버리재도 그러나 머리 한구석에 박혀 가지고 사라지려 하지 아니하는 어룽(斑點)과 같다. 어떻게 해서라도 시원스러운 해석을 내리고라야 마음이 놓일 것 같다.

정조 대가(貞操代價)로 일금 20전을 부르는 여자…….

방금 세상에는 한 번 정조를 빼앗긴 것으로 목숨을 버려 자살하는 여자도 있다. 그러는 한편 '20전도 좋소.' 하는 여자가 있다.

여자의 정조가 그것을 잃었다고 자살을 하도록 그다지도 고귀한 것이라면 '20전에라도 팔겠소.' 하는 여자가 눈을 멀끔멀끔 뜨고 있는 사실은 무엇으로 설명할 것인가?

또 정조를 '20전에도 팔겠소.' 하는 여자가 있도록 그것이 아무렇지도 아니한 것이라면 그것을 한 번 빼앗긴 때문에 생명을 내버리는 여자가 있는 것은 무엇으로 설명할 것인가?

이 두 여자가 모두 건전한 양심의 소유자라고 볼 수는 없다.

그러나 그 가운데 나무라기로 들면 차라리 정조를 빼앗긴 것으로 자살한 여자를 나무랄 것이지 '20전에 팔겠소.' 하는 여자는 나무랄 수가 없다.

열여섯 살부터 시작하여 이래 3년이나 색주가 집으로 굴러다니는 여자다.

언제 누구에게 귀떨어진 도덕관념이나 정당한 인생관을 얻어들은 적이 없을 것이다.

술잔을 들고 앉아 한 잔이라도 오는 손님에게 더 먹이어 한 푼어치라도 주인의 수입을 도와주면 칭찬이 오니 그만이다.

"고년 어여쁘다. 나하고 ××."

하고 손님이 말하면 그에 좇아 비록 조발(早發)일지언정 생리적 만족을 얻는 한편 그야말로 단돈 20전이라도 벌면 그만이다.

옆에서 그것을 시키기는 할지언정 그것이 나쁘다고 가르쳐 주는 사람이 있을 턱이 없는 것이다. 사실 일반 매춘부가 정조적으로 양심을 가진 듯이 보인다는 것은 그 대부분이 되레 한 가식(假飾)에 지나지 못하는 것이다.

그것은 그들에게 있어서 일종의 정당성을 가진 노동인 것이다. 그러나 그것을 보고 불쌍하다고 여기고 동정을 하는 것은 의문의 패은이다.

지금 세상은 정당한 성도덕(性道德)이 서 있는 때도 아니다.

그것은 한 세대(世代)에 여러 가지의 시대사조가 얼크러져 있는 때문이다. 그러니까 여자의 정조에 대하여도 일률적으로 선악과 시비를 가릴 수 없는 것이다.

하룻밤 몸값으로 '20전도 좋소.' 하는 여자, 그에게는 다른 사람이 갖는 성도덕도 없고, 따라서 자신을 타락이라서 슬퍼하지도 아니한다. 그 여자 자신을 나무랄 필요도 없는 것이요, 동정할 여지도 없는 것이다. 그 여자 자신은 결코 불쌍한 사람이 아니다.

예수의 사랑(?)도 아무리 그 사랑이 크고 넓다 했을지언정 그것은 '불쌍한 사람', '죄지은 사람'에게 미칠 수 있는 것이다.

'불쌍하지 아니한', '죄짓지 아니한' 등과의 색주가 계집애에게는 누구의 동정이나 사랑도 일없는 것이다.

'뭣? 관념적이라고?'

그렇다. 관념적이라도 할 수 없다. 그러나 그것은 그 여자의 주관을 객관화한 것이다.

또 그 병적 현실에 메스를 대는 것은 집단의 역사적 문제이지만, 룸펜 인텔리의 결벽과 흥분쯤으로는 문제가 되지 아니한다.

다만 취객이 3원 각수를 던져 주었으므로 해서 그 여자는 감격 없는 기쁨을 맛보았을 뿐일 것이다.

'이게 웬 떡이냐……. 어제저녁에 꿈이 괜찮더니 이런 땡을 잡을 양으로 그랬구나……. 웬 얼간 망둥이냐.'

그 계집애는 응당 그렇게밖에는 더 생각되지 아니하였을 것이다. 그것이 결코 무리가 없는 당연한 일이다.

P는 여기까지 생각하고 입맛 쓴 고소를 띠었다.

"흥! 되지 못하게…… 장님이 눈병 앓는 사람더러 불쌍하다고 한 셈인가."

P는 돌아누우면서 혀를 끌끌 찼다.

9

1934년의 이 세상에도 기적이 있다.

그것은 P가 굶어 죽지 아니한 것이다. 그는 최근 일주일 동안 돈이 생긴 데가 없다. 잡힐 것도 없었고 어디서 벌이한 적도 없다. 그렇다고 남의 집 문 앞에 가서 '밥 한술 주시오.' 하고 구걸한 일도 없고 남의 것을 훔치지도 아니하였다.

그러나 그동안 굶어 죽지 아니하였다. 야위기는 하였지만 그래도 멀쩡하게 살아 있다. P와 같은 인생을 이 세상에 하나도 없이 싹 치운다면 근로하는 사람이 조금은 편해질는지도 모른다.

P가 소(小) 부르주아지 축에 끼는 인텔리가 아니요 노동자였다면 그동안 거지가 되었거나 비상 수단을 썼을 것이다. 그러나 그에게는 그러한 용기도 없다. 그러면서도 죽지 아니하고 살아 있다. 그렇지만 죽기보다 더 귀찮은 일은 그를 잠시도 해방시켜 주지 아니한다.

그의 아들 창선이를 올려보낸다고 어제 편지가 왔고, 오늘은 내일 아침에 경성역에 당도한다는 전보까지 왔다.

오정 때 전보를 받은 P는 갑자기 정신이 난 듯이 쩔쩔매고 돌아다니며 돈을 마련하였다. '최소한도 20원은……' 하고 돌아다닌 것이 석양 때 겨우 15원이 변통되었다.

종로에서 풍로니 냄비니 양재기니 숟갈이니 무어니 해서 살림 나부랭이를 간단하게 장만하여 가지고 올라오는 길에 전에 잡지사에 있을 때 안 ××인쇄소의 문선 과장을 찾아갔다.

월급도 일없고 다만 일만 가르쳐 주면 그만이니 어린아이 하나를 써 달라고 졸라 댔다.

A라는 그 문선 과장은 요리조리 칭탈을 하던 끝에 ― 그는 P가 누구 진한 사람의 집 어린애를 천거하는 줄 알았던 것이다.

"보통학교나 마쳤나요?"
하고 물었다.

"아아니오."
P는 솔직하게 대답하였다.

"나이는 몇인데?"

"아홉 살."

"아홉 살?"
A는 놀라 반문을 하는 것이었다.

"기왕 일을 배울 테면 아주 어려서부터 배워야지요."

"그래도 너무 어려서 원, 뉘 집 애요?"

"내 자식 놈이랍니다."

P는 그래도 약간 얼굴이 붉어짐을 깨달았다. A는 이 말에 가장 놀라운 듯이 입만 벌리고 한참이나 P를 물끄러미 바라다본다.

"왜? 내 자식이라고 공장에 못 보내란 법 있답니까?"

"아니, 정말 그래요?"

"정말 아니고."

"괜히 실없는 소리……. 자제라고 해야 들어줄 테니까 그러시지?"

"아니, 그건 그렇잖아요. 내 자식 놈이야요."

"그럼 왜 공부를 시키잖구?"

"인쇄소 일 배우는 것도 공부지."

"그건 그렇지만 학교에 보내야지."

"학교에 보낼 처지가 못 되고 또 보낸댔자 사람 구실도 못 할 테니까……."

"거참, 모를 일이오. 우리 같은 놈은 이 짓을 해 가면서도 자식을 공부시키느라고 애를 쓰는데, 되레 공부시킬 줄 아는 양반이 보통학교도 아니 마친 자제를 공장엘 보내요?"

"내가 학교 공부를 해 본 나머지 그게 못 쓰겠으니까, 자식은 딴 공부를 시키겠다는 것이지요."

"글쎄 정 그러시다면 내가 내 자식 진배없이 잘 데리고 있으면서 일이나 착실히 가르쳐 드리리다마는…… 원 너무 어린데 애처롭잖아요?"

"애처로운 거야 애비 된 내가 더하지만, 그것이 제게는 약이니까……."

P는 당부와 치하를 하고 인쇄소를 나왔다. 한 짐 벗어 놓은 것같이 몸이 가뿐하고 마음이 느긋하였다. 그는 집으로 올라가는 길에 싸전에 쌀 한 말을 부탁하고 호배추도 몇 통 사들였다. 그렁저렁 5원을 썼다.

10원 남은 중에 주인 노인에게 6원을 내주니 입이 귀밑까지 째진다. 그 끝에 P가 사 온 호배추를 내주며 김치를 담가 달라고 하니 선선히 응낙한다. 그리고 자식을 데리고 자취를 하겠다니까 깍두기나 간장이나 된장 같은 것을 아까운 줄 모르고 날라다 주고 한다.

10

이튿날 전에 없이 첫 새벽에 일어나 P는 서투른 솜씨로 화로 밥을 지어 놓고 정거장으로 나갔다.

그의 형에게서 온 편지에 S라는 고향 사람이 서울 올라오는 길에 따라 보낸다고 했으니까 P는 창선이보다도 더 낯이 익은 S를 찾았다. 과연 차가 식식거리고 들어서매 인간을 뱉어 내놓은 찻간에서 S가 창선이를 데리고 두리번거리며 내려왔다.

어디서 생겼는지 새까만 고쿠라 양복을 입고 이화 표 붙은 학생 모자를 쓰고 거기다가 보따리를 하나 지고 무엇 꾸린 것을 손에 들고 차에서 내리는 어린아이……. 저게 내 자식이니라 생각하니 P는 어쩐지 속으로 얼굴이 붉어지며 한편 가엾기도 하였다.

S가 두 손에 짐을 가득 들고 두리번거리다가 가까이 온 P를 보고 반겨 소리를 지른다. 창선이가 모자를 벗고 학교식으로 경례를 한다. 얼굴은 네 댓 살 적에 보던 것보다 더 한층 저의 외가를 닮았다. P는 그것이 몹시 불만이었다.

"그새 재미가 좋았니?"

S의 하는 첫인사다.

"뭘 그저 그렇지……. 괜한 산 짐을 지고 오느라고 애썼네."

P는 이렇게 인사 겸 치하를 하였다.

"원 천만에……. 그 애가 나이는 어려도 어떻게 속이 찼는지……. 너 늬 아버지 알아보겠니?"

S는 창선이를 돌아보며 웃는다. 창선이는 고개를 숙이고 수줍은지 아무 대답도 아니 한다.

P는 S와 창선이를 데리고 구름다리로 올라왔다.

"저의 외할머니가 저 양복이야 떡이야 모두 해 가지고 자네 댁에까지 오셨더라네……. 오셔서 어제 떠나는데 정거장까지 나오셨는데 여러 가지 신신당부를 하시데…… 자네에게 전하라고."

S는 P가 그다지 듣고 싶지도 아니한 이야기를 뒤따라오며 늘어놓는다.

그의 가슴에는 옛날의 반감이 솟쳐 올랐다.

"별걱정 다 하던 게로군…… 내 자식 내가 어련히 할까 봐 쫓아다니면서 그래……"

"그래도 노인들이라 어디 그런가…… 객지에서 혼자 있는데 데리고 있기 정 불편하거든 당신께로 도로 보내게 하라고 그러시데."

"그 집에 내 자식이 무슨 상관이 있어서 보내라는 거야? 보낼 테면 그때 데려왔을라구……"

P는 그것이 모두 그와 갈린 아내의 조종인 줄 알기 때문에 더구나 심정이 났다. 화가 나는 대로 하면 어린아이가 입고 온 양복도 벗겨 내던지고 싶었으나 참았다.

11

일찍 맛보지 못한 새살림을 P는 시작하였다.

창선이가 도착한 날 밤.

창선이는 아랫목에서 색색 잠을 자고 있다. 외롭게 꿈을 꾸고 있으려니 생각하매 전에 없던 애정이 솟아오르는 듯하였다.

이튿날 아침 일찍 창선이를 데리고 ××인쇄소에 가서 A에게 맡기고 안 내키는 발길을 돌이켜 나오는 P는 혼자 중얼거렸다.

"레디메이드 인생이 비로소 겨우 임자를 만나 팔리었구나."

치숙

- 채만식 -

작품 정리

이 작품은 1937년 동아일보에 발표된 단편 소설로, 〈레디메이드 인생〉과 마찬가지로 무능한 인텔리를 묘사하고 있으며, 인물의 제시 방법 중에서 간접적 제시 방법의 특성을 잘 보여 주고 있다. 인물의 간접적 제시 방법은 행동이나 대화 또는 배경 묘사를 통해 인물의 성격이나 심리 상태를 드러내는 것으로 이 작품에는 조카인 '나'의 대화 속에서 아저씨의 성격을 제시하고 있다. 대학 교육까지 마친 아저씨가 사회주의 활동을 하다가 감옥살이를 하고 이제는 병이 들어 폐인이 되다시피 한 사실을 '나'라는 주인공을 통해 비판하는 내용이다.

이 작품은 1인칭 주인공이 혼자서 이야기를 지껄이는 형식으로 일관하고 있다. 또한 일본 군국주의가 우리나라를 식민지로 점령하여 경제적 수탈과 정치적·문화적 탄압을 서슴지 않던 시대를 배경으로 하고 있으며, 자조와 비판을 바탕으로 사회에 대한 풍자를 주조로 하고 있다. 그리고 그것은 '칭찬 — 비난의 역전 기법'으로 사상의 자유로운 토론을 금지하는 일제의 강압 통치를 조롱하는데, 바로 이 점이 작가 채만식의 날카로운 비판 의식을 보여 준다.

이 작품의 배경이 되는 일제 강점기의 탄압 국면 속에서 당시 지식인들은 독립운동이나 사회주의 운동을 지속하기는커녕 당장의 생계를 해결할 수 있는 생업을 찾지도 못하고 실의와 절망에 빠져 있었다. 지식인의 몰락은 자조와 절망을 가져왔으며, 그것은 다시 당시 지식인을 비참한 지경으로 몰고 간 시대 및 사회에 대한 비판으로 이 소설에서 표출되고 있다.

작품 줄거리

아저씨는 나이가 서른셋이나 되고 일본에서 대학까지 나왔는데도 아직도 정신을 차리지 못한다. '나'가 보기에는 도무지 철이 들지 않아서 딱하기만 할 뿐이다. 열여섯 살에 아저씨에게 시집

와서 온갖 고생을 한 착한 아주머니를 친정으로 쫓아내고 신교육을 받은 여학생과 살림을 차린다. 사회주의 운동을 하다가 감옥살이 5년 만에 풀려났을 때, 아저씨는 폐병 환자가 된다.

식모살이로 돈을 모아 이제 좀 편히 살아 보려던 참이었던 아주머니는 아무짝에도 쓸모없게 된 '아저씨'를 데려가 정성껏 구완하여 병도 조금씩 차도를 보인다. 아저씨는 병이 좀 낫자 또 사회주의 운동을 하겠다는 철없는 궁리만 한다. '나'가 보기에 경제학을 공부했다면서 이제는 정신을 차리고 돈을 벌어서 아주머니에게 은혜를 갚을 생각은 하지 않고, 남의 재산을 빼앗아 나누어 먹자는 불한당질을 또 하겠다는 것을 보면 아저씨는 분명 헛공부한 게 틀림없다고 생각한다.

'나'는 일본인이 경영하는 상점에서 일을 하며 주인에게 잘 보여 밑천을 마련한 후, 일본 여인과 결혼하고 일본인처럼 이름과 생활 방식도 바꿔 부자로 살아가는 것이 일생의 꿈이다. 하지만 아저씨는 이런 내 이야기를 듣고 나를 딱하게 여긴다. 나도 아주머니가 고생하는 것에 대해서 조금도 미안함을 느끼지 않고 밤낮 사회주의 운동만 할 궁리를 하는 아저씨가 한심스럽기만 하다.

핵심 정리

· 갈래 : 단편 소설
· 시점 : 1인칭 관찰자 시점
· 배경 : 일제 강점기 서울
· 주제 : 일제 식민 통치와 사회주의 사상의 대립
· 출전 : 동아일보

치숙

　우리 아저씨 말이지요? 아따 저 거시기, 한참 당년에 무엇이냐 그놈의 것, 사회주의라더냐 막덕이라더냐, 그걸 하다 징역 살고 나와서 폐병으로 시방 앓고 누웠는 우리 오촌 고모부 그 양반……

　뭐, 말도 마시오. 대체 사람이 어쩌면 글쎄…… 내 원!

　신세 간데없지요.

　자, 10년 적공(10년 동안 많은 공을 들임), 대학교까지 공부한 것 풀어먹지도 못 했지요, 좋은 청춘 어영부영 다 보냈지요, 신분에는 전과자라는 붉은 도장 찍혔지요, 몸에는 몹쓸 병까지 들었지요.

　이 신세를 해 가지골랑은 굴속 같은 오두막집 단칸 셋방 구석에서 사시장철 밤이나 낮이나 눈 따악 감고 드러누웠군요.

　재산이 어디 집 터전인들 있을 턱이 있나요. 서발막대 내저어야 짚 검불 하나 걸리는 것 없는 철빈(더할 수 없이 가난함)인데.

　우리 아주머니가, 그래도 그 아주머니가, 어질고 얌전해서 그 알량한 남편 양빈 받드느라 싫바느질이아 남의 집 품빨래야 화장품 장사야, 그 칙살스런 벌이를 해다가 겨우겨우 목구멍에 풀칠을 하지요.

　어디로 대나 그 양반은 죽는 게 두루 좋은 일인데 죽지도 아니해요.

　우리 아주머니가 불쌍해요. 아, 진작 한 나이라도 젊어서 팔자를 고치는 게 아니라, 무슨 놈의 수난 후분(나이가 늙은 후의 분수)을 바라고 있다가 끝끝내 고생을 하는지.

　근 20년 소박을 당했지요.

　20년을 설운 청춘 한숨으로 보내고서 다 늦게야 송장 여대치게 생긴 그 양반을 그래도 남편이라고 모셔다가는 병 수발들랴, 먹고살랴, 애가 진하고 다니는 걸 보면 참말 가엾어요.

　그게 무슨 죄다짐이람? 팔자 팔자 하지만 왜 팔자를 고치지를 못하고서 그래요. 우리 죄선(朝鮮) 구식 부인들은 다 문명을 못 하고 깨지를 못해서 그러지.

그 양반이 한시바삐 죽기나 했으면 우리 아주머니는 차라리 신세 편하리다.

심덕 좋겠다, 솜씨 얌전하겠다 하니, 어디 가선들 제가 일신 못 가누고 편안히 못 지내요?

가만있자, 열여섯 살에 아저씨네 집으로 시집을 갔다니깐, 그게 내가 세 살 적이니 꼬박 열여덟 해로군. 열여덟 해면 20년 아니오.

그때 우리 아저씨 양반은 나이 어리기도 했지만, 공부를 한답시고 서울로 동경으로 10여 년이나 돌아다녔고, 조금 자라서 색시 재미를 알 만하니까는 누가 예쁘달까 봐 이혼하자고 아주머니를 친정으로 쫓고는 통히(도무지) 불고를 하고…….

공부를 다 마치고 오더니만, 그담에는 그놈의 짓에 들입다 발광해 다니면서 명색 학생 출신이라는 딴 여편네를 얻어 살았지요. 그 여편네는 나도 몇 번 보았지만 상판대기라고 별반 출 수도 없이 생겼습디다. 그 인물로 남의 첩이야? 일색 소박은 있어도 박색 소박은 없다더니, 사실 소박맞은 우리 아주머니가 그 여편네게다 대면 월등 예뻤다우.

그래 그 뒤에, 그 양반은 필경 붙들려 가서 5년이나 전중이(징역 사는 사람, 기결수)를 살았지요. 그동안에 아주머니는 시집이고 친정이고 모두 폭망해서 의지가지없이 됐지요.

그러니 어떻게 해요? 자칫하면 굶어 죽을 판인데.

할 수 없이 얻어먹고 살기도 해야 하려니와, 또 아저씨 나오는 것도 기다려야 한다고 나를 반연(무엇에 이르기 위한 연줄로 삼음) 삼아 서울로 올라왔더군요. 그게 그러니까 아저씨가 나오던 그전 해로군.

그때 내가 나이는 어려도 두루 날뛴 보람이 있어서 이내 구라다 상네 식모로 들어갔지요.

그 무렵에 참 내가 아주머니더러 여러 번 권면을 했지요. 그러지 말고 개가를 하라고. 글쎄 어린 소견에도 보기에 퍽 딱하고 민망합디다.

계제에 마침 또 좋은 자리가 있었고요. 미네 상이라고 미쓰코시 앞에서 바나나 다다키우리(투매, 덤핑)를 하는 인데 사람이 퍽 좋아요.

우리 집 다이쇼(주인)도 잘 알고 하는데, 그이가 늘 나더러 죄선 오캄 상(가게 여주인을 홀하게 부르는 말)하고 살았으면 좋겠다고, 중매 서달라고 그래 쌓아요.

돈은 모아 둔 게 없어도 다 벌어 먹고살 만하니까, 그런 사람 만나서 살면 아주머니도 신세 편할 게 아니냐구요.

그런 걸 글쎄, 몇 번 말해도 흉한 소리 말라고 듣질 않는 걸 어떡하나요.

아무튼 그런 것 말고라도 참, 흰말(터무니없이 자랑으로 떠벌리는 말. 흰소리)이 아니라 이날 입때까지 내가 그 아주머니 뒤도 많이 보아 주었다우. 또 나도 그럴 만한 은공이 없잖아 있구요.

내가 일곱 살에 부모를 잃었지요. 그러고 나서 의탁할 곳이 없이 됐는데, 그때 마침 소박을 맞고 친정살이를 하는 그 아주머니가 나를 데려다가 길러 주었지요.

그때만 해도 그 집이 그다지 군색하게 지내진 않았으니까요. 아주머니도 아주머니지만 종조할머니며 할아버지도 슬하에 딴 자손이 없어서 나를 퍽 귀애하겠지요.

열두 살까지 그 집에서 자랐군요.

4년이나마 보통학교도 다녔고.

아마 모르면 몰라도 그 집안에 그렇게 치패(살림이 결딴남)하지만 않았으면 나도 그냥 붙어 있어서 시방쯤은 전문학교까지는 다녔으리다.

이런 은공이 있으니까 나도 그걸 저버리지 않고, 그래서 내 깜냥에는 갚을만치 갚노라고 갚은 셈이지요.

하기야 요새도 간혹 아주머니가 찾아와서 양식 없다는 사정을 더러 하곤 하는데, 실토정(사정이나 심정을 사실대로 밝힘) 말이지 좀 성가시기는 해요.

그러는 족족 그 수응을 하자면 내 일을 못하겠는걸. 그래 대개 잘라 떼기는 하지요.

그렇지만 그 밖에, 가령 양 명절 때면 고깃근이라도 사 보낸다든지, 또 오며 가며 들러 이야기 낱이라도 한다든지, 그런 걸 결단코 범연히(차근차근한 맛이 없이 데면데면히) 하진 않으니까요.

아무튼 그래서, 아주머니는 꼬박 1년 동안 구라다 상네 집 오마니로 있으면서 월급 5원씩 받는 걸 그대로 고스란히 저금을 하고, 또 틈틈이 삯바느질을 맡아다가 조금씩 벌어 보태고, 또 나올 무렵에 구라다 상네 양주(바깥주인과 안주인, 즉 부부를 말함)가 퍽 기특하다고 돈 7원을 상급으로 주고, 그런 게 이럭저럭 돈 백 원이나 존존히 됐지요.

그 돈으로 방 한 칸 얻고 살림 나부랭이도 조금 장만하고 그래 놓고서 마침 그 알량꼴량한 서방님이 놓여나오니까 그리로 모셔 들였지요.

놓여나오는 날 나도 가서 보았지만, 가막소 문 앞에 막 나서자 아주머니가 기다리고 있으니까 그래도 눈물이 핑 — 돌던데요.

전에 그렇게도 죽을 둥 살 둥 모르고 좋아하던 첩년은 꼴도 안 뵈구요. 남의 첩년이란 건 다 그런 거지요 뭐.

우리 아저씨 양반은 혹시 그 여편네가 오지 않았나 하고 사방을 휘휘 둘러보던데요. 속이 그렇게 없다니까. 여편네는커녕 아주머니하고 나하고 그 외는 어리친 개새끼 한 마리 없더라.

그래 막 자동차에 올라타려다가 피를 토했지요. 나중에 들었지만 가막소 안에서 달포 전부터 토혈을 했다나 봐요.

그래 다 죽어 가는 반송장을 업어 오다시피 해다가 뉘어 놓고, 그날부터 아주머니는 불철주야로 할 짓 못 할 짓 다 해 가면서 부스대고 날뛴 덕에 병도 차차로 차도가 있고, 그러더니 이제는 완구히 살아는 났지요.

뭐 참 시방은 용 꼴인걸요, 용 꼴.

부인네 정성이 무서운 겝디다.

꼬박 3년이군. 나 같으면 돌아가신 부모가 살아오신대도 그 짓 못 해요.

자, 그러니 말이지요. 우리 아저씨라는 양반이 작히나 양심이 있고 다 그럴 양이면, 어허, 내가 어서 바삐 몸이 충실해져서, 어서 바삐 돈을 벌어다가 저 아내를 편안히 거느리고 이 은공과 전날의 죄를 갚아야 하겠구나…… 이런 맘을 먹어야 할 게 아니냐구요?

아주머니의 은공을 갚자면 발에 흙이 묻을세라 업고 다녀도 참 못다 갚지요.

그러고 저러고 간에 자기도 이제는 속 차려야지요. 하기야 속을 차려서 무얼 하재도 전과자니까 관리나 또 회사 같은 데는 들어가지 못하겠지만. 그야 자기가 저지른 일인 걸 누구를 원망할 일도 아니고, 그러니 막 벗어부치고 노동이라도 해야지요.

대학교 출신이 막벌이 노동이란 게 꼴 가관이지만 그래도 할 수 없지, 뭐.

그런 걸 보고 가만히 나를 생각하면, 만약 우리 증조할아버지네 집안이 그렇게 치패를 안 해서 나도 전문학교를 졸업을 했으면, 혹시 우리 아저씨 모양이 됐을지도 모를 테니 차라리 공부 많이 않고서 이 길로 들어선 게 다행이다…… 이런 생각이 들어요.

사실 우리 아저씨 양반은 대학교까지 졸업하고도 이제는 기껏 해 먹을 거란 막벌이 노동밖에 없는데, 보통학교 4년 겨우 다니고서도 시방 앞길이 환히 트인 내게다 대면 고쓰카이(小使)만도 못하지요.

아, 그런데 글쎄 막벌이 노동을 하고 어쩌고 하기는커녕 조금 바시시 살아날 만하니까 이 주책꾸러기 양반이 무슨 맘보를 먹는고 하니, 내 참 기가 막혀!

아니, 그놈의 것하고는 무슨 대천지원수가 졌단 말인지, 어쨌다고 그걸 끝끝내 하지 못해서 그 발광인고?

그러나마 그게 밥이 생기는 노릇이란 밀인지? 명예를 얻는 노릇이란 말인지? 필경은 붙잡혀 가서 징역 사는 놀음?

아마 그놈의 것이 아편하고 꼭 같은가 봐요. 그러기에 한번 맛을 들이면 끊지를 못하지요.

그렇지만 실상 알고 보면 그게 그다지 재미가 난다거나 맛이 있다거나 그런 것도 아니더군 그래요. 불한당패던데요. 하릴없이 불한당팹니다.

저 ─ 서양 어디선가, 일하기 싫어하는 게으름뱅이 몇 놈이 양지쪽에 모여 앉아서 놀고먹을 궁리를 했더라나요. 우리 집 다이쇼가 다 자상하게 이야기를 해 줍디다.

게, 그 녀석들이 서로 구누를 하기를, 자, 이 세상에는 부자가 있고 가난한 사람이 있고 하니 그건 도무지 공평한 일이 아니다. 사람이란 건 이목구비하며 사지육신을 꼭 같이 타고났는데, 누구는 부자로 잘살고 누구는 가난하다니 그게 될 말이냐. 그러니 부자가 가진 것을 우리 가난한 사람들 하고 다 같이 고르게 나눠 먹어야 경우가 옳다.

야 — 그거 옳은 말이다. 야 — 그 말 좋다. 자 — 나눠 먹자.

아, 이렇게 설도를 해 가지고 우 하니 들고일어났다는군요.

아니, 그러니 그게 생 날불한당 놈의 짓이 아니고 무어요?

사람이란 것은 제가끔 분지복(타고난 복)이 있어서 기수를 잘 타고나든지 부지런하면 부자가 되는 법이요, 복록을 못 타고나든지 게으른 놈은 가난하게 사는 법이요, 다 이렇게 마련인데, 그거야말로 공평한 천리인 것을, 됩다 불공평하다께 될 말이오? 그러고서 억지로 남의 것을 뺏어 먹자고 들다니 그놈들이 불한당이지 무어요.

짓이 불한당 짓일 뿐 아니라, 또 만약에 그러기로 들면 게으른 놈은 점점더 게으름만 부리고 쫓아다니면서 부자 사람네가 가진 것만 뺏어 먹을 테니, 이 세상은 통으로 도적놈의 판이 될 게 아니오? 그나마 부자 사람네가 모아 둔 걸 다 뺏기고 더는 못 먹여 내는 날이면, 그때는 이 세상 망하는 날이 아니오?

저마다 남이 농사지어 놓으면 그걸 뺏어 먹으려고 일 않고 번둥번둥 놀 것이고, 남이 옷감 짜 놓으면 그걸 뺏어다가 입으려고 번둥번둥 놀 것이고 그럴 테니, 대체 곡식이며 옷감이며 그런 것이 다 어디서 나올 데가 있어야지요. 세상 망할밖에!

글쎄 그놈의 짓이 그렇게 세상 망쳐 놓을 장본인 줄은 모르고서 가난한 놈들, 그중에도 일하기 싫은 게으름뱅이들이 위선(우선) 당장 부자 사람네 것을 뺏어 먹는다니까 거기 혹해 가지골랑 너도나도 와 하니 참섭을 했다는구려.

바로 저 아라사가 그랬대요.

그래서 아니나 다를까 농군들이 곡식을 안 만들기 때문에 사람이 수만 명씩 굶어 죽는다는구려. 빤한 이치지 뭐.

위선 먹기는 곶감이 달다고 그 지랄들을 했다가 잘코사니야!

아 그런데, 그 못된 놈의 풍습이 삽시간에 동서양 각국 안 간데없이 퍼져 가지 골랑 한동안 내지에도 마구 굉장히 드세게 돌아다녔고, 내지가 그러니까 멋도 모르는 죄선 영감 상들도 덩달아서 그 흉내를 냈다나요.

그렇지만 시방은 그새 나라에서 엄하게 밝히고 금하고 한 덕에 많이 누꿈해졌고 그런 마음 먹는 사람은 별반 없다나 봐요.

그럴 게지 글쎄. 아, 해서 좋을 양이면야 나라에선들 왜 금하며 무슨 원수가 졌다고 붙잡아다가 징역을 살리나요.

좋고 유익한 것이면 나라에서 도리어 장려하고, 잘할라치면 상급도 주고 그러잖아요.

활동사진이며 스모며 만자이(일본의 전통 민담)며 또 왓쇼왓쇼(일본의 마을 축제)랄지 세이레이 낭아시(일본의 불교 행사)랄지 라디오 체조랄지 그런 건 다 유익한 일이니까 나라에서 설도도 하고 그러잖아요.

나라라는 게 무언데? 그런 걸 다 잘 분간해서 이럴 건 이러고 저럴 건 저러라고 지시하고, 그 덕에 백성들은 제각기 제 분수대로 편안히 살도록 애써 주는 게 나라 아니오?

그놈의 것 사회주의만 하더라도 나라에서 금하질 않고 저희가 하는 대로 두어 두었어 보아? 시방쯤 세상이 무엇이 됐을지…….

다른 사람들도 낭패 본 사람이 많았겠지만, 위선 나만 하더라도 글쎄 어쩔 뻔했어. 아무 일도 다 틀리고 뒤죽박죽이지.

내 이상과 계획은 이렇거든요.

우리 집 다이쇼가 나를 자별히 귀애하고 신용을 하니까, 인제 한 10년만 더 있으면 한밑천 들여서 따로 장사를 시켜 줄 그런 눈치거든요.

그러거들랑 그것을 언덕 삼아 가지고 나는 30년 동안 예순 살 환갑까지만 장사를 해서 꼭 10만 원을 모을 작정이지요. 10만 원이면 죄선 부자로 쳐도 천석꾼이니, 뭐 떵떵거리고 살 게 아니냐구요?

그리고 우리 다이쇼도 한 말이 있고 하니까, 나는 내지인 규수한테로 장가를 들래요. 다이쇼가 다 알아서 얌전한 자리를 골라 중매까지 서 준다고 그랬어요. 내지 여자가 참 좋지요.

나는 죄선 여자는 거저 주어도 싫어요.

구식 여자는 얌전은 해도 무식해서 내지인하고 교제하는데 안 됐고, 신식 여자는 식자나 들었다는 게 건방져서 못 쓰고, 도무지 그래서 죄선 여자는 신식이고 구식이고 다 제바리여요.

내지 여자가 참 좋지 뭐. 인물이 개개 일자로 예쁘겠다, 얌전하겠다, 상냥하겠다, 지식이 있어도 건방지지 않겠다, 좀이나 좋아!

그리고 내지 여자한테 장가만 드는 게 아니라 성명도 내지인 성명으로 갈고, 집도 내지인 집에서 살고, 옷도 내지 옷을 입고, 밥도 내지식으로 먹고, 아이들도 내지인 이름을 지어서 내지인 학교에 보내고…….

내지인 학교라야지 죄선 학교는 너절해서 아이들 버려 놓기나 꼭 알맞지요.

그리고 나도 죄선 말은 싹 걷어치우고 국어만 쓰고요.

이렇게 다 생활 법식부터도 내지인처럼 해야만 돈도 내지인처럼 잘 모으게 되거든요.

내 이상이며 계획은 이래서 그 10만 원짜리 큰 부자가 바로 내다뵈고, 그리로 난 길이 환하게 트이고 해서 나는 시방 열심으로 길을 가고 있는데, 글쎄 그 미쳐 살기 든 놈들이 세상 망쳐 버릴 사회주의를 하려 드니 내가 소름이 끼칠 게 아니냐구요. 말만 들어도 끔찍하지!

세상이 망해서 뒤집히면 그래 나는 어쩌란 말인고? 아무것도 다 허사가 될 테니 그런 억울할 데가 있더람?

뭐 참, 우리 집 다이쇼 말이 일일이 지당해요.

여느 절도나 강도나 사기나 그런 죄는 도적이면 도적을 해 가는 그 당장, 그 돈만 축을 내니까 오히려 죄가 가볍지만, 그놈의 것 사회주의인지 지랄인지는 온 세상을 뒤죽박죽을 만들어 놓고 나라를 통째로 소란하게 하니까 도저히 용서할 수가 없대요.

용서라니! 나 같으면 그런 놈들은 모조리 쓸어다가 마구 그저 그냥…….

그런 일을 생각하면, 털어놓고 말이지 우리 아저씬가 그 양반도 여간 불측스러워 뵈질 않아요. 사실 아주머니만 아니면 내가 무슨 천주학이라고 나쁜 병까지 앓는 그 양반을 찾아다니나요. 죽는대도 코도 안 풀어 붙일걸.

그러나마 전자의 죄상을 다 회개를 하고 못된 마음을 씻어 버렸을새 말이지, 뭐 헌 개 꼬리 3년이라더냐, 종시 그 모양일걸요.

그러니깐 그게 밉살머리스러워서 더러 들렀다가 혹시 마주 앉아도 위정 뼈끝 저린 소리나 내쏘아 주고 말을 다 잡아가지골랑 꼼짝 못 하게시리 몰아세워 주곤 하지요.

저번에도 한번 혼을 단단히 내주었지요. 아, 그랬더니 아주머니더러 한다는 소리가, 그 녀석 사람 버렸더라고, 아무짝에도 못 쓰게 길이 들었더라고 그러더라나요.

내 원, 그 소리를 듣고 어처구니가 없어서!

대체 사람도 유만부동이지, 그 아저씨가 나더러 사람 버렸느니 아무짝에도 못 쓰게 길이 들었느니 하더라니, 원 입이 몇 개나 되면 그런 소리가 나오는 구멍도 있누?

죄선 벙어리가 다 말을 해도 나 같으면 할 말 없겠더구먼서도, 하면 다 말인 줄 아나 봐?

이를테면 그게 명색 훈계 비슷한 거렷다? 내게다가 맞대 놓고 그런 소리를 하다가는 되잡혀서 혼이 날 테니까 슬며시 아주머니더러 이르란 요량이던 게지?

기가 막혀서…… 하느님이 사람의 콧구멍 두 개로 마련하기 참 다행이야.

글쎄 아무려면 내가 자기처럼 공부는 못하고 남의 집 고조(사환) 노릇으로, 반토(바토, 지금의 수위) 노릇으로 이렇게 굴러먹을 값에, 이래 보여도 표창을 두 번이나 받은 모범 점원이요, 남들이 똑똑하고 재주 있고 얌전하다고 칭찬이 놀랍고, 앞길이 환히 트인 유망한 청년인데, 그래 자기 눈에는 내가 버린 놈이고 아무짝에도 못 쓰게 길이 든 놈으로 보였단 말이지?

하하, 오옳지! 거 참 그렇겠군. 자기는 자기 하는 짓이 옳으니까 남이 하는 짓은 다 글렀단 말이렷다?

그러니까 나도 자기처럼 그놈의 것 사회주의인지 급살 맞은 것인지나 하다가 징역이나 살고 전과자나 되고 폐병이나 앓고, 다 그랬더라면 사람 버리지도 않고 아무짝에도 못 쓰게 길든 놈도 아니고 그럴 뻔했군그래!

흥! 참…….

제 밑 구린 줄 모르고서 남더러 어쩌고저쩌고한다는 게 꼭 우리 아저씨 그 양반을 두고 이른 말인가 봐.

그날도 실상 이랬더라우. 혼을 내주었더니, 아주머니더러 그런 소리를 하더란 그날 말이오.

그날이 마침 내가 쉬는 날이기에 아주머니더러 할 이야기도 있고 해서 아침결에 좀 들렀더니, 아주머니는 남의 혼인집으로 바느질을 해 주러 갔다고 없고, 아저씨 양반만 여전히 아랫목에 가서 드러누웠어요.

그런데 보니까, 어디서 모두 뒤져냈는지 머리맡에다가 헌 언문 잡지를 수북이 쌓아 놓고는 그걸 뒤져요.

그래 나도 심심 삼아 한 권 집어 들고 떠들어 보았더니, 뭐 읽을 맛이 나야지요.

대체 죄선 사람들은 잡지 하나를 해도 어찌 모두 그 꼬락서니로 해 놓는지.

사진도 없지요, 만가(만화)도 없지요.

그리고는 맨판 까다로운 한문 글자로다가 처박아 놓으니 그걸 누구더러 보란 말인고?

더구나 우리 같은 놈은 언문도 그런대로 뜯어보기는 보아도 읽기에 여간 폐롭지가 않아요.

그러니 어려운 언문하고 까다로운 한문하고를 섞어서 쓴 글은 뜻을 몰라 못 보지요. 언문으로만 쓴 것은 소설 나부랭인데, 읽기가 힘이 들 뿐 아니라 또 죄선 사람이 쓴 소설이란 건 재미가 있어야죠. 나는 죄선 신문이나 죄선 잡지하구는 담쌓고 남 된 지 오랜걸요.

잡지야 뭐 〈킹구〉나 〈쇼넨구라부〉 덮어 먹을 잡지가 있나요. 참 좋아요.

한문 글자마다 가나를 달아 놓았으니 어떤 대문을 척 펴들어도 술술 내리읽고 뜻을 횅하니 알 수가 있지요.

그리고 어떤 대문을 읽어도 유익한 교훈이나 재미나는 소설이지요.

소설 참 재미있어요. 그중에도 기쿠치칸 소설……! 어쩌면 그렇게도 아기자기하고도 달콤하고도 재미가 있는지. 그리고 요시가와 에이지, 그의 소설은 진친바라바라(칼싸움)하는 지다이모노(시대물, 역사물)인데 마구 어깻바람이 나구요.

소설이 모두 그렇게 재미가 있지요, 만가가 많지요, 사진이 많지요, 그러고도 값은 좀 헐하나요. 15전이면 바로 그 전달치를 사 볼 수 있고, 보고 나서는 5전에 도로 파는데요.

잡지도 기왕 하려거든 그렇게나 해야지, 죄선 사람들은 젠장 큰소리는 곧잘 하더구면서도 잡지 하나 반반한 거 못 만들어 내니!

그날도 글쎄 잡지가 그 꼴이라, 아예 글은 볼 멋도 없고 해서 혹시 만가나 사진이라도 있을까 하고 책장을 후르르 넘기노라니깐 마침 아저씨 이름이 있겠나요! 하도 신통해서 쓰윽 펴들고 보았더니 제목이 첫 줄은 경제, 사회…… 무엇 어쩌구 잔주를 달아 놨겠지요.

그것만 보아도 벌써 그럴듯해요. 경제는 아저씨가 대학교에서 경제를 배웠다니까 경제 속은 잘 알 것이고, 또 사회는, 그것 역시 사회주의를 했으니까 그 속도 잘 알 것이고, 그러니까 경제하고 사회주의하고 어떻게 서로 관계가 되는 것이며 어느 편이 옳다는 것이며 그런 소리를 썼을 게 분명해요.

뭐, 보나 안 보나 속이야 빤하지요. 대학교까지 가설랑 경제를 배우고도 돈 모을 생각은 않고서 사회주의만 하고 다닌 양반이라 경제가 그르고 사회주의가 옳다고 우겨댔을 거니까요.

아무렇든 아저씨가 쓴 글이라는 게 신기해서 좀 보아 볼 양으로 쓰윽 훑어봤지요. 그러나 웬걸 읽어 먹을 재주가 있나요.

글자는 아주 어려운 자만 아니면 대강 알기는 알겠는데, 붙여 보아야 대체 무슨 뜻인지를 알 수가 있어야지요.

속이 상하기에 읽어 보자던 건 작파하고서 아저씨를 좀 따잡고 몰아세울 양으로 그 대목을 차악 펴 놨지요.

"아저씨?"

"왜 그러니?"

"아저씨가 여기다가 경제 무어라고 쓰구, 또 사회 무어라고 썼는데, 그러면 그게 경제를 하란 뜻이오? 사회주의를 하란 뜻이오?"

"뭐?"

못 알아듣고 뚜렛뚜렛해요. 자기가 쓰고도 오래돼서 다 잊어버렸거나 혹

치숙 · 569

시 내가 말을 너무 까다롭게 내기 때문에 섬뻑 대답이 안 나왔거나 그랬겠지요. 그래 다시 조곤조곤 따졌지요.

"아저씨…… 경제란 것은 돈 모아서 부자 되라는 것 아니오? 그런데 사회주의란 것은 모아 둔 부자 사람의 돈을 뺏어 쓰는 것 아니오?"

"이 애가 시방!"

"아니, 들어 보세요."

"너, 그런 경제학, 그런 사회주의 어디서 배웠니?"

"배우나 마나, 경제란 건 돈 많이 벌어서 애껴 쓰고 나머지 모아 두는 것이 경제 아니오?"

"그건 보통, 경제한다는 뜻으루 쓰는 경제고, 경제학이니 경제적이니 하는 건 또 다르다."

"다를 게 무어요? 경제는 돈 모으는 것이고, 그러니까 경제학이면 돈 모으는 학문이지요."

"아니란다. 혹시 이재학이라면 돈 모으는 학문이라고 해도 근리할지 모르지만 경제학은 그런 게 아니란다."

"아니, 그렇다면 아저씨, 대학교 잘못 다녔소. 경제 못하는 경제학 공부를 5년이나 했으니 그게 무어란 말이오? 아저씨가 대학교까지 다니면서 경제 공부를 하구두 왜 돈을 못 모으나 했더니, 인제 보니까 공부를 잘못해서 그랬군요!"

"공부를 잘못했다? 허허, 그랬을는지도 모르겠다. 옳다, 네 말이 옳아!"

이거 봐요 글쎄. 단박 꼼짝 못 하잖나. 암만 대학교를 다니고, 속에는 육조를 배포했어도 그렇다니까 글쎄…….

"아저씨?"

"왜 그러니?"

"그러면 아저씨는 대학교를 다니면서 돈 모아 부자 되는 경제 공부를 한 게 아니라 모아 둔 부자 사람네 돈 뺏어 쓰는 사회주의 공부를 했으니 말이지요…….""

"너는 사회주의가 무얼루 알구서 그러냐?"

"내가 그까짓 걸 몰라요?"

한바탕 주욱 설명을 했지요.

내 얼굴만 물끄러미 올려다보고 누웠더니 피식 한 번 웃어요. 그리고는 그 양반이 하는 소리겠다요.

"그게 사회주의냐? 불한당이지."

"아니, 그럼 아저씨두 사회주의가 불한당인 줄은 아시는구려?"

"내가 언제 사회주의가 불한당이랬니?"

"방금 그러잖았어요?"

"글쎄, 그건 사회주의가 아니라 불한당이란 그 말이다."

"거 보시우! 사회주의란 것은 그렇게 날불한당이어요. 아저씨도 그렇다고 하면서 아니래시오?"

"이 애가 시방 입심 겨룸을 하재나!"

이거 봐요. 또 꼼짝 못 하지요? 다 이래요, 글쎄…….

"아저씨?"

"왜 그러니?"

"아저씨도 맘 달리 잡수시오."

"건 어떻게 하는 말이냐?"

"걱정 안 되시우?"

"나 같은 사람이 걱정이 무슨 걱정이냐? 나는 네가 걱정이더라."

"나는 뭐 버젓하게 요량이 있는걸요."

"어떻게?"

"이만저만한가요!"

또 한바탕 죽 설명을 했지요. 이야기를 다 듣더니 그 양반 한다는 소리 좀 보아요.

"너도 딱한 사람이다!"

"왜요?"

"……."

"아니, 어째서 딱하다구 그러시우?"

"……."

"네? 아저씨?"

"……."

"아저씨?"

"왜 그래?"

"내가 딱하다구 그러셨지요?"

"아니다, 나 혼자 한 말이다."

"그래두……."

"이 애?"

"네?"

"사람이란 것은 누구를 물론 허구 말이다, 아첨하는 것같이 더러운 게 없느니라."

"아첨이요?"

"저 위로는 제왕, 밑으로는 걸인, 그 모든 사람이 위선 시방 이 제도의 이 세상에서 말이다, 제가끔 제 분수대로 살아가는 데 있어서 말이다, 제 개성을 속여 가면서꺼정 생활에다가 아첨하는 것같이 더러운 것이 없고, 그런 사람같이 가련한 사람은 없느니라. 사람이란 건 밥 두 그릇이 하필 밥 한 그릇보다 더 배가 부른 건 아니니까."

"그건 무슨 뜻인데요?"

"네가 일본인 여자와 결혼을 해서 성명까지 갈고 모든 생활 법도를 일본화하겠다는 것이 말이다."

"네, 그게 좋잖아요?"

"그것이 말이다, 진실로 깊은 교양이나 어진 지혜의 판단에서 우러나온 것이라면 그도 모를 노릇이겠지. 그렇지만 나는 보매 네가 그런다는 것은 다른 뜻으로 그러는 것 같다."

"다른 뜻이라니요?"

"네 주인의 비위를 맞추고, 이웃의 비위를 맞추고 하자고……."

"그야 물론이지요! 다이쇼의 신용을 받아야 하고, 이웃 내지인들하구도 좋게 지내야지요. 그래야 할 게 아니겠어요?"

"……."

"아저씨는 아직도 세상 물정을 모르시오. 나이는 나보담 많구 대학교 공부까지 했어도 일찌감치 고생살이를 한 나만큼 세상 물정은 모릅니다. 시방이 어느 세상인데 그러시우?"

"이 애?"

"네?"

"네가 방금 세상 물정이랬지?"

"네."

"앞길이 환하니 트였다고 그랬지?"

"네."

"환갑까지 10만 원 모은다구 그랬지?"

"네."

"네가 말하는 세상 물정 하구 내가 말하려는 세상 물정 하구 내용이 다르기도 하지만, 세상 물정이란 건 그야말로 그리 만만한 게 아니다."

"네?"

"사람이란 것 제아무리 날고뛰어도 이 세상에 형적 없이, 그러나 세차게 죽 흘러가는 힘, 그게 말하자면 세상 물정이겠는데, 결국 그것의 지배하에서 그것을 따라가지 별수가 없는 거다."

"네?"

"쉽게 말하면 계획이나 기회를 아무리 억지루 만들어 놓아도 결과가 뜻대루는 안 된단 말이다."

"젠장, 아저씨도……. 요전 〈킹구〉라는 잡지에도 보니까, 나폴레옹이라는 서양 영웅이 그랬답디다. 기회는 제가 만든다구. 그리고 불가능이란 말은 바보의 사전에서나 찾을 글자라구요. 아, 자꾸자꾸 계획하고 기회를 만들구 해서 분투 노력해 나가면 이 세상일 안 되는 일이 어디 있나요? 한 번 실패하거든 갑절 용기를 내가지구 다시 일어서지요. 칠전팔기 모르시오?"

"나폴레옹도 세상 물정에 순응할 때는 성공했어도, 그것에 거슬리다가 실패를 했더란다. 너는 칠전팔기해서 성공한 몇 사람만 보았지, 여덟 번 일어섰다가 아홉 번째 가서 영영 쓰러지구는 다시 일어나지 못한 숱한 사람이 있는 건 모르는구나?"

"그래두 이제 두고 보시오. 나는 천하 없어두 성공하구 말 테니……. 아저씨는 그래서 더구나 못써요? 일해 보기도 전에 안 될 줄로 낙심 먼저 하구…….”

"하늘은 꼭 올라가 보구래야만 높은 줄 아니?"

원, 마지막 가서는 할 소리가 없으니깐 동에도 닿지 않는 비유를 가져다 둘러대는 걸 보아요. 그게 어디 당한 말인고? 안 올라가 보면 뭐 하늘 높은 줄 모를 천하 멍텅구리도 있을까? 그만 해 두려다가 심심하기에 또 말을 시켰지요.

"아저씨?"

"왜 그래?"

"아저씨는 인제 몸 다 충실해지면 어떡허실려우?"

"무얼?"

"장차…….”

"장차?"

"어떡허실 작정이세요?"

"작정이 새삼스럽게 무슨 작정이냐?"

"그럼 아저씨는 아무 작정 없이 살어가시우?"

"없기는?"

"있어요?"

"있잖구?"

"무언데요?"

"그새 지내 오던 대루…….”

"그러면 저 거시기 무엇이냐 도루 또 그걸…….?"

"그렇겠지."

"아저씨?"

"…….”

"아저씨?"

"왜 그래?"

"인젠 그만두시우."

"그만두라구?"

"네."

"누가 심심소일루 그러는 줄 아느냐?"

"그렇잖구요?"

"……."

"아저씨?"

"……."

"아저씨?"

"왜 그래?"

"아저씨 올해 몇이지요?"

"서른셋."

"그러니 인제는 그만큼 해 두고 맘 잡어서 집안일 할 나이두 아니오?"

"집안일은 해서 무얼 하나?"

"그렇기루 들면 그 짓은 해서 또 무얼 하나요?"

"무얼 하려구 하는 게 아니란다."

"그럼, 아무 희망이나 목적이 없으면서 그래요?"

"목적? 희망?"

"네."

"개인의 목적이나 희망은 문제가 다르나까……. 문제가 안 되니까……."

"원, 그런 법도 있나요?"

"법?"

"그럼요!"

"법이라……!"

"아저씨?"

"……."

"아저씨?"

"왜 그래?"

"아주머니가 고맙잖습디까?"

"고맙지."

"불쌍하지요?"

"불쌍? 그렇지. 불쌍하다면 불쌍한 사람이지!"

"그런 줄은 아시느만?"

"알지."

"알면서 그러시우."

"고생을 낙으로, 그 쓰라린 맛을 씹고 씹고 하면서 그것에서 단맛을 알아
내는 사람도 있느니라. 사람도 있는 게 아니라, 사람마다 무슨 일에고 진정
과 정신을 꼬박 거기다가만 쓰면 그렇게 되는 법이니라. 그러니까 그쯤 되
면 그때는 고생이 낙이지. 너의 아주머니만 두고 보더래도 고생이 고생이
면서 고생이 아니고 고생하는 게 낙이란다."

"그렇다고 아저씨는 그걸 다행히만 여기시우?"

"아니."

"그러거들랑 아저씨두 아주머니한테 그 은공을 더러는 갚어야 옳을 게
아니오?"

"글쎄, 은공을 모르는 건 아니지만……."

"그러니 인제 병이나 확실히 다 나신 뒤엘라컨……."

"바빠서 원……."

글쎄 이 한다는 소리 좀 보지요? 시치미 뚜욱 따고 누워서 바쁘다는군
요!

사람 속 차릴 여망 없어요. 그저 어디로 대나 손톱만큼도 쓸모는 없고 남
한테 사폐만 끼치고, 세상에 해독만 끼칠 사람이니, 뭐 하루바삐 죽어야 해
요. 죽어야 하고, 또 죽어서 마땅해요. 그런데 글쎄 죽지를 않고 꼼지락꼼
지락 도로 살아나니 성화라구는, 내…….

논 이야기

- 채만식 -

작품 정리

이 작품은 1946년 '해방 문학 선집'에 수록된 농촌 소설로 그의 다른 작품 〈도야지〉와 함께 과도기의 사회상을 풍자한 수작으로 꼽힌다. 채만식의 작품 중에는 대체로 후기에 속하는 작품이다. 이 작품은 해방 후 어수선한 시대에 흔히 일어날 수 있는 사실을 그리고 있다.

일본인에게 팔았던 토지를 해방으로 인해 일본인이 물러갔으니 으레 자기 차지라고 굳게 믿었던 한 생원은 나라가 그 땅을 관리한다는 사실을 알고 원망한다. 한번 팔았던 땅은 정당하게 돈을 지불하고 다시 사서 소유해야 하는 것이 옳은데도, 일본만 망하면 자기의 것이 되리라 믿는 한 생원은 좀 어리석고 허황된 인물이다. 한생원이 생각하기에는 나라가 있으면 백성에게 무엇인가 도움을 주어야 할 텐데 그렇지 못할뿐더러 백성이 차지할 땅을 빼앗아 팔아먹는 나라라면 있으나마나 하기 때문에 자기는 다시 나라 없는 백성이 되었다고 말한다. 그래서 그는 '독립됐다구 했을 때 만세 안 부르기 잘했다'고 생각한다.

이 작품은 역사의 전환기에서 국가 의식이 부족한 인물의 행동을 통해서 토지 문제 해결의 모순점을 제시하고 있다. 8·15 직후 과도기의 사회상 중 광복 후에 각각 개인의 토지가 어떻게 변전되는가를 통해 광복 후 남한 정부가 취택(取擇)했던 토지 정책에 대해 풍자한 소설로 두 개의 중심 사건이 기둥을 이룬다.

비현실적이고 이기적인 한 생원을 통해 당대의 현실 상황과 민중적 생활상, 그리고 혼란한 시대 상황을 적나라하게 드러내면서, 해방 직후 정치와 국가가 제 역할을 다하지 못하여 국민의 희망과 욕구를 소외시킨 것에 대한 날카로운 비판과 개혁 의지가 냉소적으로 묘사되어 있다. 또한 작가는 일제 강점기의 가혹한 공출과 징용으로 몰린 한국 농민들의 고통과, 해방되어서도 여전히 농토를 갖지 못하고 가난의 굴레에서 맴도는 농민의 처지를 대비시킴으로써, 진정한 의미의 해방과 독립을 역설적으로 부각시키고 있다.

　　일인(日人)들이 온갖 재산을 그대로 내놓고 달아나게 되었다는 이야기를 들은 한 생원은 어깨가 우쭐하였다. 일본인에게 땅을 팔고 남의 땅을 빌려 근근이 살아오면서 한 생원은 일본인이 쫓겨 가면, 팔았던 땅을 다시 찾게 된다고 늘 큰소리를 쳐 왔기 때문이다. 한 생원네는 부지런한 아버지 덕분에 장만한 열서너 마지기와 일곱 마지기의 두 자리 논이 있었다. 그런데 그 논을 겨우 5년 만에 고을 원(郡守)에게 빼앗겨 버렸다. 경술국치(한일 병합) 이전에 동학 잔당에 가담했다고 누명을 써 아홉 마지기의 땅을 강제로 빼앗기고, 남은 일곱 마지기마저 한 생원의 술과 노름, 그리고 살림하느라 진 빚 때문에 일본인에게 팔아넘길 수밖에 없었다. 가난한 소작농인 한 생원은 일본인들이 물러가니 땅은 당연히 그전 임자에게 돌아갈 것이라는 기대를 갖고 술에 얼근히 취해 자기 땅을 보러 간다고 외친다. 그러나 막상 찾으리라고 기대했던 땅은 이미 소유주가 바뀌어 찾기 어렵게 되고, 논마저 나라에서 관리한다는 것을 알게 된 한 생원은 허탈해한다. 한 생원은 자신은 다시 나라 없는 백성이 되었다며, 광복되던 날 만세를 안 부르길 잘했다고 혼자 중얼거린다.

· 갈래 : 단편 소설
· 시점 : 전지적 작가 시점
· 배경 : 광복 직후 군산의 농촌
· 주제 : 해방 이후 국가의 농업 정책에 대한 비판
· 출전 : 해방 문학 선집

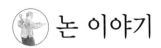 논 이야기

1

일인들이 토지와 그 밖에 온갖 재산을 죄다 그대로 내어놓고 보따리 하나에 몸만 쫓기어 가게 되었다는 이야기를 듣는 한 생원은 어깨가 우쭐하였다.

"거 보슈 송 생원. 인전들, 내 생각나시지?"

한 생원은 허연 탑삭부리에 묻힌 쪼글쪼글한 얼굴이 위아래 다섯 대밖에 안 남은 누런 이빨과 함께 흐물흐물 웃는다.

"그러면 그렇지, 글쎄 놈들이 제아무리 영악하기로소니 논에다 네 귀탱이 말뚝 박구섬 인도깨비처럼, 어여차 어여차, 땅을 떠 가지구 갈 재주야 있을 이치가 있나요?"

한 생원은 참으로 일본이 항복을 하였고, 조선은 독립이 되었다는 그날 — 8월 15일 적보다도 신이 나는 소식이었다. 자기가 한 말이 꿈결같이도 이렇게 와 들어맞다니…… 그리고 자기가 한 말대로, 자기가 일인에게 팔아넘긴 땅이 꿈결같이도 도로 자기의 것이 되게 되었다니…… 이런 세상에 신기하고 희한할 도리라고는 없었다.

조선이 독립이 되었다는 8월 15일, 그때는 한 생원은 섬뻑 만세를 부르고 싶은 생각이 나지 않았어도, 이번에는 저절로 만세 소리가 나와지려고 하였다.

8월 15일 적에 마을에서는 젊은 사람들이 설도를 하여 태극기를 만들고, 닭을 추렴하고, 술을 사고하여 놓고 조촐히 만세를 불렀다.

한 생원은 그 자리에 참례를 하지 아니하였다. 남들이 가서 같이 만세를 부르자고 하였으나 한 생원은 조선이 독립이 되었다는 것이 별양 반가운 줄을 모르겠었다. 그저 덤덤할 뿐이었었다.

물론 일본이 항복을 하였으니 전쟁은 끝이 난 것이요, 전쟁이 끝이 났으니 벼 공출을 비롯하여 솔뿌리 공출이야, 마초 공출이야, 채소 공출이야, 가지가지의 그 억울하고 성가신 공출이 없어지고 말 것이었다.

　　또, 열여덟 살배기 손자 놈 용길이가 징용에 뽑혀 나갈 염려가 없을 터이었다. 얼마나 한 생원은, 일찍이 아비를 여의고, 늙은 손으로 여태껏 길러 온 외톨 손자 놈 용길이가 징용에 뽑히지 말게 하려고, 구장과 면의 노무계 직원과, 부락 담당 직원에게 굽은 허리를 굽실거리며 건사를 물고 하였던고. 굶는 끼니를 더 굶어 가면서 그들에게 쌀을 보내어 주기. 그들이 마을에 얼찐거리면 부랴부랴 청해다 씨암탉 잡고 술대접하기, 한참 농사일이 몰릴 때라도, 내 농사는 손이 늦어도 용길이를 시켜 그들의 논에 모심고 김매어 주고 하기. 이 노릇에 흰머리가 도로 검어질 지경이요, 빚은 고패가 넘도록 지고 하였다.

　　하던 것이 인제는 전쟁이 끝이 났으니, 징용 이자는 싹 씻은 듯 없어질 것. 마음 턱 놓고 두 발 쭉 뻗고 잠을 자도 좋았다.

　　이런 일을 생각하면 한 생원도 미상불 다행스럽지 아니한 것은 아니었다. 그러나 오직 그뿐이었다.

　　독립?

　　신통할 것이 없었다.

　　독립이 되기로서니, 가난뱅이 농투성이가 별안간 나리 주사 될 리 만무하였다. 가난뱅이 농투성이가 남의 세토(소작) 얻어 비지땀 흘려 가면서 1년 농사지어 절반도 넘는 도지(소작료) 물고 나머지로 굶으며 먹으며 연명이나 하여 가기는 독립이 되거나 말거나 매양 일반일 터이었다.

　　공출이야 징용이야 하여서 살기가 더럭 어려워지기는 전쟁이 나면서부터였다. 전쟁이 나기 전에는 1년 농사지어 작정한 도지 실수 않고 물면 모자라나따나 아무 시비와 성가심 없이 내 것 삼아 놓고 먹을 수가 있었다.

　　징용도 전쟁이 나기 전에는 없던 풍도였다. 마음 놓고 일을 하였고 그것으로써 그만이었지, 달리는 근심 걱정될 것이 없었다.

　　전쟁 사품에 생겨난 공출이니 징용이니 하는 것이 전쟁이 끝이 남으로써 없어진 다음에야 독립이 되기 전 일본 정치 밑에서도 남의 세토 얻어 도지

물고 나머지나 천신하는 가난뱅이 농투성이에서 벗어날 것이 없을진대, 한 갓 전쟁이 끝이 나서 공출과 징용이 없어진 것이 다행일 따름이지, 독립이 되었다고 만세를 부르며 날뛰고 할 흥이 한 생원으로는 나는 것이 없었다.

일인에게 빼앗겼던 나라를 도로 찾고, 그래서 우리도 다시 나라가 있게 되었다는 이 잔주도, 역시 한 생원에게는 시쁘둥한 것이었다. 한 생원은 나라를 도로 찾는다는 것은, 구한국 시절로 다시 돌아가는 것으로밖에는 달리는 생각할 수가 없었다.

한 생원네는 한 생원의 아버지의 부지런으로 장만한 열서 마지기와 일곱 마지기의 두 자리 논이 있었다. 선대의 유업도 아니요, 공문서(무등기) 땅을 거저 주운 것도 아니요, 뻐젓이 값을 내고 산 것이었다. 하되 그 돈은 체계나 돈놀이로 모은 돈이 아니요, 품삯 받아 푼푼이 모으고 악의악식하면서 모은 돈이었다. 피와 땀이 어린 땅이었다.

그 피땀 어린 논 두 자리에서, 열서 마지기를 한 생원네는 산 지 겨우 5년 만에 고을 원(군수)에게 빼앗겨 버렸다.

지금으로부터 50년 전, 갑오 을미 병신 하는 병신년 한 생원의 나이 스물한 살 적이었다.

그 안해(지난해) 을미년 늦은 가을에 김 아무라는 원이 동학란에 도망 뺀 원 대신으로 새로이 도임을 해 와서 동학의 잔당을 비질하듯 잡아 죽였다.

피비린내 나는 살육이 이듬해 병신년 봄까지 계속되었고, 그리고 여름…… 인제는 다 지났거니 하여 겨우 안도를 한 참인데 한태수(한 생원의 아버지)가 원두막에서 동헌으로 붙잡혀 가 옥에 갇히었다. 혐의는 동학에 가담하였다는 것이었다.

한태수는 전혀 동학에 가담한 일이 없었다. 그의 말대로 하면, 동학 근처에도 가 보지 아니한 사람이었다.

옥에 가두어 놓고는 매일 끌어내다 실토를 하라고, 동류의 성명을 불라고 주리를 틀면서 문초를 하였다. 육십이 넘은 늙은 정강이가 살이 으깨어지고 뼈가 아스러졌다.

나중 가서야 어찌 될 값에 당장의 아픔을 견디다 못하여 동학에 가담하였노라고 자복을 하였다. 입에서 나오는 대로 아는 사람의 이름을 불렀다.

불린 일곱 사람이 잡혀 들어와 같은 문초를 받았다. 처음에는들 내뻗었으나 원체 아픔을 이기지 못하여 자복을 하였다.

남은 것은 처형을 하는 것뿐이었다.

하루는 이방이, 한태수의 아내와 아들(한 생원)을 조용히 불렀다.

이방은 모자더러, 좌우간 살려낼 도리를 하여야 않느냐고 하였다.

모자는 엎드려 빌면서, 제발 이방님 덕택에 목숨만 살려지이다고 하였다.

"꼭 한 가지 묘책이 있기는 있는데…… 그럼 내가 시키는 대로 할 테냐?"

"불 속이라도 뛰어 들어가겠습니다."

"논문서를 가져오느라. 사또께 다 바쳐라."

"논문서를요?"

"아까우냐?"

"……."

"가장이나 애비의 목숨보다 논이 더 소중하냐?"

"그 땅이 다른 땅과도 달라서……."

"정 그렇게 아깝거든 고만두는 것이고."

"논문서만 가져다 바치면 정녕 모면을 할까요?"

"아니 될 노릇을 시킬까?"

"그럼 이 길로 나가서 가지고 오겠습니다."

"밤에 조용히 내아(관사)로 오도록 하여라. 나도 와서 있을 테니. 그리고 네 논이 두 자리가 있겠다?"

"네."

"열서 마지기와 일곱 마지기."

"네."

"그 열서 마지기를 가지고 오느라. "

"열서 마지기를요?"

"아까우냐?"

"……."

"아깝거들랑 고만두려무나."

"그걸 바치고 나면 소인네는 논 겨우 일곱 마지기를 가지고 수다한 권솔에 살아갈 방도가……."

"당장 가장이나 애비의 목숨은 어데로 갔던지?"

"……."

"땅이야 다시 장만도 할 수가 있는 것이 아니냐?"

모자는 서로 돌아보면서 말하였다.

"바칩시다."

"바치자."

사흘 만에 한태수는 놓여나왔다. 다른 일곱 명도 이방이 각기 사이에 들어, 각기 얼마씩의 땅을 바치고 놓여나왔다.

그 뒤 경술년에 일본이 조선을 합방하여 나라는 망하였다.

사람들이 나라 망한 것을 원통히 여길 때 한 생원은

"그깐 놈의 나라, 시언히 잘 망했지."

하였다. 한 생원 같은 사람으로는 나라란 백성에게 고통이지 하나도 고마운 것이 아니었다. 또 꼭 있어야 할 요긴한 것도 아니었다.

그런 나라라는 것을 도로 찾았다고 하여 섬뻑 감격이 일지 아니한 것도 일변 의당한 노릇이라 할 것이었다.

논 스무 마지기에서 열서 마지기를 빼앗기고 나니, 원통한 것도 원통한 것이지만, 앞으로 일이 딱하였다. 논이나 겨우 일곱 마지기를 가지고는 어림도 없었다.

하릴없이 남의 세토를 얻어 그 보충을 하여야 하였다. 그러나 남의 세토는 도지를 물어야 하는 것이라, 힘은 내 논을 지을 때와 마찬가지로 들면서도 가을에 가서 차지를 하기는 절반이 못 되는 것이었었다. 그렇다고 남의 세토를 소작 아니 할 수는 없었다.

이리하여 한 생원네는 나라 명색이 망하지 않고 내 나라로 있을 적부터 가난한 소작농이었다.

경술년 나라가 망하고 36년 동안 일본의 다스림 밑에서도 같은 가난한 소작농이었다.

그리고 속담에, 남의 불에 게 잡기로, 남의 덕에 나라를 도로 찾기는 하였다지만 한국 말년의 나라만을 여겨 그 나라가 오죽 할 리 없고, 여전히 남의 세토나 지어 먹는 가난한 소작농 이기는 일반일 것이라고 한 생원은 생각하던 것이었었다.

일본이 항복을 하던 바로 전의 3, 4년에, 공출이야 징용이야 하면서 별 안간 군색함과 불안이 생겼던 것이지, 그 밖에는 나라가 망하여 없어지고 서 일본의 속국 백성으로 사는 것이 경술년 이전 나라가 있어 가지고 조선 백성으로 살 적보다 별양 못 할 것이 한 생원에게는 없었다. 여전히 남의 세토를 지어 절반 이상이나 도지를 물고 그 나머지를 천신하는 가난한 소 작인이요, 순사나 일인이나 면서기들의 교만과 압박이 원이나 아전이나 토 반들의 교만과 압박보다 못할 것도 없거니와 더할 것도 없었다.

독립이 된 이 앞으로도 그것이 천지개벽이 아닌 이상 가난한 농투성이가 느닷없이 부자 장자 될 이치가 없는 것이요, 원·아전·토반이나 일본 놈 대신에 만만하고 가난한 농투성이를 핍박하는 '권세 있는 양반들'이 생겨 날 것이요 할 것이매, 빼앗겼던 나라를 도로 찾아 다시금 조선 백성이 되었 다는 것이 조금도 신통하거나 반가울 것이 없었다.

원과 토반과 아전이 있어, 토색질이나 하고 붙잡아다 때리기나 하고 교 만이나 피우고 하되 세미(납세)는 국가의 이름으로 꼬박꼬박 받아 가면서 백성은 죽어야 모른 체를 하고 하는 나라의 백성으로도 살아 보았다.

천하 오랑캐, 아비와 자식이 맞담배질을 하고, 남매간에 혼인을 하고, 뱀 을 먹고 하는 왜인들이, 저희가 주인이랍시고서 교만을 부리고 순사와 헌 병은 칼바람에 조선 사람을 개돼지 대접을 하고, 공출을 내어라 징용을 나 가거라 야미를 하지 마라 하면서 볶아 대고, 또 일본이 우리나라다, 나는 일본 백성이다, 이런 도무지 그럴 마음이 우러나지를 않는 억지 춘향이 노 릇을 시키고 하는 백성으로도 살아 보았다.

결국 그러고 보니 나라라고 하는 것은 내 나라였건 남의 나라였건 있었 댔자 백성에게 고통이나 주자는 것이지, 유익하고 고마울 것은 조금도 없 는 물건이었다. 따라서 앞으로도 새 나라는 말고 더한 것이라도, 있어서 요 긴할 것도, 없어서 아쉬울 일도 없을 것이었다.

2

신해년…… 경술 합방 바로 이듬해였다. 한 생원 — 때의 젊은 한덕문 — 은 빼앗기고 남은 논 일곱 마지기를 불가불 팔아야 할 형편에 이르렀다.

7, 8명이나 되는 권솔인데 내 논 일곱 마지기에다 남의 논이나 몇 마지기를 소작하여 가지고는 여간한 규모와 악의악식이 아니고서는 도저히 현상 유지를 하기가 어려웠다.

한덕문은 그 부친과는 달라 살림 규모가 없었다. 사람이 좀 허황하고 헤픈 편이었다.

부친 한태수가 죽고, 대신 당가산(집안 재산을 맡아 관리함)을 한 지 불과 5, 6년에 한덕문은 힘에 넘치는 빚을 졌다.

이 빚은 단순히 살림에 보태느라고만 진 빚은 아니었다.

한덕문은 허황하고 헤픈 값을 하느라고 술과 노름을 쏠쏠히 좋아하였다.

1년 농사를 지어야 1년 가계가 번연히 모자라는데, 거기다 술을 먹고 노름을 하니, 늘어 가느니 빚 밖에는 있을 것이 없었다.

빚은 갚아야 되었다.

팔 것이라고는 논 일곱 마지기 그것뿐이었다.

한덕문이 빚을 이리 틀어막고 저리 틀어막고, 오늘로 밀고 내일로 밀고 하여 오던 끝에, 마침내는 더 꼼짝을 할 도리가 없어 논을 팔기로 삭정을 대었을 무렵에, 그러자 용말 사는 일인 요시카와가 요새로 바싹 땅을 많이 사들인다는 소문이 들렸다. 그리고 값으로 말하여도, 썩 좋은 상답이면 한 마지기(이백 평)에 스무 냥으로 스물닷 냥(20냥 이상 25냥, 4원 이상 5원)까지 내고, 아주 박토라도 열 냥(2원) 안짝은 없다고 하였다.

땅마지기나 가진 인근의 다른 농민들도 다들 그러하였지만, 한덕문은 그 중에서도 귀가 반짝 뜨였다.

시세의 갑절이었다.

고래실논으로, 개똥배미 상지상답이라야 한 마지기에 열 냥으로 열두어 냥(2원, 2원 4. 50전)이요, 땅 나쁜 것은 기지개 써야 닷 냥(1원)이었다.

'팔자!'

한덕문은 작정을 하였다.

일곱 마지기 논이 상지상답은 못 되어도 상답은 되니, 잘하면 열 냥(2원)은 받을 것. 열 냥이면 이칠십사 일백마흔 냥(28원).

빚이 이럭저럭 한 오십 냥(10원) 되니, 그것을 갚고 나면 아흔 냥(18원)이 남아. 아흔 냥을 가지고 도로 논을 장만해. 판 일곱 마지기만 한 토리의 논을 사더라도 아홉 마지기를 살 수가 있어.

결국 논 한 번 팔고 사고하는 노름에, 빚 오십 냥 거저 갚고도, 논은 두 마지기가 늘어 아홉 마지기가 생기는 판이 아니냐.

이런 어수룩한 노름을 아니 하잘 머리(까닭, 필요)가 없는 것이었었다.

양친은 이미 다 없는 때요, 한덕문 그가 대주(호주)였으므로 혼자서 일을 결단하여도 간섭을 받을 일은 없었다.

곡우 머리의 어느 날 한덕문은 맨발 짚신 풀 상투에 삿갓 쓰고 곰방대 물고, 마을에서 10리 상거의 용말 출입을 나갔다. 일인 요시카와가 적실히 그렇게 후한 값으로 논을 사는지 진가를 알아보자 함이었다.

금강 어귀의 항구 군산에서 시작되어, 동북 간방으로 임피읍을 지나 용말로 나온 한길이, 용말 동쪽 변두리에서 솝리로 가는 길과 황등 장터로 가는 길의 두 갈래길로 갈리는, 그 샅에가 전주집이라는 주모가 업을 하고 있는 주막이 오도카니 홀로 놓여 있었다.

한덕문은 전주집과는 생소치 아니한 사이였다.

마당이자 바로 한길인, 그 마당 앞에 섰는 한 그루의 실버들이 한창 푸른 전주집네 주막, 살진 봄볕이 드리운 마루에 나란히 걸터앉아 세상 물정 이야기, 피차간 살아가는 이야기, 훨씬 한담을 하던 끝에 한덕문이 지날 말처럼 넌지시 물었다.

"참, 저, 일인 요시카와가 요새 땅을 많이 산다구?"

"많은 게 아니라, 그 녀석이 아마 이 근처 일판을, 땅이라구 생긴 건 깡그리 쓸어 사자는 배폰가 봅디다!"

"헷소문은 아니루구먼?"

"달리 큰 배포가 있던지, 그렇잖으면 그 녀석이 상성(발광)을 했던지."

"……"

"한 서방 으런두 속내 아는 배, 이 근처 논이 물 걱정 가뭄 걱정 없구, 한 마지기에 넉 섬은 먹는 논이라야 열 냥(2원)이 상값 아니우? 그런 걸 글쎄, 녀석은 스무 냥 스물댓 냥을 퍼 주구 사는구랴. 제마석(2두락에 1석)두 못 먹는 자갈 바탕의 박토라두 논 명색이면 열 냥 안짝 잽히는 건 없구."

"허긴 값이나 그렇게 월등히 많이 내야 일인한테 논을 팔지, 그렇잖구서야 누가."

"제엔장, 나두 진작에 논이나 시늉만 생긴 거라두 몇 섬지기 장만해 두었드라면, 이런 판에 큰 횡잴 했지."

"그래, 많이들 와 파나?"

"대가릴 싸구 덤벼든답디다. 한 서방 으런두 좀 파시구랴? 이런 때 안 팔구, 언제 팔우?"

"팔 논이 있나!"

이유와 조건의 어떠함을 물론 하고 농민이 논을 판다는 것은 남의 앞에 심히 떳떳스럽지 못한 일이었다. 번연히 내일모레면 다 알게 될 값이라도 되도록 그런 기색을 숨기려고 드는 것이 통정이었다.

뚜벅뚜벅 말굽 소리가 나더니 말 탄 요시카와가 주막 앞을 지난다. 언제나 그러하듯이, 깜장 됫박 모자(중산모자)에, 깜장 복장(쓰메에리)을 입고, 깜장 목 깊은 구두를 신고 허리에는 육혈포를 차고 하였다.

한덕문은 길에서 몇 치례 본 적이 있이 그가 요시카와인 줄을 안다.

"어디 갔다 와요?"

전주집이 웃으면서 알은체를 하는 것을, 요시카와는 웃지도 않으면서

"옹, 조 — 기. 우리, 나쁜 사레미 자바리 갔소 왔소."

요시카와의 차인꾼이요 통역꾼이요 한 백남술이가 밧줄로 결박을 지은 촌 젊은 사람 하나를 앞참 세우고 뒤미처 나타났다.

죄수(?)는 상투가 풀어지고, 발기발기 찢긴 옷과 면상으로 피가 묻고 한 것으로 보아, 한바탕 늘씬 두들겨 맞은 것이 역력하였다.

"어디 갔다 오시우?"

전주집이 이번에는 백남술더러 인사로 묻는다.

백남술은 분연히

"남의 돈 집어먹구 도망 댕기는 놈은 죽어 싸지."
하면서 죄수에게 잔뜩 눈을 흘긴다.

그러고 나서 전주집더러

"댕겨오께시니, 닭이나 한 마리 잡구 해 놓게나. 놈을 붙잡느라구 한 승강 했더니 목이 컬컬허이."

그러느라고 잠깐 한눈을 파는 순간이었다. 죄수가 밧줄 한끝 붙잡힌 것을 홱 뿌리치면서 몸을 날려 쏜살같이 오던 길로 내뺀다.

"엇!"

백남술이 병신처럼 놀라다 이내 죄수의 뒤를 쫓는다.

요시카와가 탄 말이 두 앞발을 번쩍 들어 머리를 돌리면서 땅을 차고 달린다. 그러면서 요시카와의 손에서 육혈포가 땅! 풀썬 연기가 나면서 재우쳐 땅!

죄수는 그러나 첫 한 방에 그대로 길바닥에 가 동그라진다. 같은 순간 버선발로 뛰어 내려간 전주집이 에구머니 비명을 지른다.

죄수는 백남술에게 박승 한끝을 다시 붙잡히어 일어난다. 요시카와는 피스톨 사격의 명인은 아니었다. 그보다도 엄포의 사격이었기가 쉬웠을 것이다.

일인에게 빚을 쓰는 것을 외채라고 하고, 이 젊은 친구는 외채를 쓰고서 갚지 아니하고 몸을 피해 다니다가 붙잡힌 사람이었다.

요시카와는 백남술이가

'이 사람은 논이 몇 마지기가 있소.'

하고 조사 보고를 하면 서슴지 아니하고 외채를 주곤 한다. 이자도 항용 체계나 장변보다 헐하였다.

빚을 주는 데는 무른 것 같아도 받는 데는 무서웠다.

기한이 지나기를 기다려 채무자를 제집으로 데려다 감금을 하고 사형으로써 빚 채근을 하였다.

부형이나 처자가 돈을 가지고 와서 빚을 갚는 날까지 감금과 사형을 늦추지 아니하였다.

논문서를 가지고 오는 자리는 '우대'를 하였다. 이자를 탕감하고 본전만

쳐서 논으로 받는 것이었다. 논이 있는 사람은 돈을 두어 두고도 즐거이 논으로 갚고 하였다.

한덕문은 다시 끌려가고 있는 죄수의 뒷모양을 우두커니 바라다보면서

'제엔장, 양반 호랑이도 지질한데 우환 중에 왜놈 호랑이까지 들어와서 이 등쌀이니 갈수록 죽어나는 건 만만한 백성뿐이로구나.'

'쯧, 번연히 알면서 외채를 쓰는 사람이 잘못이지 누구를 원망하나.'

'참새가 방앗간을 거저 지날까. 이왕 외상술이라도 한잔 먹고 일어설까, 어떡헐까?'

이런 생각을 하고 앉았는 차에, 생각잖이 외가 편으로 아저씨뻘 되는 윤 첨지가 퍼뜩 거기에 당도하였다. 윤 첨지는 황등 장터에서 제 논 섬지기나 지니고 탁신히 사는 농민이었다.

아저씨 웬일이시냐고, 조카 잘 있었더냐고, 항용 하는 인사가 끝난 후에 이 동네 사는 요시카와라는 일인이 값을 후히 내고 땅을 사들인다는 소문이 있으니 적실하냐고 아까 한덕문이 전주집더러 묻던 말을 윤 첨지가 한덕문더러 물었다.

그렇단다는 한덕문의 대답에, 윤 첨지는 이윽고 생각을 하고 있더니 혼잣말같이

"그럼 나두 이왕 퀼한테다 팔아야 하겠군."

하다가 한덕문더러

"황등까지 가서두 살까? 예서 20리나 되는데."

하고 묻는다.

"글쎄요……. 건데 논은 어째 파실 영으루?"

"허, 그거 온 참…… 저어 공주 한밭서 무안 목포루 철로가 새루 나는데, 그것이 계룡산 앞을 지나 연산·팥거리루 해서 논메·강경으루 나와 가지구 황등 장터를 지나게 된다네그려."

"그런데요?"

"그런데 철로가 난다 치면 그 10리 안짝은 논을 죄 버리게 된다는 거야."

"어째서요?"

"차가 댕기는 바람에 땅이 울려 가지구 모를 심어두 뿌릴 제대루 잡지 못

하구 해서, 벼가 자라질 못한다네그려!"

"무슨 그럴 리가……."

"건 조카가 속을 몰라 하는 소리지. 속을 몰라 하는 소린 것이, 나두 작년 정월에 공주 한밭엘 갔다 그놈 차가 철로 위루 달리는 걸 구경했지만, 아 그 쇳덩이루 만든 집채 더미 같은 시꺼먼 수레가 찻길 위루 벼락 치듯 달리는데 땅바닥이 사뭇 움죽움죽하드라니깐! 여승 지동이야……. 그러니 땅이 그렇게 지동하듯 사철들이 울리니, 근처 논의 모가 뿌리를 잡을 것이며 자라기를 할 것인가?"

"……."

듣고 보니 미상불 근리한 말이었다.

"몰랐으면 이거니와 알구두 그대루 있겠던가? 그래 좀 덜 받더래두 팔아 넘길 영으루 하구 있는데, 소문을 들으니 요시카와라는 손이 요새 값을 시세보담 갑절씩이나 내구 논을 산다데그려. 정녕 그렇다면 철로 쪼간(이유, 근거)이 아니라두 팔아 가지구 딴 데루 가서 판 논 갑절 되는 논을 장만함 직두 한 노릇인데, 항차……."

"철로가 그렇게 난다는 건 아주 적실한가요?"

"말끔 다 측량을 하구, 말뚝을 박아 놓구 한걸……. 황등 장터 그 일판은 그래, 논들을 못 팔아 난리가 났다니까."

3

일인 요시카와에게 일곱 마지기 논을 일백마흔 냥(28원)에 판 것과, 그중 쉰 냥(10원)은 빚을 갚은 것, 이것까지는 한덕문의 예산대로 되었었다.

그러나 나머지 아흔 냥(18원)으로 판 논 일곱 마지기보다 토리가 못 하지 아니한 논으로 두 마지기가 더한 아홉 마지기를 사므로써 빚 쉰 냥은 공으로 갚고, 그러고도 논이 두 마지기가 붙게 된다던 것은 완전히 허사가 되고 말았다.

아무도 한덕문에게 상당 한 마지기를 열 냥씩에 팔려는 사람은 없었다. 이왕 일인 요시카와에게 팔면 그 갑절 스무 냥씩을 받는 고로 말이었다.

필경 돈 아흔 냥은 한덕문의 수중에서 한 반년 동안 구르는 동안 스실사실 다 없어지고 말았다.

이리하여 한덕문은 논 일곱 마지기로 겨우 빚 쉰 냥을 갚고는 아무것도 남은 것이 없이 손 싹싹 털고 나선 셈이었다.

친구가 있어 한덕문을 책하면서 물었다.

"어떡허자구 논을 판단 말인가?"

"인제 두구 보게나."

"무얼 두구 보아?"

"일인들이 다 쫓겨 가면, 그 땅 도로 내 것 되지 갈 데 있던가?"

"쫓겨 갈 놈이 논을 사겠나?"

"저 이놈들이 천지 운수를 안다든가?"

"자네는 아나?"

"두구 보래두 그래."

한덕문은 혼자 속으로는 아뿔싸, 논이라야 단지 그것뿐인 것을 팔고서 인제는 송곳 꽂을 땅도 없으니 이 노릇을 어찌한단 말이냐고 심히 후회하여 마지아니하였다.

그러면서도 남더러는 그렇게 배포 있이 장담을 탕탕하였다.

한덕문은 장차에 일인들이 쫓기어 가리라는 것을 확언할 아무런 근거도 가진 것이 없었다. 따라서 자신도 없었다. 오직 그는 논을 판 멍예롭시 못함과 어리석음을 싸기 위하여 그런 희떠운 소리를 한 것일 따름이었다.

한덕문이, 일인들이 다 쫓기어 가면 그 논이 도로 제 것이 될 터이라서 논을 팔았다고 한다더라, 이 소문이 한 입 두 입 퍼지자 듣는 사람마다 그의 희떠움을 혹은 실없음을 웃었다.

하는 양을 보느라고 위정(일부러)

"자네 논 팔았다면서?"

한다 치면

"팔았지."

"어째서?"

"돈이 좀 아쉬워서."

"돈이 아섭다구 논을 팔구서 어떡허자구?"

"일인들이 다 쫓겨 가면 그 논 도루 내 것 되지 갈 데 있나?"

"일인들이 쫓겨 간다든가?"

"그럼 백 년 살까?"

또 누구는 수작을 바꾸어

"일인들이 쫓겨 간다지?"

한다 치면

"그럼!"

"언제쯤 쫓겨 가는구?"

"건 쫓겨 가는 때 보아야 알지."

"에구 요 맹추야, 요 허풍선이야, 우리나라 상강님을 쫓어내구 저이가 왕 노릇을 하는데 쫓겨 가?"

"자넨 그럼 일인들이 안 쫓겨 가구 영영 그대루 있으면 좋을 건 무언가?"

"좋기루 할 말이야 일러 무얼 하겠나만, 우리 좋구푼 대루 세상일이 돼준 다던가?"

"그래두 인제 내 말을 이를 때가 오너니."

"괜히 논 팔구섬 할 말 없거들랑 국으루 잠자꾸 가만히나 있어요."

"체에, 내 논 내가 팔아먹는데 죄 될 일 있니?"

"걸 누가 죄라니?"

"요시카와한테 논 팔아먹은 놈이 한덕문이 하나뿐인감?"

"누가 논 판 걸 나무래? 희떤 장담을 하니깐 그러는 거지."

"희떤 장담인지 아닌지 두구 보잔 말이야."

이로부터 한덕문은 그 말로 인하여 마을과 인근에서 아주 호가 났고, 어느 겨를인지 그것이 한 속담까지 되었다.

가령 어떤 엉뚱한 계획을 세운다든지 허랑한 일을 시작하여 놓고서는 천연스럽게 성공을 자신한다든지, 결과를 기다린다든지 하는 사람이 있다 치면,

"흥, 한덕문이 요시카와에게다 논 팔아먹던 대 났구나."

하고 비웃곤 하는 것이었다.

그 호, 그 속담은 35년을 두고 전하여 내려왔다. 전하여 내려올 뿐만이 아니었다. 일본 제국주의의 조선에 있어서의 지반이 해가 갈수록 완구한 것이 되어 감을 따라, 더욱이 만주 사변 때부터 시작하여 중일 전쟁을 거쳐 태평양 전쟁으로 일이 거창하게 벌어진 결과, 전쟁 수단으로서 조선의 가치는 안으로 밖으로, 적극적으로 소극적으로 나날이 더 커 감을 좇아 일본이 조선에다 박은 뿌리는 더욱 깊이 뻗어 들어가고 가지와 잎은 더욱 무성하여서, 일본이 조선으로부터 물러간다는 것은 독립과 한가지로 나날이 더 잠꼬대 같은 생각이던 것처럼 되어 버려 감을 따라, 그래서 한덕문의 장담하던 '일인들이 다 쫓겨 가면⋯⋯.' 이 말이 해가 가고 날이 갈수록 속절없이 무색하여 감을 따라, 그와 반비례하여 그 말의 속담으로서의 가치와 효과만이 멸하지 않고 찬란히 빛을 내었다.

바로 8월 14일까지도 그러하였다. 8월 14일까지도

'흥, 한덕문이 요시카와한테 논 팔아먹던 대 났구나.'

는 당당히 행세를 하였었다.

그랬던 것이, 8월 15일에 일본이 항복을 하고, 조선은 독립(실상은 우선 해방)이 되고 하였다. 그리고 며칠 아니 하여 '일인들이 토지와 그 밖 온갖 재산을 죄다 그대로 내어놓고 보따리 하나에 몸만 쫓기어 가게 되었다' 는 데까지 이르렀다.

한 생원의

'일인들이 다 쫓겨 가면⋯⋯.'

은 이리하여 부득불 빛이 환하여지고 반대로

'한덕문이 요시카와한테 논 팔아먹던 대 났구나.'

는 그만 얼굴이 벌게서 납작하고 말 수밖에 없었다.

4

"여보슈 송 생원?"

한 생원이 허연 탑삭부리에 묻힌 쪼글쪼글한 얼굴이 위아래 다섯 대밖에 안 남은 누런 이빨과 함께 흐물흐물 자꾸만 웃어지는 웃음을 언제까지고

거두지 못하면서, 그러다 별안간 송 생원의 팔을 잡아 흔들면서 아주 긴하게

"우리 독립 만세 한번 부르실까?"

"남 다아 부르고 난 댐에 건 불러 무얼 허우?"

송 생원은 한 생원과 달라 요시카와한테 팔아먹은 논도 없으려니와, 따라서 일인들이 쫓기어 가더라도 도로 찾을 논도 없었다.

"송 생원, 접때 마을에서 만세를 부를 제 나가 부르셨던가?"

"난 그날 허리가 아파 꼼짝 못하구 누웠었는걸."

"나두 그날 고만 못 불렀어."

"아따 못 불렀으면 못 불렀지, 늙은것들이 만세 좀 아니 불렀기루 귀양살이 보내겠수?"

"난 그래두 좀 섭섭해 그랬지요……. 그럼 송 생원 우리 술 한잔 자실까?"

"술이나 한잔 사 주신다면."

"주막으루 나갑시다."

두 늙은이가 지팡이를 짚고 마을에 단 한 집밖에 없는 주막으로 나갔다.

"에구머니, 독립두 되구 볼 거야. 영감님들이 술을 다 자시러 오시구."

20년이나 여기서 주막을 하느라고 인제는 중늙은이가 된 주모 판쇠네가 손님을 환영이라기보다 다뿍 걱정스러워한다.

"미리서 외상인 줄이나 알구, 술 좀 주게나."

한 생원이 그러면서 술청으로 들어가 앉는 것을, 송 생원도 따라 들어가 앉으면서 주모더러,

"외상 두둑이 드리게. 수가 나섰다네."

"독립되는 운덤에 어느 고을 원님이나 한자리해 가시는감?"

"원님을 걸 누가 성가시게, 흐흐……."

한 생원은 그러다 다시,

"거, 안주가 무어 좀 있나?"

"안주두 벤벤찮구 술두 먹걸린 없구 소주뿐인걸, 노인네들이 소주 잡숫구 어떡허시게."

"아따 오줌은 우리가 아니 싸리."

젊었을 적에는 동이 술을 사양치 아니하던 영감들이었다. 그러나 둘이가 다 내일모레가 칠십. 더구나 자주자주는 술을 입에 대지 않던 차에, 싱겁다고는 하지만 소주를 7, 8잔씩이나 하였으니 과음일 수밖에 없었다.

송 생원은 그대로 술청에 쓰러져 과연 소변을 지리기까지 하였다.

한 생원은 송 생원보다는 아직 기운이 조금은 좋은 덕에 정신을 놓거나 몸을 가누지 못할 지경은 아니었다.

"우리 논을 좀 보러 가야지, 우리 논을. 서른다섯 해 만에, 우리 논을 보러 간단 말이야, 흐흐흐."

비틀거리면서 한 생원은 술청으로부터 나온다.

주모 판쇠네가 성화가 나서,

"방으루 들어가 누셨다, 술 깨신 댐에 가세요. 노인네들 술 드렸다구 날 또 욕허게 됐구먼."

"논 보러 가, 논. 요시카와에게다 판 우리 논. 흐흐흐 서른다섯 해 만에 도루 찾은, 우리 일곱 마지기 논, 흐흐흐."

"글쎄 논은 이댐에 보러 가시면 어디루 가요?"

"날, 희떤 소리 한다구들 웃었지. 미친놈이라구 웃었지, 들. 흐흐. 서른다섯 해 만에 내 말이 들어맞을 줄을 누가 알았어? 흐흐흐."

말은 혀 꼬부라진 소리로, 몸은 위태로이 비틀거리면서 한 생원은 지팡이를 휘젓고 밖으로 나간다. 나가다 동네 젊은 사람과 마주쳤다.

"아, 한 생원 웬일이세요?"

"논 보러 간다, 논. 흐흐흐. 너두 이 녀석, 한덕문이 요시카와한테 논 팔아먹던 대 났구나, 그런 소리 더러 했었지? 인제두 그런 소리가 나오까?"

"취하셨군요."

"나, 외상술 먹었지. 논 찾았은깐 또 팔아서 술값 갚으면 고만이지. 그럼 서른다섯 해 만에 또 내 것 되겠지, 흐흐흐. 그렇지만 인전 안 팔지, 안 팔아. 우리 용길이 놈 물려줘야지, 우리 용길이 놈."

"참, 용길이 요새 있죠?"

"있지. 요시카와한테 팔아먹었을까?"

"저, 읍내 사는 영남이가 산판 하날 사서 벌목을 하는데, 이 동네 사람들더러 와 남구(나무) 비어 주구, 그 대신 우죽 가져가라구 하니, 용길이두 며칠 보내서 땔나무나 좀 장만하시죠."

"걸 누가…… 논을 도루 찾았는데."

"논만 찾으면 땔나문 없어두 사시나요?"

"논두 없어두 서른다섯 해나 살지 않었느냐?"

"허허 참. 그러지 마시구 며칠 보내세요. 어서서 다 비어 버려야 할 텐데 도무지 사람을 못 구해 그러니, 절더러 부디 그럭허두룩 서둘러 달라구, 영남이가 여간만 부탁을 해싸야죠. 아, 바루 동네서 가찹겠다. 져 나르기 수얼하구…… 요 위 가잿골 있는 요시카와 농장 멧갓이래요."

"무어?"

한 생원은 별안간 정신이 번쩍 나면서 대든다.

"가잿골 있는 요시카와 농장 멧갓이라구?"

"네."

"네라니? 그 멧갓이…… 가마안 있자. 아니, 그 멧갓이 뉘 멧갓이길래?"

"요시카와 농장 멧갓 아녜요? 걸 영남이가 일인들이 이번에 거들이 나는 바람에 농장 산림 감독하던 강 서방한테 샀대요."

"하, 이런 도적놈들. 이런 천하 불한당 놈들. 그래, 지끔두 벌목을 하구 있더냐?"

"오늘버틈 시작했다나 봐요."

"하, 이런 천하 날불한당 놈들이."

한 생원은 천방지축으로 가잿골을 향하여 비틀걸음을 친다.

솔은 잘 자라지 않고, 개간하여 밭을 만들자 하니 힘이 부치고 하여, 이름만 멧갓이지 있으나 마나 한 멧갓 한자리가 있었다. 한 삼천 평 될까 말까, 그다지 크지도 못한 것이었다.

이 멧갓을 한 생원은 요시카와에게다 논을 팔던 이듬핸지 그 이듬핸지, 돈은 아쉽고 한 판에 또한 어수룩이 비싼 값으로 팔어넘겼었다.

요시카와는 그 멧갓에다 낙엽송을 심어, 30여 년이 지난 지금 와서는 아주 한다 하는 산림이 되었다.

늙은이의 총기요, 논을 도로 찾게 되었다는 것에만 정신이 팔려, 깜빡 멧
갓 생각은 미처 아직 못하였던 모양이었다.

마침 전신줏감의 쪽쪽 곧은 낙엽송이 총총들이 섰다. 베기에 아까워 보
이는 나무였다.

한 서넛이 나가 한편에서부터 깡그리 베어 눕히고, 일변 우죽을 치고 한
다.

"이놈, 이 불한당 놈들. 이 멧갓 벌목한다는 놈이 어떤 놈이냐?"

비틀거리면서 고함을 치고 쫓아오는 한 생원을, 사람들은 영문을 몰라
일하던 손을 멈추고 뻔히 바라다보고 섰다.

"이놈 너루구나?"

한 생원은 영남이라는 읍내 사람 벌목 주인 앞으로 달려들면서 한 대 갈
길 듯이 지팡이를 둘러멘다.

명색이 읍내 사람이라서, 촌 농투성이에게 무단히 해거를 당하면서 공수
하거나 늙은이 대접을 하려고는 않는다.

"아니, 이 늙은이가 환장을 했나? 왜 그러는 거야, 왜."

"이놈, 네가 왜 이 멧갓을 손을 대느냐?"

"무슨 상관여?"

"어째 이놈아 상관이 없느냐?"

"뉘 멧갓이길래?"

"내 멧갓이다. 한덕문이 멧갓이다, 이놈아."

"허허, 내 별꼴 다 보니. 괜시리 술잔 들이질렀거들랑 고히 삭히진 아녀
구서, 나이깨 먹은 것이 왜 남 일하는 데 와서 이 행악야 행악이. 늙은인 다
리뻑다구 부러지지 말란 법 있나?"

"오냐! 이놈, 날 죽여라. 너구 나구 죽자."

"대체 내력을 말을 해요. 무엇 때문에 이 야론지 내력을 말을 해요."

"이 멧갓이 그새까진 요시카와 것이라두, 조선이 독립됐은깐 인전 내 것
이란 말이야, 이놈아."

"조선이 독립이 됐는데 어째 요시카와 멧갓이 한덕문이 것이 되는구?"

"요시카와는, 일인들은, 땅을 죄다 내놓구 간깐 그전 임자가 도루 차지하

는 게 옳지 무슨 말이냐?"

"오오, 이녁이 이 멧갓을 전에 요시카와한테다 팔았다?"

"그래서."

"그랬으니깐, 일인들이 땅을 다 내놓구 가니깐, 이녁은 팔았던 땅을 공짜루 도루 차지하겠다?"

"그래서."

"그 개 뭣 같은 소리 인전 엔간치 해 두구 어서 없어져 버려요. 난 뻐젓이 요시카와 농장 산림 관리인 강태식이한테 시퍼런 돈 이천 환 주구서 계약서 받구 샀어요. 강태식인 요시카와가 해 준 위임장 가지구 팔구. 돈 내구 산 사람이 임자지, 저 옛날 돈 받구 팔아먹은 사람이 임잘까?"

8 · 15 직후 낡은 법이 없어지고 새로운 영이 서기 전 혼란한 틈을 타서, 잇속에 눈이 밝은 무리들이 일본인 농장이나 회사의 관리자와 부동이 되어 가지고, 일인의 재산을 부당 처분하여 배를 불린 일이 허다하였다. 이 산판 사건도 그런 것의 하나였다.

5

그 뒤 훨씬 지나서.

일인의 재산을 조선 사람에게 판다, 이런 소문이 들렸다.

사실이라고 한다면 한 생원은 그 논 일곱 마지기를 돈을 내고 사지 않고서는 도로 차지할 수가 없을 판이었다. 물론 한 생원에게는 그런 재력이 없거니와, 도대체 전의 임자가 있는데 그것을 아무나에게 판다는 것이 한 생원으로 보기에는 불합리한 처사였다.

한 생원은 분이 나서 두 주먹을 쥐고 구장에게로 쫓아갔다.

"그래 일인들이 죄다 내놓구 가는 것을 백성들더러 돈을 내구 사라구 마련을 했다면서?"

"아직 자세힌 모르겠어두 아마 그렇게 되기가 쉬우리라구들 하드군요."

해방 후에 새로 난 구장의 대답이었다.

"그런 놈의 법이 어딨단 말인가? 그래, 누가 그렇게 마련을 했는구?"

"나라에서 그랬을 테죠."

"나라."

"우리 조선 나라요."

"나라가 다 무어 말라비틀어진 거야? 나라 명색이 내게 무얼 해 준 게 있길래, 이번엔 일인이 내놓구 가는 내 땅을 저이가 팔아먹으려구 들어? 그게 나라야?"

"일인의 재산이 우리 조선 나라 재산이 되는 거야 당연한 일이죠."

"당연?"

"그렇죠."

"흥, 가만둬 두면 저절루 백성의 것이 될 걸, 나라 명색은 가만히 앉었다 어디서 툭 튀어나와 가지구 걸 뺏어서 팔아먹어? 그따위 행사가 어딨다든가?"

"한 생원은 그 논이랑 멧갓이랑 요시카와한테 돈을 받구 파셨으니깐 임자로 말하면 요시카와지 한 생원인가요?"

"암만 팔았어두, 요시카와가 내놓구 쫓겨 갔은깐 도루 내 것이 돼야 옳지, 무슨 말이야. 걸 무슨 탁에 나라가 뺏을 영으루 들어?"

"한 생원한테 뺏는 게 아니라 요시카와한테 뺏는 거랍니다."

"흥, 둘러다 대긴 잘들 허이. 공동묘지 가 보게나. 핑계 없는 무덤 있던가? 저, 병신년에 원놈(군수) 김가가 우리 논 열두 마지기 뺏을 제두 핑겐 다 있었드라네."

"좌우간, 아직 그렇게 지레 염렬 하실 게 아니라, 기대리구 있노라면 나라에서 다 억울치 않두룩 처단을 하겠죠."

"일없네. 난 오늘버틈 도루 나라 없는 백성이네. 제길 36년두 나라 없이 살아왔을려드냐. 아니 글쎄, 나라가 있으면 백성한테 무얼 좀 고마운 노릇을 해 주어야 백성두 나라를 믿구 나라에다 마음을 붙이구 살지. 독립이 됐다면서 고작 그래, 백성이 차지할 땅 뺏어서 팔아먹는 게 나라 명색이야?"

그러고는 털고 일어나면서 혼잣말로,

"독립됐다구 했을 제 내 만세 안 부르기 잘했지."

미스터 방

- 채만식 -

1946년 '대조'에 발표된 〈미스터 방〉은 광복 직후의 혼란기에 미군의 통역을 하면서 권세를 누리는 방삼복이라는 보잘것없는 인물이 '미스터 방'으로 인정받게 되는 과정을 통해 당시의 세태와 인간상을 풍자하는 소설이다. 이 작품은 해방 후 미 군정기의 혼란한 서울을 배경으로 주인공과 기회주의자들이 득세하는 부조리한 사회상을 그린다. 특히 일제 강점기에 친일파로 호의호식하던 백 주사가 '미스터 방'에게 머리를 숙이고 청탁을 하는 상황과, 사소한 실수로 권세를 잃게 되는 부정적인 인물들이 대우받는 당시의 사회 현실을 비판한다.

작품 정리

해방 이전 때 은행 중역이 살던 사택에서 '미스터 방'과 백 주사가 술을 마신다. 현재 이 사택은 '미스터 방'의 집이다. 그의 해방 전 이름은 방삼복이다. 그는 돈을 벌기 위해 일본으로 갔지만 10여 년 만에 더 초라해진 모습으로 고향에 돌아온 후 서울로 온다. 서울에서 신기료장수를 하던 짚신 장수 아들 방삼복이, 미군정에서 큰 영향력을 행사하는 미군 장교 S 소위의 통역이 되면서 '미스터 방'으로 불리게 된다. 좋은 집에 살면서 상류층의 청탁으로 치부를 하던 '미스터 방'은 어느 날 고향 사람 백 주사를 만난다. 일제강점기 경찰 생활을 한 아들 덕택에 고리대금으로 많은 돈을 번 백 주사는 해방 후 군중들의 습격을 피해 도망쳐 온 사정을 토로하며 '미스터 방'에게 복수를 부탁한다. 백 주사의 청탁을 들어 주겠다고 장담한 '미스터 방'은 양치질을 한 뒤 물을 바깥으로 뱉고, '미스터 방'이 내뱉은 양칫물을 뒤집어쓴 S 소위에게 주먹질을 당한다.

핵심 정리

· 갈래 : 풍자 소설　　　　　· 배경 : 광복 직후, 서울
· 시점 : 전지적 작가 시점　　· 주제 : 권력을 좇아 자신의 이익을 좇는 세태에 대한 비판과 풍자
· 출전 : 대조

미스터 방

주인과 나그네가 한가지로 술이 거나하니 취하였다. 주인은 미스터 방(方), 나그네는 주인의 고향 사람 백(白) 주사.

주인 미스터 방은 술이 거나하여 감을 따라, 그러지 않아도 이즈음 의기자못 양양한 참인데 거기다 술까지 들어간 판이고 보니, 가뜩이나 기운이 불끈불끈 솟고 하늘이 바로 돈짝만 한 것 같은 모양이었다.

"내 참, 뭐, 흰말(빈말)이 아니라 참, 거칠 것 없어, 거칠 것. 흥, 어느 눔이 아, 어느 눔이 날 뭐라구 허며, 날 괄시헐 눔이 어디 있어, 지끔 이 천지에. 흥, 참, 어림없지, 어림없어."

누가 옆에서 저를 무어라고 하며 괄시를 한단 말인지, 공연히 연방 그 툭 나온 눈방울을 부리부리, 왼편으로 삼십 도는 넉넉히 삐뚤어진 코를 벌씸벌씸해 가면서 그리하는 것이었다.

"내 참, 이래 봬두 응, 동양 삼국 물 다 먹어 본 방삼(方三)복이우. 청얼(淸語) 뭇 허나, 일얼 뭇 허나, 영어야 뭐 말할 것두 없구……."

하다가 생각난 듯이 맥주 컵을 들어 벌컥벌컥 단숨에 다 마신다. 그리고 시꺼먼 손등으로 입술을 쓱, 손가락으로 김치 쪽을 늘름 한 점, 하던 버릇이, 미스터 방이요 신사요 방 선생으로도 불리어지는 시방도 무심중에 절로 나와 손등으로 입술의 맥주 거품을 쓱 씻고, 손가락으로 라조기 한 점을 집어다 우둑우둑 씹는다.

"술은 참, 맥주가 술입넨다……."

어느 눔이 만일 무어라고 시비를 하거나 괄시를 한다면 당장 그 라조기를 씹듯이 우둑우둑 잡아 씹기라도 할 듯이 괄괄하던 결기가 별안간 어디로 가고 이번엔 맥주 추앙이 나오는 것이다.

"술두 미국 사람네가 문명했죠. 죄선 사람은 안직두 멀었어."

"멀구말구. 아직두 멀었지."

쥐 상호의 대추씨 만한 얼굴에 앙상한 노랑 수염 백 주사가, 병을 들어 주인의 빈 컵에다 따르면서 그렇게 맞장구를 쳐 보비위(비위를 잘 맞춤)를 한다.

"아, 백상두 좀 드슈."

"난 과해."

"괜히 그러셔. 백상 주량을 다아 아는데. 만난진 오래어두."

"다아 젊었을 적 말이지, 지금은……."

"올에 참, 몇이시지?"

"갑술생, 마흔여덟 아닌가!"

"그럼 나보담 열한 살 위시군. 그래두 백상은 안 늙으신 셈이야. 허허허허."

"안 늙는 게 다 무언가. 머리 센 걸 보게!"

"건 조백이시지."

백 주사는 흔연히 수작을 하면서 내색은 아니 하나, 어심(마음속)엔 미스터 방이 괘씸하기 짝이 없었다.

향리의 예법으로, 십 년 장이면 절하고 뵈어야 한다. 무릎 꿇고 앉아야 하고, 말은 깍듯이 공대를 해야 한다. 그 앞에서 주초(酒草, 술과 담배)가 당치 않고, 막 부득이한 경우면 모로 앉아 잔을 마셔야 한다. 그런 것을, 마치 제 연갑 친구나 타관 나그네에게나 하는 것처럼, 백상이니, 술 드슈, 조백이시지 하고 말버릇이 고약해, 발 개키고 앉아서 정면하고 술을 먹어, 담배 뻐끔뻐끔 피워, 이런 괘씸할 도리가 없었다.

또 나이도 나이려니와, 문벌이나 지체를 가지고 논한다면, 이건 도저히 용서할 수 없는 일이었다.

이래 보여도 나는 삼대조가 진사를 하였고(그 첩지가 시방도 버젓이 있다), 오대조가 호조판서를 지냈고(족보에 그렇게 분명히 올라 있다), 칠대조가 영의정을 지냈고(역시 족보에 그렇게 분명히 올라 있다), 이런 명문거족의 집안이었다. 또 내 십이 촌이 ××군수요, 그 십이 촌의 아들이 만주국 ××현 ××촌 촌장이요 하였다. 또 그리고 시방은 원수의 독립인지 막덕인지 때문에 다 그렇게 되었다지만, 아무튼 두 달 전까지도 어느 놈 그

앞에서 기침 한번 크게 못 하던 백 부장 ― 훈팔(八)등에 ××경찰서 경제
계 주임이던 백 부장의 어르신네 백 주사가 아닌가. 두 달 전 그때만 같았
어도,

　'이놈!'

하고 호통을 하여 당장 물고를 내련만, 그 좋은 세상이 어디로 가고 이 지
경이란 말인지 몰랐다.

　하여튼 그만치나 혼란스러운 백 주사에다 대면 미스터 방의 근지야 아주
보잘 것이 없었다.

　미스터 방의 증조가 타관에서 떠들어 온 명색 없는 사람이었다. 그 조부
가 고을의 아전을 다녔다. 그 아비가 짚신 장수였다. 칠십에 고로롱고로롱
아직도 살아 있지만, 시방도 짚신 곱게 삼기로 고을에서 첫째가는 방 첨지
가 바로 그였다. 그리고 이 방삼복이는……

　먹고 자고, 꿍꿍 일하고, 자식새끼 만들고 할 줄밖에는 모르는 상일꾼(농
부)이었다. 그러나 서른을 바라보도록 남의 집 머슴살이로, 이집 저집 살고
다니는 코 삐뚤이 삼복이었다. 물론 낫 놓고 기역 자도 못 그리는 판무식이
었다.

　상일꾼일 바엔 남의 세토(貰土, 소작) 마지기라도 얻어 제 농사를 짓는
것이 아니라, 서른을 바라보도록 남의 집 머슴살이만 하고 다니던 코 삐뚤
이 삼복이가 하루아침에 무슨 생각이 났던지 돈벌이를 간답시고, 조석이
간데없는 부모에게다 처자식 떠맡기고는 훌쩍 일본으로 떠나 버렸다. 그것
이 열두 해 전.

　떠난 지 7, 8년을 별반 신통한 벌이도 못 하는지, 돈 한 푼 보내는 싹도
없더니, 하루는 느닷없이 중국 상해에 와 있노라 기별이 전해져 왔다. 그리
고는 감감소식이 없다가, 3년 만에 퍼뜩 고향엘 돌아왔다. 십여 년을, 저의
말마따나 동양 삼국 물 골고루 먹고 다녔으면서 별로 때가 벗은 것도 없어
보이고, 행색은 해어진 양복 누더기에 볼 꿰어진 구두 짝을 꿰고 들어서는
모양이, 군데군데 김질은 하였으나 빨아 다린 무명 고의적삼을 입고 고향
을 떠날 적보다 차라리 초라한 것 같았다.

　늙은 어미 아비와 젊은 가속이, 뼈품으로 버는 것을 얻어먹으며 굶으며

하면서 한 1년 빈둥거리고 놀더니, 적이 회심이 들었는지, 이번엔 처자식 데리고 서울로 올라왔다.

서울로 올라와서는 현저동 비탈의 다 찌부러진 행랑방을 얻어 살면서, 처음 1년은 용산에 있는 연합군 포로수용소에 다니며 입에 풀칠을 하였고 — 이 동안 그는 상해에서 귀로 익힌 토막 영어가 조금 더 진보되었고.

다시 1년은, 그것 역시 상해에서 익힌 것을 밑천 삼아 구두 직공으로 구 둣방엘 다니며 그럭저럭 살았고. 그러다 일본이 싸움에 지느라고, 구두를 너무 해트려(닳아서 떨어지게 하여) 가죽이 동이 나 구둣방이 너나없이 문을 닫는 바람에 할 수 없이 이번엔 궤짝 한 개 짊어지고 신기료장수로 나서고 말았다.

골목골목 돌아다니며, 혹은 종로 복판의 한길에 가 앉아 신기료장수를 하자니, 자연 서울에 온 고향 사람의 눈에 종종 뜨일밖에. 소식이 고향에 퍼지자, 누구 한 사람 칭찬은 없고 저마다 빈정거리는 소리뿐이었다.

"일본으로, 청국으로, 십여 년 타국 바람 쏘이고 온 놈이 겨우 고거야?"

"부전자전이로구먼. 아범은 짚신 장수, 자식은 구두 깁는 장수."

"아마 신발 명당에다 무덤을 썼는감."

이렇듯 근지는 미천하고, 속에 든 것 없고, 가랑이가 찢어지게 가난하고, 생화(生貨)라는 것이 고작 거리에 앉아 오는 사람 가는 사람 해어지고 고린내 나는 구두 짝 꿰매어 주고, 징 박아 주고 닦아 주고 하는 천업이고 하던, 그 코 삐뚤이 삼복이었다.

'흥, 개구리가 올챙이 적을 못 생각한다더니, 발칙한 놈, 고얀 놈.'

백 주사는 생각하자니 속으로 이렇게 분개하지 않을 수가 없었다.

그러나 일변으로는, 그러던 코 삐뚤이 삼복이가 그야말로 선영이 명당에 들었단 말인지 무슨 조화를 지녔단 말인지, 불과 몇 달간에 이렇게 훌륭히 되고 부자가 되고, 미스터 방인지 구리다 방인지가 되고 하여 가지고는, 갖은 호강 다 하며 천하에 무서울 것이 없고 기광(극성스레 날뛰는 기세)이 나서 막 이러니, 한편 생각하면 신기하기도 하고 부럽기도 하고, 또한 안타깝기도 하였다.

'사람의 운수란 참 모를 일이야.'

백 주사는 속으로 이렇게 절절히 탄복도 아니 하지 못하였다.

코 삐뚤이 삼복의 이 눈부신 발신은, 그러나 백 주사가 희한히 여기는 것처럼 무슨 명당바람이 났다거나 조화를 지녔다거나 그런 신기한 곡절이 있는 바가 아니요, 지극히 간단하고도 수월한 것이었다. 다만 몸에 지닌 재주 가운데 총기가 좀 좋아서 일찍이 영어 마디나 익힌 것을 잊어버리지 아니하였다는, 일종의 특수조건이 없던 바는 아니지만.

1945년 8월 15일, 역사적인 날.

이날도 신기료장수 방삼복은 종로의 공원 건너편 응달에 앉아 구두 징을 박으면서 해방의 날을 맞이하였다. 그러나 삼복은 감격할 줄도 기쁜 줄도 모르고 있었다. 지나가는 행인이 서로 모르던 사람끼리면서 서로 덥석 껴안고 기뻐하고 눈물을 흘리고 하는 것이, 삼복은 속을 모르겠고 차라리 쑥스러워 보일 따름이었다. 몰려 달리는 군중이 오히려 성가시고 만세 소리에 귀가 아파 이맛살이 찌푸려질 지경이었다.

몰려다니고 만세를 부르기에 미쳐 날뛰느라고 정신이 없어, 손님이 없어져 손님이 부쩍 줄었다.

"우라질! 독립이 배부른가?"

이렇게 그는 두런거리면서 반감이 솟았다.

이삼일 지나면서부터야 삼복에게도 삼복다운 해방의 혜택이 나누어졌다.

십 전이나 십오 전에 박아 주던 징을, 오십 전을 받아도 눈을 부라리는 순사를 볼 수가 없었다. 순사가 없어졌다면야 활개를 쳐가면서 무슨 짓을 하여도 상관이 없고 무서울 것이 없던 것이었었다.

"옳아, 그렇다면 독립도 할 만한 건가 보다."

삼복은 징 열 개를 박아 주고 5원을 받아 넣으면서 이렇게 속으로 중얼거리기까지 하였다.

그러나 며칠이 못 가서 삼복은 다시금 해방을 저주하여야 하였다. 삼복이 저 혼자만 돈을 더 받으며, 더 받아 상관이 없는 것이 아니라, 첫째 도가

(都家)들이 제 맘대로 재룟값을 올리는 것이었었다. 징, 가죽, 고무, 실 모두가 다섯 곱, 열 곱 비싸졌다. 그러니 신기료장수는 손님한테 아무리 비싸게 받는댔자 재료를 비싼 값으로 사야 하니, 결국 도가만 살찌울 뿐이지 소득은 전과 크게 다를 것이 없었다.

"이런 옘병헐! 그눔의 경제겐 다 어디루 가 뒈졌어. 독립은 우라지게도 독립을 헌담."

석양 때 신기료 궤짝을 어깨에 멘 채 홧김에 막걸리 청(술청)으로 들어가 서너 사발 들이켜고는 그는 이렇게 게걸거렸다.

그럭저럭 구월도 열흘이 되고, 서울 거리에는 미국 병정들이 꼬마 차와 함께 그득히 퍼졌다.

그 미국 병정들이 거리를 구경하면서 혹은 물건을 사려고 하면서, 말이 서로 통하지를 못하여 답답해하는 양을 보고 삼복은 무릎을 탁 쳤다.

그러나 슬플진저. 땟국과 땀에 찌든 이 누더기를 걸치고는 가망이 없을 말이었다.

'무슨 도리가 없을까?'

반나절을 궁리를 하다가 정오 때에야 한줄기 서광을 얻었다.

총총히 집으로 돌아가 마누라를 시켜, 구두 고치는 연장 일습과 재료 남은 것에다 이불이며 헌 옷가지 해서 한 짐을 동네 아는 가게에다 맡기고는, 한 달 기한으로 돈 백 원을 서 푼 변으로 취해 오게 하였다.

그 돈 백 원을 가지고 삼복은 흔한 넝마전으로 가서 백 원 돈이 꼭 차는 한도까지 명색이 양복 한 벌과 모자를 샀다. 신발은 부득이 안집 사람이 병정구두 사 신은 것을 이다음 창갈이를 거저 해주겠다는 조건으로 닷새만제 것과 바꾸어 신기로 하였다.

이튿날 아침 느지감치 새로 장만한 헌 양복, 헌 모자에, 헌 구두로써 궤짝 멘 신기료장수보다는 제법 말쑥하여진 차림을 차리고 마악 나서려는데, 간밤부터 통통 부어 가지고는 시중도 말대꾸도 잘 아니 하던 애꾸장이 마누라가 와락 양복 뒷자락을 움켜쥐고 늘어진다.

"바른 대루 대요."

"이게 별안간 미쳤나?"

"요 망나니야, 반해 가지군 이력허구 찾아가는 고년이 어떤 년이야? 응?"

"속을 모르거든 밥값을 내지 말랬어, 요 맹추야."

"날 죽이구 가지, 거저는 못 가."

"이년아, 너 이랬단, 내 인제 둔 벌문 증말 첩 얻는다."

"오냐, 잘한다. 날 죽여라, 날……."

"아, 이 우라 주리 땔 앵길 년이……."

한주먹 보기 좋게 갈겨 넘어뜨리고는, 찌부러진 오두막집을 나와서 종로로 방향을 잡았다.

노예도 노예 이전이면 상전을 선택할 자유를 가지는 수도 있다고.

삼복은 종로에서 전차를 내려 동쪽으로 천천히 걸으면서 물색을 하였다. 생김새가 맘씨 좋아 보이고, 여느 병정이 아니라 장교쯤 가는 이라야 할 것이었다.

청년회관 앞에서 담뱃대를 사고 있는 하나가, 몸집이 부대하고 여느 병정은 아닌 듯하고, 얼굴이 사뭇 선량하여 보이는 게 선뜻 마음에 들었다. 구경하는 체하고 넌지시 그 옆으로 가 섰다.

미국 장교는 담뱃대를 집어 들고 기물스러워 하면서 연방 들여다보다가 값이 얼마냐고,

"하우 머치? 하우 머치?"

하고 묻는다.

담뱃대 장수 영감은 삼십 원이라고 소리만 지른다.

알아들을 턱이 없어 고개를 갸웃거리면서 다시금 하우 머치만 찾는 것을 기회 좋을시고라고, 삼복이가 나직이,

"더티 원."

하여 주었다.

획 돌아다보더니,

"오, 캔 유 스피크?"

하면서 사뭇 그러안을 듯이 반가워하는 양이라니. 아스러지도록 손을 잡고 흔드는 데는 질색할 뻔하였다.

직업이 있느냐고 물었다. 방금 실직하였노라고 대답하였다.

그럼 내 통역이 되어 주겠느냐고 물었다. 그러겠노라고 대답하였다.

이 자리에서 신기료장수 코 삐뚤이 삼복이가 미스터 방으로 승차를 하여, S라는 미국 주둔군 소위의 통역이 되었다. 주급 십오 불(이백사십 원) 가량의.

거의 매일같이 미스터 방은 S 소위를 낮에는 거리의 구경으로, 밤이면 계집 있는 술집으로 인도하였다.

한번은 탑골공원의 사리탑을 구경하면서, 얼마나 오래된 것이냐고 S 소위가 물었다. 미스터 방은 언젠가 수천 년 된 것이란 말을 들었기 때문에, 투사우전드 이얼스라고 대답하였다.

또 한번은, 경회루를 구경하면서 무엇을 하던 건물이냐고 물었다. 미스터 방은 서슴지 않고,

"킹 드링크 와인 앤드 댄스 앤드 싱, 위드 댄서."

라고 대답하였다. 임금이 기생 데리고 술 마시고, 춤추고 노래 부르고 하던 집이란 뜻이었다.

내가 보기엔 조선 여자의 옷이 퍽 아름답고 점잖던데, 어째서 양장들을 하는지 모르겠다고 S 소위가 물었다. 미스터 방은, 여자들이 서양 사람한테로 시집을 가고파서 그런다고 대답하였다.

서울역을 비롯하여 거리에 분뇨가 범람한 것을 보고, 혹시 조선 가옥에는 변소가 없느냐고 S 소위가 물었다. 미스터 방은, 있기야 집집마다 다 있노라고 대답하였다.

썩 좋은 조선 그림을 한 장 사고 싶다고 하여서, 문지방 위에다 흔히들 붙이는, 사슴이 불로초를 물고 신선이 앉아 있고 한 것을 5원에 한 장 사주었다.

제일 재미있고 유명한 소설이 무엇이냐고 물어서, 〈추월색〉이라고 대답하였고, 그럼 그것을 한 권 사고 싶다고 하여서, 여러 날 사러 다니다 못해 동네 노마네 집의 것을 2원에 사주었다. 이 밖에도 미스터 방이 S 소위에게 조선을 소개한 공로가 여러 가지로 많으나, 대강은 그러하였다.

그 공로에 정비례해서, 미스터 방은 나날이 훌륭하여져 갔다. 8·15 이

전에 어떤 은행 중역의 사택이라던 지금 이 집으로 현저동 그 집에서 옮겨 오기는, S 소위의 통역이 된 지 사흘 후였다. 위 아래층을 서양식 절반, 일본식 절반으로 꾸민 호화스러운 저택이었다. 정원엔 때마침 단풍과 가을 화초가 아름다웠고, 연못에선 잉어가 뛰놀고는 하였다.

시방 주객이 앉아 술을 마시는 방은, 앞은 노대(바깥 대, 발코니)가 딸리고 햇볕이 잘 들고 밝아서, 여러 방 가운데 제일 좋은 방이었다. 그러나 방 안에는 벽에 그림 한 장 붙어 있는 바도 아니요, 방에 알맞은 가구 한 벌 놓여 있는 바도 아니요, 단지 방일 따름이어서 싱겁게 넓기만 하였다. 그렇지만 미스터 방은 실내의 장식 같은 것쯤 그다지 관심 가질 줄을 아직은 몰랐다.

처음엔 식모를 두었다. 그다음엔 침모를 두었다. 그다음엔 손심부름할 계집아이를 두었다.

하루에도 방 선생을 찾는 이가 여러 패씩 있었다. 대개 그들은 자동차를 타고 오고, 인력거짜리도 흔치 않았다. 그렇게 찾아오는 그들은 결단코 빈손으로 오는 법이 드물었다. 좋은 양과자 상자 밑바닥에는 으레 따로 뿌듯한 봉투가 들어있고는 하였다.

미스터 방의, 신기료장수 코 삐뚤이 삼복이로부터의 발신 경로란 이렇듯 심히 간단하고 순조로운 것이었다.

주인 미스터 방이 백 주사의 컵에다 술을 따르려고 병을 집어 들다가,

"오이, 기미코."

하고 아래층에 대고 부른다.

"심부름 갔어요."

애꾸장이 마누라의 꼬챙이 같은 대답.

"안주 어떻게 됐어?"

"글쎄, 안주시키러 갔어요."

"정종 있지?"

"……"

층계 밟는 소리가 나더니, 퍼머넌트한 머리가 나오고, 좁디좁은 이마에

이어서 애꾸눈이 나오고, 분 바른 얼굴이 나오고, 원피스 입은 커다란 젖통의 가슴이 나오고, 마지막 비단 양말 신은 두리기둥 같은 두 다리가 나온다.

"서 주사가 이거 두구 갑디다."

들고 올라온 각봉투 한 장을 남편에게 건네어 준다.

"어디?"

그러면서 받아 봉을 뜯는다. 소절 수(수표) 한 장이 나온다. 액면 만 원짜리다.

미스터 방은 성을 벌컥 내면서,

"겨우 돈 만 원야?"

하고 소절 수를 다다미 바닥에다 홱 내던진다.

"내가 알우?"

"우라질 자식, 어디 보자. 그래 저는 그걸 십만 원에 불하 맡아다 백만 원 하나는 남겨 먹을 테면서, 그래 겨우 돈 만 원야? 엠병헐 자식, 내가 엠피(MP)헌테 말 한마디면, 전 어느 지경으로 갈지도 모르구서."

"정종으루 가져와요?"

"내 말 한마디에 죽을 눔이 살아나구, 살 눔이 죽구 허는 줄을 모르구서. 흥, 이 자식 경 좀 쳐봐라……. 정종 따끈허게 데어 와. 날두 산산허구 허니."

새로이 안주가 오고, 따끈한 정종으로 술이 몇 잔 더 오락가락하고 나서였다.

백 주사는 마침내, 진작부터 벼르던 이야기를 꺼내었다.

백 주사의 아들 백선봉은, 순사 임명장을 받아 쥐면서부터 시작하여 8·15 그 전날까지 7년 동안, 세 곳 주재소와 두 곳 경찰서를 전근하여 다니면서, 이백 석 추수의 토지와, 만 원짜리 저금통장과, 만 원어치가 넘는 옷이며 비단과, 역시 만 원어치가 넘는 여편네의 패물 등을 장만하였다.

남들은 주린 창자를 졸라맬 때 그의 광에는 옥 같은 정백미가 몇 가마니씩 쌓였고, 반년 1년을 남들은 구경도 못 하는 고기와 생선이 끼니마다 상에 오르지 않는 날이 없었다.

　××경찰서의 경제계 주임으로 있던 마지막 2년 동안은 더욱더 호화판
이었다. 8·15 그날 밤, 군중이 그의 집을 습격하였을 때에 쏟아져 나온 물
건이 쌀 말고도,

　　광목 여섯 통
　　고무신 스물세 켤레
　　지카다비 여덟 켤레
　　빨랫비누 세 궤짝
　　양말 오십 타
　　정종 열세 병
　　설탕 한 부대

　이렇게 있었더란다. 만 원어치 여편네의 패물과, 만 원어치의 옷감이며
비단과 만 원짜리 저금통장은 그만두고 말이었다.

　물건 하나 없이 죄다 빼앗기고, 집과 세간은 조각도 못 쓰게 산산이 다
부서지고, 백선봉은 팔이 부러지고, 첩은 머리가 절반이나 뽑히고, 겨우겨
우 목숨만 살아 본집으로 도망해 왔다.

　일변 고을에시는 백 주사기 지식이 그런 짓을 해서 산 토지를 가지고 동
네 사람한테 거만히 굴고, 작인들한테 8할 가까운 도지를 받고 고리대금을
하였대서, 백선봉이 도망해 와 눕는 그날 밤 그의 본집인 백 주사의 집을
습격하였다.

　집과 세간을 죄다 부수고 백선봉이 보내 준 통제배급물자의 숱한 것들을
죄다 빼앗기고, 가족들은 죽을 매를 맞고 백선봉은 처가로 백 주사는 서울
로 각기 피신하여 목숨만 우선 보전하였다.

　백 주사는 비싼 여관 밥을 사 먹으면서, 울적하게 거리를 오락가락, 어떻
게 하면 이 분풀이를 할까, 어떻게 하면 빼앗긴 돈과 물건을 도로 다 찾을
까 하고 궁리를 했으나 아무런 묘책도 없었다.

　그러다 오늘 우연히 이 미스터 방을 만났다. 종로를 지향 없이 거니는데,

지나가던 자동차가 스르르 멈추면서 서양 사람과 같이 탔던 신사 양반 하나가 내려서더니 어쩌다 눈이 마주치자,

"아, 백 주사 아니신가요?"

하고 반기는 것이었다.

자세히 보니 길바닥에서 신기료장수를 한다던 코 삐뚤이 삼복이가 분명하였다.

"자네가, 저, 저, 방, 방……."

"네, 삼복입니다."

"아, 그런데, 자네가……."

"허, 살 때가 됐답니다."

그리고 내 집으루 갑시다, 하고 잡아끄는 대로 끌리어 온 것이었다.

의표(의장, 옷차림새) 하며, 집하며, 식모에 침모에 계집 하인까지 부리면서 사는 것 하며, 신수가 훤히 트여 가지고 말도 제법 의젓하여진 것 같은 것이며, 진소위(그야말로) 개천에서 용이 났다고 할 것인지.

옛날의 영화가 꿈이 되고 일보에 몰락하여 가뜩이나 초상집 개처럼 초라한 자기가, 또 한 번 어깨가 옴츠러듦을 느끼지 않을 수가 없었다. 그런 데다 이 녀석이 언제 적 저라고 무엄스럽게 굴어 심히 불쾌하였고, 그래서 엔간히 자리를 털고 일어설 생각이 몇 번이나 나지 않은 것도 아니었다. 그러나 참았다.

보아하니 큰 세도를 부리는 것이 분명하였다. 잘만 하면 그 힘을 빌려, 분풀이와 빼앗긴 재물을 도로 찾을 여망이 있을 듯싶었다. 분풀이를 하고 더구나 재물을 도로 찾고 하는 것이라면, 코 삐뚤이 삼복이가 아니라 그보다 더한 놈한테라도 머리 숙이는 것쯤 상관할 바 아니었다.

"그러니, 여보게 미씨다 방……."

있는 말 없는 말 보태 가며 일장 경과 설명을 한 후에, 백 주사는 끝을 맺기를,

"어쨌든지 그놈들을 말이네. 그놈들을 한 놈 냉기지 말고서 죄다 붙잡아다가 말이네. 괴수 놈들일랑 목을 썰어 죽이구, 다른 놈들일랑 뼉다구가 부

러지두룩 두들겨 주구, 꿇어앉히구 항복 받구, 그리구 빼앗긴 것 일일이 도루 다 찾구, 집허구 세간 쳐부순 것 말끔히 다 물리구⋯⋯, 그렇게만 해준다면 내, 내 재산 절반 노나 주문세, 절반. 응, 여보게. 미씨다 방."

"염려 마슈."

미스터 방은 선뜻 쾌한 대답이었다.

"진정인가?"

"머, 지끔 당장이래두 내 입 한 번만 떨어진다 치면, 기관총 들멘 엠피가 백 명이구 천 명이구 들끓어 내려가서 들입다 쑥밭을 만들어 놉니다, 쑥밭을."

"고마우이!"

백 주사는 복수하여지는 광경을 선히 연상하면서, 미스터 방의 손목을 덥석 잡는다.

"백골난망이겠네."

"놈들을 깡그리 죽여 놓을 테니, 보슈."

"자네라면이야 어련하겠나."

"흰말이 아니라 참 이승만 박사두 내 말 한마디면 고만 다 제바리유."

미스터 방은 그러고는 냉수 그릇을 집어 한 모금 물고 꿀쩍꿀쩍 양치를 한다. 웬 버릇인지, 하여간 그는 미스터 방이 된 뒤로 술을 먹으면서 양치하는 버릇이 생겼었다.

양치한 물을 처치하려고 휘휘 둘러보다, 일어서서 노대로 성큼성큼 나간다. 노대는 현관 바로 위였다.

미스터 방이 그 걸쭉한 양칫물을 노대 아래로 아낌없이 좍 뱉는 바로 그 순간이었다. 그 순간 공교롭게도, 마침 그를 찾으러 온 S 소위가 현관으로 일단 들어서려다 말고(미스터 방이 노대로 나오는 기척이 들렸기 때문에) 뒤로 서너 걸음 도로 물러나,

"헬로."

부르면서 웃는 얼굴을 쳐드는 순간과 그만 일치가 되었다.

"에구머니!"

놀라 질겁하였으나 이미 뱉어진 양칫물은 퀴퀴한 냄새와 더불어 백절폭

포로 내리쏟아, 웃으면서 쳐드는 S 소위의 얼굴 정통에 가서 좌르르.

"유 데블!"

이 기겁할 자식이라고, S 소위는 주먹질을 하면서 고함을 질렀고, 그 주먹이 쳐든 채 그대로 있다가, 일변 허둥지둥 버선발로 뛰쳐나와 손바닥을 싹싹 비비는 미스터 방의 턱을,

"상놈의 자식!"

하면서 철컥, 어퍼컷으로 한 대 갈겼더라고.

왕치와 소새와 개미와

- 채만식 -

작품 정리

　이 작품은 1941년 '문장'에 발표된 작품으로 왕치가 대머리가 되고 소새(물새)의 주둥이가 나오고 개미의 허리가 잘룩해진 이유를 우화적으로 풀어쓴 어린이도 쉽게 이해하고 재미있게 읽을 수 있는 우화 소설이다.

　개미는 왕치가 너스레를 떠는 모습에 웃다 굴러 허리가 잘룩 빠지고, 소새는 놀라 뒤로 자빠져 주둥이가 삐죽 나오고, 왕치는 너스레를 떨며 이마에 난 땀을 씻다 머리가 홀러덩 벗겨진다. 작가는 세 동물을 통해 뒤틀린 사회 문제들과 이기적이고 위선적인 인물들을 빗대어 표현하고, 나태하고 게으른 이기주의로 살지 말고, 개미와 같이 부지런하고 너그러운 마음을 가지라는 교훈을 주는 작품이다.

작품 줄거리

　옛날에 왕치와 소새와 개미가 살았다. 소새와 개미는 부지런하고 일을 잘 했다. 그러나 왕치는 게을러서 늘 구박을 받는다. 어느 날 소새는 한 명씩 돌아가며 잔치를 벌이자고 한다. 왕치는 걱정이 되지만 수락한다.

　개미는 새참을 준비하던 아낙내의 다리를 물어 흘린 음식을 가져 온다. 소새는 냇가에서 잉어를 주둥이로 낚아 음식을 차린다. 왕치는 먹을 음식을 구하지 못해 냇가에서 잉어를 잡으려다 오히려 잉어에게 잡아먹힌다. 날이 어두워지도록 왕치가 돌아오지 않자 소새와 개미는 왕치를 찾아나서지만 왕치를 찾지 못한다. 집으로 돌아오던 소새가 개울을 지나다 잉어 한 마리가 떠오르자 그 잉어를 낚는다. 소새와 개미는 다음날 다시 찾기로 하고 낚아 온 잉어를 먹는데 갑자기 뱃속에서 왕치가 튀어나오며 자신이 잡은 잉어라고 너스레를 떤다. 이에 소새는 배알이 상해서 주둥이가 튀어나오고, 왕치는 더워서 이마의 땀을 닦다 머리가 벗겨지고, 이를 본 개미는 배꼽을 잡고 웃다가 허리가 부러졌다. 그래서 왕치는 대머리가 되고, 소새는 주둥이가 나오고, 개미는 허리가 잘록해졌다.

핵심 정리

· 갈래 : 우화 소설
· 배경 : 가을 농촌
· 시점 : 전지적 작가 시점
· 주제 : 나태하고 게으른 이기주의를 비판
· 출전 : 문장

왕치와 소새와 개미와

왕치(방아깨비)는 머리가 홀러덩 벗어지고, 소새(솔새)라는 새는 주둥이가 뚜우 나오고, 개미는 허리가 잘록 부러졌다. 이 왕치의 대머리와 소새의 주둥이 나온 것과 개미의 허리 부러진 것과는 이만저만 하지 않은 내력이 있다.

옛날 옛적, 거기 어디서, 개미와 소새와 왕치가 한집에서 함께 살고 있었다.

개미는 시방이나 그때나 다름없이 부지런하고 일을 잘했다. 소새도 소갈머리는 좀 괴팍하고 박절한 구석은 있으나, 본시 재치가 있고 바지런바지런해서, 제 앞 하나는 넉넉히 꾸려 나가고도 남았다.

딱한 건 왕치였다. 파리 한 마리 건드릴 근력도 없는 약질이었다. 펀펀히 놀고먹어야 했다. 놀고먹으면서도 양통만 커서, 먹기는 남 갑절이나 먹었다. 놀고먹으면서 양통만 커 가지고 먹기는 남 갑절이나 먹는 것도 염치 아닌 노릇인데, 속이 없고 빙충맞았다. 희떱고(실속은 없어도 마음이 넓고) 비위가 좋았다.

부모 자식이나 동태(同胎) 동기간(同氣間)이라면 모를 텐데, 타성바지의 아무 사이도 아닌 남남끼리 한집 한울 안에 모여 살면서 그 모양이니, 눈치는 독판(혼자서) 먹어 두어야 했다. 개미는 그래도 천성이 너그럽고 낙천가가 되어서 과히 허물을 하지 않았지만, 성미 까슬한 소새는 영 왕치를 못 볼 상으로 아주 미워했다. 걸핏하면 공해 가지고는 구박을 하고 눈치를 주었다.

어느 가을이었다. 백곡이 풍성한 식욕의 가을이었다.

가을도 되고 했으니, 우리 잔치나 한번 차리는 게 어떠냐고, 셋이 모여 앉은 자리에서 소새가 발의를 했다.

"거 참, 좋은 말일세!"

잔치도 잔치지만, 일변 저를 끔끔수(체면을 깎여 부끄러움)를 주자는 설도(說導)인 줄은 모르고, 먹을 속 살가운 왕치가 냉큼 받아서 찬성이었다.

잠자코 있으나 개미도 이의는 없었다.

사흘 잔치를 하기로 했다.

사흘 동안 계속해서 잔치를 하는데, 하나가 하루씩 독담(獨擔)으로 맡아서 차리기로 했다. 가령 첫날은 소새가 잔치를 차리면 둘째 날은 왕치가, 그리고 마지막 날은 개미가……, 이렇게.

왕치는 그렇게 하루씩 독담해서 잔치를 차린다는 데에는 속으로 뜨악하고(꺼림칙하고 싫음) 걱정스러웠으나, 그렇다고 체면에 나는 못 합네 할 수는 없는 터라, 어물어물 코대답을 해 두었다. 둘이 먼저 차리거든 우선 먹어 놓고 볼 일이라는 떡심(뚝심)이었다. 반생을 이런 떡심으로 부지해 왔으니, 별로 새삼스러울 것도 없었다.

첫날은 개미가 나섰다.

들로 나갔다.

들에서는 한창 벼를 거두기가 바빴다. 마침 보니 촌 마누라 하나가 샛밥(곁두리, 새참)을 내가느라고, 한 광주리 목이 오므라들게 해서 이고 들 가운데로 지나고 있었다.

좋을시구나. 개미는 뽀르르 쫓아가서 가랑이 속으로 기어 올라가서는, 넓적다리께를 사정없이 꽉 물어뜯었다.

"아이구머닛!"

죽는소리를 치면서 촌 마누라는 머리 위의 밥 광주리를 내동댕이치고는, 다리야 날 살리라고 도망을 쳤다.

부우연 입쌀밥에, 얼큰한 풋김치에, 구수한 된장찌개에, 짭짤한 자반갈치 토막에, 골콤한 새우젓에……

죄다 집으로 날라다 놓고는, 셋이 모여 앉아서 맛있게 잘 먹었다. 보기 드문, 건(푸짐한) 잔치였다.

다음 날은 소새가 나섰다.

물가로 갔다.

바닥이 들여다보이게 맑은 물에서 붕어도 뛰고 가물치도 놀고 했다. 여느 때와는 달라, 소새는 붕어나 가물치나 단치 따위는 거들떠보지도 않고, 말뚝에 오도카니 앉아서 기다렸다.

이윽고 싯누런 잉어가 한 놈 꿈틀거리면서 물 위로 머리를 솟구쳤다.

잔뜩 겨냥을 하고 노리던 소새는, 휘익 날면서 주둥이로 잉어의 눈을 꿰어 들었다.

집으로 돌아오니, 개미와 왕치는 손뼉을 치며 맞이했다.

싱싱한 잉어를 놓고 둘러앉아서 먹는 맛은 또한 자별했다.

소새 차례의 둘째 날의 잔치도 그래서 걸게 지났다.

마지막, 셋째 날이 드디어 왔다.

왕치는 무어라고든 핑계를 대고서 뱃심으로 뭉갤 생각이었으나, 소새의 패앵팽한 눈살을 보니 안 될 말이었다.

잘 먹은 죄가 이렇게 큰 거라고 생각하면서, 아무 가량(계산)도 없는 채 집을 나섰다.

우선, 들로 나가 보았다.

넓고 펀한 들에는 벼만 가득히 익고 농군들이 벼를 거두기에 바빴지, 보아야 만만히 건드림 직한 거라곤 없었다. 설마한들 벼 이삭이나 한 목쟁이 주워 가지고 갈 수는 없고.

막막히 헤매고 다니다가 한 곳을 당도한즉 애꾸눈 엿장수가 엿목판을 두드리면서,

"엿들 사려! 호두엿 사려."
하고 멋들어지게 외치고 지나갔다.

덮어놓고 후룩후룩 날아가서 엿목판에 가 앉았다. 한 목판에 그득 담긴 엿이 또한 먹음직스러웠다.

이걸 송두리째 집으로 가져만 간다면 걸기도 하고 한바탕 뽐낼 판인데, 그러나 무슨 재주로!

어떻게 하면 좋을까 하고 요리조리 엿목판을 끼웃거리며 궁리를 한다는 게, 무심결에 엿장수의 어깨에 가 앉았던 모양이었다.

"작것(잡것), 재수 없네!"

엿장수가 손바닥으로 탁 치는 바람에, 하마터면 엿장수의 어깨에서 참혹

한 죽음을 할 뻔하고는 혼비백산 질겁하여 도망을 쳤다.

들을 지나서 산 밑으로 가 보았다.

꿩도 날고, 토끼도 기었다. 바위 틈바구니엔 벌집도 있고, 그 단꿀 냄새에 회가 동했다. 그러나 모두가 화중지병(畵中之餠, 그림의 떡)이었다.

잔디밭에서 송아지를 데리고 암소가 놀고 있었다.

어미는 너무 크고, 송아지들에게 가 앉아 보았다. 간지럽다고 강중강중 뛰었다.

요놈을 어떻게 사알살 꼬여서 집으로 끌고 갔으면 좋겠는데, 그게 도무지 도리가 없었다.

이마빡으로 옮아앉아서 터럭을 물고 진득이(끈질기게) 잡아당겼다. 부룩송아지(길들지 않은 수송아지)라 대가리를 사뭇 내젓는 통에 저만치 가서 떨어졌다.

이 녀석 어디 보자고 엉덩짝에 가 앉아서는,

"이러! 이러!"

하고 간질여 보았다.

그러는 것을 송아지는 파리인 줄 알고, 꼬리를 획 쳐서 옆구리가 끄먹하도록 얻어맞았다.

하릴없이 물가로 와 보았다.

붕어가 뛰고 메기가 놀고, 역시 그럼직한 것이 없는 게 아니나, 잡는 재주가 없었다.

그럭저럭 해는 점심 새때도 지나, 오래지 않아 날이 저물게 되었다.

그대로 빈손으로 돌아가자니 차마 체모(체면)가 아니었다. 그렇다고 해서 언제까지고 이렇게 헤매기만 할 수도 없었다.

답답했다.

엉엉 앉아서 울었다.

막 그럴 즈음, 어저께 소새가 잡아 가지고 온 그런 잉어가 한 놈, 싯누런 몸뚱이를 궁싯거리면서 물 위로 떠 올랐다.

왕치는 분연히, 울기를 그치고 팔을 부르걷었다.

"그래, 사내대장부가 세상에 나서, 온 이래야 옳담매?"

그러면서 단연 그 잉어를 잡을 결심으로 후르륵 날아, 마침 솟구치는 잉어의 콧등에 오똑 앉았다.

잉어야 그렇잖아도 속이 출출한 판인데 이게 웬 떡이냐 하고 날름 혀로 차서는, 씹고 무엇하고 할 것도 없이 그대로 꼴깍 삼켜 버렸다.

아침에 일찍 나간 채 한낮이 겨워도 왕치는 돌아오지 않아, 집에서 소새와 개미는 걱정을 하며 이제나저제나 까맣게 기다렸다.

그러면서 개미는 소새에게 자꾸만 탓을 했다. 부질없이 그런 설도를 해서 그 못난이를 갖다가 못 할 노릇을 시켰노라고. 괜히 참, 어디 가서 함부로 넘성거리다가 몸을 다치든지, 아닐 말로 죽든지 하면 이 일을 장차 어떡한단 말이냐고.

소새는 민망하여, 아, 작자가 하도 염장을 못 차리고 보기 싫게 굴기에 좀 그래 보았지야고, 그래도 난 못 하겠노라고 아랫목에 앉아서 뭉개든지, 무어라고 핑계를 대고 꾀로 바워 내려니 했지, 누가 그렇게 성큼 나설 줄이야 알았냐고, 아무려나 어서 무사히 돌아오기나 했으면 좋겠다고, 누누이 발명(발뺌) 겸 후회하기를 마지않았다.

한낮이 겨워 다시 새때가 되어 오자, 참다못해 둘은 왕치를 찾으러 나섰다.

개미는 들로 나섰다. 그러나 암만 찾아다녀도 왕치의 종적은 알 길이 없었다.

소새는 물가로 나갔다. 역시 암만 찾아다녀도 — 벌써 잉어의 뱃속으로 들어간 뒤라 — 왕치는 눈에 뜨이지 않았다.

어느덧 날은 저물어 땅거미가 져서 더 찾으려야 찾을 수도 없고, 소새는 마음만 한껏 초조하여 거듭 뉘우쳐 가면서 하릴없이 집으로 돌아가기로 했다. 혹시 그동안 왕치가 제풀에 돌아와 있으면 작히(얼마나) 좋을까 하는 일루의 희망을 가지고.

그리하여 마침 수면을 날아 건너는데, 잉어가 한 놈 굼실거리며 물 위로 떠오르는 게 보였다. 이왕이니 사냥이나 해 가지고 갈 생각으로 획, 몸을 떨어뜨리면서 주둥이로 잉어의 눈을 꿰어 찼다.

집에서는 개미가 먼저 돌아와서 까맣게 혼자 기다리고 있었다.

둘은 필경 일을 저지른 것이라고 걱정에 땅이 꺼졌으나, 다시 더 찾아보자 한들 날은 이미 저물었고 밝은 다음 날로 미루는 수밖에 없었다.

하나가 빠졌는데 텅 빈 것같이 섭섭한 집 안에서, 둘은 방금 소새가 잡아 가지고 온 잉어를 먹기 시작했다. 좋은 음식을 대하니, 없는 동무가 한결 생각이 나서 목에 걸렸다.

중간쯤 먹었을 때였다.

별안간 후루룩하더니 둘이 먹고 있는 잉어 배때기 속에서 왕치가 풀쩍 뛰어나오는 것이었다. 아까 왕치를 산 채로 먹은 그 잉어를 공교로이 소새가 잡아 온 것이었다.

소새와 개미는 ─ 반가운 것도 반가운 것이지만 깜짝 놀라 ─ 뒤로 나가 자빠지는데, 풀쩍 그렇게 잉어 배때기 속에서 뛰어나오면서 왕치의 하는 거동이 과연 절창(絕唱)이었다.

"휘! 더워! 어서들 먹게! 아, 이놈의 걸 내가 잡느라고 어떻게 그만 애를 썼던지! 에이 덥다! 어서들 먹게!"

이렇게 너스레를 떨면서, 땀 난 이마를 쓱쓱 손바닥으로 씻으면서.

소새는 반가운 것도 놀란 것도 인제는 어디로 가고, 슬그머니 배알이 상했다. 잡기를 번연히 소새가 잡아, 그 덕에 생선 배때기 속에서 귀신도 모르게 죽을 것을 살려내고 한 것을, 넉살 좋게 제가 잡느라고 애를 쓴 건 무어며, 숫제 어서들 먹으라고 연성 생색을 내니, 세상에 그런 비윗살도 있더란 말이었다.

소새는 그래서 주둥이가 한 자나 되게 뚜우 하니 나와 가지고는 샐룩한 눈을 깔아뜨리고 앉아 말이 없었다.

개미가 비로소 정신을 차려 둘을 다시금 보니 참 우스워 기절을 하겠다.

속을 못 차리고 공것을 너무 바라고 하면 이마가 벗어진다더니, 정말 왕치는 이마의 땀을 쓱쓱 씻는데 보기 좋게 빈대 머리가 단박에 홀러덩 벗어지고 만 것이었다.

소새는 또 주둥이가 한 발이나 쑤욱 나와 버렸고.

개미는 하도하도 우습다 못해 대굴대굴 구르다가 그만 허리가 부러지고 말았다.

이래서 그때부터 왕치는 대머리가 벗어진 것이고, 소새는 주둥이가 길어진 것이고, 개미는 허리가 부러진 것이라고 했다는 것이다.

이상한 선생님

- 채만식 -

이 작품은 일제강점기 당시 키가 작고 머리가 커 뼘박, 대갈장군이라고 불리는 박 선생과, 키와 몸집이 크고 얼굴이 검고 허허 웃기를 잘하는 같은 학교의 온순한 성격의 강 선생의 이야기를 다룬다.

개인의 영달을 위하여 시대 상황에 따라 친일 행위와 광복 후 친미파로 손바닥 뒤집듯 바뀌는 박 선생과, 반일 성향을 지니고 해방 후 교장이 되지만 빨갱이로 몰려 파면당하는 강 선생을 표현한다.

해방 전후 미 군정기 혼란한 사회에서 고위 관료에게 굽실거리고, 자신보다 힘이 없는 사람을 괴롭히는 '이상한 선생님'을 어린아이의 눈을 통해 비판하는 작품이다.

그 학교에는 키가 매우 작고 이마가 툭 튀어나온 뼘박 박 선생과, 키가 크고 정이 많은 강 선생이 있었다. 박 선생은 적극적인 친일파로, 아이들이 조선말을 쓰면 바로 혹독한 벌을 준다. 하지만 강 선생은 일본어가 서투르다는 이유로 일본어를 전혀 쓰지 않는다.

1945년 8월 15일 해방이 되자, 강 선생은 일본인 선생과 교장에게 "일본으로 빨리 돌아갈 궁리나 하라"고 하고, 박 선생에게는 "자네 같은 충신이면 일본에서도 괄시하지는 않을 것"이라며 일본으로 함께 떠나라고 한다. 박 선생이 한마디도 못 하며 부끄러워하자 강 선생은 "우리가 죗값을 나중에 치르더라도 우선은 같이 건국에 도움이 되는 일을 하자"고 하며 함께 태극기를 그린다.

얼마 뒤 미 군정기가 시작되고 박 선생은 미군 장교 한 명에게 붙은 뒤에 극단적인 친미주의자가 된다. 한편 강 선생은 미군이 오기 전에 국민학교의 교장이 되지만, 갑자기 빨갱이라는 이유로 교장에서 해임당한다. 그 후 박 선생이 교장이 되고 일제강점기 때 했던 것처럼 미국인들을 열렬히 찬양하며, 미국을 욕하는 학생이 있으면 혹독한 벌을 준다. 이에 학생들은 미국에도 천황이 있느냐고 묻는다. 박 선생은 미국엔 천황 대신 돌멩이라는 양반이 있다고 가르치고, 이에 학생들은 박 선생을 '정말 이상한 선생님'이라 여긴다.

핵심 정리

갈래 : 단편 소설
시점 : 1인칭 관찰자 시점
배경 : 해방 전후 시골 국민(초등)학교
주제 : 해방 전후 기회주의적인 인물에 대한 비판

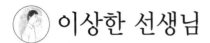 이상한 선생님

1

우리 박 선생님은 참 이상한 선생님이었다.

박 선생님은 생긴 것부터가 무척 이상하게 생긴 선생님이었다. 키가 한 뼘밖에 안 되는 박 선생님이라서, 뼘생 또는 뼘박이라는 별명이 있는 것처럼, 박 선생님의 키는, 키 작은 사람 가운데서도 유난히 작은 키였다. 일본 정치 때, 혈서로 지원병을 지원했다 체격검사에 키가 제 척수에 차지 못해 낙방이 되었다면, 그래서 땅을 치고 울었다면, 얼마나 작은 키인 것은 알 일이다.

그런 작은 키에, 몸집은 그저 한 줌만 하고. 이 한 줌만 한 몸집의, 한 뼘 만한 키 위에 가서, 그런데, 이건 깜짝 놀랄 만큼 큰 머리통이, 보매 위태위 태하게 올라앉아 있다. 그래서 박 선생님의 또 하나의 변명을 대갈장군이 라고도 하였다.

머리통이 그렇게 큰 박 선생님의 얼굴은 어떻게 생겼느냐 하면, 또한 여 느 사람과는 많이 달랐다. 뒤통수와 앞이마가 툭 내솟고 내솟은 좁은 이마 밑으로 눈썹이 시꺼멓고, 왕방울 같은 두 눈은, 부리부리하니 정기가 있고 도 사납고, 코는 매부리코요, 입은 메기입으로 귀밑까지 넓죽 째지고 그리 고 목소리는 쇠꼬챙이로 찌르는 것처럼 쨍쨍하고. 이런 대갈장군의 뼘생 박 선생님과 아주 정반대로 생긴 이가 강 선생님이었다.

강 선생님은 키가 크고, 몸집도 크고, 얼굴이 너부룻하고, 얼굴이 검기는 하여도 순하지 사남이 든 데가 없고, 눈은 더 순하고, 허허 웃기를 잘하고, 별로 성을 내는 일이 없고, 아무하고나 장난을 잘하고…… 강 선생님은 이 런 선생님이었다.

뼘박 박 선생님과 강 선생님은 만나면 싸움이었다. 하학을 하고 나서, 우리들이 소제를 한 교실을 둘러보다 가든지, 또는 운동장에서든지(그러니까 우리들이 여럿이는 보지 않는 곳에서 말이다) 두 선생님이 만난다 치면, 강 선생님은 괜히 장난이 하고 싶어, 박 선생님을 먼저 건드리곤 하였다.

"뺌박아, 담배 한 대 붙여 올려라."

강 선생님이 그 생긴 것처럼 느릿느릿한 말로 이렇게 장난을 청하고, 그런다치면 박 선생님은 벌써 성이 발끈 나가지고

"까불지 말아, 죽여놀 테니."

"얘야, 까불다니, 이 덕집엔 좀 억울하구나…… 아무튼 담배나 한 개 빌리자꾸나."

"나두 뻐젓한 돈 주구 담배 샀어."

"아따 이 사람, 누가 자네더러, 담배 도둑질했대나?"

"너두 돈 내구 담배 사 피우란 말야."

"에구 요 재리야! 체가 요렇게 용잔하게 생겼거들랑, 속이나 좀 너그럽게 써요."

"몸 크구서 속 못 차리는 건, 볼 수 없더라."

하나는 커다란 몸집을 해가지고 싱글싱글 웃으면서, 하나는 한 뼘만 한 키에, 그 무섭게 큰 머리통을 한 얼굴을 바싹 대들고는 사남이 졸졸 흐르면서, 그렇게 마주 서서 싸우는 모양은, 마치 큰 수캐와 조그만 고양이가 마주 만난 형국이었다.

2

다른 학교에서도 다 그랬을 테지만, 우리 학교에서도, 그때 말로 '국어'라던 일본말, 그 일본말로만 말을 하게 하고, 엄마 아빠 할 적부터 배운 조선말은, 아주 한 마디도 쓰지 못하게 하였다. 그러나, 주재소의 순사, 면의 면서기, 도 평의원을 한 송주사, 또 군이나 도에서 연설하러 온 사람, 이런 사람들이나 조선 사람끼리 만나도 척척 일본말로 인사를 하고 이야기를 하고 하였지, 다른 사람들이야 일본 사람과 만났을 때 말고는 다들 조선말로 말을 하고, 그래서 학교 문 밖에만 나가면 만판 조선말로 말을 하는 사람들

이요, 더구나 집에 돌아가면, 어머니, 아버지, 언니, 누나, 애기, 모두들 조선말로 말을 하고 하였다. 그러니까 우리들도 학교에 가서도, 교실에서 공부를 하고 나와 운동장에서 우리끼리 놀고 할 때에는 암만해도 일본말보다 조선말이 더 많이, 그리고 잘 나와지고 하였다.

학교에서고, 학교 밖에서고 조선말로 말을 하다 선생님한테 들키는 날이면 경을 치는 판이었다. 선생님들 중에서도 제일 심하게 밝히는 선생님이 뼘박 박 선생님이었다. 교장선생님이나 다른 일본 선생님은 나무라기만 하고 마는 수가 있어도, 뼘박 박 선생님은 절대로 용서가 없었다.

나도 여러 번 혼이 나 보았다. 한번은 상준이 녀석과 어떡하다 쌈이 붙어서, 둘이 서로 부둥켜안고 구르면서, 이 자식아, 저 자식아, 죽어봐, 때려봐 하면서 한참 시방 때리고 제기고 하는 참이었다.

그러는 참인데, 느닷없이

"고랏! 조셍고데 겡까 스루야쓰가 이루까."(이놈아! 조선말로 쌈하는 녀석이 어딨어.) 하면서, 구둣발길로 넓적다리를 걷어차는 건, 정신없는 중에도 뼘박 박 선생님이었다.

우리 둘이는 그 자리에서 뺨이 붓도록 따귀를 맞았고, 공부 시간에 들어가지도 못하고서 그 시간 동안 변소 소제를 하였고, 그리고 조행에 점수를 듬뿍 깎이고 하였다.

이렇게, 뼘박 박 선생님한테 제일 중한 벌을 받는 것이 무엇이냐 하면, 조선말로 지껄이다 들키는 때였다.

강 선생님은 그와 반대로 아무 시비가 없었다.

교실에서 공부를 할 때 외에는 그리고 다른 선생님 — 그중에서도 교장 이하 일본 선생님들과 뼘박 박 선생님이 보지 않는 데서는, 강 선생님은 우리들한테, 일본말로 말을 하지 아니하였다. 우리들이 일본말로 하여도 강 선생님은 조선말로 하곤 하였다.

우리들이 어쩌다, 선생님은 왜 '국어'(일본말)로 아니 하세요? 하고 물으면, 강 선생님은 웃으면서, 나는 '국어'(일본말)가 서툴러서 그런다하고 대답하였다.

그렇지만, 우리가 보기에도 강 선생님은 일본말이 서투른 선생님이 아니었다.

3

해방이 되던 바로 그 이튿날이었다. 여름 방학으로 놀던 때라, 나는 궁금하여서 학교엘 가보았다.

다른 아이들도 한 오십 명이나 와서 있었다. 우리는 해방이라는 말은 아직 몰랐고, 일본이 전쟁에 지고, 항복을 한 것만 알았었다. 선생님들이 그 중에서도 뽐박 박 선생님이, 그렇게도 일본(우리 대일본 제국)은 결단코 전쟁에 지지 않는다고, 기어코 전쟁을 이기고, 천하에 못된 미국 영국을 거꾸러뜨려 천황폐하의 위엄을 이 전 세계에 드날릴 날이 멀지 않았다고, 하루에도 몇 번씩 그런 말을 해쌓던 그 일본이, 도리어 지고 항복을 하다니, 도무지 모를 일이었었다.

직원실에는, 교장선생님과 두 일본 선생님과, 그리고 뽐박 박 선생님과 이렇게가 모여 앉아서 초상난 집처럼 모두는 코가 쑤욱 빠져가지고 있었다. 우리들은 운동장 구석으로, 혹은 직원실 앞뒤로 패패로 모여 서서, 제가끔 아는 대로, 일본이 항복한 이야기를 하고 있었다.

그때에 육 학년에 다니던 우리 사촌 언니 대석이가, 뒤늦게야 몇몇 동무와 힘께 떨떨거리고 달러들었다.

똘똘하고, 기운 세고, 싸움 잘하고, 그느라고 선생님들한테 꾸지람과 매는 도맡아 맞고, 반에서 성적은 제일 꼴찌요 한 천하 말썽꾼이었다.

대석 언니네 집은, 읍에서 십 리나 되는 곳이었고, 그래서 오늘 아침에야 소문을 들었노라고 하였다.

대석 언니는 직원실을 넘싯이 넘겨다보더니, 싱긋 웃으면서, 처억 직원실 안으로 들어섰다.

직원실 안에 있던 교장선생님이랑, 다른 두 일본 선생님이랑은 못 본 체하고 고개를 숙이고 있는데, 뽐박 박 선생님이 눈을 흘기면서, 영락없이 일본말로

"난다?"(왜 그래?) 하고 책망을 하였다.

대석 언니는 그러나 무서워하지 않고 한다는 소리가

"선생님, 덴노헤이까가 고오상(천황폐하가 항복)했대죠?" 하고 묻는 것이었었다.

뺌박 박 선생님은, 성을 버럭 내어 그 큰 눈방울을 부라리면서, 여전히 일본말로

"잠자쿠 있어 잘 알지두 못하면서…… 건방지게시니." 하고 쫓아와서 곧 한 대 갈길 듯이 을러대었다.

대석 언니는 되돌아서서 나오면서 커다랗게

"덴노헤이까 바가!"(천황폐하 망할 자식!)

"………"

만일 다른 때 누구든지 그런 소리를 했단 당장 큰일이 나는 판이었다. 그러나 교장선생님이랑 두 일본 선생님은 그대로 못 들은 척 코만 빠치고 앉았고, 뺌박 박 선생님도 잔뜩 눈만 흘기고 있을 뿐이지 아무렇지도 않았다.

그런 걸 보면 정녕 일본이 지고, 덴노헤이까가 항복을 하였고, 그리고 그래서 인제는 들 기승을 떨지를 못하는 모양인 것 같았다.

마침 강 선생님이 땀을 뻘뻘 흘리면서 헐떡거리고 뛰어왔다. 강 선생님은 본집이 이웃 고을이었다.

"오오, 느이들두 왔구나. 잘들 왔다. 느이들두 다들 알았지? 조선이, 우리 조선이 해방이 된 줄 알았지? 얘들아, 우리 조선이 독립이 됐단다, 독립이! 일본은 쫓겨가구…… 그 지질히 우리 조선 사람을 못살게 굴구, 하시하구, 필 빨아먹구 하던 일본이, 그 왜놈들이, 죄다 쫓겨가구, 우리 조선은 독립이 돼서, 우리끼리 잘살게 됐어, 잘살게."

의젓하고 점잖던 강 선생님이 그렇게도 들이 납뛰고 덤비고 하는 것은 처음 보았다.

"자아, 만세 불러야지, 만세. 독립 만세, 독립 만세 불러야지. 태극기 없니? 태극기. 아무두 아니 가졌구나! 느인 참 태극기가 어떻게 생긴 지 구경두 못했을 게다. 가만있자. 내, 태극기 맨들어 가지구 나오께."

그러면서 강 선생님은 직원실로 들어갔다.

강 선생님이 직원실로 들어서는 것을 보고, 교장선생님이랑 두 일본 선

생님은 인사를 하려고, 풀기 없이 일어섰다.

강 선생님은 교장선생님더러 말을 하였다.

"당신들은 인제는 일 없어. 어서, 집으루 가 있다. 당신네 나라루 돌아갈 도리나 허우."

"………"

아무도 대꾸를 못하는데, 뺌박 박 선생님이, 주저주저하다가

"아니, 자상히 알아보기나 하구서……"

하는 것을, 강 선생님이 버럭 큰 소리로

"무엇이 어째? 자넨 그래, 무어가 미련이 남은 게 있어, 왜놈들허구 대가리 맞대구 앉어서 수군덕거리나? 혈서(血書)루 지원병 지원 한번 더해보구 퍼 그러나? 아따 그다지 애닯거들랑, 왜놈들 쫓겨가는 꽁무니 따라, 일본으루 가 살게 그러나. 자네 같은 충신이면 일본서두 괄신 아니하리."

"………"

뺌박 박 선생님은 그만 두말도 못 하고 얼굴이 벌개서, 어쩔 줄을 몰라하였다. 뺌박 박 선생님이 남한테 이렇게 꼼짝을 못 하는 것을 보기는, 우리는 처음이었다.

강 선생님은 반지를 여러 장 꺼내어놓고, 붉은 잉크와 푸른 잉크로, 태극기를 몇 장이고 그렸다.

그려 내놓고는 또 그리고, 그려 내놓고 또 그리고, 얼마를 그리면서, 그러다 아주 부드럽고 조용한 목소리로

"여보게 박 선생?"

하고 불렀다. 그러고는, 잠자코 담배만 피우고 앉았는 뺌박 박 선생을 한번 돌려다 보고 나서

"내가 좀 흥분해서, 말이 너무 박절했나 보이. 어찌 생각하지 말게…… 그리구, 인제는 자네나 나나, 그동안 진 죌, 우리 조선 동포 앞에 속죄해야 할 때가 아닌가? 물론 이담에, 민족이 우리를 심판하구, 죄에 따라 벌을 줄 날이 오겠지. 그러나 장차에 받을 민족의 심판과 벌은, 장차에 받을 민족의 심판과 벌이고, 시방 당장, 조선 민족의 한 분자루, 할 일이 조옴 많은가? 우리, 같이 손목 잡구, 건국에 도움 될 일을 하세. 자아, 이리 와서 태극기

그리게. 독립 만세부터 한바탕 부르세."

"........."

뺌박 박 선생님은 아무 소리도 않고, 강 선생님의 옆으로 와서 태극기를 그리기 시작하였다.

그 뒤로 강 선생님과, 뺌박 박 선생님은 사이가 매우 좋아졌다. 뺌박 박 선생님은, 학과 시간마다 여러 가지로 좋은 이야기를 많이 하여 우리한테 들려주었다. 일본이 우리 조선을 뺏어, 저의 나라에 속국(屬國)을 삼던 이야기도 하여주었다.

왜놈들은 천하의 불측한 인종이어서, 남의 나라와 전쟁하기를 좋아하는 백성이라고 하였다. 그래서, 임진왜란 때에도 우리 조선에 쳐들어왔고, 그랬다가 이순신(李舜臣) 장군이랑 권율(權慄) 도원수한테 아주 혼이 나고 쫓기어 간 이야기도 하여주었다.

우리 조선은 역사가 사천 년이나 오래고, 그리고 세계의 어떤 나라보다 못하지 않게 훌륭한 문화가 발달된 나라라고, 이야기도 하여 주었다.

뺌박 박선생님은 한편으로 열심히 미국말을 공부하였다. 그러면서 우리들 더러도 졸업을 하고 중학교에 가거들랑, 미국말을 제일 무엇보다도 많이 공부하라고, 시방은 미국말을 모르고는 훌륭한 사람이 되지 못한다고 하였다.

뺌박 박 선생님은, 한 일 년 그렇게 미국말 공부를 하더니, 그다음부터는 미국 병정이 오든지 하면, 일쑤 통역을 하고 하였다. 중학교에 다닐 때에 조금 배운 것이 있어서, 그렇게 쉽게 체득을 하였다고 하였다.

미국 병정은, 벼 공출을 감독하러 와서, 우리 뺌박 박 선생님을 그 꼬마 자동차에 태워가지고, 동네 동네 돌아다녔다.

뺌박 박 선생님은 미국 양복을 얻어 입고, 미국 담배를 얻어 피우고, 미국 통조림이랑 과자를 얻어먹고 하였다.

해방 뒤에 새로 온 김 교장 선생님이 갈려가고, 강 선생님이 교장이 되었다. 강 선생님이 교장이 된 다음부터는, 뺌박 박 선생님은 강 선생님과 도로 사이가 나빠졌다.

우리는 한번 뺌박 박 선생님이 미국 담배를 피우고 있는 것을, 교장선생

님이

"자넨 그건 무어라구, 주접스럽게 얻어 피우군 하나?" 하고, 핀잔을 하는 것을 보았다.

강 선생님은 교장이 된 지 일 년이 못 되어서 파면을 당하였다.

어른들 말이, 강 선생님은 빨갱이라고 하였다. 그리고, 그래서 파면을 당하였느리라고 하였다.

또 누구는, 뺌박 박 선생님이, 강 선생님을 그렇게 꼬아댄 것이지, 강 선생님은 하나도 빨갱이가 아니라고도 하였다.

강 선생님이 파면을 당한 뒤를 물려, 뺌박 박 선생님이 교장선생님이 되었다.

교장이 된 뺌박 박 선생님은, 그 작은 키가 으쓱하였다. 뺌박 박 선생님은 미국을 침이 마르도록 칭찬을 하였다. 이 세상에, 미국같이 훌륭한 나라가 없고, 미국 사람같이 훌륭한 백성이 없다고 하였다.

우리 조선은, 미국 덕분에 해방이 되었으니까, 미국을 누구보다도 고맙게 여기고, 미국이 시키는 대로 순종을 하여야 하느리라고 하였다. 우리가 혹시 말끝에 '미국 놈……'이라고 하면, 뺌박 박 선생님은, 단박 붙잡아다 세우고 벌을 키우곤 하였다. 전에, '덴노헤이까 바가'라고 한 것만큼이나 엄한 벌을 주었다.

"이놈아, 아무리 미련한 소견이기로, 자아 보아라, 우리 조선을 독립을 시켜주느라구, 자기 나라 백성을 많이 죽여가면서 전쟁을 했지. 그래서 그 덕에 우리 조선이 왜놈의 압제에서 벗어나서 독립이 되질 아니했어? 그뿐인감? 독립을 시켜주구 나서두 우리 조선 사람들, 배 아니 고프구, 편안히 잘 살라구, 양식이야, 옷감이야, 기계야, 자동차야, 석유야, 설탕이야, 구두야, 무어 죄다 골고루 가져다주지 않어? 그런데 그런 고마운 사람들더러, 미국 놈이 무어야?"

벌을 세우면서, 뺌박 박 선생님은 이렇게 꾸짖곤 하였다.

우리는 뺌박 박 선생님더러, 미국에도, '덴노헤이까'(천황폐하)가 있느냐고 물었다. 미국에도 덴노헤이까가 있지 않고서야, 우리 조선 사람을, 그렇게 일본의 '덴노헤이까'처럼 친아들과 같이 사랑하고, 우리 조선 사람들이 잘 살도록 근심을 하며, 온갖 물건을 가져다주고 할 이치가 없기 때문이었다. (해방 전에, 뼘박 박 선생님은, 덴노헤이까는 우리 조선 사람들을 일본 사람들과 같이 사랑하고, 우리 조선 사람들이 잘 살기를 근심하신다고 늘 가르쳐 주곤 하였었다.)

뼘박 박 선생님은 미국에는 덴노헤이까는 없고, 덴노헤이까보다 훌륭한 '돌멩이' 라는 양반이 있다고 대답하였다. 우리는 그럼, 이번에는 그 '돌멩이' 라는 훌륭한 어른을 위하여 '미국 신민노세이시' (미국신민서사)를 부르고, 기미가요 대신 돌멩이가요를 부르고 하여야 하나보다고 생각하였다.

아무튼 뼘박 박 선생님은 참 이상한 선생님이었다.

탈출기

- 최서해 -

작가 소개

최서해(崔曙海 1901~1932년)

최서해의 본명은 학송이고, 서해는 호이다. 1901년 1월 21일 함경북도 성진에서 태어났으며 1911년 성진보통학교에 입학했으나 가난으로 5학년 때 중퇴하고, 독학으로 문학을 공부하였다.

1917년 간도(間島)로 이주해 여러 직업을 전전하며 방랑하다가 1923년 귀국하였다.

1918년 3월 '학지광'에 시 〈우후정원의 월광〉, 〈추교의 모색〉, 〈반도청년에게〉를 발표하여 창작 활동을 시작했고, 1924년 '조선문단'에 단편 〈고국〉이 추천되어 등단하였다. 1924년 1월 28일부터 2월 4일까지 동아일보에 〈토혈〉을 연재해 소설가로서의 역량을 유감없이 발휘했으며, 1925년 극도로 빈궁했던 간도 체험을 바탕으로 한 자전적 소설 〈탈출기〉를 발표해 당시 문단에 충격을 주었다. 특히 〈탈출기〉는 살길을 찾아 간도로 이주한 가난한 부부와 노모, 이 세 식구의 눈물겨운 참상을 박진감 있게 묘사한 작품으로 신경향파 문학의 대표작으로 평가된다. 그의 작품은 모두가 빈곤의 참상과 체험을 토대로 묘사한 것이어서 그 간결하고 직선적인 문체에 힘입어 한층 더 호소력을 지니고 있었으나, 예술적인 형상화가 미흡했던 탓으로 초기의 인기를 지속하지 못하고 1932년 7월 지병인 위문협착증으로 죽었다.

작품 정리

이 작품은 1925년 3월 '조선문단'에 발표된 단편 소설로 작가의 자전적 요소가 강한 대표작이다. 간도는 일제 강점기 식민지 조선을 떠난 우리나라 사람들에게 또 다른 시련의 땅이었다. 일본의 착취를 견디기 힘들어 새로운 땅을 찾아 간도로 간 우리나라 민족이 중국인의 횡포에 시달리며 고통 속에서 하루하루를 연명해야 했기 때문이다.

살기 위해 남의 나무를 도둑질할 수밖에 없는 '나'에게는 굶주린 어머니와 자식 임신한 아내가 있다. 이들은 당시의 처지를 잘 보여 주고 있다.

이 작품은 1920년대를 전후한 시기의 우리 민족의 수난사를 사실적으로 표출한 것에 문학사적인 가치가 있다. 단순히 생활고를 토로한 생활 문학의 범주를 넘어서서 프롤레타리아적인 해석을 가능하게 했다. 당시 문단은 지식인 중심의 냉소적인 태도로 가난을 다루고 있는데 이 작품은 지식인이 아닌 무산자의 빈궁을 다루고 있다는 점에서 신경향파 문학이라 할 수 있다.

〈탈출기〉는 소설 구성 면에서는 실패했을지 모르나 새로운 작품 세계를 구축하고 있다. 사상적으로 전환하는 과정에서 가족을 버려야 하는 논리적 필연성은 미흡하지만, 자아에 대한 인식 이전에 가족 공동체가 유지될 수 없음을 감안한다면, 현실의 논리는 그 나름대로 갖추고 있다고 볼 수 있다.

작품 줄거리

탈가(脫家)를 반대하며 가족에게 돌아가기를 권유하는 김 군의 편지를 받은 나(박 군)는 김 군에게 탈가의 이유를 편지로 밝힌다.

5년 전, 무지한 농민을 일깨워 이상촌을 만들겠다는 꿈을 지닌 나는 어머니와 아내를 데리고 간도로 갔으나 땅은 고사하고 굶기를 밥 먹듯 한다. 꿈은 아랑곳없이 중국인에게도 땅을 얻어 농사짓기가 어려워 나는 날품팔이로 전전한다.

나와 나의 가족은 항상 굶주리고 실의 속에 살아간다. 돈도 떨어지고 일자리를 얻지 못한 나는 가난 속에서 어떻게든 살려고 바동거렸다. 한 번도 해 본 적이 없는 구들을 고쳐 주고 가마도 붙여 주는 등 나는 닥치는 대로 아무 일이나 하였다. 하지만 그 일이 항상 있는 것이 아니어서 여름철에는 불볕에서 삵김도 매고, 꼴도 베어 팔아야 했다. 어머니와 아내는 삵방아를 찧거나 강가에 나가서 나뭇개비를 주워 연명하는 눈물겨운 생활이었다.

어느 날, 내가 일거리를 얻지 못하고 탈진하여 집에 들어가서 보니 임신한 아내가 무엇인가를 열심히 먹고 있었다. 나는 잠깐 아내를 의심하고 원망하였다. 그래서 아내가 먹다가 던진 것을 찾으려고 아궁이를 뒤졌다. 재를 막대기로 저어 내니 벌건 것이 눈에 띄었다. 그것은 거리에서 주운 귤껍질이었다. '나'는 심한 자책과 함께 어떻게든 살아 보려고 발버둥을 쳤다. 나는 더욱 열심히 살려고 생선 장사도 하였고, 두부 장사도 하였지만, 두부는 쉬기가 일쑤였고, 우리는 그 쉰 두붓물로 연명을 하였다. 온갖 궂은일을 다 했지만 가난에서 벗어날 수가 없었다.

겨울이 길어지자 일자리가 없어졌다. 나는 세상이나 어머니나 아내에 대해 충실하게 살려고 했

지만 세상이 우리를 멸시한다고 생각되었다. 나는 사람들을 원망치 않았으나 험악한 제도의 희생
자로 살아왔던 것에 참을 수가 없었다. 그래서 이러한 험악한 세상의 원류를 바로잡기 위해 어머
니와 아내와 자식을 버리고 X X 집단에 가입한다. 나는 김 군에게 탈가 이유를 대략 적어 보낸다.

핵심 정리

· 갈래 : 서간체 소설
· 시점 : 1인칭 주인공 시점
· 배경 : 일제 강점기 만주의 간도 지방 일대
· 주제 : 식민치하의 만주 이주민들의 가난한 삶과 현실에 대한 저항
· 출전 : 조선문단

 # 탈출기

1

  김 군! 수삼 차 편지는 반갑게 받았다. 그러나 한 번도 회답치 못하였다. 물론 충정에는 나도 감사를 드리지만 그 충정을 나도 받을 수 없다.

  ― 박 군! 나는 군의 탈가(脫家)를 찬성할 수 없다.

  음험한 이역에 늙은 어머니와 어린 처자를 버리고 나선 군의 행동을 나는 찬성할 수 없다. 박 군! 돌아가라. 어서 집으로 돌아가라. 군의 부모와 처자가 이역 노두에서 방황하는 것을 나는 눈앞에 보는 듯싶다. 그네들이 의지할 곳은 오직 군의 품밖에 없다. 군은 그네들을 구해야 할 것이다.

  군은 군의 가정에서 동량(棟樑)이다. 동량이 없는 집이 어디 있으랴. 조그마한 고통으로 집을 버리고 나선다는 것이 의지가 굳다는 박 군으로서는 너무도 박약한 소위이다. 군은 ××단에 몸을 던져 ×선에 섰다는 말을 일전 황 군에게서 듣기는 하였으나, 그렇다 하여도 나는 그것을 시인할 수 없다. 가족을 못 살리는 힘으로 어찌 사회를 건지랴.

  박 군! 나는 군이 돌아가기를 충정으로 바란다. 군의 가족이 사람들 발 아래서 짓밟히는 것을 생각할 때 군의 가슴인들 어찌 편하랴.

  김 군! 군은 이러한 말을 편지마다 썼지? 나는 군의 뜻을 잘 알았다. 사랑하는 나의 가족을 위하여 동정하여 주는 군에게 어찌 감사치 않으랴. 정다운 벗의 충고에 나는 늘 울었다. 그러나 그 충고를 들을 수 없다. 듣지 않는 것이 군에게는 고통이 될는지, 분노가 될는지, 나에게 있어서는 행복일는지도 알 수 없는 까닭이다.

  김 군! 나도 사람이다. 정애가 있는 사람이다. 나의 목숨 같은 내 가족이 유린 받는 것을 내 어찌 생각지 않으랴. 나의 고통을 제3자로서는 만 분의 일이라도 느낄 수 없는 것이다.

나는 이제 나의 탈가한 이유를 군에게 말하고자 한다. 여기에 대하여 동정과 비난은 군의 자유이다. 나는 다만 이러하다는 것을 군에게 알릴 뿐이다. 나는 이것을 군이 아니면 다른 사람에게라도 알리지 않고는 견딜 수 없는 충동을 받는 까닭이다.

그러나 나는 단언한다. 군도 사람이어니 나의 말하는 것을 부인치는 못하리라.

2

김 군! 내가 고향을 떠난 것은 5년 전이다. 이것도 군은 아는 사실이다. 나는 그때에 어머니와 아내를 데리고 떠났다. 내가 고향을 떠나 간도로 간 것은 너무도 절박한 생활에 시든 몸에 새 힘을 얻을까 하여 새 희망을 품고 새 세계를 동경하여 떠난 것도 군이 아는 사실이다.

……간도는 천부 금탕이다. 기름진 땅이 흔하여 어디를 가든지 농사를 지을 수 있고, 농사를 지으면 쌀도 흔할 것이다. 삼림이 많으니 나무 걱정도 될 것이 없다.

농사를 지어서 배불리 먹고 뜨듯이 지내자. 그리고 깨끗한 초가나 지어 놓고 글도 읽고 무지한 농민들을 가르쳐서 이상촌(理想村)을 건설하리라. 이렇게 하면 간도의 황무지를 개척할 수 있다.

이것이 간도 갈 때의 내 머릿속에 그리었던 이상이었다. 이때에 나는 얼마나 기뻤으랴! 두만강을 건너고 오랑캐령을 넘어서 망망한 평야와 산천을 바라볼 때 청춘의 내 가슴은 이상의 불길에 탔다. 구수한 내 소리와 헌헌한 내 행동에 어머니와 아내도 기뻐하였다.

오랑캐령을 올라서니 서북으로 쏠려 오는 봄 세찬 바람이 어떻게 뺨을 갈기는지,

"에그 춥구나! 여기는 아직도 겨울이구나."

하고 어머니는 수레 위에서 이불을 뒤집어썼다.

"무얼요, 이 바람을 많이 마셔야 성공이 올 것입니다."

나는 가장 씩씩하게 말하였다. 이처럼 나는 기쁘고 활기로웠다.

3

김 군! 그러나 나의 이상은 물거품으로 돌아갔다. 간도에 들어서서 한 달이 못 되어서부터 거친 물결은 우리 세 생령(生靈)의 앞에 기탄없이 몰려왔다.

나는 농사를 지으려고 밭을 구하였다. 빈 땅은 없었다. 돈을 주고 사기전에는 한 평의 땅이나마 손에 넣을 수 없었다. 그렇지 않으면 지나인(支那人)의 밭을 도조나 타조로 얻어야 한다. 1년 내 중국 사람에게 양식을 꾸어먹고 도조나 타조를 얻는 데야 1년 양식 빚도 못 될 것이고, 또 나 같은 시로도(아마추어)에게는 밭을 주지 않았다.

생소한 산천이요, 생소한 사람들이니, 어디 가 어쩌면 좋을는지 의논할사람도 없었다. H라는 촌 거리에 셋방을 얻어 가지고 어름어름하는 새에보름이 지나고 한 달이 넘었다. 그 새에 몇 푼 남았던 돈은 다 불려 먹고 밭은 고사하고 일자리도 못 얻었다. 나는 팔을 걷고 나섰다. 이리저리 돌아다니면서 구들도 고쳐 주고 가마도 붙여 주었다. 이리하여 호구하게 되었다. 이때 H장에서는 나를 온돌장이라고 불렀다. 갈아입을 의복이 없는 나는늘 숯검정이 꺼멓게 묻은 의복을 벗을 새가 없었다.

H장은 좁은 곳이다. 구들 고치는 일도 늘 있지 않았다. 그것으로 밥 먹기가 어려웠다. 나는 여름 불볕에 삯김도 매고 꼴도 베어 팔았다. 그리고어머니와 아내는 삯방아 찧고 강가에 나가서 부스러진 나뭇개비를 주워서겨우 연명하였다.

김 군! 나는 이때부터 비로소 무서운 인간고를 느꼈다. 아아, 인생이란과연 이렇게도 괴로운 것인가 하는 것을 생각하게 되었다. 나는 나에게 닥치는 풍파 때문에 눈물 흘린 일은 이때까지 없었다. 그러나 어머니가 나무를 줍고 젊은 아내가 삯방아를 찧을 때 나의 피는 끓었으며, 나의 눈은 눈물에 흐려졌다.

"에그, 차라리 내가 드러누워 앓고 있지, 네 괴로워하는 꼴은 차마 못 보겠다."

이것은 언제 내가 병들어 신음할 때에 어머니가 울면서 하신 말씀이다.

이것을 무심히 들었던 나는 이때에야 이 말의 참뜻을 느꼈다.

'아아, 차라리 나의 고기가 찢어지고 뼈가 부서지는 것은 참을 수 있으나, 내 눈앞에서 사랑하는 늙은 어머니와 아내가 배를 주리고 남의 멸시를 받는 것은 참으로 견디기 어렵구나.'

나는 이렇게 여러 번 가슴을 쳤다. 나는 밤이나 낮이나, 비 오나 바람이 치나 헤아리지 않고 삯김, 삯 심부름, 삯나무, 무엇이든지 가리지 않았다.

"오늘도 배고프겠구나, 아침도 변변히 못 먹고…… 나는 너 배 주리지 않는 것을 보았으면 죽어도 눈을 감겠다."

내가 삯일을 하다가 돌아오면 어머니는 우실 듯이 말씀하셨다.

그러나 나는 흔연하게,

"배가 무슨 배가 고파요."

하고 대답하였다.

내 아내는 늘 별말이 없었다. 무슨 일이든지 시키는 대로 다소곳하고 아무 소리 없이 순종하였다. 나는 그것이 더욱 불쌍하게 생각된다. 나는 어머니보다도 아내 보기가 퍽 부끄러웠다.

"경제의 자립도 못 되는 내가 왜 장가를 들었누?"

이것이 부모의 한 일이지만 나는 이렇게 탄식하였다. 그럴수록 아내에 대하여 황공하였고 존경하였다.

어떻게 하면 살 수 있을까……? 이러한 생각은 이때 내 머리를 몹시 내렸다. 이때 나에게 '부지런한 자에게 복이 온다.' 하는 말이 거짓말로 생각되었다. 그 말을 지상의 격언으로 굳게 믿어 온 나는 그 말에 도리어 일종의 의심을 품게 되었고, 나중은 부인까지 하게 되었다.

부지런하다면 이때 우리처럼 부지런함이 어디 있으며, 정직하다면 이때 우리 식구같이 정직함이 어디 있으랴. 그러나 빈곤은 날로 심하였다. 이틀 사흘 굶은 적도 한두 번이 아니었다. 한번은 이틀이나 굶고 일자리를 찾다가 집으로 들어가 보니 부엌 앞에서 아내가(아내는 이때에 아이를 배어서 배가 남산만 하였다) 무엇을 먹다가 깜짝 놀란다. 그리고 손에 쥐었던 것을 얼른 아궁이에 집어넣는다. 이때 불쾌한 감정이 내 가슴에 떠올랐다.

'……무얼 먹을까? 어디서 무엇을 얻었을까? 무엇이기에 어머니와 나

몰래 먹누? 아! 여편네란 그런 것이로구나! 아니 그러나 설마……그래도 무엇을 먹던데…….'

나는 이렇게 아내를 의심도 하고 원망도 하고 밉게도 생각하였다. 아내는 아무런 말 없이 어색하게 머리를 숙이고 앉아 씩씩하다가 밖으로 나간다. 그 얼굴은 좀 붉었다.

아내가 나간 뒤에 나는 아내가 먹다 던진 것을 찾으려고 아궁이를 뒤지었다. 싸늘하게 식은 재를 막대기로 뒤져내니 벌건 것이 눈에 띄었다. 나는 그것을 집었다. 그것은 귤껍질이다. 거기는 베어 먹은 잇자국이 났다. 귤껍질을 쥔 나의 손이 떨리고 잇자국을 보는 내 눈에는 눈물이 괴었다.

김 군! 이때 나의 감정을 어떻게 표현하면 적당할까?

— 오죽 먹고 싶었으면 길바닥에 내던진 귤껍질을 주워 먹을까, 더욱 몸비잖은 그가! 아아, 나는 사람이 아니다. 그러한 아내를 의심하였구나! 이놈이 어찌하여 그러한 아내에게 불평을 품었는가. 나 같은 잔악한 놈이 어디 있으랴. 내가 양심이 부끄러워서 무슨 면목으로 아내를 볼까?

— 이렇게 생각하면서 나는 느껴 가며 눈물을 흘렸다. 귤껍질을 쥔 채로 이를 악물고 울었다.

"야, 어째서 우느냐? 일어나거라. 우리도 살 때 있겠지, 늘 이러겠느냐." 하면서 누가 어깨를 친다. 나는 그것이 어머니인 것을 알았다.

'아이구 어머니, 나는 불효외다.'
하면서 어머니의 팔을 안고 자꾸자꾸 울고 싶었다. 그러나 나는 아무 소리 없이 가슴을 부둥켜안고 밖으로 나갔다.

'내가 왜 우누? 울기만 하면 무엇 하나? 살자! 살자! 어떻게든 살아 보자! 내 어머니와 내 아내도 살아야 하겠다. 이 목숨이 있는 때까지는 벌어 보자!'

나는 이를 갈고 주먹을 쥐었다. 그러나 눈물은 여전히 흘렀다. 아내는 말 없이 울고 섰는 내 곁에 와서 손으로 치마끈을 만지작거리며 눈물을 떨어뜨린다. 농삿집에서 자라난 아내는 지금도 어찌 수줍은지 내가 울면 같이 울기는 하여도 어떻게 말로 위로할 줄은 모른다.

4

김 군! 세월은 우리를 위하여 여름을 항시 주지는 않았다.

서풍이 불고 서리가 내리기 시작하였다. 찬 기운은 벗은 우리를 위협하였다.

가을부터 나는 대구어(大口魚) 장사를 하였다. 3원을 주고 대구 열 마리를 사서 등에 지고 산골로 다니면서 콩과 바꾸었다. 난 대구 열 마리는 등에 질 수 있었으나 대구 열 마리를 주고받은 콩 열 말은 질 수 없었다. 나는 하는 수 없이 삼사십 리나 되는 곳에서 두 말씩 사흘 동안이나 져 왔다. 우리는 열 말 되는 콩을 자본 삼아 두부 장사를 시작하였다.

아내와 나는 진종일 맷돌질을 하였다. 무거운 맷돌을 돌리고 나면 팔이 뚝 떨어지는 듯하였다.

내가 이렇게 괴로울 적에 해산한 지 며칠 안 되는 아내의 괴로움이야 어떠하였으랴. 그는 늘 낯이 푸석푸석하였다. 그래도 나는 무슨 불평이 있는 때면 아내를 욕하였다. 그러나 욕한 뒤에는 곧 후회하였다. 콧구멍만 한 부엌방에 가마를 걸고 맷돌을 걸고 나무를 들이고 의복 가지를 걸고 하면 사람은 겨우 비비고 들어앉게 된다. 뜬 김에 문창은 떨어지고 벽은 눅눅하다.

모든 것이 후줄근하여 의복을 입은 채 미지근한 물 속에 들어앉은 듯하였다. 어떤 때는 애써 갈아 놓은 바지가 이 뜬 김 속에서 쉬어 버렸다. 두붓물이 가마에서 몹시 끓어 번질 때에 우윳빛 같은 두붓물 위에 버터 빛 같은 노란 기름이 엉기면 그것은 두부가 잘 될 징조다. 우리는 안심한다. 그러나 두붓물이 희멀끔해지고 기름기가 돌지 않으면 거기만 시선을 쓰고 있는 아내의 낯빛부터 글러 가기 시작한다. 초를 쳐 보아서 두붓발이 서지 않게 매캐지근하게 풀어질 때에는 우리의 가슴은 덜컥한다.

"또 쉰 게로구나! 저를 어쩌누?"

젖을 달라고 빽빽 우는 어린아이를 안고 서서 두붓물만 들여다보시는 어머니는 목메인 말씀을 하시면서 우신다. 이렇게 되면 온 집안은 신산하여 말할 수 없는 울음, 비통, 처참, 소조(蕭條)한 분위기에 싸인다.

"너 고생한 게 애달프구나! 팔이 부러지게 갈아서…… 그거(두부)를 팔아서 장을 보려고 태산같이 바랐더니…….”

어머니는 그저 가슴을 뜯으면서 우신다. 아내도 울듯 울듯 머리를 숙인다. 그 두부를 판 데야 큰돈은 못 된다. 기껏 남는 데야 20전이나 30전이다. 그것으로 우리는 호구를 한다. 20전이나 30전에 어머니는 운다. 아내도 기운이 준다. 나까지 가슴이 바짝바짝 죈다.

그날은 하는 수 없이 쉰 두붓물로 때를 에우고 지낸다. 아이는 젖을 달라고 밤새껏 빽빽거린다. 우리의 살림에 어린것도 귀치 않았다.

5

울면서 겨자 먹기로 괴로운 대로 또 두부를 하지 않으면 안 된다. 그러나 이번에는 땔 나무가 없다. 나는 낫을 들고 떠난다. 내가 낫을 들고 떠나면 산후 여독으로 신음하는 아내도 낫을 들고 말없이 나를 따라나선다. 어머니와 나는 굳이 만류하나 아내는 듣지 않는다. 내 손으로 하는 나무이언만 마음 놓고는 못 한다. 산 임자에게 들키면 여간한 경을 치지 않는다. 그러므로 황혼이면 산에 가서 나무를 하여 지고, 밤이 깊어서 돌아온다. 아내는 이고, 나는 지고 캄캄한 밤에 산비탈을 내려오다가 발이 미끄러지거나 돌에 차이면 곤두박질을 하여 나뭇짐 속에 든다. 아내는 소리 없이 이었던 나무를 내려놓고 나뭇짐에 눌려서 버둑거리는 나를 겨우 끄집어 일으킨다. 그러나 내가 나뭇짐을 지고 일어나면 아내는 나뭇짐을 이지 못한다. 또 내가 나뭇짐을 벗고 아내에게 이어 주면 나는 추어 주는 이 없이는 나뭇짐을 질 수가 없었다. 하는 수 없이 나는 어떤 높은 바위에 벗어 놓고 아내에게 이어 준다. 이리하여 산비탈을 내려오면 언제 왔는지 어머니는 애를 업고 우들우들 떨면서 산 아래서 기다리다가도,

“인제 오니? 나는 너 또 붙들리지나 않는가 하여 혼이 났다.”

하신다. 이때마다 내 가슴은 저렸다. 나는 이렇게 나무를 하다가 중국 경찰서까지 잡혀가서 여러 번 맞았다.

이때 이웃에서는 우리를 조소하고, 경찰에서는 우리를 의심하였다.

— 흥, 신수가 멀쩡한 연놈들이 그 꼴이야. 어디 가 일자리도 구하지 않

고, 그 눈이 누래서 두부 장사하는 꼬락서니는 참 더러워서 못 보겠네. ×
알을 달고 나서 그렇게야 살리 —

이것은 이웃 남녀가 비웃는 소리였다. 그리고 어떤 산 임자가 나무 잃고
고발을 하면 경찰에서는 불문곡직하고 우리 집부터 수색하고 질문하면서
나를 때린다. 그러나 나는 호소할 곳이 없다.

6

김 군! 이러구러 겨울은 깊어가고 기한은 점점 박두하였다. 일자리는 없
고…… 그렇다고 손을 털고 앉았을 수도 없었다. 모든 식구가 퍼러퍼래서
굶고 앉은 꼴을 나는 그저 볼 수 없었다. 시퍼런 칼이라도 들고 하루라도
괴로운 생을 모면하도록 쿡쿡 찔러 없애고 나까지 없어지든지, 나가서 강
도질이라도 하여서 기한을 면하든지 하는 수밖에는 더 도리가 없게 절박하
였다.

나는 일이 없으면 없으니만큼, 고통이 닥치면 닥치느니만큼 내 번민은
크다. 나는 어떤 날은 거의 얼빠진 사람처럼 눈을 감고 깊은 생각에 잠긴
일도 있었다. 이때 머릿속에서는 머리를 움실움실 드는 사상이 있었다.

'오늘날에 생각하면 그것은 나의 전 운명을 결정할 사상이었다.'

그 생각은 누구의 가르침에 의해 일어난 것도 아니려니와 일부러 일으키
려고 애써서 일어난 것도 아니다. 봄 풀싹같이 내 머릿속에서 점점 머리를
들었다.

— 나는 여태까지 세상에 대하여 충실하였다. 어디까지든지 충실하려고
하였다. 내 어머니, 내 아내까지도…… 뼈가 부서지고 고기가 찢기더라도
충실한 노력으로 살려고 하였다. 그러나 세상은 우리를 속였다. 우리의 충
실을 받지 않았다. 도리어 충실한 우리를 모욕하고 멸시하고 학대하였다.

우리는 여태까지 속아 살았다. 포악하고 허위스럽고 요사한 무리를 용납
하고 옹호하는 세상인 것을 참으로 몰랐다. 우리뿐 아니라 세상의 모든 사
람들도 그것을 의식하지 못하였을 것이다. 그네들은 그러한 세상의 분위기
에 취하였었다. 나도 이때까지 취하였었다. 우리는 우리로서 살아온 것이

아니라 어떤 험악한 희생자로 살아왔었다 —

　김 군! 나는 사람들을 원망치 않는다. 그러나 마주(魔酒)에 취하여 자기의 피를 짜 바치면서도 깨지 못하는 사람을 그저 볼 수 없다. 허위와 요사와 표독과 게으른 자를 옹호하고 용납하는 이 제도는 더욱 그저 둘 수 없다.

　— 이 분위기 속에서는 아무리 노력하여도 우리는 우리의 생의 만족을 느낄 날이 없을 것이다. 어찌하여 겨우 연명을 한다 하더라도 죽지 못하는 삶이 될 것이요, 그 영향은 자식에게까지 미칠 것이다. 나는 이미 품속에서 빽빽 하는 어린것의 장래를 생각할 때면 애잡짤한 감정과 분함을 금할 수 없다. 내가 늘 이 상태면 — 그것은 거의 정한 이치다 — 그에게는 상당한 교양은 고사하고 다리 밑이나 남의 집 문간에 버리게 될 터이니, 아! 삶을 받을 만한 생명을 죄 없이 찌그러지게 하는 것이 어찌 애달프지 않으랴. 그렇다면 그것을 나의 죄라 할까?

　김 군! 나는 더 참을 수 없었다. 나는 나부터 살려고 한다. 이때까지는 최면술에 걸린 송장이었다. 제가 죽은 송장으로 남(식구)들을 어찌 살리랴. 그러려면 나는 나에게 최면술을 걸려는 무리를, 험악한 이 공기의 원류를 쳐부수어야 하는 것이다.

　나는 이것을 인간의 생의 충동이며 확충이라고 본다. 나는 여기서 무상의 법열을 느끼려고 한다. 아니, 벌써부터 느껴진다. 이 사상이 나로 하여금 집을 탈출케 하였으며, ××단에 가입케 하였으며, 비바람 밤낮을 헤아리지 않고 벼랑 끝보다 더 험한 ×선에 서게 한 것이다.

　김 군! 거듭 말한다. 나도 사람이다. 양심을 가진 사람이다. 내가 떠나는 날부터 식구들은 더욱 곤경에 들 줄도 나는 안다. 자칫하면 눈 속이나 어느 구렁에서 죽는 줄도 모르게 굶어 죽을 줄도 나는 잘 안다. 그러므로 나는 이곳에서도 남의 집 행랑어멈이나 아범이며 노두에 방황하는 거지를 무심히 보지 않는다.

　아! 나의 식구도 그럴 것을 생각할 때면 자연히 흐르는 눈물과 뿌직뿌직 찢기는 가슴을 덮쳐 잡는다.

　그러나 나는 이를 갈고 주먹을 쥔다. 눈물을 아니 흘리려고 하며 비애에

상하지 않으려고 한다. 울기에는 너무도 때가 늦었으며, 비애에 상하는 것은 우리의 박약을 너무도 표시하는 듯싶다. 어떠한 고통이든지 참고 분투하려고 한다.

김 군! 이것이 나의 탈가한 이유를 대략 적은 것이다. 나는 나의 목적을 이루기 전에는 내 식구에게 편지도 하지 않으려고 한다. 그네가 죽어도, 내가 또 죽어도…….

나는 이러다가 성공 없이 죽는다 하더라도 원한이 없겠다. 이 시대, 이 민중의 의무를 이행한 까닭이다.

아아, 김 군아! 말은 다 하였으나 정은 그저 가슴에 넘치누나!

홍염

- 최서해 -

이 작품은 1927년 1월 '조선문단'에 발표된 최서해의 대표 단편 소설이다. 1920년경의 겨울, 일제의 경제적 수탈과 궁핍을 면치 못했던 서간도의 한 귀퉁이 빼허를 배경으로 조선인의 비참한 삶과 저항을 그리고 있다.

작가는 이 작품을 통해서 국토가 일제의 식민지로 전락되고 난 뒤, 삶의 터전을 박탈당한 이민들이 이국에서 빈궁한 삶을 살아가는 모습을 극명하게 보여 주고 있다.

조선에서 소작인으로 지낸 농민은 그곳에서도 소작인 신세를 벗어나지 못하고, 자신들을 지켜 줄 국가가 없기 때문에 중국과 일본의 틈바구니에서 견디기 힘든 고통의 삶을 살아갈 수밖에 없던 간도 이주민의 삶을 잘 보여 주고 있다.

이 작품의 결말 부분에서 문 서방은 인가의 집에 불을 지르고 타오르는 불을 보면서 그동안 억눌렸던 감정으로부터 해방되어 통쾌한 웃음을 짓는다. 딸 용례를 되찾은 후 감격에 겨운 문 서방은 '작다고 믿었던 자기의 힘이 철통같은 성벽을 무너뜨리고 자기의 요구를 채울 때 사람은 무한한 기쁨과 충동을 받는다'며 억눌린 자들이 단호하게 대항한다면 억압적 운명을 스스로 극복할 수 있다는 작가의 생각을 보여 주는 것이다.

조선에서 소작을 하던 문 서방은 살길을 찾아 딸을 앞세우고 서간도 귀퉁이의 한국 이민 농부들이 사는 빼허 마을로 이주한다. 조선에서 소작인 생활을 하는 동안에도 겨죽만 먹고 지내던 문 서방은 간도에서도 중국인 인가의 소작인으로 일한다. 그러나 문 서방은 빚을 갚지 못해 중국인 지주 인가에게 열일곱 살 난 외동딸 용례를 빼앗긴다. 딸을 빼앗긴 슬픔으로 문 서방의 아내마저 병이 나고 죽기 전에 딸을 한 번 보고 싶어 한다. 문 서방은 아내의 소원을 들어주기 위해 중국인 지주 인가에게 여러 번 찾아가지만, 인가는 딸을 만나는 것을 허락하지 않는다. 문 서방의 아내는 결국 딸을 빼앗긴 지 1년 후에 원한을 품고 발광하여 죽고 만다.

　아내가 죽고 난 다음 날 밤에 문 서방은 인가의 집에 불을 지르고 불길에 싸인 인가의 집을 바라보면서 억압에서 해방된 듯 시원스럽게 웃는다. 문 서방은 불길 속에서 뛰쳐나오는 인가와 딸을 발견하자 달려가서 도끼로 인가를 죽이고 딸을 품에 안는다. 이때까지 악만 가득 찼던 가슴이 스르르 풀리면서 문서방의 눈에서는 눈물이 흐른다.

핵심 정리

· 갈래 : 단편 소설
· 시점 : 전지적 작가 시점
· 배경 : 1920년대 겨울 북간도 조선인 이주지
· 주제 : 일제 강점기 조선 이주민들의 궁핍한 삶
· 출전 : 조선문단

홍염

1

겨울은 이 가난한 — 백두산 서북편 서간도 한 귀퉁이에 있는 이 가난한 촌락 빼허(白河, 바이허)에도 찾아들었다. 겨울이 찾아들면 조그마한 강을 앞에 끼고 큰 산을 등진 빼허는 쓸쓸히 눈 속에 묻혀서 차디찬 좁은 하늘을 치어다보게 된다.

눈보라는 북극의 특색이라. 빼허의 겨울에도 그러한 특색이 있다. 이것이 빼허의 생령들을 괴롭게 하는 것이다.

오늘도 눈보라가 친다.

북극의 얼음 세계나 거쳐 오는 듯한 차디찬 바람이 우 — 하고 몰려오는 때면 산봉우리와 엉성한 가지 끝에 쌓였던 눈들이 한꺼번에 휘날려서 이 좁은 산골은 뿌연 눈안개 속에 들게 된다. 어떤 때는 강골바람에 빙판에 덮였던 눈이 산봉우리로 불리게 된다. 이렇게 교대적으로 산봉우리의 눈이 들로 내리고 빙판의 눈이 산봉우리로 올리달려서 서로 엇바뀌는 때면 그런 대로 관계치 않으나, 하늬(北風)와 강바람이 한꺼번에 불어서 강으로부터 올리닫는 눈과 봉우리로부터 내리닫는 눈이 서로 부딪치고 어우러지게 되면 눈보라와 바람 소리에 빼허의 좁은 골짜기는 터질 듯한 동요를 받는다.

등진 산과 앞으로 낀 강 사이에 게딱지처럼 끼어 있는 것이 빼허의 촌락이다. 통틀어서 다섯 호밖에 되지 않는 집이나마 밭을 따라서 이리저리 흩어져 있다. 모두 커다란 나무를 찍어다가 우물 정(井)자로 틀을 짜 지은 집인데 여기 사람들은 이것을 '귀틀집'이라 한다. 지붕은 대개 조짚이요, 혹은 나무껍질로도 이었다. 그 꼴은 마치 우리 내지(간도서는 조선을 내지라 한다)의 거름집(두엄을 넣어 두는 헛간)과 같다. 심하게 말하는 이는 도야지굴과 같다고 한다.

이것이 남부여대(男負女戴, 가난한 사람이 살 곳을 찾아 이리저리 떠돌아다니는 것을 말함)로 서간도 산골을 찾아들어서 사는 조선 사람의 집들이다. 폐허의 집들은 그러한 좋은 표본이다.

　험악한 강산, 세찬 바람과 뿌연 눈보라 속에 게딱지처럼 붙어서 위태하게 침묵을 지키고 있는 그 모든 집에도 어느 때든 공도(公道)가 — 위대한 공도가 어그러지지 않으면, 언제든지 꼭 한때는 따뜻한 봄볕이 지내리라. 그러나 이렇게 눈발이 날리고 바람이 우짖으면 그 어설궂은 집 속에 의지 없이 들어박힌 넋들은 자기네로도 알 수 없는 공포에 몸을 부르르 떨게 된다.

　이렇게 몹시 춥고 두려운 날 아침에 문 서방은 집을 나섰다. 산산이 흐트러진 머리카락을 뿌연 상투에 휘휘 거둬 감고 수건으로 이마를 질끈 동인 위에 까맣게 그을은 대팻밥모자를 끈 달아 썼다. 부대처럼 툭툭한 토수래(베실을 삶아서 짠 것) 바지저고리는 언제 입은 것인지 뚫어지고 흙투성이 되었는데 바람에 무겁게 흩날린다.

　"문 서뱅이 발써 갔소?"

　문 서방은 짚신에 들막(들메. 신이 벗어지지 않도록 끈으로 신을 발에 동여매는 일)을 단단히 하고 마당에 내려서려다가 부르는 소리에 머리를 돌렸다. 펄쩍 문을 열면서 때가 찌덕찌덕한 늙은 얼굴을 내미는 것은 한 관청(관청은 직함)이었다.

　"왜 그러시우?"

　경기 말씨가 그저 남아 있는 문 서방은 한 발로 마당을 밟고 한 발로 흙마루를 밟은 채 한 관청을 보았다.

　"엑, 바름두! 저,엑 흑……."

　한 관청은 몰아치는 바람이 아츠러운지 연방 흑흑 느끼면서,

　"저, 일절 욕을 마오! 그게…… 엑, 워쩐 바름이 이런구! 그게 되놈(중국 사람을 낮잡아 이르는 말)인데, 부모두 모르는 되놈인데……."

하는 양은 경험 있는 늙은 사람의 말을 깊이 들으라는 어조이다.

　"나는 또 무슨 말씀이라구! 아, 그늠이 이번두 그러면 그저 둔단 말이오?"

　문 서방의 소리는 좀 분개하였다.

눈을 몰아치는 바람은 또 몹시 마당으로 몰아들었다. 그 판에 문 서방은 바람을 등지고 돌아서고, 한 관청의 머리는 창문 안으로 자라목처럼 움츠러들었다.

"글쎄 이 늙은 거 말을 듣소! 그늠이 제 가새비(장인)를 잘 알겠소? 흥……."

한 관청은 함경도 사투리로 뇌면서 다시 머리를 내밀었다.

"염려 마슈! 좋게 하죠."

문 서방은 더 들을 말 없다는 듯이 바람을 안고 휙 돌아섰다.

"그새 무슨 일이나 없을까?"

밭 가운데로 눈을 헤치면서 나가던 문 서방은 주춤하고 돌아다보면서 혼자 뇌었다.

눈보라 때문에 눈도 뜰 수 없거니와 지척을 분간할 수 없이 되어서 집은 커녕 산도 보이지 않았다.

"그새 무슨 일이 날라구!"

그는 또 혼자 뇌고 저고리 섶을 단단히 여미면서 강가로 내려가다가 발을 돌려서 언덕길로 올라섰다. 강 얼음을 타고 가는 것이 빠르지만 바람이 심하면 빙판에서 걷기가 거북하여 언덕길을 취하였다. 하도 다니던 길이니 짐작으로 걷지 눈에 묻혀서 길이 보이지 않았다.

언덕길에 올라서니 바람은 더 심하였다. 우와 하고 가슴을 쳐서 뒤로 휘딱 자빠질 것은 고사하고 눈발이 아츠럽게 낯을 쳐서 눈도 뜰 수 없고 숨도 바로 쉴 수 없었다. 뻣뻣하여 가는 사지에 억지로 힘을 주어 가면서 이를 악물고 두 마루턱이나 넘어서 '달리소' 강가에 이르니 가슴에서는 잔나비가 뛰노는 것 같고 등골에는 땀이 흘렀다. 그는 서리가 뿌연 수염을 씻으면서 빙판을 건너갔다. 빙판에는 개가죽 모자 개가죽 바지에 커다란 울레(신)를 신은 중국 파리(썰매)꾼들이 기다란 채찍을 휘휘 두르면서,

"뚜 — 어, 뚜 — 어, 딱딱."

하고 말을 몰아간다.

"꺼울리 날취?(저 조선 거지 어디 가나?)"

중국 파리꾼들은 문 서방을 보면서 욕을 하였으나 문 서방은 허둥허둥

빙판을 건너서 높다란 바위 모롱이를 지나 언덕에 올라섰다.

여기가 문 서방이 목적하고 온 달리소라는 땅이다. 이 땅 주인은 '인가'라는 중국 사람인데 그 인가는 문 서방의 사위이다.

저편 밭 가운데 굵은 나무로 울타리를 한 것이 인가의 집이다. 그 밖으로 오륙 호나 되는 게딱지 같은 귀틀집은 지팡살이(소작인)하는 조선 사람들의 집이다. 문 서방은 바위 모롱이를 돌아 언덕에 오르니 산이 서북을 가려서 바람이 좀 잠즉하여 좀 푸근한 느낌을 받았으나, 점점 인가 ― 사위의 집 용마루가 보이고, 울타리가 보이고, 그 좌우의 같은 조선 사람의 집이 보이니 스스로 다리가 움츠러지면서 걸음이 떠지었다.

"엑 더러운 되놈! 되놈에게 딸 팔아먹는 놈!"

그것은 자기 스스로 한 일은 아니지만 어디선지 이런 소리가 귀청을 징징 치는 것 같은 동시에 개기름이 번지르르하여 핏발이 올올한 눈을 흉악하게 굴리는 인가 ― 사위의 꼴이 언뜻 눈앞에 떠올라서 그는 발끝을 돌릴까 말까 하고 주저거렸다. 그러다가도,

"여보, 용례(딸의 이름)가 왔소? 용례 좀 데려다주구려!"

하고 죽어 가는 아내의 애원하던 소리가 귓가에 울려서 다시 앞을 향하였다.

"이게 문 서뱅이! 또 딸 집을 찾아 가옵느마?"

머리를 수굿하고 걷던 문 서방은 불의의 모욕이나 받는 듯이 어깨를 뚝 떨어뜨리면서 머리를 들었다. 그것은 길옆에서 도야지 우리를 치던 지팡살이꾼의 한 사람이었다.

"네! 아아니⋯⋯."

문 서방은 대답도 아니요, 변명도 아닌 이러한 말을 하고는 얼른얼른 인가의 집으로 향하였다. 온 동리가 모두 나서서 자기의 뒤를 비웃는 듯해서 곁눈질도 못 하였다.

여기는 서북이 가려서 삐허처럼 바람이 심하지 않았다. 흐릿하나마 볕도 엷게 흘렀다.

2

"여보! 저 인가가 또 오는구려!"

가을볕이 쨍쨍한 마당에서 깨를 떨던 아내는 남편 문 서방을 보면서 근심스럽게 말하였다.

"오면 어쩌누? 와도 하는 수 없지!"

뒤줏간 앞에서 옥수수 껍질을 바르던 문 서방은 기탄없이 말하였다.

"엑, 그 단련을 또 어찌 받겠소?"

아내의 찌푸린 낯은 스르르 흐렸다.

"참 되놈이란 오랑캐……."

"여보 여기 왔소."

문 서방의 높은 소리를 주의시키던 아내는 뒤줏간 저편을 보면서,

"아, 오셨소?"

하고 어색한 웃음을 웃었다.

"예 왔소? 장구재(주인) 있소?"

지주 인가는 어설픈 웃음을 지으면서 마당에 들어서다가 뒤줏간 앞에 앉은 문 서방을 보더니,

"응 저기 있소!"

하고 손가락질을 하면서 그 앞에 가 수캐처럼 쭈그리고 앉았다.

서천에 기운 태양은 인간의 이마에 번지르르 흘렀다.

"어디 갔다 오슈?"

문 서방은 의연히 옥수수를 바르면서 하기 싫은 말처럼 힘없이 끄집어냈다.

"문 서방! 그래 올에두 비들(빚을)모 가프겠소?"

인가는 문 서방 말과는 딴전을 치면서 담뱃대를 쌈지에 넣는다.

"허허, 어제두 말했지만 글쎄 곡식이 안된 거 어떡하오?"

"안 되우! 안 돼! 곡시기 자르되고 모 되구 내가 아으오? 오늘은 받아 가지구야 가겠소!"

인가는 담배를 피우면서 버티려는 수작인지 땅에 펑덩 들어앉았다.

"내년에는 꼭 갚아 드릴 게 올만 참아 주오! 장구재도 알지만 흉년이 되어서 되지두 않은 이것(곡식)을 모두 드리면 우리는 어떻게 겨울을 나라우! 응? 자, 내년에는 꼭…… 하하."

인가를 보면서 넋 없는 웃음을 치는 문 서방의 눈에는 애원하는 빛이 흘렀다.

"안 되우! 안 돼! 퉁퉁(모두) 디 주! 모두두 많이 많이 부족이오."

"부족이 돼두 하는 수 없지. 글쎄 뻔히 보시면서 어떡하란 말이오? 휴……."

"어째 어부소, 응 늬디 어째 어부소! 응 늬디 어째 어부소 마리해! 울리 쌀리디, 울리 소금이디, 울리 강냉이디……. 늬디 입이(그는 입을 가리키면서) 디 안 먹어? 어째 어부소, 응?"

인가는 낯빛이 거무락푸르락해서 소리를 고래고래 질렀다. 문 서방은 더 말이 나오지 않았다.

언제나 이놈의 소작인 노릇을 면하여 볼까? 경기도에서도 소작인 생활 10년에 겨죽만 먹다가 그것도 자유롭지 못하여 남부여대로 딸 하나 앞세우고 이 서간도로 찾아들었더니 여기서도 그네를 맞아 주는 것은 지팡살이였다. 이름만 달랐지 역시 소작인이다. 들어오던 해는 풍년이었으나 늦게 들어와서 얼마 심지 못하였고, 그 이듬해에는 흉년으로 말미암아 1년 내 꾸어 먹은 것도 있거니와 소작료도 못 갚아서 인가에게 매까지 맞고 금년으로 미뤘더니 금년에도 흉년이 졌다. 다른 사람들도 빚을 지지 않은 바가 아니로되 유독 문 서방을 조르는 것은 음흉한 인가의 가슴속에 문 서방의 딸 용례(금년 열일곱)가 걸린 까닭이었다. 문 서방은 벌써 그 눈치를 알아챘으나 차마 양심이 허락지 않았다. 인가의 욕심만 채우면 밭맥(1맥은 10일경, 1일경은 약 천 평)이나 단단히 생겨 한평생 기탄없을 것을 모르지는 않지만, 무남독녀로 고이 기른 딸을 되놈에게 주기는 머리에 벼락이 내릴 것 같아서 죽으면 그저 굶어 죽었지 차마 할 수 없었다. 그는 그런 것 저런 것 생각할 때마다 도리어 내지(조선) — 쪼들려도 나서 자란 자기 고향에서 쪼들리던 옛날이 — 3년 전의 그 옛날이 그리웠다. 그러나 그것도 한 꿈이었다. 그 꿈이 실현되기에는 그네의 경제적 기초가 너무나도 없었다. 빈 마음만 흐르는 구름에 부쳐서 내지로 보낼 뿐이었다.

"어째서 대답이 어부소. 응? 그래 울리 비디디 안 가파? 창우니…… 빠피야(이놈 껍질 벗긴다)."

인가는 담뱃대를 꽁무니에 찌르면서 일어나 앉더니 팔을 걷는다. 그것을 본 문 서방 아내는 낯빛이 파랗게 질려서 부들부들 떨면서 이편만 본다. 문 서방도 낯빛이 까맣게 죽었다.

"자, 그러면 금년 농사는 온통 드리지요."

문 서방의 목소리는 힘없이 떨렸다. 마치 종아리채를 든 초학 훈장 앞에 엎드린 어린애의 소리처럼…….

"부요우(일없다)……? 퉁퉁 디…… 모모 모두 우리 가져가두 보미(옥수수) 쓰단(4석), 쌔옌(소금) 얼씨진(20근), 쏘미(좁쌀) 디 빠단(8석) 디 유아(있다)…… 늬디 자리 알라 있소! 그거 안 줘?"

검붉은 인가의 뺨은 성난 두꺼비 배처럼 불떡불떡하였다.

"나머지는 내년에 갚지요."

문 서방은 머리를 뚝 떨어뜨렸다.

"슴마(무엇)? 창우니 빠피야!"

인가의 억센 손이 문 서방의 멱살을 잡았다. 문 서방은 가만히 받았다. 정신이 아찔하였다.

"에구! 장구재…… 흑흑…… 장구재…… 제발 살려 줍쇼! 제발 살려 주시면 뼈를 팔아서라두 갚겠습니다. 장구재 제발!"

문 서방의 아내는 부들부들 떨면서 인가의 팔에 매달렸다. 그의 애걸하는 소리는 벌써 울음에 떨렸다.

"내 보미 워디 소금이 낼라! 아니 줬소? 아니 줬소? 어 어째서 아니 줬소?"

인가의 주먹은 문 서방의 귓벽을 울렸다.

"아이구!"

문 서방은 땅에 쓰러졌다.

"엑 에구…… 응응응…… 에구 장재구! 제발 제제…… 흑 제발 좀 살려 줍쇼…… 응응."

쓰러지는 문 서방을 붙잡던 아내는 인가를 보면서 땅에 엎드려서 손을 비빈다.

"이 상느므 샛지(상놈의 자식)…… 늬듸 로포(아내) 워듸(내가) 가져가!"

하고 인가는 문 서방을 차더니 엎디어서 손이야 발이야 비는 문 서방의 아내의 손목을 잡아끌었다.

"늬듸 울리 집이 가! 오늘리부터 늬듸 울리 에미네(아내)!"

"장구재…… 제발…… 에이구 응응."

"에구, 엄마!"

집 안에서 바느질하던 용례가 내달았다. 인가는 문 서방의 아내를 사정없이 끌고 자기 집으로 향한다.

"나를 잡아가라! 나를!"

쓰러졌던 문 서방은 인가의 팔을 잡았다.

"타마나(상소리)!"

하는 소리와 같이 인가의 발길은 문 서방의 불거름으로 들어갔다. 문 서방은 거꾸러졌다.

"아이구, 어머니! 왜 울 어머니를 잡아가요? 응응…… 흑."

용례는 어머니의 팔목을 잡은 중국인의 손을 물어뜯었다. 용례를 본 인가는 문 서방의 아내를 놓고 문 서방의 딸 용례를 잡았다.

"이 개새끼야! 이것 뇌리……. 응응 흑…… 아이구, 아버지…… 엄마!"

억센 장정 인가에게 티끌같이 끌려가는 연연한 처녀는 몸부림을 하면서 발악을 하였다.

"용례야! 아이구, 우리 용례야!"

"에이구, 응…… 너를 이 땅에 데리구 와서 개 같은 놈에게……."

문 서방의 내외는 허둥지둥 달려갔다.

낯빛이 파랗게 질린 흰옷 입은 사람들은 죽 나와서 섰건마는 모두 시체같이 서 있을 뿐이었다. 여편네 몇몇은 치맛자락으로 눈물을 씻었다.

의연히 제 걸음을 재촉하는 볕은 서산에 뉘엿뉘엿하였다. 앞 강으로 올라오는 찬 바람은 스르르 스쳐 가는데 석양에 돌아가는 까마귀 울음은 의지 없는 사람의 넋을 호소하는 듯 처량하였다.

"에구, 용례야! 부모를 못 만나서 네 몸을 망치는구나! 에구, 이놈의 돈이 우리를 죽이는구나!"

문 서방 내외는 그 밤을 인가의 집 울타리 밖에서 샜다. 누구 하나 들여다보지도 않는데 인가의 집에서 내놓은 개들은 두 내외를 잡아먹을 듯이 짖으며 덤벼들었다.

이리하여 용례는 영영 인가의 손에 들어갔다. 며칠 후에 인가는 지금 문 서방이 있는 빼허에 땅날갈이(하루갈이)나 있는 것을 문 서방에게 주어서 그리로 이사시켰다. 문 서방은 별별 욕과 애원을 하였으나 나중에 인가는 자기 집 일꾼들을 불러서 억지로 몰아냈다. 이리하여 문 서방은 차마 생목숨을 끊기 어려워서 원수가 주는 땅을 파먹게 되었다. 그것이 작년 가을이었다. 그 뒤로 인가는 절대 용례를 밖으로 내보내지 않을 뿐만 아니라 그 어버이 되는 문 서방 내외에게도 보이지 않았다.

"용례는 매일 밥도 안 먹고 어머니 아버지만 부르고 운다."

하는 희미한 소식을 인가의 집에 가까이 드나드는 중국인들에게서 들을 때마다 문 서방은 가슴을 치고 그 아내는 피를 토하였다.

이리하여 문 서방의 아내는 늦은 여름부터 아주 병석에 드러누웠다. 그는 병석에서 매일 용례만 부르고 용례만 보여 달라고 졸랐다. 그래서 문 서방은 벌써 세 번이나 인가를 찾아가서 말했으나 효과가 없었다.

이번까지 가면 네 번째다. 이번은 어떻게 성사가 되는지? (간도에 있는 중국인들은 조선 여자를 빼앗아 가든지 좋게 사 가더라도 밖에 내보내지도 않고 그 부모에게까지 흔히 면회를 거절한다. 중국인은 의심이 많아서 그런다고 들었다.)

3

문 서방은 울긋불긋한 채필로 '관운장'과 '장비'를 무섭게 그려 붙인 집 대문 앞에 섰다. 문밖에서 뼈다귀를 핥던 얼룩 개 한 마리가 웡웡 짖으면서 달려들더니 이 구석 저 구석에서 개 무리가 우하고 덤벼들었다. 어떤 놈은 으르렁 으르고, 어떤 놈은 꼬리를(빠져 있음) 뒷다리 사이에 바싹 끼면서 금방 물듯이 송곳 같은 이빨을 악물었고, 어떤 놈은 대들었다가는 뒷걸음을 치고 뒷걸음을 쳤다가는 대들면서 산천이 무너지게 짖고, 어떤 놈은 소리도 없이 코만 실룩실룩하면서 달려들었다. 그 여러 놈들이 문 서방을 가운데 넣고 죽 돌아서서 각각 제 재주대로 날뛴다. 그렇지 않아도 지금 개 때문에 대문 밖에서 기웃거리던 문 서방은 이 사면초가를 어떻게 막으면 좋을지 몰랐다. 이러는 판에 한 마리가 휙 들어와서 문 서방의 바짓가랑이를 물었다.

"으악…… 꺼우디(개를)!"

문 서방은 소리를 치면서 돌멩이를 찾느라고 엎드리는 것을 보더니 개들은 일시에 뒤로 물러났으나 다시 덤벼들었다.

"창우니 타마나가비(상소리다)!"

안에서 개가죽 모자를 쓰고 뛰어나오는 일꾼은 기다란 호밋자루를 두르면서 개를 쫓았다. 개들은 몰려가면서도 몹시 짖었다.

문 서방은 수수깡이 지저분하게 널려 있는 마당을 지나서 왼편 일꾼들이 있는 방문으로 들어갔다. 누릿하고 퀴퀴한 더운 기운이 후끈 낯을 스칠 때 얼었던 두 눈은 뿌연 더운 안개에 스르르 흐려서 어디가 어딘지 잘 분간할 수 없었다.

"윈따야 랠라마(문 영감 오셨소)?"

캉(구들)에서 지껄이던 중국인 중에서 누군지 첫인사를 붙였다.

"에헤 랠라 장구재 유(있소)?"

문 서방은 어색한 웃음을 지었다. 얼었던 몸은 차츰 녹고 흐렸던 눈앞도 점점 밝아졌다.

"쌍캉바(구들로 올라오시오)!"

구들 위에서 나는 틱틱한 소리는 인가였다. 그는 일꾼들과 무슨 의논을 하던 판인가? 지껄이던 일꾼들은 고요히 앉아서 담배를 피우면서 호기심에 번득이는 눈을 인가와 문 서방에게 보냈다.

어느 천년에 지은 집인지, 거미줄이 얼키설키 서린 천장과 벽은 아궁이 속같이 꺼먼데 벽에 붙여 놓은 삼국풍진도(三國風塵圖)며 춘야도리원도(春夜桃李園圖)는 이리저리 찢기고 그을었다. 그을음과 담배 연기에 싸여서 눈만 반짝반짝하는 무리들은 아귀도를 생각하게 한다. 문 서방은 무시무시한 기분에 몸을 부르르 떨었다.

"치옌바(담배 잡수시오)!"

인가는 웬일인지 서투른 대로 곧잘 하던 조선말은 하지 않고 알아도 못 듣는 중국 말을 쓰면서 담뱃대를 문 서방 앞에 내밀었다.

"여보 장구재! 우리 로포(아내)가 딸(용례)을 못 봐서 죽겠으니 좀 보여 주 응?"

문 서방은 담뱃대를 받으면서 또 전처럼 애걸하였다. 인가는 이마를 찡그리면서 볼을 불렸다.

"저게(아내) 마지막 죽어 가는데 철천지한이나 풀어야 하잖겠소, 응? 한 번만 보여 주! 어서 그러우! 내가 용례를 만나면 꼬일까 봐……. 그럴 리 있소! 이렇게 된 밧자에…… 한 번만…… 낯이나…… 저 죽어 가는 제 에미 낯이나 한 번 보게 해 주! 네? 제발……."

"안 되우! 보내지 모하겠소! 우리 지비 문바께 로포(용례를 가리키는 말) 나갔소. 재미어부소."

배짱을 부리는 인가의 모양은 마치 전당포 주인과 같은 점이 있었다. 문 서방의 가슴은 죄었다. 아쉽고 안타깝고 슬픔이 어우러지더니 분한 생각이 났다. 부뚜막에 놓은 낫을 들어서 인가의 배를 왁 긁어 놓고 싶었으나 아직도 행여나 하는 바람과 삶에 대한 애착심이 그 분을 제어하였다.

"그러지 말고 제발 보여 주오! 그러면 내 아내를 데리구 올까? 아니 바람을 쏘여서는……. 엑 죽어두 원이나 끄고 죽게 내가 데리고 올게 낯만 슬쩍 보여 주오…… 네? 흑…… 끅…… 제발……."

20년 가까이 손끝에서 자기 힘으로 기른 자기 딸을 억지로 빼앗긴 것도 원통하거든 그나마 자유로 볼 수도 없이 되는 것을 생각하니…… 더구나 그 우악한 인가에게 가슴과 배를 사정없이 눌리는 연연한 딸의 버둥거리는 그림자가 눈앞에 언뜻 하여 가슴이 꽉 막히고 사지가 부르르 떨리면서 주먹이 쥐어졌다. 그러나 뒤따라 병석의 아내가 떠오를 때 그의 주먹은 풀리고 머리는 숙였다.

"낼리 또 왔소 이 얘기하오! 오늘리디 울리디 일이디 푸푸디! 많이 있소!"

인가는 문 서방을 어서 가라는 듯이 자기 먼저 캉에서 내려섰다.

"제발 그리지 말구! 으흑 흑…… 제발 단 한 번만이라도 낯만…… 으흑흑 응!"

문 서방은 인가를 따라 밖으로 나오면서 울었다. 등 뒤에서는 웃음소리가 들렸다. 그러나 그 웃음소리는 이때의 문 서방에게는 아무러한 자극도 주지 못하였다.

"자 이거 적지만……."

마당에 한참이나 서서 무엇을 생각하던 인가는 백 조짜리 관체 석 장을 문 서방의 손에 쥐었다. 문 서방은 받지 않으려고 하였다. 더러운 놈의 더러운 돈을 받지 않으려 하였다. 그러나 지금 부쳐 먹는 밭도 인가의 밭이다. 잠깐 사이 분과 설움에 어리어서 튕기던 돈은 ─ 돈 힘은 굶고 헐벗은 문 서방을 누르지 않을 수 없었다. 그는 못 이기는 것처럼 삼백 조를 받아 넣고 힘없이 나오다가,

'저 속에는 용례가 있으려니?'

생각하면서 바른편에 놓인 조그마한 집을 바라볼 때 자기도 모르게 발길이 도로 돌아섰다. 마치 거기서는 용례가 울면서 자기를 부르는 것 같았다. 그러나 인가는 문 서방을 문밖에 내보내고 문을 닫아 잠갔다.

문밖에 나서니 천지가 아득하였다. 발길이 돌아서지 않았다. 사생을 나투는 아내를 생각하면 아니 가진 못할 일이고 이 울타리 속에는 용례가 있거니 생각하면 눈길이 다시금 울타리로 갔다.

그가 바위 모롱이 빙판에 올 때까지 개들은 쫓아 나와 짖었다. 그는 제 분김에 한 마리 때려잡는다고 얼른 돌멩이를 집어 들었다가, 작년 가을에 어떤 조선 사람이 어떤 중국 사람의 개를 때려죽이고 그 사람이 주인에게 총 맞아 죽은 일이 생각나서 들었던 돌멩이를 헛뿌렸다.

돌아 떨어지는 겨울 해는 어느새 강 건너 봉우리 엉성한 가지 끝에 걸렸다. 바람은 좀 자고 날씨는 맑으나 의연히 추워서 수염에는 우물가처럼 얼음 보쿠지가 졌다.

4

눈옷 입은 산봉우리 나뭇가지 끝에 남았던 붉은 석양볕이 스르르 자취를 감추고 먼 동쪽 하늘가에 차디찬 연자줏빛이 싸르르 돌더니 그마저 스러지고, 쌀쌀한 하늘에 찬 별들이 내려다보게 되면서부터 어둑한 황혼빛이 빼허의 좁은 골에 흘러들어서 게딱지 같은 집 속까지 흐리기 시작하였다.

꺼먼 서까래가 드러난 수수깡 천장에는 그은 거미줄이 흐늘흐늘 수없이 드리우고, 빈대 죽인 자리는 수묵으로 댓잎을 그린 듯이 흙벽에 빈틈이 없는데 먼지가 수북한 구들에는 구름깔개(참나무를 엷게 밀어서 결은 자리)를 깔아 놓았다. 가마 저편 바당(부엌)에는 장작개비가 흩어져 있고 아궁이에서는 뻘건 불이 훨훨 붙는다.

뜨끈뜨끈한 부뚜막에는 문 서방의 아내가 누덕이불에 싸여 누웠고 문 앞과 윗목에는 이웃집 사람들이 모여 앉았는데 지금 막 달리소 인가의 집에서 돌아온 문 서방은 신음하는 아내의 가슴에 손을 얹고 앉았다.

등꽂이에 켜 놓은 등불은 환하게 이 실내의 이 모든 사람을 비췄다.

"용례야! 용례! 용례야!"

고요히 누웠던 문 서방의 아내는 마지막 소리를 좀 크게 질렀다. 문 서방은 아내의 가슴을 지그시 눌렀다.

"에구? 우리 용례! 우리 용례를 데려다주구려!"

그는 눈을 번쩍 뜨면서 몸을 흔들었다.

"여보 왜 이러우? 용례가 지금 와요. 금방 올걸!"

어린애를 어르듯 하면서 땀내가 께저분한 아내의 얼굴을 내려다보는 문 서방의 눈은 흐렸다.

"에구, 몹쓸 늠두! 저런 거 모르는 체하는가? 음!"

윗목에 앉은 늙은 부인은 함경도 사투리로 구슬피 뇌었다.

"허, 그러게 되놈이라지! 그놈덜께 인륜이 있소?"

문 앞에 앉았던 한 관청은 받아쳤다.

"용례야! 용례야! 흥, 저기 저기 용례가 오네!"

문 서방의 아내는 쑥 꺼진 두 눈을 모듭떠서 천장을 뚫어지게 보면서 보기에 아츠러운 웃음을 웃었다.

"어디? 아직은 안 오! 여보, 왜 이리우? 정신을 채리우, 응!"

문 서방의 목소리는 떨렸다.

"저기 엑…… 용…… 용례……."

그는 눈을 더 크게 뜨고 두 뺨의 근육을 경련적으로 움직이면서 번쩍 일어났다. 문 서방은 아내의 허리를 안았다. 그는 또 정신에 착오를 일으켰는지 창문을 바라보고 뛰어나가려고 하면서,

"용례야! 용례 용례…… 저 저기 저기 용례가 있네! 용례야! 어디 가니? 용례야! 네 어디 가느냐? 으응."

고함을 치고 눈물 없는 울음을 우는 그의 눈에서는 퍼런 불빛이 번쩍하였다. 좌중은 모진 짐승의 앞에나 앉은 듯이 모두 숨을 죽이고 손을 틀었다. 문 서방은 전신의 힘을 내서 아내의 허리를 안았다.

"하하하(그는 이상한 소리를 내어 웃다가 다시 성을 잔뜩 내면서)…… 용례! 용례가 저리로 가는구나! 으응…… 저놈이 저놈이 웬 놈이냐?"

하면서 한참 이를 악물고 창문을 노려보더니,

"저 저…… 이놈아! 우리 용례를 놓아라! 저 되놈이, 저 되놈이 용례를 잡아가네! 이놈 놔라! 이놈 모가지를 빼놓을 이 이……."

그의 눈앞에는 용례를 인가에게 빼앗기던 그때가 떠올랐는지, 이를 뿍 갈면서 몸을 번쩍 일으켜 창문을 향하고 내달았다.

"여보 정신을 차리오! 여보 왜 이러우? 아이구 응……."

쫓아 나가면서 아내의 허리를 안아서 뒤로 끌어들이는 문 서방의 소리는 눈물에 젖었다.

"이놈아! 이게 웬 놈이 남을 붙잡니? 응 ? 으윽."

그는 두 손으로 남편의 가슴을 밀다가도 달려들어서 남편의 어깨를 물어뜯으면서,

"이것 놔라! 에구 용례야, 저게 웬 놈이…… 에구구…… 저놈이 용례를 깔고 앉네!"

하고 몸부림을 탕탕하는 그의 눈에는 핏발이 서고 낯빛은 파랗게 질렸다.

이때 한 관청 곁에 앉았던 젊은 사람은 얼른 일어나서 문 서방을 조력하

였다. 끌어들이려거니 뛰어나가려거니 하여 밀치고 당기는 판에 등꽂이가 넘어져서 등불이 펄렁 죽어 버렸다. 방 안이 갑자기 깜깜하여지자 창문만 해쓱하였다.

"조심들 하라니! 엑 불두!"

한 관청은 등대를 화로에 대고 푸푸 불면서 툭덕툭덕하는 사람들께 주의를 시켰다. 불은 번쩍하고 켜졌다.

"우우 쏴 — 스르륵."

문을 치는 바람 소리가 요란하였다.

"엑, 또 바람이 나는 게로군! 날쎄두 페릅다(괴상하다)."

한 관청은 이렇게 뇌면서 등꽂이에 등을 꽂고 몸부림하는 문 서방 내외와 젊은 사람을 피하여 앉았다.

"이것 놓아주오! 아이구, 우리 용례가 죽소! 저 흉한 되놈에게 깔려서…… 엑, 저 저 저…… 저것 봐라! 이놈 네 이놈아! 에이구 용례야! 용례야! 사람 살려 주오! (소리를 더욱 높여서) 우리 용례를 살려 주! 응으윽 에엑끅……."

그는 마지막으로 오장육부가 쏟아지게 소리를 지르다가 검붉은 핏덩이를 왈칵 토하면서 앞으로 거꾸러졌다.

"으윽!"

"응, 끔직두 한 게!"

하면서 여러 사람들은 거꾸러진 문 서방의 아내 앞에 모여들었다.

"여보! 여보소! 아이구 정신 좀……."

떨려 나오는 문 서방의 소리는 절반이나 울음으로 변하였다.

거불거불하는 등불 속에 검붉은 피를 한 말이나 토하고 쓰러진 그는 낯이 파랗게 되어서 숨결이 없었다.

"허! 잡싱(雜神)이 붙었는가? 으흠 응! 으흠 응! 각황제방 심미기, 두우열로 구슬벽……."

여러 사람들과 같이 문 서방의 아내를 부뚜막에 고요히 뉘어 놓은 한 관청은 귀신을 쫓는 경문이라고 발음도 바로 못 하는 이십팔수(옛날 중국, 인도, 페르시아 등에서 해와 달 그리고 여러 행성들의 소재를 밝히기 위해 황도를 따라서 천구를 스물여덟으로 구분한 것)를 줄줄줄 읽었다.

"으응응······ 흑흑······ 여 여보!"

문 서방의 목멘 울음을 받는 그 아내는 한 관청의 서투른 경문 소리를 듣는지 마는지, 손발은 점점 식어 가고 낯은 파랗게 질렸는데, 무엇을 보려고 애쓰던 눈만은 멀거니 뜨고 그저 무엇인지 노리고 있다. 경문을 읽던 한 관청은,

"엑, 인제는 늙어 가는 사람이 울기는? 우지 마오! 이내 살아날꺼!"

하고 문 서방을 나무라면서 문 서방의 아내 앞에 다가앉더니 주머니에서 은동침(어느 때에 얻어둔 것인지?)을 내어서 문 서방 아내의 인중을 꾹 찔렀다. 그러나 점점 식어 가는 그는 이마도 찡그리지 않았다. 다시 콧구멍에 손을 대어 보았으나 숨결은 없었다.

바람은 우우 쏴 — 하고 문에 눈을 들이쳤다. 여러 사람은 약속이나 한 듯이 두려운 빛을 띤 눈으로 창을 바라보았다.

"으응 에이구! 여보! 끝끝내 용례를 못 보고 죽었구려······ 잉잉······ 흑."

문 서방은 울기 시작하였다. 그 울음소리는 고요한 방 안 불빛 속에 바람 소리와 함께 처량하게 흘렀다.

"에구, 못된 놈(인가)도 있는 게!"

"에구, 참 불쌍하게두!"

"흥, 우리도 다 그 신세지!"

무시무시한 기분에 싸여서 낯빛이 푸르러 가는 여러 사람들은 각각 한마디씩 뇌었다. 그 소리는 모두 갈 데 없는 신세를 호소하는 듯하게 구슬프고 힘없었다.

5

문 서방의 아내가 죽던 그 이튿날 밤이었다. 그날 밤에도 바람이 몹시 불었다. 그 바람은 강바람이어서 서북에 둘린 산 때문에 좀한 바람은 움쩍도 못하던 달리소까지 범하였다. 서북으로 산을 등지고 앞으로 강 건너 높은 절벽을 대하여 강골밖에 터진 데 없는 달리소는 강바람이 들어차면 빠질

데는 없고 바람과 바람이 부딪쳐서 흔히 회오리바람이 일게 된다. 이날 밤에도 그 모양으로, 달리소에는 회오리바람이 일어서 낟가리가 날리고 지붕이 날리고 산천이 울려서 혼돈이 배판할 때 빙세계나 트는 듯한 판이라 사람은커녕 개와 도야지도 굴속에서 꿈쩍 못하였다.

밤이 썩 깊어서였다.

차디찬 별들이 총총한 하늘 아래, 우렁찬 바람에 휘날리는 눈발을 무릅쓰고 달리소 앞 강 빙판을 건너서 달리소 언덕으로 올라가는 그림자가 있다. 모진 바람이 스치는 때마다 혹은 엎드리고 혹은 우뚝 서기도 하면서 바삐 바삐 가던 그 그림자는 게딱지 같은 지팡살이 집 근처에서부터 무엇을 꺼리는지 좌우를 슬몃슬몃 보면서 자취를 숨기고 걸음을 느리게 하여 저편으로 돌아가 인가의 집 높은 울타리 뒤로 돌아간다.

"으르릉 웡웡."

하자 어느 구석에서인지 개가 한 마리, 두 마리, 세 마리 뒤이어 나와서 짖으면서 그 그림자를 쫓아간다. 그 개 소리는 처량한 바람 소리 속에 싸여 흘러서 건너편 산을 즈르릉 즈르릉 울렸다.

"꽝! 꽝꽝."

인가의 집에서는 개 짖음에 홍우재(마적)나 몰아오는가 믿었던지 헛총질을 네댓 방이나 하였다. 그 소리도 산천을 울렸다. 그 바람에 슬근슬근 가던 그림자는 휙 돌아서서 손에 들었던 보자기를 개 앞에 던졌다. 보자기는 터지면서 둥글둥글한 것이 우르르 쏟아졌다. 짖으면서 달려오던 개들은 짖음을 그치고 거기 모여들어서 서로 물고 뜯고 빼앗아 먹는다. 그러는 사이에 그림자는 인가의 울타리 뒤에 산같이 쌓아 놓은 보릿짚 더미에 가서 성냥을 쭉 긋더니 뒷산으로 올리닫는다.

처음에는 바람 속에서 판득판득하던 불이 삽시간에 그 산 같은 보릿짚 더미에 붙었다.

"훠쓰(불이야)!"

하는 고함과 같이 사람의 소리는 요란하였다. 모진 바람에 하늘하늘 일어서는 불길은 어느새 보릿짚 더미를 살라 버리고 울타리를 살라 버리고 울타리 안에 있는 집에 옮았다.

"푸우 우루루루루 쏴아⋯⋯."

동풍이 몹시 이는 때면 불기둥은 서편으로, 서풍이 몹시 부는 때면 불기둥은 동으로 쓸려서 모진 소리를 치고 검은 연기를 뿜다가도 동서풍이 어울치면 축융의 붉은 혓발은 하늘하늘 염염히 타올라서 차디찬 별 — 억만년 변함이 없을 듯하던 별까지 녹아내릴 것같이 검은 연기는 하늘을 덮고 붉은빛은 깜깜하던 골짜기에 차 흘러서 어둠을 기회로 모여들었던 온갖 요귀를 몰아내는 것 같다. 불을 질러 놓고 뒤 숲속에 앉아서 내려다보던 그림자 — 딸과 아내를 잃은 문 서방은,

"하하하."

시원스럽게 웃고 가슴을 만지면서 한 손으로 꽁무니에 찼던 도끼를 만져 보았다.

일 동리 사람들과 인가의 집 일꾼들은 불붙은 데 모여들었으나 모두 어쩔 줄을 모르고 떠들고 덤비면서 달려가고 달려올 뿐이었다.

그러는 사이에 울타리는 물론 울타리 속에 엉큼히 서 있던 큰 집 두 채도 반이나 타서 쓰러졌다.

이런 불 속으로부터 여러 사람이 오고 가는 밭 가운데로 튀어 나가는 두 그림자가 있었다. 하나는 커다란 장정이요, 하나는 작은 여자이다. 뒷산 숲에서 이것을 보던 문 서방은 그 두 그림자를 향하고 내리뛰었다. 그는 천방지방 내리뛰었다. 독살이 잔뜩 올라서 불빛에 번쩍이는 그의 눈에는 이 두 그림자밖에는 아무것도 보이지 않았다.

"으윽 끅."

문 서방이 여러 사람을 헤치고 두 그림자 앞에 가 섰을 때, 앞에 섰던 장정의 그림자는 땅에 거꾸러졌다. 그때는 벌써 문 서방의 손에 쥐었던 도끼가 장정 인가의 머리에 박혔다. 도끼를 놓은 문 서방의 품에는 어린 여자의 그림자가 안겼다. 용례가⋯⋯.

그 바람에 모여 섰던 사람들은 혹은 허둥지둥 뛰어 버리고 혹은 뒤로 자빠져서 부르르 떨었다. 용례도 거꾸러지는 것을 안았다.

"용례야! 놀라지 마라! 나다! 아버지다! 용례야!"

문 서방은 딸을 품에 안으니 이때까지 악만 찼던 가슴이 스르르 풀리면

서 독살이 올랐던 눈에서 뜨거운 눈물이 떨어졌다. 이렇게 슬픈 중에도 그의 마음은 기쁘고 시원하였다. 하늘과 땅을 주어도 그 기쁨을 바꿀 것 같지 않았다.

그 기쁨! 그 기쁨은 딸을 안은 기쁨만이 아니었다. 작다고 믿었던 자기의 힘이 철통같은 성벽을 무너뜨리고 자기의 요구를 채울 때 사람은 무한한 기쁨과 충동을 받는다.

불길은 — 그 붉은 불길은 의연히 모든 것을 태워 버릴 것처럼 하늘하늘 올랐다.

1926년 12월 4일 오전 6시

운수 좋은 날

- 현진건 -

작가 소개

현진건(玄鎭健 1900~1943)

현진건의 호는 빙허이며 1900년 8월 9일 대구에서 태어났다. 1917 일본 도쿄에 있는 세이조(成城) 중학교를 졸업하고, 중국 후장 대학에서 독일어를 공부하다가 1919년 귀국하였다. 현진건은 1920년 '개벽'에 소설 〈희생화〉를 발표해 문단에 입문했지만 좋은 평가를 받지 못했다. 하지만 1921년 〈빈처〉를 발표해 소설가로서 인정받았다. 그해 홍사용·이상화·나도향·박종화와 '백조'를 발간하였으며, 〈타락자〉, 〈운수 좋은 날〉, 〈불〉을 발표함으로써 김동인과 더불어 근대 단편 소설의 선구자가 되었다. 1935년 조선일보 사회부장 때 일장기 말소 사건으로 1년간 옥고를 치르고 풀려난 후 신문사를 떠났다.

1939년에는 동아일보에 장편 〈흑치상지〉를 연재했지만 내용이 불온하다는 이유로 연재가 중단됐다. 이후 장편 〈적도〉, 〈무영탑〉 등을 발표하면서 작품 활동을 이어갔으나, 1943년 마흔 세 살의 나이로 세상을 떠났다.

그는 자연주의 문학의 대표 작가이며 '한국의 모파상'이라는 별명을 들을 정도였다. 백조 동인 중에서도 가장 예술성이 높은 작가라는 평을 들었다. 그의 작품으로는 〈빈처〉, 〈술 권하는 사회〉, 〈할머니의 죽음〉, 〈운수 좋은 날〉, 〈B사감과 러브레터〉, 〈불〉, 〈사립 정신 병원장〉 등의 단편이 있고, 〈적도〉 등의 장편이 있다.

작품 정리

이 작품은 1920년대 하층 노동자의 삶을 날카로운 관찰로 생생하게 그려 놓은 현진건의 대표작이다. 지식인 중심의 인물 설정에서 벗어나 하층 노동자를 주인공으로 설정한 점도 특색 있고,

기교적인 측면에서는 작품 전후의 명암 대비를 통해 아이러니를 유발시킨다.

이 소설의 주인공인 김 첨지는 그 당시 하층민의 고난과 역경의 삶을 상징하는 전형적 인물이다. 따라서 김 첨지의 집안에 관한 이 작품은 한 개인의 고난을 뜻하는 것이 아니라 당시 하층민의 삶의 고뇌를 대변한다.

이 소설의 표제가 된 '운수 좋은 날'은 인력거꾼으로 큰 벌이를 한 운수 좋은 날이 아니라 병든 아내가 죽은 비운의 날을 표현한 것이다. 김 첨지는 운수가 좋아 돈도 벌고 선술집에서 건주정까지 부리는 표면적 행동과 아내가 죽을지도 모른다는 불안한 내면 심리가 대립과 갈등을 일으킨다. 이는 김 첨지의 행운이 '아내의 죽음'으로 이어지는 극적 반전을 이루고 있지만, 치밀한 구성과 복선으로 그 죽음은 개연성이 있는 죽음이 된다.

〈운수 좋은 날〉은 김 첨지의 행운과 불행을 선명하게 대비하여 그의 비극적 운명을 더욱 강조한 현진건의 놀라운 통찰력과 뛰어난 표현력 덕분에 그 시대 단편 소설의 수준을 한 단계 끌어올린 수작으로 평가된다.

작품 줄거리

동소문동에 사는 인력거꾼 김 첨지는 열흘 동안 돈 구경도 못하다가 이날은 이상할 만큼 운수좋게 손님이 계속 생겼다. 그는 눈물이 날 만큼 기뻤다. 오랫동안 앓아누워 있는 아내에게 설렁탕한 그릇을 사다 줄 수 있으니까 말이다.

그의 행운은 그걸로 그치지 않았다. 오늘 아침에 나가지 말라는 병든 아내의 말이 생각나서 주저하였지만 비를 맞으면서 한 학생을 남대문 정거장까지 데려다 주고 1원 50전을 번다. 그는 기뻤지만 한편으론 겁이 났다. 오늘따라 운수가 무척 좋으니 말이다.

남대문 정거장으로 가는 동안은 이상할 정도로 다리가 가뿐하더니 집 가까이에 오자 다리가 무거워지고 나가지 말라던 아내의 말이 귀에 울렸다. 그리고 자녀의 울음소리가 들리는 듯하여 자신도 모르게 멈춰 섰다가 손님의 재촉에 정신을 차리고 다시 가기 시작했다. 집에서 멀어질수록 발은 가벼워졌다. 남대문 정거장에서 운 좋게 또 한 명의 손님을 인사동까지 데려다 주었다. 기적같은 벌이였다. 아무래도 이 기쁨이 계속되지 않을 것같은 예감이 들었다. 집에 가기가 두려웠다.

집에 가다가 친구 치삼이를 만나 함께 술을 하고 술이 과하자 머리를 억누르는 불안을 풀어 버리기 위해 벼락같이 고함을 지르다가 금방 껄껄거리며 웃고, 그러다가 또다시 목 놓아 울기도 하며 법석을 떤다. 그는 그만하라며 말리는 치삼이에게 아내가 죽었다고 농을 한다. 추적추적 내리는 비를 맞으면서 아내가 그토록 먹고 싶어 하던 설렁탕을 사 들고 집으로 돌아간다.

김 첨지는 목청을 있는 대로 내어 욕을 퍼부으며 발을 들어 누운 아내의 다리를 찼다. 그러나 아무 반응이 없다. 아내는 죽어 있었다. 남편은 아내 머리를 흔들었다. "이년아, 죽었단 말이냐? 왜 말이 없어?" 김 첨지의 눈에서 떨어진 눈물이 죽은 아내의 **뻣뻣**한 얼굴을 적신다. 김 첨지는 미친 듯이 제 얼굴을 죽은 아내의 얼굴에 비비며 중얼거린다. "설렁탕을 사다 놓았는데 왜 먹지를 못하니, 왜 먹지를 못하니…… 괴상하게도 오늘은 운수가 좋더니만!" 하고 한탄한다.

핵심 정리

· 갈래 : 사실주의 소설
· 시점 : 전지적 작가 시점
· 배경 : 일제 강점기 겨울 비 오는 서울 빈민가
· 주제 : 일제 강점기 하층민의 비참한 생활상
· 출전 : 개벽

운수 좋은 날

　새침하게 흐린 품이 눈이 올 듯하더니 눈은 아니 오고 얼다가 만 비가 추적추적 내리었다.

　이날이야말로 동소문 안에서 인력거꾼 노릇을 하는 김 첨지에게는 오래간만에도 닥친 운수 좋은 날이었다. 문안에(거기도 문밖은 아니지만) 들어간답시는 앞집 마나님을 전찻길까지 모셔다드린 것을 비롯으로, 행여나 손님이 있을까 하고 정류장에서 어정어정하며 내리는 사람 하나하나에게 거의 비는 듯한 눈길을 보내고 있다가 마침내 교원인 듯한 양복쟁이를 동광학교까지 태워다 주기로 되었다.

　첫 번에 30전, 둘째 번에 50전, 아침 댓바람에 그리 흔치 않은 일이었다. 그야말로 재수가 옴 붙어서 근 열흘 동안 돈 구경도 못 한 김 첨지는 10전짜리 백동화 서 푼, 또는 다섯 푼이 찰칵하고 손바닥에 떨어질 때 거의 눈물을 흘릴 만큼 기뻤다. 더구나 이날 이때에 이 80전이라는 돈이 그에게 얼마나 유용한지 몰랐다. 컬컬한 목에 모주 한 잔도 적실 수 있거니와 그보다도 앓는 아내에게 설렁탕 한 그릇도 사다 줄 수 있음이다.

　그의 아내가 기침으로 쿨룩거리기는 벌써 달포가 넘었다. 조밥도 굶기를 먹다시피 하는 형편이니 물론 약 한 첩 써 본 일이 없다. 구태여 쓰려면 못 쓸 바도 아니로되, 그는 병이란 놈에게 약을 주어 보내면 재미를 붙여서 자꾸 온다는 자기의 신조에 어디까지 충실하였다. 따라서 의사에게 보인 적이 없으니 무슨 병인지는 알 수 없으되 반듯이 누워 가지고, 일어나기는 새로 모로도 못 눕는 걸 보면 중증은 중증인 듯.

　병이 이대도록 심해지기는 열흘 전에 조밥을 먹고 체한 때문이다. 그때도 김 첨지가 오래간만에 돈을 얻어서 좁쌀 한 되와 10전짜리 나물 한 단을 사다 주었더니 김 첨지의 말에 의하면 그 오라질 년이 천방지축으로 냄비에 대고 끓였다. 마음은 급하고 불길은 달지 않아 채 익지도 않은 것을 그

오라질 년이 숟가락은 고만두고 손으로 움켜서 두 뺨에 주먹 덩이 같은 혹이 불거지도록 누가 빼앗을 듯이 처박질하더니만 그날 저녁부터 가슴이 땅긴다, 배가 켕긴다고 눈을 흡뜨고 지랄병을 하였다. 그때 김 첨지는 열화와 같이 성을 내며,

"에이, 오라질 년, 조랑 복은 할 수가 없어. 못 먹어 병, 먹어서 병, 어쩌란 말이야! 왜 눈을 바루 뜨지 못해!"

하고 김 첨지는 앓는 이의 뺨을 한 번 후려갈겼다. 흡뜬 눈은 조금 바루어졌건만 이슬이 맺히었다. 김 첨지의 눈시울도 뜨끈뜨끈하였다.

이 환자가 그러고도 먹는 데는 물리지 않았다. 사흘 전부터 설렁탕 국물이 마시고 싶다고 남편을 졸랐다.

"이런 오라질 년! 조밥도 못 먹는 년이 설렁탕은. 또 처먹고 지랄병을 하게."

라고 야단을 쳐 보았건만, 못 사 주는 마음이 시원치는 않았다.

인제 설렁탕을 사 줄 수도 있다. 앓는 어미 곁에서 배고파 보채는 개똥이(세 살 먹이)에게 죽을 사 줄 수도 있다. 80전을 손에 쥔 김 첨지의 마음은 푼푼하였다.

그러나 그의 행운은 그걸로 그치지 않았다. 땀과 빗물이 섞여 흐르는 목덜미를 기름 주머니가 다 된 광목 수건으로 닦으며, 그 학교 문을 돌아 나올 때였다. 뒤에서,

"인력거!"

하고 부르는 소리가 난다. 자기를 불러 멈춘 사람이 그 학교 학생인 줄 김 첨지는 한 번 보고 짐작할 수 있었다. 그 학생은 다짜고짜로,

"남대문 정거장까지 얼마요?"

라고 물었다. 아마도 그 학교 기숙사에 있는 이로 동기 방학을 이용하여 귀향하려 함이리라. 오늘 가기로 작정은 하였건만 비는 오고, 짐은 있고 해서 어찌할 줄 모르다가 마침 김 첨지를 보고 뛰어나왔음이리라. 그렇지 않으면 왜 구두를 채 신지 못해서 질질 끌고, 비록 '고쿠라' 양복일망정 노박이로 비를 맞으며 김 첨지를 뒤쫓아 나왔으랴.

"남대문 정거장까지 말씀입니까?"

하고 김 첨지는 잠깐 주저하였다. 그는 이 우중에 우장도 없이 그 먼 곳을 철벅거리고 가기가 싫었음일까? 처음 것, 둘째 것으로 그만 만족하였음일까? 아니다, 결코 아니다. 이상하게도 꼬리를 맞물고 덤비는 이 행운 앞에 조금 겁이 났음이다.

그러고 집을 나올 제 아내의 부탁이 마음에 켕기었다. — 앞집 마나님한 테서 부르러 왔을 제 병인은 그 뼈만 남은 얼굴에 유일의 생물 같은 유달리 크고 움푹한 눈을 애걸하는 빛을 띠며,

"오늘은 나가지 말아요. 제발 덕분에 집에 붙어 있어요. 내가 이렇게 아 픈데……."

라고 모깃소리같이 중얼거리고 숨을 걸그렁걸그렁하였다. 그때에 김 첨지 는 대수롭지 않은 듯이,

"아따, 젠장맞을 년, 별 빌어먹을 소리를 다 하네. 맞붙들고 앉았으면 누 가 먹여 살릴 줄 알아?"

하고 훌쩍 뛰어나오려니까 환자는 붙잡을 듯이 팔을 내저으며,

"나가지 말래도 그래, 그러면 일찍이 들어와요."

하고 목메인 소리가 뒤를 따랐다.

정거장까지 가잔 말을 들은 순간에 경련적으로 떠는 손, 유달리 큼직한 눈, 울 듯한 아내의 얼굴이 김 첨지의 눈앞에 어른어른하였다.

"그래 남대문 정거장까지 얼마란 말이오?"

하고 학생은 초조한 듯이 인력거꾼의 얼굴을 바라보며 혼잣말같이,

"인천 차가 열한 점에 있고, 그다음에는 새로 두 점이던가."

라고 중얼거렸다.

"1원 50전만 줍시오."

이 말이 저도 모를 사이에 불쑥 김 첨지의 입에서 떨어졌다. 제 입으로 부르고도 스스로 그 엄청난 돈 액수에 놀랐다.

한꺼번에 이런 금액을 불러라도 본 지가 그 얼마 만인가? 그러자 그 돈 벌 용기가 병자에 대한 염려를 사르고 말았다. 설마 오늘 내로 어쩌랴 싶었 다. 무슨 일이 있더라도 제일 제이의 행복을 곱친 것보다도 오히려 갑절이 많은 이 행운을 놓칠 수 없다 하였다.

"1원 50전은 너무 과한데."

이런 말을 하며 학생은 고개를 기웃하였다.

"아니올시다. 이수로 치면 여기서 거기가 시오 리가 넘는답니다. 또 이런 진날에 좀 더 주셔야지요."

하고 빙글빙글 웃는 차부의 얼굴에는 숨길 수 없는 기쁨이 넘쳐흘렀다.

"그러면 달라는 대로 줄 터이니 빨리 가요."

관대한 어린 손님은 그런 말을 남기고 총총히 옷도 입고 짐도 챙기러 갈 데로 갔다.

그 학생을 태우고 나선 김 첨지의 다리는 이상하게 거뿐하였다. 달음질을 한다느니 보다 거의 나는 듯하였다. 바퀴도 어떻게 속히 도는지 구른다느니 보다 마치 얼음을 지쳐나가는 스케이트 모양으로 미끄러져 가는 듯하였다. 언 땅에 비가 내려 미끄럽기도 하였지만.

이윽고 끄는 이의 다리는 무거워졌다. 자기 집 가까이 다다른 까닭이다. 새삼스러운 염려가 그의 가슴을 눌렀다.

'오늘은 나가지 말아요. 내가 이렇게 아픈데!'

이런 말이 잉잉 그의 귀에 울렸다. 그리고 병자의 움쑥 들어간 눈이 원망하는 듯이 자기를 노리는 듯하였다. 그러자 엉엉하고 우는 개똥이의 곡성을 듣은 듯싶다. 딸꾹딸꾹하고 숨 모으는 소리도 나는 듯싶다.

"왜 이러우, 기차 놓치겠구먼."

하고 탄 이의 초조한 부르짖음이 간신히 그의 귀에 들어왔다. 언뜻 깨달으니 김 첨지는 인력거를 쥔 채 길 한복판에 엉거주춤 멈춰 있지 않은가.

"예, 예."

하고 김 첨지는 또다시 달음질하였다. 집이 차차 멀어질수록 김 첨지의 걸음에는 다시금 신이 나기 시작하였다. 다리를 재게 놀려야만 쉴 새 없이 자기의 머리에 떠오르는 모든 근심과 걱정을 잊을 듯이.

정거장까지 끌어다 주고 그 깜짝 놀랄 1원 50전을 정말 제 손에 쥐매, 제 말마따나 10리나 되는 길을 비를 맞아 가며 질퍽거리고 온 생각은 아니 하고, 거저나 얻은 듯이 고마웠다. 졸부나 된 듯이 기뻤다. 제 자식뻘밖에 안 되는 어린 손님에게 몇 번이나 허리를 굽히며,

"안녕히 다녀옵시오."

하고 깍듯이 재우쳤다.

그러나 빈 인력거를 털털거리며 이 우중에 돌아갈 일이 꿈 밖이었다. 노동으로 하여 흐른 땀이 식어지자 굶주린 창자에서, 물 흐르는 옷에서 어슬어슬 한기가 솟아나기 비롯하매, 1원 50전이란 돈이 얼마나 귀찮고 괴로운 것인 줄 절절히 느끼었다. 정거장을 떠나는 그의 발길은 힘 하나 없었다. 온몸이 옹송그려지며 당장 그 자리에 엎어져 못 일어날 것 같았다.

"젠장맞을 것! 이 비를 맞으며 빈 인력거를 털털거리고 돌아를 간담. 이런 빌어먹을, 제 할미를 붙을 비가 왜 남의 상판을 딱딱 때려!"

그는 몹시 화증을 내며 누구에게 반항이나 하는 듯이 게걸거렸다. 그럴 즈음에 그의 머리엔 또 새로운 광명이 비쳤나니, 그것은 '이러구 갈게 아니라 이 근처를 빙빙 돌며 차 오기를 기다리면 또 손님을 태우게 되는지도 몰라.'란 생각이었다. 오늘 운수가 괴상하게도 좋으니까 그런 요행이 또 한 번 없으리라고 누가 보증하랴. 꼬리를 굴리는 행운이 꼭 자기를 기다리고 있다고 내기를 해도 좋을 만한 믿음을 얻게 되었다.

그렇다고 정거장 인력거꾼의 등쌀이 무서우니 정거장 앞에 섰을 수는 없었다. 그래 그는 이전에도 여러 번 해 본 일이라 바로 정거장 앞 전차 정류장에서 조금 떨어지게 사람 다니는 길과 전찻길 틈에 인력거를 세워 놓고 자기는 그 근처를 빙빙 돌며 형세를 관망하기로 하였다. 얼마 만에 기차는 왔고 수십 명이나 되는 손이 정류장으로 쏟아져 나왔다. 그중에서 손님을 물색하는 김 첨지의 눈엔 양 머리에 뒤축 높은 구두를 신고 망토까지 두른 기생 퇴물인 듯, 난봉 여학생인 듯한 여편네의 모양이 띄었다. 그는 슬근슬근 그 여자의 곁으로 다가들었다.

"아씨, 인력거 아니 타시랍시오?"

그 여학생인지 뭔지가 한참은 매우 태깔을 빼며 입술을 꼭 다문 채 김 첨지를 거들떠보지도 않았다. 김 첨지는 구걸하는 거지나 무엇같이 연해연방 그의 기색을 살피며,

"아씨, 정거장 애들보담 아주 싸게 모셔다드리겠습니다. 댁이 어디신가요?"

하고 추근추근하게도 그 여자의 들고 있는 일본식 버들고리짝에 제 손을 대었다.

"왜 이래, 남 귀찮게."

소리를 벽력같이 지르고는 돌아선다. 김 첨지는 어랍시오 하고 물러섰다.

전차는 왔다. 김 첨지는 원망스럽게 전차 타는 이를 노리고 있었다. 그러나 그의 예감은 틀리지 않았다. 전차가 빡빡하게 사람을 싣고 움직이기 시작하였을 제 타고 남은 손 하나가 있었다. 굉장하게 큰 가방을 들고 있는 걸 보면 아마 붐비는 차 안에 짐이 크다 하여 차장에게 밀려 내려온 눈치였다.

김 첨지는 대어 섰다.

"인력거를 타시랍시오."

한동안 값으로 실랑이를 하다가 60전에 인사동까지 태워다 주기로 하였다. 인력거가 무거워지매 그의 몸은 이상하게도 가벼워졌고 그리고 또 인력거가 가벼워지니 몸은 다시금 무거워졌건만 이번에는 마음조차 초조해 온다. 집의 광경이 자꾸 눈앞에 어른거리어 인제 요행을 바랄 여유도 없었다.

나뭇등걸이나 무엇 같고 제 것 같지도 않은 다리를 연해 꾸짖으며 갈팡질팡 뛰는 수밖에 없었다.

"저놈의 인력거꾼이 저렇게 술이 취해 가지고 이 진 땅에 어찌 가노."
라고 길 가는 사람이 걱정을 하리만큼 그의 걸음은 황급하였다. 흐리고 비오는 하늘은 어둠침침하게 벌써 황혼에 가까운 듯하다.

창경원 앞까지 다다라서야 그는 턱에 닿은 숨을 돌리고 걸음도 늦추잡았다. 한 걸음 두 걸음 집이 가까워 갈수록 그의 마음조차 괴상하게 누그러웠다. 그런데 이 누그러움은 안심해서 오는 게 아니요, 자기를 덮친 무서운 불행을 빈틈없이 알게 될 때가 박두한 것을 두리는 마음에서 오는 것이다. 그는 불행에 다닥치기 전 시간을 얼마쯤이라도 늘리려고 버르적거렸다. 기적에 가까운 벌이를 하였다는 기쁨을 할 수 있으면 오래 지니고 싶었다. 그는 두리번두리번 사면을 살피었다. 그 모양은 마치 자기 집, 곧 불행을 향하여 달려가는 제 다리를 제힘으로는 도저히 어찌할 수 없으니 누구든지 나를 좀 잡아다고, 구해다고 하는 듯하였다.

그럴 즈음에 마침 길가 선술집에서 그의 친구 치삼이가 나온다. 그의 우글우글 살진 얼굴에 주홍이 돋는 듯, 온 턱과 뺨을 시커멓게 구레나룻이 덮였거늘, 노르탱탱한 얼굴이 바짝 말라서 여기저기 고랑이 패고, 수염도 있대야 턱 밑에만 마치 솔잎 송이를 거꾸로 붙여 놓은 듯한 김 첨지의 풍채하고는 기이한 대상을 짓고 있었다.

"여보게 김 첨지, 자네 문안 들어갔다 오는 모양일세그려, 돈 많이 벌었을 테니 한잔 빨리게."

뚱뚱보는 말라깽이를 보던 맡에 부르짖었다. 그 목소리는 몸짓과 딴판으로 연하고 싹싹하였다. 김 첨지는 이 친구를 만난 게 어떻게 반가운지 몰랐다. 자기를 살려 준 은인이나 무엇같이 고맙기도 하였다.

"자네는 벌써 한잔한 모양일세그려. 자네도 오늘 재미가 좋아 보이."
하고 김 첨지는 얼굴을 펴서 웃었다.

"아따, 재미 안 좋다고 술 못 먹을 낸가. 그런데 여보게, 자네 왼 몸이 어째 물독에 빠진 생쥐 같은가? 어서 이리 들어와 말리게."

선술집은 훈훈하고 뜨뜻하였다. 추어탕을 끓이는 솥뚜껑을 열 적마다 뭉게뭉게 떠오르는 흰 김, 석쇠에서 뻐지짓뻐지짓 구워지는 너비아니 구이며 저육이며 간이며 콩팥이며 북어며 빈대떡…… 이 너저분하게 늘어 놓은 안주 탁자에 김 첨지는 갑자기 속이 쓰려서 견딜 수 없었다. 마음대로 할 양이면 거기 있는 모든 먹음먹이를 모조리 깡그리 집어삼켜도 시원치 않았다. 하되 배고픈 이는 우선 분량 많은 빈대떡 두 개를 쪼기로 하고 추어탕을 한 그릇 청하였다.

주린 창자는 음식 맛을 보더니 더욱더욱 비어지며 자꾸자꾸 들이라 들이라 하였다. 순식간에 두부와 미꾸리 든 국 한 그릇을 그냥 물같이 들이켜고 말았다. 셋째 그릇을 받아 들었을 제 데우던 막걸리 곱빼기 두 잔이 더웠다. 치삼이와 같이 마시자 원원이 비었던 속이라 찌르르하고 창자에 퍼지며 얼굴이 화끈하였다. 눌러 곱빼기 한 잔을 또 마셨다. 김 첨지의 눈은 벌써 게게 풀리기 시작하였다. 석쇠에 얹힌 떡 두 개를 숭덩숭덩 썰어서 볼을 불룩거리며 또 곱빼기 두 잔을 부어라 하였다.

치삼은 의아한 듯이 김 첨지를 보며,

"여보게 또 붓다니, 벌써 우리가 넉 잔씩 먹었네. 돈이 40전일세."

하고 주의시켰다.

"아따 이놈아, 40전이 그리 끔찍하냐? 오늘 내가 돈을 막 벌었어. 참 오늘 운수가 좋았느니."

"그래 얼마를 벌었단 말인가?"

"30원을 벌었어, 30원을! 이런 젠장맞을 술을 왜 안 부어…… 괜찮다, 괜찮다. 막 먹어도 상관이 없어. 오늘 돈 산더미같이 벌었는데."

"어, 이 사람 취했군. 그만두세."

"이놈아, 이걸 먹고 취할 내냐, 어서 더 먹어."

하고는 치삼의 귀를 잡아채며 취한 이는 부르짖었다.

그리고 술을 붓는 열다섯 살 됨 직한 중대가리에게로 달려들며,

"이놈, 오라질 놈, 왜 술을 붓지 않어."

라고 야단을 쳤다. 중대가리는 히히 웃고 치삼을 보며 문의하는 듯이 눈짓을 하였다. 주정꾼이 이 눈치를 알아보고 화를 버럭 내며,

"에미를 붙을 이 오라질 놈들 같으니, 이놈 내가 돈이 없을 줄 알고."

하자마자 허리춤을 흠칫흠칫하더니 1원짜리 한 장을 꺼내어 중대가리 앞에 펄쩍 집어 던졌다. 그 사품에 몇 푼 은전이 잘그랑하며 떨어진다.

"여보게, 돈 떨어졌네, 왜 돈을 막 끼얹나."

이런 말을 하며 일변 돈을 줍는다. 김 첨지는 취한 중에도 돈의 거처를 살피는 듯이 눈을 크게 떠서 땅을 내려다보다가 불시에 제 하는 짓이 너무 더럽다는 듯이 고개를 소스라치자 더욱 성을 내며,

"봐라, 봐! 이 더러운 놈들아, 내가 돈이 없나, 다리 뼉다구를 꺾어놓을 놈들 같으니."

하고 치삼의 주워 주는 돈을 받아,

"이 원수엣돈! 이 육시를 할 돈!"

하면서 팔매질을 친다. 벽에 맞아떨어진 돈은 다시 술 끓이는 양푼에 떨어지며 정당한 매를 맞는다는 듯이 쨍하고 울었다.

곱빼기 두 잔은 또 부어질 겨를도 없이 말려 가고 말았다. 김 첨지는 입술과 수염에 붙은 술을 빨아들이고 나서 매우 만족한 듯이 그 솔잎 송이 수염을 쓰다듬으며,

"또 부어, 또 부어."

라고 외쳤다. 또 한 잔 먹고 나서 김 첨지는 치삼의 어깨를 치며 문득 껄껄웃는다. 그 웃음소리가 어떻게 컸던지 술집에 있는 이의 눈은 모두 김 첨지에게로 몰리었다. 웃는 이는 더욱 웃으며,

"여보게 치삼이, 내 우스운 이야기 하나 할까? 오늘 손을 태우고 정거장에까지 가지 않았겠나."

"그래서?"

"갔다가 그저 오기가 안 됐데그려, 그래 전차 정류장에서 어름어름하며 손님 하나를 태울 궁리를 하지 않았나. 거기 마침 마나님이신지 여학생이신지 — 요새야 어디 논다니(웃음과 몸을 파는 여자를 속되게 이름)와 아가씨를 구별할 수가 있던가 — 망토를 두르고 비를 맞고 서 있겠지. 슬근슬근 가까이 가서 '인력거 타시랍시오.' 하고 손가방을 받으려니까 내 손을 탁 뿌리치고 홱 돌아서더니만 '왜 남을 이렇게 귀찮게 굴어!' 그 소리야말로 꾀꼬리 소리지, 허허!"

김 첨지는 교묘하게도 정말 꾀꼬리 같은 소리를 내었다. 모든 사람은 일시에 웃었다.

"빌어먹을 깍쟁이 같은 년, 누가 저를 어쩌나, '왜 남을 귀찮게 굴어!' 어이구, 소리가 처신도 없지. 허허."

웃음소리들은 높아졌다. 그러나 그 웃음소리들이 사라지기 전에 김 첨지는 훌쩍훌쩍 울기 시작하였다.

치삼은 어이없이 주정뱅이를 바라보며,

"금방 웃고 지랄을 하더니 우는 건 또 무슨 일인가?"

김 첨지는 연해 코를 들이마시며,

"우리 마누라가 죽었다네."

"뭐, 마누라가 죽다니, 언제?"

"이놈아 언제는 오늘이지."

"예끼 미친놈, 거짓말 마라."

"거짓말은 왜, 참말로 죽었어, 참말로…… 마누라 시체를 집에 뻐들쳐 놓고 내가 술을 먹다니, 내가 죽일 놈이야, 죽일 놈이야."

하고 김 첨지는 엉엉 소리를 내어 운다.

치삼은 흥이 조금 깨지는 얼굴로,

"원 이 사람이, 참말을 하나, 거짓말을 하나, 그러면 집으로 가세, 가."

하고 우는 이의 팔을 잡아당기었다.

치삼의 끄는 손을 뿌리치더니 김 첨지는 눈물이 글썽글썽한 눈으로 싱그레 웃는다.

"죽기는 누가 죽어."

하고 득의가 양양.

"죽기는 왜 죽어, 생때같이 살아만 있단다. 그 오라질 년이 밥을 죽이지. 인제 나한테 속았다."

하고 어린애 모양으로 손뼉을 치며 웃는다.

"이 사람이 정말 미쳤단 말인가? 나도 아주먼네가 앓는단 말은 들었는데."

하고 치삼이도 어느 불안을 느끼는 듯이 김 첨지에게 또 돌아가라고 권하였다.

"안 죽었어, 안 죽었대도 그래."

김 첨지는 화증을 내며 확신 있게 소리를 질렀으되 그 소리엔 안 죽은 것을 믿으려고 애쓰는 가락이 있었다. 기어이 1원어치를 채워서 곱빼기 한 잔씩 더 먹고 나왔다.

궂은 비는 의연히 추적추적 내린다.

김 첨지는 취중에도 설렁탕을 사 가지고 집에 다다랐다. 집이라 해도 물론 셋집이요, 또 집 전체를 세 든 게 아니라 안과 뚝 떨어진 행랑방 한 칸을 빌려 든 것인데 물을 길어 대고 한 달에 1원씩 내는 터이다. 만일 김 첨지가 주기를 띠지 않았던들 한 발을 대문에 들여놓았을 제 그곳을 지배하는 무시무시한 정적 — 폭풍우가 지나간 뒤의 바다 같은 정적에 다리가 떨렸으리라. 쿨룩거리는 기침 소리도 들을 수 없다. 그르렁거리는 숨소리조차 들을 수 없다. 다만 이 무덤 같은 침묵을 깨뜨리는, 깨뜨린다느니 보다 한층 더 침묵을 깊게 하고 불길하게 하는 빡빡 하는 그윽한 소리, 어린애의 젖 빠는 소리가 날 뿐이다. 만일 청각이 예민한 이 같으면 그 빡빡 소리는 빨 나름이요, 꿀떡꿀떡하고 젖 넘어가는 소리가 없으니 빈 젖을 빤다는 것도 짐작할는지 모르리라.

혹은 김 첨지도 이 불길한 침묵을 짐작했는지도 모른다. 그렇지 않으면 대문에 들어서자마자 전에 없이,

"이 난장맞을 년, 남편이 들어오는데 나와 보지도 않아, 이 오라질 년."

이라고 고함을 친 게 수상하다. 이 고함이야말로 제 몸을 엄습해 오는 무시무시한 증을 쫓아 버리려는 허장성세인 까닭이다.

하여간 김 첨지는 방문을 왈칵 열었다. 구역을 나게 하는 추기, 떨어진 삿자리 밑에서 나온 먼지 내, 빨지 않은 기저귀에서 나는 똥내와 오줌내, 가지각색 때가 켜켜이 앉은 옷 내, 병인의 땀 썩은 내가 섞인 추기가 무딘 김 첨지의 코를 찔렀다.

방 안에 들어서며 설렁탕을 한구석에 놓을 사이도 없이 주정꾼은 목청을 있는 대로 다 내어 호통을 쳤다.

"이런 오라질 년, 주야장천 누워만 있으면 제일이야! 남편이 와도 일어나지를 못해."

라는 소리와 함께 발길로 누운 이의 다리를 몹시 찼다. 그러나 발길에 채는 건 사람의 살이 아니고 나뭇등걸과 같은 느낌이 있었다.

이때에 빡빡 소리가 응아 소리로 변하였다. 개똥이가 물었던 젖을 빼어놓고 운다. 운대도 온 얼굴을 찡그려 붙여서 운다는 표정을 할 뿐이다. 응아 소리도 입에서 나는 게 아니고 마치 뱃속에서 나는 듯하였다. 울다가 울다가 목도 잠겼고 또 울 기운조차 시진한 것 같다.

발로 차도 그 보람이 없는 걸 보자 남편은 아내의 머리맡으로 달려들어 그야말로 까치집 같은 환자의 머리를 꺼들어 흔들며,

"이년아, 말을 해, 말을! 입이 붙었어, 이 오라질 년!"

"……."

"으응, 이것 봐, 아무 말이 없네."

"······."

"이년아, 죽었단 말이냐, 왜 말이 없어?"

"······."

"으응. 또 대답이 없네, 정말 죽었나 버이."

이러다가 누운 이의 흰 창을 덮은 위로 치뜬 눈을 알아보자마자,

"이 눈깔! 이 눈깔! 왜 나를 바라보지 못하고 천장만 보느냐, 응?"

하는 말끝엔 목이 메었다. 그러자 산 사람의 눈에서 떨어진 닭의똥 같은 눈물이 죽은 이의 뻣뻣한 얼굴을 어룽어룽 적시었다. 문득 김 첨지는 미친 듯이 제 얼굴을 죽은 이의 얼굴에 한데 비비대며 중얼거렸다.

"설렁탕을 사다 놓았는데 왜 먹지를 못하니, 왜 먹지를 못하니······. 괴상하게도 오늘은! 운수가 좋더니만······."

고향

- 현진건 -

작품 정리

이 작품은 1920년대 일제의 수탈로 황폐해진 농촌의 참상과, 삶의 터전을 빼앗기고 유랑하는 우리 민족의 참담한 모습을 그리고 있다. 조선일보에 〈그의 얼굴〉이란 제목으로 발표된 단편 소설이다. 1926년 발표된 단편집 '조선의 얼굴'에 〈고향〉으로 개제(改題)하여 수록한, 일제의 식민지 수탈 정책을 비판한 현실 고발적 소설이다.

이 작품에는 흥미를 자아내는 극적인 사건이나 특징적인 개성을 보여 주는 인물은 등장하지 않지만 일제 강점기의 한국 농민의 비참한 생활상을 극명하게 보여 주고 있다. '그'가 중국인과 일본인에게 말을 거는 처음 부분은 당시 강대국인 일본, 중국에 비해 약소국인 우리나라가 겪는 역사적 수난을 상징적으로 보여 주고 있다.

'그'의 삶은 단순히 한 개인의 과거에 머무는 것이 아니라, 당시 우리 민족의 아픔과 역사를 잘 대변하고 있다.

상징법과 구체적인 외양(外樣) 묘사, 어조의 변화 등으로 점층적인 성격을 표출하고 있으며, 대화를 사용해 사건을 효과적으로 서술하고 있다. 또 노래를 제시하여 주제를 집약하는 등 광범위한 제재를 단편의 형식 안에 수용, 형상화하기에 성공했다. 마지막 결말에 삽입된 노래는 식민지 시대를 살아가는 조선 사람의 황막한 삶을 분명하게 보여 주어 당시 민족의 고뇌를 함축하고 있으며, 동시에 이 소설의 주제를 전달하는 데 이바지하고 있다.

작품 줄거리

'나'는 서울로 가는 기차 안에서 기이한 차림새의 옷을 입은 '그'와 자리를 마주 앉게 된다. 좌석에는 각기 국적이 다른 사람들이 앉아 있었다. 일본인과 중국인 사이에 한국인인 '그'와 '나'가 합석하고 있다.

'그'에 대하여 '나'는 남다른 흥미를 느끼고 바라보다가 싫증을 느껴 그를 외면하려 하였지만, 그의 딱한 신세타령을 듣자 차차 연민의 정을 느끼게 된다. '그'는 정처 없이 떠돌아다니는 실향민이었으며 '나'는 '그'의 유랑 동기와 내력을 듣게 된다. 여기서 '나'는 '그'의 얼굴에서 '조선의 얼굴'을 발견하게 된다.

대구 근교 평화롭고 조용한 농촌 마을의 농민이었던 '그'는 동양척식주식회사에 강제로 농토를 빼앗긴다. '그'는 떠돌이가 되어 간도(間島)로 떠났으나 부모는 거기서 굶어 죽고, 규슈 탄광을 거쳐 다시 폐허가 된 고향으로 돌아오게 된다. 고향에 돌아온 '그'는 가난 때문에 20원에 유곽(遊廓)에 팔려 갔다가 질병과 빚을 얻어 돌아온 여인과 만난다. 그 여인은 '그'의 아내가 될 뻔했던 여인이다. '그'는 지금 괴로운 심정으로 일자리를 찾아 서울로 올라가는 중이었다. 그는 취흥에 겨워 어릴 때 부르던 아픔의 노래를 읊조린다.

핵심 정리

· 갈래 : 사실주의 소설
· 시점 : 1인칭 관찰자 시점
· 배경 : 일제 강점기 서울 행 열차 안
· 주제 : 일제의 침탈로 고향을 잃은 민족의 애환
· 출전 : 조선일보

 고향

　대구에서 서울로 올라오는 차 중에서 생긴 일이다. 나는 나와 마주 앉은
그를 매우 흥미 있게 바라보았다. 두루마기 격으로 기모노를 둘렀고, 그 안
에서 옥양목 저고리가 내어 보이며, 아랫도리엔 중국식 바지를 입었다. 그
것은 그네들이 흔히 입는 유지 모양으로 번질번질한 암갈색 피륙으로 지은
것이었다. 그리고 발은 감발을 하였는데 짚신을 신었고, 고부가리로 깎은
머리엔 모자도 쓰지 않았다. 우연히 이따금 기묘한 모임을 꾸미는 것이다.
우리가 자리를 잡은 찻간에는 공교롭게 세 나라 사람이 다 모였으니, 내 옆
에는 중국 사람이 기대었다. 그의 옆에는 일본 사람이 앉아 있었다. 그는
동양 삼국 옷을 한 몸에 감은 보람이 있어 일본 말로 곧잘 철철 대거니와
중국말에도 그리 서툴지 않은 모양이었다.
　"도코마데 오이데 데스카?(어디까지 가십니까)"
하고 첫마디를 걸더니만 동경이 어떠니 대판이 어떠니 조선 사람은 고추를
끔찍이 많이 먹는다는 둥, 일본 음식은 너무 싱거워서 처음에는 속이 느글
거린다는 둥 횡설수설 지껄이다가 일본 사람이 엄지와 검지 손가락으로 짧
게 끊은 꼿꼿한 윗수염을 비비면서 마지못해 까딱까딱하는 고개와 함께
　"소오데스카?(그렇습니까)"
　한마디로 코대답을 할 따름이요, 잘 받아 주지 않으매 그는 또 중국인을
붙들고서 실랑이를 한다.
　"니쌍나올취 니씽섬마"
하고 덤벼 보았으니 중국인 또한 그 기름 낀 뚱한 얼굴에 수수께끼 같은 웃
음을 띨 뿐이요, 별로 대꾸를 하지 않았건만, 그래도 무에라고 연해 웅얼거
리면서 나를 보고 웃어 보였다.
　그것은 마치 짐승을 놀리는 요술쟁이가 구경꾼을 바라볼 때처럼 훌륭한
제 재주를 갈채해 달라는 웃음이었다. 나는 쌀쌀하게 그의 시선을 피해 버

렸다. 그 주적대는(아는 체하며 요란스럽게 떠들어대는) 꼴이 어쭙지 않고 밉살스러웠다. 그는 잠깐 입을 닫치고 무료한 듯이 머리를 박박 긁기도 하며 손톱을 이로 물어뜯기도 하고 멀거니 창밖을 내다보기도 하다가 암만해도 지절대지 않고는 못 참겠던지 문득 나에게로 향하며, "어디꺼정 가는 기오?"

라고 경상도 사투리로 말을 붙인다.

"서울까지 가오."

"그런기오. 참 반갑구마. 나도 서울꺼정 가는데. 그러면 우리 동행이 되겠구마."

나는 이 지나치게 반가워하는 말씨에 대하여 무어라고 대답할 말도 없고 또 굳이 대답하기도 싫기에 덤덤히 입을 닫쳐 버렸다.

"서울에 오래 살았는기오?"

그는 또 물었다.

"육칠 년이나 됩니다."

조금 성가시다 싶었으되 대꾸 않을 수도 없었다.

"에이구, 오래 살았구마. 나는 처음 길인데 우리 같은 막벌이꾼이 차를 내려서 어디로 찾아가야 되겠는기오? 일본으로 말하면 '기진야도' 같은 것이 있는기오."

하고 그는 답답한 제 신세를 생각했던지 찡그려 보였다. 그때 나는 그의 얼굴이 웃기보다 찡그리기에 가장 적당한 얼굴임을 발견하였다.

군데군데 찢어진 성성드뭇한 눈썹이 올올이 일어서며 아래로 축 처지는 서슬에 양미간에는 여러 가닥 주름이 잡히고, 광대뼈 위로 뺨 살이 실룩실룩 보이자 두 볼은 쪽 빨아든다. 입은 소태나 먹은 것처럼 왼편으로 삐뚤어지게 찢어 올라가고 조이던 눈엔 눈물이 괸 듯, 30세밖에 안 되어 보이는 그 얼굴이 10년가량은 늙어진 듯하였다. 나는 그 신산스러운 표정에 얼마쯤 감동이 되어서 그에 대한 반감이 풀리는 듯하였다.

"글쎄요, 아마 노동 숙박소란 것이 있지요."

노동 숙박소에 대해서 미주알고주알 묻고 나서,

"시방 가면 무슨 일자리를 구하겠는기오."

라고 그는 매달리는 듯이 또 재우쳤다.

"글쎄요, 무슨 일자리를 구할 수 있을는지요."

나는 내 대답이 너무 냉랭하고 불친절한 것이 죄송스러웠다. 그러나 일 자리에 대하여 아무 지식이 없는 나로서는 이외에 더 좋은 대답을 해줄 수 가 없었던 것이다. 그 대신 나는 은근하게 물었다.

"어디서 오시는 길입니까?"

"흠, 고향에서 오누마."

하고 그는 휘 — 한숨을 쉬었다. 그러자 그의 신세타령의 실마리는 풀려 나 왔다. 그의 교향은 대구에서 멀지 않은 K군 H란 외딴 동리였다. 한 백 호 남짓한 그곳 주민은 전부가 역둔토(역의 급전으로 준 둔토)를 파먹고 살았 는데, 역둔토로 말하면 사삿집(개인이 살림하는 집) 땅을 부치는 것보다 떨 어지는 것이 후하였다. 그러므로 넉넉지는 못할망정 평화로운 농촌으로 남 부럽지 않게 지낼 수 있었다. 그러나 세상이 뒤바뀌자 그 땅은 전부가 동양 척식회사의 소유에 들어가고 말았다. 직접으로 회사에 소작료를 바치게나 되었으면 그래도 나으련만 소위 중간 소작인이란 것이 생겨나서 저는 손에 흙 한번 만져 보지도 않고 동척엔 소작인 노릇을 하며 실작인에게는 지주 행세를 하게 되었다. 동척에 소작료를 물고 나서 또 중간 소작인에게 긁히 고 보니 실작인의 손에는 소출(논밭에서 생산되는 곡식)의 3할도 떨어지지 않았다. 그 후로 '죽겠다' 하는 소리는 중이 염불하듯 그들의 입길에서 오 르내리게 되었다. 남부여대(남자는 짐을 등에 지고 여자는 짐을 머리에 인 다는 뜻. 가난한 사람이 떠돌아다님을 이르는 말)하고 타처로 유리하는 사 람만 늘고 동리는 점점 쇠진해 갔다.

지금으로부터 9년 전 그가 열일곱 살 되던 해 봄에 — 그의 나이는 실상 스물여섯이었다. 가난과 고생이 얼마나 사람을 늙히는가 — 그의 집안은 살기 좋다는 바람에 서간도로 이사를 갔다. 쫓겨 가는 운명이거늘 어디 를 간들 신신하랴. 그곳의 비옥한 전야도 그들을 위하여 열려질 리 없었다. 조금 좋은 땅은 먼저 간 사람이 모조리 차지를 하였고 황무지는 비록 많다 하나 그곳에 당도하던 날부터 아침거리 저녁거리 걱정이라, 무슨 행세로 적어도 1년이란 장구한 세월을 먹고 입어 가며 거친 땅을 풀 수가 있으랴.

남의 밑천을 얻어서 농사를 짓고 보니 가을이 되어 얻는 것은 빈주먹뿐이었다. 이태 동안을 사는 것이 아니라 억지로 버티어 갈 제, 그의 아버지는 우연히 병을 얻어 타국의 외로운 혼이 되고 말았다. 열아홉 살밖에 안 된 그가 홀어머니를 모시고 악으로 모진 목숨을 이어 가는 중 4년이 못 되어 영양 부족한 몸이 심한 노동에 지친 탓으로 그의 어머니 또한 죽고 말았다.

"모친꺼정 돌아갔구마."

"돌아가실 때 흰죽 한 모금 못 자셨구마."

하고 이야기하던 이는 문득 말을 뚝 끊는다. 그의 눈이 번들번들함은 눈물이 쏟아졌음이리라. 나는 무엇이라고 위로할 말을 몰랐다. 한동안 머뭇거리고 있다가 나는 차를 탈 때에 친구들이 사 준 정종 병마개를 뺐었다. 찻잔에 부어서 그도 마시고 나도 마셨다. 악착한 운명이 던져 준 깊은 슬픔을 술로 녹이려는 듯이 연거푸 다섯 잔을 마신 그는 다시 말을 계속하였다. 그 후 그는 부모 잃은 땅에 오래 머물기 싫었다. 신의주로, 안동현으로 품을 팔다가 일본으로 또 벌이를 찾아가게 되었다. 규슈 탄광에 있어도 보고, 오사카 철공장에도 몸을 담아 보았다. 벌이는 조금 나았으나 외롭고 젊은 몸은 자연히 방탕해졌다. 돈을 모으려야 모을 수 없고 이따금 울화만 치받치기 때문에 한 곳에 주접을 하고 있을 수 없었다. 화도 나고 고국산천이 그립기도 하여서 훌쩍 뛰어나왔다가 오래간만에 고향을 둘러보고 벌이를 구할 겸 서울로 올라가는 길이라 한다.

"고향에 가시니 반가워하는 사람이 있습디까?"

나는 탄식하였다.

"반가워하는 사람이 다 뭐기오, 고향이 통 없어졌더마."

"그렇겠지요. 9년 동안이면 퍽 변했겠지요."

"변하고 뭐고 간에 아무것도 없더마. 집도 없고 사람도 없고 개 한 마리도 얼씬을 않더마."

"그러면 아주 폐농이 되었단 말씀이오?"

"흥, 그렇구마. 무너지다가 만 담만 즐비하게 남았더마. 우리 살던 집도 터야 안 남았게는기오."

하고 그의 짜는 듯한 목은 높아졌다.

"썩어 넘어진 서까래, 뚤뚤 구르는 주추는 꼭 무덤을 파서 해골을 헐어 젖혀 놓은 것 같더마. 세상에 이런 일도 있는기오? 백여 호 살던 동리가 10년이 못 되어 통 없어지는 수도 있는기오? 후!"

하고 그는 한숨을 쉬며 그때의 광경을 눈앞에 그리는 듯이 멀거니 먼 산을 보다가 내가 따라 준 술을 꿀꺽 들이켜고,

"참 가슴이 터지더마. 가슴이 터져."

하자마자 굵직한 눈물 두어 방울이 뚝뚝 떨어진다.

나는 그 눈물 가운데 음산하고 비참한 조선의 얼굴을 똑똑히 본 듯싶었다.

이윽고 나는 이런 말을 물었다.

"그래, 이번 길에 고향 사람은 하나도 못 만났습니까?"

"하나 만났구마, 단지 하나."

"친척 되시는 분이던가요."

"아니구마, 한 이웃에 살던 사람이구마."

하고 그의 얼굴은 더욱 침울해진다.

"여간 반갑지 않으셨겠지요."

"반갑다마다, 죽은 사람을 만난 것 같더마. 더구나 그 사람은 나와 까닭도 좀 있던 사람인데……."

"까닭이라니?"

"나와 혼인 말이 있던 여자구마."

"하!"

나는 놀란 듯이 벌린 입이 닫히지 않았다.

"그 신세도 내 신세만이나 하구마."

하고 그는 또 이야기를 계속하였다.

그 여자는 자기보다 나이 두 살 위였는데 한 이웃에 사는 탓으로 같이 놀기도 하고 싸우기도 하며 자라났다. 그가 열네 살 적부터 그들 부모 사이에 혼인 말이 있었고 그도 어린 마음에 매우 탐탁하게 생각하였다. 그런데 그 처녀가 열일곱 살 된 겨울에 별안간 간 곳을 모르게 되었다. 알고 보니 그 아비 되는 자가 20원을 받고 대구 유곽(창녀들이 모여서 몸을 팔던

집이나 그 구역)에 팔아먹은 것이었다. 그 소문이 퍼지자, 그 처녀 가족은 그 동리에서 못 살고 멀리 이사를 갔는데 그 후로는 물론 피차에 한번 만나 보지도 못하였다. 이번에야 빈터만 남은 고향을 구경하고 돌아오는 길에 읍내에서 그 아내 될 뻔한 댁과 마주치게 되었다. 처녀는 어떤 일본 사람 집에서 아이를 보고 있었다. 궐녀는 20원 몸값을 10년을 두고 갚았건만 그래도 주인에게 빚이 60원이나 남았었는데 몸에 몹쓸 병이 들고 나이 늙어져서 산송장이 되니까 주인 되는 자가 특별히 빚을 탕감해 주고 작년 가을에야 놓아준 것이었다. 궐녀도 자기와 같이 10년 동안이나 그리던 고향에 찾아오니까 거기에는 집도 없고 부모도 없고 쓸쓸한 돌무더기만 눈물을 자아낼 뿐이었다. 하루해를 울어 보내고 읍내로 들어와서 돌아다니다가 10년 동안에 한 마디 두 마디 배워 두었던 일본 말 덕택으로 그 일본 집에 있게 되었던 것이었다.

"암만 사람이 변하기로 어째 그렇게도 변하는기오? 그 숱 많던 머리가 훌렁 다 벗어졌더마. 눈은 푹 들어가고 그 이들이들하던 얼굴빛도 마치 유산을 끼얹은 듯하더마."

"서로 붙잡고 많이 우셨겠지요?"

"눈물도 안 나오더마. 일본 우동 집에 들어가서 둘이서 정종만 따라 뉘고 헤어졌구마."

하고 가슴을 짜는 듯이 괴로운 한숨을 쉬더니만 그는 지낸 슬픔을 새록새록이 자아내어 마음을 새기기에 지쳤음이더라.

"이야기를 다 하면 무얼 하는기오."

하고 쓸쓸하게 입을 다문다. 내 또한 너무도 참혹한 사람살이를 듣기에 신물이 났다.

"자, 우리 술이나 마저 먹읍시다."

하고 우리는 서로 주거니 받거니 한됫병을 다 말리고 말았다. 그는 취흥에 겨워서 우리가 어릴 때 멋모르고 부르던 노래를 읊조렸다.

벳섬이나 나는 전토는
신작로가 되고요 —

말마디나 하는 친구는
감옥소로 가고요 —
담뱃대나 떠는 노인은
공동묘지 가고요 —
인물이나 좋은 계집은
유곽으로 가고요 —

빈처

- 현진건 -

이 작품은 1921년 '개벽'에 발표된 단편 소설이다.

'빈처'는 '가난한 아내'이다. 특별히 어떤 극적인 사건 전개가 없이 일상생활 속의 사소한 사건을 통하여 아내의 헌신적인 내조와 그가 생각하는 내적 욕구를 한 껍질씩 벗겨 가면서 아주 담담하게 묘사하고 있다. 서정적 자아인 '나'를 무능한 지식인으로 등장시켜 가난한 무명작가와 그 아내 사이에서 벌어지는 갈등과 고뇌를 통하여 당대의 현실을 신랄하게 고발한 1인칭 자기 고백적 형식의 글이다.

〈빈처〉는 가난하면서도 남편을 믿고 사랑하며 장래의 기대 속에 살아가는 아내와 부유하지만 늘 만족하지 못하며 보람 없이 살아가는 처형의 삶을 대립시켜 당시 사회의 가치관을 드러내고 있다. 이 같은 가치관이 대립은 처가로 가는 도중 당목 옷을 허술하게 차려입고 청목당혜를 신고 걸어오는 아내와 비단옷을 입은 처형의 모습과, 잘사는 친척인 은행원 T와 넓고 높은 처갓집 대문에서 구체적으로 묘사되고 있다. 또한 이 작품은 '나'의 아내의 심리적 변화를 객관적 현실로 치밀하고 섬세하게 그린 사실주의적 성격을 띠고 있다. 현진건의 이런 태도는 자아와 세계 사이의 만남 속에서 주인공의 내면적 갈등을 그리고 있으며, 서로 상이한 가치관을 대립시켜 주인공을 에워싼 세계가 바람직하지 않다는 것을 보여 준다.

'나'는 아침거리를 장만하려고 전당포에 잡힐 모본단 저고리를 찾는 아내를 생각하니 마음이 처량해진다. 어느 날, 한성은행에 다니는 T가 찾아와 처에게 줄 양산을 샀다고 자랑한다. 그것을 본 아내는 부러운 눈치였다. 아내의 모습에 '나'는 불쾌한 생각이 들었다.

'나'는 6년 전 열여섯 살 때 아내와 결혼한 후 집을 떠나 중국과 일본에서 공부를 했지만 변변치 못한 모습으로 집에 돌아왔다. 그사이 곱던 아내의 얼굴에는 주름이 보이고 세간과 옷가지는 전당포에 잡혀 있었다.

　처음 아내는 내게 격려를 해 주었으나 점점 가난에 찌들어 허무함과 설움을 느낀다.

　보수 없는 독서와 가치 없는 창작밖에 모르는 '나'의 생활이었다. 다음 날 처가에서 장인의 생신이라고 할멈이 데리러 왔다. 그런데 막상 입고 갈 옷이 없다. 비단옷 대신 당목 옷을 입고 나서는 아내의 행색을 보고 '나'의 마음은 쓸쓸했다.

　장인 집에 모인 처형과 아내의 모습을 보니 너무 대조적이었다. 부유한 모습의 처형과 초라한 아내. 처형은 인천에서 기미(期米, 쌀 투기)를 하여 돈을 잘 버는 남편을 만나 부유하게 보였다. 그러나 처형의 눈 위는 시퍼런 멍이 들어 있었다. '나'는 쓸쓸하고 괴로운 생각을 잊으려 술을 마셨고 너무 취해 인력거에 실려 왔다.

　저녁을 먹으라는 아내의 소리에 깨어서 처형의 멍든 눈자위 이야기를 하며, 없더라도 의좋게 지내는 것이 행복이란 아내의 말에 '나'는 흡족해한다.

　이틀 후 처형은 남편이 준 돈으로 자신의 옷감과 신발 그리고 아내의 신발을 사 가지고 와 남편과 원만치 못한 생활을 이야기한다. 그러나 처형이 사다 준 신을 신어 보며 좋아하는 아내에게 그 신이 예쁘다고 동의해 주면서 물질에 대한 욕구를 참고 사는 아내에게 내가 곧 성공할 것이라고 힘을 주어 말한다. '나'는 진정으로 아내에게 고마움과 사랑을 표시한다. 이에 아내의 눈과 '나'의 눈에서 눈물이 흐른다.

핵심 정리

· 갈래 : 단편 소설
· 시점 : 1인칭 주인공 시점
· 배경 : 1920년대 서울
· 주제 : 무명작가 아내의 갈등과 사랑
· 출전 : 개벽

 빈처

1

"그것이 어째 없을까?"

아내가 장문을 열고 무엇을 찾더니 입안말로 중얼거린다.

"무엇이 없어?"

나는 우두커니 책상머리에 앉아서 책장만 뒤적뒤적하다가 물어보았다.

"모본단 저고리가 하나 남았는데."

"……."

나는 그만 묵묵하였다.

아내가 그것을 찾아 무엇을 하려는 것을 앎이라. 오늘 밤에 옆집 할멈을 시켜 잡히려 하는 것이다.

이 2년 동안에 돈 한 푼 나는 데 없고, 그대로 주리면 시장할 줄 알아 기구(器具)와 의복을 전당국 창고(典當局倉庫)에 들이밀거나 고물상 한구석에 세워 두고 돈을 얻어 오는 수밖에 없었다.

지금 아내가 하나 남은 모본단 저고리를 찾는 것도 아침거리를 장만하려 함이다. 나는 입맛을 쩍쩍 다시고 폈던 책을 덮으며 '후우' 한숨을 내쉬었다.

봄은 벌써 반이나 지났건마는 이슬을 실은 듯한 밤기운이 방구석으로부터 슬금슬금 기어나와 사람에게 안기고, 비가 오는 까닭인지 밤은 아직 깊지 않건만 인적조차 끊어지고 온 천지가 빈 듯이 고요한데, 투닥투닥 떨어지는 빗소리가 한없는 구슬픈 생각을 자아낸다.

"빌어먹을 것 되는 대로 되어라."

나는 점점 견딜 수 없어 손으로 흐트러진 머리카락을 쓰다듬어 올리며 중얼거려 보았다.

이 말이 더욱 처량한 생각을 일으킨다. 나는 또 한 번

"후 —"

한숨을 내쉬며 왼팔을 베고 책상에 쓰러지며 눈을 감았다.

이 순간에 오늘 지낸 일이 불현듯 생각이 난다.

늦게야 점심을 마치고 내가 막 궐련 한 개를 피워 물 적에 한성은행 다니는 T가 공일이라고 찾아왔다.

친척은 다 멀지 않게 살아도 가난한 꼴을 보이기도 싫고 찾아갈 적마다 무엇을 꾸어내라고 조르지도 아니하였건만 행여나 무슨 구차한 소리를 할까 봐서 미리 방패막이를 하고 눈살을 찌푸리는 듯하여 나는 발을 끊고, 따라서 찾아오는 이도 없었다.

다만 T는 촌수가 가까운 까닭인지 자주 우리를 방문하였다.

그는 성실하고 공손하여 소소한 소사(小事)에 슬퍼하고 기뻐하는 인물이었다.

동년배인 우리 둘은 늘 친척 간에 비교 거리가 되었었다.

그리고 나의 평판이 항상 좋지 못했다.

"T는 돈을 알고 위인이 진실해서 그에게는 돈푼이나 모일 것이야! 그러나 K(내 이름)는 아무짝에도 못쓸 놈이야. 그 잘난 언문 섞어서 무어라고 끼적거려 놓고 제 주제에 무슨 조선에 유명한 문학가가 된다니! 시러베아들 넘!"

이것이 그네들의 평판이었다.

내가 문학인지 무엇인지 하는 소리가 까닭 없이 그네들의 비위에 틀린 것이다.

더군다나 나는 그네들의 생일이나 혹은 대사 때에 돈 한 푼 이렇다는 일이 없고, T는 소위 착실히 돈벌이를 해 가지고 국수 밥소라나 보조를 하는 까닭이다.

"얼마 아니 되어 T는 잘살 것이고, K는 거지가 될 것이니 두고 보아!"

오촌 당숙은 이런 말씀까지 하였다 한다.

입 밖에는 아니 내어도 친부모, 친형제까지도 심중(心中)으로는 다 이렇

게 생각할 것이다.

그래도 부모는 달라서 화가 나시면

"네가 그리하다가는 말경(末境)에 비렁뱅이가 되고 말 것이야."

라고 꾸중은 하셔도,

"사람이란 늦복 모르느니라."

"그런 사람은 또 그렇게 되느니라."

하시는 것이 스스로 위로하는 말씀이고 또 며느리를 위로하는 말씀이었다.

이것을 보아도 하는 수 없는 놈이라고 단념을 하시면서 그래도 잘되기를 바라시고 축원하시는 것을 알겠더라.

여하간 이만하면 T의 사람됨을 가히 알 수가 있다.

그리고 그가 우리 집에 올 것 같으면 지어서 쾌활하게 웃으며 힘써 재미스러운 이야기를 하였다.

단둘이 고적하게 그날그날을 보내는 우리에게는 더할 수 없이 반가웠다.

오늘도 그가 활발하게 집에 쑥 들어오더니 신문지에 싼 기름한 것을 '이것 봐라.' 하는 듯이 마루 위에 올려놓고 분주히 구두끈을 끄른다.

"이것은 무엇인가?"

나는 물어보았다.

"저어, 제 처의 양산이야요. 쓰던 것이 벌써 낡았고 또 살이 부러졌나요."

그는 구두를 벗고 마루에 올라서며 나오는 웃음을 참지 못하여 벙글벙글하면서 대답을 한다.

그는 나의 아내를 돌아보며 돌연히,

"아주머니, 좀 구경하시렵니까?"

하더니 싼 종이와 집을 벗기고 양산을 펴 보인다.

흰 비단 바탕에 두어 가지 매화를 수놓은 양산이었다.

"검정이는 좋은 것이 많아도 너무 칙칙해 보이고…… 회색이나 누렁이는 하나도 그것이야 싶은 것이 없어서 이것을 산 걸요."

그는 '이것보다도 더 좋은 것을 살 수가 있다.' 하는 뜻을 보이려고 애를 쓰며 이런 발명까지 한다.

"이것도 퍽 좋은데요."

이런 칭찬을 하면서 양산을 펴들고 이리저리 흘린 듯이 들여다보고 있는 아내의 눈에는, '나도 이런 것을 하나 가졌으면…….' 하는 생각이 역력히 보인다.

나는 갑자기 불쾌한 생각이 와락 일어나서 방으로 들어오며 아내의 양산 보는 양을 빙그레 웃고 바라보고 있는 T에게,

"여보게, 방에 들어오게그려, 우리 이야기나 하세."

T는 따라 들어와 물가 폭등에 대한 이야기며, 자기의 월급이 오른 이야기며, 주권(株券)을 몇 주 사 두었더니 꽤 이익이 남았다든가, 각 은행 사무원 경기회에서 자기가 우월한 성적을 얻었다든가, 이런 것 저런 것 한참 이야기하다가 돌아갔었다.

T를 보내고 책상을 향하여 짓던 소설의 결미(結尾)를 생각하고 있을 즈음에,

"여보!"

아내의 떠는 목소리가 바로 내 귀 곁에서 들린다.

핏기 없는 얼굴에 살짝 붉은빛이 돌며 어느결에 내 곁에 바짝 다가앉았더라.

"당신도 살 도리를 좀 하세요."

"……."

나는 또 '시작하는구나.' 하는 생각이 번개같이 머리에 번쩍이며 불쾌한 생각이 벌컥 일어난다.

그러나 무어라고 대답할 말이 없어 묵묵히 있었다.

"우리도 남과 같이 살아 보아야지요."

아내가 T의 양산에 단단히 자극을 받은 것이다.

예술가의 처 노릇을 하려는 독특한 결심이 있는 그는 좀처럼 이런 소리를 입 밖에 내지 아니하였다.

그러나 무엇에 상당한 자극만 받으면 참고 참았던 이런 소리를 하게 되는 것이다.

나도 이런 소리를 들을 적마다 '그럴 만도 하다.'는 동정심이 없지 아니하나 심사가 어쩐지 좋지 못하였다.

이번에도 '그럴 만도 하다.'는 동정심이 없지 아니하되 또한 불쾌한 생각을 억제키 어려웠다.

잠깐 있다가 불쾌한 빛을 나타내며,

"급작스럽게 살 도리를 하라면 어찌 할 수가 있소. 차차 될 때가 있겠지!"

"아이구, 차차란 말씀 그만두구려, 어느 천년에."

아내의 얼굴에 붉은빛이 짙어지며 전에 없던 흥분한 어조로 이런 말까지 하였다.

자세히 보니 두 눈에 은근히 눈물이 괴었더라.

나는 잠시 멍멍하게 있었다.

성낸 불길이 치받쳐 올라온다.

나는 참을 수 없었다.

"막벌이꾼한테 시집을 갈 것이지, 누가 내게 시집을 오랬소! 저따위가 예술가의 처가 다 뭐야!"

사나운 어조로 몰풍스럽게 소리를 꽥 질렀다.

"에그!"

살짝 얼굴빛이 변해지며 어이없이 나를 보더니 고개가 점점 수ㅡ러지며 한 방울 두 방울 방울방울 눈물이 장판 위에 떨어진다.

나는 이런 일을 가슴에 그리며 그래도 내일 아침거리를 장만하려고 옷을 찾는 아내의 심중을 생각해 보니 말할 수 없는 슬픈 생각이 가을바람과 같이 설렁설렁 심골(心骨)을 분지르는 것 같다.

쓸쓸한 빗소리는 굵었다 가늘었다 의연히 적적한 밤공기에 더욱 처량히 들리고, 그을음 앉은 등피(燈皮) 속에서 비치는 불빛은 구름에 가린 달빛처럼 우는 듯 조는 듯 구차히 얻어 산 몇 권 양책의 표제(表題) 금자가 번쩍거린다.

2

장 앞에 초연히 서 있던 아내가 무엇이 생각났는지 고개를 끄덕끄덕하며 들릴 듯 말 듯 목 안의 소리로,

"오호…… 옳지 참 그날……."

"찾았소?"

"아니야요. 벌써…… 저 인천 사시는 형님이 오셨던 날……."

아내가 애써 찾던 그것도 벌써 전당포의 고운 먼지가 앉았구나! 종지 하나라도 차근차근 아랑곳하는 아내가 그것을 잡혔는지 안 잡혔는지 모르는 것을 보면 빈곤이 얼마나 그의 정신을 물어뜯었는지 가히 알겠다.

"……."

"……."

한참 동안 서로 아무 말이 없었다.

가슴이 어째 답답해지며 누구하고 싸움이나 좀 해 보았으면, 소리껏 고함이나 질러 보았으면, 실컷 맞아 보았으면 하는 일종 이상한 감정이 부글부글 피어오르며 전신에 이가 스멀스멀 기어 다니는 듯 옷이 어째 몸에 끼며 견딜 수가 없었다.

나는 이런 감정을 노골적으로 드러내며,

"점점 구차한 살림에 싫증이 나서 못 견디겠지?"

아내는 무엇을 생각하는지 모르게 정신을 잃고 섰다가 그 거슴츠레한 눈이 둥그레지며,

"네에? 어째서요?"

"무얼 그렇지."

"싫은 생각은 조금도 없어요."

이렇게 말이 오락가락함을 따라 나는 흥분의 도가 점점 짙어 간다.

그래서 아내가 떨리는 소리로,

"어째 그런 줄 아세요?"

하고 반문할 적에,

"나를 숙맥으로 알우?"

하고 격렬하게 소리를 높였다.

아내는 살짝 분한 빛이 눈에 비치어 물끄러미 나를 들여다본다.

나는 괘씸하다는 듯이 흘겨보며,

"그러면 그것 모를까! 오늘까지 잘 참아 오더니 인제는 점점 기색이 달라지는 걸 뭐! 물론 그럴 만도 하지마는!"

이런 말을 하는 내 가슴에는 지난 일이 활동사진 모양으로 얼른얼른 나타난다.

6년 전에 ― 그때 나는 16세이고 저는 18세였다 ― 우리가 결혼한 지 얼마 아니 되어 지식에 목마른 나는 지식의 바닷물을 얻어 마시려고 표현히 집을 떠났었다.

광풍에 나부끼는 버들잎 모양으로 오늘은 지나(支那), 내일은 일본으로 굴러다니다가 금전의 탓으로 지식의 바닷물도 흠씬 마셔 보지도 못하고 반거들충이가 되어 돌아오고 말았다.

나에게 시집올 때에는 방글방글 피려는 꽃봉오리 같던 아내가 어느 겨를에 기울어 가는 꽃처럼 두 뺨에 선연한 빛이 스러지고 이마에는 벌써 두어 금 가는 줄이 그리어졌다.

처가 덕으로 집칸도 장만하고 세간도 얻어 우리는 소위 살림을 하게 되었다.

처음에는 그럭저럭 지내었지마는 한 푼 나는 데 없는 살림이라 한 달 기고 두 달 갈수록 점점 곤란해질 따름이었다.

나는 보수 없는 독서와 가치 없는 창작으로 해가 지며 날이 새며, 쌀이 있는지 나무가 있는지 망연케 몰랐다.

그래도 때때로 맛있는 반찬이 상에 오르고 입은 옷이 과히 추하지 아니함은 전혀 아내의 힘이었다.

전들 무슨 벌이가 있으리요. 부끄럼을 무릅쓰고 친가에 가서 눈치를 보아 가며, 구차한 소리를 하여 가지고 얻어 온 것이었다.

그것도 한두 번 말이지 장구한 세월에 어찌 늘 그럴 수가 있으랴! 말경(末境)에는 아내가 가져온 세간과 의복에 손을 대는 수밖에 없었다.

잡히고 파는 것도 나는 알은체도 아니 하였다.

그가 애를 쓰며 퉁명스러운 옆집 할멈에게 돈푼을 주고 시켰었다.

이런 고생을 하면서도 그는 나의 성공만 마음속으로 깊이깊이 믿고 빌었었다.

어느 때에는 내가 무엇을 짓다가 마음에 맞지 아니하여 쓰던 것을 집어 던지고 화를 낼 적에,

"왜 마음을 조급하게 잡수세요! 저는 꼭 당신의 이름이 세상에 빛날 날이 있을 줄 믿어요. 우리가 이렇게 고생을 하는 것이 장차 잘될 근본이야요."

하고 그는 스스로 흥분되어 눈물을 흘리며 나를 위로하는 적도 있었다.

내가 외국으로 다닐 때에 소위 신풍조(新風潮)에 뜨이어 까닭 없이 구식 여자가 싫어졌다.

그래서 나는 일찍이 장가든 것을 매우 후회하였다.

어떤 남학생과 어떤 여학생이 서로 연애를 주고받고 한다는 이야기를 들을 적마다 공연히 가슴이 뛰놀며 부럽기도 하고 비감스럽기도 하였다.

그러나 낫살이 들어갈수록 그런 생각도 없어지고 집에 돌아와 아내를 겪어 보니 의외에 그에게 따뜻한 맛과 순결한 맛을 발견하였다.

그의 사랑이야말로 이기적 사랑이 아니고 헌신적 사랑이었다.

이런 줄을 점점 깨닫게 될 때에 내 마음이 얼마나 행복스러웠으랴! 밤이 깊도록 다듬이질을 하다가 그만 옷 입은 채로 쓰러져 곤하게 자는 그의 파리한 얼굴을 들여다보며,

"아아, 나에게 위안을 주고 원조를 주는 천사여!"

하고 감격이 극하여 눈물을 흘린 일도 있었다.

내가 알다시피 내가 별로 천품은 없으나 어쨌든 무슨 저작가(著作家)로 몸을 세워 보았으면 하여 나날이 창작과 독서에 전심력을 바쳤다. 물론 아직 남에게 인정될 가치는 없는 것이다.

그 영향으로 자연 일상생활이 말유(末由)하게 되었다.

이런 곤란에 그는 근 2년 견디어 왔건만 나의 하는 일은 오히려 아무 보람이 없고 방 안에 놓였던 세간이 줄어지고 장롱에 찼던 옷이 거의 다 없어졌을 뿐이다.

그 결과 그다지 견딜성 있던 그도 요사이 와서는 때때로 쓸데없는 탄식

을 하게 되었다.

손잡이를 잡고 마루 끝에 우두커니 서서 하염없이 먼 산만 바라보기도 하며, 바느질을 하다 말고 실신한 사람 모양으로 멍멍히 앉았기도 하였다.

창경(窓鏡)으로 비치는 어스름한 햇빛에 나는 흔히 그의 눈물 머금은 근심 있는 눈을 발견하였다.

이럴 때에는 말할 수 없는 쓸쓸한 생각이 들며 일없이,

"마누라!"

하고 부르면 그는 몸을 움칫하고 고개를 저리 돌리어 치맛자락으로 눈물을 씻으며,

"네에?"

하고 울음에 떨리는 가는 대답을 한다. 나는 등에 물을 끼얹는 듯 몸이 으쓱해지며 처량한 생각이 싸늘하게 가슴에 흘렀다.

그렇지 않아도 자비(自卑)하기 쉬운 마음이 더욱 심해지며,

'내가 무자격한 탓이다.'

하고 스스로 멸시를 하고 나니 더욱 견딜 수 없다.

'그럴 만도 하다.'는 동정심이 없지 아니하되 그래도 그만 불쾌한 생각이 일어나며,

"계집이란 할 수 없어."

혼자 이런 불평을 중얼거리었다.

환등(幻燈) 모양으로 하나씩 둘씩 이런 일이 가슴에 나타나니 무어라고 말할 용기조차 없어졌다.

나의 유일의 신앙자(信仰者)이고 위로자이던 저까지 인제는 나를 아니 믿게 되었다.

그는 마음속으로,

'네가 6년 동안 내 살을 깎고 저미었구나! 이 원수야.'

라고 할 것이다.

이렇게 생각하매 그의 불같던 사랑까지 없어져 가는 것 같았다.

아니 흔적도 없이 사라지고 만 것 같았다.

나는 감상적(感傷的)으로 허둥허둥하며,

"낸들 마누라를 고생시키고 싶어 시켰겠소! 비단옷도 해 주고 싶고 좋은 양산도 사 주고 싶어요! 그러길래 왼종일 쉬지 않고 공부를 아니하우. 남 보기에는 편편히 노는 것 같아도 실상은 그렇지 않소! 본들 모른단 말이오."

나는 점점 강한 가면을 벗고 약한 진상을 드러내며 이와 같은 가소로운 변명까지 하였다.

"왼 세상 사람이 다 나를 비소(誹笑)하고 모욕하여도 상관이 없지만 마누라까지 나를 아니 믿어 주면 어찌한단 말이오."

내 말에 스스로 자극이 되어 가지고 마침내,

"아아!"

길게 탄식을 하고 그만 쓰러졌다.

이 순간에 고개를 숙이고 아마 하염없이 입술만 물어뜯고 있던 아내가 홀연,

"여보!"

울음소리를 떨면서 무너지는 듯이 내 얼굴에 쓰러진다.

"용서……."

하고는 북받쳐 나오는 울음에 말이 막히고 불덩이 같은 두 뺨이 내 얼굴을 누르며 흑흑 느끼어 운다.

그의 두 눈으로부터 샘솟듯 하는 눈물이 제 뺨과 내 뺨 사이를 따뜻하게 젖어 퍼진다.

내 눈에서도 눈물이 흘러내린다.

뒤숭숭하던 생각이 다 이 뜨거운 눈물에 봄눈 슬듯 스러지고 말았다.

한참 있다가 우리는 눈물을 씻었다. 내 속이 얼마나 시원한지 몰랐다.

"용서하여 주세요! 그렇게 생각하실 줄은 참 몰랐어요."

이런 말을 하는 아내는 눈물에 부어오른 눈꺼풀을 아픈 듯이 꿈적거린다.

"암만 구차하기로니 싫증이야 날까요! 나는 한번 먹은 맘이 있는데."

가만가만히 변명을 하는 아내의 눈물 흔적이 어룽어룽한 얼굴을 물끄러미 바라보며 겨우 심신이 가뜬하였다.

3

어제 일로 심신이 피곤하였던지 그 이튿날 늦게야 잠을 깨니 간밤에 오던 비는 어느결에 그치었고 명랑한 햇발이 미닫이에 높았더라.

아내가 다시금 장문을 열고 잡힐 것을 찾을 즈음에 누가 중문을 열고 들어온다.

우리가 누군가하고 귀를 기울일 적에 밖에서,

"아씨!"

하는 소리가 들렸다.

아내는 급히 방문을 열고 나갔다.

그는 처가에서 부리는 할멈이었다.

오늘이 장인 생신이라고 어서 오라는 말을 전한다.

"오늘이야? 참 옳지, 오늘이 2월 열엿샛날이지, 나는 깜빡 잊었어!"

"원 아씨는 딴도 하십니다. 어쩌면 아버님 생신을 잊는단 말씀이야요. 아무리 살림이 재미가 나시더래도!"

시큰둥한 할멈은 선웃음을 쳐 가며 이런 소리를 한다.

가난한 살림에 골몰하느라고 자기 친부의 생신까지 잊었는가 하매 아내의 정지(情地)가 더욱 측은하였다.

"오늘이 본가 아버님 생신이라요. 어서 오시라는데……."

"어서 가구려……."

"당신도 가셔야지요. 우리 같이 가세요."

하고 아내는 하염없이 얼굴을 붉힌다.

나는 처가에 가기가 매우 싫었었다. 그러나 아니 가는 것도 내 도리가 아닐 듯하여 하는 수 없이 두루마기를 입었다.

아내는 머뭇머뭇하며 양미간을 보일 듯 말 듯 찡그리다가 곁눈으로 살짝 나를 엿보더니 돌아서서 급히 장문을 연다.

'흥, 입을 옷이 없어서 망설거리는구나.'

나도 슬쩍 돌아서며 생각하였다.

우리는 서로 등지고 섰건만 그래도 아내가 거의 다 빈 장 안을 들여다보며 입을 만한 옷이 없어서 눈살을 찌푸린 양이 눈앞에 선연함을 어찌할 수가 없었다.

"자아, 가세요."

무엇을 생각하는지 모르게 정신을 잃고 섰다가 아내의 부르는 소리를 듣고 나는 기계적으로 고개를 돌리었다.

아내는 당목 옷으로 갈아입고 내 마음을 알았던지 나를 위로하는 듯이 방그레 웃는다.

나는 더욱 쓸쓸하였다.

우리 집은 천변 배다리 곁이었고, 처가는 안국동에 있어 그 거리가 꽤 멀었다.

나는 천천히 가노라 하고 아내는 속히 오느라고 오건마는 그는 늘 뒤떨어졌다.

내가 한참 가다가 뒤를 돌아다보면 그는 늘 멀리 떨어져 나를 따라오려고 애를 쓰며 주춤주춤 걸어온다.

길가에 다니는 어느 여자를 보아도 거의 다 비단옷을 입고 고운 신을 신었는데 당목 옷을 허술하게 차리고 청목당혜로 타박타박 걸어오는 양이 나에게 얼마나 애연(哀然)한 생각을 일으켰는지!

한참 만에 나는 넓고 높은 처갓집 대문에 다다랐다.

내가 안으로 들어갈 적에 낯선 사람들이 나를 흘끔흘끔 본다.

그들의 눈에,

'이 사람이 누구인가? 아마 이 집 하인인가 보다.'

하는 경멸히 여기는 빛이 있는 것 같았다.

안 대청 가까이 들어오니 모두 내게 분분히 인사를 한다.

그 인사하는 소리가 내 귀에는 어째 비소하는 것 같기도 하고 모욕하는 것 같기도 하여 공연히 가슴이 두근거리고 얼굴이 후끈거리었다.

그중에 제일 내게 친숙하게 인사하는 사람이 있다.

그는 아내보다 3년 맏이인 처형이었다.

내가 어려서 장가를 들었으므로 그때 그에게 나는 못 견디게 시달렸다.

그때는 그게 싫기도 하고 밉기도 하더니 지금 와서는 그때 그러한 것이

도리어 우리를 무관하게 정답게 만들었다.

그는 인천 사는데 자기 남편이 기미(期米)를 하여 가지고 이번에 돈 10만 원이나 착실히 땄다 한다.

그는 자기의 잘사는 것을 자랑하고자 함인지 비단을 내리 감고 얼굴에 부유한 태(態)가 질질 흐른다. 그러나 분(粉)으로 숨기려고 애쓴 보람도 없이 눈 위에 퍼렇게 멍든 것이 내 눈에 띄었다.

"왜 마누라는 어쩌고 혼자 오세요?"

그는 웃으며 이런 말을 하다가 중문 편을 바라보더니,

"그러면 그렇지! 동부인 아니 하고 오실라구."

혼자 주고받고 한다.

나도 이 말을 듣고 슬쩍 돌아다보니 아내가 벌써 중문 앞에 들어섰다.

그 수척한 얼굴이 더욱 수척해 보이며 눈물 괸 듯한 눈이 하염없이 웃는다.

나는 유심히 그와 아내를 번갈아 보았다.

처음 보는 사람은 분간을 못하리만큼 그들의 얼굴은 혹사(酷似)하다.

그런데 얼굴빛은 어쩌면 저렇게 틀리는지!

하나는 이글이글 만발한 꽃 같고, 하나는 시들고 마른 낙엽 같다.

아내를 형이라고, 처형을 아우라 하였으면 아무라도 속을 것이다.

또 한 번 아내를 보며 말할 수 없는 쓸쓸한 생각이 다시금 가슴을 누른다.

딴 음식을 별로 먹지도 아니하고 못 먹는 술을 넉 잔이나 마시었다. 그래도 바늘방석에 앉은 것처럼 앉아 견딜 수가 없다.

집에 가려고 나는 몸을 일으켰다. 골치가 띵하며 내가 선 방바닥이 마치 폭풍에 노도 하는 파도같이 높았다 낮았다 어질어질해서 곧 쓰러질 것 같다.

이 거동을 보고 장모가 황망히 일어서며,

"술이 저렇게 취해 가지고 어데로 갈라구, 여기서 한잠 자고 가게."

나는 손을 내저으며,

"아니에요, 집에 가겠어요."

취한 소리로 중얼거리었다.

"저를 어쩌나!"

장모는 걱정을 하시더니,

"할멈, 어서 인력거 한 채 불러오게."

한다.

취중에도 인력거를 태우지 말고 그 인력거 삯을 나를 주었으면 책 한 권을 사 보련만 하는 생각이 있었다.

인력거를 타고 얼마 아니 가서 그만 잠이 들었다.

한참 자다가 잠을 깨어 보니 방 안에 벌써 남폿불이 켜 있는데 아내는 어느 결에 왔는지 외로이 앉아 바느질을 하고 화로에서는 무엇이 끓는 소리가 보글보글하였다.

아내가 나의 잠 깬 것을 보더니 급히 화로에 얹힌 것을 만져 보며,

"인제 그만 일어나 진지를 잡수셔요."

하고 부리나케 일어나 아랫목에 파묻어 둔 밥그릇을 꺼내어 미리 차려 둔 상에 얹어서 내 앞에 갖다 놓고 일변 화로를 당기어 더운 반찬을 집어 얹으며,

"자아, 어서 일어나셔요."

한다.

나는 마지못하여 하는 듯이 부스스 일어났다.

머리가 오히려 아프며 목이 몹시 말라서 국과 물을 연해 들이켰다.

"물만 잡수셔서 어째요, 진지를 좀 잡수셔야지."

아내는 이런 근심을 하며 밥상머리에 앉아서 고기도 뜯어 주고 생선 뼈도 추려 주었다.

이것은 다 오늘 처가에서 가져온 것이다. 나는 맛나게 밥 한 그릇을 다 먹었다.

내 밥상이 나매 아내가 밥을 먹기 시작한다.

그러면 지금껏 내 잠 깨기를 기다리고 밥을 먹지 아니하였구나 하고, 오늘 처가에서 본 일을 생각하였다.

어제 일이 있은 후로 우리 사이에 무슨 벽이 생긴 듯하던 것이 그 벽이

점점 엷어져 가는 듯하며 가엾고 사랑스러운 생각이 일어났었다.

그래서 우리는 정답게 이런 이야기 저런 이야기를 하게 되었다.

우리의 이야기는 오늘 장인 생신 잔치로부터 처형 눈 위에 멍든 것에 옮겨 갔다.

처형의 남편이 이번 그 돈을 딴 뒤로는 주야 요리점과 기생집에 돌아다니더니 일전에 어떤 기생을 얻어 가지고 미쳐 날뛰며 집에만 들면 집안사람을 들볶고 걸핏하면 처형을 친다 한다.

이번에도 별로 대단치 않은 일에 처형에게 밥상으로 냅다 갈겨 바로 눈 위에 그렇게 멍이 들었다 한다.

"그것 보아, 돈푼이나 있으면 다 그런 것이야."

"정말 그래요. 없으면 없는 대로 살아도 의좋게 지내는 것이 행복이야요."

아내는 충심으로 공명(共鳴)해 주었다.

이 말을 들으매 내 마음은 말할 수 없이 만족해지면서 무슨 승리나 한 듯이 득의양양하였다.

그리고 마음속으로,

'옳다, 그렇다. 이렇게 지내는 것이 행복이다.'

하였다.

4

이틀 뒤 해 어스름에 처형이 우리 집에 놀러 왔다.

마침 내가 정신없이 무엇을 생각하고 있을 즈음에 쓸쓸하게 닫혀 있는 중문이 찌그둥하며 비단옷 소리가 사오락사오락 들리더니 아랫목은 내게 빼앗기고 윗목에서 바느질을 하고 있던 아내가 문을 열고 나간다.

"아이고, 형님 오셔요."

아내의 인사하는 소리가 들리더니 처형이 계집 하인에게 무엇을 들리고 들어온다.

나도 반갑게 인사를 하였다.

"그날 매우 욕을 보셨죠? 못 잡숫는 술을 무슨 짝에 그렇게 잡수셔요."

그는 이런 인사를 하다가 급작스럽게 계집 하인이 든 것을 빼앗더니 신문지로 싼 것을 끄집어내어 아내를 주며,

"내 신 사는데 네 신도 한 켤레 샀다. 그날 청목당혜를……."

말을 하려다가 나를 곁눈으로 흘끗 보고 그만 입을 닫친다.

"그것을 왜 또 사셨어요."

해쓱한 얼굴에 꽃물을 들이며 아내가 치사하는 것도 들은 체 만 체하고 처형은 또 이야기를 시작한다.

"올 적에 사랑양반을 졸라서 돈 백 원을 얻었겠지. 그래서 오늘 종로에 나와서 옷감도 바꾸고 신도 사고……."

그는 자랑과 기쁨의 빛의 얼굴에 퍼지며 싼 보를 끌러,

"이런 것이야!"

하고 우리 앞에 펼쳐 놓는다.

자세히는 모르나 여하간 값 많은 품 좋은 비단인 듯하다.

무늬 없는 것, 무늬 있는 것, 회색, 초록색, 분홍색이 갖가지로 윤이 흐르며 색색이 빛이 나서 나는 한참 황홀하였다.

무슨 칭찬을 해야 되겠다 싶어서,

"참 좋은 것인데요."

이런 말을 하다가 나는 또 쓸쓸한 생각이 일어난다.

저것을 보는 아내의 심중이 어떠할까 하는 의문이 문득 일어남이라.

"모다 좋은 것만 골라 샀습니다그려."

아내는 인사를 차리느라고 이런 칭찬은 하나마 별로 부러워하는 기색이 없다. 나는 적이 의외의 감(感)이 있었다.

처형은 남편의 흉을 보기 시작하였다. 그 밉살스럽다는 둥, 그 추근하다는 둥 말끝마다 자기 남편의 불미한 점을 들다가 문득 이야기를 끊고 일어선다.

"왜 벌써 가시려고 하셔요. 모처럼 오셨으니 저녁이나 잡수셔요."

하고 아내가 만류를 하니,

"아니 곧 가야지, 오늘 저녁차로 떠날 것이니까 가서 짐을 매어야지. 아

직 차 시간이 멀었어? 아니 그래도 정거장에 일찍 나가야지, 만일 기차를 놓치면 오죽 기다리실라구. 벌써 오늘 저녁차로 간다고 편지까지 했는데."

재삼 만류함도 돌아보지 아니하고 그는 홀홀히 나간다.

우리는 그를 보내고 방에 들어왔다.

나는 웃으며 아내에게,

"그까짓 것이 기다리는데 그다지 급급히 갈 것이 무엇이야."

아내는 하염없이 웃을 뿐이었다.

"그래도 옷감 바꿀 돈을 주었으니 기다리는 것이 애처롭기는 하겠지."

밉살스러우니, 추근추근하니 하여도 물질의 만족만 얻으면 그것으로 기뻐하고 위로하는 그의 생활이 참 가련하다 하였다.

"참, 그런가 보아요."

아내도 웃으며 내 말을 받는다.

이때에 처형이 사 준 신이 그의 눈에 띄었는지(혹은 나를 꺼려, 보고 싶은 것을 참았는지 모르나) 그것을 집어 들고 조심조심 펴 보려다가 말고 머뭇머뭇한다.

그 속에 그를 해케 할 무슨 위험품이나 든 것같이.

"어서 펴 보구려."

아내는 이 말을 듣더니,

'작히 좋으랴.' 하는 듯이 활발하게 싼 신문지를 헤진다.

"퍽 이쁜걸요."

그는 근일에 드문 기쁜 소리를 치며 방바닥 위에 사뿐 내려놓고 버선을 당기며 곱게 신어 본다.

"어쩌면 이렇게 맞아요!"

연해연방 감사를 부르짖는 그의 얼굴에 혼연한 희색이 넘쳐흐른다.

"……."

묵묵히 아내의 기뻐하는 양을 보고 있는 나는 또다시,

'여자란 할 수 없어.'

하는 생각이 들며,

'조심하였을 따름이다.'

하매 밤빛 같은 검은 그림자가 가슴을 어둡게 하였다.

그러면 아까 처형의 옷감을 볼 적에도 물론 마음속으로는 부러워하였을 것이다. 다만 표면에 드러내지 않았을 따름이다. 겨우,

"어서 펴 보구려."

하는 한마디에 가슴에 숨겼던 생각을 속임 없이 나타내는구나 하였다.

내가 무엇을 생각하고 있는지 저도 모르고 새 신 신은 발을 조금 쳐들며,

"신 모양이 어때요?"

"매우 이뻐!"

겉으로는 좋은 듯이 대답을 하였으나 마음은 쓸쓸하였다.

내가 제게 신 한 켤레를 사 주지 못하여 남에게 얻은 것으로 만족하고 기뻐하는 거다.

웬일인지 이번에는 그만 불쾌한 생각이 일어나지 아니하였다.

처형이 동서(同婿)를 밉다거나 무엇이니 하면서도 기차를 놓치면 남편이 기다릴까 염려하여 급히 가던 것이 생각난다.

그것을 미루어 아내의 심사도 알 수가 있다. 부득이한 경우라 하릴없이 정신적 행복에만 만족하려고 애를 쓰지마는 기실(其實) 부족한 것이다.

다만 참을 따름이다.

그것은 내가 생각해야 된다.

이런 생각을 하니 그날 아내에게 그런 말을 한 것이 후회가 났다.

'어느 때라도 제 은공을 갚아 줄 날이 있겠지!'

나는 마음을 좀 너그러이 먹고 이런 생각을 하며 아내를 보았다.

"나도 어서 출세를 하여 비단신 한 켤레쯤은 사 주게 되었으면 좋으련만……."

아내가 이런 말을 듣기는 참 처음이다.

"네에?"

아내는 제 귀를 못 미더워하는 듯이 의아한 눈으로 나를 보더니 얼굴에 살짝 열기가 오르며,

"얼마 안 되어 그렇게 될 것이야요!"

라고 힘 있게 말하였다.

"정말 그럴 것 같소?"

나는 약간 흥분하여 반문하였다.

"그러믄요, 그렇고말고요."

아직 아무도 인정해 주지 않는 무명작가인 나를 저 하나가 깊이깊이 인정해 준다.

그러기에 그 강(强)한 물질에 대한 본능적 요구도 참아 가며 오늘날까지 몹시 눈살을 찌푸리지 아니하고 나를 도와준 것이다.

'아아, 나에게 위안을 주고 원조를 주는 천사여!'

마음속으로 이렇게 부르짖으며, 두 팔로 덥석 아내의 허리를 잡아 내 가슴에 바싹 안았다.

그다음 순간에는 뜨거운 두 입술이······.

그의 눈에도 나의 눈에도 그렁그렁한 눈물이 물 끓듯 넘쳐흐른다.

B사감과 러브레터

- 현진건 -

〈B사감과 러브레터〉는 1925년 2월 '조선 문단'에 발표된 단편 소설로 현진건의 작품 중 특이한 위치를 차지한다. 그의 여타 소설들이 대부분 사회 내의 모순과 사회 구조의 잘못된 부분에 대한 고발인 데 비하여 이 작품은 인간성 탐구를 목적으로 삼고 있다.

작가는 이 소설에서 본능과 권위 의식이라는 대립 구조를 통해 인간의 본성에 대한 물음을 제기하고 있다. 권위 의식에 사로잡혀 애정의 본능을 감추고 있던 B사감도 끝내 그것을 감추지 못하고 기숙사생들이 모두 잠든 뒤 혼자 이상한 행동을 연출하다가 학생들에게 발각된다. 그녀는 자신의 열등의식을 감추기 위하여 기숙사생들에게 엄격히 대하면서 기숙사를 찾아오는 남학생이나 가족들에게 박절하게 대한다. 그녀는 마치 남성 혐오자인 듯이 행동하지만 사실 그녀는 남자를 그리워하는 못생긴 노처녀에 불과하다. 그렇기 때문에 B사감의 이중성격은 적대감을 불러일으키지는 않는다.

이 소설은 기숙사에서 일어날 수 있는 사건을 소재로 인간의 이중적 심리 상태를 사실감 있게 형상화했다. 풍자적이고 유머러스한 문체를 사용하여 B사감의 이중성을 조소하고 그 정체를 폭로하는 데 알맞은 분위기를 형성한다.

그러나 이 소설이 B사감에 대한 부정적 측면만을 제시하지는 않았다는 데 소설적 묘미가 있다. 작품 결말 부에서 한 처녀는 그녀의 기괴한 행동을 동정하고 이해한다. 억눌린 본성에 대한 인간적 아픔이랄까, 비정상적 인물의 풍자 뒤에 다가오는 일말의 연민의 감정도 놓칠 수 없는 작품이다.

이는 이 작품이 희극 작품이라고만 규정할 수 없는, 오히려 생의 본질적인 비극성을 해학적으로 극명하게 드러내고 있다는 증거이다. 그리하여 작가는 소외된 인간을 보편적 근거에서 한층 분리시킨 듯하지만, 실상은 동일한 인간의 영역으로 인도하고 있다고 보아야 한다.

　B여사는 C여학교의 교원 겸 기숙사 사감으로 얼굴은 주근깨투성이인 데다 시들고 마르고 떠서 누렇게 뜬 곰팡 슨 굴비를 연상하게 할 정도로 못생겼으며 기숙생들이 오싹하고 몸서리칠 만큼 엄격하고 매서웠다.

　그녀는 학교로 러브레터가 오면 화를 내며 편지를 받을 여학생을 사감실로 불러 편지를 쓴 남학생을 밝히려 애를 쓴다. 그녀의 문초는 수업을 마친 후에 이루어지며 대개 2시간 이상 계속된다. 그녀는 사내란 믿지 못할 마귀이며 연애가 자유라는 것도 마귀의 소리라고 억지를 늘어놓기 일쑤다. 그녀가 러브레터 다음으로 싫어하는 것은 남자들이 기숙사로 면회 오는 것이다. 가족을 포함한 모든 남자들의 면회를 허용하지 않자 학생들이 동맹 휴학을 하고 교장이 설득까지 했지만 그 버릇을 고치려 하지 않는다.

　그런데 금년 가을 들어서 기숙사에 이상한 일이 발생한다. 밤이 깊어 학생들이 곤히 잠든 시간에 난데없이 깔깔대는 웃음소리와 속삭이는 듯한 말소리가 새어 나온다. 어느 날 공교롭게도 한 방에서 자던 세 명의 여학생이 한꺼번에 잠이 깨어 소리 나는 곳으로 찾아간다. 그곳은 바로 B사감의 방이었다. 그들은 사감실에서 뜻밖의 광경을 보고 놀란다. 학생들에게 온 러브레터가 여기저기 널려 있고, 그렇게 엄격하던 B사감이 학생들에게 온 러브레터를 품에 안고 남녀가 사랑 고백하는 장면을 연출하고 있었기 때문이었다. 한 여학생은 미쳤다고 생각하고 또 다른 여학생은 불쌍하게 생각했으며 나머지 한 여학생은 손으로 고인 눈물을 씻는다.

· 갈래 : 단편 소설
· 시점 : 3인칭 전지적 작가 시점
· 배경 : C여학교 기숙사
· 주제 : 위선적인 인간의 심리
· 출전 : 조선문단

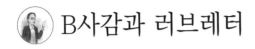# B사감과 러브레터

   C여학교에서 교원 겸 기숙사 사감 노릇을 하는 B여사라면 딱장대요 독신주의자요 찰진 야소꾼으로 유명하다. 사십에 가까운 노처녀인 그는 주근깨투성이 얼굴이 처녀다운 맛이란 약에 쓰려도 찾을 수 없을 뿐인가, 시들고 거칠고 마르고 누렇게 뜬 품이 곰팡 슨 굴비를 생각나게 한다.

   여러 겹주름이 잡힌 훨렁 벗겨진 이마라든지, 숱이 적어서 법대로 쪽 찌거나 틀어 올리지를 못하고 엉성하게 그냥 빗어 넘긴 머리꼬리가 뒤통수에 염소 똥만 하게 붙은 것이라든지, 벌써 늙어 가는 자취를 감출 길이 없었다.

   뾰족한 입을 앙다물고 돋보기 너머로 쌀쌀한 눈이 노릴 때엔 기숙생들이 오싹하고 몸서리를 치리만큼 그는 엄격하고 매서웠다.

   이 B여사가 질겁을 하다시피 싫어하고 미워하는 것은 소위 '러브레터'였다. 여학교 기숙사라면 으레 그런 편지가 많이 오는 것이지만, 학교로도 유명하고 또 아름다운 여학생이 많은 탓인지 모르되 하루에도 몇 장씩 죽느니 사느니 하는 사랑 타령이 날아 들어왔다. 기숙생에게 오는 사신을 일일이 검토하는 터이니까 그따위 편지도 물론 B여사의 손에 떨어진다. 달짝지근한 사연을 보는 족족 그는 더할 수 없이 흥분되어서 얼굴이 붉으락푸르락, 편지 든 손이 발발 떨리도록 성을 낸다.

   아무 까닭 없이 그런 편지를 받은 학생이야말로 큰 재변이었다. 하학하기가 무섭게 그 학생은 사감실로 불리어 간다. 분해서 못 견디겠다는 사람 모양으로 쌔근쌔근하며 방 안을 왔다 갔다 하던 그는, 들어오는 학생을 잡아먹을 듯이 노리면서 한 걸음 두 걸음 코가 맞닿을 만큼 바짝 다가들어서서 딱 마주 선다. 웬 영문인지 알지 못하면서도 선생의 기색을 살피고 겁부터 집어먹고 학생은 한동안 어쩔 줄 모르다가 간신히 모기만 한 소리로,

   "저를 부르셨어요?"

하고 묻는다.

"그래, 불렀다 왜!"

팍 무는 듯이 한마디 하고 나서 매우 못마땅한 것처럼 교의를 우당퉁탕 당겨서 철썩 주저앉았다가 학생이 그저 서 있는 걸 보면,

"장승이냐? 왜 앉지를 못해!"

하고 또 소릴 빽 지르는 법이었다.

스승과 제자는 조그마한 책상 하나를 사이에 두고 마주 앉는다.

앉은 뒤에도,

'네 죄상을 네가 알지!'

하는 것처럼 아무 말 없이 눈살로 쏘기만 하다가 한참 만에야 그 편지를 끄집어내서 학생의 코앞에 동댕이를 치며,

"이건 누구한테 오는 거냐?"

하고 문초를 시작한다. 앞장에 제 이름이 쓰였는지라,

"저한테 온 것이야요."

하고 대답 않을 수 없다. 그러면 발신인이 누구인 것을 재우쳐 묻는다. 그런 편지의 항용으로 발신인의 성명이 똑똑지 않기 때문에 주저주저하다가 자세히 알 수 없다고 내댈 양이면,

"너한테 오는 것을 네가 모른단 말이냐?"

라고 불호령을 내린 뒤에 또 사연을 읽어 보라 하여 무심한 학생이 나직나직하나마 꿀 같은 구절을 입에 올리면, B 여사의 역정은 더욱 심해져서 어느 놈의 소위인 것을 기어이 알려 한다. 기실 보도 듣도 못한 남성이 한 노릇이요, 자기에게는 아무 죄도 없는 것을 변명하여도 곧이듣지를 않는다. 바른 대로 아뢰어야 망정이지 그렇지 않으면 퇴학을 시킨다는 둥, 제 이름도 모르는 여자에게 편지할 리가 만무하다는 둥, 필연 행실이 부정한 일이 있으리라는 둥……

하다못해 어디서 한번 만나기라도 하였을 테니 어찌해서 남자와 접촉을 하게 되었느냐는 둥, 자칫 잘못하여 학교에서 주최한 음악회나 바자회에서 혹 보았는지 모른다고 졸리다 못해 주워댈 것 같으면 사내의 보는 눈이 어떻더냐, 표정이 어떻더냐, 무슨 말을 건네더냐, 미주알고주알 캐고 파며 어

르고 볶아서 넉넉히 십 년 감수는 시킨다.

2시간이 넘도록 문초를 한 끝에는 사내란 믿지 못할 것, 우리 여성을 잡아먹으려는 마귀인 것, 연애가 자유이니 신성이니 하는 것도 모두 악마가 지어낸 소리인 것을 입에 침이 없이 열에 떠서 한참 설법을 하다가 닦지도 않은 방바닥(침대를 쓰기 때문에 방이라 해도 마룻바닥이다)에 그대로 무릎을 꿇고 기도를 올린다. 눈에 눈물까지 글썽거리면서 말끝마다 하나님 아버지를 찾아서 악마의 유혹에 떨어지려는 어린 양을 구해 달라고 뒤삶고 곱삶는 법이었다.

그리고 둘째로 그의 싫어하는 것은 기숙생을 남자가 면회하러 오는 일이었다.

무슨 핑계를 하든지 기어이 못 보게 하고 만다. 친부모, 친동기간이라도 규칙이 어떠니, 상학 중이니, 무슨 핑계를 하든지 따돌려 보내기가 일쑤다.

이로 말미암아 학생이 동맹 휴학을 하였고 교장의 설유까지 들었건만 그래도 그 버릇은 고치려 들지 않았다.

이 B사감이 감독하는 그 기숙사에 금년 가을 들어서 괴상한 일이 '생겼다' 느니보다 '발각되었다'는 것이 마땅할는지 모르리라. 왜 그런고 하면 그 괴상한 일이 언제 '시작된' 것은 귀신밖에 모르니까.

그것은 다른 일이 아니라 밤이 깊어서 새로 한 점이 되어 모든 기숙생들이 달고 곤한 잠에 떨어졌을 제 난데없이 깔깔대는 웃음과 속살속살하는 낱말이 새어 흐르는 일이었다. 하룻밤이 아니고 이틀 밤이 아닌 다음에야 그런 소리가 잠귀 밝은 기숙생들의 귀에 들리기도 하였지만 잠결이라 뒷동산에 구르는 마른 잎의 노래로나, 달빛에 날개를 번뜩이며 울고 가는 기러기의 소리로나 흘려들었다. 그렇지 않으면 도깨비의 장난이나 아닌가 하여 무시무시한 증이 들어서 동무를 깨웠다가 좀처럼 동무는 깨지 않고 제 생각이 너무나 어림없고 어이없음을 깨달으면, 밤 소리 멀리 들린다고 학교 이웃집에서 이야기를 하거나 또 딴 방에 자는 제 동무들의 잠꼬대로만 여겨서 스스로 안심하고 그대로 자 버리기도 하였다. 그러나 이 수수께끼가 풀릴 때는 왔다. 이때 공교롭게 한 방에 자던 학생 셋이 한꺼번에 잠을 깨었다.

첫째 처녀가 소변을 보러 일어났다가 그 소리를 듣고, 둘째 처녀와 셋째 처녀를 깨우고 만 것이다.

"저 소리를 들어 보아요. 아닌 밤중에 저게 무슨 소리야?"

하고 첫째 처녀는 휘둥그레진 눈에 무서워하는 빛을 띤다.

"어젯밤에 나도 저 소리에 놀랐었어. 도깨비가 났단 말인가?"

하고 둘째 처녀도 잠 오는 눈을 비비며 수상해한다. 그중에 제일 나이 많을 뿐더러(많았자 열여덟밖에 아니 되지만) 장난 잘 치고 짓궂은 짓 잘하기로 유명한 셋째 처녀는 동무 말을 못 믿겠다는 듯이 이윽고 귀를 기울이다가,

"딴은 수상한걸. 나도 언젠가 한 번 들어 본 법도 하구먼. 무얼, 잠 아니 오는 애들이 이야기를 하는 게지."

이때에 그 괴상한 소리는 땍때굴 웃었다. 세 처녀는 귀를 소스라쳤다. 적적한 밤 가운데 다른 파동 없는 공기는 그 수상한 말마디가 곁에서나 나는 듯이 또렷또렷이 전해 주었다.

"오! 태훈 씨! 그러면 작히 좋을까요."

간드러진 여자의 목소리다.

"경숙 씨가 좋으시다면 내야 얼마나 기쁘겠습니까. 아아, 오직 경숙 씨에게 바친 나의 타는 듯한 가슴을 인제야 아셨습니까!"

정열에 뜨인 사내의 목청이 분명하다.

한동안 침묵…….

"인제 고만 놓아요. 키스가 너무 길지 않아요? 행여 남이 보면 어떡해요?"

아양 떠는 여자 말씨,

"길수록 더욱 좋지 않아요? 나는 내 목숨이 끊어질 때까지 키스를 하여도 길다고는 못 하겠습니다. 그래도 짧은 것을 한하겠습니다."

사내의 피를 뿜는 듯한 이 말끝은 계집의 자지러진 웃음으로 묻혀 버렸다.

그것은 묻지 않아도 사랑에 겨운 남녀의 허물어진 수작이다. 감금이 지독한 이 기숙사에 이런 일이 생길 줄이야! 세 처녀는 얼굴을 마주 보았다. 그들의 얼굴은 놀랍고 무서운 빛이 없지 않았으되 점점 호기심에 번쩍이기

시작하였다. 그들의 머릿속에는 한결같이 로맨틱한 생각이 떠올랐다. 이 안에 있는 여자 애인을 보려고 학교 근처를 뒤돌고 곱돌던 사내 애인이 타는 듯한 가슴을 걷잡다 못하여 밤이 이슥하기를 기다려 담을 뛰어넘었는지 모르리라.

모든 불이 다 꺼지고 오직 밝은 달빛이 은가루처럼 서린 창문이 소리 없이 열리며 여자 애인이 흰 수건을 흔들어 사내 애인을 부른지도 모르리라.

활동사진에 보는 것처럼 기나긴 피륙을 내리어서 하나는 위에서 당기고 하나는 밑에서 매달려 디룽디룽하면서 올라가는 정경이 있었는지 모르리라.

그래서 두 애인은 만나 가지고 저와 같이 사랑의 속삭거림에 잦아졌는지 모르리라…….

꿈결 같은 감정이 안개 모양으로 눈부시게 세 처녀의 몸과 마음을 휩싸 돌았다.

그들의 뺨은 후끈후끈 달았다. 괴상한 소리는 또 일어났다.

"난 싫어요. 당신 같은 사내는 난 싫어요."

이번에는 매몰스럽게 내어 대는 모양.

"나의 천사, 나의 하늘, 나의 여왕, 나의 목숨, 나의 사랑, 나를 살려 주시오. 나를 구해 주시오."

사내의 애를 졸이는 간청…….

"우리 구경 가 볼까?"

짓궂은 셋째 처녀는 몸을 일으키며 이런 제의를 하였다. 다른 처녀들도 그 말에 찬성한다는 듯이 따라 일어섰으되 의아와 공구와 호기심이 뒤섞인 얼굴을 서로 교환하면서 얼마쯤 망설이다가 마침내 가만히 문을 열고 나왔다. 쌀벌레 같은 그들의 발가락은 가장 조심성 많게 소리 나는 곳을 향해서 곰실곰실 기어간다. 캄캄한 복도에 자다가 일어난 세 처녀의 흰 모양은 그림자처럼 소리 없이 움직였다.

소리 나는 방은 어렵지 않게 찾을 수 있었다. 찾고는 나무로 깎아 세운 듯이 주춤 걸음을 멈출 만큼 그들은 놀랐다. 그런 소리의 출처야말로 자기네 방에서 몇 걸음 안 되는 사감실일 줄이야! 그렇듯이 사내라면 못 먹어

하고 침이라도 배앝을 듯하던 B여사의 방일 줄이야! 그 방에 여전히 사내의 비대발괄하는 푸념이 되풀이되고 있다…….

"나의 천사, 나의 하늘, 나의 여왕, 나의 목숨, 나의 사랑, 나의 애를 말려 죽이실 테요, 나의 가슴을 뜯어 죽이실 테요. 내 생명을 맡으신 당신의 입술로……."

셋째 처녀는 대담스럽게 그 방문을 빠끔히 열었다. 그 틈으로 여섯 눈이 방 안을 향해 쏘았다. 이 어쩐 기괴한 광경이냐! 전등불은 아직 끄지 않았는데 침대 위에는 기숙생에게 온 소위 '러브레터'의 봉투가 너저분하게 흩어졌고, 그 알맹이도 여기저기 두서없이 펼쳐진 가운데 B여사 혼자 — 아무도 없이 저 혼자 일어나 앉았다. 누구를 끌어당길 듯이 두 팔을 벌리고 안경을 벗은 근시안으로 잔뜩 한곳을 노리며 그 굴비 쪽 같은 얼굴에 말할 수 없이 애원하는 표정을 짓고는 키스를 기다리는 것같이 입을 쫑긋이 내민 채 사내의 목청을 내가면서 아까 말을 중얼거린다. 그러다가 그 넋두리가 끝날 겨를도 없이 급작스레 앵돌아서는 시늉을 내며 누구를 뿌리치는 듯이 연해 손짓을 하며 이번에는 톡톡 쏘는 계집의 음성을 지어,

"난 싫어요. 당신 같은 사내는 난 싫어요."
하다가 제물에 자지러지게 웃는다. 그러더니 문득 편지 한 장(물론 기숙생에게 온 러브레터의 하나)을 집어 들어 얼굴에 문지르며,

"정말이야요? 나를 그렇게 사랑하셔요? 당신의 목숨같이 나를 사랑하셔요? 나를, 이 나를?"
하고 몸을 추스리는데 그 음성은 분명히 울음의 가락을 띠었다.

"에그머니, 저게 웬일이야!"
첫째 처녀가 소곤거렸다.

"아마 미쳤나 보아. 밤중에 혼자 일어나서 왜 저러고 있을구."
둘째 처녀가 맞방망이를 친다.

"에그 불쌍해!"
하고 셋째 처녀는 손으로 괸 때 모르는 눈물을 씻었다.

술 권하는 사회

- 현진건 -

〈술 권하는 사회〉는 1921년 '개벽'에 발표된 단편 소설이다. 현진건의 데뷔작은 1920년에 발표된 〈희생화〉지만, 그가 작가로서의 면모를 갖추게 된 것은 다음 해에 발표한 〈빈처〉와 〈술 권하는 사회〉부터였다.

이 작품은 "그 몹쓸 사회가 왜 술을 권하는고!" 하는 아내의 말로 남편이 아내를 두고 나가는 이유를 압축적으로 표현하고 있으며, 아내의 지적 수준을 얕게 표현하고 있다. 지식인 남편은 봉건적 사고를 가진 무지(無知)한 아내를 이해시키는 것도 실패하고 사회에도 적응하지 못하는 인물이다. 모순과 부조리를 인식하지만 무엇이 부조리를 만드는 실질적 힘인지는 깨닫지 못한다. 그저 모순과 부조리에 저항하는 방식으로 울분을 터뜨리거나 쉽게 좌절하고 만다. 아내는 남편의 고통을 분담하려고 가난도 참고 견디지만, "사회가 술을 권한다."는 말에 사회를 요릿집 이름으로 생각하는 무지한 여인이다. 이러한 아내의 무지가 남편에게 또 한 차례 술을 권한다.

이 작품에서 작가는 시대적 환경 속에서 적응을 하지 못하는 지식인의 고뇌를 표현하려 했다. 〈빈처〉가 가정을 중심으로 해 고뇌를 그렸다면, 이 소설은 가정을 중심으로 하되 그 고뇌의 원인이 사회에 있음을 간접적으로 나타내고 있는 점에서 개인과 사회의 관계를 투시하려는 작가 의식이 드러나고 있다.

일제 강점기에 많은 애국 지성들이 어쩔 수 없이 절망하고 술을 벗 삼게 되어 주정꾼으로 전락하였는데, 그 책임은 바로 '술 권하는 사회'에 있다고 자백하고 있다. 그런 측면에서 이 작품은 뚜렷한 사실주의 소설이라고 할 수 있다.

아내는 바느질을 하며 남편을 기다린다. 아내는 바늘에 찔려 피를 멈추려 하며 화를 낸다. 새벽 1시가 되었는데도 남편은 돌아오지 않는다.

7, 8년 전 남편이 중학을 마치고 자기와 결혼하였고 결혼하자 곧바로 남편은 동경으로 가 대학을 마치고 돌아왔으니 같이 있을 시간은 거의 없었다. 공부가 무엇인지는 몰라도 그것이 도깨비 방망이 같은 것이어서 무엇이든지 다 얻을 수 있다는 희망으로 비단옷 입고 금지환 낀 친척들도 부러워하지 않았고 도리어 경멸하였다. 남편이 돌아오면 부유하게 잘살 수 있으리라 생각했는데 반대로 남편은 여러 달이 지나도 돈벌이를 하기는커녕 오히려 집에 있는 돈을 가져다 쓰며 분주히 돌아다니기만 하였다.

어느 날 새벽 잠결에 눈을 떴을 때 흐느껴 우는 남편을 볼 수 있었고, 두어 달 후에는 출입이 잦아졌으나 술 냄새를 풍기며 밤늦게 돌아오기 일쑤였다. 오늘 밤에도 그런 남편을 기다리다 바늘에 찔린 것이다.

별 상상을 다 하며 기다리고 있을 때 남편이 문 두드리는 것 같아 뛰어나가 보았더니 아무도 없었다. 새벽 2시경 행랑 할멈이 부르는 소리에 나가 보니 남편은 만취해 걸음도 제대로 걷지 못하였다. 남편은 행랑 할멈의 도움을 거절하며 간신히 방에 들어와 벽에 기대어 쓰러진다. 아내는 남편의 옷을 벗기어 자리에 뉘려 하나 옷이 잘 벗겨지지 않자, 짜증을 내며 남편에게 이토록 술을 권한 사람들을 탓한다. 그 소리를 들은 남편과 아내는 서로 이야기한다. 부조리한 사회가 나에게 술을 권한다는 말을 해도 배우지 못한 아내는 얘기를 이해하지 못하고 술 먹는 것에 대한 투정을 부린다. 남편은 말 상대가 되지 않는 아내를 뿌리치며 비틀거리며 나가 버린다. 아내는 모든 것을 잃는 듯 "가 버렸구면, 가 버렸어." 하며 밤안개를 물끄러미 바라보며 절망적인 어조로 말한다.

"그 몹쓸 사회가 왜 술을 권하는고!"

핵심 정리

· 갈래 : 단편 소설
· 시점 : 전지적 작가 시점
· 배경 : 1920년대 서울
· 주제 : 일제 강점기 지식인의 고뇌
· 출전 : 개벽

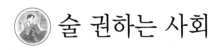

술 권하는 사회

"아이그, 아야."

홀로 바느질을 하고 있던 아내는 얼굴을 살짝 찌푸리고 가늘고 날카로운 소리로 부르짖었다. 바늘 끝이 왼손 엄지손가락 손톱 밑을 찔렀음이다. 그 손가락은 가늘게 떨고 하얀 손톱 밑으로 앵두 빛 같은 피가 비친다. 그것을 볼 사이도 없이 아내는 얼른 바늘을 빼고 다른 손 엄지손가락으로 그 상처를 누르고 있다. 그러면서 하던 일 가지를 팔꿈치로 고이고 밀어 내려놓았다. 이윽고 눌렀던 손을 떼어 보았다. 그 언저리는 인제 다시 피가 아니 나려는 것처럼 혈색이 없다. 하더니, 그 희던 꺼풀 밑에 다시금 꽃물이 차츰차츰 밀려온다. 보일 듯 말 듯 한 그 상처로부터 좁쌀 난 같은 핏방울이 송송 솟는다. 또 아니 누를 수 없다. 이만하면 그 구멍이 아물었으려니 하고 손을 떼면 또 얼마 아니 되어 피가 비치어 나온다. 인제 헝겊 오락지(새끼나 종이 따위의 좁고 긴 조각)로 처매는 수밖에 없다. 그 상처를 누른 채 그는 바느질고리에 눈을 주었다. 거기 쓸 만한 오락지는 실패 밑에 있다. 그 실패를 밀어내고 그 오락지를 두 새끼손가락 사이에 집어 올리려고 한동안 애를 썼다. 그 오락지는 마치 풀로 붙여 둔 것같이 고리 밑에 착 달라붙어 세상 집혀지지 않는다. 그 두 손가락은 헛되이 그 오락지 위를 긁적거리고 있을 뿐이다.

"왜 집혀지지를 않아!"

그는 마침내 울듯이 부르짖었다. 그리고 그것을 집어 줄 사람이 없나 하는 듯이 방 안을 둘러보았다. 방 안은 텅 비어 있다. 어느 뉘 하나 없다. 호젓한 허영만 그를 휩싸고 있다. 바깥도 죽은 듯이 고요하다. 시시로 풍풍하고 떨어지는 수도의 물방울 소리가 쓸쓸하게 들릴 뿐. 문득 전등불이 광채를 더하는 듯하였다. 벽상에 걸린 괘종의 거울이 번들하며, 새로 한 점(셈이나 계산의 단위. 여기서는 시간을 나타냄)을 가리키려는 시침이 위협하는 듯이 그의 눈을 쏜다. 그의 남편은 그때껏 돌아오지 않았었다.

아내가 되고 남편이 된 지는 벌써 오랜 일이다. 어느덧 7, 8년이 지났으리라. 하건만 같이 있어 본 날을 헤아리면 단 1년이 될락 말락 한다. 막 그의 남편이 서울서 중학을 마쳤을 제 그와 결혼하였고, 그러자마자 고만 동경에 부급(유학)한 까닭이다. 거기서 대학까지 졸업을 하였다. 이 길고 긴 세월에 아내는 얼마나 괴로웠으며 외로웠으랴! 봄이면 봄, 겨울이면 겨울, 웃는 꽃을 한숨으로 맞았고 얼음 같은 베개를 뜨거운 눈물로 데웠다. 몸이 아플 때, 마음이 쓸쓸할 제, 얼마나 그가 그리웠으랴! 하건만 아내는 이 모든 고생을 이를 악물고 참았었다. 참을 뿐이 아니라 달게 받았었다. 그것은 남편이 돌아오기만 하면! 하는 생각이 그에게 위로를 주고 용기를 준 까닭이었다. 남편이 동경에서 무엇을 하고 있나? 공부를 하고 있다. 공부가 무엇인가? 자세히 모른다. 또 알려고 애쓸 필요도 없다. 어찌하였든지 이 세상에 제일 좋고 제일 귀한 무엇이라 한다. 마치 옛날이야기에 있는 도깨비의 부자 방망이 같은 것이려니 한다. 옷 나오라면 옷 나오고, 밥 나오라면 밥 나오고, 돈 나오라면 돈 나오고…… 저 하고 싶은 무엇이든지 청해서 아니 되는 것이 없는 무엇을, 동경에서 얻어 가지고 나오려니 하였었다. 가끔 놀러 오는 친척들이 비단옷 입은 것과 금지환(금가락지) 낀 것을 볼 때에 그 당장엔 마음 그윽이 부러워도 하였지만 나중엔 '남편만 돌아오면……' 하고 그것에 경멸하는 시선을 던지었다.

남편이 돌아왔다. 한 달이 지나가고 두 달이 지나간다. 남편의 하는 행동이 자기의 기대하던 바와 조금 배치되는 듯하였다. 공부 아니 한 사람보다 조금도 다른 것이 없었다. 아니다, 다르다면 다른 점도 있다. 남은 돈벌이를 하는데 그의 남편은 도리어 집안 돈을 쓴다. 그러면서도 어디인지 분주히 돌아다닌다. 집에 들면 정신없이 무슨 책을 보기도 하고 또는 밤새도록 무엇을 쓰기도 하였다.

'저러는 것이 참말 부자 방망이를 맨드는 것인가 보다.'

아내는 스스로 이렇게 해석한다.

또 두어 달 지나갔다. 남편이 하는 일은 늘 한 모양이었다. 한 가지 더한 것은 때때로 깊은 한숨을 쉬는 것뿐이었다. 그리고 무슨 근심이 있는 듯이 얼굴을 펴지 않았다. 몸은 나날이 축이 나간다.

'무슨 걱정이 있는고?'

아내는 따라서 근심을 하게 되었다. 하고는 그 여읜 것을 보충하려고 갖가지로 애를 썼다.

곧 될 수 있는 그의 밥상에 맛난 반찬가지를 붙게 하며 또 고음(고기나 생선을 국물이 진하게 삶은 국. 곰국) 같은 것도 만들었다. 그런 보람도 없이 남편은 입맛이 없다 하며 그것을 잘 먹지도 않았다.

또 몇 달이 지나갔다. 인제 출입을 뚝 끊고 늘 집에 붙어 있다. 걸핏하면 성을 낸다. 입버릇 모양으로 화난다, 화난다 하였다.

어느 날 새벽, 아내가 어렴풋이 잠을 깨어, 남편의 누웠던 자리를 더듬어 보았다. 쥐이는 것은 이불자락뿐이다. 잠결에도 조금 실망을 아니 느낄 수 없었다. 잃은 것을 찾으려는 것처럼 눈을 부스스 떴다. 책상 위에 머리를 쓰러뜨리고 두 손으로 그것을 움켜쥐고 있는 남편을 보았다. 흐릿한 의식이 돌아옴에 따라, 남편의 어깨가 덜석덜석 움직임도 깨달았다. 흑흑 느끼는 소리가 귀를 울린다. 아내는 정신을 바짝 차리었다. 불현듯이 몸을 일으켰다. 이윽고 아내의 손은 가볍게 남편의 등을 흔들며 목에 걸리고 나오지 않은 소리로,

"왜 이러고 계셔요."

라고 물어보았다.

"……."

남편은 아무 대답이 없다. 아내는 손으로 남편의 얼굴을 괴어들려고 할 즈음에, 그것이 뜨뜻하게 눈물에 젖은 것을 깨달았다.

또 한 두어 달 지나갔다. 처음처럼 다시 출입이 자주로웠다. 구역이 날 듯한 술 냄새가 밤늦게 돌아오는 남편의 입에서 나게 되었다. 그것은 요사이 일이다. 오늘 밤에도 지금까지 돌아오지 않았다. 초저녁부터 아내는 별별 생각을 다 하면서 고대 고대하고 있었다. 지루한 시간을 속히 보내려고 치웠던 일 가지를 또 꺼내었다. 그것조차 뜻같이 아니 되었다. 때때로 바늘이 헛되이 움직이었다. 마침내 그것에 찔리고 말았다.

"어데를 가서 이때껏 오시지 않아!"

아내는 이제 아픈 것도 잊어버리고 짜증을 내었다. 잠깐 그를 떠났던 공상과 환영이 다시금 그의 머리에 떠돌기 시작하였다. 이상한 꽃을 수놓은, 흰 보 위에 맛난 요리를 담은 접시가 번쩍인다. 여러 친구와 술을 권커니 잣거니 하는 광경이 보인다. 그의 남편은 미친 듯이 껄껄 웃는다. 나중에는 검은 휘장이 스르르 하는 듯이 그 모든 것이 사라져 버리더니 낭자한 요리 상만이 보이기도 하고, 술병만 희게 빛나기도 하고, 아까 그 기생이 한 팔로 땅을 짚고 진저리를 쳐 가며 웃는 꼴이 보이기도 하였다. 또한 남편이 길바닥에 쓰러져 우는 것도 보이었다.

　"문 열어라!"

　문득 대문이 덜컥하고 혀가 고부라진 소리로 부르는 듯하였다.

　"네."

　저도 모르게 대답을 하고 급히 마루로 나왔다. 잘못 신은, 발에 아니 맞는 신을 질질 끌면서 대문으로 달렸다. 중문은 아직 잠그지도 않았고 행랑 방에 사람이 없지 않지마는 으레 깊은 잠에 떨어졌을 줄 알고 자기가 뛰어 나감이었다. 가느스름한 손이 어둠 속에서 희게 빗장을 잡고 한참 실랑이를 한다. 대문은 열렸다.

　밤바람이 선득하게 얼굴에 안 친다. 문밖에는 아무도 없다! 골목에 사람의 그림자도 볼 수 없다. 검푸른 밤빛이 허연 길 위에 그믈그믈 깃들였을 뿐이었다.

　아내는 무엇에 놀란 사람 모양으로 한참 멀거니 서 있었다. 문득 급거히 대문을 닫친다. 마치 그 열린 사이로 악마나 들어올 것처럼.

　"그러면 바람 소리였구면."

하고 싸늘한 뺨을 쓰다듬며 해쭉 웃고 발길을 돌리었다.

　'아니 내가 분명히 들었는데…… 혹 내가 잘못 보지를 않았나?…… 길바닥에나 쓰러져 있었으면 보이지도 않을 터야……'

　중간 문까지 다다르자 별안간 이런 생각이 그의 걸음을 멈추게 하였다.

　'대문을 또 좀 열어 볼까? 아니야, 내가 헛들었지. 그래도 혹…… 아니야, 내가 헛들었지.'

　망설거리면서도 꿈꾸는 사람 모양으로 저도 모를 사이에 마루까지 올라왔다. 매우 기묘한 생각이 번개같이 그의 머리에 번쩍인다.

'내가 대문을 열었을 제 나 몰래 들어오지나 않았나?'

과연 방 안에 무슨 소리가 나는 것 같았다. 확실히 사람의 기척이 있다. 어른에게 꾸중 모시러 가는 어린애처럼 조심조심 방문 앞에 왔다. 그리고 문간 아래로 손을 대며 하염없이 웃는다. 그것은 제 잘못을 용서해 주십사 하는 어린애 같은 웃음이었다. 조심조심 방문을 열었다. 이불이 어째 움직움직하는 듯하였다.

'나를 속이려고 이불을 쓰고 누웠구먼.'

하고 마음속으로 소곤거렸다. 가만히 내려앉는다. 그 모양이 이것을 건드려서는 큰일이 나지요 하는 듯하였다. 이불을 펄쩍 쳐들었다. 빈 요가 하얗게 드러난다. 그제야 확실히 아니 온 줄 안 것처럼,

"아니 왔구먼, 안 왔어!"

라고 울듯이 부르짖었다.

남편이 돌아오기는 새로 두 점이 훨씬 지난 뒤였다. 무엇이 털썩하는 소리가 들리고 잇달아,

"아씨, 아씨!"

라고 부르는 소리가 귀를 때릴 때에야 아내는 비로소 아직도 앉았을 자기가 이불 위에 쓰러져 있음을 깨달았다. 기실, 잠귀 어두운 할멈이 대문을 열었으리만큼 아내는 깜박 잠이 깊이 들었다. 하건만 그는 몽경(꿈속)에서 방황하는 정신을 당장에 수습하였다. 두어 번 얼굴을 쓰다듬자마자 불현듯 밖으로 나왔다.

남편은 한 다리를 마루 끝에 걸치고 한 팔을 베고 옆으로 누워 있다. 숨소리가 씨근씨근한다. 막 구두를 벗기고 일어나 할멈은 검붉은 상을 찡그려 붙이며,

"어서 일어나 방으로 들어가세요."

라고 한다.

"응, 일어나지."

나리는 혀를 억지로 돌리어 코와 입으로 대답을 하였다. 그래도 몸은 꿈

쩍도 않는다. 도리어 그 개개풀린 눈을 자려는 것처럼 스르르 감는다. 아내는 눈만 비비고 서 있다.

"어서 일어나셔요. 방으로 들어가시라니까."

이번에는 대답조차 아니 한다. 그 대신 무엇을 잡으려는 것처럼 손을 내젓더니,

"물, 물, 냉수를 좀 주어."

라고 중얼거렸다.

할멈은 얼른 물을 떠다 이취자(술이 많이 취한 사람)의 코밑에 놓았건만, 그사이에 벌써 아까 청을 잊은 것같이 취한 이는 물을 먹으려고도 않는다.

"왜 물을 아니 잡수셔요."

곁에서 할멈이 깨우쳤다.

"응, 먹지 먹어."

하고, 그제야 주인은 한 팔을 짚고 고개를 든다. 한꺼번에 물 한 대접을 다 들이켜 버렸다. 그러고는 또 쓰러진다.

"에그, 또 눕네."

하고 할멈은 우물로 기어드는 어린애를 안으려는 모양으로 두 손을 내민다.

"할멈은 고만 가 자게."

주인은 귀찮다는 듯이 말을 한다.

이를 어찌해 하는 듯이 멀거니 서 있던 아내도, 할멈이 고만 갔으면 하였다. 남편을 붙들어 일으킬 생각이야 간절하였지마는, 할멈이 보는데 어찌 그럴 수 없는 것 같았다. 혼인한 지가 7, 8년이 되었으니 그런 파수야 되었으련만 같이 있어 본 날을 꼽아 보면, 그는 아직 갓 시집온 색시였다.

'할멈은 가 자게.'

라는 말이 목까지 올라왔지만 입술에서 사라지고 말았다. 마음 그윽이 할멈이 돌아가기만 기다릴 뿐이었다.

"좀 일으켜 드려야지."

가기는커녕, 이런 말을 하고 할멈은 선웃음을 치면서 마루로 부득부득 올라온다. 그 모양은 마치 주인 나리가 약주가 취하시거든 방에까지 모셔

다 드려야 제 도리에 옳지요 하는 듯하였다.

"자아, 자아."

할멈은 아씨를 보고 히히 웃어 가며, 나리의 등 밑으로 손을 넣는다.

"왜 이래, 왜 이래. 내가 일어날 테야."

하고 몸을 움직이더니, 정말 주인이 부스스 일어난다. 마루를 쾅쾅 눌러 디디며, 비틀비틀, 곧 쓰러질 듯한 보조로 방문을 향하여 걸어간다. 와지끈하며 문을 열어젖히고는 방 안으로 들어간다. 아내도 뒤따라 들어왔다. 할멈은 중간 턱을 넘어설 제, 몇 번 혀를 차고는, 저 갈 데로 가 버렸다.

벽에 엇비슷하게 기대어 있는 남편은 무엇을 생각하는 듯이 고개를 숙이고 있다. 그의 말라붙은 관자놀이에 펄떡거리는 푸른 맥을 아내는 걱정스럽게 바라보면서 곁으로 다가온다. 아내의 한 손은 양복 깃을, 또 한 손은 그 소매를 잡으며 화한(부드러운) 목성으로,

"자아, 벗으셔요."

하였다.

남편은 문득 미끄러지는 듯이 벽을 타고 내려앉는다. 그의 쭉 뻗친 발끝에 이불자락이 저리로 밀려간다.

"에그, 왜 이리하셔요. 벗자는 옷은 아니 벗으시고."

그 서슬에 넘어질 뻔한 아내는 애달프게 부르짖었다. 그러면서도 같이 따라 앉는다. 그의 손은 또 옷을 잡았다.

"옷이 구겨집니다. 제발 좀 벗으셔요."

라고 아내는 애원을 하며 옷을 벗기려고 애를 쓴다. 하나, 취한 이의 등이 천근같이 벽에 척 들러붙었으니 벗겨질 리가 없다.

애를 쓰다 쓰다 옷을 놓고 물러앉으며,

"원 참, 누가 술을 이처럼 권하였소?"

라고 짜증을 낸다.

"누가 권하였노? 누가 권하였노? 흥 흥."

남편은 그 말이 몹시 귀에 거슬리는 것처럼 곱씹는다.

"그래, 누가 권했는지 마누라가 좀 알아내겠소?"

하고 껄껄 웃는다. 그것은 절망의 가락을 띤 쓸쓸한 웃음이었다. 아내도 따

라 방긋 웃고는 또 옷을 잡으며,

"자아, 옷이나 먼저 벗으셔요. 이야기는 나중에 하지요. 오늘 밤에 잘 주무시면 내일 아침에 알켜 드리지요."

"무슨 말이야, 무슨 말이야. 왜 오늘 일을 내일로 미루어. 할 말이 있거든 지금 해!"

"지금은 약주가 취하셨으니, 내일 약주가 깨시거든 하지요."

"무엇? 약주가 취해서?"

하고 고개를 쩔레쩔레 흔들며,

"천만에, 누가 술에 취했단 말이오. 내가 공연히 이러지 정신은 말뚱말뚱하오. 꼭 이야기하기 좋을 만해. 무슨 말이든지…… 자아."

"글쎄, 왜 못 잡수시는 약주를 잡수셔요. 그러면 몸에 축이 나지 않아요."

하고 아내는 남편의 이마에 흐르는 진땀을 씻는다.

이취자(醉者)는 머리를 흔들며,

"아니야, 아니야, 그런 말을 듣자는 것이 아니야."

하고 아까 일을 추상하는 것처럼, 말을 끊었다가 다시금 말을 이어,

"옳지, 누가 나에게 술을 권했단 말이오? 내가 술이 먹고 싶어서 먹었단 말이오?"

"자시고 싶어 잡수신 건 아니지요. 누가 당신께 약주를 권하는지 내가 알아낼까요? 저…… 첫째는 화증이 술을 권하고 둘째는 하이칼라(서양식 유행을 따르는 일 또는 그런 사람)가 약주를 권하지요."

아내는 살짝 웃는다. 내가 어지간히 알아맞혔지요 하는 모양이었다. 남편은 고소(쓴웃음)한다.

"틀렸소, 잘못 알았소. 화증이 술을 권하는 것도 아니고, 하이칼라가 술을 권하는 것도 아니오. 나에게 술을 권하는 것은 따로 있어. 마누라가, 내가 어떤 하이칼라한테나 홀려 다니거나, 그 하이칼라가 늘 내게 술을 권하거니 하고 근심을 했으면 그것은 헛걱정이지. 나에게 하이칼라는 아무 소용도 없소. 나의 소용은 술뿐이오. 술이 창자를 휘돌아 이것저것을 잊게 맨드는 것을 나는 취할 뿐이오."

하더니, 홀연 어조를 고쳐 감개무량하게,

"아아, 유위 유망(일을 할 만한 능력이 있고 앞으로 잘 될 싹수나 희망이 있는)한 머리를 알코올로 마비 아니 시킬 수 없게 하는 그것이 무엇이란 말이오."

하고 긴 한숨을 내쉰다. 물큰물큰 한 술 냄새가 방 안에 흩어진다.

아내에게는 그 말이 너무 어려웠다. 고만 묵묵히 입을 다물었다. 눈에 보이지 않는 무슨 벽이 자기와 남편 사이에 갈리는 듯하였다. 남편의 말이 길어질 때마다 아내는 이런 쓰디쓴 경험을 맛보았다. 이런 일은 한두 번이 아니었다. 이윽고 남편은 기막힌 듯이 웃는다.

"흥, 또 못 알아듣는군. 묻는 내가 그르지, 마누라야 그런 말을 알 수 있겠소. 내가 설명해 드리지. 자세히 들어요. 내가 술을 권하는 것은 화증도 아니고 하이칼라도 아니요, 이 사회란 것이 내게 술을 권한다오. 이 조선 사회란 것이 내게 술을 권한다오. 알았소? 팔자가 좋아서 조선에 태어났지, 딴 나라에 났더라면 술이나 얻어먹을 수 있나……."

사회란 무엇인가? 아내는 또 알 수가 없었다. 어찌하였든 딴 나라에는 없고 조선에만 있는 요릿집 이름이려니 한다.

"조선에 있어도 아니 다니면 그만이지요."

남편은 또 아까 웃음을 재우친다. 술이 정말 아니 취한 것같이 또렷또렷한 어조로,

"허허, 기막혀. 그 한 분자 된 이상에야 다니고 아니 다니는 게 무슨 상관이야. 집에 있으면 아니 권하고 밖에 나가야 권하는 줄 아는가 보아. 그런 게 아니야…… 무슨 사회란 사람이 있어서 밖에만 나가면 나를 꼭 붙들고 술을 권하는 게 아니야…… 무어라 할까…… 저 우리 조선 사람으로 성립된 이 사회란 것이, 내게 술을 아니 못 먹게 한단 말이오.…… 어째 그렇소?…… 또 내가 설명을 해 드리지. 여기 회를 하나 꾸민다 합시다. 거기 모이는 사람 놈치고 처음은 민족을 위하느니 사회를 위하느니 그러는데, 제 목숨을 바쳐도 아깝지 않으니 아니 하는 놈이 하나도 없어. 하다가 단 이틀이 못 되어, 단 이틀이 못 되어……."

한층 소리를 높이며 손가락을 하나씩 둘씩 꼽으며,

"되지 못한 명예 싸움, 쓸데없는 지위 다툼질, 내가 옳으니 네가 그르니, 내 권리가 많으니 네 권리가 적으니…… 밤낮으로 서로 찢고 뜯고 하지, 그러니 무슨 일이 되겠소. 회뿐이 아니라, 회사이고 조합이고…… 우리 조선 놈들이 조직한 사회는 다 그 조각이지. 이런 사회에서 무슨 일을 한단 말이오. 하려는 놈이 어리석은 놈이야. 적이 정신이 바로 박힌 놈은 피를 토하고 죽을 수밖에 없지. 그렇지 않으면 술밖에 먹을 게 도무지 없지. 나도 전자에는 무엇을 좀 해 보겠다고 애도 써 보았어. 그것이 모두 수포야. 내가 어리석은 놈이었지. 내가 술을 먹고 싶어 먹는 게 아니야. 요사이는 좀 낫지마는 처음 배울 때에는 마누라도 알다시피 죽을 애를 썼지. 그 먹고 난 뒤에 괴로운 것이야 겪어 본 사람이 아니면 알 수 없지. 머리가 지끈지끈 아프고 먹은 것이 다 돌아 올라오고…… 그래도 아니 먹은 것보담 나았어. 몸은 괴로워도 마음은 괴롭지 않았으니까. 그저 이 사회에서 할 것은 주정꾼 노릇밖에 없어……."

"공연히 그런 말 말아요. 무슨 노릇을 못 해서 주정꾼 노릇을 해요! 남이라서……."

아내는 부지불식간에 흥분이 되어 열기 있는 눈으로 남편을 바라보고 불쑥 이런 말을 하였다. 그는 제 남편이 이 세상에 가장 거룩한 사람이려니 한다. 따라서 어느 뉘보다 제일 잘될 줄 믿는다. 몽롱하나마 그의 목적이 원대하고 고상한 것도 알았다. 얌전하던 그가 술을 먹게 된 것은 무슨 일이 맘대로 아니 되어 화풀이로 그러는 줄도 어렴풋이 깨달았다. 그러나 술은 노상 먹을 것이 아니다. 그러면 패가망신하고 만다. 그러므로 하루바삐 그 화가 풀리었으면, 또다시 얌전하게 되었으면 하는 생각이 그의 머리를 떠날 때가 없었다. 그리고 그날이 꼭 올 줄 믿었다. 오늘부터는, 내일부터는…… 하건만, 남편은 어제도 술이 취하였다. 오늘도 한 모양이다. 자기의 기대는 나날이 틀려 간다. 좇아서 기대에 대한 자신도 엷어 간다. 애달프고 원한 생각이 가끔 그의 가슴을 누른다. 더구나 수척해 가는 남편의 얼굴을 볼 때에 그런 감정을 걷잡을 수 없었다. 지금 저도 모르게 흥분한 것이 또한 무리가 아니었다.

"그래도 못 알아듣네그려. 참, 사람 기막혀. 본정신 가지고는 피를 토하

고 죽든지 물에 빠져 죽든지 하지, 하루라도 살 수가 없단 말이야. 흉장(가
슴)이 막혀서 못 산단 말이야. 에엣, 가슴 답답해.”

라고 남편은 소리를 지르고 괴로워서 못 견디는 것처럼 얼굴을 찌푸리며
미친 듯이 제 가슴을 쥐어뜯는다.

“술 아니 먹는다고 흉장이 막혀요?”

남편의 하는 짓은 본체만체하고 아내는 얼굴을 더욱 붉히며 부르짖었다.

그 말에 몹시 놀란 것처럼 남편은 어이없이 아내의 얼굴을 바라보더니
그다음 순간에는 말할 수 없는 고뇌의 그림자가 그의 눈을 거쳐 간다.

“그르지, 내가 그르지. 너 같은 숙맥(콩과 보리도 구별 못 하는 사람)더러
그런 말을 하는 내가 그르지. 너한테 조금이라도 위로를 얻으려는 내가 그
르지. 푸.”

스스로 탄식한다.

“아아 답답해!”

문득 기막힌 듯이 외마디 소리를 치고는 벌떡 몸을 일으킨다. 방문을 열
고 나가려 한다.

왜 내가 그런 말을 하였던고? 아내는 불시에 후회하였다.

남편의 저고리 뒷자락을 잡으며 안타까운 소리로,

“왜 어디로 가셔요. 이 밤중에 어디를 나가셔요. 내가 잘못하였습니다.
인제는 다시 그런 말을 아니 하겠습니다……. 그러게 내일 아침에 말을 하
자니까…….”

“듣기 싫어, 놓아, 놓아요.”

하고 남편은 아내를 떠다 밀치고 밖으로 나간다. 비틀비틀 마루 끝까지 가
서는 털썩 주저앉아 구두를 신기 시작한다.

“에그, 왜 이리하셔요. 인제 다시 그런 말을 아니 한대도…….”

아내는 뒤에서 구두 신으려는 남편의 팔을 잡으며 말을 하였다. 그의 손
은 떨고 있었다. 그의 눈에는 단박에 눈물이 쏟아질 듯하였다.

“이건 왜 이래, 저리로 가!”

뱉는 듯이 말을 하고 휙 뿌리친다. 남편의 발길이 뚜벅뚜벅 중문에 다다
랐다. 어느덧 그 밖으로 사라졌다. 대문 빗장 소리가 덜컥하고 난다. 마루

끝에 떨어진 아내는 헛되어 몇 번,

"할멈! 할멈!"

하고 불렀다. 고요한 밤공기를 울리는 구두 소리는 점점 멀어져 간다. 발자취는 어느덧 골목 끝으로 사라져 버렸다. 다시금 밤은 적적히 깊어 간다.

"가 버렸구먼, 가 버렸어!"

그 구두 소리를 영구히 아니 잃으려는 것처럼 귀를 기울이고 있는 아내는 모든 것을 잃었다 하는 듯이 부르짖었다. 그 소리가 사라짐과 함께 자기의 마음도 사라지고, 정신도 사라진 듯하였다. 심신이 텅 비어진 듯하였다. 그의 눈은 하염없이 검은 밤안개를 물끄러미 바라보고 있다. 그 사회란 독한 꼴을 그려 보는 것같이.

쓸쓸한 새벽바람이 싸늘하게 가슴에 부딪친다. 그 부딪치는 서슬에 잠 못 자고 피곤한 몸이 부서질 듯이 지긋하였다.

죽은 사람에게서나 볼 수 있는 해쓱한 얼굴이 경련적으로 떨며 절망한 어조로 소곤거렸다.

"그 몹쓸 사회가, 왜 술을 권하는고!"

국어과 선생님이 뽑은 **한국 단편 소설**

초판 1쇄 ┃ 2023년 1월 15일 발행
초판 2쇄 ┃ 2023년 9월 15일 발행

지은이 ┃ 채만식 외
엮은이 ┃ dskimp2000

펴낸이 ┃ 이경자
펴낸곳 ┃ 북앤북

편 집 ┃ 김대석
교 정 ┃ 이정민
디자인 ┃ 인지숙

주소 ┃ 경기도 고양시 일산동구 산두로 128 909동 202호
전화 ┃ 031-902-9948   팩스 ┃ 031-903-4315
이메일 dskimp2000@naver.com

출판등록 ┃ 제 2016-000182 호 (2008. 01. 22)

ISBN 979-11-86649-67-1 43810